Rosamunde Pilcher

Heimkehr

Roman

Deutsch von Ingrid Altrichter,
Helmut Mennicken und Maria Mill

Wunderlich

1. Auflage September 1995
Copyright © 1995 by Rowohlt Verlag GmbH,
Reinbek bei Hamburg
«Coming Home» Copyright © 1995 by Robin Pilcher,
Fiona Pilcher, Mark Pilcher and the Trustees
of Rosamunde Pilcher's 1988 Trust
Die Originalausgabe erschien
1995 unter dem Titel «Coming Home»
bei St. Martin's Press, New York
Alle deutschen Rechte vorbehalten

Umschlag- und Einbandgestaltung Barbara Hanke
Satz aus der Sabon (Linotronic 500)
Gesamtherstellung Clausen & Bosse, Leck
Printed in Germany
ISBN 3 8052 0559 7

Für meinen Mann Graham,
der in der Highland Division gedient hat.

Und für Gordon und Judith und für alle von uns,
die in jener Zeit gemeinsam jung waren.

Erster Teil

 1935

DIE STÄDTISCHE SCHULE VON PORTHKERRIS STAND AUF halber Höhe eines steilen Hangs, der vom Herzen der Stadt ins offene Heideland hinaufführte. Es war ein wuchtiger viktorianischer Granitbau mit drei verschiedenen Eingängen für Knaben, Mädchen und Kleinkinder, ein Vermächtnis aus den Tagen, in denen die Geschlechtertrennung vorgeschrieben war. Mit dem geteerten Schulhof und dem hohen schmiedeeisernen Zaun wirkte sie meistens ziemlich abweisend. An diesem Spätnachmittag im Dezember war sie jedoch hell beleuchtet, und aus den offenen Türen strömten Scharen aufgeregter Kinder mit Turnbeuteln, Bücherranzen, Luftballons und kleinen Papiertüten voller Süßigkeiten. Drängelnd und kichernd kamen sie in Grüppchen heraus und hänselten einander noch vergnügt, bevor sie sich schließlich trennten und nach Hause gingen.

Für ihren Überschwang gab es zwei Gründe: das Ende des Wintertrimesters und die Weihnachtsfeier in der Schule. Sie hatten gespielt und gesungen und sich bei Staffelläufen in der Aula kleine, mit Bohnen gefüllte Säckchen aus den Händen gerissen und an den nächsten in der Mannschaft weitergegeben. Zu den dumpfen Klängen des verstimmten alten Klaviers hatten die Kinder den Volkstanz *Sir Roger de Coverley* aufgeführt, danach Marmeladenkuchen und Safranbrötchen gegessen und Brauselimonade dazu getrunken. Am Ende hatten sie sich in einer langen Reihe aufgestellt und nacheinander Mr. Thomas, dem Direktor der Schule, die Hand geschüttelt, ihm frohe Weihnachten gewünscht und eine Tüte mit Süßigkeiten in Empfang genommen.

Es war Jahr für Jahr die gleiche Prozedur, die aber immer mit Freuden erwartet wurde und großen Anklang fand.

Allmählich verebbte der geräuschvolle Strom der Kinder, bis nur noch die Nachzügler herauströpfelten, die sich bei der Suche nach verlorengegangenen Fäustlingen oder einem abhanden gekommenen Schuh verspätet hatten. Ganz zuletzt, als die Schuluhr bereits ein Viertel vor fünf schlug, traten zwei Mädchen durch die offene Tür: Judith Dunbar und Heather Warren, beide vierzehn Jahre alt, beide in marineblauen Mänteln und Gummistiefeln und mit Wollmützen, die sie sich über die Ohren gezogen hatten. Doch weiter reichte ihre Ähnlichkeit nicht, denn Judith war blond und hellhäutig, hatte kurze, dicke Zöpfe, Sommersprossen und blaßblaue Augen, während Heather, die das Aussehen ihres Vaters geerbt hatte, über Generationen von Vorfahren hinweg einem spanischen Seefahrer nachschlug, der nach der Vernichtung der Armada an die Küste Cornwalls gespült worden war. Deshalb hatte sie einen olivfarbenen Teint, rabenschwarzes Haar und dunkle, strahlende Augen.

Die zwei Mädchen brachen nach der Feier als letzte auf, weil Judith die Schule von Porthkerris für immer verließ und sich nicht nur von Mr. Thomas verabschieden mußte, sondern auch von allen anderen Lehrern sowie von Mrs. Trewartha, der Köchin, und vom alten Jimmy Richards, zu dessen bescheidenen Aufgaben es gehörte, den Heizkessel in Gang zu halten und die außerhalb des Gebäudes gelegenen Toiletten zu reinigen.

Aber schließlich hatte Judith allen Lebewohl gesagt, und sie gingen über den Schulhof und durch das Tor. An diesem wolkenverhangenen Tag war die Dämmerung früh hereingebrochen. Schwarz und naß wand sich die Straße den Hügel hinab, und ein feiner Nieselregen schimmerte in den Lichtkegeln der Laternen, die sich in den Pfützen spiegelten. Die Mädchen machten sich auf den Weg in die Stadt. Eine Weile schwiegen beide. Dann seufzte Judith.

«So», sagte sie entschieden, «das war's dann.»

«Muß ein komisches Gefühl sein, wenn man weiß, daß man nicht mehr zurückkommt.»

«Ja, das stimmt. Doch am meisten wundert mich, daß ich ein bißchen traurig bin. Ich hätte nämlich nie gedacht, daß ich jemals traurig würde, wenn ich irgendeine Schule verlasse, aber jetzt bin ich's trotzdem.»

«Ohne dich wird es nie mehr so, wie es war.»

«Ohne dich auch nicht. Nur, du hast es gut, dir bleiben immerhin noch Elaine und Christine als Freundinnen. Ich muß ganz von vorn anfangen und versuchen, in St. Ursula eine zu finden, die ich mag. Außerdem muß ich dort diese Schuluniform tragen.»

Heather schwieg mitfühlend. Die Uniform war fast das Schlimmste von allem. In Porthkerris konnten sie anziehen, was sie wollten; mit ihren Pullovern in verschiedenen Farben sahen sie fröhlich aus, und die Mädchen banden sich bunte Schleifen ins Haar. Aber St. Ursula war eine Privatschule und vorsintflutlich altmodisch. Dort mußten alle dunkelgrüne Tweedjacken und dicke braune Strümpfe tragen, dazu dunkelgrüne Hüte, die sie so entstellten, daß selbst die Hübschesten damit richtig häßlich aussahen. In St. Ursula wurden sowohl Mädchen aufgenommen, die nur tagsüber kamen, als auch solche, die dort im Internat wohnten. Für diese bedauernswerten Geschöpfe empfanden Judith, Heather und ihre Mitschülerinnen in Porthkerris nichts als Verachtung, und sie verspotteten sie gnadenlos, falls sie das Pech hatten, mit ihnen im selben Bus zu fahren. Wie deprimierend, sich auszumalen, daß Judith es mit diesen bescheuerten Musterschülerinnen aufnehmen mußte, die sich selbst für so großartig hielten.

Am schrecklichsten war allerdings die Aussicht auf das Internat. Die Warrens hielten zusammen wie Pech und Schwefel, und Heather konnte sich nichts Schlimmeres vorstellen, als von ihren Eltern und ihren zwei Brüdern getrennt zu werden. Die beiden waren älter als sie, sahen gut aus und hatten ebenso rabenschwarzes Haar wie ihr Vater. In der Schule von Porthkerris waren sie für ihren Unfug und ihre üblen Streiche berüchtigt gewesen, doch seit sie eine höhere Schule in Penzance besuchten, dort von einem furchterregenden Direktor einigermaßen gezähmt wurden und sich hinter ihre Bücher klemmen mußten, hatten sie sich etwas gebessert. Trotzdem machte mit ihnen alles immer noch den größten Spaß, sie hatten Heather Schwimmen und Radfahren beigebracht und ihr gezeigt, wie man von ihrem plumpen Holzkahn aus mit dem

Schleppnetz Makrelen fischte. Wie konnte man sich allein mit *Mädchen* überhaupt amüsieren? Es spielte keine Rolle, daß St. Ursula in Penzance und damit nur zehn Meilen entfernt war. Zehn Meilen wären für Heather ewig weit, wenn sie von Mum und Dad und Paddy und Joe fort müßte.

Der armen Judith blieb anscheinend keine andere Wahl. Ihr Vater arbeitete in Colombo auf Ceylon, und Judith hatte mit ihrer Mutter und der kleinen Schwester vier Jahre lang getrennt von ihm gelebt. Jetzt kehrte Mrs. Dunbar mit Jess nach Ceylon zurück, und Judith mußte hierbleiben, ohne die leiseste Ahnung, wann sie ihre Mutter wiedersehen würde.

Aber es war, wie Mrs. Warren zu sagen pflegte, zwecklos, über vergossene Milch zu weinen. Heather suchte nach etwas, womit sie Judith aufheitern könnte.

«Es gibt ja noch Ferien.»

«Bei Tante *Louise*.»

«Ach komm, laß den Kopf nicht so hängen! Du bleibst wenigstens hier in der Gegend. In Penmarron. Stell dir vor, deine Tante würde in einem schrecklichen Ort wohnen, irgendwo landeinwärts, oder in einer Stadt, in der du keinen kennst. So können wir uns immerhin noch treffen. Du kannst zu mir kommen, und wir gehen an den Strand runter. Oder ins Kino.»

«Bist du dir da so sicher?»

Heather war verdutzt. «Was soll das heißen?»

«Na ja, bist du dir sicher, daß du mich dann immer noch sehen und meine Freundin sein willst? Wenn ich in St. Ursula bin und so. Meinst du dann nicht, ich sei auch eingebildet und gräßlich?»

«Ach du!» Heather gab ihr mit dem Turnbeutel einen freundschaftlichen Klaps auf den Po. «Wofür hältst du mich denn?»

«Für mich wäre es ein Stückchen Freiheit.»

«Das hört sich ja an, als müßtest du in ein Gefängnis.»

«Du weißt schon, was ich meine.»

«Wie sieht eigentlich das Haus deiner Tante aus?»

«Es ist ziemlich groß und steht direkt oberhalb des Golfplatzes. Außerdem ist es vollgestopft mit Messingtabletts, Tigerfellen und Elefantenfüßen.»

«Elefantenfüße? Du meine Güte, was macht sie denn damit?»

«Einen benutzt sie als Schirmständer.»

«Das würde mir nicht gefallen. Aber du mußt ihn sicher nicht dauernd anschauen. Hast du dort ein Zimmer für dich?»

«Ja. Ich krieg ihr bestes Gästezimmer. Es hat ein eigenes Waschbecken und genug Platz für meinen Schreibtisch.»

«Klingt gut. Ich weiß gar nicht, warum du so ein Theater machst.»

«Ich mache kein Theater. Es ist eben nicht mein *Zuhause*. Und da oben ist es so kalt, rauh und windig. Das Haus heißt Windyridge, was mich überhaupt nicht wundert. Selbst wenn sich sonst nirgendwo ein Lüftchen regt, scheint an Tante Louises Fenstern immer ein Sturm zu rütteln.»

«Hört sich irgendwie gespenstisch an.»

«Außerdem ist es so abgelegen. Dort kann ich nicht mehr einfach in einen Zug einsteigen, und die nächste Bushaltestelle ist auch zwei Meilen entfernt. Und Tante Louise wird keine Zeit haben, mich durch die Gegend zu kutschieren, weil sie ständig Golf spielt.»

«Vielleicht bringt sie es dir bei.»

«Ha, ha, ha.»

«Mir scheint, du brauchst unbedingt ein Fahrrad. Dann kannst du jederzeit hinfahren, wohin du willst. Über die Höhenstraße sind es nur drei Meilen bis Porthkerris.»

«Du hast wirklich gute Einfälle. Auf ein Fahrrad bin ich noch gar nicht gekommen.»

«Ich weiß sowieso nicht, warum du noch keins hast. Mein Dad hat mir meins geschenkt, als ich zehn war. Es taugt zwar nicht viel hier in diesem elenden Kaff mit den ganzen Hügeln, aber da draußen bei dir wäre es genau das richtige.»

«Sind die sehr teuer?»

«Ein neues kostet ungefähr fünf Pfund. Aber vielleicht kannst du ein gebrauchtes ergattern.»

«Meine Mutter kennt sich in solchen Sachen nicht besonders gut aus.»

«Ich glaub, das tut keine Mutter, ehrlich. Aber es ist nicht sehr

13

schwierig, in einen Fahrradladen zu gehen. Laß dir eins zu Weihnachten schenken.»

«Ich hab mir für Weihnachten schon einen Pulli gewünscht. Einen mit Polokragen.»

«Na, dann wünsch dir noch ein Fahrrad dazu.»

«Das kann ich nicht.»

«Natürlich kannst du. Sie kann ja schlecht nein sagen. Wenn sie weggeht und nicht weiß, wann sie dich wiedersieht, schenkt sie dir alles, was du willst. Du mußt das Eisen schmieden, solange es heiß ist», was ein weiterer Lieblingsspruch von Mrs. Warren war.

Doch Judith antwortete nur: «Mal sehen.»

Eine Weile gingen sie schweigend weiter, nur ihre Schritte hallten über das nasse Pflaster. Sie kamen an einer Fisch-und-Frittenbude vorbei, die hell erleuchtet war, und der Geruch nach heißem Fett und Essig, der aus der Tür drang, machte ihnen den Mund wäßrig.

«Diese Tante Louise, ist das die Schwester deiner Mutter?»

«Nein, die Schwester meines Vaters. Sie ist aber viel älter. Um die Fünfzig. Sie hat lange in Indien gelebt. Von dort hat sie auch die Elefantenfüße.»

«Und dein Onkel?»

«Der ist tot. Sie ist Witwe.»

«Hat sie Kinder?»

«Nein. Ich glaub, sie haben nie welche gehabt.»

«Komisch, nicht? Meinst du, weil sie keine gewollt haben oder weil da... irgendwas... nicht passiert ist? Meine Tante May hat auch keine Kinder, und ich hab gehört, wie Dad gesagt hat, sie hat keine, weil Onkel Fred ihn nicht hochkriegt. Was glaubst du denn, was er damit gemeint hat?»

«Keine Ahnung.»

«Denkst du, es hat etwas mit dem zu tun, was uns Norah Elliot erzählt hat? Du weißt schon, neulich hinter dem Fahrradschuppen.»

«Das hat sie doch bloß erfunden.»

«Woher willst du das denn wissen?»

«Weil es zu widerlich ist, um wahr zu sein. Etwas so Widerliches kann sich nur Norah Elliot ausdenken.»

«Wahrscheinlich...»

Es war ein spannendes Thema, um das die beiden Mädchen von Zeit zu Zeit herumgeredet hatten, ohne daß sie dabei jemals zu einem brauchbaren Ergebnis gelangt wären, es sei denn zu der Erkenntnis, daß Norah Elliot unangenehm roch und ihre Blusen immer schmutzig waren. Jedenfalls war jetzt nicht die Zeit dazu, das Rätsel zu lösen, denn über ihrem Gespräch waren sie unten im Stadtzentrum angekommen, bei der öffentlichen Bibliothek, dort, wo sich ihre Wege trennten. Heather mußte weiter in Richtung Hafen, durch schmale Straßen und verwinkelte, mit Kopfsteinen gepflasterte Gassen, bis zu dem schlichten Haus aus Granitsteinen, in dem die Warrens über Mr. Warrens Lebensmittelgeschäft wohnten, während Judith noch einen weiteren Hügel hinauf zum Bahnhof mußte.

Klitschnaß standen sie unter einer Straßenlampe im Nieselregen und sahen einander an.

«Jetzt müssen wir wohl Abschied nehmen», sagte Heather.

«Ja, ich glaub schon.»

«Du kannst mir schreiben. Meine Adresse hast du ja. Und ruf im Laden an, wenn du mir eine Nachricht hinterlassen willst. Ich meine... sag Bescheid, wann du in den Ferien herkommst.»

«Ja, das mach ich.»

«Die Schule wird schon nicht so schlimm werden.»

«Nein, sicher nicht.»

«Also dann, bis bald.»

«Bis bald.»

Doch keine rührte sich von der Stelle. Sie waren vier Jahre lang Freundinnen gewesen. Es war ein schmerzlicher Augenblick.

Schließlich sagte Heather: «Schöne Weihnachten.»

Pause. Plötzlich beugte sie sich vor und drückte Judith einen Kuß auf die regennasse Wange. Danach wandte sie sich ohne ein weiteres Wort um und rannte weg. Ihre Schritte wurden leiser und leiser, bis sie gar nicht mehr zu hören waren. Erst dann setzte Judith ihren Weg fort. Sie kam sich ein wenig verwaist vor, als sie die schmale Gasse zwischen kleinen, hellerleuchteten Geschäften hinaufstieg, in deren weihnachtlich geschmückten Schaufenstern sich Rauschgoldgirlanden um Mandarinenkisten und dunkelrote Schleifen um Gläser mit Badesalz schlangen. Sogar der Eisenwarenhändler hatte das Seine getan. EIN NÜTZLICHES UND PASSENDES GE-SCHENK stand auf einer handgeschriebenen Karte, die an einem gewaltigen, mit einem künstlichen Stechpalmenzweig verzierten Tischlerhammer lehnte. Oben angelangt, ging Judith an dem letzten Geschäft vorüber, der hiesigen Filiale von W. H. Smith, in der ihre Mutter samstags ihre Leihbücher umtauschte und einmal im Monat die *Vogue* kaufte. Von da an wurde die Straße eben, die Häuser hörten allmählich auf, und ohne ihren Schutz war Judith nun voll dem Wind ausgesetzt. Er kam stoßweise und wehte ihr seine feuchten Schwaden ins Gesicht. In der Dunkelheit fühlte sich dieser Wind eigentümlich an, und er brachte das Geräusch der Brecher mit, die weit unten an den Strand donnerten.

Nach ein paar Schritten blieb Judith stehen und stützte die Ellbogen auf eine niedrige Steinmauer, um nach dem steilen Anstieg ein wenig zu verschnaufen. Verschwommen sah sie das Gewirr der Häuser, die sich bis zum dunklen Hafenbecken hinunterzogen, das die Laternen der Hafenstraße wie eine gewundene Halskette umschlossen. Die roten und grünen Ankerlichter der Fischerboote dümpelten in der Dünung und spiegelten sich im tintenschwarzen Wasser. Der Horizont verlor sich in der Dunkelheit, doch der Ozean wogte rastlos weiter. Weit draußen sandte der Leuchtturm seine Warnfeuer aus. Einen kurzen Strahl, dann zwei lange Strahlen. Judith stellte sich die Wellen vor, die unentwegt die gefährlichen Klippen überspülten, zwischen denen er aufragte.

Sie fröstelte. Es war zu kalt, um in dem nassen Wind herumzustehen. In fünf Minuten würde der Zug abfahren. Sie begann zu laufen, wobei ihr der Turnbeutel gegen die Beine schlug, erreichte endlich die lange Treppe aus Granitstufen, die zum Bahnhof hinabführte, und flitzte so unbekümmert hinunter, wie das nur jemand tun konnte, der sie seit Jahren gut kannte.

Die kleine Küstenbahn stand bereits da. Eine Lokomotive, zwei Waggons der dritten und einer der ersten Klasse und der Dienstwagen. Sie brauchte keinen Fahrschein zu kaufen, da sie eine Schülerkarte besaß, und Mr. William, der Schaffner, kannte sie ohnehin so gut wie seine eigene Tochter. Charlie, der Lokführer, kannte sie auch, und wenn sie sich einmal verspätet hatte, brachte er es fertig, mit seinem Zug an der Haltestelle von Penmarron zu warten und die Pfeife zu ziehen, während Judith durch den Garten von Riverview House hetzte.

Die tägliche Bahnfahrt zur Schule und wieder zurück war etwas, was sie wirklich vermissen würde, denn die Strecke schlängelte sich drei Meilen an einem atemberaubenden Küstenstrich entlang, der dem Auge bot, was man sich nur wünschen konnte. Weil es dunkel war, konnte Judith nun, während der Zug dahinratterte, zwar nichts sehen, wußte aber, daß dennoch alles vorhanden war: Felsen und steile Abhänge, Buchten und Strände, bezaubernde kleine Cottages und schmale Wege zwischen winzigen Wiesen, auf denen im Frühling gelbe Narzissen blühten. Dann kamen die Sanddünen und der riesige, menschenleere Strand, den sie inzwischen als ihren eigenen betrachtete.

Manchmal, wenn Leute erfuhren, daß Judith ohne Vater aufwuchs, weil er am anderen Ende der Welt für die angesehene Reederei Wilson-McKinnon arbeitete, tat sie ihnen leid. Wie schrecklich, ohne Vater zu leben! Vermißte sie ihn denn nicht? Was war das für ein Gefühl, keinen Mann im Haus zu haben, nicht einmal am Wochenende? Wann würde sie ihn wiedersehen? Wann würde er heimkommen?

Auf solche Fragen antwortete sie stets ausweichend, teils weil sie darüber nicht sprechen wollte, teils weil sie nicht genau wußte, wie sie es wirklich empfand. Sie wußte nur seit eh und je, daß ihr Leben so verlaufen würde, weil alle Familien in Britisch-Indien so lebten, und die Kinder schluckten es und fanden sich damit ab, daß sie schon in zartem Alter Abschied nehmen mußten und lange Trennungszeiten letzten Endes unvermeidlich waren.

Judith war in Colombo geboren und hatte dort gelebt, bis sie zehn wurde, zwei Jahre länger, als die meisten britischen Kinder in den Tropen bleiben durften. In dieser Zeit waren die Dunbars nur einmal für einen langen Urlaub in die Heimat gereist, aber Judith war damals erst vier gewesen, und die Erinnerung an diesen Aufenthalt in England war mit den Jahren verblaßt. Sie hatte England nie als Zuhause empfunden. Ihr Zuhause war Colombo, der geräumige Bungalow an der Galle Road mit seinem üppigen Garten, den nur die eingleisige Bahnlinie, die Richtung Süden nach Galle führte, vom Indischen Ozean trennte. Da das Meer so nahe war, spielte es offenbar keine Rolle, wie heiß es wurde, denn die heranrollenden Wellen brachten immer eine frische Brise mit, und im Haus hielten hölzerne Deckenventilatoren die Luft in Bewegung.

Doch unausweichlich war der Tag näher gerückt, an dem sie all das zurücklassen und nicht nur Haus und Garten Lebewohl sagen mußten, sondern auch Amah, der Kinderfrau, sowie Joseph, dem Butler, und dem alten Tamilen, der den Garten pflegte. Und auch Dad. *Warum müssen wir fort?* hatte Judith noch gefragt, als er sie schon zum Hafen fuhr, wo das P & O-Schiff, das bereits die Dampfkessel aufheizte, vor Anker lag. *Weil die Zeit dafür gekommen ist,* hatte er geantwortet. *Alles hat seine Zeit.* Ihre Eltern hatten ihr nicht erzählt, daß ihre Mutter schwanger war, und Judith wurde erst nach der dreiwöchigen Reise, als sie bereits in dem grauen, verregneten, kalten England waren, in das Geheimnis eingeweiht, daß ein neues Baby unterwegs war.

Da sie kein eigenes Haus besaßen, in das sie zurückkehren konnten, hatte Tante Louise, von ihrem Bruder Bruce darum gebeten, sich der Sache angenommen, Riverview House gefunden und möbliert gemietet. Kurz nachdem sie eingezogen waren, kam Jess im Porthkerris Cottage Hospital zur Welt. Und jetzt war es an der Zeit, daß Molly nach Colombo zurückreiste. Jess fuhr mit ihr, und Judith mußte hierbleiben. Sie beneidete die beiden entsetzlich.

Seit vier Jahren wohnte sie nun schon in Cornwall. Nahezu ein Drittel ihres Lebens. Im großen und ganzen waren es gute Jahre gewesen. Das Haus war komfortabel, bot genügend Platz für sie alle, und es hatte einen großen, weitläufigen Garten, der sich in mehreren Terrassen, Rasenflächen, Steinstufen und einer Wiese mit Apfelbäumen einen ganzen Hang hinunterzog.

Das Beste von allem war jedoch die Freiheit, die Judith genoß. Dafür gab es zwei Gründe. Das Baby, um das Molly sich kümmern mußte, ließ ihr nur wenig Zeit, die größere Tochter ständig im Auge zu behalten, weshalb sie froh war, daß Judith sich mit sich selbst zu beschäftigen wußte. Und obwohl sie von Natur aus überängstlich und eine sehr fürsorgliche Mutter war, hatte sie schnell festgestellt, daß in dem verschlafenen kleinen Dorf und seiner friedlichen Umgebung einem Kind keine Gefahr drohte.

Vorsichtig hatte sich Judith über die Grenzen des Gartens hinausgewagt und die Gegend erkundet, so daß der Bahndamm, die angrenzenden Veilchenfelder und das Ufer der Flußmündung ihr Spielplatz wurden. Mutiger geworden, entdeckte sie den Weg zu der aus dem elften Jahrhundert stammenden Kirche mit dem rechteckigen normannischen Turm und dem windgepeitschten Friedhof voll alter, flechtenbewachsener Grabsteine. Eines Tages, als sie am Boden kauerte und versuchte, die in einen der Steine gemeißelte Inschrift zu entziffern, überraschte der Vikar sie dabei und führte sie, von ihrem Interesse entzückt, in die Kirche, erzählte ihr etwas über deren Geschichte, wies sie auf die architektonischen Eigenheiten hin und zeigte ihr die bescheidenen Schätze. Dann waren sie in den Turm hinaufgestiegen, ließen sich oben vom Wind durchschütteln, und er machte sie auf besonders sehenswerte Dinge aufmerksam. Judith kam es so vor, als täte sich die ganze Welt vor ihr auf, eine riesige Landkarte in herrlichen Farben: Wiesen und Felder wie eine Flickendecke aus grünem Samt für die Weideflächen und braunem Kord für die Äcker; in der Ferne einige Hügel, von Steinmalen gekrönt, die aus einer unvorstellbar weit zurückliegenden Zeit stammten; die breite Mündung des Flusses, die sich kurz vor dem Meer noch einmal zu einem schmalen, «Kanal» genannten Schlauch verengte, glich einem großen Binnensee, in dem sich das Blau des Himmels spiegelte. Dennoch war dies kein See, da die Wasser im Wechsel der Gezeiten stiegen und sanken; sie strömten mit der Flut herein und flossen bei Ebbe wieder hinaus. An jenem Tag war der Gezeitenstrom in diesem Kanal indigoblau, während vom Atlantik her türkisfarbene Wellen auf dem menschenleeren Strand ausrollten. Judiths Blick folgte der Küste, die sich in einer langen Dünenkette nach Norden wand, bis zu dem Felsen, auf dem der Leuchtturm stand. Weit draußen sah sie Fischerboote, und die Luft war erfüllt vom Kreischen der Möwen.

Der Vikar erklärte ihr, daß man die Kirche auf dieser Anhöhe oberhalb des Strandes erbaut hatte, damit ihr Turm weithin sichtbar war und den Schiffern bei ihrer Suche nach sicherem Fahrwasser den Weg weisen konnte. Judith fiel es nicht schwer, sich die Galeonen aus längst vergangenen Tagen vorzustellen, wie sie mit geblähten Segeln vom offenen Meer hereinkamen und bei Flut die Flußmündung hinauffuhren.

Doch sie entdeckte nicht nur die Gegend, sondern lernte auch die einheimische Bevölkerung kennen. Die Menschen in Cornwall lieben Kinder, und wo Judith auftauchte, wurde sie mit solcher Freude willkommen geheißen, daß ihre angeborene Schüchternheit schnell verflog. Im Dorf wimmelte es nur so von originellen Charakteren: Mrs. Berry, die den Gemischtwarenladen betrieb und aus Puddingpulver selbst Eiskrem herstellte; der alte Herbie, der den zweirädrigen Kohlenkarren fuhr, und Mrs. Southey vom Postamt, die ein Kamingitter vor ihren Schalter stellte, um Banditen abzuwehren, und einem kaum eine Briefmarke verkaufen konnte, ohne sich beim Wechselgeld zu irren.

Und es gab deren mehr, sogar noch faszinierendere Leute, die etwas weiter draußen wohnten. Mr. Willis war einer von ihnen. Er hatte lange Zeit in einem Zinnbergwerk in Chile gearbeitet, war aber schließlich nach einem Leben voller Abenteuer in sein heimatliches Cornwall zurückgekehrt und hatte sich in einem Blockhaus in den Sanddünen am Ufer des Kanals häuslich eingerichtet. Der schmale Strand vor seiner Hütte war mit allerlei interessantem Treibgut übersät, mit Seilresten, kaputten Fischkisten, Flaschen und aufgequollenen Gummistiefeln. Eines Tages, als sie Muscheln suchte, war ihr Mr. Willis zufällig über den Weg gelaufen, mit ihr ins Gespräch gekommen und hatte sie auf eine Tasse Tee in seine Hütte eingeladen. Von da an hielt Judith immer nach ihm Ausschau, um mit ihm zu plaudern.

Doch Mr. Willis trieb sich keineswegs müßig am Strand herum, denn er übte zwei verschiedene Tätigkeiten aus. Er beobachtete die Gezeiten und hißte eine Signalflagge, sobald das Wasser so hoch gestiegen war, daß die Kohlenschiffe über die Sandbank segeln konnten, und er war Fährmann. An der Außenwand seines Hauses hatte er eine alte Schiffsglocke aufgehängt, und wenn jemand über den Kanal wollte, läutete er sie, worauf Mr. Willis aus seiner Hütte herauskam, sein störrisches Ruderboot vom Ufer zog und ihn über das Wasser ruderte. Für diesen beschwerlichen und bei Ebbe sogar gefahrvollen Dienst verlangte er zwei Pence.

Mr. Willis lebte mit Mrs. Willis zusammen. Sie molk bei dem Bauern des Dorfes die Kühe, deshalb war sie oft nicht da. Es ging das Gerücht um, sie sei gar nicht Mrs. Willis, sondern Miss Soundso, und keiner redete viel mit ihr. Das Geheimnis um Mrs. Willis mußte etwas mit dem Geheimnis um Heathers Onkel Fred zu tun haben, der irgendwas nicht hochkriegte, aber wann immer Judith die Sache zur Sprache brachte, verzog ihre Mutter nur den Mund und wechselte das Thema.

Judith erzählte ihr nie von ihrer Freundschaft mit Mr. Willis. Instinktiv ahnte sie, daß ihre Mutter ihr den weiteren Umgang mit ihm ausreden könnte und ihr sicher verbieten würde, seine Hütte zu betreten und mit ihm Tee zu trinken. Das war lächerlich. Was konnte Mr. Willis ihr schon Böses antun? Mami war manchmal schrecklich dumm.

Aber schließlich konnte sie in vielen Dingen schrecklich dumm sein; so behandelte sie Judith zum Beispiel genau so, wie sie Jess behandelte, und Jess war erst vier. Mit vierzehn hielt Judith sich für reif genug, daß man wirklich wichtige Entscheidungen, die sie selbst betrafen, auch mit ihr besprechen konnte.

Aber nein. Mami besprach nie etwas mit ihr. Sie erklärte einfach: «Ich habe einen Brief von deinem Vater erhalten, und Jess und ich müssen demnächst nach Colombo zurück.»

Das hatte eingeschlagen wie eine Bombe, um es gelinde auszudrücken.

Aber es kam noch schlimmer: «Wir haben beschlossen, daß du ins Internat St. Ursula gehst. Ich war schon bei Miss Catto, der Schulleiterin, und es ist alles geregelt. Das Frühjahrstrimester fängt am fünfzehnten Januar an.»

Als ob Judith ein Paket wäre oder ein Hund, den man in den Zwinger sperrte.

«Und was mache ich in den Ferien?»

«Die verbringst du bei Tante Louise. Sie hat freundlicherweise zugesagt, sich um dich zu kümmern und deine Vormundschaft zu übernehmen, solange wir im Ausland sind. Sie gibt dir ihr bestes Gästezimmer, und du kannst deine eigenen Sachen mitbringen und sie dort lassen.»

Das schreckte sie vielleicht am meisten. Nicht, daß sie Tante Louise nicht *mochte*. Seit sie in Penmarron wohnten, hatten sie sie oft zu Gesicht bekommen, und sie war stets freundlich gewesen. Nur, sie war einfach die ganz und gar *falsche* Person. Sie war alt – mindestens fünfzig –, und sie schüchterte Judith ein bißchen ein, denn sie strahlte keinerlei Wärme aus. Und Windyridge war das Haus einer alten Frau, ordentlich und ruhig, und die zwei Schwestern Edna und Hilda, die als Köchin und Hausmädchen bei ihr arbeiteten, waren auch schon ältlich und nicht sehr gesprächig. Kein Vergleich mit der lieben Phyllis, die in Riverview House die gesamte Hausarbeit allein bewältigte, aber dennoch Zeit fand, am Küchentisch Schwarzer Peter zu spielen, und aus Teeblättern die Zukunft las.

Wahrscheinlich verbrachten sie Weihnachten bei Tante Louise. Zuerst würden sie in die Kirche gehen, mittags gab es dann sicher Gänsebraten im Club, und danach würden sie, bevor es zu dämmern begann, in flottem Tempo über den Golfplatz zurückwandern, bis zu dem weißen Tor, das hoch oben über dem Meer stand.

Keine sehr aufregende Aussicht, aber mit vierzehn hatte Judith ohnehin einen Teil ihrer Illusionen über Weihnachten verloren. Eigentlich sollte es so sein wie in Büchern oder auf Weihnachtskarten, doch es war nie so, weil Mami nicht viel Talent besaß, Weihnachten zu feiern, und traurigerweise eine unüberwindliche Abneigung dagegen hegte, das Haus mit Stechpalme zu schmücken oder gar einen Christbaum aufzustellen, und schon vor zwei Jahren hatte sie Judith erklärt, sie sei nun wirklich zu alt, als daß man ihr zu Weihnachten noch einen Strumpf füllte.

Wenn sie es recht bedachte, war Mami in nichts dergleichen besonders gut. Picknicks am Strand mochte sie nicht, und sie würde eher alles tun, bevor sie eine Geburtstagsparty schmiß. Sie scheute sich sogar davor, Auto zu fahren. Natürlich hatten sie ein Auto, einen kleinen, klapprigen Austin, aber Mami ließ sich alle möglichen Ausreden einfallen, um ihn bloß nicht aus der Garage zu holen, denn sie befürchtete, sie könnte ein anderes Fahrzeug rammen, von der Bremse abrutschen oder beim Kuppeln vor einer Steigung mit dem Zwischengas nicht zurechtkommen.

Zurück zu Weihnachten! Wie auch immer sie das Fest verbringen würden, Judith wußte, daß nichts schlimmer sein konnte als jenes Weihnachten vor zwei Jahren, bei dem Mami darauf bestanden hatte, für ein paar Tage zu ihren Eltern zu fahren, zu Pfarrer Evans und seiner Frau.

Der Großvater stand einer winzigen Pfarrgemeinde in Devon vor, und die Großmutter war eine verbitterte alte Frau, die sich ihr Leben lang mit hehrer Armut und mit Pfarrhäusern für viktorianische Großfamilien herumgeschlagen hatte. Sie waren damals übertrieben oft zur Kirche gegangen, und die Großmutter hatte Judith ein Gebetbuch zu Weihnachten geschenkt. «Oh, danke, Großmutter, ich habe mir schon immer ein Gebetbuch gewünscht», hatte Judith höflich gesagt und den Zusatz «aber nicht so dringend» für sich behalten. Und Jess, die stets alles verdarb, hatte sich eine Kehlkopfdiphtherie eingefangen und Mutters ganze Zeit und Aufmerksamkeit in Anspruch genommen. Außerdem hatte es jeden zweiten Tag gedünstete Feigen mit Mandelsülze zum Nachtisch gegeben.

Nein, nichts konnte schlimmer sein!

Trotzdem wurmte sie die Sache mit St. Ursula immer noch, denn wie ein Hund, der ständig am selben Knochen herumnagt, kehrten Judiths Gedanken immer wieder zu ihrem eigentlichen Groll zurück. Bisher hatte sie weder die Schule besichtigen können noch die bestimmt entsetzliche Miss Catto kennengelernt. Möglicherweise hatte ihre Mutter befürchtet, sie würde sich zur Wehr setzen, und war den Weg des geringsten Widerstands gegangen. Doch selbst das war unbegreiflich, denn Judith hatte noch nie in ihrem Leben gegen irgend etwas aufbegehrt. Ihr kam in den Sinn, daß sie es jetzt, mit vierzehn, vielleicht einmal versuchen sollte. Heather Warren verstand es seit Jahren, ihren eigenen Willen durchzusetzen, und wickelte ihren völlig in sie vernarrten Vater um den kleinen Finger. Aber bei Vätern war das etwas anderes. Nur, Judiths Vater war weit weg.

Der Zug wurde langsamer. Er fuhr unter der Brücke durch, was man immer am veränderten Geräusch der Räder hören konnte, und kam quietschend zum Stehen. Sie sammelte ihre Taschen ein und sprang auf den Perron. Das winzige, mit vielen Schnörkeln verzierte Bahnhofsgebäude sah aus wie die hölzernen Umkleidekabinen auf einem Cricketplatz. Im Licht, das durch die offene Tür drang, war Mr. Jackson, der Stationsvorsteher, nur als Silhouette zu erkennen.

«Tag, Judith. Du kommst heute spät.»

«Wir hatten unsere Weihnachtsfeier in der Schule.»

«Schön.»

Das letzte Stück ihres Heimwegs war das denkbar kürzeste, denn der Bahnhof lag dem unteren Eingang in den Garten von Riverview House genau gegenüber. Sie schritt durch den Wartesaal, in dem es immer erschreckend nach Toiletten roch, und trat auf die schmale, unbeleuchtete Straße hinaus. Während sie einen Moment stehenblieb, um ihre Augen an die Dunkelheit zu gewöhnen, merkte sie, daß es nicht mehr regnete, und hörte den Wind in den obersten Zweigen der Kiefern raunen, die dem Bahnhof etwas Schutz vor dem schlimmsten Wetter boten. Es war ein gespenstisches Geräusch, aber kein beängstigendes. Judith lief über die Straße, tastete nach dem Riegel an der Gartentür, schob ihn zurück, ging hinein und erklomm den steilen Weg, der über Stufen und Terrassen hinaufführte. Ganz oben ragte das Haus dunkel vor ihr auf, doch in seinen Fenstern leuchtete hinter den Gardinen freundliches Licht. Die schmiedeeiserne Lampe über dem Eingang war eingeschaltet, und in ihrem Schein sah Judith ein auf dem Kies geparktes fremdes Auto. Sicher war Tante Louise zum Tee gekommen.

Ein großer, schwarzer Rover. Wie er da stand, sah er recht unschuldig aus, harmlos, solide und verläßlich. Aber jeder, der auf den schmalen Straßen und Feldwegen von West Penwith unterwegs war, tat gut daran, sich vor ihm in acht zu nehmen, wenn er seiner nur ansichtig wurde, denn er hatte einen starken Motor, und Tante Louise, die brave Staatsbürgerin, regelmäßige Kirchgängerin und Stütze ihres Golfclubs, unterlag einer Art Persönlichkeitswandel, sobald sie sich ans Steuer setzte, und brauste mit siebzig Sachen um unübersichtliche Kurven, in der sicheren Gewißheit, daß die Buchstaben des Gesetzes auf ihrer Seite seien, solange sie nur anhaltend auf die Hupe drückte. Deshalb zog sie, wenn sie mit ihrer Stoßstange den Kotflügel eines anderen Autos gerammt oder ein Huhn überfahren hatte, auch keinen Augenblick lang in Betracht, daß das ihre Schuld sein könnte, und ihre Vorwürfe und Ermahnungen fielen so energisch aus, daß die Geschädigten für gewöhnlich nicht den Mut aufbrachten, es mit ihr aufzunehmen, und von dannen schlichen, ohne es auch nur zu wagen, Schadenersatz zu fordern.

Judith wollte sich nicht sofort Tante Louise aussetzen. Also ging sie nicht durch den Vordereingang, sondern außen herum über den Hof und durch die Hintertür in die Spülkammer und von da aus in die Küche. Dort saß Jess mit ihren Buntstiften und einem Malbuch an dem blankgescheuerten Tisch, während Phyllis, in ihrem grünen Nachmittagskleid mit Musselinschürze, einen Stapel Wäsche bügelte.

Nach der Kälte und Feuchtigkeit draußen war die Küche erfreulich warm. Sie war ohnehin der wärmste Raum im ganzen Haus, denn in dem für Cornwall typischen schwarzen Herd mit den Messinggriffen ging das Feuer nie aus. Jetzt bullerte es leise vor sich hin, daß das Wasser im Teekessel sang. Dem Herd gegenüber befand sich eine Anrichte mit einer ganzen Sammlung von Fleischplatten, Gemüseschüsseln und einer Suppenterrine, und daneben stand Phyllis' Korbsessel, in den sie sich plumpsen ließ, wann immer sie einen Moment Zeit fand, um ihre Beine auszuruhen, was nicht oft geschah. Der Raum roch angenehm nach frisch gebügelter Wäsche, und unter der Decke hingen an einem über Rollen hochgezogenen Gestell noch einige Kleidungsstücke zum Auslüften.

Phyllis hob den Kopf. «Nanu, was machst du denn, schleichst du dich hinten rein?»

Wenn sie lächelte, kamen ihre nicht sehr guten Zähne zum Vorschein. Sie war ein flachbrüstiges und knochiges Mädchen mit blassem Teint und glattem, mittelblondem Haar, jedoch mit dem sanftesten Gemüt, das Judith jemals an jemandem erlebt hatte.

«Ich habe Tante Louises Auto gesehen.»

«Das ist doch kein Grund. Habt ihr eine schöne Feier gehabt?»

«Ja.» Judith kramte in ihrer Manteltasche. «Da, Jess», sagte sie und gab der Kleinen ihre Tüte mit Süßigkeiten.

Jess sah sie an. «Was ist das?»

Sie war ein hübsches Kind, pummelig und silberblond, aber noch ein furchtbares Baby, und Judith ärgerte sich unablässig über sie.

«Was Süßes, natürlich, du Dummerchen.»

«Ich mag Fruchtgummi.»

«Na, dann schau nach, ob du einen findest.»

Judith zog den Mantel aus, nahm die Wollmütze ab und warf beides auf einen Stuhl. Phyllis sagte nicht: «Häng die Sachen auf!» Irgendwann hängte sie sie vermutlich selbst auf.

«Ich hab gar nicht gewußt, daß Tante Louise zum Tee kommt.»

«Sie hat angerufen, so gegen zwei.»

«Worüber reden sie?»

«Du neugieriger Pinsel.»

«Wahrscheinlich über mich.»

«Über dich und diese Schule, über Anwälte und Gebühren und über Trimesterferien und Telefongespräche. Apropos Telefongespräche, deine Tante Biddy hat heute morgen angerufen. Hat zehn Minuten oder noch länger mit deiner Mutter geredet.»

Judith horchte auf. «Tante Biddy?» Sie war Mamis Schwester und Judiths Lieblingstante. «Was wollte sie denn?»

«Ich hab doch nicht gelauscht. Da mußt du schon deine Mama fragen.» Sie stellte das Bügeleisen ab und knöpfte Mamis beste Bluse zu. «Du gehst jetzt besser rüber. Ich habe dir eine Tasse hingestellt, und es gibt Scones und Zitronenkuchen, falls du Hunger hast.»

«Mir knurrt der Magen.»

«Wie üblich. Haben die euch bei eurer Weihnachtsfeier nichts zu essen gegeben?»

«Doch, Safranbrötchen. Aber ich bin immer noch hungrig.»

«Jetzt geh schon, sonst wundert sich deine Mutter noch.»

«Worüber?»

Aber Phyllis sagte nur: «Los, zieh dir andere Schuhe an und wasch dir noch die Hände!»

Judith tat es, wusch sich die Hände in der Spülkammer und benutzte dabei Phyllis' billige Seife. Dann verließ sie widerstrebend die behagliche Küche und ging durch die Diele. Aus dem Wohnzimmer drang gedämpftes Gemurmel weiblicher Stimmen. Sie öffnete die Tür, aber so leise, daß die zwei Frauen einen Moment lang ihre Anwesenheit nicht bemerkten.

Molly Dunbar und ihre Schwägerin, Louise Forrester, saßen vor dem Kamin. Auf dem ausklappbaren, mit besticktem Leinen und dem besten Porzellan gedeckten Teetisch zwischen ihnen standen Platten mit Sandwiches, ein glasierter Zitronenkuchen, heiße Scones mit Sahne und Erdbeermarmelade sowie zwei Sorten Teegebäck: Butterkekse und Schokoladenplätzchen.

Sie hatten es sich sehr gemütlich gemacht; die Samtvorhänge waren zugezogen, und im Kamin flackerte ein Kohlenfeuer. Das Wohnzimmer war weder groß noch sonstwie beeindruckend, und da sie Riverview House möbliert gemietet hatten, war es auch nicht besonders geschmackvoll eingerichtet. Sessel mit verblichenem Chintz, ein Webteppich in orientalischem Muster und die Beistelltische und Bücherregale waren eher zweckdienlich als dekorativ. Im sanften Lampenlicht sah es trotzdem recht hübsch aus, denn Molly hatte von Ceylon ihre Lieblingssachen mitgebracht, und im Raum verteilt, milderten sie seine unpersönliche Atmosphäre. Ziergegenstände aus Jade und Elfenbein, ein rotlackiertes Zigarettenkistchen, eine blau-weiße, mit Hyazinthen bepflanzte Schale und Familienfotos in Silberrahmen.

«... du wirst viel zu tun haben», sagte Tante Louise gerade. «Wenn ich dir helfen kann...» Sie beugte sich vor, um ihre Tasse auf dem Tisch abzustellen. Als sie den Blick hob, sah sie Judith in der offenen Tür. «Schau mal, wer da kommt...»

Molly wandte sich um. «Judith! Ich dachte schon, du hättest den Zug verpaßt.»

«Nein. Ich habe mich noch mit Phyllis unterhalten.» Sie schloß die Tür und ging durchs Wohnzimmer. «Guten Tag, Tante Louise.» Sie bückte sich und küßte sie auf die Wange. Tante Louise ließ sie gewähren, machte aber keinerlei Anstalten, den Kuß zu erwidern.

Sie zeigte nicht gern Gefühle. So blieb sie unbewegt sitzen, eine stämmige Frau Anfang Fünfzig mit überraschend schlanken und eleganten Beinen und langen, schmalen Füßen in festen Lederschuhen, die so auf Hochglanz poliert waren, daß sie wie Kastanien schimmerten. Sie trug eine Jacke und einen Rock aus Tweed, und ein kaum sichtbares Haarnetz hielt die ondulierten Wellen ihres kurzen grauen Haars in Form. Ihre Stimme klang tief und rauchig, und selbst wenn sie sich abends weiblicher anzog, Samtgewänder und bestickte Westen trug, so haftete ihr doch etwas verwirrend Maskulines an, wie einem Mann, der aus Jux oder für ein Kostümfest in den Kleidern seiner Frau auftritt, daß die Leute vor Vergnügen kreischen.

Eine stattliche Erscheinung. Aber nicht schön. Und wenn man den alten, vergilbten Fotos Glauben schenken durfte, war sie selbst in ihrer Jugend nicht hübsch gewesen. Als sie mit dreiundzwanzig noch nicht verlobt war und kein Mann um sie anhalten wollte, hatten ihre Eltern keinen anderen Ausweg gesehen, als sie kurzerhand nach Indien zu schicken, zu Verwandten, die mit einem Armeekorps in Delhi stationiert waren. Sobald die sommerliche Hitze einsetzte, wurde der gesamte Haushalt nach Norden verlegt, in die kühlen Hügel, und dort lernte Louise Jack Forrester kennen. Jack war Major im Bengalischen Schützenregiment und hatte gerade zwölf Monate in einem entlegenen Fort in den Bergen hinter sich, wo es von Zeit zu Zeit zu Scharmützeln mit kriegerischen Afghanen gekommen war. Nach Monaten der Enthaltsamkeit lechzte er während seines Urlaubs nach weiblicher Gesellschaft, und die junge, rotwangige Louise, ungebunden und sportlich, die er auf einem Tennisplatz herumhüpfen sah, war in seinen hungrigen, geblendeten Augen das begehrenswerteste Geschöpf. Mit ungeheurer Entschlossenheit, aber wenig Finesse – dafür reichte die Zeit nicht – stellte er ihr nach, und noch ehe er recht wußte, wie ihm geschah, war er mit ihr verlobt.

Merkwürdigerweise wurde es eine gute Ehe, obwohl – oder vielleicht gerade weil – ihnen Kindersegen versagt geblieben war. Statt dessen teilten sie ihre Vorliebe für das Leben im Freien und für all die ruhmreichen Gelegenheiten zu Sport und Spiel, die Indien ihnen bot. Es gab Jagdgesellschaften und Ausflüge in die Berge, Pferde zum Reiten und zum Polospiel und jede Menge Tennis und Golf, worin Louise sich auszeichnete. Als Jack schließlich seinen Abschied von der Armee nahm und sie nach England zurückkehrten, ließen sie sich allein wegen der Nähe des Golfplatzes in Penmarron nieder, und der Club wurde ihr zweites Zuhause. Bei rauhem Wetter spielten sie Bridge, doch nahezu jeder schöne Tag sah sie draußen auf den Fairways. Einige Zeit brachten sie auch an der Theke zu, wo Jack sich den zweifelhaften Ruf erwarb, jeden Mann unter den Tisch trinken zu können. Er prahlte damit, einen Magen zu haben, der alles vertrug, und seine Freunde stimmten ihm zu, bis er an einem strahlenden Samstagmorgen auf dem vierzehnten Green tot umfiel. Danach waren sie sich nicht mehr so sicher.

Molly befand sich, als dieses traurige Ereignis eintrat, auf Ceylon und schrieb einen Brief tiefster Anteilnahme, zumal sie sich nicht vorstellen konnte, wie Louise ohne Jack zurechtkommen würde. Sie waren doch so gute Freunde gewesen, so unzertrennlich. Aber als sich die beiden Frauen schließlich wieder trafen, konnte Molly an Louise keinerlei Veränderung feststellen. Sie sah noch genauso aus, wohnte noch im selben Haus und genoß ihr Leben nach derselben Fasson. Jeden Tag war sie auf dem Golfplatz, und da sie ein ausgezeichnetes Handicap hatte und den Ball ebenso kräftig wie ein Mann schlagen konnte, mangelte es ihr nie an männlichen Spielpartnern.

Nun griff sie gerade nach ihrem Zigarettenetui, klappte es auf und steckte eine türkische Zigarette in eine lange Spitze aus Elfenbein. Sie zündete sie mit einem goldenen Feuerzeug an, das einst ihrem verstorbenen Mann gehört hatte.

Durch eine Rauchwolke fragte sie Judith: «Wie lief denn eure Weihnachtsfeier?»

«War ganz gut. Wir haben *Sir Roger de Coverley* getanzt. Und es hat Safranbrötchen gegeben.» Dabei schielte Judith nach dem Teetisch. «Aber ich bin noch immer hungrig.»

«Wir haben dir genug übriggelassen», sagte Molly. Also zog Judith einen niedrigen Hocker heran und setzte sich zwischen die beiden Frauen, so daß ihre Nase auf einer Höhe mit Phyllis' Leckereien war. «Möchtest du Milch oder Tee?»

«Ich nehme Milch, danke.» Sie angelte sich ein Scone und begann zu essen, vorsichtig, denn es war sehr üppig gefüllt, und Sahne und

Erdbeermarmelade drohten herauszuquellen und alles zu beklek-
kern.

«Hast du dich von deinen Freundinnen verabschiedet?»

«Ja. Auch von Mr. Thomas und den anderen. Wir haben alle eine
Tüte mit Süßigkeiten gekriegt, aber ich habe meine Jess gegeben.
Nach der Feier bin ich mit Heather in die Stadt hinunter.»

«Wer ist Heather?» fragte Tante Louise.

«Heather Warren, meine beste Freundin.»

«Du kennst doch Mr. Warren», sagte Molly, «den Lebensmittelhändler am Market Place.»

«Oh!» Tante Louise hob die Brauen und lächelte spitzbübisch.
«Der flotte Spanier. Ist das ein gutaussehender Mann! Ich glaube,
bei dem würde ich sogar einkaufen, wenn er nicht meine Lieblings-
marmelade hätte.»

Offenbar war sie glänzend gelaunt. Judith fand, das sei der richtige Augenblick, das Thema Fahrrad anzuschneiden. Man muß das
Eisen schmieden, solange es heiß ist, wie Mrs. Warren zu sagen
pflegte. Den Stier bei den Hörnern packen.

«Heather ist übrigens auf die glänzende Idee gekommen, daß ich
ein Fahrrad haben müßte.»

«Ein *Fahrrad*?»

«Mami, du hörst dich an, als hätte ich um einen Rennwagen oder
um ein Pony gebeten. Ich halte es wirklich für eine gute Idee. Windyridge steht nicht gleich neben dem Bahnhof wie dieses Haus, und
die Bushaltestelle ist Meilen entfernt. Wenn ich ein Fahrrad habe,
bin ich beweglicher, und Tante Louise braucht mich nicht in ihrem
Auto herumzukutschieren. Und dann», so fügte sie listig hinzu,
«kann sie weiter Golf spielen.»

Tante Louise prustete vor Lachen. «Du hast aber auch an alles
gedacht.»

«*Du* hättest doch nichts dagegen, Tante Louise, nicht wahr?»

«Warum sollte ich? Ich bin froh, wenn ich dich los bin», was ihre
Art war, witzig zu sein.

Molly fand ihre Sprache wieder. «Aber Judith, ist ein Fahrrad
nicht schrecklich teuer?»

«Heather sagt, ungefähr fünf Pfund.»

«Das dachte ich mir. Schrecklich teuer. Und wir müssen noch so viele andere Dinge kaufen. Wir haben noch nicht einmal deine Schuluniform, und die Kleiderliste von St. Ursula ist ellenlang.»

«Du könntest es mir ja zu Weihnachten schenken.»

«Aber ich habe dein Weihnachtsgeschenk schon besorgt. Das, was du dir gewünscht hast...»

«Wir können das Fahrrad zum Geburtstagsgeschenk erklären. Du bist an meinem Geburtstag sowieso nicht hier, sondern in Colombo, und dann brauchst du mir kein Päckchen zu schicken.»

«Aber du müßtest damit auch auf Hauptstraßen fahren. Du könntest einen Unfall haben...»

Hier griff Tante Louise ein. «Kannst du radfahren?»

«Ja, natürlich. Aber ich habe nie um ein Fahrrad gebeten, weil ich es nicht wirklich gebraucht habe. Doch du mußt zugeben, Tante Louise, daß es furchtbar praktisch wäre.»

«Aber Judith...»

«Ach, Molly, stell dich doch nicht so an! Was soll denn dem Kind schon passieren? Und wenn sie unter einen Bus radelt, dann ist sie selbst schuld. Ich spendiere dir ein Fahrrad, Judith, aber weil es so teuer ist, muß es auch für deinen Geburtstag herhalten. Das erspart *mir*, dir ein Päckchen zu schicken.»

«Wirklich?» Judith konnte es kaum fassen, daß ihre Argumente gezogen hatten, daß sie so beharrlich geblieben war und tatsächlich ihren Willen durchgesetzt hatte. «Tante Louise, du bist 'ne Wucht.»

«Ich tu ja alles, damit du mir nicht vor den Füßen rumläufst.»

«Wann können wir es kaufen?»

«Wie wär's mit Heiligabend?»

Molly stöhnte leise. «O nein!» Sie klang entnervt, und Louise zog die Stirn kraus. «Was ist denn jetzt wieder?» fragte sie. Judith sah keinen Grund für diesen barschen Ton, aber Tante Louise verlor ja mit Molly oft die Geduld und behandelte sie eher wie ein dummes kleines Mädchen als wie eine Schwägerin. «Ist dir noch etwas eingefallen, wogegen du etwas haben könntest?»

«Nein, das nicht...» Eine leichte Röte stieg Molly in die Wangen. «Nur, wir werden nicht hier sein. Ich habe es dir noch nicht erzählt, weil ich es zuerst Judith sagen wollte.» Sie wandte sich Judith zu. «Tante Biddy hat angerufen.»

«Ich weiß. Das hat mir Phyllis schon gesagt.»

«Sie hat uns eingeladen, Weihnachten und Neujahr bei ihnen in Plymouth zu verbringen. Du und ich und Jess.»

Judith hatte den Mund voller Scone. Einen Moment lang befürchtete sie, sich zu verschlucken, dann bekam sie den Bissen aber doch hinunter, bevor etwas so Gräßliches passierte.

Weihnachten bei Tante Biddy!

«Und was hast du gesagt?»

«Daß wir kommen.»

Das war so unglaublich aufregend, daß Judith alles andere vergaß, sogar das neue Fahrrad.

«Wann?»

«Ich dachte am Tag vor Heiligabend. Da sind die Züge noch nicht so voll. Biddy holt uns vom Bahnhof ab. Sie sagte, es täte ihr leid, daß sie so spät damit herausrückte, ich meine mit der Einladung, aber es sei ein spontaner Einfall gewesen. Und weil es doch für eine Weile meine letzten Weihnachten in England sind, hielt sie es für eine gute Idee, die Feiertage gemeinsam zu verbringen.»

Wäre Tante Louise nicht hier gewesen, hätte Judith die Arme hochgerissen und wäre auf und ab gehüpft und im Zimmer herumgetanzt. Doch es kam ihr ein bißchen rüde vor, sich so sichtbar zu freuen, wenn Tante Louise nicht mit eingeladen war. Deshalb zügelte sie ihre Begeisterung, als sie sich ihrer Tante zuwandte.

«Tante Louise, könnten wir unter diesen Umständen das Fahrrad vielleicht *nach* Weihnachten kaufen?»

«Sieht so aus, als müßten wir das wohl, nicht wahr? Eigentlich wollte ich euch einladen, Weihnachten bei mir zu verbringen, aber jetzt hat mir Biddy anscheinend die Last abgenommen.»

«Oh, Louise, entschuldige bitte! Jetzt habe ich das Gefühl, daß ich dich im Stich lasse.»

«Quatsch! Ein bißchen Abwechslung tut uns allen gut. Ist Biddys Sohn auch da?»

«Ned? Leider nicht. Er fährt nach Zermatt zum Skilaufen, mit ein paar Schulfreunden aus Dartmouth.»

Tante Louise hob die Augenbrauen, denn teure und extravagante Lustbarkeiten fanden nicht gerade ihren Beifall. Aber schließlich hatte Biddy ihr einziges Kind schon immer entsetzlich verwöhnt und konnte ihm kein Vergnügen abschlagen.

Doch «Schade!» war alles, was sie dazu sagte. «Dann hätte Judith Gesellschaft gehabt.»

«Tante Louise, Ned ist sechzehn! Der hätte keinerlei Notiz von mir genommen. Sicher unterhalte ich mich viel besser, wenn er nicht da ist…»

«Wahrscheinlich hast du recht. Und wie ich Biddy kenne, werdet ihr euch prächtig amüsieren. Hab sie seit einer Ewigkeit nicht mehr gesehen. Wann war sie zum letztenmal hier bei dir, Molly?»

«Anfang Sommer. Das weißt du doch noch. Wir hatten diese herrliche Hitzewelle…»

«War das damals, als sie in diesem unbeschreiblichen Strandpyjama zu mir zum Dinner kam?»

«Ja, stimmt.»

«Und als ich sie in deinem Garten antraf, wie sie in einem zweiteiligen Badeanzug in der Sonne lag. Hautfarben. Sie hätte genausogut nackt sein können.»

«Sie richtet sich immer sehr nach der Mode.» Molly fühlte sich veranlaßt, ihre flatterhafte Schwester in Schutz zu nehmen, auch wenn das noch so nutzlos war. «Über kurz oder lang werden wir wohl alle Strandpyjamas tragen.»

«Gott behüte!»

«Was machst du zu Weihnachten, Louise? Hoffentlich fühlst du dich nicht einsam.»

«Um Himmels willen, nein! Ich werde es eher genießen, allein zu sein. Vielleicht lade ich Billy Fawcett zu einem Drink ein, und dann gehen wir zum Mittagessen in den Club. Die ziehen für gewöhnlich eine große Sache auf.» Judith malte sich in Gedanken all die Golfer in Knickerbockern und derben Schuhen mit Knallbonbons und Papierhüten aus. «Kann sein, daß wir danach noch eine Runde Bridge spielen.»

Molly runzelte die Stirn. «Billy Fawcett? Ich glaube nicht, daß ich den kenne.»

«Nein. Bestimmt nicht. Ein alter Freund aus den Tagen in Quetta. Hat sich jetzt zur Ruhe gesetzt und wollte es mit Cornwall versuchen. Deshalb hat er einen der neuen Bungalows gemietet, die sie in meiner Straße gebaut haben, und ich stelle ihn reihum den Leuten vor. Du mußt ihn noch kennenlernen, bevor du abreist. Ist auch ein begeisterter Golfer, deshalb habe ich ihn dem Club als Mitglied vorgeschlagen.»

«Das ist schön für dich, Louise.»

«Was?»

«Na ja… daß du einen alten Bekannten in deiner Nachbarschaft hast. Noch dazu einen Golfspieler. Nicht, daß es dir jemals an Spielpartnern gemangelt hätte.»

Doch Louise wollte sich nicht festlegen. Sie spielte nur mit den Besten. «Kommt darauf an, was für ein Handicap er hat», erklärte sie, während sie energisch ihre Zigarette ausdrückte. Dann sah sie auf die Uhr. «Himmel, ist es schon so spät? Ich muß los.» Sie griff nach ihrer Handtasche und stemmte sich aus dem Sessel hoch. Auch Molly und Judith erhoben sich. «Sag Phyllis, der Tee war köstlich. Dieses Mädchen wird dir fehlen. Hat sie schon eine neue Stelle?»

«Ich glaube, sie hat sich noch keine große Mühe gegeben, eine zu finden.»

«Ein Glück für den, der dieses Goldstück kriegt. Nein, klingle nicht nach ihr! Judith kann mich rausbringen. Und falls ich dich vor Weihnachten nicht mehr sehe, Molly, wünsche ich dir jetzt schon viel Spaß. Ruf mich an, wenn du wieder da bist. Sag mir Bescheid, wann du Judiths Sachen nach Windyridge bringen möchtest. Judith, wir kaufen das Fahrrad Anfang der Osterferien. Vorher brauchst du es ja ohnehin nicht…»

1936

Es war noch dunkel und so kalt, dass Judith beim Aufwachen das Gefühl hatte, ihre Nase sei ein auf ihrem Gesicht festgefrorener Fremdkörper. Als sie am Abend zu Bett gegangen war, hatte sie nicht einmal gewagt, das Fenster zu öffnen, sondern nur die Vorhänge ein wenig zurückgezogen, und nun schimmerte durch die Eisblumen an der Scheibe das gelbe Licht einer Straßenlaterne herein. Tiefe Stille. Vielleicht war es ja noch mitten in der Nacht. Doch nach einer Weile hörte sie den Hufschlag der Pferde des Milchwagens und wußte, daß es nicht mehr mitten in der Nacht, sondern bereits Morgen war.

Nur Mut, auch wenn es große Überwindung kostete! Eins, zwei, drei! Sie zog eine Hand unter der warmen Bettdecke hervor und knipste die Nachttischlampe an. Auf ihrer neuen Uhr – von Onkel Bob und eines der schönsten Geschenke – sah sie, daß es Viertel vor acht war.

Schnell steckte sie die Hand wieder unter die Decke und wärmte sie zwischen den Knien. Ein neuer Tag. Der letzte Tag. Sie war ein wenig traurig. Die Weihnachtsferien waren vorüber, es ging wieder nach Hause.

Der Raum, in dem sie lag, befand sich im Dachgeschoß von Tante Biddys Haus und war ihr zweitbestes Gästezimmer. Das beste, im ersten Stock, hatten Mutter und Jess bekommen, aber Judith mochte dieses Zimmer mit seinen schrägen Wänden, dem Mansardenfenster und den geblümten Vorhängen ohnehin lieber. Nur die Kälte war unangenehm, weil die Heizung in den Räumen darunter zu schwach war, um auch das oberste Stockwerk zu versorgen.

Doch Tante Biddy hatte ihr einen kleinen Elektroofen gegeben, und mit dessen Hilfe und mit ein paar Wärmflaschen war es ihr gelungen, nicht zu sehr zu frieren.

Denn kurz vor Weihnachten waren die Temperaturen beängstigend gesunken. Der Wetterbericht im Rundfunk hatte zwar vor einem Kälteeinbruch gewarnt, doch niemand war auf die arktische Witterung vorbereitet gewesen, die seither herrschte. Als die Dunbars von der Kornischen Riviera landeinwärts gereist waren, lag das Bodmin Moor unter einer Schneedecke, und als sie in Plymouth aus dem Zug stiegen, war ihnen, als kämen sie in Sibirien an, so rauh war der Wind, der Graupelschauer über den Bahnsteig peitschte.

Das war Pech, denn Tante Biddy und Onkel Bob wohnten in dem wohl kältesten Haus auf Gottes Erdboden. Dafür konnten sie allerdings nichts, denn es handelte sich um eine Dienstwohnung, die Onkel Bob als Kommandant der Königlichen Marineakademie in Keyham bezogen hatte. Ein Reihenhaus mit Blick nach Norden, hoch und schmal, und der Wind pfiff durch alle Ritzen. Der wärmste Ort war die Küche im Erdgeschoß, doch die war das Reich von Mrs. Cleese, der Köchin, und Hobbs, einem ehemaligen Mitglied des Musikkorps der Königlichen Marine, der inzwischen im Ruhestand lebte und jeden Tag kam, um Stiefel zu wichsen und Kohlen zu schleppen. Hobbs war ein richtiges Original, mit weißem Haar, das er über seine Glatze kämmte, und mit so funkelnden, schlauen Augen wie eine Amsel. Er hatte Nikotinflecken an den Fingern, und sein Gesicht war so runzlig und zerfurcht wie ein alter Koffer, doch wenn abends eine Party stattfand, warf er sich in Schale, zog weiße Handschuhe an und schenkte die Getränke ein.

Dabei hatte es eine Menge Partys gegeben, und trotz der Eiseskälte waren es wunderbare Weihnachten gewesen, genau wie Judith sich immer vorgestellt hatte, daß Weihnachten sein müßte, obwohl sie schon geglaubt hatte, daß sie es so nie erleben würde. Biddy, die keine halben Sachen machte, hatte das ganze Haus dekoriert – über die Toppen beflaggt wie ein Schlachtschiff, hatte Onkel Bob es genannt –, und ihr Christbaum, der in der Diele stand und das ganze Treppenhaus mit Lichtern, Glitzerschmuck, Lametta und

Tannenduft erfüllte, war der prächtigste Baum, den Judith je gesehen hatte. Die übrigen Räume waren ebenso festlich geschmückt. Hunderte von Weihnachtskarten hingen an knallroten Bändern, und Girlanden aus Stechpalmenzweigen und Efeu rahmten die Kamine ein. Im Eßzimmer und im Salon brannten pausenlos große Kohlenfeuer, die Hobbs schürte und jeden Abend mit Grus abdeckte, damit sie über Nacht nicht ausgingen.

Und sie hatten so viel unternommen, ständig war etwas los gewesen. Gäste kamen zum Lunch oder zu Dinnerpartys, bei denen sie nach dem Essen zu den Klängen des Grammophons tanzten. Unablässig kreuzten Freunde auf, zum Tee oder nur auf einen Drink, und falls einmal eine Flaute eintrat oder ein ereignisloser Nachmittag drohte, zog sich Tante Biddy nie in einen stillen Winkel zurück, sondern schlug sofort einen Kinobesuch oder einen Ausflug in die Eislaufhalle vor.

Ihre Mutter, das wußte Judith, fühlte sich allmählich erschöpft, und von Zeit zu Zeit vertraute sie Jess der Obhut Hobbs' an und stahl sich nach oben, um sich auf ihrem Bett auszuruhen. Judith mochte Hobbs und Mrs. Cleese ausgesprochen gern, deshalb verbrachte sie viel Zeit in der Küche, wo sie sich wider alle Vernunft mit köstlichen Leckereien vollstopfen ließ. Für sie war das eine schöne Abwechslung, denn sie amüsierte sich viel besser, wenn ihre kleine Schwester nicht hinter ihr herzockelte. Ab und zu war Jess natürlich dabei.

Onkel Bob hatte Karten für die Weihnachtspantomime besorgt, und sie waren, zusammen mit einer anderen Familie, alle gemeinsam hingegangen und hatten eine ganze Sitzreihe belegt. Außerdem hatte Onkel Bob einen großen Kasten Konfekt und für jeden ein Programm gekauft. Doch als die komische Alte mit ihrer purpurfarbenen Perücke, in einem engen Mieder und in weiten, scharlachroten Pluderhosen auftrat, hatte sich Jess furchtbar angestellt und vor Angst laut aufgeheult. Deshalb mußte Mami sie eilends hinausbringen und kam mit ihr nicht mehr zurück. Zum Glück war das gleich am Anfang passiert, so daß alle anderen sitzen bleiben und die Aufführung genießen konnten.

Onkel Bob war der Beste. Bei ihm zu sein, ihn richtig kennenzulernen war für Judith unbestritten die Hauptattraktion dieser Feiertage. Sie hatte nie gewußt, daß Väter so hinreißend sein konnten, so geduldig, so interessant, so lustig. Da Ferien waren, brauchte er nicht jeden Tag in seine Akademie zu gehen, sondern hatte auch frei, und sie hielten sich oft in seinem Allerheiligsten auf, in seinem Arbeitszimmer, wo er ihr seine Fotoalben zeigte, sie auf dem aufziehbaren Grammophon Schallplatten abspielen ließ und ihr den Umgang mit seiner ramponierten Reiseschreibmaschine beibrachte. Beim Eislaufen hatte er sie gestützt und über die Eisbahn gezogen, bis sie «seetüchtig» war, wie er es ausdrückte, und bei Partys hatte er immer darauf geachtet, daß sie nicht ausgeschlossen wurde, und sie wie eine Erwachsene den Gästen vorgestellt.

Obgleich sie Dad liebte und ihn wohl auch vermißte, hatte sie mit ihm nie soviel Spaß gehabt. Während sie sich dies eingestand, regte sich ihr schlechtes Gewissen, weil sie in den letzten zwei Wochen so vergnügt gewesen war, daß sie kaum an ihn gedacht hatte. Zum Ausgleich dafür dachte sie jetzt an ihn, ganz fest, aber zuvor mußte sie an Colombo denken, weil er sich dort aufhielt und das der einzige Ort war, an dem sein Bild für sie lebendig wurde. Es war schwierig. Colombo lag weit zurück. Sie meinte, sich noch aller Einzelheiten zu entsinnen, die Zeit hatte jedoch die Erinnerungen verwischt, wie das Licht alte Fotos verblassen läßt. Sie überlegte, ob ihr irgendein Ereignis einfiel, mit dem sie ihrem Gedächtnis auf die Sprünge helfen konnte.

Weihnachten. Das war naheliegend. Weihnachten in Colombo war unvergeßlich, und sei es nur deshalb, weil es ganz anders verlief als hier, unter einem strahlenden Tropenhimmel, bei sengender Hitze, mit der Brandung des Indischen Ozeans im Ohr und einer leichten Brise, die durch die Palmen strich. Im Haus an der Galle Road hatte Judith ihre Weihnachtsgeschenke auf der luftigen Veranda ausgepackt, und zum Dinner hatte es keinen gebratenen Truthahn, sondern ein traditionelles Currygericht im Hotel Galle Face gegeben. Auch viele andere Leute feierten Weihnachten auf diese Weise, so daß es fast wie ein riesiges Kinderfest war, auf dem alle Papphüte trugen und in Papiertrompeten pusteten. Sie dachte an den Speisesaal, in dem ganze Familien saßen und alle viel zuviel

aßen und tranken, während ein leichter Wind vom Meer hereinwehte und die Deckenventilatoren langsam kreisten.

Es klappte. Jetzt hatte sie ein klares Bild von Dad vor Augen. Er
saß am Kopf des Tisches und hatte eine blaue, mit Goldsternchen
verzierte Papierkrone auf. Sie fragte sich, wie er wohl dieses einsame Weihnachten verbracht haben mochte. Als sie ihn vor vier
Jahren verlassen hatten, war ein Junggeselle, mit dem er befreundet
war, bei ihm eingezogen, um ihm Gesellschaft zu leisten. Doch es
wollte ihr einfach nicht gelingen, sich die beiden Männer in weih-
nachtlichem Frohsinn vorzustellen. Wahrscheinlich waren sie in ihrem Club gelandet, mit all den anderen Junggesellen und Strohwit-
wern. Sie seufzte. Vermutlich vermißte sie ihn schon, aber es war
nicht einfach, jemanden immer noch zu vermissen, wenn man so
lange ohne ihn gelebt hatte und der einzige Kontakt in den monat-
lichen Briefen bestand, die bei ihrer Ankunft bereits drei Wochen
alt und nie besonders spannend waren.

Auf der neuen Uhr war es inzwischen acht. Zeit zum Aufstehen.
Jetzt! Eins, zwei, drei! Judith schlug die Decke zurück, sprang aus
dem Bett, rannte zum Elektroofen und schaltete ihn ein. Dann
schlüpfte sie sehr schnell in ihren Morgenmantel und schob die
nackten Füße in die Hausschuhe aus Schaffell.

Ihre Weihnachtsgeschenke lagen aufgereiht auf dem Fußboden.
Sie holte ihren kleinen Koffer hervor – ein chinesischer aus Korbge-
flecht mit einem Tragegriff und mit winzigen Knebeln als Verschluß
– und klappte ihn auf, um ihre Schätze einzupacken. Zuerst legte sie
die Uhr hinein und die zwei Bücher, die Tante Biddy ihr geschenkt
hatte, das neueste von Arthur Ransome, das *Winter Holiday* hieß,
und ein schönes, dickes, ledergebundenes: *Jane Eyre* von Charlotte
Brontë. Das sah nach einem langen Roman aus, klein gedruckt,
aber mit etlichen farbigen Illustrationen, die durch Seidenpapier-
blätter geschützt wurden und so verlockend waren, daß Judith es
kaum abwarten konnte, mit dem Lesen zu beginnen. Dann folgten
die wollenen Handschuhe von ihren Großeltern und die gläserne
Halbkugel, in der ein Schneegestöber einsetzte, wenn man sie schüttelte. Die war von Jess. Mami hatte ihr einen Pullover geschenkt,
von dem Judith ein wenig enttäuscht war, weil er einen runden Aus-

schnitt hatte und sie sich einen mit Polokragen gewünscht hatte. Tante Louise hatte allerdings den Vogel abgeschossen, denn trotz des versprochenen Fahrrads hatte auch von ihr ein Päckchen für Judith unter dem Baum gelegen, ein Tagebuch für fünf Jahre, in Leder und so dick wie eine Bibel. Das Geschenk von Dad war noch nicht eingetroffen. Sachen rechtzeitig abzuschicken war nicht gerade seine Stärke, und die Post brauchte Ewigkeiten. Also gab es etwas, worauf sie sich noch freuen konnte. Eines der besten Geschenke stammte von Phyllis und war genau das, was Judith schon lange gefehlt hatte: ein Tiegel Klebstoff mit einem kleinen Pinsel und eine Schere. Die würde sie in der abschließbaren Schublade ihres Schreibtisches aufheben, damit Jess nicht daran herumfingern konnte, und wann immer sie schöpferische Anwandlungen überkamen, wenn sie etwas basteln oder ausschneiden oder eine Ansichtskarte in ihr Album kleben wollte, mußte sie nicht mehr zu ihrer Mutter gehen und sie um eine Schere bitten, die ohnehin nie auffindbar war, und sie hatte es auch nicht mehr nötig, aus Mehl und Wasser einen Kleister anzurühren. Der klebte nämlich nie richtig und roch abscheulich. Daß sie diese bescheidenen Dinge jetzt selbst besaß, gab ihr ein angenehmes Gefühl von Unabhängigkeit.

Sie räumte alles fein säuberlich in ihren Korb, und der Deckel ging sogar noch zu. Dann steckte sie die kleinen Knebel durch die Schlaufen, legte den Korb auf das Bett und zog sich an, so schnell sie konnte. Das Frühstück wartete bestimmt schon, und sie war hungrig. Hoffentlich gab es Würstchen und keine pochierten Eier.

BIDDY SOMERVILLE saß an ihrem Eßzimmertisch, trank schwarzen Kaffee und versuchte, nicht zur Kenntnis zu nehmen, daß sie einen leichten Kater hatte. Am vergangenen Abend waren nach dem Essen unvermutet zwei junge Leutnants des Pionierkorps hereingeschneit, um ihre Aufwartung zu machen, und Bob hatte ein Flasche Brandy hervorgeholt, von dem Biddy während des kleinen Umtrunks ein Gläschen zuviel erwischt hatte. Jetzt erinnerte sie ein sanftes Pochen hinter den Schläfen daran, daß sie nach zweien hätte

aufhören sollen. Bob gegenüber erwähnte sie nicht, daß sie sich ein
bißchen flau fühlte, sonst hätte er ihr unumwunden dasselbe gesagt.
Er stufte Kater wie Sonnenbrand ein – als Folge einer strafbaren
Handlung.

Für ihn mochte das ja recht und billig sein, denn er hatte in seinem ganzen Leben noch nie unter einem Kater gelitten. Nun saß er
ihr gegenüber, hinter den aufgeschlagenen Seiten der *Times* verborgen. Er war bereits korrekt gekleidet, in Uniform, denn sein Weih-
nachtsurlaub war zu Ende. Gleich würde er die Zeitung zuklappen,
zusammenfalten, auf den Tisch legen und verkünden, daß es an der
Zeit war, sich auf den Weg zu machen. Ihre Gäste hatten sich noch
nicht blicken lassen, und Biddy war dafür dankbar, denn mit ein
bißchen Glück würde sie, bis sie auftauchten, ihre zweite Tasse Kaffee getrunken haben und sich etwas besser fühlen.

Sie reisten an diesem Tag ab. Biddy bedauerte, daß sie ihnen
schon Lebewohl sagen mußte. Sie hatte sie aus mehreren Gründen
eingeladen. Es waren Mollys letzte Weihnachten, bevor sie in den
Fernen Osten zurückkehrte, und sie war ihre einzige Schwester. Bei
dem Zustand, in dem sich die Welt gerade befand, konnte niemand
ahnen, wann sie einander wiedersehen würden. Außerdem hatte
Biddy ein schlechtes Gewissen, weil sie der Meinung war, sie habe
während der letzten vier Jahre nicht genug für die Dunbars getan,
sie zu selten gesehen und sich weniger darum bemüht, als sie gekonnt hätte. Letzten Endes hatte sie sie auch deshalb hergebeten,
weil Ned beim Skilaufen war und ihr der Gedanke, Weihnachten
ganz ohne junge Leute zu verbringen, trostlos, ja geradezu unerträglich vorgekommen war.

Da sie mit ihrer Schwester nur wenig gemein hatte und die beiden
Mädchen kaum kannte, hatte sie von diesem Besuch nicht allzuviel
erwartet, doch er war überraschend erfolgreich verlaufen. Zwar
hatte Molly, die mit Biddys geselligem Trubel nicht Schritt zu halten vermochte, von Zeit zu Zeit schlappgemacht und sich auf ihr
Bett zurückgezogen, um die Beine hochzulegen, und Jess war, wer
wollte das bestreiten, eine verzogene Göre, die furchtbar verwöhnt
und sofort gehätschelt wurde, wenn sie nur einmal weinte.

Aber Judith hatte sich als höchst erstaunlich entpuppt, ein Mädchen, wie Biddy es sich als eigene Tochter wünschte, wenn sie jemals eine gehabt hätte. Sie beschäftigte sich, wenn nötig, mit sich selbst, mischte sich nie in die Gespräche der Erwachsenen ein und war von allem begeistert, stürzte sich dankbar in jeden Zeitvertreib, den man ihr vorschlug. Außerdem war sie, wie Biddy fand, ausnehmend hübsch – oder würde es zumindest in wenigen Jahren sein. Daß niemand in ihrem Alter hier gewesen war, hatte sie nicht im geringsten gestört. Bei Biddys Partys hatte sie sich nützlich gemacht, Nüsse und Kekse herumgereicht, und sie war auf jeden eingegangen, der sich einen Moment Zeit nahm, um mit ihr zu reden. Ihr Verhältnis zu Bob war ein zusätzlicher Pluspunkt für sie gewesen, denn offensichtlich hatte sie ihm ebensoviel Vergnügen bereitet wie er ihr. Er mochte sie aus altmodischen Gründen, wegen ihrer guten Manieren und der Art, wie sie ihre Meinung sagte und einem dabei in die Augen sah. Aber darüber hinaus bestand zwischen den beiden auch eine natürliche Anziehungskraft, der Reiz am Umgang mit dem anderen Geschlecht, eine Vater-Tochter-Beziehung, die beide wohl auf die eine oder andere Weise vermißt hatten.

Vielleicht, überlegte Biddy, hätten sie auch Töchter haben sollen, vielleicht sogar eine ganze Schar von Kindern. Aber sie hatten nur Ned, der in ein Internat gesteckt wurde, als er acht war, und dann nach Dartmouth. Die Jahre flogen so schnell vorüber, ihr kam es vor, als wäre er eben noch klein gewesen, heißgeliebt, mit Pausbacken und flachsblonden Haaren, mit schmutzigen Knien und rauhen, warmen Patschhänden. Jetzt war er bereits sechzehn und fast so groß wie sein Vater. Im Nu würde er sein Studium beendet haben und auf See geschickt werden. Erwachsen sein. Heiraten. Eine Familie gründen. Biddys Phantasie eilte der Zeit voraus. Sie seufzte. Es reizte sie überhaupt nicht, Großmutter zu werden. Sie war jung. Fühlte sich noch jung. Um keinen Preis wollte sie sich schon als Frau in mittleren Jahren sehen.

Die Tür ging auf, und Hobbs betrat auf quietschenden Sohlen den Raum, brachte die Morgenpost und noch eine Kanne mit schwarzem Kaffee. Er stellte sie auf die Warmhalteplatte auf der Anrichte, dann kam er an den Tisch und legte Biddy ihre Briefe hin. Sie wünschte sich, er würde etwas gegen seine quietschenden Stiefel unternehmen.

«Ist bitterkalt heut morgen», stellte er zufrieden fest. «In allen Rinnsteinen ist 'ne dicke Eisschicht. Ich hab Salz auf die Stufen vor der Haustür gestreut.»

Doch Biddy sagte nur: «Danke, Hobbs.» Denn wäre sie auf seine Bemerkung eingegangen, dann wäre er womöglich stehengeblieben und hätte ewig weitergeredet. Von ihrem anhaltenden Schweigen enttäuscht, sog er verdrießlich an seinen Zähnen, rückte eine Gabel gerade, um seine Anwesenheit zu rechtfertigen, gab sich aber schließlich geschlagen und trollte sich hinaus. Bob las noch immer Zeitung. Biddy sah ihre Post durch. Nicht einmal eine Ansichtskarte von Ned, dafür ein Brief ihrer Mutter, in dem sie sich wahrscheinlich für die kleine gestrickte Decke bedankte, die Biddy ihr als Kniewärmer zu Weihnachten geschickt hatte. Sie griff nach einem Messer und schlitzte den Umschlag auf. Da ließ Bob die Zeitung sinken, faltete sie zusammen und knallte sie auf den Tisch.

Biddy hob den Kopf. «Was ist denn?»

«Nichts als Beschwichtigungen. Der Völkerbund tut nichts. Und das, was sich da in Deutschland zusammenbraut, schmeckt mir gar nicht.»

«Ach, Liebling.» Sie konnte es nicht ausstehen, wenn er bedrückt war oder sich Sorgen machte. Sie selbst las nur erfreuliche Nachrichten und blätterte schnell weiter, wenn die Schlagzeilen Unangenehmes verhießen.

Bob schaute auf die Uhr. «Ich muß los», sagte er, schob den schweren Stuhl zurück und stand auf. Ein hochgewachsener, breitschultriger Mann, der in der dunklen zweireihigen Jacke mit den Goldknöpfen noch stattlicher wirkte. Buschige Augenbrauen überschatteten das glattrasierte, kantige Gesicht, und seine dichte, eisengraue, unerbittlich gestutzte Mähne wurde mit Haaröl und zwei harten Bürsten gebändigt.

«Ich wünsch dir einen schönen Tag», sagte Biddy.

Sein Blick schweifte über die leeren Plätze am Tisch. «Wo sind die anderen?»

«Noch nicht unten.»

«Wann reisen sie ab?»

«Am Nachmittag. Mit dem Riviera-Expreß.»

«Ich fürchte, das schaffe ich nicht. Kannst du sie an die Bahn fahren?»

«Natürlich.»

«Sag ihnen auch in meinem Namen auf Wiedersehen. Vor allem Judith.»

«Sie wird dir fehlen.»

«Ich…» Er war kein gefühlsbetonter Mensch oder, genauer gesagt, ein Mensch, der seine Gefühle nicht zeigte, und suchte nach Worten. «Mir gefällt der Gedanke nicht, daß sie allein zurückbleibt. Sich selbst überlassen.»

«Sie ist nicht sich selbst überlassen. Louise ist ja da.»

«Aber sie braucht mehr, als Louise ihr geben kann.»

«Ich weiß. Ich war ja immer der Meinung, die Dunbars seien die langweiligsten Leute auf der Welt. Aber so ist das eben. Molly hat in diese Familie eingeheiratet und sich ihnen anscheinend vollkommen angepaßt. Da können wir beide nicht viel daran ändern.»

Er dachte darüber nach, während er vor dem Fenster stand, in den trüben, dunklen Morgen hinausblickte und mit dem Kleingeld in seiner Hosentasche klimperte.

«Du kannst sie allemal für ein paar Tage hierher einladen. Judith, meine ich. In den Ferien. Oder wäre dir das furchtbar lästig?»

«Nein, überhaupt nicht. Aber ich bezweifle, daß Molly damit einverstanden ist. Sie wird sich bestimmt darauf herausreden, daß sie Louise nicht kränken möchte. Du weißt ja, wie sehr sie unter der Fuchtel von Louise steht. Louise behandelt sie, als wäre sie nicht ganz bei Trost, und sie wehrt sich mit keinem Pieps dagegen.»

«Na, seien wir doch ehrlich, sie ist ja auch nicht ganz bei Trost. Aber versuch es trotzdem.»

«Ich werde es ihr vorschlagen.»

Er gab ihr einen Kuß auf die Stirn ihres Brummschädels. «Also dann, bis heute abend.» Mittags kam er nie nach Hause, denn er zog es vor, in der Offiziersmesse zu essen.

44

«Wiedersehen, Liebling.»

Er ging. Sie war allein. Als sie ihren Kaffee ausgetrunken hatte, stand sie auf, schenkte sich noch eine Tasse ein und kehrte an den Tisch zurück, um den Brief ihrer Mutter zu lesen. Die Schrift war krakelig und verriet die unsichere Hand einer sehr alten Frau.

Meine liebe Biddy,

nur ein paar Zeilen, um Dir für die Decke zu danken. Genau das Richtige für kalte Winterabende, denn bei der Kältewelle, die wir jetzt haben, hat sich mein Rheumatismus wieder gemeldet. Wir hatten ruhige Weihnachten. Wenig Leute in der Kirche, und der Organist hatte die Grippe, so daß Mrs. Fell einspringen mußte, und wie Du weißt, spielt sie nicht besonders gut. Vater ist mit seinem Auto auf der Woolscombe Road fürchterlich ins Schleudern gekommen. Jetzt ist der Wagen verbeult, und Vater ist mit der Stirn gegen die Windschutzscheibe geprallt. Hat einen schlimmen Bluterguß. Ich habe eine Karte von der armen Edith bekommen, ihre Mutter wird allmählich hinfällig...

Es war noch zu früh am Morgen für soviel Trübsal. Biddy schob den Brief beiseite und wandte sich wieder ihrem Kaffee zu, stützte die Ellbogen auf dem Tisch auf und legte ihre schlanken Finger um die warme Tasse. Sie dachte an ihre Eltern, an dieses traurige, alte Ehepaar, und wunderte sich wieder einmal darüber, daß sie sich einst, wie unvorstellbar das auch sein mochte, tatsächlich sexuellen Leidenschaften hingegeben haben mußten und dabei ihre zwei Töchter, Biddy und Molly, zustande gebracht hatten. Aber noch erstaunlicher war die Tatsache, daß diese Töchter es irgendwie geschafft hatten, dem Pfarrhaus zu entrinnen, Ehemänner zu finden und für immer die erstickende Langeweile und hehre Armut, in der sie aufgewachsen waren, hinter sich zu lassen.

Denn keine von beiden war auf das Leben vorbereitet gewesen. Sie waren weder als Krankenschwestern ausgebildet, noch hatten sie die Universität besucht oder auch nur Maschineschreiben gelernt. Molly hatte es zur Bühne gezogen, als Tänzerin, als Ballerina. In der Schule war sie stets der Star der Ballettgruppe gewesen und hatte davon geträumt, in die Fußstapfen von Irina Baronova und Alicia Markova zu treten. Doch von allem Anfang an wurde ihr schwacher Ehrgeiz von elterlicher Mißbilligung und Geldmangel ebenso durchkreuzt wie von Reverend Evans' unausgesprochener Überzeugung, daß zur Bühne zu gehen unweigerlich darauf hinauslief, eine Hure zu werden. Wäre Molly nicht zu jenem Tennismatch eingeladen worden, bei dem sie Bruce Dunbar kennengelernt hatte, der zu seinem ersten langen Urlaub von Colombo nach Hause gekommen war und verzweifelt eine Frau suchte, mochte allein der Himmel wissen, was aus dem armen Mädchen geworden wäre. Wahrscheinlich eine alte Jungfer, die ihr Leben lang der Mutter half, die Kirche mit Blumen zu schmücken.

Biddy war ganz anders. Sie hatte immer gewußt, was sie wollte, und sich aufgemacht, es zu erreichen. Schon in jungen Jahren hatte sie klar erkannt, daß sie sich selbst darum kümmern mußte, wenn sie es im Leben zu irgend etwas bringen wollte. Kaum hatte sie das eingesehen, da schärfte sie ihre Sinne und freundete sich schon in der Schule nur mit jenen Mädchen an, von denen sie sich erhoffte, daß sie ihr zu gegebener Zeit dabei helfen würden, ihre Pläne zu verwirklichen. Das Mädchen, das ihre beste Freundin wurde, war die Tochter eines Marinekommandanten, der ein großes Haus in der Nähe von Dartmouth bewohnte. Außerdem hatte sie Brüder. Biddy fand, dies sei fruchtbarer Boden, also half sie mit ein paar beiläufigen Bemerkungen nach, um eine Einladung für ein Wochenende herauszuschlagen. Ganz wie beabsichtigt, war sie ein gesellschaftlicher Erfolg. Attraktiv, langbeinig, mit strahlenden, dunklen Augen, einer üppigen Mähne aus braunen Locken und noch jung genug, so daß niemand an ihrer bescheidenen Garderobe Anstoß nahm. Obendrein besaß sie einen sicheren Instinkt für das, was von ihr erwartet wurde; wann sie nur höflich zu sein brauchte und wann sie charmant sein mußte, und sie verstand es, mit älteren Männern zu flirten, die sie für ein Flittchen hielten und ihr auf den Po klopften. Aber die Brüder waren wirklich das Beste, denn sie hatten Freunde, und diese Freunde hatten wiederum Freunde. Erstaunlich mühelos erweiterte Biddy ihren Bekanntenkreis, und es dauerte nicht lange, bis sie ein gerngesehener Gast in dieser Ersatzfamilie wurde, mehr Zeit bei ihnen als zu Hause verbrachte und den Ermahnungen und schrecklichen Warnungen ihrer besorgten Eltern immer weniger Beachtung schenkte.

Ihr leichtfertiger Lebenswandel schadete zwar ihrem Ruf, doch darum kümmerte sie sich nicht. Mit neunzehn genoß sie den zweifelhaften Ruhm, mit zwei jungen Leutnants zugleich verlobt zu sein, deren Ringe sie austauschte, sobald ihre jeweiligen Schiffe im Hafen einliefen. Als sie einundzwanzig war, heiratete sie letzten Endes Bob Somerville und hatte diesen Entschluß nie bereut, denn Bob war nicht nur ihr Ehemann und Neds Vater, sondern auch ihr Freund, der bei einer Reihe oberflächlicher Bekanntschaften ein Auge zudrückte, aber immer zur Stelle war, wenn sie ihn an ihrer Seite brauchte.

Sie hatten schöne Zeiten miteinander erlebt, denn Biddy reiste gern und war nie abgeneigt gewesen, ihre Zelte abzubrechen, die Koffer zu packen und Bob zu folgen, wohin er auch versetzt wurde. Zwei Jahre auf Malta zählten zu ihren schönsten, aber auch keines der übrigen war schlecht gewesen. Nein, kein Zweifel, sie hatte viel Glück gehabt.

Die Uhr auf dem Kaminsims des Eßzimmers schlug halb. Schon halb neun, und Molly war noch immer nicht aufgetaucht. Inzwischen fühlte sich Biddy etwas weniger verkatert und fand, dies sei der richtige Moment für die erste Zigarette. Sie holte eine aus der silbernen Dose, die auf der Anrichte stand, und auf dem Rückweg zum Tisch angelte sie sich Bobs Zeitung, schlug sie auf und überflog die Schlagzeilen. Keine vergnügliche Lektüre, und sie verstand, warum er dabei so bedrückt ausgesehen hatte, was gar nicht in seiner Art lag. Spanien steuerte anscheinend auf einen blutigen Bürgerkrieg zu, Hitler schwang lautstarke Reden zur Remilitarisierung des Rheinlandes, und in Italien brüstete sich Mussolini mit seiner wachsenden Seemacht im Mittelmeer. Kein Wunder, daß Bob mit den Zähnen geknirscht hatte. Er konnte Mussolini, den er nur den fetten Faschisten nannte, nicht ausstehen und hegte keinerlei Zweifel daran, daß es nur einiger vom Vordeck eines britischen Schlachtschiffes abgefeuerter Salven bedurft hätte, um ihm den Mund zu stopfen.

Es war alles ein bißchen beängstigend. Biddy ließ die Zeitung auf den Fußboden gleiten und versuchte, nicht an Ned zu denken, der sich mit seinen sechzehn Jahren der Royal Navy verschrieben hatte und bereitwillig in die Schlacht ziehen würde. Da öffnete sich die Tür, und Molly betrat das Eßzimmer.

Biddy zog sich vor dem Frühstück nie richtig an. Sie besaß ein praktisches, weites Gewand, das sie Hauskleid nannte und jeden Morgen einfach über ihr Nachthemd streifte. Deshalb traf sie Mollys Anblick, die wie aus dem Ei gepellt, mit sorgfältig toupiertem Haar und dezentem Make-up erschien, wie ein schwesterlicher Giftpfeil.

«Entschuldige bitte, daß ich zu spät komme.»

«Ist ja gar nicht so spät. Außerdem macht es nichts. Hast du verschlafen?»

«Nein, eigentlich nicht. Aber ich bin die ganze Nacht nicht zur Ruhe gekommen. Die arme Jess hat schreckliche Alpträume gehabt und ist dauernd aufgewacht. Sie hat geträumt, die komische Alte aus der Weihnachtspantomime sei im Zimmer und versuche, sie zu küssen.»

«Was, in voller Montur? Wie entsetzlich!»

«Jetzt schläft sie noch, der arme Schatz. Hat sich Judith auch noch nicht blicken lassen?»

«Wahrscheinlich packt sie. Zerbrich dir ihretwegen nicht den Kopf. Sicher kreuzt sie gleich auf.»

«Und Bob?»

«Schon weg. Die Pflicht ruft. Sein Urlaub ist um. Er hat mich gebeten, dir auf Wiedersehen zu sagen. Ich fahre euch zum Bahnhof. Hol dir doch was zu essen! Mrs. Cleese hat Würstchen gebraten.»

Molly ging zur Anrichte, hob den Deckel der Schüssel mit den Würstchen, zögerte, dann legte sie ihn wieder darauf, goß sich nur eine Tasse Kaffee ein und setzte sich zu ihrer Schwester.

Biddy hob die Augenbrauen. «Keinen Hunger?»

«Eigentlich nicht. Ich nehme eine Scheibe Toast.»

Daß Molly Dunbar als gutaussehend galt, beruhte auf ihrer äußerst mädchenhaften Erscheinung, ihrem weichen blonden Haar,

48

den rundlichen Wangen und ihren Augen, in denen sich nicht mehr als erstaunte Unschuld spiegelte. Sie war keine kluge Frau, begriff einen Witz immer erst mit Verzögerung und nahm jede Bemerkung, wie doppeldeutig sie auch sein mochte, für bare Münze. Männer neigten dazu, das charmant zu finden, weil es ihre Beschützerinstinkte weckte, doch für Biddy war es ein ständiges Ärgernis, daß sie sich so mühelos durchschauen ließ. Jetzt machte sie sich allerdings einige Sorgen um sie, denn sie sah durch die zarte Puderschicht die dunklen Schatten unter Mollys Augen durchschimmern, und ihre Wangen waren ungewöhnlich bleich.

«Fühlst du dich nicht wohl?»

«Doch, ich habe bloß keinen Hunger. Und ich habe nicht richtig geschlafen.» Sie trank Kaffee. «Ich ertrage es nicht, wenn ich mitten in der Nacht nicht schlafen kann. Dann komme ich mir vor wie in einer anderen Welt, und alles wird noch viel schlimmer.»

«Was ist denn überhaupt so schlimm?»

«Ach, ich weiß nicht. Einfach alles, was mich daheim erwartet. Ich muß noch Judiths Sachen für die Schule kaufen und alles organisieren, das Haus räumen, Phyllis dabei helfen, einen neuen Job zu finden. Dann muß ich nach London und darf das Schiff nicht verpassen, um nach Colombo zurückzufahren. Solange ich hier bei dir war, hab ich das alles verdrängt, einfach nicht daran gedacht, aber jetzt muß ich allmählich wieder vernünftig werden. Und ich glaube, irgendwann sollte ich noch für ein paar Tage zu den Eltern, was alles noch komplizierter macht.»

«Mußt du denn hinfahren?»

«Ja, ich glaub schon.»

«Du bist die reinste Masochistin. Ich hab einen Brief von Mutter bekommen.»

«Geht es ihnen gut?»

«Nein, miserabel wie immer.»

«Ich habe sogar ein schlechtes Gewissen, weil sie zu Weihnachten allein waren.»

«Ich nicht», sagte Biddy knapp. «Natürlich habe ich sie eingeladen. Das mache ich ja immer und bete dabei, daß sie ablehnen. Aber Gott sei Dank haben sie sich die üblichen Ausreden einfallen lassen.

Vater hat zuviel zu tun; die Straßen sind verschneit; das Auto macht seltsame Geräusche; Mutter plagt ihr Rheuma. Sie sind unmöglich. Kommen nicht aus ihrem Trott raus. Es bringt auch nichts, wenn man versucht, sie aufzuheitern, denn dann hätten sie ja nichts, worüber sie jammern könnten.»

«Sie sind eben alt.»

«Nein, das sind sie nicht. Sie reden sich ihre Altersschwäche bloß ein. Wenn du noch soviel am Hals hast, würde ich mir an deiner Stelle ihretwegen keine Sorgen machen.»

«Das schaffe ich nicht.» Molly zögerte einen Moment, dann sagte sie energisch: «Das Schlimme ist nur, daß ich jetzt, in diesem Augenblick, der Meinung bin, ich würde alles darum geben, wenn ich nicht fort müßte. Ich hasse es, Judith allein zu lassen. Ich hasse es, daß wir alle so auseinandergerissen werden. Dabei habe ich das Gefühl, als gehörte ich nirgendwohin. Weißt du, manchmal komme ich mir richtig seltsam vor, als hinge ich irgendwie in der Luft, ohne eigene Identität. Das passiert mir ausgerechnet dann, wenn ich am wenigsten darauf gefaßt bin, während ich in einem Bus durch London fahre oder an der Reling eines Schiffes lehne und zusehe, wie das Kielwasser aufschäumt und in die Vergangenheit entschwindet. Dann frage ich mich, was ich hier bloß mache. Wo gehöre ich eigentlich hin? Wer bin ich überhaupt?»

Die Stimme versagte ihr. Einen schrecklichen Augenblick lang befürchtete Biddy, ihre Schwester würde gleich in Tränen ausbrechen.

«Ach, Molly...»

«...ich weiß ja, es liegt nur daran, daß ich zwischen zwei Welten lebe. Und am schlimmsten ist es, wenn diese zwei Welten einander so nahe kommen, daß sie sich fast berühren. Wie jetzt. Dann ist mir, als gehörte ich in keine von beiden...»

Biddy meinte, sie zu verstehen. «Vielleicht tröstet es dich, daß es in Britisch-Indien Tausende von Frauen gibt, denen es wie dir geht, die in dem gleichen Dilemma stecken...»

«Ich weiß. Nur, das tröstet mich überhaupt nicht. Ich fühle mich vollkommen allein.»

«Du bist bloß müde. Hast zuwenig geschlafen. Das zermürbt.»

50

«Ja.» Molly seufzte, aber wenigstens weinte sie nicht. Sie trank noch etwas Kaffee, dann setzte sie die Tasse ab. «Aber trotzdem wünschte ich mir, Bruce würde in London, Birmingham oder sonstwo arbeiten, daß wir alle in England leben und zusammensein könnten.»

«Das wünschst du dir ein bißchen spät.»

«Hätten wir doch nie geheiratet! Wären wir uns bloß nie begegnet! Ich wollte, er hätte irgendein anderes Mädchen gefunden und mich in Frieden gelassen.»

«Es ist ziemlich unwahrscheinlich, daß du einen anderen Mann kennengelernt hättest», sagte Biddy knallhart. «Und stell dir einmal die Alternative vor. Ein Leben im Pfarrhaus mit Mutter. Und keine hübschen Töchter.»

«Allein der Gedanke, daß ich von vorn anfangen muß... Wieder einmal. Scherben zusammensetzen. Daß ich nicht mehr mir selbst gehöre...»

Sie verstummte. Die unausgesprochenen Worte hingen zwischen ihnen. Molly senkte den Blick, und eine zarte Röte stieg ihr in die Wangen.

Ohne es zu wollen, empfand Biddy Mitleid mit ihr. Sie wußte genau, was hinter dieser quälenden Flut ungewohnter Vertraulichkeiten steckte. Es hatte nichts mit der bevorstehenden Packerei und der Abreise zu tun. Es hatte auch nichts damit zu tun, daß sie Judith Lebewohl sagen mußte. Aber es hatte sehr viel mit Bruce zu tun. Er tat ihr leid, so langweilig er auch sein mochte. Vier Jahre Trennung bekamen keiner Ehe gut, und Biddy vermutete, daß die so weibliche, überempfindsame, schüchterne Molly im Bett nie besonders gut gewesen war. Wie all diese alleingelassenen Ehemänner mit ihren natürlichen sexuellen Bedürfnissen überhaupt fertig wurden, überstieg ohnehin ihre Vorstellungskraft. Doch wenn sie es genauer bedachte, auch wieder nicht. Die naheliegende Lösung mußte irgendein stillschweigendes Übereinkommen sein, doch selbst die ungebärdige Biddy vermochte den ererbten Vorurteilen ihrer Generation nicht zu entrinnen, also zügelte sie ihre Phantasie und verdrängte entschieden das ganze leidige Thema.

Die Röte war wieder aus Mollys Wangen gewichen, und Biddy

beschloß, die Dinge positiv zu sehen. «Weißt du, ich bin sicher, das renkt sich alles von selbst ein», sagte sie beherzt, was sogar in ihren eigenen Ohren recht fragwürdig klang. «Ich meine... ich finde das alles ziemlich aufregend. Sobald du erst einmal auf dem Schiff bist, fühlst du dich bestimmt ganz anders. Stell dir doch vor, wie herrlich es ist, daß du drei Wochen lang nichts anderes zu tun hast, als in einem Liegestuhl zu liegen. Und wenn du nach dem Golf von Biskaya nicht mehr seekrank bist, amüsierst du dich sicher königlich. Du kehrst in die Sonne zurück, in die Tropen, hast jede Menge Personal. Du siehst all deine alten Freunde wieder. Ach, ich beneide dich fast.»

«Ja.» Molly schaffte ein schüchternes Lächeln. «Ja, du hast wohl recht. Ich bin sicher nur töricht. Tut mir leid... Ich weiß, du hältst mich für töricht.»

«Nein, das tue ich nicht, du Dummerchen. Ich verstehe dich ja. Ich kann mich noch daran erinnern, wie schwer es mir gefallen ist, Ned zurückzulassen, als wir nach Malta gegangen sind. Aber so ist das nun einmal. Wir können nicht überall gleichzeitig sein. Wichtig ist nur, daß du Judith in einer Schule läßt, in der sie sich wohl fühlt und gut aufgehoben ist. Wie heißt dieses Internat, in dem du sie angemeldet hast?»

«St. Ursula.»

«War dir die Schulleiterin sympathisch?»

«Sie hat einen sehr guten Ruf.»

«Aber war sie dir auch sympathisch?»

«Ja, doch, als ich erst einmal meine Scheu vor ihr überwunden hatte schon. Kluge Frauen jagen mir immer eine Heidenangst ein.»

«Hat sie Humor?»

«Ich habe ihr keinen Witz erzählt.»

«Aber du bist mit dieser Schule zufrieden?»

«O ja. Ich denke, selbst wenn ich nicht nach Ceylon zurückführe, hätte ich Judith nach St. Ursula geschickt. Die Schule von Porthkerris war ausgezeichnet, was das Niveau der Ausbildung betrifft, aber die Kinder dort sind ein bunt zusammengewürfelter Haufen. Judiths beste Freundin war die Tochter des Lebensmittelhändlers.»

«Daran ist nichts auszusetzen.»

«Nein, das nicht, aber es führt zu nichts, oder? Gesellschaftlich, meine ich.»

Biddy mußte lachen. «Ehrlich, Molly, du warst schon immer ein entsetzlicher Snob.»

«Ich bin kein Snob. Aber es ist wichtig, mit wem man umgeht.»

«Ja, das stimmt schon.»

«Worauf willst du eigentlich hinaus?»

«Auf Louise.»

«Du magst sie nicht, oder?»

«Ungefähr so gern wie sie mich. Ich würde gewiß meine Ferien nicht bei ihr verbringen wollen.»

Das brachte Molly sofort aus der Fassung. «Ach, Biddy, *bitte*, misch dich da nicht ein und komm mir nicht mit Einwänden! Es ist alles geregelt und abgemacht, und dazu gibt es nichts mehr zu sagen.»

«Wer behauptet denn, daß ich etwas dagegen einwenden möchte?» fragte Biddy und begann prompt damit. «Sie ist halt eine alte Fuchtel. So langweilig mit ihrem ewigen Golf und Bridge und dem geheiligten Golfclub. Sie ist so unweiblich, in ihren Gewohnheiten so festgefahren, so...» Biddy suchte nach dem richtigen Wort und sagte schließlich «so unherzlich».

«Das siehst du aber ganz falsch. Sie ist sehr nett. Mir ist sie eine große Stütze gewesen. Und sie hat von sich aus angeboten, Judith aufzunehmen. Ich habe sie nicht darum bitten müssen. Das ist großzügig von ihr. Und sie schenkt Judith ein Fahrrad. Das ist auch großzügig, denn die sind sehr teuer. Aber was das wichtigste ist, man kann sich auf sie verlassen. Sie bietet Judith Sicherheit. Ich muß mir keine Sorgen machen...»

«Vielleicht braucht Judith mehr als Sicherheit.»

«Was denn?»

«Raum für Gefühle; Freiheit, um sich eigenständig zu entwickeln. Sie wird bald fünfzehn. Sie muß flügge werden, zu sich selbst finden, braucht eigene Freundschaften, Umgang mit dem anderen Geschlecht...»

«Das sieht dir ähnlich, daß du Sex zur Sprache bringst. Sie ist noch viel zu jung, um schon an derlei Dinge zu denken...»

«Ach, Molly, sei nicht kindisch! Du hast sie in den vergangenen zwei Wochen gesehen. Bei all dem Spaß, den wir hier hatten, ist sie buchstäblich aufgeblüht. Gönn ihr doch die absolut natürlichen Freuden des Lebens. Du willst ja wohl nicht, daß sie so wird, wie wir waren, eingesperrt in die Zwänge unserer Erziehung und zu Tode gelangweilt.»

«Es kommt nicht darauf an, was ich will. Ich habe dir gesagt, es ist zu spät. Sie geht zu Louise.»

«Hol mich der Teufel, ich hab ja gewußt, daß du so reagieren würdest!»

«Warum hast du dann das Thema überhaupt angeschnitten?»

Biddy hätte sie am liebsten geohrfeigt, dachte aber an Judith und schaffte es, ihren wachsenden Unmut zu zügeln. Sie versuchte eine andere, sanftere Gangart. Freundliche Überredung. «Aber würde es ihr nicht Spaß machen, hin und wieder zu uns zu kommen? Schau doch nicht so entsetzt, das ist ein durchaus brauchbarer Vorschlag. Eigentlich war es Bobs Idee. Er hat sich in Judith vernarrt. Es wäre eine nette, kleine Abwechslung für sie, und es wäre auch eine nette kleine Abwechslung für Louise.»

«Ich... ich muß mit Louise darüber reden...»

«Um Gottes willen, Molly, hab mal selber ein bißchen Mumm...»

«Ich möchte Louise nicht *kränken*...»

«Weil Louise nichts von *mir* hält.»

«Nein, sondern weil ich das Boot nicht ins Wanken, Judith nicht aus dem Gleichgewicht bringen möchte. Nicht gerade jetzt. Bitte versteh das, Biddy! Vielleicht später...»

«Möglicherweise gibt es kein Später.»

«Was meinst du damit?» fragte Molly sichtbar erschrocken.

«Lies Zeitung! Die Deutschen haben sich auf den Nationalsozialismus eingeschworen, aber Bob traut Hitler nicht über den Weg. Und dasselbe gilt auch für den fetten, alten Mussolini.»

«Meinst du», Molly schluckte, «es gibt Krieg?»

«Ach, was weiß ich. Aber ich glaube, wir sollten unser Leben nicht vergeuden, denn vielleicht haben wir es nicht mehr lange. Außerdem glaube ich, du stellst dich jetzt nur so an, weil du nicht willst, daß Judith zu mir kommt. Sicher meinst du, ich übe einen schlechten Einfluß auf sie aus. Mit den ganzen verrückten Partys und den jungen Leutnants, die hier aufkreuzen. So ist es doch, nicht wahr? Du kannst es ruhig zugeben.»

«Nein, so ist es nicht!» Inzwischen waren sie in einen richtigen Streit geraten, bei dem beide Frauen laut wurden. «Du weißt, daß das nicht stimmt. Und ich bin dir und Bob dankbar. Ihr wart so nett...»

«Um Himmels willen, das hört sich ja grauenhaft an. Ihr wart über Weihnachten bei uns, und wir haben viel Spaß gehabt. Das ist alles. Und ich finde, du bist ziemlich schlapp und sehr egoistisch gewesen. Du bist genau wie Mutter... Du kannst es nicht ausstehen, wenn sich Leute amüsieren.»

«Das ist nicht wahr.»

«Vergessen wir's!» Und damit griff Biddy zornentbrannt nach der *Times*, schlug sie auf und verschanzte sich dahinter.

Schweigen. Molly fühlte sich am Boden zerstört und zitterte vor Aufregung, weil alles so furchtbar war. Möglicherweise drohte ihnen wieder ein Krieg, ihre unmittelbar bevorstehende Zukunft ängstigte sie, und nun war auch noch Biddy wütend auf sie. Das war ungerecht. Sie tat doch ihr Bestes. Es war nicht ihre Schuld. Als das bedrückende Schweigen anhielt, stellte sie fest, daß sie es keine Sekunde länger ertrug. Sie schob den Ärmel ihrer Strickjacke hoch und schaute auf die Uhr.

«Wo bleibt denn Judith?» Endlich war ihr etwas, jemand eingefallen, an dem sie ihren Kummer abreagieren konnte. Sie stand abrupt auf, stieß ihren Stuhl zurück und rannte zur Tür, um sie aufzureißen und ihre säumige Tochter zu rufen. Doch sie brauchte nicht zu rufen, denn Judith war bereits in der Diele und saß auf den untersten Stufen der Treppe.

«Was machst du denn da?»

«Ich binde meinen Schuh zu.»

Sie wich dem Blick ihrer Mutter aus, und Molly überlief ein kalter Schauer. Obwohl sie nicht immer eine der scharfsinnigsten Frauen war, begriff sie sofort, daß ihre Tochter schon seit einer Weile hier gewesen sein mußte, wegen der lauten Stimmen hinter der geschlossenen Tür nicht ins Eßzimmer gekommen war und wahrscheinlich jedes Wort der erbitterten und bedauerlichen Auseinandersetzung gehört hatte.

Da kam ihr Jess zu Hilfe.

«Mami!»

Sie blickte hinauf und sah, wie ihre kleine Tochter, die endlich aufgewacht war, noch im Nachthemd und mit zerzausten Locken zwischen den Gitterstäben des Treppengeländers nach ihr Ausschau hielt.

«Mami!»

«Ja, Schätzchen, ich komme.»

«Will mich antiehn.»

«Ich komme ja schon.» Auf ihrem Weg durch die Diele blieb sie einen Moment stehen. «Du gehst jetzt wohl besser frühstücken», fauchte sie Judith an, ehe sie die Treppe hinaufeilte.

Judith wartete, bis Molly oben verschwunden war, dann raffte sie sich auf und betrat das Eßzimmer. Tante Biddy saß an ihrem üblichen Platz, und über den Raum hinweg sahen sie einander betreten an.

«Ojemine!» stöhnte Tante Biddy. Sie hatte Zeitung gelesen. Nun faltete sie das Blatt zusammen und ließ es auf den Boden fallen. «Tut mir leid», sagte sie.

Judith war es nicht gewöhnt, daß sich Erwachsene bei ihr entschuldigten. «Ist nicht so schlimm.»

«Hol dir ein Würstchen. Ich glaube, du kannst eins vertragen.»

Judith tat, wie ihr geheißen wurde, doch selbst die brutzelnden Würstchen waren jetzt nur ein schwacher Trost. Sie trug ihren Teller zum Tisch zurück und setzte sich auf ihren vertrauten Platz, mit dem Rücken zum Fenster. Dann blickte sie auf die Würstchen hinunter, befürchtete jedoch, daß sie wohl noch nicht imstande sein würde, sie zu essen.

Nach einer Weile fragte Tante Biddy: «Hast du alles gehört?»

«Das meiste.»

«Es war meine Schuld. Ich hab mir einen saublöden Moment ausgesucht. Deine Mutter ist zur Zeit nicht in der Verfassung, irgendwas zu planen. Das hätte mir klar sein müssen.»

«Mir geht es bei Tante Louise wirklich nicht schlecht.»

«Das weiß ich ja. Ich mache mir auch keine Sorgen um dein Wohlergehen, sondern darum, daß du bei ihr höchstwahrscheinlich nicht viel Spaß haben wirst.»

«Bisher habe ich noch nie bei den Vergnügen Erwachsener mitgemacht», sagte Judith. «Nicht vor diesen Weihnachten.»

«Du willst damit sagen, was du nicht kennst, fehlt dir auch nicht.»

«Ja, so ungefähr. Aber ich würde gern wieder zu euch kommen.»

«Ich versuche es noch einmal. Etwas später.»

Judith nahm Messer und Gabel zur Hand und schnitt ein Würstchen durch. Dann fragte sie: «Wird es wirklich wieder einen Krieg geben?»

«Ach, Liebes, ich hoffe nicht. Du bist viel zu jung, um dir darüber den Kopf zu zerbrechen.»

«Aber Onkel Bob macht sich Sorgen, nicht wahr?»

«Große Sorgen macht er sich wohl nicht, glaube ich, er ist nur frustriert. Beim bloßen Gedanken, daß das Britische Empire angegriffen werden könnte, knirscht er mit den Zähnen. Wenn er gereizt ist, kann er richtig aggressiv werden.»

«Falls ich euch wieder besuchen darf, wohnt ihr dann noch hier?»

«Das weiß ich nicht. Bob ist für zwei Jahre nach Keyham berufen worden, und Ende des Sommers sollen wir hier ausziehen.»

«Wohin?»

«Keine Ahnung. Er möchte gern wieder zur See. Falls er das tut, dann versuche ich vielleicht, ein kleines Haus zu kaufen. Wir haben nie unsere eigenen vier Wände gehabt, immer nur in Dienstwohnungen gelebt. Aber ich glaube, es wäre schön, ein festes Zuhause zu haben. Ich habe an Devon gedacht. Dort haben wir Freunde. Irgendwo in der Gegend von Newton Abbot oder Chagford, nicht allzu weit von deinen Großeltern entfernt.»

«Ein eigenes kleines Haus.» Das war eine verlockende Aussicht. «Oh, sieh zu, daß du eins auf dem Land kriegst. Dann könnte ich für eine Weile zu dir kommen.»

«Wenn du magst.»

«Immer.»

«Sag das nicht! Es klingt zwar jetzt seltsam, aber vielleicht magst du dann doch nicht. In deinem Alter verändert sich alles so schnell, und schon ein Jahr kann einem wie ein ganzes Leben vorkommen. Daran erinnere ich mich noch. Du wirst neue Freundschaften schließen, dir andere Dinge wünschen. Für dich ist das sogar noch wichtiger, weil du selbst deine Entscheidungen treffen und dir überlegen mußt, was du tun möchtest. Deine Mutter wird weit weg sein, und obwohl du dich zwangsläufig ein bißchen verwaist und einsam fühlen wirst, hat das auch sein Gutes. Ich hätte viel darum gegeben, wenn ich mit vierzehn, fünfzehn meinen Eltern hätte entwischen können. Unter den damaligen Umständen», fügte sie mit einiger Zufriedenheit hinzu, «habe ich es ganz schön weit gebracht, aber nur, weil ich die Dinge selbst in die Hand genommen habe.»

«Es ist nicht so leicht, die Dinge selbst in die Hand zu nehmen, wenn du in einem Internat bist», wandte Judith ein. Sie war der Meinung, Tante Biddy stelle alles viel zu einfach dar.

«Ich glaube, du mußt lernen, schwierige Situationen anzupakken, anstatt nur abzuwarten, wie sie sich entwickeln. Du mußt lernen, wählerisch zu sein, sowohl bei deinen Freundschaften als auch bei den Büchern, die du liest. Geistige Unabhängigkeit ist das, was mir vorschwebt.» Sie lächelte. «George Bernard Shaw hat einmal gesagt, die Jugend sei an junge Leute verschwendet. Erst wenn man alt wird, fängt man an zu begreifen, was er gemeint hat.»

«Du bist noch nicht alt.»

«Mag sein, aber ich bin auch gewiß kein Küken mehr.»

Judith steckte ein Stück Würstchen in den Mund und kaute bedächtig, während sie über Tante Biddys Rat nachsann. «Das einzige, was ich wirklich nicht ausstehen kann», gab sie schließlich zu, «ist, wenn man mich behandelt, als wäre ich noch genauso klein wie Jess. Ich werde nie um meine Meinung gefragt, und mir wird nie etwas erzählt. Hätte ich nicht gehört, wie ihr euch angeschrien habt, hätte ich nie erfahren, daß du vorgeschlagen hast, ich soll zu euch kommen. Sie hätte es mir nie erzählt.»

«Ich weiß. Es ist zum Verrücktwerden. Und du hast allen Grund, dich darüber zu ärgern. Aber du darfst mit deiner Mutter auch nicht

zu streng sein, nicht ausgerechnet jetzt. Im Augenblick geht bei ihr alles drunter und drüber, und wer kann es ihr da verargen, wenn sie herumflattert wie ein aufgescheuchtes Huhn?» Biddy lachte und wurde mit einem noch zaghaften Lächeln von Judith belohnt. «Unter uns gesagt, ich glaube, sie hat Schiß vor Louise.»
«Das weiß ich.»
«Und du?»
«Ich hab keine Angst vor ihr.»
«Gut so.»
«Weißt du, Tante Biddy, ich habe die Zeit bei euch wirklich genossen. Die werde ich nie vergessen.»
Biddy war gerührt. «Wir haben uns auch darüber gefreut, daß du da warst. Besonders Bob. Ich soll dir von ihm auf Wiedersehen sagen. Es hat ihm leid getan, daß er dich nicht mehr gesehen hat.» Plötzlich schob sie ihren Stuhl zurück und stand auf. «Ich höre deine Mutter mit Jess auf der Treppe. Laß dir nicht anmerken, daß wir so offen miteinander geredet haben. Und denk dran, Kopf hoch! Jetzt muß ich aber los und mir was anziehen...»
Doch noch ehe sie die Tür erreicht hatte, kamen Molly und Jess herein. Jess hatte nun ein weites Hängerkleid und weiße Strümpfe an, und ihre seidigen Locken waren sorgfältig gebürstet. Biddy blieb stehen und hauchte Molly einen Kuß auf die Wange. «Nimm's nicht so schwer», sagte sie zu ihrer Schwester, was beinahe wie eine Entschuldigung klang. Im nächsten Moment war sie draußen und flitzte nach oben in ihr Allerheiligstes, das Schlafzimmer.

DAMIT WAR der Streit beigelegt, unter den Teppich gekehrt, und der Tag nahm seinen Lauf. Weil Judith so erleichtert war, daß zwischen ihrer Mutter und ihrer Tante keine dicke Luft mehr herrschte und sie einander nichts nachtrugen, merkte sie erst am Bahnhof, während sie auf dem zugigen Bahnsteig standen und auf die Ankunft des Riviera-Expreß warteten, wie sehr sie bedauerte, daß Onkel Bob nicht da war.
Es war furchtbar, daß sie abreisen mußte, ohne ihm auf Wieder-

sehen zu sagen. Dabei war es ihre eigene Schuld, denn sie war so spät zum Frühstück heruntergekommen, doch es wäre schön gewesen, wenn er hätte warten können, bloß fünf Minuten, um sich richtig von ihr zu verabschieden. Sie wollte ihm für so vieles danken, und es war nie dasselbe, wenn man nur einen Brief schrieb.

Das Beste war sein Grammophon. Wenngleich ihre Mutter sich als junges Mädchen sehnlichst gewünscht hatte, zur Bühne zu gehen und Ballerina zu werden, hegten weder sie noch Dad eine Vorliebe für Musik, aber diese Nachmittage mit Onkel Bob in seinem Arbeitszimmer hatten in Judith Empfindungen geweckt, die in ihr geschlummert haben mußten, ohne daß sie sich dessen jemals bewußt gewesen wäre. Er besaß eine Sammlung unterschiedlichster Schallplatten, und obwohl ihr auch die Songs von Gilbert und Sullivan mit ihren witzigen Texten und den eingängigen Melodien gut gefielen, gab es doch noch andere Musikstücke, die sie entweder fröhlich machten oder so tieftraurig stimmten, daß sie sich kaum der Tränen erwehren konnte: Puccinis Arien aus *La Bohème*, Rachmaninows Klavierkonzert, Tschaikowskys *Romeo und Julia* und, die reinste Magie, Rimski-Korsakows *Scheherazade*, deren Solovioline ihr Schauer über den Rücken jagte. Außerdem hatte Onkel Bob noch eine andere Platte von diesem Komponisten, den *Hummelflug*, und Judith erstickte fast vor Lachen, wenn er ihn den *Fummelbug* von Rigg-ihr-Korsett-auf nannte. Sie hatte sich nicht vorgestellt, daß ein Erwachsener so lustig sein konnte. Doch eins stand fest, sie brauchte unbedingt ein eigenes Grammophon, dann konnte sie wie Onkel Bob Platten sammeln und sie abspielen, wann immer sie wollte, um sich in jene andere, bisher ungeahnte Welt versetzen zu lassen. Sie würde gleich anfangen zu sparen.

Ihre Füße fühlten sich wie Eisklumpen an. Auf dem glitschigen Bahnsteig trat sie von einem Bein aufs andere, um etwas Leben hineinzustampfen. Tante Biddy und Mutter redeten über dies und das, zusammenhanglos, wie Menschen das zu tun pflegen, wenn sie auf einen Zug warten. Anscheinend hatten sie sich alles Wesentliche bereits gesagt. Jess saß auf dem äußersten Rand einer Gepäckkarre und ließ die weiß bestrumpften, pummeligen Beine baumeln. Sie drückte ihre Negerpuppe an sich, diesen abscheulichen Golly, den sie jeden Abend ins Bett mitnahm. Judith war überzeugt davon, daß die Puppe vor Schmutz starren mußte, doch weil sie ein schwarzes Gesicht hatte, sah man es nicht. Sicher war sie nicht nur schmutzig, sondern auch voller Bazillen.

Aber dann geschah etwas Großartiges. Tante Biddy hörte auf zu reden, blickte an Molly vorbei und sagte in völlig verändertem Ton: «Oh, schau mal, da ist Bob.»

Judiths Herz schlug schneller. Mit einem Ruck drehte sie sich um. Er war tatsächlich auf dem Bahnsteig und kam auf sie zu, eine stattliche, unübersehbare Gestalt in seiner Offiziersjacke, die Mütze in der Manier von Admiral Beatty schräg über einer buschigen Augenbraue und ein breites Grinsen auf den markanten Zügen. Judith spürte ihre kalten Füße nicht mehr und zwang sich, ruhig stehenzubleiben, um ihm nicht entgegenzulaufen.

«Bob! Was machst denn du da?»

«Hab einen Moment Luft gehabt, da beschloß ich, herzukommen und unsere Gäste an Bord zu bringen.» Er blickte auf Judith hinunter. «Ich konnte dich doch nicht abfahren lassen, ohne dir richtig auf Wiedersehen zu sagen.»

Sie strahlte ihn an. «Bin ich froh, daß du da bist. Ich wollte mich doch noch für alles bedanken. Besonders für die Uhr.»

«Du darfst nicht vergessen, sie aufzuziehen.»

«Oh, bestimmt nicht…» Sie lächelte immer noch.

Onkel Bob neigte horchend den Kopf. «Ich glaube, euer Zug läuft ein.»

Es lag wirklich ein Geräusch in der Luft, die Schienen summten, und als Judith sich umwandte, sah sie weit hinten die riesige, grünschwarze Dampflokomotive mit einer dunklen Rauchfahne um die Kurve biegen. Majestätisch und ehrfurchtgebietend näherte sie sich langsam dem Bahnsteig. Der Lokführer mit rußgeschwärztem Gesicht lehnte sich aus seinem Führerstand, und Judith erspähte für einen Moment die züngelnden Flammen im Heizkessel. Gleich den Armen eines Riesen bewegten sich die Pleuelstangen immer langsamer, bis das Ungetüm schließlich mit lautem Zischen zum Stehen kam. Wie immer war es auf die Minute pünktlich.

Sofort setzte Hektik ein. Türen wurden aufgerissen, und mit Gepäck beladene Fahrgäste stiegen aus. Jetzt war Eile geboten, die Hast des Aufbruchs. Der Träger hievte ihre Koffer in den Waggon und machte sich auf die Suche nach Sitzplätzen. Onkel Bob folgte ihm mit seemännischer Gründlichkeit, um sicherzustellen, daß er seine Aufgabe auch ordentlich erfüllte. In einem Anflug von Panik nahm Molly Jess auf den Arm und sprang auf das Trittbrett, von dem sie sich dann herunterbeugen mußte, um ihrer Schwester noch einen Abschiedskuß zu geben.

«Du bist so lieb zu uns gewesen. Es waren wundervolle Weihnachten. Jess, mach Tante Biddy winke, winke!»

Jess, die immer noch krampfhaft ihren Golly festhielt, schwenkte ein Händchen auf und ab.

Tante Biddy wandte sich Judith zu. «Auf Wiedersehen, Liebes. Du warst ein richtiger Schatz.» Sie beugte sich hinunter und küßte Judith. «Vergiß nicht, ich bin immer für dich da. Deine Mutter hat meine Telefonnummer in ihrem Adreßbuch.»

«Auf Wiedersehen. Und vielen Dank.»

«Schnell! Rauf mit dir, damit der Zug nicht ohne dich abfährt!» Sie hob die Stimme: «Und sorg dafür, daß Onkel Bob aussteigt, sonst müßt ihr ihn noch mitnehmen!» Einen Augenblick lang hatte sie ein ernstes Gesicht gemacht, doch nun lachte sie schon wieder. Judith lächelte zurück, winkte ein letztes Mal, dann verschwand sie im Gang und lief den anderen nach.

Sie hatten ein Abteil gefunden, in dem nur ein junger Mann saß, der ein aufgeschlagenes Buch auf dem Schoß hielt, während der Träger ihr Gepäck in das Ablagenetz über seinem Kopf stopfte. Sobald alles verstaut war, gab ihm Onkel Bob ein Trinkgeld und schickte ihn weg.

«Du mußt auch aussteigen, schnell», sagte Judith, «sonst fährt der Zug an, und du kommst nicht mehr raus.»

Er lächelte auf sie hinunter. «Ist mir noch nie passiert. Auf Wiedersehen, Judith.» Sie reichten einander die Hand. Als sie ihre wieder zurückzog, merkte sie, daß er ihr eine Zehn-Shilling-Note zugeschoben hatte. Ganze zehn Shilling!

«Oh, danke, Onkel Bob!»

«Gib es sinnvoll aus!»

«Bestimmt. Auf Wiedersehen.»

Und schon war er fort. Im nächsten Moment tauchte er mit Tante Biddy unten auf dem Bahnsteig vor dem Abteilfenster auf. «Schöne Fahrt!» Der Zug setzte sich in Bewegung. «Und kommt gut heim!» Er wurde schneller. «Auf Wiedersehen!» Bahnsteig und Stationsgebäude glitten vorüber. Onkel Bob und Tante Biddy entschwanden Judiths Blicken. Alles war vorbei. Sie fuhren nach Hause.

Zunächst brauchten sie eine Weile, um sich auf die Fahrt einzurichten. Der junge Mann in ihrem Abteil saß neben der Tür, also hatten sie die Fensterplätze für sich. Die Heizung war voll aufgedreht, es war sehr warm. Sie zogen Handschuhe und Mäntel aus und nahmen die Hüte ab, wenigstens die Kinder, denn Molly behielt ihren Hut auf. Jess wurde ans Fenster gesetzt, kniete sich aber sogleich auf den plüschbezogenen Sitz und drückte sich die Nase an der schmutzigen Scheibe platt. Judith setzte sich ihr gegenüber. Sobald ihre Mutter die Mäntel zusammengefaltet und im Gepäcknetz verstaut hatte, kramte sie in ihrer Reisetasche, holte Jess' Malbuch und die Buntstifte heraus, dann ließ sie sich schließlich neben Jess nieder, mit einem Seufzer der Erleichterung, als wäre das alles für sie beinahe zu anstrengend gewesen. Sie schloß die Augen, öffnete sie jedoch schon bald wieder blinzelnd und begann sich mit der bloßen Hand das Gesicht zu fächeln.

«Mein Gott, ist das hier heiß», sagte sie wie zu sich selbst.

«Ich finde es recht angenehm», wandte Judith ein. Ihre Füße hatten noch nicht einmal angefangen aufzutauen.

Aber ihre Mutter blieb hartnäckig. «Meinen Sie...» wandte sie sich nun an den jungen Mann, dessen Ruhe sie so rüde gestört hatten. Er sah von seinem Buch auf, und sie lächelte entwaffnend. «Meinen Sie, es würde Ihnen etwas ausmachen, wenn wir die Heizung ein wenig zurückdrehten? Oder könnten wir vielleicht sogar das Fenster einen Spalt öffnen?»

«Selbstverständlich.» Er war sehr höflich, legte sein Buch beiseite und stand auf. «Was wäre Ihnen denn lieber? Oder möchten Sie beides?»

«Nein, ich glaube, ein bißchen frische Luft würde schon reichen...»

«Na schön.» Er trat ans Fenster. Judith zog ihre Beine an und sah ihm zu, wie er den dicken Lederriemen lockerte, das Fenster ein Stückchen herunterließ und dann den Riemen wieder befestigte.

«Gut so?»

«Wunderbar.»

«Passen Sie auf, daß Ihre Kleine keinen Ruß in die Augen bekommt.»

«Hoffentlich nicht.»

Er kehrte zu seinem Platz zurück und nahm sein Buch wieder zur Hand. Zu hören, worüber sich andere Leute unterhielten, oder Fremde zu beobachten und sich auszumalen, was für ein Leben sie wohl führen mochten, gehörte zu Judiths Lieblingsbeschäftigungen. Mami nannte es «gaffen» und sagte manchmal: «Gaff nicht, Judith!»

Jetzt las sie allerdings eine Zeitschrift, also würde sie es nicht merken.

Verstohlen betrachtete Judith den jungen Mann. Sein Buch war dick und sah langweilig aus, und sie fragte sich, warum es sein Interesse so in Anspruch nahm, denn mit seinen breiten Schultern und der kräftigen Statur kam er ihr nicht gerade wie ein Bücherwurm vor. Ziemlich robust und vor Gesundheit strotzend, fand sie. Er hatte eine Kordhose, eine Tweedjacke und einen dicken, grauen Pullover mit Polokragen an. Um seinen Hals hing ein überlanger, auffallend gestreifter Wollschal. Sein Haar von unscheinbarer Farbe, weder blond noch braun, war zerzaust und erweckte den Eindruck, als müßte es einmal gründlich geschnitten werden. Die Farbe seiner Augen konnte sie nicht sehen, weil er las, aber er trug eine Brille mit breitem Hornrand, und genau in der Mitte seines Kinns saß eine tiefe Furche, zu männlich, als daß man sie ein Grübchen hätte nennen können. Sie überlegte, wie alt er sein mochte, und schätzte ihn auf etwa fünfundzwanzig. Aber vielleicht irrte sie sich ja. Sie war sich da nie so sicher, denn sie hatte nicht viel Erfahrung im Umgang mit jungen Männern.

Schließlich wandte sie sich wieder dem Fenster zu. Gleich würden sie über die Brücke von Saltash fahren, und sie wollte den Anblick all der Kriegsschiffe nicht verpassen, die im Hafen vor Anker lagen.

Jess hatte allerdings anderes im Sinn. Das Hinausschauen langweilte sie bereits, und sie sann auf Abwechslung. Sie fing an, auf und ab zu hüpfen, und dann kletterte sie von ihrem Sitz herunter, nur um gleich wieder hinaufzuklettern. Dabei trat sie Judith sehr schmerzhaft gegen das Schienbein.

«Ach, bleib doch sitzen, Jess!»

Als Antwort darauf schleuderte sie ihrer Schwester Golly an den Kopf. Um ein Haar hätte Judith ihn durch den offenen Spalt aus dem Fenster befördert, dann wären sie das abscheuliche Ding für immer los gewesen, aber statt dessen hob sie ihn auf und warf ihn zurück. Golly traf Jess im Gesicht. Sie plärrte.

«Ach, *Judith*!» Mutter nahm Jess auf den Schoß. Als das Geheul wieder verstummt war, entschuldigte sie sich bei dem jungen Mann.

«Es tut mir leid, daß wir Ihre Ruhe stören.»

Er blickte von seinem Buch auf und lächelte. Es war ein äußerst charmantes Lächeln, bei dem gleichmäßige, strahlend weiße Zähne zum Vorschein kamen, die jeder Zahnpastareklame Ehre gemacht hätten. Es hellte seine unscheinbaren Züge auf und veränderte sein Gesicht vollkommen, so daß er plötzlich beinahe gut aussah.

«Sie stören mich überhaupt nicht», beruhigte er sie.

«Kommen Sie von London?»

Offenbar war sie in Plauderlaune. Der junge Mann schien das ebenso zu merken, denn er klappte sein Buch zu und legte es beiseite.

«Ja.»

«Haben Sie Ihre Weihnachtsferien dort verbracht?»

«Nein, ich habe über Weihnachten und Neujahr gearbeitet. Ich mache jetzt Urlaub.»

«Ach, du meine Güte, wie schade! Wie kann man bloß an Weihnachten arbeiten! Was machen Sie denn?»

Judith fand, ihre Mutter sei ziemlich neugierig, doch der junge Mann fand das anscheinend nicht. Eigentlich sah er so aus, als unterhalte er sich ganz gern ein bißchen, als habe er genug von seinem langweiligen Buch.

«Ich bin medizinischer Assistent in St. Thomas.»

«Oh, Arzt sind Sie!»

«Ja.»

Mit Schrecken erwartete Judith, daß Molly nun sagen würde, er sehe zu jung aus, um schon Arzt zu sein, was jeden in Verlegenheit gebracht hätte, sie unterließ es aber. Das erklärte immerhin das dicke, schwere Buch. Wahrscheinlich studierte er die Symptome irgendeiner noch unerforschten Krankheit.

«Das waren keine sehr fröhlichen Weihnachten für Sie.»

«Im Gegenteil. Weihnachten im Krankenhaus, das macht Spaß. Die Stationen sind geschmückt, und die Schwestern singen Weihnachtslieder.»

«Und jetzt fahren Sie nach Hause?»

«Ja. Nach Truro. Dort wohnen meine Eltern.»

«Wir fahren noch weiter. Fast bis zur Endstation. Wir waren bei meiner Schwester und ihrem Mann. Er ist Commander der Marineakademie.»

Es hörte sich ein bißchen so an, als brüste sie sich damit. Um davon abzulenken, sagte Judith: «Jetzt kommt die Brücke.»

Zu ihrer Überraschung war der junge Mann davon anscheinend ebenso begeistert wie sie. «Die muß ich mir anschauen», sagte er, stand auf und stellte sich neben Judith, wobei er sich mit einer Hand auf den Fensterrahmen stützte. Er lächelte auf sie hinunter, und sie stellte fest, daß seine Augen weder braun noch grün waren, sondern gesprenkelt wie eine Forelle. «Die ist zu schön, um sie zu verpassen, nicht wahr?»

Der Zug fuhr nun langsamer. Die Eisenträger glitten vorüber, und weit unten schimmerte das winterlich kalte Wasser, in dem es nur so wimmelte vor schnittigen, grauen Kreuzern und Zerstörern, Pinassen, kleinen, flinken Barkassen sowie anderen Beibooten, und alle hatten die Flagge der Kriegsmarine gehißt.

«Ich finde, das ist eine ganz besondere Brücke», sagte Judith.

«Warum? Weil sie über den Fluß in ein anderes Land führt?»

«Nicht bloß deshalb.»

«Brunels Meisterwerk.»

«Wie bitte?»

«Brunel. Er hat sie im Auftrag der Great Western Railway entworfen und gebaut. War damals die größte Sensation. Aber im Grunde ist sie immer noch fast ein Wunder.»

Sie verfielen in Schweigen. Er blieb stehen, bis der Zug die Brücke passiert hatte und nach Saltash hineindampfte, in die Stadt, die am jenseitigen Ufer des Tamar und damit bereits in Cornwall lag. Dann kehrte er an seinen Platz zurück und griff wieder nach seinem Buch.

Nach einer Weile erschien der Kellner des Speisewagens und kündigte an, daß nun der Nachmittagstee serviert werde. Molly fragte den jungen Arzt, ob er sich ihnen anschließen wolle, doch er lehnte höflich ab. Also ließen sie ihn allein und wankten durch die lärmerfüllten, schlingernden Waggons des Zugs zum Speisewagen. Dort wurden sie zu einem mit weißem Leinen und weißem Porzellan gedeckten Tisch geleitet. Überall standen kleine Lampen mit rosa Schirmen. Sie waren schon eingeschaltet, was eine sehr luxuriöse und zugleich behagliche Atmosphäre schuf, denn draußen versank der Winternachmittag bereits im Dämmerlicht. Ein Kellner brachte eine Porzellankanne mit Tee, ein Milchkännchen, einen Krug heißes Wasser und eine Schale mit Zuckerwürfeln. Jess hatte sich drei Würfel in den Mund gesteckt, bevor ihre Mutter es überhaupt merkte. Dann kam ein anderer Kellner und servierte ihnen Sandwiches, heiße, mit Butter bestrichene Rosinenbrötchen, Kuchen und in Silberpapier eingewickelte Schokoladenwaffeln.

Molly schenkte ein. Judith trank den starken, heißen Tee und aß ein Rosinenbrötchen. Während sie in die zunehmende Dunkelheit hinausschaute, überlegte sie, daß dieser Tag alles in allem doch nicht so übel gewesen war. Er hatte ein wenig düster begonnen, als sie sich schon beim Aufwachen klarmachte, daß die Ferien vorüber waren, und er artete zu einem unüberhörbaren Alptraum aus, weil ihre Mutter und Tante Biddy beim Frühstück diesen furchtbaren Streit miteinander gehabt hatten. Doch es war ihnen gelungen, ihn beizulegen, und danach waren sie wieder freundlich zueinander. Außerdem hatte Judith dadurch erfahren, wie gern Tante Biddy und Onkel Bob sie hatten, so gern, daß sie sie wieder bei sich haben wollten. Selbst wenn es im Augenblick nicht so aussah, als ob man es ihr erlauben würde. Tante Biddy war besonders lieb und verständnisvoll gewesen, hatte mit ihr geredet, als wäre sie schon erwachsen, und ihr einen Rat gegeben, den sie nie vergessen würde.

Schön war auch, daß Onkel Bob noch am Bahnhof aufgetaucht war, um ihnen auf Wiedersehen zu sagen, und ihr sogar eine Zehn-Shilling-Note in die Hand gedrückt hatte. Der Grundstock für ihr Grammophon. Schließlich war da noch die Unterhaltung mit dem jungen Arzt in ihrem Abteil. Es wäre nett gewesen, wenn er sie zum Tee begleitet hätte, aber vielleicht wäre ihnen dann der Gesprächsstoff ausgegangen. Trotzdem, dank seines ungezwungenen Wesens war er ein angenehmer Mensch. Als sie über die Brücke von Saltash gefahren waren, hatte er so dicht neben Judith gestanden, daß ihr der Tweedgeruch seiner Jacke aufgefallen war, und ein Ende seines langen Schals hatte auf ihrem Knie gelegen. *Brunel*, hatte er gesagt, *Brunel hat diese Brücke gebaut*. Ihr kam in den Sinn, daß er jemand war, den man sich als Bruder wünschen würde.

Sie aß das Rosinenbrötchen auf und griff nach einem Sandwich mit Lachspaste. Dabei stellte sie sich vor, Mami und Jess gehörten nicht zu ihr, sondern sie rattere allein quer durch Europa, im Orientexpreß, mit Staatsgeheimnissen in ihrem geflochtenen chinesischen Koffer und mit der Aussicht auf allerlei aufregende Abenteuer.

Kurz nachdem sie in ihr Abteil zurückgekehrt waren, fuhr der Zug in Truro ein. Ihr Reisegefährte verstaute das Buch in seiner Tasche, zog den Reißverschluß zu, schlang sich den Schal um den Hals und verabschiedete sich. Durch das Fenster sah Judith ihm nach, während er über den belebten, hell beleuchteten Bahnsteig schritt. Dann war er verschwunden.

Danach wurde es ein bißchen langweilig, aber sie brauchten nicht mehr weit zu fahren, und Jess war eingeschlafen. Als sie umsteigen mußten, fand Judith einen Gepäckträger, der ihre großen Koffer schleppte, während sie sich der kleineren Taschen annahm und Molly Jess trug. Auf der Brücke zum anderen Bahnsteig und zum Zug nach Porthkerris spürte sie den Wind, der vom Meer hereinwehte, und obwohl es kalt war, ließ sich das nicht mit Plymouth vergleichen, als hätte ihre kurze Reise sie tatsächlich in ein völlig

68

anderes Land gebracht. Diese Kälte ging einem nicht durch und durch, war nicht mehr eisig, sondern sanft und feucht, und es roch nach Salz, umgepflügter Erde und Kiefern.

Sie kletterten in die kleine Bahn, die sich kurz danach, jedoch ohne jede Hast, in Bewegung setzte. Ratataa, ratataa. Das hörte sich ganz anders an als der große Expreßzug aus London. Fünf Minuten später stiegen sie an der Haltestelle von Penmarron wieder aus. Mr. Jackson kam ihnen mit seiner Laterne auf dem Bahnsteig entgegen.

«Soll ich Ihnen rauftragen helfen, Mrs. Dunbar?»

«Nein, ich glaube, wir lassen die großen Sachen hier und nehmen nur unsere kleinen Taschen mit. Für diese Nacht kommen wir schon zurecht. Vielleicht kann der Rollkutscher sie morgen früh mit seinem Wagen hinaufbringen.»

«Hier stehen sie ja sicher.»

Sie gingen durch den Wartesaal, über die dunkle, schmale Straße, durch das Gatter und den Garten hinauf. Jess war schwer, und Molly mußte von Zeit zu Zeit innehalten, um zu verschnaufen. Aber letzten Endes erreichten sie die oberste Terrasse. Das Licht über dem Eingang brannte, und während sie noch über den Weg stapften, wurde die Tür geöffnet und Phyllis kam heraus, um sie zu begrüßen.

«Sieh mal an, wer kommt denn da? Tauchen klammheimlich auf, wie ein Bündel Falschgeld!» Sie lief ihnen entgegen. «Geben Sie mir die Kleine, Madam, Sie müssen ja völlig erledigt sein. Was fällt Ihnen denn ein, sie all diese Stufen heraufzutragen, wo sie doch mehr wiegt, als man ihr zutrauen würde?» Von Phyllis' schriller Stimme in ihrem Ohr war Jess schließlich aufgewacht. Sie blinzelte verschlafen und hatte keine Ahnung, wo sie sich befand. «Sag mal, Jess, wieviel Plumpudding hast du denn gegessen? Jetzt aber rein mit euch, ist ja so kalt draußen. Ich hab das Badewasser schon heiß gemacht, im Wohnzimmer prasselt ein hübsches Feuer, und zum Abendessen gibt es gekochtes Huhn.»

Phyllis war wirklich ein Schatz, dachte Molly, und ohne sie würde das Leben nie mehr so werden, wie es war. Sobald sie eine kurze Zusammenfassung der Weihnachtsferien gehört und selbst ein wenig Dorfklatsch zum besten gegeben hatte, trug sie Jess nach oben, um sie zu baden, mit Milch und eingebrocktem Brot zu füttern und ins Bett zu bringen. Judith folgte ihr mit ihrem chinesischen Flechtkorb und erzählte dabei weiter. «Phyllis, ich hab von Onkel Bob eine Uhr bekommen, in einer Lederhülle. Ich zeig sie dir...»

Molly blickte ihnen nach. Nach der überstandenen Reise und endlich der Verantwortung für Jess enthoben, fühlte sie sich plötzlich vollkommen erschöpft. Ihren Pelzmantel hatte sie inzwischen ausgezogen und ihn über das Treppengeländer gelegt. Nun griff sie nach der Post, die sich auf dem Dielentisch stapelte, und ging ins Wohnzimmer. Das Kaminfeuer brannte lichterloh. Sie stellte sich einen Moment davor, wärmte ihre Hände auf und versuchte, den steif gewordenen Nacken und die Schultern zu lockern. Nach einer Weile setzte sie sich in ihren Sessel und blätterte die Briefe durch. Es war einer von Bruce dabei, aber den würde sie noch nicht sofort aufmachen. Fürs erste wollte sie nichts weiter als nur dasitzen, ganz ruhig, die Wärme genießen und zur Besinnung kommen.

Es waren anstrengende Tage gewesen, und die furchtbare Auseinandersetzung mit Biddy, noch dazu nach einer schlaflosen Nacht, hatte ihr so ziemlich den Rest gegeben. «Nimm's nicht so schwer», hatte Biddy gesagt und sie auf die Wange geküßt, als ob damit die Unstimmigkeit aus der Welt geschafft wäre. Kurz vor Mittag, während sie beide allein waren, an einem Sherry nippten und darauf warteten, daß Hobbs zum Essen klingelte, hatte sie Molly jedoch erneut zugesetzt.

Sie hatte es recht freundlich getan, fast scherzhaft, aber die Botschaft war laut und unmißverständlich.

«Denk ein bißchen über das nach, was ich gesagt habe. Um deinetwillen und auch um Judiths willen. Du kannst sie nicht für vier Jahre allein lassen, so völlig unvorbereitet auf das, was ihr bevorsteht, eine Zeit, die für jedes Mädchen ziemlich schwierig ist. Vierzehn war für mich ein schreckliches Alter, ich hatte immer das Gefühl, weder Fisch noch Fleisch zu sein.»

«Biddy, sie ist nicht *völlig* unvorbereitet...»

Biddy zündete sich eine ihrer ewigen Zigaretten an und blies den Rauch in die Luft. Dann fragte sie: «Hat sie schon ihre Tage?»

Ihre Unverblümtheit machte Molly verlegen, auch wenn sie ihre Schwester war, doch sie ließ sich nicht aus der Fassung bringen. «Ja, natürlich, schon seit sechs Monaten.»

«Na, das ist immerhin ein Segen. Und wie steht es um ihre Garderobe? Sie wird ein paar schicke Kleider brauchen, und ich kann mir nicht vorstellen, daß Louise in dieser Hinsicht sehr hilfreich ist. Kriegt sie regelmäßig Geld, um sich etwas zum Anziehen zu kaufen?»

«Ja, dafür habe ich gesorgt.»

«Das Kleid, das sie neulich abends anhatte, war ja recht hübsch, aber ein bißchen kindlich. Und du hast mir gesagt, sie wünscht sich ein Buch von Arthur Ransome zu Weihnachten, also hab ich ihr eins besorgt.»

«Sie liebt Arthur Ransome…»

«Ja schon, aber sie sollte inzwischen Romane für Erwachsene lesen oder sich wenigstens allmählich dranmachen. Deshalb bin ich am Heiligen Abend noch losgesaust und hab ihr *Jane Eyre* gekauft. Wenn sie erst einmal zu lesen angefangen hat, wird sie davon nicht loskommen, bis sie die letzte Seite umgeblättert hat. Wahrscheinlich wird sie sich unsterblich in Mr. Rochester verlieben, wie jeder Teenager. Biddys Augen blitzten schelmisch, funkelten vor Vergnügen. «Oder hast du dich etwa nicht in ihn verliebt? Hast du dich vielleicht für Bruce aufgespart?»

Molly wußte, daß Biddy sich über sie lustig machte, wollte sich aber nicht aus der Reserve locken lassen. «Das ist meine Angelegenheit.»

«Und dann hast du ihn zum erstenmal gesehen und butterweiche Knie bekommen…»

Bisweilen war sie richtig unverschämt, wenngleich auch witzig, und Molly mußte gegen ihren Willen lachen. Trotzdem hatte sie sich all das zu Herzen genommen, aber Biddys herbe Kritik, die Molly ja für durchaus berechtigt hielt, war deshalb so bestürzend, weil sie zu spät kam, als daß Molly noch viel an der Situation hätte ändern können, denn wie gewöhnlich hatte sie das meiste bis zuletzt hinausgeschoben, und vor ihr türmte sich drohend auf, was sie noch alles erledigen mußte.

Sie gähnte. Die Uhr auf dem Kaminsims schlug sechs. Zeit für das abendliche Ritual – hinaufgehen, baden, zum Essen umziehen. Seit sie verheiratet war, zog sie sich jeden Abend zum Dinner um, obwohl in den letzten vier Jahren niemand außer Judith da war, der ihr dabei Gesellschaft geleistet hätte. Es gehörte zu ihren kleinen Gewohnheiten, die ihrem einsamen Leben Halt gaben, ihm eine gewisse Struktur und Ordnung verliehen, die sie brauchte, um ihren stumpfsinnigen Alltag einigermaßen zu gestalten. Auch das war etwas, womit Biddy sie aufzog, denn Biddy hätte sich, wenn sie allein gewesen wäre, nach dem Baden ihr Hauskleid übergeworfen oder gar ihren schäbigen, alten Morgenrock, hätte die Füße in Pantoffeln gesteckt und Phyllis angewiesen, ihr das gekochte Huhn auf einem Tablett neben dem Kamin im Wohnzimmer zu servieren.

Außerdem hätte sie sich einen großen Whisky mit Soda geleistet. In Riverview House trank Molly abends nur ein Glas Sherry, langsam und genüßlich, doch der Besuch bei Biddy hatte sie auf den Geschmack gebracht, und sie hatte sich nach einem kalten Nachmittag im Freien oder nach dem unseligen Besuch der Weihnachtspantomime wie die anderen einen Whisky genehmigt. Der bloße Gedanke daran war jetzt, da sie sich so müde und ausgelaugt fühlte, ungeheuer verlockend. Eine Weile rang sie mit sich, ob sie nun sollte oder nicht und ob sich der Aufwand lohnte, dessen es bedurfte, um ins Eßzimmer hinüberzugehen und die Whiskyflasche, den Siphon und ein Glas zusammenzusuchen. Am Ende kam sie zu dem Schluß, daß es aus medizinischen Gründen absolut unerläßlich sei, weshalb sie nicht länger überlegte, sondern sich aus ihrem Sessel aufraffte und nach nebenan ging. Sie wollte nur einen trinken, also machte sie ihn ziemlich stark. Wieder in ihrem Sessel am Kamin, gönnte sie sich einen Schluck. Er schmeckte köstlich, machte ihr warm und tröstete sie. Dann stellte sie das schwere Glas ab und griff nach dem Brief ihres Mannes.

WÄHREND PHYLLIS sich um Jess kümmerte, nahm Judith ihr eigenes Zimmer wieder in Besitz, packte ihren Waschbeutel und alles, was sie für die Nacht brauchte, aus. Dann nahm sie ihre Weihnachtsgeschenke aus dem chinesischen Köfferchen und breitete sie auf ihrem Schreibtisch aus, damit sie, sobald Phyllis mit Jess fertig war, ihr alles zeigen und erzählen konnte, von wem sie was bekommen hatte. Die zehn Shilling von Onkel Bob legte sie in eine abschließbare Schublade, und seine Uhr stellte sie auf ihren Nachttisch. Als Phyllis ihren Kopf durch die Tür steckte, saß sie bereits an ihrem Schreibtisch und schrieb ihren Namen auf das Vorsatzblatt des neuen Tagebuchs.

«Jess ist im Bett», verkündete Phyllis. «Schaut noch ihr Bilderbuch an, schläft aber sicher in Null Komma nichts ein.»

Sie kam herein und ließ sich auf Judiths Bett plumpsen, dessen Decke sie bereits zurückgeschlagen hatte, als sie die Gardinen zuzog.

«Komm, zeig mir, was du gekriegt hast.»

«Dein Geschenk freut mich am meisten, Phyllis, das war lieb von dir.»

«Wenigstens mußt du jetzt nicht mehr dauernd zu mir kommen, wenn du eine Schere brauchst. Aber versteck sie bloß vor Jess! Und ich möchte dir noch für das Badesalz danken. Dieses *Evening in Paris* riecht viel besser als mein *California Poppy*. Hab's gestern nachmittag benutzt und mich wie ein Filmstar gefühlt. Jetzt laß mal sehen...»

Es dauerte eine Weile, weil Phyllis in ihrer Gutmütigkeit alles gründlich betrachtete und bewunderte. «Jetzt schau sich mal einer dieses Buch an! Da brauchst du ja Monate, bis du es gelesen hast. Sieht aus wie was für Erwachsene. Und dieser Pullover! So weich! Und das ist also dein Tagebuch. Sogar mit einem Ledereinband! Da mußt du deine Geheimnisse reinschreiben.»

«War das nicht nett von Tante Louise, wo sie mir doch schon ein Fahrrad versprochen hat? Ich hätte nie zwei Geschenke von ihr erwartet.»

«Und diese niedliche Uhr! Jetzt hast du keine Ausrede mehr, wenn du zu spät zum Frühstück kommst. Was hast du denn von deinem Dad gekriegt?»

«Ich hab mir ein kleines Schränkchen aus Zedernholz ge-

wünscht, mit einem chinesischen Schloß, es ist aber noch nicht eingetroffen.»

«Ach, es wird schon noch kommen.» Phyllis setzte sich auf dem
Bett noch bequemer hin. «Und jetzt...» Sie platzte fast vor Neugier.
«Jetzt erzähl mir mal, was du gemacht hast.»

Also erzählte Judith von Tante Biddys eiskaltem Haus, in dem sie
sich trotzdem so wohl gefühlt hatte, von der Weihnachtspantomime, vom Eislaufen, von Onkel Bob und seinem Grammophon
und seiner Schreibmaschine und seinen interessanten Fotos, von
den Partys, vom Christbaum und vom Weihnachtsessen, bei dem
ein mit Stechpalme und Schneerosen und roten und goldenen Knallbonbons geschmückter Tafelaufsatz und kleine silberne Schalen
mit Schokolade auf dem Tisch gestanden hatten.

«Ach», seufzte Phyllis neidisch, «das klingt ja herrlich.»

In Judith regte sich ein Anflug von schlechtem Gewissen, denn sie
war sich ziemlich sicher, daß Phyllis' Weihnachten recht dürftig
ausgefallen war. Ihr Vater arbeitete in einer Zinnmine in der Ge-
gend von St. Just, und ihre Mutter, eine vollbusige, großherzige
Frau in Kittelschürze, hatte für gewöhnlich auf Schritt und Tritt
noch ein kleines Kind auf dem Arm. Phyllis war die Älteste von fünf
Geschwistern, und wie sie alle in dieses winzige, aus Stein gebaute
Reihenhaus hineinpaßten, war Judith ein Rätsel. Einmal hatte sie
Phyllis auf die Kirmes von St. Just begleitet, um zuzusehen, wie die
Jäger feierlich ihre Saison eröffneten und zum erstenmal ausritten.
Danach gingen sie zu ihr nach Hause, aßen Safranbrötchen und
tranken starken Tee, zu siebt um den Küchentisch gedrängt, während Phyllis' Vater in seinem Sessel neben dem Herd saß, den Tee
aus einer Puddingschale trank und die Füße samt den Stiefeln auf
die Herdstange aus poliertem Messing gelegt hatte.

«Was hast du gemacht, Phyllis?»

«Eigentlich nicht viel. Meiner Mutter ging's nicht gut, sie hatte
eine Grippe oder so was, da ist die meiste Arbeit an mir hängengeblieben.»

«Oh, das tut mir leid. Geht's ihr wieder besser?»

«Na ja, sie läuft wieder rum, hustet aber noch fürchterlich.»

«Hast du zu Weihnachten etwas gekriegt?»

«Ja, von meiner Mutter eine Bluse und von Cyril eine Schachtel mit Taschentüchern.»

Cyril Eddy war Phyllis' Freund, der ebenfalls in einer Zinnmine arbeitete. Sie hatte ihn schon in der Schule kennengelernt, und seither gingen sie miteinander. Richtig verlobt waren sie zwar nicht, doch Phyllis häkelte bereits emsig an einem Satz Spitzendeckchen für ihre Aussteuer. Sie sahen einander nicht oft, weil St. Just so weit entfernt lag und Cyril Schichtdienst hatte. Wenn sie es doch schafften, sich zu treffen, dann machten sie Fahrradausflüge oder saßen eng umschlungen in der letzten Reihe des Kinos von Porthkerris. Phyllis hatte ein Foto von Cyril auf der Kommode ihres Zimmers. Er sah nicht gerade gut aus, Phyllis versicherte Judith allerdings, er habe hübsche Augenbrauen.

«Was hast du ihm geschenkt?»

«Ein Halsband für seinen Hund. Hat ihn mächtig gefreut.» Dann fragte sie verschmitzt: «Hast du nette junge Männer kennengelernt?»

«Ach, Phyllis, natürlich nicht.»

«Brauchst gar nicht so zu tun. Ist nichts Unnatürliches.»

«Tante Biddys Freunde sind fast alle erwachsene Leute. Bloß am letzten Abend sind nach dem Dinner zwei junge Leutnants auf einen Drink gekommen. Aber es war schon so spät, daß ich ziemlich bald ins Bett gegangen bin, also habe ich nicht viel mit ihnen geredet. Außerdem...» fügte sie hinzu, weil sie ehrlich sein wollte, «waren sie viel zu sehr damit beschäftigt, sich von Tante Biddy unterhalten zu lassen, als daß sie auf mich geachtet hätten...»

«Das liegt nur an deinem Alter. Nichts Halbes und nichts Ganzes. In ein paar Jahren, wenn du erwachsen bist, schwirren die Jungs um dich rum wie die Fliegen um den Honigtopf. Dann übersehen sie dich nicht mehr.» Mit einem Grinsen fragte sie: «Hast du dich noch nie in einen Jungen verknallt?»

«Ich kenne doch keine. Außer...» Judith zögerte.

«Na los, erzähl's Phyllis!»

«Auf der Rückfahrt von Plymouth saß einer in unserem Abteil. Er war Arzt, sah aber noch furchtbar jung aus. Mami hat sich mit ihm unterhalten, und dann hat er mir erklärt, daß die Brücke von

Saltash von einem gewissen Brunel gebaut worden ist. Also, der war wirklich nett. Wenn mir so einer über den Weg liefe, hätte ich nichts dagegen.»

«Das kommt schon noch.»

«Nicht in St. Ursula.»

«Da gehst du auch nicht hin, damit dir Jungs über den Weg laufen, sondern damit du was lernst. Und rümpf darüber bloß nicht die Nase. Ich mußte von der Schule runter und eine Stelle annehmen, wie ich noch jünger war als du, und ich kann nicht viel mehr als schreiben und lesen und ein paar Zahlen zusammenzählen. Wenn du fertig bist, wirst du Prüfungen ablegen und Preise gewinnen. Der einzige Preis, den ich jemals gekriegt hab, war dafür, daß ich auf einem feuchten Tuch Kresse gezogen hab.»

«Wenn deine Mutter krank war und du alles machen mußtest, hast du vermutlich auch noch keine Zeit gehabt, dich nach einer neuen Stelle umzusehen, oder?»

«Hab's irgendwie nicht übers Herz gebracht. Ich glaube, eigentlich will ich gar nicht von euch fort. Ist nicht schlimm, daß ich noch nichts habe, Madam hat ja gesagt, sie hilft mir dabei. Stellt mir ein gutes Zeugnis aus. Nur, ich will nicht noch weiter von zu Hause weg. Es geht ja jetzt schon der Großteil meines freien Tags dafür drauf, nach St. Just zu radeln. Mehr würde ich nicht schaffen.»

«Vielleicht braucht jemand in Porthkerris ein Hausmädchen.»

«Das wär schon besser.»

«Möglicherweise findest du eine viel nettere Stelle. Wo noch andere Leute in der Küche sind, mit denen du dich unterhalten kannst, und wo du nicht annähernd soviel arbeiten mußt wie hier.»

«Weiß nicht. Ich will mich schließlich nicht von irgendeiner schlechtgelaunten, alten Zicke von Köchin herumkommandieren lassen. Da mach ich lieber alles selber, auch wenn mir das Backen nicht leicht von der Hand geht und ich nie ganz rausgekriegt hab, wie dieses alte Rührgerät funktioniert. Madam sagt immer…» Sie hielt mitten im Satz inne.

Judith wartete, dann fragte sie: «Was hast du denn?»

«Komisch. Sie ist noch nicht raufgekommen, um zu baden. Schau mal, es ist zwanzig nach sechs. Hab gar nicht gemerkt, daß

ich schon so lang hier sitze. Meinst du, sie glaubt, ich bin mit Jess
noch nicht fertig?»

«Keine Ahnung.»

«Sei ein liebes Mädchen, lauf runter und sag ihr, daß das Bad frei
ist. Wegen dem Huhn macht es nichts, das kann ich warm halten,
bis sie soweit ist. Die arme Seele, wahrscheinlich braucht sie nach
dieser Zugfahrt eine kleine Verschnaufpause, aber es ist gar nicht
ihre Art, daß sie ihr Bad verpaßt...» Sie rappelte sich auf. «Ich geh
jetzt besser und kümmere mich um die Kartoffeln.»

Doch als Phyllis draußen war, trödelte Judith noch eine Weile,
räumte alles weg, strich das zerdrückte Federbett glatt und legte
das neue Tagebuch mitten auf ihren Schreibtisch. Seit dem ersten
Januar hatte sie jeden Tag etwas eingetragen, in ihrer schönsten
Handschrift. Jetzt schaute sie gedankenverloren auf das Vorsatzblatt. Judith Dunbar. Sie überlegte, ob sie ihre Adresse hinzufügen
sollte, entschied sich dann aber dagegen, denn schon bald würde sie
keine richtige Adresse mehr haben. Sie rechnete aus, daß es Dezember 1940 sein würde, wenn sie auf der letzten Seite des Tagebuchs
angelangt war. Und sie würde dann neunzehn sein. In gewisser
Weise war das eher beängstigend. Deshalb schob sie das Tagebuch
in eine Schublade, kämmte sich das Haar und lief hinunter, um
ihrer Mutter zu sagen, daß ihr, wenn sie sich beeilte, die Zeit noch
für ein Bad reichte.

Sie platzte ins Wohnzimmer hinein.

«Mami, Phyllis sagt, wenn du willst...»

Weiter kam sie nicht, denn offensichtlich mußte etwas Furchtbares vorgefallen sein. Ihre Mutter saß da, in ihrem Lehnstuhl neben
dem Kamin, aber das Gesicht, das sie Judith zuwandte, war von
Verzweiflung erfüllt, aufgedunsen und häßlich, weil sie geweint
hatte. Ein halbleeres Glas stand auf dem Tisch neben ihr, und zu
ihren Füßen lagen, wie Laub verstreut, zu Boden geglittene Bogen
dünnen, engbeschriebenen Briefpapiers.

«Mami!» Instinktiv schloß sie die Tür hinter sich. «Was hast du
denn?»

«Ach, Judith.»

Im nächsten Moment war sie bei ihr und kniete neben ihr nieder.

«Aber was ist denn?» Der grauenvolle Anblick ihrer tränenüberströmten Mutter war schlimmer als alles, was sie ihr möglicherweise zu erzählen hatte.

«Da ist ein Brief von Dad. Ich habe ihn soeben aufgemacht. Ich ertrage es nicht...»

«Was ist ihm passiert?»

«Nichts.» Molly betupfte mit dem Zipfel eines schon durchgeweichten Taschentuchs ihr Gesicht. «Es ist nur... Wir bleiben nicht in Colombo. Er hat eine neue Anstellung bekommen... Wir müssen nach Singapur!»

«Aber warum weinst du deshalb?»

«Weil das wieder einen Umzug bedeutet... Sobald ich dort bin, müssen wir packen und gleich wieder weg. Irgendwohin, wo ich fremd bin und keinen kenne. Es war schon schlimm genug, daß ich nach Colombo zurück sollte, aber dort hätte ich wenigstens mein vertrautes Haus gehabt ... Und Singapur ist noch weiter entfernt ... Und dort war ich noch nie ... Und ich muß ... Ach, ich weiß, ich bin töricht», ihre Tränen flossen von neuem. «Aber das war der Tropfen, der das Faß zum Überlaufen gebracht hat. Ich fühle mich so müde und so...»

Inzwischen weinte sie so sehr, daß sie unfähig war weiterzusprechen. Judith gab ihr einen Kuß. Molly roch nach Whisky, dabei trank sie sonst nie Whisky. Sie streckte einen Arm aus und drückte Judith unbeholfen an sich. «Ich brauche ein frisches Taschentuch.»

«Ich hol dir eins.»

Sie ließ ihre Mutter allein, rannte in ihr Zimmer hinauf und angelte aus der obersten Schublade ihrer Kommode eines ihrer großen Taschentücher, die sie in der Schule benutzte. Während sie die Schublade wieder zuknallte, blickte sie auf, direkt in ihr eigenes Spiegelbild, und merkte, daß sie beinahe ebenso verzweifelt und ängstlich aussah wie ihre weinende Mutter. Das führte zu rein gar nichts. Eine von ihnen mußte stark und vernünftig sein, sonst brach alles zusammen. Sie holte tief Luft und faßte sich. Was hatte Tante Biddy gesagt? *Du mußt lernen, schwierige Situationen anzupacken, anstatt nur abzuwarten, wie sie sich entwickeln.* Nun, wenn es je eine gab, dann war das eine schwierige Situation. Judith straffte die Schultern, dann ging sie wieder hinunter.

Wie sie feststellte, hatte sich auch Molly inzwischen Mühe gegeben, die Briefbogen vom Boden aufgesammelt, und sie schaffte sogar ein noch unsicheres Lächeln, als Judith zurückkam.

«Ach, Liebes, ich danke dir…» Sie griff nach dem sauberen Taschentuch und putzte sich die Nase. «Tut mir leid. Ich weiß nicht, was in mich gefahren ist. Das war wirklich ein sehr anstrengender Tag. Wahrscheinlich bin ich nur müde…»

Judith setzte sich auf den Hocker neben dem Kamin. «Darf ich den Brief lesen?»

«Ja, natürlich.» Sie reichte ihn ihr.

Die Handschrift war sauber, gleichmäßig und sehr schwarz. Er benutzte immer schwarze Tinte.

Liebste Molly,
wenn Du diese Zeilen erhältst, ist Weihnachten bereits vorbei. Hoffentlich hattet Ihr schöne Feiertage. Ich habe ziemlich wichtige Neuigkeiten für Dich. Gestern rief mich der Direktor in sein Büro und teilte mir mit, sie möchten, daß ich nach Singapur gehe, als Geschäftsführer der dortigen Niederlassung von Wilson-McKinnon. Es ist eine Beförderung, die mir nicht nur ein höheres Gehalt einbringt, sondern auch noch andere Vergünstigungen wie ein größeres Haus und einen Dienstwagen mit Chauffeur. Ich hoffe, Du freust Dich darüber ebenso wie ich. Meine neue Tätigkeit beginnt erst in dem Monat nach Eurer Ankunft hier, also kannst Du noch helfen, zu packen und dieses Haus für den Mann zu räumen, der meine derzeitige Stelle übernimmt, und dann fahren wir drei gemeinsam nach Singapur. Ich weiß, Du wirst Colombo und die Schönheit dieser herrlichen Insel genauso vermissen wie ich, aber ich finde den Gedanken aufregend, daß wir gemeinsam reisen und zusammensein werden, wenn wir uns in unserem neuen Heim einrichten. Die Arbeit wird sehr viel verantwortungsvoller und wahrscheinlich auch anstrengender sein, aber ich habe das Gefühl, daß ich es schaffen kann und Erfolg haben werde. Ich freue mich schon sehr darauf, Dich wiederzu-

sehen und Jess kennenzulernen. Hoffentlich fremdelt sie mir ge-
genüber nicht allzusehr und gewöhnt sich an den Gedanken, daß
ich ihr Vater bin.
Sag Judith, daß ihr Weihnachtsgeschenk in den nächsten Tagen
ankommen müßte. Ich hoffe, alle Vorbereitungen für St. Ursula
laufen planmäßig und der Abschied fällt Dir nicht allzu schwer.
Neulich traf ich Charlie Peyton im Club. Er erzählte mir, daß
Mary im April wieder ein Baby erwartet. Sie möchten, daß wir zu
einem Abendessen zu ihnen kommen…

Und so weiter. Mehr brauchte Judith nicht zu lesen. Sie faltete die
Blätter zusammen und gab sie ihrer Mutter zurück.

«Das klingt doch ganz gut», sagte sie. «Gut für Dad. Ich glaube
nicht, daß du darüber so traurig sein solltest.»

«Ich bin nicht traurig. Es… es geht nur über meine Kraft. Ich
weiß, es ist egoistisch, aber ich glaube, ich will nicht nach Singapur.
Dort ist es so heiß und so feucht, und dann noch ein neues Haus und
neue Dienstboten… Neue Freunde… Das ist mir alles zuviel…»

«Aber du mußt es doch nicht allein schaffen. Dad wird bei dir
sein…»

«Ich *weiß*…»

«Es wird bestimmt aufregend.»

«Ich will mich aber nicht aufregen. Ich will, daß alles ruhig ist
und friedlich und sich nicht verändert. Ich will ein *Zuhause* und
nicht dauernd umziehen und hin- und hergerissen werden. Jeder
verlangt etwas von mir, und wenn ich es tue, sagen sie mir, daß ich
alles falsch mache, daß ich zu nichts tauge und unfähig bin…»

«Aber das bist du nicht.»

«Biddy hält mich für blöd. Und Louise ebenfalls.»

«Ach, kümmere dich doch nicht um Biddy und Louise…»

Molly putzte sich erneut die Nase und nahm noch einen Schluck
aus ihrem Whiskyglas.

«Ich wußte gar nicht, daß du Whisky trinkst.»

«Tue ich für gewöhnlich auch nicht. Ich habe nur einen gebraucht. Wahrscheinlich habe ich deshalb geheult. Ich bin wohl
betrunken.»

«Das glaube ich nicht.»

Ihre Mutter lächelte, ein wenig einfältig, bei dem Versuch, sich über sich selbst lustig zu machen. Dann sagte sie: «Tut mir leid wegen heute morgen. Wegen dieses dummen Streits mit Biddy. Ich hatte keine Ahnung, daß du zuhörst, aber wir hätten uns auch sonst nicht so kindisch benehmen dürfen.»

«Ich habe nicht gelauscht.»

«Das weiß ich ja. Hoffentlich denkst du nicht, ich sei dir gegenüber gemein und egoistisch, weil ich nicht darauf eingegangen bin, als Biddy anbot, du könntest zu ihr kommen. Es ist nur so, daß Louise wirklich keine sehr hohe Meinung von ihr hat, und es war einfach eine zusätzliche Komplikation, mit der ich mich auseinandersetzen mußte... Vielleicht habe ich mich nicht sehr geschickt verhalten.»

Wahrheitsgemäß sagte Judith: «Das macht mir alles nichts aus.» Und weil sie es ebensogut jetzt wie sonstwann sagen konnte, fügte sie hinzu: «Ich habe nichts dagegen, bei Tante Louise zu bleiben und nicht zu Tante Biddy zu gehen. Mich stört nur, daß du nie mit mir über das redest, was mir bevorsteht. Du machst dir nie die Mühe, mich zu fragen, was *ich* möchte.»

«Das hat Biddy auch gesagt. Kurz vor dem Mittagessen hat sie noch einmal damit angefangen. Und ich habe so ein schlechtes Gewissen, weil ich dich vielleicht zu sehr dir selbst überlassen habe und für dich Pläne gefaßt habe, ohne sie mit dir zu besprechen. Die Schule und alles und auch, daß du zu Tante Louise sollst. Und jetzt ist es wohl für alles zu spät.»

«Tante Biddy hätte dich nicht so beschimpfen dürfen. Außerdem ist es nicht zu spät...»

«Aber ich muß noch so viel erledigen.» Sie legte von neuem los. «Ich habe alles bis zum letzten Moment aufgeschoben und noch nicht einmal deine Schuluniform gekauft, Phyllis hat noch keine neue Stelle, ich muß noch packen und...»

Die Dinge wuchsen ihr über den Kopf, und sie war so mutlos, daß Judith sich plötzlich sehr stark vorkam und das Gefühl hatte, sie müßte ihre Mutter beschützen und dabei systematisch vorgehen. «Wir helfen mit», erklärte sie. «Ich helfe dir. Wir machen alles gemeinsam. Und was diese gräßliche Schuluniform betrifft, warum besorgen wir die nicht gleich morgen? Wo müssen wir die holen?»

«Bei Medways in Penzance.»

«Na schön, dann fahren wir zu Medways und besorgen alles auf einmal.»

«Aber wir müssen auch Hockeyschläger, Bibel und Aktenkoffer kaufen...»

«Nicht so schlimm, die besorgen wir auch. Wir kommen erst hierher zurück, wenn wir alles haben. Wir nehmen das Auto. Du wirst sehr tapfer sein und fahren müssen, denn wir können die ganzen Sachen unmöglich in der Bahn nach Hause schaffen.»

Molly sah sofort weniger kläglich aus. Anscheinend stimmte es sie zuversichtlicher, daß jemand für sie eine Entscheidung traf. «Na gut», sagte sie und dachte darüber nach. «Jess lassen wir aber bei Phyllis, denn sie würde nie und nimmer einen ganzen Tag durchhalten. Betrachten wir es als einen kleinen Ausflug, nur für uns beide. Und zum Lunch gehen wir ins Mitre, damit wir etwas haben, worauf wir uns freuen können. Bis es soweit ist, haben wir das sicher verdient.»

«Und danach», sagte Judith sehr entschieden, «fahren wir nach St. Ursula, damit ich mich dort umsehen kann. Schließlich kann ich nicht in eine Schule gehen, die ich noch nicht einmal zu Gesicht bekommen habe...»

«Aber zur Zeit sind Ferien. Es wird niemand dasein.»

«Um so besser. Dann schleichen wir ums Haus herum und schauen durch die Fenster. Nun haben wir ja alles geklärt, also Kopf hoch! Fühlst du dich jetzt etwas wohler? Möchtest du ein Bad nehmen? Oder gehst du lieber zu Bett, und Phyllis soll dir dein Abendessen auf einem Tablett hinaufbringen?»

Doch Molly schüttelte den Kopf. «Nein. Nein, nichts von alledem, auch wenn's verlockend klingt. Mir geht es schon wieder ganz gut. Ich werde später baden.»

«Dann sage ich Phyllis Bescheid, daß wir ihr gekochtes Huhn essen, sobald sie es fertig hat.»

«Gleich. Laß mir noch einen Moment Zeit. Phyllis braucht nicht zu merken, daß ich geweint habe. Sieht man es mir an?»

«Nein. Du bist nur ein bißchen rot im Gesicht, vom Feuer.»
Ihre Mutter beugte sich vor und gab ihr einen Kuß. «Danke. Du hast es geschafft, daß ich mich jetzt ganz anders fühle. Wie lieb von dir.»

«Schon gut.» Judith überlegte, was sie noch sagen könnte, um ihre Mutter zu trösten. «Du warst nur ein bißchen aufgeregt.»

MOLLY ÖFFNETE die Augen und blinzelte in den neuen Tag, der gerade erst zu dämmern begann. Es war noch zu früh, um schon aufzustehen. Also blieb sie liegen, kuschelte sich in die warmen Laken und empfand tiefe Dankbarkeit, weil sie, kaum daß ihr Kopf das Kissen berührt hatte, eingeschlafen war und die ganze Nacht traumlos durchgeschlafen hatte. Nicht einmal Jess hatte sie gestört. Das war an sich schon ein kleines Wunder, denn Jess war ein anstrengendes Kind. Sofern sie nicht bereits im Morgengrauen aufwachte und nach ihrer Mutter rief, trabte sie schrecklich früh an und krabbelte in Mollys Bett.

Aber anscheinend war sie ebenso müde gewesen wie ihre Mutter, so daß sie sich selbst jetzt, um halb acht, noch nicht hören oder blicken ließ. Vielleicht, dachte Molly, hatte es am Whisky gelegen. Vielleicht sollte sie jeden Abend Whisky trinken und würde dann immer durchschlafen. Oder vielleicht hatten sich die erdrückenden Ängste und Befürchtungen vom vergangenen Abend in körperliche Erschöpfung verwandelt. Was auch immer es gewesen sein mochte, es hatte gewirkt. Sie hatte geschlafen. Nun fühlte sie sich erfrischt, wie neu und zu allem bereit, was der Tag ihr bringen würde.

Fürs erste hieß das, die Schuluniform zu besorgen. Sie stieg aus dem Bett, schlüpfte in ihren Morgenrock, schloß das Fenster und zog die Vorhänge zurück. Es war ein bleicher, dunstiger Morgen, noch nicht ganz hell und sehr still. Sie blickte auf den in Terrassen abfallenden, ruhigen, feuchten Garten hinunter und lauschte dem Ruf der Brachvögel, der von dem Küstenstreifen jenseits der Bahnlinie zu ihr herüberklang. Der Himmel war klar, und Molly kam in den Sinn, daß dieser Morgen möglicherweise einen jener Tage einleitete, die der Frühling bisweilen dem Winter in Cornwall abtrotzte, so daß bereits eine Vorahnung von neuem Wachstum die Luft erfüllte, während die Pflanzen ihre ersten Triebe durch das weiche, dunkle Erdreich schoben, die Knospen zu schwellen und die zurückkehrenden Vögel zu singen begannen. Sie würde ihn als etwas Besonderes im Gedächtnis bewahren, unversehrt, als einen Tag, den sie mit ihrer großen Tochter verbracht hatte und der nur ihnen gehörte. In ihrer Erinnerung würde er scharfe Konturen behalten, lebendig bleiben, wie eine sauber gerahmte Fotografie, die nichts mehr verwischen konnte.

Schließlich wandte sie sich vom Fenster ab, setzte sich an ihre Frisierkommode und holte aus einer Schublade den dicken braunen Umschlag heraus, der die Kleiderliste von St. Ursula und ellenlange Anweisungen für die Eltern enthielt:

Das Ostertrimester beginnt am fünfzehnten Januar. Die Internatsschülerinnen werden gebeten, bis spätestens vierzehn Uhr dreißig einzutreffen. Bitte vergewissern Sie sich, daß das Gesundheitszeugnis Ihrer Tochter unterschrieben ist. Miss Cattos Sekretärin erwartet Sie in der Eingangshalle und wird Sie und Ihre Tochter in deren Schlafsaal führen. Falls Sie dies wünschen, würde Miss Catto sich freuen, ab fünfzehn Uhr dreißig in ihrem Büro Eltern zum Tee zu empfangen. Den Schülerinnen ist es untersagt, Süßigkeiten oder sonstige Eßwaren in die Schlafsäle mitzunehmen. Die Vorräte an Süßigkeiten sind auf zwei Pfund pro Trimester beschränkt und sollten der Aufseherin ausgehändigt werden. BITTE sorgen Sie dafür, daß alle Schuhe und Stiefel deutlich mit dem Namen Ihrer Tochter gekennzeichnet sind...

Und so weiter und so fort.

Allem Anschein nach galten für Eltern ebenso strenge Regeln und Vorschriften wie für die armen Kinder. Molly griff nach der Kleiderliste und überflog sie. Es waren drei Seiten.

*Die mit einem Sternchen versehenen Gegenstände können in
dem autorisierten Textil- und Bekleidungshaus Medways in Penzance erworben werden.*

Beinahe alles war mit einem Sternchen versehen. Vorschriften hier,
Vorschriften dort. Aber was soll's, wenn sie alles in einem Geschäft
kaufen konnten, würde die ganze Sache nicht so lange dauern. Und
erledigt mußte es ja werden.

Sie steckte das Papierbündel wieder in den Umschlag zurück und
begab sich auf die Suche nach Jess.

Beim Frühstück schob sie ihr löffelweise ein weichgekochtes Ei in
den Mund: einen für Daddy, einen für Golly... und brachte ihr
schonend bei, daß sie heute ohne ihre Mutter auskommen mußte.

«Ich will nicht», maulte Jess.

«Doch, du willst, du wirst es schön haben bei Phyllis.»

«Will nicht...» Ihre Unterlippe schnellte vor wie ein Brett.

«Du kannst mit Phyllis und Golly spazierengehen und bei Mrs.
Berry Fruchtgummi kaufen...»

«Das ist Bestechung», meldete sich Judith vom anderen Ende des
Tisches.

«Immer noch besser als eine Szene...»

«Will nicht!»

«Scheint aber nicht zu funktionieren.»

«Ach, Jess, du ißt doch so gern Fruchtgummi...»

«Will nicht...» Schon verzog sie den Mund, und Tränen liefen
ihr über das Gesicht. Dann heulte sie los. Judith stöhnte. «O Gott,
jetzt ist sie nicht mehr zu bremsen...» Doch genau in diesem Moment kam Phyllis mit heißem Toast herein, und sobald sie ihn auf
den Tisch gestellt hatte, sagte sie nur: «Was soll denn das?» Darauf
nahm sie die heulende Jess auf den Arm, trug sie energisch aus dem
Zimmer und schloß die Tür hinter sich. Noch ehe sie die Küche
erreicht hatten, verebbte das Schluchzen bereits.

«Dem Himmel sei Dank», entfuhr es Judith. «Jetzt können wir
wenigstens in Ruhe zu Ende frühstücken. Und du gehst nicht hin,
um dich von ihr zu verabschieden, Mami, sonst fängt der ganze
Zirkus von vorn an.»

Molly mußte sich eingestehen, daß Judith vollkommen recht hatte. Während sie ihren Kaffee trank, betrachtete sie ihre Tochter, die an diesem Morgen mit einer neuen Frisur heruntergekommen war. Die Haare waren aus dem Gesicht gekämmt und wurden im Nacken mit einem marineblauen Band zusammengehalten. Molly war sich nicht sicher, ob ihr das stand, denn sie sah völlig verändert aus, nicht mehr wie ein kleines Mädchen, und ihre Ohren, die dadurch zum Vorschein kamen, waren noch nie sehr attraktiv gewesen. Doch sie sagte nichts und wußte, daß Biddy ihr taktvolles Schweigen gutheißen würde.

Statt dessen bemerkte sie nur: «Ich denke, wir machen uns am besten gleich nach dem Frühstück auf den Weg, sonst reicht uns die Zeit nicht. Du solltest dir nur einmal anschauen, wie lang die Kleiderliste ist. Und dann müssen wir noch überall Namensschildchen hineinnähen. Stell dir bloß die langweilige Stichelei vor! Vielleicht hilft uns Phyllis dabei.»

«Nehmen wir doch die Nähmaschine.»

«Glänzende Idee. Geht viel schneller und wird ordentlicher. Da wäre ich nie drauf gekommen.»

Eine halbe Stunde später waren sie ausgehfertig. Molly wappnete sich mit Listen, Anweisungen, Handtasche und Scheckbuch und stellte sich, denn man konnte ja nie wissen, vorsichtshalber auf Regen ein, mit festen Schuhen, ihrem Burberry und dem dunkelroten Henry-Heath-Hut. Judith zog ihren alten blauen Regenmantel an und band sich einen Schal in Schottenmuster um. Der Regenmantel war ihr zu kurz, und ihre langen, dünnen Beine schienen endlos.

«Hast du alles?» fragte sie.

«Ich glaube, ja.»

Sie hielten einen Moment inne und lauschten, doch aus der Küche drangen nur zufriedene Geräusche, Jess' Piepsstimme im Gespräch mit Phyllis, die wahrscheinlich gerade einen Vanillepudding rührte oder den Fußboden fegte. «Wir dürfen keinen Mucks von uns geben, sonst will sie mit.» Also schlichen sie leise zur Haustür hinaus und gingen auf Zehenspitzen über den Kies zu dem Holzschuppen, den sie als Garage benutzten. Judith öffnete die Tür, und Molly stieg behutsam in den kleinen Austin Seven ein, klammerte sich an das Lenkrad, und nach ein paar Fehlstarts schaffte sie es, den Motor anzulassen, den Rückwärtsgang einzulegen und rukkend hinauszustoßen. Judith setzte sich neben sie, und sie fuhren los. Es dauerte eine Weile, bis Molly ihre Nervosität überwunden, den Ort durchquert und ein Stück Landstraße hinter sich gebracht hatte, bevor sie endlich in den höchsten Gang schaltete und eine Geschwindigkeit von nahezu fünfzig Stundenkilometern erreichte.

«Ich weiß gar nicht, warum du so eine Angst vorm Fahren hast. Du machst das doch sehr gut.»

«Das liegt daran, daß ich wenig Übung darin habe. In Colombo haben wir immer einen Chauffeur gehabt.»

Sie zockelten voran und gerieten in ein paar Nebelschwaden, so daß Molly die Scheibenwischer einschalten mußte, doch es waren nur wenige Autos auf der Straße, und sie entspannte sich allmählich. Da tauchte vor ihnen im Dunst drohend ein mit Rüben beladenes Pferdefuhrwerk auf, sie meisterte die Gefahr aber, drückte auf die Hupe, beschleunigte leicht und überholte das knarrende Gefährt.

«Großartig», sagte Judith.

Schon bald verzog sich der Nebel ebenso rasch, wie er sich zusammengebraut hatte, und das Meer vor der Südküste der Halbinsel kam in Sicht, ein in der kraftlosen Morgensonne wie Perlmutt schimmerndes Blau. Sie sahen das weite Halbrund der Mount's Bay und St. Michael's Mount, gleich einem Märchenschloß auf seinem Felsen, der vom Wasser umspült wurde, weil gerade Flut herrschte. Die Straße verlief nun zwischen dem Bahndamm und sanft ansteigenden Wiesen und kleinen Feldern, und vor ihnen lag die Stadt mit ihrem Hafen, in dem es von Fischerbooten nur so wimmelte. Sie fuhren an Hotels vorbei, die über Winter geschlossen waren, am Bahnhof, und dann führte die Market Jew Street bergauf, zur Statue von Humphrey Davy mit seiner Grubenlampe und zu dem hohen Kuppelbau der Lloyds Bank.

Am Greenmarket parkten sie den Wagen neben dem Obst-und-Gemüsegeschäft. Vor der Tür standen Blechkübel mit ersten zarten Sträußen früher Narzissen, und aus dem Ladeninneren wehte der Geruch von Erde, Lauch und Pastinaken heraus. Auf den Bürgersteigen drängten sich die Kunden, hier und da standen ein paar mit schweren Körben beladene Bäuerinnen und tauschten ihren Klatsch aus.

«Schön heute, nicht?»

«Was macht Stanleys Bein?»

«Ist aufgeblasen wie ein Ballon.»

Es wäre nett gewesen, noch ein bißchen hierzubleiben und zuzuhören, doch Molly, die keine Zeit vergeuden wollte, war bereits losmarschiert und ging über die Straße Richtung Medways, also folgte ihr Judith im Laufschritt, um sie einzuholen.

Es war ein altmodisches, düsteres Geschäft mit Schaufenstern aus Tafelglas, in denen Straßenkleidung ausgestellt war: Tweed- und Wollsachen, Hüte und Regenmäntel sowohl für Damen als auch für Herren. Drinnen war alles mit dunklem Holz ausgestattet, und es roch nach Ölheizung, Gummistiefeln und muffigen Verkäufern. Einer von ihnen, der so aussah, als sei sein Kopf mit dem hohen, zu engen Kragen am Körper befestigt, kam ihnen respektvoll entgegen.

«Kann ich Ihnen behilflich sein, Madam?»

«Ja, bitte. Wir brauchen die Schuluniform für St. Ursula.»

«Im ersten Stock, Madam. Wenn Sie bitte die Treppe nehmen wollen.»

«Und was sollen wir mit der Treppe machen?» flüsterte Judith, während sie hinaufgingen.

«Sei still, der hört dich doch.»

Die breite, prächtige Treppe hatte ein bombastisches Geländer mit einem Handlauf aus lackiertem Mahagoni, der sich unter anderen Umständen hervorragend dafür eignen würde, auf ihm hinunterzurutschen. Die Kinderabteilung war weitläufig und nahm das gesamte erste Stockwerk ein, auf jeder Seite stand ein langer, polierter Ladentisch, und die hohen Fenster gingen auf die Straße hinaus. Diesmal kam eine Verkäuferin auf sie zu. Sie trug ein tristes schwarzes Kleid, war schon etwas älter und ging so schleppend, als täten ihr die Füße weh, was sie wahrscheinlich nach jahrelangem Stehen auch taten.

«Guten Morgen, Madam. Brauchen Sie Hilfe?»

«Ja.» Molly fischte die Kleiderliste aus ihrer Tasche. «Die Uniform von St. Ursula. Für meine Tochter.»

«Herrlich, daß du nach St. Ursula gehen kannst, nicht wahr? Was brauchen Sie denn?»

«Alles.»

«Das wird ein bißchen dauern.» Also wurden zwei Stühle aus gebogenem Holz herangeholt und zurechtgerückt, Molly streifte ihre Handschuhe ab, zückte den Füllfederhalter und nahm in dem riesigen Geschäft Platz.

«Wo möchten Sie denn gern beginnen, Madam?»

«Am Anfang der Liste, denke ich. Mit dem grünen Tweedmantel.»

«Sind aus schönem Stoff, diese Mäntel. Ich bringe gleich die Jacke und den Rock mit. Die sind für sonntags. Um in die Kirche zu gehen…»

Judith, die mit dem Rücken zum Ladentisch saß, hörte zwar ihre Stimmen, achtete aber nicht mehr auf das, was sie sagten, denn etwas, was weitaus spannender war, hatte ihre Aufmerksamkeit auf sich gezogen. Auf der anderen Seite der Abteilung kaufte gerade noch eine Mutter gemeinsam mit ihrer Tochter ein, doch für sie war dies wohl keine ernsthafte, sondern eher eine lustige Angelegenheit, denn sie schwatzten und lachten unentwegt dabei. Außerdem war ihre Verkäuferin jung und sah recht gut aus, und die drei schienen sich prächtig zu amüsieren. Das war höchst verwunderlich, denn sie erstanden ebenfalls eine komplette Ausrüstung für St. Ursula. Oder genauer gesagt, sie hatten es getan und waren am Ende ihres Marathons angelangt. Nun wurden die Stapel brandneuer Kleidungsstücke, die meisten von ihnen in diesem tödlichen Flaschengrün, zwischen Lagen aus raschelndem weißem Seidenpapier in große Kartons gepackt und diese mit Unmengen weißer Schnur zugebunden.

«Wenn Sie wollen, kann ich sie Ihnen zustellen lassen, Mrs. Carey-Lewis. Der Lieferwagen fährt nächsten Dienstag in Ihre Gegend.»

«Nein, wir nehmen sie mit. Mary will die Namensschildchen hineinnähen. Ich bin ohnehin mit dem Auto da. Ich brauche nur eine freundliche Seele, die mir hilft, alles hinunterzutragen und in den Kofferraum zu laden.»

«Ich lasse Ihnen den jungen Will aus dem Lagerraum kommen. Der kann Ihnen zur Hand gehen.»

Sie saßen mit dem Rücken zu Judith, doch das machte ihr nicht viel aus, denn an der Wand gegenüber hing ein großer Spiegel. In gewisser Weise war das für sie sogar günstiger, weil sie mit ein bißchen Glück die Gesichter beobachten konnte, ohne daß es jemand merkte.

St. Ursula. Dieses Mädchen ging also auch nach St. Ursula. Da taten sich ungeahnte Möglichkeiten auf, weshalb Judith sie noch interessanter fand und um so eingehender musterte. Sie mochte etwa zwölf oder vielleicht dreizehn sein, war sehr dünn, langbeinig und flachbrüstig wie ein Junge. Zu ausgetretenen Sandalen und Kniestrümpfen trug sie einen Faltenrock in Schottenmuster und einen sehr alten, marineblauen Pullover, der so aussah, als habe er früher einmal einem männlichen und viel älteren Verwandten gehört. Ein furchtbar schäbiges Kleidungsstück mit ausgefranstem Saum und gestopften Ellbogen. Allerdings störte das nicht, weil sie aufsehenerregend hübsch und attraktiv war, mit einem langen, schlanken Hals und dunklen, ziemlich kurz geschnittenen Locken, so daß Judith an einen Blütenkopf auf einem Stengel denken mußte, etwa an eine gefiederte Chrysantheme. Ihre Augen unter den dichten, dunklen Brauen waren veilchenblau, ihr Teint hatte die Farbe von Honig oder eher die Schattierung, die ein makelloses braunes Ei hat, und ihr Lächeln erinnerte an das freche Grinsen eines Gassenjungen.

Sie stützte die Ellbogen auf die Ladentheke, daß ihre Schultern wie Höcker in die Höhe standen, und hatte die Füße um die Beine ihres Stuhls geschlungen; ungraziös und dennoch voller Anmut, denn sie strahlte eine solche Unbefangenheit, ein so maßloses Selbstvertrauen aus, daß man instinktiv spürte, daß ihr in ihrem ganzen Leben noch nie jemand gesagt hatte, sie sei ungeschickt oder dumm oder langweilig.

Der letzte Knoten war geknüpft, die Schnur wurde mit einer Schere abgeschnitten.

90

«Wie möchten Sie heute bezahlen, Mrs. Carey-Lewis?»

«Ach, setzen Sie's aufs Konto, das ist am einfachsten.»

«*Mama*, du weißt, daß Paps gesagt hat, du sollst alles gleich bezahlen, weil du Rechnungen immer in den Papierkorb schmeißt.»

Großes Gelächter. «Darling, du darfst doch meine Geheimnisse nicht ausplaudern.»

In Mrs. Carey-Lewis' dunkler Stimme schwang Erheiterung mit, und es fiel Judith schwer, sich vorzustellen, daß sie überhaupt jemandes Mutter sein konnte. Sie sah wie eine Schauspielerin aus, wie ein Filmstar, eher wie eine bezaubernde ältere Schwester oder eine hinreißende Tante, aber gewiß nicht wie eine Mutter. Feingliedrig und sehr schlank, das Gesicht auf porzellanhafte Blässe geschminkt, mit zart geschwungenen Brauen und einem scharlachroten Mund. Ihr glattes, weizenblondes Haar war zu einem schlichten Bubikopf geschnitten, der nichts Modisches an sich hatte, aber viel Stil verriet. Sie trug – wie extravagant! – lange Hosen aus grauem Flanell, die an ihren schmalen Hüften eng anlagen, nach unten hin aber immer weiter wurden, so daß sie glockenförmig um ihre Knöchel wallten, wie die Hosen eines Studenten aus Oxford. Über ihren Schultern hing ein kurzes Pelzjäckchen, dunkelbraun, so weich und seidig, wie man es sich kaum vorstellen konnte. Eine Hand mit rotlackierten Fingernägeln hing neben ihrem Stuhl hinunter und hielt die Schlaufe einer roten Lederleine, deren anderes Ende an etwas befestigt war, was wie ein flauschiges, goldbraunes Kissen aussah.

«Das war's wohl.» Sie ließ die Leine fallen und zog ihr Pelzjäckchen an. «Komm, Darling, wir müssen los. Es hat nicht halb so lange gedauert, wie ich befürchtet habe. Also gehen wir jetzt Kaffee trinken, und ich spendiere dir ein Eis oder ein Stück Torte oder sonstwas so Widerliches.»

Das flauschige Kissen am Boden, das nun nicht mehr festgehalten wurde, beschloß lebendig zu werden, richtete sich auf vier samtweichen Pfoten auf, gähnte herzhaft und wandte Judith ein Paar dunkle Knopfaugen zu, die wie Juwelen aus einem flachen Gesicht hervorblitzten. Ein buschiger Schwanz ringelte sich über seinem Rücken. Nachdem es gegähnt hatte, schüttelte es sich, schnüffelte ein bißchen, schob den winzigen vorstehenden Unterkiefer hin und her und steuerte dann, zu Judiths Entzücken, würdevoll auf sie zu, wobei es seine rote Leine wie eine königliche Schleppe hinter sich herzog.

Ein Hund! Sie liebte Hunde, hatte aber aus verständlichen Gründen nie einen halten dürfen. Ein Pekinese. Unwiderstehlich. Im Augenblick war alles andere vergessen. Als er näher kam, rutschte Judith von ihrem Stuhl und ging in die Hocke, um ihn zu begrüßen. «Hallo», sagte sie und strich ihm über das runde Köpfchen. Es war, als streichelte sie Kaschmir. Er blickte zu ihr auf, schnüffelte wieder, und sie schob ihre Finger unter sein Kinn und kraulte sanft seinen Hals.

«Pekoe! Was treibst du denn da?» Sein Frauchen lief ihm nach. Judith richtete sich auf und versuchte, ihre Verlegenheit zu verbergen. «Er haßt Einkaufen», erklärte Mrs. Carey-Lewis, «aber wir wollten ihn nicht allein im Auto lassen.» Sie bückte sich, um die Leine aufzuheben, und Judith stieg ein Hauch ihres Parfums in die Nase. Es war schwer und süß. Der Geruch erinnerte sie an Blumen in den Gärten Colombos, an die Tempelblumen, die ihren Duft erst nach Sonnenuntergang verströmten. «Danke, daß du so nett zu ihm bist. Magst du Pekinesen?»

«Ich mag alle Hunde.»

«Er ist etwas Besonderes. Ein Löwenhündchen. Nicht wahr, mein Darling?»

Der ruhige Blick ihrer leuchtendblauen, von dichten schwarzen Wimpern umgebenen Augen wirkte auf Judith wie hypnotisierend, sie starrte die Frau sprachlos an, denn ihr fiel nichts ein, was sie hätte sagen können. Doch Mrs. Carey-Lewis lächelte, als habe sie dafür Verständnis, und schritt wie eine Königin davon – mit ihrem Hund, ihrer Tochter und dem Ladengehilfen, der unter dem Stapel der Kartons leicht wankte. Als sie an Molly vorüberging, hielt sie einen Moment inne und fragte:

«Staffieren Sie Ihre Tochter auch für St. Ursula aus?»

Molly, die darauf nicht gefaßt war, wirkte ein wenig überrascht.

«Ja. Ja, das tue ich.»

«Haben Sie jemals in Ihrem ganzen Leben so viele abscheuliche

92

Kleidungsstücke auf einmal gesehen?» Sie lachte, wartete aber keine Antwort ab, sondern hob nur einen Arm zu einer flüchtigen Abschiedsgeste und führte ihre kleine Prozession die Treppe hinunter.

Alle schauten ihr nach. Einen Augenblick lang sagte niemand etwas. Ihr Abgang hatte eine gewisse Leere zurückgelassen, ein seltsames Vakuum. Es war, als habe jemand ein Licht ausgeknipst oder als habe sich die Sonne hinter einer Wolke verkrochen. Judith kam der Gedanke, daß dieser Eindruck wahrscheinlich immer entstand, wenn Mrs. Carey-Lewis einen Raum verließ. Sie nahm ihren Glanz mit, und zurück blieb nur Langeweile.

Da brach Molly das Schweigen. Sie räusperte sich. «Wer war denn das?»

«Das? Das war Mrs. Carey-Lewis von Nancherrow.»

«Und wo liegt Nancherrow?»

«Draußen hinter Rosemullion, an der Straße nach Land's End. Ein herrliches Anwesen, direkt am Meer. Ich war einmal dort, zur Zeit der Hortensienblüte. Bei einem Ausflug mit der Sonntagsschule. Sie haben ein Pferdefuhrwerk mit Bänken drauf gehabt und Luftballons, und zum Tee hat es jede Menge zu essen gegeben, sogar mit Messer und Gabel. Es war ein Heidenspaß. So einen Garten sieht man wirklich nicht alle Tage.»

«Und war das ihre Tochter?»

«Ja, das war Loveday. Ihre Jüngste. Sie hat noch zwei Kinder, aber die sind schon fast erwachsen. Ein Mädchen und einen Jungen.»

«Sie hat erwachsene Kinder?» Mollys Stimme klang ungläubig.

«Sollte man nicht meinen, wenn man sie so sieht, nicht wahr? Immer noch rank und schlank wie ein Mädchen und keine Falte im Gesicht.»

Loveday. Sie hieß also Loveday Carey-Lewis! Judith Dunbar hörte sich an wie jemand, der schwerfällig und plattfüßig dahinstapft, Loveday Carey-Lewis klang dagegen herrlich, leicht wie Luft, wie ein Schmetterling im Sommerwind. Bei so einem Namen konnte einem nichts mißlingen.

«Geht sie als Internatsschülerin nach St. Ursula?» fragte Judith die Verkäuferin in dem tristen schwarzen Kleid.

«Nein, das glaube ich nicht. Wahrscheinlich fährt sie am Wochenende nach Hause. Angeblich hatten der Colonel und Mrs. Carey-Lewis sie schon auf eine große Schule in der Nähe von Winchester geschickt, aber dort ist sie nur ein halbes Trimester geblieben, dann ist sie weggelaufen. Ist allein mit dem Zug heimgekommen und hat erklärt, daß sie nicht mehr zurückgeht, weil sie Cornwall vermißt. Deshalb schicken sie sie jetzt wohl nach St. Ursula.»

«Klingt ein bißchen verwöhnt», sagte Molly.

«Sie ist die Jüngste, da hat sie schon immer ihren Willen durchgesetzt.»

«Aha», erwiderte Molly mit sichtbarem Unbehagen. Es war Zeit, wieder zur Sache zu kommen. «Also, wo waren wir? Ach ja, bei den Blusen. Vier aus Baumwolle und vier aus Seide. Übrigens, Judith, geh mal in die Kabine und probier dieses Turnhemd.»

UM ELF Uhr war alles überstanden, sie waren bei Medways fertig. Molly stellte den gewaltigen Scheck aus und unterschrieb ihn, während die Kleiderstapel zusammengelegt und in Kartons verpackt wurden. Ihnen bot man freilich nicht an, daß ein Lieferwagen die Sachen zustellen oder irgendein Lakai ihnen ihre Einkäufe zum Auto tragen und verstauen helfen würde. Vielleicht, so dachte Judith, verschaffte einem ein Konto bei Medways größeres Ansehen, Respekt und sogar eine gewisse Unterwürfigkeit. Allerdings warf Mrs. Carey-Lewis ihre Rechnungen in den Papierkorb, da konnte sie eigentlich keine besonders willkommene Kundin sein. Nein, es mußte wohl daran liegen, daß sie war, wer sie war: Mrs. Carey-Lewis von Nancherrow, furchtbar vornehm und noch dazu schön. Molly könnte in einem Dutzend Geschäften ein Konto haben, und wie pünktlich auch immer sie ihre Rechnungen bezahlte, niemand würde sie jemals wie eine königliche Hoheit behandeln.

So schleppten sie denn, beladen wie Packpferde, die Schachteln selbst zum Greenmarket und waren froh, als sie ihre Last auf die Rückbank des Austin verfrachten konnten.

«Nur gut, daß wir Jess nicht mitgenommen haben», bemerkte

Judith, während sie die Tür zuschlug. «Sie hätte keinen Platz mehr zum Sitzen gehabt.»

Medways konnten sie zwar abhaken, fertig waren sie jedoch bei weitem nicht. Sie mußten noch in einen Schuhladen und in ein Sportgeschäft *(ein Hockeyschläger und Schienbeinschützer sind im Ostertrimester unentbehrlich...)*, in eine Papierwarenhandlung *(... ein Block Briefpapier, Bleistifte, Radiergummi, Zirkel und Reißzeug, eine Bibel...)* und zum Sattler, um eine Schreibmappe zu besorgen. Sie sahen sich viele Schreibmappen an, aber natürlich kostete die eine, die Judith wirklich haben wollte, etwa viermal soviel wie die anderen.

«Tut es denn nicht auch die mit dem Reißverschluß?» fragte Molly ohne große Hoffnung.

«Ich glaube, die ist zu klein. Und *das* ist schon ein halber Aktenkoffer, mit Fächern im Deckel, in die man was reinstecken kann, und mit einem süßen kleinen Adreßbuch. Schau doch mal! Außerdem läßt er sich abschließen. Da drinnen könnte ich geheime Dinge verstecken. Zum Beispiel mein Tagebuch...»

Also kauften sie am Ende den Aktenkoffer. Beim Hinausgehen sagte Judith zu ihrer Mutter: «Das war wirklich lieb von dir. Ich weiß, er ist teuer, aber wenn ich auf ihn achtgebe, hält er mir mein Leben lang. Und ich habe noch nie ein eigenes Adreßbuch gehabt. Das wird mir sehr nützlich sein.»

Noch einmal zum Greenmarket, noch einmal Pakete abladen. Inzwischen war es bereits halb eins, deshalb machten sie sich nun auf den Weg durch die Chapel Street zum Mitre, wo sie hervorragend speisten – Roastbeef mit Yorkshire Pudding, Rosenkohl und Bratkartoffeln, und als Nachtisch gab es Apfelcharlotte mit Sahne. Dazu trank jede ein Glas Süßmost.

Sobald Molly die Rechnung bezahlt hatte, fragte sie: «Was möchtest du jetzt machen?»

«Fahren wir nach St. Ursula und sehen wir uns dort mal um.»

«Willst du das wirklich?»

«Ja.»

So gingen sie zum Auto zurück, stiegen ein und fuhren los, erst durch die Stadt und dann auf der anderen Seite hinaus, bis sie nur noch auf vereinzelte Häuser stießen und wieder das platte Land erreichten. Dort bogen sie in eine Seitenstraße ein, die sich einen Hügel hinaufschlängelte, auf dessen Kuppe linker Hand ein zweiflügeliges Tor offenstand. Sie passierten es, ohne sich um das Schild mit der Aufschrift ST.-URSULA-SCHULE, ZUTRITT FÜR UNBEFUGTE VERBOTEN zu kümmern, und fuhren die von breiten Grünstreifen und baumhohen Rhododendronbüschen gesäumte Auffahrt hinauf. Sie war nicht sehr lang und mündete in einen mit Kies bestreuten Vorplatz, von dem ein paar Stufen zu dem imposanten Portal des Hauses hinaufführten. Neben dieser Treppe parkten zwei kleine Autos, doch sonst deutete nichts auf die Anwesenheit von Leuten hin.

«Meinst du, wir sollten klingeln und uns anmelden?» fragte Molly. Sie scheute sich davor, ungebeten irgendwo einzudringen, denn sie fürchtete stets, eine zornige Gestalt könnte auftauchen und sie zur Rede stellen.

«Nein, lieber nicht. Falls uns jemand fragt, was wir hier tun, dann sagen wir es ihm einfach…»

Judith betrachtete das Haus und stellte fest, daß der Hauptbau schon ziemlich bejahrt war, mit Steinsimsen an den Fenstern und uraltem wilden Wein, der an den Granitwänden emporrankte. Hinter diesem Stammgebäude lag jedoch ein neuer, wesentlich modernerer Trakt mit vielen Fenstern, an dessen Ende sich ein steinerner Torbogen wölbte, der zu einem viereckigen Hof führte.

Ihre Schritte knirschten alarmierend auf dem Kies, als sie an dem Gemäuer entlanggingen und dabei ab und zu stehenblieben, um in ein Fenster hineinzuspähen. Ein Klassenzimmer, Schulbänke mit Klappulten und eingelassenen Tintenfässern, eine schwarze Tafel; weiter hinten ein Chemielabor mit Holztischen und Bunsenbrennern.

«Sieht ein bißchen düster aus», bemerkte Judith.

«Das ist bei leeren Klassenzimmern ja immer so. Hat sicher was mit dem Pauken von Merksätzen und Französischvokabeln zu tun. Möchtest du hineingehen?»

«Nicht unbedingt. Schauen wir uns lieber den Garten an.»

Dazu folgten sie einem Pfad, der sich zwischen Sträuchern zu einigen mit Rasen bewachsenen Tennisplätzen wand. Im Januar noch nicht markiert und ungemäht, wirkten sie verlassen und beschworen nicht gerade die Vorstellungen von lebhaftem Spiel herauf. Sonst war aber alles sehr ordentlich, der Kies geharkt, die Grünflächen gepflegt.

«Die müssen eine Menge Gärtner beschäftigen», sagte Molly.

«Vermutlich sind deshalb die Schulgebühren so hoch. Dreißig Pfund pro Trimester!»

Nach einer Weile gelangten sie zu einer kleinen, mit Kopfsteinen gepflasterten Mulde, in der eine halbkreisförmige Bank stand. Ein windgeschütztes, sonniges Plätzchen, wie geschaffen dafür, sich einen Moment hinzusetzen und das bißchen Wärme der noch kraftlosen Wintersonne zu genießen. Von hier aus hatten sie einen freien, von zwei Eukalyptusbäumen eingerahmten Blick auf die Bucht und das Meer. Die Rinde der Stämme schimmerte silbern, und die würzigen Blätter zitterten in einer nicht spürbaren Brise.

«Auf Ceylon, da wuchsen auch Eukalyptusbäume», erinnerte sich Judith. «Die rochen wie die Salbe, mit der du mir manchmal die Brust eingerieben hast.»

«Stimmt. Im Landesinnern. In Nuwara Eliya. Gummibäume, die nach Zitronen dufteten.»

«Die habe ich sonst noch nirgendwo gesehen.»

«Ich nehme an, hier ist das Klima mild genug, so gemäßigt», sagte Molly. Dann lehnte sie sich zurück, hielt das Gesicht in die Sonne und schloß die Augen. Etwas später fragte sie: «Wie findest du's?»

«Was?»

«Diesen Ort. St. Ursula.»

«Hat einen schönen Garten.»

Molly öffnete die Augen wieder und lächelte. «Ist das ein Trost?»

«Natürlich. Wenn man sich schon einsperren lassen muß, dann hilft es, wenn der Ort wenigstens schön ist.»

«Ach, sag doch nicht so was. Das hört sich ja an, als ließe ich dich in einem Gefängnis zurück. Dabei will ich mich überhaupt nicht von dir trennen. Ich möchte dich am liebsten mitnehmen.»

«Ich komm schon zurecht.»

«Falls du … falls du irgendwann zu Biddy fahren möchtest, kannst du das tun. Ich rede mit Louise. Das mach ich ihr schon klar. Dieser Streit war ein Sturm im Wasserglas, denn alles, was ich mir wirklich wünsche, ist, daß du glücklich bist.»

«Ich auch, aber es klappt nicht immer.»

«Du mußt dafür sorgen, daß es klappt.»

«Du auch.»

«Was meinst du damit?»

«Du darfst dich nicht so darüber aufregen, daß ihr nach Singapur zieht. Wahrscheinlich gefällt es dir dort sehr gut, sogar noch besser als in Colombo. Das ist wie mit manchen Partys. Diejenigen, zu denen man gar nicht gern geht, erweisen sich oft als die lustigsten.»

«Ja», seufzte Molly. «Du hast recht. Ich war töricht. Ich weiß nicht, warum ich so in Panik geraten bin. Plötzlich bekam ich entsetzliche Angst. Vielleicht war ich ja nur müde. Ich sollte es als Abenteuer betrachten. Eine Beförderung für Dad, ein besseres Leben. Das ist mir schon klar, aber ich kann nichts dafür, mir graut trotzdem davor, mit Sack und Pack umzuziehen, neue Leute kennenzulernen und neue Freundschaften zu schließen.»

«Denk doch nicht so weit voraus. Denk bloß an morgen, und dann machst du eins nach dem andern.»

Ein Dunstschleier, zu zart, als daß man ihn eine Wolke hätte nennen können, schob sich vor die Sonne. Judith fröstelte. «Mir wird kalt. Bewegen wir uns wieder ein bißchen.»

Sie verließen die sonnige Mulde und schlenderten über einen Feldweg, der wieder auf den Hügel hinaufführte. Oben gelangten sie in einen ummauerten Garten, aber Blumen und Gemüse waren verschwunden, einem asphaltierten Korbballplatz gewichen. Ein Gärtner fegte auf dem Weg Laub zusammen und hatte mehrere kleine Feuer entzündet, in denen er die Blätter verbrannte. Der Rauch roch angenehm süßlich. Als sie näher kamen, blickte der Mann auf, tippte sich an die Mütze und sagte: «'n Tag.»

Molly blieb stehen. «Herrliches Wetter heute.»

«Ja. Schön trocken.»

«Wir haben uns hier nur ein bißchen umgeschaut.»

«Da ham Sie, wie ich das sehe, keinen Schaden angerichtet.»

Sie gingen weiter, durch eine Tür in der hohen Steinmauer. Draußen lagen Sportplätze, mit Torpfosten für Hockey und einem hölzernen Pavillon mit Umkleideräumen. Außerhalb des geschützten Gartens war es auf einmal viel kühler, richtig kalt und windig. Sie beschleunigten ihre Schritte und zogen die Köpfe ein. Jenseits der Sportplätze stießen sie auf Gehöfte und Wagenschuppen, und eine schmale Straße führte an einigen Cottages vorbei und zurück zum Haupttor. Über die Auffahrt erreichten sie den Vorplatz von St. Ursula, auf dem ihr kleiner Austin sie erwartete.

Rasch stiegen sie ein und schlugen die Türen zu. Molly griff nach dem Zündschlüssel, drehte ihn aber nicht herum. Judith wartete ab, doch ihre Mutter wiederholte nur, was sie bereits gesagt hatte, als ob die Wiederholung etwas bewirken könnte: «Ich möchte *wirklich*, daß du glücklich wirst.»

«Meinst du glücklich in der Schule oder für alle Zeit danach?»

«Beides, glaube ich.»

«Glücklich sein für alle Zeit gibt's nur im Märchen.»

«Ich wünschte, es wäre nicht so.» Sie seufzte und ließ den Motor an. «Wie dumm, so etwas zu sagen.»

«Nicht dumm. Eher nett.»

Sie machten sich auf den Heimweg.

ES WAR ein guter Tag, fand Molly. Ein Tag, der sie aufgebaut hatte und an dessen Ende sie sich ein wenig wohler fühlte. Seit dem hitzigen Wortwechsel mit Biddy hatte sie unter nagenden Schuldgefühlen gelitten, nicht bloß deshalb, weil sie ohne Judith nach Colombo zurückkehrte, sondern auch wegen früherer Mißverständnisse und ihrer Unfähigkeit, etwas richtig einzuschätzen. Schuldgefühle waren schon schlimm genug, aber zu wissen, daß ihr nur noch sowenig Zeit blieb, die Dinge ins Lot zu bringen, hatte ihr mehr Kummer bereitet, als sie zugeben wollte, nicht einmal vor sich selbst.

Doch irgendwie hatte sich alles eingerenkt. Sie hatten nicht nur eine Menge erledigt, sondern es auch unter so angenehmen und erfreulichen Umständen getan. Beide, so stellte sie fest, hatten sich die größte Mühe gegeben, und das allein reichte schon aus, ihr Herz mit Dankbarkeit zu erfüllen. Ohne Jess, die ständig Aufmerksamkeit heischte, war es ihr so vorgekommen, als habe sie die Zeit mit einer Freundin verbracht, einer Gleichaltrigen, und die kleinen Extravaganzen, die sie sich geleistet hatten – das Mittagessen im Mitre und der äußerst kostspielige Aktenkoffer, den Judith so gern haben wollte –, waren ein geringer Preis für die Gewißheit, daß es ihr gelungen war, in der schwierigen Beziehung zu ihrer älteren Tochter eine Brücke zu schlagen. Vielleicht hatte sie ein bißchen zu lange damit gewartet, aber letzten Endes hatte sie es doch noch geschafft.

Jetzt fühlte sie sich viel ruhiger und stärker. «Mach eins nach dem andern», hatte ihr Judith empfohlen, und Molly folgte ihrem Rat, denn sie wollte sich nicht mehr unterkriegen lassen von all dem, was sie immer noch zu tun hatte. Sie legte Listen an, numerierte die einzelnen Aufgaben in der Reihenfolge ihrer Dringlichkeit und hakte sie ab, wenn sie sie bewältigt hatte.

Und so plante sie im Laufe der folgenden Tage alles, was für den Auszug der Bewohner von Riverview House nötig war, und führte ihre Pläne konsequent durch. Sie holte ihre eigenen Sachen, die sie aus Colombo mitgebracht oder während ihres Aufenthaltes in England angeschafft hatte, aus den Schränken und Regalen der verschiedenen Räume, trug sie in ein Verzeichnis ein und verpackte sie, um sie einzulagern. Judiths neuer, messingbeschlagener Koffer für die Schule stand aufgeklappt auf dem oberen Treppenabsatz, und sobald in ein Kleidungsstück das Namensschild hineingenäht war, wurde es zusammengefaltet und fein säuberlich hineingelegt.

«Judith, kannst du mal kommen und helfen?»

«Ich helfe doch schon.»

«Was machst du denn?»

«Ich packe meine Bücher ein, um sie zu Tante Louise zu bringen.»

«Alle? Auch deine Bilderbücher?»

«Nein, die tue ich in eine andere Kiste. Die können mit deinen Sachen eingelagert werden.»

«Aber deine Bilderbücher brauchst du ja gar nicht mehr.»

«Doch. Die will ich für meine Kinder aufheben.»

Molly, zwischen Lachen und Weinen hin und her gerissen, brachte es nicht über sich, etwas dagegen einzuwenden. Und was machten ein paar zusätzliche Kisten schon aus? «Na schön», sagte sie und hakte auf der endlosen Kleiderliste die Hockeystiefel ab.

«Ich habe eine neue Stelle für Phyllis gefunden. Wenigstens hoffe ich das. Sie stellt sich übermorgen vor.»
«Wo?»
«In Porthkerris. Das ist für sie sogar noch besser. Da hat sie es nicht so weit nach Hause.»
«Bei wem?»
«Bei Mrs. Bessington.»
«Wer ist Mrs. Bessington?»
«Ach, Judith, die kennst du doch. Wir treffen sie manchmal beim Einkaufen. Sie ist immer mit einem Korb unterwegs und hat einen weißen Hochlandterrier. Sie wohnt ganz oben auf dem Hügel.»
«Die ist schon alt.»
«Nun ja, in mittleren Jahren. Aber quicklebendig. Das Hausmädchen, das seit zwanzig Jahren bei ihr ist, möchte aufhören, weil sie Krampfadern hat. Sie zieht zu ihrem Bruder, um ihm den Haushalt zu führen. Da habe ich ihr Phyllis empfohlen.»
«Hat Mrs. Bessington eine Köchin?»
«Nein. Phyllis wird Mädchen für alles.»
«Prima. Sie hat mir nämlich anvertraut, sie möchte lieber allein arbeiten. Sie will sich nicht von irgendeiner schlechtgelaunten alten Zicke von Köchin herumkommandieren lassen.»
«Judith, du sollst nicht solche Wörter benutzen.»
«Ich erzähl dir doch bloß, was Phyllis mir gesagt hat.»
«Sie sollte nicht so reden.»
«Ich finde, ‹Zicke› ist ein recht hübsches Wort, und es bedeutet nur eine weibliche Ziege. Daran ist nichts Unanständiges.»

Die letzten Tage verstrichen beängstigend schnell. Inzwischen wirkten die Räume, aus denen Fotografien, Bilder und aller Zierat verschwunden waren, so kahl, als stünden sie bereits leer. Das Wohnzimmer, ohne Blumen und ohne jede persönliche Note, bot einen düsteren, freudlosen Anblick, und überall standen Kisten und Kartons herum. Während Judith und Phyllis sich abmühten, verbrachte Molly viel Zeit am Telefon, sprach mit der Schiffahrtsgesellschaft, dem Paßamt, der Firma, die ihre Sachen einlagerte, mit dem Bahnhof, dem Bankdirektor, dem Anwalt und mit Louise, ihrer Schwester Biddy und schließlich noch mit ihrer Mutter.

Der letzte Anruf war der anstrengendste, denn Mrs. Evans wurde allmählich schwerhörig. Außerdem mißtraute sie dem Telefon und argwöhnte, daß das Fräulein vom Amt Privatgespräche belauschte und anderen Leuten weitererzählte. Also bedurfte es einiger sehr deutlicher Worte und einer Engelsgeduld, ehe bei Mrs. Evans der Groschen fiel und sie begriff, worum es ging.

«Was war denn da los?» fragte Judith, die gegen Ende des Gesprächs hereinkam.

«Ach, sie ist unmöglich. Aber ich glaube, ich hab's geschafft. Wenn ich dich nach St. Ursula gebracht habe, mache ich dieses Haus dicht und quartiere mich mit Jess für die letzte Nacht bei Louise ein. Sie hat freundlicherweise versprochen, uns mit ihrem Wagen an die Bahn zu fahren. Und dann bleiben wir noch eine Woche bei deinen Großeltern.»

«Oh, Mami, *mußt* du das wirklich?»

«Das ist wohl das mindeste, was ich tun kann. Sie sind schon so alt, und allein der Himmel weiß, wann ich sie wiedersehen werde.»

«Meinst du, sie könnten vorher sterben?»

«Nein, das gerade nicht.» Molly überlegte. «Nun ja, es wäre immerhin möglich», räumte sie ein. «Aber daran darf ich gar nicht denken.»

«Nein, besser nicht. Aber dir wächst langsam ein Heiligenschein. Hast du zufällig meine Gummistiefel irgendwo gesehen?»

DER ROLLKUTSCHER vom Bahnhof fuhr mit seinem Pferdewagen an der Haustür vor, und sie luden Judiths Schreibtisch samt ihrer übrigen Habe auf, die zu Tante Louises Haus transportiert werden mußte. Es dauerte eine Weile, bis alles festgebunden war, dann schaute Judith dem Wagen nach, wie er hinter dem gemächlich dahintrottenden Pferd über die Straße rumpelte, um die drei Meilen bis Windyridge zurückzulegen. Etwas später erschien der Mann, der die Tankstelle im Dorf betrieb, und machte Molly ein Angebot für den Austin Seven. Kein großartiges Angebot, aber schließlich war es auch kein großartiges Auto. Am nächsten Tag kam er wieder, um ihn abzuholen, händigte den bescheidenen Scheck aus und brauste mit dem Austin von dannen. Ihn zum letztenmal entschwinden zu sehen war ein bißchen so, als blicke man einem alten Hund nach, den der Tierarzt mitnimmt, um ihn einzuschläfern.

«Wenn wir kein Auto mehr haben, wie willst du mich dann nach St. Ursula bringen?»

«Wir bestellen ein Taxi. Deinen Riesenkoffer hätten wir sowieso nicht in den Austin hineingekriegt. Und sobald du alles im Haus hast, kann es Jess und mich zurückfahren.»

«Eigentlich möchte ich nicht, daß Jess mitkommt.»

«Ach, Judith. Arme, kleine Jess. Warum denn nicht?»

«Sie wird uns nur auf die Nerven fallen. Vielleicht weint sie oder so. Und wenn sie weint, dann weinen du und ich auch.»

«Du weinst doch nie.»

«Nein, aber es wäre immerhin möglich. Ich kann mich ja hier von ihr verabschieden, wenn ich mich von Phyllis verabschiede.»

«Das kommt mir ein bißchen unfair vor.»

«Ich halte es für rücksichtsvoll. Außerdem wird es ihr wahrscheinlich nicht einmal auffallen.»

Doch es fiel Jess auf. Sie war kein dummes Kind und verfolgte mit wachsender Besorgnis, wie ihr Zuhause Stück um Stück demontiert wurde. Alles veränderte sich. Vertraute Gegenstände kamen abhanden, große Kisten standen in der Diele und im Eßzimmer, und ihre Mutter war zu beschäftigt, um ihr viel Beachtung zu schenken. Ihr Puppenhaus, das rotgestrichene Schaukelpferd und ihr Hund, der sich auf Rädern schieben ließ, waren von einem Tag auf den anderen verschwunden. Nur Golly war ihr geblieben, den sie daumenlutschend überall mit sich herumschleppte und an einem Bein hinter sich herzog.

Sie hatte keine Ahnung, was in ihrer kleinen Welt vorging, sondern wußte nur, daß ihr das alles nicht gefiel.

Am letzten Tag nahmen sie das Mittagessen in der Küche ein, da Geschirr und Besteck bereits verpackt waren und sie nur noch über das Allernötigste verfügten. Zu viert saßen sie an Phyllis' blankgescheuertem Tisch und aßen einen Eintopf und mit Streuseln überbackene Brombeeren von den angeschlagenen und nicht zusammenpassenden Tellern, die zur Einrichtung des Hauses gehörten. Jess klammerte sich an Golly und ließ sich von ihrer Mutter mit einem Löffel füttern, weil sie wieder ein Baby sein wollte. Kaum hatte sie ihren Nachtisch verspeist, da bekam sie eine kleine Packung Fruchtgummi ganz für sich allein. Sie machte sich, während Phyllis den Tisch abräumte, sofort darüber her, riß die Packung auf und wählte bedächtig die Farben aus. Das nahm ihre Aufmerksamkeit so sehr in Anspruch, daß sie kaum mitbekam, wie Mutter und Judith nach oben verschwanden.

Aber dann geschah schon wieder etwas Beunruhigendes. Phyllis klapperte in der Spülküche gerade mit Tellern und scheuerte Pfannen, als Jess aufblickte und durch das Fenster sah, wie ein fremdes schwarzes Auto in die Einfahrt einbog, langsam über den Kies rollte und vor der Haustür hielt. Die Wangen noch mit Süßigkeiten vollgestopft wie ein Hamster, rannte sie los, um es Phyllis zu erzählen.

«Da ist ein Auto.»

Phyllis schüttelte das Wasser von ihren geröteten Händen und griff nach einem Geschirrtuch, um sie abzutrocknen.

«Das wird das Taxi sein…»

Jess lief mit ihr in die Diele, und sie ließen den Mann ins Haus. Er trug eine Schirmmütze wie ein Briefträger.

«Haben Sie Gepäck?»

«Ja. Das alles.»

Es war am Fuß der Treppe gestapelt. Der große messingbeschlagene Koffer, Reisetaschen, der Hockeyschläger und Judiths neue Aktenmappe. Der Fahrer ging mehrmals hin und her, schaffte alles zu seinem Taxi, verstaute es in dem offenstehenden Kofferraum und band es fest, damit nichts herausfallen konnte.

Wo brachte er die Sachen hin? Jess stand da und starrte ihn fassungslos an. Während er herein- und wieder hinauseilte, lächelte er sie an und fragte, wie sie heiße, sie lächelte aber nicht zurück und antwortete ihm auch nicht.

Und dann kamen Mami und Judith herunter, und das war das Schlimmste von allem, denn Mami hatte ihren Mantel angezogen und den Hut aufgesetzt, und Judith trug ein grünes Kostüm, das Jess nicht kannte, und einen Kragen und eine Krawatte wie ein Mann und braune Schnürschuhe, und alles wirkte so steif und unbequem und zu groß. Sie sah erschreckend fremd aus, so daß Jess plötzlich panische Angst bekam, sich nicht mehr beherrschen konnte und hysterisch zu schreien anfing.

Jetzt würden beide weggehen und sie für immer verlassen. Das war es, was sie schon die ganze Zeit dunkel geahnt hatte, und nun passierte es. Laut schluchzend wollte sie auf Mollys Arm und mitgenommen werden. Sie krallte sich an ihrem Mantel fest und versuchte, an ihr hinaufzuklettern wie auf einen Baum.

Aber da trat Judith auf sie zu, hob sie hoch und drückte sie fest an sich. Mit der Verzweiflung eines Ertrinkenden, der sich an einen Strohhalm klammert, schlang sie ihre Arme um Judiths Hals, preßte die tränenüberströmten Wangen an ihr Gesicht und weinte bitterlich.

«Wo geht ihr hin?»

Judith hätte nie gedacht, daß es so schrecklich werden würde. Sie merkte, daß sie Jess unterschätzt hatte. Sie hatten sie behandelt, als wäre sie noch ein Baby, und sich vorgestellt, ein paar Fruchtgummi würden ihnen über eine mögliche Krise hinweghelfen. Dabei hatten sie sich alle getäuscht, und diese aufwühlende Szene war die Folge ihres Irrtums.

Sie hielt Jess fest in den Armen und wiegte sie hin und her.

«Ach, Jess, wein doch nicht. Wird ja alles wieder gut. Phyllis bleibt hier, und Mami kommt ganz schnell zurück.»

«Ich will *mit*.»

Judith spürte ihr Gewicht kaum, und die pummeligen kleinen

Arme und Beine erschienen ihr mit einemmal so niedlich und süß, daß sie es kaum ertrug. Jess duftete nach Seife, ihr Haar fühlte sich seidig an. Vergebens rief Judith sich die Zeiten in Erinnerung, in denen ihre kleine Schwester ihr die Geduld geraubt und sie wütend gemacht hatte, sie gehörten bereits der Vergangenheit an. Jetzt zählte nur noch, daß sie einander Lebewohl sagen mußten und Judith sie richtig gern hatte. Sie bedeckte Jess' Wangen mit Küssen.

«Du darfst nicht weinen», flehte sie. «Ich schreibe dir Briefe, und du mußt mir hübsche Zeichnungen und Bilder schicken. Und stell dir bloß vor, wenn ich dich wiedersehe, dann bist du schon acht Jahre alt und fast so groß wie ich.» Das Schluchzen ließ ein wenig nach. Judith küßte sie abermals, dann trug sie Jess zu Phyllis und befreite sich behutsam aus ihrer Umklammerung. Den Daumen wieder im Mund, weinte sie zwar weiter, aber jetzt war es nur noch ein leises Wimmern.

«Paß gut auf Golly auf. Laß ihn nicht über Bord fallen. Auf Wiedersehen, liebe Phyllis.»

Sie fielen einander um den Hals, doch Phyllis konnte Judith nicht besonders fest an sich drücken, weil sie Jess auf dem Arm hatte. Anscheinend war sie auch nicht imstande, mehr als «Viel Glück!» zu sagen.

«Dir auch viel Glück! Ich schreib dir.»

«Vergiß es nicht!»

Dann marschierten sie alle aus dem Haus zu dem wartenden Taxi. Molly drückte Jess einen Kuß auf die nasse Wange. «Ich komme bald wieder», versprach sie. «Sei schön brav bei Phyllis!»

«Hetzen Sie sich nicht ab, Madam! Lassen Sie sich Zeit! Bloß nichts überstürzen!»

Molly und Judith stiegen ein, der Fahrer schlug hinter ihnen die Türen zu und setzte sich ans Steuer. Der Motor sprang an. Der Auspuff stieß eine stinkende Abgaswolke aus.

«Jess, mach winke, winke!» sagte Phyllis. «Mach winke, winke wie ein tapferes Mädchen!» Also hob Jess ihren Golly hoch und schwenkte ihn wie eine Fahne, während das Auto über den Kies knirschte und Judith ihr Gesicht an die Heckscheibe preßte. Sie winkte ebenfalls, bis das Taxi um die Ecke bog und auf der schmalen Straße davonbrauste, wo es bald nicht mehr zu sehen oder zu hören war.

Windyridge
Samstag, 18. Januar 1936

Liebster Bruce,
ich schreibe diesen Brief in meinem Zimmer bei Louise. Jess schläft, und ich gehe nachher zu Louise hinunter, um mit ihr vor dem Abendessen noch einen Drink zu nehmen. Riverview House liegt nun hinter uns, geräumt und geschlossen. Die liebe Phyllis hat uns verlassen, um noch ein paar Tage zu Hause zu sein und dann ihre neue Stelle in Porthkerris anzutreten. Montag früh fährt Louise Jess und mich zum Bahnhof, denn wir bleiben noch eine Weile bei meinen Eltern, bevor wir nach London aufbrechen und uns einschiffen. Wir laufen am Einunddreißigsten aus. Am Mittwoch brachte ich Judith nach St. Ursula und ließ sie dort. Wir nahmen Jess nicht mit, und bevor wir ins Taxi einstiegen, gab es in Riverview House noch eine furchtbare Szene. Daß Jess so verzweifelt reagieren würde, hatte ich nicht erwartet, weil mir nicht bewußt war, wieviel sie davon mitgekriegt hatte, daß wir weggehen. Es war erschütternd, aber Judith wollte vor allem nicht, daß Jess in die Schule mitkam, und sie hatte natürlich recht gehabt. Besser, daß sich das alles noch zu Hause und nicht vor fremden Leuten abgespielt hat.

Ich befürchtete schon, Judith würde diese Szene nicht verkraften, doch sie benahm sich wie eine Erwachsene und ging sehr liebevoll mit der kleinen Jess um. Im Taxi redeten wir nur von praktischen Dingen, weil ich es irgendwie nicht fertigbrachte, über etwas anderes zu reden. In ihrer neuen Uniform sah sie recht schick aus, nur so verändert, daß ich das sonderbare Gefühl hatte, die Tochter anderer Leute in die Schule zu bringen und nicht meine eigene. Während der letzten Wochen ist sie unversehens sehr erwachsen geworden, und sie war mir bei der ganzen Packerei und bei all den Vorbereitungen, die getroffen werden mußten, die größte Hilfe. Es ist blanke Ironie, daß man so viele Jahre damit zubringt, ein Kind großzuziehen, und gerade dann,

wenn es anfängt eine Freundin zu werden, eine ebenbürtige Ge-
fährtin, muß man sie verlassen und ohne sie weiterleben. Vier
Jahre erscheinen mir in diesem Moment endlos. Sie dehnen sich
vor mir aus wie eine Ewigkeit. Wenn ich erst einmal auf dem
Schiff und auf dem Weg nach Colombo bin, fühle ich mich hof-
fentlich nicht mehr so deprimiert, aber jetzt geht es mir gar nicht
gut.

In St. Ursula hätte ich mit ihr hineingehen und ihr helfen sol-
len, sich in ihrem Schlafsaal einzurichten, und dann noch eine
Tasse Tee mit Miss Catto trinken. Aber schon im Taxi, auf hal-
bem Weg nach Penzance, erklärte sie mir plötzlich, daß sie das
nicht möchte. Sie wollte, daß wir uns schnell und ohne viel Auf-
hebens voneinander verabschiedeten und es so bald wie möglich
hinter uns brachten. Sie käme schon zurecht, versicherte sie mir.
Ich sollte nicht mit ihr hineingehen, weil ich dann, wie sie sagte,
auch ein Teil der Schule würde, und das wollte sie nicht. Sie
wollte ihre zwei Welten auseinanderhalten und vermeiden, daß
eine die andere in irgendeiner Weise beeinflußt. Es war mir ein
wenig peinlich, weil ich das Gefühl hatte, man erwarte von mir,
daß ich mich blicken lasse und Interesse zeige, aber ich gab ihrem
Wunsch nach, denn ich fand, das sei das mindeste, was ich für sie
tun konnte.

Und so dauerte es nur einen Augenblick. Wir luden ihr Gepäck
aus, da kam auch schon ein Träger mit einem Handwagen und
nahm sich ihrer Koffer an. Es standen noch andere Autos da,
noch mehr Eltern und noch mehr Kinder, die das neue Trimester
begannen. Die Mädchen sahen in ihren grünen Uniformen alle
gleich aus, und plötzlich war Judith eine von ihnen, als habe sie
jegliche Individualität verloren, als sei sie homogenisiert, wie
Milch. Ich weiß nicht, ob es mir dadurch leichter oder schwerer
fiel, ihr Lebewohl zu sagen. Ich schaute in ihr süßes Gesicht, das
schon jetzt ahnen läßt, wie hübsch sie sein wird, wenn ich sie
endlich wiedersehe. In ihren Augen standen keine Tränen. Wir
küßten und umarmten uns, versprachen zu schreiben, küßten uns
noch einmal, dann wandte sie sich von mir ab und ging davon.
Mit ihrer Büchertasche, dem Hockeyschläger und dem kleinen

Aktenkoffer, den ich ihr für ihr Schreibzeug, ihre Briefmarken und ihr Tagebuch gekauft hatte, schritt sie die Treppe hinauf und durch die offene Tür. Sie blickte nicht ein einziges Mal zurück.

Ich weiß, Du hältst mich für töricht, aber ich habe auf der ganzen Rückfahrt im Taxi geweint und erst aufgehört, als Phyllis mir eine Tasse heißen Tee eingeschenkt hatte. Dann rief ich Miss Catto an und entschuldigte mich für meine Unhöflichkeit. Sie sagte, sie verstehe es und werde uns über Judiths Wohlergehen und Fortschritte auf dem laufenden halten. Aber wir werden so weit von ihr entfernt sein! Und die Postschiffe brauchen so lange.

Hier machte Molly eine Pause, legte ihren Füller weg und las, was sie bereits geschrieben hatte. Es erschien ihr entsetzlich gefühlvoll. Sie und Bruce hatten sich stets schwer damit getan, einander ihr Herz auszuschütten, über intime Dinge zu sprechen oder sich Geheimnisse anzuvertrauen. Nun fragte sie sich, ob er über ihren unverhohlenen Kummer verärgert sein würde, und überlegte, ob sie die Seiten zerreißen und noch einmal von vorn anfangen sollte. Aber das Schreiben hatte sie erleichtert, außerdem konnte sie sich nicht dazu überwinden, einfach so zu tun, als sei alles in Ordnung.

Sie nahm den Füller wieder zur Hand und schrieb weiter.

Jetzt ist also alles vorbei, und ich werde um Jess' und Louises willen ein freundliches Gesicht aufsetzen. Dabei habe ich das Gefühl, als trauere ich um ein verlorenes Kind, um verpaßte Gelegenheiten und um die kommenden Jahre, die ich nicht mit ihr teilen kann. Ich weiß zwar, daß das, was ich durchmache, auch Tausende anderer Frauen in meiner Lage ertragen müssen, nur hilft mir das überhaupt nicht.

In einem Monat werden Jess und ich bei Dir sein. Dann erfahre ich wohl Näheres über unseren Umzug nach Singapur. Gratuliere, ich freue mich für Dich.

In Liebe
Molly

PS. Judiths Weihnachtsgeschenk von Dir ist noch immer nicht eingetroffen. Ich habe Mrs. Southey im Postamt von Penmarron gebeten, es ihr nachzuschicken, wenn es endlich ankommt.

Noch einmal las sie den Brief durch, dann faltete sie ihn, steckte ihn in einen Umschlag, klebte ihn zu und schrieb die Adresse darauf. Fertig. Sie saß da und horchte auf den Wind, der sich draußen erhob und jenseits der zugezogenen Vorhänge heulend am Fenster rüttelte. Es hörte sich an, als käme Sturm auf. Eine Lampe beleuchtete den kleinen Schreibtisch, doch der übrige Raum lag im Dunkeln und war sehr still. In einem der beiden Betten schlief Jess, Golly an eine Wange gepreßt. Molly stand auf, gab ihr einen Kuß und zog die Bettdecke etwas höher. Dann trat sie vor den Spiegel, der über dem Frisiertisch hing, strich sich durchs Haar und zupfte die Falten des Seidenschals zurecht, den sie um ihre Schultern geschlungen hatte. Ihr bleiches Spiegelbild schwebte wie ein Geist über die dunkle Glasfläche. Sie ging hinaus, schloß sacht die Tür hinter sich, überquerte den Treppenabsatz und machte sich auf den Weg nach unten.

Seit langem empfand sie Windyridge als ein unangenehmes Haus. Kurz nach dem Ersten Weltkrieg erbaut, war es nicht modern genug, um viel Bequemlichkeit zu bieten, und nicht alt genug, um schon Charme auszustrahlen, und seine Lage, auf der Bergkuppe oberhalb des Golfplatzes, sorgte dafür, daß es keinem Wind entging, aus welcher Richtung er auch wehen mochte. Doch am schlimmsten war das Wohnzimmer, denn der Architekt, der, wie Molly vermutete, im Kopf nicht ganz richtig gewesen sein konnte, hatte es als eine Kombination aus Salon und Eingangshalle entworfen, so daß sowohl die Treppe von oben als auch die Haustür unmittelbar in diesen Raum führten. Dadurch zog es hier unentwegt, und es beschlich einen ein Gefühl von Unbeständigkeit, als säße man im Wartesaal eines Bahnhofs.

Dennoch hatte sich Louise in ihrem Lehnstuhl neben dem lodernden Kohlenfeuer niedergelassen, mit ihren Zigaretten und einem Whisky Soda in Reichweite, und strickte Kniestrümpfe, wie Männer sie zur Jagd trugen. Sie strickte ständig Strümpfe. Wenn sie ein

Paar fertig hatte, legte sie es in eine Schublade, für den nächsten Kirchenbasar oder einen Flohmarkt, und schlug die Maschen für ein neues Paar an. Sinnvolles Fummeln nannte sie das und setzte ihren Tatendrang in gute Werke um.

Als sie Mollys Schritte auf der Treppe hörte, blickte sie auf.

«Ah, da bist du ja. Ich dachte schon, du seist verschüttgegangen.»

«Tut mir leid. Ich habe an Bruce geschrieben.»

«Schläft Jess?«

«Ja. Tief und fest.»

«Nimm dir was zu trinken!»

An einer Wand stand ein Tischchen mit einem ganzen Sortiment von Flaschen, sauberen Gläsern und einem Sodawassersiphon. Eine männliche Note, der noch die Erinnerung an Jack Forrester anhaftete, aber schließlich war hier seit seinem Tod nichts verändert worden. Seine Golftrophäen zierten noch den Kaminsims, die Fotografien seines Regiments, die aus Indien stammten, hingen an den Wänden, und überall gab es Dinge, die von seiner Jagdleidenschaft zeugten – die Elefantenfüße, Tigerfelle und Hirschgeweihe.

Molly goß sich einen kleinen Sherry ein, dann setzte sie sich in den Sessel auf der anderen Seite des Kamins. Louise hörte auf zu stricken und griff nach ihrem Whisky. «Auf dein Wohl!» sagte sie und trank einen Schluck. Während sie ihr Glas wieder abstellte, blickte sie über den Rand ihrer Brille auf Molly. «Besonders fröhlich siehst du gerade nicht aus.»

«Es geht schon.»

«Ist dir sicher nicht ganz leichtgefallen, dich von Judith zu trennen. Kann ich mir vorstellen. Aber laß mal, die Zeit heilt alle Wunden. Du kommst darüber hinweg.»

«Vermutlich», erwiderte Molly kleinmütig.

«Wenigstens hast du's hinter dir. Alles ausgestanden. Geschafft.»

«Ja, ich hab's geschafft.» Sie überlegte. «Ich nehme an...»

Weiter kam sie allerdings nicht. Ein Geräusch vor der Tür, das den heulenden Wind übertönte, ließ sie aufhorchen. Schritte knirschten auf dem Kies.

«Da ist jemand draußen.»

«Das wird Billy Fawcett sein. Ich hab ihn eingeladen, auf ein Gläschen rüberzukommen. Dachte mir, das könnte unsere Stimmung ein bißchen heben.»

Die Eingangstür öffnete sich, und ein Schwall kalter Luft strömte herein, daß die Vorhänge sich bauschten und die Flammen im Kamin aufloderten.

Louise hob die Stimme. «Billy, du alter Narr, mach die Tür zu!» Sie wurde zugeknallt. Die Vorhänge beruhigten sich, das Feuer flackerte wieder friedlich. «Was für eine Nacht, um sich draußen aufzuhalten. Komm rein!»

Molly wunderte und ärgerte sich gleichermaßen über diesen unerwarteten Störenfried. Das letzte, wonach ihr in diesem Augenblick der Sinn stand, war Gesellschaft. Ihr war nicht danach zumute, sich mit Fremden zu unterhalten, und sie fand es nicht sehr einfühlsam von Louise, ihren Freund ausgerechnet an diesem Abend einzuladen. Allerdings ließ sich daran nun nichts mehr ändern, also stellte sie schweren Herzens ihr Sherryglas ab, setzte eine freundliche Miene auf und wandte sich in ihrem Sessel dem Eingang zu, um den Besucher zu begrüßen.

«Nett von dir, daß du kommst, Billy», rief Louise.

Er erschien nicht sofort, weil er vermutlich erst Mantel und Hut ablegte, doch als er schließlich auftauchte, rieb er sich die kalten Hände und trat mit dem Gehabe eines Mannes auf, der jemandem seine Gunst erweist.

«Hier bin ich, meine Teure, sturmgepeitscht.»

Er war nicht hochgewachsen, aber drahtig und mit einem Jackett und Knickerbockern in großen, auffallenden Karos bekleidet. Seine dünnen Waden in quittegelben Kniestrümpfen erinnerten Molly an die Beine eines Vogels. Sie fragte sich, ob Louise die Strümpfe gestrickt hatte, und wenn ja, wer von den beiden die Farbe ausgesucht haben mochte. Durch sein weißes, schon schütteres Haar schimmerte die Kopfhaut wie Leder durch, und ein Netz roter Adern überzog seine Wangen. Er trug die Krawatte seines Regiments zur Schau, einen kecken Schnurrbart, und seine hellblauen Augen zwinkerten vergnügt. Sie schätzte ihn auf etwa fünfzig.

«Molly, das ist mein Nachbar, Billy Fawcett. Oder Colonel Faw-

112

cett, wenn du's förmlich haben möchtest. Billy, das ist meine Schwägerin, Molly Dunbar.»

Molly rang sich ein Lächeln ab, streckte die Hand aus und sagte: «Sehr erfreut.» Dabei erwartete sie, daß er ihr die Hand schütteln würde, doch er ergriff ihre Fingerspitzen und beugte sich sehr weit hinunter. Eine Schrecksekunde lang befürchtete sie, er würde ihre Hand küssen, und sie war nahe daran, sie mit einem Ruck wegzuziehen. Aber er demonstrierte nur übertriebene Höflichkeit.

«Entzückt, Sie kennenzulernen…» Dann fügte er hinzu: «Hab schon soviel von Ihnen gehört.» Und mit dieser Floskel erstickte er jedes zwanglose Gespräch bereits im Keim.

Louise rettete die Situation, indem sie ihr Strickzeug weglegte, sich erhob und unbekümmert sagte: «Laß dich auf deinen vier Buchstaben nieder, Billy. Nach deinen Strapazen brauchst du sicher einen Whisky mit einem Schuß Soda.»

«Da sage ich nicht nein.» Allerdings setzte er sich nicht hin, sondern pflanzte sich dicht vor dem Kamin auf und schlug sich auf die Schenkel, bis seine weiten Hosen zu dampfen anfingen und einen leicht brenzligen Geruch verströmten.

Molly kuschelte sich wieder in ihren Sessel und griff nach dem Sherry. Billy Fawcett lächelte aufmunternd auf sie hinunter. Er hatte ebenmäßige, gelbe Zähne, fast wie ein gesundes Pferd.

«Sie haben einiges um die Ohren gehabt, wie ich höre, klar Schiff gemacht, bevor Sie in den Osten zurückkehren.»

«Ja, wir sind jetzt Zugvögel. Louise hat uns freundlicherweise für ein paar Nächte hier aufgenommen, ehe wir auf die Reise gehen.»

«Ich muß sagen, ich beneide Sie. Gegen einen Strahl Sonne wie in alten Zeiten hätte ich nichts einzuwenden. Oh, danke, Louise, meine Teure, das ist genau das richtige.»

«Du solltest dich lieber hinsetzen, Billy, sonst fangen deine Hosen noch Feuer. Da auf das Sofa zwischen uns.»

«Ich wärme mich bloß ein bißchen auf. Na dann, auf Ihr Wohl, meine Damen!» Er nahm einen Schluck von dem großen, sehr dunklen Drink, stieß einen dankbaren Seufzer aus, als habe er sich schon seit einer Woche darauf gefreut, und erst dann folgte er Louises Aufforderung, kehrte den lodernden Flammen den Rücken und ließ sich in die Kissen des Sofas sinken. Molly fand, er sehe so aus, als fühle er sich hier äußerst heimisch. Sie fragte sich, wie oft er wohl herüberkam, um Louise zu besuchen, und ob er in Erwägung zog, sich in Windyridge etwas dauerhafter einzunisten.

«Louise hat mir erzählt, Sie leben erst seit kurzem in Penmarron», sagte sie.

«Seit drei Monaten. Allerdings nur in einem gemieteten Haus.»

«Und Sie spielen auch Golf?»

«Ja, recht gern.» Er zwinkerte Louise zu. «Aber mit Ihrer Schwägerin kann ich's nicht aufnehmen. Stimmt's, Louise? Dabei haben wir schon in Indien miteinander gespielt. Als Jack noch lebte.»

«Wann haben Sie Ihren Dienst quittiert?» Nicht, daß sie das auch nur im entferntesten wissen wollte, doch sie hatte das Gefühl, um Louises willen wenigstens höfliches Interesse zeigen zu müssen.

«Vor ein paar Jahren. Hab den Bettel hingeschmissen und bin nach Hause gekommen.»

«Waren Sie lange in Indien?»

«Meine ganze Militärzeit.» Es war nicht schwer, sich vorzustellen, wie er Polo spielte und lautstark seinen Burschen verfluchte. «Als neunzehnjähriger Unteroffizier war ich oben an der Nordwestgrenze. War ein haariges Geschäft, kann ich Ihnen sagen, sich die Afghanen vom Hals zu halten. Diesen Berserkern hätte keiner von uns in die Hände fallen wollen. Stimmt's, Louise?» Sie gab keine Antwort. Das war ziemlich eindeutig, sie wollte dieses Thema nicht weiter verfolgen. Doch Billy Fawcett ließ sich davon keineswegs beirren. «Nach Indien», erzählte er Molly weiter, «kam ich zu der Überzeugung, daß ich die Kälte nicht vertrage. Da dachte ich mir, ich probier's mal mit der Kornischen Riviera. Und daß ich Louise kenne, das macht mir den Anfang hier etwas leichter. Sie wissen ja, wie dünn Freunde gesät sind, wenn man so lange weg war.»

«Ist Ihre Frau derselben Meinung?»

Das brachte ihn, wie beabsichtigt, ein wenig aus dem Konzept. «Wie bitte?»

«Macht die Kälte Ihrer Frau auch zu schaffen?»

«Ich bin Junggeselle, meine Liebe. Hab nie die richtige kleine Mem Sahib gefunden. Dort, wo ich gekämpft habe, gab's nicht gerade viele hübsche Mädchen.»

«Ja», sagte Molly. «Daran wird's wohl liegen.»

«Aber schließlich kennen Sie ja die unangenehmen Seiten unseres weitverzweigten Weltreichs selbst bestens. Wo sind Sie stationiert? Hat Louise nicht Rangun gesagt?»

«Nein. Colombo. Mein Mann tritt allerdings eine neue Stelle an, und wir ziehen nach Singapur um.»

«Ahh, die lange Bar im Hotel Raffles. Das ist ein Leben!»

«Ich glaube, wir kriegen ein Haus in der Orchard Road.»

«Und Sie haben doch noch eine Tochter, die in den Ferien zu Louise kommt, nicht wahr? Freu mich schon darauf, sie kennenzulernen. Ein bißchen junges Blut können wir hier gut brauchen. Wir können ihr die Gegend zeigen.»

«Sie hat die letzten vier Jahre in Penmarron gelebt», erwiderte Molly kühl. «Also wird sie es kaum nötig haben, daß man ihr die Gegend zeigt.»

«Nein, natürlich nicht.» Anscheinend war er so dickfellig, daß er an dieser Abfuhr keinerlei Anstoß nahm. «Trotzdem ist es hilfreich, einen alten Freund zu haben, an den man sich wenden kann.»

Der bloße Gedanke, Judith könnte sich aus irgendeinem Grund an Billy Fawcett wenden, widerstrebte Molly zutiefst. Sie mochte ihn nicht. Im Augenblick hätte sie zwar nicht genau erklären können warum, aber sie empfand eine instinktive Abneigung gegen ihn. Wahrscheinlich war er vollkommen harmlos, außerdem war er ein alter Freund von Louise. Und Louise war nicht dumm, sie ließ sich nicht hinters Licht führen. Und dennoch, wie konnte sie seine Gesellschaft nur ausstehen? Warum packte sie ihn nicht am Genick und warf ihn aus dem Haus, wie einen Hund, der auf einen guten Teppich gepinkelt hat?

Auf einmal fand sie das Kaminfeuer und den Raum furchtbar heiß. Sie spürte, wie es in ihr brodelte, wie ihr das Blut in die Wangen schoß und sie flammendrot anliefen. Ihr brach der Schweiß aus. Ganz plötzlich ertrug sie es nicht mehr. Sie hatte ihren Sherry ausgetrunken. Betont auffällig schob sie die Manschette des Ärmels hoch, warf einen Blick auf ihre Uhr und sagte: «Würdet ihr mich bitte einen Moment entschuldigen.» Sie mußte hinaus, an die frische Luft, sonst würde sie höchstwahrscheinlich glatt in Ohnmacht fallen. «Jess schläft immer so unruhig... Ich schau mal nach ihr.» Sie stand auf und zog sich zurück. «Bin gleich wieder da.»

Zum Glück hatte Louise weder ihren hochroten Kopf noch ihr Unbehagen bemerkt. «Wenn du wiederkommst», sagte sie, «kannst du dir gleich nachschenken.»

Sie ging nach oben. Jess schlief noch, ohne sich auch nur bewegt zu haben. Molly nahm einen Mantel aus dem Schrank, hängte ihn über ihre Schultern, dann schlich sie aus dem Raum, die Hintertreppe hinunter und durch das Eßzimmer, in dem der Tisch bereits für zwei gedeckt war, für das Abendessen mit Louise. Vom Eßzimmer führte eine Terrassentür zu einem kleinen gepflasterten Vorplatz, den eine hohe Hecke umgab und teilweise gegen den Wind abschirmte. Hier zog Louise Steingartenpflanzen und Thymian, und die kleine Terrasse nutzte sie im Sommer, wenn sie im Freien etwas trinken oder eine zwanglose Mahlzeit einnehmen wollte. Molly zog die schweren Samtvorhänge zurück, entriegelte die Tür und huschte hinaus. Sofort sprang der Wind sie an und riß ihr fast die Glastür aus der Hand, so daß sie Mühe hatte, sie zu schließen, bevor sie zuschlug und Aufmerksamkeit erweckte. Sie blickte in die Dunkelheit, ließ die Kälte in ihren brennend heißen Körper strömen, und es war, als stehe sie unter einer eiskalten Dusche. Die klare, frostige Luft füllte ihre Lungen, sie roch das entfernte Meer und kümmerte sich nicht um den Wind, der an ihrem Haar zerrte und es ihr aus der feuchten Stirn wehte.

Erleichtert schloß sie die Augen und befürchtete nicht mehr, gleich zu ersticken. Sie fühlte sich abgekühlt, erfrischt, beruhigt. Schließlich öffnete sie die Augen wieder und schaute zum Himmel hinauf. Ein Halbmond leuchtete kurz auf und verschwand wieder hinter dunklen dahinjagenden Wolken. Ein paar Sterne flimmerten in der grenzenlosen Weite des Weltalls. Sie war dagegen nur ein Nichts, ein winziger Punkt in der Menschheit, und plötzlich erfaßte sie entsetzliche Angst, die alte Panik vor ihrer Orientierungslosigkeit, vor ihrem nichtigen Dasein. Wer bin ich? Wo bin ich? Wohin gehe ich, und was wird geschehen, wenn ich dort ankomme? Molly wußte, daß dieses Grauen nichts mit der stürmischen Nacht zu tun hatte, denn Wind und Dunkelheit waren bekannte, vertraute Elemente. Diese Furcht, die dunklen Vorahnungen wurzelten ausschließlich in ihr selbst.

Sie fröstelte. Ein Schaudern aus purer Angst. *Ein Geist schwebt über deinem Grab*, sagte sie sich. Sie tastete nach ihrem dicken Mantel, zog ihn enger um sich und drückte ihn mit verschränkten Armen an die Brust. Und sie versuchte an Judith zu denken, aber das machte alles noch schlimmer, denn es war, als erinnere sie sich an ein totes Kind, ein Kind, das sie nie mehr wiedersehen würde.

Da begann sie zu weinen. Eine trauernde Mutter. Die Tränen stiegen ihr in die Augen, quollen über und liefen ihr salzig die Wangen hinunter, wo der Wind sie trocknete. Weinen linderte den Schmerz, also ließ sie die Tränen fließen und bemühte sich nicht, sie zurückzuhalten. Nach einer Weile war alles vorbei, die Panik hatte sich gelegt, und Molly war wieder sie selbst. Wie lange sie hier gestanden hatte, wußte sie nicht, aber inzwischen war ihr zu kalt, um noch länger draußen zu bleiben. Sie wandte sich um, ging ins Haus zurück, schloß die Terrassentür und zog die Vorhänge wieder zu. Dann schlich sie, wie sie gekommen war, über die Hintertreppe hinauf, wobei sie ganz leise auftrat, um kein Geräusch zu verursachen. Während sie den Mantel aufhängte, fiel ihr Blick auf das Bett, und sie sehnte sich danach, hineinzukriechen, allein zu sein, zu schlafen. Doch statt dessen rieb sie sich das Gesicht mit einem heißen Waschlappen ab, legte Puder auf und kämmte sich. Auf diese Weise wiederhergestellt, kehrte sie zu den anderen zurück.

Als sie unten ankam, sah Louise hoch.

«Molly, was hat dich denn so lange aufgehalten?»

«Ich hab bei Jess gesessen.»

«Alles in Ordnung?»

«Ja», versicherte ihr Molly. «Alles in bester Ordnung.»

St. Ursula
2. Februar 1936
Liebe Mami, lieber Dad,
*Sonntag ist Briefschreibetag, also schreibe ich einen Brief. Mir
geht es gut, und ich gewöhne mich allmählich ein. Die Wochenenden sind lustig. Am Samstag vormittag machen wir Hausaufgaben, und nachmittags spielen wir draußen. Gestern haben wir
Netzball gespielt. Am Sonntag müssen wir morgens in Zweierrei-
hen in die Kirche latschen, das ist langweilig, und der Gottesdienst ist auch ziemlich langweilig, mit viel Hinknien. Sie haben
eine sehr strenge Liturgie und Weihrauch, und ein Mädchen ist
ohnmächtig geworden. Danach gehen wir zurück zum Mittagessen, dann noch einmal spazieren (als ob wir das nötig hätten!),
jetzt ist Briefschreiben dran, und danach gibt es Tee. Nach dem
Tee ist es schön, weil wir alle in die Bibliothek gehen und Miss
Catto uns vorliest. Zur Zeit liest sie* The Island of Sheep *von John
Buchan, und es ist sehr spannend. Ich kann es gar nicht erwarten,
zu erfahren, wie es weitergeht.*

*Der Unterricht läuft ganz gut, und ich hinke auch nicht zu sehr
hinterher, außer in Französisch, aber da kriege ich Nachhilfestunden. Dienstags haben wir Turnen, aber mir fällt es schwer,
am Seil hochzuklettern. Jeden Morgen beten wir in der Aula
und singen ein Kirchenlied. Es gibt viel Musik, und einmal in der
Woche hören wir klassische Schallplatten. Am Freitag haben
wir eine Stunde gemeinsames Singen, das ist nett, da singen wir
so Lieder wie* Sweet Lass of Richmond Hill *und* Early One
Morning.

*Meine Klassenlehrerin heißt Miss Horner und gibt Englisch
und Geschichte. Sie ist furchtbar streng, und ich habe Tafel-
dienst, ich muß die Tafel putzen und dafür sorgen, daß genug
Kreide da ist.*

*Ich bin in einem Schlafsaal mit fünf anderen Mädchen. Die
Aufseherin ist kein bißchen freundlich, also hoffe ich, daß ich nie
krank werde. Erinnerst Du Dich noch an das Mädchen, das seine
Uniform zur selben Zeit wie wir gekauft hat? Sie heißt Loveday
Carey-Lewis und ist auch in meinem Schlafsaal, nur liegt sie ne-*

ben dem Fenster und ich an der Tür. Sie ist die einzige in der Schule, die über das Wochenende nach Hause fährt. Sie ist eine Klasse unter mir, und ich habe noch nicht viel mit ihr geredet, denn sie ist eng mit einer Externen befreundet, die Vicky Payton heißt und die sie schon vorher gekannt hat.

Ich habe Briefe von Tante Louise und Tante Biddy bekommen. Und eine Postkarte von Phyllis. Die Ferien in der Mitte des Trimesters fangen am 28. Februar an, wir kriegen vier Tage frei, und dann kauft mir Tante Louise mein Fahrrad.

Hier ist es sehr kalt und naß. Manche Räume der Schule sind einigermaßen geheizt, aber die meisten sind kalt. Hockey ist am schlimmsten, weil wir mit nackten Knien und ohne Handschuhe spielen. Einige Mädchen haben Frostbeulen.

Mein Geschenk von Dad ist noch immer nicht eingetroffen. Ich hoffe, daß es nicht verlorengegangen ist oder daß Mrs. Southey nicht vergessen hat, es weiterzuschicken.

Ich hoffe, Ihr seid alle gesund und die Schiffsreise war schön. Ich habe auf der Karte nachgeschaut und Singapur gefunden. Es ist meilenweit weg.

Viele liebe Grüße an Euch und an Jess.   Judith

DIE SCHULSPRECHERIN von St. Ursula war ein dralles, ruhmreiches Geschöpf, das auf den schönen Namen Deirdre Ledingham hörte. Sie hatte lange braune Zöpfe, einen prächtigen Busen, und ihr dunkelgrünes Turnhemd zierten unzählige bunte Wettkampfembleme und Sportabzeichen. Es ging das Gerücht um, sie würde nach der Schule in Bedford studieren, um Sportlehrerin zu werden, und ihr Grätschsprung über das Pferd war ein Anblick, den man sich nicht entgehen lassen sollte. Obendrein sang sie als Solistin im Chor, und es war nicht verwunderlich, daß die jüngeren, leicht zu beeindruckenden Mädchen sie anhimmelten, ihr auf herausgerissenen Heftseiten anonyme Liebesbriefe schrieben und feuerrot wurden, wenn sie im Vorbeigehen auch nur ein einziges Wort an sie richtete.

Sie versah viele verschiedene Ämter und nahm es mit ihren Pflichten sehr genau; sie mußte zu den Mahlzeiten läuten, begleitete Miss Catto zum Morgengebet und stellte den langen, störrischen Zug zusammen, der allwöchentlich zur Kirche trottete. Außerdem oblag ihr die tägliche Verteilung der Briefe und Pakete, die das Postauto für die Internatsschülerinnen brachte. Dieses Ereignis fand jeden Tag während der freien halben Stunde vor dem Mittagessen statt. Dann stand sie wie eine tüchtige Ladenbesitzerin hinter einem großen Eichentisch in der Aula und händigte die Umschläge und Päckchen aus.

«Emily Backhouse. Daphne Taylor. Daphne, du kämmst dir besser vor dem Essen noch die Haare, sie sind furchtbar unordentlich. Joan Betworthy. Judith Dunbar.»

Vor ihr lag ein großes, schweres Paket, in dickes Sackleinen eingewickelt, fest verschnürt und mit Aufklebern, Stempeln und ausländischen Briefmarken übersät. «Judith Dunbar?»

«Sie ist nicht hier», rief jemand.

«Wo ist sie denn?»

«Weiß ich nicht.»

«Warum ist sie nicht hier? Es soll sie jemand holen. Nein, laßt es sein. Wer ist in ihrem Schlafsaal?»

«Ich.»

Deirdre hielt Ausschau nach dem Mädchen, das sich gemeldet hatte, und sah hinten in der drängelnden Schar Loveday Carey-Lewis. Sie zog die Stirn kraus. Auf diese eigenwillige Neue war sie nicht gut zu sprechen, die nahm sich, wie sie fand, insgesamt ein bißchen zuviel heraus, denn Deirdre hatte sie schon zweimal dabei erwischt, wie sie durch einen Flur rannte, eine Todsünde, und obendrein hatte sie sie im Waschraum mit einem Pfefferminzbonbon ertappt.

«Judith müßte aber hier sein.»

«Da kann ich doch nichts dafür», antwortete Loveday.

«Sei nicht frech!» Eine kleine Strafe schien da wohl das Richtige zu sein. «Du bringst es ihr am besten. Und richte ihr aus, daß sie jeden Tag bei der Postverteilung anwesend sein muß. Übrigens, es ist ziemlich schwer, paß also auf, daß du es nicht fallen läßt.»

«Wo soll ich sie denn finden?»

«Keine Ahnung. Mußt du eben suchen. Rosemary Castle, ein Brief für dich…»

Loveday kam nach vorn, ergriff das riesige Paket und drückte es an ihre flache Brust. Es war wirklich sehr schwer. Während sie es gut festhielt, schob sie sich vorsichtig an dem Tisch vorbei und machte sich auf den Weg durch den langen Speisesaal in den Flur, der zu den Klassenzimmern führte. Zuerst ging sie in Judiths Klassenzimmer, doch der Raum war leer, also machte sie kehrt und stieg die breite Treppe hinauf, in Richtung Schlafsäle.

Eine Schülerin, die gerade Aufsicht hatte, kam herunter.

«Um Himmels willen, was schleppst denn du?»

«Das ist für Judith Dunbar.»

«Und wer hat dir gesagt, du sollst es durch die Gegend tragen?»

«Deirdre», antwortete Loveday patzig, in der beruhigenden Gewißheit, daß das Recht auf ihrer Seite war. Die Aufsichtsschülerin gab sich geschlagen. «Na schön. Aber daß keine von euch beiden zu spät zum Essen kommt!»

Loveday sah ihr nach, streckte der entschwindenden Kehrseite die Zunge heraus, dann setzte sie ihren Weg fort. Ihre Last wurde mit jeder Stufe schwerer. Was um alles in der Welt mochte da drin sein? Sie erreichte den Treppenabsatz, stapfte durch einen weiteren langen Gang, gelangte endlich an die Tür ihres Schlafsaals, stieß sie mit der Schulter auf und wankte hinein.

Da war Judith und wusch sich an dem einzigen Waschbecken, das sie sich alle teilen mußten, die Hände.

«Hab ich dich doch noch gefunden», sagte Loveday, kippte das Paket auf Judiths Bett und ließ sich erschöpft daneben niedersinken.

Daß sie so plötzlich und unerwartet auftauchte, wie ein Kastenteufel hier angehüpft kam, der Grund dafür und die Tatsache, daß sie zum erstenmal allein waren und sich niemand dazwischendrängen konnte, löste bei Judith quälende, unerträgliche Schüchternheit aus. Seit dem Augenblick, als sie bei Medways Mutter und Tochter Carey-Lewis erstmals zu Gesicht bekommen hatte, fand sie Loveday richtig faszinierend und wünschte sich sehnlich, sie näher kennenzulernen. Deshalb war es während ihrer ersten Wochen in St. Ursula die größte Enttäuschung für sie, daß Loveday von ihrer Anwesenheit keinerlei Notiz nahm, so daß Judith zu der traurigen Überzeugung gelangte, sie sei so unscheinbar, daß Loveday sie nicht einmal wiedererkannt hatte.

... sie ist eng mit einer Externen befreundet, die Vicky Payton heißt, hatte sie ihrer Mutter geschrieben, diesen nüchternen, kleinen Satz jedoch sorgsam zwischen anderen versteckt, um jeden Verdacht zu zerstreuen, denn ihr angeborener Stolz ließ es nicht zu, daß ihre Mutter auf den Gedanken kommen könnte, sie fühle sich durch Lovedays Gleichgültigkeit verletzt oder gekränkt. In den Pausen und nach dem Sport hatte sie Loveday und Vicky verstohlen dabei beobachtet, wie sie gemeinsam ihre Milch tranken oder nach dem Hockeyspiel zur Schule zurückschlenderten und beneidenswert vertraut miteinander plauderten und lachten.

Nicht, daß Judith keine Freundinnen gefunden hätte. Inzwischen kannte sie alle Mädchen in ihrer Klasse, wußte von jeder im Gemeinschaftsraum für die Unterstufe den Namen, aber unter ihnen war keine, an der ihr besonders viel gelegen hätte, keine echte Freundin wie Heather Warren, und mit einer, die nur zweite Wahl gewesen wäre, wollte sie sich nicht zufriedengeben. Sie erinnerte sich daran, wie ihr Vater gesagt hatte: «Hüte dich vor dem ersten Menschen, der dich auf dem Schiff anspricht, denn er erweist sich garantiert als der größte Langweiler an Bord!» Seine weisen Worte waren ihr im Gedächtnis haftengeblieben. Schließlich unterschied sich ein Internat nicht so sehr von einem Schiff, man wurde mit vielen Leuten zusammengespannt, mit denen man nur wenig gemein hatte, und es dauerte seine Zeit, die Spreu vom Weizen zu trennen.

Bei Loveday Carey-Lewis war das, wie Judith dunkel ahnte, anders. *Sie* war etwas Besonderes. Und nun saß sie da.

«Ich soll dir einen Rüffel verpassen, weil du nicht bei der Postverteilung warst.»

«Ich hab meinen Füller nachgefüllt und mir dabei die Finger mit Tinte bekleckert. Und jetzt krieg ich sie nicht ab.»

«Versuch's mit Bimsstein.»

«Ich kann es nicht ausstehen, wie der sich anfühlt.»

«Ja, ich weiß, es ist scheußlich. Wie dem auch sei, Deirdre hat gesagt, ich soll dich suchen und dir das bringen. Es wiegt eine Tonne. Komm schon und mach es auf. Ich will wissen, was drin ist.»

Judith schüttelte sich das Wasser von den Händen, griff nach einem Tuch und begann sie abzutrocknen.

«Wahrscheinlich ist es das Weihnachtsgeschenk von meinem Vater.»

«Weihnachtsgeschenk? Aber wir haben Februar.»

«Ich weiß. Es hat ewig gebraucht.» Sie setzte sich zu Loveday auf das Bett. Das eindrucksvolle Paket lag zwischen ihnen. Als sie die Briefmarken, Poststempel und die Aufkleber vom Zoll sah, lächelte sie. «Ja, das ist es. Ich dachte schon, es würde überhaupt nicht mehr ankommen.»

«Warum hat es so lange gebraucht?»

«Es kommt aus Colombo. Auf Ceylon.»

«Lebt dein Vater auf Ceylon?»

«Ja. Er arbeitet dort.»

«Und deine Mutter?»

«Sie ist gerade zu ihm zurückgefahren. Mit meiner kleinen Schwester.»

«Heißt das, du bist ganz *allein*? Wo wohnst du denn?»

«Zur Zeit nirgendwo. Das heißt, wir haben hier in England kein Haus. Deshalb gehe ich in den Ferien zu Tante Louise.»

«Und wer ist das bitte?»

«Hab ich doch gerade gesagt, meine Tante. Sie lebt in Penmarron.»

«Hast du keine Brüder und keine Schwestern?»

«Nur Jess.»

«Ist das die, die mit deiner Mutter mitgefahren ist?»

«Ja.»

«O Gott, wie schrecklich! Tut mir leid, das hab ich nicht gewußt. Als ich dich in dem Geschäft gesehen hab…»

«Also hast du mich doch gesehen?»

«Ja, natürlich. Glaubst du, ich bin blind?»

«Nein. Aber weil du nie mit mir geredet hast, hab ich gedacht, du erkennst mich vielleicht nicht wieder.»

«Du hast ja nie mit *mir* geredet.»

Das ließ sich allerdings nicht bestreiten. Judith versuchte es zu erklären. «Du bist immer mit Vicky Payton zusammen. Deshalb hab ich geglaubt, du bist ihre Freundin.»

«Bin ich auch. Ich kenne sie von klein auf, wir waren schon im Kindergarten zusammen.»

«Ich hab gedacht, du bist ihre *beste* Freundin.»

«Oh, *beste Freundin*!» äffte Loveday sie spöttisch und ein wenig belustigt nach. «Du hörst dich an wie eine Figur aus einem Buch von Angela Brazil. Auf jeden Fall reden wir jetzt miteinander, und das ist ganz gut so.» Sie legte eine Hand auf das Paket. «Mach es auf! Ich platze vor Neugier, was drin ist, und wenn ich es schon den ganzen Weg hier herauf geschleppt habe, kannst du es wenigstens auspacken und mir zeigen.»

«Ich weiß, was drin ist. Das, was ich mir gewünscht habe. Ein Schränkchen aus Zedernholz mit einem chinesischen Schloß.»

«Dann beeil dich. Schnell. Sonst bimmelt es zum Mittagessen, und wir müssen gehen.»

Judith wußte, daß sie das Geschenk nicht in Eile auspacken konnte. Sie hatte so lange darauf gewartet, da wollte sie sich die Spannung noch ein wenig erhalten und danach die Muße haben, jede Einzelheit ihres neuen, heißersehnten Besitzes genau zu betrachten.

«Dafür haben wir jetzt nicht genug Zeit. Ich schau später rein. Vor dem Abendessen.»

«Aber ich will es *sehen*», sagte Loveday ungeduldig.

«Dann packen wir es miteinander aus. Ich versprech dir, daß ich es nicht ohne dich aufmache. Wir ziehen uns ganz schnell zum Essen um, und dann haben wir jede Menge Zeit. Es dauert nämlich eine Ewigkeit, bis wir es vollständig ausgewickelt haben. Das sehe ich ihm schon an. Warten wir also damit. Außerdem haben wir dann etwas, worauf wir uns den ganzen Nachmittag freuen können.»

«Na gut.» Loveday hatte sich, wenn auch nur höchst ungern, überzeugen lassen.

«Wie du so willensstark sein kannst, begreif ich nicht.»

«Da hab ich länger was von meiner Vorfreude.»

«Hast du ein Foto von deinem Dad?» Lovedays Blicke wanderten über Judiths weißgestrichene Kommode, die sich von den anderen fünf Kommoden im Schlafsaal in nichts unterschied.

«Ja, aber es ist nicht besonders gut.» Judith griff nach einem Bild und reichte es Loveday.

«Der in der kurzen Hose? Der sieht nett aus. Und ist das deine Mutter? Ja, ich erkenne sie wieder. Warum ist Jess nicht drauf?»

«Weil sie damals noch nicht auf der Welt war. Sie ist erst vier. Dad hat sie noch nie gesehen.»

«Noch *nie* gesehen? Nicht zu fassen. Was wird er denn sagen, wenn er sie sieht? Sie hält ihn doch sicher für irgendeinen fremden Mann, einen Onkel oder so. Willst du meine Fotos sehen?»

«Ja, bitte.»

Sie erhoben sich und gingen zu Lovedays Bett hinüber, das am anderen Ende des Schlafsaals dicht neben den großen Fenstern stand und deshalb viel freundlicher und heller wirkte. Nach der Schulordnung durften sie nur zwei Fotos mitbringen, aber Loveday hatte sechs.

«Das ist Mama in ihrem Weißfuchspelz, in dem sie hinreißend aussieht. Und das ist Paps... ist er nicht himmlisch? Es ist ein Schnappschuß von einer Fasanenjagd, deshalb hat er ein Gewehr bei sich und Tiger, seinen Labrador. Das ist meine Schwester Athena, und das ist mein Bruder Edward, und das ist Pekoe, unser Pekinese, den du in dem Geschäft gestreichelt hast.»

Judith war überwältigt. Nie hätte sie sich träumen lassen, daß jemand gleich so viele gutaussehende Menschen in seiner Familie haben konnte, alle so bildschön, als wären sie den Hochglanzseiten eines Magazins für die oberen Zehntausend entstiegen.

«Wie alt ist Athena?»

«Achtzehn. Letzten Sommer hat sie den Rummel der Londoner Saison mitgemacht und ist danach in die Schweiz abgeschwirrt, um Französisch zu lernen. Dort ist sie immer noch.»

«Will sie Französischlehrerin werden?»

«Nicht die Bohne. Sie hat in ihrem ganzen Leben noch keinen Finger krumm gemacht.»

«Was will sie denn tun, wenn sie aus der Schweiz zurück-kommt?»

«Wahrscheinlich bleibt sie in London. Mama hat ein kleines Haus in den Cadogan Mews. Athena laufen die Verehrer in Scharen nach, und am Wochenende ist sie immer irgendwo unterwegs.»

Das hörte sich nach einem beneidenswerten Leben an. «Sie schaut aus wie ein Filmstar», bemerkte Judith mit einem Anflug von Neid.

«Ja, ein bißchen.»

«Und dein Bruder?»

«Edward? Der ist sechzehn. Er ist in Harrow.»

«Ich habe einen Cousin mit Sechzehn. Der ist in Dartmouth. Er heißt Ned. Deine... deine Mutter», sagte sie zögernd, «sieht nicht so aus, als wäre sie schon alt genug, um beinahe erwachsene Kinder zu haben.»

«Das sagen alle. Richtig langweilig.» Loveday legte das letzte Foto weg, dann ließ sie sich auf ihr schmales, weiß bezogenes Bett plumpsen und fragte unvermittelt: «Gefällt es dir hier?»

«Wo? In der Schule? Es geht.»

«Wolltest du hierher?»

«Nicht unbedingt, aber ich mußte ja. Ich mußte in ein Internat.»

«Weil deine Mutter fort ist?»

Judith nickte.

«Ich wollte hierher», erzählte Loveday. «Weil ich nicht weit von daheim weg wollte. Im September haben sie mich in den gräßlich-sten Ort von Hampshire geschickt. Dort hab ich so viel Heimweh gehabt, daß ich wochenlang geheult hab und dann ausgebüxt bin.»

Judith, die das bereits von der Verkäuferin bei Medways gehört hatte, sagte voller Bewunderung: «Ich kann mir gar nicht vorstel-len, wie man so tapfer sein kann.»

«Besonders tapfer war das nicht. Mir ist bloß klargeworden, daß ich es an diesem fürchterlichen Ort keinen Augenblick länger aus-halte. Ich mußte nach Hause. Man meint immer, es sei so schwierig, irgendwo wegzulaufen, dabei war es eigentlich ganz leicht. Ich hab einfach den Bus zum Bahnhof von Winchester genommen und mich dort in den Zug gesetzt.»

«Hast du unterwegs umsteigen müssen?»

«Ja, zweimal, aber da hab ich Leute gefragt. In Penzance hab ich dann aus einer öffentlichen Telefonzelle Mama angerufen und sie gebeten, mich abzuholen. Zu Hause hab ich ihr dann erklärt, daß sie mich nie wieder so weit fortschicken darf, und sie hat es mir versprochen. Deshalb bin ich hier gelandet, und als Miss Catto erfahren hat, daß ich in Hampshire ausgerissen bin, hat sie angeboten, ich könnte jedes Wochenende heimfahren, weil sie nicht wollte, daß ich hier auch abhaue.»

«So...» Leider konnten sie ihre Unterhaltung nicht fortsetzen, da plötzlich der schrille Klang der Schulglocke durch das ganze Haus tönte und sie zum Lunch rief. «Verflixt, ich halt's nicht aus! Ich kann diese Glocke nicht ausstehen! Und heut ist Dienstag, da gibt's zum Nachtisch wieder Vanillepudding mit eingeweichten Dörrpflaumen. Komm, wir gehn jetzt besser, sonst fangen wir uns noch einen Rüffel ein.»

Sie rannten hinunter in ihre Klassenzimmer, in denen sie sich vor den Mahlzeiten einfinden mußten. Aber bevor sie sich trennten, sagte Judith noch schnell: «Also, vor dem Abendessen im Schlafsaal! Und dann machen wir das Paket miteinander auf.»

«Ich kann's kaum abwarten.»

DANACH KAM es Judith so vor, als habe sich der ganze Tag auf wundersame Weise von Grund auf verändert. Zwar hatte sie, wie jedes Kind, auch schon früher erlebt, daß ihre Stimmung von einem Moment zum anderen umschlug und sie sich unbändig über etwas freute, sie kannte jähe und völlig grundlose Glücksgefühle, ja sogar sinnlose Begeisterung, aber das, was ihr jetzt widerfuhr, war etwas anderes. Es war ein sensationelles Ereignis. Eine ganze Kette von Ereignissen. Ihr Weihnachtsgeschenk von Dad war endlich eingetroffen, und dem hatte sie es zu verdanken, daß sich zwischen ihr und Loveday Carey-Lewis eine Freundschaft anbahnte. Außerdem konnte sie sich noch darauf freuen, mit ihr feierlich das Zedernholzschränkchen auszupacken. Im Laufe des Nachmittags passierten noch mehr unerwartete Dinge, die ihre gute Laune weiter hoben, und allmählich schien es ihr, als läge ein Zauber über diesem Tag, so daß einfach nichts schiefgehen konnte. Mittags gab es zum Nachtisch keinen Pudding mit Dörrpflaumen, den sie verabscheute, sondern Vanillebiskuits mit Sirup, die ein Genuß waren. Dann bekam sie für ihren Vokabeltest in Französisch acht von zehn Punkten, und als sie ihr Sportzeug anziehen und sich auf den Weg zum Hockeyfeld machen mußte, stellte sie fest, daß der Wind die grauen Regenwolken vom Vormittag fortgeblasen hatte. Der Himmel war klar und makellos blau; es wehte nur eine leichte, durchaus erträgliche Brise, und die ersten frühen Narzissen, die den Pfad zu den Sportplätzen säumten, öffneten ihre gelben Blüten. Vor Kraft strotzend, fand Judith sogar an dem Hockeymatch Gefallen, flitzte hin und her und gab den Lederball mühelos und treffsicher weiter, wann immer er ihr vor den Schläger kam. Sie spielte so gut, daß ihr Miss Fanshaw, die Sportlehrerin, eine stämmige Frau mit Pagenkopf und Trillerpfeife, die dafür bekannt war, mit Lob zu geizen, am Ende auf die Schulter klopfte.

«Gut gemacht, Judith. Wenn du weiter so spielst, nehmen wir dich in die Schulmannschaft auf.»

Dann kam der Nachmittagstee, danach hieß es Hausaufgaben machen, und endlich wurde es Zeit, sich für das Abendessen umzuziehen. Sie rannte die Treppe hinauf, zwei Stufen auf einmal, in den Schlafsaal, schob die weißen Baumwollvorhänge vor ihrem Bett auseinander und riß sich die Kleider vom Leib. Sie ergatterte sogar ein Badezimmer, ehe ihr jemand zuvorkam, aber trotzdem saß, als sie in den Schlafsaal zurückkehrte, Loveday bereits in dem für abends vorgeschriebenen, trostlos grünen Gabardinekleid mit Kragen und Manschetten aus weißem Leinen auf Judiths Bett und erwartete sie.

«Mensch, bist du schnell gewesen!» rief Judith aus.

«Wir haben bloß Netzball gespielt, da war ich nicht so verschwitzt. Beeil dich und zieh dich an, damit wir anfangen können. Ich hab meine Nagelschere mitgebracht, um die Schnur aufzuschneiden.»

Völlig achtlos schlüpfte Judith in ihre Sachen und stieg bereits in die Schuhe, während sie sich noch das Kleid zuknöpfte. Dann bürstete sie ihr Haar hastig nach hinten, band es zusammen und war fertig. Sie nahm Lovedays Schere und schnitt die Schnur durch. Als nächstes mußte sie die groben Stiche auftrennen, mit denen das Sackleinen zugenäht war. Nach dem Sackleinen kam eine Lage braunes Packpapier und dann eine dicke Schicht aus Zeitungen, die wegen der sonderbaren fernöstlichen Schriftzeichen an sich schon ziemlich aufregend waren. Alles roch würzig und fremd. Die letzte Umhüllung bestand aus strahlend weißem Papier. Judith entfernte es, und endlich kam das Weihnachtsgeschenk zum Vorschein. Den beiden Mädchen verschlug es die Sprache.

Schließlich brach Loveday das Schweigen. «Göttlich», hauchte sie, und es hörte sich an wie ein zufriedener Seufzer.

Das Schränkchen war wirklich sehr schön, prächtiger, als Judith es zu hoffen gewagt hätte, aus honigfarbenem Holz, das sich so glatt wie Satin anfühlte, und über und über mit aufwendigen Schnitzereien verziert. Es hatte einen Schnappverschluß aus Silber, der wie eine Blüte geformt war, an der ein winziges Vorhängeschloß baumelte. Der Schlüssel dazu war mit einem Klebestreifen auf dem Deckel befestigt. Loveday zog sofort den Klebestreifen ab und drückte Judith den Schlüssel in die Hand. Sie steckte ihn in den Schlitz an der Schmalseite des Schlosses, in dem er eine unsichtbare Feder auslöste, die es aufspringen ließ. Dann öffnete sie den Schnappverschluß und hob den Deckel, wobei ein Spiegel nach vorn glitt, der den Deckel stützte und offenhielt. Die in der Mitte geteilte Vorderwand des Schränkchens ließ sich aufklappen wie Flügel, und dahinter kamen zwei Reihen kleiner Schubladen zum Vorschein. Der Geruch des Zedernholzes erfüllte die Luft.

«Hast du gewußt, daß es so aussehen würde?» fragte Loveday.

«In etwa. Meine Mutter hatte so ein ähnliches in Colombo, deshalb hab ich's mir ja gewünscht. Aber ihres war nicht annähernd so schön wie das.»

Judith zog eine der kleinen Schubladen heraus. Sie klemmte nicht, Boden und Seitenwände waren schwalbenschwanzartig vernutet und die Innenflächen leuchtend rot lackiert.

«Was für ein Platz für deine Schätze! Und das Beste daran ist, du kannst es abschließen und dir den Schlüssel um den Hals hängen. Mein Gott, geht's dir gut! Mach es wieder zu und schließ ab, dann kann ich mal den Schlüssel ausprobieren...»

Sie hätten noch stundenlang damit spielen können, wäre nicht die Aufseherin plötzlich hereingeschneit. Als sie die Stimmen der Mädchen hörte, riß sie wütend die Vorhänge vor Judiths Bett auf. Erschrocken blickten die beiden zu ihr auf, und die Schwesternhaube, die sie sich tief in die Stirn gezogen hatte, als wäre sie eine Nonne, machte ihre Erscheinung auch nicht freundlicher.

«Was treibt ihr denn da, und was gibt es da zu flüstern? Ihr wißt genau, daß ihr euch nicht zu zweit in einer Schlafkoje aufhalten dürft.»

Judith öffnete den Mund und setzte zu einer Entschuldigung an, weil ihr die Aufseherin beträchtliche Angst einjagte, aber Loveday fürchtete sich vor niemandem.

«Schauen Sie doch, Madam, ist das nicht herrlich? Judiths Vater hat es ihr von Ceylon geschickt, als Weihnachtsgeschenk, es war bloß ewig lange unterwegs.»

«Und warum bist *du* in Judiths Koje?»

«Ich hab ihr auspacken geholfen. Aber schauen Sie nur! Es hat ein Schloß und süße, kleine Schubladen...» Um der Aufseherin zu zeigen, wie entzückend die Schubladen waren, zog sie eine heraus. Dies tat sie mit so viel Charme, daß der Zorn der Aufseherin ein wenig abflaute und sie sogar einen Schritt näher trat, um durch ihre Brille nach dem Gegenstand auf dem Bett zu schielen.

«Ich muß sagen, das ist wirklich sehr hübsch», gab sie zu. «Ein schmuckes Ding.» Doch schon im nächsten Augenblick verfiel sie wieder in ihr übliches tyrannisches Gehabe. «Wo um alles in der Welt willst du das lassen, Judith? In deinen Spind paßt es nicht hinein.»

Über dieses Problem hatte Judith noch nicht nachgedacht. «Ich nehme an, ich kann es in den nächsten Ferien zu Tante Louise bringen.»

«Haben *Sie* nicht einen sicheren Platz dafür, Madam?» fragte Loveday in einschmeichelndem Ton. «Im Krankenzimmer oder so, in einem der Schränke. Nur fürs erste.»

130

«Mal sehen, vielleicht. Aber jetzt räumt hier auf und schafft das ganze Papier hinaus, bevor es zum Abendessen klingelt. Und du, Loveday, du scher dich in deine eigene Koje zurück, und laßt euch nicht wieder zusammen in einer erwischen!»

«Nein, Madam. Entschuldigung, Madam. Und danke, Madam.»

Sie klang so sanft und reumütig, daß die Aufseherin die Stirn runzelte. Voller Argwohn blickte sie einen Moment lang auf Loveday hinunter, die jedoch nur freundlich lächelte. Als sie nach einer Weile keinen weiteren Grund zur Klage fand, drehte sie sich um und stapfte davon. Bis sie außer Hörweite war, behielten die Mädchen ihre ernsten Mienen bei, dann brachen sie in unbändiges Gekicher aus.

St. Ursula
Sonntag, 9. Februar

Liebe Mami, lieber Dad,
mein Weihnachtsgeschenk von Dad ist diese Woche eingetroffen. Vielen, vielen Dank! Es ist genau das, was ich mir gewünscht habe, sogar noch schöner. Ich hatte schon solche Angst, es könnte verlorengegangen sein. Leider habe ich in meiner Schlafkoje oder meinem Spind keinen Platz dafür, deshalb hat die Aufseherin es in ihren Rotkreuzschrank gestellt. Das ist zwar freundlich von ihr, heißt aber, daß ich nicht hingehen und es bewundern kann. Wenn ich Mitte des Trimesters zu Tante Louise fahre (am 28. Februar), werde ich es mitnehmen und in mein Zimmer stellen. Nochmals vielen Dank, ich finde es wirklich wunderschön.

Danke, Mami, für den Brief, den Du in London noch aufgegeben hast, kurz bevor Ihr ausgelaufen seid. Ich hoffe, Ihr habt eine schöne Reise und es gefällt Jess auf dem Schiff.

Loveday Carey-Lewis hat mir beim Auspacken des Schränkchens geholfen. Sie ist richtig nett, zwar ungezogen, aber irgendwie kommt sie immer ungestraft davon, und sie kümmert sich nicht um das, was man ihr sagt oder vorschreibt. Sie ist hierher geschickt worden, weil sie nicht zu weit von zu Hause fort wollte. Es heißt Nancherrow, und sie hat ein eigenes Pony. Im Gemeinschaftsraum müssen wir Sachen für eine Wohltätigkeitsveran-

staltung basteln. Loveday und ich machen miteinander einen Kissenbezug aus Stoffresten. Ich glaube, sie war mit Vicky Payton gar nicht so eng befreundet, sie kennt sie nur von früher, und wir sind nett zu Vicky, wenn sie mit uns redet, aber sie hat sich ohnehin mit einer anderen Externen angefreundet, deshalb glaube ich, es macht ihr gar nichts aus, daß Loveday soviel mit mir zusammen ist.

Loveday hat eine Schwester, die Athena heißt und in der Schweiz ist, und einen Bruder, der Edward heißt und in Harrow ist. Ihr Vater hat einen Hund, der Tiger heißt.

In Französisch werde ich langsam besser, und morgen muß ich für den Chor vorsingen.

Alles Liebe, auch für Jess
Judith

AM MITTWOCH der darauffolgenden Woche erschien Judith pflichtgemäß zur Postverteilung und erfuhr von Deirdre Ledingham, daß keine Briefe für sie da seien, Miss Catto sie jedoch zu sprechen wünsche, und zwar gleich, noch vor dem Lunch.

Judith sank der Mut, und ihr Magen verkrampfte sich vor Angst. Sie merkte, wie sie von allen Seiten ehrfürchtig angestarrt wurde und man ihr widerstrebend Achtung zollte, als sei sie unglaublich tapfer gewesen und habe etwas furchtbar Schlimmes angestellt.

Hastig durchforschte sie ihr Gewissen, wurde aber nicht fündig. Sie war weder im Flur gerannt, noch hatte sie nach dem Löschen der Lichter mit jemandem geredet.

Am liebsten hätte sie sich in einem Mauseloch verkrochen, brachte es allerdings dennoch fertig zu fragen: «Warum will sie mich sprechen?»

«Keine Ahnung, das erfährst du schon noch früh genug. Mach, daß du wegkommst, aber ein bißchen plötzlich! Sie ist in ihrem Büro.»

Verängstigt, jedoch gehorsam zog Judith los.

In ihrer Rolle als Schulleiterin übte Miss Catto beständig ihren

Einfluß aus, hielt sich jedoch, vielleicht absichtlich, aus den alltäglichen Belangen ihres Instituts heraus. Während die Mitglieder des Kollegiums sich mit kargen Zimmern und einem von Lehrern, Teetassen und Schulheften überquellenden Aufenthaltsraum zufriedengeben mußten, stand ihr eine ganze Wohnung im ersten Stock des ältesten Gebäudes zur Verfügung, aber ihr Büro im Erdgeschoß galt als das Allerheiligste, die Schaltzentrale für alles, was vor sich ging.

Sie wurde von jedem mit großem Respekt behandelt, und wenn sie in ihrem wallenden, schwarzen akademischen Gewand zum Morgengebet oder im Speisesaal erschien, in dem sie den Ehrenplatz an der Lehrertafel einnahm, setzte schlagartig Schweigen ein, und alle erhoben sich von ihren Plätzen.

Da sie nur die Mädchen der Oberstufe unterrichtete, die sich entweder auf ihre Abschlußprüfung oder auf ihre Zulassung zur Universität vorbereiteten, hielt sie nur wenig oder gar keinen Kontakt zu den jüngeren Schülerinnen, und Judith hatte bisher nur ein einziges Mal mit ihr gesprochen, am ersten Tag, als Miss Catto sie aufrief, begrüßte und ihr alles Gute wünschte. Aber wie jedes andere Mädchen war sie sich unablässig der bedrohlichen Anwesenheit ihrer Schulleiterin bewußt, die nur von weitem beobachtet wurde, aber allgegenwärtig war.

Daß sie nun zu ihr geschickt wurde, kam für Judith dem Gang zu einem Gottesgericht gleich.

Miss Cattos Büro lag am Ende des langen Flurs, der zu den verschiedenen Klassenzimmern führte. Die braun gestrichene Tür war geschlossen. Judith hatte einen trockenen Mund, als sie anklopfte.

«Herein!»

Sie öffnete die Tür. Miss Catto saß an ihrem Schreibtisch, hob den Kopf und legte ihren Füller aus der Hand.

«Oh, Judith. Komm rein!»

Judith trat ein und schloß die Tür hinter sich. Es war ein heller Morgen. Das Büro ging nach Süden auf die Gärten hinaus und war sonnendurchflutet. Auf Miss Cattos Schreibtisch stand ein Krug mit wilden Schlüsselblumen, und an der Wand hinter ihr hing ein Ölgemälde: eine Bucht an einem indigoblauen Meer mit einem Boot auf dem Strand.

«Nimm dir einen Stuhl und setz dich! Und hör auf, so verschreckt dreinzuschauen, ich beiß dich nicht. Ich wollte nur mit dir reden.» Sie lehnte sich zurück. «Wie kommst du zurecht?»

Judith hatte sich einen Stuhl herangerückt und ihrer Schulleiterin gegenüber Platz genommen.

«Danke, Miss Catto, ganz gut.»

Trotz ihrer hohen Stellung und großen Verantwortung war Miss Catto noch verhältnismäßig jung, noch keine Vierzig, und sie hatte den frischen Teint und den federnden Schritt einer Frau, die sich nur dann wirklich entspannt fühlt, wenn sie sich im Freien bewegt. Ihr dunkles Haar, das die ersten grauen Strähnen aufwies, war aus der glatten Stirn gekämmt und im Nacken zu einem schlichten Knoten geschlungen. Der durchdringende Blick ihrer blauen, klaren Augen konnte einen bezaubern oder, je nach den Umständen eines Gesprächs, auch einschüchtern. An diesem Tag trug sie unter ihrem akademischen Gewand ein dunkelblaues Kostüm und eine Seidenbluse mit einer Schleife am Hals. Kein Ring schmückte ihre Hände, aber an ihren Ohren schimmerten Perlen, und an das nüchterne Revers ihrer Jacke hatte sie sich eine Perlenbrosche gesteckt, die wie eine Krawattennadel aussah.

«Du bekommst recht gute Noten, Judith, und ich bin mit deiner Arbeit zufrieden.»

«Danke, Miss Catto.»

Die Schulleiterin lächelte, dabei hellte sich ihre sonst so strenge Miene auf und strahlte Herzlichkeit aus. «Hast du etwas von deiner Mutter gehört?»

«Ja, ich habe einen Brief bekommen, den sie in Gibraltar aufgegeben hat.»

«Alles in Ordnung?»

«Ich glaube schon.»

«Das freut mich. Aber nun zur Sache. Du hast dich mit Loveday Carey-Lewis angefreundet, nicht wahr?»

Entging ihr eigentlich gar nichts? «Ja», sagte Judith.

«Ich hatte so ein Gefühl, daß ihr zwei gut miteinander auskommen würdet, deshalb habe ich die Aufseherin angewiesen, euch im selben Schlafsaal unterzubringen. Jetzt hat mich Mrs. Carey-Lewis angerufen, weil Loveday dich anscheinend für ein Wochenende nach Hause mitnehmen möchte. Hat sie dir etwas von diesem Plan erzählt?»

«Nein, kein Wort.»

«Braves Mädchen. Ihre Mutter hat ihr nämlich das Versprechen abgenommen, nichts davon zu erwähnen, bis sie mit mir geredet hat. Möchtest du denn gern mitfahren?»

«Gern…?» Judith traute ihren Ohren kaum. «Oh, Miss Catto, *liebend* gern!»

«Du mußt dir allerdings darüber im klaren sein, daß es eine große Ausnahme ist, wenn ich zustimme, denn offiziell dürfen die Internatsschülerinnen nur an dem Wochenende in der Mitte des Trimesters weg. Aber da deine Familie so weit fort ist, denke ich, daß es dir guttun könnte.»

«Oh, danke.»

«Du fährst am Samstag früh mit Loveday mit und kommst am Sonntag abend mit ihr zurück. Ich rufe deine Tante Louise an, weil sie die Vormundschaft für dich hat und wissen muß, was du tust.»

«Sie sagt sicher nicht nein.»

«Das glaube ich auch, dennoch ist es wichtig und höflich, die Form zu wahren. Also, dann ist ja alles klar.» Mit einem erneuten Lächeln deutete sie an, daß die Unterredung beendet war, und erhob sich. Judith sprang hastig auf, und Miss Catto fügte noch hinzu: «Ich gebe Mrs. Carey-Lewis Bescheid. Und jetzt raus mit dir! Such Loveday und erzähl ihr die gute Neuigkeit!»

«Ja, Miss Catto, und vielen Dank…»

«Denk daran», mahnte Miss Catto mit erhobener Stimme, «im Flur nicht zu rennen!»

Judith fand Loveday schließlich in ihrem Klassenzimmer, wo sie mit ihren Mitschülerinnen darauf wartete, daß es zum Mittagessen klingelte.

«Loveday, du Biest, du herzloses!»

Loveday brauchte nur Judiths vor Aufregung gerötetes Gesicht zu sehen, da stieß sie einen Freudenschrei aus. «Pussy-Catto hat *ja* gesagt!» Sie fielen einander um den Hals und hüpften wie in einem wilden Kriegstanz begeistert auf und ab. «Sie hat ja gesagt. Das hätt ich nie gedacht.»

«Aber wieso hast du mir verschwiegen, daß du deine Mutter gefragt hast, ob ich zu euch kommen kann?»

«Das hab ich ihr versprochen, weil wir Angst hatten, Miss Catto würde ihre Zustimmung verweigern, und Enttäuschung ist das scheußlichste Gefühl, das es gibt. Dabei bin ich fast daran erstickt, daß ich es geheimhalten mußte. Es war eigentlich Mamas Idee. Ich hab ihr von dir erzählt, und sie hat vorgeschlagen, ich soll dich mal mitbringen. Als ich ihr gesagt hab, daß du sicher nicht mitkommen darfst, da hat sie nur gemeint: ‹Überlaß das mir!› Also hab ich's ihr überlassen, und es hat geklappt. Bei Mama klappt so was immer. Paps behauptet, sie ist die größte Überredungskünstlerin auf der Welt. Oh, wird das ein Spaß! Ich kann es gar nicht mehr abwarten, dir alles zu zeigen. Ich kann ... Warum guckst du auf einmal so traurig?»

«Mir ist gerade eingefallen, daß ich außer meinen Schulklamotten nichts zum Anziehen habe. Meine ganzen Sachen sind bei Tante Louise.»

«Um Himmels willen, das macht doch nichts. Du kannst was von mir haben.»

«Du bist dünner und kleiner als ich.»

«Dann borgst du dir was von Athena aus. Oder von Edward. Ist doch egal, wie du aussiehst. Ich zeig dir auch...»

Für mehr blieb keine Zeit, denn in diesem Moment klingelte es zum Mittagessen.

«Das Beste am Heimfahren ist», sagte Loveday mit ihrer lauten, tragenden Stimme, «daß es da keine verdammten Klingeln gibt», was ihr einen Verweis der völlig entsetzten Aufsichtsschülerin einbrachte, auf den sie mit ihrem üblichen, respektlosen Kichern reagierte.

Um zehn Uhr vormittags sollten sie abgeholt werden. Beide hatten sich bereits angezogen, ihre Sachen gepackt und waren reisefertig, als Loveday einen ihrer glänzenden Einfälle hatte.

«Dein Zedernholzschränkchen.»

«Was ist damit?»

«Nehmen wir es mit, dann können wir es Mama zeigen.»

Judith hatte Bedenken. «Meinst du, sie will es überhaupt sehen?»

«Red keinen Quatsch, natürlich will sie es sehen. Ich hab ihr davon erzählt.»

«Die Aufseherin wird toben.»

«Da gibt's nichts zu toben. Sie wird froh sein, wenn sie es los ist, es nimmt ihr sowieso zuviel Platz im Schrank weg. Außerdem macht es nichts, wenn sie tobt. Wenn du willst, gehe ich...»

Letzten Endes gingen sie gemeinsam. Sie fanden die Aufseherin im Krankenzimmer, wo sie einem hageren Mädchen Malzextrakt verabreichte. Wie erwartet, freute sie sich nicht im geringsten darüber, Judith und Loveday zu sehen.

«Ihr seid noch da?» Sie billigte nicht, daß Miss Catto gegen die Regeln verstoßen und Judith erlaubt hatte, über das Wochenende wegzufahren, und das hatte sie, kaum daß sie von dem Plan erfuhr, auch unmißverständlich zum Ausdruck gebracht. «Ich dachte, ihr seid schon fort.»

«Wir gehen gleich, Madam», versicherte Loveday beschwichtigend. «Wir sind nur plötzlich auf die Idee gekommen, Judiths Schränkchen mitzunehmen.» Und listig fügte sie hinzu: «Dann ist es Ihnen nicht mehr im Weg.»

«Wozu wollt ihr denn das mitnehmen?»

«Mama möchte es gern sehen. Außerdem habe ich ein paar Muscheln, die wir in die kleinen Schubladen tun wollen.»

«Meinetwegen. Es steht unten im Rotkreuzschrank. Aber bringt es ja nicht mehr zurück, denn ich habe wirklich keinen Platz für viel Krimskrams! Und du, Jennifer, du hör auf, so zu tun, als ob dir schlecht würde! Das ist nur Malz und sehr gut für dich.»

Judith und Loveday holten das Schränkchen aus seinem Versteck, sagten auf Wiedersehen und huschten hinaus. Judith trug ihren kostbaren neuen Besitz, und Loveday schleppte die beiden Reisetaschen. Die Treppe hinunter, durch den langen Flur... Dabei trippelten sie so schnell, wie es eben noch möglich war, ohne in einen richtigen Laufschritt zu verfallen. Durch den Speisesaal, die Halle...

Deirdre Ledingham pinnte gerade Namenslisten für verschiedene Sportmannschaften ans Schwarze Brett. «Wo geht ihr zwei denn hin?» fragte sie herrisch.

«Nach Hause», antwortete Loveday, und ohne weitere Reaktionen abzuwarten, schoß sie durch die offene Tür die Steinstufen hinunter und ließ die völlig verdutzte Schulsprecherin einfach stehen.

Es war ein wunderschöner Tag, kalt und windig, mit großen weißen Wolken, die über den tiefblauen Himmel jagten. Das Auto der Carey-Lewis stand bereits auf dem Kies und erwartete die beiden Mädchen, mit Mrs. Carey-Lewis am Steuer und Pekoe, dem Pekinesen, auf dem Beifahrersitz.

Allein das Auto war schon ziemlich prächtig, ein neuer Bentley, dunkelblau, mit langer, flacher Motorhaube und silbern funkelnden Scheinwerfern. Trotz der noch kühlen Luft hatte Mrs. Carey-Lewis das Verdeck aufgeklappt. Sie trug ihren Pelzmantel und hatte sich einen schimmernden Seidenschal um den Kopf geschlungen, damit ihr der Wind die Haare nicht in die Augen wehte.

Als die beiden Mädchen auftauchten, hob sie einen Arm. «Da seid ihr ja, Darlings. Ich dachte schon, ihr kommt überhaupt nicht mehr. Ihr seid fünf Minuten zu spät dran.»

«Wir haben noch Judiths Schränkchen geholt. Mama, das ist Judith.»

«Guten Tag, Judith. Wie schön, dich kennenzulernen! Himmel, sieht das schwer aus! Legt alles auf die Rückbank! Loveday, du gehst nach hinten und nimmst Pekoe auf den Schoß, dann kann Judith neben mir sitzen. Was für ein herrlicher Morgen! Ich konnte nicht widerstehen, das Verdeck aufzuklappen, alles riecht so köstlich. Pekoe, mach kein Theater! Du weißt, daß du gern hinten sitzt. Halt ihn gut fest, Loveday, sonst packt ihn womöglich noch der Jagdtrieb, wenn er irgendein Schaf oder eine Kuh sieht. Wenn ihr beide drinnen seid...»

Ohne weitere Umschweife schaltete sie die Zündung ein, der

kräftige Motor begann zu schnurren, und sie fuhren los. Judith kuschelte sich in den gepolsterten Ledersitz und stieß insgeheim einen tiefen Seufzer der Zufriedenheit aus, denn während der letzten Tage hatte sie ständig befürchtet, daß noch irgend etwas geschehen könnte, was ihre Pläne durchkreuzte. Aber es war nichts geschehen, und alles war in Ordnung. Sie fegten durch das Tor, die Straße hinunter, und St. Ursula blieb hinter ihnen zurück.

Loveday redete wie ein Wasserfall. «Wir haben im letzten Augenblick beschlossen, das Schränkchen mitzunehmen, und die Aufseherin war stocksauer, stimmt's, Judith? Ich weiß nicht, warum sie immer so schlecht gelaunt ist und warum sie nicht so sein kann wie Mary. Ich glaube, sie mag Judith und mich nicht besonders gern, was meinst du, Judith? Sag mal, Mama, wer ist denn überhaupt an diesem Wochenende da? Irgend jemand Aufregendes?»

«Eigentlich nicht. Nur Tommy Mortimer ist aus London gekommen.»

«Oho!» sagte Loveday schelmisch und klopfte dabei ihrer Mutter auf die Schulter. «Tommy *Mortimer*! Das ist Mamas heimlicher Verehrer», erklärte sie Judith. «Er bringt ihr immer sagenhafte Schokolade von Harrods.»

«Ach, Loveday, du bist albern.» Doch ihre Mutter hörte sich nicht im mindesten verärgert an, sondern nur belustigt. «Judith, du brauchst von dem, was dieses Kind erzählt, kein Wort zu glauben, aber das hast du wahrscheinlich schon selbst herausgefunden.»

«Du weißt genau, daß es stimmt. Athena sagt, er ist dir seit Jahren verfallen, und deshalb hat er nie geheiratet.»

«Athena redet noch mehr Unsinn als du.»

«Hat Athena geschrieben?»

«Ach, Darling, was für eine törichte Frage. Du weißt doch, daß sie hoffnungslos schreibfaul ist. Aber Edward hat ein paar Zeilen gekrakelt, er ist Ersatzmann im Doppel geworden. Und Jeremy Wells ist heute morgen aufgekreuzt. Paps hat ihn eingeladen und sich mit ihm und Tommy in die Wälder verzogen, um Tauben zu schießen.»

«Jeremy! Wie schön, den hab ich seit Ewigkeiten nicht mehr gesehen.» Freundlicherweise erklärte sie Judith, von wem die Rede war. «Der ist nett. Er war Edwards Tutor, als Edward nach Harrow wollte. Und er ist ein alter Freund von Athena, hat sie immer auf Partys mitgenommen, als sie ungefähr sechzehn war. Sein Vater ist unser Hausarzt. Und Paps hat einen Narren an ihm gefressen, weil er furchtbar gut Rugby und Cricket spielt und der Kapitän der Regionalmannschaft ist und weil er ein guter Jäger ist.»

«Ach, Darling, er mag ihn nicht nur deshalb.»

«Aber er fährt doch dauernd nach Twickenham, wenn Cornwall spielt, und im Sommer nach London ins Lord's Stadion. Und er schwärmt ständig davon, was für ein wunderbarer Schütze Jeremy ist und wie viele Fasanen er wieder erlegt hat.»

Mrs. Carey-Lewis lachte ein wenig säuerlich. «Das stimmt allerdings», gab sie zu. «Trotzdem glaube ich, ihre Freundschaft beruht nicht nur darauf, daß sie alles abschießen, was fliegt…»

Judith hörte ihnen nicht mehr zu. Sie wurde langsam unruhig, weil so viele Namen fielen, weil sie von so vielen verschiedenen Menschen und Ereignissen redeten, und das so beiläufig, so weltgewandt, ganz anders als alles, was sie jemals zuvor erlebt hatte. Sie hoffte, daß sie in den ihr bevorstehenden zwei Tagen dem geselligen Trubel gewachsen sein, sich nicht danebenbenehmen und keinen Schnitzer begehen würde, mit dem sie alle und besonders sich selbst in Verlegenheit brachte. Und was Loveday betraf, so hatte Judith noch nie ein Kind auf diese Weise mit seiner Mutter reden hören, sie schwatzte mit ihr so unbekümmert, als wären sie im selben Alter, und zog sie sogar mit ihrem Verehrer auf. Tommy Mortimer. Von allen, die erwähnt worden waren, wunderte Judith sich über ihn am meisten. Die Mütter, die sie bisher kannte, hatten einfach keine Verehrer, oder falls sie doch welche hatten, dann hielten sie dies streng geheim. Aber Mrs. Carey-Lewis schämte sich dessen anscheinend nicht im geringsten, sondern war noch stolz auf ihren Anbeter. Es machte ihr überhaupt nichts aus, daß ihre Familie – und vermutlich sogar ihr Ehemann – davon wußten, und es amüsierte sie, wie sie über ihre kleine Affäre redeten und sich darüber lustig machten.

Es würde, so fand Judith, alles sehr interessant werden.

Inzwischen hatten sie die Stadt hinter sich gelassen, waren durch ein kleines Fischerdorf gefahren und erklommen nun den steilen Hang, der zu einem dünnbesiedelten Landstrich hinaufführte. Die schmale Straße schlängelte sich zwischen gewundenen Bruchsteinmauern, Grenzzäunen entlegener Gehöfte und alten Bauernhäusern dahin, von denen nur die niedrigen, gegen den Wind geduckten Dächer zu sehen waren. Nach einer Weile zogen sich sanfte, von Steinmalen gekrönte Hügel wieder zur felsigen Küste und zum glitzernden, sonnengesprenkelten Meer hinunter. Weit draußen schaukelten winzig aussehende Fischerboote in der Dünung, und hoch oben kreisten Möwen, die einen Bauern mit Pferd und Pflug erspäht hatten und kreischend darauf warteten, sich auf den frisch gepflügten Acker zu stürzen.

Die Landschaft unterschied sich wesentlich von der an der Nordküste Cornwalls, und Judith sagte begeistert: «Ist das schön hier!»

Mrs. Carey-Lewis lächelte. «Bist du noch nie auf dieser Straße gefahren?»

«Nein. Noch nie. So weit bin ich nie gekommen.»

«Dabei ist es gar nicht weit von Penmarron entfernt. In Cornwall ist nichts weit von irgendwo.»

«Ohne Auto schon.»

«Hat deine Mutter kein Auto gehabt?»

«Doch. Einen Austin Seven. Aber sie ist nicht gern gefahren, deshalb waren wir meistens nur mit dem Zug in Porthkerris.»

«Ach, wie schade! Hat sie keinen Spaß am Fahren gehabt?»

«Nein, es hat sie ziemlich nervös gemacht. Sie meinte, es läge daran, weil sie in Colombo immer einen Chauffeur hatte. Dabei war das wirklich töricht, weil sie eigentlich sehr gut fahren konnte. Sie glaubte nur, sie könne es nicht.»

«Wozu», fragte Loveday, «hat man denn ein Auto, wenn man es nicht benutzt?»

Judith hatte das Gefühl, sie habe sich ihrer abwesenden Mutter gegenüber vielleicht nicht besonders loyal verhalten und müßte sie nun verteidigen.

«Es ist allemal besser, als sich so aufzuführen wie Tante Louise, die in ihrem Rover mit hundert Meilen pro Stunde durch die Gegend braust, und das für gewöhnlich noch auf der falschen Straßenseite. Mami hatte eine Heidenangst davor, mit Tante Louise irgendwohin zu fahren.»

«Das hätte ich wohl auch», sagte Mrs. Carey-Lewis. «Wer ist Tante Louise?»

«Die Schwester meines Vaters. Solange Mami fort ist, werde ich die Ferien bei ihr verbringen. Sie lebt in Penmarron.»

«Hoffentlich kutschiert sie dich nicht mit hundert Meilen pro Stunde herum.»

«Nein, sie kauft mir ein Fahrrad.»

«Sehr vernünftig. Nur schade, daß deine Mutter nicht gern gefahren ist, weil es in diesem Teil Cornwalls so viele herrliche Buchten und Strände gibt, an die man ohne Auto nicht herankommt. Aber mach dir nichts draus, *wir* können sie dir ja zeigen, und wir werden um so mehr Spaß daran haben, weil du sie noch nie gesehen hast.»

Sie schwieg einen Moment, dann fragte sie plötzlich: «Wie nennst du deine Mutter?»

Judith fand diese Frage ziemlich sonderbar.

«Mami.»

«Und wie wirst du mich nennen?»

«Mrs. Carey-Lewis.»

«Sehr korrekt und obendrein formvollendet. Mein Mann hätte seine Freude daran. Aber soll ich dir etwas verraten? Ich kann es einfach nicht ausstehen, wenn man mich Mrs. Carey-Lewis nennt. Dann glaube ich immer, die Leute meinen meine Schwiegermutter, die so alt wie Gott und zweimal so furchterregend war. Dem Himmel sei Dank, daß sie inzwischen tot ist, so daß du vor ihr wenigstens keine Angst mehr zu haben brauchst.» Judith fiel absolut nichts ein, was sie darauf hätte erwidern können, doch es spielte keine Rolle, denn Mrs. Carey-Lewis redete ohnehin weiter. «Eigentlich mag ich es nur, wenn man mich Diana, Darling oder Mama nennt. Da ich nicht deine Mutter bin und Darling ein bißchen affektiert klingen würde, denke ich, du sagst am besten Diana zu mir.» Sie wandte den Kopf und lächelte Judith zu. Dabei sah Judith, daß das leuchtende Blau ihres gemusterten Schals genau zur Farbe ihrer Augen paßte, und überlegte, ob Mrs. Carey-Lewis sich

dessen bewußt war und ihn deshalb aus einer ihrer Schubladen geholt und um ihren Kopf geschlungen hatte.

«Aber wäre Ihnen das nicht unangenehm?»

«Nein. Ich würde mich darüber freuen. Und es ist einfacher,
wenn du dich gleich daran gewöhnst, denn hast du erst einmal damit angefangen, mich Mrs. Carey-Lewis zu nennen, dann schaffst
du es nicht mehr, auf Diana umzusteigen, und ich glaube, das
könnte ich nicht ertragen.»

«Ich habe noch nie Erwachsene bei ihrem Vornamen genannt.»

«Das ist doch lächerlich. Wir haben alle hübsche Vornamen, also
sollten wir sie auch benutzen. Mary Millyway, die du bald kennenlernen wirst, ist Lovedays Amme – oder zumindest war sie Lovedays Amme, als Loveday noch ein Baby war. Aber wir haben sie nie
Nanny genannt, weil Mary so ein hübscher Name ist und ich das
Wort Nanny sowieso nicht ausstehen kann. Ich muß dabei immer
an äußerst langweilige Mütter denken.» Und mit tödlicher Sicherheit äffte sie den Akzent der Oberschicht nach: «*Oh, Nanny ist so
ungehalten, weil ich Lucinda gestattet habe, länger als üblich auf-
zubleiben.* Einfach gräßlich! Also fangen wir gleich so an, wie wir es
in Zukunft halten wollen. Sprich meinen Vornamen aus!»

«Diana.»

«Schrei ihn in die Welt hinaus!»

«Diana!»

«Schon viel besser. Und jetzt schreien wir, so laut wir können.
Alle zusammen, eins, zwei, drei...»

«Diana!»

Der Wind trug ihre Stimmen davon. Die Straße wand sich wie ein
graues Band vor ihnen, und sie lachten alle drei schallend.

Nach weiteren fünfzehn Meilen änderte sich die Landschaft er-
neut schlagartig, und sie gelangten in eine Gegend mit rauschenden
Bächen und tiefen, bewaldeten Tälern. In einem dieser Täler lag
Rosemullion, ein paar weißgetünchte Cottages, ein Bauernhof, ein
Pub und eine alte Kirche mit eckigem Turm inmitten windschiefer,
mit gelben Flechten bewachsener Grabsteine. Eine Brücke wölbte
sich über einem sanft dahinfließenden Bach, und danach stieg die
Straße von neuem steil an. Als sie wieder eben wurde, kam eine

imposante Einfahrt in Sicht. Eine sich endlos hinziehende Mauer wurde von einem hohen schmiedeeisernen Tor unterbrochen, dessen beide Flügel offenstanden und den Blick auf eine lange Auffahrt freigaben, deren Ende nicht zu sehen war, weil sie sich durch einen Wald wand. Diana schaltete in einen niedrigeren Gang, und der Bentley glitt durch das Tor.

«Ist es hier?» fragte Judith.

«Ja, das ist Nancherrow.»

Als sich der Weg vor ihnen dahinschlängelte, Biegung auf Biegung folgte und es allmählich so schien, als würde er nie an ein Ziel führen, wurde Judith sehr still. Auf einmal kam ihr alles ein bißchen unheimlich, sehr weit abgelegen und bedrückend vor. Sie hatte noch nie eine so lange Auffahrt gesehen und hegte langsam den Verdacht, daß Nancherrow kein gewöhnliches Haus war, sondern ein von einem Burggraben mit Zugbrücke umgebenes Schloß, in dem vielleicht sogar ein Geist ohne Kopf herumspukte. Sie merkte, wie eine leise Angst vor dem Unbekannten sie beschlich.

«Bist du nervös?» fragte Diana. «Wir haben das immer Ankunftsfieber genannt, dieses Unbehagen, das einen befällt, wenn man irgendwohin kommt, wo man noch nie war.»

Judith überlegte, ob Diana zu allem Überfluß auch noch Gedanken lesen konnte.

«Es ist eine so lange Auffahrt.»

«Was meinst du denn, wie es aussieht?» fragte Diana lachend. «Aber mach dir keine Sorgen, es gibt nichts, wovor du dich fürchten müßtest. Nicht einmal Gespenster. Die sind alle eingeäschert worden, als das alte Haus neunzehnhundertzehn niederbrannte. Mein Schwiegervater zuckte damals bloß mit den Schultern und ließ es wieder aufbauen, nur um einiges größer und viel komfortabler. Das war der reinste Glücksfall», fuhr sie lächelnd fort, «denn wir haben jetzt das Beste von beidem, den Reiz des Alten und die Bequemlichkeit des Neuen, aber kein Gespenst und auch keinen Geheimgang, nur das wunderbarste Zuhause, das wir alle lieben.»

Erst als sie endlich ankamen, begriff Judith, was Diana gemeint hatte. Es war wie ein jähes Erwachen. Die Bäume längs der Auffahrt lichteten sich und blieben schließlich hinter ihnen zurück, so daß die Wintersonne wieder glitzernd auf den Weg schien, der einer letzten Biegung folgte, und dann stand das Haus vor ihnen. Aus Granitsteinen der Region erbaut, schiefergedeckt wie ein traditionelles Bauernhaus, hohe Fenster im Erdgeschoß und im ersten Stock und darüber eine Reihe Mansardenfenster. Davor dehnte sich ein halbkreisförmiger, mit hellen Strandkieseln bestreuter Platz aus, und an der Ostwand rankten sich Klematis und Kletterrosen empor. Die Eingangstür lag in einem runden, gleich einem normannischen Bergfried von Zinnen gekrönten Turm. Rundherum erstreckten sich riesige, in Gebüsch und Wald übergehende Rasenflächen, ornamentartige Blumenbeete und ganze Teppiche aus gelben Narzissen und lila Krokussen. Nach Süden hin fiel der Rasen in Terrassen ab, die durch breite Steinstufen miteinander verbunden waren, und in der Ferne konnte man das Meer sehen.

Doch trotz all seiner Pracht wirkte das Haus weder bedrückend noch beängstigend. Judith verliebte sich auf den ersten Blick in Nancherrow und hatte sofort das Gefühl, daß sie Loveday nun viel besser verstand. Denn jetzt begriff sie, warum Loveday aus ihrer Schule in Hampshire weggelaufen, an diesen magischen Ort zurückgekehrt war und ihrer Mutter das Versprechen abgenommen hatte, sie nie wieder weit fort zu schicken.

Der Bentley hielt vor der Eingangstür, und Diana stellte den Motor ab.

«So, da sind wir, ihr Küken, sicher und wohlbehalten.»

Sie stiegen aus, sammelten ihre Sachen ein und begaben sich ins Haus, wobei Pekoe ihnen geschäftig vorauslief und Judith, mit ihrem Zedernholzschränkchen beladen, die Nachhut bildete. Sie gingen durch einen runden, mit Steinplatten gefliesten Windfang und durch Glastüren in die Eingangshalle. Alles wirkte sehr groß und weiträumig, aber trotz dieser Ausmaße und der großzügigen Proportionen waren die Decken nicht zu hoch, so daß der Eindruck entstand, man befinde sich in einem freundlichen, schlichten Landhaus. Judith fühlte sich gleich viel wohler.

Die Wände der Halle waren mit Holz getäfelt, und auf dem gewienerten Fußboden lagen abgetretene, verblichene Perserteppiche. Eine breite, mit einem dicken Läufer belegte Treppe führte in den ersten Stock hinauf, und durch ein Fenster mit üppig drapierten, gelben Brokatvorhängen schien die Sonne herein. In der Mitte der Halle stand ein runder Tisch, den ein Armvoll weißer Narzissen in einer schimmernden Schale schmückte. Neben einem abgegriffenen, ledergebundenen Gästebuch lagen ein paar Hundeleinen, irgend jemandes Handschuhe und ein Stapel Post. Gegenüber der Treppe befand sich ein Kamin mit einem reich verschnörkelten Sims. Auf dem Rost türmte sich ein kleiner Ascheberg, doch Judith vermutete, daß ein oder zwei Holzscheite und ein bißchen Luft aus dem Blasebalg das Feuer schnell wieder anfachen würden.

Während sie ihre Blicke noch schweifen ließ und versuchte, sich alles einzuprägen, blieb Diana vor dem Tisch stehen, nahm ihren Seidenschal ab und stopfte ihn in ihre Manteltasche. «Loveday, steh hier nicht lange rum und kümmere dich um Judith! Ich gaube, Mary ist oben in der Ammenstube. Die Jungs kommen um eins zum Mittagessen heim, also vertrödelt euch nicht! Seid eine Viertelstunde vorher im Salon!» Darauf griff sie nach ihren Briefen und schritt davon, durch einen langen, breiten Flur mit liebevoll polierten antiken Möbelstücken, gigantischen Porzellanvasen und prunkvollen Spiegeln. Pekoe heftete sich an ihre Fersen und trippelte ihren eleganten, hochhackigen Schuhen hinterher. Mit einer lässigen Geste winkte sie den Mädchen noch einmal zu. «Und vergeßt nicht, euch die Hände zu waschen!»

Sie schauten ihr nach, wie Judith ihr in dem Geschäft nachgeschaut hatte, an jenem Tag, an dem sie Diana zum erstenmal begegnet war und, auf unergründliche Weise fasziniert, den Blick nicht mehr von ihr abwenden wollte. Die beiden blieben stehen, bis Diana die Tür am Ende des Flurs erreichte, sie aufmachte und in einem Glast von Sonnenlicht verschwand.

Daß sie sich so unvermittelt zurückgezogen hatte, gewährte Judith interessante Einsichten in die Beziehung zwischen Mutter und Tochter Carey-Lewis. Loveday wurden Vertraulichkeiten zugestanden, und sie durfte mit ihrer Mutter reden, als ob sie ihre Schwester wäre, doch dieses Privileg hatte seinen Preis. Wenn sie wie gleichaltrig behandelt wurde, dann erwartete man von ihr auch, daß sie sich wie eine Erwachsene benahm und für ihren Gast selbst verantwortlich fühlte. Das, so schien es, war hier die Regel, und Loveday wurde mühelos damit fertig.

«Mama will ihre Post lesen», erklärte sie überflüssigerweise. «Komm, wir suchen Mary.»

Und schon stürmte sie mit den beiden Reisetaschen die Treppe hinauf. Judith folgte ihr etwas langsamer, denn allmählich stöhnte sie unter der Last ihres Schränkchens. Oben lag ein weiterer langer Flur, eine genaue Kopie des Flurs im Erdgeschoß, durch den Diana so leichtfüßig davongeeilt war. Loveday begann zu rennen, daß die Taschen gegen ihre dünnen Beine schlugen. «Mary!»

«Hier bin ich, Herzchen.»

Judith besaß nur wenig Erfahrung mit englischen Kinderfrauen und mit englischen Ammenstuben. Kinderfrauen hatte sie bislang bloß am Strand von Porthkerris zu Gesicht bekommen: füllige, mürrische Matronen in robusten Baumwollkleidern, die selbst bei heißestem Wetter Hüte und Strümpfe trugen, strickten und unablässig ihre Schützlinge beschworen, entweder ins Wasser hineinzugehen oder herauszukommen, einen Sonnenhut aufzusetzen, einen Ingwerkeks zu essen und sich von diesem oder jenem garstigen Kind fernzuhalten, das möglicherweise eine ansteckende Krankheit hatte. Aber zum Glück hatte sie nie mit einer von ihnen viel zu tun gehabt.

Und bei dem Wort Ammenstube fiel ihr höchstens das langweilige Krankenzimmer in St. Ursula ein, mit seinem braunen Linoleumboden, den Fenstern ohne Gardinen und dem seltsamen Geruch nach Zimt und Desinfektionsmitteln.

Deshalb betrat Judith die Ammenstube von Nancherrow mit leichtem Unbehagen, das jedoch augenblicklich verflog, als sie merkte, wie gewaltig sie sich geirrt hatte. Denn dieser Raum war keineswegs eine bescheidene Kammer, sondern ein großes, sonnendurchflutetes Wohnzimmer mit hohen Erkerfenstern, die den größten Teil der nach Süden gelegenen Wand einnahmen und eine Aussicht auf den Garten und das am Horizont so verlockend glitzernde Meer boten.

Es hatte einen offenen Kamin, vollgestopfte Bücherregale, richtige Sofas und Sessel mit geblümten Bezügen, einen dicken Orientteppich und einen runden Tisch, auf dem eine blaue, mit Vögeln und Blättern gemusterte Decke lag. An den Wänden hingen hübsche Bilder, und auf einem Tisch in der Nähe des Kamins standen ein Radio, ein Grammophon und Schallplatten neben einem Korb mit Strickzeug und einem Stapel Zeitschriften. Nur das überhohe Kamingitter mit seinem polierten Messingrahmen, ein ramponiertes Schaukelpferd ohne Schwanz und ein Bügelbrett ließen auf eine Ammenstube schließen.

Das Bügelbrett war aufgestellt, und Mary Millyway war emsig an der Arbeit. Ein Korb voll Wäsche stand auf dem Fußboden, auf dem Tisch türmte sich ein Stapel makellos geplätteter Laken, und ein blaues, erst halb gebügeltes Oberhemd lag auf dem Brett. Der angenehme, beruhigende Geruch nach frisch gewaschener, warmer Baumwolle erinnerte Judith an die Küche von Riverview House, an Phyllis, und sie hatte beinahe das Gefühl, als käme sie nach Hause.

«Da bist du ja...» Mary hatte ihr Bügeleisen abgestellt und kehrte dem Hemd den Rücken. Loveday ließ die Taschen fallen und warf sich in die ausgebreiteten Arme ihrer ehemaligen Amme, die sie stürmisch an sich zog, hochhob, als wäre sie so leicht wie eine Feder, und hin und her schwenkte wie das Pendel einer Uhr. «Na, du, mein kleiner Wildfang!» Dann drückte sie Loveday einen Kuß auf den dunklen Lockenkopf und setzte sie mit einem Plumps wieder ab, während Judith durch die Tür trat.

«Das ist also deine Freundin! Beladen wie ein Packesel. Was schleppst du denn da an?»

«Ein Schränkchen aus Zedernholz.»

«Sieht ja furchtbar schwer aus, stell es um Gottes willen schnell auf den Tisch!» Was Judith dankbar tat. «Warum hast du das mitgebracht?»

Loveday erklärte: «Wir wollten es Mama zeigen. Es ist neu. Judith hat es zu Weihnachten bekommen. Mary, das ist Judith.»

«Hab ich mir schon gedacht. Guten Tag, Judith.»

«Guten Tag.»

Mary Millyway war weder füllig noch mürrisch, sondern eine hochgewachsene, hagere Frau aus Cornwall und kaum älter als fünfunddreißig. Sie hatte struppiges, blondes Haar, Sommersprossen und energische Gesichtszüge, die Judith gefielen, nicht etwa deshalb, weil sie schön gewesen wären, sondern weil sie vollkommen harmonisch wirkten. Zu einem grauen Tweedrock und einer weißen Baumwollbluse mit einer Brosche am Kragen trug sie eine rauchblaue Strickjacke.

Mary und Judith betrachteten einander aufmerksam, dann sagte Mary:

«Du siehst älter aus, als ich erwartet habe.»

«Ich bin vierzehn.»

«Sie ist eine Klasse über mir», sagte Loveday, «aber wir sind im selben Schlafsaal. Mary, wir brauchen deine Hilfe, weil Judith für zu Hause nichts anzuziehen hat und ihr meine Sachen zu klein sind. Ist irgendwas von Athena da, was sie sich ausborgen könnte?»

«Du kriegst Ärger, wenn du ihr Athenas Kleider leihst.»

«Ich mein doch nicht das, was Athena noch anzieht, sondern irgendwas, was sie sowieso nicht mehr mag. Ach, du weißt schon, was ich meine...»

«Und ob ich das weiß. Hab noch nie ein Mädchen wie sie erlebt, die es fertigbringt, Sachen nur einmal zu tragen und sie dann wegzuwerfen...»

«Also, such etwas. Aber such's gleich, damit wir aus unseren gräßlichen Schuluniformen rauskommen.»

«Hör zu», sagte Mary ruhig und griff entschlossen wieder nach ihrem Bügeleisen, «du nimmst jetzt Judith mit und zeigst ihr, wo sie schläft...»

«In welchem Zimmer?»

«Im rosaroten, am Ende des Flurs...»

«Oh, prima! Judith, das ist das hübscheste...»

«...und wenn ich mit dem Bügeln fertig bin, dann schau ich in meine spezielle Schublade, ob ich was finde.»

«Mußt du noch lange bügeln?»

«Höchstens noch fünf Minuten. Raus mit euch, und bis ihr wieder da seid, bin ich fertig.»

«In Ordnung.» Loveday grinste. «Komm, Judith.»

Und schon war sie draußen. Judith, die noch schnell ihre Tasche aufhob, mußte sich sputen, um mit ihr Schritt zu halten. Sie liefen durch den langen Flur. Die Türen, die zu beiden Seiten von ihm abgingen, waren zwar geschlossen, aber durch die Lünetten über ihnen fiel Licht ein, weshalb er dennoch hell und luftig wirkte. Als Judith schon dachte, sie hätten sein Ende erreicht, merkte sie, daß er sich nach rechts fortsetzte und einen weiteren Flügel des Hauses erschloß, so daß sie zum erstenmal feststellte, wie groß es wirklich war. Hier gewährten breite Fenster einen Ausblick auf einen Rasen, der bis zu hohen Hecken reichte. Dahinter dehnten sich von Bruchsteinmauern durchzogene Weideflächen aus, auf denen Herden von Guernsey-Kühen grasten.

«Komm schon», drängte Loveday, die für einen Augenblick stehengeblieben war, um auf Judith zu warten, ihr jedoch keine Zeit ließ, die Aussicht zu genießen.

«Es ist alles so groß», sagte Judith staunend.

«Ich weiß, es ist riesig, nicht wahr, aber das brauchen wir, weil wir so viele sind und ständig Leute zu Besuch haben. Das hier ist der Gästeflügel.» Während sie vorausging, öffnete und schloß sie Türen, durch die Judith einen Blick in die verschiedenen Räume werfen konnte. «Das ist das gelbe Zimmer. Hier ist ein Bad. Und das ist das blaue Zimmer... In dem wohnt Tommy Mortimer für gewöhnlich. Ja, jetzt auch, ich erkenne seine Haarbürsten. Und seinen Geruch...»

«Wonach riecht er denn?»

«Nach dem Zeug, mit dem er sich sein Haar einreibt. Und das ist das große Doppelzimmer. Findest du das Himmelbett nicht hinreißend? Es ist furchtbar alt. Angeblich hat Königin Elisabeth schon darin geschlafen. Das ist der Ankleideraum, der zum großen Zimmer gehört. In dem steht auch ein Bett, für den Fall, daß Gäste ihr Baby oder sonstwas so Gräßliches mitbringen. Wenn es noch ein richtiges Baby ist, stellt Mary eine Wiege hinein. Hier ist noch ein Bad. Und das ist dein Zimmer.»

Loveday hatte die letzte Tür erreicht. Mit einigem Stolz führte sie Judith hinein. Wie alle anderen Räume im Haus war auch dieser mit Holz getäfelt. An den beiden Fenstern hingen Vorhänge aus rosagrundigem Chintz. Auch der Teppich war rosa, und auf dem Messingbett lag eine schneeweiße, mit Gänseblümchen bestickte Leinendecke. Am Fußende des Bettes stand eine Kofferablage, auf die Judith ihre Reisetasche stellte. Sie nahm sich darauf ziemlich klein und bescheiden aus.

«Gefällt es dir?»

«Es ist herrlich.»

Judith entdeckte einen nierenförmigen Frisiertisch, der mit einer Schabracke aus demselben Stoff wie die Vorhänge verkleidet war und einen dreiteiligen Spiegel hatte, vor dem eine Porzellanschale in Rosenmuster und ein kleiner Krug mit Gartenprimeln standen. Außerdem gab es einen riesigen viktorianischen Kleiderschrank, einen Lehnsessel, auf dem rosa Kissen lagen, und einen kleinen Nachttisch mit einer Lampe, neben die man ihr eine Karaffe Wasser gestellt hatte, über deren Hals ein Trinkglas gestülpt war, und eine Dose, von der Judith im voraus wußte, daß sie mit Butterkeksen gefüllt sein würde, für den Fall, daß sie mitten in der Nacht Hunger bekam.

«Und das ist dein Badezimmer», sagte Loveday.

Es war überwältigend. Judith ging hinein, um es genauer zu betrachten. Auf dem Fußboden ein Schachbrettmuster aus schwarzen und weißen Fliesen, eine große Badewanne, golden schimmernde Wasserhähne, riesige weiße Handtücher, mehrere Flaschen Badeöl und Glasschalen mit parfümiertem Körperpuder.

«Mein eigenes Bad?»

«Eigentlich teilst du es mit dem Zimmer nebenan, aber da zur Zeit dort keiner wohnt, hast du das Bad für dich allein.» Loveday kehrte in Judiths Zimmer zurück, öffnete ein Fenster und lehnte sich hinaus. «Und das ist deine Aussicht, aber du mußt dich ein bißchen anstrengen, wenn du das Meer sehen willst.»

Judith trat zu ihr, und da standen sie Seite an Seite, stützten sich mit den Händen auf den steinernen Fenstersims und ließen sich den kühlen Seewind ins Gesicht wehen.

Mit gerecktem Hals hielt Judith gehorsam nach dem Meer Ausschau, doch das, was sie direkt unter ihrem Fenster erblickte, interessierte sie viel mehr: ein großer, gepflasterter Hof, der an drei Seiten von einstöckigen, schiefergedeckten Gebäuden umgeben war. In seiner Mitte ragte ein Taubenhaus auf, und überall flatterten weiße Tauben herum, ließen sich da und dort nieder, putzten sich und erfüllten die Luft mit ihrem zufriedenen Gurren. An den Hauswänden standen Holztröge, aus denen Kletterpflanzen emporrankten. Aber es gab auch noch andere, profanere Dinge, einige Abfalleimer und eine Wäscheleine, auf der blütenweiße Geschirrtücher hingen. Jenseits des Hofs konnte Judith eine Schotterstraße erkennen. Sie wand sich zwischen Wiesen und Bäumen dahin, die in dem beständig vom Meer hereinwehenden Wind schief gewachsen waren und ihre noch unbelaubten Zweige der frischen Brise entgegenstreckten.

Weit und breit war niemand zu sehen, aber während Judith und Loveday in den Hof hinunterschauten, öffnete sich eine Tür, und ein Mädchen in einer lila Kittelschürze tauchte auf. Sie trug eine Blechschüssel voller Gemüseschalen, die sie in einen der Abfalleimer kippte.

«Das ist für die Schweine von Mrs. Mudge», flüsterte Loveday so leise, als wären sie Spione, die man nicht entdecken durfte. Das Mädchen blickte auch nicht nach oben, sondern knallte nur dröhnend den Deckel auf den Eimer, faßte die Geschirrtücher an, um festzustellen, ob sie schon trocken waren, und verschwand wieder im Haus.

«Wer war das?»

«Hetty, das neue Küchenmädchen. Sie hilft Mrs. Nettlebed. Mrs. Nettlebed ist unsere Köchin, die mit Mr. Nettlebed verheiratet ist, mit unserem Butler. Sie ist süß, aber er kann furchtbar übellaunig sein. Mama sagt, das kommt davon, daß er ein Magengeschwür hat.»

Ein Butler! Das wurde ja immer phantastischer. Judith beugte sich noch ein bißchen weiter hinaus und spähte hinunter.

«Ist das der Stall, in dem du dein Pony hältst?»

«Nein, das ist das Kesselhaus und ein Holz- und Kohlenschuppen. Und das Klo für die Gärtner. Die Ställe liegen etwas weiter weg, die kannst du von hier aus nicht sehen. Ich zeig sie dir nach dem Essen, dann lernst du Tinkerbell kennen. Du kannst sie reiten, wenn du willst.»

«Ich bin noch nie auf einem Pferd geritten», gestand Judith, verschwieg aber, daß sie Angst vor Pferden hatte.

«Tinkerbell ist kein Pferd, sondern ein Pony. Sie ist ganz lieb, und sie beißt oder bockt nie.» Loveday überlegte einen Moment. «Heute ist Samstag, da ist Walter vielleicht im Stall.»

«Wer ist Walter?»

«Walter Mudge. Sein Vater bewirtschaftet Lidgey, den Bauernhof, der zu Nancherrow gehört, und er hilft Paps, das Gut in Schuß zu halten. Walter ist richtig nett. Er ist sechzehn. Am Wochenende kommt er manchmal her, um die Boxen auszumisten und den Gärtnern zu helfen. Er spart auf ein Motorrad.»

«Reitet er auch?»

«Er trainiert das Jagdpferd von Paps, wenn Paps keine Zeit hat, weil er bei Gericht oder auf irgendeiner Versammlung sein muß.» Plötzlich zog Loveday den Kopf zurück. «Mir wird kalt. Komm, packen wir deine Sachen aus!»

Sie taten es gemeinsam. Viel gab es freilich nicht auszupacken, doch das wenige kam an seinen richtigen Platz. Judiths Hut und Mantel wanderten in den nach Lavendel duftenden Kleiderschrank, der Mantel auf einen gepolsterten, mit rosa Samt bezogenen Bügel. Dann hängten sie den Morgenrock an die Innenseite der Zimmertür, legten Judiths Nachthemd auf das Kopfkissen, Haarbürste und Kamm auf den Frisiertisch und die frische Unterwäsche in eine Schublade. Zahnbürste und Waschlappen landeten in dem riesigen Badezimmer und das Tagebuch samt Füllfeder, Wecker und dem neuen Buch von Arthur Ransome auf dem Nachttisch.

Als sie fertig waren, sah Judith sich um und fand, daß ihre bescheidenen Habseligkeiten der Schönheit des luxuriösen Raums keinen Abbruch taten, doch Loveday hatte keine Zeit mehr, hier herumzustehen und zu gaffen. Ungeduldig, wie immer, war sie die häusliche Beschäftigung bereits leid. Mit einem Fußtritt beförderte sie die leere Reisetasche unter das Bett und erklärte: «Erledigt. Jetzt gehen wir zu Mary und schauen, ob sie für dich was zum Anziehen aufgestöbert hat. Ich weiß ja nicht, wie es um dich steht, aber wenn ich nicht demnächst aus dieser gräßlichen Uniform rauskomme, fange ich an zu schreien.»

Und flugs war sie draußen und rannte zur Ammenstube zurück. Dabei raste sie durch den Flur, als ginge es nur darum, jeder Regel, die man ihr trotz ihrer Widerspenstigkeit in der Schule eingetrichtert hatte, zu spotten, denn sie war wieder zu Hause und frei.

Mary hatte inzwischen das Plättbrett zusammengeklappt und das Bügeleisen zum Abkühlen beiseite gestellt. Nun kniete sie vor einem hohen Schrank, dem imposantesten Möbelstück im ganzen Raum, hatte die unterste Schublade herausgezogen und verschiedene Kleidungsstücke in ordentlichen Häufchen um sich herum gestapelt.

Loveday konnte es nicht abwarten. «Na, was hast du gefunden? Braucht ja nicht schick zu sein. Das spielt überhaupt keine Rolle...»

«Was heißt, das spielt überhaupt keine Rolle? Du willst ja wohl nicht, daß deine Freundin aussieht wie vom Flohmarkt...»

«Mary, das ist aber ein *neuer* Pulli. Den hat Athena erst in den letzten Ferien gekriegt. Wie kommt der in diese Schublade?»

«Gute Frage. Sie ist mit dem Ellbogen an einem Stacheldraht hängengeblieben. Ich hab ihn zwar gestopft, aber meinst du etwa, sie würde den Pullover noch anziehen? Doch nicht sie, die feine Madam.»

«Der ist sagenhaft. Aus Kaschmir. Da...» Loveday warf ihn Judith zu, die ihn auffing, und es war, als finge sie eine Flaumfeder auf, so leicht und weich war die Wolle. Kaschmir! Sie hatte noch nie einen Pulli aus Kaschmir gehabt. Und er war karminrot, eine ihrer Lieblingsfarben.

«...schau mal, da ist noch eine hübsche Baumwollbluse mit Bubikragen. Weiß der Kuckuck, warum Athena die ausrangiert hat. Hat ihr wahrscheinlich nicht mehr gefallen. Und eine kurze Hose. Die hat sie in der Schule getragen zum Hockeyspielen. Ich hab sie aufgehoben, weil ich dachte, die könnte Loveday noch anziehen.» Mary hielt sie hoch, um sie zu zeigen. Sie war aus dunkelblauem Flanell und hatte eingelegte Falten, daß sie wie ein kurzer Rock aussah.

Loveday war damit einverstanden. «Genau das Richtige. Das tut's doch, nicht wahr, Judith? Oh, Mary, du bist klasse.» Sie beugte sich hinunter und schlang ihre dünnen Arme so fest um Marys Hals, daß sie sie beinahe erwürgte. «Du bist die beste Mary der

Welt. Judith, jetzt schwirr ab und zieh die Sachen an, denn ich will dir *alles* zeigen.»

Judith trug die geliehenen Kleidungsstücke in ihr Zimmer. Sie ging hinein und schloß die Tür hinter sich. Dann legte sie die Hose, den Pulli und die Bluse feierlich auf das Bett, so wie ihre Mutter das getan hatte, bevor sie sich umzog, um auf eine Party zu gehen. Obwohl es ein ganz gewöhnlicher Samstag war, kam es Judith ein bißchen so vor, als ziehe sie sich nun tatsächlich für eine Party um, denn alles an diesem prächtigen Haus, seine ganze Atmosphäre, gab einem das Gefühl, auf einer Party zu sein.

Aber – und das war sogar noch wichtiger – für einen Augenblick war sie dennoch allein. Sie konnte sich kaum noch daran erinnern, wann sie zum letztenmal irgendwo wirklich allein gewesen war, ohne daß jemand auf sie einredete, Fragen stellte, sie bedrängte oder herumschubste oder ihr sagte, was sie zu tun und zu lassen habe, ohne daß eine Klingel schrillte oder jemand ihre Aufmerksamkeit heischte. Sie merkte, wie gut ihr das tat. Allein! Ungestört, in ihrem eigenen, geräumigen Zimmer, umgeben von Stille und hübschen Dingen, die das Auge erfreuten, und von Frieden. Judith trat ans Fenster, öffnete es und lehnte sich wieder hinaus, um den weißen Tauben zuzusehen und ihrem sanften Gurren zu lauschen.

Allein! So lange hatte sie in einem ständigen Strudel der Ereignisse gelebt. Wochen, ja sogar Monate. Erst Weihnachten in Plymouth, dann all die Packerei in Riverview House, die Einkäufe für die Schule und schließlich der Abschied von ihrer Mutter und von Jess. Und danach kam St. Ursula, wo man sich nicht eine einzige Sekunde lang zurückziehen konnte.

Allein! Sie stellte fest, wie sehr sie den Luxus, einmal ungestört zu sein, vermißt hatte, und begriff, daß sie wohl immer von Zeit zu Zeit das Bedürfnis danach haben würde. Die Freude daran war nicht so sehr ein intellektuelles als ein sinnliches Vergnügen, wie Seide zu tragen, ohne Badeanzug zu schwimmen oder über einen völlig menschenleeren Strand zu schlendern, während einem die Sonne auf den Rücken brennt. Alleinsein wirkte belebend. Erfrischend. Judith beobachtete noch immer die Tauben und hoffte, daß Loveday sie noch nicht so schnell holen würde. Nicht, daß sie Loveday nicht gern gehabt und ihre unerschöpfliche Liebenswürdigkeit und ihre Gastfreundschaft nicht zu schätzen gewußt hätte, sie brauchte nur ein bißchen Zeit, um zu sich zu kommen und sich wieder auf sich selbst zu besinnen.

Aus der Ferne, vom Saum des Waldes her, war das Knallen von Büchsen zu hören. Die Männer frönten noch ihrer Jagdlust. Das jähe Geräusch zerriß die Stille und scheuchte die weißen Tauben im Hof auf. Aufgeregt flatterten sie umher, bis sie die Gefahr für gebannt hielten und sich wieder irgendwo niederließen. Judith sah ihnen zu, wie sie ihre schneeweißen Brustfedern aufplusterten und von neuem anfingen, sich zu putzen.

Loveday kam noch nicht. Wahrscheinlich suchte sie geeignete, möglichst schäbige Kleidungsstücke zusammen, die in denkbar größtem Gegensatz zu ihrer strengen Schuluniform standen. Also schloß Judith nach einer Weile das Fenster, zog ihre Uniform aus, und während sie genüßlich den Reiz des Neuen auskostete, schlüpfte sie in die von Athena Carey-Lewis abgelegten Sachen. Darauf ging sie ins Badezimmer, wusch sich die Hände, bürstete ihr Haar und faßte es im Nacken mit einem marineblauen Band zusammen. Erst dann trat sie vor den hohen Spiegel an der Tür des Kleiderschranks, um sich zu betrachten. Ihr Anblick versetzte sie in Erstaunen, so verändert sah sie aus. Gepflegt und teuer. Ein völlig anderes Mädchen und beinahe erwachsen. Unwillkürlich lächelte sie über ihre zufriedene Miene und dachte an ihre Mutter, weil das, was sie soeben erlebte, eine Erfahrung war, die sie eigentlich mit ihr hätte teilen sollen, aber sie war sich zugleich ziemlich sicher, daß ihre Mutter sie in diesem Moment kaum erkannt hätte.

Die Tür flog auf. «Bist du fertig?» fragte Loveday. «Was hast du denn gemacht? Du hast ja ewig gebraucht. Himmel, siehst du gut aus! Das muß was mit Athena zu tun haben. Sie sieht immer umwerfend aus, wahrscheinlich würde sie sogar in einem alten Sack noch toll aussehen. Vielleicht verzaubert sie alles, was sie anzieht, und der Zauber hält dann an. Also, was möchtest du jetzt unternehmen?»

Judith beteuerte etwas lahm, daß es ihr egal sei, aber das stimmte, und ihr fiel nichts ein, was sie sonst hätte sagen können. In ihrer euphorischen Stimmung war ihr jede Beschäftigung recht.

«Wir könnten Tinkerbell einen Besuch abstatten, aber das dauert möglicherweise zu lange, und es gibt bald Mittagessen. Machen wir lieber einen Streifzug durch das Haus, und ich zeige dir jedes Zimmer, dann findest du dich allein zurecht.»

Im übrigen hatte Judith sich nicht getäuscht. Loveday war tatsächlich in eine unansehnliche Reithose gestiegen, die ihr bereits viel zu kurz war, und trug dazu einen Pullover in so dunklem Lila wie reife Damaszenerpflaumen. Die Farbe betonte zwar das Veilchenblau ihrer Augen, doch bei ihrem Mangel an Eitelkeit hatte sie den Pullover vermutlich nicht deshalb ausgesucht, sondern weil er an den Ellbogen gestopft und so abgetragen und verwaschen war, daß er jegliche Form verloren hatte und nur noch bequem saß.

«Gut», stimmte ihr Judith zu, «machen wir einen Streifzug durch das Haus. Wo fangen wir an?»

«Oben, im Dachgeschoß.»

Und das taten sie. Die Räume mit schrägen Wänden nahmen kein Ende – Speicherräume, Rumpelkammern, zwei kleine Badezimmer und vier Schlafzimmer. «Das sind die Zimmer unserer Hausmädchen.» Loveday rümpfte die Nase. «Sie riechen immer ein bißchen nach Schweiß…»

«Wie viele Mädchen habt ihr?»

«Drei. Janet ist Hausgehilfin, Nesta ist für die Zimmer zuständig, und Hetty hilft Mrs. Nettlebed in der Küche.»

«Und wo schläft Mrs. Nettlebed?»

«Oh, die Nettlebeds haben eine kleine Wohnung über der Garage. Jetzt gehen wir die Hintertreppe hinunter, und weil du den Gästeflügel schon gesehen hast, fangen wir mit Mamas Zimmer an…»

«Dürfen wir das?»

«Aber ja, natürlich, sie hat nichts dagegen, solange wir nicht herumstöbern und ihr ganzes Parfum verspritzen.» Sie öffnete die Tür und spazierte vor Judith hinein. «Ist das nicht sagenhaft? Sie hat es erst vor kurzem renovieren lassen. Ein furchtbar komischer Kauz ist eigens deshalb aus London hergekommen. Paps war wütend, weil er die Holzvertäfelung gestrichen hat, aber ich finde, es sieht hübsch aus, oder?»

Für Judith war das die Untertreibung aller Zeiten, denn sie hatte noch nie so ein Schlafzimmer gesehen, so riesig, mit soviel weiblichem Flair und soviel Anmut. Die hellen Wände in gebrochenem Weiß erstrahlten im Sonnenlicht. Unglaublich dicke, mit Rosen gemusterte Vorhänge rahmten wie Girlanden hauchdünne, weiße Stores ein, die sich vor dem geöffneten Fenster in der kühlen, vom Meer hereinwehenden Brise blähten. Das breite, ebenfalls weiß bezogene Doppelbett, auf dem sich bestickte und mit Spitzen besetzte Kissen stapelten, wurde von einem Baldachin überspannt, den eine kleine goldene Krone zierte, so daß es wie ein Bett aussah, in dem auch eine Prinzessin gerne schlafen würde.

«Aber guck dir mal das Badezimmer an», sagte Loveday. «Das ist auch neu gemacht worden...»

Wortlos folgte ihr Judith und betrachtete staunend die glänzenden schwarzen Kacheln, die rosa getönten Spiegel, das weiße Porzellan und den dicken, weißen Teppich. Ein Teppich im Badezimmer! Das war der Gipfel des Luxus.

«...und schau mal, ihre Spiegel haben rundherum Lampen, wie in der Garderobe einer Schauspielerin, und wenn du sie aufklappst, sind dahinter Schränke für ihre Schminksachen, ihre Duftwässer und das ganze Zeug.»

«Was ist denn das?»

«Das? Das ist ihr Bidet. Etwas Französisches. Da drinnen kannst du dir den Popo waschen.»

«Oder die Füße.»

«Paps war richtig entsetzt.»

Sie begannen zu kichern, bis sie sich nicht mehr halten konnten und vor Lachen krümmten. Da fiel Judith etwas ein. Sie bezwang ihre Heiterkeit, kehrte ins Schlafzimmer zurück und sah sich um, konnte aber keinerlei Spuren eines männlichen Bewohners entdecken.

«Wo bringt denn dein Vater seine Sachen unter?»

«Oh, der schläft nicht hier. Er hat sein eigenes Zimmer am anderen Ende des Flurs, direkt über dem Eingang. Er liebt die Morgensonne und mußte weit weg, weil er so laut schnarcht, daß er alle Leute aufweckt. Komm mit, ich zeig dir noch mehr...»

Sie verließen den bezaubernden Raum und setzten ihren Rundgang fort. «Hier schläft Athena, und da ist Edward drin. Das sind Badezimmer. Und hier, direkt neben der Ammenstube, ist Marys Zimmer. Da drinnen haben wir Kinder früher bei ihr geschlafen, als wir noch Babys waren, und sie hat es dann einfach behalten. Das ist das Badezimmer, das zur Ammenstube gehört. Es hat eine kleine Kochnische, damit sie sich selber einen Tee oder sonstwas machen kann. Und das ist mein Zimmer...»

«Das hätte ich erkannt.»

«Woran?»

«An den Kleidern auf dem Fußboden und den Ponys an der Wand.»

«Wahrscheinlich auch an den Rosetten vom Pony-Club und an den vielen Teddybären, die ich seit meiner Geburt gekriegt habe. Die sammle ich nämlich. Jetzt hab ich schon zwanzig, und jeder hat einen Namen. Schau mal, das sind meine Bücher, und da hab ich mein altes Puppenhaus, weil Mary gesagt hat, sie will nicht, daß es ihr in der Ammenstube herumsteht. Mein Bett hab ich so gestellt, daß ich morgens den Sonnenaufgang beobachten kann... Komm, es gibt noch eine Menge zu sehen. Das ist ein eingebauter Schrank, in dem die Mädchen die ganzen Besen und das Putzzeug aufbewahren. Hier ist die Wäschekammer und daneben noch ein kleines Zimmer, das nur benutzt wird, wenn das Haus krachend voll ist.» Inzwischen waren sie an der Haupttreppe angelangt, und neben ihr befand sich die letzte Tür, die sie noch nicht geöffnet hatten. «Da drinnen schläft Paps.»

Es war kein besonders großer Raum, der nach der Pracht des übrigen Hauses eher streng und bedrückend wirkte. Die Einrichtung bestand aus schweren viktorianischen Möbeln und einem schmalen Bett, das ziemlich hoch war. Hier herrschte makellose Ordnung. Die Vorhänge waren aus dunklem Brokat, und auf einer Kommode lag, genau in der Mitte, eine Haarbürste mit einem Rükken aus Elfenbein. Außer einem Foto von Diana, in silbernem Rahmen, war sonst kaum etwas Persönliches zu entdecken. Ein Raum, der nichts preisgab.

«Furchtbar düster, findest du nicht? Aber Paps mag es so, wie es schon immer ausgesehen hat. Er kann Veränderungen nicht ausstehen. Und er liebt sein Badezimmer, weil es rund ist. Es liegt im Turm, weißt du, über dem Eingang. Da kann er in seiner komischen alten Badewanne sitzen und, wenn jemand zu Besuch kommt, an den Stimmen erkennen, wer es ist. Und falls es Leute sind, die er nicht leiden kann, dann bleibt er in seiner Badewanne, bis er sie wieder weggehen hört. Wie du dir denken kannst, ist er nicht sehr gesellig.»

«Weiß er, daß ich hier bin?» fragte Judith ein wenig ängstlich.

«Ach, du lieber Himmel, sicher, Mama wird es ihm erzählt haben. Zerbrich dir darüber nicht den Kopf, dich mag er bestimmt. Nur um *ihre* langweiligen Freunde macht er lieber einen Bogen.»

Danach gingen sie ins Erdgeschoß hinunter und nahmen sich den Rest des Hauses vor. Inzwischen fühlte sich Judith ein bißchen verwirrt und überfordert. Und hungrig. Seit dem Frühstück waren Stunden vergangen. Aber Loveday war unermüdlich.

«Also, die Halle hast du ja schon gesehen. Und das ist das stille Örtchen für die Herren. Es hat ein wunderbares Klo, wie in einem dieser vornehmen Clubs. Paps schließt sich jeden Morgen nach dem Frühstück stundenlang hier ein und liest *Horse and Hound*. Schau mal, ist das nicht beeindruckend? Mama nennt es seinen Thronsaal. Und hier nebenan ist das Billardzimmer. Manchmal verziehen sich die Männer nach dem Abendessen hierher und spielen bis in die Nacht hinein. Es ist auch ganz gut für verregnete Nachmittage. Das ist das Arbeitszimmer von Paps, und hier ist das Eßzimmer. Wie du siehst, ist der Tisch schon für den Lunch gedeckt. Hier gibt es noch ein kleines Wohnzimmer, aber das benutzen wir nur an bitterkalten Winterabenden. In den Salon führe ich dich jetzt nicht, denn den siehst du sowieso noch vor dem Essen. Komm mit, daß du Mrs. Nettlebed kennenlernst.»

So gelangten sie letzten Endes in die Küche, das Herz jedes Hauses. Sie sah aus wie die meisten Küchen in Cornwall, war allerdings größer, und statt des in Cornwall gebräuchlichen Herdes stand ein riesiger, cremefarbener Aga da, mit vielen Türen und mehreren Backröhren. Aber sonst bot sie einen vertrauten Anblick mit dem üblichen Quantum an dunkelgrüner Farbe, dem üblichen unter die

Decke hochgezogenen Holzgestell zum Trocknen und Auslüften von Wäsche, der üblichen mit Porzellan vollgestopften Anrichte und mit dem üblichen blankgescheuerten Tisch in der Mitte des Raums.

An diesem Tisch stand Mrs. Nettlebed und dekorierte gerade einen Biskuitauflauf mit kandierten Früchten. Sie war klein und pummelig, hatte ein pinkfarbenes Kleid an, über das sie eine weiße Schürze gebunden hatte, und verbarg ihr Haar unter einer wenig kleidsamen Haube aus weißer Baumwolle, die sie sich tief in die Stirn gezogen hatte. Ihr Gesicht war gerötet, und vom vielen Stehen hatte sie geschwollene Knöchel, doch als Loveday herausplatzte: «Hallo, Mrs. Nettlebed, wir sind's bloß...», da runzelte sie weder die Stirn, noch forderte sie die Mädchen auf, sie um Himmels willen jetzt in Ruhe zu lassen, weil sie damit beschäftigt sei, das Essen anzurichten. Statt dessen verzog sie den Mund zu einem so breiten, zufriedenen Grinsen, daß sich ihre runden Wangen in Falten legten. Es war auf den ersten Blick zu sehen, daß sie sich über Lovedays Ankunft unbändig freute.

«Meiner Seel! Da ist ja mein Baby! Komm her und gib Mrs. Nettlebed ein Küßchen...» Sie hielt die Hände hoch, spreizte die klebrigen Finger wie Seesterne und beugte sich vor, damit Loveday ihr den erwarteten Kuß auf die Wange drücken konnte. «Jetzt schau sich einer an, wie groß du bist! Bist ja schon wieder gewachsen. Bald bist du größer als ich. Und das ist also die Freundin, die du mitgebracht hast...»

«Sie heißt Judith.»

«Freut mich, dich kennenzulernen, Judith.»

«Guten Tag, Mrs. Nettlebed.»

«Bist du fürs Wochenende mitgekommen? Wird sicher lustig, wirst einen Mordsspaß haben mit diesem kleinen Fratz!»

«Was gibt's denn zum Lunch, Mrs. Nettlebed?»

«Jägereintopf mit Kartoffelbrei und gedünstetem Kraut.»

«Ist Muskat am Kraut?»

«Wo werd ich denn Kraut ohne Muskat servieren?»

«Dann esse ich es wahrscheinlich auch. Sind die Männer schon zurück?»

«Hab sie vorhin im Hof gehört, wie sie ihre Jagdbeute abgezählt haben. Morgen mittag gibt's wohl Kaninchenpastete. Jetzt werden sie in der Waffenkammer sein und ihre Gewehre putzen. Dauert aber bestimmt nicht länger als zehn Minuten.»

«Noch zehn Minuten!» Loveday verzog das Gesicht. «Ich sterbe vor Hunger.» Sie ging zur Anrichte, öffnete eine Dose und entnahm ihr zwei Butterkekse. Einen gab sie Judith, den anderen stopfte sie sich selbst in den Mund.

«Also, Loveday...»

«Ja, ich weiß. Ich werde mir den Appetit verderben und nichts von Ihrem köstlichen Lunch essen. Komm, Judith, suchen wir Mama, und schauen wir, ob sie uns was zu trinken gibt.»

Sie fanden Diana im Salon, wo sie es sich in einer Ecke des Sofas mit einem Buch gemütlich gemacht hatte und eine sehr aromatische türkische Zigarette rauchte, die in einer langen Spitze aus Jade steckte. Auf dem kleinen Tisch neben ihr standen ein Aschenbecher und ein Cocktail. Als die Mädchen hereingeschneit kamen, hob sie den Kopf und hieß sie mit einem Lächeln willkommen.

«Darlings, da seid ihr ja. Wie schön! Habt ihr euch gut amüsiert?»

«Ja, wir waren im ganzen Haus, haben jedes Zimmer angeschaut und Mrs. Nettlebed guten Tag gesagt. Können wir jetzt was zu trinken kriegen?»

«Was wollt ihr denn trinken?»

An einer Wand stand ein verspiegelter Tisch, auf dem ordentlich aufgereihte Flaschen und saubere Gläser funkelten. Loveday ging hin und inspizierte die Auswahl. Dann sagte sie: «Eigentlich wäre mir jetzt nach Orange Corona, aber da steht keine.»

«Dieses schrecklich sprudelnde Zeug, von dem du immer einen gelben Mund bekommst? Vielleicht ist es in der Speisekammer. Läute nach Nettlebed und frag ihn, ob er noch irgendwo eine Flasche hat.»

Die Klingel war an der Wand über dem Tisch angebracht, und Loveday drückte mit dem Daumen darauf. Diana lächelte Judith zu. «Na, was sagst du zu meinem süßen Haus?»

«Ich finde es sehr schön, aber ich bin mir nicht sicher, ob dieser

Raum nicht der hübscheste von allen ist.» Auch er war holzgetäfelt, hatte einen mit Teppichen übersäten Parkettboden, war vom Sonnenlicht durchflutet und voller Blumen. Keine bescheidenen Narzissen, sondern exotischere Treibhauspflanzen in Lila, Weiß und Fuchsienrot, und in einer Ecke, in einem Übertopf aus blau-weißem Porzellan, ein Kamelienbäumchen, dessen Zweige mit den dunkelgrünen, glänzenden Blättern sich unter der Last ihrer tiefrosa Blüten bogen. Die Vorhänge und die Bezüge der Polstermöbel waren aus cremefarbenem Brokat, und auf allen Sofas und Sesseln lagen dicke Satinkissen in zartesten Pastelltönen. Ein Tisch in der Mitte des Raums bot die für jedes Landhaus, das auf sich hielt, obligatorische Auswahl an Zeitschriften: *The Tatler* für den Gesellschaftsklatsch, *The Sketch* für Theater und Ballett, *The Illustrated London News* für die neuesten Ereignisse und *The Sporting Dramatic* für die Ergebnisse der Pferderennen; außerdem *The Field*, *Horse and Hound*, die letzte Ausgabe von *Vogue* und *Woman's Journal* sowie einen Stapel Tageszeitungen, die nicht den Eindruck erweckten, als habe sie bereits jemand aufgeschlagen.

Judith wäre jetzt gern allein gewesen, um alles ausgiebig zu betrachten, um jede Einzelheit in sich aufzunehmen, damit sie, falls sie nie mehr in dieses Haus zurückkehrte, imstande sein würde, sein Bild lückenlos im Gedächtnis zu behalten. Der hohe Kaminsims war weiß gestrichen, und auf ihm stand eine Sammlung bezaubernder Meißner Porzellanfiguren. Darüber hing ein Porträt von Diana, auf dem rauchblauer Chiffon ihre schmalen Schultern umhüllte und ein Lichtstrahl ihr weizenblondes Haar vergoldete. Heiterkeit spiegelte sich in ihren blauen Augen wider, und der Anflug eines Lächelns umspielte ihren Mund, als teile sie mit dem Künstler die vertraulichsten und amüsantesten Geheimnisse.

Diana folgte ihrem Blick und fragte: «Gefällt es dir?»

«Unverkennbar *Sie*.»

Da lachte Diana. «Äußerst schmeichelhaft, aber de Laszlo war schon immer ein Schmeichler.»

Die Aussicht aus den hohen Fenstern war Judith inzwischen vertraut: ein symmetrisch angelegter Garten, der in Stufen abfiel und in Büsche und Wiesen voller Narzissen überging. An einer Seite des

Raums führte jedoch eine verglaste Tür auf eine kleine Terrasse
hinaus, die so geschützt zwischen dem Haus und einem Winter-
garten lag, daß sie wie ein zusätzliches Zimmer im Grünen wirkte.
Durch die Scheiben erkannte Judith einen Jasmin, der an der
Wand emporkletterte, wilden Wein, der die ersten Knospen trieb,
und eine Menge einladender, altmodischer Korbmöbel. Dieser Anblick erweckte in ihr Vorstellungen von Sommer, sengender
Sonne, müßigen Nachmittagen und kühlen Getränken oder von
chinesischem Tee aus hauchdünnen Tassen und Sandwiches mit
frischen Gurken.

Während sie solch verlockenden Gedanken nachhing, trat Loveday zu ihr.

«Das ist Mamas besonderes Plätzchen. Stimmt's, Mama? Da
legt sie sich hin und nimmt ihre Sonnenbäder, splitternackt.»

«Nur, wenn niemand in der Nähe ist.»

«Aber ich hab dich schon dabei gesehen.»

«Du zählst nicht.»

In diesem Augenblick öffnete sich hinter ihnen leise die Tür, und
eine tiefe Stimme fragte: «Sie haben geläutet, Madam?»

Mr. Nettlebed. Loveday hatte Judith bereits erzählt, daß er an
Magengeschwüren litt und deshalb unberechenbaren Stimmungen
unterworfen war, doch sie war nicht auf seine vornehme, ehr-
furchtgebietende Erscheinung gefaßt gewesen. Ein hochgewachsener, weißhaariger Mann, der auf seine düstere Art sogar recht gut
aussah, ein bißchen wie ein zuverlässiger Bestattungsunternehmer.
Seine Kleidung unterstrich diesen Eindruck noch, denn er trug eine
schwarze Jacke, eine schwarze Krawatte und eine gestreifte Hose.
Er hatte ein blasses, zerfurchtes Gesicht, Augen mit schweren
Lidern und erschien ihr so unnahbar, daß Judith sich fragte, wie
überhaupt jemand den Mut aufbrachte, ihn um etwas zu bitten,
geschweige denn, ihm irgendeine Anweisung zu erteilen.

«Oh, Nettlebed, danke», sagte Diana. «Loveday möchte etwas
zu trinken...»

«Ich möchte Orange Corona, aber sie steht nicht auf dem
Tisch.»

Es folgte ein langes, bedeutungsvolles Schweigen. Nettlebed

rührte sich nicht von der Stelle, sondern fixierte Loveday nur mit so kaltem Blick, als spieße er einen toten Schmetterling auf eine lange Nadel. Auch Diana sagte kein Wort. Das Schweigen hielt an. Wurde unbehaglich. Diana wandte den Kopf und blickte ihre Tochter an.

Mit sichtbar designierter Miene fing Loveday noch einmal von vorn an.

«Mr. Nettlebed, wären Sie bitte so freundlich und würden Sie nachschauen, ob noch etwas Orange Corona in der Speisekammer ist?»

Augenblicklich löste sich die Spannung. «Gewiß», entgegnete Nettlebed. «Ich denke, es steht noch eine Kiste im Regal. Ich gehe und sehe nach.»

Er war im Begriff, sich zu entfernen, aber da fragte Diana ihn: «Sind die Männer schon zurück, Nettlebed?»

«Ja, Madam. Sie sind in der Waffenkammer und reinigen die Gewehre.»

«Waren sie erfolgreich?»

«Sie haben einige Kaninchen und Tauben geschossen, Madam. Und zwei Feldhasen.»

«Ach, du lieber Himmel! Arme Mrs. Nettlebed! So viel auszunehmen und zu rupfen.»

«Ich werde ihr wahrscheinlich dabei assistieren, Madam.»

Er ging hinaus und schloß die Tür hinter sich. Loveday schnitt eine Grimasse. «Ich werde ihr wahrscheinlich dabei assistieren, Madam», äffte sie ihn nach. «Aufgeblasener, alter Trottel!»

«Loveday!» Dianas Stimme klang eisig.

«So nennt Edward ihn auch.»

«Das sollte er besser nicht tun. Und du weißt genau, daß du weder Nettlebed noch sonstwen auffordern darfst, etwas für dich zu tun, ohne vorher bitte und danach, wenn sie es getan haben, danke zu sagen.»

«Hab ich eben vergessen.»

«Dann vergiß es in Zukunft nicht mehr!»

Darauf wandte sich Diana wieder ihrem Buch zu. Judith war so verlegen und zerknirscht, als habe die Rüge ihr gegolten, doch

Loveday hatte sich davon nicht beeindrucken lassen. Einschmeichelnd beugte sie sich über die Sofalehne, daß ihre dunklen Locken beinahe das gepflegte blonde Haar ihrer Mutter streiften.

«Was liest du denn da?»

«Einen Roman.»

«Und wie heißt er?»

«*Straßenwetter.*»

«Worum geht es denn?»

«Um Liebe. Unglückliche Liebe.»

«Ich dachte, es gibt nur glückliche Liebe.»

«Oh, Darling. Nicht immer. Nicht jede Frau zieht das große Los.» Sie griff nach ihrem Drink. Auf dem Boden des dreieckigen, mit einer goldgelben Flüssigkeit gefüllten Cocktailglases lag eine Olive, wie ein seltener Kieselstein oder irgendein sonderbares, lauerndes Meerestier. Diana trank einen winzigen Schluck, dann stellte sie das Glas wieder ab. In diesem Augenblick ging die Wohnzimmertür erneut auf, aber es war nicht Nettlebed, der hereinkam. «Paps!» Loveday schnellte hoch und warf sich in seine ausgebreiteten Arme.

«Tag, mein Baby!» Er beugte sich zu ihr hinunter, und sie umarmten und küßten einander. «Da bist du ja wieder. Wir haben dich vermißt...» Dabei verwuschelte er ihr Haar und strahlte sein jüngstes Kind an, als wäre es das kostbarste Geschöpf auf der Welt.

So sehr wurde Loveday geliebt. Von allen. Während Judith sich ein wenig überflüssig fühlte, beobachtete sie diese überschwengliche Begrüßung. Derlei hatte sie selbst nie erlebt, und es fiel ihr schwer, nicht ein bißchen neidisch zu sein.

«Diana!» Mit Loveday, die wie ein junger Hund an seinem Arm hing, ging er auf seine Frau zu, beugte sich über sie und gab ihr einen Kuß. «Tut mir leid, mein Liebling, kommen wir zu spät?»

Sie neigte den Kopf nach hinten und lächelte zu ihm hinauf. «Überhaupt nicht. Es ist doch erst Viertel vor eins. Habt ihr einen angenehmen Vormittag gehabt?»

«Es war herrlich.»

«Wo sind Tommy und Jeremy?»

«Tommy muß gleich hier sein, und Jeremy putzt noch mein Gewehr...»

«Der gute Junge.»

Judith stand ein wenig abseits, hörte ihnen zu und bemühte sich, eine zwar lächelnde, aber sonst ausdruckslose Miene zur Schau zu tragen, um ihr Entsetzen über seinen Anblick zu verbergen. Denn zu ihrer absoluten Überraschung war Colonel Carey-Lewis so alt, daß sie fand, er sehe mehr nach Dianas Vater als nach ihrem Ehemann aus und könnte leicht Lovedays Großvater sein. Zugegeben, er hielt sich kerzengerade wie ein Soldat, und seine federnden, weit ausholenden Schritte verrieten, daß er unablässig in Bewegung war, aber sein Haar oder das, was noch davon übrig war, schimmerte schlohweiß, und die tiefliegenden Augen waren von so wäßrigem Blau wie die Augen eines steinalten Bauern. Seine vom Wind geröteten Wangen wirkten so eingesunken wie bei einem Toten, und unter der langen Hakennase saß ein militärisch kurz gestutzter Schnurrbart. Er war hochgewachsen und sehr hager, mit einem edlen Tweedjakkett und Knickerbockern aus Moleskin bekleidet, und seine in Kniestrümpfen steckenden Storchenbeine endeten in festen, auf Hochglanz polierten Lederschuhen.

«Jeremy meinte, das sei das mindeste, was er für mich tun könnte.»

Darauf befreite er sich aus Lovedays Umklammerung, strich sich mit einer Hand über den Kopf und wandte sich Judith zu.

«Und du mußt Lovedays Freundin sein.»

Sie schaute ihm in die Augen und stellte fest, daß sein Blick wachsam, freundlich, aber aus irgendeinem Grund unendlich traurig war. Auch das kam ihr seltsam vor, denn unverkennbar hatte er sich über das Wiedersehen mit Frau und Tochter ebenso gefreut wie die beiden. Doch dann lächelte er und sah gleich nicht mehr so traurig aus. Mit ausgestreckter Hand kam er auf sie zu.

«Wie schön, daß du zu uns kommen konntest.»

«Sie heißt Judith», erklärte Loveday.

Judith sagte: «Guten Tag, Mr. Carey-Lewis», und sie reichten einander höflich die Hand. Seine Finger faßten sich trocken und rauh an. Instinktiv merkte sie, daß er sich ebenso gehemmt fühlte wie sie. Das machte ihn ihr sofort sehr sympathisch, und sie wünschte sich, ihm seine Befangenheit nehmen zu können.

«Hat Loveday sich um dich gekümmert?»

«Ja, sie hat mir das ganze Haus gezeigt.»

«Gut, dann findest du dich jetzt selbst zurecht.» Anscheinend suchte er nach Worten. Zwangloses Geplauder lag ihm wohl nicht. So war es ein Glück, daß sie in diesem Moment durch das Auftauchen eines zweiten Mannes unterbrochen wurden, dem Nettlebed auf dem Fuß folgte und dabei eine Flasche Orange Corona wie eine Opfergabe auf einem silbernen Tablett vor sich hertrug.

«Diana! Sind wir jetzt alle in Ungnade gefallen, weil wir so lange gebraucht haben?»

«Ach, Tommy Darling, sei nicht so albern! War's schön?»

«Großartig.» Tommy Mortimer blieb einen Augenblick stehen und rieb sich die Hände, als wäre er froh, drinnen zu sein und nicht mehr draußen in der Kälte, und als freue er sich auf einen stärkenden Drink. Auch er trug Jagdkleidung, hatte aber unter seinem Tweedjackett eine kanariengelbe Weste an. Seine jungenhaften Züge verrieten Frohsinn. Er hatte glatte, gebräunte Haut und war tadellos rasiert. Wie alt er sein mochte, war jedoch schwer zu schätzen, weil sein dichtes, schon ergrautes Haar den jugendlichen Eindruck, den sein forscher Schritt und sein ziemlich theatralischer Auftritt erweckten, nur um so stärker zur Geltung brachte. *Hier bin ich,* schien er zu sagen. *Jetzt können wir loslegen und uns alle bestens amüsieren.*

Er war durch den Raum gegangen und hatte Diana einen Kuß auf die Wange gedrückt, dann wandte er seine Aufmerksamkeit Loveday zu.

«Tag, du kleiner Teufelsbraten! Kriegt dein ehrenamtlicher Onkel kein Küßchen? Was macht die Schule? Haben sie dich schon in eine junge Dame verwandelt?»

«Ach, Tommy, stell doch nicht so dumme Fragen!»

«Loveday, du könntest Tommy wenigstens mit deiner Freundin bekannt machen», bemerkte ihre Mutter.

«Oh, entschuldige bitte!» Loveday übertrieb eindeutig ein bißchen und setzte zu einer großen Szene an. «Das ist Judith Dunbar,

die mit mir an derselben Schule ist, und das ist – trara, trara –
Tommy Mortimer.»

Tommy lachte belustigt über ihre Unverfrorenheit. «Tag, Judith.»

«Guten Tag, Mr. Mortimer.»

Dem Colonel reichten die belanglosen Förmlichkeiten. Es war
Zeit für einen Drink. Nettlebed schenkte ein. Einen trockenen Martini für Mr. Mortimer, Bier für den Colonel und Orange Corona für
die Mädchen. Diana nippte träge an ihrem Martini, lehnte es aber
ab, ihr Glas nachfüllen zu lassen. Tommy setzte sich mit seinem
Glas neben sie auf das Sofa, wandte sich halb ihr zu und legte einen
Arm anmutig auf die Rückenlehne. Judith fragte sich, ob er vielleicht Schauspieler sei. Sie hatte wenig Theatererfahrung, aber, neben Heather im Kino von Porthkerris eingepfercht, genügend Filme
gesehen, um die Pose, die er einnahm, wiederzuerkennen, den ausgestreckten Arm, die elegant übereinandergeschlagenen Beine.
Möglicherweise war Tommy Mortimer ein berühmter Bühnenstar,
und sie war nur zu dumm und ungebildet, um es zu wissen. Aber
wenn er ein bekannter Schauspieler gewesen wäre, hätte Loveday
ihr das sicher erzählt.

Nachdem Nettlebed die Getränke eingegossen hatte, zog er sich
zurück.

Judith nippte an ihrer Limonade. Sie war köstlich, sprudelnd,
intensiv im Geschmack und sehr süß. Sie hoffte, daß sie von der
Kohlensäure nicht rülpsen mußte. Immer noch stand sie etwas abseits und bemühte sich, langsam und vorsichtig zu trinken, um sich
dadurch jede Peinlichkeit zu ersparen. Vollauf mit diesem Problem
beschäftigt, merkte sie nicht, wie der letzte Teilnehmer der Jagdgesellschaft eintrat.

Leise war er hereingekommen, auf Gummisohlen, so daß auch
die anderen ihn nicht gehört hatten. Ein viel jüngerer Mann mit
Brille in einer Kordhose und einem dicken, gerippten Pullover. Er
war an der Tür stehengeblieben. Plötzlich spürte Judith seinen
Blick, sah hoch und merkte, daß er sie betrachtete, wie sie einst ihn
betrachtet hatte. Einen Moment lang starrten sie einander ungläubig und verwundert an. Dann begann er zu lächeln und zerstreute

ihre letzten Zweifel daran, daß ihr alles an ihm vollkommen vertraut schien.

Er ging auf sie zu und fragte: «Du bist doch das Mädchen aus dem Zug, nicht wahr?»

Judith freute sich so, daß sie kein Wort über die Lippen brachte, sondern nur nicken konnte.

«Was für ein Zufall! Bist du Lovedays Freundin?»

Sie spürte, wie sich auch auf ihrem Gesicht unwillkürlich ein Lächeln ausbreitete. Selbst wenn sie gewollt hätte, wäre sie nicht dazu imstande gewesen, es zu verbergen.

Erneut nickte sie nur.

«Wie heißt du?»

«Judith Dunbar.»

«Ich bin Jeremy Wells.»

Endlich faßte sie sich wieder. «Ich weiß. Das heißt, ich habe es mir gedacht.»

«Jeremy! Ich hab dich gar nicht kommen hören.» Diana hatte ihn vom Sofa aus entdeckt. «Du mußt auf Zehenspitzen hereingeschlichen sein. Machst du dich bereits selbst mit Judith bekannt?»

Er lachte. «Das brauche ich nicht. Wir haben uns bereits kennengelernt. In einem Zug. Auf der Strecke zwischen Plymouth und Truro.»

Sogleich standen sie im Mittelpunkt der Aufmerksamkeit. Jeder staunte gebührend über diesen Zufall und wollte alle Einzelheiten ihrer Begegnung erfahren, wie sie sich in einem Abteil getroffen hatten, gemeinsam von der Brücke von Saltash auf die Kriegsschiffe hinuntergeschaut und sich schließlich in Truro voneinander verabschiedet hatten.

«Wie geht es deiner kleinen Schwester? Der mit der Negerpuppe?» fragte Jeremy.

«Sie ist fort. Mit meiner Mutter nach Colombo abgereist.»

«Ach, du meine Güte! Das habe ich nicht gewußt. Du wirst sie vermissen.»

«Inzwischen müßten sie angekommen sein. Und demnächst ziehen sie nach Singapur um. Mein Vater ist dorthin versetzt worden.»

«Fährst du bald zu ihnen?»
«Nein, erst in ein paar Jahren.»
Es war herrlich. Judith fühlte sich, als wäre sie bereits erwachsen, in Athenas kostspieligen Kleidern, mit einem Drink in der Hand und von Menschen umgeben, die entzückt darüber waren, daß sie einen Bekannten wiedergetroffen hatte. Und obendrein hatte er ihr gerade erlaubt, ihn zu duzen, obwohl er viel älter war als sie. Verstohlen schielte sie immer wieder nach Jeremy Wells' Gesicht, nur um sich zu vergewissern, daß er wirklich hier auf Nancherrow war, ein Teil des Carey-Lewis-Clans und dennoch ganz er selbst. Sie erinnerte sich daran, wie er im Zug neben ihr stand, während sie aus dem Fenster schauten. Und sie erinnerte sich auch noch daran, wie sie Phyllis von ihm erzählt hatte. *Der war wirklich nett*, hatte sie gesagt. *Wenn mir so einer über den Weg liefe, hätte ich nichts dagegen.*

Und nun war es geschehen. Er war hier. Sie lernte ihn wirklich kennen...

In der Halle ertönte der Gong zum Mittagessen. Diana trank ihren Martini aus, reichte Tommy Mortimer das leere Glas, stand auf, scharte ihre kleine Tischgesellschaft um sich und führte sie ins Eßzimmer.

«Jetzt musst du mir aber auch erzählen, wie es dazu kam, daß du Jeremy kennengelernt hast», sagte der Colonel zu Judith.

«Das war in einem Zug, auf dem Rückweg von Plymouth. Kurz nach Weihnachten. Wir saßen im selben Abteil.»

«Und was hast du in Plymouth gemacht?»

«Ich war bei meiner Tante und meinem Onkel. Er ist Kommandant der Marineakademie in Keyham. Wir haben Weihnachten bei ihnen verbracht.»

«Und wer ist *wir*?»

«Meine Mutter, meine kleine Schwester und ich. Er stieg in Truro aus, und wir fuhren weiter bis Penmarron.»

«Verstehe. Hast du gewußt, daß er Arzt ist?»

«Ja, er hat es uns gesagt. Und... Diana hat mir heute morgen erzählt, daß sein Vater Ihr Hausarzt ist.» Sie hatte ein wenig gezögert, Dianas würdevollem und schon etwas bejahrtem Ehemann gegenüber so ungeniert ihren Vornamen zu benutzen, doch der Colonel schien dem keinerlei Beachtung zu schenken. Wahrscheinlich war er daran gewöhnt, wie wenig Wert seine Frau auf Förmlichkeiten legte.

«Er ist ein guter Kerl.» Sein Blick wanderte über den Tisch zu Jeremy. «Ausgezeichneter Cricketspieler. Und Kapitän der Rugbymannschaft von Cornwall. Hab ihnen letztes Jahr zugeschaut. In Twickenham. Sehr spannend.»

«Das hat Diana auch erwähnt.»

Er lächelte. «Dann sollte ich dich nicht damit langweilen. Erzähl mir etwas über deine Familie. Sie sind im Fernen Osten, nicht wahr?»

«Ja, in Colombo.»

«Hast du auch dort gelebt?»

«Ich bin dort geboren und erst hierhergekommen, als ich zehn war. Kurz bevor meine Mutter Jess bekam. Sie ist jetzt vier.»

«Ist dein Vater Beamter?»

«Nein, er arbeitet in einer Reederei, die Wilson-McKinnon heißt, und wird demnächst nach Singapur versetzt. Sie werden bald umziehen.» Dann fügte sie hinzu: «Meine Mutter wollte eigentlich gar nicht, aber ich nehme an, wenn sie erst einmal dort ist, wird es ihr schon gefallen.»

«Ja, bestimmt.»

Judith fand, er sei ein sehr höflicher Gastgeber, daß er sich mit ihr unterhielt und ihr das angenehme Gefühl gab, als sei sie ihm wirklich wichtig. Er saß am Kopf des langen Tisches zwischen Loveday und Judith. Am anderen Ende des Tisches hatte Diana Tommy zu ihrer Linken und Jeremy zu ihrer Rechten. Mary Millyway war aufgetaucht, als sich gerade alle an den Tisch setzten, und hatte zwischen Jeremy und Loveday Platz genommen. Sie hatte sich das Haar gebürstet und die Nase gepudert und wirkte völlig entspannt, während sie sich mit Jeremy unterhielt, den sie offenbar schon lange kannte, und ihm den neuesten Klatsch über die legendäre Athena

172

erzählte. Er berichtete ihr dafür von den Fortschritten seiner Arbeit am St. Thomas Hospital.

Als Mrs. Nettlebed in der Küche angekündigt hatte, was es zu essen gab, da hatte es sich nicht besonders aufregend angehört, aber es schmeckte köstlich. Der kräftige Jägereintopf war mit frischen Pilzen angereichert, das mit Sahne glattgerührte Kartoffelpüree eignete sich bestens zum Auftunken der dicken Soße, und das mit gemahlener Muskatnuß überstäubte Kraut war noch knackig. Zu trinken gab es Wasser, für die Männer auch Bier. Nachdem Nettlebed das Gemüse herumgereicht und für volle Gläser gesorgt hatte, war er auf leisen Sohlen hinausgegangen. Erleichtert hatte Judith ihn entschwinden sehen. Es gelang ihr nämlich nicht, sich über seine unerquickliche Anwesenheit hinwegzusetzen, denn allein sein kalter Blick konnte einen schon dazu bringen, daß man das Besteck verwechselte, ein Glas umstieß oder daß einem die Serviette hinunterfiel.

Bisher hatte sie sich jedoch noch nichts dergleichen zuschulden kommen lassen, und ohne Nettlebed im Nacken fing Judith an, das Mahl zu genießen.

«Und wie steht es um dich?» fragte der Colonel. «Kommst du allein zurecht? Wie gefällt es dir in St. Ursula?»

Sie zuckte die Schultern. «Es geht.»

«Was machst du in den Schulferien?»

«Die verbringe ich bei Tante Louise.»

«Und wo ist das?»

«In Penmarron. In der Nähe des Golfclubs.»

Genau in diesem Augenblick trat rund um den Tisch Schweigen ein, einer dieser unerklärlichen Zufälle, daß alle übrigen Gespräche gleichzeitig verstummten. Deshalb war Judiths Stimme als einzige zu hören, während sie hinzufügte: «Das Haus heißt Windyridge.»

Ihr gegenüber fing Loveday zu kichern an.

«Was ist daran so lustig?» fragte ihr Vater.

«Windyridge! Das heißt ja so was wie Windgrat, ich würde es Furzhügel nennen.» Darauf prustete sie vor Lachen und hätte sich wahrscheinlich an ihrem Eintopf verschluckt oder zu dem Trick mit der zugehaltenen Nase greifen müssen, wenn der Colonel ihr nicht auf den Rücken geklopft und so mit knapper Not die Situation gerettet hätte.

Judith war betreten. Ihr schwante nichts Gutes, denn sie rechnete mit einem Sturm der Entrüstung und schlimmstenfalls sogar damit, daß Loveday mit einem scharfen Verweis hinausgeschickt würde. Solch eine Sprache, und noch dazu am Eßtisch!

Aber anscheinend war niemand auch nur im mindesten empört, sondern alle amüsierten sich unglaublich darüber, als habe Loveday bloß eine überaus lustige Bemerkung gemacht. Mary Millyway murmelte zwar: «Also, Loveday, nein wirklich...», doch keiner, am wenigsten Loveday selbst, nahm davon überhaupt Notiz.

Kaum hatte Diana zu lachen aufgehört und sich mit einem winzigen Spitzentaschentuch die Tränen von den Wangen getupft, da wisperte sie: «Nur gut, daß Nettlebed nicht hier war. Loveday, du bist wirklich furchtbar ungezogen, aber so witzig, daß man dir nichts krummnehmen kann.»

Inzwischen hatten sie den ersten Gang beendet, und man läutete nach Nettlebed, damit er die Teller abräumte. Dann wurde der Nachtisch aufgetragen. Der Colonel, der seine Pflichten gegenüber dem Gast seiner Tochter erfüllt hatte, wandte seine Aufmerksamkeit nun Loveday zu. Sie hatte ihm viel von den Greueln der Schule zu erzählen: wie unfair Deirdre Ledingham sich benahm, wie unmöglich es war, Algebra zu lernen, und wie sehr sie die Aufseherin haßte.

Höflich lauschte er diesem Gemecker, widersprach ihr nicht und fiel ihr nicht ins Wort, obwohl er, wie Judith vermutete, all das nicht zum erstenmal hörte. Er stieg in ihrer Achtung, weil er sicher genau wußte, daß sich bei näherer Betrachtung keine von Lovedays Klagen auch nur im entferntesten als haltbar erweisen würde. Vielleicht hatte er ja schon erkannt, daß sie, komme, was da wolle, eine Überlebenskünstlerin war und, falls sie ihren Willen nicht mit Schmeichelei und Charme durchsetzte, auch zu dem zweifelhaften Mittel einer Erpressung greifen würde. So, wie sie von ihrem ersten Internat weggelaufen war und gedroht hatte, sie würde sich etwas antun, wenn sie dorthin zurückkehren müßte.

Judith schöpfte sich einen Löffel Sahne auf den Teller und widmete ihre Aufmerksamkeit den anderen Gesprächen. Tommy Mortimer und Diana schmiedeten Pläne für London, für die kommende Saison: die Blumenschau in Chelsea, das Tennisturnier in Wimbledon, die Regatta von Henley und das Derby in Ascot. Sehr spannend.

«Ich habe schon Karten für den Centre Court in Wimbledon und für die königliche Loge in Ascot.»

«Ach, du lieber Himmel, da muß ich mir ja ein paar Hüte kaufen.»

«Und was ist mit Henley?»

«O ja, gehen wir hin! Ich finde Henley immer hinreißend. All diese komischen alten Käuze mit ihren rosa Krawatten!»

«Also trommeln wir ein paar Leute zusammen. Wann kommst du das nächste Mal nach London?»

«Darüber habe ich wirklich noch nicht nachgedacht. Vielleicht in einigen Wochen. Ich fahre mit dem Bentley rauf... Ich brauche ein, zwei Kleider, deshalb muß ich zu Anproben und so. Außerdem muß ich einen Maler finden, der etwas mit dem Haus in den Cadogan Mews veranstaltet, bevor Athena aus der Schweiz zurückkommt.»

«Da kenne ich einen großartigen Mann. Ich geb dir seine Nummer.»

«Lieb von dir. Ich sag dir Bescheid, wann ich anrolle.»

«Dann gehen wir ins Theater, und ich lade dich zum Dinner ins Savoy ein.»

«Himmlisch.» Plötzlich wurde sich Diana Judiths Anwesenheit bewußt. Sie lächelte ihr zu. «Entschuldige bitte, wir langweilen dich mit unseren Plänen. Dabei ist das heute dein Tag, und keiner redet mit dir. Sag mal, was möchtest du heute nachmittag unternehmen?» Aufmerksamkeit heischend hob sie ihre Stimme ein wenig. «Wer möchte denn heute nachmittag *was* unternehmen?»

Loveday sagte: «Ich möchte Tinkerbell reiten.»

«Darling, das klingt ein bißchen egoistisch. Was ist mit Judith?»

«Judith reitet nicht gern. Sie mag Pferde nicht.»

«Wenn das so ist, wäre es vielleicht nett, etwas zu unternehmen, was *sie* tun möchte.»

175

«Mir macht das nichts aus», wandte Judith ein, denn sie befürchtete eine Auseinandersetzung, doch Loveday schreckte vor keinem Streit zurück: «Ach, Mama, ich will wirklich Tinkerbell reiten. Und du weißt, daß es nicht gut für sie ist, wenn sie nicht regelmäßig bewegt wird.»

«Ich möchte aber nicht, daß du allein ausreitest. Vielleicht kann Paps mitkommen.»

«Sie wird nicht allein sein», erklärte der Colonel. «Der junge Walter arbeitet heute nachmittag im Stall. Ich lasse ihm ausrichten, daß er die Pferde satteln soll.»

«Warum kannst du denn nicht mitkommen, Paps?»

«Weil ich arbeiten muß, mein Schatz. Ich habe Briefe zu schreiben, Anrufe zu erledigen und um vier Uhr eine Besprechung mit Mudge.» Dann betrachtete er mit sanftem Blick seine Frau. «Und wie wirst du den Rest des Tages verbringen?»

«Oh, Tommy und ich sind schon verabredet. Ich habe die Parker-Browns zu einer Partie Bridge eingeladen. Aber das löst noch immer nicht das Problem unseres Gastes...» Judith war das furchtbar peinlich, denn sie hatte auf einmal das Gefühl, ihnen lästig zu sein, und das wurde noch schlimmer, als Diana sich an Mary Millyway wandte. «Mary, vielleicht...»

Aber da fiel ihr Jeremy Wells ins Wort, von dem bisher noch nicht die Rede gewesen war. «Ich kann doch etwas mit Judith unternehmen», sagte er. «Wir begleiten Loveday zu den Ställen, nehmen die Hunde mit und gehen dann zu der kleinen Bucht hinunter.» Er lächelte Judith zu, und sie war ihm sehr dankbar, weil er ihr Dilemma bemerkt hatte und ihr so bereitwillig zu Hilfe kam. «Würdest du das gern machen?»

«Ja, sehr gern, aber es ist nicht nötig, ich fühle mich auch allein wohl.»

Diana, offensichtlich froh darüber, daß nun alles geklärt war, setzte sich über ihren schwachen Einwand hinweg. «Nein, du kannst doch nicht allein bleiben. Es ist eine reizende Idee, vorausgesetzt, Jeremys Eltern haben nichts dagegen, wenn er den ganzen Tag hier verbringt. Schließlich bist du nur über das Wochenende da, und sie warten sicher sehnlich darauf, dich zu sehen...»

«Ich fahre nach dem Tee zurück. Vater hat heute ohnehin Bereitschaftsdienst, aber wir sind ja dann den ganzen Abend zusammen.» Diana strahlte. «Also, ist das nicht herrlich? Alles geregelt und jeder zufrieden. Judith, die Bucht wird dir bestimmt gefallen, unser eigener, süßer, kleiner Strand. Zieh aber eine Jacke an oder laß dir von Mary noch einen Pullover geben, denn am Meer ist es immer frisch. Und, Loveday, vergiß deine Reitkappe nicht! Na dann», sie schob ihren Stuhl zurück, «gehen wir jetzt in den Salon und trinken unseren Kaffee.»

Diese Einladung galt wohl nicht für die zwei Mädchen. Deshalb blieben sie, nachdem die Erwachsenen draußen waren, noch im Eßzimmer und halfen Mary und Mrs. Nettlebed den Tisch abräumen. Erst dann gingen sie nach oben, um sich auf ihre Ausflüge vorzubereiten. Beide bekamen noch zusätzliche Pullover, und schließlich wurden Lovedays Reitstiefel, ihre Handschuhe und die Reitkappe zusammengesucht.

«Ich kann diese Kappe nicht ausstehen», schimpfte Loveday. «Der Gummi unter dem Kinn sitzt zu stramm.»

Mary blieb jedoch unerbittlich. «Nichts da, du behältst sie auf.»

«Ich sehe nicht ein, warum ich sie dauernd aufsetzen soll. Viele Mädchen tragen keine.»

«Du bist aber nicht *viele Mädchen*, und wir wollen nicht, daß du dir den Schädel an einem Stein einschlägst. Da, deine Reitpeitsche... Und eine Karamelstange für unterwegs.» Sie nahm einen Glaskrug vom Kaminsims und drückte jedem Mädchen eine Karamelstange in die Hand.

«Und was ist mit Jeremy und Walter?» fragte Loveday. Mary lachte, gab ihr noch zwei und schickte sie mit einem Klaps auf den Po von dannen. «Raus mit dir! Und bis ihr wiederkommt, hab ich euren Tee gerichtet, hier, am Kamin.»

Wie Welpen, die ausreißen, flitzten sie die Treppe hinunter und durch den Flur, der zum Salon führte. Vor der Tür blieb Loveday stehen. «Wir gehen besser nicht rein», flüsterte sie, «sonst kommen wir nicht weg.» Darauf öffnete sie die Tür, steckte nur den Kopf durch und rief: «Jeremy, wir sind fertig.»

«Ich komme gleich in die Waffenkammer», hörte Judith ihn ant worten. «In einer Minute. Dann bringe ich Pekoe mit. Tiger ist schon dort und erholt sich von heute vormittag.»

«In Ordnung. Viel Spaß beim Bridge, Mama! Bis später, Paps!» Sie schloß die Tür. «Komm, wir gehen erst in die Küche und holen uns ein paar Zuckerwürfel für Tinkerbell und Ranger. Und falls Mrs. Nettlebed uns Bonbons geben will, verrat ihr nicht, daß wir von Mary schon Karamelstangen gekriegt haben.»

Mrs. Nettlebed gab ihnen keine Bonbons, sondern winzige Plätzchen, frisch aus dem Backofen, die sie gerade für den Nachmittagstee im Salon gemacht hatte. Sie waren noch warm und zu gut, um sie aufzuheben, deshalb aßen sie sie an Ort und Stelle, plünderten die Zuckerdose und machten sich auf den Weg. «Viel Spaß...» rief ihnen Mrs. Nettlebed nach.

Der Hinterausgang führte in die Waffenkammer, in der es angenehm nach Leinöl, alten Regenmänteln und Hund roch. An den Wänden standen Schränke und abgeschlossene Vitrinen mit Gewehren und Angelruten, und es gab eigene Gestelle für Fischhaken, Langschäfter und Gummistiefel. Tiger hatte in seinem Korb vor sich hin gedöst, hörte die Mädchen aber kommen und konnte es kaum erwarten, daß sie ihn mitnahmen und ihm noch einmal ein bißchen Auslauf verschafften. Er war ein riesiger, schwarzer Labrador mit kantiger Nase und dunklen Augen und wedelte begeistert mit dem Schwanz.

«Tag, Tiger, wie geht's dir? Hat es dir heute morgen gefallen, tote Kaninchen und abgeschossene Tauben zu apportieren?» Tiger stieß kehlige Freudenlaute aus. Ein äußerst freundlicher Hund, und das war gut so, denn er war zu groß und zu stark, als daß er etwas anderes hätte sein dürfen. «Willst du noch einen schönen Spaziergang mit uns machen?»

«Natürlich will er», sagte Jeremy, der mit Pekoe unter dem Arm durch die Tür trat. Er setzte Pekoe ab, und während er seine Jacke von einem Haken an der Wand nahm und anzog, machten die beiden Hunde viel Aufhebens voneinander. Tiger beschnüffelte den kleinen Pekinesen, der sich auf dem Boden wälzte und mit den Beinen durch die Luft ruderte, als schwimme er auf dem Rücken.

Judith lachte. «Sehen die zusammen lustig aus.»

«Und ob!» Jeremy grinste auch. «Also kommt, Mädchen, steht hier nicht lange rum! Walter wartet sicher schon.»

Gemeinsam zogen sie los, durch eine zweite Tür, in den gepflasterten Hof hinaus, in dem die weißen Tauben um ihren Schlag herumflatterten. Es war beinahe so, als kehrten sie in den Winter zurück, und Judith staunte, wie kalt es draußen war. Drinnen, in dem von bleichem Sonnenschein und Blumenduft erfüllten, zentralgeheizten Haus konnte man sich leicht in dem Glauben wiegen, der Frühling sei wirklich schon ausgebrochen, aber die beißende Winterluft machte jede derartige Illusion sofort zunichte. Es war immer noch strahlendes Wetter, aber vom Meer her wehte ein scharfer Ostwind und trieb von Zeit zu Zeit dunkle Wolken vor die Sonne. Judith rief sich in Erinnerung, daß schließlich erst Mitte Februar war, und sie fröstelte trotz des zusätzlichen Pullovers. Jeremy bemerkte es und tröstete sie: «Keine Bange, sobald wir uns ein bißchen bewegt haben, wird dir schon warm.»

Die Ställe lagen ein Stück vom Haus entfernt, durch ein geschickt der Landschaft angepaßtes Wäldchen aus jungen Eichen den Blikken entzogen. Von der Schotterstraße aus, die zu ihnen führte, waren sie erst im letzten Moment zu sehen. Nüchterne, sehr gepflegte Gebäude bildeten drei Seiten eines Quadrats und umschlossen einen Innenhof. In diesem Hof standen die Reittiere, bereits gesattelt und an eisernen, in die Wand eingelassenen Ringen festgebunden. Tinkerbell und Ranger. Tinkerbell war ein reizendes graues Pony, aber Ranger ein stattlicher Brauner, der Judith so groß wie ein Elefant vorkam. Er sah erschreckend stark aus, mit einem mächtigen Hinterteil und kräftigen Muskeln, die unter dem glänzenden, gestriegelten Fell spielten. Während sie näher heranging, beschloß sie, diesem Kraftpaket nicht allzu nahe zu kommen. Das Pony würde sie streicheln und es sogar mit einem Zuckerwürfel füttern, aber um das Jagdpferd des Colonels wollte sie lieber einen sehr großen Bogen machen.

Neben den Tieren stand ein junger Mann und zog gerade den Sattelgurt des kleinen Grauen fest. Als er die drei kommen sah, führte er seine Arbeit zu Ende, klappte das Sattelleder herunter und blieb, eine Hand auf dem Nacken des Ponys, abwartend stehen.

«Hallo, Walter!» rief Loveday.

«Hallo, da bist du ja!»

«Schon fertig? Hast du gewußt, daß wir kommen?»

«Mr. Nettlebed hat Hetty hergeschickt, um mir Bescheid zu sagen.» Er nickte dem jungen Arzt zu. «Tag, Jeremy. Wußte gar nicht, daß du da bist.»

«Hab mal ein Wochenende frei. Wie geht's dir?»

«Kann nicht klagen. Reitest du mit?»

«Nein, heute nicht. Wir laufen mit den Hunden zur Bucht runter. Das ist Lovedays Freundin, Judith Dunbar.»

Walter wandte sich Judith zu, nickte und sagte: «Hallo.»

Er sah auffallend gut aus, schlank und braungebrannt wie ein Zigeuner, mit schwarzem, gelocktem Haar und Augen, die so dunkel wie Kaffeebohnen waren. Zu einer Reithose aus Kordsamt trug er ein dickes, blaugestreiftes Hemd und eine Lederweste. Um den Hals hatte er sich ein kleines gelbes Baumwolltuch gebunden. Wie alt war er? Sechzehn? Oder siebzehn? Aber er wirkte älter, richtig männlich, und der Ansatz zu einem dunklen Bart war unübersehbar. Judith konnte sehr gut verstehen, warum Loveday an diesem Nachmittag unbedingt mit Tinkerbell ausreiten wollte. Sogar sie konnte nachempfinden, wie verlockend ein Pferd sein mußte, wenn es einem die flotte Gesellschaft von Walter Mudge bescherte.

Judith und Jeremy sahen zu, wie die beiden aufsaßen. Walter lehnte es ab, sich hinaufhelfen zu lassen, und schwang sich mit so lässiger Eleganz in den Sattel, daß der Verdacht nahelag, er wollte – wenigstens ein bißchen – damit angeben.

«Viel Spaß», sagte Judith.

«Dir auch», erwiderte Loveday und hob die Peitsche.

Hufe klapperten über das Pflaster, dann änderte sich das Geräusch, als die Pferde die Schotterstraße erreichten. In dem hellen Licht boten sie einen reizvollen Anblick. Sie begannen zu traben, bogen um das Eichenwäldchen und verschwanden. Der Hufschlag verklang.

«Wo reiten sie hin?» fragte Judith.

«Wahrscheinlich über die Wiese bis zum Bauernhof und dann ins Moor hinauf.»

«Jetzt wünschte ich mir beinahe, ich würde Pferde mögen.»

«Der eine mag sie, der andere nicht. Komm, es ist zu kalt zum Herumstehen.»

Ein Stück gingen sie denselben Weg, den die Reiter eingeschlagen hatten, dann schwenkten sie nach rechts in den Pfad ein, der sich durch die Gärten zur Küste hinunterzog. Die Hunde rannten vornweg und waren bald nicht mehr zu sehen. «Die verirren sich doch nicht, oder?» Judith, die sich dafür verantwortlich fühlte, daß ihnen nichts zustieß, machte sich Sorgen, aber Jeremy beruhigte sie. «Die kennen diese Strecke so gut wie jeder hier. Bis wir die Bucht erreichen, sind sie längst dort, und Tiger ist sicher schon geschwommen.»

Jeremy ging voraus, sie folgte ihm auf dem gewundenen Kiesweg Richtung Meer. Der Rasen und die Blumenbeete blieben hinter ihnen zurück. Sie passierten ein kleines schmiedeeisernes Tor. Danach wurde der Pfad schmaler und schlängelte sich den Abhang hinunter, durch einen Dschungel subtropischer Vegetation: Kamelien, spätblühende Hortensien, stattliche Rhododendren, dichtes Bambusgestrüpp und schlanke Palmen. Hoch oben, im noch kahlen Geäst der Ulmen und Buchen, hockten ganze Schwärme krächzender Saatkrähen. Nach einer Weile stießen sie auf einen Bach, der neben ihnen aus dem Dickicht quoll und zwischen Efeu, Moos und Farnkraut in seinem steinigen Bett talwärts sprudelte. Von Zeit zu Zeit führte der Weg über diesen Bach, so daß er mal diesseits, mal jenseits von ihm verlief, und die dekorativen, fernöstlich anmutenden Holzbrücken erinnerten Judith an die Landschaftsbilder auf chinesischem Porzellan. Außer dem Plätschern des Wassers und dem Wind in den Bäumen war hier kein Laut zu hören, denn eine dicke Schicht von verrottendem Laub verschluckte das Geräusch ihrer Schritte, die nur auf den Brücken von den Holzplanken widerhallten.

Nach der letzten Brücke wartete Jeremy, bis Judith ihn einholte. Von den Hunden war nichts zu sehen.

«Wie schaffst du's?»

«Ganz gut.»

«Fein. Jetzt kommen wir zum Tunnel.»

Er setzte sich wieder in Bewegung. Da merkte Judith, daß der abschüssige Pfad weiter vorn unter Gunnerapflanzen verschwand, als münde er in eine Höhle. Diese monströsen Gewächse, wie Riesenrhabarber von einem fremden Stern, hatten stachlige Stiele und Blätter so groß wie Regenschirme. Judith hatte schon früher Gunneras gesehen, aber nicht in solch beängstigender Menge, und es kostete sie einige Überwindung, den Kopf einzuziehen und Jeremy zu folgen. In diesem Tunnel, in den kein Sonnenstrahl einfiel, kam es ihr vor, als bewege sie sich unter Wasser, weil alles so feucht und grün war.

Ihre Füße rutschten auf dem steil abfallenden, glitschigen Weg, während sie sich beeilte, um mit Jeremy Schritt zu halten. «Ich mag Gunneras nicht», sagte sie laut, und er schaute über seine Schulter zurück und lächelte ihr zu.

«In Brasilien verwenden sie die Blätter als Regenschutz», erzählte er.

«Da würde ich lieber naß werden.»

«Wir sind gleich draußen.»

Tatsächlich traten sie Augenblicke später aus dem urwaldartigen Dämmerlicht des Tunnels hinaus und standen wieder in der gleißenden Helligkeit des Winternachmittags. Judith stellte fest, daß sie an den Rand eines ehemaligen Steinbruchs gelangt waren. Über grob aus dem Fels gehauene Stufen führte der Weg nun in Serpentinen nach unten. Der Bach, der nie außer Hörweite gewesen war, kam wieder in Sicht und ergoß sich als funkelnder Wasserfall in einen zwischen Moosen und Farnkraut smaragdgrün schimmernden Tümpel, aus dem Dunstschwaden aufstiegen. Sein Tosen dröhnte Judith in den Ohren. Die Wände des Steinbruchs waren mit Eiskraut bewachsen, und sein mit Felsbrocken und Geröll übersäter Boden hatte sich im Lauf der Jahre in einen Wildgarten verwandelt, in dem Brombeersträucher und Adlerfarn, Geißblatt, Kuckucksnelken und buttergelber Eisenhut wucherten. Der Mandelgeruch des Stechginsters vermischte sich bereits mit dem Geruch von feuchtem Tang, und Judith schloß daraus, daß es nun bis zum Strand nicht mehr weit sein konnte.

Vorsichtig stiegen sie die steilen, behelfsmäßigen Stufen hinab. Unten folgte der inzwischen noch schmaler gewordene Fußpfad dem Bach, der sich durch das Geröllfeld wand, an dessen Ende, bei der ehemaligen Einfahrt in den Steinbruch, der Weg über eine sanfte, grasbewachsene Böschung zu einem hölzernen Gatter hinaufführte, während der Bach in einem unterirdischen Kanal verschwand. Judith und Jeremy kletterten über das Gatter und sprangen auf eine schmale geteerte Straße hinunter, die auf der gegenüberliegenden Seite von einer niedrigen Bruchsteinmauer gesäumt wurde. Dahinter lag – endlich! – die felsige Küste. Auf ihrer Wanderung durch die ausgedehnten Ländereien von Nancherrow hatte ihnen die üppige Vegetation Schutz geboten, doch jetzt waren sie voll dem kräftig aus Südwest wehenden Wind ausgesetzt. Aber die Sonne schien, und auf dem intensiv blauen Meer tanzten weiße Schaumkronen. Judith und Jeremy überquerten die Straße und kletterten auf Trittsteinen über die Mauer. Das Kliff war an dieser Stelle nicht sehr steil. Zwischen Farnkraut, stacheligem Ginster und ganzen Büscheln wilder Schlüsselblumen zog sich ein mit Gras bewachsener Pfad abwärts. Da gerade Ebbe herrschte, war ein sichelförmiger Streifen aus weißem Sand zu sehen. Auch ihr Weggefährte, der Bach, kam wieder zum Vorschein, plätscherte den zerklüfteten Abhang hinunter und floß in einem Graben, der den Strand durchschnitt, den Brechern entgegen. Der Wind fauchte, und nur das Kreischen der Möwen übertönte die Wellen, die unablässig herandonnerten, an den Klippen aufschäumten, auf dem Sand ausrollten und sich mit lautem Zischen wieder zurückzogen.

Wie Jeremy angekündigt hatte, waren die Hunde bereits unten und Tiger triefend naß von einem Ausflug ins Wasser. Pekoe buddelte gerade ein Loch, weil er im Sand etwas Aufregendes witterte. Außer den Hunden und den Möwen sahen sie weit und breit kein Lebewesen.

«Kommen hier jemals auch andere Leute her?» fragte Judith.

«Nein. Ich glaube, die meisten wissen gar nicht, daß es diese Bucht überhaupt gibt.» Er ging wieder vor, wich Gesteinsbrocken und gefährlichen Ecken aus, und Judith hielt sich dicht hinter ihm. Schließlich erreichten sie eine große, überhängende und mit gelben Flechten gesprenkelte Felsplatte, in deren Ritzen Grasnelken wuchsen.

«Wie du siehst, fällt der Strand steil ab, so daß das Wasser bei

Flut hier an die sechs Meter tief oder noch tiefer und glasklar ist. Schön zum Tauchen. Kannst du tauchen?» fragte er.

«Ja, mein Vater hat es mir im Pool des Hotels Galle Face beigebracht.»

«Dann mußt du im Sommer mal herkommen und deine Künste vorführen. Hier ist es dafür ideal. Auf dieser Felsplatte halten wir Picknicks ab, ohne fürchten zu müssen, daß uns die Flut die Thermosflaschen fortspült. Und anscheinend ist sie immer mehr oder minder windgeschützt. Wollen wir uns nicht einen Moment hinsetzen?»

Sie suchten sich auf dem harten Stein einen einigermaßen bequemen Platz, und Judith fror nicht mehr. Ihr war warm vom Laufen, von der Sonne, die durch ihren dicken Pullover drang, und von der angenehmen, unkomplizierten Gesellschaft ihres Begleiters.

«Ich weiß nicht, ob du den Strand von Penmarron kennst, der ist ganz anders. Groß wie eine Wüste und auch so menschenleer, und wenn man dem Nordwind entkommen will, muß man in die Dünen hinaufsteigen. Er ist zwar sehr schön, aber der hier ist…» sie suchte nach dem richtigen Wort.

Jeremy half ihr aus: «Familiärer?»

«Ja, genau das. Ich bin froh, daß du mit mir hergegangen bist, um ihn mir zu zeigen, ich hoffe nur, du hattest nicht das Gefühl, du müßtest es tun. Ich kann mich nämlich auch sehr gut allein beschäftigen.»

«Davon bin ich überzeugt. Aber sei beruhigt, ich wollte selbst hierher. Ich komme immer gern in diese Bucht. Vielleicht, um die Seele zu erfrischen.» Er saß neben ihr, Ellbogen auf den Knien, und blinzelte durch seine Brille angestrengt aufs Meer hinaus. «Siehst du die Kormorane da unten auf der Klippe? Wenn es warm ist, tauchen dort manchmal Robben auf und aalen sich in der Sonne. Dann spielen die Hunde verrückt, weil sie nicht wissen, was sie von ihnen halten sollen.»

Sie schwiegen. Judith dachte an Loveday und Walter, die inzwischen sicher über das Moor galoppierten, aber der leise Neid, den sie empfunden hatte, als sie die beiden so gekonnt und elegant davonreiten sah, war verflogen. Hier zu sein war besser. An diesem

Ort und mit diesem netten Mann. Seine Gegenwart war beinahe so angenehm, wie allein zu sein.

Nach einer Weile sagte sie: «Du kennst hier alles sehr gut, nicht wahr? Ich meine Nancherrow und die Carey-Lewis. Als ob es dein eigenes Zuhause wäre und deine eigene Familie.»

Jeremy lehnte sich zurück und stützte sich mit den Armen ab.

«Es ist so etwas wie mein zweites Zuhause. Weißt du, ich komme schon seit Jahren her. Die Carey-Lewis habe ich kennengelernt, weil mein Vater ihr Hausarzt ist, und dann, als ich älter wurde und anfing Rugby und Cricket zu spielen, da hat der Colonel mich unter seine Fittiche genommen und mich in jeder Weise gefördert und unterstützt. Er ist ein begeisterter Anhänger meiner Mannschaft. Er war immer bei meinen Spielen und hat uns angefeuert. Und später hat er mich dann eingeladen, mit ihm auf die Jagd zu gehen, was sehr freundlich von ihm war, weil mein Vater nie die Zeit gehabt hat, dieser Art von Sport zu frönen, und deshalb die Gastfreundschaft des Colonels nicht erwidern konnte.»

«Und die Kinder? Ich meine Athena und Edward. Bist du mit denen auch befreundet?»

«Na ja, sie sind um einiges jünger als ich, aber im Grunde sind wir schon befreundet. Als Athena anfing tanzen zu gehen, hab ich sie für gewöhnlich auf Partys begleitet. Nicht, daß sie jemals mit mir getanzt hätte, aber ihre Eltern haben mir wohl die Verantwortung zugetraut, sie wieder heil nach Hause zu bringen.»

«Hat es dir nichts ausgemacht, daß sie nicht mit dir getanzt hat?»

«Eigentlich nicht. Ich hab immer eine Menge andere Mädchen gekannt.»

«Sie ist sehr hübsch, nicht wahr?»

«Hinreißend. Wie ihre Mutter. Die Männer liegen ihr scharenweise zu Füßen.»

«Und Edward?»

«Edward habe ich sehr gut kennengelernt, denn während meines Studiums war ich ständig knapp bei Kasse, und da hat mir der Colonel einen Ferienjob angeboten. Als eine Art Hauslehrer oder wie auch immer du es nennen willst. Edward war nie besonders intellektuell, er brauchte Nachhilfestunden, um seine Prüfungen zu schaffen und schließlich nach Harrow gehen zu können. Und ich hab ihn in Tennis und Cricket trainiert. Damals sind wir auch regelmäßig nach Penzance rübergefahren und haben dort gesegelt. Es war herrlich. Also kannst du dir denken, daß ich viel Zeit hier bei ihnen und mit ihnen verbracht habe.»

«Jetzt versteh ich das.»

«Was?»

«Warum du anscheinend zur Familie gehörst.»

«Man kommt von ihnen nicht los. Und wie es mit dir? Hast du geahnt, was dich erwartet, als du für das Wochenende nach Nancherrow eingeladen wurdest?»

«Nicht so genau.»

«Der erste Eindruck ist überwältigend. Ich hoffe bloß, daß er dich nicht total erschlagen hat.»

«Nein.» Sie dachte darüber nach. «Aber nur, weil alle so nett sind. Sonst wäre es ein bißchen beängstigend. Sie kommen mir so… reich vor; mit Butler und Ponys und Kinderfrauen und Jagdgesellschaften. Ich habe in England noch nie Leute kennengelernt, die einen Butler haben. Auf Ceylon ist das etwas anderes, dort haben alle mehrere Dienstboten, aber hier haben die meisten doch nur ein Mädchen für alles. Ist… ist Colonel Carey-Lewis furchtbar reich?»

«Nicht reicher als irgendein anderer Gutsbesitzer in Cornwall.»

«Aber…»

«Das Geld gehört Diana. Sie war das einzige Kind eines ungemein wohlhabenden Mannes, die Tochter von Lord Awliscombe. Als er starb, war sie bestens versorgt.»

Diana war, wie es schien, mit allem gesegnet. «Sie muß eine besonders gute Fee gehabt haben. So schön und charmant zu sein, und dann noch wohlhabend. Die meisten gäben sich schon mit einem zufrieden. Dabei ist sie nicht nur schön, sondern auch noch so jung. Man möchte kaum glauben, daß sie schon erwachsene Kinder hat.»

«Sie war erst siebzehn, als sie Edgar heiratete.»

«Edgar? Heißt der Colonel so?»

«Ja. Er ist natürlich viel älter als Diana, aber er hat sie schon immer angehimmelt, und schließlich hat er sie auch erobert. Es war eine große Hochzeit.»

«Wenn er sie so liebt, stören ihn dann Leute wie Tommy Mortimer nicht?»

Jeremy lachte. «Meinst du, sie sollten ihn stören?»

Judith wurde verlegen, weil sie plötzlich den Eindruck hatte, sie höre sich wie ein entsetzlicher Moralapostel an. «Nein, natürlich nicht. Mir scheint nur... Er scheint...» Sie kam ins Schwimmen. «Ich habe mich gefragt, ob er Schauspieler ist.»

«Wegen seiner ausladenden Gesten und der einschmeichelnden Stimme? Da kann man sich leicht irren. Nein, er ist kein Schauspieler. Er ist Goldschmied. Seiner Familie gehört das Juweliergeschäft Mortimer in der Regent Street. Einer dieser Läden, in denen die Leute sündhaft teure Hochzeitsgeschenke und Verlobungsringe und solche Sachen kaufen. Meine Mutter war einmal dort, aber nur, um sich Löcher in die Ohren stechen zu lassen. Sie hat erzählt, sie hätte sich beim Weggehen wie eine Millionärin gefühlt.»

«Ist er nicht verheiratet? Tommy Mortimer, meine ich.»

«Nein. Zu seinem großen Kummer liebt er angeblich nur Diana, ich glaube allerdings, er ist in Wirklichkeit ganz gern Junggeselle, um sich's mit keiner zu verderben, und hat sich immer davor gescheut, seine Freiheit aufzugeben. Aber er ist sehr eng mit Diana befreundet. Er kümmert sich auch um sie, wenn sie nach London verschwindet, und er kommt von Zeit zu Zeit her, wenn er ein bißchen Entspannung und frische Luft nötig hat.»

Es war trotzdem schwer zu verstehen. «Macht das dem Colonel nichts aus?»

«Ich glaube nicht. Sie haben sich darauf geeinigt, daß jeder ein eigenständiges Leben führt, und jeder hat seine eigenen Interessen. Diana besitzt ein kleines Haus in London, ein ehemaliges Kutscherhäuschen, und sie braucht das, ab und zu in die große Stadt zu entfliehen. Edgar kann dagegen London nicht ausstehen. Er fährt nur hin, um seinen Börsenmakler aufzusuchen oder sich ein Crikketspiel im Lord's Stadion anzuschauen. Und er geht nie in Dianas Haus, sondern bleibt in seinem Club. Er ist absolut kein Stadtmensch. Nie gewesen. Sein Leben ist Nancherrow, das Gut und der Bauernhof, die Jagd und seine Fasanen und ein bißchen Lachse fischen in Devon. Außerdem ist er Friedensrichter und sitzt im Grafschaftsrat. Ein unablässig emsiger Mann. Und wie gesagt, er ist erheblich älter als Diana. Selbst wenn er wollte, könnte er bei den Vergnügen, die ihr Freude machen, nicht mithalten.»

«Was sind das für Vergnügen?»

«Ach, Einkaufsbummel und Bridge, in London essen gehen, Nachtclubs, Konzerte und Theater. Einmal hat sie ihn in ein Konzert geschleppt, da hat er die meiste Zeit geschlafen. Seine Vorstellungen von Melodik beschränken sich auf Lieder wie *If you were the only girl in the world* oder *Land of Hope and Glory*.»

Judith mußte lachen. «Ich mag ihn», sagte sie. «Er hat so ein nettes Gesicht.»

«Er *ist* nett. Jedoch auch furchtbar menschenscheu. Aber du hast anscheinend das Eis gebrochen, ihr habt euch viel zu erzählen gehabt...»

An dieser Stelle fand ihre friedliche Unterhaltung ein jähes Ende. Die Hunde hatten genug von Strand und Wasser, kletterten auf ihrem eigenen Weg den Felshang hinauf und suchten Jeremy und Judith. Tiger war patschnaß, weil er ein zweites Mal geschwommen war, und in Pekoes Fell klebte feuchter Sand. Ihr Verhalten ließ erkennen, daß sie keine Lust mehr hatten, sich noch länger hier herumzutreiben, und ihren Spaziergang fortsetzen wollten. Außerdem verschwand die Sonne gerade hinter einer großen, dunklen Wolke. Das Meer verfärbte sich grau, der Wind frischte auf, und es war eindeutig an der Zeit aufzubrechen.

Sie kehrten nicht auf dem Pfad, den sie gekommen waren, durch die Gärten zurück, sondern wanderten ein oder zwei Meilen die schmale Küstenstraße entlang und bogen dann landeinwärts. Dabei folgten sie dem Lauf eines seichten, von windverkrüppelten Eichen gesäumten Flusses. Es ging steil bergauf. Als sie oben ankamen, befanden sie sich am Rande des Hochmoors. Von hier führte ein Feldweg zwischen Wiesen, auf denen Milchkühe grasten, nach Nancherrow zurück. Es gab keine Gatter, weil es auch keine Zäune gab, sondern tiefe Gräben, die die Weideflächen begrenzten, und Granitplatten, die als Stege dienten. «Eine alte britische Methode, das Vieh daran zu hindern, von der Weide auszubrechen», bemerkte Jeremy, während er über einen solchen Steg balancierte, «und dabei weitaus wirksamer als Gatter, die Wanderer und Spaziergänger doch dauernd offenlassen.» Tiger nahm diese Trittplatten ganz selbstverständlich hin, aber Pekoe stellte sich schon bei der ersten furchtbar an und mußte hinübergetragen werden.

Es war fast fünf, und der Nachmittag ging zur Neige, als sie zum Haus zurückgelangten. Der Himmel hatte sich inzwischen bewölkt, die Sonne war endgültig verschwunden, und das Tageslicht verblaßte.

Judith war müde. Während sie über das letzte Stück der Zufahrt trotteten, fragte sie: «Ob Loveday schon da ist?»

«Bestimmt. Walter würde es nicht riskieren, sich von der Dunkelheit überraschen zu lassen.»

Mittlerweile schleppten sich sogar die Hunde nur noch mühsam voran, aber sie hatten es beinahe geschafft. Die Bäume wurden spärlicher, noch eine Biegung, und dann kam das Haus in Sicht, mit erleuchteten Fenstern und Licht hinter dem verglasten Eingang. Sie gingen jedoch nicht durch die Vordertür hinein, sondern denselben Weg, den sie gekommen waren, hintenherum und durch die Waffenkammer.

«Alte Hausregel», erklärte Jeremy. «Kein Hund darf in den Haupttrakt, bevor er trocken ist, sonst wären die Sofas und Teppiche dauernd verdreckt.» Er füllte ihre emaillierten Näpfe mit frischem Wasser und sah ihnen zu, wie sie tranken. Sobald sie ihren Durst gestillt hatten, schüttelten sie sich und trollten sich zufrieden in ihre Körbe.

«So ist's recht», sagte Jeremy. «Gehen wir zu Mary. Sie erwartet uns sicher schon mit einem dampfenden Teekessel. Ich will mir nur noch die Hände waschen. Bis gleich.»

Müde ging Judith in ihr Zimmer hinauf. Aber jetzt war es anders, nicht mehr so neu, sondern schon vertraut. Sie war nach Nancherrow zurückgekehrt, sah das Haus nicht mehr zum erstenmal. Sie wohnte hier, fühlte sich akzeptiert, und das war *ihr* Zimmer. Sie zog den dicken Pullover aus, warf ihn auf das Bett und ging in *ihr* Badezimmer, benutzte die parfümierte Seife und trocknete sich die Hände an dem ihr zugedachten Badetuch ab. Dann bürstete sie sich das vom Wind zerzauste Haar aus dem Gesicht und band es ordentlich zusammen. Im Spiegel sah sie ihr vom Laufen und von der frischen Luft rosiges Gesicht. Sie gähnte. Es war ein langer Tag, und er war noch nicht zu Ende. Sie knipste das Licht aus und begab sich auf die Suche nach dem Tee.

Jeremy war schon vor ihr da, saß mit Mary und Loveday am Tisch und bestrich sich ein Scone mit Butter.

«Wir wußten nicht, wo du abgeblieben bist», sagte Loveday, als Judith hereinkam. «Du warst ja ewig weg. Mary und ich haben schon gedacht, wir müßten einen Suchtrupp ausschicken.» Judith zog sich einen Stuhl heran. Welch eine Wohltat, sich hinzusetzen! Im Kamin brannte ein Feuer, und Mary hatte bereits die Vorhänge zugezogen, um die hereinbrechende Dunkelheit auszusperren. «Hat dir die Bucht gefallen?»

«Ja, sie war herrlich.»

«Wie möchtest du deinen Tee?» fragte Mary. «Mit Milch und ohne Zucker? Nach dem weiten Marsch brauchst du sicher einen kräftigen Schluck Tee. Gerade hab ich zu Jeremy gesagt, so weit hätte er doch nicht gleich mit dir laufen müssen.»

«Mir hat es nichts ausgemacht. Ich fand's gut. Und wie war's bei dir, Loveday, war dein Ausritt schön?»

Ja, Loveday hatte einen wunderbaren Nachmittag gehabt, voller Abenteuer; Tinkerbell war über ein Weidengatter mit vier Querbalken gesprungen, und Ranger hatte vor einem alten Sack gescheut, der in einer dornigen Hecke flatterte, aber Walter war großartig gewesen und hatte es geschafft, ihn zu beruhigen und wieder unter Kontrolle zu bekommen. «Ich hab wirklich geglaubt, gleich gibt's eine *furchtbare* Katastrophe.» Oben im Hochmoor waren sie meilenweit galoppiert, und es war himmlisch, und die Luft so klar, daß man unheimlich weit sehen konnte. Alles war himmlisch, absolut himmlisch, und sie konnte es kaum erwarten, wieder mit Walter auszureiten. «Mit ihm macht es sogar noch mehr Spaß als mit Paps, weil Paps immer so vorsichtig ist.»

«Ich hoffe, Walter ist kein Risiko eingegangen», sagte Mary streng.

«Ach, Mary, du mit deinem ewigen Getue! Ich kann absolut selber auf mich aufpassen.»

Als sie sich mit Scones, bunt glasierten Cremetörtchen, Butterkeksen und Marmite-Sandwiches so vollgestopft hatten, daß sie keinen Bissen mehr hinunterbekamen, hörten sie schließlich auf zu essen und zu trinken. Jeremy lehnte sich auf seinem Stuhl zurück und streckte sich mächtig. Judith befürchtete, der Stuhl könnte unter seinem Gewicht zusammenbrechen, doch er hielt ihm stand. «Ich will zwar nicht, aber ich muß jetzt wirklich los», sagte er, «sonst bin ich zum Abendessen nicht rechtzeitig zu Hause.»

«Wie du nach all den Scones schon wieder an die nächste Mahlzeit denken kannst, begreif ich nicht», erklärte Loveday.

«Das mußt ausgerechnet du sagen.»

Er stemmte sich hoch. Genau in diesem Moment ging die Tür auf, und Diana kam herein.

«Oh, da seid ihr alle. Was für ein trauter Anblick!»

«Hatten Sie Ihren Nachmittagstee schon, Mrs. Carey-Lewis?»

«Ja. Die Parker-Browns sind bereits weg, weil sie noch zu einer Cocktailparty müssen, und die Männer haben sich hinter Zeitungen verkrochen. Jeremy, du siehst aus, als wolltest du uns gleich verlassen.»

«Leider. Bin so gut wie unterwegs.»

«Herrlich, daß du wieder mal da warst! Grüß deine Eltern...»

«Also dann, danke! Für den Lunch und alles. Ich schau unten noch schnell rein, um mich vom Colonel und von Tommy zu verabschieden.»

«Ja, tu das! Und komm bald wieder!»

«Sehr gern, ich weiß bloß noch nicht wann. Wiedersehen, Mädels. Auf Wiedersehen, Judith, hat mich gefreut, daß wir uns hier noch einmal getroffen haben. Wiedersehen, Mary...» Er drückte ihr einen Kuß auf die Wange. «Diana!» Auch ihr gab er einen Kuß. Dann wandte er sich zur Tür, öffnete sie, winkte kurz, und schon war er draußen.

«Der hat noch nie zu denen gehört, die lange fackeln», sagte Diana, als sie ihm lächelnd nachblickte. «So ein lieber Junge.» Darauf ließ sie sich in einer Ecke des Sofas neben dem Kamin nieder. «Wollt ihr beiden zum Dinner runterkommen oder lieber hier mit Mary zu Abend essen?»

«Müssen wir uns umziehen, wenn wir runterkommen?» fragte Loveday.

«Ach, Darling, was für eine törichte Frage, natürlich müßt ihr euch umziehen.»

«Dann glaube ich, wir bleiben lieber hier und essen Rühreier oder sonstwas.»

Diana hob ihre schönen Augenbrauen. «Und was meinst du dazu, Judith?»

«Ich esse gern Rühreier. Außerdem habe ich kein Kleid mit, um mich umzuziehen.»

«Na schön, wie ihr wollt, dann sage ich Nettlebed Bescheid. Kitty kann euch ja etwas auf einem Tablett heraufbringen.» Sie griff in die Tasche ihrer hellgrauen Strickjacke und zog Zigaretten und ein goldenes Feuerzeug heraus. Dann steckte sie sich eine an und langte nach einem Aschenbecher. «Judith, was ist mit dem schönen Schränkchen, das du mitgebracht hast? Du hast versprochen, du zeigst es mir nach dem Tee. Hol es her, und dann schauen wir es uns jetzt an.»

So war sie die nächsten zehn Minuten damit beschäftigt, wieder einmal ihr Zedernholzschränkchen und sein raffiniertes Schloß vorzuführen. Diana bekundete erfreuliche Begeisterung, bewunderte jedes Detail, öffnete und schloß die winzigen Schubladen und versprach, eine von ihnen mit ihrer Sammlung von Kaurimuscheln zu füllen.

«Du könntest es als Schmuckkästchen benutzen, für deine Ringe und deine sonstigen Schätze. Da wären sie sicher verwahrt.»

«Ich habe keine Ringe und auch keinen anderen Schmuck.»

«Das kriegst du schon noch.» Ein letztes Mal klappte Diana den Deckel zu und hakte den Verschluß ein. Dann lächelte sie Judith an. «Wo willst du es denn aufheben?»

«Wahrscheinlich bei Tante Louise... Ich bringe es in den Trimesterferien zu ihr.»

«Ja», sagte Loveday, «die widerliche alte Aufseherin will dir ja nicht einmal eine Ecke in ihrem Rotkreuzschrank dafür einräumen.»

«Warum läßt du es denn nicht hier?» fragte Diana.

192

«*Hier?*»

«Ja. Auf Nancherrow. In deinem Zimmer. Dann erwartet es dich jedesmal, wenn du herkommst.»

«Aber...» Daß sie wiederkommen durfte, war das einzige, woran sie in diesem Moment denken konnte. Es würde nicht bei diesem einen Besuch bleiben. Man würde sie wieder einladen. «Aber wäre es Ihnen denn nicht im Weg?»

«Nicht im geringsten. Und wenn du das nächste Mal kommst, mußt du etwas zum Anziehen mitbringen und auch hierlassen, als wärst du hier zu Hause, damit du nicht mehr in Athenas abgelegten Sachen rumlaufen mußt.»

«Ich trage sie gern. Ich habe noch nie einen Kaschmirpullover gehabt.»

«Dann solltest du ihn behalten. Wir hängen ihn in deinen Schrank, als erstes Stück deiner Nancherrow-Garderobe.»

LAVINIA BOSCAWEN, die sich schon vor langer Zeit damit abgefunden hatte, daß sehr alte Leute nur noch wenig Schlaf brauchen, lag, das Gesicht dem Fenster zugewandt, in ihrem weichen Doppelbett und sah zu, wie die Morgendämmerung allmählich den Nachthimmel erhellte. Die Vorhänge waren so weit wie nur möglich zurückgezogen, weil Lavinia seit eh und je der Meinung war, die Dunkelheit draußen mit ihrem Sternengefunkel und die nächtlichen Gerüche und Geräusche seien zu kostbar, um sie auszusperren.

Die Vorhänge waren sehr alt, zwar nicht so alt wie Mrs. Boscawen selbst, aber sie hingen im Dower House, seit sie hier wohnte, und das waren immerhin fast fünfzig Jahre. Die Sonne hatte sie ausgebleicht und der Zahn der Zeit an ihnen genagt; wie die Wolle eines alten Schafs quoll an manchen Stellen das dicke Zwischenfutter heraus, die Borten an der Schabracke und die kunstvoll gedrehten Kordeln, mit denen sie gerafft wurden, hatten sich aufgedröselt und hingen als lose Fäden in Schlingen herunter. Macht nichts. Einst waren sie hübsch gewesen. Lavinia hatte sie selbst ausgesucht und immer gern gemocht. Sie würden sie noch überdauern.

An diesem Morgen regnete es nicht. Dafür war sie dankbar. Über Winter hatten sie zuviel Regen gehabt, und obgleich sie mit ihren fünfundachtzig Jahren nicht mehr durch das Dorf schlenderte und auch keine langen, gesunden Spaziergänge mehr unternahm, freute sie sich dennoch darüber, wenn sie vor die Tür treten und in den Garten hinausgehen konnte, um ein oder zwei Stunden an der frischen Luft herumzuwerkeln, die Rosen zu mulchen oder ordentliche Zöpfe aus den Narzissenblättern zu flechten, sobald die goldenen Blütenköpfe verwelkt waren. Dabei benutzte sie eine spezielle Kniebank, die ihr Neffe Edgar für sie entworfen und im Sägewerk von Nancherrow gezimmert hatte: eine Holzplatte mit einer Gummiauflage, um ihre alten Knie vor der Feuchtigkeit zu schützen, und mit stabilen, henkelartigen Griffen, die sich hervorragend als Stützen eigneten, wenn sie wieder aufstehen wollte. So ein einfaches Gerät, und dabei so praktisch. Typisch Edgar, den Lavinia, da ihr selbst Kinder versagt geblieben waren, stets wie einen eigenen Sohn geliebt hatte.

Der Himmel wurde heller. Ein klarer, kalter Tag. Ein Sonntag. Ihr fiel ein, daß Edgar und Diana zum Mittagessen kommen und Loveday, Tommy Mortimer und Lovedays Schulfreundin mitbringen würden. Tommy Mortimer war ein alter Bekannter, den sie oft traf, wenn er London entfloh und sich für ein Wochenende auf dem Lande nach Nancherrow absetzte. Da er Dianas Freund war, aufmerksam, anhänglich und ein nie versiegender Quell blumiger Komplimente, hatte Lavinia ihm anfangs zutiefst mißtraut, ihm ruchlose Absichten unterstellt und sich um Edgars willen darüber geärgert, daß er unablässig um Diana herumscharwenzelte. Doch im Lauf der Zeit hatte Lavinia sich ihren eigenen Reim auf Tommy Mortimer gemacht, war zu der Erkenntnis gelangt, daß er niemandes Ehe gefährdete, konnte über seine Extravaganzen lachen und hatte ihn mittlerweile recht gern. Lovedays Schulfreundin war dagegen eine noch unbekannte Größe. Aber es war sicher interessant, herauszufinden, was für ein Mädchen dieses vorlaute, eigenwillige Kind für ein Wochenende nach Hause mitbrachte.

Alles in allem ein richtiges Ereignis. Zum Mittagessen würde es junge Enten, frisches Gemüse, Zitronensoufflé und eingeweckte

Nektarinen geben, und in der Speisekammer stand ein ausgezeichneter weißer Rheinwein auf dem Regal. Sie mußte Isobel noch daran erinnern, ihn kalt zu stellen.

Isobel! Lavinia hatte in ihrem Alter wenig Sorgen. Schon in mittleren Jahren war sie zu dem Schluß gekommen, daß es nutzlos sei, sich über etwas, was sie nicht beeinflussen konnte, den Kopf zu zerbrechen. Dazu gehörten ihr über kurz oder lang unvermeidlicher Tod, das Wetter und die unerfreuliche Entwicklung in Deutschland. Deshalb wandte sie sich, sobald sie pflichtschuldig die Zeitung gelesen hatte, entschlossen anderen Dingen zu: einer neuen Rose, die sie bestellen wollte; der Buddleia, die zurückgeschnitten werden mußte; ihren Leihbüchern und den Briefen, die sie mit alten Freunden wechselte; ihrem Wandteppich, an dem sie stickte, oder der täglichen, zu einem reibungslosen Ablauf des kleinen Haushalts erforderlichen Besprechung mit Isobel.

Aber um Isobel machte sie sich dennoch Sorgen. Nur zehn Jahre jünger als Lavinia, wuchs ihr das Kochen und alles, worum sie sich sonst noch kümmerte und was vierzig Jahre lang ihre Welt gewesen war, allmählich über den Kopf. Von Zeit zu Zeit nahm Lavinia ihren ganzen Mut zusammen und brachte das Gespräch darauf, daß Isobel sich vielleicht zur Ruhe setzen sollte, doch Isobel reagierte stets furchtbar beleidigt und gekränkt, als versuche Lavinia, sie loszuwerden, und schmollte dann ein paar Tage. Trotzdem hatten sie Kompromisse geschlossen, und nun stapfte jeden Morgen die Frau des Briefträgers vom Dorf herauf. Eingestellt für «das Grobe», war sie nach und nach bis jenseits der Küchentür vorgedrungen und hatte auch den Rest der Hausarbeit übernommen, wienerte die Fußböden, schrubbte die Steinplatten vor dem Eingang und sorgte insgesamt dafür, daß alles strahlte, duftete und gepflegt aussah. Zuerst hatte Isobel diese gute Seele mit kühler Distanz behandelt, und es sprach sehr für die Frau des Briefträgers, daß sie die lange Phase des Widerstands durchgehalten, Isobels Feindseligkeit überwunden und sich schließlich mit ihr angefreundet hatte.

Nur, sonntags kam sie nicht, und das Mittagessen würde Isobel eine Menge Arbeit machen. Lavinia wünschte, sie ließe sie ein bißchen mithelfen, obwohl sie nicht viel hätte tun können, zumal sie nicht einmal fähig war, auch nur ein Ei zu kochen. Aber Isobel fühlte sich immer gleich in ihrem kratzbürstigen Stolz verletzt, so daß es letzten Endes für alle leichter war, wenn ihr niemand dazwischenfunkte.

Irgendwo draußen im Garten flötete eine Amsel. Unten wurde eine Tür geöffnet und wieder geschlossen. Lavinia drehte auf ihrem Kissenstapel den Kopf auf die andere Seite und streckte einen Arm aus, um nach ihrer Brille zu greifen, die auf dem Nachttisch lag. Es war ein großer Nachttisch, so groß wie ein kleiner Schreibtisch, denn sie brauchte viele bescheidene, aber wichtige Dinge ständig in ihrer Reichweite: die Brille, ein Glas Wasser, eine Dose mit Teegebäck, einen Notizblock und einen gespitzten Bleistift, falls ihr mitten in der Nacht irgendein glänzender Einfall kam; ein Foto ihres verstorbenen Mannes, Eustace Boscawen, der sie aus einem mit blauem Samt bezogenen Rahmen ernst anblickte, ihre Bibel und die jeweilige Bettlektüre. Zur Zeit las sie – etwa zum sechstenmal – *Barchester Towers,* aber Trollope war so ein tröstlicher Autor. Bei seinen Büchern hatte sie das Gefühl, als nehme sie jemand an der Hand und führe sie behutsam in die Vergangenheit zurück. Lavinia tastete nach der Brille. Wenigstens, so sagte sie sich, grinste ihr kein falsches Gebiß aus einem Wasserglas entgegen. Sie war stolz auf ihre Zähne. Wie viele Frauen hatten denn mit fünfundachtzig noch ihre eigenen Zähne – jedenfalls die meisten? Und diejenigen, die den Weg alles Irdischen gegangen waren, hatte sie im Backenbereich eingebüßt, so daß es nicht auffiel. Deshalb konnte sie immer noch lächeln oder lachen, ohne fürchten zu müssen, daß sie die Leute mit einer zahnlückigen Grimasse oder einer verrutschten Gaumenplatte in Verlegenheit brachte.

Sie schaute auf die Uhr. Halb acht. Isobel kam gerade herauf. Lavinia hörte die Stufen knarren und die schlurfenden Schritte auf dem Treppenabsatz. Ein flüchtiges Klopfen, dann ging die Tür auf, und Isobel erschien mit einem Tablett, auf dem sie wie jeden Morgen ein Glas heißes Wasser brachte, in dem eine Zitronenscheibe schwamm. Sie sollte diesen alten Brauch wirklich nicht mehr aufrechterhalten, Lavinia könnte völlig darauf verzichten, nur, Isobel hatte jahrzehntelang am frühen Morgen heißes Zitronenwasser serviert und dachte nicht im Traum daran, das nun einzustellen.

«Morgen! Ist das vielleicht kalt heute», sagte sie, schaffte auf dem Nachttisch ein bißchen Platz und stellte das Tablett ab. Ihre Hände waren knotig und gerötet, die arthritischen Knöchel geschwollen, und über ihrem blauen Baumwollkleid trug sie eine weiße Schürze. Früher hatte sie sich immer noch eine voluminöse und nicht gerade kleidsame weiße Baumwollhaube aufgesetzt, doch Lavinia konnte ihr schließlich einreden, dieses Symbol der Unterwürfigkeit abzulegen. Sie sah jetzt viel besser aus, seit sie ihr krauses graues Haar nicht mehr verbarg, sondern nach hinten kämmte und zu einem kleinen Knoten schlang, den sie mit riesigen schwarzen Haarnadeln feststeckte.

«Oh, danke, Isobel.»

Isobel ging durch das Zimmer und schloß das Fenster. Leider sperrte sie damit den Gesang der Amsel aus. Sie hatte schwarze Strümpfe und abgetragene Schnürschuhe an, und auch ihre Fußknöchel waren geschwollen. Sie sollte selbst noch im Bett liegen und sich warme Getränke bringen lassen. Lavinia wünschte, sie hätte nicht immer so ein schlechtes Gewissen.

Einem Impuls folgend, sagte sie: «Isobel, ich hoffe, Sie haben heute nicht allzuviel Arbeit. Vielleicht sollten wir keine Leute mehr zum Mittagessen einladen.»

«Jetzt fangen Sie bloß nicht wieder damit an!» Geschäftig zupfte sie die Vorhänge zurecht. «Sie reden daher, als wär ich schon mit einem Bein im Grab.»

«Nein, das tue ich nicht. Ich möchte bloß vermeiden, daß Sie sich kaputtrackern.»

Isobel lachte prustend. «Da besteht wenig Gefahr. Jedenfalls läuft alles wie am Schnürchen. Den Tisch hab ich schon gestern abend gedeckt, während Sie Ihr Nachtmahl von einem Tablett gegessen haben, und das ganze Gemüse ist fertig. Prima, der Rosenkohl, ein bißchen Frost, und schon ist er knackig. Ich geh jetzt runter und bereite das Soufflé vor. Loveday würde sich schön bedanken, wenn's kein Soufflé gäbe.»

«Sie verwöhnen sie, Isobel, wie jeder.»

Isobel rümpfte die Nase. «Sind alle verwöhnt, diese Carey-Lewis-Kinder, wenn Sie mich fragen, hat ihnen aber wohl nicht geschadet.» Sie bückte sich und hob Lavinias wollenen Morgenrock auf, der von einem Stuhl auf den Boden gerutscht war. «Und ich war nie dafür, daß sie Loveday damals in diese Schule geschickt haben... Wozu hat man denn Kinder, wenn man sie meilenweit fortschickt?»

«Ich nehme an, sie hielten es für das Beste. Jedenfalls ist das alles nun vorbei, und in St. Ursula scheint sie sich ja einzugewöhnen.»

«Ist 'n gutes Zeichen, daß sie eine Freundin heimgebracht hat. Wenn sie Freundschaften schließt, kann sie nicht kreuzunglücklich sein.»

«Nein, da haben Sie recht. Und wir dürfen nicht vergessen, daß es uns nichts angeht.»

«Mag schon sein, aber deshalb können wir trotzdem unsere eigene Meinung dazu haben, oder?» Nachdem sie ihre Ansicht unmißverständlich geäußert hatte, stapfte Isobel zur Tür. «Möchten Sie ein Spiegelei zum Frühstück?»

«Ja, danke, liebe Isobel, sehr gern.»

Die alte Haushälterin ging hinaus. Ihre Schritte verklangen auf der Treppe. Lavinia stellte sich vor, wie sie vorsichtig Stufe um Stufe hinunterstieg und sich mit einer Hand am Geländer festhielt. Die Schuldgefühle ließen sie nicht los, aber was sollte sie machen? Da war nichts zu machen. Also trank sie ihr heißes Zitronenwasser, dachte an die Gäste, die zum Mittagessen kamen, und beschloß, ihr neues, blaues Kleid anzuziehen.

LOVEDAYS VERHALTEN am nächsten Morgen zeigte deutlich, daß Großtante Lavinia einer der wenigen Menschen – oder vielleicht der einzige – war, der einen gewissen Einfluß auf ihre eigenwillige Persönlichkeit auszuüben vermochte. Das fing schon damit an, daß sie früh aufstand, um sich die Haare zu waschen, und dann ohne den leisesten Widerspruch die Sachen anzog, die Mary ihr am Abend zuvor herausgelegt hatte – ein Kleid aus kariertem Wollstoff mit leuchtend weißem Kragen und Manschetten, dazu weiße Knie-strümpfe und schwarze Lackschuhe mit Riemchen und Knöpfen.

Als Judith sie in der Ammenstube antraf, wo Mary ihr die Haare trocknete und bürstete, machte sie sich Gedanken über ihr eigenes Aussehen. Beim Anblick von Loveday, die sich so ungewohnt schick herausgeputzt hatte, fühlte sie sich ganz kläglich, wie eine arme Verwandte. Den roten Kaschmirpullover fand sie zwar nach wie vor schön, aber...

«Ich kann doch nicht in kurzen Hosen zu einem Mittagessen ge-hen, oder?» wandte sie sich an Mary. «Und die Schuluniform ist so häßlich, die möchte ich nicht anziehen...»

«Nein, natürlich nicht.» Mary war so verständnisvoll und prak-tisch wie immer. «Ich werf mal einen Blick in Athenas Schrank und such dir einen hübschen Rock raus. Außerdem kannst du dir von Loveday ein Paar weiße Strümpfe ausborgen, die gleichen, die sie anhat, und ich poliere dir deine Schuhe auf. Dann strahlst du wie ein neuer Penny... Halt doch still, Loveday, um Himmels willen, sonst kriegen wir diese Mähne nie trocken.»

Der Rock, den sie schamlos aus Athenas Schrank entwendet hat-ten, war ein Schottenkilt, der in der Taille mit Lederriemchen und Schnallen geschlossen wurde. «Kilts sind was Herrliches», erklärte Mary. «Egal, ob man dick oder dünn ist, die passen immer.»

Sie kniete vor Judith, schlang ihr den Rock um die Hüften und fädelte die Riemchen in die Schnallen ein.

Loveday, die ihnen zuschaute, begann zu kichern. «Fast so, wie wenn Tinkerbells Sattelgurt festgezogen wird.»

«Überhaupt nicht. Du weißt doch, daß Tinkerbell sich immer aufbläht wie ein Ballon. Fertig! Sitzt perfekt. Und er hat auch die richtige Länge, geht dir gerade bis zum Knie. In dem Schottenmu-ster ist sogar ein bißchen Rot, das genau zu deinem Pulli paßt.» Lächelnd richtete sie sich wieder auf. «Hübsch siehst du aus, als wärst du direkt aus einem Modejournal gehüpft. Jetzt zieh deine Schuhe aus, und ich putze sie dir so blank, daß du dein eigenes Gesicht drin sehen kannst.»

Sonntags gab es auf Nancherrow erst um neun Uhr Frühstück. Trotzdem saßen die anderen bereits bei Tisch und ließen sich heißen

Porridge und gegrillte Würstchen schmecken, als Mary mit den beiden Mädchen erschien. Das große Eßzimmer war in winterlichen Sonnenschein getaucht, und es roch köstlich nach frischem Kaffee.

«Tut mir leid, daß wir so spät kommen», entschuldigte sich Mary.

«Wir haben uns schon gewundert, wo ihr alle so lange bleibt.» Diana, die am unteren Ende des Tisches saß, hatte ein tadellos geschnittenes hellgraues Flanellkostüm an, in dem sie so schlank wie eine Gerte wirkte. Eine blaue Seidenbluse betonte das Blau ihrer Augen, daß sie wie Saphire leuchteten. Sie trug Ohrstecker aus Perlen und Diamanten, und an ihrem Hals schimmerte eine dreireihige Perlenkette.

«Es hat ein bißchen gedauert, bis wir fertig waren.»

«Ist nicht schlimm.» Diana strahlte die Mädchen an. «Wenn ich sehe, wie schick die zwei sind, kann ich es gut verstehen. Das haben Sie großartig gemacht, Mary...»

Loveday begrüßte ihren Vater mit einem Kuß. Er und Tommy saßen ebenso festlich gekleidet da, in Anzügen mit Westen, steifen Kragen und mit Seidenkrawatten. Der Colonel legte seine Gabel weg, damit er eine Hand frei hatte, um seine Tochter an sich zu ziehen. «Ich erkenne dich ja kaum wieder», sagte er. «Eine richtige junge Dame, in einem Kleid! Ich hatte schon beinahe vergessen, wie deine Beine aussehen...»

«Ach, Paps, sei nicht albern.» Mit einer Miene, als könnte sie kein Wässerchen trüben, stellte Loveday sofort klar, daß sie nicht die Absicht hatte, sich wie eine Dame zu benehmen: «Nein so was, du alter Vielfraß, du hast dir ja *drei* Würstchen genommen! Hoffentlich hast du uns noch welche übriggelassen...»

AM SPÄTEREN Vormittag fuhren sie mit dem riesigen Daimler des Colonels, in dem sie alle fünf bequem Platz hatten, die kurze Strecke nach Rosemullion. Für die Kirche hatte Diana einen grauen Filzhut mit breiter Krempe und kokettem kleinem Schleier aufgesetzt, und da es ein zwar sonniger, aber dennoch kalter Tag war, schlang sie sich einen Silberfuchspelz um die Schultern.

Das Auto wurde an der Mauer des Friedhofs geparkt. In einer langen Reihe schritten sie mit allen anderen Dorfbewohnern den Weg zwischen verwitterten Grabsteinen und uralten Eiben entlang. Die Kirche war winzig und sehr, sehr alt – sogar noch älter als die von Penmarron, vermutete Judith –, und sie erweckte den Anschein, als sei sie ins Erdreich eingesunken, denn von dem sonnigen Vorplatz mußte man einige Stufen hinuntersteigen, um sie zu betreten. Drinnen war es ziemlich kühl und düster, und es roch nach feuchtem Gemäuer, wurmstichigem Holz und verschimmelnden Gebetbüchern. Die Bänke waren hart und grauenhaft unbequem, und gerade als die Carey-Lewis mit ihren Gästen in der vordersten Reihe Platz nahmen, begann im Turm hoch über ihnen eine Glocke zu läuten, die sich wie gesprungen anhörte.

Der Gottesdienst fing um Viertel nach elf an. Es dauerte alles ziemlich lange, weil auch der Vikar, der Küster und der Organist schon äußerst bejahrt waren und von Zeit zu Zeit völlig aus dem Konzept gerieten. Der einzige, der zu wissen schien, was er tat, war Colonel Carey-Lewis, als er mit raschen Schritten an das Chorpult trat, einen Bibeltext vorlas und wieder zu seiner Bank zurückkehrte. Danach wurde eine weitschweifige Predigt gehalten, deren Thema von Anfang bis zum Ende unklar blieb, drei Lieder wurden gesungen, eine Kollekte erhoben (zehn Shilling von jedem Erwachsenen und eine halbe Krone von Judith und Loveday), und schließlich der Segen erteilt, dann war alles vorbei.

Nach der Kälte in der Kirche kam ihnen die Sonne draußen richtig warm vor. Sie blieben noch eine Weile stehen, während Diana und der Colonel ein paar Worte mit dem Vikar wechselten, dem der Wind die spärlichen Haare zerzauste und dessen Chorhemd sich blähte und flatterte wie ein Laken auf der Wäscheleine. Andere Gottesdienstbesucher, die sich auf den Heimweg machten, tippten an ihre Hüte und grüßten respektvoll: «Morgen, Colonel, Morgen, Mrs. Carey-Lewis…»

Loveday langweilte sich und fing an, auf einen flechtenbewachsenen Grabstein hinauf- und wieder hinunterzuspringen. Nach einer Weile zupfte sie ihren Vater am Ärmel. «Ach, gehen wir doch! Ich hab Hunger.»

«Guten Morgen, Colonel! Schöner Tag heute…»

Letzten Endes trollten sich alle, und es wurde Zeit, daß sie sich auf den Weg machten. Doch da blickte der Colonel auf seine Uhr. «Wir sind noch zehn Minuten zu früh dran», verkündete er. «Lassen wir den Wagen hier stehen und gehen wir zu Fuß. Ein bißchen Bewegung kann nicht schaden und verschafft uns allen den richtigen Appetit für das Mittagessen. Kommt, Mädchen…»

Also zogen sie los und folgten einer schmalen Straße, die sich vom Dorf einen Hügel hinaufschlängelte. Links und rechts ragten mit Efeu überwucherte Steinmauern auf, kahle Ulmen reckten ihre Äste einem wolkenlos blauen Himmel entgegen, und auf den höchsten Zweigen krächzten Saatkrähen. Der Hügel wurde sehr steil, so daß sie alle außer Atem gerieten.

«Wenn ich gewußt hätte, daß wir laufen, hätte ich nicht gerade meine Schuhe mit den höchsten Absätzen angezogen», erklärte Diana.

Tommy legte ihr einen Arm um die Taille. «Soll ich dich auf Händen tragen?»

«Das wäre wohl kaum sehr schicklich.»

«Dann schiebe ich dich ein bißchen. Und stell dir vor, wie phantastisch es wird, wenn wir zurückkommen. Da können wir den ganzen Weg rennen. Oder auf unseren Hintern runterrutschen wie auf einer Rodelbahn.»

«Wenigstens hätten danach alle Leute was zu reden.»

Der Colonel überhörte dieses Geplänkel und ging gemessenen Schritts voraus. Die Straße machte noch eine scharfe Biegung, aber es schien so, als hätten sie hier, in der steilen Kurve, endlich ihr Ziel erreicht, denn in der hohen Mauer auf der rechten Seite stand ein Tor offen. Dahinter wand sich eine schmale Auffahrt zwischen Rasenflächen und gestutzten Hecken. Obwohl der Weg mit Strandkieseln bestreut war, die unter den Schritten knirschten, war es eine Wohltat, wieder auf ebenem Grund zu sein. Tommy Mortimer stapfte nun frohgemut weiter. Körperliche Anstrengung zählte nicht gerade zu seinen Leidenschaften, es sei denn, er konnte dabei einen Tennisschläger schwingen oder ein Gewehr tragen. «Glaubst du, ich kriege einen Pink Gin?» fragte er hoffnungsvoll.

«Du warst doch schon zum Essen hier», wies Diana ihn in seine Schranken. «Du bekommst Sherry oder vielleicht Madeira. Und du fragst gefälligst nicht nach einem Pink Gin!»

Er seufzte resigniert. «Mein liebes Mädchen, für dich würde ich Schierling trinken, aber du mußt doch zugeben, Madeira schmeckt ein bißchen nach Jane Austen.»

«Sowohl Jane Austen als auch Madeira würden dir nicht schaden.»

Sie bogen um eine Hecke, dann stand das Dower House vor ihnen, weder weitläufig noch besonders imposant, aber mit einer gewissen stilvollen Würde, die schon auf den ersten Blick beeindruckte. Ein symmetrisch gebautes, solides Haus, annähernd so hoch wie breit, verputzt und weiß getüncht, mit gotischen Fenstern, einem grauen Schieferdach und einem steinernen, von Klematis umrankten Vorbau. Im Schutz des Hügels erweckte es den Eindruck, als habe es der Welt den Rücken gekehrt und liege länger, als irgendein Mensch zurückdenken konnte, im Dornröschenschlaf.

Sie brauchten weder zu klopfen noch zu klingeln. Als sich der Colonel dem Haus näherte, ging die Tür auf und eine ältere, wie ein Stubenmädchen gekleidete Frau mit weißer Schürze und einem mit Samtbändern geputzten Musselinhäubchen betrat den Vorbau.

«Ich dachte mir schon, daß Sie gleich kommen würden. Wir erwarten Sie bereits.»

«Guten Morgen, Isobel.»

«Morgen, Mrs. Carey-Lewis... Schön heute, nicht wahr, aber trotzdem ziemlich frisch.» Sie sprach mit schriller Stimme und starkem Cornwaller Akzent.

«Sie kennen doch Mr. Mortimer noch, Isobel?»

«Ja, natürlich. Guten Morgen, Sir. Kommen Sie schnell rein, daß wir die Tür zumachen können. Darf ich Ihnen Ihre Mäntel abnehmen? Meine Güte, Loveday, du wächst aber! Und das ist also deine Freundin? Judith, nicht wahr? Geben Sie mir Ihren Pelz, Mrs. Carey-Lewis, den leg ich besser separat weg.»

Während Judith ihren Mantel aufknöpfte, blickte sie sich verstohlen um. Die Häuser anderer Leute faszinierten sie immer. Wenn man zum erstenmal hineinging, spürte man sofort, welche Atmosphäre in ihnen herrschte, und erfuhr auf diese Weise etwas über die Menschen, die in ihnen wohnten. In Riverview House hatte sie sich, obwohl sie dort nur vorübergehend gelebt hatte und alles ein bißchen schäbig gewesen war, zu Hause gefühlt, bloß weil Mami ständig da war, mit Jess spielte, in der Küche Einkaufslisten für Phyllis zusammenstellte oder in ihrem Sessel neben dem Kamin saß. Windyridge empfand sie dagegen stets als recht unpersönlich, fast so, als gehöre es dem Golfclub, und Nancherrow mutete unter Dianas Einfluß wie ein luxuriöses Londoner Appartement an, allerdings in den Ausmaßen eines riesigen Landhauses.

Aber das Dower House strahlte etwas aus, was Judith noch nie erlebt hatte. Es kam ihr wahrhaftig so vor, als sei hier die Zeit zurückgedreht worden. Das Haus war sehr alt, sicher vorviktorianisch, harmonisch in seinen Proportionen und so still, daß über dem Stimmengemurmel das langsame Ticken der Standuhr deutlich zu hören war. Auf dem mit Schieferplatten gefliesten Fußboden der Eingangshalle lagen kleine Teppiche, und von hier schwang sich vor einem Spitzbogenfenster mit vergilbten Gardinen eine Wendeltreppe empor. Außerdem roch es faszinierend, eine Mischung aus Alter, Möbelpolitur und Blumen, und ein klein wenig auch nach feuchtem Mauerwerk und kalten Kellern. Es gab keine Zentralheizung, sondern nur ein hell flackerndes Feuer in einem Kamin, und durch eine offene Tür fielen ein paar Sonnenstrahlen ein, die einen rechteckigen Fleck auf den Fußboden warfen.

«Mrs. Boscawen ist im Salon.»

«Danke, Isobel.»

Während Isobel die Mäntel nach oben trug, ging Diana durch die offene Tür voraus. «Tante Lavinia!» Aus ihrer Stimme war aufrichtige Freude herauszuhören. «Hier sind wir, völlig erschöpft, weil Edgar uns den Hügel zu Fuß hinaufgescheucht hat. Du mußt eine Heilige sein, daß du eine solche Invasion über dich ergehen läßt...»

«Aber ihr wart alle in der Kirche! Wie tapfer! Ich bin nicht hin, weil ich das Gefühl hatte, daß ich vorerst keine weitere Predigt vom Vikar ertragen kann. Loveday, du Fratz, komm her und gib mir einen Kuß... Tag, mein lieber Edgar. Und Tommy, wie schön, Sie wiederzusehen!»

Judith hielt sich im Hintergrund, nicht so sehr aus Schüchternheit, sondern weil es soviel zu schauen gab: ein heller Raum, in den die Sonne durch hohe, nach Süden hinausgehende Fenster hereinflutete; sanfte Farben, verschiedene Schattierungen von Rosa, Beige und Grün, die nun zwar ausgebleicht, aber wohl nie sehr kräftig gewesen waren; ein breites, mit ledergebundenen Büchern vollgestopftes Regal; eine Vitrine aus Nußbaum mit einem Satz Meißner Porzellanteller; ein prunkvoller venezianischer Spiegel über dem weiß gestrichenen Sims des Kamins, in dem ein kleines Kohlenfeuer flackerte. Das Sonnenlicht nahm zwar den Flammen ihre Leuchtkraft, doch dafür brach es sich in den geschliffenen Kristallprismen des Kronleuchters, daß sie in allen Farben des Regenbogens funkelten. Und überall standen Blumen, Lilien mit betörendem Duft...

«... Judith!»

Mit Schrecken merkte sie, daß Diana sie bereits gerufen hatte. Wie furchtbar, falls Mrs. Boscawen sie nun für schlecht erzogen oder unhöflich hielte! «Entschuldigung.»

Diana lächelte sie an. «Du siehst wie hypnotisiert aus. Komm und sag guten Tag.» Einladend streckte sie einen Arm nach ihr aus, dann legte sie ihr eine Hand auf die Schulter. «Tante Lavinia, das ist Lovedays Freundin Judith Dunbar.»

Plötzlich fühlte Judith sich wirklich schüchtern. In einem blauen Kleid, das ihr bis zu den Knöcheln reichte, saß Mrs. Boscawen abwartend und sehr aufrecht in ihrem Sessel. Sie war alt, gut und gern um die Achtzig oder vielleicht sogar darüber. Unter einer dünnen Puderschicht durchzogen Runzeln ihre Wangen, und neben ihr lehnte griffbereit ein Ebenholzstock mit silbernem Knauf. Alt. Wunderbar alt. Aber in ihren glanzlosen blauen Augen blitzte Interesse auf, und es ließ sich unschwer erkennen, daß sie einst sehr hübsch gewesen war.

«Liebes Kind, wie schön, daß du mitkommen konntest!» Ihre Stimme klang klar und nur ein wenig brüchig. Sie ergriff Judiths Hand und hielt sie fest. «Für dich mag es vielleicht nicht sehr aufregend sein, aber ich freue mich, wenn ich neue Freunde kennenlerne.»

Da sagte Loveday unverblümt: «Ich hab Judith zu uns eingeladen, weil ihre ganze Familie in Colombo ist und sie sonst nirgends hinkann.»

Diana zog die Stirn kraus. «Also, Loveday, das hört sich ziemlich kühl an. Du weißt, daß du Judith eingeladen hast, weil du sie hierhaben wolltest. Du hast mir keine Ruhe gelassen, bis ich Miss Catto angerufen habe.»

«Na ja, es war jedenfalls einer der Gründe.»

«Und ein sehr vernünftiger», versicherte ihr Tante Lavinia. «Aber Colombo ist ja wohl wirklich sehr weit weg.»

«Sie bleiben nur noch kurz dort. Gerade lange genug, um zu pakken und das Haus zu räumen. Dann ziehen sie nach Singapur um, weil mein Vater da eine neue Stelle bekommen hat.»

«Singapur! Wie romantisch! Ich war zwar nie dort, aber ich hatte einen Vetter, der dem Stab des Generalgouverneurs angehört und behauptet hatte, es sei einer der vergnüglichsten Orte. Eine Party nach der anderen. Deine Mutter wird sich glänzend amüsieren. So, und jetzt such dir ein Plätzchen, wo du dich hinsetzen kannst. Edgar, kümmerst du dich um die Getränke? Sorg bitte dafür, daß jeder einen Sherry kriegt. Es dauert sicher noch ein paar Minuten, bis Isobel den Gong schlägt. Diana, mein Schatz, was hört man von Athena? Ist sie schon aus der Schweiz zurück?»

Nachdem Mrs. Boscawen ihre Aufmerksamkeit nun anderen Dingen zuwandte, kniete sich Judith auf das lange Sitzkissen unter einem der Fenster und schaute über die breite, überdachte Veranda in den abschüssigen Garten hinaus. Ganz unten, dort wo der Rasen zu Ende war, standen ein paar Kiefern, und direkt über ihren höchsten Zweigen zeichnete sich in der Ferne der Horizont als blaue Linie ab. Bei diesem Anblick, dunkle Nadelbäume vor einem scheinbar sommerlichen Meer, beschlich Judith das überaus sonderbare Gefühl, sie sei im Ausland, als wären sie alle auf wundersame Weise von Nancherrow in irgendeine italienische Villa verpflanzt worden, die im gleißenden Licht einer südlichen Landschaft hoch oben auf einem Hügel am Mittelmeer stand. Diese Illusion erfüllte sie mit schwindelerregender Freude. «Magst du Gärten, Judith?» fragte die alte Dame sie plötzlich.

«Ja, aber der gefällt mir besonders gut.»

«Du bist ein Kind nach meinem Herzen. Nach dem Essen ziehen wir uns Mäntel an und schauen uns draußen ein bißchen um.»

«Wirklich?»

«*Ich* geh nicht mit», mischte sich Loveday ein. «Ist mir viel zu kalt, und ich hab den Garten schon tausendmal gesehen.»

«Wahrscheinlich mag auch sonst niemand mitgehen», bemerkte Tante Lavinia freundlich. «Denn so wie du, Loveday, kennen ihn ja alle gut. Aber das muß Judith und mich nicht daran hindern, uns ein bißchen Zeit für einen kleinen Rundgang zu nehmen und die frische Luft zu genießen. Dabei können wir miteinander plaudern und uns kennenlernen. Schaffst du's, Edgar? Ah, da ist mein Sherry. Danke.» Sie erhob das Glas. «Auf euch alle, und vielen Dank, daß ihr gekommen seid!»

«Judith!» Direkt hinter ihr nannte der Colonel ihren Namen. Sie drehte sich um. «Limonade», sagte er lächelnd.

«Oh, danke!»

Dort, wo sie gekniet hatte, setzte sie sich nun hin, mit dem Rücken zum Fenster, und nahm ihm das Glas ab. Auch Loveday bekam Limonade. Aus irgendeinem Grund hatte sie beschlossen, sich einen breiten Lehnsessel mit Tommy Mortimer zu teilen, und sich neben ihn gequetscht. Über die kurze Entfernung hinweg, die zwischen ihnen lag, trafen sich die Blicke der beiden Mädchen. Loveday grinste, und ihr Gassenjungengesicht sah auf einmal so vergnügt und dabei so hübsch aus, daß Judiths Herz vor Zuneigung zu ihr überquoll. Zuneigung und auch Dankbarkeit, denn Loveday hatte sie schon an so vielem teilhaben lassen und nur ihr war es zuzuschreiben, daß sie jetzt hier sein konnte.

«... DAS SIND immer die ersten, die rauskommen, Winterlinge, frühe Krokusse und Schneeglöckchen. Hier ist es so geschützt, daß ich mir angewöhnt habe, schon am Neujahrstag in den Garten zu gehen, um nachzuschauen, wie weit sie sind. Dann werfe ich die ganzen schrecklichen, verstaubten Stechpalmenzweige weg und pflücke mir das winzigste Sträußchen kleiner Blumen, gerade genug für einen Eierbecher. Und dabei habe ich das Gefühl, daß das Jahr wirklich angefangen hat und der Frühling im Anmarsch ist.»

«Ich dachte immer, man muß bis Dreikönige warten. Mit dem Wegwerfen der Stechpalmenzweige, meine ich. Was ist das, was da so rosa blüht?»

«Viburnum fragrans, ein Schneeball, der mitten im Winter blüht und dabei nach Sommer riecht. Das da ist meine Buddleia. Die sieht zwar jetzt ein bißchen kläglich aus, aber im Sommer ist sie voller Schmetterlinge. Ziemlich groß, nicht wahr? Dabei habe ich sie erst vor zwei oder drei Jahren gepflanzt...»

Seite an Seite schlenderten sie den abschüssigen Kiesweg hinunter. Tante Lavinia stand zu ihrem Wort und hatte ihr Versprechen nicht vergessen. Nach dem Essen hatte sie die anderen wieder in den Salon geschickt und sich selbst überlassen, während sie mit Judith zu einem kleinen Rundgang aufgebrochen war. Dafür hatte sie sich derbe Stiefel angezogen, ein riesiges Cape umgehängt und einen Schal um den Kopf geschlungen. Sie stützte sich auf ihren Stock, der auch als Zeigestab sehr nützlich war.

«Wie du siehst, zieht sich mein Grundstück den ganzen Hang hinunter. Da unten liegt mein Gemüsegarten, und diese schottischen Kiefern bilden die südliche Begrenzung. Als wir einzogen, gab es hier nur langweilige Rasenterrassen, aber ich wollte einen Garten, der sich in verschiedene Bereiche unterteilt, wie unvermutet und verschwiegene Zimmer im Grünen, jedes mit eigenem Charakter. Deshalb haben wir Escallonia- und Ligusterhecken gepflanzt und diese bogenförmigen Durchgänge angelegt. Der Weg zieht doch die Blicke an, findest du nicht? Er macht einen neugierig auf das, was hinter den Hecken liegt. Komm, ich zeig's dir. Schau mal.»

Sie gingen durch den ersten Rundbogen. «Mein Rosengarten! Sind lauter altmodische Rosen. Das ist eine Rosa Mundi, die älteste von allen. Jetzt macht sie nicht viel her, aber wenn sie blüht, rosa-weiß gestreift, ist sie wie kleine Mädchen in Partykleidern.»

«Wie lange wohnen Sie schon hier?»

Wieder blieb Tante Lavinia stehen, und Judith merkte, wie erfreulich die Gesellschaft einer Erwachsenen war, die keinerlei Eile zu haben schien und begeistert plauderte, als habe sie alle Zeit der Welt. «Das sind jetzt fast fünfzig Jahre. Als Kind habe ich auf Nancherrow gelebt. Nicht in Dianas Haus, sondern in dem alten, das niedergebrannt ist. Mein Bruder war Edgars Vater.»

«Haben Sie immer in Cornwall gewohnt?»

«Nein, nicht immer. Mein Mann war Kronanwalt und später Bezirksrichter. Da haben wir erst in London und dann in Exeter gelebt, aber wir sind in den Ferien immer nach Nancherrow zurückgekehrt.»

«Mit Ihren Kindern?»

«Meine Liebe, ich habe nie Kinder gehabt. Edgar und Diana sind meine Kinder, und ihre Kinder sind für mich wie Enkel.»

«Meine Güte, wie schade!»

«Was? Daß ich nie Kinder gehabt habe? Nun ja, weißt du, alles Traurige hat auch sein Gutes. Vielleicht wäre ich eine miserable Mutter gewesen. Wie dem auch sei, halten wir uns nicht mit alten Geschichten auf. Worüber haben wir gerade geredet?»

«Über Ihren Garten und Ihr Haus.»

«Ach ja. Das hier ist mein schönster Flieder. Ich passe auf, daß er nicht zu hoch wird. Das Haus heißt ‹Dower House›, weil es früher einmal der Witwensitz von Nancherrow war. Meine Großmutter hat hier gelebt, als sie etwa in meinem Alter war. Als mein Mann sich von seinem Richteramt zurückzog, haben wir es erst gepachtet und später dann gekauft. Wir waren sehr glücklich hier. Mein Mann starb auch hier, friedlich in einem Liegestuhl auf dem Rasen. Es war Sommer und ziemlich warm. So, jetzt kommen wir in den Teil des Gartens, in dem die Kinder gern gespielt haben. Ich glaube, der wird dir am besten gefallen. Hat dir Loveday mal von der Hütte erzählt?»

Verdutzt schüttelte Judith den Kopf. «Nein.»

«Das hätte ich mir denken können. Sie hat nicht oft hier gespielt. Für sie war es nie *ihr* Haus, so wie es das für Athena und Edward war. Wahrscheinlich weil sie viel jünger ist als die beiden und keine Geschwister in ihrem Alter hat, mit denen sie es hätte teilen können.»

«Ist es ein Holzhaus?»

«Wart's ab. Mein Mann hat es gebaut, weil Athena und Edward so oft bei uns waren. Sie haben viel Zeit hier unten zugebracht, und als sie älter wurden, durften sie sogar hier schlafen. Das war viel aufregender und auch lustiger als in einem Zelt, meinst du nicht? Morgens haben sie sich sogar ihr Frühstück selbst gemacht...»

«Hat denn die Hütte sogar einen Herd?»

«Nein, das nicht. Wir hatten furchtbare Angst, daß ein Feuer ausbricht und die Kinder verbrennen. Aber in sicherer Entfernung gibt es eine Feuerstelle aus Backsteinen, da haben sie Schinken gebraten und in ihrem Feldkessel gekocht. Komm, schauen wir sie uns an! Ich habe den Schlüssel eingesteckt für den Fall, daß du sie auch von innen sehen möchtest...»

Sie ging voraus, und Judith folgte ihr gespannt durch eine kleine Pforte in der Ligusterhecke und ein paar Steinstufen hinunter in einen Obstgarten mit Apfel- und Birnbäumen. Hier war das Gras hoch und borstig, doch rund um die knorrigen Stämme der Obstbäume drängten sich ganze Büschel von Schneeglöckchen und blauen Scillas, und die Narzissen und die ersten Lilien schoben ihre Blätter und Blütenstengel wie grüne Lanzen aus dem fruchtbaren Boden. Sicher würde es nicht mehr lange dauern, bis hier ein Meer aus gelben und weißen Frühlingsblumen wogte. Hoch oben saß eine Amsel auf einem kahlen Zweig und sang aus voller Kehle, und auf der anderen Seite dieser Wiese, in einer geschützten Ecke verborgen, stand die Hütte. Sie sah aus wie ein Blockhaus mit einem Satteldach aus Schindeln, zwei Fenstern und dazwischen einer blau gestrichenen Eingangstür, zu deren Vorbau hölzerne, mit einem Geländer gesicherte Stufen hinaufführten. Allerdings war es kein Spielhaus in Kindergröße, sondern so hoch, daß Erwachsene ein und aus gehen konnten, ohne den Kopf einziehen zu müssen.

«Aber wer kommt denn jetzt hierher?» fragte Judith.

Tante Lavinia lachte. «Du hörst dich ja ganz bestürzt an.»

«Die Hütte ist doch so süß und sieht so geheimnisvoll aus. Hier sollte immer jemand spielen und sie auch instand halten...»

«Instand gehalten wird sie ja. Darum kümmere ich mich. Ich

lüfte regelmäßig, und jedes Jahr wird sie gründlich mit Kreosot gestrichen. Sie ist solide gebaut, deshalb zieht sie auch keine Feuchtigkeit an.»

«Ich kann mir nicht vorstellen, warum Loveday mir nie etwas davon erzählt hat.»

«In einem Haus zu wirtschaften hat sie nie gereizt. Sie mistet lieber Ställe aus und beschäftigt sich mit ihrem Pony, und das ist ihr bisher nicht schlecht bekommen. Ab und zu spielen trotzdem Kinder hier. Die Sonntagsschule von Rosemullion hält ihr alljährliches Picknick in diesem Obstgarten ab, dann ist hier Leben im Haus, aber oft gibt es auch schreckliche Kämpfe, weil die Buben es zur Indianerfestung erklären wollen und die Mädchen lieber Mama und Papa spielen. Schau mal, da ist der Schlüssel. Schließ die Tür auf, dann kannst du es dir auch von innen ansehen.»

Judith nahm den Schlüssel, duckte sich unter den tiefhängenden Zweigen eines Apfelbaums und stieg die Stufen zum Eingang hinauf. Der Schlüssel glitt mühelos ins Schloß und ließ sich leicht drehen. Als sie auf die Klinke drückte, schwang die Tür nach innen auf. Ihr schlug ein angenehmer Geruch nach Kreosot entgegen, und sie ging hinein. Drinnen war es überhaupt nicht düster, weil sich in der Rückwand noch ein drittes Fenster befand. Judith betrachtete die zwei unter den Dachschrägen eingebauten Kojenbetten, den Holztisch und die beiden Stühle, die Bücherregale, den Spiegel, das gerahmte Bild blauer Glockenblumen und den abgewetzten Teppich. Als Küchenschrank diente eine umgedrehte Apfelsinenkiste, auf der sich neben einem rauchgeschwärzten Kessel und einer verrußten Bratpfanne angeschlagene Teller und Tassen stapelten. Vor den Fenstern hingen blau gewürfelte Gardinen, und auf den Betten lagen blaue Decken und Kissen. An einem Haken im Firstbalken baumelte eine Petroleumlampe. Judith stellte sich dieses Gartenhaus bei Dunkelheit vor, wenn die Lampe brannte und die Vorhänge zugezogen waren, doch sogleich besann sie sich wehmütig darauf, daß sie mit vierzehn wohl schon zu alt war für so kindliche Freuden.

«Na, was sagst du?»

Judith wandte sich um, und Tante Lavinia stand unter der offenen Tür.

«Es ist traumhaft.»

«Ich dachte mir, daß du entzückt sein würdest.» Die alte Dame schnupperte. «Riecht gar nicht muffig. Ist nur ein bißchen kalt. Armes, kleines Haus. Es braucht Gesellschaft. Wir brauchen Babys, nicht wahr? Eine neue Generation.» Sie blickte sich um. «Siehst du irgendwelche Spuren von Mäusen? Manchmal kommen nämlich dreiste Feldmäuse hier rein, nagen Löcher in die Decken und bauen sich Nester.»

«Als ich klein war – etwa zehn –, da hätte ich sicher meine Seele verkauft für so ein Spielhaus.»

«Für ein eigenes Nest? Auch eine kleine Feldmaus?»

«Ja, wahrscheinlich. In einer Sommernacht hier schlafen, das feuchte Gras riechen, in die Sterne gucken...»

«Loveday fiele es im Traum nicht ein, allein da zu schlafen. Sie sagt, hier sind komische Geräusche zu hören und es spukt.»

«Im Freien habe ich für gewöhnlich keine Angst, aber dunkle Häuser können mitunter recht unheimlich sein.»

«Und einsam. Vielleicht verbringe ich deshalb soviel Zeit in meinem Garten.» Tante Lavinia band ihren Schal fester und zog das Cape enger um sich. «Ich finde, es wird langsam kalt. Vielleicht sollten wir zu den anderen zurück. Sie werden sich schon wundern, wo wir geblieben sind...» Sie lächelte. «Kannst du dir denken, was Loveday macht, während sie auf uns wartet? Sie spielt sicher mit Mr. Mortimer Mikado.»

«Mikado? Woher wissen Sie das?»

«Weil sie das immer tut, wenn sie mich besucht. Denn trotz ihrer Widerspenstigkeit hängt Loveday nämlich sklavisch an Traditionen. Ich bin froh, daß du ihre Freundin bist. Ich glaube, du übst einen guten Einfluß auf sie aus.»

«In der Schule kann ich sie allerdings nicht davon abbringen, frech zu sein. Sie handelt sich einen Verweis nach dem anderen ein.»

«Ja, sie ist sehr vorlaut. Aber charmant. Ihr Charme, fürchte ich, wird noch einmal ihr Untergang. Schließ die Tür zu, und dann gehen wir.»

St. Ursula
Sonntag, 23. Februar

Liebe Mami, lieber Dad,
es tut mir leid, daß ich Euch letzten Sonntag nicht geschrieben
habe, aber ich war über das Wochenende fort und hatte keine
Zeit dazu. Miss Catto war so freundlich und hat mir erlaubt, mit
Loveday zu den Carey-Lewis zu fahren.

Hier hielt Judith inne, kaute an ihrem Füller und wußte nicht weiter. Sie liebte ihre Eltern, kannte sie aber gut genug, daß sie sich auch über ihre Schwächen im klaren war. Das machte es so schwierig, ihnen von Nancherrow zu berichten, weil alles so unglaublich schön gewesen war und sie befürchtete, ihre Eltern würden das falsch verstehen.

Schließlich hatten sie selbst nie ein so glanzvolles Leben geführt, und sie hatten nicht einmal Freunde mit großen Häusern, die Luxus und Wohlstand als selbstverständlich hinnahmen. So, wie sie im Fernen Osten lebten, den strengen Konventionen der britischen Oberherrschaft in Indien unterworfen, war ihnen die scharfe Trennung zwischen gesellschaftlichen Schichten, Rassenzugehörigkeiten und Dienstgraden in Fleisch und Blut übergegangen, und die unausgesprochene Regel schien zu besagen, daß man seinen Platz, sei er nun oben oder unten, kannte und beibehielt.

Falls Judith des langen und breiten Schönheit und Charme von Diana Carey-Lewis rühmte, dann mochte Molly Dunbar, die noch nie zu den äußerst selbstsicheren Frauen gehört hatte, ihr unterstellen, sie ziehe Vergleiche und wolle ihr zu verstehen geben, daß sie ihre Mutter für unscheinbar und langweilig hielt.

Schilderte sie in allen Einzelheiten die Größe und Pracht von Nancherrow, die Gärten und Ländereien, die Pferde in den Ställen, die zahlreichen Bediensteten, die Jagdgesellschaft und die Tatsache, daß Colonel Carey-Lewis Friedensrichter war und im Grafschaftsrat saß, fühlte sich ihr Vater in seiner eher sehr schlichten Art vielleicht ein bißchen verletzt.

Und ging sie ausführlich auf die Geselligkeiten ein, die während des ganzen Wochenendes stattgefunden hatten, auf die zwanglosen

Cocktails, den Bridgenachmittag und die festlichen Mahlzeiten, entstand womöglich der Eindruck, sie prahle ein bißchen oder kritisiere gar unterschwellig die einfache, anspruchslose Lebensweise ihrer Eltern. Sie zu kränken oder ihnen in irgendeiner Weise Kummer zu bereiten war jedoch das, was sie am wenigsten wollte. Eins stand allerdings fest: Tommy Mortimer würde sie nicht erwähnen, sonst gerieten ihr Vater und ihre Mutter in Panik, kamen zu der Überzeugung, daß Nancherrow ein Pfuhl des Lasters sei, und schrieben an Miss Catto, sie dürfe Judith nie mehr erlauben, dorthin zu fahren. Und das war undenkbar. Ihr mußte etwas einfallen, ein Ereignis, das sie mit ihnen teilen konnte. Da hatte sie einen Geistesblitz. Jeremy Wells, der so unerwartet aufgetaucht war und seinen Nachmittag geopfert hatte, um Judith unter seine Fittiche zu nehmen und ihr die Bucht zu zeigen. Es war beinahe so, als käme er ihr ein zweites Mal zu Hilfe. Wenn sie über ihn schrieb, würde ihr der Rest des Briefes leichtfallen. Sie zog das angefangene Blatt zu sich, setzte von neuem an, und die Wörter flogen nur so über das Papier.

Das Haus heißt Nancherrow, und es ist was absolut Seltsames passiert. Am ersten Tag war ein junger Mann dort, um mit Colonel Carey-Lewis Tauben zu schießen. Er hieß Jeremy Wells, und es war der junge Arzt, den wir nach dem Besuch bei den Somervilles im Zug zwischen Plymouth und Truro kennengelernt haben. War das nicht ein Zufall? Er ist sehr nett, und sein Vater ist ihr Hausarzt. Am Samstag nachmittag ist Loveday mit ihrem Pony Tinkerbell ausgeritten, da ist er freundlicherweise mit mir durch die Gegend spaziert, und wir sind an der Küste entlanggewandert. Sie ist dort sehr felsig, mit winzigen Stränden. Ganz anders als in Penmarron.

Am Sonntag vormittag waren wir alle in Rosemullion in der Kirche, und danach sind wir zum Mittagessen zu Mrs. Boscawen gegangen. Das ist die Tante von Colonel Carey-Lewis. Sie ist schon sehr alt. Das Haus, in dem sie wohnt, ist auch sehr alt. Es heißt «The Dower House» und ist voller altmodischer Sachen. Sie hat ein Dienstmädchen, das Isobel heißt und schon seit vielen

Jahren bei ihr ist. Das Haus steht auf einem Hügel, so daß man das Meer sehen kann, und es hat einen abschüssigen Garten, lauter Terrassen mit Hecken drum herum. Eine davon ist eine Wiese mit Obstbäumen, und dort gibt es ein süßes, kleines Holzhaus für Kinder zum Spielen. Aber eigentlich hat es eine normale Höhe und ist richtig eingerichtet. Jess hätte bestimmt ihre Freude daran. Mrs. Boscawen (ich muß sie Tante Lavinia nennen) ist nach dem Essen mit mir hinausgegangen und hat es mir gezeigt. Dabei haben wir uns unterhalten, und sie war sehr freundlich. Ich hoffe, ich kann irgendwann wieder mal hingehen.

Mrs. Carey-Lewis hat gesagt, ich darf wieder zu ihnen nach Nancherrow kommen, was sehr nett von ihr ist. Meinen Dankeschönbrief für ihre Gastfreundschaft hab ich schon geschrieben. Nächstes Wochenende haben wir das halbe Trimester rum. Da kriegen wir vier Tage frei, von Freitag bis Montag, die verbringe ich in Windyridge. Ich habe eine Karte von Tante Louise bekommen. Sie holt mich Freitag früh mit ihrem Auto ab, und dann fahren wir nach Porthkerris, um das Fahrrad zu kaufen.

Mein chinesisches Schränkchen habe ich nach Nancherrow mitgenommen und es fürs erste dort gelassen, weil ich in St. Ursula keinen Platz dafür habe. Mrs. Carey-Lewis hat mir ein paar Kaurimuscheln für eine von den kleinen Schubladen gegeben.

In der Schule läuft es gut, ich habe sieben von zehn Punkten für den Test in Geschichte gekriegt. Wir nehmen gerade den Frieden von Utrecht durch. Ich warte schon sehnsüchtig darauf, etwas über das neue Haus in der Orchard Road in Singapur zu erfahren. Sicher fällt es Euch schwer, Joseph und der Ahma Lebewohl zu sagen.

Alles Liebe und liebe Grüße an Jess
Judith

JUDITH STAND in Windyridge am Fenster ihres Zimmers und blickte auf den Golfplatz und die Bucht hinaus, konnte aber nicht viel sehen, denn alles versank in sanftem, anhaltendem Regen.

Außerdem stiegen ihr immer wieder Tränen in die Augen. Sie kam sich kindisch und töricht vor, weil sie plötzlich unter entsetzlichem Heimweh litt.

Wie seltsam, schließlich hatte sie bereits ein halbes Trimester in St. Ursula hinter sich und war, seit Molly sie dort zurückgelassen und ihr Lebewohl gesagt hatte, noch nie so niedergeschlagen gewesen. In der Schule hatte sie keine Zeit für Heimweh, da gab es immer soviel zu tun, soviel zu erledigen. Sie mußte soviel lernen, soviel bedenken und im Gedächtnis behalten; so viele Menschen schwirrten um sie herum, dauernd schrillte die leidige Klingel, und zwischendurch mußte sie sich noch notgedrungen beim Sport abhetzen, so daß sie, wenn sie abends ins Bett kroch und still und leise hätte weinen können, stets zu müde war und deshalb höchstens noch eine Weile las und dann einschlief.

Und war sie auf Nancherrow im Laufe einer Unterhaltung auf ihre Eltern und Jess zu sprechen gekommen und hatte höflich Fragen beantwortet, so hatte das keine nagende Sehnsucht nach ihnen geweckt. Eigentlich hatte sie während dieses zauberhaften Wochenendes kaum an Mami und Dad gedacht, als gehörten sie einer entschwundenen, zumindest vorübergehend nicht existierenden Welt an. Oder vielleicht hatte Judith, als sie Athenas Kleider trug, eine neue Identität angenommen, die nichts mit ihrer Familie zu tun hatte, und sich in einen Menschen verwandelt, für den nur die Gegenwart und das nächste aufregende Ereignis zählten.

Jetzt dachte sie wehmütig an Nancherrow und wünschte, sie wäre bei Loveday, an diesem sonnigen, von Blumen und Licht erfüllten Ort, statt in Tante Louises seelenlosem Haus, auf diesem Hügel festgenagelt, mit drei Frauen in mittlerem Alter als einziger Gesellschaft. Doch da kam ihr der gesunde Menschenverstand zu Hilfe, denn es goß in ganz Cornwall, und auch Nancherrow würde wie das übrige Land unter dem Regen leiden. Im Schlafsaal hatte gedrückte Stimmung geherrscht, als sie beim Aufwachen das trostlose Wetter sahen und die Order erging, sich mit Regenmänteln und Gummistiefeln zu wappnen. Um zehn Uhr waren die Internatsschülerinnen aus dem Portal geströmt und durch Pfützen zu den Autos geplatscht, die sie erwarteten, um sie in die Ferien zu fahren. Tante

216

Louise, immer pünktlich, hatte in ihrem alten Rover gesessen, doch für Loveday war noch kein Wagen eingetroffen, und sie hatte sich bitter darüber beklagt, daß sie warten und sich die Beine in den Bauch stehen mußte, bis jemand auftauchte.

Für Judith war das in gewisser Weise gut, denn sie legte keinen besonderen Wert darauf, Tante Louise und Diana einander vorzustellen. Die beiden Damen dürften wenig gemein haben, und Tante Louise hätte zweifellos auf dem ganzen Heimweg abfällige Bemerkungen über Mrs. Carey-Lewis gemacht.

Trotz des schlechten Wetters war es ein recht angenehmer Vormittag. Sie hatten in Penzance gehalten, um ein paar Einkäufe zu erledigen und auf der Bank für Judith ein bißchen Taschengeld für das Wochenende abzuheben. (Allerdings nicht für das Fahrrad, denn Tante Louise hatte versprochen, es zu bezahlen.) Außerdem gingen sie in eine Buchhandlung, in der sie herrlich schmökerten, und Judith kaufte sich einen neuen Füller, weil sich ein Mädchen ihren ausgeborgt und die Feder kaputtgemacht hatte. Dann tranken sie in einer Teestube Kaffee und aßen Kuchen und kamen anschließend hierher.

Die Fahrt durch den Regen, bei der Judith neben Tante Louise saß, die knirschend die Gänge einlegte und mit ihrem polierten Lederschuh das Gaspedal voll durchtrat, war haarig gewesen, um es gelinde auszudrücken. Judith hatte die Augen geschlossen und mit ihrem unmittelbar bevorstehenden Tod gerechnet, sobald Tante Louise in einer Kurve einen ratternden Omnibus überholte oder über die Kuppe eines Hügels schoß, ohne auch nur zu ahnen, was sie dahinter erwarten mochte. Irgendwie hatten sie dennoch Penmarron erreicht, und Judiths Sehnsucht nach Riverview House und Mami und Jess hatte in dem Moment eingesetzt, in dem sie durch das Dorf fuhren und ihr alles verkehrt vorkam, weil sie auf der Hauptstraße blieben und nicht die Abzweigung nahmen, die über schmale Sträßchen zur Flußmündung und zum Bahnhof hinunterführte. Auch die Ankunft in Windyridge hatte sie wie einen Irrtum empfunden, denn weder das Haus, das im wallenden Dunst vor ihnen aufragte, noch der baumlose, manikürte Garten hießen sie willkommen oder boten ihr irgendeinen Trost.

Hilda, das Hausmädchen, hatte ihnen die Tür geöffnet und das Gepäck tragen geholfen. «Das bring ich gleich nach oben», hatte sie verkündet, und Judith war hinter ihren dicken, schwarz bestrumpften Beinen die Treppe hinaufgestiegen. Obwohl sie das Haus ebensogut kannte wie Riverview, übernachtete sie nun zum erstenmal hier, und es erschien ihr sonderbar und fremd, roch nicht so, wie es riechen sollte, und urplötzlich sehnte Judith sich danach, irgendwo sonst in der Welt zu sein. Bloß nicht hier! Und das ohne irgendeinen vernünftigen Grund; lediglich aus einer Art Gefühlsaufwallung, einer panischen Angst, an einem Ort zu sein, an den sie nicht hingehörte.

Dabei war ihr Zimmer, Tante Louises ehemaliges Gästezimmer, sehr hübsch, und ihre eigenen, aus Riverview hergebrachten Sachen waren ordentlich aufgestellt oder in Schränken und Schubladen verstaut. Ihr Schreibtisch war da, und ihre Bücher standen in einem Regal. Und Blumen auf dem Frisiertisch. Aber sonst nichts. Nur, was hätte sie sich sonst noch wünschen können? Womit konnte sie denn diese furchtbare Leere ausfüllen, die sie wie ein großes Loch in ihrem Herzen empfand?

Hilda hatte ein paar belanglose Bemerkungen über das Schmuddelwetter und die Nähe des Badezimmers gemacht, auch darüber, daß es um eins Mittagessen gab, dann war sie hinausgegangen. Judith, nun allein, war ans Fenster getreten und in diese lächerlichen Tränen ausgebrochen.

Sie wollte Riverview und Mami und Jess und Phyllis. Sie wollte die vertrauten Bilder, Geräusche und Gerüche; den abschüssigen Garten, den Blick auf die friedliche Flußmündung, in der das Wasser mit den Gezeiten stieg und sank, und das beruhigende Fauchen des kleinen Dampfzugs, das den Tag unterbrach; den schäbigen Charme des Wohnzimmers und das Klappern der Töpfe, mit denen Phyllis in der Spülküche hantierte, während sie, unablässig von Jess' Piepsstimme begleitet, das Gemüse für das Mittagessen vorbereitete. Sogar noch schmerzlicher vermißte sie die vertrauten Gerüche: die Sauberkeit verheißende Mischung aus Vim und Yardley's Lavendelseife im Badezimmer, den süßen Duft der Ligusterhecke neben dem Eingang, den scharfen Geruch nach Tang, der bei Ebbe in der Luft lag, und das vielversprechende Aroma eines Kuchens oder brutzelnder Zwiebeln, das einem aus der Küche entgegenschlug und den Mund wäßrig machte, wenn man hungrig nach Hause kam...

Doch das half nichts, führte zu nichts. Riverview House war dahin, an eine andere Familie vermietet. Mami und Dad und Jess waren jenseits des Ozeans, auf der anderen Seite des Erdballs. Wie ein Baby zu weinen brachte sie nicht zurück. Judith fand ein Taschentuch, putzte sich die Nase, dann packte sie aus, wanderte im Zimmer umher, öffnete Schranktüren und Schubladen, stöberte in ihrer Garderobe und suchte etwas heraus, was nicht nach Schuluniform aussah. Hier gab es keinen Kaschmirpullover, nur einen alten Rock und einen Shetlandpulli, der schon so oft gewaschen worden war, daß er nicht mehr kratzte. Sie bürstete sich die Haare, was sie beruhigte, und versuchte, an erfreuliche Dinge zu denken. An das neue Fahrrad, das sie an diesem Nachmittag in Porthkerris kaufen würden. Vier Tage schulfrei! Sie würde zum Strand hinunterradeln und über den Sand laufen. Vielleicht besuchte sie Mr. Willis. Sie würde Heather anrufen und sich mit ihr verabreden. Die Aussicht, Heather wiederzusehen, hätte jeden aufgeheitert. Nach und nach legte sich Judiths Kummer, sie band ihr Haar im Nacken mit einer Schleife zusammen, dann ging sie nach unten und suchte Tante Louise.

Während des Mittagessens – Koteletts mit Minzsoße und gedünsteten Äpfeln – zeigte Tante Louise erstaunliches Interesse an Judiths Besuch bei den Carey-Lewis. «Ich war ja noch nie dort, aber ich hab gehört, der Garten soll atemberaubend sein.»

«Ja, das ist er wirklich. Jede Menge Hortensien an der Auffahrt. Und Kamelien und so was. Sie haben auch einen eigenen kleinen Strand.»

«Und wie ist dieses Kind?»

«Loveday? Sie ist ein bißchen vorlaut, aber das scheint keinen zu stören. Sie hat eine furchtbar nette Kinderfrau, die Mary heißt und für alle bügelt.»

«Am Ende kommst du noch auf die Idee, hoch hinauszuwollen.»

«Nein, bestimmt nicht. Es war anders, aber es war schön.»

«Und was hältst du von Mrs. Carey-Lewis? Ist sie wirklich so flatterhaft, wie man ihr nachsagt?»

«Sagt man ihr das nach?»

«Und ob. Dauernd auf dem Sprung nach London oder mal kurz nach Südfrankreich. Und mit einem ziemlich liederlichen Umgang.»

Judith dachte an Tommy Mortimer und fand einmal mehr, daß sie gut daran täte, nicht einmal seinen Namen zu erwähnen. Statt dessen sagte sie: «Es war ein furchtbar netter Mann dort, der Jeremy Wells heißt. Er ist Arzt. Mami und ich haben ihn im Zug kennengelernt, als wir von Plymouth zurückkamen. Wir saßen im selben Abteil. Er hat aber nicht auf Nancherrow übernachtet, sondern war nur für einen Tag da.»

«Jeremy Wells?»

«Kennst du ihn?»

«Nicht persönlich, aber ihn kennt jeder wegen seiner sportlichen Leistungen. Er ist der Kapitän der Rugby-Mannschaft von Cornwall und hat früher für Cambridge gespielt. In seinem letzten Match für die Uni hat er drei Versuche geschafft. Ich erinnere mich noch, daß ich es in der Zeitung gelesen habe. War damals der Held des Tages.»

«Er spielt auch Cricket. Das hat mir Colonel Carey-Lewis erzählt.»

«Na, da hast du ja mit berühmten Leuten auf du und du gestanden. Hoffentlich findest du es jetzt hier nicht zu langweilig.»

«Ich freue mich wirklich auf das Fahrrad.»

«Das kaufen wir heute nachmittag. Ich hab gehört, Pitway sei das beste Geschäft in Porthkerris, also gehen wir da hin. Und Mr. Pitway hat einen Lieferwagen, mit dem soll er es uns zustellen, sobald er kann. Ich finde, du solltest nicht auf der Hauptstraße damit nach Hause radeln, wenn du es noch nicht richtig im Griff hast. Du kannst hier im Ort üben und lernen, deine Hand rauszustrecken, wenn du abbiegen willst. Ich hab nämlich keine Lust, deiner Mutter schreiben zu müssen, du hättest deine Tage unter den Rädern eines Lastwagens beschlossen.»

Sie lachte, als habe sie einen großartigen Witz gemacht, und Judith lachte ebenfalls, wenngleich sie das nicht für besonders lustig hielt.

«Was das Wochenende betrifft, hoffen wir mal, daß es aufhört zu regnen, dann kannst du raus und wohin du willst. Am Sonntag muß ich dich leider dir selbst überlassen, weil ich den ganzen Tag Golf spiele. Auch Edna und Hilda werden nicht dasein. Sie fahren nach Hause zu einer Feier, irgendeine Tante wird achtzig, und sie müssen bei der Bewirtung der Gäste aushelfen. Da bist du dann ganz allein, aber ich bin überzeugt, daß du imstande bist, dir selbst die Zeit zu vertreiben.»

Die Aussicht auf einen Tag ganz für sich war nicht übel, noch mehr Spaß würde es ihr allerdings machen, den freien Sonntag bei den Warrens zu verbringen. Deshalb sagte sie: «Ich hab mir überlegt, wenn du nichts dagegen hast, rufe ich Heather an. Vielleicht kann ich am Sonntag zu ihr fahren. Oder Heather könnte zu mir kommen.»

«Die kleine Warren? Was für eine glänzende Idee! Tu das, wenn du willst. Es ist immer gut, alte Freunde nicht aus den Augen zu verlieren. Möchtest du noch ein bißchen was von dem Apfel? Nein? Na schön, dann klingle nach Hilda, daß sie den Tisch abräumt, und ich trinke noch meinen Kaffee. Machen wir uns gegen halb drei auf den Weg nach Porthkerris? Bist du dann fertig?»

«Ja, natürlich.» Sie konnte es kaum erwarten.

ES REGNETE immer noch erbarmungslos, als sie nach Porthkerris fuhren, und die Stadt zeigte sich von ihrer düstersten Seite. Die Rinnsteine quollen über, und die trübe, graue See klatschte an die Hafenmauern. Das Fahrradgeschäft Pitway lag oben auf dem Hügel. Tante Louise parkte den Rover in einer Seitengasse, und sie gingen hinein. Drinnen roch es nach Gummi, Öl und neuem Leder, und überall standen Fahrräder, von dreirädrigen für kleine Kinder bis zu Rennrädern mit verwegen nach unten gebogenen Lenkern, die Judith jedoch für Humbug hielt, denn was sollte die ganze Strampelei, wenn man beim Treten den Kopf zwischen den Knien hatte und nur noch den Straßenbelag sah.

Mr. Pitway tauchte auf, in einem khakifarbenen Overall, und die Qual der Wahl begann. Letzten Endes einigten sie sich auf ein Raleigh-Rad, dunkelgrün mit schwarzem Sattel. Es hatte einen Kettenschutz, drei Gänge und schöne, dicke Lenkergriffe aus Gummi, außerdem eine eigene Luftpumpe und ein Satteltäschchen mit Werkzeug und einer kleinen Dose Schmieröl. Es kostete genau fünf Pfund. Tante Louise zückte tapfer ihre Brieftasche und blätterte die Banknoten auf den Tisch.

«Mr. Pitway, ich hätte gern, daß Sie es so bald wie möglich zustellen. Geht's noch heute nachmittag?»

«Na ja, ich bin gerade allein im Laden…»

«Unsinn! Sie können doch Ihre Frau holen, daß sie für eine halbe Stunde die Stellung hält. Packen Sie's kurz in Ihren Lieferwagen und bringen Sie's rüber. Windyridge, Penmarron.»

«Ja, ich weiß, wo Sie wohnen, aber…»

«Großartig! Also, es bleibt dabei, bis gegen vier. Wir halten nach Ihnen Ausschau.» Schon war sie auf halbem Weg zur Tür. «Übrigens, danke für Ihre Hilfe!»

«Danke», stammelte Mr. Pitway, «daß Sie mich beehrt haben.»

Von Tante Louise eindeutig überrumpelt, hielt er Wort. Inzwischen hatte sich das Wetter leicht gebessert. Obwohl der Himmel noch grau und alles durchweicht und triefnaß war, hatte der Regen freundlicherweise aufgehört, und als fünf Minuten vor vier der blaue Lieferwagen am Tor von Windyridge vorfuhr, konnte Judith, die auf seine Ankunft gelauert hatte, hinauslaufen und Mr. Pitway helfen, die kostbare Fracht abzuladen. Tante Louise, die das Auto ebenfalls gehört hatte, folgte ihr dicht auf den Fersen, nur um sich zu vergewissern, daß alles in Ordnung war und das Fahrrad auf seiner kurzen Reise keinen Kratzer abbekommen und auch sonst keinen Schaden genommen hatte. Ausnahmsweise fand sie nichts auszusetzen. Sie dankte Mr. Pitway und gab ihm eine halbe Krone für seine Mühe und für die Benzinkosten. Verlegen, aber dennoch bereitwillig nahm er das Trinkgeld an, wartete, bis Judith aufgesessen war und ein paar Runden auf dem Weg um den Rasen herum gedreht hatte, dann tippte er mit einem Finger an seine Mütze, stieg in den Lieferwagen ein und fuhr davon.

«Na», fragte Tante Louise, «wie ist es?»

«Es ist absolut klasse. O danke, Tante Louise.» Die Hände noch am Lenker, drückte sie Tante Louise einen Kuß auf die dafür wenig empfängliche Wange. «Es ist das schönste Fahrrad und das schönste Geschenk von allen. Ich werde wirklich gut drauf aufpassen, es ist das Beste, was ich *jemals* hatte.»

«Denk immer daran, es in die Garage zu stellen, und laß es nie im Regen draußen stehen.»

«Nein, bestimmt nicht. Ich fahr jetzt mal ein Stück. Durch das Dorf.»

«Du weißt, wie die Bremse funktioniert?»

«Ich weiß, wie alles funktioniert.»

«Dann nichts wie los! Viel Spaß!»

Darauf ging sie ins Haus, zurück zu ihrem Strickzeug, ihrem Nachmittagstee und ihrem Roman.

Es war himmlisch, wie Fliegen. Judith sauste den Hügel hinunter, radelte durch das Dorf und sah all die kleinen, unvergessenen Läden und die vertrauten Cottages an der Hauptstraße wieder. Sie fuhr an der Post und am Pub vorbei, an der Abzweigung, die zum Pfarrhaus führte, und dann im Freilauf, mit ungeheurem Tempo, den bewaldeten Hügel hinunter Richtung Flußmündung. Sie bog in den Feldweg ein, der sich um die Veilchenfelder herumzog, radelte durch Pfützen, daß das Wasser nur so aufspritzte, den holprigen Pfad entlang, der parallel zu den Schienen der kleinen Küstenbahn verlief. Hier war es immer geschützt, und die nach Süden gelegenen Böschungen waren mit wilden Schlüsselblumen gesprenkelt. Der wolkenverhangene, graue Himmel störte sie nicht, denn die Luft war mild und roch nach feuchter Erde, und die dicken Reifen des Fahrrads rollten mühelos über Hubbel und Schlaglöcher. Sie war allein, vollkommen frei und von unendlicher Energie erfüllt, als könnte sie bis ans Ende der Welt fahren. Ihr war nach Singen zumute, und da niemand in der Nähe war, der sie hören konnte, sang sie:

«Der Wind braust über die See,
die Welt versinkt im Schnee,
doch ich trotze mutig dem Sturm...»

Dann hörte der Feldweg auf, und die ersten Häuser kamen wieder in Sicht. Die großen, eindrucksvollen Häuser von Penmarron mit ihren schattigen, verschwiegenen Gärten hinter hohen Steinmauern. Kiefern, auf denen krächzende Saatkrähen hockten, ragten vor ihr auf. Dann der Bahnhof. Und Riverview House.

Sie bremste und blieb stehen, mit einem Fuß auf den Boden gestützt, um das Gleichgewicht zu halten. Sie hatte nicht die Absicht gehabt hierherzukommen. Es war, als habe das Fahrrad von allein seinen Weg gefunden, wie ein zuverlässiges Pferd, das einen in den heimischen Stall zurückbringt, ohne ihr Zutun. Sie schaute zum Haus hinauf und konnte dem Anblick standhalten. Es tat zwar weh, war aber nicht unerträglich. Der Garten sah gepflegt aus, und unter den Obstbäumen blühten die ersten Narzissen. In einem Apfelbaum hing eine Schaukel. Schön zu wissen, daß Kinder hier wohnten!

Nach einer Weile fuhr sie weiter, unter den Bäumen, und kam zu der Quelle, aus der Süßwasser in einen kleinen Teich plätscherte, der immer ein guter Platz gewesen war, um Kaulquappen und Frösche zu fangen. Der Weg führte nun bergauf und mündete bei der Kirche in die Hauptstraße. Einen Moment überlegte sie, ob sie zum Strand radeln und Mr. Willis besuchen sollte, doch es wurde allmählich spät, der Nachmittag sank, und sie hatte kein Licht am Fahrrad. Wenn sie das nächste Mal nach Porthkerris kam, würde sie sich eine große Lampe für vorn und ein rotes Rücklicht kaufen. Aber jetzt mußte sie erst einmal zurückradeln.

Die Straße wand sich zwischen Feldern auf der einen Seite und dem Golfplatz auf der anderen bergauf. Während sie kräftig in die Pedale trat, merkte Judith, daß der Weg viel steiler anstieg, als sie jemals gedacht hätte, und trotz der drei Gänge geriet sie schließlich außer Puste. Auf der Höhe des Clubhauses gab sie auf und stieg ab. Widerstrebend fand sie sich damit ab, daß sie den Rest des Weges zu Fuß gehen und das Fahrrad schieben mußte.

«Hallo, wart mal!» Sie blieb stehen und drehte sich um, um zu schauen, wer da gerufen hatte. Ein Mann stieg vom Clubhaus kommend die Stufen zur Straße herunter. Er war in Golfkleidung – weite Knickerbocker und gelber Pullover – und trug eine Tweedmütze, die er sich so verwegen aufgesetzt hatte, daß er nicht sehr vertrauenswürdig aussah, wie ein zwielichtiger Buchmacher. «Wenn ich mich nicht sehr irre, mußt du Judith sein.»

«Ja, das bin ich», sagte sie, ohne die geringste Ahnung, wer er sein mochte.

«Deine Tante hat mir erzählt, daß du über das Wochenende kommst. Sind ja nur kurze Schulferien.» Er hatte ein gerötetes Gesicht, einen Schnurrbart und glänzende, schlaue Augen. «Du kennst mich nicht, weil wir uns noch nie begegnet sind. Colonel Fawcett. Billy Fawcett. Ein alter Freund von Louise, noch aus der Zeit in Indien. Jetzt bin ich ihr Nachbar.»

Judith erinnerte sich dunkel daran, daß sie von ihm gehört hatte. «Ach ja, sie hat Mami und mir von Ihnen erzählt. Sie waren mit Onkel Jack befreundet, nicht wahr?»

«Stimmt. Im selben Regiment, oben an der Nordwestgrenze.» Er betrachtete ihr Fahrrad. «Was hast du denn da Schönes gekriegt?»

«Mein neues Fahrrad. Tante Louise hat es mir heute gekauft. Es hat zwar drei Gänge, nur diesen Berg rauf schaffe ich trotzdem nicht, deshalb muß ich es schieben.»

«Das ist das Schlimmste an Fahrrädern, aber ich muß schon sagen, ist ein stattliches Exemplar. Und du läufst jetzt? Na, dann lauf ich mit dir, wenn ich darf…»

Sie fand es eher lästig, daß er ihre Einsamkeit störte, sagte aber: «Ja, natürlich.» Sie gingen los, und er paßte seinen Schritt ihrem an.

«Haben Sie Golf gespielt?» fragte Judith.

«Nur eine Übungsrunde, allein. Ich muß noch besser werden, bevor ich es mit deiner Tante aufnehmen kann.»

«Sie ist sehr gut. Ich weiß.»

«Hervorragende Spielerin. Schlägt den Ball wie ein Mann. Und trifft todsicher. Wie fühlst du dich, wieder in Penmarron…?»

Höflich, aber ein bißchen steif unterhielten sie sich auf dem Rest des Weges. Als sie die Abzweigung nach Windyridge und zu den

Bungalows dahinter erreichten, war die Straße wieder eben, und Judith hätte aufsteigen können, fand es jedoch unhöflich, Colonel Fawcett davonzufahren, also verzichtete sie darauf.

An der Einfahrt blieb sie wieder stehen, weil sie erwartete, er würde sich nun verabschieden und weitergehen, doch er schien es nicht gerade eilig zu haben, ihre Begegnung schon zu beenden. Inzwischen war es beinahe dunkel. Durch Tante Louises zugezogene Wohnzimmervorhänge drang Licht heraus, und Colonel Fawcett konnte dieser stillschweigenden Einladung offenbar nicht widerstehen. Zögernd und sehr auffällig schob er den Ärmel seines Pullovers zurück und schielte nach seiner Uhr.

«Viertel vor fünf. Na, ich hab noch ein bißchen Zeit, da kann ich ja mit dir reinkommen und Louise meine Aufwartung machen. Hab sie schon seit ein paar Tagen nicht mehr gesehen...»

Judith fiel nichts ein, was sie dagegen hätte einwenden können, zumal sie auch annahm, daß es Tante Louise nichts ausmachen würde. Also gingen sie gemeinsam durch das Tor und den Kiesweg entlang.

Vor der Haustür erklärte Judith: «Ich muß noch das Fahrrad in die Garage stellen.»

«Keine Sorge, ich geh schon vor.»

Das tat er denn auch. Ohne zu klingeln oder auch nur an den Glaseinsatz der Tür zu klopfen. Er machte einfach auf und rief: «Louise?» Sie mußte irgend etwas geantwortet haben, denn er spazierte hinein und schlug die Tür hinter sich zu.

Wieder allein, blickte Judith ihm nach und schnitt hinter seinem Rücken eine Grimasse. Sie hatte ihre Zweifel, ob sie Colonel Fawcett überhaupt leiden konnte, sein anmaßendes Benehmen gefiel ihr gewiß nicht. Aber vielleicht mochte Tante Louise ihn gern und fand nichts dabei, daß er so unverhofft und ohne Einladung hereinplatzte. Nachdenklich schob sie das Fahrrad in die Garage und bemühte sich, es so weit wie möglich vom Rover entfernt abzustellen. Bei Tante Louises Fahrweise konnte man ja nie wissen...

Sie ließ sich viel Zeit, schloß die Garagentür und verriegelte sie. Es widerstrebte ihr hineinzugehen. Hätte sie doch bloß in ihr Zimmer schleichen und dort warten können, bis Colonel Fawcett fort war, aber so, wie Tante Louises Haus gebaut war, gab es kein Entrinnen. Sobald sie durch die Eingangstür trat, stand sie sofort bei den beiden im Wohnzimmer und hatte keine Möglichkeit, sich davonzustehlen, ohne eklatant unhöflich zu sein.

Er hatte sich bereits neben dem Kamin niedergelassen, sah aus, als säße er schon seit einer Ewigkeit da, und Tante Louise goß ihm, nachdem Hilda das Tablett mit dem Nachmittagstee bereits hinausgetragen hatte, einen Drink ein.

«UND WAS macht ihr über das Wochenende?» Nach dem ersten kräftigen Schluck streichelte Colonel Fawcett mit seinen kurzen, dicken Fingern liebevoll das Glas. «Schon irgendwelche Pläne? Stabssitzung beendet?»

Tante Louise kehrte zu ihrem Strickzeug zurück. Sich selbst hatte sie nichts eingeschenkt, denn für sie war es noch zu früh am Tag. Mit diesen Regeln nahm sie es sehr genau. Wenn man allein lebt, muß man das wohl.

«Das haben wir noch nicht besprochen. Ich spiele am Sonntag Golf, mit Polly und John Richards und einem Freund, der bei ihnen zu Besuch ist. Er ist Mitglied im Club von Rye und anscheinend ein sehr guter Golfer...»

«Was machst du dann an dem Tag?» Er zwinkerte Judith zu.

«Wahrscheinlich besuche ich meine Freundin in Porthkerris. Ich rufe sie nachher an.»

«Kann dich ja nicht allein rumhocken lassen. Stets zu Diensten, falls du ein bißchen Gesellschaft brauchst.» Judith tat so, als habe sie es nicht gehört.

Tante Louise wechselte die Stricknadeln. «Es wäre ausgezeichnet, wenn Judith am Sonntag zu den Warrens könnte, weil Hilda und Edna auch nicht da sind. In dem leeren Haus wär's vielleicht doch ein bißchen langweilig.»

«Ich kann ja mit meinem Fahrrad losziehen.»

«Aber nicht, wenn es in Strömen regnet. Da müßtest du so ein Regencape haben, wie es manche tragen, das bis zu den Knöcheln reicht. Weiß der Himmel, was dem Wetter um diese Jahreszeit einfällt.»

Billy Fawcett stellte sein Glas ab und verrenkte sich, um Zigarettendose und Feuerzeug aus seinen Knickerbockern zu angeln. Beim Anzünden entdeckte Judith, daß seine Finger Nikotinflecken hatten. Auch sein Schnurrbart sah leicht gekräuselt aus, als ob er versengt wäre.

«Habt ihr Lust, ins Kino gehen?» schlug er plötzlich vor. «Ich war heute morgen in Porthkerris, da läuft gerade *Top Hat*. Fred Astaire und Ginger Rogers. Soll recht gut sein. Was dagegen, wenn ich euch zwei ausführe? Morgen abend? Natürlich auf meine Rechnung.»

Tante Louise schien ein wenig überrascht zu sein. Vielleicht war es das erste Mal, daß Billy Fawcett anbot, irgend etwas zu bezahlen.

«Das ist sehr nett von dir, Billy. Was meinst du, Judith? Möchtest du ins Kino gehen und dir *Top Hat* anschauen? Oder hast du den Film schon gesehen?»

Nein, sie hatte ihn noch nicht gesehen, war aber schon seit langem darauf aus. In einer Filmzeitschrift, die Loveday in den Schlafsaal geschmuggelt hatte, gab es einige Bilder des strahlenden Paars, wie es über das Parkett schwebt und wirbelt, sie in einem Kleid mit wippenden Federn. Ein Mädchen aus der fünften Klasse hatte sich den Film schon zweimal in voller Länge in London angeschaut. Dabei hatte sie sich in Fred Astaire verliebt, und nun klebte sein Foto innen auf dem Umschlag ihres Schmierhefts.

Andererseits wäre Judith lieber mit Heather ins Kino gegangen; gemeinsam hätten sie Pfefferminzbonbons lutschen und in der stickigen Dunkelheit zufrieden die Welt vergessen können. Mit Tante Louise und Billy Fawcett wäre es nicht halb so schön.

«Nein, ich hab ihn noch nicht gesehen.»

«Willst du gehen?» fragte Tante Louise.

«Ja.» Was hätte sie sonst sagen sollen? «Ja, sehr gern.»

«Großartig!» Billy Fawcett klopfte sich vor Begeisterung über eine glücklich getroffene Entscheidung auf den Schenkel. «Das ist also klar. Wann sollen wir gehen? In die Vorstellung um sechs?

Ich fürchte, du wirst uns chauffieren müssen, Louise, meine alte Klapperkiste hustet ein bißchen. Muß sie mal in die Werkstatt bringen.»

«In Ordnung. Komm um halb sechs her, und dann fahren wir alle miteinander. Wirklich sehr nett von dir.»

«Ist mir ein Vergnügen, zwei reizende Damen zu begleiten. Wer könnte mehr verlangen?» Er griff wieder nach seinem Whisky, trank ihn aus und saß rauchend da, das leere Glas in der Hand.

Tante Louise zog die Augenbrauen hoch. «Noch einen zweiten, Billy?»

«Na schön.» Er stierte in das leere Glas, als wundere er sich darüber, es in so beklagenswertem Zustand zu sehen. «Wenn du darauf bestehst.»

«Bedien dich selbst.»

«Wie steht's mit dir, Louise?»

Sie warf einen flüchtigen Blick auf die Uhr. «Einen kleinen, danke.»

Also erhob er sich schwerfällig und ging zu dem Tisch mit den Getränken, um den Gastgeber zu spielen. Während Judith ihm zusah, fand sie, daß er sich allem Anschein nach hier erschreckend heimisch fühlte. Sie überlegte, wie wohl sein Bungalow aussehen mochte, und kam zu dem Schluß, daß er wahrscheinlich ganz gräßlich, freudlos und kalt war. Vielleicht war Billy Fawcett entsetzlich arm und konnte sich weder gemütliche Kaminfeuer noch eigenen Whisky oder gar eine ständige Haushälterin und all die Bequemlichkeiten des Lebens leisten, die ein einsamer Junggeselle nun mal brauchte. Vielleicht war das der Grund, warum er sich in Tante Louises geordnetes Wohlstandsleben einzuschleichen schien. Vielleicht – Schrecken über Schrecken – machte er ihr auf seine Art den Hof und hatte die Absicht, sie zu heiraten.

Eine Vorstellung, die so grauenhaft war, daß Judith den bloßen Gedanken daran kaum ertrug. Und doch, warum eigentlich nicht? Er war ein alter Bekannter von Jack Forrester, und Tante Louise mußte seine Gesellschaft amüsant finden, sonst hätte sie ihn längst vor die Tür gesetzt. Sie war keine Frau, die sich freiwillig mit Dummköpfen abgab. Möglicherweise hatte er ihr anfangs nur leid getan, und dann hatte sich ihre Beziehung im Lauf der Zeit einfach entwickelt. Solche Dinge passieren.

«Da, meine Teure…»

Judith beobachtete sie genau, aber Tante Louise nahm ihm den Drink in ihrer gewohnt sachlichen Art ab und stellte ihn auf den Tisch neben sich. Keine verstohlenen Blicke, kein vielsagendes Lächeln. Judith entspannte sich ein wenig. Tante Louise war viel zu vernünftig, um sich auf Unbesonnenheiten einzulassen, und was könnte unbesonnener sein als eine Verbindung mit einem bettelarmen, alten Schluckspecht wie Billy Fawcett?

«Danke, Billy.»

Gute, alte Tante Louise. Judith beschloß, ihre instinktiven Befürchtungen zu verdrängen, sie zu vergessen, stellte aber fest, daß die Idee, einmal im Keim vorhanden, Wurzeln schlug, und sie wußte, daß die Möglichkeit keinesfalls ganz von der Hand zu weisen war. Sie mußte schlicht und einfach abwarten.

AM NÄCHSTEN Morgen rief sie Heather an. Mrs. Warren kam an den Apparat und freute sich hörbar, als sie merkte, wer am anderen Ende der Leitung war, dann holte sie ihre Tochter.

«Judith!»

«Hallo, Heather!»

«Wo steckst du?»

«Wir haben das halbe Trimester rum und deshalb ein paar Tage frei. Ich bin bei Tante Louise.»

«Hast du dein Fahrrad schon gekriegt?»

«Ja, gestern gekauft, bei Pitway. Es ist ganz toll. Am Nachmittag hab ich gleich eine lange Tour gemacht. Ich muß mir bloß noch eine Beleuchtung besorgen.»

«Was ist es denn für eins?»

«Ein Raleigh, dunkelgrün mit drei Gängen.»

«Herrlich!»

«Ich möchte dich gern sehen. Vielleicht morgen. Kann ich zu dir kommen?»

«Oh, verdammt.»

«Was ist denn?»

«Wir fahren über das Wochenende nach Bodmin rauf, um meine Oma zu besuchen. Dad hat das Auto schon rausgeholt, und wir sausen gleich los. Wir kommen am Sonntag erst am späten Abend zurück.»

«Ich halt's nicht aus!» Die Enttäuschung war zu groß. «Warum müßt ihr ausgerechnet an diesem Wochenende wegfahren?»

«Jetzt ist schon alles abgesprochen. Ich hab doch nicht gewußt, daß du da bist. Du hättest mir vorher Bescheid sagen sollen.»

«Ich hab auch am Montag noch frei.»

«Bringt nichts! Am Montag muß ich wieder in die Schule. Oder könntest du am Montag nachmittag zum Tee kommen?»

«Nein, das geht nicht mehr, weil ich um vier wieder in St. Ursula sein muß.»

«Ach, ist das ein Mist!» schimpfte Heather. «Das ärgert mich wirklich. Ich hätte dich so gern getroffen und gehört, wie es dir geht. Wie ist es denn? Hast du schon Freundinnen gefunden?»

«Ja, ein paar. Es ist nicht so übel.»

«Vermißt du deine Mutter?»

«Manchmal, aber das hilft ja nichts.»

«Sind sie schon angekommen? In Colombo, mein ich. Hast du einen Brief von ihnen gekriegt?»

«Ja, viele. Es geht ihnen ganz gut, und Jess geht es auch gut.»

«Elaine hat mich neulich nach dir gefragt. Jetzt kann ich ihr wenigstens ein bißchen was erzählen. Hör mal, wir sehen uns aber bestimmt in den Osterferien.»

«Schön.»

«Wann fangen deine Ferien an?»

«Am zehnten April.»

«Gut, ruf mich sofort an, dann machen wir gleich was aus. Mum fragt, ob du für ein paar Tage kommen und bei uns übernachten kannst?»

«Sag ihr, ja, sehr gern.»

«Ich muß jetzt los, Judith. Dad hupt schon, und Mum setzt gerade ihren Hut auf und hüpft rum wie ein Floh im Bett.»

«Schönes Wochenende bei deiner Oma!»

«Dir auch ein schönes Wochenende. Bis Ostern. Vergiß nicht, mich anzurufen!»

«Nein, bestimmt nicht.»

«Wiedersehen.»

Lustlos ging Judith zu Tante Louise, um ihr die schlechte Neuigkeit zu erzählen: «Die Warrens fahren für zwei Tage nach Bodmin zu Heathers Oma. Deshalb sind sie morgen nicht da.»

«Oje, so eine Enttäuschung! Aber mach dir nichts draus, ihr könnt euch sicher in den nächsten Ferien treffen. Und vielleicht wird morgen ein schöner, trockener Tag. Dann sage ich Edna, daß sie dir etwas für ein Picknick einpacken soll, und du kannst mit dem Rad wegfahren. Vielleicht an den Strand runter oder rauf zum Veglos Hill. Da oben blühen schon die wilden Schlüsselblumen. Du kannst mir den ersten Strauß in dieser Saison mitbringen.»

«Ja, mal sehen.» Immer noch enttäuscht, ließ sie sich in einen Sessel fallen, streckte die Beine aus und kaute an einer Haarsträhne, die aus dem Band herausgerutscht war. Sie dachte an den öden Sonntag und hoffte nur, Tante Louise würde Billy Fawcett nicht verraten, daß sich ihre Pläne geändert hatten. Sie machte schon den Mund auf und wollte sie gerade darum bitten, überlegte es sich aber anders und beschloß, lieber nichts zu sagen. Es war wohl besser, wenn sie sich nichts anmerken ließ und ihre instinktive Abneigung gegen den harmlosen komischen Kauz, den Tante Louise offenbar als guten Freund betrachtete, für sich behielt.

Nach einem weiteren vernieselten Vormittag brach am Samstag nachmittag die Sonne ab und zu zwischen den dicken Wolken durch, die von der See landeinwärts trieben. Tante Louise erklärte, sie wolle nun im Garten arbeiten, also half ihr Judith, zupfte Unkraut aus der weichen, feuchten Erde und brachte in einer Schubkarre die abgestorbenen Zweige weg, die Tante Louise aus Rosen und Sträuchern herausgeschnitten hatte. Sie gingen erst um halb fünf wieder hinein, hatten aber noch genug Zeit, die Hände zu waschen, sich zurechtzumachen und eine Tasse Tee zu trinken, ehe Billy Fawcett auftauchte und den Weg vom Gartentor heraufmarschierte, gestiefelt und gespornt für einen Abend außer Haus.

Sie stiegen in den Rover ein, Billy vorn, und fuhren los.

«Was habt ihr zwei denn heute gemacht?» wollte er wissen.

«Wir haben gegärtnert», erzählte Tante Louise.

Er drehte sich auf seinem Sitz um, und während er Judith zwinkernd angrinste, sah sie seine gelben Zähne.

«Nicht gerade schöne Ferien, wenn die Memsahib dich an die Arbeit scheucht.»

«Ich gärtnere gern», entgegnete Judith.

«Und was ist mit morgen? Hast du deine Freundin erreicht?»

Judith blickte aus dem Fenster und tat so, als höre sie ihn nicht, also bohrte er weiter. «Hast du dich mit ihr verabreden können?»

«Nicht direkt», war alles, was ihr dazu einfiel, und sie betete insgeheim, daß Tante Louise den Mund hielt und das Thema damit erledigt war. Doch Tante Louise, nicht vorgewarnt und völlig ahnungslos, ließ die Katze aus dem Sack. «Leider ist Heather über das Wochenende verreist. Ist aber nicht so schlimm, sie treffen sich ja in den nächsten Ferien.»

Judith wußte, daß sie ihr nichts vorwerfen konnte, hätte sie aber trotzdem am liebsten angeschrien.

«Da mußt du dir selbst die Zeit vertreiben, was? Na, falls du ein bißchen Gesellschaft brauchst, ich bin ja da, nur ein Haus weiter.»

Darauf wandte er sich um und blickte wieder nach vorn. Rüde wie Loveday streckte Judith ihm hinter seinem Rücken die Zunge heraus. Er hätte es im Rückspiegel sehen können, aber selbst das wäre ihr egal gewesen.

An diesem Abend bot Porthkerris, während sie in die Stadt hinunterfuhren, keineswegs einen so düsteren Anblick wie am Tag davor. Der Himmel hatte aufgeklart, die letzten Strahlen der untergehenden Sonne tauchten all die alten grauen Steinhäuser in rotgoldenes Licht, so daß sie wie transparente Muschelschalen schimmerten, der Wind hatte sich gelegt, und das Meer glitzerte silbern. Weit unterhalb der Straße wanderten ein Mann und eine Frau gemeinsam über den breiten, sichelförmigen Strand, und ihre Fußabdrücke zeichneten sich wie zwei parallel verlaufende Linien auf dem festen, nassen Sand ab.

Als der Wagen in das Labyrinth aus engen Straßen einbog, drang aus einer offenstehenden Tür der für Samstag abend typische Geruch nach frisch gebratenem Fisch und Pommes frites heraus. Billy Fawcett hob den Kopf und schnupperte, wobei er die Nasenflügel blähte wie ein Hund, der eine Fährte aufnimmt.

«Da läuft einem ja das Wasser im Mund zusammen, was? Fisch und Fritten! Sollen wir nach der Vorstellung alle irgendwo Fisch essen gehen?»

Tante Louise schien das allerdings für keine gute Idee zu halten. Vielleicht wollte sie sich auf keinerlei Gerangel um die Rechnung und darum, wer sie bezahlen sollte, einlassen. «Nicht heute abend, Billy. Edna erwartet Judith und mich zu Hause und richtet uns etwas Kaltes her.» Billy Fawcett war eindeutig nicht eingeladen, dieses bescheidene Mahl mit ihnen zu teilen. Im Grunde ihres Herzens tat er Judith leid, aber da fügte Tante Louise hinzu: «Vielleicht ein andermal.» Damit hörte es sich schon etwas weniger grob an. Sie fragte sich, was er wohl zum Abendessen haben würde. Wahrscheinlich einen Whisky Soda und eine Tüte Kartoffelchips. Der arme Teufel. Aber sie war dennoch froh, daß Tante Louise ihn nicht gebeten hatte, nachher mit ihnen mitzukommen. Bis der Film vorüber war, hatte sie sicher genug von seiner Gesellschaft.

Tante Louise parkte das Auto neben der Bank, und sie gingen über die Straße. Es stand zwar keine lange Schlange vor der Kasse, aber dennoch wollten, wie es aussah, viele Leute hinein. Während Billy Fawcett sich anstellte, um die Karten zu kaufen, betrachteten Tante Louise und Judith die glänzenden schwarzweißen Fotos in den Schaukästen. Bestimmt war der Film sehr romantisch und auch lustig, mit viel Glamour. Judith rieselte ein leichter Freudenschauer über den Rücken, doch Tante Louise rümpfte nur die Nase. «Hoffentlich wird er nicht zu albern.»

«Ich wette, daß er dir gefällt, Tante Louise.»

Sie kehrten den Bildern den Rücken, und da war Billy Fawcett verschwunden. «Wo ist er denn jetzt wieder hin?» fragte Tante Louise beinahe in einem Ton, als wäre er ein Hund, der von einem Picknick weggelaufen ist. Doch er tauchte im nächsten Augenblick wieder auf, denn er hatte nur im Zeitungsladen nebenan eine kleine Schachtel Schokoladenplättchen besorgt. «Muß ja schließlich den

Stil wahren, oder? Tut mir leid, daß ich euch habe warten lassen. Jetzt aber nichts wie rein!»

Der Kinosaal – ein ehemaliger Fischmarkt – war zum Bersten voll und stickig wie immer. Außerdem roch es intensiv nach dem Desinfektionsmittel, das zur Vorbeugung gegen eventuelle Flöhe regelmäßig versprüht wurde. Ein Mädchen mit einer Taschenlampe führte sie zu ihren Plätzen, gebrauchte die Lampe aber nicht, weil das Licht noch nicht ausgeschaltet war. Judith wollte sich schon in die Reihe hineinzwängen, als Billy Fawcett sie zurückhielt. «Erst die Dame, Judith! Lassen wir deiner Tante den besten Platz.» Das bedeutete, daß Judith zwischen ihnen sitzen mußte, mit Tante Louise links und Billy Fawcett rechts von ihr. Sobald sie die Mäntel ausgezogen und sich hingesetzt hatten, machte er die Schokolade auf und reichte sie weiter. Sie schmeckte ein bißchen alt, wahrscheinlich hatte sie schon jahrelang im Regal des Zeitungshändlers gestanden.

Das Licht erlosch. Sie sahen eine Vorschau auf den nächsten Film... Ein turbulenter Western, der offensichtlich in Südamerika gedreht worden war. *Der Fremde aus Rio.* Eine blonde Schauspielerin in malerischen Lumpen, jedoch mit unversehrtem Make-up, kämpfte sich keuchend durch Pampasgras. Der Held mit einem riesigen Sombrero trieb sein weißes Pferd durch einen Fluß, wobei er ein Lasso über seinem Kopf schwang. *Nächste Woche in diesem Theater. Eine einmalige Chance. Die sollten Sie nicht verpassen.*

«Ich werde sie wohl verpassen», sagte Tante Louise. «Scheint ziemlich kitschig zu sein.»

Danach kam die Wochenschau. Hitler stolzierte in Reithosen herum und nahm irgendeine Parade ab. Im Norden Englands unterhielt sich der König nach dem Stapellauf eines Schiffes mit den Werftarbeitern... Zuletzt folgten ein paar lustige Schnappschüsse von Welpen auf einer Hundeausstellung. Nach der Wochenschau wurde noch ein Zeichentrickfilm über ein Streifenhörnchen gezeigt und dann – endlich! – *Top Hat.*

«Gott sei Dank», sagte Tante Louise. «Ich habe schon gedacht, der Film fängt überhaupt nicht mehr an.»

Doch Judith hörte sie kaum. In ihren Kinosessel gesunken, den Blick auf die Leinwand gerichtet, gab sie sich ganz dem vertrauten

Zauber hin, ließ sich von den Bildern und Klängen, von der Geschichte, die vorgeführt wurde, vollkommen gefangennehmen. Es dauerte auch nicht lange, bis Fred Astaire auf einer Bühne erschien, herumwirbelte, sich durch den Titelsong steppte, seinen Spazierstock um den Finger kreisen ließ, sich mal schneller und mal langsamer bewegte, aber dabei immer irgendwie tanzte. Die Handlung verdichtete sich, er begegnete Ginger Rogers, stieg ihr nach, sie sangen *Isn't this a lovely day to be caught in the rain?* und tanzten dazu, diesmal gemeinsam. Dann trat er zusammen mit Edward Everett Horton auf. Beide waren gleich angezogen, vertauschten dauernd ihre Aktentaschen und sahen einander zum Verwechseln ähnlich. Deshalb hielt Ginger Rogers auch Fred Astaire für Edward Everett Horton und wurde wütend, weil der mit ihrer besten Freundin Madge verheiratet war...

An dieser Stelle merkte Judith, daß etwas Seltsames vorging. Billy Fawcett rutschte so unruhig auf seinem Sitz hin und her, daß er sie von dem Geschehen auf der Leinwand ablenkte. Sie setzte sich anders hin, um ihm mehr Platz für seine Beine zu verschaffen, und da spürte sie etwas auf ihrem Knie. Es war Billy Fawcetts Hand, die wie aus Versehen da gelandet war, aber liegenblieb, schwer und unangenehm heiß.

Aus blankem Entsetzen darüber konnte sie sich nun überhaupt nicht mehr auf den Film konzentrieren, und ihre ganze Freude war dahin. *Top Hat* mit seiner Glitzerpracht und seinem Charme existierte einfach nicht mehr. Die Dialoge, die Scherze und das Lachen verhallten ungehört. Judith starrte zwar weiter auf die Leinwand, nahm aber nichts mehr wahr, und während sie gegen eine lähmende, völlig überraschende Angst ankämpfte, war jeder Versuch, dem Film zu folgen, undenkbar geworden. Was sollte sie nur tun? Wußte er, daß er seine Hand auf ihrem Knie hatte? Meinte er vielleicht, sie liege auf der schmalen Armlehne zwischen den samtbezogenen Sitzen? Sollte sie es ihm sagen? Würde er seine Hand dann zurückziehen?

Da verstärkte sich der Druck seiner Finger, sie begannen ihr Knie zu kneten, und Judith begriff, daß das kein Zufall, sondern Absicht war. Tätschelnd glitt die Hand immer höher, unter Judiths Rock,

ihren Oberschenkel hinauf. Gleich würde er ihren Schlüpfer erreichen. Von Grauen gepackt saß sie in dem dunklen, warmen Kino
und fragte sich, wann er aufhören würde, wie sie sich verhalten
sollte, warum er das wohl tat und wie sie Tante Louise darauf aufmerksam machen konnte...

Auf der Leinwand mußte etwas Amüsantes geschehen sein. Die
Zuschauer, einschließlich Tante Louise, brachen in schallendes Gelächter aus. Judith nutzte die Gelegenheit und tat so, als sei ihr
etwas hinuntergefallen, rutschte aus ihrem Sessel und landete, zwischen den zwei Sitzreihen eingekeilt, auf ihren Knien.

«Was um alles in der Welt machst du denn da?» fragte Tante
Louise.

«Ich habe meine Haarspange verloren.»

«Ich dachte, du hättest gar keine getragen.»

«Doch, hab ich, und sie ist mir runtergefallen.»

«Dann laß sie liegen, wir suchen sie nachher.»

«Psst!» zischte es wütend hinter ihnen. «Können Sie nicht still
sein?»

«Entschuldigung.» Mit einiger Mühe schlängelte sie sich wieder
in ihren Sitz und drängte sich so dicht an Tante Louise, daß ihr die
Armlehne in die Rippen stieß. Sicher würde Billy Fawcett das als
Warnung verstehen und sie nun in Ruhe lassen.

Aber nein. Kaum fünf Minuten später war die Hand wieder da,
wie ein krabbelndes, kriechendes Tier, das man nicht einmal mit
einer zusammengerollten Zeitung totschlagen konnte. Tastend,
streichelnd glitt sie nach oben.

Judith sprang auf.

Tante Louise verlor die Geduld, was nicht verwunderlich war.
«Judith, um Himmels willen!»

«Ich muß auf die Toilette.»

«Dabei hab ich dir zu Hause gesagt, du sollst noch gehen, bevor
wir wegfahren.»

«Psssst! Andere Leute wollen den Film sehen, halten Sie doch den
Mund!»

«Entschuldigung. Tante Louise, bitte laß mich vorbei.»

«Geh in die andere Richtung. Da ist es viel kürzer.»

«Ich will aber in diese Richtung.»

«Also, nun geh schon oder setz dich hin, du verdirbst allen den Spaß.»

«Entschuldigung.»

Sie stieg über Tante Louises Knie und über die Knie all der anderen verärgerten Zuschauer, die das Pech hatten, in ihrer Reihe zu sitzen. Dann rannte sie den dunklen Gang entlang, huschte durch den Vorhang an der Rückwand des Saals, fand den schmutzigen, kleinen Waschraum und schloß sich in der übelriechenden Damentoilette ein, vor Abscheu und Verzweiflung den Tränen nahe. Was wollte dieser gräßliche Mann? Warum mußte er sie anfassen? Warum konnte er sie nicht zufriedenlassen? Es machte ihr nichts aus, daß sie den Film verpaßte. Beim bloßen Gedanken daran, wieder hineinzugehen, schauderte sie. Sie wollte nur noch hinaus, an die frische Luft und nach Hause und ihn nie mehr sehen, nie mehr mit ihm sprechen müssen.

Ohne mit der Wimper zu zucken, hatte er vorgeschlagen, ins Kino zu gehen, und Tante Louise in dem Glauben gewiegt, er lade sie aus Gutmütigkeit ein. Er hatte Tante Louise getäuscht, schon allein das zeugte davon, wie raffiniert und gefährlich er war. Warum er ihr Knie betascht und sich mit seinen verhaßten Fingern an ihrem Schenkel hinaufgetastet hatte, war ihr unbegreiflich, doch sie fühlte sich dadurch entwürdigt, weil es so abscheulich gewesen war. Schon von Anfang an hatte sie Billy Fawcett nicht besonders gut leiden können, ihn aber bloß für eine traurige, lächerliche Gestalt gehalten. Jetzt fühlte sie sich selbst lächerlich gemacht und auch gedemütigt. So gedemütigt, daß sie wußte, sie würde es nie über sich bringen, Tante Louise zu erzählen, was geschehen war. Allein die Vorstellung, ihr in die Augen zu schauen und zu sagen: *Billy Fawcett hat versucht, seine Hand in meinen Schlüpfer zu stekken*, reichte aus, ihr die Schamröte ins Gesicht zu treiben.

Eins stand fest: Sie würde auf demselben Weg, den sie gekommen war, zurückgehen und nicht nachgeben, bis Tante Louise mit ihr den Platz tauschte und sich selbst neben Billy Fawcett setzte. Wenn Judith einfach stehenblieb und darauf beharrte, würde das Paar, das hinter ihnen saß, derart toben, daß Tante Louise aus lauter Verlegenheit tun mußte, was Judith verlangte. Falls sie sie danach zur Rede stellte, wie unmöglich sie sich benommen habe, und wissen wollte, was sie sich um alles in der Welt dabei gedacht hatte etc., etc., dann würde Judith gar nicht hinhören, denn indirekt war die ganze Sache Tante Louises eigene Schuld. Billy Fawcett war schließlich *ihr* Freund, und sie konnte ja wohl selbst neben ihm sitzen. Judith war sich ziemlich sicher, daß er – egal, was passierte – es nicht wagen würde, Tante Louise an den Schlüpfer zu fassen.

DER HIMMEL, eben noch im strahlenden Schein eines Vollmonds klar und wolkenlos, verdüsterte sich plötzlich, aus dem Nichts kam Wind auf, rüttelte an dem Haus auf dem Hügel und heulte wie mit Geisterstimmen. Von Grauen gepackt, lag Judith im Bett, starrte auf das Fenster und war darauf gefaßt, daß gleich etwas Furchtbares geschehen würde, dem sie nicht entrinnen konnte und von dem sie noch nicht wußte, was es war. Sie wußte nur, wenn sie jetzt aufstand und zur Tür lief, in der einzigen Hoffnung, doch noch zu fliehen, würde sie die Tür verschlossen finden. Schritte auf dem Kies übertönten das Tosen des Windes, dann folgte ein dumpfer Schlag, als eine Leiter an den Fenstersims gelehnt wurde. Irgend etwas kam. Er kam. Lautlos wie eine Katze kletterte er herauf. Judiths Herz raste, dennoch blieb sie reglos liegen, weil sie sonst nichts tun konnte. Er kam, mit seinen teuflischen Absichten, seinen manisch zwinkernden Augen und seinen heißen, tatschenden Fingern. Sie war verloren. Selbst wenn sie versucht hätte zu schreien, wäre kein Laut über ihre Lippen gedrungen, und niemand hätte sie gehört. Niemand wäre ihr zu Hilfe geeilt. Starr vor Schreck beobachtete sie, wie sein Kopf über dem Fenstersims auftauchte, und obwohl es dunkel war, konnte sie jeden Zug seines Gesichts erkennen. Er grinste...

Billy Fawcett.

Sie fuhr hoch und schrie, schrie noch einmal. Er war nach wie vor da, doch jetzt war es heller Tag, und sie war aufgewacht. Das entsetzliche Bild hielt sich noch einen Moment, dann verblaßte es zum

Glück. Es gab auch keine Leiter, nur ihr offenes Fenster und das Licht des Morgens, das hereinfiel.

Ein Alptraum! Ihre übersteigerte Phantasie hatte ihr ein so realistisches Bild vorgegaukelt und sie in so panische Angst versetzt, daß ihr Herz wie eine Trommel dröhnte. Allmählich beruhigte es sich. Ihr Mund war trocken. Sie griff nach dem Wasserglas neben ihrem Bett und trank einen Schluck, dann sank sie, noch zitternd und erschöpft, wieder in die Kissen.

Ihr kam in den Sinn, daß sie in einer Weile Tante Louise bei Schinken und Eiern gegenübersitzen mußte, und Judith hoffte, sie würde ihr wegen des vergangenen Abends und des unseligen Kinobesuchs nicht mehr böse sein. Der furchterregende Traum war zwar vorbei, doch das eigentliche Problem mit Billy Fawcett bestand weiter, lag ihr wie ein Stein auf dem Herzen, und sie wußte, soviel sie auch über das Debakel dieses Abends nachgrübeln mochte, sie würde damit weder das Problem lösen noch sonst etwas erreichen.

«Gehen wir ins Kino», hatte er gesagt, freundlich und scheinbar wohlwollend. Dabei hatte er die ganze Zeit *das* im Sinn gehabt. Er hatte sie beide hinters Licht geführt, was bewies, wie schlau er war, ein Feind, den sie nicht unterschätzen durfte. Sein schändliches Verhalten begriff sie noch immer nicht. Sie wußte nur, daß es irgend etwas mit Sex zu tun haben mußte und entsetzlich gewesen war.

Judith hatte ihn von Anfang an nicht sympathisch gefunden – kein Vergleich mit dem lieben Mr. Willis oder gar mit Colonel Carey-Lewis, mit dem sie sich auf Anhieb gut verstanden hatte. Er war ihr wie eine Karikatur erschienen, einfach lächerlich. Und das Schlimme war, daß sie sich jetzt selbst lächerlich vorkam, weil sie sich wie eine Geistesgestörte aufgeführt hatte. Außerdem mußte sie an Tante Louise denken. Billy Fawcett war ein alter Bekannter, ein Bindeglied zwischen ihr und Jack Forrester und ihren glücklichen Tagen in Indien. Wenn sie es ihr erzählte, würde sie ihr Vertrauen zu ihm und ihre Freundschaft zerstören. Und so verzweifelt Judith auch war, lag es ihr dennoch fern, grausam zu sein.

Tante Louise hatte sich nämlich nach dem unseligen Kinobesuch großartig verhalten und kein Wort darüber gesagt, bis sie und Judith wieder in Windyridge und allein waren. Als der Film zu Ende

gewesen war und die Zuschauer stehend *God Save the King* ge-
schmettert oder gekrächzt hatten, waren sie in die kalte, windige
Dunkelheit hinausgegangen, in den Rover gestiegen und nach Penmarron zurückgefahren. Billy Fawcett hatte auf dem ganzen Weg
munter geplaudert, amüsante Dialogstellen aus dem Film wiederholt und die Melodien gepfiffen.

I'm putting on my top hat
Tying up my white tie…

Judith hatte auf seinen Hinterkopf gestiert und gewünscht, er wäre
tot. Kurz vor dem Tor von Windyridge hatte er gesagt: «Louise,
meine Teure, setz mich hier ab, ich laufe das letzte Stück zu Fuß.
Großartig, daß du uns gefahren hast. Hat mir viel Spaß gemacht.»
   «Uns auch, Billy. Nicht wahr, Judith?» Das Auto hatte gehalten,
er war ausgestiegen. «Und danke für die Einladung!» hatte Tante
Louise ihm nachgerufen.
   «War mir ein Vergnügen, meine Teure. Wiedersehen, Judith!»
Dann hatte er noch die Unverschämtheit besessen, seinen Kopf
durch die Tür zu stecken und ihr zuzuwinken, ehe er die Wagentür
zuschlug und sich trollte. Tante Louise war durch das Tor gefahren,
und sie waren zu Hause.
   Sie war nicht wirklich zornig gewesen, nur verwundert, und hatte
keine Ahnung gehabt, was um alles in der Welt in Judith gefahren
war. «Du hast dich aufgeführt wie eine Bekloppte. Ich dachte
schon, dich hätte ein Floh oder sonstwas gebissen, als du rumge-
hüpft bist wie in einem Veitstanz. Erst Sachen verloren oder fallen
lassen und danach eine ganze Reihe unschuldiger Leute belästigt,
die sich doch bloß amüsieren wollten. Und dann noch dieses Theater, daß du unbedingt auf *meinem* Platz sitzen wolltest. So ein
Benehmen ist mir in meinem ganzen Leben noch nicht untergen-
kommen.»
   Das war alles nur zu berechtigt gewesen. Judith hatte sich entschuldigt und beteuert, daß sie die bewußte Haarspange besonders
gern gehabt habe, ihr Gang zur Toilette äußerst dringend gewesen
sei und sie nur deshalb darum gebeten habe, die Plätze zu tauschen,

weil sie der Auffassung gewesen sei, es wäre für Tante Louise einfacher, einen Platz weiter zu rutschen, als zu ertragen, daß Judith über ihre Knie kletterte und ihr dabei womöglich auf die Füße trat; sie habe eigentlich nur an Tante Louises Wohl gedacht, als sie den Vorschlag gemacht hatte.

«An mein Wohl! Was du nicht sagst! Bei dem Paar hinter uns, das mich beschimpft und angedroht hat, die Polizei zu rufen...»

«Das hätten sie bestimmt nicht getan.»

«Darum geht es nicht. Es war jedenfalls sehr peinlich.»

«Tut mir leid.»

«Dabei hat mir der Film Spaß gemacht. Hätte ich gar nicht gedacht, aber er war wirklich amüsant.»

«Ich hab ihn auch lustig gefunden», hatte Judith geflunkert, denn von dem Moment an, in dem das Gefummel angefangen hatte, war ihr von dem Film nichts mehr in Erinnerung. Um Tante Louise von jeglichem Verdacht abzulenken, hatte sie noch hinzugefügt: «War nett von Colonel Fawcett, daß er uns eingeladen hat.»

«Ja, tatsächlich. Der arme Kerl hat's nämlich nicht so dicke. Er hat nur eine schmale Pension...» Damit war das unerfreuliche Gespräch anscheinend beendet gewesen. Tante Louise hatte inzwischen Mantel und Hut abgelegt, sich einen stärkenden Whisky Soda eingegossen und ihn ins Eßzimmer getragen, wo Edna ihnen kalten Hammelbraten und in Scheiben geschnittene rote Bete angerichtet hatte, was wohl ihrer Vorstellung von einem angemessenen Imbiß nach dem Kino entsprach.

Aber Judith war nicht hungrig gewesen. Nur todmüde. Sie hatte in dem Fleisch herumgestochert und ein bißchen Wasser getrunken.

«Ist dir nicht gut?» hatte Tante Louise gefragt. «Du siehst furchtbar blaß aus. Die Aufregung muß zuviel für dich gewesen sein. Verzieh dich doch ins Bett.»

«Macht dir das nichts aus?»

«Keine Spur.»

«Mir tut das alles sehr leid.»

«Reden wir nicht mehr darüber.»

Nun, am Morgen danach, wußte Judith, daß sie nicht mehr darauf zurückkommen würde. Dafür war sie dankbar, aber sie fühlte sich noch immer elend. Nicht nur elend, sondern auch beschmutzt, kribbelig und sehr unbehaglich. Besudelt von dem abscheulichen Billy Fawcett und auch körperlich unrein, als hafte ihr noch der Mief des stickigen, kleinen Kinos und der stinkenden Toilette an, in die sie vor seinen grapschenden Fingern geflohen war. Und ihr Haar roch widerlich nach Zigarettenrauch. Am Abend war sie zu müde gewesen, um noch ein Bad zu nehmen, deshalb würde sie sich jetzt eins gönnen. Entschlossen schlug sie die Bettdecke zurück, ging über den Flur ins Badezimmer und drehte den Wasserhahn ganz auf.

Es war herrlich, siedend heiß, und sie ließ die Wanne so vollaufen, wie sie nur wagte. Sie seifte sich gründlich ein und wusch sich auch die Haare. Abgetrocknet, nach Talkumpuder duftend und mit geputzten Zähnen fühlte sie sich ein wenig besser. Wieder in ihrem Zimmer, schob sie alle Kleidungsstücke, die sie tags zuvor getragen hatte, mit dem Fuß beiseite – Hilda würde sich irgendwann darum kümmern – und nahm saubere Sachen aus dem Schrank. Frische Unterwäsche und Strümpfe, eine steif gebügelte Hemdbluse, einen Rock und einen blaßrosa Pullover. Dann frottierte sie sich die Haare und kämmte sie nach hinten, zog ihre Schuhe an, band sie zu und ging nach unten.

Tante Louise saß beim Frühstück, bestrich gerade einen Toast mit Butter und trank Kaffee. Sie war bereits für den Golfplatz gekleidet, in einem Tweedrock und einer Strickjacke über einem Herrenhemd. Ihr Haar, von einem Netz in Form gehalten, lag tadellos. Als Judith eintrat, blickte sie auf.

«Ich dachte schon, du hättest verschlafen.»

«Tut mir leid. Ich wollte erst ein Bad nehmen.»

«Das hab ich noch gestern abend gemacht. Wenn man im Kino war, fühlt man sich danach immer ganz schmuddelig.» Judiths schlechtes Betragen war offensichtlich vergeben und vergessen. Tante Louise war gut gelaunt und freute sich auf ihr Golfspiel. «Wie hast du geschlafen? Hast du von Fred Astaire geträumt?»

«Nein.»

«Mir hat der Schauspieler, der sich als Geistlicher ausgegeben hat, am besten gefallen. Mit seinem *englischen* Gehabe wirkte er so komisch.» Judith holte sich Schinken und Eier und setzte sich an ihren Platz.

«Wann gehst du Golf spielen?»

«Ich hab versprochen, daß ich um zehn komme. Wahrscheinlich fangen wir so gegen halb elf an und essen danach einen späten Lunch im Club. Und was hast du vor?» Sie warf einen flüchtigen Blick zum Fenster. «Sieht nach einem recht vielversprechenden Tag aus. Willst du mit dem Fahrrad weg? Oder gibt es was anderes, was du gern machen möchtest?»

«Nein. Ich glaube, ich fahre wirklich zum Veglos rauf und pflück dir Schlüsselblumen.»

«Dann sag ich Edna, sie soll dir ein Sandwich richten und es in einen Proviantsack packen. Vielleicht auch noch einen Apfel und eine Flasche Ingwerlimonade. Die beiden gehen um halb elf zu Tantchens Geburtstag. Irgendein Cousin holt sie mit seinem Auto ab. Komisch, ich hab nicht einmal gewußt, daß sie überhaupt einen Cousin mit einem eigenen Auto haben. Mir wäre es lieb, wenn du wartest, bis sie weg sind, dann kannst du den Schlüssel für die Hintertür mitnehmen. Den für vorn nehme ich mit, dadurch sind wir nicht aufeinander angewiesen. Ich sehe auch noch nach, ob alle Fenster verriegelt sind. Man kann ja nie wissen. Es treiben sich seltsame Leute rum. Früher hab ich nie daran gedacht, Türen abzuschließen, aber dann ist bei Mrs. Battersby eingebrochen worden, und man sollte sich nicht allzu sicher fühlen. Du nimmst am besten auch einen Regenmantel mit, falls es doch noch gießt. Und komm nach Hause, bevor es dunkel wird.»

«Das muß ich sowieso. Ich hab nämlich kein Licht am Fahrrad.»

«Wie dumm! Daran hätten wir denken sollen, als wir es gekauft haben.» Sie goß sich ihre zweite Tasse Kaffee ein. «Also, dann ist ja alles geklärt.» Sie stand auf, nahm ihre Kaffeetasse mit und ging in die Küche, um Edna Anweisungen für Judiths Picknick zu geben.

In festen Schuhen und mit einer Baskenmütze auf dem Kopf, schloß sie etwas später die Eingangstür zu, verstaute die Golfschläger auf dem Rücksitz des Rovers und machte sich auf den

Weg zum Club. Judith begleitete sie hinaus und kehrte dann durch die Hintertür und die Küche ins Haus zurück. Edna und Hilda hatten sich für die große Geburtstagsfeier herausgeputzt.

Hilda hatte einen beigefarbenen, bis unten zugeknöpften Mantel an und sich einen breitkrempigen Hut aufgesetzt, während Edna ihr bestes Kostüm trug und sich eine kreisrunde, dunkelrote Schottenmütze mit einer Brosche dran tief in die Stirn gezogen hatte. Judith mochte Edna noch weniger als Hilda, weil sie sich unentwegt über ihre Krampfadern und ihre schmerzenden Füße beklagte und eine bemerkenswerte Fähigkeit an den Tag legte, an allem die Schattenseiten zu sehen. Ihr ein Lachen entlocken zu wollen war vergebliche Liebesmüh. Dennoch war sie gutherzig und hatte in Windeseile für Judith einen Proviantsack gepackt, der nun auf dem Küchentisch lag.

«Vielen Dank, Edna. Hoffentlich hat es Ihnen keine allzu große Mühe gemacht.»

«Hat nicht lang gedauert. Ist nur ein Sandwich mit Fleischpaste. Madam sagt, du nimmst den Schlüssel für die Hintertür mit. Laß aber am Abend offen, daß wir reinkönnen. Gegen neun sind wir wieder da.»

«O Gott, was für eine lange Geburtstagsfeier!»

«Müssen ja schließlich noch alles aufräumen.»

«Aber sicher wird es auch lustig werden.»

«Na, hoffen wir's mal», brummte Edna.

«Ach komm, Edna», schaltete sich Hilda ein. «Es werden alle dasein. Wird bestimmt ein Heidenspaß.»

Doch Edna schüttelte nur den Kopf. «Achtzig ist zu alt, sag ich immer. Tante Lily hockt doch bloß noch in ihrem Sessel, mit so geschwollenen Knöcheln, daß sie kaum aufstehn kann. Und 's braucht zwei Leute, um sie aufs Klo zu schaffen. Da wär ich lieber unter der Erde als in so einem Zustand.»

«Das können wir uns nicht aussuchen», erklärte Hilda. «Auf jeden Fall lacht sie immer noch gern. Ist fast geplatzt vor Lachen, wie ihre alte Geiß die ganze Wäsche von Mrs. Daniels Leine abgefressen hat...»

Das hätte noch endlos so weitergehen können, wäre nicht ihr

Cousin vorgefahren. Wie aufgescheuchte Hennen brachen die zwei Schwestern in Hektik aus, rafften ihre Handtaschen und Regenschirme, die Blechdose mit dem Kuchen, den sie gebacken hatten, und den in Zeitungspapier eingeschlagenen Narzissenstrauß.

«Bis morgen.»

«Viel Spaß!»

Judith sah ihnen zu, wie sie aufgeregt in den klapprigen Wagen kletterten und abfuhren. Sie winkte ihnen nach, und die beiden winkten zurück. Das Auspuffrohr stieß dunkle Qualmwolken aus, und gleich darauf waren sie verschwunden.

Sie war allein.

Und Billy Fawcett wußte es. Wahrscheinlich lag er wie ein Schreckgespenst im Bungalow nebenan auf der Lauer, was bedeutete, daß sie nicht mehr lange herumtrödeln durfte. Sie nahm ihren Regenmantel vom Garderobenhaken, rollte ihn zusammen und stopfte ihn obenauf in den Proviantsack, den sie sich über die Schulter hängte. Darauf ging sie durch die Hintertür hinaus und schloß sie zu. In der Garage verstaute sie den Schlüssel in dem Werkzeugtäschchen an ihrem Fahrrad, schob es auf den Kies hinaus, blickte sich rasch um, um sich zu vergewissern, daß der Colonel nirgends zu sehen war, stieg auf und radelte schleunigst davon.

Es kam beinahe einer heimlichen, überstürzten Flucht gleich. Das Schlimme daran war, daß dies, solange Billy Fawcett sich in der Nähe aufhielt, immer so sein würde.

DER VEGLOS HILL lag vier Meilen von Penmarron entfernt, trotz seiner bescheidenen Höhe weithin sichtbar. Schmale Straßen führten zu ihm hinauf und um ihn herum, durch eine Heidelandschaft, in der zwischen verkümmerten und vom pausenlosen Wind verkrüppelten Eichen und Weißdornbüschen kleine Gehöfte lagen. Auf seiner abgeflachten Kuppe ragten Steinmale auf, Megalithgräber, die aus übereinandergeschichteten, wie Riesenbrötchen geformten Granitblöcken bestanden. Die unteren Hänge des Hügels waren dicht mit Brombeergestrüpp, Adlerfarnen und Stechginster bewachsen, und durch dieses Dickicht schlängelten sich schmale Pfade nach oben. Es gab Wildblumen in Hülle und Fülle: Glockenheide, Schöllkraut und Schlüsselblumen, und im Sommer reckte der Fingerhut seine spitzen Glockentürme aus den Gräben empor.

Es war ein geschichtsträchtiger, stimmungsvoller Ort. An den oberen Hängen, unweit der Megalithe, waren noch Reste von Siedlungen aus der Steinzeit zu erkennen. An einem verregneten Tag, wenn Dunstschwaden von der See hereinwallten und das Warnsignal der Heulboje vor Pendeen wie Wehklagen die Nebelschleier durchdrang, fiel es einem nicht schwer, sich vorzustellen, daß die Geister der kleinwüchsigen, dunkelhaarigen Menschen, die einst hier gelebt hatten, noch heute den Veglos bevölkerten, unseren Blicken zwar verborgen, aber selbst alles beobachtend.

Als die Dunbars in Riverview House gewohnt hatten, waren sie manchmal im Frühling oder im September, wenn die Brombeeren reif waren, zum Veglos Hill gekommen. Es war immer ein Tagesausflug gewesen, und weil der Weg für Jess' kurze Beine zu weit war, hatte Molly ihren Mut zusammengenommen und sie in dem kleinen Austin hergefahren. Phyllis war immer dabeigewesen, und jeder, sogar Jess, hatte ein bißchen Proviant für das Picknick getragen.

In Judiths Erinnerung waren das besonders glückliche Tage.

Nun kam sie zum erstenmal mit dem Fahrrad hierher. Es war eine anstrengende Fahrt, weil es überwiegend bergauf ging. Aber schließlich hatte sie es geschafft. Vor ihr erhob sich der Hügel, als wachse er aus der Bruchsteinmauer empor, die sich an seinem Fuß entlangzog. Um den Pfad zu erreichen, der zur Kuppe hinaufführte, mußte Judith auf Trittsteinen über die Mauer steigen, was bedeutete, daß sie das Fahrrad nicht mehr mitnehmen konnte. Also versteckte sie es zwischen Ginsterbüschen und Brombeersträuchern, schulterte ihren Proviantsack und machte sich an den Aufstieg.

Es war ein kühler, aber schöner Tag. Wolken segelten über den bleichen Himmel, und der Horizont verschwamm im Dunst. Der Boden war weich und federte. Von Zeit zu Zeit blieb Judith stehen, um Atem zu schöpfen, und betrachtete die Landschaft, die sich vor ihr auftat wie eine ausgebreitete topographische Karte, auf zwei

Seiten vom Meer eingerahmt; im Norden beschrieb die blaue Bucht
einen großen Bogen, der sich bis zu dem weit entfernten Leuchtturm
erstreckte, und im Süden schimmerten die Mount's Bay und der
Ärmelkanal.

Endlich erreichte Judith den Gipfel, und das Steinmal ragte vor ihr
auf. Das letzte Stück war die reinste Kletterpartie gewesen, bei der sie
die Hände zu Hilfe nehmen mußte, um sich den steilen, von dorni-
gem Gestrüpp gesäumten Pfad hinaufzutasten, bis sie endlich oben
anlangte, wo der Wind an ihr zerrte und ihr die ganze Welt zu Füßen
lag. Mittlerweile war es beinahe ein Uhr, und während sie im Schutz
eines mit gelben Flechten bewachsenen Felsbrockens kauerte, spürte
sie die Sonne auf ihren Wangen.

An diesem friedlichen, abgeschiedenen Ort leisteten ihr nur das
Rauschen des Windes und Vogelgezwitscher Gesellschaft. In dem
guten Gefühl, etwas vollbracht zu haben, ruhte sie sich aus, ließ ihre
Blicke schweifen und versuchte sich zu orientieren. Sie betrachtete
die Felder und Wiesen, die von hier oben wie eine Flickendecke
aussahen, und die kleinen Gehöfte, die durch die Entfernung zu
Spielzeuggröße geschrumpft schienen. Einem Bauern, der mit dem
Pflug hinter seinem Pferd einherging, folgte ein Schwarm weißer
Möwen auf dem Fuß. Lizard Point wurde zwar von dem diffusen
Licht verschluckt, aber sie konnte deutlich die Umrisse von Penzance
erkennen, den Kirchturm und das Kuppeldach der Bank. Jenseits der
Stadt zog sich die Küste weiter, bis auch sie im Dunst verschwamm.
Judith dachte an die Straße, die am Kliff entlang nach Rosemullion
und Nancherrow führte. Sie dachte an Loveday und fragte sich, wie
sie wohl diesen Tag verbrachte. Und sie dachte an Diana.

Wäre doch Diana hier! Nur Diana. Säße sie jetzt neben ihr, ohne
daß ihnen jemand zuhörte, dann könnte sie sich ihr anvertrauen, ihr
von Billy Fawcett erzählen, sie um Rat fragen und Diana bitten, ihr zu
sagen, was um alles in der Welt sie hätte tun sollen. Denn sogar hier
oben auf dem Veglos Hill saß ihr Billy Fawcett wie ein schwarzer
Hund im Nacken. Anscheinend konnte sie sich auf dem Fahrrad
abstrampeln und wandern, bis sie erschöpft und zum Umfallen müde
war, die Sorgen und Ängste, die in ihrem Kopf um die Wette liefen,
ließen sich dadurch doch nicht verscheuchen.

248

Am schlimmsten war, daß sie mit niemandem darüber sprechen konnte. Den ganzen Vormittag hatte sie – leider vergebens – nachgegrübelt, wer als mögliche Vertraute in Betracht käme.

Mami? Ausgeschlossen. Zu weit weg. Und selbst wenn sie hier wäre, in Riverview House, wußte Judith, daß ihre Mutter im Grunde zu ahnungslos, zu leicht zu erschüttern war, um mit diesem entsetzlichen Dilemma konfrontiert zu werden. Sie würde sich furchtbar aufregen und einen ihrer hysterischen Anfälle bekommen, womit der Schaden größer wäre als der Nutzen.

Phyllis? Sie arbeitete jetzt bei Mrs. Bessington in Porthkerris, und Judith wußte nicht, wo Mrs. Bessington wohnte. Außerdem konnte sie sich nicht vorstellen, daß sie an ihrer Tür klingelte, der unbekannten Frau gegenübertrat und sie um eine Unterredung mit ihrem Hausmädchen bat.

Vielleicht Tante Biddy? Sie würde zuhören, erst schallend lachen, sich dann entrüsten, mit Tante Louise in Verbindung treten und einen Streit vom Zaun brechen. Die Beziehungen zwischen den zwei ungleichen Tanten waren nie besonders eng gewesen, und Tante Biddy einzuweihen hieße, die Katze in den Taubenschlag zu setzen. Dieses Blutbad und seine Folgen waren nicht auszudenken.

Heather? Oder Loveday? Sie waren beide jünger als Judith und ebenso naiv. Sie würden nur den Mund aufsperren oder kichern oder eine Menge Fragen stellen, auf die es keine Antwort gab, und *das* wäre eine schöne Hilfe.

Damit lag die ganze Verantwortung wieder bei ihr. So oder so mußte sie allein mit Billy Fawcett fertig werden. Und falls ihre schlimmsten Befürchtungen eintrafen, falls Tante Louise aus irgendeinem Grund den Kopf verlor, seinen Schmeicheleien erlag und ihn heiratete, würde Judith ihr Bündel schnüren, Windyridge verlassen und nach Plymouth zu Tante Biddy ziehen. Vorausgesetzt, er blieb in seinem Bungalow nebenan, dann konnte sie sich vermutlich seiner erwehren, doch beim ersten Anzeichen, daß er Mr. Louise Forrester zu werden und von Windyridge Besitz zu ergreifen drohte, würde sie sich aus dem Staub machen.

Damit hatte sie wenigstens eine Entscheidung gefällt. Entschlossen versuchte sie, die ganze Sache zu verdrängen und endlich ihren einsamen Ausflug zu genießen. Es dauerte eine Weile, bis sie das Megalithgrab genau erkundet hatte, dann verspeiste sie ihren Proviant und blieb an einem windgeschützten, einigermaßen warmen Plätzchen sitzen, bis sich Wolken vor die Sonne schoben und es empfindlich kühl wurde. Da griff sie nach ihrem Proviantsack und machte sich auf den Weg nach unten bis zu den kleinen Mulden, die vor Schlüsselblumen überquollen. Sie begann zu pflücken und band die Sträuße, sobald sie zu unhandlich waren, mit Wollfäden zusammen. Vom Bücken wurde sie ganz steif. Als sie den dritten Strauß fertig hatte, stand sie auf und lockerte ihre schmerzenden Schultern und Knie. Sie blickte nach oben und sah, daß sich der Himmel vom Westen her stark eintrübte. Sehr bald würde es nun doch wieder regnen, es war also an der Zeit, nach Hause zu fahren. Judith machte den Proviantsack auf, holte den Regenmantel heraus und zog ihn an. Dafür legte sie die Schlüsselblumen hinein, auf die Reste ihres Picknicks, schnallte sich den Sack auf den Rükken und rannte den ganzen Abhang bis zu ihrem Fahrrad hinunter.

Sie war erst auf halbem Weg ins Dorf, als der Himmel so grau wie Granit wurde und der Regen einsetzte, nicht allmählich, sondern als regelrechter Wolkenbruch. Binnen weniger Augenblicke war sie klatschnaß. Das störte sie allerdings nicht. Eigentlich gefiel es ihr ganz gut, in die Pedale zu treten, während ihr der Regen ins Gesicht schlug, von ihrem Haar in den Nacken tropfte und das Fahrrad munter durch die aufspritzenden Pfützen rollte. Nun ging es noch einen Hügel hinauf, der zu steil war, so daß sie schieben mußte, dann durch das Dorf und weiter auf der Hauptstraße. Sie wurde von Personenwagen überholt und vom Linienbus, der nach Porthkerris zuckelte und in dem die Gesichter der Fahrgäste hinter den beschlagenen Scheiben verschwammen. Es war kalt, denn mit dem Regen hatte sich auch ein scharfer Wind erhoben, aber Judiths Wangen glühten vor Anstrengung, obwohl sie an den Händen fror.

Letzten Endes lag Windyridge vor ihr. Noch ein Stückchen Straße, dann das Tor und der Gartenweg. In der Garage stellte sie das triefende Fahrrad ab, nahm den Schlüssel für die Hintertür aus dem Werkzeugtäschchen und spurtete zum Haus. Gleich würde sie ein heißes Bad nehmen, in der Küche ihre nassen Sachen zum Trocknen aufhängen, sich eine Tasse Tee machen...

Es tat gut, wieder drinnen zu sein. Die Küche war warm, und ohne Edna und Hilda kam sie ihr sehr still vor. Nur die alte Uhr tickte an der Wand, und im Herd knisterten die Kohlen, wenn der Wind in den Kamin fuhr. Judith zog den tropfenden Regenmantel aus und legte ihn über einen Stuhl. Dann suchte sie leere Marmeladengläser, füllte sie mit Wasser, stopfte die Schlüsselblumen hinein, damit sie sich von ihrer Reise erholen konnten, und stellte sie neben den Proviantsack auf den Küchentisch. Schließlich ging sie hinaus, durch die Diele und nach oben.

Genau in diesem Moment klingelte unten das Telefon. Also machte sie kehrt, um abzuheben, aber noch bevor sie selbst ein Wort herausbrachte, tönte es durch die Leitung:

«Judith?»

Sie erstarrte.

«Bist du dran, Judith? Billy Fawcett hier. Hab nach dir Ausschau gehalten und dich kommen sehen. War ein bißchen besorgt um dich in diesem Monsun. Wollte mal nachfragen, ob alles in Ordnung ist.» Seine Stimme klang leicht belegt. Vielleicht hatte er sich bereits über seine Whiskyflasche hergemacht. «Ich komm auf eine Tasse Tee rüber.» Sie wagte kaum zu atmen. «Judith? Bist du noch dran, Judith?»

Behutsam legte sie den Hörer auf. Der Apparat schwieg. Mit der Ruhe der Verzweiflung, aber kristallklarem Verstand verharrte sie einen Augenblick reglos. Billy Fawcett hatte auf der Lauer gelegen. Doch ihr konnte nichts passieren. Dank der lieben, lieben Tante Louise waren die Eingangstür und alle Fenster im Erdgeschoß geschlossen. Nur die Hintertür hatte sie offengelassen, und der Schlüssel steckte noch...

Auf dem Weg, den sie gekommen war, rannte sie zurück – durch die Küche und den Spülraum. Sie zog den Schlüssel ab, schlug die Tür zu und versperrte sie von innen. Der altmodische, gut geölte Mechanismus funktionierte einwandfrei. Unten war jetzt alles sicher. Aber im ersten Stock...? Sie hetzte wieder in die Diele und nach oben, wobei sie zwei Stufen auf einmal nahm, denn es galt, keine Sekunde Zeit zu verlieren. Letzte Nacht, in ihrem Traum, hatte er sich mit einer Leiter bewaffnet und war auf diesem Weg gekommen. Von Grauen gepackt, sah sie ihn wieder vor sich, wie erst sein Kopf und dann seine Schultern aufgetaucht waren, sich gegen den Nachthimmel abgehoben hatten, sein Grinsen, die gelben Zähne, die listigen Augen...

In den Schlafzimmern und auf dem Flur standen noch Fenster offen. Sie jagte von einem Raum zum anderen, zuletzt in Tante Louises Schlafzimmer. Während sie sich noch mit dem Fenstergriff abmühte, sah sie durch den Regenschleier Billy Fawcett an der Gartentür und dann mit raschen Schritten über den Kiesweg eilen. Bevor er sie entdecken konnte, warf sie sich auf den Teppich und rollte wie ein Stück Holz unter Tante Louises riesiges Doppelbett. Hier war es eng und dunkel.

Ihr Herz raste, und das Atmen fiel ihr schwer.

Hab nach dir Ausschau gehalten und dich kommen sehen. Sie malte sich aus, wie er mit einem Whiskyglas in der Hand und womöglich mit einem Feldstecher an seinem Fenster gestanden hatte, als spähe er in seiner Grenzfestung nach Afghanen zum Totschießen. Lauernd hatte er gewartet. Seine Geduld war belohnt worden. Und er wußte, daß sie sich allein im Haus aufhielt.

Trotz des Regens hörte sie seine Schritte auf dem Kies, dann ein dumpfes Dröhnen, als er mit der Faust an die Eingangstür hämmerte. Kurz darauf schlug in der Küche die Klingel an. Schrill tönte sie durch das leere Haus. Judith rührte sich nicht.

«Judith! Ich weiß doch, daß du da bist.»

Sie stopfte sich eine Faust in den Mund. Ihr war eingefallen, daß das kleine Fenster in der Speisekammer immer offenstand, und für einen Moment geriet sie in Panik. Aber dann kam ihr der gesunde Menschenverstand zu Hilfe, denn nur ein ganz kleines Kind hätte sich durch dieses Fenster zwängen können. Außerdem hatte es einen feinmaschigen Drahteinsatz, um Wespen und Schmeißfliegen draußen zu halten.

Billy Fawcetts Schritte entfernten sich und verhallten. Er stapfte um das Haus herum. Wahrscheinlich versuchte er es an der Hintertür. Judith dachte an das massive Schloß, das jedem Kerker Ehre gemacht hätte, und faßte Mut.

Sie blieb liegen und spitzte die Ohren wie ein wachsamer Hund. Stille. Nur das Trommeln des Regens und das leise, sehr schnelle Ticken von Tante Louises Wecker auf dem Nachttisch. Tick-tick-tick. Sie wartete. Nach einer Weile, die ihr wie eine Ewigkeit vorkam, kehrte er zur Eingangstür zurück. Sie hörte seine Schritte wieder auf dem Kies knirschen.

«Judith!» brüllte er unter ihrem Fenster, und sie zuckte erschreckt zusammen. Durchnäßt und enttäuscht, verlor er allmählich die Beherrschung und gab sich keine Mühe mehr, einschmeichelnd oder auch nur freundlich zu klingen. «Was soll denn das? Du verdammtes Gör! Komm runter, und laß mich rein...»

Sie rührte sich nicht von der Stelle.

«Judith!» Von neuem attackierte er die Haustür und drosch wie ein Wahnsinniger auf das solide Holz ein. Dann ertönte aus der Küche wieder wütendes Geklingel.

Endlich verstummte das schrille Geräusch. Anhaltende Stille. Nur der Wind jaulte, ließ die Fensterscheiben erzittern und rüttelte an den Rahmen. Judith war dankbar für den Wind und den erbarmungslosen Regen, weil Billy Fawcett bei diesem Wetter nicht ewig hier herumstehen konnte, wenn er nichts erreichte und bloß naß wurde. Sicher würde er bald die Segel streichen, sich geschlagen geben und abziehen.

«Judith!» Aber jetzt klang es wie ein Wimmern, traurig, flehend. Seine Hoffnungen schwanden. Sie reagierte nicht. Dann hörte sie ihn laut sagen: «Oh, verdammte Scheiße!» Zu laut für einen, der nur mit sich selbst sprach. Eine Weile schlurfte er noch über den Kies, dann trottete er auf dem Gartenweg zum Tor.

Endlich ging er und ließ sie in Ruhe.

Sie wartete, bis seine Schritte beinahe verklungen waren. Erst dann rollte sie sich unter dem Bett hervor, kroch zum Fenster, und im Schutz von Tante Louises Vorhängen spähte sie mit größter Vorsicht hinaus. Er war bereits durch das Tor, und über der Hecke konnte sie den oberen Teil seines Kopfes sehen, während er sich wie ein begossener Pudel zu seinem Bungalow zurücktrollte.

Er war fort. Endlich konnte sie aufatmen, doch zugleich spürte sie, daß ihre Kraft sie verließ, und sie fühlte sich wie ein Ballon, aus dem alle Luft entwich, bis nur noch eine verrunzelte, wabbelige Hülle aus buntem Gummi übrigblieb. Sie bekam weiche Knie und sackte auf dem Fußboden zusammen, wo sie einfach eine Weile liegenblieb. Diesen Kampf hatte sie zwar gewonnen, doch es war ein bitterer Sieg, denn sie war zu erschöpft und hatte zuviel Angst ausgestanden, um irgendeine Art von Triumph zu empfinden. Und ihr war kalt. Von ihrer Radtour noch durchnäßt, fröstelte sie, brachte jedoch nicht die Energie auf, aufzustehen, ins Badezimmer zu gehen, den Stöpsel ins Abflußrohr zu stecken und den Heißwasserhahn aufzudrehen.

Billy Fawcett war fort, und plötzlich wurde ihr alles zuviel. Wie ein Baby verzog sie das Gesicht, lehnte den Kopf an Tante Louises Frisiertisch und ließ ihren Tränen freien Lauf.

AM NACHMITTAG darauf brachte Tante Louise sie nach St. Ursula zurück. Judith hatte wieder ihre Schuluniform angezogen, und die kurzen Ferien Mitte des Trimesters waren vorüber.

«Ich hoffe, es hat dir Spaß gemacht.»

«Ja, es war sehr schön, danke.»

«Tut mir nur leid, daß ich dich gestern allein lassen mußte, aber ich weiß, daß du nie ein Kind warst, das ständig Gesellschaft braucht. Ist vielleicht auch besser so. Ich kann nämlich Kinder, die einen ununterbrochen in Atem halten, nicht ausstehen. Schade, daß du Heather Warren nicht getroffen hast, aber wir planen es für die Osterferien ein.»

Judith dachte lieber nicht an die Osterferien.

So sagte sie nur: «Mein Fahrrad freut mich wirklich.»

«Ich hab ein Auge drauf, während du nicht da bist.»

Ihr fiel nichts ein, was sie sonst noch hätte sagen können, denn das Fahrrad war tatsächlich das einzig Gute an diesem Wochenende gewesen, und jetzt wollte sie nur noch in ihr normales Leben zurück, in den geregelten Alltag und die vertraute Umgebung der Schule.

Sie bedauerte bloß, daß sie Mr. Willis nicht besucht hatte. An diesem Vormittag hätte sie die Zeit und die Gelegenheit dazu gehabt, hatte sich aber selbst eingeredet, es ginge nicht, und die Chance verstreichen lassen. Freundschaften sollte man pflegen, das wußte sie, doch irgendwie hatte ihr Billy Fawcett sogar das verdorben.

St. Ursula
8. März 1936

Liebe Mami, lieber Dad,
letzte Woche habe ich Euch wieder nicht geschrieben, weil ich zur Trimesterhalbzeit bei Tante Louise war. Danke für Euren Brief.
Ich warte schon sehnsüchtig darauf, etwas über Singapur und Euer neues Haus in der Orchard Road zu erfahren. Sicher wird es hübsch sein und Ihr werdet Euch bald daran gewöhnen, daß es da ein bißchen heiß und feucht ist. Es wird Euch komisch vorkommen, wenn Ihr dort lauter gelbe Chinesengesichter um Euch herum habt statt der schwarzen Tamilengesichter. Aber Mami braucht sich wenigstens nie mehr selbst ans Steuer zu setzen.
Das Wetter war am Wochenende nicht besonders schön. Tante Louise hat mir mein Fahrrad gekauft. Es ist ein grünes Raleigh. Am Sonntag hat sie mit Freunden Golf gespielt, deshalb bin ich mit einem Proviantsack zum Veglos Hill raufgefahren. Da hat es jede Menge Schlüsselblumen gegeben. Ich habe Heather angerufen, sie aber nicht getroffen, weil sie zu ihrer Oma nach Bodmin gefahren ist.

Soviel zum Wochenende. Mehr ließ sich darüber nicht gefahrlos berichten. Nur, der Brief war noch zu kurz, also müßte sie sich noch weiter.

Es war recht lustig, in die Schule zurückzukommen und Loveday wiederzusehen. Ihre Schwester Athena ist aus der Schweiz zurück und war über das Wochenende auf Nancherrow. Sie hat einen Freund mitgebracht, aber Loveday sagt, er ist furchtbar langweilig und nicht annähernd so nett wie Jeremy Wells.

Tut mir leid, daß das so ein kurzer Brief ist, aber ich muß noch für meinen Test in Geschichte büffeln.

*Alles Liebe
Judith*

LOUISE FORRESTERS Golffreunde Polly und John Richards, ehemalige Marineangehörige, hatten nach der Pensionierung Alverstoke und Newton Ferrars den Rücken gekehrt und sich in der Nähe von Helston ein solides Steinhaus mit einem nahezu eineinhalb Hektar großen Garten und weitläufigen Nebengebäuden gekauft. Polly Richards' Vater war ein erfolgreicher Brauer gewesen und hatte ihr offenbar einen Teil seines Vermögens hinterlassen, denn die beiden lebten in weitaus weniger bescheidenen Verhältnissen als die meisten ihrer pensionierten Zeitgenossen. Sie konnten es sich leisten, in ihrem Haushalt nicht nur ein Ehepaar – einen früheren Oberbootsmann und dessen Frau, die sich des Namens Makepeace erfreuten –, sondern auch noch einen eigenen Gärtner und eine Zugehfrau zu beschäftigen, die jeden Tag kam. Der Gärtner war ein stiller, verdrießlicher Mann, der vom Morgengrauen bis zum Einbruch der Dunkelheit arbeitete, dann seine Geräte aufräumte und sich in seine Dachshöhle, das kleine Cottage hinter den Gewächshäusern, verkroch.

Von häuslichen Pflichten unbehelligt, genossen die Richards ein ungemein reges Gesellschaftsleben. Sie unterhielten eine Yacht in St. Mawes, und während der Sommermonate waren sie vollkommen damit ausgelastet, dieses Boot über die Binnengewässer Südcornwalls zu segeln oder an verschiedenen Regatten teilzunehmen. Das ganze Jahr über riß bei ihnen der Strom der Besucher nicht ab, und wenn sie weder segelten noch Gäste beherbergten, dann steuerten sie die Fairways oder die Bridgetische des Golfclubs von Penmarron an. So hatten sie auch Louise kennengelernt und waren über manchem freundschaftlichen Gerangel auf dem Golfplatz mit ihr sehr vertraut geworden.

Polly rief Louise an. Nach ein paar höflichen Floskeln kam sie zur Sache.

«Ist ja furchtbar kurzfristig, aber könntest du nicht morgen abend mit uns Bridge spielen?... Ja, Mittwoch, den Zweiundzwanzigsten.»

Louise warf einen Blick in ihren Kalender. Außer einem Termin beim Friseur stand nichts drin.

«Wie nett! Ja, gern.»

«Du bist ein Pfundskerl. Wir haben einen alten Kumpel von John zu Besuch, und der lechzt nach einer Partie. Könntest du um sechs dasein? Ist zwar ein bißchen früh, aber dann schaffen wir vor dem Abendessen einen Robber, und du kommst nicht allzu spät nach Hause. Ist ja leider eine verdammt weite Strecke.» Pollys schnodderige Sprache rührte von ihrer Segelei her, und sie war berühmt für ihre weithin hörbaren Flüche, als ihr Boot einmal auf dem kabbeligen, grauen Wasser der Falmouth Bay hoch am Wind mit voller Fahrt auf eine Wendeboje zuschoß.

«Zerbrich dir darüber nicht den Kopf. Ich freu mich drauf.»

«Also dann bis morgen.»

Ohne weiteres Brimborium legte Polly auf.

Es war tatsächlich eine lange Fahrt, aber der Mühe wert, wie Louise im voraus gewußt hatte. Ein herrlicher Abend. John Richards' Freund, ein Admiral, war ein gutaussehender Mann mit kecken Augen und vielem, was sonst noch für ihn sprach. Die Drinks flossen reichlich, Essen und Wein waren ausgezeichnet. Obendrein hatte Louise den ganzen Abend gute Karten und spielte fehlerlos. Nach der letzten Partie wurden die Punkte zusammengezählt, und kleinere Geldbeträge wechselten den Besitzer. Louise zog ihr Portemonnaie heraus und verstaute ihren Gewinn. Die Uhr auf dem Kaminsims schlug gerade zehn, als Louise den Verschluß ihrer Handtasche wieder zuschnappen ließ und erklärte, sie müßte sich nun auf den Heimweg machen. Sie baten sie zwar, noch zu bleiben, doch noch eine Partie zu spielen oder zum Abschluß noch einen zu trinken, aber sie ließ sich, obwohl es sie reizte, nicht erweichen und lehnte die freundlichen Angebote ab.

In der Diele half ihr John in den Pelzmantel. Nachdem sie sich verabschiedet hatte, begleitete er sie in die dunkle, naßkalte Nacht hinaus und wartete, bis sie sicher am Steuer ihres Wagens saß.

«Alles klar, Louise?»

«Bestens.»

«Aber fahr vorsichtig!»

«Vielen Dank. Es war ein herrlicher Abend.»

Die Scheibenwischer schwangen hin und her, und die nasse Straße vor ihr schimmerte im Lichtkegel der Scheinwerfer wie schwarzer Satin. Sie fuhr über Marazion in Richtung Penzance. Als sie sich der Abzweigung zur Landstraße nach Porthkerris näherte, entschied sie sich, weil die Nacht so unfreundlich und die Fahrt so lang war, einer plötzlichen Eingebung folgend für die kürzere Route, für die schmale Straße durch das Hochmoor. Eigentlich war es eine heimtückische Strecke, gewunden und von hohen Hecken gesäumt, mit unübersichtlichen Kurven und Kuppen, doch sie kannte sie gut, um diese Zeit würde kein Verkehr sein, und sie sparte mindestens fünf Meilen ein.

Entschlossen bog sie nach links statt nach rechts, bog gleich darauf noch einmal ab und erklomm die steile Steigung, die durch den Wald ins unbesiedelte Hügelland hinaufführte. Der Himmel war schwarz, und es war kein Stern zu sehen.

VIER MEILEN vor Louise rumpelte Jimmy Jelks mit einem altersschwachen Lastwagen in die gleiche Richtung wie sie. Er war auf dem Heimweg nach Pendeen. Sein Vater, Dick Jelks, bewirtschaftete in dieser Gegend ein heruntergekommenes kleines Gehöft, hielt Schweine und Hühner, zog Kartoffeln und Brokkoli und stand in dem Ruf, den schmutzigsten Hof im ganzen Distrikt zu besitzen. Jimmy war einundzwanzig und wohnte bei seinen Eltern, von beiden schikaniert und Zielscheibe allerlei grausamer Späße, doch da er weder den Grips noch das Geschick besaß, auf Brautschau zu gehen, schien es unwahrscheinlich, daß er ihnen jemals entkommen würde.

Am frühen Nachmittag hatte er sich mit einer Ladung Brokkoli auf den Weg nach Penzance gemacht, um sie auf dem Markt zu verkaufen. Eigentlich hätte er danach sofort zurückfahren sollen, aber sein Vater war mieser Laune gewesen, also war Jimmy, mit Bargeld in der Tasche, der Versuchung erlegen, die Zeit zu vertrödeln, sich noch auf dem Markt herumzutreiben und mit jedem, dessen er habhaft werden konnte, einen Schwatz zu halten. Letzten Endes hatte er sich in dem dringenden Bedürfnis nach Gesellschaft von der offenen Tür des Saracen's Head anlocken lassen und war bis zur Sperrstunde geblieben.

Nun kam er nicht gerade schnell voran. Der alte Laster klapperte und schwankte. Dick Jelks hatte ihn – aus vierter Hand – von einem Kohlenhändler gekauft, und von Anfang an hatte das Gefährt unter allen möglichen Defekten gelitten. Waren die Fenster erst einmal offen, ließen sie sich nicht mehr schließen; Griffe fielen von Türen ab; Rost zerfraß die Kotflügel, und der Kühlergrill war mit Schnüren festgebunden. Das Vehikel in Gang zu bringen erforderte jedesmal nicht nur äußerste Willenskraft, sondern auch eine Kurbel, mit der unter enormem physischem Einsatz der Motor angeworfen werden mußte, was einem oft böse Verletzungen wie etwa verstauchte Daumen oder schmerzhafte Schläge gegen das Knie bescherte. Selbst wenn er endlich ansprang, verweigerte der Laster entschieden die weitere Zusammenarbeit, ließ sich in keinen höheren als den zweiten Gang schalten, lief häufig heiß, verlor aus seinen uralten Reifen Luft und produzierte explosionsartige Fehlzündungen, daß jeder Mensch, der das Pech hatte, sich in der Nähe aufzuhalten, befürchtete, gleich einen Herzanfall zu bekommen.

Nachdem er den ganzen Nachmittag im Regen gestanden hatte, benahm er sich in dieser Nacht noch störrischer als gewöhnlich. Die Scheinwerfer, die nie besonders hell gewesen waren, wurden zusehends schwächer, bis sie den Weg nur noch mit der Leuchtkraft einer Kerze erhellten. Von Zeit zu Zeit hustete der Motor wie ein Schwindsüchtiger, stotterte und drohte vollends zu versagen. Sich mühsam durch die hügelige Heidelandschaft zu quälen war zuviel für das altersschwache Gefährt, und nachdem es sich eine einigermaßen steile Steigung hinaufgekämpft und wieder ein ebenes Stück Straße erreicht hatte, gab es endgültig den Geist auf. Die Lichter erloschen, der Motor röchelte ein letztes Mal, und die Räder rollten aus, bis auch sie stehenblieben.

Jimmy zog die Handbremse an und fluchte. Draußen war es stockfinster und es regnete. Er hörte den Wind klagen, sah – nur als hellen Punkt in der Ferne – ein erleuchtetes Bauernhaus und wußte, daß es zu weit weg war, um ihm in irgendeiner Weise von Nutzen zu sein. Also schlug er den Mantelkragen hoch, griff nach der Startkurbel, kletterte auf die Straße hinunter, ging nach vorn und nahm den Kampf mit dem Motor auf. Erst nachdem er fünf Minuten vergebens gekurbelt, sich das Schienbein geprellt und die Knöchel wund gerissen hatte, dämmerte in seinem benebelten Hirn die Erkenntnis, daß die Batterie am Ende war und die verdammte Karre sich nicht mehr von der Stelle rühren würde. Vor Wut und Enttäuschung den Tränen nahe, schleuderte er die Kurbel in das Fahrerhaus, knallte die Tür zu, und mit den Händen in den Manteltaschen und eingezogenem Kopf machte er sich daran, die sieben Meilen nach Pendeen zu Fuß zurückzugehen.

LOUISE FORRESTER, schon beinahe zu Hause, war gut gelaunt; froh darüber, daß sie sich für diesen Weg entschieden hatte, genoß sie die Herausforderung der Fahrt, die Abgeschiedenheit der unbeleuchteten Landstraße und die Genugtuung, zu so später Stunde und bei einem solchen Mistwetter als einzige unterwegs zu sein. Außerdem fuhr sie gern Auto. Am Steuer ihres schweren Wagens zu sitzen, ihn zu beherrschen versetzte sie stets in Hochstimmung. Trat sie auf das Gaspedal und merkte sie, wie der Motor reagierte, spürte sie einen Nervenkitzel, und sie war erregt wie ein junger Mann, wenn sie den Rover in unvermindertem Tempo um enge Kurven lenkte. Es war umwerfend. Ihr fiel die Melodie eines Schlagers ein, nur konnte sie sich an den Text nicht erinnern, also erfand sie ihren eigenen.

Mich haut kein Rum wirklich um,
dann fahr ich zu schnell, wie der Teufel zur Höll…

«Ich benehme mich so übermütig wie Biddy Somerville, dieses flatterhafte Geschöpf», schalt sie sich selbst. Doch es war ein schöner Abend gewesen. Diese berauschende Heimfahrt durch das menschenleere Hochmoor war ein würdiger Abschluß des Tages. Sozusagen die Würze. Und sie war noch nie eine Frau gewesen, die halbe Sachen machte.

Die Straße senkte sich vor ihr, wand sich in ein Tal hinab. Unten führte sie über eine schmale, gewölbte Steinbrücke, dann begann die nächste Steigung. Louise schaltete in den dritten Gang herunter, und während die Scheinwerfer in den Himmel wiesen, bewältigte das Auto mühelos den Hügel und schoß über die Kuppe.

Ihr Fuß hielt das Gaspedal noch durchgedrückt. Da sah sie den unbeleuchteten liegengebliebenen Lastwagen, aber erst einen Sekundenbruchteil bevor sie auffuhr. Das ohrenbetäubende Krachen, das Geräusch von berstendem Metall und splitterndem Glas war entsetzlich, nur, Louise hörte es nicht mehr. Die Wucht des Aufpralls hatte sie nach vorn geschleudert, aus ihrem Sitz heraus und durch die Windschutzscheibe, und bei der späteren Obduktion vertrat der Polizeiarzt die Ansicht, Mrs. Forrester sei augenblicklich tot gewesen.

Aber es war unmöglich, sich dessen sicher zu sein. Denn unmittelbar nach dem Zusammenstoß passierte nicht viel. Nur Glassplitter rieselten auf die Fahrbahn, und ein Rad, das schräg in die Höhe ragte, hörte langsam auf, sich zu drehen. In der dunklen, regennassen Einöde gab es keine Zeugen des Unfalls, und so war auch niemand zugegen, um Hilfe zu holen oder zu bringen. Die Wrackteile, fast bis zur Unkenntlichkeit zerrissen und verbeult, lagen einfach da; ein Trümmerfeld, von dem keiner etwas ahnte.

Doch dann, mit erschreckender Plötzlichkeit und einem Knall, der wie ein Donnerschlag durch die finstere Nacht hallte, explodierte der Tank des Rovers. Die aufschießenden Flammen färbten den Himmel rot. Gleich dem Warnfeuer eines Leuchtturms breitete der Brand sein helles Licht über dem Hochmoor aus, und es stieg eine dunkle, nach brennendem Gummi riechende Rauchwolke auf, die mit ihrem Gestank die saubere, feuchte Luft verpestete.

DEIRDRE LEDINGHAM öffnete die Tür zur Bibliothek. «Ach, da bist du...»

Judith hob den Kopf. Es war Donnerstag nachmittag, und sie hatte ein bißchen freie Zeit. Deshalb war sie in die Bibliothek gegangen, um sich auf einen Aufsatz über Elizabeth Barrett Browning vorzubereiten, den sie bis zur nächsten Literaturstunde schreiben mußte. Allerdings hatte sie sich von der letzten Ausgabe der *Illustrated London News* ablenken lassen, die Miss Catto als lehrreich erachtete und sich jede Woche für St. Ursula schicken ließ. Das Blatt befaßte sich nicht nur mit den neuesten Nachrichten, sondern auch noch mit vielen anderen Themen: Archäologie, Gartenbau, Natur, und diese Nummer enthielt auch Beiträge über die Lebensweise sonderbarer baumbewohnender Kriechtiere und über Vögel mit Namen wie Kleine Schwarzbandpfuhlschnepfe. Aber Judith, die sich nicht übermäßig für Zoologie begeisterte, war in einen beunruhigenden Bericht über die Gründung und Entwicklung der Hitler-Jugend in Deutschland vertieft. Diese Bewegung hatte anscheinend nur wenig Ähnlichkeit mit den Pfadfindern, die kaum Bedrohlicheres taten, als daß sie Zelte aufstellten, Lagerfeuer anzündeten und Wanderlieder sangen. Diese jungen Burschen sahen wie Soldaten aus, trugen kurze Hosen und Militärmützen und Armbinden mit einem Hakenkreuz. Ihr Auftreten wirkte überheblich und kriegerisch. Es gab ein Bild einer Gruppe hübscher blonder Jungen, das in Judith besonders unangenehme Gefühle hervorrief, denn sie waren alle in einem Alter, in dem sie Cricket oder Fußball spielen oder auf Bäume klettern sollten, aber statt dessen marschierten sie anläßlich irgendeiner offiziellen Feier mit grimmigen Gesichtern in Reih und Glied wie ein Trupp Berufssoldaten. Sie versuchte sich auszumalen, wie ihr zumute wäre, wenn eine solche Parade im Stechschritt die Market Jew Street entlangkäme, und fand die Vorstellung grauenhaft. Doch auf dem Foto waren in den Gesichtern der Leute, die sich in Scharen versammelt hatten, um die Jungen vorbeistolzieren zu sehen, nichts anderes als Freude und Stolz zu lesen. Allem Anschein nach war es das, was die Bevölkerung in Deutschland *wollte*...

«...ich hab dich überall gesucht», sagte Deirdre Ledingham.

Judith klappte *The Illustrated London News* zu. «Warum?» Im Laufe der ersten Wochen dieses Trimesters, in denen sie sich an den Schulalltag gewöhnt und angefangen hatte, sich hier heimisch zu fühlen, war ihr Selbstvertrauen gewachsen, und sie hatte einen Teil ihrer Scheu vor Deirdre verloren. Unter dem Einfluß von Loveday, die vor niemandem Respekt hatte, war sie zu dem Schluß gekommen, daß Deirdres Wichtigtuerei bisweilen ans Lächerliche grenzte. Sie war, wie Loveday oft sagte, trotz ihres autoritären Gehabes, ihrer Sportabzeichen und ihres imponierenden Busens auch nur ein Mädchen wie alle anderen. «Warum hast du mich gesucht?»

«Miss Catto möchte dich sprechen, in ihrem Büro.»

«Weshalb?»

«Keine Ahnung. Aber du solltest sie besser nicht warten lassen.»

NACH JENEM ersten Gespräch mit Miss Catto hatte Judith keine Angst mehr vor ihr, aber dennoch genug Respekt, daß sie tat, was von ihr verlangt wurde. Also stapelte sie ihre Bücher, schraubte den Füller zu und ging noch schnell in den Waschraum. Mit sauberen Händen, frisch gekämmtem Haar und nur mäßig aufgeregt, klopfte sie an die Bürotür der Schulleiterin.

«Herein.»

Wie beim letztenmal saß Miss Catto an ihrem Schreibtisch. Nur daß es diesmal ein grauer, wolkenverhangener Tag ohne Sonne war und statt der Schlüsselblumen Anemonen auf dem Tisch standen. Judith liebte Anemonen, ihre rosa, lila und meergrünen Farben.

«Judith.»

«Deirdre sagt, Sie möchten mich sprechen, Miss Catto.»

«Ja, meine Liebe. Komm rein und setz dich.»

Ein Stuhl stand bereit. Judith nahm ihr gegenüber Platz. Miss Catto fing diesmal auch nicht mit belanglosem Geplauder an, sondern kam sofort zur Sache.

«Warum ich dich habe rufen lassen, hat nichts mit der Schule oder mit deiner Arbeit zu tun. Es geht um etwas ganz anderes. Aber ich fürchte, es wird ein ziemlicher Schock für dich, deshalb möchte ich, daß du dich innerlich darauf einstellst... Weißt du... Es geht um deine Tante Louise...»

Judith hörte nicht mehr zu. Sie wußte sofort, was Miss Catto ihr zu sagen hatte. Tante Louise würde Billy Fawcett heiraten. Ihre Handflächen wurden feucht, und sie spürte fast, wie das Blut aus ihren Wangen wich. Der Alptraum wurde wahr. Sie hatte so inbrünstig gehofft, daß das nie passieren würde, und nun passierte es doch...

Miss Catto redete immer noch. Unaufmerksamkeit war ein Kardinalfehler, deshalb nahm Judith sich zusammen und versuchte, sich auf das zu konzentrieren, was ihre Schulleiterin sagte. Etwas über die vergangene Nacht. «... auf dem Heimweg, so gegen elf Uhr... sie war allein... niemand in der Nähe...»

Da dämmerte Judith allmählich, daß Miss Catto von Tante Louise und ihrem Auto sprach. Es hatte nichts mit Billy Fawcett zu tun! Ein Seufzer der Erleichterung entschlüpfte ihren Lippen, und sie merkte, daß sie nicht nur wieder Farbe bekam, sondern daß ihr beinahe die Schamröte ins Gesicht stieg.

«... ein Unfall. Ein wirklich furchtbarer Zusammenstoß.» Miss Catto hielt inne. Judith sah sie an und entdeckte in ihrer gelassenen Miene einen Anflug von Verwunderung und Sorge. «Ist dir nicht gut, Judith?»

«Doch.»

«Verstehst du, was ich dir zu erklären versuche?»

Sie nickte. Tante Louise hatte eine Karambolage gehabt. Darum ging es also, daß Tante Louise immer zu schnell fuhr, in Kurven überholte und mit ihrer Hupe Schafe und Hühner auseinandertrieb. Jetzt hatte sie ihr Glück wohl einmal im Stich gelassen. «Aber ihr ist doch nichts Schlimmes passiert, Miss Catto, oder?» Sie stellte sich

Tante Louise im Krankenhaus vor, mit einem Verband um den Kopf und einem Arm in der Schlinge. Das war alles. Bloß verletzt. «Ihr geht es doch gut?»

«Nein, Judith. Leider nicht. Es war ein verheerender Unfall. Sie war auf der Stelle tot.»

Ungläubig starrte Judith Miss Catto an, denn sie war überzeugt, daß etwas so Brutales, so Endgültiges einfach nicht wahr sein konnte. Doch dann sah sie die Qual und das Mitgefühl in Miss Cattos Blick und wußte, daß es stimmte. «Das ist es, meine Liebe, was ich dir sagen mußte. Deine Tante Louise ist tot.»

Tot. Gestorben. Für immer fort. *Tot* war ein furchtbares Wort. Wie das letzte Ticken einer Uhr, der Schnitt einer Schere, die einen Faden durchtrennt.

Tante Louise.

Judith hörte sich tief Atem holen, und es klang wie ein Schaudern. Sehr ruhig fragte sie: «Wie ist es passiert?»

«Das habe ich dir eben erzählt. Ein Auffahrunfall.»

«Wo?»

«Oben auf der alten Straße, die durch das Moor führt. Ein Lastwagen hatte eine Panne gehabt, und sein Besitzer hatte ihn einfach stehenlassen. Unbeleuchtet. Sie ist auf das Heck aufgefahren.»

«War sie sehr schnell unterwegs?»

«Das weiß ich nicht.»

«Sie war immer eine schreckliche Fahrerin. Sie raste furchtbar. Und dauernd überholte sie.»

«Ich denke, dieser Unfall war wahrscheinlich nicht ihre Schuld.»

«Wer hat sie gefunden?»

«Die Autos sind in Brand geraten. Das haben Leute gesehen und die Polizei verständigt.»

«Ist sonst noch jemand ums Leben gekommen?»

«Nein. Deine Tante war allein.»

«Woher kam sie?»

«Ich glaube, sie war bei Freunden zum Abendessen. In der Nähe von Helston.»

«Ah, bei Fregattenkapitän Richards und seiner Frau. Mit denen hat sie oft Golf gespielt.» Judith stellte sich Tante Louise vor, wie sie durch die Dunkelheit nach Hause fuhr, so wie sie das unzählige Male davor getan hatte. Sie blickte Miss Catto an. «Wer hat es Ihnen gesagt?»

«Mr. Baines.»

Der Name sagte ihr im Moment nichts. «Wer ist Mr. Baines?»

«Der Anwalt deiner Tante, aus Penzance. Wenn ich mich nicht irre, kümmert er sich auch um die Angelegenheiten deiner Mutter.»

Da erinnerte sie sich wieder daran, daß sie von ihm gehört hatte. «Weiß Mami schon, daß Tante Louise tot ist?»

«Mr. Baines hat ein Telegramm an deinen Vater aufgegeben. Natürlich schickt er noch einen Brief hinterher. Und ich schreibe deiner Mutter selbstverständlich auch.»

«Aber was wird jetzt aus Edna und Hilda?» Zum erstenmal war echte Besorgnis aus Judiths Stimme herauszuhören.

«Wer ist das?»

«Tante Louises Köchin und ihr Hausmädchen. Sie sind Schwestern und schon seit vielen Jahren bei ihr. Sie werden furchtbar aufgeregt sein.»

«Ja, das sind sie wohl. Sie haben nicht gemerkt, daß deine Tante nicht nach Hause gekommen ist. Daß etwas nicht stimmt, fiel ihnen erst auf, als eine von ihnen wie üblich am frühen Morgen den Tee hinaufbrachte und das Bett unberührt vorfand.»

«Was haben sie dann gemacht?»

«Sie waren so vernünftig, den Vikar anzurufen. Und darauf ist der Konstabler hingegangen und hat ihnen die traurige Nachricht überbracht. Sie waren natürlich sehr verzweifelt, haben aber beschlossen, fürs erste gemeinsam im Haus deiner Tante zu bleiben.»

Der Gedanke an Hilda und Edna, die nun allein und verwaist in dem leeren Haus waren, sich gegenseitig trösteten und dabei eine Tasse Tee nach der anderen tranken, war irgendwie trauriger als alles andere. Ohne Tante Louise hatte ihr Leben seine Richtung, seinen Zweck verloren. Zu hoffen, daß sie andere Stellen finden würden, war ja schön und gut, nur waren sie nicht mehr so jung und unverwüstlich wie Phyllis, sondern in mittleren Jahren, unverheiratet und allein völlig hilflos. Und falls sie keine anderen Stellen fanden, wo würden sie dann leben? Was sollten sie dann machen?

Außerdem waren sie unzertrennlich. Man konnte sie nicht auseinanderreißen.

«Wird es eine Beerdigung geben?»

«Ja, natürlich, in ein paar Tagen.»

«Muß ich da hin?»

«Nur wenn du magst. Aber ich meine, du solltest es tun. Ich komme selbstverständlich mit und bleibe die ganze Zeit bei dir.»

«Ich war noch nie auf einer Beerdigung.»

Darauf schwieg Miss Catto. Sie stand auf, kam hinter ihrem Schreibtisch hervor und ging ans Fenster, wo sie stehenblieb und ihr schwarzes Gewand wie ein Schultertuch enger um sich zog. Eine Weile schaute sie in den feuchten, nebligen Garten hinaus, dessen Anblick, wie Judith fand, auch nicht gerade aufmunternd wirkte.

Miss Catto war offenbar derselben Ansicht, denn sie sagte plötzlich: «Was für ein trauriger Tag.» Dann wandte sie sich vom Fenster ab und lächelte. «Beerdigungen gehören zum Tod, Judith, wie der Tod zum Leben gehört. Für jemanden in deinem Alter ist es sehr schwer, das hinzunehmen, aber es bleibt keinem erspart. Und du bist nicht allein. Ich bin hier und helfe dir, das durchzustehen. Dich damit abzufinden. Denn der Tod ist wirklich ein Teil des Lebens, eigentlich das einzige im Leben, dessen wir uns alle absolut sicher sein können. Aber solche Trostworte klingen sehr banal, wenn das Unglück in der eigenen Familie zuschlägt, und noch dazu so plötzlich. Du bist sehr tapfer und selbstlos, daß du an andere denkst. Aber du mußt dich nicht zusammennehmen. Schluck deinen Kummer nicht hinunter. Ich bin zwar deine Schulleiterin, aber im Augenblick bin ich deine Freundin. Du kannst alles sagen, was du willst, was du denkst. Und scheu dich nicht zu weinen.»

Doch erlösende Tränen lagen ihr ferner denn je.

«Es geht schon.»

«Braves Mädchen. Weißt du, was ich finde? Ich finde, es wäre schön, jetzt eine Tasse Tee zu trinken. Möchtest du?»

Judith nickte. Miss Catto ging zum Kamin und drückte auf eine Klingel. Dann sagte sie: «Das ist doch das klassische Mittel gegen alles, nicht wahr? Ein schöner, heißer Tee. Ich weiß gar nicht, warum mir das nicht früher eingefallen ist.» Sie kehrte nicht zu ihrem Schreibtisch zurück, sondern setzte sich in den zierlichen Sessel neben dem Kamin. Es war alles vorbereitet, aber das Feuer war noch nicht angezündet, und Miss Catto griff wortlos nach einer Schachtel Streichhölzer, riß eins an und setzte das zusammengeknüllte Zeitungspapier und die trockenen Späne in Brand. Darauf lehnte sie sich zurück und sah zu, wie die Flammen aufflackerten und auf die Kohlen übergriffen. «Ich habe deine Tante nicht oft getroffen, aber ich habe sie sehr gern gemocht. Eine durch und durch vernünftige Frau. Engagiert und tüchtig. Eine echte Persönlichkeit. Mir war recht wohl dabei, daß ich dich in ihrer Obhut wußte.»

Das brachte das Gespräch ganz selbstverständlich wieder auf die entscheidende Frage zurück. «Wo soll ich jetzt hin?»

«Darüber müssen wir reden.»

«Ich habe noch Tante Biddy.»

«Natürlich. Mrs. Somerville in Plymouth. Deine Mutter hat mir von den Somervilles erzählt, und ich habe ihre Adresse und ihre Telefonnummer. Weißt du, Judith, wenn Eltern unserer Schülerinnen im Ausland sind, müssen wir in der Lage sein, mit allen nahen Verwandten in Verbindung zu treten. Sonst wäre unsere Verantwortung wirklich zu groß.»

«Tante Biddy hat immer gesagt, ich kann zu ihr kommen, wenn ich will. Weiß sie schon, was mit Tante Louise passiert ist?»

«Nein, noch nicht. Ich wollte erst mit dir sprechen. Aber ich werde es ihr sagen.»

Es klopfte. Miss Catto rief «Herein», und ein Hausmädchen steckte den Kopf durch die Tür. «Oh, Edith, wie nett von Ihnen! Würden Sie uns bitte Tee bringen? Mit zwei Tassen, und vielleicht ein paar Kekse.»

Das Mädchen versprach, im Nu wieder dazusein, und verschwand. Miss Catto fuhr fort, als habe es keine Unterbrechung gegeben.

«Möchtest du in den Ferien zu Tante Biddy?»

«Ja. Ich mag sie und Onkel Bob sehr gern. Sie sind wirklich nett und so lustig. Das Problem ist nur, daß sie nicht für immer in Plymouth bleiben. Früher oder später werden sie von Keyham wegziehen, und Onkel Bob will wahrscheinlich wieder zur See. Tante Biddy hat davon gesprochen, ein kleines Haus zu kaufen. Sie haben nie ihre eigenen vier Wände gehabt...» Ihre Stimme verlor sich.

«Gibt es noch jemanden?»

«Na ja, da ist noch Mrs. Warren. Heather Warren war in der Schule von Porthkerris meine beste Freundin. Mr. Warren hat einen Lebensmittelladen, und meine Mutter hat sie alle gut leiden können. Sicher kann ich irgendwann auch zu ihnen fahren.»

«Wie dem auch sei», sagte Miss Catto lächelnd, «wir werden uns etwas einfallen lassen. Vergiß nicht, daß du von Freunden umgeben bist. Ah, da kommt unser Tee. Danke, Edith! Stellen Sie das Tablett hier auf den Tisch... Judith, jetzt steh doch von diesem unbequemen Stuhl auf und komm hierher, an den Kamin...»

DAS SCHLIMMSTE war überstanden, sagte sich Muriel Catto, die traurige Nachricht war ausgesprochen, das Kind schien sie zu verkraften und hatte die Fassung bewahrt. Seit sie Schulleiterin war, hatte sie schon zweimal diese undankbare Aufgabe erfüllen und einem Mädchen mitteilen müssen, daß die Mutter oder der Vater gestorben ist, und sie war sich danach jedesmal wie eine Mörderin vorgekommen. Der Überbringer der Todesnachricht wird der Mörder. Bis die verhängnisvollen Worte gesagt sind, lebt der geliebte Mensch noch, wacht und schläft, verrichtet seine Arbeit, führt Telefongespräche, schreibt Briefe, geht spazieren, atmet, sieht... Erst wenn es ausgesprochen wird, stirbt er.

Zu Beginn ihrer Laufbahn hatte sie sich strenge Regeln auferlegt: Unparteilichkeit und keine Spur von Bevorzugung. Judith hatte allerdings, völlig unbewußt, diesen Schutzwall irgendwie durchbrochen, und sowenig mütterliche Neigungen Miss Catto auch verspürte, fiel es ihr doch ungemein schwer, das besondere Interesse an diesem Mädchen zu ignorieren und sich seinem Charme zu entziehen. Sie hatte sich in St. Ursula gut eingelebt und war allem Anschein nach auch bei ihren Mitschülerinnen beliebt, obwohl sie in ganz anderen Verhältnissen aufgewachsen war. Ihre Leistungen in der Schule waren konstant und zufriedenstellend, und auch beim Sport gab sie sich die größte Mühe. Ihre Freundschaft zu Loveday Carey-Lewis war ein Segen, und selbst die Aufseherin fand keinen Anlaß, sich über ihr Verhalten zu beklagen.

Und jetzt das! Ein seelischer Schock, der das Boot leicht ins Wanken bringen und zur Folge haben konnte, daß sie furchtbar aus dem Gleichgewicht geriet und sich völlig zurückzog. Während Muriel Catto äußerlich ruhig, aber innerlich fast krank vor Angst an ihrem Schreibtisch gesessen und darauf gewartet hatte, daß das Kind an die Bürotür klopfte, hatte sie sich beschämt dabei ertappt, wie sehr sie sich wünschte, diese entsetzliche Tragödie wäre irgendeinem anderen Mädchen an der Schule zugestoßen.

Das lag nicht nur daran, daß Judith so allein war, weil sich ihre Familie im Ausland aufhielt und keine Geschwister sie trösten oder ihr Gesellschaft leisten konnten. Es hatte etwas mit ihr selbst zu tun, mit der stoischen Ruhe, mit der sie die lange Trennung hinnahm (nicht ein einziges Mal war sie in Tränen oder Wut ausgebrochen), mit ihrer entwaffnenden Offenheit und ihrem sanften Wesen, das angeboren sein mußte, denn Miss Catto wußte, daß man derlei niemandem anerziehen konnte.

Außerdem sah sie bezaubernd aus. Zwar hatte sie all die kleinen Schönheitsfehler, die jeder durchschnittliche Teenager hat, zu lange und schlaksige Beine, knochige Schultern, Sommersprossen und übergroße Ohren, aber Judith machten sie nicht minder anziehend, sondern verliehen ihr nur den unwiderstehlichen Reiz eines Fohlens. Und das war noch nicht alles. Sie hatte wirklich schöne Augen, graublau und sehr groß, kristallklar, mit dichten, dunklen Wimpern. Und wie bei viel jüngeren Kindern spiegelte sich jede innere Regung in ihrem Gesicht wider, als habe sie es nie gelernt, sich zu verstellen. Miss Catto hoffte, daß sie es nie lernen würde.

Sie tranken den heißen, beruhigenden Tee und redeten miteinander, nicht über Tante Louise, sondern über Oxford, wo Miss Catto ihre Kindheit verbracht hatte. «... ein herrlicher Ort, um aufzuwachsen. Die Stadt der Türme und Glocken, der Fahrräder, junger Leute und grenzenlosen Wissens. Wir hatten ein altes Haus in der Banbury Road, groß und weitläufig, mit einem von Mauern umgebenen Garten und einem Maulbeerbaum. Mein Vater war Philosophieprofessor, und meine Mutter arbeitete auch an der Universität, sie hat unentwegt etwas geschrieben oder recherchiert. Während des Trimesters war das Haus ständig von ratsuchenden Studenten belagert, die bei uns ein und aus gingen. Ich erinnere mich noch, daß die Eingangstür immer offenstand, so daß niemand zu klingeln brauchte, aber dafür zog es in allen Räumen fürchterlich.» Sie lächelte. «Die Atmosphäre des Hauses, in dem man als kleines Kind lebt, seinen typischen Geruch, den vergißt man nie. Manchmal rieche ich ihn unvermutet wieder, eine Mischung aus verstaubten Büchern, alten Möbeln, Bohnerwachs und feuchten, moderigen Steinen, dann fühle ich mich plötzlich in die Zeit zurückversetzt, in der ich etwa acht Jahre alt war.»

Judith versuchte, sich Miss Catto mit acht Jahren vorzustellen, schaffte es aber nicht. «Ich weiß, was Sie meinen», sagte sie. «In Colombo hat unser Haus nach Meer gerochen, weil wir ganz in der Nähe des Ozeans gewohnt haben, und wir hatten einen Baum im Garten, dessen Blüten nachts sehr süß und intensiv geduftet haben. Aber es hat auch andere Gerüche gegeben. Nach Desinfektionsmitteln und Abflußrohren und nach dem Zeug, das die Amah gegen Ungeziefer versprüht hat.»

«Ungeziefer! Gräßlich! Ich kann Insekten nicht ausstehen. Hattet ihr viel Ungeziefer?»

«Ja. Moskitos und Spinnen und rote Ameisen. Manchmal auch Schlangen. Einmal hatten wir eine Kobra im Garten, die Dad mit seinem Gewehr erschossen hat. Und im Badezimmer haben sich oft Kettenvipern versteckt. Die sind durch die Abflußrohre raufgekommen. Wir mußten sehr aufpassen, weil sie so giftig sind.»

«Wie schrecklich! Bei Schlangen bin ich nicht gerade mutig...»

«Wenn wir in Pettah einkaufen waren, haben wir immer Schlangenbeschwörer gesehen. Die saßen im Schneidersitz auf dem Rasen und spielten Flöte, und die Schlangen wanden sich aus dem Korb hoch. Mami fand sie widerlich, aber ich habe ihnen gern zugeschaut.» Judith nahm sich einen Keks und aß ihn nachdenklich. Dann sagte sie: «Ich war noch nie in Oxford.»

«Ich glaube, da solltest du hin. An die Universität, meine ich.

Dann müßtest du zwar länger hierbleiben und deine Zulassungsprüfung für das Studium ablegen, aber wie ich deine Fähigkeiten einschätze, dürfte dir das nicht schwerfallen.»

«Wie lange müßte ich da studieren?»

«Drei Jahre. Aber überleg mal, was für eine Chance das wäre. Ich kann mir nichts Faszinierenderes vorstellen, als drei Jahre zu haben, nur um dein Wissen zu vertiefen... Nicht in Algebra oder Zoologie, für die du dich, wie ich glaube, nicht besonders interessierst, aber vielleicht in englischer Literatur und Philosophie.»

«Würde das viel Geld kosten?»

«Billig ist es nicht. Aber die besten Dinge im Leben sind nie billig.»

«Ich mag meine Eltern nicht um etwas bitten, was sie sich vielleicht nicht leisten können...»

Miss Catto lächelte. «War ja nur ein Vorschlag, ein spontaner Einfall. Wir haben noch viel Zeit, uns über die praktischen Seiten Gedanken zu machen. Möchtest du noch eine Tasse Tee?»

«Nein danke.»

Sie schwiegen, nicht bedrückt, sondern schon viel entspannter. Der Tee war eine gute Idee gewesen. Judiths natürliche Gesichtsfarbe war zurückgekehrt, der schlimmste Schock war überstanden. Genau die richtige Zeit, sie zum Reden zu bringen und allmählich die Frage anzuschneiden, die Miss Catto unbedingt noch stellen mußte.

«Wenn du willst, kannst du selbstverständlich jederzeit mein Telefon hier benutzen. Ich muß nur erst Mrs. Somerville anrufen, um ihr zu sagen, was geschehen ist, aber vielleicht möchtest du mit Edna oder Hilda sprechen oder mit Freunden in Penmarron.»

Auf die Flammen des Kaminfeuers blickend, überlegte Judith einen Moment und schüttelte dann den Kopf. «Nein. Ich glaube nicht. Jetzt noch nicht. Aber es ist sehr freundlich von Ihnen.»

«Ich denke, Mr. Baines will dich wahrscheinlich besuchen und mit dir reden, doch sicher erst in ein oder zwei Tagen. Bis dahin dürften wir auch wissen, wann die Beerdigung stattfindet.»

Judith seufzte tief. «Ja», sagte sie unsicher.

Miss Catto lehnte sich in ihrem Sessel zurück. «Ich möchte dich noch etwas fragen. Bitte halt mich nicht für aufdringlich, du brauchst es mir auch nicht zu sagen, wenn du nicht magst. Aber ich habe das Gefühl, als ich anfing, dir zu erzählen, was passiert ist... da... da hast du etwas ganz anderes vermutet. Ich kann mich natürlich irren.» Langes Schweigen. Judith schaute immer noch ins Feuer. Dann griff sie nach einer Haarsträhne, die aus dem Band gerutscht war, und begann sie zwischen den Fingern zu drehen. «Gab es etwas, was dir Sorgen gemacht hat? Warum hast du so erschreckt ausgesehen?»

Sie nagte an ihrer Unterlippe, dann murmelte sie etwas.

«Wie bitte?» fragte Miss Catto. «Ich hab dich nicht verstanden.»

«Ich habe geglaubt, sie würde heiraten.»

Völlig verblüfft, traute Miss Catto ihren Ohren kaum. «*Heiraten?* Du hast geglaubt, Mrs. Forrester würde *heiraten?* Wen denn?»

«Colonel Fawcett.»

«Und wer ist Colonel Fawcett?»

«Er ist ihr Nachbar.» Rührend korrigierte sie sich. «Er *war* ihr Nachbar. Ein alter Freund aus Indien.»

«Wolltest du etwa nicht, daß sie ihn heiratet?»

«Nein.»

«Du magst ihn nicht.»

«Ich hasse ihn.» Sie wandte das Gesicht vom Feuer ab und blickte ihrer Schulleiterin in die Augen. «Er ist gräßlich. Wenn er Tante Louise geheiratet hätte, wäre er in ihr Haus eingezogen. Das weiß ich. Dort wollte ich ihn nicht.»

Miss Catto, die augenblicklich die Situation durchschaute, blieb gelassen. Das war nicht der richtige Zeitpunkt für Gefühlsausbrüche. «Hat er dich belästigt?»

«Ja.»

«Was hat er getan?»

«Er hat uns ins Kino eingeladen und seine Hand auf mein Knie gelegt.»

«Oh, ich verstehe.»

«Er hat es zweimal gemacht. Und dann an meinem Bein hinaufgetastet.»

«Hast du es Mrs. Forrester erzählt?»

«Nein.» Sie schüttelte den Kopf. «Ich konnte nicht.»

«Ich glaube, wenn ich du gewesen wäre, hätte ich es auch nicht gekonnt. Das ist eine sehr heikle Situation.» Um ihren Zorn auf diese widerlichen, schmierigen alten Knacker zu verbergen, lächelte Miss Catto und sagte: «In Cambridge haben wir diese Männer Fummler oder Strumpfbandgrapscher genannt.»

Judith machte große Augen. «Heißt das... heißt das, Ihnen ist das auch passiert?»

«Alle jungen Studentinnen sind als Freiwild betrachtet worden. Wir haben schnell Abwehrtaktiken entwickelt und gelernt, uns zu verteidigen. Natürlich waren wir viele und in Scharen sicherer. Außerdem konnten wir uns einander anvertrauen. Aber du hast diesen Rückhalt nicht gehabt, deshalb muß es für dich viel schlimmer gewesen sein.»

«Ich wußte nicht, was ich tun sollte.»

«Das kann ich mir denken.»

«Ich glaube nicht, daß sie ihn wirklich geheiratet hätte, nur, als sich diese Idee erst einmal in meinem Kopf festgesetzt hatte, wurde ich sie nicht mehr los. Sie war immer da. Ich hatte keine Ahnung, wie ich mich verhalten sollte.»

«Nun, darüber brauchst du dir jetzt keine Sorgen mehr zu machen. Dein Problem hat sich auf sehr drastische und tragische Weise gelöst. Es heißt ja immer, jede noch so verheerende Situation habe auch ihr Gutes. Ich bin froh, daß du mir's erzählt hast. Jetzt kannst du die ganze traurige Angelegenheit sachlicher und nüchterner betrachten.»

«Wenn wir zur Beerdigung gehen, wird er sicher auch dasein.»

«Ja, zweifellos. Und du mußt ihn mir zeigen. Du mußt sagen: ‹Das ist Colonel Fawcett›, und es wird mir ein Vergnügen sein, ihm meinen Schirm auf den Kopf zu hauen.»

«Tun Sie das *wirklich*?»

«Wahrscheinlich nicht. Stell dir mal die Schlagzeile in den *Western Morning News* vor: *Schulleiterin attackiert pensionierten Colonel*. Das wäre nicht gerade förderlich für St. Ursula, nicht wahr?» Kein sehr gelungener Scherz, doch zum erstenmal lächelte

Judith spontan, dann lachte sie sogar. «So ist's schon besser. Aber jetzt» – Miss Catto blickte auf ihre Uhr –, «jetzt mußt du gehen, und ich muß mich wieder an meine Arbeit machen. Gleich fängt der Sport an. Ich nehme an, du möchtest gern ein bißchen mit Loveday reden. Ich sag Deirdre, sie soll Miss Fanshaw ausrichten, daß ihr beide heute nicht Hockey zu spielen braucht, dann kannst du eine Weile mit ihr zusammensein. Geht spazieren oder klettert auf einen Baum oder setzt euch in die Sonnenmulde. Du wirst dich wohler fühlen, wenn du mit Loveday alles besprochen hast.»

«Ich erzähle ihr aber nichts von Colonel Fawcett.»

«Nein. Ich denke, das sollten wir für uns behalten.» Sie erhob sich, und Judith sprang sofort auf. «Das ist ja nun vorbei. Es tut mir so leid um deine Tante, und du bist wirklich sehr tapfer. Aber zerbrich dir wegen deiner Zukunft nicht den Kopf, denn dafür bin ich zuständig. Ich kann dir nur versichern, daß du in guten Händen bist.»

«Ja, Miss Catto. Danke. Und danke für den Tee.»

«Also dann, raus mit dir...» Als Judith durch die Tür ging, rief sie ihr, wieder ganz Schulleiterin, noch nach: «Denk dran, auf dem Flur nicht zu rennen!»

Samstag, 28. März
Keyham Terrace
Plymouth

Meine liebe, arme Judith,
ich hatte soeben ein langes Telefongespräch mit der netten Miss Catto, die reizend und sympathisch klingt. Mein Schatz, ich bin um Deinetwillen erschüttert, daß der armen Louise etwas so Grauenhaftes passiert ist. Ich habe zwar immer gewußt, daß sie rast wie ein Rennfahrer, aber dabei habe ich mir nie vorgestellt, daß es Folgen haben würde. Sie kam mir immer so unverwüstlich vor, und obwohl ich nie sehr gut auf sie zu sprechen war, weiß ich, daß sie trotz ihrer manchmal scharfen Zunge eine gute Haut war. Miss C. sagt, daß Deine Eltern schon informiert sind und

daß sie Deiner Mutter auch noch schreibt. Sie hat gefragt, ob Bob und ich Dich in den Osterferien aufnehmen können. Schatz, ich wüßte nicht, was wir lieber täten, aber uns plagen im Moment verteufelte Probleme. Deine Großeltern sind beide krank gewesen, und ich hab versucht, mich um sie zu kümmern. Außerdem hab ich mich nach einem Haus in Devon umgesehen, das wir kaufen können, damit wir ein bißchen Beständigkeit in unser Leben kriegen. Ich glaube, ich hab eins gefunden, aber es muß erst umgebaut werden, bevor wir einziehen können. Dazu kommt noch, daß Onkel Bob im Juni Keyham verläßt und auf die Resolve geht, deren Heimathafen Invergordon am Cromarty Firth ist, tausend Meilen weit weg im hohen Norden und rundherum nichts als Regen, Kilts und Dudelsäcke. Er wird die meiste Zeit auf See sein, deshalb gibt's auch keine Dienstwohnung, also muß ich hin und noch ein Haus suchen, eins zum Mieten, damit ich in seiner Nähe sein kann.

Wie Du aus diesem ganzen Geschreibsel sicher herausliest, befürchte ich, daß wir nicht in der Lage sind, Dich für die Osterferien zu uns einzuladen, aber bis zum Sommer sollten wir irgendwo mehr oder minder Fuß gefaßt haben, und bitte, bitte komm dann zu uns. Miss Catto hat mir versprochen, sie sieht zu, daß sich jemand um Dich kümmert, und sie klingt so vernünftig, daß ich mir um Dich keine Sorgen machen muß, sondern mich nur riesig darauf freue, Dich im Sommer zu sehen.

Liebling, mir tut es so leid, daß das passiert ist. Laß mich wissen, wann die Beerdigung stattfindet, wenn es auch nicht sehr wahrscheinlich ist, daß ich hinfahren kann. Mein Vater ist wieder krank, und meine Mutter schafft es kaum, ihn zu betreuen. Es kommt ein Hilferuf nach dem anderen, also muß ich versuchen, irgendeine Haushälterin zu finden, die zu ihnen zieht und ein Auge auf das alte Paar hat.

Onkel Bob läßt Dich auch herzlich grüßen. Er sagt, Du sollst die Ohren steif halten.

Viele Küsse
Tante Biddy

Sonntag, 5. April

Liebe Mami, lieber Dad,
ich weiß, daß Ihr Telegramme erhalten habt und daß Miss Catto
und Mr. Baines Euch auch schreiben. Furchtbar traurig das mit
Tante Louise, und ich werde sie sehr vermissen, weil sie so nett zu
mir war. Als ich Mitte des Trimesters in Windyridge war, hab ich
zuerst große Sehnsucht nach Euch gehabt, aber es ist sehr schnell
vorbeigegangen, weil Tante Louise ganz lieb war und nicht an
mir herumgenörgelt hat. Ich weiß, sie war eine entsetzliche Auto-
fahrerin, aber Miss Catto sagt, der Unfall war nicht ihre Schuld,
denn der Lastwagen, auf den sie aufgefahren ist, stand direkt
hinter der Kuppe des Hügels.

Macht Euch um mich bitte keine Sorgen. Ich hätte in den
Osterferien zu Tante Biddy fahren können, aber sie ist jetzt gerade sehr beschäftigt, weil sie ein neues Haus gekauft hat und
Großvater Evans krank ist. Sicher kann ich für eine Weile zu den
Warrens in Porthkerris, und Miss Catto hat sogar gesagt, ich
könnte nach Oxford in das große Haus, in dem ihre Eltern leben.
Das würde ich recht gern tun, denn Miss Catto meint, ich schaffe
meine Prüfungen vielleicht so gut, daß ich einen Platz an der Universität in Oxford kriege, deshalb wäre es interessant, die Stadt
einmal zu sehen. Und im Sommer kann ich dann zu Tante Biddy
fahren.

Mir tun Edna und Hilda sehr leid, aber vielleicht finden sie eine
neue Stelle, wo sie zusammenbleiben können. Es war schrecklich, erzählt zu bekommen, was Tante Louise passiert ist, weil ein
Autounfall etwas so Grausames ist, und sie war ja noch nicht
sehr alt. Miss Catto sagt zwar, der Tod ist ein Teil des Lebens,
trotzdem wünscht man sich nicht, daß er einen gar so schnell
ereilt.

Am Donnerstag war die Beerdigung. Miss Catto hat gesagt,
ich brauche nicht hinzugehen, wenn ich nicht will, aber ich
dachte mir, es wäre schon besser. Ich hab die Schuluniform angehabt, und die Aufseherin hat mir einen Trauerflor für den Ärmel
gemacht. Miss Catto hat versprochen, sie würde mich hinfahren,
aber dann ist Mr. Baines mit seinem Auto gekommen und hat uns

beide hingefahren. Er war sehr nett, und ich hab vorn neben ihm gesessen. Der Gottesdienst war in der Kirche von Penmarron, und es waren viele Leute da, von denen ich viele nicht gekannt habe. Wir sind zur selben Zeit eingetroffen wie die Warrens, und Mrs. Warren hat mich ganz fest umarmt und sich Miss Catto vorgestellt und ihr gesagt, ich kann in den Ferien zu ihnen kommen, wann immer ich will. War das nicht wirklich lieb von ihr?

In der Kirche haben wir Der Tag, den du gegeben, Herr, ist nun zu Ende gesungen, und überall waren Unmengen von Blumen. Der Vikar hat nette Dinge über Tante Louise gesagt. Hilda und Edna saßen direkt hinter uns und weinten; ihr Cousin war mit seinem Wagen da und ist gleich nach dem Gottesdienst mit ihnen weggefahren. Sie waren beide in Schwarz und sahen sehr unglücklich aus. Nach dem Gottesdienst sind wir hinter dem Sarg hergegangen. Es war ein kühler Tag, aber mit blauem Himmel und einem kalten Nordwind, der vom Meer hereinkam. Auf dem Friedhof war es so windig, daß es das Gras oben auf den Mauern ganz flach geweht hat, man konnte das Meer riechen und die Brecher hören. Ich bin froh, daß es nicht geregnet hat.

Es war entsetzlich, zu sehen, wie der Sarg in die Grube hinuntergelassen wurde, und zu wissen, daß Tante Louise drinnen liegt. Der Vikar drückte mir eine Schaufel voll Erde in die Hand, und ich warf sie ins Grab. Miss Catto warf einen Strauß Schlüsselblumen hinein und Mr. Baines eine Rose, was ich sehr nett fand. Er muß gewußt haben, wie sehr Tante Louise Rosen geliebt hat. Ich habe erst in diesem Augenblick richtig begriffen, daß sie wirklich tot ist. Danach haben wir uns von allen verabschiedet, sind nach Penzance zurückgefahren, und Mr. Baines hat Miss Catto und mich zum Lunch ins Hotel Mitre eingeladen, aber ich habe die ganze Zeit an den Tag gedacht, an dem wir dort zu Mittag gegessen haben, Mami, und ich habe Dich vermißt und mir gewünscht, Du wärst da.

Die meisten Leute aus dem Dorf waren bei der Trauerfeier, und ich habe mit Mrs. Berry und Mrs. Southey gesprochen. Mrs. Southey hat mir einen Kuß gegeben, bei dem ich ihren Bart gespürt habe.

Hier geriet Judith ins Stocken. Nur undeutlich erinnerte sie sich noch an andere bekannte Gesichter, die in ihrem Blickfeld aufgetaucht waren, doch sie hatte Mühe, auf die dazugehörigen Namen zu kommen. Billy Fawcett war auch dagewesen, aber von ihm wollte sie nicht einmal den Namen erwähnen. Sie hatte ihn nach dem Gottesdienst entdeckt, als sie mit Miss Catto durch den Mittelgang auf das Portal zuschritt. Er stand ganz hinten in der Kirche. Sie sah, wie er sie anstarrte, und mit neuem, durch die Anwesenheit ihrer Schulleiterin gestärktem Mut begegnete sie seinem haßerfüllten Blick und hielt ihm stand, bis er wegschaute. Er hatte die verriegelten Türen von Windyridge nicht vergessen, ihr seine demütigende Niederlage nicht verziehen. Aber das machte ihr nichts aus. Auf dem Friedhof befand er sich nicht mehr unter den Trauergästen am Grab. Beleidigt und trotzig hatte er sich bereits abgesetzt, und für diese kleine Gnade war Judith dankbar gewesen. Doch er war und blieb ein Schreckgespenst, das sie immer noch in ihren Träumen verfolgte. Vielleicht würde er ohne Tante Louise, die ein Auge auf ihn gehabt, ihm Gesellschaft geleistet und seiner durstigen Kehle kostenlosen Whisky spendiert hatte, alles hinschmeißen, Cornwall verlassen und anderswo seine zwielichtige Existenz fortsetzen. Vielleicht in Schottland. Dort gab es viele Golfplätze. Judith wünschte sich, er würde nach Schottland ziehen, dann müßte sie ihn nie mehr wiedersehen. Aber vermutlich kannte er niemanden in Schottland. Eigentlich war er so gräßlich, daß sie sich überhaupt nicht vorstellen konnte, daß er irgendwo auch nur einen einzigen Freund hatte. Also würde er aller Wahrscheinlichkeit nach bleiben, wo er war, sich in seinem gemieteten Bungalow verkriechen, im Clubhaus von Penmarron herumgeistern wie ein streunender Hund und von Zeit zu Zeit nach Porthkerris fahren, um sich mit lebensnotwendigen Dingen einzudecken. Er würde sich wohl immer in dieser Gegend aufhalten, und sie war gescheit genug, um zu begreifen, daß sie bis zu dem Tag, an dem sein letztes Stündlein schlug und er starb, vor ihm nie ganz sicher sein konnte. Während sie im Wind fröstelnd auf dem Friedhof stand, wünschte sie sich, man senkte ihn für alle Zeit ins Grab und nicht Tante Louise. Das war alles entsetzlich ungerecht. Warum mußte Tante Louise noch im besten Alter mitten aus ihrem nützlichen, emsigen Dasein in die Ewigkeit abberufen werden, während dieser schauderhafte alte Grapscher weiterleben und seinen erbärmlichen Interessen nachgehen durfte?

Was für unschickliche Überlegungen bei einem so traurigen, ergreifenden Anlaß! Doch dann entdeckte sie Mr. Willis und freute sich so, ihn zu sehen, daß sie Billy Fawcett aus ihren Gedanken verdrängte. Mr. Willis stand respektvoll etwas abseits, um niemanden in seiner Trauer zu stören, frisch rasiert und sorgfältig geschrubbt, in einem abgewetzten blauen Anzug, an dem die Knöpfe spannten, und mit einem Kragen, der so aussah, als drohte er ihn zu erdrosseln. Er hielt seine Melone in der Hand, und Judith, die während des ganzen Gottesdienstes nicht geweint hatte, war angesichts der Mühe, die Mr. Willis auf sich genommen hatte, zu Tränen gerührt. Ehe sie aus dem Friedhof fortgingen, ließ sie Miss Catto und Mr. Baines stehen, die ein paar Worte mit dem Vikar wechselten, und bahnte sich einen Weg durch das dichte Gras zwischen den verwitterten Grabsteinen, um ihren alten Freund zu begrüßen.

«Mr. Willis.»

«Ach, mein liebes Kind.» Er setzte die Melone auf, um sie los zu sein, und ergriff mit beiden Händen Judiths Hände. «So was Schreckliches. Aber sag mal, wie geht's dir denn?»

«Mir geht es ganz gut. Danke, daß Sie hergekommen sind.»

«War 'n furchtbarer Schock, wie ich's gehört hab. Bin am Donnerstag abends im Pub gewesen, und da hat mir's Ted Barney erzählt. Konnt's kaum glauben... So ein Schwachkopf, dieser Jimmy Jelks...»

«Mr. Willis, ich habe es Mitte des Trimesters nicht geschafft, Sie zu besuchen. Es hat mir so leid getan. Dabei wollte ich kommen... Nur... Irgendwie ging's dann doch nicht. Hoffentlich waren Sie nicht gekränkt...»

«Aber nein, hab mir gedacht, daß du schon mehr als genug zu tun hast, ohne noch den weiten Weg bis zur Fähre runterzukommen.»

«Wenn ich das nächste Mal in Penmarron bin, besuche ich Sie bestimmt. Ich habe Ihnen soviel zu erzählen.»

«Wie geht es deiner Mutter und Jess?»

«Recht gut, soweit ich weiß.»

«Wer kümmert sich denn jetzt um dich?»

«Oh, Tante Biddy in Plymouth, nehme ich an. Ich komme schon zurecht.»

«So 'ne Tragödie ist schon schlimm genug, nur, für dich ist's besonders grausam. Aber was hilft's, wenn der Sensenmann zuschlägt, können wir nicht viel dagegen machen, nicht wahr?»

«Nein, wirklich nicht. Mr. Willis, ich muß jetzt gehen. Sie warten auf mich. Ich freu mich so, daß ich Sie gesehen habe.» Sie hielten einander immer noch an den Händen, und Judith merkte, daß ihm plötzlich Tränen in die Augen stiegen. Da stellte sie sich auf die Zehenspitzen und gab ihm einen Kuß auf die wettergegerbte Wange, die nach Seife und zugleich nach Tabak roch.

«Auf Wiedersehen, Mr. Willis.»

«Auf Wiedersehen, meine Hübsche.»

Sich all dies ins Gedächtnis zu rufen war ein bißchen traurig, denn vielleicht würde sie nie mehr nach Penmarron kommen, vielleicht war ihr Abschied nach der Beerdigung ein Abschied für immer. Und sie erinnerte sich noch weiter zurück, an viele glückliche, heimlich in seiner Gesellschaft verbrachte Nachmittage. Schöne Tage, an denen er am morschen Rumpf eines Ruderbootes lehnte, Pfeife rauchte und leutselig Geschichten erzählte, während er darauf wartete, daß die Flut kam und die Kohlenschiffe die Sandbank passieren konnten. Feuchte, kalte Wintertage waren sogar noch besser, denn dann verzogen sie sich gemeinsam in seine kleine Hütte und brauten auf dem alten Kanonenofen Tee.

Doch jetzt hatte sie nicht die Zeit, darüber nachzugrübeln, weil sie ihren Brief zu Ende schreiben mußte.

Einen Moment lang überlegte sie, ob sie erwähnen sollte, daß Mr. Willis bei der Beerdigung war. Sie hatte ihn ihrer Mutter immer verschwiegen, zum Teil weil sie nicht wollte, daß ihre Mutter sich einmischte, und zum Teil wegen des ungewissen Status der sogenannten Mrs. Willis. Dann sagte sie sich, zum Kuckuck damit, denn unter den gegenwärtigen Umständen spielte Mr. Willis' Lebenswandel nun wirklich nicht die geringste Rolle. Er war Judiths

Freund, und das sollte er auch bleiben. Selbst wenn Mami zwischen den Zeilen lesen wollte und daraus insgeheim finstere Schlüsse zog, würde es sechs Wochen dauern, bis Judith eine Antwort auf diesen Brief erhielt, und bis dahin mochte sich die ganze Welt verändert haben.

Außerdem wollte sie von Mr. Willis schreiben.

Mr. Willis war auch da. Erinnerst Du Dich noch an ihn? Er ist der Fährmann und arbeitet für die Hafenverwaltung. Er hatte sich feingemacht und sogar eine Melone getragen, und er hat nach Dir und Jess gefragt. Ich fand es nett von ihm, daß er da war, frisch rasiert und herausgeputzt und so.

Morgen nachmittag kommt Mr. Baines her, um mit mir was zu besprechen, was er Familienangelegenheiten nennt. Es wird wohl um die Schule und solche Sachen gehen, aber ich habe keine Ahnung, was das soll. Hoffentlich benutzt er keine langen Wörter, die ich nicht verstehe, und ich hoffe bloß, daß er Edna und Hilda helfen kann, eine neue Stelle zu finden.

Hoffentlich seid Ihr alle gesund und Dad ist nicht zu traurig wegen Tante Louise. Miss Catto sagt, sie war so schnell tot, daß sie nicht mehr gemerkt hat, was passiert, aber das ist ein schwacher Trost, wenn Ihr so weit weg seid und einander so gern hattet. Bitte macht Euch meinetwegen keine Sorgen. Unsere Ferien fangen am Freitag, den 10. April an.

Alles Liebe
Judith

«Na, da bist du ja, Judith...»

Mr. Baines hatte sich, vermutlich mit Miss Cattos Erlaubnis, bereits an ihrem Schreibtisch niedergelassen und neben seiner Aktenmappe eine Menge Dokumente ausgebreitet. Er war ein hochgewachsener Mann mit so meliertem, struppigem Haar wie ein schottischer Terrier und einer dicken Hornbrille. In seinem Tweedanzug und dem karierten Hemd sah er wie der Inbegriff eines erfolgreichen Provinzanwalts aus. Seine Kanzlei, in der er Teilhaber war, hatte sich vor langer Zeit in Penzance etabliert, und die Büros lagen in einem beneidenswert schönen Regency-Haus im Stadtteil Alverton. Judith kannte es, weil die Mädchen von St. Ursula jeden Sonntag auf dem Weg zur Kirche daran vorbeikamen, und da sie wußte, daß es die Anwälte der Familie Dunbar waren, hatte sie sich stets die Zeit genommen, die bezaubernden Proportionen des kleinen Hauses zu bewundern und die Namen auf dem auf Hochglanz polierten Messingschild neben der Eingangstür zu lesen: Tregarthen, Opie und Baines. Dennoch war sie Mr. Baines nie persönlich begegnet und hatte ihn erst am Tag von Tante Louises Beerdigung kennengelernt, als er ungemein aufmerksam und freundlich gewesen war, Miss Catto und sie mit dem Auto abgeholt, ihnen danach einen Lunch im Hotel Mitre spendiert und sich insgesamt bemüht hatte, ihnen diesen traurigen Tag so erträglich wie möglich zu machen. Deshalb hatte Judith nun das Gefühl, das gesellschaftliche Eis sei bereits gebrochen, und das war gut so. Sie hatte nämlich keine Ahnung, was er mit ihr besprechen wollte, aber wenigstens brauchten sie sich nicht mehr umständlich miteinander bekannt zu machen und konnten auf die höflichen und zeitraubenden Förmlichkeiten verzichten, die, wie sie sich vorstellte, bei solchen Anlässen wohl üblich waren. «Wie kommst du zurecht?»

Sie erklärte ihm, daß sie ganz gut zurechtkäme, und er erhob sich, ging um den Schreibtisch herum und zog ihr einen Stuhl heran. Darauf kehrte er zu Miss Cattos Thron zurück und wandte sich wieder seinen Papieren zu.

«Zuallererst möchte ich dich wegen Edna und Hilda beruhigen. Ich denke, ich habe eine Stelle für sie gefunden, bei einer meiner Mandantinnen, die in der Nähe von Truro lebt. Ich kümmere mich darum, daß die zwei Schwestern zu einem Vorstellungsgespräch fahren, und wenn sie die Stelle nehmen, werden sie sich dort sicher sehr wohl fühlen. Eine alleinstehende Dame, ungefähr im selben Alter wie Mrs. Forrester, und angenehme Arbeitsbedingungen.» Er lächelte. Dabei sah er gleich viel jünger und sogar recht attraktiv aus. «Also brauchst du dir um die beiden keine Sorgen mehr zu machen.»

«Oh, danke.» Judith war sehr froh. «Sie sind großartig. Das hört sich an, als wäre es genau das Richtige für sie. Ich weiß nämlich, daß sie zusammenbleiben möchten.»

«Damit wäre ein Punkt erledigt. Jetzt zum nächsten. Du weißt, daß ich deinem Vater gekabelt habe, um ihm den Tod von Mrs. Forrester mitzuteilen? Darauf habe ich vor ein paar Tagen ein Kabel von ihm erhalten. Er läßt dich herzlich grüßen und dir ausrichten, daß er dir gleich schreiben wird. Hast du deinen Eltern schon geschrieben?»

«Ja, ich habe ihnen alles von der Beerdigung erzählt.»

«Recht so. Traurige Pflicht, so ein Brief.» Er schob einige Papiere hin und her, um sie zu sortieren. Einen Moment lang schien es, als wisse er nicht, wie er fortfahren sollte. «Ach, hilf doch meinem Gedächtnis mal nach. Wie alt bist du jetzt? Vierzehn? Fünfzehn?»

Es war ein seltsames Gefühl, als sie sagte: «Ich werde im Juni fünfzehn.»

«Ah, ja. Meine Älteste ist gerade acht. Sie fängt nächstes Jahr in St. Ursula an. Ein Glück, daß du dich schon eingelebt hast. Du bekommst hier eine hervorragende Ausbildung. Ich habe mich mit Miss Catto unterhalten, und sie ist der Meinung, du hättest das Zeug dazu, an die Universität zu gehen.» Wieder lächelte er. «Möchtest du an die Universität?»

«Darüber habe ich noch nicht ernsthaft nachgedacht. Ich fürchte nur, daß es entsetzlich teuer wäre.»

«Ja», sagte Mr. Baines, «verstehe.» Darauf schwieg er eine Weile, doch ehe es unangenehm wurde, raffte er sich auf, zog einen Aktendeckel zu sich, griff nach seiner Füllfeder und sagte: «Also, kommen wir zur Sache.»

Judith wartete höflich.

«Bevor deine Tante starb, hat sie ein ausführliches Testament gemacht. Sie hat großzügige Leibrenten für Hilda und Edna verfügt. Alles andere, ihr ganzes Hab und Gut, vermacht sie dir.»

Judith reagierte nicht.

Mr. Baines nahm seine Brille ab, kniff die Augen zusammen und sah sie blinzelnd an. «Ihren gesamten weltlichen Besitz.»

284

Endlich fand Judith ihre Sprache wieder. «Das hört sich nach furchtbar viel an.»

«Es ist viel.»

«Alles für mich?»

«Alles für dich.»

«Aber...» Sie wußte, daß sie sich töricht benahm, doch Mr. Baines war sehr geduldig. Er wartete und beobachtete sie. «Aber warum mir? Warum nicht Dad? Er ist ihr Bruder.»

«Dein Vater hat eine gute Stellung, einen Beruf mit geregeltem Einkommen, er ist erst kürzlich befördert worden, und seine Zukunft ist gesichert.»

«Aber ich... Na ja, ich dachte, Leute wie Tante Louise, alleinstehende Frauen, die vermachen ihr Geld der Wohlfahrt oder einem Tierheim. Oder dem Golfclub. Der Golfclub veranstaltet doch dauernd Whistrunden oder Bridgenachmittage, um Geld für eine neue Zentralheizung oder Waschräume oder solche Sachen aufzutreiben.»

Mr. Baines gestattete sich erneut ein Lächeln. «Vielleicht hat deine Tante Louise insgeheim gefunden, daß die vorhandenen Waschräume vollkommen ausreichen.»

Es war beinahe so, als wollte er sie nicht verstehen. «Aber warum ausgerechnet *mir*...?»

«Sie hatte keine eigenen Nachkommen. Keine Kinder. Keine Angehörigen. Keine Familie. Im Lauf der Jahre hat sie mir viel von sich erzählt. Zu ihrer Zeit, als sie noch eine junge Frau war, da hatten Mädchen keine Berufe, keine Ausbildung, und nur wenige wurden dazu ermutigt, an die Universität zu gehen. Wenn sie schön oder wohlhabend waren, spielte das keine Rolle, aber für durchschnittliche Mädchen aus bürgerlichen Kreisen bestand die einzige Chance auf ein einigermaßen gesichertes Leben darin, daß sie heirateten. Deine Tante war weder wohlhabend noch schön. Das hat sie mir selbst gesagt. In England hatte sie wenig Erfolg bei jungen Männern, also schickten ihre Eltern sie schließlich nach Indien, wo sie sich einen Mann suchen sollte. Sie erinnerte sich ohne Bitterkeit daran, hatte es aber dennoch in gewisser Weise als demütigend empfunden. Sie war nur eine von vielen... ungebundenen, mehr oder minder

hübschen Mädchen, die mit einem einzigen Ziel um die halbe Welt
segelten.»

«Meinen Sie, um geheiratet zu werden?»

«Das Schlimmste daran war, daß man sie, alle miteinander, die
Fischfangflotte nannte, weil sie unterwegs waren, um sich Ehemänner zu fischen.»

«Das muß Tante Louise sehr zuwider gewesen sein.»

«In ihrem Fall ist die Geschichte gut ausgegangen, denn sie heiratete Jack Forrester und verbrachte viele schöne Jahre mit ihm. Sie hat
Glück gehabt. Allerdings kannte sie andere, denen es nicht so gut
ergangen ist.»

«Glauben Sie, es hat ihr etwas ausgemacht, daß sie keine Kinder
hatte?»

«Nein, das glaube ich nicht.»

«Aber worauf wollen Sie dann hinaus?»

«Ach, du meine Güte, ich stelle mich nicht sehr geschickt an, nicht
wahr? Was ich dir zu erklären versuche, ist, daß deine Tante dich
sehr gern gehabt hat. Sie hat, wie ich glaube, große Fähigkeiten in dir
gesehen. Und sie wollte nicht, daß du durchmachen mußt, was sie
durchgemacht hat. Sie wollte, daß du hast, was sie nicht gehabt hatte.
Die Unabhängigkeit, ein eigenständiges Leben zu führen, eigene Entscheidungen zu treffen und das zu tun, was sie wollte, als sie noch
jung war und ihr ganzes Leben noch vor ihr lag.»

«Aber das hat sie doch getan. Sie heiratete Jack Forrester und hatte
eine herrliche Zeit in Indien.»

«Ja, bei ihr hat es geklappt. Sie wollte bloß nicht, daß du jemals ein
solches Risiko eingehen mußt.»

«Ach so.» Allmählich klang das alles ein wenig bedrückend und
nach einer Art Verpflichtung. Direkt beunruhigend.

«Könnten Sie das noch einmal sagen. Das mit dem weltlichen
Besitz, meine ich.»

«Natürlich. Sie hat dir ihr Haus vermacht und das gesamte In-
ventar, aber, was noch entscheidender ist, auch ihre Kapitalanla-
gen.»

«Was soll ich denn mit ihrem Haus anfangen?»

«Ich glaube, es sollte zum Verkauf angeboten und der Erlös ange-

legt werden.» Er schraubte seinen Füller zu, stützte sich mit verschränkten Armen auf den Schreibtisch und beugte sich vor.

«Wie ich sehe, hast du einige Mühe, das alles zu begreifen, und
ich kann es dir nicht verdenken. Du mußt dir nur darüber im klaren
sein, daß deine Tante Louise eine sehr wohlhabende Dame war.
Und ich meine damit wirklich *sehr* wohlhabend.»

«*Reich?*»

«Nennen wir es einfach wohlhabend. Vermögend ist auch ein
schönes Wort dafür. Sie hat dich bestens versorgt hinterlassen.
Du hast wahrscheinlich keine Ahnung gehabt, wieviel sie besaß,
denn obwohl sie gut gelebt hat, trug sie es in keiner Weise zur
Schau.»

«Aber...» Es war verwirrend. «Die Dunbars waren nie reich.
Mami und Dad haben dauernd vom Sparen geredet, und ich weiß,
daß meine Schuluniform furchtbar viel gekostet hat...»

«Mrs. Forresters Vermögen kam nicht von den Dunbars. Jack
Forrester war zwar Soldat, aber auch ein Mann mit beachtlichen
privaten Mitteln. Da er weder Brüder noch Schwestern hatte, hin-
terließ er alles, was er besaß, seiner Frau. Deiner Tante. Und sie gibt
es nun an dich weiter.»

«Meinen Sie, sie wußte, daß er reich war, als sie ihn geheiratet
hat?»

Mr. Baines lachte. «Ich glaube, sie hatte nicht die leiseste Ahnung.»

«Das muß eine hübsche Überraschung für sie gewesen sein.»

«Ist es denn für dich eine hübsche Überraschung?»

«Ich weiß nicht. Eigentlich kann ich mir kaum vorstellen, was
das alles heißt.» Sie runzelte die Stirn. «Mr. Baines, weiß Dad das
schon?»

«Noch nicht. Ich wollte es erst dir erzählen. Natürlich werde ich
ihn davon in Kenntnis setzen, sobald ich wieder in meinem Büro
bin. Ich schicke ihm noch ein Kabel. Und was es heißt, erkläre ich
dir.» Er sprach mit spürbarem Wohlbehagen weiter. «Es bedeutet
Sicherheit und Unabhängigkeit für den Rest deines Lebens. Du
kannst bedenkenlos an die Universität gehen, und falls du heiratest,
wirst du finanziell nie auf deinen Mann angewiesen sein. Das Ge-

setz zur Regelung der vermögensrechtlichen Stellung verheirateter Frauen, eine der größten Glanzleistungen, die das Parlament je zustande gebracht hat, bietet die Gewähr dafür, daß du deine eigenen geschäftlichen Angelegenheiten stets selbst regeln kannst, daß du mit deinem Vermögen tun und lassen kannst, was du für richtig hältst. Erschreckt dich diese Aussicht?»

«Ein bißchen.»

«Keine Bange. Geld ist nur so gut oder schlecht wie die Menschen, die es besitzen. Es kann verschwendet und vergeudet werden, oder es kann sinnvoll eingesetzt werden, daß es anwächst und sich vermehrt. Fürs erste brauchst du dir jedoch wegen der Verantwortung noch keine Sorgen zu machen. Bis du einundzwanzig bist, wird dein Erbe von Treuhändern verwaltet. Ich werde einer von ihnen sein, und ich dachte mir, wir sollten vielleicht Captain Somerville bitten, diesem Gremium beizutreten.»

«Onkel Bob?»

«Hältst du das für eine gute Idee?»

«Ja.» Mr. Baines hatte offenbar seine Hausaufgaben gemacht. «Natürlich.»

«Ich werde ein entsprechendes Schriftstück aufsetzen. Und inzwischen sorge ich dafür, daß du so etwas wie ein regelmäßiges Taschengeld erhältst. Du bist auf dich allein gestellt, du wirst Kleider kaufen müssen und Bücher oder Geburtstagsgeschenke für Freunde… Du mußt selbst all die kleinen Ausgaben bestreiten, für die normalerweise Eltern oder Vormunde aufkommen. Für ein Scheckbuch bist du noch zu jung, das steht dir erst nächstes Jahr zu. Vielleicht wäre ein Postsparbuch das Richtige. Ich kümmere mich darum.»

«Vielen Dank.»

«Dann kannst du einkaufen gehen. Alle Frauen gehen gern einkaufen. Sicher gibt es etwas, was du dir sehnlichst wünschst.»

«Ich wollte seit langem ein Fahrrad, aber das hat mir Tante Louise noch gekauft.»

«Sonst nichts?»

«Na ja… Ich spare auf ein Grammophon, bin aber noch nicht sehr weit damit gekommen.»

«Du kannst dir ein Grammophon kaufen», erklärte Mr. Baines. «Und einen Stapel Schallplatten.»

Sie war entzückt. «Wirklich? Darf ich das? Kann ich das tatsächlich?»

«Warum denn nicht? Die Bitte ist bescheiden genug. Gibt es in Mrs. Forresters Haus irgend etwas, was du gern behalten möchtest? Du bist noch viel zu jung, um dir schon eigene vier Wände oder Möbel aufzuhalsen, aber vielleicht eine kleine Porzellanfigur oder eine hübsche Uhr...?»

«Nein.» Sie hatte ihren Schreibtisch, ihre Bücher und ihr Fahrrad in Windyridge. Ihr chinesisches Schränkchen stand auf Nancherrow. Zusätzliche Besitztümer wären nur eine Last. Sie dachte an den Elefantenfuß-Schirmständer, an die Tigerfelle, die überall herumlagen, die Hirschgeweihe, Onkel Jacks Golftrophäen und wußte, daß sie davon nichts haben wollte. Windyridge war vollgestopft mit Erinnerungsstücken anderer Leute. Nichts von alledem bedeutete ihr etwas. «Nein. Es gibt nichts, was ich behalten möchte.»

«Gut.» Er begann, seine Papiere einzusammeln. «Das wär's dann. Noch irgendwelche Fragen?»

«Ich glaube nicht.»

«Falls dir etwas einfällt, kannst du mich anrufen. Aber wir sehen uns sicher bald wieder, und bis dahin bin ich imstande, dir schon Genaueres zu sagen...»

In diesem Augenblick ging die Tür des Büros auf, und Miss Catto kam mit wehendem schwarzem Gewand und einem Stapel Heften unter dem Arm herein. Judith sprang instinktiv auf. Miss Catto blickte von ihr zu Mr. Baines. «Störe ich? Oder habe ich Ihnen genug Zeit gelassen?»

Mr. Baines erhob sich ebenfalls und überragte sie beide. «Reichlich Zeit. Ist alles erklärt und besprochen. Sie können wieder Besitz von Ihrem Büro ergreifen. Und vielen Dank, daß Sie es uns zur Verfügung gestellt haben.»

«Wie wär's mit einer Tasse Tee?»

«Danke, aber ich muß in die Kanzlei zurück.»

«Na schön. Judith, geh nicht gleich weg. Ich möchte noch etwas mit dir bereden.»

Mr. Baines hatte seine Aktentasche gepackt, schnallte sie zu und kam hinter dem Schreibtisch hervor.

«Also dann, auf Wiedersehen, Judith.»

«Auf Wiedersehen, Mr. Baines.»

«Und nochmals vielen Dank, Miss Catto.»

Judith öffnete ihm die Tür, und er eilte hinaus. Sie schloß sie wieder, wandte sich um und sah ihre Schulleiterin an. Einen Moment lang herrschte Stille, dann sagte Miss Catto: «Na und?»

«Und was, Miss Catto?»

«Wie fühlt man sich, wenn man weiß, daß die Universität kein Problem mehr ist, weil die finanzielle Sicherheit das Leben um so vieles leichter macht?»

«Ich hatte keine Ahnung, daß Tante Louise wohlhabend war.»

«Ja, ihr fehlte jeglicher Hang zur Prahlerei, das war einer ihrer größten Vorzüge.» Miss Catto ließ die Hefte auf den Schreibtisch fallen, dann kehrte sie ihm den Rücken und lehnte sich dagegen, so daß ihre Augen auf gleicher Höhe mit Judiths Augen waren. «Ich finde, deine Tante hat dir ein großes Kompliment gemacht. Sie wußte, daß du keine Dummheiten begehst und nie welche begehen wirst.»

«Mr. Baines sagt, ich kann mir ein Grammophon kaufen.»

«Möchtest du das?»

«Ja, ich spare auf eins. Und auf eine Plattensammlung wie die von Onkel Bob.»

«Da hast du recht. Musik hören ist fast so schön wie lesen.» Sie lächelte. «Ich habe noch mehr Neuigkeiten für dich. Heute abend schreibst du bestimmt in dein Tagebuch: ‹Das ist mein Glückstag.› Ich habe mit meiner Mutter telefoniert. Sie war begeistert von der Idee, daß du einen Teil deiner Osterferien oder sogar die ganzen bei uns in Oxford verbringst. Aber du hast noch eine Einladung, und es liegt allein bei dir, ob du sie annehmen möchtest oder nicht. Ich hatte – wieder per Telefon – auch ein langes Gespräch mit Mrs. Carey-Lewis. Sie war zutiefst erschüttert, als sie von Mrs. Forresters Tod erfuhr... Sie hat die Meldung und den Bericht über die Beerdigung im *Cornish Guardian* gelesen und mich sofort angerufen. Sie meint, du solltest unbedingt für die ganzen Osterferien nach

Nancherrow kommen. Platz hat sie mehr als genug, außerdem hat sie dich sehr gern, und sie würden es als große Ehre betrachten, wenn du ihre Einladung annähmest.» Miss Catto hielt inne, dann fragte sie lächelnd: «Du guckst so verdattert, freust du dich denn nicht darüber?»

«Doch. *Sehr.* Aber Ihre Mutter...»

«Ach, meine Liebe, du bist herzlich willkommen in Oxford. Jederzeit. Nur, ich glaube, auf Nancherrow wäre es wahrscheinlich viel amüsanter für dich. Ich weiß doch, welches Vergnügen es dir und Loveday bereitet, wenn ihr zusammen seid. Also denk ausnahmsweise mal nur an dich. Du mußt das tun, wozu du Lust hast. Wirklich.»

Nancherrow. Ein Monat auf Nancherrow bei den Carey-Lewis! Es war, als habe man ihr völlig unvermutet Ferien im Paradies angeboten, aber zugleich schreckte sie davor zurück, undankbar oder rüde zu erscheinen. «Ich... ich weiß nicht, was ich sagen soll...»

Miss Catto merkte, in welch qualvollem Dilemma Judith sich befand, und nahm die Sache in ihre eigenen, tüchtigen Hände. Lachend stellte sie fest: «Was für eine schwere Entscheidung! Also treffe ich sie für dich. Geh über Ostern nach Nancherrow, und etwas später kannst du vielleicht für ein paar Tage zu uns nach Oxford kommen. Ein Kompromiß. Das Leben besteht aus lauter Kompromissen. Und ich kann es dir kein bißchen verdenken, wenn du gern nach Nancherrow möchtest. Es ist ein traumhafter Ort, und Colonel Carey-Lewis und seine Frau sind sicher die reizendsten, großzügigsten Gastgeber.»

«Ja.» Es war ausgesprochen. «Ja, ich möchte gern hin.»

«Dann mußt du es tun. Ich rede mit Mrs. Carey-Lewis und sage ihr unter Vorbehalt in deinem Namen zu.»

Judith zog die Stirn kraus. «Unter Vorbehalt?»

«Ich muß das erst mit deiner Mutter klären. Ihre Erlaubnis einholen. Aber ich kann ihr ein Kabel schicken, und dann sollten wir eigentlich in ein bis zwei Tagen ihre Antwort erhalten.»

«Sie sagt bestimmt ja.»

«Das denke ich auch.» Aber Judith runzelte wieder die Stirn. «Bedrückt dich noch etwas?»

«Nein, nur meine ganzen Sachen... Alles, was ich habe, ist im Haus von Tante Louise.»

«Das habe ich Mrs. Carey-Lewis gegenüber auch erwähnt, und sie hat versprochen, sie werden sich darum kümmern. Der Colonel schickt einen seiner Lastwagen vom Bauernhof hin und läßt deine Sachen aus Mrs. Forresters Haus nach Nancherrow bringen. Mrs. Carey-Lewis hat mir versichert, du hättest bereits dein eigenes Zimmer bei ihnen und sogar ein paar Dinge, die dir gehören, und sie schwört, daß es auch genügend Platz für alles andere gibt.»

«Sogar für meinen Schreibtisch und mein Fahrrad?»

«Ja, sogar für deinen Schreibtisch und dein Fahrrad.»

«Das ist ja so, als würde ich in Zukunft bei ihnen *wohnen*.»

«Wo immer du auch hinfährst, Judith, du brauchst eine feste Bleibe. Das bedeutet keineswegs, daß es dir nicht freistünde, auch andere Einladungen anzunehmen. Es bedeutet nur, daß du, bis du erwachsen bist, stets ein Zuhause hast, in das du zurückkehren kannst.»

«Ich begreife nicht, wie jemand so gut sein kann.»

«Die Menschen sind gut.»

«Aber ich möchte wirklich nach Oxford kommen. Irgendwann.»

«Das sollst du auch. Jetzt nur noch eins: Weil deine Tante so großherzig war und du eines Tages eine Frau mit einem gewissen Vermögen sein wirst, brauchst du, wenn du Großzügigkeit und Gastfreundschaft annimmst, nie das Gefühl zu haben, du nimmst damit Almosen an. Du bist vollkommen unabhängig. Finanziell abgesichert zu sein macht das Leben wirklich um vieles leichter, es ölt die Räder des Lebens ungemein. Aber vergiß nicht, über Geld zu reden, egal ob man zuviel oder zuwenig davon hat, ist äußerst vulgär, denn entweder man prahlt oder man jammert, und weder das eine noch das andere eignet sich als Gesprächsstoff. Verstehst du, was ich dir zu erklären versuche?»

«Ja, Miss Catto.»

«Kluges Mädchen. Am wichtigsten ist, und dafür solltest du dankbar sein, daß deine Tante dir nicht nur ihre irdischen Güter hinterlassen hat, sondern auch ein Privileg, das nur wenige genießen. Das Recht, du selbst zu sein. Ein eigenständiges Individuum.

Ein Mensch. Dein Leben nach eigenem Gutdünken zu gestalten und niemandem dafür Rechenschaft schuldig zu sein. Wahrscheinlich wirst du das erst zu schätzen wissen, wenn du etwas älter bist, aber ich verspreche dir, eines Tages wirst du begreifen, was ich dir damit sagen wollte. Jetzt muß ich aber meine Geschichtsaufsätze korrigieren, und du mußt auch deiner Wege gehen.» Sie blickte auf ihre Armbanduhr. «Viertel nach drei. Du hast deine letzte Stunde verpaßt, aber es dauert noch ein bißchen, bis der Sport anfängt, also hast du noch eine Weile frei. Du kannst in die Bibliothek hinaufgehen und lesen...»

Beim bloßen Gedanken an die Bibliothek bekam Judith Platzangst; der muffige, staubige Raum, in den das Tageslicht nur durch geschlossene Fenster einfiel, der Geruch nach alten Büchern, das tiefe Schweigen, denn es war verboten, sich dort zu unterhalten... Wenn sie sich jetzt in die Bibliothek setzen mußte, würde sie ersticken. Deshalb sagte sie mit dem Mut der Verzweiflung: «Miss Catto...»

«Was ist?»

«Anstatt in die Bibliothek zu gehen... würde ich sehr gern, lieber als alles andere, irgendwo hingehen, wo ich ganz allein bin. Ich meine, wirklich ganz allein. Ich möchte gern ans Meer gehen, aufs Wasser schauen und nachdenken, um mich an all das gewöhnen zu können, was geschehen ist. Nur für eine Stunde, bis zum Tee. Darf ich ans Meer gehen...?»

Trotz ihrer Beherrschung zuckte Miss Catto bei dieser haarsträubenden, unerhörten Bitte sichtbar zusammen.

«Ans Meer gehen? Allein? Da müßtest du ja durch die Stadt laufen.»

«Ich weiß, das ist nicht erlaubt, aber darf ich es trotzdem, ausnahmsweise? Bitte! Ich werde mit niemandem sprechen und auch keine Süßigkeiten essen oder so was. Ich möchte nur ein bißchen...» Beinahe wäre ihr «Ruhe» herausgerutscht, doch das schien ihr unhöflich, deshalb sagte sie statt dessen «Zeit für mich selbst». Dann flehte sie noch einmal: «Bitte!» Miss Catto sah ein, daß es ein Schrei aus tiefster Seele war.

Dennoch zögerte sie. Das hieße, gegen eine der strengsten Regeln an der Schule zu verstoßen. Man würde das Kind sehen, die Leute würden darüber reden...

«Bitte!»

Äußerst ungern gab Miss Catto nach. «Na schön. Aber nur ein einziges Mal und nie mehr wieder. Und nur weil du wirklich über vieles nachdenken mußt und ich verstehe, daß du Zeit brauchst, das alles zu verkraften. Erzähl ja keinem, nicht einmal Loveday Carey-Lewis, daß ich dir das erlaubt habe. Und du mußt rechtzeitig zum Tee zurück sein. Aber schleich bloß nicht in ein Café, um Eis zu kaufen!»

«Bestimmt nicht.»

Miss Catto seufzte tief. «Jetzt mach, daß du rauskommst, ich muß wohl verrückt sein.»

«Nein», sagte Judith, «Sie sind nicht verrückt» und huschte hinaus, bevor ihre Schulleiterin es sich noch anders überlegen konnte.

Sie ging durch das Schultor. Es war ein bleicher, windstiller Nachmittag mit verhangenem Himmel, an dem nur einige Wolken etwas heller leuchteten, weil sie von der dahinter verborgenen Sonne angestrahlt wurden. Vom Süden her wehte ein so schwaches Lüftchen, daß sich an den Bäumen nicht einmal die Zweige bewegten. Die meisten Bäume hatten schon Knospen angesetzt, doch manche sahen noch vollkommen kahl aus. Kaum ein Laut war zu hören, bloß ab und zu zerriß das Bellen eines Hundes oder ein anfahrendes Auto die Stille. Judith schlenderte durch die wie ausgestorben anmutende kleine Stadt. Später, wenn sich die Schulen leerten, würde sie vom munteren Geschnatter der Kinder widerhallen, die auf den Bürgersteigen herumtollten oder Steine über die Straße kickten, aber um diese Zeit waren nur noch wenige säumige Hausfrauen unterwegs. Sie standen an Bushaltestellen oder betrachteten nachdenklich das Schaufenster des Metzgers, während sie überlegten, was sie für das Abendessen einkaufen sollten. Vor der Bank saßen ein paar alte Männer, in einträchtigem Schweigen auf ihre Stöcke gestützt, und als die Uhr an der Fassade des Bankhauses die halbe

Stunde schlug, flatterte eine Schar Tauben auf und flog eine Weile aufgeregt umher, bis sie sich wieder irgendwo niederließen, herumstolzierten oder ihr Gefieder putzten.

Beim Anblick der Tauben mußte Judith an Nancherrow denken, und das Beste daran war, zu wissen, daß sie wieder hinfahren und über die ganzen Osterferien dort bleiben durfte, nicht etwa weil Loveday ihre Eltern darum gebeten hätte, sondern weil Diana und Colonel Carey-Lewis sie eingeladen hatten, weil sie sie gern hatten und wollten, daß sie zu ihnen kam. Sie würde wieder in dem rosa Zimmer wohnen, dessen Fenster auf den Hof und den Taubenschlag hinausging, in dem ihr chinesisches Schränkchen auf sie wartete und das Diana ihr für immer zugesagt hatte. Sie würde Athenas Kleider tragen und sich wieder in jenes andere Mädchen verwandeln.

Das Seltsame war nur, daß sie sich sogar jetzt wie jenes andere Mädchen fühlte, weil sich alles so verändert hatte. Da sie allein durch die stillen Straßen ging, in denen außer ihr weit und breit sonst kein Kind zu sehen war, kam ihr alles anders vor. Vertraute Gebäude zeigten sich in völlig neuem Licht, als sei sie noch nie hier gewesen und erkunde eine fremde Stadt zum erstenmal, als nehme sie Licht und Schatten, Häuser und Bäume, eine noch nie bemerkte kleine Gasse oder eine davonflitzende schwarze Katze mit einem dritten Auge wahr. In den Schaufensterscheiben sah sie ihr Spiegelbild: ein Mädchen, das hier entlangtrottete, in dem flaschengrünen Tweedmantel und dem gräßlichen Hut, die sie als Kind von St. Ursula auswiesen. Doch innerlich war sie bereits die elegante Erwachsene in Kaschmirpullovern, die eines Tages zum Vorschein kommen würde wie ein Schmetterling, der aus seinem Kokon schlüpft.

Sie bog in die Chapel Street ein und ging an den Antiquitätenläden vorbei, am Hotel Mitre und an dem Teppichgeschäft, vor dem Rollen aus Veloursteppichen und gemustertem Linoleum standen. Der Mann, der nebenan Trödel verkaufte, saß in einem Lehnstuhl neben dem Eingang, rauchte eine Pfeife und wartete auf Kundschaft, die sich an diesem Tag offensichtlich nicht einstellte. Als Judith näher kam, nahm er die Pfeife aus dem Mund, nickte ihr zu und sagte: «Hallo!» Hätte sie Miss Catto nicht versprochen, daß sie mit niemandem reden würde, wäre sie gern stehengeblieben, um sich mit ihm zu unterhalten.

Am Ende der Chapel Street führte eine mit Kopfsteinen gepflasterte Rampe zum Hafen hinunter. Die Fischerboote schaukelten sanft, als atmeten sie, und da gerade Flut herrschte, befanden sich ihre Masten auf einer Höhe mit der Straße. Es roch intensiv nach Fisch und Salz und Tang, und auf den Kais waren Männer damit beschäftigt, die Köder für den nächtlichen Fang an ihren Angelleinen zu befestigen.

Judith sah ihnen eine Weile zu. Sie dachte an Tante Louise und versuchte, aufrichtige Dankbarkeit und dennoch Trauer zu empfinden, war jedoch nicht imstande, überhaupt sehr viel zu empfinden. Dann dachte sie darüber nach, daß sie nun reich war. Nein, nicht reich. Mr. Baines hatte dieses vulgäre Wort gemieden. Sehr wohlhabend, hatte er gesagt. ‹Ich bin sehr wohlhabend. Wenn ich wollte, könnte ich wahrscheinlich sogar dieses Fischerboot kaufen.› Nur, sie wollte kein Boot, ebensowenig wie sie ein Pferd wollte. Aber was wollte sie eigentlich, mehr als alles andere? Wurzeln vielleicht. Ein Zuhause, eine Familie, einen Ort, an den sie immer konnte, an den sie gehörte. Wo sie nicht nur zu Besuch war wie bei den Carey-Lewis, bei Tante Biddy, bei Miss Catto oder gar bei der fröhlichen Familie Warren. Aber Wurzeln konnte man nicht kaufen, nicht um alles Geld der Welt, und *das* wußte sie, selbst wenn sie sonst nichts wußte. Also dachte sie sich andere verrückte, ausgefallene Wünsche aus. Ein Auto. Sobald sie alt genug war, konnte sie sich ein Auto kaufen. Oder ein Haus. Ein Haus war eine neue, verlockende Vorstellung. Nicht Windyridge, das sie ohnehin nie besonders gern gemocht hatte, sondern eins aus Granit oder Backsteinen mit einer Palme im Garten. Es würde einen Blick auf das Meer haben und eine Außentreppe mit Geranien auf den Stufen. Geranien in irdenen Töpfen. Und mit Katzen. Und mit einem oder zwei Hunden. Und drinnen würde es einen Ofen geben, so einen wie den, den Mr. Willis hatte, und darauf würde sie kochen.

Doch das war Zukunftsmusik. Und was wünschte sie sich *jetzt*? Nun, zunächst war sie erst einmal imstande, sich ein Grammophon anzuschaffen, aber es mußte doch noch andere Herzenswünsche geben, die sie sich erfüllen könnte. Letzten Endes beschloß sie, sich vielleicht die Haare schneiden zu lassen, einen Pagenkopf wie Ginger Rogers, und sich grüne Kniestrümpfe für die Schule zu kaufen statt der kratzigen braunen Baumwollstrümpfe. Irgendwann würde sie zu Medways gehen und sie selbst besorgen. Mit ihrem eigenen Geld.

Darauf verließ sie den Hafen und die Schiffe, spazierte am Meer entlang, am Freibad vorbei und auf die Promenade. Hier standen windgeschützte Bänke, auf denen die Leute sitzen und Brotkrusten an die gierigen Möwen verfüttern konnten, und auf der gegenüberliegenden Straßenseite glotzten Hotels, so weiß wie Hochzeitskuchen, mit blinden Fenstern auf die See. Judith lehnte sich an das verschnörkelte Eisengeländer und schaute auf den steinigen Strand und den silbrigen Ozean hinunter. Winzige Wellen rollten heran, brachen sich, wurden wieder hinausgesogen und schleppten unter lautem Gerassel Kieselsteine hinter sich her. Es war ein ziemlich öder Strand, nicht annähernd so atemberaubend wie der von Penmarron oder so schön wie die kleine Bucht von Nancherrow. Nur das Meer war beständig und unverändert wie der beste, zuverlässigste Freund. Es verlieh ihr die Kraft, sich mit einigen weitreichenden Folgen dieses verwirrenden Tages auseinanderzusetzen.

Das Recht, du selbst zu sein, ein eigenständiges Individuum, ein Mensch, hatte Miss Catto gesagt, die mit ihrem in Cambridge erworbenen Magisterdiplom Selbständigkeit und stolze Unabhängigkeit ausstrahlte. Vielleicht würde sie wie Miss Catto werden, glanzvoll an der Universität abschneiden, akademische Würden oder gar eine Auszeichnung erlangen und Schulleiterin werden. Aber eigentlich wollte sie nicht Lehrerin werden. Ebensowenig, wie sie eine Ehefrau werden wollte.

Falls du heiratest, wirst du finanziell nie auf deinen Mann angewiesen sein. Das hatte Mr. Baines gesagt, der über solche Dinge vermutlich bestens Bescheid wußte. Aber Heiraten, mit all seinen Komplikationen, war nichts, was Judith in diesem Moment in Betracht zog. Sie war sich nämlich ziemlich sicher, daß das Dinge einschloß, die sich in einem Doppelbett abspielten, und die Erinnerung an Billy Fawcetts tatschende Hände, von Miss Catto zwar energisch zurechtgerückt, war noch so lebhaft, daß Judith von jeglichem Gedanken an einen körperlichen Kontakt zu Männern Abstand nahm. Gewiß, wenn man heiratete, würde es ein ganz besonderer Mann sein, aber dennoch verhieß nichts von dem, was sich in ihrer völligen Ahnungslosigkeit dahinter verbarg, auch nur die geringste Wahrscheinlichkeit, daß es mit Vergnügen verbunden war.

Vielleicht würde sie nie heiraten, doch das war nicht ihr vordringliches Problem, also hatte es wenig Sinn, sich den Kopf darüber zu zerbrechen. Für eine Weile ging es lediglich darum, einen Schritt nach dem anderen zu tun. Osterferien auf Nancherrow und dann zurück nach St. Ursula. Für weitere vier Jahre Schule und danach, mit ein bißchen Glück, eine Reise nach Singapur. Noch einmal die Familie, Mami und Dad und Jess; der herrliche, gleißende Sonnenschein des Fernen Ostens; die Gerüche der Straßen und die Düfte der Nacht; der dunkle, samtene Himmel, wie ein mit Diamantsternen gefülltes Schmuckkästchen. Von Singapur vielleicht zurück nach England. Oxford oder Cambridge. Ihrer Phantasie gingen langsam die Bilder aus, und sie gähnte.

Sie war müde, des Erwachsenseins mit all den Entscheidungen und ausweglosen Situationen der Erwachsenen überdrüssig. Sie wollte zu Loveday, mit ihr kichern und flüstern und Pläne für die gemeinsamen Ferien auf Nancherrow aushecken. Außerdem war sie hungrig, so daß sie es wie eine Erleichterung empfand, als sie es hinter sich, aus der Stadt, vier Uhr schlagen hörte. Höchste Zeit, sich auf den Heimweg zu machen, wenn sie vom Nachmittagstee noch etwas abbekommen wollte. Brot mit Butter und Konfitüre, wenn sie Glück hatten, und klitschigen Kuchen. Der Tee mit Loveday erschien ihr plötzlich sehr verlockend. Sie kehrte dem Meer den Rücken, ging über die Straße und trat in flottem Tempo den weiten Rückweg zur Schule an.

DIANA CAREY-LEWIS haßte nichts so sehr wie Briefe schreiben. Selbst eine Postkarte zu kritzeln, um sich für eine Dinnerparty oder

ein Wochenende zu bedanken, war eine Pflicht, die sie für gewöhnlich so lange wie möglich hinausschob, und nahezu alles, was von
Tag zu Tag anfiel, erledigte sie mit dieser großartigen Erfindung,
dem Telefon. Aber Edgar bestand darauf, daß sie Judiths Mutter,
Molly Dunbar, schrieb.

«Warum muß ich ihr schreiben?»

«Weil du dein Beileid zum Tod von Mrs. Forrester aussprechen
mußt und weil ein Minimum an Rücksichtnahme und Höflichkeit
es gebietet, sie zu beruhigen und ihr zu versichern, daß wir uns um
ihre Tochter kümmern werden.»

«Ich bin überzeugt, daß sie meine Beruhigungen nicht braucht.
Miss Catto hat bestimmt in ihrer üblichen schätzenswerten Art
schon die richtigen Sprüche abgelassen.»

«Darum geht es nicht, Diana, mein Liebling. Du mußt *selbst*
schreiben. Mrs. Dunbar erwartet sicher irgendeine Art von Kontakt, und es ist an dir, den Stein ins Rollen zu bringen.»

«Warum kann ich sie denn nicht anrufen?»

«In Singapur? Ausgeschlossen.»

«Ich könnte ihr ein Telegramm schicken.» Sie dachte darüber
nach und begann zu kichern. «Wie wär's mit:

> Kopf hoch und kein Gezier,
> Ihr Kind ist hier,
> wir füttern's mit Bonbons
> und Ingwerbier...?»

Aber Edgar fand das nicht lustig. «Laß die albernen Witze, Diana!»

«Warum schreibst *du* ihr nicht? Du weißt doch, daß ich Briefe
schreiben hasse.»

«Weil *du* das tun mußt. Mach's heute vormittag, dann hast du's
hinter dir, und sei auf jeden Fall taktvoll, freundlich und mitfühlend.»

Also saß sie nun gemartert an ihrem Schreibtisch und bot ihre
ganze Energie auf, um der lästigen Pflicht nachzukommen. Widerstrebend griff sie nach einem Bogen ihres dicken, blau geprägten
Briefpapiers, nahm ihre Füllfeder mit der breiten Spitze zur Hand

und fing an. Als sie erst einmal damit begonnen hatte, bedeckte sie in dem wachsenden Gefühl, eine edle Tat zu vollbringen, Seite um Seite mit ihrem riesigen, fast unleserlichen Gekrakel. Schließlich hatte es ja keinen Sinn, halbe Sachen zu machen.

> *Nancherrow*
> *Rosemullion*
> *Cornwall, Freitag, den 10. April*

Liebe Mrs. Dunbar,
es tat mir furchtbar leid, als ich in der Zeitung vom Tod Ihrer Schwägerin, Mrs. Forrester, las. Ich kannte sie zwar nicht persönlich, doch ich kann mir sehr gut vorstellen, wie entsetzt und traurig Sie waren, als die Nachricht Sie erreichte. Mir fällt es schwer, darüber zu schreiben, da wir nie offiziell miteinander bekannt gemacht wurden, aber bitte seien Sie versichert, daß ich und mein Mann in Ihrem tragischen Verlust zutiefst mit Ihnen fühlen.

Immerhin sind wir uns schon einmal begegnet. Damals, als wir bei Medways in Penzance die Schuluniformen für unsere Töchter gekauft haben. Ich erinnere mich noch sehr gut daran und hoffe, Sie haben nicht das Gefühl, dieser Brief kommt von einer völlig Fremden.

Ich habe Judith eingeladen, die Osterferien bei uns zu verbringen. Wir hatten sie schon einmal für ein Wochenende hier, da war sie ein bezaubernder Gast und ein idealer Umgang für meine ungezogene Loveday. Unser Haus ist groß, mit vielen Gästezimmern, und Judith hat sich bereits mit meinem hübschen rosa Zimmer angefreundet, das sie nun behalten kann, solange sie es will. Edgar, mein Mann, sorgt dafür, daß alles, was ihr gehört, von Windyridge hierhergebracht wird. Einer unserer Männer fährt mit einem Lastwagen hin, und ich bin überzeugt, daß Mrs. Forresters Hausmädchen, die noch dort wohnen, ihm helfen werden, Judiths Kleider und alle übrigen Sachen einzupacken.

Ich verspreche Ihnen, daß sie hier liebevoll umsorgt wird. Aber nicht gegängelt. Ich weiß, sie hat Verwandte in Plymouth und Großeltern in Devon, die sie wahrscheinlich besuchen möchte.

Außerdem hat sie eine alte Schulfreundin in Porthkerris, und wie ich weiß, würde Miss Catto sie auch jederzeit gern zu ihren Eltern nach Oxford mitnehmen. Doch es ist gut für Judith, wenn sie eine gewisse Geborgenheit spürt, und Edgar und ich werden unser Bestes tun, ihr die zu geben.

Bitte glauben Sie nicht, daß sie uns Ungelegenheiten oder zusätzliche Arbeit macht. Wir haben genug Personal, und Mary Millyway, Lovedays ehemalige Kinderfrau, ist auch noch bei uns. Sie hat ein Auge auf die Mädchen und kümmert sich um ihr Wohl, und wenn ich in London bin, wohin ich oft fahre, ist meine liebe Mary Millyway viel verantwortungsvoller, als ich Schussel es jemals sein könnte.

Wenn ich in London bin, wohin ich oft fahre... Dianas Gedanken schweiften ab. Sie legte den Füller beiseite, lehnte sich in ihrem Sessel zurück und blickte aus dem Fenster auf den feuchten Aprilgarten, die Narzissen, das junge Grün der Bäume und das vom Dunst verschleierte Meer. Gerade jetzt, wo die Osterferien vor der Tür standen, war nicht die richtige Zeit zu entfliehen, aber sie war schon zu lange nicht mehr in London gewesen, und mit einemmal sehnte sie sich danach, hinzufahren.

London bedeutete Glanz, Abwechslung, alte Freunde, Geschäfte, Theater, Galerien, Musik... Im Berkeley oder Ritz dinieren, zum Rennen um den Goldenen Pokal nach Ascot fahren, heimlich mit dem Mann einer anderen Frau im White Tower zu Mittag essen oder im Mirabel, Bagatelle oder Four Hundred bis in den frühen Morgen tanzen.

Cornwall war natürlich ihr Zuhause, doch Nancherrow gehörte Edgar. Cornwall, das hieß Familie, Kinder, Bedienstete, Gäste, aber London gehörte nur ihr, ihr ganz allein. Diana war das einzige Kind ungemein wohlhabender, schon ziemlich betagter Eltern gewesen. Nach dem Tod ihres Vaters hatte ein entfernter Cousin sein Gut in Gloucestershire und das hohe Haus am Berkeley Square samt seinem Titel, Lord Awliscombe, geerbt. Doch als sie mit siebzehn Edgar Carey-Lewis heiratete, hatte Dianas beträchtliche Mitgift das ehemalige Kutscherhäuschen hinter dem Cadogan Square eingeschlossen. «Du wirst zwar in Cornwall leben», hatte ihr Vater gesagt, «aber Immobilien sind immer eine gute Geldanlage. Und manchmal ist es ganz gut, ein eigenes Schlupfloch zu haben.» Sie hatte sich nie Gedanken über die tiefere Bedeutung dieser Behauptung gemacht, aber auch nie aufgehört, ihm für seinen Weitblick und seinen Scharfsinn dankbar zu sein. Bisweilen fragte sie sich, ob sie sonst überlebt hätte, denn nur dort, innerhalb der Wände ihres eigenen kleinen Hauses, konnte sie wirklich das Gefühl haben, sich selbst zu gehören.

Ihr fielen ein paar Zeilen eines Schlagers ein, eines wehmütigen Liedes von Noel Coward, zu dem sie mit Tommy Mortimer an ihrem letzten gemeinsamen Abend im Quaglino getanzt hatte.

> I believe
> The more you love a man
> The more you give your heart
> The more you have to lose...

Sie seufzte. Wenn die Osterferien vorbei sind, so gelobte sie sich, ziehe ich los. Ich nehme Pekoe mit und fahre mit meinem Bentley nach London. Etwas, worauf sie sich freuen konnte. Das Leben ist schal ohne etwas, worauf man sich freut. Von dieser Aussicht beflügelt, griff sie erneut nach ihrem Füller und schickte sich an, den Brief an Molly Dunbar zu Ende zu schreiben.

> *Bitte machen Sie sich keinerlei Sorgen. Judith wird sich hier bestimmt sehr wohl fühlen. Während der Ferien ist das Haus stets voller Freunde, und falls sie krank werden oder Pickel bekommen sollte, lasse ich Sie das sofort wissen.*
> *Ich hoffe, es gefällt Ihnen in Singapur und in Ihrem neuen Haus. Es muß schön sein, wenn es die ganze Zeit warm ist.*
> *Mit besten Wünschen*
> *Ihre Diana Carey-Lewis*

Fertig. Sie setzte ihre Unterschrift darunter, überflog die Seiten noch einmal, faltete sie zu einem dicken Packen zusammen und stopfte ihn in einen Umschlag. Dann leckte sie über die Lasche und drückte sie mit der Faust an. Schließlich schrieb sie noch die Adresse darauf, die Miss Catto ihr durch das Telefon diktiert hatte.

Alles erledigt. Pflicht erfüllt. Edgar sollte seine Freude an ihr haben. Sie stand vom Schreibtisch auf, und Pekoe, der zu ihren Füßen gelegen hatte, rappelte sich hoch. Gemeinsam gingen sie hinaus, durch den langen Flur. Auf dem runden Tisch in der Mitte der Halle stand eine große silberne Schale, in der sie die ausgehende Post sammelten. Sie warf den Brief hinein. Früher oder später würde irgend jemand, wahrscheinlich Nettlebed oder Edgar, ihn finden, Marken draufkleben und ihn zur Post bringen.

> I believe
> The more you love a man
> The more you give your heart
> The more you have to lose.

Alles erledigt. Und in einem Monat würde sie sich auf den Weg nach London machen. Plötzlich vergnügt, bückte sie sich, hob Pekoe hoch und drückte ihm einen Kuß auf das weiche Fell seines Köpfchens. «Und du kommst mit», versprach sie ihm und trat mit ihm durch die Haustür, in den kühlen, feuchten Aprilmorgen hinaus.

St. Ursula
Samstag, 11. April 1936

Liebe Mami, lieber Dad,
danke für das Kabel an Miss Catto und dafür, daß ich Ostern zu den Carey-Lewis darf. Wie ich Euch schon geschrieben habe, war Miss Catto sehr freundlich und hat gesagt, ich könnte über Ostern zu ihren Eltern nach Oxford, aber sie hat die Einladung aufgeschoben und meint, ich kann ein andermal hinfahren, also ist sie nicht gekränkt. Eigentlich hat sie mir die Entscheidung abgenommen.

Heute ist der erste Ferientag, und es ist jetzt halb elf, aber ich bin noch hier, und irgend jemand aus Nancherrow holt mich um elf ab. Mein Gepäck steht schon vor der Haustür, aber es regnet nicht, deshalb macht es nichts aus. Es ist komisch, in der Schule zu sein, wenn nur ein paar Leute vom Personal hier sind, ein ganz anderes Gefühl, und ich schreibe diesen Brief im Gemeinschaftsraum für die Unterstufe, ohne daß sonst eine Menschenseele in der Nähe wäre. Allein hier zu sein macht alles viel netter, als wäre ich schon richtig erwachsen und nicht bloß ein Schulmädchen. Das Komische daran ist, daß auch alles ganz anders riecht, nicht nach vielen Menschen und Kreidestaub, sondern nach der stinkenden Pfeife des Mannes, der manchmal herkommt, um Türgriffe festzuschrauben und Fenster zu reparieren, und dabei dauernd diese gräßliche alte Pfeife raucht.

Warum ich gestern nicht mit Loveday mitgefahren bin, liegt daran, daß Mr. Baines mit mir nach Truro wollte, um ein Grammophon zu kaufen. Er sagt, er hat Euch mitgeteilt, daß Tante Louise so gütig war, mich in ihrem Testament als Erbin einzusetzen. Ich kann es noch immer nicht glauben, und es dauert sicher eine Weile, bis ich mich daran gewöhne. Ich bin ein bißchen traurig wegen Jess, aber ich nehme an, sie ist im Moment noch zu klein, um sich über so etwas zu ärgern. Jedenfalls kam Mr. Baines gestern nachmittag, und wir sind nach Truro gefahren. Ich bin vorher noch nie dort gewesen, es ist schön und sehr alt, mit einer Kathedrale und vielen kleinen, schmalen Straßen. Auf dem Fluß, der sich durch die Stadt schlängelt, bevor er ins Meer mündet, hatten Boote festgemacht. Es gibt viele Bäume, sie gehen bis zum Wasser hinunter, und auch einen Bischofspalast. Als wir mit dem Einkaufen fertig waren (Grammophon und drei Schallplatten), sind wir zum Tee in The Red Lion gegangen, und Mr. Baines hat mir gesagt, daß ich ein Taschengeld kriegen soll und daß er für mich ein Postsparkonto angelegt hat, auf das er jeden Monat fünf Pfund einzahlt.

Das kommt mir furchtbar viel vor, und ich glaube kaum, daß ich das verbrauche, ich werde es sparen, und dann kriege ich Zinsen. Er hat mir das alles erklärt. Er ist so nett, und ich fühle mich

ihm gegenüber gar nicht schüchtern. Danach sind wir nach Pen-
zance zurückgefahren, und er hat mich zu sich nach Hause mitge-
nommen, und ich habe seine Familie kennengelernt. Ein Haufen
kleiner Kinder hat furchtbaren Krach gemacht, und das Baby hat
dauernd sein Butterbrot ausgespuckt und seine Milch verschüt-
tet. Noch schrecklicher als Jess in ihren schlimmsten Zeiten. Er
meint, Windyridge soll verkauft werden. Er hat eine andere Stelle
für Hilda und Edna gefunden, und...

«Judith!» Die Aufseherin, herrisch und hektisch wie immer. «Um
Himmels willen! Ich habe dich überall gesucht. Was treibst du
denn? Der Wagen aus Nancherrow ist da, und sie warten auf dich.
Beeil dich!»

Derart harsch unterbrochen, sprang Judith auf und versuchte,
gleichzeitig ihre Briefbogen einzusammeln und den Füller zuzu-
schrauben. «Entschuldigung, Madam. Ich war gerade dabei, meiner Mutter zu schreiben...»

«...so 'n Mädchen hab ich ja noch nie erlebt. Jetzt ist keine Zeit
mehr dafür, also pack das weg und komm. Hast du deinen Mantel
und deinen Hut? Und deinen ganzen anderen Kram...?»

Ihre Ungeduld war ansteckend. Hastig stopfte Judith den ange-
fangenen Brief in ihren Aktenkoffer, schob den Füller hinein und
war noch mit den Schlössern beschäftigt, als die Aufseherin ihn bereits an sich riß, fast noch ehe er richtig zu war. Bis Judith den
Mantel angezogen und sich in aller Eile den Hut aufgesetzt hatte,
war die Frau schon hinausgestürmt, daß ihre gestärkte Schürze nur
so raschelte, und lief den endlosen, gewienerten Flur entlang. Judith
mußte spurten, um sie einzuholen. Die Treppe hinunter, durch den
Speisesaal, die Halle und die offenstehende Eingangstür.

Ein flüchtiger Blick und sie merkte, daß es ein schöner Morgen
war, mit einem strahlend blauen Himmel, über den ein paar Wolken segelten. Die Luft roch noch angenehm nach dem Regen, der
nachts gefallen war. Judiths Gepäck war bereits in dem Auto verstaut, das allein auf weiter Flur mitten auf dem Kies stand. Es war
weder der Daimler noch der Bentley, sondern ein alter, riesengroßer
Jagdwagen, mit Holz verkleidet und so hochbeinig wie ein Bus. Ne-

305

ben ihm, in trautem Gespräch an die Motorhaube gelehnt, standen zwei Männer. Der eine war Palmer, einer der Gärtner von Nancherrow, in seiner abgetragenen Arbeitskluft und aus gegebenem Anlaß mit einer ramponierten Chauffeursmütze auf dem Kopf. Den anderen, jung und blond, in einem weißen Pullover mit Polokragen und ausgebeulten Kordhosen, kannte sie nicht. Ein Fremder. Doch als er Judith und die Aufseherin durch die Tür kommen sah, stieß er sich von dem Wagen ab und ging ihnen auf dem Kies entgegen. Da merkte Judith, daß er ihr keineswegs fremd war, sondern daß sie ihn von den vielen Fotos kannte, die auf Nancherrow herumstanden. Es war Edward. Lovedays Bruder. Edward Carey-Lewis.

«Hallo», sagte er und streckte die Hand aus. «Du mußt Judith sein. Freut mich. Ich bin Edward.»

Er hatte die blauen Augen seiner Mutter. Schon so groß wie ein Erwachsener und breitschultrig, hatte er sich dennoch ein jungenhaftes Gesicht mit sehr glattem, frischem, sonnengebräuntem Teint bewahrt, und bei seinem freundlichen Grinsen blitzten gleichmäßige, auffallend weiße Zähne auf. Trotz der zwanglosen Kleidung und der ausgetretenen, alten Lederschuhe strahlte er angenehme Sauberkeit aus, wie ein Hemd, das gebleicht und in der Sonne getrocknet wurde. Er sah so unerwartet und so hinreißend erwachsen aus, daß Judith wünschte, sie hätte ihren abscheulichen Hut nicht so hastig aufsetzen müssen und die Zeit gehabt, sich noch zu kämmen.

Dennoch ergriff sie höflich seine Hand. «Guten Tag.»

«Wir haben schon gedacht, du hättest vergessen herauszukommen. Ich weiß, wir sind früh dran, aber wir haben ein paar Dinge in Penzance zu erledigen gehabt. Alles ist schon im Auto. Bist du fertig?»

«Ja, natürlich. Auf Wiedersehen, Madam.»

«Auf Wiedersehen, Liebes.» Hinter ihrer Brille leuchteten die Augen der Aufseherin vor Erregung, weil ein Hauch des Lebens der feinen Gesellschaft sie gestreift hatte; der Jagdwagen, der Chauffeur, der gutaussehende, selbstsichere junge Mann... «Schöne Ferien!»

«Ja, danke! Ihnen auch...»

306

«Danke, daß Sie sie gesucht haben, Madam!» Gewandt über-
nahm Edward das Kommando, befreite die Aufseherin von dem
Aktenkoffer, den sie noch immer in der Hand hielt, und drängte
Judith mit einem Klaps auf den Rücken vorwärts. «Und», rief er
über seine Schulter zurück, «sagen Sie Miss Catto, daß wir gut auf
Judith aufpassen werden.»

Die Aufseherin ging nicht sofort hinein, sondern blieb mit we-
hender Schürze und Haube stehen und schaute ihnen zu, wie sie in
den Jagdwagen kletterten, die Türen zuschlugen und davonfuhren.
Als sie zwischen den Rhododendronbüschen die Auffahrt hinunter-
ratterten, blickte Judith zurück und sah sie immer noch da stehen
und warten, bis das unförmige Gefährt endgültig außer Sicht war.

Sie machte es sich auf ihrem Sitz bequem und nahm den Hut ab.
«So freundlich hab ich die Aufseherin noch nie erlebt.»

«Arme, alte Kuh», sagte Edward. «Wahrscheinlich war das für
sie die größte Sensation des Tages.» Eine blonde Locke fiel ihm in
die Stirn, und er hob eine Hand, um sie nach hinten zu streichen.
«Tut mir leid, daß bloß wir dich abholen, aber Paps muß zu irgendeiner Sitzung und Ma bringt Loveday zu einer Veranstaltung des
Pony-Clubs. Hat uns viel Zeit gekostet, das verdammte Pony in den
Hänger zu kriegen. Zum Glück fährt Walter Mudge mit, so daß Ma
sich hoffentlich nicht zu sehr strapazieren muß, wenn sie dort
sind.»

«Wo müssen sie hin?»

«Weiß ich nicht so genau. Auf irgendeinen berühmten Rennplatz
drüben auf der anderen Seite von Falmouth. Magst du Pferde?»

«Nicht besonders.»

«Gott sei Dank. Einer in der Familie reicht. Ich hab mir noch nie
was aus ihnen gemacht. Das eine Ende beißt, das andere tritt, und in
der Mitte sind sie verdammt unbequem. Jedenfalls sind deshalb Palmer und ich hier. Palmer kennst du doch, oder?»

Judith blickte auf Palmers roten Nacken. «Ich habe ihn auf Nancherrow gesehen, aber ich glaube, wir sind einander nicht vorgestellt worden.»

«Schon gut», sagte Palmer. «Ich weiß über dich Bescheid. Du
kommst doch für eine Weile, nicht?»

«Ja, über die Osterferien.»

«Wird sicher nett. Je voller, desto toller, sag ich immer.»

«In einem Monat», erklärte Edward, «hätte ich allein kommen und dich abholen können, dann darf ich endlich selbst ans Steuer. Offiziell, meine ich. Ich fahre ja schon auf Nancherrow rum, aber ich darf noch nicht auf die Hauptstraße raus, bevor ich siebzehn bin. Verdammter Mist, aber nichts dagegen zu machen, noch dazu wo ich einen gesetzestreuen Vater habe, der Richter ist. Also mußte ich Palmer aus seinem Rübenfeld holen und ihn dazu bewegen, daß er einspringt.»

«Diesen Jagdwagen habe ich noch nie gesehen.»

«Kann ich mir denken. Der wird nur in Notfällen oder bei besonderen Anlässen rausgeholt. Er ist an die dreißig Jahre alt, aber Paps will sich nicht von ihm trennen, weil er sagt, er leistet ihm an verregneten Jagdtagen auch gute Dienste als Unterstand für den Lunch. Außerdem eignet er sich bestens dazu, Leute von Bahnhöfen abzuholen oder Vorräte ranzukarren, wenn das Haus voll ist. Übrigens, hast du was dagegen, wenn wir nicht schnurstracks nach Hause fahren? Ich muß zu Medways und mir einen Anzug anmessen lassen. Da schien es mir eine gute Idee, zwei Fliegen mit einer Klappe zu schlagen. Macht's dir was aus, wenn du ein bißchen warten mußt?»

«Nein.» Sie freute sich sogar darüber, denn ein bißchen warten hieß, noch länger mit diesem hinreißenden jungen Mann zusammenzusein.

«Wird nicht lange dauern. Du kannst ja inzwischen einen Einkaufsbummel machen. Außerdem hat mir Paps einen Fünfer gegeben und gesagt, ich soll dir einen Lunch spendieren. Er hat zwar was vom Mitre gemurmelt, aber das ist so ein muffiger, alter Schuppen, und ich bin das Roastbeef mit brauner Soße langsam leid, deshalb hab ich mir gedacht, wir finden vielleicht was anderes.» Er beugte sich vor. «Palmer, wie heißt das Pub in der Lower Lane?»

«Du kannst doch mit der jungen Dame nicht in ein Pub gehen, Edward. Dafür ist sie noch nicht alt genug.»

«Wir können ja so tun, als wäre sie schon älter.»

«Nix da, in der Schuluniform nicht.»

308

Edward blickte Judith an, und sie hoffte, nicht rot zu werden. Dann sagte er nur: «Nein, wahrscheinlich nicht.» Es war ein bißchen entmutigend, als sei sie einer genauen Prüfung unterzogen worden und habe ihr nicht standgehalten.

Deshalb schlug sie ihm vor: «Du kannst ja in ein Pub gehen, wenn du möchtest. Ich besorge mir ein Sandwich und esse es im Auto.»

Er lachte. «Was bist du doch für ein pflegeleichtes Mädchen! Natürlich bleibst du nicht im Auto sitzen. Wir werden schon was Schickes finden, wenn's bloß nicht das Mitre ist.»

Darauf erwiderte Judith nichts. In ihrer Vorstellung war das Hotel Mitre ein sehr teures Lokal, und sie hatte es immer für etwas ganz Besonderes gehalten, dort zum Lunch eingeladen zu werden. Aber nun entstand der Eindruck, als sei es nicht nur langweilig, sondern auch muffig, und Edward hatte offenbar andere, zweifellos lebhaftere Vorstellungen. Wo auch immer sie hingingen, sie hoffte nur, sie würde sich nicht danebenbenehmen, das richtige Getränk bestellen, die Serviette nicht fallen lassen und nicht während des Essens zur Toilette müssen. Von Edward Carey-Lewis zum Lunch ausgeführt zu werden war etwas ganz anderes, als wenn Mr. Baines das tat, aber trotz ihrer heimlichen Ängste konnte sie nicht leugnen, daß sie sich auch darauf freute.

Inzwischen waren sie in der Stadt angekommen und brausten durch Alverton in Richtung Greenmarket.

«Wenn Sie uns bei der Bank absetzen, Palmer, reicht das schon. Und vielleicht könnten Sie uns in zwei Stunden dort wieder einsammeln.»

«Das paßt mir gut. Ich hab ein paar Besorgungen für den Colonel zu machen.»

«Und Sie kümmern sich selbst darum, daß Sie was zu essen kriegen?»

Palmer war belustigt. «Zerbrich dir meinetwegen nicht den Kopf!»

«Nein. Eins steht ja wohl fest, Sie sind nicht mehr zu jung für das Pub.»

«Ich trinke nie was, wenn ich arbeite.»

«Na schön, ich glaub's, aber tausend andre sicher nicht. Prima, Palmer. Lassen Sie uns hier raus.» Er beugte sich über Judith und öffnete die Tür. Einen Moment lang überlegte sie, ob sie ihren Hut wieder aufsetzen sollte oder nicht. Zur Schuluniform auch den Hut zu tragen war eine unumstößliche Regel, und sie hätte nie gewagt, während des Trimesters mit bloßem Kopf herumzulaufen. Doch jetzt waren Ferien, sie fühlte sich wagemutig und pfiff auf die Vorschrift. Außerdem, wer sollte sie schon sehen, und wer würde sich, falls es doch rauskam, überhaupt darum kümmern? Also blieb der verhaßte Hut liegen, wo er lag, im Fußraum des Autos. Sie stieg aus. Edward folgte ihr und schlug die Tür zu. Das imposante Vehikel fuhr davon. Sie sahen ihm nach, dann wandten sie sich um und gingen gemeinsam den überfüllten Gehsteig entlang in Richtung Medways.

Es war seltsam, wieder hierherzukommen, in das düstere Geschäft mit den auf Hochglanz polierten Ladentischen und den Verkäufern in steifen Kragen. Aber ganz anders als beim letzten Mal, denn da war sie mit ihrer Mutter durch diese Tür getreten, und beide hatten sich behutsam auf ihrem Weg in ein neues Leben vorgetastet, sich auf ihre Trennung vorbereitet, und sie hatte St. Ursula noch vor sich. An jenem Tag hatte sie auch Diana und Loveday Carey-Lewis zum erstenmal gesehen, ohne überhaupt zu wissen, wie sie hießen, hatte sie verstohlen beobachtet und war von ihrem kameradschaftlichen Umgang miteinander sowie von Dianas Schönheit und Charme begeistert gewesen. Damals hatte sie nicht die leiseste Ahnung gehabt, wie nahe ihr diese beiden faszinierenden, schmetterlingsgleichen Geschöpfe einmal stehen würden.

Dennoch war das inzwischen so. Und nun, nur wenige Monate später, spazierte sie wie selbstverständlich mit Lovedays umwerfendem älterem Bruder hier herein, bereits als eine aus dem Clan der Carey-Lewis akzeptiert. Aber das war nicht allein ihr Verdienst, und das wußte sie. Außergewöhnliche Umstände hatten ihr Leben verändert. Noch vor kurzem hatte sie von der Zukunft nicht mehr erwartet, als daß sie von Mami und Jess Abschied nehmen und sich auf vier Jahre Internat und Tante Louise einstellen mußte. Doch Tante Louise war gestorben, und ihr Tod hatte Judith die Türen von Nancherrow geöffnet und ihr unvermutete, anscheinend immerwährende Chancen und Möglichkeiten in Aussicht gestellt.

«Guten Morgen, Edward.»

Ihre ziemlich bedrückenden Gedanken wurden rechtzeitig durch das Erscheinen des Schneiders unterbrochen, der aus irgendeinem trüben Hinterzimmer auftauchte. Schon vorgewarnt, war er bereit, sich sofort an die Arbeit zu machen. Er hatte ein Maßband um den Hals hängen, und sein kahler Schädel glänzte wie poliert.

«Morgen, Mr. Tuckett.» Sie reichten einander die Hand, eine, wie es aussah, traditionelle Förmlichkeit.

Mr. Tucketts Blick wanderte zu Judith. Er runzelte die Stirn. «Das ist doch nicht Loveday, oder?»

«Großer Gott, nein. Ihre Freundin, Judith Dunbar. Sie ist gerade für eine Weile auf Nancherrow.»

«Ach so, deshalb. Dachte mir schon, daß das nicht Loveday sein kann. Also, der Colonel hat mich heute früh angerufen und Sie bereits angekündigt. Er hat von einem Tweedanzug für die Jagd gesprochen.»

«Ja, ich bin aus allem rausgewachsen.»

Mr. Tuckett beäugte Edward und gestattete sich den Anflug eines Grinsens. «Ich sehe schon, was Sie meinen. Die müssen Sie sehr gut gefüttert haben, dort, wo Sie sind. Nun, möchten Sie gleich den Stoff aussuchen, oder sollen wir erst Maß nehmen?»

«Nehmen wir erst Maß. Bringen wir das hinter uns.»

«Wie Sie wünschen. Wenn Sie bitte hier entlang ...»

«Kommst du inzwischen klar, Judith?»

«Ja, ich warte.»

«Nimm dir einen Stuhl!»

Doch als die beiden hinter einem diskreten schwarzen Vorhang in Mr. Tucketts Allerheiligstem verschwunden waren, ging sie in die Abteilung für Schulkleidung hinauf und kaufte sich drei Paar grüne Kniestrümpfe, damit sie nie mehr, es sei denn auf ausdrückliche Anweisung, die braunen Baumwollstrümpfe tragen mußte. Aus irgendeinem Grund stimmte sie diese kleine Geste trotziger

Selbständigkeit viel zuversichtlicher, und sie lief ganz vergnügt wieder nach unten, fand einen Stuhl und setzte sich, um auf Edward zu warten.

Sie mußte ziemlich lange warten. Aber schließlich tauchten Edward und Mr. Tuckett wieder auf, und Edward zog sich, als er schon durch den Vorhang kam, noch den Pullover über den Kopf.

«Tut mir leid, daß es so lange gedauert hat», entschuldigte er sich.

«Schon gut.»

«Von Kopf bis Fuß vollkommen neue Maße», erklärte Mr. Tuckett. «Sind schon die Maße eines erwachsenen Mannes. Dieser Jagdanzug müßte Edward eine ganze Weile passen.»

Dann ging es an die Auswahl des Stoffes, was beinahe noch länger dauerte. Edward war überraschend pingelig. Dicke Musterbücher wurden hervorgeholt, auf dem Ladentisch gestapelt und gewälzt. Es fanden ausgiebige Diskussionen über die jeweiligen Vorzüge von Harris-Tweed oder Yorkshire-Tweed statt. Sollte es nun Hahnentritt oder Fischgrat oder ein einfarbig grüner Tweed werden? Die Muster wurden gewendet, geprüft und wieder gewendet. Letzten Endes entschied Edward sich für einen sehr dicht gewebten Schottenstoff in schlammigem Grün mit einem zartrotbeige Überkaro. Auch Judith betrachtete den Stoff eingehend und fand ihn gut. «Der ist sehr unauffällig», sagte sie. «In dem bist du im Unterholz überhaupt nicht zu sehen, und trotzdem kannst du damit auch zum Essen ausgehen oder sogar in die Kirche.»

Mr. Tuckett strahlte. «Genau, Miss.» Er klappte eine Ecke des ausgewählten Tweeds um und steckte sie fest. «Ich bestelle ihn sofort und fange, sowie er da ist, mit der Arbeit an. Dann sollten wir Ihren Jagdanzug fertig haben, noch bevor die Ferien zu Ende sind. Brauchen Sie sonst noch etwas? Hemden? Krawatten? Socken?» Und mit diskret gesenkter Stimme fügte er hinzu: «Unterwäsche?»

Aber Edward reichte es. Er wollte weg. Mr. Tuckett brachte sie gespreizt und würdevoll, als wäre er Nettlebed höchstpersönlich, an die Tür und wünschte ihnen einen schönen Nachmittag.

Wieder auf dem Gehsteig und außer Hörweite von Mr. Tuckett, stieß Edward einen tiefen Seufzer der Erleichterung aus. «Puh.

Überstanden. Und jetzt schauen wir, wo wir was zu trinken und zu essen kriegen.»

«Ich dachte, es hätte dir Spaß gemacht.»

«Na ja, bis zu einem gewissen Grad schon, aber das dauert alles so lange.»

«Der Stoff gefällt mir.»

«Besser als Hahnentritt ist er allemal. Damit sehe ich wenigstens nicht wie ein zweitklassiger Buchmacher aus. Komm...» Er schob eine Hand unter ihren Ellbogen und scheuchte sie über die Straße, wobei sie nur um ein Haar zwei Autos und einem Fahrrad entkamen.

«Wo gehen wir hin?» fragte Judith und mußte sich sputen, um mit Edward Schritt zu halten.

«Weiß ich nicht. Wir werden schon was finden.»

Was er fand, war ein Pub, aber mit einem Garten, deshalb brauchte Judith nicht hineinzugehen. Der Garten war sehr klein, von einer niedrigen Steinmauer eingefaßt, über die man einen schönen Blick auf den Hafen und das Meer hatte. Es standen ein paar Tische und Stühle da, ziemlich windgeschützt, also würde es nicht zu kalt werden. Edward führte Judith an einen Tisch und fragte, was sie trinken möchte. Judith sagte, sie wolle eine Orange Corona, die immer noch ihre Lieblingslimonade war, und er lachte, ging hinein, zog unter dem niedrigen Türsturz den Kopf ein und kam gleich darauf wieder heraus, mit ihrer Limonade, einem Krug Bier für sich und der Speisekarte, einem handgeschriebenen, eselsohrigen Stück Pappe.

«Ich fürchte, die Küche ist nicht ganz so erlesen wie im Mitre, aber wenigstens müssen wir nicht diese Totenstille ertragen, die nur von gelegentlichen Rülpsern oder Schlimmerem und den mausähnlichen Besteckgeräuschen auf Porzellan unterbrochen wird.» Beim Studium der Speisekarte hob er erst die Brauen, dann zog er die Mundwinkel zu einer übertriebenen Grimasse herunter. «Würstchen im Schlafrock, Würstchen mit Kartoffelbrei, hausgemachte Cornwaller Pasteten. Versuchen wir's mal mit den Pasteten.»

«Einverstanden.»

«Magst du Pasteten?»

«Sehr gern.»

«Und danach kannst du Kompott mit Vanillecreme und Sahne, rote Grütze oder Eis haben. Auch hausgemacht.»

«Möglicherweise habe ich keinen Platz mehr, wenn ich mit der Pastete fertig bin.»

«Wahrscheinlich nicht.» Er blickte auf, als eine Frau mit Schürze aus dem Pub herauskam, um ihre Bestellung entgegenzunehmen. Edward gab sie stolz wie ein Lord auf, womit er über seine sechzehn Jahre hinwegtäuschte. Judith staunte, wie unglaublich gewandt er war.

«Wir nehmen die Pasteten.»

«Gut so.» Er grinste die Frau an, und sie fügte hinzu: «Mein Herr.»

Es war ein angenehmer Platz. Edward hatte recht gehabt. Viel angenehmer als das Mitre. Judith fror nicht, weil sie einen Mantel anhatte, und es machte ihr Spaß, im Freien zu sitzen, den Himmel, die vorüberziehenden Wolken und die Möwen zu sehen, die mit ihrem endlosen Gekreische im Gleitflug die Masten und Decks der Fischerboote umkreisten. Es war Flut, deshalb erweckte der St. Michaels Mount auf der anderen Seite der Bucht den Eindruck, als treibe er auf dem Meer, und die Zinnen der Burg zeichneten sich in der klaren Luft so scharf wie ein Scherenschnitt ab.

Judith lehnte sich auf ihrem Stuhl zurück und nippte an ihrem Getränk. «Wann haben deine Ferien angefangen?» fragte sie.

«Vor ein paar Tagen. Athena ist wieder in der Schweiz. Gott weiß, ob oder wann sie nach Hause kommt.»

«Ich hatte keine Ahnung, daß du schon da bist.»

«Woher hättest du das auch wissen sollen?»

«Na ja, Loveday hätte es mir ja erzählen können.»

«Denkste! Die hat doch nur ihre verdammte Tinkerbell im Kopf.» Über den Holztisch hinweg lächelte er sie plötzlich an. «Reizt es dich, für einen ganzen Monat nach Nancherrow zu kommen, oder wird dir dabei angst und bange?»

Sie war so geistesgegenwärtig, zu merken, daß er sie neckte.

«Nein, nicht angst und bange.»

Sein Lächeln schwand wieder, und plötzlich sagte er ernst: «Ma hat mir erzählt, wie deine Tante ums Leben gekommen ist. Grauenhaft. Tut mir leid. Das muß ein verdammter Schock gewesen sein.»

«Ja, das war's. Aber leider ist sie nie sehr vorsichtig gefahren.»

«Ich war in ihrem Haus», erzählte er.

«*Du?*»

«Ja. Palmer und ich sind abkommandiert worden, mit dem Laster vom Bauernhof rüberzufahren und dein ganzes Zeug zu holen. Mein erster Tag in Freiheit, und ich habe geschuftet wie ein Pferd.»

«Das war nett von dir.»

«Mir blieb keine andere Wahl.»

«Wie... wie hat es in Windyridge ausgesehen?»

«Ein bißchen trostlos.»

«Waren Edna und Hilda da?»

«Die zwei alten Mädchen? Ja, die waren noch dort und haben uns geholfen, deine Sachen rauszuschaffen. Alles fix und fertig verpackt. Sehr ordentlich.»

«Es war schon immer ein ziemlich trostloses Haus...» Sie fragte sich, ob er Billy Fawcett entdeckt hatte, der wahrscheinlich herumgeschlichen war und beobachtet hatte, was da vor sich ging, beschloß aber, sich nicht nach ihm zu erkundigen. «... und voll seltsamer Andenken an Tante Louises Leben in Indien. Felle und Elefantenfüße und Messingtabletts.»

«So weit bin ich in das Haus nicht vorgedrungen, also kann ich mich nicht über ihren Geschmack auslassen.»

«Und wo sind meine Sachen jetzt?»

«Ich glaube, Mary Millyway hat sich ihrer angenommen. Wahrscheinlich hat sie deine Kleider ausgepackt und schon alles eingeräumt. Ma hat mir kategorisch erklärt, daß das rosa Zimmer jetzt deins ist.»

«Sie ist so lieb zu mir.»

«Das fällt ihr nicht schwer. Sie hat gern haufenweise Leute um sich.» Er sah hoch. «Oh, hurra, da kommen unsere Pasteten. Allmählich bin ich schon ganz schwach vor Hunger.»

«Hier, meine Herrschaften!» Die Teller wurden auf den Tisch geknallt. «Wenn Sie die verdrückt haben, kann gar nichts mehr schiefgehen.»

Die Pasteten waren in der Tat riesig, dampften noch und dufteten köstlich. Judith griff nach einem Messer und schnitt ihre entzwei. Aus der Teighülle quollen Fleischstückchen und Kartoffelschnitze heraus. Als sie die Zwiebeln roch, lief ihr das Wasser im Mund zusammen. Vom Meer wehte eine Brise herein und blies ihr die Haare ins Gesicht. Sie strich sie nach hinten und lächelte ihren Begleiter an.

«Bin ich froh», sagte sie höchst zufrieden, «daß wir nicht ins Mitre gegangen sind.»

ALS SIE auf dem Rückweg nach Nancherrow gerade den Hügel nach Rosemullion hinunterbrausten, kam Edward noch ein glänzender Einfall. «Besuchen wir Tante Lavinia. Ich hab sie noch gar nicht gesehen, und vielleicht können wir Isobel überreden, uns eine Tasse Tee zu geben.»

«Ich bin von der Pastete noch so voll.»

«Ich auch, aber das macht nichts.» Er beugte sich vor und tippte Palmer auf die Schulter. «Palmer, Sie müssen doch nicht gleich wieder an die Arbeit, oder?»

«Ich hab ja die Sachen im Wagen, die ich für den Colonel besorgt hab. Er wartet drauf. Deshalb hab ich versprochen, ich komm sofort zurück.»

«Wenn das so ist, dann fahren Sie uns halt bloß rauf, und wir laufen danach zu Fuß nach Hause.»

«Wie du willst.»

«Okay, das machen wir.» Er lehnte sich wieder zurück und strich sich die Stirnlocke aus den Augen. «Es ist dir doch recht, Judith, oder? Mit Tante Lavinia kann man immer prima klönen.»

«Wenn du das möchtest, ja, natürlich. Aber hat Tante Lavinia nichts dagegen, wenn wir ohne Vorwarnung bei ihr reinplatzen?»

«Ihr macht das nichts aus. Sie freut sich immer über nette Überraschungen.»

«Es ist erst halb vier. Vielleicht hält sie einen Mittagsschlaf.»

«Das tut sie nie», erklärte Edward entschieden.

Er hatte wieder einmal recht gehabt, Tante Lavinia schlief nicht. Ungeniert waren sie ins Haus hineinspaziert und trafen sie in ihrem sonnigen Wohnzimmer an, wo sie an ihrem Sekretär saß und einen Brief schrieb. Im Kamin flackerte ein kleines Feuer. Wie beim letzten Mal tanzten und blitzten Lichtreflexe durch den bezaubernden Raum. Als die Tür aufflog, wandte sie sich jäh um und nahm ihre Brille ab, ein wenig verdutzt darüber, daß man sie so unverschämt störte, aber nur für eine Sekunde. Sobald sie Edward erkannte, freute sie sich sichtbar.

«Meine Güte!» Sie legte den Füller weg. «Was für eine herrliche Überraschung! Edward! Ich wußte nicht einmal, daß du zu Hause bist.»

Sie streckte ihm die Hände entgegen, und er umarmte sie und gab ihr einen Kuß. Judith stellte fest, daß die alte Dame weitaus schlichter gekleidet war als beim Mittagessen an jenem unvergessenen Sonntag. Zu einem Tweedrock trug sie dicke Strümpfe und feste Schuhe, und unter einer langen, zugeknöpften Strickjacke hatte sie eine cremefarbene Seidenbluse an, in deren Ausschnitt eine Goldkette und ein paar Perlen schimmerten.

«Wir sind auf dem Rückweg von Penzance nach Nancherrow und haben beschlossen, bei dir reinzuschauen. Palmer hat uns hier abgesetzt, wir laufen dann zu Fuß nach Hause.»

«Himmel, welche Energie! Und Judith ist auch da. Das wird ja immer besser. In Schuluniform. Habt ihr gerade erst Schluß gemacht? Ach, wie werde ich nur verwöhnt! Kommt, setzt euch und macht es euch bequem! Edward, du mußt mir alles erzählen, was du getrieben hast... Wie lange bist du schon da?»

Sie lehnte sich auf ihrem Stuhl zurück, Edward zog sich einen niedrigen Schemel heran, und Judith, die sich auf der Fensterbank niederließ, beobachtete die beiden, hörte ihnen zu und erfuhr, wie Edward in Harrow lebte, daß er möglicherweise Gruppensprecher in seinem Internat wurde und wann und gegen wen seine Rugbymannschaft gewonnen oder verloren hatte. Außerdem fragte Tante Lavinia nach seinen Prüfungsergebnissen und den Aussichten für Oxford oder Cambridge; sie unterhielten sich über gemeinsame Bekannte und über den Jungen, den Edward in den Sommerferien nach Hause mitgebracht hatte. Dabei wunderte sich Judith, wie jemand, der schon so alt war, derart aufgeschlossen und interessiert sein konnte, wie eine Frau, die nie eigene Kinder gehabt hatte, sich so in die jüngere Generation einfühlen und begreifen konnte, was in den Augen dieser Generation wirklich wichtig war. Vermutlich lag es daran, daß sie sich immer intensiv mit den Carey-Lewis-Kindern beschäftigt und sich nie gestattet hatte, den Kontakt zu ihnen abreißen zu lassen.

Schließlich hatte sie alles gehört, war zufrieden und brauchte sich nur noch nach dem Allerneuesten zu erkundigen: «Was habt ihr beide denn heute gemacht?»

Edward erzählte ihr, daß er Judith in St. Ursula abgeholt hatte, sich dann einen Anzug anmessen ließ und daß sie danach im Garten eines kleinen Pubs Pasteten gegessen hatten.

«Oh, wie ich euch darum beneide! Es gibt nichts Köstlicheres als eine gute Pastete, die man im Freien ißt. Aber ich nehme an, ihr seid inzwischen wieder hungrig.» Sie blickte auf ihre kleine goldene Armbanduhr. «Es ist fast vier. Edward, Schatz, spring in die Küche und bitte Isobel, uns den Tee zu servieren. Mit ein bißchen Glück kriegen wir auch Butterkekse oder vielleicht sogar mit Käse überbackenen Toast.»

«Lecker! Ich hab mich sowieso schon gefragt, wann du auf das Thema Tee kommen würdest.» Edward stand auf, reckte sich ausgiebig und entschwand auf der Suche nach Isobel. Als sich die Tür hinter ihm schloß, wandte Tante Lavinia sich Judith zu. «So, jetzt kann ich mit dir reden.» Sie setzte ihre Brille auf und musterte Judith mit ernster Miene. «Ich wollte vor Edward nicht darüber sprechen, aber ich war sehr erschüttert, als ich erfahren habe, daß deine Tante bei diesem furchtbaren Autounfall ums Leben gekommen ist. Wie geht es dir denn inzwischen?»

«Danke, mir geht es ganz gut.»

«Tragisch, wenn so etwas passiert, vor allem für dich, weil deine Familie im Ausland ist.»

«Es wäre noch viel schlimmer gewesen, wenn nicht alle so nett zu mir gewesen wären. Miss Catto, Mr. Baines und Diana. Wirklich alle.»

«Diana ist sehr hochherzig. Und das Wichtigste ist, daß du auf Nancherrow so freundlich aufgenommen wirst. Es war mir ein großer Trost, als sie mir erzählte, was sie vorhat. Da konnte ich aufhören, mir um dich Sorgen zu machen. Es bedeutet, daß du ein liebevolles Zuhause hast, in das du jederzeit kommen kannst, und nichts ist unerträglich, solange man so etwas wie eine Familie hat, auch wenn es nicht die eigene ist.»

Judith hielt es für nötig, ihr zu erklären: «Ich habe schon noch ein paar Verwandte hier in England, Tante Biddy und Onkel Bob. Sie sind großartig, nur, meine Tante ist ausgerechnet jetzt von einem neuen Haus sehr in Anspruch genommen, und sowohl Onkel Bob als auch mein Cousin Ned sind bei der Navy. Doch sie sind immer da, und ich weiß, daß ich jederzeit zu ihnen fahren kann. Trotzdem, auf Nancherrow zu sein ist etwas ganz anderes.»

«Und es ist so ein fröhliches Haus. Immer ist was los. Manchmal fürchte ich ja, für den armen Edgar wird es fast zuviel. Du wirst dich dort sehr wohl fühlen, das weiß ich, aber, liebe Judith, falls du dich aus irgendeinem Grund einmal ein bißchen traurig oder niedergeschlagen oder einsam fühlst oder falls du dich über etwas aussprechen oder einfach nur Probleme bekakeln möchtest, dann erinnere dich daran, daß ich immer hier bin. Hier, im Dower House. Und nachdem ich jahrelang mit einem Rechtsanwalt verheiratet war, bin ich eine ausgezeichnete Zuhörerin geworden. Du vergißt es nicht, nein?»

«Nein, ich werde es nicht vergessen.»

«Wie ich höre, kommt Edward gerade zurück. Ich habe ihn geschickt, weil Isobel ihn anhimmelt. Meistens nehme ich meinen Tee ja erst um halb fünf, aber ich wollte nicht, daß sie jetzt schmollend in der Küche vor sich hin brütet. Edward zuliebe macht sie gern Käsetoast, und dann strahlt sie für den Rest des Tages über das ganze Gesicht.»

Nancherrow
Derselbe Tag, aber etwas später
Nun kann ich diesen Brief zu Ende schreiben. Wie Ihr merkt, bin ich inzwischen hier, wieder im selben Zimmer, aber es ist jetzt wirklich meins, weil ich alle meine Sachen hier habe. Eigentlich sehen sie so aus, als stünden sie schon immer da. Mary Millyway hat das Bett verschoben, damit ich Platz für meinen Schreibtisch und meine Bücher habe. Es ist sechs Uhr und ein schöner Abend. Vor meinem Fenster kann ich im Hof die Tauben gurren hören, und wenn ich den Kopf rausstrecke, kann ich sogar das Meer hören.

Zu meiner Überraschung hat mich Edward, Lovedays Bruder, mit einem Gärtner im Jagdwagen von Colonel Carey-Lewis aus der Schule abgeholt. Wir sind nach Penzance gefahren und zu Medways gegangen, weil er sich einen Anzug anmessen lassen mußte. Dann waren wir essen, und auf dem Rückweg haben wir Tante Lavinia, Mrs. Boscawen, im Dower House besucht und bei ihr Tee getrunken. Es hat heißen Toast gegeben, und dann sind wir zu Fuß heimgegangen. Es war viel weiter, als ich es in Erinnerung hatte, und ich war richtig erleichtert, als wir ankamen. Edward ist sehr nett. Er ist fast siebzehn und in Harrow, und ich glaube, nach der Schule will er nach Oxford. Übrigens war er in Windyridge, um meine Sachen zu holen. Er hat Edna und Hilda gesehen, die noch dort wohnen, aber sie haben schon eine andere Stelle.

Loveday oder Diana habe ich noch nicht gesehen, weil sie von einem Reitertreffen des Pony-Clubs noch nicht zurück sind. Auch Colonel Carey-Lewis habe ich noch nicht zu Gesicht bekommen. Nur Mary Millyway, die mir geholfen hat, meine Kleider auszupacken und einzuräumen. Später, wenn ich zum Abendessen hinuntergehe, werden sie alle dasein.

Bitte schreib mir bald und erzähl mir alles, was Ihr tut, damit ich es mir vorstellen kann. Oder sag Dad, er soll ein paar Fotos machen, damit ich sehen kann, ob Jess wächst. Ich möchte wissen, ob sie in eine Schule gehen wird oder Privatunterricht kriegt. Und lebt Golly noch, oder haben ihn die Schlangen gefressen?

Das ist ein ziemlich wirrer Brief, aber ich habe Euch soviel zu erzählen gehabt. Alles verändert sich so schnell, daß es manchmal recht schwierig ist, damit Schritt zu halten, und von Zeit zu Zeit frage ich mich, ob mir auch alles eingefallen ist, was ich Euch schreiben wollte. Ich wünschte, ich könnte bei Euch sein und mit Euch darüber reden. Wahrscheinlich ist man, wenn man erwachsen wird, immer ein bißchen einsam.

Alles Liebe, und bitte macht Euch keine Sorgen um mich. Mir geht es gut.

Judith

1938

SINGAPUR, ORCHARD ROAD: IN IHREM BUNGALOW WACHTE Molly Dunbar plötzlich aus dem Schlaf auf, von unbegreiflicher und namenloser Angst in Schweiß gebadet. Den Tränen nahe, fragte sie sich: *Was stimmt nicht? Was ist geschehen?* Lächerlich, denn es war nicht einmal dunkel, sondern früher Nachmittag, und das riesige Moskitonetz hing von der hohen Decke herab. Siesta. Keine Gespenster, Schlangen oder nächtlichen Eindringlinge. Dennoch hatte sie die Zähne fest zusammengepreßt, atmete flach und unregelmäßig, und ihr Herz pochte kräftig. Einen Augenblick lang rührte sie sich nicht und rechnete damit, daß etwas Furchtbares sich auf sie stürzte. Doch nichts geschah. Langsam legte sich die Panik. Vielleicht war es ja nur ein Alptraum gewesen, der sich inzwischen verflüchtigt hatte. Bewußt atmete sie tief, um ihre verkrampften Muskeln zu entspannen. Nach einer Weile war die Furcht gewichen und ließ eine Leere zurück. Molly fühlte sich erschöpft, aber dennoch erleichtert.

Also kein Grund zur Sorge. Lediglich ihre ausufernde Phantasie hatte ihr einen Streich gespielt, während sie sicher an der Seite ihres Mannes in ihrem Schlafzimmer lag. Sie ließ ihre Blicke über die vertraute Umgebung schweifen, suchte einen Halt, einen Trost. Weiße Wände, Marmorboden; ihre Frisierkommode mit der rüschenbesetzten Decke aus weißem Musselin; der prunkvolle Kleiderschrank aus Teak mit den herrlich geschnitzten Schnörkeln; Rattansessel und ein Schränkchen aus Zedernholz. Die Tür zum Ankleidezimmer von Bruce stand offen, und oben an der hohen Decke drehten sich die hölzernen Flügel des Ventilators, verwirbelten die bleierne Luft und brachten einen Anflug von Kühle. Zwei Geckos kauerten an der Wand gegenüber, so starr und leblos wie bizarre Broschen an einem Revers.

Sie blickte auf ihre Armbanduhr. Drei Uhr an einem Nachmittag im April, und die schwüle Hitze lastete so schwer, daß sie fast unerträglich war. Molly lag nackt unter einem dünnen Laken aus Battist; Wangen, Nacken, Haar und Rücken waren schweißnaß. Im Bett neben ihr schlummerte Bruce und schnarchte leise. Sie drehte ihm den Kopf zu, beobachtete ihn und beneidete ihn darum, daß er in der drückenden Hitze dieses tropischen Nachmittags schlafen konnte. Und doch wußte sie, daß er um Punkt vier aufwachen würde, aufstand, duschte, sich frisch anzog und für zwei oder drei Stunden in sein Büro zurückkehrte.

Sie rekelte sich, schloß die Augen und öffnete sie kurz darauf wieder. Es war ihr unmöglich, noch eine Sekunde länger im Bett liegenzubleiben. Um ihren Mann nicht zu wecken, setzte sie sich behutsam auf, schwang die Beine über den Bettrand, legte sich ihr dünnes Laken um und schlüpfte in ihre Sandalen. Sie trat vorsichtig auf, durchquerte das Zimmer und ging durch die Lamellentüren auf die große Veranda hinaus, die sich über die ganze Breite des Bungalows erstreckte und von einem Vordach geschützt wurde, weshalb kein Sonnenstrahl ins Innere der Räume dringen konnte. Auch hier drehten sich allgegenwärtig die Deckenventilatoren. Am anderen Ende der Veranda standen Tische und Sessel – ein Wohnzimmer im Freien, wo Molly viel Zeit verbrachte. Blaue und weiße Blumentöpfe waren mit Hibiskus und Orangenbäumchen bepflanzt, und jenseits der schattigen Veranda flimmerte der Garten unter dem von der Hitze gebleichten Himmel. Kein Windhauch bewegte die Wedel der Palme, die Zweige des Jasmin- oder die des Flammenbaums. Doch während sie dort stand, kletterte eine Baumratte am Stamm der Bougainvillea hoch und löste einen Blütenregen aus. Die Blüten schwebten durch die Luft und landeten auf den Stufen zur Veranda.

Es herrschte vollkommene Ruhe. Jess, die Diener, die Hunde, sie alle schliefen noch. Molly spazierte zum anderen Ende der Veranda, wobei die Ledersohlen ihrer Sandalen auf dem Holzboden klapperten. Dort ließ sie sich auf einer der Rattanliegen nieder und legte die Füße hoch. Auf dem Bambustischchen neben ihrer Liege hatten sich all die kleinen Dinge angesammelt, die sie für ihr müßiges Leben benötigte. Ihr Buch, das Nähkörbchen, Zeitschriften, Briefe, ihr Terminkalender (sehr wichtig!) sowie ihre Stickarbeit. Heute lag außerdem noch eine drei Wochen alte Ausgabe der *Times* darauf, die Bruce sich regelmäßig von zu Hause schicken ließ. Er behauptete, er lese gern «richtige Nachrichten», wie er es nannte, aber Molly vermutete, daß das einzige, was er gründlich studierte, die Rugby- und Cricketergebnisse waren.

Gewöhnlich las Molly die *Times* nicht. Aber jetzt, weil sie nicht wußte, was sie sonst tun sollte, langte sie nach der Zeitung und schlug sie auf. Sie stammte von Mitte März, und die Schlagzeilen sprangen ihr ins Auge: Nazideutschland in Österreich einmarschiert.

Natürlich keine taufrische Nachricht, denn sie hatten vom Einmarsch bereits vor drei Wochen im Radio gehört, fast unmittelbar nach dem schockierenden Ereignis. Aber Bruce hatte, wenn auch mit grimmiger Miene, nicht viel Worte darüber verloren, wofür Molly ihm dankbar war, weil es ihr dadurch leichter fiel, diese Nachricht zu verdrängen. Pessimismus half ihr auch nicht weiter. Vielleicht geschah noch etwas, das alles wieder ins Lot brachte. Hatte sie doch genug damit zu tun, andere Dinge im Auge zu behalten. Sie mußte darauf achten, daß Jess ihre Hausaufgaben machte, mit der Köchin den Speiseplan besprechen und auch ihren gesellschaftlichen Verpflichtungen nachkommen, was sie als sehr anstrengend empfand.

Doch jetzt – allein und unbeobachtet – nahm sie all ihren Mut zusammen und widerstand der Versuchung, die furchtbare Nachricht beiseite zu schieben. Ein Foto zeigte Hitler, der in einem offenen Wagen mit viel Pomp durch Wien fuhr, flankiert von deutschen Soldaten, vorbei an dichtgedrängten Menschen. Sie studierte die Gesichter der Schaulustigen und war bestürzt, denn obgleich einige deutlich das Entsetzen über das, was geschehen war, widerspiegelten, jubelten viel zu viele dem neuen Führer zu und schwenkten Fähnchen mit einem Hakenkreuz. Es war unbegreiflich. Wie

325

konnte jemand, der sein Land liebte, nur einen solchen Einmarsch willkommen heißen? Während sie über eine Antwort nachdachte, begann sie den Bericht über die Ereignisse zu lesen und konnte bald nicht mehr aufhören, denn die düsteren Worte und der gemäßigte Ton hatten ihre Aufmerksamkeit gefesselt, da sie ein überaus deutliches Bild der schmachvollen Unterwerfung zeichneten. Wenn so etwas möglich war, so fragte sie sich nach der Lektüre des Artikels, was in aller Welt würde dann wohl als nächstes geschehen.

Jedenfalls nichts Gutes. Im Londoner Parlament war die Stimmung ernst. Winston Churchill hatte im Unterhaus eine Rede gehalten. Jahrelang hatte man ihn als eine Art Kassandra betrachtet, die Verhängnis und Zerstörung predigte, während andere weiterhin zuversichtlich ihren Geschäften nachgingen. Doch nunmehr schien es, als hätte er die ganze Zeit über recht gehabt, und seine Warnungen klangen wie ein Totengeläute. «...Europa wird von gezielten Aggressionen bedroht... der einzige Ausweg... wirkungsvolle Maßnahmen vorzuschlagen oder zu ergreifen...»

Genug. Sie faltete die Zeitung zusammen und legte sie neben sich auf den Boden. Wirkungsvolle Maßnahmen bedeuteten Krieg. Sogar ein dummes Ding wie sie verstand diese Andeutung. Die Sturmwolken, die noch vor ihrer Abreise nach Colombo am Horizont von Mollys sorglosem Leben in England aufgezogen waren, hatten sich nicht verzogen, sondern zusammengeballt und drohten nun ganz Europa zu verfinstern. Und was sollte aus England werden? Und aus Judith?

Judith. Molly wußte, daß sie sich schämen sollte. Sie sollte an andere denken, an Nationen, die gedemütigt, und an Völker, die unterdrückt wurden, doch ihre erste Sorge galt der Sicherheit ihres Kindes. Falls in Europa Krieg ausbrach, falls England sich daran beteiligte, was würde dann aus Judith werden? Sollten sie ihre Tochter nicht lieber sofort herüberkommen lassen? Und die Schule Schule sein lassen, alle Pläne, die sie einmal gefaßt hatten, über Bord werfen und sie so schnell wie möglich nach Singapur holen? Hier blieben sie gewiß von einem Krieg in Europa unberührt. Sie wären alle wieder zusammen, und Judith wäre in Sicherheit.

Doch schon allein bei diesem Gedanken war sie sich sicher, daß

Bruce diesem Plan nicht zustimmen würde. Als überzeugter Anhänger der Regierung, begeisterter Konservativer und treuer Patriot konnte er sich keine Situation vorstellen, in der England in eine tödliche Gefahr geraten, überfallen oder unterworfen werden könnte. Sollte Molly mit ihm darüber diskutieren, würde Bruce auf die uneinnehmbare Maginot-Linie, auf die Überlegenheit der Britischen Navy und die weltweite Macht des Britischen Empire hinweisen. Judith kann nichts passieren. Lächerlich, in Panik zu geraten. Hör auf, solchen Unsinn zu reden!

All dies wußte sie, weil sie es schon früher zu hören bekommen hatte. Als Louise Forrester bei diesem gräßlichen Autounfall umgekommen war und Mr. Baines das Telegramm geschickt hatte, in dem er ihnen das tragische Ereignis mitteilte, war Mollys erste Reaktion nicht etwa Trauer um Louise, sondern Sorge um Judith gewesen. Am liebsten hätte sie damals eine Passage auf dem erstbesten Schiff nach Hause gebucht, um nach England zurückzukehren und bei ihrer Tochter zu sein. Obwohl Bruce die Nachricht vom Tod seiner Schwester sehr getroffen hatte, benahm er sich äußerst britisch, behielt seine Gefühle für sich, biß die Zähne zusammen und blieb mit beiden Beinen auf dem Boden. Schlimmer noch, seiner besorgten Frau gegenüber beharrte er darauf, daß nicht der geringste Anlaß für ein übereiltes Handeln vorliege. Judith besuchte das Internat, Miss Catto führte das Kommando, und falls nötig, war Biddy Somerville in Reichweite. Die aufgeregte Rückkehr der Mutter würde es Judith nicht leichter machen. Weit besser, man ließe sie in Frieden, sie ginge weiter zur Schule und die Dinge nähmen ihren natürlichen Lauf.

«Aber sie hat doch kein Zuhause. Sie kann nirgendwo hin!» Molly hatte geweint, doch Bruce war unnachgiebig geblieben.

«Was könntest du schon ausrichten?» hatte er gefragt, als ihm der Geduldsfaden gerissen war.

«Ich könnte bei ihr sein...»

«Bis du endlich bei ihr bist, ist diese Krise längst vergessen, und du wärst völlig fehl am Platz.»

«Das verstehst du nicht.»

«Nein, wirklich nicht. Also beruhige dich. Schreib ihr einen Brief.

Und übertreib nicht. Kinder können nämlich Eltern nicht ausstehen, die Theater machen.»

Und sie konnte nichts unternehmen, denn über eigenes Geld verfügte sie nicht, und wenn Bruce nicht zur Schiffsagentur ging, um die Überfahrt für sie zu buchen und zu bezahlen, dann war Molly hilflos. Sie bemühte sich nach Kräften, diese Situation zu bewältigen, doch die folgenden zwei oder drei Wochen kamen ihr wie eine Zeit der Trauer vor, in der sie sich danach sehnte, Judith zu umarmen, ihr liebes Gesicht zu sehen, ihre Stimme zu hören, sie zu trösten.

Zu ihrem Verdruß jedoch hatte Bruce recht behalten. Hätte Molly das Schiff genommen, so wäre sie erst fünf oder sechs Wochen später bei Judith eingetroffen. In dieser Zeit hatten sich die Probleme wie durch ein Wunder gelöst. Die durch den Tod von Louise hinterlassene Lücke war von jener wohlmeinenden, wenngleich ihr unbekannten Familie Carey-Lewis geschlossen worden.

Judiths Quasi-Adoption war auf eine ordentliche und geschäftsmäßige Weise vor sich gegangen. Miss Catto hatte unter anderem geschrieben, Colonel und Mrs. Carey-Lewis besäßen ausgezeichnete Referenzen. Es handle sich um eine alteingesessene und in der Grafschaft sehr angesehene Familie. Mrs. Carey-Lewis habe mit großer Aufrichtigkeit zum Ausdruck gebracht, wie gern sie Judith bei sich aufnehme. Hinzugefügt hatte Miss Catto noch, ihrer Meinung nach könne sich die angebotene Gastfreundschaft für Judith, die sich mit Loveday Carey-Lewis angefreundet habe, nur als vorteilhaft herausstellen.

Gleich nach dem Brief von Miss Catto traf auch einer von Mrs. Carey-Lewis ein, in einer riesigen, fast unleserlichen Handschrift und auf einem sehr teuren, dicken blauen Bogen mit Briefkopf. Unwillkürlich fühlte sich Molly beeindruckt und geschmeichelt, und nachdem sie endlich die Handschrift entziffert hatte, war sie gerührt und entwaffnet zugleich. Judith hatte offenbar einen ausgezeichneten Eindruck gemacht, und darauf war Molly einigermaßen stolz. Sie konnte nur hoffen, daß ihre Tochter sich nicht beeindrukken ließ vom Lebensstil dieser Familie, die zum Landadel gehörte.

Nancherrow. Sie erinnerte sich an den Tag bei Medways, als sie Diana Carey-Lewis zum ersten und einzigen Mal gesehen hatte.

Ihrer beider Lebenswege hatten sich kurz gekreuzt wie Schiffe, die aneinander vorbeisegeln, doch ein lebhaftes Bild – die schöne, jugendliche Mutter, das etwas nachlässig gekleidete Kind mit dem strahlenden Gesicht und der Pekinese mit der roten Hundeleine – war ihr in Erinnerung geblieben. Als sie sich erkundigt hatte, wer diese Frau sei, hatte man ihr geantwortet: «Das ist Mrs. Carey-Lewis. Mrs. Carey-Lewis von Nancherrow.»

Es schien alles in bester Ordnung. Einen Grund zu zögern, einen Anlaß für Vorbehalte gab es nicht. Molly schrieb zurück, äußerte sich dankbar und zustimmend und bemühte sich, das entwürdigende Gefühl zu unterdrücken, sie gebe Judith weg.

Bruce hatte sich selbstgefällig geäußert. «Ich habe dir doch gesagt, alles löst sich von selbst.»

Sein Verhalten hatte sie ziemlich verärgert. «Leicht, das jetzt zu sagen. Was hätten wir denn gemacht, wenn uns die Carey-Lewis nicht aus dieser Patsche geholfen hätten?»

«Warum sich darüber den Kopf zerbrechen? Alles ist bestens geregelt. Ich habe immer schon gesagt, daß Judith auf sich selbst aufpassen kann.»

«Woher willst du das denn wissen? Seit fünf Jahren hast du sie nicht mehr gesehen.» Da sie sich über ihn geärgert hatte, war sie zänkisch geworden. «Außerdem bin ich der Meinung, daß sie nicht die ganze Zeit auf Nancherrow bleiben sollte. Schließlich ist Biddy ja auch noch da. Sie würde Judith jederzeit gern aufnehmen.»

«Sie müssen zuerst selbst eine Bleibe finden.»

Molly hatte eine Weile geschmollt, weil sie ihm das letzte Wort nicht gegönnt hatte. «Ich werde einfach das Gefühl nicht los, daß ich sie an Fremde verloren habe.»

«Oh, um Himmels willen, hör auf, dich zu quälen. Sei einfach dankbar!»

Wegen ihres Ärgers und ihrer Eifersucht hatte sie sich unbehaglich gefühlt. Sie hatte jedoch nicht weiter darauf geachtet, sondern sich vielmehr gesagt, sie müsse wirklich dankbar sein, sich glücklich schätzen und sich darauf konzentrieren, ihrer Tochter regelmäßig Briefe zu schreiben. Inzwischen waren zwei Jahre vergangen – Judith wurde im Juni siebzehn Jahre alt –, und in dieser Zeit war fast jede Woche ein dicker Briefumschlag von Judith in der Orchard Road eingetroffen. Ausführliche, liebe Briefe, in denen all die Nachrichten standen, die jede Mutter gern las, noch einmal las und genoß und die schließlich in einem großen, braunen Karton unten in Mollys Schrank verstaut wurden. Darin hob sie buchstäblich Judiths Leben auf und sammelte alle ihre Erlebnisberichte seit jenem unvergessenen Tag, an dem Judith sich von ihr verabschiedet hatte.

Die ersten Briefe berichteten von der Schule, vom Unterricht, dem neuen Fahrrad und vom Leben in Windyridge. Und dann vom Schock durch Louises Tod, von ihrer Beerdigung, von Mr. Baines, dessen Name zum erstenmal erwähnt wurde, und schließlich von Judiths überraschender Erbschaft. Keinem von ihnen war je aufgefallen, daß Louise sehr wohlhabend war. Beruhigend zu wissen, daß Judith ihren späteren Ehemann nie um Geld bitten müßte, was eine der unerfreulicheren Seiten des Ehelebens war.

Dann von den ersten Besuchen auf Nancherrow und Judiths allmählichem Hineinwachsen in die Familie Carey-Lewis. Was in etwa der Lektüre eines Romans mit allzu vielen Figuren entsprach ... Kindern und Freunden und Verwandten, ganz zu schweigen von Butler, Köchin und Kindermädchen. Allmählich jedoch hatte Molly die Übersicht über die verschiedenen Personen gewonnen, und danach war es ihr nicht allzu schwer gefallen, der Handlung zu folgen.

Später waren dann weitere Berichte über die Schule eingetroffen, über Konzerte und Theateraufführungen, Hockeyspiele, Prüfungen und kleinere Masernepidemien. Über ein Weihnachtsfest mit Biddy und Bob in deren neuem Haus im Dartmoor und den Ferien bei den Warrens in Porthkerris. Molly war froh, daß Judith die Freundschaft mit Heather aufrechterhalten hatte. Es wäre traurig gewesen, wenn Judith für alte Freunde nichts mehr übrig gehabt hätte. Dann die Schilderung einer Sommerreise nach London mit Diana Carey-Lewis und Loveday, wo sie in Dianas kleinem Haus in den Cadogan Mews gewohnt hatte und mehrmals zu Einkäufen und zum Essen mitgenommen worden war. Höhepunkt dieses Aufenthalts war ein Abend in Covent Garden mit dem russischen Ballett und einem Auftritt von Tatjana Riabuchinska gewesen.

Molly wurde bewußt, daß sie das Leben ihrer heranwachsenden Tochter verpaßte. Es ist so ungerecht, sagte sie sich mit wachsender Verärgerung, und so verkehrt. Und dennoch wußte sie, daß nicht nur sie unter den Qualen einer solchen Trennung litt, sondern Tausende anderer britischer Frauen und Mütter. Ob in Singapur oder in England, man befand sich nie am richtigen Ort und sehnte sich stets danach, anderswo zu sein. Entweder trotzte man der Kälte und dem Regen zu Hause, während man von der Sonne träumte, oder man lebte dort, wo sie gerade schien, blickte auf die von der Sonne versengten Gärten der Orchard Road und sah dabei lediglich in Gedanken, wie Judith an einem nebligen Abend den Weg zum Riverview House vom Bahnhof her heraufstieg, erst langsam, dann, als sie sie erblickt hatte, auf sie zulief, sie begrüßte und liebevoll umarmte. Manchmal drückte Molly Judiths Briefe an ihre Wange, denn Judiths Finger hatten das Papier berührt. Näher konnte sie ihr nicht sein.

Sie seufzte. Im Bungalow hinter ihr regte sich etwas. Im Zimmer nebenan wurde Jess von der Amah mit leiser Stimme aus dem Schlaf geweckt. Die Siesta war vorüber. Unten auf dem Rasen erschien der Gärtnerjunge und schleppte emsig eine überschwappende Gießkanne. Bald würde Bruce auftauchen, sauber gekleidet fürs Büro, und danach kam die Zeit für den Nachmittagstee. Mit der silbernen Teekanne, den mit Gurken belegten Sandwiches und den dünnen, halbmondförmigen Zitronenscheiben. Wie beschämend wäre es, wenn der Butler Ah Lin seine Herrin hier im Sessel anträfe, nur mit einem Bettlaken bedeckt. Sie mußte sich dazu zwingen, in ihr Schlafzimmer zurückzugehen, mußte duschen, sich ankleiden und die Haare bürsten, um sich dann wieder als respektable Mem Sahib zeigen zu können.

Doch bevor sie sich zu dieser gewaltigen Anstrengung überwinden konnte, war Jess zu ihr gekommen, frisch und sauber in einem ärmellosen Kleidchen, das schöne hellblonde, von der Amah sorgfältig gebürstete Haar so weich wie Seide.

«Mami!»

«Oh, mein Schatz.» Sie streckte einen Arm aus, um ihre kleine Tochter an sich zu ziehen, und drückte ihr einen Kuß auf den Kopf. Jess, inzwischen sechs Jahre alt, war in der Hitze Singapurs herangewachsen, groß und schlank wie eine Blume, die sich bei Wärme und hoher Luftfeuchtigkeit prächtig entwickelt. Das Gesicht ließ die Rundungen eines Säuglings kaum mehr ahnen, doch sie hatte nach wie vor große, kornblumenblaue Augen. Die Wangen, die nackten Arme und Beine glänzten so braun wie Bronze.

Bei ihrem Erscheinen spürte Molly ein stechendes Gefühl, denn ihre Gedanken an Judith hatten sie so vereinnahmt, daß sie Jess darüber ganz vergessen hatte. «Wie geht's dir?» Ihre Gewissensbisse ließen ihre Stimme besonders zärtlich klingen. «Wie hübsch und frisch du aussiehst.»

«Weshalb hast du denn dein Nachthemd nicht an?»

«Weil ich faul bin und mich noch nicht angezogen habe.»

«Gehen wir in den Club schwimmen?»

Molly, die sich zu besinnen suchte, erinnerte sich an ihr Versprechen. «Ja, natürlich gehen wir hin. Das hatte ich ganz vergessen.»

«Und können wir danach Krocket spielen?»

«Heute abend nicht, mein Schatz. Dazu fehlt uns die Zeit. Ich muß anschließend sofort nach Hause, um mich umzuziehen und zum Dinner auszugehen.»

Jess nahm es gelassen hin. Inzwischen hatte sie sich mit der Tatsache abgefunden, daß ihre Eltern abends meistens ausgingen, und wenn dies einmal nicht der Fall war, dann empfingen sie selbst Gäste. Kaum einen Abend hatten sie für sich allein.

«Wohin geht ihr?»

«Zu einem Empfang in die Selaring-Kaserne. Der Colonel hat uns eingeladen.»

«Und was ziehst du an?»

«Ich dachte, vielleicht mein neues lilafarbenes Voilekleid, das der Schneider in der vergangenen Woche genäht hat. Was hältst du davon?»

«Kann ich nicht mit dir an deinen Schrank gehen und dir beim

Aussuchen helfen?» Jess machte sich besonders viel aus Kleidern und verbrachte viel Zeit damit, in den Pumps ihrer Mutter herumzustöckeln oder sich mit Perlenketten zu behängen.

«Eine gute Idee. Komm, wir gehen zusammen, bevor Ah Lin sieht, wie schlimm ich aussehe.»

Sie schwang ihre Beine von der Liege, wobei sie ihr Laken sittsam an sich gedrückt hielt. Jess nahm ihre freie Hand und hüpfte die Veranda entlang. Die kleine Baumratte huschte noch immer in den Zweigen der Bougainvillea herum, und auf dem Boden bildete sich allmählich ein dichter Teppich aus magentaroten Blüten.

Es hatte eine Zeit gegeben, und zwar während der Jahre in Riverview House, da hatte Judith sich nicht viel aus Weihnachten gemacht. Molly Dunbar konnte sich für das alljährliche Fest nicht begeistern, tat sich schwer, das Haus mit Stechpalmenzweigen zu schmücken, und ließ nicht einmal ein Interesse an traditionellen Festessen erkennen, so daß Judith, enttäuscht und ernüchtert, am Heiligabend gegen vier Uhr nichts lieber tat, als sich mit ihrem neuen Buch zu verkriechen, und sich darüber freute, daß der Tag bald vorüber war.

Dies lag natürlich nicht an Molly allein. Die Umstände machten es ihr schwer. Es war ihr nie leichtgefallen, Freundschaften zu schließen, und ohne junge Bekannte, die sie hätte einladen können, ließ sich einfach kein fröhlicher Festtagstrubel für ihre beiden Töchter herbeizaubern. Und da auch die tatkräftige Unterstützung eines Ehemanns fehlte, der sich als Weihnachtsmann verkleiden, der Geschenke in die Strümpfe stecken und den Truthahn tranchieren konnte, gewann ihre passive Natur an diesem Tag stets die Oberhand. Sie hatte letztlich den Weg des geringsten Widerstandes gewählt.

Doch nunmehr hatte sich, wie so viele andere Dinge, auch dies verändert. Drei Weihnachtsfeste waren seit jenen glanzlosen Zeiten in Riverview House vergangen; jedes war anders verlaufen, und im Rückblick betrachtet jedes schöner als das vorherige. Zuerst waren da die Weihnachtsferien in Keyham bei Tante Biddy und Onkel Bob gewesen. Sie hatten viel dazu beigetragen, daß Judith ihren Glauben an den ursprünglichen Zauber des Festes wiederfand. Danach das erste Weihnachtsfest auf Nancherrow, in dem reich geschmückten und mit Geschenken überfluteten Haus. Alle Mitglieder der Familie Carey-Lewis und auch noch viele andere Gäste waren zusammengekommen, und das Vergnügen wollte kein Ende nehmen. Das Fest dauerte von Heiligabend und der Christmette bis zu dem langen Heimweg nach dem Treffen des örtlichen Jagdvereins am zweiten Weihnachtsfeiertag. Judith hatte von Diana ihr erstes langes Kleid aus blaßblauem Taft geschenkt bekommen, und sie hatte es zum Weihnachtsdinner getragen und danach mit dem Colonel Runde um Runde auf dem Parkett des Salons Walzer getanzt.

Im vergangenen Jahr, 1937, war sie zu den Somervilles zurückgekehrt, nicht mehr nach Keyham, sondern in das neue Haus am Rande des Dartmoors. Ned und ein Freund, ein junger Marineleutnant vom selben Schiff, hatten sich ebenfalls dort eingefunden. Es hatte stark geschneit, und sie waren rodeln gegangen. An einem Abend waren sie zu einer unvergeßlichen Party in der Offiziersmesse auf einem der Kreuzer Seiner Majestät nach Plymouth gefahren.

Und nun wieder Nancherrow. Judith, inzwischen siebzehn, freute sich wie ein kleines Kind auf das Fest und zählte die Tage bis zum Ende des Trimesters. Loveday, die nach wie vor am Wochenende heimfuhr, erzählte ihr jeden Montagmorgen vielversprechende Neuigkeiten über die Planung der Festtage und die eingeladenen Gäste.

«Wir werden unser Haus voller Leute haben. Mary Millyway zählt schon die Laken durch, und Mrs. Nettlebed steckt bis über beide Ohren in Backobst und Puddings und Kuchen. Ich kann dir nicht beschreiben, wie herrlich es in der Küche duftet. Nach Gewürzen und reichlich Brandy. Und Athena kommt aus London, und Edward fährt nach Arosa zum Skilaufen, aber er hat versprochen, rechtzeitig wieder daheim zu sein.»

Als Loveday die letzte Neuigkeit erwähnte, durchfuhr Judiths Herz ein leises Schaudern, denn wie furchtbar wäre es, wenn Edward nicht rechtzeitig nach Hause käme! Er war inzwischen erwachsen, hatte Harrow verlassen und sein erstes Trimester in Cambridge absolviert. Ihn wiederzusehen versetzte sie in Aufregung. Natürlich war sie nicht in ihn verliebt. Man verliebte sich doch nur in Film- oder Theaterstars oder in andere, ganz gewiß unerreichbare Wesen. Doch wenn Edward anwesend war, gewann jedes Ereignis an Lebendigkeit und Glanz, so daß sie sich nur schwer vorstellen konnte, irgendein Fest könne ohne ihn wirklich gelungen sein.

«Das hoffe ich aber sehr. Und was ist mit Jeremy Wells?»

«Mama hat ihn nicht erwähnt. Vermutlich hat er Bereitschaftsdienst oder fährt zu seinen Eltern. Aber ich möchte wetten, daß er irgendwann bei uns aufkreuzt. Das tut er immer. Und Mama hat die Pearsons aus London eingeladen. Sie sind so eine Art Cousin und Cousine zweiten Grades von Paps, aber noch ziemlich jung... Ich glaube, so um die Dreißig. Sie heißen Jane und Alistair, und bei ihrer Heirat war ich ihre Brautjungfer. In St. Margaret's in Westminster. Wahnsinnig schick. Inzwischen haben sie zwei Kinder, und die kommen ebenfalls, mit ihrer Nanny.»

«Wie heißen die beiden Kinder?»

«Camilla und Roddy.» Loveday rümpfte die Nase. «Camilla, findest du den Namen nicht einfach furchtbar? Hört sich doch irgendwie nach Unterwäsche an. Die beiden sind noch sehr klein. Hoffentlich kreischen sie nicht die ganze Zeit!»

«Wahrscheinlich sind sie einfach niedlich.»

«Na ja, auf keinen Fall dürfen sie in mein Zimmer.»

«Mach dir keine Sorgen. Nanny wird sie im Auge behalten.»

«Mary hat angedroht, daß es Hiebe gibt, wenn sie anfangen, ihr in der Ammenstube alles auf den Kopf zu stellen. Ach ja, und am Sonnabend sind Paps und ich in den Wald gegangen, um einen Baum auszusuchen...»

Die Schulglocke läutete, und sie mußten sich trennen. Judith eilte zum Französischunterricht und genoß die Vorfreude, denn in Wahrheit klang alles so, als würde dies ihr allerschönstes Weihnachtsfest.

In St. Ursula kündigte sich Weihnachten durch den Beginn der

Adventszeit mit dem passenden religiösen Rahmen an. Bei der Morgenversammlung sangen die Schülerinnen Adventslieder, «O komm, o komm, Emmanuel, befrei' die Kinder Israels», und die Tage wurden kürzer und die Abende länger. Im Kunstunterricht entwarfen sie Weihnachtskarten und bastelten Papierschmuck. In der Musikstunde übten sie Weihnachtslieder, der Chor kämpfte mit der verflixt schwierigen Sopranstimme zu *The First Nowell* und *Oh Come All Ye Faithful*. Dann hatte die alljährliche Feier stattgefunden, die stets unter einem anderen Motto stand. In diesem Jahr hatte man sich für ein Kostümfest entschieden; nur Kostüme aus Papier, die nicht mehr als fünf Shilling kosteten, waren erlaubt. Judith hatte auf der Nähmaschine der Aufseherin einige Rüschen aus Kreppapier zu einem Zigeunerkleid zusammengeheftet und Gardinenringe mit einem Faden an ihren Ohren befestigt. Loveday dagegen hatte lediglich alte Zeitungen zusammengeklebt, sich die Reitkappe aufgesetzt und war als *The Racing News* aufgetreten. Im Laufe der ausgelassenen Spiele war ihr Kostüm auseinandergefallen, und den restlichen Abend hatte sie in ihren marineblauen Knickerbockern und dem alten Aertex-Hemd verbracht, die sie unter den vielen Schichten des *Daily Telegraph* trug.

Auch das Wetter bemühte sich, der Jahreszeit zu entsprechen. Es war bitter kalt geworden, ungewöhnlich für diesen gemäßigten, meerumspülten Ausläufer Englands. Schnee war zwar nicht gefallen, doch der klirrende Frost hatte den Rasen in eine silbrig weiße Fläche verwandelt, und die Sportplätze waren so hart gefroren, daß sämtliche Spiele abgesagt wurden. In den Gärten litten die Palmen und die halbtropischen Sträucher erbärmlich unter dem Frost, und man konnte sich nur schwer vorstellen, daß sie sich von diesem grausamen Kälteeinbruch jemals wieder erholen würden.

Doch es gab noch Wichtigeres. Am letzten Schultag des Trimesters fand der alljährliche Weihnachtsgottesdienst statt, und dann ging es endlich nach Hause. Auf der Kiesauffahrt vor dem Haupteingang von St. Ursula trafen bereits Autos, Taxis und Busse ein, um die schnatternde Schulmädchenschar abzuholen. Nachdem Judith und Loveday sich von Miss Catto verabschiedet und ihr ein frohes Weihnachtsfest gewünscht hatten, flohen sie, die Arme voller Bücher und mit baumelnden Turnbeuteln, nach draußen in die bittere Kälte und in die Freiheit. Palmer wartete an dem bereits beladenen Kombiwagen; sie stiegen ein, und fort waren sie.

Als sie auf Nancherrow eintrafen, waren die Vorbereitungen für das Weihnachtsfest bereits in vollem Gange; überall loderten die Kaminfeuer, und in der Eingangshalle stand eine riesige Fichte. Gerade als sie durch die Haustür eintraten, kam Diana, einen Kranz aus Stechpalmen in der einen und eine lange Girlande aus Rauschgold in der anderen Hand, die Stufen herunter, um sie zu begrüßen.

«Ihr lieben Schätzchen, da seid ihr ja, gesund und munter. Ist es nicht furchtbar kalt geworden? Macht schnell die Tür zu, damit nicht zuviel Kälte hereinkommt. Ich hätte nicht gedacht, daß ihr so schnell hier sein würdet. Judith, mein Herz, wie schön, daß du da bist. Meine Güte, ich glaube, du bist noch ein Stück gewachsen.»

«Wer ist denn schon da?» fragte Loveday.

«Bisher nur Athena, und kein Ton von Edward. Aber das heißt nur, daß er sich gut amüsiert. Die Pearsons kommen heute abend. Mit dem Auto aus London, die Ärmsten. Hoffentlich sind die Straßen frei.»

«Und was ist mit Nanny und Camilla und Roddy?»

«Schatz, nenne sie nicht Nanny, das sagen wir nur so zum Spaß unter uns. Sie kommen morgen mit dem Zug nach. Und Tommy Mortimer kommt dann übermorgen, und er ist bestimmt vernünftig und nimmt auch den Zug. Es sind also eine Menge Leute vom Bahnhof abzuholen.»

«So, wo sind denn die anderen?»

«Paps und Walter Mudge sind mit dem Traktor und dem Anhänger unterwegs und schaffen jede Menge Stechpalmen für mich heran. Und Athena schreibt gerade Weihnachtskarten.»

«Hat sie die denn noch nicht geschrieben? Jetzt bekommt sie doch keiner mehr rechtzeitig.»

«O doch. Vielleicht schreibt sie einfach glückliches Neujahr drauf.» Diana dachte kurz darüber nach und kicherte. «Oder sogar fröhliche Ostern. Jetzt muß ich aber weitermachen, ihr beide. Womit war ich gerade noch beschäftigt?» Sie blickte auf das Rauschgold und die Stechpalmen. «Ach ja, ich wollte den Flur schmücken, glaube ich. Es gibt soviel zu tun. Geht doch mal zu Mary.» Und schon rauschte sie in Richtung Salon davon. «...packt erst mal aus und macht's euch bequem. Wir sehen uns dann beim Mittagessen...»

Als Judith in ihrem rosafarbenen Zimmer allein war, legte sie zuerst ihre Schuluniform ab, nachdem sie sich umgesehen, ihre Habe inspiziert und einige Augenblicke lang am offenen Fenster gestanden hatte. Sie zog passende, bequeme Erwachsenenkleider an. Erst dann begann sie, ihre Sachen auszupacken. Sie kniete neben dem offenen Koffer, in dem sie nach ihrer Haarbürste stöberte, als sie Athenas Stimme hörte.

«Hier bin ich!» antwortete sie.

Sie hielt bei ihrer Suche inne und wandte das Gesicht zur offenen Tür. Sie hörte flinke, leichte Schritte, und im nächsten Moment war Athena da. «Ich komm nur kurz vorbei, um hallo zu sagen und fröhliche Weihnachten und das übrige zu wünschen.» Sie kam ins Zimmer und ließ sich erschöpft, aber lächelnd auf Judiths Bett fallen. «Eben habe ich Loveday gesehen, deshalb wußte ich, daß du auch dasein mußt. Wie geht's denn so?»

Judith hockte sich auf ihre Fersen. «Gut.»

Von allen Mitgliedern der Familie Carey-Lewis kannte Judith Athena am wenigsten, und als sie ihr anfangs begegnet war, hatte sie sich daher stets etwas erdrückt gefühlt und ein wenig schüchtern verhalten. Nicht etwa, daß Athena sich nicht freundlich, nicht witzig oder nicht so frei wie eine ältere Schwester verhalten hätte, nein, sie war all dies zugleich. Sie war lediglich so überragend und bezaubernd schön und erfahren, daß sie durch ihre bloße Anwesenheit beeindruckte. Auch war sie nicht häufig auf Nancherrow anzutreffen. Debütantinnenbälle und ein Aufenthalt in der Schweiz lagen nun hinter ihr; sie war richtig erwachsen und lebte vorwiegend in London, wo sie in dem kleinen Haus ihrer Mutter in den Cadogan Mews hockte und ein vergnügliches Leben führte. Sie ging nicht einmal einer geregelten Arbeit nach, da sie behauptete, eine berufliche Tätigkeit erlaube es ihr nicht, spontane Verabredungen zu treffen. Erkundigte man sich nach ihrem Müßiggang, so antwortete sie mit einem strahlenden Lächeln und murmelte etwas von einem

Wohltätigkeitsball, den sie vorzubereiten half, oder einer Ausstellung, die irgendeinen schwindsüchtigen Maler oder Bildhauer bekannt machen sollte, dessen unverständliches Werk sie selbstverständlich bewunderte.

In ihrem gesellschaftlichen Leben schien es keine Atempausen zu geben. Männer umschwirrten sie wie die sprichwörtlichen Motten das Licht, und wann immer sie sich auf Nancherrow aufhielt, verbrachte sie viel Zeit am Telefon damit, liebeskranke Verehrer zu besänftigen. Sie versprach, sich bei ihnen zu melden, sobald sie wieder in London war, oder dachte sich irgendeine unglaubwürdige Geschichte aus, die erklären sollte, warum sie momentan unabkömmlich war. Der Colonel fühlte sich einmal zu der Bemerkung hingerissen, wenn man seine Tochter so reden höre, müsse man glauben, er habe bereits so oft schwerkrank das Bett gehütet, daß er nur durch ein Wunder noch am Leben sei.

Doch Judith mochte Athena gut leiden. In gewissem Sinn hatte man eine furchtbar große Verantwortung, wenn man so schön war. Lange, blonde Haare, eine makellos reine Haut und dunkelblaue Augen mit schwarzen Wimpern. Sie war so groß wie ihre Mutter, schlank und langbeinig, und sie legte roten Lippenstift auf, lackierte sich die Fingernägel und trug hübsche Kleider nach der neuesten Mode. Da sie heute auf dem Land war, zeigte sie sich in Hosen, die geschnitten waren wie Männerhosen, in einer Seidenbluse und einer Weste aus Kamelhaar mit gepolsterten Schultern, am Revers glitzerte eine Diamantenbrosche. Diese Brosche hatte Judith noch nie gesehen, vermutlich hatte einer ihrer Verehrer sie ihr vor kurzem geschenkt. Dies war ebenfalls typisch für Athena. Sie erhielt unablässig Geschenke. Nicht nur zu Weihnachten und zum Geburtstag, sondern laufend. Nicht einfach nur Blumen und Bücher, sondern Schmuck und Anhänger für ihr goldenes Armband sowie kostbare kleine Pelze aus Zobel und Nerz. Als sie dort auf dem Bett saß, verbreitete sich der geheimnisvolle Duft ihres Parfums im Zimmer. Judith sah den riesigen Flakon aus Kristall vor sich, den irgendein Mann ihr aufgedrängt hatte, der verrückt danach war, sie zu besitzen, und den sie achtlos zu den mehr als einem Dutzend anderer Flakons auf ihrer Frisierkommode gestellt hatte.

Doch trotz allem war sie sehr niedlich, auch sehr großzügig, wenn es darum ging, ihre Kleider auszuleihen und Ratschläge zur Frisur zu geben, und aus irgendeinem unerfindlichen Grund ganz und gar nicht eingebildet. Männer, so ließ sie durchblicken, ohne es im mindesten auszusprechen, seien wirklich äußerst langweilig, und sie war stets höchst zufrieden, deren Gesellschaft entfliehen zu können und ein wenig – aber nicht allzuviel – Zeit mit ihrer Familie zu verbringen.

Jetzt zog sie ihre Beine an und machte es sich auf dem Bett für ein Schwätzchen bequem.

«Dein Pullover gefällt mir. Wo hast du ihn gekauft?»

«In Plymouth, zu Weihnachten letztes Jahr.»

«Richtig. Da warst du nicht bei uns, oder? Wir haben dich vermißt. Wie geht's in der Schule? Hängt sie dir nicht zum Hals raus? Ich habe mich fast zu Tode gelangweilt, als ich siebzehn war. Und all diese gräßlichen Regeln. Mach dir nichts draus, bald hast du sie hinter dir, und dann kannst du nach Singapur abzischen. Edward hat gesagt, er habe erst nachdem er abgegangen war, bemerkt, wie sehr Harrow ihn verblödet habe. Ich glaube, Cambridge hat ihm eine ganz neue Welt erschlossen.»

«Ha… du hast ihn vor kurzem gesehen?»

«Ja, er ist bei mir in London vorbeigekommen und hat einmal übernachtet, bevor er nach Arosa weitergefahren ist. Wir hatten eine schöne Zeit, haben uns Steaks und Champagner gegönnt und uns den neuesten Klatsch erzählt. Weißt du, womit er sich gerade beschäftigt? Du kommst nicht drauf. Er ist dem Fliegerclub der Universität beigetreten und lernt nun fliegen. Hältst du das nicht für furchtbar mutig und heroisch?»

«Ja, sicher», sagte Judith völlig aufrichtig. Allein die Vorstellung, ein Flugzeug zu steuern, fand sie ziemlich erschreckend.

«Die Fliegerei findet er herrlich und hält es für das Magischste auf der Welt. Wie eine Seemöwe schweben und auf all die kleinen Felder hinunterblicken.»

«Glaubst du, daß er Weihnachten wieder zu Hause ist?»

«Bestimmt. Früher oder später. Was ziehst du an den Weihnachtsfeiertagen an? Hast du dir etwas Neues gekauft?»

«Nun ja, eigentlich ist es nicht neu, aber ich hab's noch nicht getragen.»

«Dann ist es neu. Erzähl mal.»

«Es ist aus dem Sari geschneidert, den Mami mir zum Geburtstag geschickt hat. Deine Mutter hat mir geholfen, ein Modell zu entwerfen, mit dem wir dann zu ihrer Schneiderin gegangen sind.» Sich mit Athena wie eine Erwachsene über Kleider zu unterhalten machte Judith gesprächig. Loveday redete nie über Kleider, weil sie sich nicht dafür interessierte und sie auf ihre äußere Erscheinung nicht viel Wert legte. Athena dagegen zeigte sich sogleich interessiert.

«Klingt aufregend. Darf ich es mal sehen? Hast du es hier?»

«Ja, es hängt im Schrank.»

«Oh, zeig mal her.»

Judith stand auf, ging an den offenen Schrank und griff nach dem gepolsterten Kleiderbügel, auf dem das kostbare, in schwarzes Seidenpapier gehüllte Stück hing.

«Das Papier soll verhindern, daß die Goldfäden matt werden. Eigentlich weiß ich nicht, warum», sagte sie zur Erklärung, als sie es abstreifte. «Es fiel uns furchtbar schwer, den Stoff so zurechtzuschneiden, daß das Randmuster erhalten blieb, aber Diana hat's geschafft...»

Der letzte Bogen Seidenpapier fiel zu Boden, und das Kleid war enthüllt. Sie hielt es an sich hoch, wobei sie den Rock spreizte, um dessen Weite vorzuführen. Die Seide war so fein gewebt, daß das Kleid so gut wie nichts wog und sich so leicht wie Luft anfühlte. Am tiefen Saum und um die Aufschläge der kleinen Ärmel blitzten die Goldfäden vom Randmuster des Saris auf, sobald Licht darauf fiel.

Athenas Gesicht wurde länger. «Schätzchen, das ist ja göttlich. Und was für eine Farbe! Weder Türkis noch Blau. Einfach vollkommen.» Judith wurde warm ums Herz vor Entzücken. Es beruhigte sie, daß ausgerechnet Athena sich so aufrichtig begeistert zeigte. «Und welche Schuhe willst du dazu anziehen?» Sie legte die Stirn in Falten. «Goldene oder blaue?»

«Goldene. Eine Art Sandalen.»

«Natürlich. Und dazu mußt du Goldschmuck tragen. Riesige

Ohrringe. Ich habe gerade das Passende bekommen, ich leihe sie dir gern. Mein Gott, du wirst alle Männer umhauen. Es ist wirklich himmlisch, und ich bin furchtbar neidisch. Pack es jetzt wieder gut ein und hänge es lieber weg, damit es nicht matt wird.»

Sie saß da und sah Judith zu, die mit einiger Mühe das Kleid in das schwarze Seidenpapier einwickelte und es wieder in den Schrank hängte. Dann gähnte sie mächtig und sah auf ihre Armbanduhr.

«Meine Güte, schon Viertel vor eins. Ich weiß nicht, wie es mit dir ist, aber ich sterbe einfach vor Hunger. Gehen wir runter, bevor Nettlebed den Gong schlägt.» Sie erhob sich graziös vom Bett, fuhr sich mit einer Hand über ihr glänzendes Haar und wartete auf Judith. «Viel hast du ja noch nicht ausgepackt. Alles nur meine Schuld, ich habe dich aufgehalten. Egal, das kannst du später immer noch tun. Ist es nicht herrlich, daß Ferien sind und du so viele Tage frei hast? Und soviel Zeit, wie du willst.»

JUDITH WAR vom Wind geweckt worden, von einem Sturm, der im Laufe der Nacht an Kraft zugenommen hatte, nunmehr vom Meer her heulte, gegen die Scheiben schlug und an den Flügelfenstern rüttelte. Als sie zu Bett gegangen war, hatte sie das Fenster einen Spaltbreit geöffnet, doch nun zerrte der Wind an den Vorhängen und brachte sie wie Gespenster zum Tanzen, so daß sie nach einer Weile aus dem Bett stieg und, in der schneidenden Luft zitternd, das Fenster schloß und den Riegel vorlegte. Das Fenster klapperte noch gegen den Rahmen, doch die Vorhänge bauschten sich nicht mehr. Sie knipste die Nachttischlampe an und sah, daß es sieben Uhr war. Die Dämmerung erhellte noch nicht den stürmischen Morgen, so daß sie es vorzog, in ihr warmes Bett zurückzukriechen und die Daunendecke bis über die Schultern hochzuziehen. Inzwischen lag sie wach und dachte an den bevorstehenden Tag und an den vergangenen Abend. Nancherrow füllte sich allmählich. Die letzten Gäste, Jane und Alistair Pearson, die noch rechtzeitig vor dem Dinner angekommen waren, hatten eine lange und eiskalte Autofahrt von

London hinter sich gebracht. Die ganze Familie war in die Eingangshalle geströmt, um sie vor dem glitzernden, hellerleuchteten Weihnachtsbaum zu begrüßen. Die Neuankömmlinge, ein attraktives Paar, sahen jünger aus, als sie waren, und brachten einen Hauch Londoner Flair mit, er in seinem marineblauen Mantel und seinem Schal, sie in Rot mit einem Kragen aus weißem Fuchs. Sie hatte sich ein Seidentuch um den Kopf gebunden, doch in der warmen Eingangshalle löste sie den Knoten und nahm es ab, und ihr dunkles Haar fiel bis auf den weichen Pelzkragen herab.

«...oh, Darling», Diana war offensichtlich hingerissen, «wie schön, daß ihr da seid. War die Fahrt sehr scheußlich?»

«Die Straßen waren furchtbar glatt, aber Alistair hat nicht mit der Wimper gezuckt. Wir haben mit Schnee gerechnet. Zum Glück hatten wir weder unsere Kleinen noch das Kindermädchen dabei. Die Ärmste wäre vor Angst sicher umgekommen.»

«Wo ist euer Gepäck? Noch im Auto?»

«Ja, und eine Million Päckchen für die Bescherung...»

«Wir holen sie rein. Wo ist Nettlebed? Nettlebed!»

Doch Nettlebed war längst unterwegs, denn er kam über den Küchenflur. «Keine Sorge, Madam, ich kümmere mich um alles.»

Nettlebed hatte das Gepäck hereingeholt, und die Pearsons waren angemessen im großen Schlafzimmer mit dem Himmelbett untergebracht worden, wo sie vermutlich noch schliefen, es sei denn, der Sturm hatte auch sie geweckt.

Nichts deutete darauf hin, daß er an Stärke abnehmen würde. Eine neue plötzliche Bö peitschte das Haus, der Regen trommelte gegen die Fensterscheiben und rann in Strömen an ihnen herunter. Judith hoffte, daß es nicht den ganzen Tag so weiterregnen würde, doch über das Wetter zerbrach sie sich noch am wenigsten den Kopf. Viel schlimmer war, daß sie – obwohl sich die Päckchen unter dem Baum bereits häuften – bisher noch kein einziges Geschenk eingekauft hatte. Inzwischen lag sie hellwach im Bett und grübelte eine Weile darüber, dann stand sie auf, streifte sich den Morgenmantel über und setzte sich an ihren Schreibtisch, um eine Liste zusammenzustellen. Sie brachte es auf siebzehn Namen. Siebzehn Geschenke also mußte sie einkaufen, und bis zum großen Tag blieben ihr nur noch drei Tage. Jetzt nur keine Zeit verlieren. Geschwind machte sie einen Plan, putzte die Zähne und wusch sich, bürstete ihr Haar, zog sich an und ging nach unten.

Inzwischen war es acht Uhr. Das Frühstück auf Nancherrow wurde zwar erst um halb neun serviert, doch sie wußte, daß Colonel Carey-Lewis, der sich gern etwas Ruhe gönnte, stets vorzeitig am Tisch saß, seinen Bacon mit Eiern in Ruhe verzehrte und jenen Teil der Zeitung vom Vortag las, zu dessen gründlicher Lektüre er bisher weder Zeit noch Gelegenheit gefunden hatte.

Sie öffnete die Tür zum Eßzimmer, und wie erwartet saß er bereits auf seinem Stuhl am Kopf des Tisches. Überrascht senkte er die Zeitung und blickte über seine Brille hinweg; seine Miene ließ deutlich erkennen, daß ihm diese Störung nicht behagte. Doch sobald er Judith erkannt hatte, entspannten sich seine Züge aus lauter Höflichkeit. Sie dachte, und dies nicht zum erstenmal, er sei wohl der liebenswürdigste Mann, dem sie jemals begegnet war.

«Guten Morgen, Judith.»

«Guten Morgen. Entschuldigen Sie bitte.» Sie schloß die Tür. Im Kamin brannte ein Feuer, und die Kohlen verströmten einen bitteren, beißenden Geruch. «Ich weiß, daß ich Sie störe und Sie lieber nicht reden möchten, aber ich habe ein großes Problem und dachte, Sie könnten mir vielleicht helfen.»

«Aber gern. Worum geht es denn?»

«Nun, es geht um...»

«Warte, sag mir nichts, bevor du nicht etwas gegessen hast. Danach reden wir über dein Problem. Mit leerem Magen singt man nicht gut.»

Sie lächelte und war voller Zuneigung für ihn. Im Laufe der Jahre, seit sie nach Nancherrow gekommen war, hatte sie den Colonel liebgewonnen, und die anfängliche Scheu im Umgang miteinander hatte sich bald verflüchtigt und war, wenn auch nie einer Vertrautheit, so doch einer Unbeschwertheit gewichen. Der Colonel seinerseits behandelte Judith zwar nicht wie eine eigene Tochter, aber gewiß wie seine Lieblingsnichte. Und so wandte sie sich folgsam der Anrichte zu, holte sich ein gekochtes Ei und eine Tasse Tee, kehrte dann an den Tisch zurück und setzte sich neben ihn.

«Nun, was gibt es denn?»

«Es geht um die Weihnachtsgeschenke. Als ich im Internat war, konnte ich keine kaufen, und bevor ich hierherkam, hatte ich keine Gelegenheit dazu. Die für meine Familie habe ich natürlich schon vor Wochen abgeschickt, denn das muß man, wenn sie noch rechtzeitig in Singapur eintreffen sollen. Aber das ist auch alles. Und eben habe ich sämtliche Personen hier im Haus aufgelistet und bin auf insgesamt siebzehn gekommen.»

«Siebzehn?» Er blickte leicht verdutzt drein. «Sind wir wirklich so viele?»

«Na ja, zu Weihnachten werden wir so viele sein.»

«Und was erwartest du nun von mir?»

«Eigentlich nichts. Ich wollte nur wissen, ob ein Auto nach Penzance fährt, damit ich mitfahren und dort einkaufen kann. Diana wollte ich davon nichts sagen, denn bei all den vielen Gästen und den Vorbereitungen hat sie hier schon genug um die Ohren. Doch ich dachte, daß *Sie* vielleicht etwas einrichten könnten.»

«Gut, daß du zu mir gekommen bist. Diana wirbelt schon wie ein Kreisel durchs Haus. Unmöglich, von ihr ein vernünftiges Wort zu hören.» Er lächelte. «Wir beide könnten heute morgen zusammen nach Penzance fahren.»

«Oh, aber ich hatte es nicht darauf abgesehen, daß Sie mich hinbringen...»

«Das weiß ich doch, aber ich muß sowieso hinfahren. Nämlich zur Bank, und diesen Gang kann ich ebensogut heute erledigen wie an einem der nächsten Tage.» Er hob den Kopf und sah zum Fenster hinaus, als eine heftige Bö vom Meer den Regen vor sich hertrieb. «An solch einem Tag kann man sonst nicht viel unternehmen.»

«Müssen Sie wirklich zur Bank?»

«Ja, wirklich. Wie du weißt, gehe ich nicht gern einkaufen, und all meine Lieben erhalten daher an Weihnachten von mir einen Umschlag mit etwas Geld. Das ist so wenig einfallsreich, daß ich versuche, es dadurch etwas aufregender zu machen, daß ich nur neue Geldscheine verschenke, die noch ganz glatt sind und rascheln. Und die will ich mir heute vormittag besorgen.»

345

«Aber das haben Sie schnell erledigt, während ich mindestens zwei Stunden zum Einkaufen brauche. Mir wäre es nicht recht, daß Sie Zeit vergeuden, nur weil Sie auf mich warten müssen.»

«Ich werde in den Club gehen, Zeitung lesen, ein paar Freunde treffen und mir zu gegebener Zeit einen Drink genehmigen.» Er schob die Manschette zurück und blickte auf seine Uhr. «Wenn wir keine Zeit verlieren, könnten wir um zehn Uhr in Penzance sein, so daß wir, ohne uns allzusehr zu beeilen, rechtzeitig zum Lunch wieder zurück sein könnten. Wir sollten einen Treffpunkt verabreden. Ich schlage vor, um halb eins im Hotel Mitre. Dann bleiben dir zum Einkaufen zweieinhalb Stunden. Wenn Diana einkauft, dann reichen ihr nämlich zwei Stunden nie. Das ist ihr viel zuwenig. Sie braucht einen halben Tag, um einen Hut zu kaufen.»

Er scherzte so selten, daß Judith ihm am liebsten um den Hals gefallen wäre, doch sie hielt sich zurück. Statt dessen erwiderte sie: «Oh, das ist nett. Ich bin Ihnen ja so dankbar. Jetzt ist mir viel leichter.»

«Sorgen solltest du nie für dich behalten. Versprich mir das! Und ich werde deine Gesellschaft genießen. Sei bitte so nett und gieße mir noch eine Tasse Kaffee ein.»

IN PENZANCE war das Wetter nicht besser, sondern eher noch schlechter. In den Straßen staute sich das Wasser, das die Rinnsteine nicht fassen konnten, da Abfallreste sie verstopften und Zweige, die der Sturm von den Bäumen gerissen hatte. Geplagte Käufer mühten sich damit ab, ihre Regenschirme zu öffnen, und mußten zuweilen zusehen, wie der Wind sie umstülpte. Hüte wurden von den Köpfen gefegt, rollten weit fort und wurden aufgegeben. Hin und wieder rutschte eine Schieferpfanne von einem Dach und fiel auf den Boden, wo sie auf dem Pflaster zersprang. Und der Vormittag war so düster, daß man in den Läden und den Büros das Licht angeschaltet hatte. Das dumpfe Aufprallen der Flutwellen auf dem Strand war deutlich zu hören, und man redete nur von der Katastrophe, von überfluteten Kellern, umgestürzten Bäumen und von der Promenade und dem Hafen, die ebenfalls bedroht waren.

Man fühlte sich ein wenig wie im Belagerungszustand, allerdings langweilte man sich nicht. In Gummistiefeln, in schwarzem Ölzeug und mit einer Wollmütze, die sie bis über die Ohren heruntergezogen hatte, kämpfte Judith sich von Geschäft zu Geschäft, wobei sie zunehmend mit Päckchen und Tragetaschen beladen war.

Um halb zwölf hielt sie sich in der Schreibwarenhandlung W. H. Smiths auf, nachdem sie für alle, bis auf Edward, ein Geschenk erstanden hatte. Diesen Geschenkkauf hatte sie aus zwei Gründen bis zuletzt aufgehoben. Zum einen wußte sie nicht recht, was sie ihm schenken sollte, zum anderen konnte sie nicht vollkommen darauf vertrauen, daß er zu Weihnachten *bestimmt* auf Nancherrow sein würde. *Er kommt rechtzeitig aus Arosa zurück*, hatte Diana versprochen, doch niemand konnte dessen *sicher* sein, und Judith sehnte sich so sehr danach, ihn wiederzusehen, daß sie in dieser Angelegenheit vollkommen abergläubisch geworden war. Es kam ihr vor, als nähme sie zu einem Picknick einen Regenschirm mit, nur als Versicherung gegen einen möglichen Platzregen. Falls sie nun für ihn nichts kaufte, dann wäre er verpflichtet aufzukreuzen, andererseits hätte sie dann kein Geschenk für ihn. Kaufte sie dagegen etwas, so forderte sie vielleicht das Schicksal heraus, und er würde sich im letzten Augenblick gewiß dafür entscheiden, bei seinen Freunden in Arosa zu bleiben. Sie stellte sich vor, wie sein Telegramm auf Nancherrow eintreffen würde; Diana würde den Umschlag öffnen und die Nachricht laut vorlesen. BEDAURE, BLEIBE ÜBER WEIHNACHTEN HIER. SEHE EUCH ALLE ZU NEUJAHR. Oder so ähnlich. Vielleicht...

«Könnten Sie mir bitte Platz machen?» Eine gereizte Dame, die mit einer Packung Schreibpapier zur Kasse wollte, störte sie in ihren pessimistischen Überlegungen auf.

«Oh, Entschuldigung...» Judith zog ihre Pakete näher zu sich heran und trat zur Seite, doch dieser kleine Zwischenfall hatte sie wieder zur Besinnung gebracht. Natürlich mußte sie ein Geschenk für Edward kaufen. Käme er nicht zu Weihnachten, so würde sie es ihm später geben. Angesichts der um sie herum sorgfältig gestapelten neuen Bücher verfiel sie auf die Idee, ihm ein Buch zu schenken, doch dann verwarf sie dieses Vorhaben. Statt dessen... Mit neuer Energie und fest entschlossen, stürzte sie sich erneut in Wind und Regen und war bereits in der Market Jew Street zu Medways unterwegs.

Selbst dieser altmodische, gewöhnlich ruhige und eher langweilige Laden war von der vorweihnachtlichen Geschäftigkeit nicht verschont geblieben. An den Lampen hingen Glocken aus Papier, und im Laden hielten sich mehr Kunden auf als gewöhnlich, darunter viele Hausfrauen, die womöglich praktische graue Socken oder ein Hemd für den Ehemann kauften, sich über die korrekte Kragenweite allerdings noch nicht schlüssig waren. Doch Judith hatte nicht die Absicht, Socken für Edward zu kaufen, und sie wußte genau, daß er genug Hemden besaß. Während sie mit sich zu Rate ging und sich das Wasser, das von ihrem Regenmantel tropfte, auf dem gebohnerten Fußboden zu einer kleinen Pfütze sammelte, hätte sie noch lange gegrübelt, wäre nicht ein älterer Verkäufer auf sie zugegangen und sie, als er vor ihr auftauchte, nicht wie elektrisiert zu einer Entscheidung gekommen.

Sie sagte: «Einen Schal, bitte!»

«Als Weihnachtsgeschenk, nicht wahr?»

«Ja.» Sie überlegte. «Etwas Freundliches. Kein Marineblau oder Grau. Rot vielleicht.»

«Wie wäre es mit einem Schottenmuster? Wir führen sehr schöne Schals mit Schottenkaro. Allerdings aus Kaschmir und nicht ganz billig.»

Kaschmir. Ein Schal aus Kaschmir mit Schottenmuster. Sie stellte sich Edward mit einer solchen lässig um den Hals drapierten Kostbarkeit vor.

Sie erwiderte: «Es darf schon etwas kosten.»

«Nun, dann wollen wir uns diese hier mal ansehen.»

Sie suchte den hellsten aus, Rot und Grün mit einem Schuß Gelb. Der Verkäufer war fortgegangen, um ihn einzupacken; inzwischen holte sie ihr Scheckheft und ihren Füller heraus und wartete auf ihn. Während sie am Ladentisch stand, blickte sie sich interessiert um, denn dieser in die Jahre gekommene Laden war zum unerwarteten Schauplatz ihrer augenblicklichen Erinnerungen geworden. Hier hatte sie zum erstenmal Diana Carey-Lewis und Loveday gesehen, und hierher war sie an jenem besonderen Tag mit Edward gekommen, als sie ihm dabei behilflich gewesen war, einen Tweedanzug auszusuchen, und er sie danach zum Mittagessen eingeladen hatte.

«...da wäre ich wieder, Miss.»

«Vielen Dank.» Er hatte den Schal in ein Papier mit Stechpalmenmuster gewickelt.

«Und hier Ihre Rechnung...»

Judith stellte einen Scheck aus. Während sie damit beschäftigt war, wurde die Ladentür hinter ihr geöffnet. Ein kalter Luftzug machte sich vorübergehend bemerkbar, und dann wurde die Tür wieder geschlossen. Sie unterschrieb den Scheck, trennte ihn aus dem Scheckheft heraus und reichte ihn dem Verkäufer.

Eine Stimme hinter ihr sprach ihren Namen aus. Verwundert drehte sie sich um und stand unversehens Edward gegenüber.

Die Überraschung verschlug ihr einen Augenblick lang die Sprache und verursachte gleich darauf ein freudiges Herzklopfen. Sie fühlte, wie ein Lächeln über ihr ganzes Gesicht ging.

«*Edward!*»

«Überraschung, Überraschung!»

«Was treibst du denn...? Wie bist du hierher...? Was treibst du denn hier?»

«Hab dich gesucht.»

«Ich dachte, du bist noch in Arosa.»

«Bin heute morgen mit dem Nachtzug aus London gekommen.»

«Aber...»

«Komm», er legte eine Hand auf ihren Arm und zog ein wenig daran, «hier können wir nicht reden. Gehen wir.» Er blickte auf ihre zahlreichen Einkaufstüten und Päckchen hinunter, die sie umgaben. «Gehört das alles dir?» Es klang ungläubig.

«Weihnachtseinkäufe.»

«Bist du fertig?»

«Ja, endlich.»

«Dann laß uns gehen.»

«Wohin?»

«Zum Mitre. Wohin denn sonst? Solltest du nicht dort Paps treffen?»

Sie legte die Stirn in Falten. «Schon, aber...»

«Das läßt sich alles aufklären.» Er hatte ihr die Päckchen abgenommen und war, beide Arme beladen, bereits unterwegs zur Ladentür. Geschwind hob sie die wenigen Sachen auf, die er auf dem Fußboden zurückgelassen hatte, und eilte ihm nach.

Er stieß die schwere Glastür mit seiner Schulter auf und ließ sie an sich vorbei, und dann standen beide in der regennassen Straße, den Kopf gegen den Wind gesenkt, überquerten die Straße mit der für Edward typischen Sorglosigkeit und liefen die Chapel Street hinunter, der Wärme und dem Obdach des alten Hotel Mitre entgegen. Dort führte er sie in die Lounge, die nach Bier und den Zigaretten vom Vorabend roch, wo es aber ein willkommenes Feuer gab und niemanden, der sie stören würde.

Sie machten es sich bequem. Edward stapelte all ihre Päckchen fein säuberlich auf dem Fußboden, und nachdem er dies erledigt hatte, sagte er ihr: «Los, zieh deinen nassen Mantel aus und wärm dich auf. Soll ich Kaffee für uns bestellen? Vermutlich schmeckt er abscheulich, aber mit ein wenig Glück ist er wenigstens schön heiß.» Er blickte sich um, fand einen Klingelknopf am Kamin und drückte ihn. Judith knöpfte ihren Regenmantel auf und legte ihn, da sie keinen besseren Platz fand, über die Rückenlehne eines Stuhls, von wo aus das Wasser, wie bei einem defekten Wasserhahn, langsam auf den verschossenen Orientteppich tropfte. Sie riß sich ihre Wollmütze vom Kopf und schüttelte ihr feuchtes Haar.

Ein sehr alter Kellner tauchte an der Tür auf. Edward sagte: «Wir möchten gern Kaffee. Vielleicht zwei Kännchen. Und Kekse dazu.»

Judith kramte einen Kamm aus ihrer Tasche und versuchte damit ihre Haare in Ordnung zu bringen. Über der Garderobe hing ein Spiegel, und wenn sie sich auf die Zehenspitzen stellte, konnte sie sich darin sehen. Sie erblickte ihr eigenes Gesicht, die vom Wind rosig gefärbten Wangen und die Augen, die wie Sterne leuchteten. Glück erkennt man, dachte sie. Sie steckte den Kamm weg und wandte sich Edward zu.

Er sah wunderbar aus, unrasiert, jedoch wunderbar. Tiefge-
bräunt, drahtig und gut in Form. Nachdem er den Kaffee bestellt
hatte, zog er seine triefendnasse Skijacke aus, darunter trug er einen
marineblauen Rollkragenpullover und Kordhosen. Die Hosen-
beine hatte der Regen dunkel gefärbt, und als er sich nahe ans lebhaft flackernde Kaminfeuer stellte, dampften sie leicht.

Sie sagte: «Du siehst gut aus.»

«Du auch.»

«Wir wußten nicht, ob du nach Hause kommst.»

«Ich habe kein Telegramm geschickt und auch nicht angerufen.
Aber kommen wollte ich auf jeden Fall. Weihnachten würde ich
nicht für alles Skilaufen der Welt verpassen wollen. Und wenn ich
gesagt hätte, wann ich ankomme, dann hätte Mama unnötig viele
Umstände gemacht, von wegen Abholen vom Zug und all dem ganzen Kram. Lieber keine Termine haben, besonders wenn man vom
Kontinent kommt. Man weiß nämlich nie, ob man einen Zug noch
bekommt oder ob die Fähre pünktlich verkehrt.»

Judith verstand ihn und teilte seine Meinung. Jedoch... «Wann
bist du eigentlich angekommen?» fragte sie.

Er langte in seine Hosentasche und holte Zigaretten und
Feuerzeug heraus, und sie mußte auf seine Antwort warten, bis er
sich die Zigarette angesteckt hatte. Er stieß eine Rauchwolke aus
und lächelte sie an. «Ich hab's dir gesagt. Mit dem Nachtzug. Um
sieben Uhr früh war ich zu Hause.»

«Und keiner hat dich abgeholt.»

Er sah sich nach einem Sitzplatz um und entschied sich für einen
alten Lehnstuhl, den er über den Teppich dicht ans offene Feuer
schob. Er ließ sich hineinsinken.

«Was hast du dann gemacht?»

«Es schien mir etwas zu früh, um zu Hause anzurufen und darum
zu bitten, daß jemand mich abholt. Da ich viel zu geizig bin, um mir
ein Taxi zu nehmen, ließ ich all meine Sachen am Bahnhof und ging
zu Paps' Club, wo ich so lange klopfte, bis mich jemand einließ.»

«Ich wußte nicht, daß du im Club deines Vaters Mitglied bist.»

«Bin ich auch nicht, aber dort kennen sie mich, und ich hab ihnen
eine rührselige Geschichte aufgetischt, so daß sie mich hereinließen.

Und als ich ihnen erzählte, ich sei zwei Tage unterwegs gewesen, ziemlich erschöpft und arg schmutzig, da durfte ich sogar das Bad benutzen. Eine ganze Stunde habe ich im heißen Wasser gelegen, und danach hat mir eine freundliche Dame ein Frühstück zubereitet.»

Sie war voller Bewunderung. «Edward, du hast vielleicht Nerven!»

«Ich hab's eher als einen großen Jux angesehen. Ein phantastisches Frühstück, sag ich dir. Mit Schinken, Eiern, Würsten und kochendheißem Tee. Und das Allerbeste? Kaum daß ich dieses gigantische Frühstück beendet hatte – immerhin hatte ich seit zwölf Stunden nichts mehr zwischen die Zähne bekommen –, da kam ausgerechnet mein Paps hereinspaziert.»

«Und war er nicht ebenso überrascht wie ich?»

«Kein bißchen weniger.»

«Du bist ungezogen. Er hätte sich zu Tode erschrecken können.»

«Ach, red doch keinen Unsinn. Er hat sich richtig gefreut, mich zu sehen. Er hat sich zu mir an den Tisch gesetzt, und wir haben noch eine weitere Kanne Tee bestellt. Dabei hat er mir erzählt, daß er mit dir in die Stadt gefahren sei, damit du deine Weihnachtsgeschenke kaufen kannst, und daß er sich mit dir hier um halb eins verabredet habe. Darum habe ich dich gesucht und zur Eile angetrieben.»

«Wie bist du gerade auf Medways gekommen?»

«Nun, du warst in keinem der anderen Geschäfte, und so bin ich schließlich dort gelandet.» Er lächelte verschmitzt. «Mit Erfolg, wie du siehst.»

Allein der Gedanke, daß er bei diesem schrecklichen Wetter auf der Suche nach ihr ganz Penzance abgeklappert hatte, rührte Judith sehr und ließ sie erröten.

Sie sagte: «Du hättest im Club bleiben und gemütlich Zeitung lesen können.»

«Ich hatte wenig Lust, irgendwo gemütlich herumzusitzen. Dafür habe ich allzu lange in muffigen Eisenbahnabteilen sitzen müssen. Erzähl mir lieber, wie es dir so ergangen ist...»

Doch bevor sie auch nur damit angefangen hatte, kam der alte

Kellner mit den Kaffeekännchen, den Tassen und Untertassen und mit zwei winzigen Keksen auf einem Tablett zurück. Edward griff erneut in seine Hosentasche, holte eine Handvoll Münzen heraus und zahlte. «Der Rest ist für Sie.»

«Vielen Dank, Sir.»

Nachdem er sich entfernt hatte, schenkte Judith den Kaffee ein. Er war schwarz und roch etwas eigenartig, aber wenigstens war er richtig heiß.

«...was hast du inzwischen gemacht?» fragte er.

«Ach, nicht viel. Immer nur in der Schule.»

«Mein Gott, du kannst einem wirklich leid tun. Aber warte nur ab, bald hast du sie hinter dir, und dann fragst du dich, wie in aller Welt du das bloß ausgehalten hast. Und Nancherrow?»

«Steht immer noch.»

«Ach, Dummchen, ich meinte doch, was gibt's dort Neues? Wer ist alles gekommen?»

«Alle, glaube ich, jetzt, wo du auch da bist.»

«Und was ist mit Freunden und Verwandten?»

«Die Pearsons aus London sind gestern abend angekommen.»

«Jane und Alistair? Schön, die sind nett.»

«Ihre Kinder kommen heute abend zusammen mit der Nanny per Eisenbahn.»

«Nun, ich glaube, wir alle haben unser kleines Kreuz zu tragen.»

«Und Tommy Mortimer kommt erst Weihnachten, aber ich weiß nicht, wann genau.»

«Unvermeidbar.» Er äffte Tommy Mortimers honigsüße Stimme nach. «Diana, mein Schatz, wie wär's mit einem klitzekleinen Martini?»

«Ach, laß ihn, so übel ist er nun auch wieder nicht.»

«Eigentlich mag ich den komischen Kauz sogar ganz gern. Und hat Athena wieder einen glühenden Verehrer im Schlepptau?»

«Nein, diesmal nicht.»

«Wenn das kein Grund zum Feiern ist! Wie geht's Tante Lavinia?»

«Die habe ich noch gar nicht gesehen. Ich bin ja erst gestern von

St. Ursula gekommen. Aber ich weiß, daß sie zum Weihnachtsdinner kommt.»

«Majestätisch in ihrem schwarzen Samtkleid, das gute alte Mädchen.» Er trank einen Schluck Kaffee und verzog die Miene. «Mein Gott, der schmeckt wirklich gräßlich!»

«Erzähl mir, wie's in Arosa war!»

Er stellte seine Tasse mit einer spöttischen Bewegung ab, und es war offensichtlich, daß er den Kaffee nicht mehr anrühren würde. «Einfach toll», antwortete er. «Sämtliche Lifts waren in Betrieb, und kaum Skiläufer. Der Schnee war phantastisch, und von morgens bis abends schien die Sonne. Den ganzen Tag über sind wir Ski gelaufen, und abends haben wir stundenlang getanzt... es gibt da ein neues Lokal, Zu den Drei Husaren, wo alle hingehen. Gewöhnlich hat man uns um vier Uhr morgens rausgeworfen.» Er begann zu singen. «*Gern hab' ich die Frau'n geküßt, hab' nie gefragt, ob es gestattet ist.* Abend für Abend haben wir die Musikkapelle überredet, dieses Lied zu spielen.»

Wir. Wer war «wir»? Ein Anflug von Eifersucht überkam Judith. «Mit wem warst du denn dort?» fragte sie.

«Ach, mit lauter Freunden aus Cambridge.»

«Das muß nett gewesen sein.»

«Bist du noch nie Ski gelaufen?»

Sie schüttelte den Kopf. «Nein.»

«Irgendwann nehme ich dich mal mit.»

«Ich kann aber nicht Ski laufen.»

«Dann bringe ich's dir bei.»

«Athena hat mir erzählt, daß du jetzt fliegen lernst.»

«Ich hab's längst gelernt. Den Pilotenschein habe ich in der Tasche.»

«Hast du keine Angst?»

«Nein, es ist unbeschreiblich. Man fühlt sich unverwundbar. Übermenschlich.»

«Ist es schwer?»

«Nein, genauso leicht wie Autofahren, aber tausendmal faszinierender.»

«Ich finde dich noch immer furchtbar mutig.»

«Oh, ja, natürlich», sagte er ironisch. «Ein richtiger Vogelmensch.» Plötzlich schob er den Ärmel seines Pullovers zurück und warf einen Blick auf seine Armbanduhr. «Es ist jetzt Viertel nach zwölf. Paps wird bald hier sein, um uns nach Hause zu fahren. Die Sonne steht über Rahnock, also trinken wir ein Glas Schampus.»

«Champagner?»

«Warum nicht?»

«Sollten wir nicht auf deinen Vater warten?»

«Wieso? Er kann Champagner nicht ausstehen. Aber du schon, oder?»

«Ich habe noch nie welchen getrunken.»

«Dann hast du jetzt Gelegenheit dazu.» Noch bevor sie widersprechen konnte, war er aufgestanden und hatte auf den Klingelknopf gedrückt.

«Aber... mitten am Tag, Edward?»

«Selbstverständlich. Champagner kann man zu jeder Tages- und Nachtzeit trinken, das ist einer seiner Vorzüge. Mein Großvater nannte ihn den Rebensaft der reichen Leute. Und womit könnten wir beide das Weihnachtsfest denn besser einläuten?»

Es war sieben Uhr am Heiligabend. Judith war dabei, sich für den Höhepunkt des Tages, das Weihnachtsdinner, zurechtzumachen. Sie hatte ihr Haar zu vielen großen Locken festgesteckt und ihr Gesicht mit der neuen Reinigungsmilch behandelt, eine Grundierungscreme aufgetragen sowie einen Hauch des köstlich duftenden Puders aufgelegt. Rouge kam für sie nicht in Frage, doch das Tuschen der Wimpern mit Mascara hatte einen gewissen Reiz.

Judith saß vor ihrer Frisierkommode und neigte sich behutsam dem Spiegel entgegen. Zum allererstenmal benutzte sie Wimperntusche, denn Athena hatte ihr zu Weihnachten eine schöne Schatulle mit Kosmetika von Elizabeth Arden geschenkt. Und das wenigste, was sie tun konnte, um ihr zu zeigen, daß sie sich über dieses Geschenk sehr gefreut hatte, war zu versuchen, mit den Schwierigkeiten des Schminkens fertig zu werden. In der Mascara-Schachtel hatte sie eine kleine Bürste gefunden, die sie erst unter dem Wasserhahn befeuchtet und mit der sie dann eine Art Paste angerührt hatte. Athena hatte ihr zwar den Rat gegeben, auf das Mascara zu spucken, weil es dann länger halten würde, aber der eigene Speichel ekelte sie etwas, und daher hatte sie lieber Wasser genommen.

Zum Glück gelang es ihr aber noch, das Mascara aufzutragen, ohne sich dabei mit der Bürste ins Auge zu stoßen. Als sie endlich fertig war, lehnte sie sich zurück und ließ die Wimperntusche trocknen. Ihr Spiegelbild starrte sie mit Augen an, so groß wie die einer Puppe, jedoch wunderschön. Warum hatte sie nicht schon früher Wimperntusche ausprobiert?

Während sie abwartete, hörte sie hinter der geschlossenen Tür leise, ferne Geräusche. Tellerklappern aus der Küche und die Stimme von Mrs. Nettlebed, die ihren Ehemann rief. Noch weiter entfernt der leise Klang eines Walzers aus dem *Grafen von Luxemburg*. Vermutlich probierte Edward die Musiktruhe aus für den Fall, daß seine Mutter nach dem Essen alle zum Tanzen aufforderte. Und dann, viel näher, Wassergeplätscher und laute Kinderstimmen aus dem Gästebadezimmer, in dem Nanny Pearson sich bemühte, ihre Schützlinge zu baden, um sie danach ins Bett zu bringen. Aber die Kinder waren übermüde und nach dem langen Tag ziemlich aufgedreht, und von Zeit zu Zeit gingen ihre Stimmen in ein Heulen und Jammern über, während sie wahrscheinlich aufeinander einschlugen. Judith empfand Mitleid für Nanny Pearson, die den ganzen Tag hinter den Kindern hergejagt war. Inzwischen wünschte sie gewiß, daß ihre Schützlinge schon in ihren Betten lagen und fest schliefen, so daß sie ihre geschwollenen Füße hochlegen und mit Mary Millyway tratschen konnte.

Die Wimperntusche schien mittlerweile ganz trocken zu sein. Judith entfernte die Haarklammern, bürstete das Haar aus und bog die Spitzen zu einer schimmernden Pagenfrisur nach innen. Nun noch das Kleid anziehen. Sie schlüpfte aus dem Morgenmantel und trat ans Bett, auf dem die schmetterlingsblaue Pracht für genau diesen Augenblick bereitlag. Sie nahm das Kleid, so federleicht wie feinste Gaze, zog es über den Kopf, steckte die Arme in die Ärmel und spürte, wie die dünne Seide sich an ihren Körper schmiegte. Sie knöpfte es im Nacken zu und schloß dann den Reißverschluß an der Hüfte. Das Abendkleid war etwas zu lang geraten, doch sobald sie in die neuen hochhackigen Schuhe geschlüpft war, war auch dieses Problem gelöst. So, bald war sie soweit. Sie steckte die goldenen Ohrringe, die Athena ihr freundlicherweise geliehen hatte, in die Ohrläppchen. Sie zog die Lippen mit dem neuen, korallenroten Stift nach, trug noch etwas von dem neuen Parfum auf, und sie war bereit.

Sie stellte sich vor den hohen Spiegel in der Schranktür und begutachtete sich zum erstenmal. Sie war zufrieden. Nein, eigentlich fand sie sich wunderbar, denn sie sah wirklich gut aus. Groß, schlank und, was am wichtigsten war, erwachsen. Mindestens wie achtzehn. Und das Kleid war ein Traum. Sie drehte sich, und der Rock schwang um sie herum, genau wie bei Ginger Rogers; und so würde er auch beim Tanzen schwingen, wenn Edward sie aufforderte. Das wünschte sie sich von ganzem Herzen.

Zeit zu gehen. Sie schaltete das Licht aus, ging aus dem Zimmer und den Korridor entlang; sie spürte den dicken, weichen Teppich durch die dünnen Sohlen ihrer Schuhe. Durch den Spalt unter der Badezimmertür drangen Wasserdampf und der Duft von Seife und die tadelnde Stimme von Nanny Pearson: «Was soll der Unsinn?» Judith überlegte, ob sie hineingehen und den Kindern gute Nacht sagen sollte, entschied sich aber, es lieber zu lassen, da Roddy und Camilla wieder zu heulen anfangen könnten. Statt dessen ging sie über die Hintertreppe hinab zum Salon. Die Tür stand offen, sie atmete tief durch, spazierte hinein und hatte dabei das Gefühl, als betrete sie bei einer Schulaufführung die Bühne. In dem hohen, mit Pastellfarben ausgemalten Raum glitzerten die Lampen und die Weihnachtskugeln im flackernden Schein des Kaminfeuers. Sie erblickte Tante Lavinia, die ein schwarzes Samtkleid und Diamanten trug und majestätisch in einem Sessel am Kaminfeuer saß, während der Colonel, Tommy Mortimer und Edward um sie herum standen. Sie hielten Gläser in den Händen, waren in ein Gespräch vertieft und bemerkten Judith darum nicht. Doch Tante Lavinia hatte sie sogleich erspäht und hob ihren Arm zu einem Willkommensgruß.

Die drei Männer wandten sich zur Tür, um nachzusehen, wer sie da unterbrach.

Die Unterhaltung stockte. Einen Augenblick lang war es still. Judith, die zögernd an der Tür stand, brach das Schweigen.

«Bin ich die erste von uns Mädchen hier unten?»

«Du meine Güte, das ist Judith!» Erstaunt schüttelte der Colonel den Kopf. «Fast hätte ich dich nicht erkannt, meine Liebe!»

«Was für ein schöner Anblick!» sagte Tommy Mortimer.

«Ich weiß gar nicht, warum ihr alle so überrascht klingt», ließ Tante Lavinia sich vernehmen, «selbstverständlich sieht sie schön aus... und diese Farbe, Judith! Genau wie ein Eisvogel!»

Edward war sprachlos. Er stellte sein Glas ab, kam durch den Raum auf sie zu und ergriff ihre Hand. Sie sah zu ihm auf und erkannte, daß er nichts zu sagen brauchte, weil seine Augen Bände sprachen.

Schließlich sagte er: «Wir trinken Champagner.»

«Schon wieder?» fragte sie neckend, und er lachte. «Komm und trink ein Glas mit uns.»

WANN IMMER sich Judith dieses Bild vom Dinner am Heiligabend 1938 auf Nancherrow in späteren Jahren in Erinnerung rief, schien es ihr, als betrachte sie ein impressionistisches Gemälde. Alle scharfen Konturen verschwammen im sanften Kerzenlicht. Das Kaminholz loderte und knackte, doch die Möbel, die getäfelten Wände und dunklen Porträts traten schemenhaft zurück und bildeten lediglich den Hintergrund der festlich gedeckten Tafel. In der Mitte silberne Kerzenleuchter, überall Stechpalmenzweige, scharlachrote Nußknacker, Teller mit Nüssen, Obst und Floris-Pralinen, und auf dem dunklen Mahagoniholz Platzdeckchen aus weißem Leinen, Servietten, das beste Familiensilber und Kristallgläser, so fein und klar wie Seifenblasen.

Sie würde nie vergessen, wo die zehn Personen am Tisch Platz genommen hatten und wie sie gekleidet waren. Die Männer, selbstverständlich in festlicher Garderobe, trugen Smokingjacken, gestärkte, schneeweiße Hemden und schwarze Frackschleifen. Der Colonel hatte sich für einen Vatermörderkragen entschieden und sah aus, als wäre er geradewegs aus dem vergoldeten Rahmen eines viktorianischen Gemäldes herausgetreten. Und die Damen erweckten den Eindruck, als hätten sie sich, wie die Angehörigen der königlichen Familie, zuvor in einer Konferenz beraten, damit nur ja die Farben ihrer Abendkleider aufeinander abgestimmt waren und keine Lady die andere übertrumpfte.

Am Kopf der Tafel thronte der Colonel auf seinem angestammten hohen, geschnitzten Stuhl, während Nettlebed hinter ihm stand und Tante Lavinia zu seiner Rechten Platz genommen hatte. Judith saß zwischen ihr und Alistair Pearson, und neben ihm Athena, die in ihrem ärmellosen Kleid aus weißem Kammgarn wie eine Sommergöttin aussah. Zur anderen Seite des Colonels saß Jane Pearson, in ihrem Lieblingsrot so grell wie ein Papagei, und Edward zu ihrer Linken. Dies bedeutete, daß Edward Judith genau gegenübersaß. Hin und wieder schaute sie auf, und ihre Blicke begegneten sich. Dann lächelte er sie an, als teilten sie irgendein herrliches Geheimnis, prostete ihr mit seinem Glas zu und trank einen Schluck Champagner.

Seine jüngere Schwester saß neben ihm. Mit sechzehn war Loveday einerseits kein Teenager mehr, andererseits aber auch noch nicht erwachsen. Offenbar bereitete ihr diese Phase überhaupt keine Probleme. Sie hatte nach wie vor nur das Reiten im Sinn und verbrachte die meiste Zeit in Gesellschaft von Walter Mudge im Pferdestall, wo sie ausmistete und das Sattelzeug putzte. Noch immer interessierte sie sich nicht für Kleider. Für gewöhnlich lief sie in verschmutzten, eingelaufenen Reithosen und einem alten Pullover herum, den sie sich aus dem Kleiderschrank in der Ammenstube geholt hatte. Und auch an diesem Abend trug sie keinen Schmuck, ihre dunklen Locken waren kunstlos wie eh und je, und ihr lebhaftes Gesicht mit den erstaunlichen veilchenblauen Augen erstrahlte, von jeglichem Make-up unberührt. Ihr Kleid jedoch – ihr erstes Abendkleid, das Diana in London ausgesucht und ihr zu Weihnachten geschenkt hatte – war einfach traumhaft. Organdy im lebhaften Grün junger Buchenblätter, schulterfrei geschnitten und im Rücken und an der Taille mit Rüschen besetzt. Sogar Loveday war davon hingerissen und hatte es ohne Widerrede angezogen. Was jedermann als eine große Erleichterung empfand, ganz besonders Mary Millyway, die besser als jeder andere die Unberechenbarkeit ihres Schützlings kannte.

Neben Loveday saß Tommy Mortimer und am anderen Ende der Tafel Diana, in einem enganliegenden Kleid aus stahlgrauem Satin. Wenn sie sich bewegte oder Licht auf die Falten fiel, veränderte sich der Farbton ein wenig, so daß er mal stahlblau, mal dunkelgrau erschien. Dazu trug sie Perlen und Diamanten. Die einzig kräftige Farbe an ihr waren ihre dunkelrot lackierten Fingernägel und das Rot ihrer Lippen.

Man unterhielt sich angeregt, die Stimmen wurden lauter, je mehr man dem Wein zusprach und das herrliche Festmahl fortschritt. Zuerst wurden hauchdunne, rosafarbene Scheiben geräucherten Lachses aufgetragen, dann Truthahn, Schinken, Würstchen, Röstkartoffeln, Rosenkohl und Karotten, Preiselbeergelee und dicke, dunkle Bratensauce mit reichlich Wein. Als die Teller schließlich vom Tisch geräumt wurden, begann Judiths Kleid sich unangenehm eng anzufühlen, doch natürlich folgten noch die Nachspeisen. Der Weihnachtspudding von Mrs. Nettlebed, ihre Weinbrandbutter, Mince Pies und Schüsseln mit dicker Schlagsahne aus Cornwall. Danach wurden Nüsse geknackt, kleine süße Mandarinen geschält und die Cracker vernascht. Das festliche Mahl artete zu einem Kinderfest aus, mit schief aufgesetzten Papierhüten, die keinem standen, und neckischen Scherzen und Rätselspielen.

Schließlich aber war das Festmahl vorüber und für die Damen die Zeit gekommen, die Tafel aufzuheben. Sie erhoben sich vom Tisch, der inzwischen mit Papierschnitzeln, Pralinenpapier, Aschenbechern und Nußschalen übersät war, und zogen sich in den Salon zurück, um dort den Kaffee einzunehmen. Diana ging ihnen voran. Auf ihrem Weg hielt sie inne, neigte sich ihrem Mann zu und gab ihm einen Kuß. «Zehn Minuten», sagte sie zu ihm. «Mehr Zeit gebe ich euch nicht, um euren Portwein zu trinken. Sonst ist der Abend ruiniert.»

«Was wollen wir denn mit dem angebrochenen Abend anfangen?»

«Wir tanzen natürlich bis in die Nacht hinein. Was denn sonst?»

Und tatsächlich, als sich die Herren zu den Damen im Salon gesellten, hatte Diana alles vorbereitet; die Sofas und Stühle waren beiseite geschoben, die Teppiche zusammengerollt und die Musiktruhe mit ihren Lieblingsplatten bestückt worden.

An die Musik würde Judith sich ebenfalls stets erinnern, an die Klänge jenes Abends, jenes Jahres. An *Smoke Gets In Your Eyes* und *You're The Cream In My Coffee* und an *Deep Purple* und *D'Lovely.*

> The moon is out,
> The skies are clear
> And if you want to go walking, dear,
> It's delightful, it's delicious, it's d'lovely…

Nach diesen Schlagern tanzte Judith mit Tommy Mortimer, der ein so hervorragender Tänzer war, daß sie nicht einmal darauf achten mußte, wohin sie ihre Füße setzte. Danach kam Alistair Pearson an die Reihe, und mit ihm verhielt es sich völlig anders, denn er beschränkte sich darauf, mit ihr munter im Raum herumzuschreiten, ganz so, als hätte er einen Staubsauger in der Hand. Der nächste Tanz war, Tante Lavinia zuliebe, ein Walzer. Judith und der Colonel tanzten am besten, denn die beiden waren das einzige Paar, das korrekt linksherum tanzen konnte. Tante Lavinia hob mit einer Hand den schweren Samtrock ihres Kleides an, wobei sie den Blick auf ihre Schuhe mit der Diamantenschnalle freigab, während ihre Füße mit all der Lebensfreude des jungen Mädchens von einst leichtfüßig über das Parkett glitten.

Tanzen machte durstig. Judith schenkte sich am Tisch einen Orangensaft ein, und als sie sich umdrehte, stand Edward neben ihr. «Das Beste habe ich mir für zuletzt aufgehoben», sagte er. «Allen Freundes- und Verwandtenpflichten bin ich nachgekommen. Jetzt komm und tanz mit mir.»

Sie stellte ihr Glas ab und überließ sich seinen Armen.

> Einmal hab' ich dich angeseh'n,
> Weiter braucht' ich nicht zu geh'n,
> Und mein Herz stand still.

Doch ihr Herz stand nicht still. Vielmehr klopfte es so heftig, daß sie sicher war, er müsse es spüren. Er hielt sie ganz fest und sang die Worte des Songs leise in ihr Ohr, und sie wünschte sich, die Musik würde ewig spielen. Doch als das Lied zu Ende war, lösten sie sich voneinander. «Jetzt kannst du deinen Orangensaft trinken», sagte er und holte ihn.

Für einen Augenblick flaute die Stimmung ab, als fühlten sich alle etwas erschöpft und wären dankbar, verschnaufen zu können. Ausgenommen Diana. Für sie durfte es keine Unterbrechung geben, und als die Musik erneut einsetzte – es war der alte Klassiker «Jealousy» –, steuerte sie sogleich auf den Sessel zu, in dem Tommy Mortimer sich gerade zurücklehnte, nahm ihn bei der Hand und zog ihn hoch. Gehorsam folgte er ihr, und engumschlungen tanzten sie, allein auf dem Parkett, einen Tango.

Sie bewegten sich mit der Perfektion von Berufstänzern, schmiegten sich eng aneinander und hielten die Arme starr in die Höhe. Dabei übertrieben sie in grotesker Weise, jeder Schritt, jeder Ruck war abgezirkelt, und mit regungsloser Miene blickten sie sich fest in die Augen. Es war eine außergewöhnliche und gleichzeitig sehr spaßige Darbietung, die beim letzten Akkord der Gitarren mit einem Triumph endete. Da nämlich neigte Diana ihren Kopf so weit zurück, daß ihr blondes Haar fast den Fußboden berührte, während Tommy sich leidenschaftlich über sie beugte. Erst als er sie wieder an sich zog, lachte Diana schallend los. Sie nahm neben Tante Lavinia Platz, der Tränen der Heiterkeit in den Augen standen. «Diana, mein Schatz, dein Tango war glänzend und deine ernste Miene nicht weniger. Du hättest auf einer Bühne tanzen sollen. Meine Liebe, ich kann mich gar nicht mehr daran erinnern, wann ich mich zuletzt so gut amüsiert habe, aber es ist fast Mitternacht. Ich sollte mich langsam auf den Heimweg machen.»

Der Colonel, der sich bemühte, nicht allzu beflissen zu erscheinen, trat sogleich auf sie zu. «Ich fahr dich nach Haus.»

«Ich möchte die Party aber nicht unterbrechen.» Sie ließ sich vom Stuhl hochhelfen. «Doch man sollte aufhören, wenn es am schönsten ist! Nun, mein Mantel ist in der Eingangshalle, glaube ich...» Sie ging von einem zum anderen, gab jedem einen Kuß und sagte gute Nacht. An der Tür wandte sie sich noch einmal um. «Liebste Diana...» Sie warf ihr eine Kußhand zu. «Welch herrlicher Abend! Ich ruf dich morgen an.»

«Ruh dich aus und schlaf ein bißchen länger, Tante Lavinia. Gute Nacht!»

«Mal sehen. Gute Nacht allerseits!»

Und fort war sie, in Begleitung des Colonels. Die Tür schloß sich hinter ihnen. Diana wartete einen Augenblick lang, wandte sich um und holte sich eine Zigarette. Eine Weile lag eine eigenartige Atmosphäre im Raum, so als wären sie Kinder, die man plötzlich sich selbst überlassen hatte, ohne einen Erwachsenen, der ihnen den Spaß hätte verderben können.

Nachdem Diana sich die Zigarette angezündet hatte, musterte sie ihre Gäste. «Was wollen wir jetzt unternehmen?» Niemand schien irgendeinen klugen Vorschlag parat zu haben. «Ich habe eine Idee.» Plötzlich huschte ein Lächeln über ihr Gesicht. «Spielen wir Sardinen!»

Athena, die noch immer Champagner schlürfte, stöhnte laut auf. «Oh, Mama. Sei nicht kindisch!»

«Warum nicht? Das haben wir seit Ewigkeiten nicht mehr gespielt. Wir wissen doch alle, wie es geht, oder?»

Alistair Pearson sagte, er habe es seit so vielen Jahren nicht mehr gespielt und könne sich nicht mehr an die Regeln erinnern. Ob ihm vielleicht jemand...?

Edward erklärte sie ihm. «Einer versteckt sich. Wir schalten alle Lampen aus, das Haus ist dunkel. Die anderen warten hier und zählen bis hundert, und dann geht die Suche los. Wenn man denjenigen aufstöbert, der sich versteckt hat, so sagt man nichts. Einfach hineinschleichen und sich mit ihm verstecken, bis alle Mitspieler sich in einen Wäschekorb oder Schrank oder ein anderes Versteck hineingezwängt haben. Wer zuletzt kommt, ist der Dumme und als nächster mit dem Verstecken dran.»

«Ach ja, jetzt fällt's mir wieder ein», sagte Alistair, was jedoch wenig überzeugend klang.

«Allerdings», warf Diana ein, «gibt es eine Bedingung. Wir müssen alle unten bleiben. Verstecke gibt es hier genug, denn wenn wir uns oben verstecken, könnten wir die Kinder wecken…»

«Oder im Bett von Nanny Pearson landen…»

«Oh, Edward!»

«Natürlich nur aus Versehen.»

«Aber wie», fragte Alistair, der sich hartnäckig in den Kopf gesetzt hatte, die Spielregeln bis ins kleinste Detail verstehen zu wollen, «bestimmen wir denjenigen, der sich als erster verstecken muß?»

«Wir ziehen Karten. Pik sticht, und die höchste Karte gewinnt.» Diana ging an ihren Bridgetisch, öffnete eine Schublade und nahm ein Kartenspiel heraus, hielt das Blatt nach unten, fächerte es grob auf und ging von einem zum anderen, damit jeder eine Karte zog. Judith drehte ihre Karte um. Pikas. Sie sagte: «Ich muß anfangen.»

Diana bat Loveday, das Licht auszuschalten. «Alle Lampen im Haus?» fragte Loveday.

«Nein, Schatz, nicht die für den oberen Treppenabsatz. Sonst gibt es eine Nanny-Panik, und jemand fällt noch die Treppe hinunter.»

«Aber dann können wir ja sehen.»

«So gut wie nichts. Schnell, mach schon.»

«Jetzt», sagte Edward und nahm die Sache in die Hand, «zählen wir bis hundert, und dann kommen wir dich suchen.»

«Ist irgendein Ort tabu?»

«Die Küche, vermute ich. Ich glaube kaum, daß die Nettlebeds dort schon fertig sind. Ansonsten hast du freie Bahn.»

Loveday kehrte in den Salon zurück. «Jetzt ist es wirklich ganz dunkel und gruselig», kündigte sie mit einiger Genugtuung an. «Man sieht kaum noch etwas.»

Judith zitterte plötzlich vor Angst. Lächerlich, doch sie wünschte sich, ein anderer hätte das Pikas gezogen. Dennoch hätte sie nie irgend jemandem gestanden, daß solche Spiele sie nervös machten. Selbst das Versteckspielen im Garten hatte sie stets als Qual empfunden.

364

Doch ihr blieb keine andere Wahl, als die Sache durchzustehen. «Dann fangen wir jetzt an. Auf die Plätze, Judith. Fertig, los.» Noch bevor Judith draußen war, hatten sie schon mit dem Zählen begonnen. *Eins, zwei, drei...* Sie schloß die Tür hinter sich. Die tintenschwarze Finsternis bedrückte sie so, als hätte man ihr einen Sack aus dickem Samt über den Kopf gestülpt. Sie geriet in Panik, und im Geist ging sie alle Schlupflöcher durch, bevor sich die anderen wie Jagdhunde an ihre Fersen hefteten. Sie schauderte, hinter der Tür aber zählten sie weiter. *Dreizehn, vierzehn, fünfzehn...* Inzwischen jedoch hatten sich ihre Augen an die Dunkelheit gewöhnt. Am Ende der Eingangshalle konnte sie den schwachen Schein der Deckenlampe oben vor der Kinderzimmertür erkennen.

Das machte es ihr etwas leichter. Sie durfte keine Zeit verlieren. Behutsam wie eine Blinde tastete sie sich zuerst vorwärts, unsicher und in ständiger Furcht, gegen einen Stuhl oder Tisch zu stoßen. Wo sollte sie sich bloß verstecken? Während sie sich zu orientieren versuchte, setzte sie zaghaft einen Fuß vor den anderen. Zu ihrer Rechten lag das kleine Wohnzimmer, dahinter das Eßzimmer und auf der anderen Seite das Billard- und das Arbeitszimmer des Colonels. Im fahlen Lichtschein, der vom oberen Stock in den Korridor fiel, tastete sie sich vorwärts. Sie wandte sich nach links, fuhr mit einer Hand an der Wand entlang, ließ sich von der Form des Simses leiten, stieß gegen einen Tisch und fühlte, wie ihr kalte Blätter über den nackten Arm strichen. Dann stieß sie an einen Türrahmen. Ihre Hand glitt über das schwere Holz, fand die Klinke, drückte sie herunter, und schon huschte sie hinein.

Das Billardzimmer. Schwarz wie die Nacht. Leise schloß sie die Tür hinter sich. Sie nahm den vertrauten Geruch von altem Filztuch und Zigarrenrauch wahr. Sie suchte nach dem Lichtschalter – sie mogelte – und drehte ihn um. Sogleich war der unter einem Schonbezug verborgene Billardtisch beleuchtet. Alles sah sauber und ordentlich aus, die Queues standen im Gestell aufgereiht, parat für das nächste Spiel. Im Kamin brannte kein Feuer, und die schweren Brokatvorhänge waren zugezogen. Sie hatte sich orientiert, drehte das Licht aus und durchquerte geräuschlos und geschwind den mit einem dicken Orientteppich ausgelegten Raum.

An verregneten Nachmittagen hatte sie manchmal mit Loveday auf der breiten, hochgelegenen Fensterbank gesessen, von wo aus sie eine Billardpartie verfolgten und sich bemühten, den Punktestand mitzuzählen. Kein besonders einfallsreicher Platz für ein Versteck, aber ein besserer fiel ihr auf die schnelle nicht ein. Sie schob den Vorhang zur Seite, raffte ihren langen Rock und kletterte auf die Fensterbank. Dann zog sie ihn wieder zu und brachte die Falten in Ordnung, damit niemand bemerkte, daß sie jemand aufgezogen hatte, und kein Licht eindrang.

Sie hatte es geschafft. Hier stand sie nun. Sie trat ein wenig zur Seite und lehnte sich gegen den Fensterladen. Es war furchtbar kalt, ganz so, als befände sie sich in einem Kühlhaus, denn die Scheiben fühlten sich eiskalt an, und die schweren Brokatvorhänge hielten jede Wärme zurück. Der Himmel war dunkel, die grauen Wolken gaben zuweilen die Sicht auf funkelnde Sterne frei. Sie blickte in die Finsternis hinaus und machte die Schemen der winterlichen Bäume aus, deren Wipfel sich im Wind bewegten. Bisher war ihr nicht aufgefallen, wie windig es war, doch nun, da sie fröstelte, nahm sie wahr, daß der Wind an den Fensterecken pfiff, als wollte er hinein.

Ein Geräusch. Sie reckte den Kopf und lauschte. In der Ferne hatte jemand eine Tür geöffnet. Eine Stimme rief: «Fertig oder nicht – wir kommen!» Sie hatten bis hundert gezählt. Jetzt nahmen sie ihre Fährte auf und jagten sie. Sie hoffte nur, daß alle sie finden würden, bevor sie erfroren war.

Sie wartete. Das Warten schien ihr endlos. Mehrere Stimmen. Dann Schritte. Das helle Lachen einer Frau. Die Minuten verstrichen. Und dann wurde sehr langsam eine Tür geöffnet und wieder geschlossen. Die Tür zum Billardzimmer. Deutlich spürte sie die Gegenwart eines anderen Menschen, der sich bedrohlich näherte, und geriet urplötzlich in Panik. Doch kein Geräusch. Der dicke Teppich verschluckte jeden Laut, und auf einmal war sie sicher, daß jemand auf sie zukam. Sie hielt die Luft an für den Fall, daß man ihr Atmen hören konnte. Dann wurde der Vorhang langsam beiseite geschoben, und jemand fragte leise: «Judith?»

Unwillkürlich seufzte sie erleichtert auf. Das Warten und die

Spannung hatten ein Ende gefunden. Als ihr klar wurde, daß es Edward war, der sie gefunden hatte, flüsterte sie: «Ich bin hier.»

Er schwang sich behend auf die hohe Fensterbank und zog den Vorhang hinter sich zu. Da stand er, groß und kräftig und dicht bei ihr.

«Weißt du, wie ich dich gefunden habe?»

«Sprich nicht, man könnte dich hören.»

«Weißt du's denn?»

«Nein.»

«Ich habe dich am Duft erkannt.»

Sie unterdrückte ein nervöses Kichern. «Wie furchtbar!»

«Nein. Entzückend. Dein Parfum.»

«Mich friert.»

«Wirklich verflixt kalt hier.» Er zog sie an sich, spürte die Gänsehaut auf ihren Armen und fing an, sie kräftig zu rubbeln, als wollte er einen Hund abtrocknen. «Meine Güte, du bist ja halb erfroren. Wirkt das? Wird dir wärmer?»

«Ja, viel wärmer.»

«Hier sind wir wie in einem kleinen Haus, oder? Mit einer Wand und einem Fenster und gerade genug Raum dazwischen.»

«Draußen stürmt es. Ich wußte nicht, daß es heute abend so windig ist.»

«Abends weht hier immer ein starker Wind. Ein Geschenk vom Meer. Heute ist es sein Weihnachtsgeschenk.» Und danach legte er, ohne ein weiteres Wort zu sagen, seine Arme um sie, zog sie noch näher an sich und küßte sie. Der Gedanke an den ersten richtigen Kuß hatte ihr stets Angst eingeflößt. Edwards Kuß jedoch war angenehm und nicht im geringsten zum Fürchten, sondern wunderbar beruhigend. Davon hatte sie seit Monaten geträumt.

Er hatte aufgehört, sie zu küssen, hielt sie jedoch weiter fest an sich gedrückt, während er seine Wange an ihre schmiegte und ihr ins Ohr flüsterte: «Das habe ich mir schon den ganzen Abend gewünscht. Seit du in den Salon gekommen bist und ausgesehen hast wie... was hat Tante Lavinia noch mal gesagt?... wie ein schöner Eisvogel.»

Er löste sich von ihr und sah zu ihr hinunter. «Wie kann ein un-

scheinbares Entlein sich in einen so schönen Schwan verwandeln?»
Sie fühlte auf einmal, wie seine warme Hand von ihrer Schulter
glitt, über ihren Rücken strich und ihre Taille und Hüfte durch die
dünnen Falten des Seidenkleides liebkoste. Und dann küßte er sie
wieder, doch diesmal war es anders, denn er öffnete den Mund, und
seine Zunge drängte sich zwischen ihre Lippen. Nun legte sich seine
Hand auf ihre Brust und streichelte sie...

Und plötzlich war es wieder da, das Entsetzen, das sie so lange
nicht mehr gekannt hatte. Es packte sie erneut, und sie befand sich
wieder im Kino, in dem dunklen, schmuddeligen kleinen Kino, und
Billy Fawcetts Hand lag auf ihrem Knie, tastete sich vorwärts und
glitt allmählich höher und verletzte ihre innersten Gefühle.

Ihre panische Reaktion war rein instinktiver Natur. Was so angenehm und wunderbar begonnen hatte, entpuppte sich unversehens
als bedrohlich. Dabei half es ihr wenig, daß es sich diesmal um *Edward* handelte, denn es kam nicht darauf an, wer es tat; sie wußte
nur, daß sie mit diesem Annäherungsversuch nicht umzugehen verstand. An so etwas hatte sie nicht gedacht, ebensowenig wie damals
mit vierzehn, als sie damit ebenfalls nicht fertig geworden war.
Auch wenn es nicht ihrer Absicht entsprach, im Augenblick konnte
sie einfach nicht anders, als die Arme schroff anzuheben und sich
mit aller Kraft von Edward abzustoßen.

«*Nein!*»

«Judith?» Sie hörte die Verwirrung in Edwards Stimme, blickte
ihm ins Gesicht und bemerkte sein verdutztes Stirnrunzeln. Sie
sagte noch einmal: «Nein, Edward!» Sie schüttelte wie wild ihren
Kopf. «Nein.»

«Warum die Panik? Ich bin's doch nur.»

«Ich mag nicht. Du darfst nicht...»

Sie stieß ihn von sich, und er ließ sie los. Sie wich zurück, so daß
ihre Schultern gegen die scharfen Kanten des Fensterladens stießen.
Eine Weile sagte keiner von ihnen ein Wort. Das Schweigen, vom
Heulen des Windes begleitet, stand wie eine Wand zwischen ihnen.
Nach und nach ebbte Judiths törichte Panik ab, und sie spürte, wie
sich ihr rasend schlagendes Herz langsam beruhigte. *Was habe ich
nur getan?* dachte sie und schämte sich, denn sie hatte sich doch so

sehr gewünscht, erwachsen zu sein, und sich statt dessen wie eine linkische und überreizte Idiotin benommen. Billy Fawcett. Plötzlich verspürte sie den Drang, vor lauter Wut auf sich loszuschreien. Sie überlegte, ob sie versuchen sollte, Edward alles zu erklären, und wußte, daß ihr die Kraft dafür fehlte.

Schließlich sagte sie: «Es tut mir leid.» Es hörte sich jämmerlich an und völlig unpassend.

«Magst du nicht, wenn man dich küßt?» Edward hatte offenbar völlig die Fassung verloren. Judith fragte sich, ob irgendein Mädchen ihn je zuvor so behandelt hatte. Edward Carey-Lewis, diesem privilegierten jungen Mann aus der Oberschicht, war vermutlich noch nie etwas abgeschlagen worden.

«Alles meine Schuld», sagte sie trübsinnig.

«Ich habe geglaubt, genau das hättest du dir gewünscht.»

«Schon... ich meine... Ach, ich weiß nicht.»

«Ich mag es nicht, wenn du so erbärmlich klingst...» Er machte einen Schritt auf sie zu, doch in einem Anflug von Verzweiflung riß sie ihre Hände wieder hoch und hielt ihn von sich fern. «Was ist los?»

«Ach, es ist nichts. Jedenfalls hat es nichts mit dir zu tun.»

«Aber...»

Er verstummte und wandte seinen Kopf ab, um zu lauschen. Hinter den Vorhängen wurde die Tür zum Billardzimmer geöffnet und vorsichtig wieder geschlossen. Gleich würde man sie entdecken, und es blieb keine Zeit mehr, die Angelegenheit ins reine zu bringen. Mutlos blickte Judith auf Edwards Profil und war sicher, daß sie ihn für immer verloren hatte. Sie fand keine Gelegenheit mehr, noch etwas zu sagen, denn die Vorhänge wurden beiseite geschoben.

«Hab ich mir doch gedacht, daß ihr hier seid», flüsterte Loveday, und Edward bückte sich, reichte ihr die Hand und half ihr auf die Fensterbank hinauf.

In dieser Nacht kam der alte Traum wieder. Der Alptraum, den sie begraben und für immer vergessen geglaubt hatte: ihr Zimmer in Windyridge und das offene Fenster, die Vorhänge bauschten sich im Wind, und Billy Fawcett kletterte eine Leiter hoch, um über sie herzufallen. Vor Entsetzen gelähmt lag sie da und rechnete damit, daß sein Kopf jeden Augenblick über der Fensterbank auftauchen würde, mit seinen glänzenden, gierigen Augen und dem Grinsen, das seine gelben Zähne entblößte. Und als sie ihn sah, schreckte sie aus dem Schlaf hoch, war hellwach und in Angstschweiß gebadet, richtete sich kerzengerade auf, und ihrem Mund entwich ein stummer Schrei.

Ihr war, als hätte er gewonnen. Er hatte ihr alles verdorben, denn auf eine entsetzliche, schauerliche Weise hatte sie ihn mit Edward verwechselt, und Edwards Hände hatten sich in Billy Fawcetts Hände verwandelt. All jene Urängste, die in ihr schlummerten, hatten Gestalt angenommen, und sie war zu jung und zu unerfahren, um zu wissen, wie man sich dagegen wehrte.

Sie lag in ihrem dunklen Zimmer in Nancherrow und weinte in ihr Kissen, denn sie liebte Edward so sehr und hatte alles zerstört, und nichts würde jemals wieder so sein, wie es gewesen war. Aber sie hatte Edward unterschätzt.

Am Morgen – sie war wieder eingenickt – weckte er sie. Sie hörte, wie er leise klopfte und die Zimmertür öffnete. «Judith?» Es war dunkel, doch dann leuchtete das Deckenlicht auf und stach ihr in die Augen. So jäh aus dem Schlaf gerissen, setzte sie sich auf und blinzelte verwirrt.

«Judith.»

Edward. Ungläubig blickte sie ihn an und erkannte, daß er rasiert, angekleidet, frisch und munter war, ganz anders als jemand, der erst um drei Uhr morgens ins Bett gefunden hatte.

«Was ist los?»

«Mach doch kein so erschrockenes Gesicht!»

«Wie spät ist es denn?»

«Neun Uhr.» Er ging ans Fenster, zog die Vorhänge zurück und ließ das graue Licht des Dezembermorgens herein.

«Ich habe zu lange geschlafen.»

«Macht nichts. Heute morgen schlafen alle länger.»

Er kehrte zur Tür zurück, um das Deckenlicht wieder auszuschalten. Dann kam er zurück, setzte sich auf die Bettkante und sagte: «Wir müssen etwas bereden.»

Die Erinnerung an den vergangenen Abend wurde wach. «Oh, Edward.» Sie spürte Tränen in sich aufsteigen.

«Schau doch nicht so ängstlich. Hier...» Er bückte sich und hob ihren Morgenmantel vom Boden auf. «Zieh ihn an, sonst erfrierst du noch.» Sie steckte die Arme durch die Ärmel und schlug den Mantel um sich. «Wie hast du geschlafen?»

Sie erinnerte sich an den gräßlichen Alptraum. «Gut», schwindelte sie.

«Das freut mich. Hör mal, ich habe über alles nachgedacht, und deshalb bin ich gekommen. Was letzte Nacht geschehen ist...»

«Es war meine Schuld.»

«Nein, keiner hat Schuld. Vielleicht habe ich die Situation falsch eingeschätzt, aber ich will mich nicht dafür entschuldigen, weil ich meiner Meinung nach nichts getan habe, wofür ich mich entschuldigen müßte. Außer vielleicht, daß ich übersehen habe, wie unerfahren du noch bist. In deinem Kleid sahst du so bezaubernd aus, daß ich den Eindruck hatte, du wärst über Nacht erwachsen geworden. Aber das geht natürlich nicht. Der erste oberflächliche Eindruck täuscht. Tief drinnen sieht es ganz anders aus.»

«Nein.» Judith hatte den Blick gesenkt und schaute auf ihre Finger, die über die Kanten des Bettlakens strichen. Mühsam stieß sie hervor: «Ich wollte, daß du mich küßt. Ich wollte mit dir tanzen, und dann wollte ich, daß du mich küßt. Doch dann habe ich alles verdorben.»

«Haßt du mich jetzt dafür?»

Sie blickte auf und sah direkt in seine hellblauen Augen.

«Nein», antwortete sie. «Ich mag dich viel zu gern, als daß ich dich hassen könnte.»

«Dann ist ja alles wieder in Ordnung.»

«Bist du deshalb so früh hergekommen?»

«Nicht nur. Ich wollte sichergehen, daß wir uns verstehen. Denn es darf keinerlei Spannungen oder Unstimmigkeiten zwischen uns geben. Nicht nur unseretwegen, sondern auch wegen aller anderen im Haus. Wir verbringen noch ein paar Tage zusammen, und nichts wäre unangenehmer als finstere Blicke, stures Schweigen, anzügliche Bemerkungen oder düstere Mienen. Verstehst du, was ich meine?»

«Ja, Edward.»

«Wenn es um zwischenmenschliche Beziehungen geht, ist meine Mutter besonders auf Draht. Ich möchte vermeiden, daß sie dir lange, rätselhafte Blicke zuwirft oder mir Fangfragen stellt. Du wirst also nicht den Kopf hängen lassen und die beleidigte Schönheit spielen?»

«Nein, Edward.»

«Gut so.»

Judith schwieg, weil sie darauf nichts zu sagen wußte; sie saß einfach da, aufgewühlt und von ihren Gefühlen hin und her gerissen.

Erleichterung gewann die Oberhand. Erleichterung darüber, daß Edward sie nicht für den Rest ihres Lebens ignorieren oder gar verachten würde, daß er nach wie vor mit ihr redete und sie Freunde blieben. Und daß er nicht glaubte, sie sei eine launige kleine Lümmel-Plage. (Dieser Ausdruck stammte von Heather Warren, die ihn wiederum von ihrem Bruder Paddy aufgeschnappt hatte. Paddy nämlich hatte eine Freundin, in die er ziemlich verknallt war, bei der er es trotz ihres gefärbten Haars, ihrer kurzen Röckchen und verführerischen Art nicht sehr weit gebracht hatte. *Sie ist eine verdammte Lümmel-Plage*, hatte er schließlich zu seiner Schwester gesagt, um dann auf noch unflätigere Weise weiterzuschimpfen. Und bei erstbester Gelegenheit hatte Heather diese faszinierende Information Judith anvertraut, wobei sie deutlich darauf hingewiesen hatte, daß Männer für solche Frauen nichts übrig hatten.)

Erleichterung also. Judith war ebenso von Edwards Feingefühl beeindruckt. Das betraf zwar hauptsächlich die Sorge um seine Mutter und das Weihnachtsfest, doch hatte er dabei auch ein wenig an sie gedacht.

Schließlich sagte sie: «Du hast natürlich völlig recht.»

«So», sagte er lächelnd. «Aus Familienloyalität etwa?»

«Ach was, ich gehöre doch nicht zur Familie.»

«Aber doch so gut wie...»

Dies weckte ein Gefühl der Liebe in ihr. Sie streckte ihm die Arme entgegen, zog ihn an sich und küßte seine weiche Wange. Er duftete frisch und nach Zitronen. Der Alptraum war vorüber, Edward und das klare Licht des Morgens hatten ihn verscheucht, und die Liebe kehrte an ihren Platz zurück. Sie sank wieder zurück in die Kissen.

«Hast du schon gefrühstückt?»

«Noch nicht. Klare Verhältnisse schienen mir wichtiger.»

«Ich sterbe vor Hunger», sagte Judith.

«Du hörst dich an wie Athena.» Er stand auf. «Ich geh schon runter. Wie lange brauchst du?»

«Zehn Minuten.»

«Gut, ich warte auf dich.»

1939

Die Jahresabschlussfeier in St. Ursula fand traditionellerweise in der letzten Juliwoche statt, am letzten Tag des Sommertrimesters, dem Ende des Schuljahres. Sie bot Anlaß zu einer feierlichen Zeremonie, die nach einem altehrwürdigen Muster ablief. Zusammenkunft von Eltern und Schülerinnen in der Großen Aula, ein Gebet, ein oder zwei Reden, Preisverleihung, Schulhymne, Segnung durch den Bischof und danach Tee, der je nach der Gunst des Wetters entweder im Speisesaal oder im Garten serviert wurde. War alles vorüber, so eilten alle Schülerinnen nach Hause in die Sommerferien.

Der Wortlaut der Einladung zu dieser alljährlichen Feier gehorchte ebenfalls einem unveränderten Muster. *Die Direktoren der Mädchenschule St. Ursula und Miss Muriel Catto (M.A. Cantab)... Jahresabschlußfeier... um 14 Uhr in der Großen Aula... Bitte nehmen Sie bis 13 Uhr 45 Ihre Plätze ein... U.A.w.g. an das Sekretariat der Schulleitung...*

Eine edle Einladungskarte auf Karton mit Goldrand und einer gestochenen Schrift. So etwa, dachten manche Eltern, mochte auch eine königliche Einladung aussehen.

Pflichtgemäß und pünktlich fanden sie sich ein. Um zehn vor zwei war die eindrucksvolle, eichenholzgetäfelte Aula dicht besetzt. Trotz der zu beiden Seiten geöffneten Fenster lastete die Luft heiß und stickig, denn die Stoßgebete waren offenbar erhört worden: Draußen strahlte ein herrlicher Sommertag, ohne ein Wölkchen am Himmel. Normalerweise war die Große Aula ein nüchterner Ort, so zugig und kühl wie eine unbeheizte Kirche. Ein Bleiglasfenster, das das Martyrium des heiligen Sebastian darstellte, und einige Ehrenurkunden und Wappenschilder bildeten den einzigen Wandschmuck. Aber heute erblühte sie geradezu in der Pracht von Blumen, reichlich Grün und Topfpflanzen aus den Treibhäusern, und der Duft wirkte bei der Schwüle fast erdrückend.

An der Nordseite der Aula stand ein Podium, flankiert von zwei Holztreppen. Hinter ihrem Lesepult sprach Miss Catto dort die allmorgendlichen Gebete, erteilte die täglichen Anweisungen und Ermahnungen, und von dort aus hielt sie im allgemeinen ihre Schülerinnen mehr oder weniger im Zaum. Heute allerdings standen an der Vorderkante viele Topfpelargonien, die ein regelrechtes Blumenband bildeten, und dahinter eine Reihe thronähnlicher Sessel für die Honoratioren. Die versammelten Menschen warteten nunmehr auf die Ankunft dieser illustren Gesellschaft – den Bischof, den Vorsitzenden der Direktion, die Vertreterin der Krone in der Grafschaft, Lady Beazeley (die man freundlich bedrängt hatte, die Preise zu überreichen), und Miss Catto.

Zwei Drittel der Versammlung bestanden aus Eltern und Familienangehörigen, allesamt fein herausgeputzt. Die Mütter trugen stolz ihre Hüte zur Schau, weiße Handschuhe, Seidenkleider mit Blumenmustern und Pumps. Die meisten Väter waren im dunklen Anzug erschienen, nur hier und da saß ein Mann in Militäruniform. Kleinere Geschwister trugen Kleidchen und Bänder im Haar oder steckten in Marineanzügen mit weißen Zierlitzen. Ihr Jammern über die Hitze und die Langeweile war nicht zu überhören.

Edgar und Diana Carey-Lewis saßen inmitten der Menge, ebenso Rechtsanwalt Baines und seine Frau. Die kleinen Kinder der Baines waren nicht anwesend. In weiser Voraussicht hatte man sie lieber zu Hause beim Kindermädchen gelassen.

Auf den vorderen Stuhlreihen der Aula saßen die Schülerinnen, die kleinsten ganz vorn auf den Kindergartenbänken, die älteren dahinter. Alle trugen die bei Feiern vorgeschriebenen Kleider aus Tussahseide mit langen Ärmeln und dazu schwarze Seidenstrümpfe. Nur den allerkleinsten war das Tragen der etwas kühleren weißen Socken gestattet. Am Ende jeder Reihe saß ein Mitglied des Lehrerkollegiums, dem Anlaß entsprechend im schwarzen akademischen Talar. Doch selbst diese altmodischen Gewänder wirkten heute ziemlich prächtig, denn die Lehrerinnen hatten die Kapuzen so aufgesetzt, daß aus den sorgsam drapierten Falten das rubinrote, smaragdgrüne oder saphirblaue Seidenfutter hervorschimmerte.

Judith, die in der letzten Reihe der Schülerinnengruppe saß, schaute auf ihre Uhr. Zwei Minuten vor zwei. In wenigen Augenblicken würden jene Honoratioren einziehen, die sich in Miss Cattos Büro versammelt hatten und bald von der Schulsprecherin Freda Roberts hereingeführt würden. Judith war Aufsichtsschülerin, doch nie zur Schulsprecherin ernannt worden. Als sie sich an die gefürchtete Deirdre Ledingham erinnerte, empfand sie unendliche Dankbarkeit dafür, daß dieser Kelch an ihr vorübergegangen war.

Hinter ihr wand sich ein kleiner Junge vor lauter Unbehagen. «Will was trinken», quengelte er, wurde aber gleich darauf zum Schweigen gebracht.

Sie hatte Mitleid mit ihm. Die Jahresabschlußfeier war schon immer eine Tortur gewesen, und auch mit achtzehn und dem Bewußtsein, daß sie heute das Ende ihrer Schulzeit und ihre allerletzte Jahresabschlußfeier erlebte, war diese Situation nicht erträglicher. Tussahseide war ein dicht gewebter Stoff, der keine Luft an die Haut heranließ, und sie konnte die Schweißperlen spüren, die sich in den Achselhöhlen und in den Kniekehlen bildeten. Um sich von ihrem körperlichen Unbehagen abzulenken, stellte sie in Gedanken eine Liste mit erfreulichen Ereignissen zusammen, vergangenen wie künftigen.

Sie hoffte, mit ein wenig Glück die Zulassungsprüfung zur Universität bestanden zu haben. Die Resultate würden zwar erst später im Jahr bekanntgegeben werden, doch Miss Catto war zuversichtlich und hatte bereits Vorbereitungen getroffen, damit Judith in Oxford studieren konnte.

Doch selbst wenn alles gutging, würde sie erst im nächsten Jahr mit dem Studium beginnen, denn auf einem Schiff der Reederei P & O mit Kurs Singapur war für Oktober eine Passage gebucht worden. In Singapur wollte sie, endlich wieder mit ihrer Familie vereint, mindestens zehn Monate verbringen. *Eins nach dem anderen*, hatte sie sich damals vor all den Jahren an der Promenade in Penzance gesagt, als sie, auf das Geländer gestützt, auf das graue Meer hinausgeschaut hatte, das den Kieselstrand überspülte. *Die Schule zu Ende machen, Prüfungen bestehen und dann in den Fernen Osten zu Mami, Dad und Jess reisen.* Inzwischen war Jess acht Jahre alt. Judith konnte es kaum noch erwarten, sie alle wiederzusehen.

Weitere erfreuliche Ereignisse lagen vor ihr: das Ende der Schulzeit, die Freiheit, die Sommerferien. Denn sie plante folgendes: die ersten zwei Augustwochen zusammen mit Heather Warren und deren Eltern in Porthkerris verbringen und später dann eventuell ein paar Tage mit Tante Biddy. Einen Termin hatte sie noch nicht mit ihr abgemacht. «Ruf mich einfach an und sag mir, wann du kommen möchtest», hatte Biddy ihr geschrieben. «Du bist jederzeit willkommen, also überlasse ich Dir die Entscheidung.»

Ansonsten Nancherrow. Und das bedeutete Edward.

Sie saß in der stickigen Aula, von glückseliger Erwartung erfüllt. Die Ereignisse zu Weihnachten, Edwards fehlgeschlagener Annäherungsversuch hinter den Vorhängen im Billardzimmer, ihre kindische Zurückweisung und sein Verhalten in dieser unglücklichen Situation hatten schließlich die Waage zu Edwards Gunsten ausschlagen lassen, und insgeheim hatte sie ihm ihr Herz geöffnet und sich ganz und gar in ihn verliebt. Sie konnte sich nicht vorstellen, daß ein so attraktiver und begehrenswerter Mann so verständnisvoll und geduldig war. Dank Edwards Hilfe war ihre entsetzliche Verlegenheit nach diesem Zwischenfall unbemerkt fortgeschwemmt, wie das Wasser eines Flusses unter einer Brücke. Dankbarkeit und Bewunderung gehörten für Judith zur Liebe, und Nähe, vor allem Nähe, verstärkte dieses Band noch.

Auch Trennung spielte eine Rolle. Die Trennung wirkte wie der Wind, der die kleine Kerzenflamme zwar auslöschte, die kräftige Flamme jedoch anfachte. Seit Januar hatte Judith Edward nicht mehr gesehen. Die Osterferien hatte er auf Einladung eines Kommilitonen, eines intelligenten amerikanischen Studenten mit einem Stipendium für Cambridge, auf einer Ranch in Colorado verbracht. Die beiden jungen Männer hatten auf der *Queen Mary* den Ozean überquert und waren dann mit dem Zug nach Denver weitergefahren. Das alles klang nach einem ziemlichen Abenteuer, und obwohl Edward kein großer Briefeschreiber war, hatte er Judith mehrere Postkarten geschickt mit stark kolorierten Ansichten von den Rocky Mountains und von Indianern, die Körbe verkauften. Diese Schätze hob sie zwischen den Seiten ihres Tagebuchs auf, ebenso wie einen Schnappschuß, den sie aus Lovedays Fotoalbum stibitzt hatte. Falls es Loveday aufgefallen war, so hatte sie nichts dazu gesagt. In diesem Augenblick hielt Edward sich gerade in Südfrankreich auf, wohin er mit Freunden von Cambridge auf direktem Wege gereist war, und wohnte dort in der Villa der Tante irgendeines Bekannten.

Als Diana den Mädchen von dieser letzten Tour berichtet hatte, war sie vor Lachen fast geplatzt und hatte nur verwundert den Kopf geschüttelt, obgleich es ihr eindeutig schmeichelte, daß ihr gutaussehender Sohn so beliebt war. «Wirklich erstaunlich, daß er immer wieder auf die Füße fällt! Er hat nicht nur reiche Freunde, sondern zudem scheinen sie alle an den ausgefallensten Orten Häuser zu besitzen. Und laden ihn dann noch zu sich ein. Sicher schön für Edward, aber traurig für uns. Was soll's! Hoffentlich kommt er im Sommer wenigstens für kurze Zeit nach Hause.»

Dagegen hatte Judith nichts einzuwenden. Die Vorfreude, Edward bald wiederzusehen, war ihre schönste Freude.

Auch die Äußerung von Mr. Baines, daß sie sich einen eigenen kleinen Wagen zulegen könne, hatte sie in helle Aufregung versetzt. In den Osterferien, als Edward sich in Amerika aufhielt, hatte sie eine Fahrschule besucht und zu ihrer eigenen Verwunderung beim ersten Anlauf die Führerscheinprüfung bestanden. Auf Nancherrow erwies es sich jedoch als schwierig, ein Auto zu finden, das sie steuern konnte. Denn Dianas Bentley und der Daimler des Colonels, beides ziemlich große Wagen, kamen nicht in Frage, da Judith befürchtete, sie könnte eine Beule hineinfahren. Und bei der Familienkutsche handelte es sich um einen altmodischen Kombiwagen, der so riesig war, daß man meinte, einen Bus zu lenken.

Sie hatte Mr. Baines ihre mißliche Lage geschildert. «… es ist nur so, daß ich, wenn ich in Penzance etwas einkaufen möchte, so lange warten muß, bis ein anderer hinfährt und mich im Wagen mitnimmt, und das ist für niemand eine besonders angenehme Situation.»

Mr. Baines hatte Verständnis gezeigt. «Ja, ich begreife», hatte er erwidert und war in Schweigen versunken, um nachzudenken. Dann war er zu einem Entschluß gekommen. «Weißt du, Judith, ich bin der Meinung, du solltest einen eigenen Wagen haben. Du bist jetzt achtzehn und sehr vernünftig. Und natürlich solltest du in der Lage sein, zu kommen und zu gehen, wann du möchtest, ohne daß du den Carey-Lewis zur Last fällst.»

«Wirklich?» Sie wollte kaum ihren Ohren trauen. «Einen eigenen Wagen?»

«Den wünschst du dir doch, nicht wahr?»

«Oh, mehr als alles andere. Aber nie hätte ich damit gerechnet, daß Sie das befürworten. Und wenn ich ihn bekomme, dann kümmere ich mich wirklich gut um ihn, wasche ihn, tanke ihn auf und so weiter. Und ich werde ihn auch benutzen. Es war immer so frustrierend, daß Mami nicht gern mit dem Austin fahren wollte, bloß weil sie Angst hatte. Es gab so viele Orte, wo wir hätten hinfahren können, und so viele schöne Dinge zu sehen, wie Parks und einsame Strände. Das haben wir aber nie gemacht.»

«Würdest du das denn tun?»

«Nicht unbedingt. Aber es ist ein so wunderbares Gefühl zu wissen, daß ich es tun könnte, wenn mir der Sinn danach steht. Und da ist noch etwas anderes, was ich mir schon lange wünsche. Nämlich Phyllis zu besuchen, die für uns in Riverview House gearbeitet hat. Sie hat in Porthkerris eine andere Arbeit angenommen, dort geheiratet und ist später mit ihrem Mann nach Pendeen gezogen. Er ist Bergmann, und sie wohnen in einem kleinen Haus der Bergwerksgesellschaft. Jetzt hat sie ein Baby bekommen, und ich möchte sie wirklich gern wiedersehen. Hätte ich ein Auto, dann könnte ich zu ihr fahren.»

«Phyllis. Ja, ich erinnere mich an Phyllis. Sie öffnete mir die Tür, wenn ich deine Mutter besuchte. Sie war immer sehr freundlich.»

«Ja, sie ist ein Schatz. Eine meiner besten Freundinnen. Wir sind in Verbindung geblieben und haben uns Postkarten und Briefe geschrieben, aber gesehen habe ich sie seit vier Jahren nicht mehr.

Selbst als ich während der Ferien in Porthkerris war, habe ich es nicht geschafft, sie zu besuchen, weil nur einmal in der Woche ein Bus dorthin fuhr und es mit dem Fahrrad zu weit war.»

«Ist schon lächerlich, nicht wahr?» sagte Mr. Baines mitfühlend. «Bis zu unseren Freunden und Bekannten in unserer Umgebung haben wir es eigentlich nicht weit, und trotzdem sind sie so unerreichbar wie der Mann im Mond. Ein eigener Wagen und Unabhängigkeit sind eine Notwendigkeit und kein bloßer Luxus. Aber rechne vorerst nicht zu fest damit. Mach erst einmal die Schule zu Ende und besteh die Aufnahmeprüfung für die Universität, dann sehen wir weiter. Ich will mit Captain Somerville darüber reden.»

Und damit hatte es sein Bewenden gehabt. Doch Judith war voller Hoffnung, denn letzten Endes konnte sie sich nicht vorstellen, daß Onkel Bob nein dazu sagen würde.

Mit ein wenig Glück könnte sie den Wagen sogar schon vor den Ferien bekommen und mit ihm zu den Warrens nach Porthkerris fahren. Loveday war ebenfalls in den munteren Haushalt über dem Lebensmittelgeschäft eingeladen worden, hatte sich jedoch noch nicht entschieden, ob sie mitfuhr, weil sie ein neues Pony bekommen hatte, das sie trainieren wollte, um mit ihm an Geschicklichkeitswettbewerben und Turnieren teilzunehmen. Falls sie jedoch zusätzlich mit einer Fahrt in Judiths eigenem Auto geködert werden konnte, dann war es sehr gut möglich, daß sie wenigstens für ein paar Tage mitfuhr. Der Gedanke, daß Loveday und sie in einem kleinen Sportwagen, das Gepäck auf der Rückbank gestapelt, über Land fuhren, war so schwindelerregend, daß sie am liebsten sofort mit ihr darüber geredet hätte, doch Loveday saß zwei Reihen vor ihr, und so mußte sie es auf später verschieben.

Mit siebzehn Jahren verließ auch Loveday St. Ursula. Sie war nie Aufsichtsschülerin geworden und nicht weiter als bis zum Schuldiplom gekommen. Ihren schwergeprüften Eltern hatte sie jedoch unmißverständlich erklärt, daß St. Ursula ohne Judith für sie unerträglich sei.

«Aber Schatz, was sollen wir denn mit dir anfangen?» hatte Diana ziemlich verdutzt gefragt.

«Ich bleibe zu Hause.»

«Du kannst doch nicht einfach hier vermodern. Das würde dich doch völlig stumpfsinnig machen.»
«Oder ich gehe in die Schweiz, wie Athena.»
«Aber du hast immer gesagt, daß wir dich *nie* wieder wegschicken dürfen.»
«Die Schweiz ist was anderes.»
«Du kannst gehen. Nicht, daß Athena die Schweiz besonders gut bekommen wäre. Dort hat sie nur Skilaufen gelernt und sich in ihren Skilehrer verliebt.»
«Deshalb möchte ich hin.»
Und Diana hatte laut aufgelacht, ihr jüngstes Kind an sich gedrückt und ihr gesagt, sie wolle sehen, was sich machen lasse.

ZWEI UHR. Hinten im Saal wurde es unruhig, und nun erhoben sich die Menschen dankbar von ihren Plätzen. Endlich begann die Feier. Judith fand, sie hatte etwas von einer Hochzeit, mit all den vielen Blumen, den Menschen im Sonntagsstaat und den Müttern, die sich mit Notenblättern Luft zufächelten. Bald müßte die Braut am Arm ihres Vaters hereinschweben. Diese Illusion war so stark, daß sie, als sie den Bischof an der Spitze der kleinen Prozession mit den Honoratioren im Mittelgang erblickte, fast erwartete, daß im nächsten Augenblick eine Orgel einsetzen und eine Toccata oder etwas Ähnliches erklingen würde.

Selbstverständlich ließ sich keine Braut blicken. Statt dessen nahmen die Honoratioren auf dem Podium ihre Plätze ein. Der Bischof trat vor und sprach ein kurzes Gebet. Alle setzten sich. Die Zeremonie nahm ihren Lauf.

Zuerst die Reden. Der Vorsitzende des Direktoriums redete eintönig und konnte kein Ende finden, Miss Catto dagegen sprach lebhaft, knapp und sogar ziemlich witzig, was ein- oder zweimal zu einem willkommenen und spontanen Gelächter führte.

Danach die Preisverleihung. Judith rechnete damit, den Preis in Englisch zu erhalten, was auch eintrat, und danach wurde sie erneut für den Preis in Geschichte aufgerufen, eine Auszeichnung, die sie nicht im entferntesten erwartet hatte. Schließlich kam die Vergabe des letzten Preises an die Reihe. Der begehrte Carnhayl-Pokal.

Judith mußte ein Gähnen unterdrücken. Sie wußte ganz genau, wer den Carnhayl-Pokal erhalten würde. Freda Roberts nämlich, die jeden Tag diensteifrig herumrannte und allen Lehrerinnen in den Hintern kroch.

«Der Carnhayl-Pokal», so erklärte Miss Catto mit klarer Stimme, «wird alljährlich der Schülerin verliehen, die – nach übereinstimmender Meinung des gesamten Lehrerkollegiums – das Leben in der Schule am meisten bereichert hat, und das nicht nur durch ihre schulischen Leistungen, sondern auch durch ihren Charakter und ihren Charme. Und die Preisträgerin in diesem Jahr heißt... Judith Dunbar.»

Sie fühlte, wie ihr vor Überraschung der Mund offenstand. Jemand stieß sie in die Rippen und sagte «Nun geh schon, du Blödmann!», und zum drittenmal machte sie sich, diesmal mit weichen Knien, auf den Weg nach vorn, um die begehrte Trophäe in Empfang zu nehmen. Ihre Beine zitterten dermaßen, daß sie die Stufen zum Podium hinaufstolperte und beinahe gefallen wäre.

«Meinen Glückwunsch», sagte Lady Beazeley mit einem strahlenden Lächeln, und Judith nahm den Pokal entgegen, deutete einen Knicks an und kehrte unter tosendem Applaus und mit hochroten Wangen an ihren Platz zurück.

Zum Abschluß folgte die Schulhymne. Die Musiklehrerin hämmerte einen Akkord auf ihrem Klavier, alle erhoben sich von ihren Plätzen, und achthundert Menschen sangen aus voller Kehle.

> Jener, welcher heldenhaft
> Kämpfet gegen allen Harm,
> Lasset ihn unerschütterlich
> Folgen unserm Herrn.

Die Musik hatte Judith immer tief gerührt, und ihre Stimmung schwankte binnen eines Augenblicks zwischen Sorge und Freude. Sie hatte jetzt das Ende eines Lebensabschnitts erreicht und wußte, daß sie nie wieder die vertrauten Worte aus Bunyans großartigem

Gedicht hören würde, ohne sich an jede Einzelheit dieses Augenblicks zu erinnern: den warmen Sommernachmittag, den Duft der Blumen und den gewaltigen Widerhall der Stimmen. Sie konnte nicht sagen, ob sie sich glücklich oder traurig fühlte.

> Da du, o Herr, uns schützest
> Mit deinem Geiste,
> Wissen wir, daß am Ende
> Das Leben wir erben.

Glücklich, ja, sie war glücklich. Ihre Gedanken flogen hoch und höher. Und während sie sang, kam ihr noch ein erfreulicher Gedanke in den Sinn. Mit dem Carnhayl-Pokal in der Tasche hatte sie gute Chancen, an ihren Wagen zu kommen, noch bevor sie sich mit Loveday auf den Weg nach Porthkerris machte. Sie würden zusammen fahren. Zwei Freundinnen, die ihre Schule hinter sich hatten. Zwei Erwachsene.

> Dann fliehen alle Grillen.
> Ich fürcht' nicht Menschenwort.
> Ich werke Tag und Nacht
> Und will als Pilger wandeln.

DIE ABSCHLUSSFEIER und die Preisverleihung waren vorüber, alle Schülerinnen abgereist, die Schule und die Schlafsäle lagen leer und verlassen. Nur Judith war noch geblieben, saß auf ihrem Bett, räumte ihre Handtasche auf und vertrieb sich damit die Zeit bis sechs Uhr abends. Dann sollte sie ins Büro der Schulleiterin Miss Catto gehen, um ihr Lebewohl zu sagen. Ihr übriges Gepäck und ihr alter Schrankkoffer befanden sich im Kofferraum des Daimler, der bereits zu den Carey-Lewis unterwegs war. Mr. Baines hatte ihr angeboten, sie abzuholen und nach Nancherrow zu bringen, nachdem sie sich von Miss Catto verabschiedet hatte. Während der

Fahrt mit ihm bot sich ausreichend Gelegenheit, ihn noch einmal wegen des Autos anzusprechen.

Nachdem sie den Inhalt ihrer Handtasche in Ordnung gebracht hatte, ging sie durch den Schlafsaal, lehnte sich aus dem offenen Fenster und blickte auf die nunmehr menschenleere Rasenfläche, die zu den Tennisplätzen und zu den Büschen hinabfiel. Alle Spuren des Gartenempfangs waren beseitigt worden, und die Schatten auf dem plattgetretenen Gras begannen länger zu werden. Sie erinnerte sich an jenen Nachmittag, an dem sie ihre Mutter zu einem kleinen, privaten Streifzug gedrängt und sie dies alles zum erstenmal erblickt hatte. Im nachhinein waren die vergangenen vier Jahre viel schneller verflogen, als Judith sich jemals hatte träumen lassen, und dennoch schien jener Nachmittag eine Ewigkeit zurückzuliegen.

Fünf vor sechs. Höchste Zeit, sich auf den Weg zu machen. Sie wandte sich vom Fenster ab, nahm ihre Handtasche und ging nach unten. Die große Treppe lag verlassen, und alles erschien merkwürdig still. Kein Durcheinander von Stimmen, keine Glockenschläge und kein fernes Klimpern von Tonleitern aus dem Musikzimmer, wenn irgendein Mädchen sich während ihrer Übungsstunde abmühte. Sie klopfte an die Tür des Arbeitszimmers, und Miss Catto rief «Herein». Miss Catto saß nicht an ihrem Schreibtisch, sondern bequem in einem Lehnstuhl, den sie zum hohen Fenster hin gedreht hatte, während ihre Füße auf einem Hocker lagen. Sie las gerade die *Times*, doch als Judith eintrat, faltete sie die Zeitung zusammen und ließ sie neben sich auf den Boden fallen.

«Judith, komm her. Nimm's mir nicht übel, daß ich nicht aufstehe, aber ich bin zu erschöpft.»

Sie hatte ihren Talar auf den Schreibtisch gelegt und sah ohne ihn ziemlich verändert aus. Erst jetzt war ihr seidenes Nachmittagskleid zu bewundern, und ihre wohlgeformten Beine in Seidenstrümpfen fielen Judith auf. Sie trug marineblaue Pumps mit halbhohen Absätzen und Silberschnallen und wirkte jetzt, da sie gemütlich und entspannt im Lehnstuhl saß, fraulich und attraktiv. Eigentlich schade, dachte Judith, daß Mr. Baines bereits Frau und Kinder hatte.

«Kein Wunder, daß Sie erschöpft sind. Sie waren doch den ganzen Tag über auf den Beinen.»

Auf dem Rauchtisch, an den ein zweiter Lehnstuhl herangerückt worden war, stand ein silbernes Tablett mit einer Flasche Sherry und drei kleinen Gläsern. Als Judith diese sah, runzelte sie die Stirn. Nie hatte es in diesem Zimmer die kleinste Spur von Alkohol gegeben. Miss Catto bemerkte Judiths Verwunderung und lächelte. «Die drei Gläser sind für dich, für mich und für Mr. Baines, wenn er kommt. Aber wir müssen nicht auf ihn warten. Gieß uns beiden ein Gläschen ein, meine Liebe, und nimm Platz.»

«Ich habe noch nie Sherry getrunken.»

«Nun, dann ist jetzt die beste Gelegenheit dazu. Und ich bin sicher, er wird uns beiden guttun.»

Judith schenkte zwei Gläser Sherry ein und ließ sich in die Kissen des Lehnstuhls sinken. Miss Catto hob ihr Glas. «Auf dich und deine Zukunft, Judith.»

«Danke.»

«Und bevor ich es vergesse, herzlichen Glückwunsch zum Carnhayl-Pokal. Vergiß nicht, daß dies die einstimmige Entscheidung des Lehrerkollegiums war und rein gar nichts mit mir zu tun hatte.»

«Es hat mich schon etwas überrascht... Ich war sicher, Freda Roberts bekäme ihn. Und fast wäre ich über die verflixten Stufen gestolpert...»

«Nun, sie hat ihn aber nicht bekommen, und darauf kommt es an. Erzähl mir mal, was du dir für die Ferien vorgenommen hast.»

Der Sherry tat Judith gut. Er wärmte sie auf und bewirkte, daß sie sich behaglich und entspannt fühlte. Sie zog die Beine hoch, was sie früher nie zu tun gewagt hätte, und erzählte Miss Catto von ihren Plänen.

«Zuerst bin ich natürlich auf Nancherrow, und danach hat Mrs. Warren mich für zwei Wochen nach Porthkerris eingeladen.»

«Zu deiner Freundin Heather.» Miss Catto vergaß nie einen Namen. «Das wird dir sicher Spaß machen.»

«Ja, und die Warrens haben Loveday auch eingeladen, aber sie weiß noch nicht, ob sie mitkommt.»

Miss Catto lachte. «Typisch Loveday. Vielleicht ist sie nur etwas schüchtern?»

«Nein, das ist sie nicht. Es ist wegen ihres neuen Ponys. Sie war

386

schon früher mit mir in Porthkerris. Wir sind einmal für einen Tag und später für ein ganzes Wochenende hingefahren.»

«Und hat es Loveday dort gefallen?»

«Ja, riesig. Ich war ziemlich überrascht.»

«Drei Freundinnen zusammen sind manchmal eine zuviel.»

«Ich weiß, aber Loveday und Heather sind ganz prima miteinander ausgekommen, und Mr. und Mrs. Warren halten Loveday für schwer in Ordnung. Und Heathers Bruder hat sie geneckt und aufgezogen, aber Loveday mochte das und hat es ihm mit gleicher Münze heimgezahlt.»

«Gut für sie, daß sie aus der ziemlich exklusiven Atmosphäre zu Hause mal herauskommt. Damit sie mal sieht, wie andere Menschen leben.»

«Ich hoffe, daß sie mitkommt und wir mit meinem eigenen Auto hinfahren können. Hat Mr. Baines Ihnen gegenüber etwas davon erwähnt?»

«Er hat so etwas angedeutet.»

«Es war seine Idee. Er meinte, ich müsse unabhängig sein, und vielleicht, wenn ich die Aufnahmeprü…» Hier zögerte Judith, da sie nicht den Eindruck erwecken wollte, sie sei selbstgefällig oder prahlerisch. «Doch jetzt, wo ich den Carnhayl-Pokal bekommen habe…»

Miss Catto lachte verständnisvoll. «Das denke ich mir auch! Besprich die Sache mit ihm, bevor er sich herausreden kann. Unabhängig sein! Welch ein Vergnügen! Erzähl mir noch mehr. Was hast du sonst noch vor?»

«Wahrscheinlich fahre ich auch eine Weile zu Tante Biddy. Onkel Bob ist auf See, und Ned ist auf die *Ark Royal*, einen Flugzeugträger, abkommandiert worden, so daß sie sich über ein wenig Gesellschaft freuen wird. Wir wollten vielleicht für ein oder zwei Tage nach London fahren, wo sie mir helfen wird, neue Kleider für Singapur zu kaufen. Ich kann ja nicht abgerissen dort ankommen.»

«Auf keinen Fall. Versprich mir nur, daß du dich nicht in Singapur verlieben, dort heiraten und Oxford in den Wind schlagen wirst. Du hast noch das ganze Leben vor dir und Zeit genug, um dich zu verlieben und zu heiraten, doch die Gelegenheit, eine Universität zu besuchen, wird sich dir nie wieder bieten.»

«Miss Catto, ich werde noch lange nicht heiraten. Jedenfalls nicht vor meinem fünfundzwanzigsten Geburtstag.»

«Recht so. Und hüte dich vor Liebesromanzen an Bord. Das ist mir zwar nie passiert, aber ich habe gehört, die seien fatal.»

«Ich will es mir merken.»

«Ich werde dich sehr vermissen, Judith. Aber das ist dein Leben, nimm es selbst in die Hand, triff deine eigenen Entscheidungen und lebe nach deinen eigenen Regeln und nicht nach denen, die andere für dich aufstellen. Vergiß aber nie, daß es am allerwichtigsten ist, sich selbst treu zu bleiben. Wenn du dich daran hältst, kannst du nicht in die Irre gehen.»

«Sie waren immer so freundlich zu mir...»

«Ach was, mein liebes Kind! Ich habe nur meine Arbeit getan.»

«Schon, aber mehr als nur das. Ich habe immer bedauert, daß ich die Einladung Ihrer Eltern nach Oxford nie angenommen habe. Ich hätte sie wirklich gern kennengelernt, aber irgendwie...»

Sie zögerte. Miss Catto lachte. «Du hast selbst eine Ersatzfamilie gefunden. Eine Lösung, die viel befriedigender für dich ist. Schließlich kann eine Schulleiterin nicht mehr leisten. Das Gefühl, ein Zuhause zu haben und dazuzugehören, muß jemand anderer vermitteln. Wenn ich dich so anschaue, muß ich schon sagen, daß Mrs. Carey-Lewis ausgezeichnete Arbeit geleistet hat. Aber ich denke auch, daß jetzt die Zeit gekommen ist, daß du zu deiner eigenen Familie zurückkehrst. Nun denn...»

In diesem Augenblick klopfte es energisch an der Tür, und Mr. Baines trat ein.

«Ich störe doch wohl nicht...»

«Überhaupt nicht», erwiderte Miss Catto.

Er gab Judith einen Klaps auf die Schulter. «Dein Chauffeur meldet sich zum Dienst. Hoffentlich nicht zu früh?»

Miss Catto lächelte ihn von ihrem Lehnstuhl aus an. «Wir haben uns ein Gläschen Sherry genehmigt. Nehmen Sie Platz und leisten Sie uns ein bißchen Gesellschaft.»

Mr. Baines setzte sich, machte es sich bequem, nahm den Sherry entgegen und zündete sich eine Zigarette an, was ihm ein ungewöhnlich schneidiges Aussehen verlieh. Sie unterhielten sich. Er hatte Judith bereits während des Gartenempfangs zur Verleihung des Carnhayl-Pokals gratuliert und lobte nun Miss Catto, weil sie die Abschlußfeier so erfolgreich organisiert hatte.

«Das Wetter hat es gut mit uns gemeint», bemerkte sie. «Ich wünschte nur, jemand würde die alljährliche Ansprache des Vorsitzenden zensieren. Wer will schon einen ausführlichen Bericht über die Trockenfäule in den Dachsparren der Kapelle hören? Oder über die Masernepidemie im Oster-Trimester?»

Mr. Baines lachte. «Irgendwie kann er nicht anders. Wenn er im Grafschaftsrat aufsteht, um eine Rede zu halten, lehnen sich alle anderen Ratsmitglieder zu einem erfrischenden Nickerchen zurück...»

Schließlich war es Zeit, aufzubrechen. Mr. Baines schaute auf seine Armbanduhr. Sie leerten ihre Sherry-Gläser.

«Es wird Zeit.»

Sie erhoben sich.

«Ich werde nicht mit nach draußen kommen, sondern mich schon hier von dir verabschieden», sagte Miss Catto zu Judith. «Ich hasse das Winken beim Abschied. Bleib bitte mit mir in Verbindung, und laß mich wissen, was du so treibst.»

«Das verspreche ich Ihnen.»

«Und ich wünsche dir schöne Sommerferien.»

«Danke. Ich freue mich schon darauf.»

«Auf Wiedersehen, meine Liebe.»

«Auf Wiedersehen, Miss Catto.»

Sie reichten sich die Hand, gaben einander aber keinen Kuß auf die Wange. Geküßt hatten sie sich nie. Judith drehte sich um und verließ das Büro, Mr. Baines folgte ihr und schloß die Tür. Miss Catto war allein. Einen Moment blieb sie nachdenklich stehen, dann hob sie die Zeitung vom Fußboden auf. Die Nachrichten wurden von Tag zu Tag beunruhigender. Inzwischen waren bereits zweitausend Nazi-Soldaten in Danzig einmarschiert. Früher oder später würde Hitler Polen überfallen, nachdem er die Tschechoslowakei und Österreich bereits annektiert hatte. Und das hieß Krieg, wieder Krieg, und dieser entsetzliche Konflikt würde die junge Generation, die an der Schwelle zu einem vielversprechenden, erfüllten Leben stand, mit sich fortreißen und zerstören.

Sie faltete die Zeitung säuberlich zusammen und legte sie auf den Schreibtisch. Jetzt hieß es, stark und entschlossen zu bleiben, doch gerade nach Augenblicken wie diesem, nach Judiths Abschied, hatte sie das Gefühl, als breche ihr diese tragische Verschwendung von Talenten das Herz.

Ihr Talar lag noch immer auf dem Schreibtisch. Jetzt nahm sie ihn an sich, rollte ihn zusammen und drückte das Bündel wie zum Trost fest an sich. Die Abschlußfeier war eine Hürde, die sie alle Jahre wieder überwinden mußte und die sie immer wieder erschöpfte. Doch war dies nicht der einzige Grund, daß sie sich so nackt, so verängstigt fühlte. Plötzlich stiegen ihr Tränen in die Augen. Als sie ihr an den Wangen hinunterliefen, barg sie ihr Antlitz in dem muffigen Stoff, während sie im stillen gegen den kurz bevorstehenden Krieg aufbegehrte und um die Jugend trauerte, um Judith und um all die Chancen, die ungenutzt verstreichen würden.

AN EINEM Montag im August ging ein sanfter, aber beständiger Sommerregen auf Nancherrow nieder. Dunkelgraue, aus Südwesten aufziehende Wolken hatten die Klippen und das Meer verdüstert, und Bäume mit üppigem Laubwerk ließen ihre Äste regenschwer hängen und gaben das Wasser tropfenweise ab. Rinnsteine liefen über und Abflußrohre gluckerten, und der allwöchentliche Waschtag wurde auf den nächsten Tag verschoben. Niemand jammerte. Nach einer langen und heißen Trockenperiode waren Wasser und Abkühlung willkommen. Es regnete unaufhörlich; die Blumen, Gemüsepflanzen und Obstbäume saugten das Naß dankbar auf, und in der Luft lag der einzigartige Duft feuchter Erde.

Loveday war, gefolgt von Tiger, ihrem Labrador, über die Spülküche nach draußen in den Garten gegangen und hielt einen Moment inne, um die Luft einzuatmen und ihre Lungen mit dieser süßen, belebenden Frische zu füllen. Sie hatte sich Gummistiefel angezogen und trug einen alten Regenmantel über ihrer kurzen Hose und dem gestreiften Baumwollpullover, aber keine Kopfbedeckung. Als sie sich auf den Weg zur Lidgey-Farm machte, wurden ihre Haare naß, und ihre dunklen Locken kräuselten sich mehr denn je.

Sie ging in Richtung der Stallungen, bog jedoch vorher ab und folgte statt dessen dem ausgefahrenen Feldweg, der zum Moor hinaufführte. Hier trennte ein tiefer Graben, in dem nun das Wasser floß, die mit Flechten bewachsenen Steinmauern vom Weg, und der Stechginster bildete ein stacheliges Dickicht, mit Tupfern gelber, nach Mandeln duftender Blumen. Fingerhut wuchs in verschwenderischer Fülle sowie blaß rosafarbene Malven. Ein Gestrüpp aus wildem Geißblatt zog sich den ganzen Feldweg entlang, und die dunklen Granitsteine waren mit Flicken safranfarbener Flechten bedeckt. Hinter der Mauer lag das Weideland, auf dem die Guernsey-Kühe von Mr. Mudge grasten. Zwischen den vereinzelten walförmigen Köpfen versteckter Findlinge leuchtete das Gras in einem satten Grün hervor, und am Himmel drehten Möwen, die mit den Wolken landeinwärts gezogen waren, kreischend ihre Kreise.

Loveday freute sich über den Regen. Sie war daran gewöhnt, und er belebte sie. Tiger rannte begeistert vor ihr her, und sie mußte schneller gehen, um mit ihm Schritt zu halten. Nach einer Weile wurde ihr heiß, sie knöpfte den Regenmantel auf und ließ ihn wie ein nutzloses Paar Flügel um sich herum flattern. Sie folgte dem zickzackförmig verlaufenden Feldweg weiter den Hügel hinauf. Lidgey lag genau vor ihr, auch wenn sie den Hof wegen der tief hängenden Nebelwolken nicht sehen konnte. Das machte ihr jedoch nichts aus, denn sie kannte ganz Nancherrow, die Farmen und den gesamten Besitz, wie ihre eigene Westentasche. Das Land, das ihrem Vater gehörte, war ihre Welt, und sogar mit verbundenen Augen hätte sie den Weg zu jedem Ort auf Nancherrow ziemlich sicher gefunden. Sogar durch den Tunnel von Gunnerapflanzen, quer durch den Steinbruch, entlang der Steilküste bis hin zur kleinen Bucht.

Endlich kam die letzte Biegung des Feldwegs in Sicht, und der Bauernhof der Mudges trat verschwommen aus dem Nebel hervor;

ein solider und gedrungener Bau, der aus Hofgebäude, Pferde- und Schweinestall bestand. Das Fenster in Mrs. Mudges Küche leuchtete fahl wie eine gelbe Kerze, was bei diesen ärmlichen Lichtverhältnissen kein Wunder war, denn selbst an den sonnigsten Tagen war ihre Küche ein eher finsterer Raum.

Sie erreichte das Tor, das zum Innenhof führte, und blieb einen Moment lang stehen, um Atem zu schöpfen. Tiger war schon hindurchgeschlüpft und vorausgelaufen, während sie über das Gatter kletterte und den vom Regen aufgeweichten Hof überquerte. Es roch heftig nach Kuhmist, der in der Mitte des Hofes in einer steinernen Wanne vor sich hin dampfte und gärte, bis er so reif war, daß man ihn auf die Felder befördern, verteilen und unterpflügen konnte. Mrs. Mudges braune Hennen gackerten und pickten überall nach irgendwelchen Leckerbissen, und hoch droben auf dem Misthaufen stellte sich der prächtige Hahn in Positur, spreizte seine Flügel und krähte sich das Herz aus dem Leib. Loveday ging durch das kleine Tor geradewegs in den Bauerngarten hinein. Ein Kiesweg führte zur Eingangstür, wo sie ihre Gummistiefel abstreifte und das Haus auf Socken betrat.

Die Decke war niedrig, die kleine Diele düster. Eine Holztreppe führte ins obere Stockwerk hinauf. Sie drückte die eiserne Klinke der Küchentür hinunter und stieß die Tür auf. Sofort schlug ihr der Duft von Gemüsesuppe und frisch gebackenem Brot entgegen. «Mrs. Mudge?»

Mrs. Mudge stand am Spülstein und schälte Kartoffeln, in der Küche herrschte wie immer ein heilloses Durcheinander. An einer Ecke des Küchentisches hatte sie Teig ausgerollt, und da die Küche zugleich als Wohnraum diente, stapelten sich an der anderen Tischecke Zeitungen, Samenkataloge, Prospekte vom Eisenwarenhändler und unbezahlte Rechnungen. Neben dem Herd standen schmutzige Stiefel, darüber hingen Geschirrtücher, und auf einem Gestell, das an die Decke hochgezogen worden war, trocknete Wäsche. Mr. Mudges lange Unterhosen sprangen einem sofort ins Auge. Auf den Regalen der blau gestrichenen Anrichte lagen die unterschiedlichsten Gegenstände: kunterbunt zusammengewürfeltes Porzellan, Postkarten, die sich aufrollten, Schachteln mit

Wurmpillen, alte Briefe, Hundeleinen, eine Spritze, ein altmodischer Telefonapparat und ein Korb mit schlammverkrusteten, noch zu säubernden Eiern. Mrs. Mudges Hennen achteten nicht darauf, wohin sie ihre Eier legten, und hinter dem Hundezwinger legten sie besonders gern.

Loveday nahm die Unordnung kaum wahr. Die Küche der Mudges sah immer so aus, und das gefiel ihr, denn irgendwie wirkte sie behaglich. Zwischen den schwarz angelaufenen Kasserollen, den Tellern mit Hühnerfutter und all den ungespülten Töpfen und Schüsseln wirkte auch Mrs. Mudge ein wenig schmuddelig. Sie hatte eine Kittelschürze umgebunden und trug Gummistiefel an den Füßen, die sie den ganzen Tag über nicht auszog. Schließlich war sie ständig unterwegs, mal im Haus, mal draußen, verfütterte Brotrinde an die Hennen, holte Brennholz oder hievte Körbe mit schmutziger Wäsche aus dem Waschhaus, und da lohnte es sich kaum, die Stiefel jeweils an- und wieder auszuziehen. Der gefliest Fußboden und die abgetretenen Teppiche waren zwar schmutzig, doch der Schmutz fiel nicht weiter auf, und Mr. Mudge und Walter, beide gut genährt, versorgt und von banalen Alltagsarbeiten befreit, hatten keinen Anlaß, sich über irgend etwas zu beschweren. Trotzdem wußte Loveday, daß Mrs. Mudge die Milchküche, für die sie allein verantwortlich war, putzte, desinfizierte und hygienisch sauber hielt. Was angesichts der vielen Menschen, die Milch, Butter und Sahne bei ihr kauften, gewiß auch besser war.

Mrs. Mudge drehte sich am Spülstein um, eine Kartoffel in der einen und ihr ziemlich scharfes, gefährlich wirkendes altes Messer in der anderen Hand. «Loveday!» Die Freude über ihren Besuch war Mrs. Mudge deutlich anzusehen. Nichts war ihr so willkommen wie eine unverhoffte Abwechslung, ein Vorwand, um den Kessel auf den Herd zu stellen, eine Kanne Tee aufzugießen und zu schwatzen. «Was für eine nette Überraschung!»

Sie hatte keinen einzigen Zahn mehr im Mund. Zwar besaß sie ein Gebiß, trug es aber nur in Gesellschaft oder zum Kirchweihfest, bei dem ihr die harten Makronen zu schaffen machten. Ohne Gebiß wirkte sie ziemlich alt, obwohl sie in Wirklichkeit mit Anfang Vierzig noch verhältnismäßig jung war. Ihr Haar war strähnig

393

und glatt, und auf ihrem Kopf saß eine braune Mütze, die sie ebenso selten absetzte, wie sie die Gummistiefel auszog. «Du bist trotz des Schmuddelwetters heraufgekommen?»

«Tiger ist bei mir. Haben Sie etwas dagegen, wenn er auch hereinkommt?» Eine ziemlich überflüssige Frage, denn der klitschnasse Tiger befand sich längst in der Küche und schnüffelte an Mrs. Mudges Kübel mit den Küchenabfällen für die Schweine. Sie verfluchte ihn spaßeshalber und tat so, als wollte sie nach ihm treten, so daß er sich auf den Flickenteppich am Herd zurückzog und dort niederließ, um sich mit seiner feuchten, rauhen Zunge langsam zu putzen.

Loveday legte ihren Regenmantel über einen Stuhl, langte dann zur Tischecke, wo der rohe Teig lag, nahm sich ein Stück davon und aß es. Mrs. Mudge lachte gackernd. «Kein Mädchen ist auf rohen Teig so versessen wie du.»

«Der schmeckt herrlich.»

«Möchtest du eine Tasse Tee?»

Loveday bejahte, nicht etwa weil sie besondere Lust darauf gehabt hätte, sondern weil es zur Tradition gehörte, mit Mrs. Mudge Tee zu trinken. «Wo ist Walter?»

«Mit seinem Vater auf dem oberen Feld.» Mrs. Mudge ließ ihre Kartoffeln stehen, füllte Wasser in den Kessel und stellte ihn auf den Herd. «Wolltest du zu ihm?»

«Nun, heute morgen habe ich ihn nicht mehr im Stall angetroffen. Als ich dort war, hatte er die Pferde bereits rausgelassen.»

«Er ist heute schon sehr früh zum Stall gegangen. Sein Vater wollte, daß er ihm hilft, eine der Mauern zu reparieren. Gestern abend sind nämlich zwei Kühe ausgebrochen und den Feldweg runtergelaufen. Diese verdammten Viecher! Was willst du denn von Walter?»

«Ach, ich wollte ihm nur etwas mitteilen. Aber Sie können es ihm auch ausrichten. Es geht darum, daß ich morgen für eine Woche nach Porthkerris fahre. Er muß sich also allein um die Pferde kümmern. Aber Heu ist noch mehr als genug da, und gestern abend habe ich das Sattelzeug geputzt.»

«Das sag ich ihm, und ich werde ihn auch auf Trab bringen. Ich geb schon acht, daß er's nicht verschwitzt.» Mrs. Mudge holte die Dose mit den Porträts der königlichen Familie, in der sie den Tee aufbewahrte, vom Kaminsims und nahm dann die braune Teekanne vom Herdrand. «Wohin fährst du denn?»

«Nach Porthkerris zu den Warrens. Sie haben Judith und mich eingeladen. Judith will zwei Wochen bleiben, und ich wollte zuerst gar nicht mitfahren, aber dann habe ich es mir doch anders überlegt. Vielleicht wird es ganz lustig. Eigentlich wollte ich das neue Pony lieber nicht allein lassen, doch Paps hat gemeint, ich sollte unbedingt mitfahren. Außerdem, Sie werden es nicht glauben, Mrs. Mudge, fahren wir mit Judiths Auto hin! Sie trifft sich nämlich heute mit Mr. Baines, dem Anwalt, um ein Auto zu kaufen. Und nicht etwa einen Gebrauchtwagen, nein, einen ganz neuen! Dabei ist sie gerade erst achtzehn. Glauben Sie nicht auch, daß sie ein Glückskind ist?»

Als Mrs. Mudge, die gerade mit Tassen und Untertassen hantierte, das hörte, hielt sie staunend inne.

«Einen eigenen Wagen? Das kann man doch kaum glauben, oder? Und ihr beiden jungen Damen allein unterwegs! Will nur hoffen, daß ihr keinen Unfall baut und euch den Hals brecht!» Nachdem Mrs. Mudge den Tee aufgegossen hatte, nahm sie aus einem Tontopf einen Sandkuchen, von dem sie fingerdicke Scheiben abschnitt. «Zu den Warrens fahrt ihr? Vielleicht zu Jan Warren, dem Lebensmittelhändler?»

«Genau. Seine Tochter Heather war auf der Schule in Porthkerris Judiths Freundin. Und Paddy und Joe, ihre beiden Brüder, sehen schrecklich gut aus.»

Mrs. Mudge stieß einen Kiekser aus. «Oh... also deshalb fährst du mit!»

«Ach was, Mrs. Mudge, seien Sie nicht albern, natürlich nicht deshalb.»

«Ich kenne die Warrens zwar nicht allzu gut, aber ich bin mit ihnen entfernt verwandt. Daisy Warren war eine Cousine meiner Tante Flo. Und Tante Flo hat Onkel Bert geheiratet. Die Warrens sind eine große Familie. Und als junger Mann, da war mir dieser Jan Warren vielleicht einer: so wild wie ein Ziegenbock. Keiner von uns hat sich je vorstellen können, daß der mal ruhiger wird.»

«Er ist immer noch ein ziemlicher Spaßvogel.»

Mrs. Mudge schenkte Tee ein, zog einen Stuhl heran und ließ sich zu einem Schwätzchen nieder.

«Was gibt's sonst noch Neues bei euch? Ein volles Haus?»

«Überhaupt nicht. Paps, Judith und ich sind allein zu Hause. Athena ist noch immer in London, und Edward amüsiert sich in Südfrankreich, und wie üblich haben wir keine Ahnung, wann er nach Hause kommt.»

«Und wo ist deine Mutter?»

Loveday verzog die Miene. «*Die* ist gestern nach London gefahren. Mit dem Bentley und mit Pekoe.»

«Was, nach *London*?» Mrs. Mudge blickte verblüfft drein, wozu sie allen Grund hatte. «Das mitten in den Ferien, wo ihr doch zu Hause seid?» Und tatsächlich, so etwas hatte Diana Carey-Lewis sich noch nie erlaubt. Aber obwohl Loveday über die fluchtartige Abreise ihrer Mutter etwas verstimmt war, zeigte sie Verständnis.

«Unter uns, Mrs. Mudge, ich glaube, sie fühlt sich ein wenig niedergeschlagen und elend. Sie mußte einfach mal raus. Athena heitert sie immer auf, und ich nehme an, sie braucht mal einen Tapetenwechsel.»

«Und warum braucht sie den?»

«Na ja, ich denke mir, alles ist doch ein wenig bedrückend, oder? Ich meine die Nachrichten. Alle reden vom Krieg, und Edward hat sich als Reservist zur Royal Air Force gemeldet. Das alles macht ihr angst, glaube ich. Und Paps ist auch etwas deprimiert und muß unbedingt jede Nachrichtensendung hören, noch dazu in voller Lautstärke. Den Hyde Park reißt man gerade auf, um Luftschutzbunker zu schaffen. Paps ist der Meinung, daß wir alle durch Gas umkommen werden. Kein schöner Gedanke. Deshalb hat sie wohl schnell gepackt und ist sofort losgefahren.»

«Wie lange bleibt sie denn weg?»

«Das hat sie uns nicht verraten. Ein oder zwei Wochen vielleicht. So lange wie nötig, denke ich.»

«Nun gut, wenn sie so durcheinander ist, dann besser weg mit ihr. Ich meine, es ist ja nicht so, daß sie gebraucht wird, oder? Nicht, solange die Nettlebeds und Mary Millyway noch da sind, um den Haushalt zu führen.» Mrs. Mudge schlürfte geräuschvoll ihren Tee und tunkte gedankenverloren eine Scheibe Sandkuchen in ihre Tasse. Weil sie keine Zähne mehr hatte, aß sie ihn so am liebsten, ganz weich und mit Tee vollgesogen. «Stimmt schon, für keinen von uns ist's eine schöne Zeit. Nur daß Walter wahrscheinlich nicht einrücken muß. Landarbeit ist eine kriegswichtige Tätigkeit, sagt sein Vater. Allein kann er den Hof nämlich nicht bewirtschaften.»

«Was ist, wenn er sich als Freiwilliger meldet?»

«Walter?» Mrs. Mudges Stimme tönte voll stolzer Verachtung. «Der würde sich doch nie freiwillig zum Militär melden. Der konnte es nie ausstehen, wenn einer ihm was vorschreibt. In der Schule hatte er sich wegen der Regeln und Vorschriften nichts als Ärger eingehandelt. Kann mir nicht vorstellen, daß Walter einem Feldwebel ‹Zu Befehl, Sir!› antwortet. Nein, der bleibt besser hier. Hier ist er von größerem Nutzen.»

Loveday leerte ihre Teetasse. Sie sah auf die Uhr. «Oje, ich glaube, ich gehe jetzt lieber nach Hause. Da war noch was. Ich soll noch ein Kännchen Sahne mitbringen. Mrs. Nettlebed hat keine mehr, und zum Dinner möchte sie ein Himbeerpüree machen. Deshalb bin ich eigentlich hergekommen, und natürlich auch um Walter zu sagen, daß ich wegfahre.»

«In der Milchküche gibt's noch genug Sahne. Bedien dich, aber vergiß nicht, mir das Kännchen zurückzubringen.»

«Das geht leider nicht, weil ich ja morgen schon fahre. Aber ich sag Mrs. Nettlebed Bescheid.»

IN DER Milchküche war es kühl; sie blitzte vor Sauberkeit und roch nach der Karbolseife, mit der Mrs. Mudge den Schieferboden scheuerte. Loveday fand den Sahnetopf und ein sterilisiertes Kännchen und füllte es mit einer langen Schöpfkelle. Tiger, dem sie den Eintritt verwehrt hatte, winselte an der offenen Tür und machte Freudensprünge, als sie wieder auf den Innenhof hinaustrat. Wie wild sauste er umher, als hätte er einen Augenblick lang geglaubt, daß sie ihn auf immer verlassen hatte. Sie schimpfte ihn einen Dummkopf, worauf er sich hinsetzte und sie anzulächeln schien.

«Los, komm, du Dummkopf, wir müssen nach Hause.»

Sie überquerte den Innenhof, kletterte auf das Gatter und blieb eine Weile auf der obersten Stange sitzen. Während sie sich mit Mrs. Mudge in der Küche unterhalten hatte, war eine Brise aufgekommen, und der Regen hatte etwas nachgelassen. Über den Wolken schien die Sonne, und hier und da drangen ein paar Strahlen durch die Wolkendecke hindurch, so wie man es aus Bibelillustrationen kennt. Der Nebel hob sich wie ein hauchdünner Vorhang und gab nun den Blick frei auf das ruhige und silbern schimmernde Meer.

Loveday dachte an Walter und an den bevorstehenden Krieg und war dankbar, daß er Nancherrow nicht verlassen mußte, um Soldat zu werden. Denn Walter gehörte zu Nancherrow und war ein Teil ihres Lebens. Veränderungen machten ihr angst. Außerdem mochte sie Walter sehr gern. Er war zwar rauhbeinig und mundfaul, und es hieß, neuerdings gehe er abends viel zu oft nach Rosemullion ins Pub. Doch in ihrem Leben war er ein ruhender Pol und einer der wenigen ihr bekannten jungen Männer, in deren Gesellschaft sie sich wohl fühlte. Als Edward noch zur Grundschule ging, hatte er häufig Freunde zum Übernachten mit nach Hause gebracht. Mit ihrer für die Oberschicht typischen gedehnten Sprechweise und ihrer Kraftlosigkeit schienen sie Loveday aus einer anderen Welt zu stammen. Während Loveday die Pferdeställe ausmistete oder mit Walter oder ihrem Vater ausritt, rekelten sie sich in Liegestühlen oder spielten lustlos Tennis, und in ihren Unterhaltungen bei Tisch sprachen sie ausschließlich über Leute, die sie nicht kannte, nie kennengelernt hatte und auch nicht kennenlernen wollte.

Walter dagegen erschien ihr trotz seiner wilden Art ungemein attraktiv. Manchmal, wenn er ein Pferd striegelte oder Heu herankarrte, betrachtete sie heimlich und mit tiefer Befriedigung seinen starken, geschmeidigen Oberkörper, die braunen, muskulösen Arme, seine dunklen Augen und das rabenschwarze Haar. Er glich einem dieser wunderschönen Zigeuner aus einem Roman von D. H.

Lawrence, und ihre ersten sexuellen Regungen, eine Art Schmerz tief in ihrem Bauch, wurden durch Walter hervorgerufen. Ähnlich verhielt es sich mit den Warren-Brüdern in Porthkerris. Trotz ihres rauhen kornischen Dialekts, ihrer derben Späße und ihrer Neckereien fühlte Loveday sich in ihrer Gegenwart nicht einen Augenblick lang eingeschüchtert oder gelangweilt. Es kam ihr vor, als hätte ihre Vorliebe für – sie suchte nach dem passenden Wort: ‹Unterschicht› war ein fürchterlicher Ausdruck und ‹ungebildete Menschen› war noch schlimmer, und ihr fiel schließlich ‹wirkliche› ein – für wirkliche Menschen etwas mit der Art und Weise zu tun, in der sie erzogen, ihr ganzes Leben lang behütet und im sicheren Hafen von Nancherrow verhätschelt worden war. Wie auch immer. Es war allein ihr Geheimnis, das sie weder mit Judith noch mit Athena teilte.

Walter. Sie dachte an den Krieg. Jeden Abend hörten alle im Haus wohl oder übel die Neunuhrnachrichten, und Abend für Abend hörten sich die Nachrichten aus aller Welt schlimmer an. Es war wie bei einer ungeheuren Katastrophe – wie bei einem Erdbeben oder einem zerstörerischen Feuer –, die keiner verhüten konnte. Wenn die Glocken von Big Ben neun Uhr schlugen, tönten sie in Lovedays Ohren wie die Posaunen des Jüngsten Gerichts. Der bevorstehende Krieg beunruhigte sie weit mehr, als irgendein Familienmitglied ahnte, wenngleich es ihr schwerfiel, sich vorzustellen, welche Auswirkungen er auf ihr eigenes Heim, ihre Familie und ihre direkte Umgebung haben könnte. An Phantasie hatte es ihr stets gemangelt, in der Schule waren ihr Aufsätze immer ein Greuel gewesen. Ob schwarze Flugzeuge vielleicht Bomben warfen, es dann Explosionen gab und Häuser einstürzten? Oder würde die deutsche Armee irgendwo landen, etwa in London, und durch das Land marschieren? Ob sie dann auch nach Cornwall kämen? Und falls ja, wie würden sie den Tamar überqueren, über den nur eine Eisenbahnbrücke führte? Vielleicht bauten sie eigens Pontons oder paddelten in Booten über den Fluß, doch *das* erschien ihr ein wenig zu simpel.

Und was würde geschehen, wenn sie kämen? Beinahe alle Männer, die Loveday kannte, bestimmt sämtliche Freunde ihres Vaters, besaßen ein Gewehr, mit dem sie auf der Jagd Fasane und Hasen erlegten oder bisweilen einen verletzten Hund oder ein Pferd aus seinem Elend erlösten. Wenn jeder mit seinem Gewehr auf die Deutschen losging, dann bliebe den Invasoren nicht die geringste Chance. Ihr kam das alte kornische Lied in den Sinn, das die Zuschauer während der Rugbyspiele in der Grafschaftsliga auf den Tribünen schmetterten.

> Und wird Trelawney sterben, Jungs,
> und wird Trelawney sterben?
> Vierzigtausend kornische Männer
> kennen dann den Grund dafür.

Tiger winselte ungeduldig. Sie seufzte, verscheuchte ihre trüben Gedanken, kletterte vom Gatter und lief den ausgefahrenen Feldweg so schnell hinunter, daß das Sahnekännchen in ihrer Hand hin und her pendelte. Um sich aufzuheitern, dachte sie an den morgigen Tag, wenn sie nach Porthkerris zu den Warrens fahren würde. Sie würde Heather und Paddy und Joe wiedersehen, am überfüllten Strand hocken und Eis essen. Und an Judiths neuen Wagen dachte sie. Vielleicht war es ein kleiner MG mit einem Faltdach. Sie konnte es kaum erwarten, das neue Auto zu sehen.

All dies schoß ihr durch den Kopf, und als sie zu Hause ankam, hatte sich ihre gedrückte Stimmung wieder verflüchtigt.

Porthkerris, den 9. August 1939

Liebe Mami, lieber Dad,
bitte entschuldigt, daß ich Euch so lange nicht mehr geschrieben habe. Ich muß versuchen, all die Neuigkeiten so kurz wie möglich zu fassen, sonst wird dieser Brief so dick wie eine Zeitung. Wie Ihr seht, bin ich bei den Warrens in Porthkerris, und Loveday ist auch mitgefahren. Zuerst war sie unschlüssig, weil sie ein neues Pony bekommen hat, das Fleet heißt und das sie für ein Turnier trainieren will, aber schließlich hat sie sich doch noch dazu entschlossen, wenigstens für eine Woche mitzukommen, und wir haben uns alle darüber gefreut. Hier ist es zwar ziemlich eng, aber Mrs. Warren scheint es nichts auszumachen. Paddy ar-

beitet jetzt auf dem Fischerboot seines Onkels und ist daher meistens nicht da. Deshalb hat Loveday sein Bett bekommen, und ich schlafe mit Heather zusammen. Heather ist auch von der Schule abgegangen und will hier in Porthkerris einen Sekretärinnenkurs belegen. Danach sucht sie sich vielleicht in London eine Arbeit.

Das Wetter ist einfach großartig, und Porthkerris ist voller Besucher in Shorts und Sandalen. Joe hat eine Gelegenheitsarbeit gefunden, er reinigt die Strandhütten und räumt die Liegestühle weg, und als wir gestern schwimmen waren, hat er für uns alle ein Eis abgestaubt.

Im Lebensmittelgeschäft der Warrens arbeitet jetzt eine neue Verkäuferin, die Ellie heißt und sechzehn ist, glaube ich. Ellie hat sich ihr Haar mit Wasserstoffsuperoxyd blond gefärbt und sieht ziemlich blöd aus. Doch Mrs. Warren sagt, sie habe in Null Komma nichts kapiert, wie die Registrierkasse funktioniert, und sei die beste Hilfskraft, die sie je hatte.

Das Gefühl, nie wieder in die Schule zurückzumüssen, ist schon merkwürdig. Das Ergebnis der Aufnahmeprüfung hat man mir noch nicht mitgeteilt, aber bei der Abschlußfeier habe ich die Preise in Geschichte und Englisch bekommen, was toll war, und dazu noch den Carnhayl-Pokal, was mich schrecklich überrascht hat. Doch es hat sich gelohnt! Denn weil ich die Preise eingeheimst habe, haben Mr. Baines und Onkel Bob sich beraten und mir erlaubt, als Belohnung einen eigenen Wagen zu kaufen. Mr. Baines ist mit mir zum Händler nach Truro gefahren, und gemeinsam haben wir einen ausgesucht. Ich habe mich für einen kleinen dunkelblauen, ganz süßen Morris mit vier Sitzen entschieden. Es gab da auch einen Sportwagen mit Faltdach, doch Mr. Baines meinte, wenn ich mich damit überschlagen würde (was mir natürlich nicht passiert), könnte ich mir das Genick brechen, und daher hielt er den Morris für besser geeignet. Egal, ich liebe ihn riesig und habe ihn selbst nach Nancherrow zurückgefahren, die ganze Strecke über Camborne und Redruth und Penzance, und Mr. Baines ist sozusagen als Leibwächter in seinem Wagen hinter mir hergetrudelt. Es ist das Schönste, was ich *je besessen habe, seit Tante Louise mir das Fahrrad geschenkt hat, und so bald wie möglich fahre ich nach Pendeen, um Phyllis und ihr Baby zu besuchen. In meinem nächsten Brief berichte ich Euch von ihr.*

Jedenfalls konnten Loveday und ich dadurch auf eigenen Rädern nach Porthkerris fahren, und niemand mußte uns mit dem Kombi von Nancherrow hierherbringen. Ich kann Euch kaum sagen, wie schön es ist, selbst zu fahren, und wir haben uns für die Strecke viel Zeit gelassen und die Fahrt genossen. Es war ein herrlicher Tag, an allen Hecken wucherte der Fingerhut. Wir haben die Route durch das Moor genommen, und in der Ferne hat das Meer tiefblau geschimmert. Unterwegs haben wir viel gesungen.

Kurz bevor wir losgefahren sind, ist Diana Carey-Lewis nach London abgereist. Der Colonel schaute etwas niedergeschlagen drein, als sie ihm erklärte, daß sie wegfahren wolle, und er ist überhaupt ziemlich deprimiert und kann nicht genug bekommen vom Zeitunglesen und Radiohören, und ich glaube, der Ärmste geht ihr einfach auf die Nerven. Letztlich hat er jedoch gute Miene gemacht, sie zum Wagen gebracht und ihr eine schöne Zeit in London gewünscht. Er ist wirklich der liebste und selbstloseste aller Männer, und wer kann ihm verübeln, daß er sich Sorgen macht über das, was in der Welt vorgeht? Für einen Mann, der im letzten Weltkrieg in den Schützengräben gekämpft hat, muß es eine Qual sein. Ich bin froh, daß Ihr in Singapur seid, weit vom Schuß. Dort seid Ihr wenigstens sicher vor dem, was in Europa geschieht.

Jetzt muß ich aber aufhören. Loveday und Heather wollen zum Strand, und Mrs. Warren hat uns etwas für ein Picknick eingepackt. Im ganzen Haus riecht es nach Pastete. Könnt Ihr Euch etwas Besseres vorstellen, als nach dem Schwimmen Pastete zu essen? Ich nicht.

Alles Liebe für Euch wie immer. Ich schreibe Euch bald wieder.

Judith

Die Mahlzeiten im Haus der Warrens waren, im Gegensatz zu denen auf Nancherrow, zwangsläufig keine förmlichen Angelegenheiten. Bei zwei Männern mit verschiedenen Arbeitszeiten wurde das Frühstück zu sehr unterschiedlichen Zeiten eingenommen, und Mr. Warren stand bereits in seinem Laden und Joe betätigte sich schon längst am Strand, bevor eines der Mädchen aus dem Bett gekrochen war. Mittags tischte Mrs. Warren ihrem Mann das Essen immer dann auf, wenn gerade wenig Kunden in den Laden kamen und er sich von den Schinkenseiten, Teepäckchen und Butterpfunden fortstehlen konnte. Da er seit dem frühen Morgen auf den Beinen war, mußte er sich einfach eine Weile hinsetzen und ausruhen. Dabei warf er einen Blick in die Lokalzeitung, nahm einen Teller Suppe und eine Scheibe Brot mit Käse zu sich und gönnte sich zum Schluß eine Tasse Tee. Mrs. Warren setzte sich nicht zu ihm. Während ihr Mann aß, bügelte sie oder backte einen Kuchen, putzte den Küchenfußboden oder stand am Spülstein und schälte Unmengen von Kartoffeln, derweil sie ihm leutselig zuhörte, wenn er ihr aus der Zeitung etwa die Cricketergebnisse vorlas oder wieviel der vom Fraueninstitut St. Enedoc veranstaltete Basar eingebracht hatte. Sobald er seinen Tee ausgetrunken, sich eine Zigarette gedreht und diesen krummen Stengel geraucht hatte, machte er sich wieder an die Arbeit, und Ellie kam an die Reihe. Aus Suppe machte sie sich nichts. Sie bereitete sich Sandwiches mit Fleischpastete und knabberte an Schokoladenkeksen, während sie Mrs. Warren erzählte, was Russell Oates ihr anvertraut hatte, während sie beide in der Schlange vor dem Kino gewartet hatten, und fragte, ob Mrs. Warren ihr rate, sich eine Dauerwelle legen zu lassen. Sie war ein kokettes Mädchen und verrückt nach Jungen, aber Mrs. Warren, die sie noch aus der Zeit kannte, da sie als kleines Ding in die Grundschule von Porthkerris gegangen war, schätzte ihre Gesellschaft dennoch. Sie mochte Ellie gut leiden, weil sie Schwung besaß, richtig zupacken konnte, schnell von Begriff war und die Kundschaft immer freundlich bediente.

«Diese Woche läuft ein Film mit Jeanette MacDonald», erzählte Ellie ihr. «Und mit Nelson Eddy. Ich meine, die sind zwar etwas schmalzig, aber die Musik ist gut. Letzte Woche hab ich James

Cagney gesehen, das war vielleicht brutal, mit Gangstern und so in Chicago.»

«Wie du dir all das viele Schießen und Morden nur ansehen kannst, das kapier ich einfach nicht, Ellie.»

«Es ist aufregend. Und wenn es zu blutrünstig wird, verkriech ich mich einfach im Sessel.»

LOVEDAY BLIEB eine Woche, und Judith wunderte sich ständig, wie gut sie sich an die enge Wohnung über dem Laden angepaßt und in die Familie eingefügt hatte, die so wenig der vornehmen Welt glich, in die Loveday hineingeboren worden war. Die Carey-Lewis gehörten zur Oberschicht. Und Loveday war entsprechend aufgewachsen, von einer treuen Amme und einem Butler umgeben und von törichten Eltern verhätschelt und vergöttert. Doch seit ihrem allerersten Besuch in Porthkerris – da gingen sie beide noch zur Schule – war Loveday von den Warrens und ihrer Umgebung begeistert gewesen, von der neuen Erfahrung, mitten in einer geschäftigen, kleinen Stadt zu leben, und davon, daß sie einfach aus der Tür auf die enge, gepflasterte Straße hinaustreten konnte, die zum Hafen hinabführte. Wenn Mr. Warren oder Joe anfingen, sie zu hänseln, zahlte sie es ihnen mit gleicher Münze heim, und Mrs. Warren zuliebe lernte sie, ihr Bett zu machen, das Geschirr zu spülen und die Wäsche draußen im Hof hinter der Waschküche aufzuhängen. Der Lebensmittelladen, in dem sich die Kunden drängten, war ein Quell ständiger Zerstreuung, und die Freiheit, die die Kinder der Warrens wie selbstverständlich hinnahmen, entzückte Loveday. Man brauchte nur die Treppe hinauf zu rufen «Ich gehe jetzt», und niemand fragte, wohin man ging oder wann man zurückkam.

Am liebsten ging sie an den bevölkerten Strand, wo sie sich mit Judith und Heather vergnügte und viel Zeit verbrachte. Es herrschte unablässig schönes Wetter, eine kühle Brise wehte, und tagelang ließ sich am Himmel keine Wolke blicken; die gestreiften Zelte und Sonnenschirme am Sandstrand vermittelten einen heiteren

Eindruck, und die Feriengäste hockten in Gruppen zusammen, waren quietschvergnügt und ziemlich laut. Diana hatte Loveday einen neuen zweiteiligen Badeanzug geschenkt, zu dem Loveday eine dunkle Sonnenbrille trug, so daß sie ganz ungeniert die Menschen beobachten konnte, ohne daß es besonders auffiel. Judith nahm an, daß Loveday die Brille aufgesetzt hatte, um wie ein Filmstar auszusehen. Schlank, gebräunt und strahlend hübsch, war es unvermeidlich, daß sie bewundernde Blicke auf sich zog, und es dauerte nie lange, bis ein junger Mann einen Strandball in ihre Richtung warf, um mit ihr anzubändeln. Kaum ein Tag verging, an dem man die drei Mädchen nicht einlud, an einem Schlag- oder Volleyballspiel teilzunehmen oder zum Rettungsfloß hinauszuschwimmen und auf der durchnäßten Kokosmatte in der Sonne zu liegen.

Die Bucht von Nancherrow war nie so kurzweilig gewesen.

Die Ferien vergingen wie im Fluge, und bevor sie es bemerkt hatten, war für Loveday der letzte Tag angebrochen. Das Abendessen bei den Warrens war der einzige Zeitpunkt, an dem die ganze Familie – und jeder andere, der gerade zufällig anwesend war und eine Stärkung brauchte – sich um den langen, blank gescheuerten Tisch in Mrs. Warrens Küche versammelte, um zu reden, zu lachen, zu diskutieren, zu scherzen und die Ereignisse des Tages Revue passieren zu lassen. Nie war die Rede davon, sich zum Abendessen umzuziehen oder feinzumachen. Nur wurde erwartet, daß man sich wenigstens flüchtig die Hände wusch, bevor alle Platz nahmen in denselben Kleidern, die sie tagsüber getragen hatten, die Männer mit offenen Hemdkragen und Mrs. Warren in ihrer Schürze.

Das Essen wurde um halb sieben aufgetragen und traditionellerweise schlicht als ‹Tee› bezeichnet, obwohl es immer ein Festessen war. Auf den Tisch kam eine Lammkeule oder ein Kapaun oder gegrillter Fisch, dazu Kartoffelpüree und Bratkartoffeln, drei Gemüsegerichte, Würztunken, Eingelegtes und dunkle, fette Bratensauce. Als Nachtisch gab es Götterspeise und Eiercreme, Schüsseln mit Sahne, dazu selbstgebackenen Kuchen oder Kekse und Käse. Das alles wurde mit großen Tassen starken Tees hinuntergespült.

An jenem Abend war lediglich die Familie anwesend: Mr. und

Mrs. Warren, Joe und die drei Mädchen in den ärmellosen Baumwollkleidern, die sie nach dem am Strand verbrachten Tag über ihre Badeanzüge gestreift hatten.

«Wir werden dich vermissen», sagte Mr. Warren zu Loveday. «Ist nicht dasselbe, wenn du nicht mehr da bist und uns allen nicht mehr auf den Wecker fällst.»

«Mußt du denn wirklich nach Hause?» fragte Mrs. Warren mit ein wenig traurig klingender Stimme.

«Ja, ich muß unbedingt. Ich habe Fleet versprochen, in einer Woche zurück zu sein, und wir müssen noch viel zusammen arbeiten. Ich hoffe, daß Walter das Pony geritten hat, sonst ist es so ausgelassen und bockig wie nur irgendwas.»

«Na ja, genug Sonne hast du jedenfalls abbekommen», meinte Mr. Warren grinsend. «Was sagt wohl deine Mama dazu, daß du so rot wie eine Indianerin nach Hause kommst?»

«Sie ist in London und wird nicht zu Hause sein, wenn ich komme. Sonst wäre sie bestimmt neidisch auf mich. Sie versucht immer, braun zu werden. Manchmal legt sie sich sogar ganz ohne Kleider in die Sonne.»

Joe horchte auf. «Dann sag ihr, sie soll hierher an unseren Strand kommen. Ein oder zwei Vorstellungen könnten wir schon ganz gut gebrauchen.»

«Du dummer Kerl, das erlaubt sie sich doch nicht am öffentlichen Strand, sondern nur manchmal heimlich im Garten oder auf den Felsen in unserer Bucht.»

«Kann nicht so geheim sein, wenn du davon weißt. Hast sie wohl beobachtet, wie?»

Loveday warf ein Stück Brot nach ihm, und Mrs. Warren erhob sich und setzte den Wasserkessel auf.

AM NÄCHSTEN Morgen kam Palmer mit dem Kombiwagen von Nancherrow, um Loveday abzuholen. Nicht gerade der praktischste Wagen für die abschüssigen Hügel, die schmalen Straßen und engen Kurven von Porthkerris. Palmer traf schließlich ziemlich aufgelöst ein, denn im Labyrinth der kopfsteingepflasterten Gassen hatte er völlig die Orientierung verloren und mehr zufällig als dank souveräner Übersicht zum Lebensmittelladen der Warrens gefunden.

Jedenfalls war er da. Lovedays Koffer wurden die Treppe hinunter und durch den Laden nach draußen gewuchtet, und alle fanden sich auf der Straße ein, um Loveday mit vielen Küssen und Umarmungen zu verabschieden und ihr das Versprechen zu entlocken, sie werde bald wiederkommen.

Sie lehnte sich zum Wagenfenster hinaus und fragte Judith: «Und wann kommst du zurück?»

«Wahrscheinlich Sonntag morgen. Ich ruf dich noch an und sag dir Bescheid. Und grüß alle ganz lieb von mir.»

«Mach ich...» Mit einem Ruck startete der Kombiwagen und entfernte sich würdevoll. «Auf Wiedersehen! Wiedersehen!»

Alle winkten ihr nach, doch nur kurz, denn bald war das riesige Gefährt um die scharfe Kurve am Marktplatz gefahren und nicht mehr zu sehen.

Lovedays Abwesenheit wirkte in den ersten Augenblicken seltsam. Wie alle Mitglieder der Familie Carey-Lewis hatte sie die Gabe, fast jeder Menschenansammlung einen gewissen unverhofften Glanz zu verleihen. Doch Judith genoß es auch, nur mit Heather allein zu sein, sich mit ihr über die vergangenen Zeiten und alte Freunde zu unterhalten, ohne das Gefühl zu haben, Loveday auszugrenzen oder ihr mühsam erklären zu müssen, wer dieser oder jener war und wann sich dieses oder jenes zugetragen hatte.

Sie saßen am Küchentisch, tranken Tee und dachten darüber nach, was sie unternehmen wollten, und entschieden sich, heute nicht an den Strand zu gehen, denn nun, da Loveday, die nichts anderes im Sinn gehabt hatte, nicht mehr bei ihnen war, konnten sie die Gelegenheit zu einem kleinen Ausflug nutzen.

«Schließlich habe ich ja jetzt ein Auto. Fahren wir doch irgendwohin, wo man sonst nicht hinkommt.» Sie berieten immer noch über ein geeignetes Ziel, als Mrs. Warren die Treppe zur Küche hinaufkam, um von ihrer Arbeit im Laden zu verschnaufen, und die Sache für sie entschied.

«Warum fahrt ihr nicht einfach nach Treen? Mit dem Wagen seid ihr im Nu da, und an einem Tag wie heute ist's herrlich dort auf den Klippen, und an der Steilküste ist vermutlich kein Mensch weit und breit. Allerdings müßt ihr zum Strand hinunterklettern. Aber ihr könnt euch ja den ganzen Tag Zeit lassen.»

Und so fuhren sie in Richtung Land's End über Pendeen und St. Just nach Treen. Während sie durch die Landschaft gondelten, erinnerte sich Judith an Phyllis.

«Irgendwann muß ich herkommen und sie besuchen. Sie wohnt irgendwo in der Gegend, ich weiß bloß nicht genau, wo. Ich werde ihr wohl einen Brief schreiben müssen, denn im Telefonbuch steht sie bestimmt nicht.»

«Das kannst du noch in dieser Woche erledigen. Und wir können auch nach Penmarron fahren, wenn du möchtest.»

Judith rümpfte die Nase. «Nein, eigentlich nicht.»

«Davon bekommst du Heimweh, nicht?»

«Ich weiß nicht. Ich möchte es lieber nicht darauf ankommen lassen.» Sie dachte an den kleinen Bahnhof und an Riverview House und daran, vielleicht Mr. Willis zu besuchen. Dies waren jedoch die glücklicheren Erinnerungen, und es gab andere, an denen sie besser nicht rührte. «Vielleicht ist es besser, es so in Erinnerung zu behalten, wie es war.»

In Treen parkten sie den Wagen am Pub und gingen, mit Sachen beladen und den Proviant für ein Picknick im Rucksack, quer über die Felder. Der Himmel war wieder wolkenlos, die Bienen summten im Glockenheidekraut, und die Sonne brannte und schimmerte auf dem trägen, jadegrünen Meer. Die Felsen waren schrecklich hoch, und die sichelförmige Bucht lag tief unter ihnen. Dennoch wagten sie sich an den langen und gefährlichen Abstieg, gingen den jäh abfallenden Pfad hinunter, und als sie schließlich den Sandstrand erreicht hatten, erschien er ihnen wie eine verlassene Insel, denn weit und breit war wirklich keine Menschenseele zu sehen.

«Da brauchen wir unsere Badeanzüge gar nicht erst anzuziehen», meinte Heather, und so legten sie ihre Kleider ab und rannten nackt in die sanfte Brandung hinein. Das Wasser war eiskalt und weich wie Seide, und sie schwammen so lange, bis ihnen kalt wurde. Dann stiegen sie aus dem Meer und liefen über den heißen Sand, holten ihre Handtücher, trockneten sich ab und legten sich zum Sonnenbaden auf die Felsen.

Sie unterhielten sich. Heather vertraute ihr an, sie habe inzwischen einen richtigen Freund, einen gewissen Charlie Lanyon, Sohn eines wohlhabenden Holzhändlers aus Marazion. Sie habe ihn bei einem Cricketdinner kennengelernt, doch halte sie ihn vor ihrer Familie geheim, weil sie sich die Sticheleien ihres Bruders Joe ersparen wolle.

«Charlie ist wirklich nett; er sieht nicht eigentlich gut aus, dafür aber nett. Er hat hübsche Augen und ein reizendes Lächeln.»

«Was unternehmt ihr denn gemeinsam?»

«Wir gehen in den Tanzpalast oder ins Pub und trinken ein Bier. Er hat ein Auto, und für gewöhnlich verabreden wir uns an der Bushaltestelle.»

«Irgendwann mußt du ihn zu dir nach Hause mitnehmen.»

«Ich weiß, aber er ist etwas schüchtern. Vorläufig belassen wir es dabei.»

«Arbeitet er bei seinem Vater?»

«Nein, er besucht die technische Schule in Camborne. Er ist neunzehn, aber eigentlich soll er ins Geschäft einsteigen.»

Judith, die auf dem Rücken lag, beschattete mit einer Hand ihre Augen und schwieg. Eine Weile ging sie mit sich zu Rate, ob sie Heather von Edward erzählen sollte. Da Heather sich ihr anvertraut hatte, fühlte sie sich im Gegenzug ebenfalls dazu verpflichtet, beschloß jedoch, es lieber bleibenzulassen. Aus irgendeinem Grund erschienen ihr ihre Gefühle für Edward zu kostbar, zu zart, um sie mit einem anderen Menschen, und sei es mit Heather, zu teilen. Heather, das wußte sie, würde nie ihr Vertrauen mißbrauchen, doch hatte man ein Geheimnis erst einmal ausgeplaudert, konnte man es nie wieder einfangen.

Die Sonne brannte zu stechend, ihre Schultern und Schenkel begannen zu brennen. Mühsam wälzte sie sich auf den Bauch und legte sich so bequem hin, wie es ihr auf dem harten Felsvorsprung möglich war.

Sie fragte: «Seid ihr verlobt?»

«Nein, was hat man denn von einer Verlobung? Wenn es Krieg gibt, wird er sicher eingezogen, und dann sehen wir uns jahrelang nicht. Im übrigen möchte ich auch nicht heiraten und Kinder am Hals haben. Jedenfalls noch nicht. Das können wir dann immer noch.» Plötzlich begann sie zu kichern.

«Was gibt's denn da zu lachen?»

«Gerade fällt mir Norah Elliot ein und was sie uns hinter dem Fahrradschuppen erzählt hat. Wie das mit den Babys geht...»

Judith, die sich nur zu gut daran erinnerte, ließ sich von Heathers Heiterkeit anstecken. «...und was sie erzählte, war widerlich, und wir glaubten, sie habe sich alles bloß ausgedacht und nur solche Schreckschrauben wie Norah Eliot könnten sich so etwas Gräßliches einfallen lassen.»

«Aber natürlich hatte sie am Ende recht...»

Als sie beide ihr Lachen schließlich unter Kontrolle bekommen und sich die Tränen aus den Augen gewischt hatten, fragte Heather: «Wer hat's dir gesagt?»

«Was denn? Wo die Kinder herkommen?»

«Ja, mir hat's meine Mama erzählt, aber deine Mutter ist ja nicht da.»

«Ich hab's von Miss Catto erfahren. Alle in meiner Klasse. Das hieß damals Aufklärungsunterricht.»

«Himmel, muß das peinlich gewesen sein!»

«Eigenartigerweise war es das überhaupt nicht. Wir hatten nämlich alle vorher schon Biologie. Deshalb kam es für uns nicht überraschend.»

«Mama war süß. Sie sagte mir, es hört sich nicht allzu hübsch an, aber wenn man jemand liebt, ist es wirklich was ganz Besonderes. Gefühle und all das, weißt du.»

«Fühlst du das bei Charlie?»

«Ich möchte nicht mit ihm ins Bett gehen, wenn du das meinst...»

«Nein, ich meine... Liebst du ihn?»

«Nicht auf diese Art.» Heather dachte darüber nach. «Darum geht's nicht. Ich möchte mich nicht binden.»

«Was möchtest du denn? Willst du dir noch immer in London eine Arbeit suchen?»

«Ja, eigentlich schon. Und eine eigene kleine Wohnung haben, ein Einkommen...»

«Ich sehe dich schon in einem schwarzen Kleid mit weißem Kragen beim Diktat auf den Knien deines Chefs sitzen.»

«Ich werde bei keinem Chef auf den Knien sitzen, das schwör ich dir.»

«Wirst du Porthkerris nicht vermissen?»

«Schon, aber ich will nicht für den Rest meines Lebens hier versauern. Ich kenne zu viele Mädchen mit einem Haufen Kinder, und die sind kaum aus der Stadt rausgekommen. Ich möchte was von der Welt sehen. Ich möchte ins Ausland. Zum Beispiel nach Australien.»

«Für immer?»

«Nein, nicht für immer. Letztendlich werde ich immer zurückkommen.» Heather setzte sich aufrecht und gähnte. «Ist es dir nicht zu warm geworden? Ich bin hungrig. Laß uns doch etwas essen.»

Sie verbrachten den ganzen Tag in der Sonne, auf den Felsen, am Strand und im Meer. Am Nachmittag überspülten die Flutwellen den glühendheißen Sand, und das seichte Wasser war nicht mehr so kalt wie am Morgen. Sie konnten sich treiben und von der sanften Dünung der Sommerwellen schaukeln lassen und in den Himmel gucken. Um halb fünf, als die Sonne nicht mehr so erbarmungslos vom Himmel herunter brannte, beschlossen sie, aufzubrechen und den langen Aufstieg an der Steilküste in Angriff zu nehmen.

«Richtig schade, daß wir jetzt gehen müssen», meinte Heather, als sie ihre nassen Badesachen und die Picknickabfälle in die Rucksäcke steckten und ihre Baumwollröcke anzogen. Sie blickte aufs Meer, das im veränderten Licht einen anderen Farbton angenommen hatte und jetzt nicht mehr jadegrün, sondern aquamarinblau schimmerte, und sagte: «Weißt du, daß das nie wiederkommt? Nie mehr. Nur du und ich und hier und heute. Alles geschieht nur einmal. Denkst du auch manchmal daran, Judith? Es kann natürlich in etwa wieder so werden, doch nie wieder genau so.»

Judith verstand sie. «Ich weiß, was du meinst.»

Heather stand auf und schulterte den Rucksack. «Na, dann mal los. Auf zum Bergsteigen.»
Es war in der Tat eine lange und ermüdende Kletterpartie, wenngleich der Aufstieg ihnen nicht so abenteuerlich erschien wie der Abstieg. Als sie ohne Zwischenfall oben angekommen waren, fühlten sie sich erleichtert und blieben auf dem dichten, kurzen Gras stehen, um sich eine Weile auszuruhen und wieder zu Atem zu kommen, und blickten über die ewigen Klippen und den verlassenen Strand auf das friedliche Meer hinaus.
Alles geschieht nur einmal.
Heather hatte recht. *Es kann nie mehr genau so werden.* Judith fragte sich, wie lange es wohl dauern würde, bis sie wieder nach Treen kamen.

UM SECHS UHR erreichten sie Porthkerris, sonnenverbrannt, salzverkrustet und erschöpft. An der Ladentür hing bereits das Schild GESCHLOSSEN, doch die Tür war nicht abgesperrt, und sie gingen hinein und trafen Mr. Warren, der in Hemdsärmeln in seinem kleinen Büro saß und die Tageseinnahmen abrechnete. Als sie eintraten, hob er den Kopf und sah zu ihnen herüber.
«Nanu, wer kommt denn da hereinspaziert? Wie war denn euer Tag?»
«Einfach herrlich... Wir waren in Treen.»
«Ich weiß. Mama hat's mir gesagt.» Seine Augen wanderten zu Judith. «Da war ein Anruf für dich, vor etwa einer Stunde.»
«Für mich?»
«Ja. Er möchte, daß du ihn zurückrufst.» Er legte seinen Federhalter hin und suchte auf seinem Schreibtisch herum. «...hier ist's. Ich hab's auf einen Zettel notiert.» Er reichte ihr einen Fetzen Papier hinüber. Darauf standen zwei Wörter. ‹Edward anrufen›. «Er sagte mir, du kennst die Nummer.»
Edward. Judith spürte, wie Freude in ihr aufstieg, ihren ganzen Körper durchströmte und ein Lächeln ihre Mundwinkel umspielte. Edward!

«Von wo hat er angerufen?»

«Hat nur gesagt, er ist zu Hause.»

Heather platzte fast vor Neugierde. «Wer ist Edward?»

«Ach, nur Edward Carey-Lewis. Ich dachte, er sei noch in Frankreich.»

«Dann rufst du ihn lieber jetzt gleich an.» Judith zögerte. Der Apparat, der auf Mr. Warrens Schreibtisch stand, war der einzige im Haus. Heather bemerkte ihr Zögern. «Daddy hat nichts dagegen, oder, Daddy?»

«Nein, überhaupt nicht. Bedien dich ruhig, Judith.» Er stand auf.

Judith wurde äußerst verlegen. «Oh, bitte, Sie müssen nicht weggehen. Es ist nichts Privates. Nur Edward.»

«Im Augenblick habe ich hier nichts mehr zu tun. Den Rest kann ich später erledigen. Ich gehe auf ein Bier nach oben…»

Heather, deren dunkle Augen aufblitzten, sagte: «Ich komme mit und schenke es dir ein. Gib mir deinen Rucksack, Judith, dann hänge ich deine nassen Sachen schon zum Trocknen raus…»

Mit vollendetem Takt ließen sie Judith allein. Sie wartete, beobachtete, wie die beiden gemeinsam die Treppe hinaufgingen, setzte sich dann auf Mr. Warrens Stuhl an den Schreibtisch, hob den Hörer des altmodischen Apparats ab und sagte dem Fräulein vom Amt die Nummer von Nancherrow.

«Hallo.» Es war Edward.

Sie sagte: «Ich bin's.»

«Judith!»

«Ich bin gerade zurückgekommen. Mr. Warren hat mir ausgerichtet, daß du angerufen hast. Ich dachte, du seist noch in Frankreich.»

«Nein, ich bin Donnerstag heimgekommen, in ein praktisch leeres Haus. Keine Mama, keine Judith und keine Loveday. Paps und ich führen ein Junggesellenleben.»

«Aber Loveday ist doch schon da.»

«Das stimmt zwar, aber ich habe sie kaum zu Gesicht bekommen. Den ganzen Nachmittag trainiert sie ihr neues Pony.»

«War es schön in Frankreich?»

«Herrlich. Ich möchte dir gern davon erzählen. Wann kommst du zurück?»
«Erst in einer Woche.»
«So lange kann ich nicht warten. Wie wär's mit heute abend? Ich meine, ich könnte nach Porthkerris hinüberfahren und dich zu einem Drink oder so einladen. Hätten die Warrens wohl etwas dagegen einzuwenden?»
«Nein, natürlich nicht.»
«Gut, dann sagen wir um acht. Wo finde ich dich?»
«Also, du fährst den Hügel hinunter und auf den Hafen zu. Das Geschäft der Warrens liegt gleich hinter dem alten Marktplatz. Um acht ist der Laden schon abgesperrt, aber gleich daneben gibt es eine Tür, die immer offen ist, und dort kannst du hinein. Eine hellblaue Tür mit einer Messingklinke.»
«Kann ich nicht verfehlen.» Sie konnte das Lächeln in seiner Stimme hören. «Also dann bis um acht.» Und er legte auf.
Eine Weile saß sie verträumt da und rief sich alles, was er gesagt hatte, und jede Nuance seiner Stimme ins Gedächtnis zurück. Er kam. Er wollte ihr von Frankreich erzählen. *So lange kann ich nicht warten.* Er wollte sie sehen. Er kam.
Sie mußte sich umziehen, baden und das Salz aus den Haaren waschen. Es war keine Zeit zu verlieren. Schlagartig wurde sie aktiv, sprang vom Stuhl hoch, lief die steile Treppe hinauf und nahm dabei mühelos zwei Stufen auf einmal.

Sie war in ihrem Zimmer und trug Lippenstift auf, als sie hörte, daß ein Wagen um die Straßenecke bog und vor dem Geschäft zum Stehen kam. Sie legte den Lippenstift beiseite, ging ans offene Fenster, lehnte sich hinaus und erblickte weit unter ihr den dunkelblauen Triumph, aus dem der langbeinige Edward soeben herauskletterte. Die Wagentür fiel mit einem sanften Laut ins Schloß.
«Edward!»
Als er ihre Stimme hörte, blieb er stehen und blickte hoch.
«Du siehst aus wie Rapunzel», bemerkte er. «Komm herunter.»

«Ich komme gleich.»

Sie ging ins Zimmer zurück, nahm ihre weiße Umhängetasche, warf einen raschen Blick in den Spiegel und verließ dann das Zimmer, sprang die Treppenstufen hinunter, durch die hellblaue Tür auf die Straße hinaus, in der lange Schatten auf dem von der Tageshitze noch warmen Kopfsteinpflaster lagen. Dort, lässig an seinen Wagen gelehnt, wartete Edward auf sie. Er breitete seine Arme aus, und sie ging auf ihn zu, und sie küßten einander, erst auf die eine, dann auf die andere Wange. Er trug eine rostbraune Leinenhose, Espadrilles und ein blau-weiß gestreiftes Hemd mit offenem Kragen. Die Hemdsärmel hatte er bis zu den Ellbogen aufgerollt. Er war tiefbraun gebrannt, und die Mittelmeersonne hatte seine Haare gebleicht.

Sie sagte: «Du siehst großartig aus.»

«Du auch.»

Seine legere Aufmachung beruhigte sie. Sie hatte nämlich der Versuchung widerstanden, sich feinzumachen, und nach dem Bad ein frisches Baumwollkleid übergezogen, dunkelblau mit weißen Streifen. Auf Strümpfe hatte sie verzichtet, ihre Füße steckten einfach in weißen Sandalen.

«Ich bin ganz neidisch», sagte er. «Ich glaube, du bist noch brauner als ich.»

«Wir hatten ja auch herrliches Wetter.»

Er stieß sich vom Wagen ab, stand mit den Händen in den Hosentaschen da und betrachtete die hohe, schmale Fassade. «Was für ein hübsches Haus.»

«Es geht über mehrere Stockwerke», erklärte Judith. «Zur Straße liegen drei, aber nach hinten nur zwei, weil es an einen Hang gebaut worden ist. Die Küche befindet sich im ersten Stock, und die Küchentür geht auf einen Hinterhof hinaus. Dort zieht Mrs. Warren ihre Topfpflanzen und hängt ihre Wäsche auf. Sie hat nämlich keinen Garten.»

«Willst du mir das Haus nicht zeigen?»

«Doch, natürlich könnte ich das. Aber außer mir ist niemand zu Hause. Oben auf dem Rugbyplatz gibt es einen Jahrmarkt, und Heather ist mit ihren Eltern hinaufgegangen, um Karussell zu fahren und an den Wurfbuden Preise zu gewinnen.»

«Etwa rosa Plüschelefanten?»

Sie lachte. «Genau die. Und Joe, das ist Heathers Bruder, ist mit seinen Freunden ausgegangen.»

«Wohin sollen wir denn gehen? Wie heißt der beliebteste Treff der Saison?»

«Keine Ahnung. Wir könnten das Sliding Tackle ausprobieren.»

«Eine gute Idee. Da war ich schon seit einer Ewigkeit nicht mehr. Mal sehen, was da los ist. Möchtest du hingefahren werden, oder sollen wir zu Fuß gehen?»

«Laß uns lieber laufen. Es lohnt sich nicht, den Wagen zu nehmen.»

«In diesem Fall *en avant.*»

Sie machten sich auf den Weg und schlenderten nebeneinander die schmale Straße entlang, die zur Rettungswache am Hafen hinunterführte. Judith fiel etwas ein. «Hast du schon gegessen?»

«Wieso? Sehe ich so verhungert aus?»

«Das nicht. Aber ich weiß, daß es auf Nancherrow erst um acht Uhr Abendessen gibt und du es daher vermutlich verpaßt hast.»

«Das stimmt. Ich habe nicht zu Abend gegessen und wollte es auch nicht. Ich bin zu der Ansicht gekommen, daß alle zu Hause viel zuviel essen. Das liegt an Mrs. Nettlebeds guter Küche, nehme ich an. Ich kann mir nicht erklären, wieso meine Eltern nicht schon so dick sind wie Fettklöße. Aber sie legen kein Gramm Gewicht zu, obwohl sie sich viermal am Tag vollstopfen.»

«Das hat alles nur mit dem zu tun, was man Metabolismus nennt.»

«Wo hast du das denn her?»

«Oh, in St. Ursula haben wir einen sehr guten Unterricht.»

«Hatten, meinst du wohl», verbesserte Edward. «Ist es nicht ein herrliches Gefühl, daß das alles hinter einem liegt? Ich hab's kaum glauben können, als ich endlich Harrow hinter mir hatte. In der ersten Zeit hatte ich Alpträume, daß ich dorthin zurückgehen müßte, und bin schweißnaß aufgewacht.»

«Ach komm, so schlimm kann es doch wohl nicht gewesen sein. Wetten, daß du einen Kloß im Hals bekommst, wenn du einen Knabenchor alte Schullieder singen hörst?»

«Nein, bekomme ich nicht. Wenn ich mal fünfzig bin, dann vermutlich schon.»

Bei der Rettungswache bogen sie in die Hafenpromenade ein. Der Abend war so schön und golden, daß er viele Menschen vor die Tür gelockt hatte. Die Sommerfrischler hatte es nach draußen gezogen, sie flanierten gemächlich den Kai entlang, blieben stehen, lehnten sich über das Geländer und blickten auf die Fischerboote hinunter, aßen Eis oder Bratfisch mit Pommes frites aus einer zu einem Kegel gedrehten Tüte aus Zeitungspapier. Die Feriengäste erkannte man an ihrer eigentümlichen Kleidung, an der von der Sonne krebsrot gebrannten Haut und an ihren Dialekten aus Manchester, Birmingham und London. Es war Flut, und in der Luft kreisten gierige Möwen. Einige der älteren Einwohner, die noch immer in den Häusern am Hafen wohnten, hatten ihre Küchenstühle vor die Tür geholt und saßen dort, schwarzgekleidet und munter schwatzend, um die letzten Sonnenstrahlen des Tages zu genießen und die vorüberziehenden Leute zu beobachten. Draußen vor dem Sliding Tackle saß eine Gruppe junger Urlauber, sonnengebräunt und lärmend, an einem Holztisch und trank Bier.

Edward verzog das Gesicht. «Hoffentlich ist es nicht so schrecklich voll. Zuletzt war ich im Winter hier, und damals saßen dort nur zwei oder drei alte Knaben, die ein wenig Ruhe vor ihren Frauen gesucht hatten. Gehen wir trotzdem mal rein.»

Er ging voran und zog vor dem durchhängenden Sturz am Eingang seinen Kopf ein. Judith folgte ihm dichtauf und betrat das Halbdunkel, wo ihr sogleich der Gestank von Bier, Alkohol, Schweiß, Zigarettenqualm und das Dröhnen lautstarker, geselliger Stimmen entgegenschlug. Sie hatte es Edward nicht gesagt, aber dies war ihr erster Besuch im Sliding Tackle, denn es war die Stammkneipe der Warren-Männer. Nun sah sie sich neugierig um und versuchte herauszufinden, was an diesem Pub denn so besonders war.

«Das ist ja schlimmer, als ich dachte», bemerkte Edward. «Hauen wir ab oder bleiben wir?»

«Laß uns bleiben.»

«Na gut! Du bleibst hier stehen und angelst dir einen Tisch, sobald einer frei wird. Ich hole uns etwas zu trinken. Was möchtest du?»

«Ein Shandy. Oder einen Apfelwein. Ist mir gleich.»

«Ich bring dir ein Shandy.» Er ließ sie allein und zwängte sich geschickt unter Einsatz seiner Schultern durch die Menge hindurch, und sie beobachtete, wie er sich unbeirrt, doch zugleich äußerst höflich einen Weg zum Tresen bahnte. «Gestatten Sie... Entschuldigung... Dürfte ich mal?»

Er hatte sich inzwischen bis auf Rufweite an die unaufmerksame Bedienung hinter dem Tresen vorgearbeitet, als die fröhliche Runde, die an einem Tisch unter dem Fenster – eigentlich eher ein winziges Guckloch – gesessen hatte, im Begriff war aufzubrechen. Mit einer Geschwindigkeit, die sie selbst überraschte, war Judith im nächsten Augenblick bei ihnen.

«Entschuldigen Sie, gehen Sie?»

«Richtig. Wir müssen den Hügel hoch und in unsere Pension zurück. Möchten Sie den Tisch haben?»

«Ja, es wäre schön, wenn ich mich setzen könnte.»

«Kann ich mir denken. Hier drin geht's zu wie im Schwarzen Loch von Kalkutta.»

Die Gruppe bestand aus vier Personen und brauchte einige Zeit, um die Plätze zu räumen. Doch Judith blieb dicht neben dem Tisch stehen, um ihn notfalls zu verteidigen. Als die vier gegangen waren, setzte sie sich vorsichtig auf die schmale Holzbank und stellte ihre Tasche neben sich, um den Platz für Edward freizuhalten.

Als er zu ihr kam, ihr Glas und seinen Krug Bier in Händen, sah er sie erfreut an. «Du bist ein geschicktes Mädchen.» Behutsam setzte er die Getränke ab und rutschte neben sie auf die Bank. «Wie hast du das bloß geschafft? Etwa Grimassen geschnitten und sie damit verscheucht?»

«Nein. Sie wollten sowieso gehen.»

«Was für ein Glück. Wäre ja fürchterlich gewesen, den ganzen Abend hier stehen zu müssen.»

«Bisher war mir nie aufgefallen, daß das Sliding Tackle so klein ist.»

«Eher winzig.» Edward nahm sich eine Zigarette und zündete sie an. «Aber jeder kommt hierher. Dabei gibt es noch jede Menge anderer Kneipen in der Stadt. Aber die Besucher halten diese wohl für besonders pittoresk. Ist sie natürlich auch. Aber so ein Gedränge! Es gibt nicht mal genug Platz, um Darts zu spielen. Hier würde man einem vermutlich ein Auge ausstechen. Egal», sagte er und nahm seinen Krug, «auf dein Wohl. Schön, dich nach so langer Zeit wiederzusehen.»

«Weihnachten haben wir uns zuletzt gesehen.»

«Ist das schon so lange her?»

«Ja, denn über Ostern warst du in Amerika.»

«Ja, stimmt.»

«Erzähl mir was von Frankreich.»

«Es war wunderbar.»

«Wo warst du eigentlich?»

«In einer Villa in den Hügeln hinter Cannes, in der Nähe des Dorfes Sillence. Sehr ländliche Gegend, ringsherum Weinberge und Olivengärten. Die Villa hatte eine mit Weinreben überwachsene Terrasse, auf der wir gegessen haben, und im Garten hatte man einen Bergbach zu einem kleinen Swimmingpool gestaut, dessen Wasser eiskalt war. Und es gab Zikaden und rosarote Geranien, und drinnen duftete es nach Knoblauch und Sonnenöl und Gauloise-Zigaretten. Himmlisch!»

«Wem gehört die Villa?»

«Einem netten älteren Ehepaar namens Beath. Ich glaube, er hat etwas mit dem Außenministerium zu tun.»

«Du kanntest diese Leute also gar nicht?»

«Nie zuvor im Leben gesehen.»

«Wie dann...»

Edward seufzte und setzte zu einer ausführlichen Erklärung an. «Also, ich bin nach London gefahren, um mit Athena zu irgendeiner Dinnerparty zu gehen. Und dort habe ich dann ein lustiges Mädchen kennengelernt, und im Verlauf des Dinners erzählte sie mir, daß ihre Tante und ihr Onkel eine Villa in Südfrankreich besäßen, sie dorthin eingeladen hätten und ihr erlaubten, ein paar Freunde mitzubringen.»

«Edward, du bist mir...»

«Was ist so komisch daran?»

«Daß einer wie du in London auf eine Party geht und am Ende dann zwei Wochen Urlaub in Südfrankreich herausspringen.»

«Ich dachte, das hätte ich ganz klug eingefädelt.»

«Sie muß furchtbar hübsch gewesen sein.»

«Wenn ein Mädchen mit einer Villa in Südfrankreich lockt, sieht es immer hübsch aus. Ebenso wie ein fettes Bankkonto auch noch die häßlichste Frau attraktiv erscheinen läßt. Jedenfalls in den Augen gewisser Männer.»

Er neckte sie. Sie lächelte. Weihnachten, als Edward ihr von seinen Ferien in der Schweiz erzählt hatte, hatte sie ihre Eifersucht auf jene unbekannten Mädchen, die mit ihm Ski gelaufen waren und mit denen er die Nächte durchgetanzt hatte, nicht unterdrücken können. Jetzt dagegen, vielleicht weil sie erwachsener und selbstsicherer geworden war, fühlte sie überhaupt keine Eifersucht mehr. Schließlich hatte Edward, kaum daß er auf Nancherrow eingetroffen war und sie dort nicht angetroffen hatte, sich sogleich mit ihr hier verabredet. Was darauf hinwies, daß sie ihm doch etwas bedeutete und er sein Herz weder an eine andere noch in Südfrankreich verloren hatte.

«Und was war dann, Edward?»

«Wie bitte?»

«Du hast gesagt, diese Einladung galt auch für ein paar Freunde.»

«Ja, richtig. Ihre Freundin hatte schon zugesagt, aber alle Jungs, in die sie verschossen waren, hatten bereits etwas anderes vor. Und so», sagte er achselzuckend, «hat sie eben mich gefragt. Da ich zu denen gehöre, die ein günstiges Angebot nie ablehnen, habe ich zugeschlagen, bevor sie es sich anders überlegen konnte. Und dann sagte sie noch ‹Bring einen Freund mit›, und auf Anhieb habe ich meinen Kumpel Gus Callender vorgeschlagen.»

Judith hörte diesen Namen zum erstenmal. «Wer ist das?»

«Ein etwas schwermütiger und eigenwilliger Schotte aus dem wilden Hochland. Er studiert mit mir am Pembroke College Ingenieurwesen, aber ich habe ihn eigentlich erst in diesem Sommer kennengelernt, als unsere Zimmer auf demselben Korridor lagen.

420

Mehr ein Typ von der schüchternen, zurückhaltenden Art, aber furchtbar nett, und er fiel mir sofort ein, weil ich mir ziemlich sicher war, daß er sich für die Ferien noch nichts vorgenommen hatte. Wenigstens nichts, das sich nicht hätte absagen lassen.»

«Und hat er sich gut mit den übrigen Hausbewohnern verstanden?»

«Selbstverständlich.» Edwards Stimme verriet Erstaunen, da Judith einen Augenblick lang seine unfehlbare Menschenkenntnis in Frage gestellt hatte. «Das hab ich im voraus gewußt. Eines der beiden Mädchen hat sich unsterblich in ihn verliebt, weil er so versonnen aussieht, und Mrs. Beath hat mir mehr als einmal gesagt, er sei ein wirklicher Schatz. Weißt du, außerdem hat er etwas von einem Künstler an sich, was ihm ein zusätzliches Flair verleiht. Er hat die Villa in Öl gemalt, das Bild rahmen lassen und es den Beaths geschenkt. Sie waren geradezu begeistert.»

Edwards Schilderung ließ auf einen interessanten Charakter schließen, dachte Judith.

«Ein Ingenieur und ein Künstler. Eine eigenartige Mischung.»

«Nicht wirklich, wenn du an die technischen Zeichnungen mit ihrer hochkomplizierten Geometrie denkst. Wie die Dinge liegen, wirst du ihn höchstwahrscheinlich selbst kennenlernen. Nachdem wir uns auf die Rückreise gemacht und schließlich Dover erreicht hatten, habe ich ihn nämlich eingeladen, gleich mit mir nach Nancherrow zu kommen, aber er mußte in sein finsteres Schottland zurück, um eine Weile bei seinen alten Eltern zu verbringen. Er redet nie viel von seiner Familie, aber mir schwant, daß seine Eltern nicht gerade die aufregendsten Leute der Welt sind.»

«Und wieso habe ich dann Gelegenheit, ihn kennenzulernen?»

«Weil er vielleicht später doch noch kommt. Der Gedanke schien ihn jedenfalls zu reizen. Hat nicht gerade sofort eingeschlagen, aber das macht er offenbar nie.» Edward blickte zu Judith hinüber und sah, daß sie lachte. Er runzelte die Stirn. «Was ist daran so lustig?»

«Hoffentlich ist er nicht lasch und langweilig, denn sonst steinigt Loveday ihn.»

«Loveday kann einem ganz schön auf den Keks gehen. Natürlich ist Gus kein lascher Kerl. Schotten sind immer markige Kerle.»

«War er schon einmal in Cornwall?»

«Nein, noch nie.»

«Wenn er ein echter Maler ist, dann wird Cornwall ihn bezaubern, so wie andere Maler vor ihm, und er wird nie mehr fort wollen.»

«So wie ich Gus kenne, ist seine Karriere beschlossene Sache, glaube ich. Er ist viel zu gewissenhaft, um sich davon abbringen zu lassen. Bei den Schotten steht die Ausbildung seit jeher an erster Stelle. Deshalb waren sie ja so klug und haben Dinge wie Mackintoshmäntel, aufblasbare Pneus und Teermakadamstraßen erfunden.»

Doch Judith hatte genug über Gus Callender gehört. «Erzähl mir mehr von Frankreich und von der Fahrt. War sie schön?»

«Es war großartig, in den Süden zu fahren, aber der Rückweg war längst nicht so spaßig. Hinter Paris nahm der Verkehr auf den Straßen nach Calais zu, und wir mußten einen halben Tag lang warten, bevor wir auf der Fähre einen Stellplatz bekamen.»

«Warum das denn?»

«Aus Panik oder aus Angst vor dem Krieg. All die kleinen britischen Familien, die in der Bretagne und in Belgien unterwegs waren, hatten beschlossen, ihren Urlaub lieber abzubrechen und schleunigst nach Hause zu fahren.»

«Was hatten die denn zu befürchten?»

«Was weiß ich? Vielleicht dachten sie, das deutsche Heer durchbricht plötzlich die Maginot-Linie und marschiert in Frankreich ein. Oder sonstwas. Pech für die Hotelbesitzer. Du kannst dir lebhaft die langen Gesichter von Monsieur und Madame Dupont vom Hôtel de la Plage vorstellen, als sie zusehen mußten, wie ihnen die Mäuse über den Kanal davonschwammen.»

«Ist die Lage wirklich so ernst, Edward?»

«Ziemlich ernst, meine ich. Der arme, alte Paps wird von Sorge geradezu aufgefressen.»

«Ich weiß. Deshalb hat sich deine Mutter nach London abgesetzt, glaube ich.»

«Wenn es darum geht, sich grausamen Tatsachen zu stellen, ist sie nicht gerade eine Stütze. Aber es gelingt ihr hervorragend, sie sich vom Hals zu halten. Gestern abend hat sie uns angerufen, nur um sich zu vergewissern, daß wir auch ohne sie auskommen, und um uns den neuesten Klatsch aus London zu erzählen. Athena hat einen neuen Freund. Er heißt Rupert Rycroft und ist bei den Königlichen Dragonern.»

«Mein Gott, wie schick.»

«Paps und ich haben gewettet, wie lange das anhalten wird. Jeder um einen Fünfer. Ich hole mir noch ein Bier. Und was ist mit dir?»

«Für mich nichts. Ich habe mein Glas noch nicht ausgetrunken.»

«Laß ja keinen auf meinen Platz.»

«Ich paß schon auf.»

Er stand auf, um sich noch einmal zum Tresen durchzukämpfen. Während Judith allein am Tisch saß, beobachtete sie die Menschen im Lokal. Eine gemischte Gesellschaft, wie ihr schien. Zwei oder drei alte Männer, eindeutig Einheimische, saßen ruhig auf den Holzbänken neben dem Kamin. Sie hielten sich mit den abgearbeiteten Händen an ihren Bierkrügen fest und unterhielten sich, während ein glimmender Zigarettenstummel an ihrer Unterlippe klebte. Es schien, als säßen sie seit Öffnung des Lokals dort, was vermutlich auch der Fall war.

Und dann gab es da noch eine größere Gruppe von Leuten, die wahrscheinlich in einem der Hotels auf dem Hügel wohnte, aber diesen Ausflug ins Zentrum und einen Abstecher ins Sliding Tackle gemacht hatte, um das Leben der Einheimischen zu studieren. Ihre singende Sprechweise deutete auf Angehörige der Oberschicht hin, die allerdings fehl am Platz wirkten. Gerade als Judith sie eingehender betrachten wollte, schienen sie von ihrem Abenteuer genug zu haben, denn sie leerten auf einmal ihre Gläser, stellten sie ab und schickten sich an, das Sliding Tackle zu verlassen.

Es war jetzt etwas leerer im Pub, und Judith konnte ungehindert durch den Raum blicken. Am anderen Ende saß ein Mann allein auf einer Bank, ein halb geleertes Glas vor sich auf dem Tisch. Er beobachtete sie, ja starrte geradewegs zu ihr herüber. Ihr fielen seine unerschrockenen Augen, der herabhängende, vom Nikotin verfärbte Schnurrbart und die tief in die Stirn gezogene Tweedmütze auf. Unter buschigen Brauen blickten seine Augen sie ungerührt an.

Sie nahm ihr Shandy in die Hand, trank einen Schluck und stellte das Glas dann wieder hin, denn ihre Hand hatte zu zittern begonnen. Sie fühlte, daß ihr Herz heftig pochte, und das Blut wich aus ihren Wangen wie Wasser durch ein Sieb.

Billy Fawcett.

Seit dem Tag von Tante Louises Begräbnis hatte sie ihn nicht mehr gesehen noch von ihm gehört. Im Verlauf der Jahre – und von heute aus betrachtet, schien die Zeit, da sie vierzehn war, ein Menschenleben zurückzuliegen – war das Trauma ihrer Mädchenzeit zwar allmählich verblaßt, doch nie vollkommen verschwunden. Später, als sie älter war und mehr wußte, hatte sie sich sogar bemüht, für seine bemitleidenswerten sexuellen Verirrungen Verständnis aufzubringen, doch es war ihr nicht gelungen. Statt dessen hatte die Erinnerung an ihn beinahe ihre Beziehung zu Edward zerstört, und Billy Fawcett war natürlich der eigentliche Grund dafür, daß sie nie nach Penmarron hatte zurückkehren wollen.

Während ihrer ersten Besuche bei den Warrens, noch in der Schulzeit, hatte sie in der ständigen Furcht gelebt, Billy Fawcett zufällig auf der Straße zu begegnen, vielleicht wenn er gerade aus einer Bank oder einem Friseurladen heraustrat. Doch was sie befürchtet hatte, war nie eingetreten; mit der Zeit hatte ihre Angst nachgelassen, und sie hatte Mut geschöpft. Vielleicht hatte er seinen Bungalow, den Golfclub und Penmarron verlassen und sich weiter im Norden angesiedelt. Vielleicht, eine glückliche Vorstellung, war er sogar gestorben.

Doch er war alles andere als tot. Er war hier. Im Sliding Tackle. Saß am anderen Ende des Raums und starrte sie an, seine Augen brannten wie zwei helle Kiesel in seinem kantigen Gesicht. Sie suchte Edward, doch Edward stand eingekeilt am Tresen und wartete auf sein Bier. *Oh, Edward, komm zurück*, flehte sie insgeheim. *Komm schnell zurück*.

Aber Edward trödelte und wechselte freundliche Worte mit seinem Nachbarn. Und nun stemmte Billy Fawcett sich hoch, schnappte sich sein Glas und kam auf Judith zu, die wie versteinert auf ihrem Platz sitzen blieb. Dabei beobachtete sie ihn – er sah noch genauso aus wie früher, nur klappriger, heruntergekommener und schäbiger. Seine roten Wangen waren mit violetten Äderchen marmoriert.

«Judith.» Jetzt stand er vor ihr und klammerte sich mit einer knöchernen alten Hand an die Rückenlehne eines Stuhls.

Sie reagierte nicht.

«Darf ich mich zu dir setzen?» Er zog den Stuhl vom Tisch weg und ließ sich vorsichtig darauf nieder. «Hab dich gesehen», sagte er. «Und dich gleich erkannt, als du zur Tür hereingekommen bist.» Sein Atem roch nach altem Tabak und Whisky. «Du bist groß geworden.»

«Ja.»

Edward kam zurück. Sie blickte zu ihm auf, mit den Augen stumm nach Hilfe rufend, und Edward war sichtlich unangenehm berührt, einen alten, heruntergekommenen Fremden an ihrem Tisch anzutreffen. Er sagte zwar höflich «Hallo», doch dabei klang seine Stimme alles andere als freundlich, und seine Miene drückte Argwohn aus.

«Mein alter Knabe. Bitte um Entschuldigung…» Dieses Wort auszusprechen kostete Billy Fawcett einige Mühe, so daß er neu ansetzte. «…Entschuldigung, daß ich unterbreche, aber Judith und ich sind alte Freunde. Mußte mit ihr sprechen. Heiße übrigens Fawcett. Billy Fawcett. Ex-Colonel, Indische Armee.» Er beäugte Edward. «Ich glaube, wir hatten noch nicht das Vergnügen…?» Seine Stimme brach ab.

«Edward Carey-Lewis», versetzte Edward, ohne ihm die Hand zu reichen.

«Erfreut, Ihre Bekanntschaft zu machen.» Als Billy Fawcett mit seinen Händen herumfuchtelte, weil er nicht wußte, wohin damit, erblickte er sein Whiskyglas, schnappte danach, trank einen kräftigen Schluck und stellte es dann knallend auf den Tisch zurück. «Und woher stammen Sie, Edward?»

«Aus Rosemullion. Nancherrow.»

«Kenn ich nicht, alter Knabe. Komme in diesen Tagen nicht viel herum. Was treiben Sie so?»

«Ich bin in Cambridge.»

«Traumhafte Gipfel, wie? *Gramerfüllt erinnerte Hügel. Viele*

425

sind gereist im Reich des Goldes.» Er kniff die Augen zusammen, als heckte er etwas aus. «Edward, hätten Sie wohl zufällig eine Zigarette für mich? Hab wohl keine mehr.»

Wortlos holte Edward sein Päckchen Players heraus und reichte es Billy Fawcett. Nicht ohne Schwierigkeiten zog Fawcett eine hervor, dann tauchte er seine Hand in eine ausgebeulte Hosentasche, um ein gefährlich aussehendes Feuerzeug herauszuholen. Es dauerte eine geraume Weile, bis er erfolgreich am Rädchen gedreht, eine Flamme erzeugt und diese dann ans Ende der inzwischen etwas zerknitterten Zigarette gehalten hatte, doch schließlich brannte sie. Er zog kräftig daran, hustete entsetzlich, nippte an seinem Whisky und stützte seine Ellbogen auf den Tisch, als wollte er ewig bleiben.

Er wurde vertraulich. «Judith wohnte früher gleich neben mir», erklärte er Edward. «Bei ihrer Tante Louise. In Penmarron. Louise war eine wunderbare Frau. Übrigens meine einzige Freundin. Weißt du, Judith, wenn du nicht aufgetaucht wärst, dann hätte ich Louise wahrscheinlich geheiratet. Davor hatte sie viel Zeit mit mir verbracht. Richtig dicke Freunde sind wir gewesen. Vermisse sie furchtbar, seitdem sie bei diesem Autounfall umgekommen ist. Sie fehlt mir schrecklich. Hab mich noch nie so einsam gefühlt.»

Seine Stimme versagte. Er hob seine fleckige Hand und wischte eine kleine Träne weg. Er hatte das weinerliche Stadium der Trunkenheit erreicht und suhlte sich in seinem Selbstmitleid. Judith starrte in ihren Shandy. Sie vermied es, Billy Fawcett offen anzusehen, und war zu verschreckt und auch zu beschämt, um Edward ins Gesicht zu blicken.

Billy Fawcett fuhr fort, wirres Zeug zu reden. «Für dich war das anders, wie, Judith? Dir ist's nicht allzu schlecht ergangen, oder? Hast einen guten Schnitt gemacht und weißt, auf welcher Seite das Brot gebuttert ist. Aber um mich hast du dich nicht gekümmert. Mir hast du alles versaut. Bei Louises Begräbnis hast du nicht mal mit mir geredet, ja mich sogar bewußt übersehen. Und deinen Schnitt gemacht. Louise hatte mir versprochen, sie sorgt für mich, aber sie hat mir nicht die Bohne vermacht. Nicht mal einen von Jacks verdammten Goldpokalen.» Er grübelte eine Weile über diese Ungerechtigkeit und feuerte dann eine Breitseite ab. «Du verdammte In-

426

trigantin!» Etwas Speichel schoß durch die Luft und landete auf dem Tisch gleich neben Judiths Hand.

Ein langes Schweigen folgte, und dann verlagerte Edward auf dem Stuhl sein Gewicht. Er sprach ruhig. «Judith, möchtest du dir diese Scheiße noch länger anhören?»

Sie schüttelte den Kopf. «Nein.»

Edward erhob sich gemächlich und überragte den alten Trunkenbold. «Sie gehen jetzt besser nach Hause», bemerkte er höflich.

Billy Fawcett wandte Edward sein apoplektisches Gesicht zu, in dem sich Verwirrung und Unglauben spiegelten. «Jetzt gehen? Junger Mr. Gernegroß, ich gehe erst, wenn ich fertig bin, und das bin ich noch lange nicht.»

«Doch, das sind Sie wohl. Fertig mit Trinken und auch damit, Judith zu beleidigen... Jetzt gehen Sie!»

«Verpiß dich», sagte Billy Fawcett.

Edward reagierte darauf, indem er Billy Fawcett am Revers seines abgetragenen Rocks packte und ihn auf die Beine stellte. Während dieser protestierte – «Wagen Sie nur ja nicht, Hand an mich zu legen... Wagen Sie es nicht... einen Kameraden wie einen gemeinen Schurken zu behandeln... Ich bring Sie vor Gericht» –, hatte Edward ihn bereits vom Tisch weggezogen und über die Schwelle nach draußen befördert. Dort ließ er ihn los, und der geschockte Billy Fawcett kippte in den Rinnstein, als die Beine ihm den Dienst versagten. Einige Spaziergänger verfolgten diese Demütigung.

«Kommen Sie nur ja nicht wieder», sagte Edward. «Und verschonen Sie uns mit Ihrer verdammten Visage.»

Doch in Billy Fawcett, auch wenn er rücklings im Rinnstein lag, steckte noch ein Funken Kampfeswillen. «Sie verdammter Bastard», brüllte er. «Ich hab meinen Whisky noch nicht ausgetrunken.» Edward kehrte in das Pub zurück, schnappte sich das Glas mit dem Rest Whisky, trug es hinaus auf die Straße und schleuderte Billy Fawcett den Inhalt mitten ins Gesicht.

«Jetzt ist es leer», sagte er, «also gehen Sie nach Hause.»

JOE WARREN, der den Abend in Gesellschaft seines Freundes verbracht hatte und nun gemächlich nach Hause schlenderte, kam gerade noch zur rechten Zeit in der Hafenstraße am Sliding Tackle vorbei, um diese fesselnde Szene zu verfolgen. Menschen, die aufgeregt diskutierten, hielten sich vor dem Pub auf; ein alter Kauz lag im Rinnstein auf dem Rücken, und ein großgewachsener, gutaussehender junger Mann in kurzen Hemdsärmeln schleuderte dem Mann etwas aus einem Glas ins Gesicht, bevor er ins Pub zurückging.

Joe hatte nicht die Absicht gehabt, im Sliding Tackle einzukehren, doch solch dramatische Vorgänge weckten seine Neugier. Der alte Kauz schien ohnmächtig zu sein, so daß Joe über seine Beine hinwegstieg und dem Angreifer ins Pub folgte, wo er verblüfft feststellte, daß dieser unter dem Fenster mit Judith zusammen an einem Tisch saß.

Judith war leichenblaß. Joe fragte: «Was war denn los?» Sie hob den Kopf und sah ihn an, konnte jedoch nur den Kopf schütteln. Joe blickte zu ihrem Begleiter hinüber. «Bist du Lovedays Bruder?»

«Ja. Ich heiße Edward.»

«Und ich bin Joe Warren.» Er rückte den Stuhl vom Tisch ab, den Billy Fawcett unfreiwillig verlassen hatte, und setzte sich. «Warum haben Sie das gemacht?» fragte er Edward leicht vorwurfsvoll.

«Ich habe einem aggressiven, alten Trunkenbold an die frische Luft geholfen, und dann hat er mich beschimpft und gesagt, er wolle seinen Whisky austrinken. Dabei war ich ihm behilflich. So einfach ist das.»

«Na ja, der ist jetzt ausgezählt. Hat er Judith beleidigt?» Er sah sie stirnrunzelnd an. «Du bist so blaß. Geht's dir nicht gut?»

Judith atmete tief durch. Sie hatte sich fest vorgenommen, weder zu zittern noch zu weinen, noch sich wie eine Närrin aufzuführen.

«Doch, es geht schon. Danke, Joe!»

«Kennst du den alten Kauz?»

«Ja. Das ist Billy Fawcett.»

«Und du?» wandte sich Edward an Joe.

«Nur vom Sehen! Zwei- oder dreimal pro Woche hockt er hier herum. Gewöhnlich beträgt er sich einigermaßen. Bisher hatte noch niemand Grund, ihn vor die Tür zu setzen. Hat er dich belästigt, Judith?»

«Ach, Joe, das ist jetzt vorbei.»

«Du siehst aber aus, als würdest du gleich umkippen.» Joe stand auf. «Ich hol dir was zum Trinken. Bin gleich wieder da.»

Und fort war er, bevor Judith ihn daran hindern konnte. Sie wandte sich an Edward. «Ich hab nicht einmal meinen Shandy ausgetrunken», bemerkte sie jammernd.

«Ich glaube, Joe hatte etwas Stärkeres im Sinn. Sag mir, war dieses altes Ekel wirklich mit deiner Tante befreundet?»

«Ja.»

«Sie muß verrückt gewesen sein.»

«Nein, das war sie eigentlich nicht. Nur zu gutherzig. Sie und ihr Mann kannten ihn noch aus ihrer gemeinsamen Zeit in Indien. Ich glaube, sie fühlte sich irgendwie für ihn verantwortlich. Sie haben zusammen Golf gespielt. Er wohnt in einem entsetzlich kleinen Bungalow in Penmarron. Oh, Edward, wie kommt er denn allein nach Hause?»

«Als ich wegging, war er von Schaulustigen umstellt. Ich denke mir, daß darunter wenigstens einer ist, der sich seiner erbarmt.»

«Sollten wir denn nicht etwas unternehmen?»

«Nein.»

Sie sagte: «Ich dachte immer, er wollte Tante Louise heiraten. Er war hinter ihr her, natürlich nicht nur wegen ihres gemütlichen Hauses, sondern auch wegen ihres Geldes und ihres Whiskys.»

«Hört sich noch immer so an, als wäre er ein alter Saufkopf.»

«Ich habe ihn gehaßt.»

«Arme Judith! Wie schrecklich für dich!»

«Und er...» Sie mußte an Billy Fawcetts Hand denken, die auf ihrem Schenkel hochglitt, und sie fragte sich, wie in aller Welt sie es Edward erklären konnte, damit er sie verstand. Doch genau in diesem Augenblick kam Joe zurück, und die Gelegenheit war verpaßt. Er hielt ihr ein kleines Glas Brandy vor die Nase. «Spül das hier runter, und du fühlst dich sofort besser.»

«Das ist nett von dir, Joe. Und du sagst deinen Eltern doch nichts davon, oder? Ich möchte nicht, daß es jemand erfährt.»

«Da brauchst du dir keine Sorgen zu machen. Ein alter Trunkenbold lag in der Gosse. Das hatte nichts mit dir zu tun. Vielleicht sehe ich einfach mal draußen nach, wie es ihm geht.» Er kehrte mit der Nachricht zurück, irgendein barmherziger Passant habe sich um Billy Fawcett gekümmert, ein Taxi gerufen, Billy hineinbugsiert und nach Hause geschickt. Dann sagte Joe, daß er nun heimgehen wolle.

«Kann ich dich zu einem Glas einladen?» fragte Edward.

«Nein danke, hab schon genug getankt. Jetzt brauche ich mein Bett und meinen Schönheitsschlaf. Nacht, Judith.»

«Gute Nacht, Joe. Und nochmals danke.»

«Du kippst jetzt lieber deinen Brandy runter, meine Liebe...» Und fort war er.

Eine Weile sprach keiner von beiden. Judith nippte an ihrem Brandy, der wie Feuer in ihrer Kehle brannte, im Magen angenehm wärmte und sie beruhigte.

Neben ihr zündete Edward sich noch eine Zigarette an und zog den Aschenbecher zu sich heran. «Möchtest du jetzt vielleicht reden?» fragte er schließlich. «Denn wenn du das willst, höre ich dir gern zu.» Sie sagte nichts, sondern blickte starr auf ihre Hände. «Du hast ihn gehaßt. Bestimmt nicht nur, weil er ein alter Saufkopf ist.»

«Nein, das war es nicht allein.»

«Was war es dann?»

Sie fing an, es ihm zu erzählen, und als sie einmal begonnen hatte, kam es ihr nicht mehr so schwer vor, wie sie gedacht hatte. Sie erzählte ihm von Mollys und Jess' Abreise, vom Ende von Riverview House und von sich selbst, als sie in Louise Forresters Obhut kam. Dann davon, wie Billy Fawcett auftauchte, und von seiner offenbar engen Freundschaft zu Louise.

«Gleich von Anfang an, als ich ihn zum erstenmal sah, konnte ich ihn nicht leiden. Er hat so etwas» – sie rümpfte die Nase – «Gemeines an sich. Und er war ständig so aufgekratzt, tat immer kumpelhaft und... erschien mir irgendwie nicht vertrauenswürdig.»

«Hat deine Tante das nicht bemerkt?»

«Ich weiß nicht. Damals befürchtete ich, sie werde ihn heiraten, doch im nachhinein bin ich mir ziemlich sicher, daß sie niemals einen so törichten Fehler begangen hätte.»

«Was ist dann geschehen?»

«Wir waren zusammen ins Kino gegangen, um uns *Top Hat* anzusehen. Ich mußte mich neben ihn setzen, und er fing an, meine Schenkel zu befummeln und zu drücken.» Sie blickte Edward an. «Ich war vierzehn, Edward, und hatte nicht die leiseste Idee, was er vorhatte. Ich geriet in Panik und rannte aus dem Kino, und hinterher hat Tante Louise mich ausgeschimpft.» Sie blickte finster drein.

«Du versuchst doch nicht etwa, dir ein Lachen zu verkneifen?»

«Nein, das schwöre ich dir. Hast du Tante Louise davon erzählt?»

«Ich konnte es einfach nicht. Ich weiß auch nicht, weshalb. Es ging einfach nicht.»

«Ist das alles?»

«Nein.»

«Dann erzähl mir den Rest.»

Und so berichtete sie ihm von jenem verregneten Sonntag, als sie allein im Hause geblieben und später dann zum Veglos Hill geradelt war, nur um Billy Fawcett zu entkommen. «Gewöhnlich beobachtete er uns von seinem Bungalow aus. Ich bin sicher, daß er einen Feldstecher benutzte. Er wußte, daß ich mich an diesem Tag allein im Haus aufhielt, denn Tante Louise hatte in ihrer Unschuld alles ausgeplaudert. Egal, als ich also nach Hause kam…»

«Erzähl mir nicht, daß er da auf dich gewartet hat?»

«… kaum hatte ich die Haustür hinter mir zugemacht, da rief er an, um mir zu sagen, er komme rüber. Ich habe alle Fenster verriegelt und die Türen abgeschlossen, bin nach oben gerannt und habe mich unter Tante Louises Bett versteckt. Etwa zehn Minuten lang hat er gebrüllt, geflucht, an die Türen gebollert und die Klingel gedrückt, nur um hereinzukommen. Währenddessen lag ich völlig verschreckt unter dem Bett. Nie zuvor und auch nie danach habe ich eine solche Angst gehabt. Ich hatte Alpträume, in denen er mich verfolgte. Die habe ich auch heute noch manchmal. Immer denselben Alptraum, in dem er in mein Schlafzimmer eindringt. Ich weiß, es ist kindisch, aber als ich ihn heute abend wiedersah, bin ich vor Schreck wie versteinert…»

«Bin ich der erste, dem du das alles erzählst?»

«Nein. Nach Tante Louises Tod habe ich es Miss Catto erzählt.»

«Und was hat sie gesagt?»

«Oh, sie war lieb, aber ansonsten sehr sachlich. Sie hat lediglich erklärt, er sei eben ein alter Fummler und ich solle nicht mehr daran denken. Aber gegen das, was einem im Kopf vorgeht, kommt man nicht an, oder? Wenn ich irgend etwas mit meinen Händen unternehmen könnte, Billy Fawcett umbringen oder ihn wie einen Käfer zerquetschen, dann wäre mir vielleicht leichter ums Herz. Aber ich kann nichts dagegen machen, daß mir jedesmal wie bei einem Kräutlein Rührmichnichtan die Nerven durchgehen, sobald sein Name nur genannt wird oder irgend etwas mich an ihn erinnert.»

«War das so, als ich dich Weihnachten hinter dem Vorhang im Billardzimmer geküßt habe?»

Die Erinnerung daran und Edwards Erwähnung des Zwischenfalls machten sie so verlegen, daß sie spürte, wie ihr das Blut glühendheiß in die Wangen schoß. «Es war nicht im entferntesten so wie bei Billy Fawcett, Edward. Das darfst du nicht denken. Es war nur so, daß… als du mich berührt hattest… ging alles schief.»

«Ich glaube, du hast ein Trauma.»

Sie drehte sich zu ihm, fast mit Tränen der Verzweiflung in den Augen. «Warum kann ich das denn nicht vergessen? Ich möchte mich nicht mein ganzes Leben lang daran erinnern müssen. Ich fürchte mich noch immer vor ihm. Er haßt mich so sehr…»

«Weshalb haßt er dich denn überhaupt?»

«Erstens weil ich ihn nicht an mich herangelassen habe. Und zweitens weil Tante Louise mir alles, was sie besaß, vermacht hat.»

«Verstehe. Das wußte ich nicht.»

«Das habe ich auch niemandem erzählt. Nicht, weil es ein Geheimnis wäre, sondern weil Miss Catto meinte, es sei unfein, über Geld zu reden. Natürlich wissen deine Eltern Bescheid. Aber sonst niemand.»

«Eine Menge Geld?» Judith nickte bedrückt. «Aber das ist doch herrlich! Wunderbar!»

«Ja, stimmt eigentlich. Das bedeutet, daß ich Geschenke und jetzt sogar einen eigenen kleinen Wagen kaufen kann.»

«Und aus diesem Grund wird Billy Fawcett dir nie verzeihen?»

«Er war bei Tante Louises Begräbnis. An jenem Tag blickte er so finster drein, als wollte er mich umbringen.»

Nun lächelte Edward. «Wenn Blicke töten könnten, wären wir alle längst tot.» Er drückte seine Zigarette aus, legte seine Arme um sie und beugte sich zu ihr hinüber, um sie auf die Wangen zu küssen. «Liebste Judith, was für ein übler Sturm im Wasserglas! Weißt du, was ich glaube? Ich glaube, du brauchst irgendeinen Katalysator, der dich von deinem Trauma befreit. Frag mich nicht, was das sein soll, aber plötzlich geschieht es, alles löst sich wie von selbst auf, und du bist von all deinen Komplexen erlöst. Du darfst nicht zulassen, daß diese unsägliche Erinnerung dich an der Liebe hindert. Dafür bist du viel zu süß. Und nicht jeder Mann ist so beharrlich und geduldig wie ich.»

«Oh, Edward, es tut mir so leid.»

«Es gibt nichts, was dir leid tun müßte. Versprich nur, mir zu sagen, wenn alles hinter dir liegt. Jetzt bringe ich dich aber wirklich nach Hause. Das war vielleicht ein Abend!»

«Das Schönste daran war, daß du hier warst.»

«Wann kommst du zu uns nach Nancherrow?»

«Nächste Woche Sonntag.»

«Gut, bis dahin gedulden wir uns noch.» Er stand auf und wartete, bis sie sich zwischen Bank und Tisch herausgewunden hatte. Draußen dämmerte es bereits. Die Sonne war vollends im Meer versunken, und das Wasser hatte sich in ein Saphirblau verwandelt. Kleine Wellen schwappten an den Kai, und die Ankerlichter der Fischerboote bildeten einen Lichterkranz um den Hafen. Immer noch waren Spaziergänger unterwegs. Sie wollten die abendliche Wärme genießen und verspürten noch keine Lust, nach Hause zu gehen. Billy Fawcett war weit und breit nicht zu sehen.

Edward hakte sich bei Judith unter, und gemeinsam schlenderten sie zu seinem Wagen zurück.

433

AM MORGEN danach rief er sie an. Judith war gerade damit beschäftigt, Mrs. Warren beim Anrichten des Frühstücks zu helfen, als Ellie aus dem Laden und die Treppe hinauf gehastet kam.

«Judith, ein Anruf für dich. Edward ist am Apparat.»

«Edward.» Mrs. Warren machte eine gezierte Miene. «Der läßt aber auch nichts anbrennen.»

Judith tat so, als hätte sie es überhört. Ohne die blau-weiß gestreifte Schürze abzubinden, ging sie nach unten in Mr. Warrens Büro. «Edward?»

«Guten Morgen.»

«Es ist erst neun Uhr. Weshalb rufst du denn so früh an?»

«Ich wollte wissen, ob du gut geschlafen hast.»

«Ach, du dummer Kerl. Natürlich. Ich bedaure, was gestern geschehen ist, aber so wahnsinnig viel habe ich ja nicht tun können, um es zu verhindern. Bist du gut nach Hause gekommen? Dumme Frage, natürlich bist du das.»

«Ja, schon. Aber» – er zögerte – «ich rufe noch aus einem anderen Grund an. Bei uns ist nämlich eine kleine Panik ausgebrochen.»

Judiths Herz stockte. «Ist irgend etwas nicht in Ordnung?»

«Nein, eigentlich nicht. Na ja, eigentlich schon. Tante Lavinia ist gestern abend krank geworden. Offenbar hat sie vorgestern im Garten gearbeitet, kein Ende finden können und sich erkältet. Sie ist zu Bett gegangen, aber ihr Zustand hat sich verschlechtert, und jetzt hat sie eine Lungenentzündung. Die arme Isobel hat Mary Millyway gerufen, und die Ärzte haben sich die Klinke in die Hand gegeben, und eine Pflegerin kümmert sich ganztags um das alte Mädchen, aber jetzt machen wir uns alle Sorgen. Es kam alles so schnell.»

«Oh, Edward, das ertrage ich nicht.» Tante Lavinia schien doch kerngesund. «Sie wird doch hoffentlich nicht sterben, oder?»

«Nun ja, sie ist ziemlich geschwächt. Irgendwann müssen wir alle sterben, nehme ich an, doch keiner will, daß sie jetzt stirbt.»

«Ist deine Mutter zu Hause?»

«Paps hat sie gestern abend angerufen. Sie kommt heute mit dem Wagen zurück.»

«Und was ist mit Athena? Athena liebt Tante Lavinia doch so sehr.»

«Athena ist mit Rupert Rycroft nach Schottland gefahren... Ich glaube, das war Anfang der Woche. Wir haben überlegt, ob wir sie benachrichtigen sollten oder nicht, und dann hat Paps gemeint, Athena würde es ihm sehr verübeln, wenn das Schlimmste passiert und sie hätte nicht einmal erfahren, daß Tante Lavinia krank ist. Deshalb hat er sich von Mama die Telefonnummer besorgt und ein Gespräch mit irgendeiner Person in einer abgelegenen Bergschlucht in Schottland geführt, aber Athena war schon zu den Hügeln aufgebrochen, und darum konnte er lediglich eine Nachricht für sie hinterlassen.»

«Arme Athena. Rechnest du damit, daß sie nach Hause kommt?»

«Ich weiß es nicht. Es ist eine verdammt lange Strecke. Mal abwarten.»

«Und wie geht es Loveday?»

«Ach, der geht es gut. Sie ist nur ein bißchen traurig, aber Mary Millyway tröstet sie wie eine Mutter, und wenn Mama erst wieder da ist, geht's Loveday wieder bestens.»

«Kannst du Tante Lavinia besuchen gehen?»

«Paps hat sie besucht. Sie hat ihn zwar erkannt, aber sie ist offenbar ziemlich krank. Wenn ich grünes Licht bekomme, gehe ich vielleicht heute nachmittag mit ihm zum Dower House.»

«Das klingt nicht sehr zuversichtlich, nicht wahr?»

«Wir dürfen den Mut nicht verlieren. Sie ist eine zähe alte Dame. Am Ende überlebt sie uns alle noch.»

«Ich komme heute nach Nancherrow, wenn es euch hilft.»

«Besser nicht. Ich habe es dir bloß erzählt, weil ich mir dachte, du wärst gekränkt, wenn du es nicht erfahren würdest. Ich weiß, daß du zu Tante Lavinia genau so ein herzliches Verhältnis hast wie wir alle. Aber brich bitte deine Ferien nicht vorzeitig ab. Wir treffen uns nächsten Sonntag oder wann immer. Zufälligerweise ist Gus dann auch hier. Als ich gestern abend nach Hause kam, fand ich eine Nachricht von ihm vor. Er kommt mit dem Wagen aus Schottland und ist bereits unterwegs.»

«Oh, Edward. Eine unpassendere Zeit für Besuche kann ich mir nicht vorstellen. Kannst du ihn nicht ausladen?»

«Nein, schließlich weiß ich nicht, wo er sich jetzt aufhält. Vermutlich in Birmingham oder an irgendeinem anderen grauenhaften Ort. Kann ihn nicht erreichen.»

«Armer Kerl. Er kommt gerade zu einer Zeit, wo alle etwas durcheinander sind.»

«Ach, das geht schon in Ordnung. Als Gast ist er bestimmt pflegeleicht. Er wird's schon verstehen.»

Judith kam zu der Überzeugung, daß Männer sich bisweilen extrem töricht verhalten konnten – sogar Edward. Er hatte sein ganzes Leben lang Freunde nach Nancherrow eingeladen und hielt die Unruhe und Umstellung im Haus, die diese Besucher verursachten, für ganz selbstverständlich. Nun stellte sie sich vor, wie sich die arme Mary Millyway, die sowieso schon alle Hände voll zu tun hatte und sich jetzt um eine Familienkrise kümmern mußte, auch noch mit dieser zusätzlichen Aufgabe abmühte und Mrs. Nettlebed darüber informierte, daß noch ein Esser mehr durchzufüttern war, saubere Laken aus dem Leinenschrank holte, Janet beauftragte, eines der freien Zimmer zurechtzumachen, mit Handtüchern und neuen Seifenstücken zu versehen und zu überprüfen, ob ausreichend Kleiderbügel im Schrank und Teegebäck in der Dose auf dem Nachttisch vorhanden waren.

«Vielleicht sollte ich *doch* zurückkommen.»

«Auf keinen Fall. Ich verbiete es dir.»

«Na gut. Es tut mir ja so leid für euch. Grüß bitte alle von mir. Und besonders deinen Vater.»

«Wird erledigt. Mach dir keine Sorgen.»

«Und liebe Grüße an dich.»

«Ich grüße dich auch.» Sie konnte das Lächeln in seiner Stimme hören. «Bis bald, Judith.»

AM STEUER seines dunkelgrünen Lagonda hatte Gus Callender Okehampton hinter sich gelassen und fuhr nun dröhnend den steilen Hügel empor, der zu einem kleinen Marktflecken und in das hochgelegene Land dahinter führte. Es war ein strahlender, frischer Augustmorgen, und ihn freute, daß alles wohltuend neu und ungewohnt war. Durch diese Gegend kam er zum erstenmal. Der späte Sonnenschein färbte eine grüne Landschaft aus Weiden und Stoppelfeldern golden ein. In der Ferne markierten Baumreihen aus alten Ulmen und Rainhecken die Felder.

Seit zwei Tagen war er nun schon mit dem Wagen unterwegs, ließ sich viel Zeit und genoß die Freiheit des Alleinseins und das befriedigende Brummen seines starken Motors. Den Lagonda hatte er sich ein Jahr zuvor von dem Geldgeschenk zu seinem einundzwanzigsten Geburtstag geleistet, und es war das schönste Geschenk, das er je bekommen hatte. Daß er wegfahren wollte, hatte seine Eltern natürlich sehr enttäuscht, da sie angenommen hatten, nach seinen beiden Urlaubswochen in Frankreich werde er sich glücklich schätzen, seine restliche Ferienzeit mit ihnen zu Hause verbringen zu können. Doch er hatte es ihnen erklärt, ihnen gut zugeredet und versprochen, er werde bald zurückkehren. Seine Mutter hatte sich darein geschickt und ihm beim Abschied tapfer nachgewunken, indem sie ihr Taschentuch wie eine kleine Flagge geschwenkt hatte. Trotz all seiner Entschlossenheit war vorübergehend ein lächerliches Schuldgefühl in ihm wach geworden, aber sobald er seine Eltern aus dem Blick verloren hatte, fiel es ihm halbwegs leicht, nicht mehr an sie zu denken.

Er war vom Dee nach Carlisle, dann von Carlisle nach Gloucester gefahren. Nun lag der letzte Streckenabschnitt vor ihm. Nach dem verregneten Schottland und dem grauen Mittelengland kam es ihm vor, als wäre er in eine vollkommen neue Welt, in ein sonnendurchflutetes und ländliches Idyll geraten. Auf der Kuppe des großen Hügels kam das Dartmoor in Sicht. Die öde Ebene aus Gestein und Torfmoor wechselte geringfügig ihren Farbton, als der Schatten der Schwadenwolken, die der Westwind vor sich hertrieb, über sie hinweghuschte. Die vielen Kurven der Straße am Hang, die sich den Himmel hinauf zu winden schienen, stachen ihm ins Auge, auch das Smaragdgrün des Moorlands und die Hügelgräber aus Granit, die der Wind zu urzeitlichen, wenngleich merkwürdig modernen Skulpturen geformt hatte. Sein Malerauge war gefesselt, und seine Finger verlangten nach Stift und Pinsel. Am liebsten hätte er hier und dort angehalten und versucht, diese Landschaft und dieses Licht für immer auf seinem Skizzenblock festzuhalten.

Wenn er jedoch anhielte, das wußte er, so würde er den ganzen Tag mit Malen zubringen, dabei erwartete man ihn im Laufe des Nachmittags auf Nancherrow. Er dachte an Frankreich und sein Gemälde von der hübschen Villa der Beath. Bei dem Gedanken an die Villa begann er leise das Lied zu summen, das für ihn zum Leitmotiv seines Urlaubs in Südfrankreich geworden war. Sie hatten es ständig im Radio gehört oder auf dem Grammophon gespielt, während sie sich am Swimmingpool sonnten oder an den blau duftenden Abenden auf der Terrasse Wein tranken und beobachteten, wie die Sonne hinter den Bergen unterging und in Sillence ein Licht nach dem anderen aufflackerte und der Berghang funkelte wie ein Weihnachtsbaum mit Lichterschmuck.

La mer
Qu'on voit danser le long des golfes clairs
A des reflets d'argent
La mer
Des reflets changeants
Sous la pluie.

Launceston. Er erinnerte sich daran, eine kleine Brücke überquert zu haben. Demnach hatte er die Grenze zur Grafschaft längst überschritten. Nun befand er sich also in Cornwall. Vor ihm lag die Ödnis des Bodmin Moor. Es war halb zwölf, und eine Weile überlegte er, ob er auf ein Glas und eine Mahlzeit in ein Pub einkehren sollte, dann verzichtete er allerdings darauf. Lieber wollte er bis Truro weiterfahren. Er beschleunigte seinen Wagen und schwelgte in einer seltsamen, für ihn untypischen Hochstimmung.

La mer
Au ciel d'été confond
Ses blancs moutons

Avec les anges si purs
La mer bergère d'azur
Infinie.

Im Tal lag das Städtchen Truro verschlafen in der Mittagssonne.
Als er näher kam, fiel ihm die Turmspitze der Kathedrale und das
silbrige Glitzern eines von Bäumen gesäumten Gewässers auf. Er
fuhr über die breite Hauptstraße ins Zentrum, parkte vor einem
Pub, dem Red Lion, ging hinein und direkt zum Tresen. Der Raum
wirkte durch die Holzvertäfelung an den Wänden und an der Decke
sehr dunkel, roch nach Bier und war ungemütlich. Ein paar alte
Männer lasen Zeitung und rauchten Pfeife. Gus nahm am Tresen
Platz, bestellte ein halbes Pint vom Faß und fragte den Barmann, ob
er auch etwas zu essen haben könne.
    «Nein. Hier servieren wir keine Speisen. Wenn Sie essen möch-
ten, müssen Sie nach oben in den Speisesaal gehen.»
    «Muß ich einen Tisch vorbestellen?»
    «Ich sage dem Oberkellner Bescheid. Nur für Sie?»
    Der Barmann zapfte ein halbes Pint und stellte es auf den Tresen.
«Sind Sie auf der Durchreise?»
    «Ja, ich bin mit dem Wagen unterwegs.»
    «Kommen Sie von weit her?»
    «Ja, kann man wohl sagen. Aus Aberdeen.»
    «Aberdeen? Das liegt doch in Schottland, oder? Ein weiter Weg.
Wie lange braucht man da?»
    «Zwei Tage.»
    «Da haben Sie aber eine ziemliche Fahrt hinter sich. Und wohin
soll's denn gehen?»
    «Ganz bis ans Ende. Bis hinter Penzance.»
    «So weit wie von John o'Groat's bis nach Land's End, nicht?»
    «In etwa.»
    «Sie leben also in Schottland?»
    «Ja, bin dort geboren und aufgewachsen.»
    «Ich höre bei Ihnen aber keinen Akzent heraus. Vor ein oder zwei
Monaten hatten wir einen Schotten aus Glasgow hier. Wenn der
den Mund aufmachte, habe ich kein Wort kapiert.»

«Ja, die aus Glasgow reden mit schwerverständlichem Akzent.»
«Schwer verständlich, ja, das kann man wohl sagen.»

Einige neue Gäste traten ein, der Barmann entschuldigte sich bei Gus, ließ ihn allein und eilte zu ihnen. Gus suchte nach seinen Zigaretten, zog eine aus dem Päckchen heraus und zündete sie an. Hinter dem Flaschenregal an der Rückwand der Bar hing über die ganze Breite ein Spiegel. Aus dessen trüber Tiefe starrte ihn hinter den Flaschen sein Spiegelbild an. Ein brünetter junger Mann, der älter aussah, als er war, mit dunklen Augen, dunklem Haar, einer hellen, glatt rasierten Haut, einem blauen Baumwollhemd und einem Halstuch statt einer Krawatte. Doch selbst diese saloppe Note vermochte nicht, das Bild von einem mürrischen, ja sogar finsteren Zeitgenossen aufzuhellen.

Kopf hoch, du trübsinniger Gesell, warf er in Gedanken seinem Spiegelbild zu. *Du bist in Cornwall und hast es geschafft. Endlich bist du angekommen.* Als ob sein Spiegelbild dies nicht längst wüßte. *Da haben Sie aber eine ziemliche Fahrt hinter sich*, hatte der Barmann bemerkt und damit eine feinsinnigere Wahrheit ausgesprochen, als er ahnen konnte.

Gus nahm sein Glas und prostete sich zu. *Da haben Sie aber eine ziemliche Fahrt hinter sich.* Er trank das kühle Bier, das nach Holz schmeckte.

EDWARD CAREY-LEWIS war der erste, der ihn Gus genannt hatte, und dieser Spitzname war seitdem an ihm haftengeblieben. Vorher war er Angus, das einzige Kind seiner schon betagten Eltern. Sein Vater Duncan Callender war ein tüchtiger und erfolgreicher Geschäftsmann aus Aberdeen, der es nach bescheidenen Anfängen aus eigener Kraft zu etwas gebracht hatte, und als Angus zur Welt gekommen war, hatte er als Schiffsausrüster bereits einen ziemlichen Reichtum erwirtschaftet. Im Laufe der Jahre hatte er seine Geschäftsinteressen aufgefächert und einen Eisen- und Metallwarengroßhandel sowie mehrere Mehrfamilien- und Reihenhäuser aus städtischem Besitz gekauft.

Seine frühe Kindheit hatte Angus im Herzen Aberdeens verbracht, in einem gewaltigen Stadthaus aus Granit, dessen kleiner Garten von einer Mauer umgeben war. Zu diesem Garten gehörte eine winzige Rasenfläche vorn und eine dahinter für die Wäscheleine sowie ein Fleckchen Erde, auf dem seine Mutter grüne Bohnen und Kohl anpflanzte. Eine kleine Welt für einen kleinen Jungen, und er war ausgenommen zufrieden damit.

Nicht so dagegen Vater Callender. Sein großer Fleiß, seine Ehrlichkeit und Fairneß hatten ihn zu seinem Wohlstand geführt. Dies hatte ihm den Respekt von Belegschaft und Kollegen eingebracht. Doch damit wollte er sich nicht zufriedengeben. Mit seinem Sohn hatte er Großes vor, und er war fest entschlossen, ihn zu einem Gentleman erziehen und ausbilden zu lassen.

Als Angus sieben Jahre alt war, zog die Familie um. Von dem angenehmen, schlichten Haus in Aberdeen, das ihnen ein Heim gewesen war, in ein großes viktorianisches Herrenhaus in einem Dorf am Ufer des Flusses Dee. Von hier aus fuhr Duncan Callender Tag für Tag in sein Büro nach Aberdeen, und Angus und seine Mutter blieben allein zurück. An den Verkehr in der Großstadt, die Geschäfte und die bedächtig kreischenden Straßenbahnen gewöhnt, kamen ihnen die majestätischen Hügel und breiten Täler am Dee seltsam und überwältigend zugleich vor, nicht weniger als ihr neues Zuhause mit seinen vielen Vertäfelungen aus dunklem Eichenholz, den Bleiglasfenstern und Teppichböden und den Kaminen, die so groß waren, daß man in ihnen einen Ochsen hätte braten können.

Um dieses mächtige Haus bewirtschaften zu können, mußte noch mehr Dienstpersonal eingestellt werden. War Mrs. Callender bisher sehr gut mit einem Koch und einem Hausmädchen ausgekommen, so stand sie nun einer sechsköpfigen Mannschaft und zwei Gärtnern vor, von denen einer im Pförtnerhäuschen wohnte. Sie war eine hingebungsvolle Frau und Mutter, aber von einfachem Gemüt, und empfand das ständige Bemühen um Wahrung der äußeren Formen als schwere Last.

In Aberdeen, wo sie ihren Platz in der Welt gekannt und sich in dem bescheidenen, gut geführten Haushalt sicher aufgehoben gefühlt hatte, war sie zufrieden gewesen. Am Dee dagegen verlor sie den

Boden unter den Füßen; es war nichts Halbes und nichts Ganzes. Nur schwer kam sie mit den Einheimischen ins Gespräch. Allmählich gewann sie die Überzeugung, daß die mürrischen Mienen und einsilbigen Reaktionen auf ihre Versuche, einen Kontakt mit ihnen herzustellen, nur bedeuten konnten, daß die Dörfler von dem Neuzugang in der Gemeinde wenig hielten und sich vom Wohlstand und den Manieren der Neuankömmlinge nicht beeindrucken ließen.

Ihre Nachbarn aus den alten und vornehmen Familien, die seit Generationen in den Schlössern und Landsitzen gewohnt hatten, verhielten sich noch abweisender und so fremdartig wie Bewohner eines fernen Planeten. Lady Soundso und Earl of Soundso mit ihren Adlernasen, hochaufgeschossen und ganz in Tweed, sahen auf sie herab. Mrs. Huntingdon-Gordon, die Labradorhunde züchtete, residierte wie ein allmächtiger Kriegsherr in einem archaischen Bergfried. Und Generalmajor Robertson, der sonntags während des Gottesdienstes auf eine Weise aus der Bibel las, als gäbe er die neueste Schlachtordnung bekannt, fiel es nie ein, leise zu reden, auch dann nicht, wenn er dem Pfarrer gegenüber grob wurde.

Eine äußerst schwierige Zeit der Anpassung an die neue Umgebung, die für Angus allerdings nicht allzu lange gedauert hatte. Im Alter von acht Jahren hatten ihn seine Eltern auf das Internat einer teuren Vorbereitungsschule in Pertshire geschickt. Damit war seine Kindheit praktisch zu Ende gegangen. Zu Anfang hänselten und schikanierten die Mitschüler ihn wegen seines Aberdeener Akzents, seines überlangen Kilts oder weil er nicht den richtigen Füllfederhalter benutzte. Als er Klassenprimus geworden war, nannten seine Klassenkameraden ihn einen Streber. Aber er war ein kräftig gebauter Junge und ein guter Fußballspieler. Nachdem er einem Maulhelden aus einer höheren Klasse vor allen anderen auf dem Schulhof die Nase blutig geschlagen hatte, machte man einen Bogen um ihn und ließ ihn in Frieden. Als er in den Weihnachtsferien zum erstenmal an den Dee zurückfuhr, war er fünf Zentimeter gewachsen, und sein Akzent war Teil seiner Vergangenheit. Seine Mutter trauerte still um ihren Sohn, da sie fühlte, daß sie ihn verloren hatte, aber Duncan Callender war entzückt.

«Weshalb lädst du keinen deiner neuen Freunde zu uns ein?» fragte er, aber Gus tat, als hätte er die Frage überhört, und ging aus dem Haus, um radzufahren.

Nach der Vorbereitungsschule kam er nach Rugby, wo er sich den Ruf eines zuverlässigen Alleskönners erwarb. In jener Zeit fand er zum erstenmal Vergnügen am Kunstunterricht und entdeckte, daß ein Mal- und Zeichentalent in ihm schlummerte, das er bei sich nie vermutet hätte. Von seinem einfühlsamen Kunstlehrer unterstützt, begann er ein Skizzenheft mit Bleistiftzeichnungen zu füllen, die er mit dünner Wasserfarbe nachkolorierte. Er zeichnete die Spielfelder; einen Jungen, der an einer Töpferscheibe arbeitet; einen Lehrer, der sich auf dem Weg zum Unterricht mit einem Arm voller Bücher über den windigen Schulhof kämpft, während sein schwarzer Talar wie ein fülliges Flügelpaar hinter ihm herflattert.

Eines Tages stieß er beim Blättern in einer Ausgabe der Kunstzeitschrift *Studio* auf einen Artikel über die Maler Cornwalls und die Newlyn-Schule. Als Illustration war ein Werk von Laura Knight abgebildet: ein Mädchen steht auf einem Felsen und blickt aufs Meer hinaus. Die See war von einem Pfauenblau, das Mädchen trug einen Pullover, was darauf hindeutete, daß es nicht sehr warm war, sein kupferrotes Haar war zu einem dicken Zopf geflochten, der ihm bis auf die Schultern fiel.

Seine Aufmerksamkeit war plötzlich gefesselt: Er las den Artikel, und aus irgendeinem Grund geriet seine Phantasie in Bewegung. Cornwall. Vielleicht sollte er Maler werden, nach Cornwall fahren und sich dort ansiedeln, wie so viele Künstler vor ihm. Er würde bizarre und mit Farbe beschmierte Kleider tragen, sein Haar länger wachsen lassen und Gitanes-Zigaretten rauchen. Jederzeit umgäbe ihn ein aufopferungsvolles Mädchen, das in ihn vernarrt, selbstverständlich häuslich und außerdem hübsch wäre. Es würde mit ihm in einer Fischerhütte am Strand oder vielleicht in einer umgebauten Scheune leben, mit einer Treppe aus Granitstein und einer blau gestrichenen Eingangstür, daneben in Blumentöpfen Geranien mit roten Blüten...

Dieser Gedanke hatte ihn damals so vollkommen gefangengenommen, daß er die warme Sonne und den nach Wildblüten duftenden Wind zu spüren meinte. Er hatte sich von dem Gemälde gelöst, seinen Blick durch das leere Atelierzimmer schweifen lassen und durch das hohe Fenster in den Winterhimmel hinausgesehen. Es war alles nur das Hirngespinst eines Schulknaben gewesen. Nie würde er den Beruf eines Malers ergreifen können, da er sich doch bereits der Mathematik und der Physik verschrieben hatte und ein Studium in Cambridge mit einem Abschluß als Ingenieur anstrebte.

Doch Träume und Phantasien waren zu kostbar, als daß man sie völlig aufgeben durfte. Er hatte nach seinem Taschenmesser gegriffen und die farbige Abbildung behutsam herausgetrennt. Er hatte sie in eine Mappe gesteckt, in der er einige seiner Zeichnungen aufbewahrte, und sie darin verschwinden lassen, wobei er sein schlechtes Gewissen unterdrückte. Später hatte er sie aufgeklebt und gerahmt, und das unbekannte Mädchen an der Küste Cornwalls hing als eindrucksvolles Dekor in seinem Studierzimmer an der Wand.

Rugby hatte seinen Erfahrungsschatz auch in anderer Hinsicht erweitert. Zu selbstgenügsam, um enge Freundschaften zu schließen, war er dennoch beliebt, und von Zeit zu Zeit hatte man ihn eingeladen, einen Teil seiner Ferien auf dem Land im Haus anderer Leute zu verbringen, mal in Yorkshire, in Wiltshire oder in Hampshire. Er hatte alle Einladungen höflich angenommen, wurde freundlich empfangen und schaffte es stets im Verlauf seines Aufenthaltes, jeden offensichtlichen Fauxpas zu vermeiden.

«Und woher kommen Sie?» hatte ihn so manche Mutter bei der ersten Tasse Tee gefragt.

«Aus Schottland.»

«Oh, Sie beneidenswerter Mensch. Woher genau?»

«Meine Eltern haben ein Haus am Dee.» Und dann, noch bevor sich die Gastgeberin über das Fischen von Lachsen, einen Ausflug auf dem Dee und die Moorhuhnjagd auslassen konnte, hatte er flink das Thema gewechselt und bat um ein weiteres Stück Gewürzkuchen. Danach, wenn ihm das Glück wohlgesinnt war, kam sie nicht mehr auf dieses Thema zu sprechen.

Wenn er nach einem solchen Aufenthalt nach Hause fuhr, überkam ihn stets ein Gefühl der Enttäuschung. In Wahrheit war er seinen Eltern über den Kopf gewachsen. In ihrem gräßlichen Haus bekam er Platzangst, und die Tage bei ihnen, nur von den ermüdend langen wie langweiligen Mahlzeiten unterbrochen, wollten kein Ende nehmen. Die lieb gemeinten Aufmerksamkeiten seiner Mutter raubten ihm die Luft zum Atmen, und der peinliche Stolz und das Interesse seines Vaters verschlimmerten seine Lage nur noch.

Doch nicht alles war nur Trübsal. Nachdem er siebzehn geworden war, verschaffte ihm sein attraktives Äußeres unerwartet Vorteile. In der Nachbarschaft hatte, trotz der eindeutig niedrigeren gesellschaftlichen Stellung seiner Eltern, das Wort von dem Callender-Jungen die Runde gemacht, der nicht nur gut aussehe, sondern sogar eine ziemlich präsentable Erscheinung sei, und falls einer Gastgeberin je ein einzelner Mann fehle, so... Daraufhin trafen regelmäßig gedruckte Karten ein, auf denen man Angus Callender zu verschiedenen Festlichkeiten einlud, zu denen seine Eltern nicht gebeten wurden, Volkstanztreffen etwa und Sommerbälle, bei denen seine Partnerinnen so erlauchte Namen trugen wie Lady Henrietta McMillan oder The Honourable Camilla Stokes. Inzwischen hatte er Autofahren gelernt, und am Steuer des schweren Rover, den sein Vater ihm dafür auslieh, fuhr er zu diesen offiziellen Veranstaltungen, wie es sich gehörte, in voller Hochlandmontur, in gestärktem Hemd und mit schwarzer Krawatte. Die Erfahrungen auf jenen Landsitzen in Yorkshire, Wiltshire und Hampshire kamen ihm später zustatten, und größere Dinnerpartys meisterte er mit der gebotenen Förmlichkeit. Hinterher tanzte er bis in die frühen Morgenstunden, lächelte freundlich, verhielt sich den richtigen Leuten gegenüber aufmerksam und meisterte im allgemeinen die ihm zugedachte Aufgabe zu jedermanns Zufriedenheit.

Doch alles sah ein wenig nach Verstellung aus. Er wußte, wer er war, und machte sich keine Illusionen über seine gesellschaftliche Position und seinen Werdegang. Manchmal, wenn er sich nach einem dieser Tanzabende auf die lange Heimfahrt nach Hause machte, die Landschaft menschenleer und noch in Dunkelheit gehüllt war und sich dann die erste Morgenröte am Himmel zeigte, schoß es ihm durch den Kopf, daß er nicht einen Ort kannte, an dem er sich wirklich jemals zu Hause gefühlt hatte, nachdem er mit seinen Eltern endgültig aus Aberdeen fortgezogen war. Jedenfalls galt

dies für das Haus seiner Eltern, die Schule und die gastfreundlichen
Landsitze in Yorkshire, Wiltshire und Hampshire, in denen man ihn
willkommen hieß. Sosehr er sich dort auch vergnügte, nie wurde er
das Gefühl los, daß er immer abseits stand und alle anderen beobachtete. Dabei sehnte er sich so sehr danach dazuzugehören.

Vielleicht würde ihm dies ja eines Tages gelingen, wenn er sich
verliebte, wenn er eine Stimme hörte oder an einen fremden Ort kam,
der ihm sofort vertraut erschien, selbst wenn er ihn nie zuvor gesehen
hatte. Einen Ort, an dem niemand sich gönnerhaft herabließ und er
kein Schildchen oder Etikett benötigte. Einen Ort, an dem man ihn
nur um seinetwillen willkommen hieß. «Angus, mein Bester. Prima,
daß du da bist! Schön, dich wiederzusehen!»

Überraschenderweise entwickelten sich die Dinge zum Besseren.
Nach den unangenehmen Jugendjahren, die sich für Gus schmerzlicher und schwieriger gestalteten als für die meisten unter den
Gleichaltrigen, erschien ihm Cambridge als Offenbarung und Befreiung zugleich. Auf den ersten Blick hielt er es für die schönste
Stadt, die er je gesehen hatte, und das Trinity College für ein architek-
tonisches Wunder. Während seiner ersten Studienwochen spazierte
er in seiner Freizeit viel herum und lernte allmählich den Weg durch
die alten, historischen Straßen und Innenhöfe kennen. Als Presbyte-
rianer besuchte er den morgendlichen Gottesdienst in der King's
Chapel aus reiner Freude an den Kirchenliedern. Bei einer dieser
Gelegenheiten hörte er zum erstenmal das gregorianische «Mise-
rere» und wurde von einer unerklärlichen Freude ergriffen, als er
Knabenstimmen in einer solch hohen Tonlage hörte, von der er
meinte, nur Engel könnten so singen.

Nach einer gewissen Zeit, als er mit seiner neuen Umgebung vertraut geworden war, regten die visuellen Eindrücke seinen Maler-
instinkt an, und bald darauf häuften sich in seinem Skizzenbuch die
flink mit dem Bleistift hingeworfenen Impressionen: Boote auf dem
von Weiden gesäumten Flüßchen Backs, die Seufzerbrücke, die Innenhöfe von Corpus Christi, die Silhouette der Zwillingstürme des
King's College vor der gewaltigen Wolkenlandschaft über dem flachen Marschland. Allein die Weite und die Reinheit der Proportionen und Perspektiven forderten ihn heraus; die Färbung des Him-

mels und des Rasens, der Bleiglasfenster und des Herbstlaubs verlangten danach, auf Papier festgehalten zu werden. Hier war er nicht nur von den Reichtümern des Wissens, sondern auch von einer Schönheit umgeben, die nicht das Werk der Natur, sondern erstaunlicherweise das von Menschen war.

Am Pembroke-College studierte er Ingenieurwesen. Edward Carey-Lewis war am selben College eingeschrieben, hatte jedoch Englisch und Philosophie belegt. Beide begannen ihr Studium an Michaelis 1937, doch erst im letzten Trimester des zweiten Studienjahres lernten sie einander kennen und schlossen Freundschaft. Dafür gab es gute Gründe. Da sie verschiedene Fächer belegt hatten, besuchten sie nicht dieselben Tutorien. Außerdem lagen in Pembroke ihre Zimmer so weit auseinander, daß sich kein normales, gelegentliches Schwätzchen unter Nachbarn ergeben konnte. Und während Gus Cricket und Rugby spielte, zeigte Edward keinerlei Interesse für Mannschaftsspiele und verbrachte dafür lieber ein gut Teil seiner Freizeit im Flugverein der Universität, um den Flugschein zu machen.

Folglich kreuzten sich ihre Wege nur selten. Gus sah Edward jedoch unweigerlich in der Nähe des Colleges. Etwa im Speisesaal, als aus offiziellem Anlaß alle Studienanfänger zu einem prunkvollen Abendessen geladen wurden. Oder wenn Edward in seinem dunkelblauen Triumph die Trinity Street hinunter brummte, stets ein hübsches Mädchen, manchmal auch zwei an seiner Seite. Gelegentlich erkannte Gus ihn als Mittelpunkt einer lautstarken Versammlung in einem überfüllten Pub, wo er gewöhnlich eine Runde schmiß. Bei jeder Begegnung schien es ihm, als sei Edward noch glücklicher und selbstbewußter geworden, sähe noch besser und selbstzufriedener aus. Eine instinktive Voreingenommenheit verwandelte sich in Antipathie, doch die angeborene Diskretion gebot Gus, seine Gefühle für sich zu behalten. Es hatte keinen Zweck, sich Feinde zu machen, und schließlich hatte er mit diesem Kommilitonen noch kein Wort gewechselt. Etwas an Edward war einfach zu schön, um echt zu sein. Edward Carey-Lewis. Kein Mann konnte über alles verfügen. Irgendwo mußte es einen Haken geben, doch war es nicht an Gus, dies herauszufinden.

Er ergründete das Geheimnis um Edward nicht, sondern konzentrierte sich auf sein Studium. Sie wären sich nie begegnet, hätte nicht das launische Schicksal etwas anderes mit ihnen im Sinn gehabt. Im Sommertrimester 1939 wies man Gus Callender und Edward Carey-Lewis in Pembroke Zimmer auf demselben Flur zu, wo sie sich eine Miniküche teilen mußten. Eines Nachmittags, als Gus einen Kessel aufgestellt hatte, um Tee aufzugießen, hörte er hinter sich das Geräusch schneller Schritte, die die Steinstufen heraufkamen und an der Küchentür innehielten. Und dann hörte er eine Stimme.

«Hallo.»

Er drehte sich um und erblickte Edward Carey-Lewis in der offenen Tür, eine blonde Locke in der Stirn und den langen College-Schal um den Hals.

«Hallo.»

«Du bist sicher Gus Callender.»

«Stimmt.»

«Edward Carey-Lewis. Wir sind offenbar Nachbarn. Wie ist dein Zimmer?»

«In Ordnung.»

«Machst du Tee?» Gus verstand den Wink mit dem Zaunpfahl.

«Ja. Möchtest du eine Tasse Tee?»

«Hast du was zu essen da?»

«Ja, Teekuchen.»

«Gut. Ich verhungere nämlich.»

Edward kam herüber, und beide saßen am offenen Fenster in Gus' Zimmer und tranken den Tee aus Bechern. Gus rauchte eine Zigarette, während Edward sich großzügig vom Kuchen bediente. Sie unterhielten sich über nichts Bestimmtes, doch innerhalb einer Viertelstunde erkannte Gus, daß er sich, was Edward Carey-Lewis betraf, gründlich geirrt hatte, denn Edward schien ihm weder ein Snob noch ein Dummkopf zu sein. Sein ungezwungenes Verhalten und der offene Blick waren ganz und gar ungekünstelt, und seine Umgangsformen bezog er nicht aus einer exklusiven Erziehung, sondern weil er ganz und gar sein eigener Herr war und sich selbst weder in einem besseren noch in einem schlechteren Licht sah als irgendeinen seiner Altersgenossen.

Als die Teekanne geleert und der Kuchen ziemlich dezimiert waren, stand Edward auf und sah sich im Zimmer um. Er las die Titel auf den Buchrücken und blätterte in den Illustrierten.

«Dein Kaminvorleger aus Tigerfell gefällt mir.»

«Den hab ich vom Trödler.»

Nun betrachtete Edward die Bilder an den Wänden und ging von einem zum anderen, ganz so, als wollte er eins kaufen.

«Ein hübsches Aquarell. Was zeigt es?»

«Den Lake District.»

«Du hast ja eine ziemlich umfangreiche Sammlung. Hast du die alle gekauft?»

«Nein. Ich hab sie selbst gemalt.»

Edward drehte sich zu Gus um und starrte ihn mit offenem Mund an. «Wirklich? Da mußt du ja ein schrecklich talentierter Bursche sein. Außerdem gut zu wissen, daß du dich mit deiner Pinselei über Wasser halten kannst, falls du durchs Abschlußexamen rasselst.» Er wandte sich wieder den Bildern zu. «Malst du auch mit Ölfarben?»

«Ja, manchmal.»

«Ist das hier auch von dir?»

«Nein», gab Gus zu. «Ich schäme mich zu sagen, daß ich dieses Blatt während meiner Schulzeit aus einer Zeitschrift herausgeschnitten habe. Aber ich mag es so sehr, daß ich es überallhin mitnehme und es aufhänge, damit ich es betrachten kann.»

«Hat das hübsche Mädchen damals deine Phantasie angesprochen, oder waren es eher die Klippen und das Meer?»

«Die ganze Komposition, nehme ich an.»

«Wer hat's gemalt?»

«Laura Knight.»

«Das ist in Cornwall», sagte Edward.

«Ich weiß. Aber wie kommst du darauf?»

«Kann einfach nirgendwo anders sein.»

Gus stutzte. «Kennst du dich in Cornwall aus?»

«Eigentlich schon. Ich wohne dort seit Urzeiten. Ist meine Heimat.»

Nach einer Weile sagte Gus: «Wie ungewöhnlich!»

«Warum ungewöhnlich?»

«Ich weiß nicht. Zufällig habe ich mich immer nur für Maler aus Cornwall interessiert. In meinen Augen ist es erstaunlich, daß so viele ungewöhnlich talentierte Menschen in einer so entlegenen Gegend zusammentreffen und doch so einflußreich bleiben.»

«Ich kenne mich da nicht gut aus, weiß aber, daß die Künstler über Newlyn herfallen wie die Mäuse und in Kolonien leben.»

«Hast du mal mit einem von ihnen gesprochen?»

Edward schüttelte den Kopf. «Das kann ich nicht gerade behaupten. In Sachen Kunst bin ich ein Banause. Auf Nancherrow hängen jede Menge Jagdgemälde und düstere Familienporträts. Du weißt schon, was ich meine. Schielende Vorfahren mit Hunden.» Er dachte einen Augenblick nach. «Ausgenommen das Gemälde meiner Mutter von de Laszlo. Das ist bezaubernd. Es hängt im Salon über dem Kamin.» Plötzlich schien Edward die Puste auszugehen. Ganz ungeniert und ausgiebig gähnte er. «Mensch, bin ich vielleicht müde. Ich werde jetzt gehen und duschen. Danke für den Tee. Ich mag dein Zimmer.» Er schlenderte zur Tür, öffnete sie und wandte sich dann um. «Hast du heute abend was vor?»

«Eigentlich nicht.»

«Ein paar von uns fahren nach Granchester ins Pub einen heben. Kommst du mit?»

«Ja, gern. Danke.»

«Gut, dann klopf ich gegen Viertel nach sieben an deine Tür.»

«Einverstanden.»

Edward lächelte ihm zu. «Bis dann, Gus.»

Gus glaubte, ihn schlecht verstanden zu haben. Edward befand sich bereits halb draußen. «Wie hast du zu mir gesagt?»

Edward steckte seinen Kopf ins Zimmer herein. «Gus.»

«Warum?»

«Ich glaube, weil du für mich eher Gus als Angus bist. Angus hat rote Haare und trägt Straßenschuhe so breit wie Panzerketten und bauschige Knickerbocker aus rötlich-braunem Tweed.»

Gus mußte lachen. «Nimm dich lieber in acht. Ich stamme aus Aberdeenshire.»

Doch Edward verzog keine Miene. «In diesem Fall weißt du genau, was ich meine.» Und mit diesen letzten Worten zog er die Tür hinter sich zu.

Gus. Er war Gus. Und Edward besaß einen solchen Einfluß, daß Angus nach jenem ersten Abend nie mehr anders genannt wurde.

UNVERSEHENS VERSPÜRTE Gus großen Hunger. Oben im muffigen und altmodischen halbleeren Speisesaal mit den Orientteppichen und den gestärkten weißen Tischtüchern überlagerten gedämpfte Stimmen das zaghafte Kratzen der Bestecke auf den Tellern. Gus aß eine Suppe, gekochten Rinderbraten mit Möhren und Königinnenpudding. Danach fühlte er sich wie neugeboren, bezahlte die Rechnung und flüchtete ins Freie. Er spazierte eine Weile über das Kopfsteinpflaster, bis er an einen Buchladen kam, den er betrat, um eine Generalstabskarte von West-Cornwall zu kaufen. Als er wieder im Wagen saß, zündete er eine Zigarette an, faltete die Karte auseinander und plante seine weitere Route bis Nancherrow. Am Telefon hatte Edward ihm ein paar undeutliche Hinweise gegeben, doch dank der detaillierten Karte konnte nur ein Trottel sich verfahren. Von Truro ging es nach Penzance und dann über die Küstenstraße in Richtung Land's End. Mit dem Finger fuhr er über das steife Papier und hielt bei Rosemullion inne, das anhand von Kirche, Fluß und Brücke eindeutig auszumachen war. Und dann Nancherrow, kursiv gedruckt, eine gestrichelte Linie für den Zufahrtsweg und ein winziges Symbol für das Haus. Schön, daß ein kundiger Landvermesser es dort verzeichnet hatte. Dadurch erschien ihm sein Zielort viel wirklicher, nicht mehr nur wie ein zufällig ausgesprochener Name oder ein Produkt seiner Phantasie. Er faltete die Karte zusammen und legte sie griffbereit neben sich auf den Beifahrersitz. Nachdem er die Zigarette zu Ende geraucht hatte, ließ er den Motor an.

Er fuhr am bleichen Rückgrat der Grafschaft entlang, in der die Fördertürme der stillgelegten Zinngruben ihre Häupter in die Luft reckten, und vorbei an alten Maschinenhäusern und verfallenden

Schornsteinen. Keine schöne Gegend. Wann endlich würde er ans Meer kommen? Voller Ungeduld wartete er darauf. Endlich sah er, daß sich die Straße vor ihm den Hügel hinunterschlängelte. Die Landschaft veränderte sich. Zu seiner Rechten tauchten mehrere hügelige Sanddünen auf, dann eine breite Bucht und schließlich der Atlantik. Erst konnte er zwar nur einen kurzen Blick auf grüne Brecher werfen, die eine längliche Sandbank überspülten. Hinter der Bucht verlief die Straße landeinwärts. Weideland mit grasenden Milchkühen glitt an ihm vorüber und nach Süden hin abfallende und mit Gemüse bepflanzte und von unregelmäßigen Steinmauern gesäumte Hänge, die aussahen, als stünden sie seit Urzeiten dort. Palmen wuchsen in den Gärten der Cottages, an Häusern zeigte sich die kreidige Patina von Kalktünche, und enge Pfade, an denen einladende Schilder standen mit unbekannten Namen oder denen von Heiligen, führten von der Hauptstraße weg in bewaldete Täler hinein. Alles döste in der warmen Nachmittagssonne. Bäume warfen dunkle Schatten und sprenkelten den Asphalt; es herrschte eine ungewöhnliche Stimmung der Zeitlosigkeit, als ob der Sommer hier ewig andauerte, die Blätter nie von jenen alten Bäumen fielen und nie die eisigen Böen der Winterstürme über die sanften Hänge des Farmlandes strichen.

Jetzt sah Gus, in einem diffusen Licht schimmernd, das andere Meer vor sich liegen, die weite Fläche bis zur Mount's Bay, ein Aufschrei in Blau am verschwommenen Horizont. Eine Armada kleiner Segelboote, Teilnehmer einer Regatta vielleicht, waren draußen auf See. Hart am Wind hielten die Dingis und Redwings mit den roten Segeln in der Brise Kurs auf irgendeine ferne Boje.

Und alles kam ihm seltsam vertraut vor, so als hätte er dies früher schon einmal gesehen und kehrte lediglich zurück an einen vertrauten und heißgeliebten Ort. Der schützende Arm des Hafenkais, der Reigen der Boote mit den hohen Masten, die von Möwenschreien erfüllte Luft. Eine kleine Dampflokomotive, die gerade aus dem Bahnhof hinaus und die Küstenstrecke entlangfuhr. Eine Zeile mit Regency-Häusern; Fensterscheiben, die das helle Licht zurückwarfen, und üppig bewachsene Gärten mit Magnolien und Kameliensträuchern. Und über allem lag der frische, salzige Duft nach Meer

und Seetang, der durch das geöffnete Fenster seines Wagens herein-
strömte.

> La Mer
> Les a bercés
> Le long des golfes clairs
> Et d'une chanson d'amour
> La Mer
> A bercé mon cœur pour la vie. La vie.

Das Meer stimmte ihn hochgemut. Er fühlte sich wie ein Mann, der
zu seinen Ursprüngen zurückkehrte, ganz so, als wäre alles, womit
er sich bislang beschäftigt hatte, als wäre jeder Ort, an dem er bisher
gelebt hatte, lediglich ein Teil einer Wartezeit, eines Intermezzos
gewesen. Es war schon seltsam, doch bei genauerer Betrachtung
auch wieder nicht, denn er machte, wenn auch zum erstenmal, eine
sinnliche Erfahrung, die er durch die Künstler aus Cornwall und
deren Werke kennengelernt und sich begierig zum Vorbild genommen hatte. Die Werke von Laura Knight, Lamorna Birch, Stan-
hope, Elizabeth Forbes und zahlreichen anderen. Und er entsann
sich seiner Phantasien als Junge im Kunstunterricht in Rugby. In
Cornwall wollte er damals schon wie ein Künstler leben und malen.
Ein vom Sonnenlicht umspieltes weißes Cottage wollte er sich kaufen und vor dem Haus Geranien pflanzen. Er lächelte, als er sich
daran erinnerte, daß zu dieser undeutlichen und vagen Vorstellung
eine Gefährtin gehört hatte. Niemand Bestimmtes, und nie hatte
sich ein Gesicht herausgebildet, aber natürlich mußte sie jung und
schön sein, ihm Modell sitzen und auch gut kochen können. Selbstverständlich würde sie seine Frau. Doch jetzt, am Steuer seines Wagens, mußte Gus eingedenk der Unschuld seiner verlorenen Jugend
und der harmlosen Träume des einfältigen Jungen von damals lauthals lachen, wenn auch nur kurz. Denn nun, da er *hier* und tatsächlich *angekommen* war, schienen die Träume in Reichweite und
überhaupt nicht jenseits aller Möglichkeiten zu liegen.

Während er sich an seine Jugendzeit erinnerte, hatte er die Stadt
durchquert und befand sich wieder in der freien Natur. Er fuhr eine

steile Anhöhe hinauf, und als er oben angekommen war, mußte er erkennen, daß die Landschaft sich erneut verwandelt hatte. Das Flickwerk aus vereinzelten Feldern und Bauernhöfen ging in das gelbbraune, mit Findlingen gesprenkelte Heidemoor über. Zu seiner Linken begleitete ihn das Meer, aber der Salzgeruch wurde überlagert von dem süßen, moosigen Duft der Bäche und des Marschlands. In weiter Ferne vernahm er den langgezogenen Ruf eines Brachvogels.

Auch die anderen, ebenfalls längst vergessenen Traumbilder stiegen unversehens aus dem Dunkel empor, plötzlich quälend und greifbar nahe. Das Bild von dem Haus, an irgendeinem Ort, den er vorher nie betreten hatte. Er würde sogleich und endgültig wissen, daß er ebendorthin gehörte, nicht aber in die düstere viktorianische Villa am Dee oder in die gastfreundlichen Häuser seiner Schulfreunde. Cambridge kam seinen besonderen Vorstellungen noch am ehesten entgegen, aber Cambridge war eine Universitätsstadt, ein Ort des Studiums und eine Fortsetzung der Schule. Sie bot keinen Winkel, in dem er Unterschlupf fand, und keinen Platz, an dem er heimisch werden oder an den er jederzeit zurückkehren konnte. Ein Ort, der unverrückbar immer vorhanden war, so anspruchslos, bequem und tröstlich wie ein Paar alte Schuhe. Etwas, das nur ihm gehörte und ihn begrüßte. *Gus. Liebster Gus. Da bist du ja.*

Alles längst vergessen. Einerlei. Tagträume waren das Vorrecht junger Leute. Entschlossen verscheuchte Gus diese Gedanken aus seinem Kopf und konzentrierte sich auf die unmittelbar vor ihm liegende Strecke. Er wollte sich nicht verfahren. Doch gerade jetzt bemerkte er an der nächsten Kreuzung ein hölzernes Schild, auf dem *Rosemullion* stand, und begriff, daß nur noch etwa zehn Meilen vor ihm lagen. Die Vernunft flog zum Wagenfenster hinaus, und ihn ergriff die unwiderstehliche Aufregung eines Schulknaben, der bald in die Ferien entlassen wird. Es war wie eine Heimkehr. Und das verwunderte ihn, denn der Gedanke ans Heimkehren hatte Gus nie mit besonderer Freude erfüllt. Jede Heimkehr nach Aberdeen war ihm wie eine lästige Aufgabe vorgekommen, der er nur widerstrebend nachging, wenn er pflichtbewußt für ein paar Tage zu seinen Eltern zurückkehrte. Aber schon nach kurzer Zeit begann er stets verzweifelt nach einem Vorwand zu suchen, um sich wieder von ihnen verabschieden zu können. An der Tatsache, daß seine Eltern bedeutend älter waren als er, in ihrer Lebensweise konventionell und auf so offene Weise stolz auf ihren einzigen Sohn, ließ sich nichts ändern, aber das verschlimmerte die Situation nur noch. Gus hatte nicht etwa das Gefühl, daß er sich wegen seiner Eltern schämen müßte, eigentlich war er sogar stolz auf sie, besonders auf seinen Vater. Aber der alte Mann war ihm mit der Zeit immer fremder geworden. Er hatte wenig mit ihm gemeinsam, und es verdroß Gus, daß er krampfhaft nach einem Gesprächsstoff suchen mußte und ihm die banalste Unterhaltung zur Qual wurde. Dies hatte nur soweit kommen können, weil der kühne Duncan Callender es sich in den Kopf gesetzt hatte, aus seinem Sohn einen Gentleman zu machen. Hartnäckig hatte er auf der kostspieligen Ausbildung in einer Privatschule bestanden, was Gus Zutritt zu den höheren gesellschaftlichen Kreisen verschaffte, die er und Gus' Mutter aber nie kennengelernt hatten und auch nie kennenlernen würden.

Die Situation war befremdlich und ironisch, doch war es nicht Gus' Schuld, daß sich diese Mauer zwischen ihnen aufgerichtet hatte. Bevor er von Rugby abgegangen war, hatte er sich noch bemüht, dieses vertrackte Verhältnis zu seinen Eltern ins Lot zu bringen und mit seinem Gewissen ins reine zu kommen. Schließlich hatte er jedes Gefühl der Scham entschlossen von sich abgestreift. Dies war ihm sehr wichtig gewesen, denn sonst hätte er für den Rest seines Lebens schwer an seinem Schuldbewußtsein tragen müssen.

LOVEDAY WAR unter dem großen Vogelnetz im Obstgarten hindurchgeschlüpft und pflückte Himbeeren. Gut, daß sie eine Beschäftigung hatte, denn im Augenblick kam ihr alles schrecklich vor. Angst und Sorge wegen Tante Lavinia schwebten wie düstere Gewitterwolken über Nancherrow; sie veränderten die Atmosphäre und drückten auf die Stimmung. Bei ihrem Vater führten sie sogar dazu, daß er keine Nachrichten mehr hörte, sondern statt dessen die meiste Zeit telefonierte. Er sprach mit dem Arzt, mit

Diana in London, übermittelte Nachrichten für Athena in Schottland und sorgte dafür, daß sich rund um die Uhr jeweils eine Tages- und eine Nachtschwester im Dower House aufhielten. Ausführlich war diskutiert worden, ob man Tante Lavinia nicht lieber ins Krankenhaus bringen sollte, doch schließlich war man zu der Ansicht gekommen, daß die Beförderung in der Ambulanz sie körperlich allzusehr strapazieren und der Kummer, sich in einer fremden Umgebung wiederzufinden, ihr mehr schaden als nutzen würde. Schließlich entschied man sich, daß Tante Lavinia dort bleiben sollte, wo sie war, nämlich in ihrem eigenen Haus und ihrem eigenen Bett.

Es war Lovedays erste Erfahrung mit einer möglicherweise todbringenden Krankheit. Menschen mußten sterben, das wußte sie, doch wollte sie das nicht für die nächsten Familienangehörigen, besonders aber nicht für Tante Lavinia gelten lassen. Von Zeit zu Zeit versuchte sie wirklich, sich ein Leben ohne die alte Dame vorzustellen, doch ihre Tante war immer so sehr Teil von Nancherrow gewesen und ihr Einfluß auf die ganze Familie so groß, daß es Loveday unmöglich war. Ja, in Wirklichkeit konnte sie diesen Gedanken gar nicht ertragen.

Loveday ging an den Himbeersträuchern entlang, pflückte mit beiden Händen die süßesten, dunkelroten Früchte und ließ sie in die Weidenkörbchen gleiten, die sie mit einer Schnur an ihrem Gürtel befestigt hatte. Der Nachmittag war heiter und sonnig, aber vom Meer wehte ein frischer Wind herüber. Aus diesem Grund hatte sie einen alten, gelben geflickten Cricket-Pullover von Edward übergezogen. Er war ihr viel zu lang und groß und hing bis auf ihren Baumwollrock hinunter, aber die Sonne lag auf ihren Schultern und wärmte sie durch die dicke Wolle des Pullovers hindurch. Und Loveday genoß dieses Wohlbehagen, das sie ihrem Bruder zu verdanken hatte.

Loveday war allein im Haus. Ihr Vater, Edward und Mary Millyway waren nach dem Mittagessen gemeinsam zum Dower House hinaufgegangen. Paps hatte sich dort mit dem Arzt verabredet, Edward wollte eine Weile bei Tante Lavinia sitzen und mit ihr plaudern, und Mary Millyway hatte sie begleitet, um der armen Isobel Gesellschaft zu leisten. Vermutlich würden die beiden in Isobels Küche Tee trinken. Isobel brauchte vielleicht den allermeisten Zuspruch, denn seit mehr als vierzig Jahren versah sie ihren Dienst bei Tante Lavinia. Sollte Tante Lavinia sterben, so würde die treue Isobel ihr sehr wahrscheinlich kurz darauf ins Grab folgen.

«Und wie steht's mit dir, Schätzchen?» hatte der Vater sie gefragt. «Möchtest du mitkommen?»

Darauf war sie zu ihm gegangen, hatte den Arm um seine Hüfte gelegt und ihr Gesicht in seiner Weste vergraben. Er verstand sie gut und hielt sie fest an sich gedrückt. «Nein», antwortete sie mit gedämpfter Stimme. Wenn das Schlimmste eintrat, so wollte sie sich an Tante Lavinia so erinnern, wie sie immer war, munter und liebenswürdig und jederzeit für einen Scherz zu haben, nicht aber an eine bettlägerige alte Dame, die sich von ihnen fortstahl. «Ist das schlimm von mir? Soll ich doch lieber mitkommen?»

«Nein, das brauchst du nicht.»

Sie weinte etwas, und er gab ihr einen Kuß und trocknete ihre Tränen mit seinem riesigen, blütenweißen Taschentuch. Alle waren besonders lieb zu Loveday. Edward umarmte sie und sagte: «Egal, einer muß hierbleiben; für den Fall, daß Gus eintrifft. Er kommt irgendwann im Laufe des Nachmittags, und es wäre nicht nett, wenn niemand ihn begrüßen würde. Ich ernenne dich hiermit zu unserem Ein-Mann-Empfangskomitee.»

Loveday, die noch ein wenig schniefte, hielt das jedoch nicht gerade für eine sehr verlockende Aufgabe. «Soll das heißen, daß ich hier herumtrödeln muß?»

Mary lachte. «Nein, natürlich nicht. Tu, was dir gefällt. Ich bin sicher, Fleet würde sich über einen schnellen Galopp freuen.»

Doch ausnahmsweise war Loveday nicht darauf versessen, mit Fleet auszureiten. Sie wollte innerhalb der Grenzen von Nancherrow bleiben, wo sie sich sicher fühlte. Sie erwiderte: «Ich bin erst gestern mit ihm ausgeritten.»

«Dann könntest du vielleicht für Mrs. Nettlebed Himbeeren pflücken. Sie möchte Marmelade kochen. Dabei könntest du ihr zur Hand gehen.»

Das erschien Loveday auch nicht sonderlich aufregend, aber immerhin noch besser, als nichts zu tun. Sie seufzte. «Ja, gut.»

«So mag ich dich.» Mary drückte sie an sich und gab ihr einen Kuß. «Und wir bestellen Tante Lavinia schöne Grüße von dir und richten ihr aus, daß du sie besuchst, sobald es ihr ein wenig bessergeht. Vergiß nicht, daß deine Mutter heute aus London zurückkommt. Sie wird müde und erschöpft sein, und wir möchten nicht, daß sie bei ihrem Eintreffen eine Menge trauriger Gesichter vorfindet. Versuche ihretwegen, nicht allzu finster dreinzuschauen!»

Danach war Loveday in den Obstgarten gegangen, um Himbeeren zu pflücken. Es dauerte eine geraume Weile, bis die beiden Körbchen, die Mrs. Nettlebed ihr mitgegeben hatte, ganz mit reifen, herrlichen Früchten gefüllt waren. Ein paarmal hatte sie von den Himbeeren genascht, doch nicht allzuviel. Nun ging sie, ein Körbchen in jeder Hand, an den Sträuchern vorbei, hob das Netz kurz an, schlüpfte drunter hindurch und strich es am Erdboden ganz glatt, damit nur ja kein Vogel darunterschlüpfen, sich mit Beeren vollstopfen und dann, wild mit den Flügeln schlagend, zu Tode kommen konnte, wenn er wieder in die Freiheit fliegen wollte.

Als Loveday in die Küche trat, war Mrs. Nettlebed gerade damit beschäftigt, den Zuckerguß für einen Schokoladenkuchen vorzubereiten.

Loveday stellte die beiden Körbchen schwungvoll auf den Tisch. «Na, was sagen Sie dazu, Mrs. Nettlebed?»

Mrs. Nettlebed war voll des Lobes. «Wunderbar. Du bist ein richtiger Schatz.»

Loveday lehnte sich über den Tisch, schöpfte mit einem Finger etwas vom Zuckerguß aus der Rührschüssel und leckte den Finger ab. Sie kam zu der Ansicht, daß Schokolade und Himbeeren nicht gut zueinander paßten. «Sieh dich bloß mal an, Loveday! Einfach schlimm bist du! Dein Pullover hat ja lauter Löcher und ist mit Himbeersaft vollgekleckert. Warum hast du dir keinen Kittel angezogen?»

«Das ist egal. Der Pullover ist doch uralt. Möchten Sie, daß ich Ihnen helfe, Marmelade zu machen?»

«Hab jetzt keine Zeit dafür. Das erledige ich später. Und du hast auch Besseres zu tun: Kümmere dich mal um den Besuch.»

«Welchen Besuch?» Loveday erschrak. Vor lauter Himbeerpflücken hatte sie ganz vergessen, daß sie Edwards Freund empfangen sollte. «Verflixt, ist er schon da? Ich hab gehofft, er kommt
erst, wenn Edward wieder zurück ist.» Sie rümpfte die Nase. «Wie
ist er denn?»

«Keine Ahnung. Nettlebed hat ihm die Tür geöffnet und ihn zu
seinem Zimmer geführt. Da hält er sich vermutlich noch auf und
packt aus. Du solltest jetzt besser zu ihm gehen, ihm guten Tag
sagen und ihn willkommen heißen.»

«Ich kann mich nicht mal erinnern, wie er heißt.»

«Es ist Mr. Callender. Gus Callender.»

«Muß ich das tun? Ich möchte viel lieber Marmelade machen.»

«Ach, Loveday! Jetzt geh endlich.» Mrs. Nettlebed versetzte ihr
einen sanften Klaps auf den Hintern und schickte sie los.

Widerwillig machte sich Loveday auf den Weg, ging die Treppe
hinauf und zum Flur, an dem die Gästezimmer lagen. Auf halbem
Weg stand eine Tür offen. Als sie dort angekommen war, hielt sie
inne und zögerte etwas. Der Besucher stand mit dem Rücken zu ihr
am Fenster, die Hände in den Hosentaschen, und blickte nach draußen. Sein Gepäck hatte er auf dem Holzgestell am Fuß seines Bettes
gestapelt. Die Koffer waren noch verschlossen. Er schien sich noch
nicht die Mühe gemacht zu haben, seine Sachen auszupacken. Da
sie ausgetretene Turnschuhe trug, waren ihre Schritte in dem mit
Teppichen ausgelegten Flur nicht zu hören gewesen, und ihr wurde
bewußt, daß er sie noch nicht bemerkt hatte, was sie etwas ein-
schüchterte. Ihr war ein wenig unbehaglich zumute. Sie konnte hören, wie die Tauben im Innenhof unter dem Fenster gurrten. Nach
einer Weile sagte sie «Hallo».

Völlig überrascht, wirbelte er herum. Einen Augenblick lang standen sie sich gegenüber, und dann erwiderte er lächelnd: «Hallo.»

Loveday spürte, daß sie aus der Fassung geriet, da er ihre Erwartungen enttäuschte. Sie hatte mit einem weiteren Exemplar jener
Gattung von jungen Männern gerechnet, die Edward während seiner Schulzeit in den Ferien mit nach Hause gebracht hatte. Diese
Freunde waren sämtlich aus demselben Holz geschnitzt, und ihr
war es schwergefallen, einen von ihnen sympathisch zu finden. Sie

erkannte auf den ersten Blick, daß sie es hier mit einem völlig anderen Exemplar zu tun hatte. Außerdem sah er älter, reifer und erfahrener aus als Edward. Ein dunkler, schlanker Typ von eher ernster Natur. Und interessant dazu. Keiner, der sich witzige Bemerkungen erlaubte oder sie, Edwards jüngere Schwester, wie ein dummes Kind behandelte. Bisher hatten ihr Walter Mudge und Joe Warren mit ihrer aufdringlichen Männlichkeit und ihren saloppen Umgangsformen als Maßstab für jene Männer gedient, die sie attraktiv zu finden begann. Merkwürdigerweise ähnelte Gus Callender beiden etwas. Er besaß dasselbe dunkle Haar und die dunklen Augen wie die beiden, war jedoch größer und nicht so stämmig gebaut wie Walter und Joe, und wenn er lächelte, verwandelte sich seine ganze Miene. Dann sah er überhaupt nicht mehr ernst aus.

Mit einem Schlag fühlte sie sich nicht mehr schüchtern.

«Du bist Gus Callender.»

«Ja, richtig. Und du mußt Loveday sein.»

«Tut mir leid, daß nur ich zu Hause bin. Ich komme gerade vom Himbeerpflücken zurück.»

Sie betrat das Zimmer und setzte sich auf das hohe Bett.

«Das macht nichts. Euer Butler...»

«Mr. Nettlebed.»

«...hat mich empfangen.»

Loveday nahm sein Gepäck in Augenschein. «Anscheinend bist du noch nicht zum Auspacken gekommen.»

«Ja, und ehrlich gesagt, habe ich mich gefragt, ob ich es nicht lieber bleibenlassen sollte.»

«Was willst du damit sagen?»

«Mr. Nettlebed ließ mich wissen, daß es ein gewisses Problem gebe. Nämlich eine Krankheit in der Familie. Und daß Edward zu seiner Tante geeilt sei...»

«Zu seiner Großtante Lavinia. Ja, das stimmt. Sie hat eine Lungenentzündung. Da sie ziemlich alt ist, machen wir uns natürlich große Sorgen.»

«Das ist keine günstige Zeit für Gäste. Mir scheint, ich sollte vielleicht taktvollerweise wieder abreisen.»

«Oh, das darfst du nicht tun. Edward wäre enttäuscht und verär-

460

gert. Und alles ist für dich vorbereitet, und wir haben mit dir gerechnet, es macht also überhaupt keinen Unterschied.»

«Hätte Edward mich doch bloß angerufen und mir die Lage geschildert! Dann wäre ich sicher nicht hergekommen.»

«Das war nicht möglich, weil Tante Lavinia erst vor kurzem krank geworden ist und Edward nicht wußte, wie lange du schon unterwegs warst und wo er dich erreichen konnte. Egal, zerbrich dir nicht den Kopf!» Dies klang nicht allzu freundlich. «Alle wären böse mit mir, wenn ich dich abfahren ließe. Und ich weiß auch, daß Mama dich kennenlernen möchte. Sie war ein paar Tage in London und kommt heute wegen Tante Lavinia vorzeitig nach Hause zurück. Paps wollte mit dem Arzt sprechen, und Mary Millyway heitert Isobel etwas auf, und meine Freundin Judith, die hier mit uns lebt, ist immer noch in Porthkerris in Ferien.» Verständlicherweise schaute Gus etwas verwirrt drein. Loveday bemühte sich, ihm die Personen vorzustellen, die sich hinter den vielen Namen verbargen. «Mary Millyway war früher mein Kindermädchen, sie ist himmlisch, sie macht alles, und Isobel ist die alte Küchenhilfe von Tante Lavinia.»

«Ich verstehe.»

«Zur Teezeit sind alle wieder hier, bestimmt, und dann triffst du auch Edward. Wie spät ist es jetzt?»

Er warf einen Blick auf seine große, goldene Armbanduhr.

«Punkt drei.»

«Gut.» Sie überlegte. «Was möchtest du jetzt tun?» Als Gastgeberin war sie noch reichlich ungeschickt. «Auspacken? Oder spazierengehen oder sonstwas?»

«Am liebsten an die frische Luft. Auspacken kann ich später noch.»

«Wir könnten zur Bucht hinuntergehen. Du kannst schwimmen, wenn du willst. Aber es weht immer eine frische Brise. Das kalte Wasser macht mir ja nichts aus, aber wenn ich aus dem Meer komme, fürchte ich am meisten den kühlen Wind.»

«Dann gehen wir eben nicht schwimmen.»

«Abgemacht, wir gehen spazieren. Tiger ist mit Paps unterwegs, sonst hätten wir ihn mitnehmen können.» Sie glitt vom Bett herunter. «Der Pfad zum Meer ist ziemlich steil und rutschig. Du solltest dir lieber Schuhe mit Gummisohlen anziehen. Und einen Pullover. Auf den Klippen kann es ziemlich frisch werden.»

Er lächelte über ihre bestimmende Redeweise. «Mit beidem einverstanden.» Über der Rückenlehne eines Stuhls hing ein dunkelblauer, ziemlich dicker Pullover aus Shetlandwolle. Er nahm ihn, warf ihn sich leger um die Schultern und schlang die Ärmel wie einen Schal um seinen Hals. «Du gehst voraus, ich folge dir», sagte er.

Weil er gerade erst angekommen war, führte sie ihn nicht über die Hintertreppe, sondern über den Korridor, die große Treppe und durch die Vordertür nach draußen. Dort stand sein Wagen, und Loveday hielt inne, um ihn zu bestaunen.

«Allmächtiger, was für ein flotter Flitzer. Fährt der sehr schnell?»

«Ja, schon.»

«Der sieht ja brandneu aus. Mit den glänzenden Scheinwerfern und allem Drum und Dran.»

«Ich hab ihn jetzt seit fast einem Jahr.»

«Bei Gelegenheit möchte ich gern mal mitfahren.»

«Das läßt sich einrichten.»

Sie machten sich auf den Weg. Als sie um die Hausecke bogen, wehte ihnen der kühle, salzige Wind um die Nase. Riesige weiße Wolken zogen über den kobaltblauen Himmel. Sie gingen über den terrassenförmig angelegten Rasen zu dem Pfad, der zum Meer hinunterführte und von Strauchwerk und Palmen gesäumt war, die hier etwas fehl am Platz wirkten.

Nach einer Weile wurde der Pfad so schmal, daß sie nicht mehr neben-, sondern nur noch hintereinander gehen konnten. Loveday ging voraus, erst langsam, dann immer schneller, und kam so flink vorwärts, daß es Gus große Aufmerksamkeit und ein gut Teil körperlicher Anstrengung kostete, mit ihr Schritt zu halten. Während er hinter ihr hertrabte, seinen Kopf unter den Gunnera einziehen mußte und die steilen Stufen zur Senke des Steinbruchs mehr hinunterrutschte als ging, fragte er sich, ob sie diesen Weg mit Absicht gewählt hatte, um ihn zu ärgern. Dann weiter durch den Steinbruch und über das Gatter hinweg, einen Feldweg entlang und über einen steinernen Zauntritt – ein wenig wie bei einem Hindernislauf – bis zu den Klippen.

Auf dem dichten, von Thymian purpurrot gefärbten Gras wartete sie auf ihn. Der pfeifende Wind zerrte an ihrem Baumwollrock und blähte ihn über ihren gebräunten Schenkeln auf. In ihrem lebhaften Gesicht mit den veilchenfarbenen Augen tauchte ein schalkhaftes Lächeln auf, als er leicht keuchend aufschloß.

«Du rennst wie ein Kaninchen», sagte er, als er wieder Atem geschöpft hatte.

«Schon gut, du hast mich ja eingeholt.»

«Du kannst von Glück reden, daß ich mich nicht schwer verletzt habe. Ich dachte, wir machen einen Spaziergang. Mit einem Marathonlauf hatte ich nicht gerechnet.»

«Es lohnt sich aber, das mußt du schon zugeben.»

Und Gus blickte sich um und sah das türkisfarbene Meer, den Sandstreifen und die gewaltigen Brecher, die sich auf die Felsen am Fuß der Klippen wälzten. Die Brandung zischte wie Seifenschaum, und die Gischt schoß mehr als sechs Meter in die Höhe. Ein äußerst anregendes und imposantes Schauspiel. Und dann zitterte Loveday.

«Ist dir kalt?» fragte er.

«Ein wenig. Sonst gehen wir immer bis zu den Felsen runter, aber die Flut steht heute ziemlich hoch und wir würden ganz naß gesprüht werden.»

«Dann ein andermal.»

Statt dessen suchten sie hinter einem riesigen, mit gelben Flechten und Mauerpfeffer überzogenen Findling Schutz vor dem Wind. Loveday setzte sich auf ein dicht bewachsenes Rasenkissen, zog die Knie an sich, umschlang sie mit den Armen und verkroch sich in ihren Pullover, um sich zu wärmen. Gus legte sich neben sie, streckte die Beine aus und stützte sich mit den Ellbogen ab.

Sie sagte: «So ist es besser. Wir können das Meer zwar nicht sehen, aber wenigstens hören, ohne dabei naß zu werden.» Sie schloß die Augen und wandte ihr Gesicht der Sonne entgegen. Nach einer Weile meinte sie: «Das ist viel besser so. Jetzt ist mir wärmer. Ich wünschte, wir hätten etwas zu essen mitgenommen.»

«Ich bin gar nicht hungrig.»

«Ich schon. Ich kann immer was essen. Genau wie Athena. Ich glaube, sie kommt bald heim. Wegen Tante Lavinia. Sie war in Schottland. Du lebst in Schottland, nicht wahr?»

«Ja.»

«Wo dort?»

«In Aberdeenshire. Am Dee.»

«In der Nähe von Balmoral?»

«Eigentlich nicht.»

«Dann nahe am Meer?»

«Nein, nur an einem Fluß.»

«Aber ein Fluß ist nicht dasselbe wie das Meer, oder?»

«Nein, überhaupt nicht.»

Loveday verstummte, verlor sich in Gedanken und vergrub ihr Kinn zwischen den Knien. «Ich glaube nicht, daß ich weit vom Meer entfernt leben könnte.»

«Es ist nicht so schlecht.»

«Es ist schlimmer als schlecht. Eine Qual ist das.»

Er lächelte. «Wirklich so schlimm?»

«Ja. Ich darf das sagen, denn als ich zwölf war, hat man mich auf ein Internat in Hampshire geschickt, wo ich fast gestorben wäre. Ich habe mich wie eine Fremde gefühlt. Dort hat mir nichts gepaßt. Nicht einmal die Häuser und die Hecken, nicht einmal der Himmel. Ich wurde einfach den Eindruck nicht los, daß der Himmel auf meinem Kopf sitzt und mich niederdrückt. Davon bekam ich fürchterliche Kopfschmerzen. Ich glaube, ich wäre eingegangen, hätte ich länger dort bleiben müssen.»

«Du bist aber nicht geblieben?»

«Nein. Nach einem halben Trimester bin ich ausgerissen. Ich wollte nur nach Hause, hierher. Seit ewigen Zeiten bin ich schon hier.»

«Und wo bist du zur Schule gegangen?»

«In Penzance.»

«Und jetzt?»

«Ich bin abgegangen.»

«Wird dir das nicht einmal leid tun?»

Sie zuckte die Achseln. «Ich weiß nicht. Athena ist in die Schweiz gegangen. Vielleicht gehe ich auch dorthin. Wenn es aber Krieg gibt, klappt es bestimmt nicht.»

«Verstehe. Wie alt bist du?»

«Siebzehn.»

«Zu jung, um einberufen zu werden.»

«Einberufen wohin?»

«Zum Kriegsdienst. In die Munitionsherstellung.»

Loveday schaute entsetzt drein. «Ich will nicht am Fließband stehen und Kugeln herstellen. Wenn ich nicht in die Schweiz kann, gehe ich nirgends hin. Wenn es Krieg gibt, dann ist es schwierig genug, sich hier mutig und heldenhaft zu verhalten. Auf Nancherrow. Bestimmt könnte ich nicht in Birmingham oder in London mutig und heldenhaft sein. Dort würde ich verrückt werden.»

«Nicht unbedingt», entgegnete Gus, der sich bemühte, sie zu beruhigen, und sich wünschte, er hätte dieses Thema nicht angeschnitten. Sie grübelte einen Moment, dann fragte sie: «Glaubst du, daß es bald Krieg gibt?»

«Wahrscheinlich ja.»

«Was passiert dann mit dir?»

«Ich werde eingezogen.»

«Sofort?»

«Ja. Ich gehöre zur Territorialarmee. Die Gordon Highlanders sind mein Heimatregiment. Ich bin dem Bataillon 1938 beigetreten – gleich nach Hitlers Einmarsch in die Tschechoslowakei.»

«Was ist denn eine Territorialarmee?»

«Das sind Berufssoldaten in Teilzeit.»

«Hast du eine militärische Ausbildung?»

«In gewissem Sinn, ja. Jedes Jahr im Sommer muß ich zwei Wochen lang an einem Ausbildungslager teilnehmen. Inzwischen kann ich mit dem Gewehr auf Feinde schießen.»

«Falls die dich vorher nicht erschossen haben.»

«Ja. Stimmt auffallend.»

«Edward geht zur Royal Air Force.»

«Ich weiß. Man kann sagen, daß wir die Zeichen an der Wand gesehen haben.»

«Und was ist mit Cambridge?»

«Wenn es vor Beginn der Vorlesungen losgeht, gehen wir nicht mehr zurück. Unser Abschlußexamen wird dann aufgeschoben.»

«Bis nach Kriegsende?»

«Glaub ich schon.»

Loveday seufzte. «Was für eine Vergeudung!» Sie grübelte. «Denken alle Studenten in Cambridge so wie du und Edward?»

«Überhaupt nicht. Bei den Erstsemestern gibt es die unterschiedlichsten politischen Richtungen. Einige stehen sehr links, linker geht's nicht mehr, ohne den letzten Schritt zu tun und sich dem Kommunismus zuzuwenden. Die mutigeren unter ihnen sind schon verschwunden, um im Spanischen Bürgerkrieg zu kämpfen.»

«Wie tapfer.»

«Ja, ziemlich unvernünftig, aber tapfer. Andere wiederum halten den Pazifismus für *die* Antwort, und wieder andere verhalten sich wie der Vogel Strauß, stecken den Kopf in den Sand und machen so weiter wie bisher, als gäbe es keine Gefahr.» Als er über seine letzten Worte nachdachte, lachte er plötzlich auf. «Da gibt es einen unmöglichen Kerl, der Peregrine Haslehurst heißt...»

«Das kann ich kaum glauben. So kann doch niemand heißen.»

«Ich schwör's dir, es ist wahr. Wenn er mal wieder abgebrannt ist, kommt er zu mir und erlaubt mir großzügig, ihm einen Drink zu spendieren. Seine Gesprächsstoffe sind stets banal. Kommt aber doch einmal ein ernsteres Thema zur Sprache, so verblüfft mich sein an Wahnsinn grenzendes, fröhliches Getue. Ganz so, als wäre ein Krieg nichts anderes als ein Cricketspiel oder das Mauerspiel in Eton, wo Peregrine seine Knabenjahre verbracht hat.»

«Vielleicht tut er nur so. Vielleicht ist er so besorgt wie wir alle.»

«Also nur englische Kaltblütigkeit, meinst du? Haltung bewahren? Das Talent zu untertreiben?»

«Das weiß ich natürlich nicht. Ich nehme es nur mal an.»

«Jedenfalls eine Charakterhaltung, die mir zuwider ist. Das erinnert mich an Peter Pan, der mit seinem kleinen Schwert auszieht, um gegen Käpt'n Hook zu kämpfen.»

«Peter Pan habe ich gehaßt», sagte Loveday. «Das ganze Buch habe ich einfach gehaßt.»

«Wie merkwürdig, das erging mir nicht anders. *Das Sterben ist ein kolossal gutes, großartiges Abenteuer.* Das ist der dümmste Satz, der je geschrieben wurde.»

«Ich bin überzeugt, Sterben ist überhaupt nicht abenteuerlich. Und Tante Lavinia glaubt so etwas sicher auch nicht.» Loveday verstummte und dachte an ihre Tante, die für eine Weile aus ihren Gedanken verschwunden war. Sie fragte: «Wie spät ist es?»

«Halb fünf. Irgend jemand sollte dir eine Uhr kaufen.»

«Das hat keinen Sinn, ich verliere sie doch immer wieder. Vielleicht sollten wir jetzt nach Hause gehen.» Sie reckte ihre langen Beine und stand abrupt auf. «Die anderen kommen bald wieder zurück. Ich hoffe, daß nichts Schlimmes passiert ist.»

Gus spürte, daß alles, was er darauf hätte antworten können, leer und hohl klingen mußte, deshalb schwieg er. Es war angenehm gewesen, mit dem Rücken an den Findling gelehnt in der Sonne zu sitzen. Doch nun richtete er sich auf und spürte den kalten, peitschenden Wind sogar durch die dicke Wolle seines Pullovers hindurch. «Dann wollen wir mal los. Was hältst du von einem vernünftigen Tempo für den Rückweg?»

Er hatte die Frage einfach so dahingesagt, obwohl er wußte, daß sein Scherz nicht besonders gelungen war. Dies war jedoch ohne Bedeutung, da Loveday ihm nicht zugehört hatte. Sie war zwei Schritte zum Meer hin gegangen, ganz so, als würde sie nur ungern die Klippen, die Möwen und die stürmischen Wellen verlassen und in die Wirklichkeit zurückkehren. In diesem Augenblick sah Gus nicht mehr Loveday, sondern das Mädchen von Laura Knight auf jenem Bild, das er vor so langer Zeit heimlich aus der Zeitschrift *Studio* herausgetrennt hatte. Sogar ihre Kleider, die verschlissenen Turnschuhe, der gestreifte Baumwollrock, der alte Cricketpullover ähnelten sich. Nur die Haare waren anders. Kein rostbrauner Zopf lag wie ein schweres Seil über der Schulter, sondern Lovedays chrysanthemenartiger Wust aus dunklen, glänzenden Locken, in denen der Wind spielte.

LANGSAM GINGEN sie denselben Pfad zurück, den Gus zuvor hinter Loveday hergehastet war. Nunmehr schien sie es weniger eilig zu haben. Sie überquerten die Senke des Steinbruchs und kletterten die Stufen hoch, die zu den Schieferklippen hinaufführten. Danach ging es quer durch den Wald, wo sie ab und zu anhielten, um Atem zu schöpfen, auf einer kleinen Holzbrücke zu verweilen oder das dunkle Wasser des Flüßchens unter sich zu beobachten. Als sie schließlich zwischen den Bäumen ins Freie hinaustraten und das Haus hoch über ihnen in Sichtweite stand – die Sonne strich über den geschützten Garten und den kurz gemähten Rasen –, war Gus von der Strapaze erhitzt. Er hielt einen Augenblick an, weil er seinen Pullover ausziehen wollte. Er zog ihn über den Kopf und legte ihn sich dann um die Schultern. Loveday wartete auf ihn. Ihre Blicke begegneten sich, und sie lächelte ihm zu. Dann gingen sie weiter. «Es ist schon ärgerlich», sagte sie. «Wenn man an einem wirklich warmen Tag hier angekommen ist, so wünscht man sich nichts sehnlicher, als wieder zurück und noch einmal schwimmen zu gehen...»

Sie hielt unvermutet inne, denn sie hatte etwas gehört. Ihr Lächeln erstarb, sie rührte sich nicht und lauschte angestrengt. In der Ferne hörte Gus ein Motorengeräusch, das langsam näher kam. Als er sich reckte, entdeckte er, was es war. Ein stattlicher Daimler tauchte zwischen den Bäumen am anderen Ende der Zufahrt auf, rollte über den Kiesweg und kam neben dem Haus zum Stehen.

«Sie sind zurück.» Loveday hatte auf dem Rückweg von der Bucht über Belangloses geredet und munter geklungen, doch nun schwangen in ihrer Stimme bange Vorahnungen mit. «Paps und Edward sind wieder zurück. Ich möchte wissen, was los ist...» Gus war auf einmal vergessen. Schon rannte sie quer über den Rasen und über die Terrassen den Hang hinauf. Er hörte, wie sie ihrem Vater und ihrem Bruder etwas zurief. «Weshalb seid ihr so lange weggeblieben? Ist etwas passiert? Ist alles in Ordnung...?»

Gus, der sehnlichst hoffte, letzteres möge zutreffen, ging bewußt langsam auf das Haus zu. Auf einmal schwand sein Selbstvertrauen, und er wünschte, er wäre nie hergekommen und befände sich an irgendeinem anderen Ort, nur nicht gerade auf Nancherrow. In diesem Fall könnte Edward seinen Studienfreund, den er mehr als beiläufig eingeladen hatte und bei dessen Wiedersehen er gezwungen war, Begeisterung und Willkommensfreude vorzugeben, nur allzu schnell vergessen. Einen Moment lang wünschte Gus sich von ganzem Herzen, er wäre seinem ursprünglichen Instinkt gefolgt, hätte seine Koffer in sein Auto zurückgebracht und wäre abgereist. Es war Loveday, die ihn, natürlich in aller Unschuld, zum Bleiben animiert hatte. Gewiß kam zu diesem Zeitpunkt für die Gastgeber jeder Besuch ungelegen.

Es war allerdings nicht zu spät, die Situation ins rechte Lot zu bringen. Langsam stieg Gus die breite Steintreppe hinauf und erreichte schließlich die oberste Terrasse. Der Daimler parkte neben seinem Wagen, die Türen waren noch geöffnet, und Loveday und die Insassen standen daneben. Als Edward Gus bemerkte, ging er lächelnd und mit ausgebreiteten Armen auf ihn zu.

«Gus! Ich freue mich, dich wiederzusehen.»

Edwards Freude war so offensichtlich, daß Gus' Bedenken dahinschmolzen. Dafür war Gus ihm dankbar. Er sagte: «Ich freue mich auch.»

«Entschuldige bitte all dieses…»

«Nein, eigentlich müßte ich mich bei dir entschuldigen…»

«Wofür das denn?»

«Ich werd einfach das Gefühl nicht los, daß ich hier jetzt störe.»

«Ach was, sei doch nicht albern. Ich habe dich doch…»

«Euer Butler hat mir gesagt, daß eure Tante sehr krank ist. Bist du sicher, daß es in Ordnung ist, wenn ich trotzdem bleibe?»

«Deine Anwesenheit ändert an der jetzigen Situation überhaupt nichts. Du könntest höchstens unsere Stimmung etwas heben. Wie die Krankheit meiner Tante verläuft, kann man überhaupt nicht voraussagen. Vorerst scheint sie die Stellung noch zu halten. Sie ist ein so zäher alter Vogel, daß ich mir nicht vorstellen kann, sie schafft es nicht. Nun, wie war denn deine Fahrt? Ich hoffe, man hat dich hier gebührend empfangen und Loveday hat dich nicht links liegenlassen. Ich hatte ihr nämlich strikte Anweisung gegeben, sie solle sich um dich kümmern.»

«Das hat sie auch getan. Sie war mit mir bis zur Bucht hinunter.»

«Hoppla, Wunder scheint es immer wieder zu geben. Üblicherweise ist sie nicht so umgänglich. Komm jetzt, ich stelle dich Paps und Mary vor...»

Edward kehrte zu den anderen zurück, hielt inne und stutzte. «Allerdings scheint Mary spurlos verschwunden zu sein.» Er zuckte die Achseln. «Vermutlich sagt sie Mrs. Nettlebed Bescheid, sie soll den Kessel aufsetzen. Aber ich stelle dich wenigstens meinem Vater vor. Paps!»

Der Colonel unterhielt sich angeregt mit seiner Tochter und tat sein Bestes, um sie zu trösten und zu beruhigen. Als er jedoch hörte, daß Edward ihn rief, brach er seine Unterhaltung ab, blickte auf, sah Gus und schob Loveday sanft zur Seite. Er ging auf Edward und Gus zu, eine hagere, in Tweed gekleidete Gestalt von hohem Wuchs, deren schwere Straßenschuhe auf dem Kies knirschten. Falls er einem Fremden gegenüber irgendwelche Vorbehalte hegte, weil er zu diesem unpassenden Zeitpunkt seine Gastfreundschaft in Anspruch nehmen wollte, so ließ er sich zumindest nichts anmerken. Gus sah nur den freundlichen Ausdruck seiner hellen Augen und das scheue, aufrichtige Lächeln.

«Gus, das ist mein Vater, Edgar Carey-Lewis. Und Paps, das ist Gus Callender.»

«Wie geht es Ihnen, Sir?»

Der Colonel reichte Gus die Hand. «Gus, mein Guter», sagte Edwards Vater. «Wie gut, daß Sie gekommen sind. Erfreut, Sie kennenzulernen.»

AM NÄCHSTEN Morgen um zehn Uhr rief Edward in Warrens Lebensmittelgeschäft in Porthkerris an und wünschte, Judith zu sprechen.

«Wen darf ich melden?» wollte eine unbekannte Frauenstimme mit starkem kornischem Akzent wissen.

«Sagen Sie einfach nur Edward.»

«Bitte warten Sie.»

Er wartete. *Ist Judith da? Sag ihr, da ist jemand am Telefon.* Die

Frauenstimme, die offensichtlich im Treppenhaus rief, drang entfernt an sein Ohr. Er wartete. Judith kam ans Telefon.

«Hallo?» Ihre Stimme klang leise und verzagt. «Edward?»

«Guten Morgen.»

«Was gibt's?»

«Alles in bester Ordnung. Gute Neuigkeiten.»

«Tante Lavinia?»

«Sie scheint über den Berg zu sein. Wir haben es vom Dower House. Angeblich wachte sie heute morgen auf, fragte die Nachtschwester, was zum Teufel sie an ihrem Bett zu suchen habe, und verlangte dringend eine Tasse Tee.»

«Ich kann's kaum glauben.»

«Mama und Paps sind deshalb sofort losgefahren, um nach dem alten Mädchen zu schauen und die allgemeine Lage zu peilen. Deshalb wollte ich dir Bescheid sagen.»

«Oh, ihr müßt ja alle so erleichtert sein. Der gute alte Schatz.»

«Wohl eher der ungezogene alte Schatz! Uns einen solchen Schrecken einzujagen! Alle sind aus allen möglichen Himmelsrichtungen herbeigeeilt. Mama kam gestern abend an und sah ziemlich erschöpft aus, und Athena und Rupert sind noch unterwegs. Wir wissen nicht, wo sich die beiden jetzt gerade befinden, so daß wir sie telefonisch nicht erreichen können, um ihnen mitzuteilen, sie können getrost kehrtmachen und nach Auchnafechle – oder wo immer sie waren – zurückkehren. Die ganze Angelegenheit hat sich als ziemlicher Zirkus entpuppt.»

«Das ist unwichtig. Hauptsache, daß es ihr jetzt bessergeht.»

«Wann kommst du zurück?»

«Sonntag morgen.»

«Wenn sie Besuche empfangen darf, nehme ich dich zu ihr mit.»

«Ja, gern.»

«Dann sind wir also verabredet. Wie geht es dir?»

«Eigentlich wünschte ich, daß ich bei euch wäre.»

«Lieber nicht! Derzeit ist es bei uns, als würden wir mitten auf dem Piccadilly Circus wohnen. Aber ich vermisse dich. Wenn du nicht da bist, fehlt mir etwas im Haus.»

«Oh, Edward.»

«Dann bis Sonntag morgen.»
«Auf Wiedersehen. Und danke für den Anruf.»

An diesem Morgen schlief Rupert Rycroft länger als gewöhnlich. Als er aufwachte, die Augen öffnete und mit getrübtem Blick auf die gegenüberliegende Wand starrte, wußte er nicht, wo er sich befand, denn innerhalb weniger Wochen war er viel herumgekommen und hatte in vielen fremden Betten geschlafen. Als er nun das Messingbett, die gestreifte Tapete und die Vorhänge mit dem üppigen Blumenmuster sah, konnte er sich nicht ausmalen, wo zum Teufel er gelandet war.

Aber dieses Gefühl währte nur einen Moment. Dann kehrte die Erinnerung zurück. Cornwall. Nancherrow. Nachdem er durch das ganze Land gerast war, hatte er Athena schließlich unversehrt zu Hause abgeliefert. Dabei hatte er die ganze Zeit am Steuer gesessen. Von Zeit zu Zeit hatte Athena ihm halbherzig angeboten, ihn abzulösen. Doch Rupert zog es vor, keine Verantwortung abzugeben. Zudem hätte er seinen kostbaren Wagen nie fremden Händen überlassen, auch Athenas Händen nicht.

Er fuhr mit seinem nackten Arm unter der Bettdecke hervor und griff nach seiner Armbanduhr. Zehn Uhr. Seufzend ließ er sich ins Kissen zurückfallen. Schon zehn Uhr. Wie furchtbar! Am Abend zuvor allerdings hatte der Colonel ihm gesagt: «Auf Nancherrow frühstücken wir um halb neun, aber schlafen Sie sich ruhig aus.» Irgendeine innere Weckuhr hatte es wohl so eingerichtet, daß er nicht wie gewöhnlich, wenn er zur allmorgendlichen Parade erscheinen mußte, bereits um halb acht wach geworden war, selbst wenn er von einer Feier am Abend noch ziemlich alkoholisiert war.

Eine halbe Stunde nach Mitternacht waren sie auf Nancherrow eingetroffen, und nur die Eltern hatten sie empfangen, da alle anderen bereits zu Bett gegangen waren. Athena, auf dem größten Teil der Strecke ziemlich munter und gesprächig, war während der letzten Stunde verstummt, und Rupert wußte, daß sie sich inständig wünschte, endlich zu Hause anzukommen, gleichzeitig aber davor zurückschreckte. Sie sehnte sich in den Schoß ihrer Familie zurück und befürchtete doch, daß man ihr eine traurige Nachricht mitteilen würde. Dieses Bangen war von so privater Natur, daß Rupert sich nicht aufdrängen wollte, lieber nichts sagte und Athena in Ruhe ließ.

Aber am Ende stellte sich heraus, daß alles wieder in bester Ordnung war; die alte Tante, die so schwer krank gewesen war, mußte nun doch noch nicht sterben. Ruperts galanter Verzicht auf eine Woche Moorhuhnjagd und seine Marathonleistung, Athena zu ihrer Familie heimzufahren, waren vergebene Liebesmüh gewesen. Alles vergebens. Als er dies erfuhr, hatte er zwar etwas bitter schlucken müssen, ließ sich jedoch nichts anmerken.

Athena dagegen konnte verständlicherweise vor Freude nicht an sich halten. In der hohen, hell erleuchteten Eingangshalle von Nancherrow hatte sie ihre Mutter herzlich umarmt, und die Kosenamen, Erklärungen, unvollendeten Sätze und Jauchzer der beiden klangen wie ein wahres Feuerwerk der Gefühlsäußerungen.

«Ich kann's gar nicht fassen...»

«Es war eine so lange Fahrt...»

«...ich hatte schon befürchtet, daß sie tot ist...»

«Oh, mein Schatz...»

«...wir sind den ganzen Tag gefahren...»

«Bin so müde...»

«...geht es ihr wirklich besser...?»

«...hoffentlich. Eine so lange Fahrt. Vielleicht hätten wir dich nicht benachrichtigen sollen...»

«...ich mußte einfach herkommen...»

«...euren Urlaub verdorben...»

«...das macht nichts... alles unwichtig...»

Rupert und Diana Carey-Lewis waren sich früher schon einmal begegnet. Sie war bei Athena in dem kleinen Stadthaus in den Cadogan Mews gewesen, als Rupert Athena zur Schottlandreise abgeholt hatte. Damals hatte er gedacht, daß die beiden eher wie Schwestern aussahen und nicht wie Mutter und Tochter. Das dachte er nach wie vor. Zur späten Nachtstunde hatte sich Diana in einen knöchellangen Morgenmantel aus rosa Wolle gehüllt, während der

Colonel noch seinen Anzug trug. Rupert, der über die Köpfe der beiden glücklich jauchzenden Frauen hinwegblickte, suchte den Blick seines Gastgebers und bemerkte das altmodische Dinnerjakket aus Samt und die seidene Schleife. Dieser Aufzug war ihm vertraut, denn auch Ruperts Vater kleidete sich wie der Colonel jeden Abend zum Dinner um. Nun trat er mit ausgestreckter Hand auf Rupert zu.

«Edgar Carey-Lewis. Wirklich sehr freundlich von Ihnen, Athena nach Hause zu begleiten. Und nun sieht es ganz danach aus, als wären Ihre Bemühungen auch noch vergebens gewesen.»

Dabei entschuldigte er sich so sehr und war so mitfühlend, daß Rupert seine persönliche Verärgerung hinunterschluckte und den älteren Mann beruhigte, so gut er es vermochte.

«Das dürfen Sie nicht sagen, Sir. Es ist ein Fall von *Ende gut, alles gut.*»

«Sehr großzügig von Ihnen, es so zu sehen. Aber enttäuschend ist es doch, daß Ihnen die Moorhuhnjagd entgeht.» Und dann fragte er mit entwaffnender Neugier und einem vielleicht unschicklichen Funken von Interesse in seinen müden Augen: «Erzählen Sie mir, wie die Moorhühner waren!»

«Wir hatten zwei großartige Tage.»

«Wie war die Ausbeute?»

«Mehr als sechzig Paar. Manch herrliche Brut dabei.»

«Nun, dann wollen Sie vermutlich jetzt zurück.»

Rupert schüttelte den Kopf. «Das lohnt sich nicht, Sir. Man hat mir nur eine Woche Urlaub genehmigt.»

«Das tut mir aber leid. Jetzt haben wir Ihnen alles verdorben.»

«Das ist völlig nebensächlich.»

«Nun denn, hier sind Sie mehr als willkommen. Bleiben Sie, solange Sie möchten.» Er blickte Rupert wohlwollend an. «Ich muß schon sagen, daß Sie das alles sehr leicht nehmen. An Ihrer Stelle würde ich ganz schön murren. Darf ich Ihnen denn noch etwas zu trinken anbieten?»

Und jetzt war es schon später als zehn Uhr. Rupert kletterte aus dem Bett und zog die Vorhänge zurück. Er blickte auf den gepflasterten Innenhof, der vom Gurren der weißen Pfauentauben erfüllt war. Dort standen Bottiche mit Geranien, und die gewaschenen und gestärkten Wäschestücke flatterten auf der Leine im Wind. Hinter dem Innenhof breitete sich die Rasenfläche aus, und nicht weit entfernt stand eine Baumgruppe mit prächtigem Laubwerk. Wenn er sich aus dem Fenster lehnte und seinen Hals etwas reckte, konnte er einen Blick auf den blauen Horizont erhaschen. Alles lag im hellen Sonnenschein des herrlichen Sommermorgens, und ihm kam ein philosophischer Gedanke: Wenn er schon nicht in Glenfreuchie sein konnte, um Moorhühner zu jagen, so war dieses Haus mit ziemlicher Sicherheit der zweitbeste Aufenthaltsort. Er trat vom Fenster zurück, gähnte und streckte sich ausgiebig. Er verspürte einen Bärenhunger, ging ins Badezimmer und rasierte sich.

Im Parterre geriet er etwas außer Fassung, da sich dort niemand aufzuhalten schien. Doch nach einiger Erkundung des Geländes fand Rupert das Eßzimmer, in dem sich ein großer, stattlicher Mann, offensichtlich der Butler Nettlebed, aufhielt. Athena hatte ihm von Nettlebed erzählt.

Er sagte: «Guten Morgen.»

Der Butler, der am Anrichtetisch das Frühstück vorhielt, wandte sich um.

«Guten Morgen, Sir. Captain Rycroft, wenn ich nicht irre?»

«Ja, richtig. Und Sie müssen Nettlebed sein.»

«Jawohl, Sir.» Rupert trat auf ihn zu und gab ihm die Hand.

«Ich bin furchtbar spät dran.»

«Der Colonel hat mir mitgeteilt, er habe Ihnen gesagt, Sie sollten ausschlafen, Sir. Aber ich bin mir sicher, daß Sie etwas zu essen wünschen... Es ist Bacon da, und Würstchen, und wenn Sie eine gebratene Tomate möchten, so wird Mrs. Nettlebed Ihnen gern den Gefallen tun. Und Kaffee. Oder trinken Sie lieber Tee...?»

«Nein, Kaffee wäre schön.» Rupert blickte auf den langen Tisch aus Mahagoni, auf dem ein einziges Gedeck lag. «Sieht ganz so aus, als wäre ich der letzte.»

«Nur Athena war noch nicht da, Sir. Mrs. Carey-Lewis hat ausgerichtet, man solle nicht vor dem Mittagessen mit ihr rechnen.»

«Ja, sie braucht wohl ihren Schlaf.» Er nahm sich vom Bacon und von den Würstchen, und Nettlebed schenkte ihm Kaffee ein.

«Sie hatten eine lange Fahrt, Sir?»

«Ja, ganz von Norden nach Süden. Sagen Sie mir, wo sind die anderen?»

«Der Colonel und Mrs. Carey-Lewis sind zum Dower House gegangen… Das tun sie jeden Morgen, um Mrs. Boscawen zu besuchen und sich zu vergewissern, daß die Krankenpflegerin alles unter Kontrolle hat. Und Edward hat Mary Millyway nach Penzance gefahren, wo sie einige Einkäufe für den Haushalt tätigt und Nachschub für Mrs. Nettlebed holt. Und Loveday führt Mr. Callender zu irgendeinem malerischen Platz, an dem er zeichnen kann.»

«Wer ist Mr. Callender?»

«Mr. Gus Callender, Sir. Edwards Studienfreund aus Cambridge. Offenbar ist er so etwas wie ein Amateurkünstler.»

«Ist er ebenfalls hier zu Gast? Sie haben ja das ganze Haus voll. Kein Wunder, daß Edward sich um den Nachschub kümmern muß.»

«Das ist hier nicht außergewöhnlich, Sir», entgegnete Nettlebed bescheiden. «Mrs. Nettlebed und ich sind an ein volles Haus gewöhnt.»

«Womit könnte ich mich nach meinem Frühstück beschäftigen, bis Athena hier unten aufkreuzt?»

Nettlebed mußte lächeln und schätzte die Selbstsicherheit des jungen Mannes. «Die Morgenzeitungen liegen im Salon aus, Sir. Oder vielleicht möchten Sie an diesem schönen Vormittag draußen in der Sonne Zeitung lesen. Gartenstühle finden Sie vor den Terrassenfenstern. Oder ziehen Sie es vor, sich etwas körperlich zu betätigen? Vielleicht ein Spaziergang im Garten…?»

«Nein. Dafür ist auch später noch Zeit. Ich lege mich in die Sonne und überfliege die Nachrichten.»

«Ausgezeichnete Idee, Sir.»

Er holte sich die *Times* aus dem Salon, ging nach draußen, las sie dann aber doch nicht. Statt dessen machte er es sich in einem langen Rohrsessel bequem und genoß mit zusammengekniffenen Augen den erfreulichen Anblick der Gartenanlage. Die Sonne schien warm, und irgendwo zwitscherte ein Vogel; weiter unten mähte ein Gärtner den Tennisplatz und zog auf grünen Grasnarben schnurgerade Linien. Er fragte sich, ob man ihn später zu einem Tennismatch auffordern würde. Dann vergaß er das Tennis und hing seinen Gedanken nach.

Wenn er so zurückdachte, fiel es ihm schwer zu erkennen, wie er überhaupt in dieses Dilemma mit Athena geraten war, das sich so entwickelte, wie er es am wenigsten erwartet hatte, und dies zu einem höchst unpassenden Zeitpunkt. Er war jetzt siebenundzwanzig, Offizier der Kavallerie, genauer gesagt Captain bei den Königlichen Dragonern, und ein Mann, der sein ziemlich wildes Junggesellenleben bisher gepflegt und genossen hatte. Ein Krieg drohte, und er würde ganz gewiß an einen verdammten Ort kommandiert werden, wo man ihn mit Granaten bombardieren, unter Feuer nehmen, verwunden oder möglicherweise sogar töten würde. Das letzte, was er jetzt brauchen konnte, war eine Frau.

Athena Carey-Lewis. Er hatte sich mit ein paar Freunden aus dem Regiment von seinem Standort Long Weedon nach London zu einer Party aufgemacht. Ein kalter Winterabend, ein freundlich erleuchteter Salon im ersten Stock in Belgravia. Und beinahe sofort war sie ihm aufgefallen. Er hielt sie für eine überragende Schönheit. Sie war damals in eine Unterhaltung mit einem übergewichtigen und geistesabwesend dreinschauenden Mann vertieft gewesen, und als dieser ihr vermutlich einen Witz erzählte, hatte sie zu ihm aufgelacht. Athenas Lächeln war der reine Zauber, ihre Nase hatte genau die richtige Form, ihre Augen besaßen die Farbe dunkelblauer Hyazinthen. Rupert konnte es kaum abwarten, sie kennenzulernen. Später, kurz bevor er aufbrechen wollte, hatte die Gastgeberin sie einander vorgestellt. «Athena Carey-Lewis, mein Guter. Bestimmt seid ihr euch schon begegnet? Nicht? Athena, das ist Rupert Rycroft. Sieht er nicht phantastisch aus, so schneidig und sonnengebräunt. Und sein Glas ist leer! Gib es mir, ich schenke dir nach...»

Er versetzte seine Freunde auf der Party und lud lieber Athena zu einer Spritztour mit seinem Wagen ein. Erst fuhren sie ins Mirabelle und dann ins Bagatelle. Nur weil er wegen der Parade morgens um halb acht noch nach Northamptonshire zurückfahren mußte, brachte er sie schließlich nach Hause und hielt vor der Tür eines kleinen Hauses in den Cadogan Mews.

«Ist das dein Haus?»

«Nein, das meiner Mutter.»

«Ist sie da?»

«Nein. Es ist niemand da. Aber hinein darfst du trotzdem nicht.»

«Warum nicht?»

«Weil ich es nicht will. Und weil du nach Northamptonshire mußt.»

«Sehen wir uns wieder?»

«Ich weiß nicht.»

«Darf ich dich anrufen?»

«Wenn du willst. Wir sind die einzigen Carey-Lewis im Telefonbuch.» Sie hauchte einen Kuß auf seine Wange. «Bis bald.» Und bevor er sie zurückhalten oder gar begleiten konnte, war sie aus dem Wagen gestiegen und auf die Eingangstür zugegangen, hatte sie geöffnet und fest hinter sich geschlossen. Einen Augenblick lang saß er in seinem Wagen, starrte ihr nach und fragte sich leicht beschwipst, ob er vielleicht die ganze Begegnung geträumt hatte. Dann seufzte er tief, legte den ersten Gang ein und fuhr mit aufheulendem Motor davon, die Mews entlang und unter dem Bogen der Einfahrt hindurch. Er schaffte es gerade eben, rechtzeitig zur Morgenparade in Long Weedon zu sein.

Er hatte wiederholt angerufen, doch niemand nahm den Hörer ab. Erst schrieb er einen Brief, dann eine Postkarte, und immer noch erhielt er keine Antwort. An einem Samstagmorgen schließlich fand er sich vor der Eingangstür des kleinen Hauses ein und bearbeitete sie mit den Fäusten, und als Athena, barfuß und im seidenen Morgenmantel, ihm öffnete, drängte er ihr einen Blumenstrauß auf und sagte: «Flieh mit mir nach Gloucestershire!»

«Warum ausgerechnet nach Gloucestershire?» fragte sie.

«Weil ich dort zu Hause bin.»

«Weshalb bist du nicht in Northamptonshire und trainierst deine Pferde?»
«Weil ich hier bin und mich nicht vor morgen abend zurückmelden muß. Bitte komm mit.»
«Einverstanden», erwiderte Athena friedfertig. «Was erwartest du von mir?»
Er verstand sie nicht. «Nichts.»
«Das meine ich nicht. Ich fragte nach der Garderobe. Na, du weißt schon. Ein Ballkleid, etwas für Spaziergänge im Regen, ein Kleid für den Tee vielleicht?»
«Lieber Reithosen.»
«Ich reite nicht.»
«Überhaupt nicht?»
«Nein, ich hasse Pferde.»
Rupert wurde ganz weich in den Knien, denn seine Mutter hatte nur Pferde im Kopf und kannte kein anderes Gesprächsthema. Gleich darauf fing er sich jedoch und fuhr unbeirrt fort: «Etwas zum Dinner und etwas für die Kirche.» Etwas anderes fiel ihm nicht ein.
«Allmächtiger, das wird ja eine wilde Zeit. Weiß deine Mutter, daß ich mitkomme?»
«Ich habe sie in letzter Minute darauf vorbereitet, daß du eventuell mit mir kommst.»
«Sie mag mich bestimmt nicht leiden. Wie alle Mütter. Ich kann keine Konversation treiben.»
«Mein Vater wird dich lieben.»
«Das ist schon mal gar nicht gut, sondern bringt nur Ärger ein.»
«Athena, bitte. Laß mich reinkommen, und du packst derweil deine Sachen. Es hat wenig Sinn, daß wir uns an der Haustür streiten.»
«Ich streite doch gar nicht. Ich bereite dich lediglich darauf vor, daß mein Besuch ein gigantischer Fehlschlag werden könnte.»
«Das wollen wir erst einmal abwarten.»

ATHENAS BESUCH in Gloucestershire wurde tatsächlich alles andere als ein Erfolg. Taddington Hall war der Familiensitz der Rycrofts, ein riesiger viktorianischer Gebäudekomplex inmitten einer streng gezirkelten Parkanlage. Dahinter lagen die Besitztümer, die Parklandschaft, die Herrenfarm, der Forst, ein Bach mit Forellen und ein Jagdrevier für Fasane, berühmt wegen der bedeutenden Anzahl von Vögeln, die innerhalb eines Jahres vom Himmel geschossen wurden. Sir Henry Rycroft, Ruperts Vater, war Lord-Lieutenant, Vertreter der Krone in der Grafschaft, im Rang eines Colonels in seinem alten Regiment, Master der Meute-Spürhunde und Vorsitzender der Konservativen Partei in seinem Wahlbezirk. Außerdem leitete er den Grafschaftsrat und saß als Friedensrichter dem Gericht vor. Lady Rycroft war in ihrem Komitee nicht minder geschäftig, und wenn sie nicht gerade etwas organisierte, angelte oder gärtnerte sie oder nahm an einer Parforcejagd teil. Athenas Anwesenheit wirkte auf beide Eltern wie ein Schock, und als sie beim Frühstück nicht pünktlich erschien, hielt Ruperts Mutter es für angebracht, ihren Sohn auszufragen.

«Wo steckt sie denn nur?»

«Im Bett, nehme ich an.»

«Die Glocke wird sie doch wohl gehört haben.»

«Ich weiß es nicht. Möchtest du, daß ich sie holen gehe?»

«Das kommt nicht in Frage.»

«Gut, dann gehe ich nicht.»

Sein Vater mischte sich ein. «Was tut das Mädchen eigentlich?»

«Ich weiß es nicht. Vermutlich nichts.»

«Wer ist sie denn?» wollte Lady Rycroft beharrlich wissen. «Aus was für einer Familie kommt sie?»

«Die Familie kennst du doch nicht. Sie stammt aus Cornwall.»

«Noch nie habe ich ein so träges Mädchen gesehen. Gestern abend saß sie einfach da. Sie hätte sich etwas zum Arbeiten mitbringen sollen.»

«Denkst du an etwas zum Sticken? Ich glaube nicht, daß sie mit Nadel und Faden umgehen kann.»

«Rupert, ich hätte nie gedacht, daß du dich mit einem so nutzlosen Mädchen einläßt.»

«Ich hab mich nicht mit ihr eingelassen, Mutter.»

«Und reiten kann sie auch nicht. Ziemlich ungewöhnlich... muß ich schon sagen...»

In diesem Augenblick öffnete sich die Tür, und Athena trat ein. Sie trug graue Flanellhosen, einen blaßblauen Angorapullover und war in dieser Aufmachung so hübsch wie eine Puderquaste. «Hallo», sagte sie, «ich wußte nicht, in welchem Zimmer ich frühstücken soll. Das Haus ist so riesig, daß ich mich regelrecht verirrt habe...»

Nein. Es war kein Erfolg gewesen. Als erstgeborener Sohn sollte Rupert später einmal Taddington erben, und seine Mutter hatte ebenso präzise wie unumstößliche Vorstellungen von dem Mädchen, das ihr Ältester dereinst heiraten würde. Vor allem sollte sie aus einem sehr vornehmen Haus stammen und über gute Beziehungen verfügen, denn immerhin war ihr Sohn Rupert Captain bei den Königlichen Dragonern, und in einem solchen Regiment spielte der gesellschaftliche Rang der Ehefrauen eine nicht zu unterschätzende Rolle. Auch eine Mitgift könnte nicht schaden, obwohl es Rupert nicht nötig hatte, auf eine reiche Erbin zu spekulieren. Ihr Äußeres war nebensächlich, vorausgesetzt, sie besaß eine kräftige Stimme und stämmige Hüften, um den künftigen Stammhalter der Rycrofts zu gebären und so für das Überleben des Geschlechts zu sorgen. Selbstverständlich sollte sie eine gute Reiterin sein und, zu gegebener Zeit, Taddington verwalten können, das wuchtige, verschachtelte Haus und die ausgedehnten Parkanlagen, beides nach dem im viktorianischen Zeitalter so beliebten weitschweifigen und prahlerischen Maßstab gestaltet.

Athena war das genaue Gegenteil ihrer Vorstellungen von einer Traumkandidatin.

Doch Rupert scherte sich wenig darum. Er war weder in Athena verliebt, noch hatte er vor, sie zu heiraten. Doch ihr Äußeres, ihre leicht spleenige Konversation und ihre Spontaneität bezauberten ihn. Gelegentlich machte sie ihn rasend, dann wieder rührte sie ihn zutiefst, weil ihr – wie einem Kind – jegliche Arglist fremd war. Sie schien von ihrer Wirkung auf ihn keine Ahnung zu haben, und es kam häufig vor, daß sie ein Wochenende mit einem anderen jungen Mann verbrachte, ohne jede Ankündigung nach Zermatt zum Skilaufen verschwand oder einen alten Freund in Paris besuchte.

Als es schließlich August geworden war, hatte er sie festgenagelt. «Ich trete bald einen längeren Urlaub an», berichtete er ihr unvermittelt, «und ich bin nach Pertshire zur Moorhuhnjagd eingeladen worden. Sie sagen, du könntest auch mitkommen.»

«Wer sagt das?»

«Die Montague-Crichtons. Jamie Montague-Crichton und ich waren zusammen in Sandhurst. Seine Eltern sind reizend, und sie besitzen am oberen Ende von Glenfreuchie eine wunderschöne Jagdhütte. Nichts als Hügel und Heidekraut und Torffeuer am Abend. Sag, daß du mitkommst.»

«Muß ich dort auf ein Pferd steigen?»

«Nein, nur ein bißchen zu Fuß gehen.»

«Regnet es oft?»

«Wenn wir Glück haben, nicht. Falls doch, kannst du drinnen sitzen und lesen.»

«Mir ist es gleich, was ich tue. Ich mag nur nicht, wenn man von mir etwas Bestimmtes erwartet.»

«Ich weiß schon. Ich verstehe. Komm doch mit! Es macht dir bestimmt Spaß.»

Sie zögerte und nagte an ihrer rosigen Oberlippe. «Wie lange müssen wir dort bleiben?»

«Eine Woche.»

«Und hast du danach noch Urlaub?»

«Weshalb fragst du?»

«Wir schließen ein Abkommen. Wenn ich mit dir nach Schottland fahre, dann kommst du mit mir nach Cornwall, ja? Und dann verbringen wir ein paar Tage auf Nancherrow zusammen mit Mama und Paps und Loveday und Edward, den süßen Hundchen und allen Menschen, die ich wirklich liebe.»

Diese unerwartete Einladung kam für Rupert überraschend, aber zugleich fühlte er sich reich beschenkt. Denn Athena hatte ihn kaum zu Avancen ermutigt und sein Werben so beiläufig zur Kenntnis genommen, daß er sich nie sicher war, ob sie seine Gesellschaft

482

wirklich schätzte oder ihn bloß gewähren ließ. Eine Einladung zu ihr nach Hause war das letzte, womit er gerechnet hatte.

Mit einiger Mühe gelang es ihm, seine Freude zu verbergen. Eine allzu offen gezeigte Begeisterung könnte sie verschrecken und veranlassen, es sich anders zu überlegen. Er tat so, als überdächte er den Vorschlag, und sagte dann: «Ja. Ja, ich glaube, das könnte ich einrichten.»

«Oh, wie schön. In diesem Fall gehe ich mit dir, wohin du willst.»

«Nach Glenfreuchie.»

«Warum haben schottische Orte immer Namen, die so klingen, als würde man niesen? Muß ich noch viele kratzige Tweedsachen einkaufen?»

«Nur einen guten Regenmantel und ein Paar geeignete Schuhe. Und ein oder zwei Ballkleider für den schottischen Tanz.»

«Himmel, wie prächtig. Wann möchtest du losfahren?»

«Am Fünfzehnten ab London. Es ist eine ziemliche Strecke, und wir werden schon etwas Zeit dafür brauchen.»

«Übernachten wir unterwegs?»

«Wenn du möchtest.»

«Getrennte Zimmer, Rupert.»

«Versprochen.»

«Gut, dann komme ich mit.»

Glenfreuchie war im Gegensatz zu Taddington ein großer Erfolg. Herrliches Wetter, blauer Himmel und vom Heidekraut violett leuchtende Hügel. Am ersten Urlaubstag legte Athena vergnügt mehrere Meilen zurück, saß mit Rupert auf seinem Ansitz und schwieg, wenn er sie darum bat. Die übrigen Bewohner der Hütte verhielten sich freundlich und ungezwungen, und Athena, der man nichts abverlangte, blühte zusehends auf. Zum Dinner erschien sie in einem tiefblauen Kleid, das ihre Augen saphirblau aufleuchten ließ. Rupert bemerkte mit Stolz, daß alle Männer sich ein wenig in sie verliebten.

Zu seiner großen Überraschung war sie am nächsten Morgen früh auf, strahlte ihn an und freute sich auf den neuen Tag in den Hügeln. Da er darauf achten wollte, daß sie sich nicht überstrapazierte, sagte er, während sie am Eßzimmertisch ein ausgiebiges Frühstück verzehrte: «Du mußt nicht mitkommen.»

«Möchtest du mich nicht dabeihaben?»

«Doch, nichts wünsche ich mir sehnlicher. Aber ich wäre nicht im geringsten beleidigt, wenn du den Tag oder nur den Vormittag lieber hier verbringst. Falls ja, dann könntest du mittags mit den Proviantkörben zu uns stoßen.»

«Vielen Dank, aber ich möchte lieber nicht dein Proviantkorb sein. Und ich möchte auch nicht, daß du mich wie eine Mimose behandelst.»

«Habe ich das tatsächlich getan?»

Als Anlaufpunkt für die erste Treibjagd wählte Rupert den obersten Ansitz, den man nach einer Kletterpartie durch kniehohes Heidekraut über einen langen und strapaziösen Hang hinauf erreichte. Es herrschte prächtiges Augustwetter, die klare Luft war erfüllt vom Summen der Bienen und der Heidekrauthänflinge, die sich das Herz aus dem Leibe sangen. Die kleinen, torfigen Bäche stürzten den Hügel hinab und vereinigten sich mit dem Fluß am Fuße der Schlucht. Von Zeit zu Zeit machten sie Rast, um sich die Gelenke in dem eiskalten Wasser zu kühlen und den Schweiß aus dem Gesicht zu waschen. Endlich kamen sie erhitzt und völlig verschwitzt auf der Kuppe an, die Aussicht von dort oben lohnte allerdings die Mühen, und eine kühle Brise wehte aus Nordwest, dort wo man die pflaumenblauen Hänge der fernen Grampians erkennen konnte.

Später wartete er geduldig neben Athena im Ansitz, ein Gewehr auf dem Schoß und die übrigen in Reichweite. Von Norden her, dem Blick von den Ansitzen aus durch eine Hügelkette entzogen, marschierte eine Reihe Treiber mit Wimpeln, Stöcken und unter ausgiebigem Fluchen über das flirrende Moor und trieb die Moorhühner vor sich her. Die Vögel waren zwar noch nicht aufgescheucht worden, doch die Luft knisterte vor Spannung, und Rupert wurde schlagartig von einem vollkommenen Glücksgefühl durchströmt und von einer unerklärlichen Ekstase, die er seit seiner frühesten Kindheit nicht mehr erlebt hatte.

Als er sich Athena zuwandte, neigte er sich flink zu ihr hin und gab ihr einen Kuß auf die Wange.

Sie lachte. «Wofür ist das?»

«Ach, nur so.»

«Du solltest dich lieber konzentrieren und nicht küssen.»

«Es ist nur...»

Von der Linie der Treiber ertönten die Rufe «Hoch», und ein einzelnes Moorhuhn kam auf sie zugeflogen, doch bis Rupert sich wieder gesammelt, sein Gewehr in Anschlag gebracht und geschossen hatte, war es längst zu spät. Der Vogel flog unversehrt weiter. Von den Treibern her drang eine in der ruhigen Luft deutlich vernehmbare Stimme an ihr Ohr. «Du verdammter Tölpel!»

«Habe ich dir nicht gesagt», meinte Athena selbstgefällig, «du solltest dich lieber auf die Jagd konzentrieren?»

An diesem Abend kehrten sie gegen sechs Uhr sonnengebräunt und erschöpft zur Hütte zurück. Auf dem letzten Abschnitt des Wegs, der den Hügel hinunterführte, hatte Athena gesagt: «Ich steige sofort in ein sehr heißes, torfiges Bad. Und dann lege ich mich aufs Bett und schlafe vermutlich ein.»

«Ich wecke dich dann.»

«Ja, bitte. Das Dinner verpasse ich ungern. Ich habe einen Bärenhunger.»

«Jamie hat etwas von Volkstanz heute abend erwähnt.»

«Er meint doch nicht etwa einen Ball?»

«Nein. Es werden nur geschwind die Teppiche zusammengerollt und die Schallplatten rausgekramt.»

«Allmächtiger, welch eine Energie! Allerdings kenne ich keine Volkstänze.»

«Ich bring sie dir bei.»

«Kannst du das denn?»

«Nicht wirklich.»

«Das ist ja entsetzlich. Wir verderben den anderen den ganzen Abend.»

«Du kannst überhaupt nichts verderben. Außerdem kann nichts den heutigen Tag verderben.»

Berühmte letzte Worte. Kaum hatten sie die Jagdhütte betreten, kam Mrs. Montague-Crichton, die sich der Jagdpartie nicht angeschlossen hatte, die Treppe herunter.

«Oh, Athena, es tut mir so leid, aber da hat jemand von zu Hause angerufen.» Athena blieb wie angewurzelt stehen, und Rupert sah, wie ihr das Blut aus den Wangen wich. «Und zwar dein Vater. Er läßt dir ausrichten, daß Mrs. Boscawen sehr krank ist. Er hat mir erklärt, daß sie schon etwas älter ist. Ob du vielleicht heimfahren möchtest, hat er gefragt.»

ATHENAS REAKTION auf diese Nachricht änderte in Ruperts Augen alles, weil sie nämlich sofort wie ein Kind in Tränen ausbrach. Noch nie zuvor hatte er ein Mädchen erlebt, das so urplötzlich überwältigt wurde, und ihr lautes Weinen bestürzte Mrs. Montague-Crichton, die es als Schottin für unangebracht hielt, in der Öffentlichkeit persönliche Gefühle zu zeigen. Als Rupert merkte, wie bekümmert Athena war, legte er einen Arm um sie, führte sie die Treppe hinauf auf ihr Zimmer und schloß die Tür hinter sich in der Hoffnung, so das Geräusch ihrer Schluchzer zu dämpfen.

Halb erwartete er, daß sie sich aufs Bett werfen, das Gesicht im Kissen vergraben und sich ganz ihrem Kummer überlassen würde: Aber während sie noch immer schluchzend nach Luft schnappte, holte sie ihren Koffer aus dem Schrank, warf ihn geöffnet aufs Bett und packte ihre Kleider ein, die sie mit vollen Händen aus den Schubladen holte und, so wie sie gerade kamen, hineinstopfte. So etwas hatte er bisher nur in Filmen gesehen.

«Athena.»

«Ich muß nach Hause. Ich nehme ein Taxi. Und dann den Zug.»

«Aber...»

«Das verstehst du nicht. Es geht um Tante Lavinia. Paps hätte nie im Leben angerufen, wenn er annähme, daß sie wieder auf die Beine kommt. Und wenn sie sterben sollte, so könnte ich es nicht ertragen, denn sie ist immer dagewesen. Und ich kann es einfach nicht über mich bringen, Paps und Mama in ihrem Leid allein zu lassen.»

«Athena...»

«Ich muß sofort zu ihnen. Sei so lieb und erkundige dich, wann der nächste Zug von Perth aus geht. Wenn möglich, erkundige dich nach einem Schlaf- oder wenigstens nach einem Liegewagen. Oh, weshalb muß ich nur so weit fort von zu Hause sein?»

Diese Worte riefen bei Rupert Gewissensbisse hervor. Sein Kummer nagte an ihm, und den Anblick der unglücklichen Athena konnte er nicht länger ertragen. Er sagte: «Ich fahre dich nach Hause...»

Auf dieses unglaublich selbstlose Angebot erwartete er eine Reaktion tränennasser Dankbarkeit, doch statt dessen brauste die stets spontan reagierende Athena plötzlich auf. «Ach, sei doch nicht töricht.» Die Türen ihres Schranks standen weit offen, und sie riß die Kleider von den Bügeln. «Das kannst du doch nicht machen. Du bist doch hier eingeladen.» Sie warf die Kleider aufs Bett und ging an den Schrank zurück. «Zur Moorhuhnjagd. Deshalb bist du doch hergekommen. Du kannst nicht einfach wegfahren und Mr. Montague-Crichtons Jagdpartie im Stich lassen. Das wäre zu unhöflich.» Sie faltete ihr blaues Abendkleid grob zusammen, stopfte es in den Koffer und wandte sich dann wieder an Rupert. «Außerdem verlebst du eine so herrliche Zeit hier», sagte sie mit einem traurigen Unterton. Erneut kamen ihr die Tränen.«...und ich weiß auch, wie sehr du dich darauf gefreut hast... seit... langem...»

Dies traf zwar zu, änderte aber nichts an der Lage der Dinge, und so schloß Rupert sie in seine Arme und ließ sie weinen. Er war völlig erschüttert. Nie hätte er der stets oberflächlichen und heiter gestimmten Athena solche tiefen Gefühle, eine solche Liebe und Verbundenheit mit ihrer Familie zugetraut. Vielleicht hatte sie ihm gegenüber diese tieferen Gefühle absichtlich verborgen, doch jetzt erkannte Rupert, daß er ihr wahres Antlitz erblickt, die ganze Persönlichkeit Athenas kennengelernt hatte.

Sein Taschentuch war vom Schweiß und Gewehröl verschmutzt, so daß er nach einem kleinen Handtuch griff und es ihr reichte, damit sie sich die Nase putzen und die Tränen abtrocknen konnte.

Er wiederholte: «Ich fahre dich nach Hause. Wir wollten doch sowieso noch nach Cornwall. Dann treffen wir eben etwas früher als geplant ein. Ich kann das den Montague-Crichtons schon erklären und weiß auch, daß sie Verständnis für unsere vorzeitige Abreise haben werden. Aber ich brauche ein Bad und frische Kleider.

Ich schlage vor, du hältst es ebenso. Sobald du fertig bist, können wir los...»

«Ich weiß nicht, warum du so furchtbar nett bist.»

«Wirklich nicht? So etwas kommt eben vor.» Selbst in seinen eigenen Ohren klang diese Antwort fürchterlich dumm. Eigentlich war es die Untertreibung des Jahres.

ALLE ZEIGTEN sich von ihrer freundlichsten und verständnisvollsten Seite. Ruperts Wagen wurde aus der Garage geholt und vor der Eingangstür geparkt. Irgend jemand hatte ihre Koffer heruntergeschafft und im Kofferraum verstaut. Jamie versprach, auf Nancherrow anzurufen und Athenas Vater mitzuteilen, daß beide nach Hause unterwegs waren. Mrs. Montague-Crichton machte Sandwiches und füllte eine Thermoskanne. «...nur für den Fall.» Man sagte sich auf Wiedersehen, und endlich waren sie gestartet und auf der langen Talstraße in Richtung Hauptstraße unterwegs.

Athena weinte nicht mehr, doch als sie aus dem Fenster schaute, sagte sie trübsinnig: «Hier ist es wirklich sehr schön. Und kaum daß wir angekommen sind, fahren wir schon wieder fort.»

«Irgendwann kommen wir wieder», entgegnete er, doch seine Worte klangen hohl, und so schwieg sie.

Als sie die Grenze zwischen Schottland und England erreicht hatten und auf die Scotch Corner zufuhren, war es längst dunkel geworden. Rupert wußte, daß er am Steuer einnicken und im Graben landen würde, wenn er nicht genug Schlaf bekäme. Daher schlug er vor: «Ich finde, wir sollten beim nächsten Hotel anhalten und dort übernachten. Morgen können wir dann meinetwegen schon in aller Herrgottsfrühe aufbrechen, und mit etwas Glück schaffen wir den Rest der Strecke an einem Tag.»

«Einverstanden.» Athena antwortete matt, und um sie aufzumuntern, bemühte er sich, heiter zu klingen: «Getrennte Zimmer.»

Darauf reagierte Athena nicht sofort. Nach einer Weile fragte sie: «Meinst du das im Ernst?»

Das verblüffte ihn sehr. «Wolltest du das denn nicht so?»

«Nicht unbedingt.» Sie hatte eher beiläufig geantwortet. Nun starrte sie geradeaus auf die dunkle Straße und über den langen, starken Scheinwerferstrahl hinweg in die Dunkelheit.

Er sagte: «Du bist mir nichts schuldig. Das weißt du.»

«Ich denke nicht an dich, sondern an mich.»

«Bist du dir sicher, daß du es willst?»

«Ich bin nicht in der rechten Stimmung, um jetzt allein zu bleiben.»

«Gut, dann also Mr. und Mrs. Smith.»

«Einverstanden, Mr. und Mrs. Smith.»

Und so kam es, daß sie miteinander schliefen. In der anonymen und ungestörten Behaglichkeit eines riesigen Doppelbettes wurde die Müdigkeit der beiden gestillt und auch Ruperts Verlangen. Auch auf die letzte, ungestellte Frage erhielt er die Antwort, als er in dieser Nacht entdeckte, daß Athena, trotz all ihrer Affären, ihrer zahlreichen Verehrer, ihrer kurzen Wochenendreisen nach Paris, noch immer unberührt war. Diese Enthüllung gehörte mit zu seinen bewegendsten und herrlichsten Erfahrungen; ganz so, als hätte sie ihm ein großzügiges Geschenk von unschätzbarem Wert gemacht, von dem er wußte, daß er es sein ganzes Leben lang wie einen Schatz hüten würde.

DESHALB STECKTE er jetzt in einem Dilemma. Die Gefahr hatte ihn sozusagen hinterrücks überrumpelt. Als er sich noch vorgemacht hatte, Athena sei einfach nur seine neue Freundin, ein neues Mädchen, hatte er in seinem Unterbewußtsein schon geahnt, daß sie näherrückte und gespannt darauf lauerte, ihn jederzeit anzuspringen. Alles Selbsttäuschung. Warum sollte er sich belügen, wenn die Wahrheit ihm zu verstehen gab, daß ein Leben ohne Athena ihm nicht lebenswert erschien und eine Zukunft ohne sie nicht mehr vorstellbar war.

Es war geschehen, und er akzeptierte es so. Er atmete tief ein und ließ die Luft in einem langen Seufzer der Erleichterung herausströmen.

«Ist dir so schwer ums Herz?»

Er drehte den Kopf, und dort stand Athena in der offenen Terrassentür und lächelte ihn an. Sie trug ein cremefarbenes, ärmelloses Leinenkleid und hatte ein blau und cremefarben getüpfeltes Halstuch wie beim Cricketspiel um ihre Hüfte gebunden. «Du siehst aus wie ein Theaterstar beim Betreten der Bühne. Spielt jemand Tennis?»

«Und du siehst aus wie das Schicksal höchstpersönlich. Nur behaglicher. Bleib ruhig sitzen.» Sie trat auf den Rasen hinaus und zog einen Stuhl zu ihm heran. Sie setzte sich so, daß sie ihn anblicken konnte. «Weshalb hast du eben so tief geseufzt?»

Er griff nach ihrer Hand. «Vielleicht habe ich nur gegähnt. Wie hast du geschlafen?»

«Wie ein Stein.»

«Wir haben dich erst zur Essenszeit erwartet.»

«Die Sonne hat mich geweckt.»

«Hast du schon gefrühstückt?»

«Nur eine Tasse Kaffee.»

«Ich habe über etwas nachgedacht.»

«Dann warst du also beschäftigt. Es klang, als wärst du furchtbar erschöpft.»

«Ich hab mir überlegt, daß wir vielleicht heiraten sollten.»

Athena schaute völlig verblüfft drein. Nach einer Weile sagte sie: «Ach, du liebes bißchen.»

«Ist das ein so übler Vorschlag?»

«Nein, er kommt nur zu einem seltsamen Zeitpunkt.»

«Was ist daran so seltsam?»

«Ich weiß auch nicht. Eigentlich alles. Tante Lavinia liegt im Sterben, dann wieder nicht, und wir rasen von Schottland nach Hause... Ich habe einfach das Gefühl, daß ich nicht weiß, was als nächstes kommt. Nur daß uns wahrscheinlich ein furchtbarer Krieg bevorsteht.»

Rupert hörte zum erstenmal, daß Athena sich ernsthaft zur politischen Lage in Europa äußerte. Während all ihrer gemeinsam verbrachten Zeit hatte sie sich ihm stets von ihrer heiteren, sorglosen und süßesten Seite gezeigt, so daß er dieses Thema nie angeschnit-

490

ten hatte, einfach weil er die Stimmung nicht trüben wollte. Er wünschte, daß sie so blieb, wie sie war.

«Macht dir diese Vorstellung angst?» fragte er nun.

«Selbstverständlich. Allein der Gedanke verschafft mir eine Gänsehaut. Und ich hasse das Warten. Und Nachrichtenhören auch. Es kommt mir vor, als beobachtete ich, wie der Sand durch die Eieruhr rinnt, und jeden Tag wird die Lage schlimmer und hoffnungsloser.»

«Wenn es dich tröstet: Der Krieg geht uns alle an.»

«Es sind Menschen wie Paps, um derentwillen ich leide. Er hat schon einen Krieg mitgemacht, und Mama sagt, er ist verzweifelt und unternimmt alles, um seine Angst zu überspielen. Nicht seinet-, sondern unseretwegen. Besonders wegen Edward.»

«Möchtest du mich nicht heiraten, weil es Krieg geben kann?»

«Das habe ich nicht gesagt.»

«Kannst du dir vorstellen, die Frau eines Berufsoffiziers zu werden?»

«Eigentlich nicht, aber das heißt nicht, daß es mir nicht gefallen würde.»

«Und immer der Trommel nach?»

«Wenn es losgeht, dann bleibt nicht mehr viel übrig davon.»

«Das ist nur allzu wahr. Zur Zeit kann ich dir wirklich nicht viel bieten, außer einigen Jahren Trennung vermutlich. Wenn du mir sagst, daß du das nicht ertragen kannst, dann hätte ich dafür volles Verständnis.»

Völlig aufrichtig erwiderte sie: «Oh, das könnte ich leicht ertragen.»

«Was denn dann nicht?»

«Ach, dumme Angelegenheiten, die du vermutlich für unwichtig hältst.»

«Stell mich auf die Probe.»

«Also gut... Ich will nicht unhöflich oder allzu kritisch sein, aber ich glaube kaum, daß ich furchtbar gut in deine Familie hineinpasse. Rupert, du kannst ruhig zugeben, daß ich bei deinen Eltern keinen Stein im Brett habe.»

Er zeigte Verständnis. «Meine Mutter ist ein ziemlicher Drachen, ich weiß, aber sie ist nicht dumm. Sie ist in der Lage, das Beste aus einer Situation zu machen. Und für Taddington, wenn ich es denn einmal erbe, bin ich mit etwas Glück erst in einigen Jahrzehnten verantwortlich. Zwar habe ich Achtung vor meinen Eltern, aber ich habe mich von ihnen noch nie einschüchtern lassen.»

«Mein Gott, du bist mutig. Also du meinst, du würdest mich selbst gegen ihren Willen heiraten?»

«Ich meine, daß ich jemanden heiraten werde, den ich liebe, und nicht die Leiterin der Parforcejagd, auch nicht die künftige Parlamentskandidatin der Konservativen Partei.»

Aus irgendeinem Grund mußte sie darüber lachen, und auf einmal war sie wieder seine liebe Athena. Er legte seine Hand um ihren Nacken, zog sie näher zu sich heran und küßte sie. Daraufhin sagte sie: «Ich gehöre bestimmt zu keiner der beiden Kategorien.»

Er lehnte sich in seine Liege zurück. «Eine leidige Angelegenheit hätten wir jetzt aus der Welt geschafft. Wie lautet dein nächster Einwand?»

«Und du wirst mich wirklich nicht auslachen?»

«Versprochen.»

«Nun, eigentlich wollte ich nie heiraten.»

«Heiraten oder verheiratet sein?»

«Heiraten. Die Hochzeitsfeier, meine ich, und das ganze Drumherum. Ich hasse Hochzeiten. Ich gehe auch nicht gern hin, wenn ich eingeladen bin. Eine Hochzeitsfeier kommt mir immer wie eine gräßliche Tortur für alle Beteiligten vor. Ganz besonders für die bedauernswerte Braut.»

«Ich dachte, jedes Mädchen hätte nichts anderes im Sinn, als in Weiß zu heiraten.»

«Ich jedenfalls nicht. Ich war schon bei zu vielen Hochzeiten dabei, mal als Brautjungfer, mal als Gast, und es ist immer dasselbe, außer daß eine noch etwas extravaganter und protziger ist als die andere. Als käme es darauf an, einander zu übertrumpfen und eine noch kostspieligere und theatralischere Schau aufzuziehen. Hochzeitsfeiern muß man zudem monatelang im voraus planen; es gibt Kleideranproben, Einladungslisten, Geschenklisten und alte Tanten, die sich über die Flitterwochen das Maul zerreißen, und unausweichlich taucht irgendein schrecklich häßlicher Cousin als

Brautführer auf. Und dann eine Vielzahl gräßlicher Hochzeitsgeschenke. Toastständer und japanische Vasen und Gemälde, die man sich nie, auch in tausend Jahren nicht, an die Wand hängen würde. Hinterher verbringt man viel Zeit mit dem Schreiben unaufrichtiger Dankesbriefe für die lieben Glückwünsche und netten Geschenke. Alle sind angespannt, fühlen sich elend und brechen ständig in Tränen aus. Ein Wunder, daß überhaupt noch jemand heiraten will, aber ich möchte wetten, daß die meisten Frauen spätestens während der Flitterwochen einen Nervenzusammenbruch erleiden...»

Rupert hörte Athena geduldig zu, bis sie nach Luft schnappte. Auf ihren Redeschwall folgte ein längeres Schweigen. Dann sagte sie bedrückt: «Ich habe dir doch gesagt, es sei aus einem ganz dummen Grund.»

«Nein», entgegnete Rupert, «was du gesagt hast, klingt ganz und gar nicht dumm. Aber ich glaube, du redest von Nebensächlichkeiten. Ich denke an das ganze Leben, und du ereiferst dich über einen einzigen Tag und über gesellschaftliche Traditionen. Angesichts der Weltlage, glaube ich, haben wir durchaus das Recht, uns über Traditionen hinwegzusetzen.»

«Ich sage es nicht gern, Rupert, aber meine Mutter wäre am Boden zerstört.»

«Das bildest du dir ein. Sie liebt dich, und sie wird es verstehen. Nun haben wir das Für und Wider besprochen. Wenn es darauf ankommt, so braucht bei unserer Hochzeit wirklich niemand außer uns beiden dabeizusein.»

«Ist das dein Ernst?»

«Sicher.»

Sie nahm seine Hand und küßte sie, und als sie ihn wieder anblickte, sah er, daß sie ihre Tränen kaum zurückhalten konnte.

«Wie dumm von mir, so rührselig zu sein. Aber ich hätte nie gedacht, daß dies Wirklichkeit werden könnte. Daß mein bester Freund und mein Liebhaber ein und derselbe sind. Rupert, du bist mein Geliebter aus dem schottischen Hochland. Klingt das nicht komisch? Aber am wichtigsten ist mir der beste Freund, denn das gilt für immer.»

«Stimmt», erwiderte Rupert, und er mußte sich anstrengen, damit seine Stimme fest blieb, da ihre Tränen ihn rührten und er sich als ihr Beschützer fühlte. «Darauf kommt es wirklich an.»
«Hast du ein Taschentuch für mich?»
Er reichte ihr sein sauberes Tuch, und sie putzte sich die Nase.
«Wie spät ist es, Rupert?»
«Genau Mittag.»
«Ich wünschte, es wäre schon Essenszeit. Ich sterbe fast vor Hunger.»

Erst am Samstag, dem letzten Ferientag in Porthkerris, machte Judith sich auf den Weg nach Pendeen, um Phyllis zu besuchen. Für den Aufschub hatte es verschiedene Gründe gegeben. Nicht etwa, daß sie Phyllis nicht hätte sehen wollen oder das Gefühl hatte, nur einen Pflichtbesuch zu absolvieren. Jeder Tag in Porthkerris hatte sie beständig in Atem gehalten und war wie im Nu verflogen. Außerdem war viel Zeit verstrichen, bevor sie Kontakt mit Phyllis hatte aufnehmen können. Judith hatte Phyllis auf einer Ansichtskarte zwei Termine zur Auswahl vorgeschlagen. Schließlich hatte Phyllis ihr auf einem linierten Blatt Papier geantwortet, das sie aus einem Notizbuch herausgerissen hatte.

> *Samstag geht mir am besten, komm gegen drei und dann trinken wir Tee. Ich wohn ne Meile hinter Pendeen. Die Reihe von Cottages links. In der Nummer zwei. Cyril ist auf Wochenendschicht in Geevor, aber Anna und ich warten.*
>
> *Alles Liebe Phyllis*

Also Samstag. «Ausgerechnet an meinem letzten Ferientag!» hatte sie Heather gegenüber protestiert. «Oh, verflixt, hätte ich das doch eher abgemacht.»
«Macht nichts. Mum möchte nach Penzance und sich einen Hut für Daisy Parsons Hochzeit kaufen, und wenn ich nicht mit ihr gehe, dann kommt sie mit einem Hut wie ein Nachttopf nach Hause.

Wir beide können ja abends noch was unternehmen. Vielleicht beschwatzen wir Joe, daß er mit uns in den Palais de Danse geht.»

Am frühen Samstagnachmittag also war sie losgefahren, den Hügel hinauf und aus der Stadt hinaus. An Geschäften und ihrer alten Schule vorbei, zwischen den terrassenförmig angelegten Reihen der Steinhäuser hindurch, jedes eine Stufe höher gelegen als das vorhergehende. Die Bucht und der Hafen verschwanden hinter ihr, sie gelangte an eine Kreuzung und bog in Richtung Land's End ab.

Es herrschte noch immer schönes Wetter. Die Sonne wärmte zwar, doch vom Meer her wehte eine steife Brise, und der Atlantik war mit weißen Gischtkronen gesprenkelt. Wolken segelten über den Himmel, und als sie mit ihrem Wagen im dritten Gang ins Moor hochfuhr, bemerkte sie, wie ihre Schatten über die rostbraunen Hügel huschten. Die Aussicht von dort oben war schon imposant: das grüne Weideland, ferne Klippen, gelber Stechginster, vorspringende Landzungen, der klare Horizont und das indigoblaue Meer. Einen Augenblick lang war sie versucht, am Straßenrand anzuhalten und das Fenster herunterzukurbeln, um alles nur ein wenig auf sich einwirken zu lassen. Aber Phyllis wartete, und sie durfte keine Zeit verlieren.

Ich wohn ne Meile hinter Pendeen. Die Reihe von Cottages links.

Es fiel ihr nicht schwer, der Wegbeschreibung von Phyllis zu folgen. Hatte man einmal Pendeen durchquert und war an der Geevor-Grube vorbeigefahren, wo der arme Cyril in diesem Augenblick tief unter Tage schuftete, so verwandelte sich die Landschaft schlagartig in eine urzeitliche, fast abweisende Ödnis. Hier gab es keine hübschen, kleinen Bauernhöfe inmitten grüner Weiden, die von Steinmauern eingefaßt waren, welche bis in die Bronzezeit zurückreichten. Auch keinen einzigen Baum weit und breit. Die Häuserzeile der Bergwerksgesellschaft stand ohne ersichtlichen Grund abgeschieden mitten im Nichts. Sie glich einer Reihe hochkant gestellter Ziegelsteine, die man zusammengetragen und dann auf gut Glück fallen und einfach liegengelassen hatte. Jeder dieser Ziegel, mit grauem Schiefer gedeckt, besaß oben und unten ein Fenster und einen Eingang. Zur Straße hin gab es eine Steinmauer, und dazwischen lagen kleine, zertrampelte Vorgärten. Der Garten von Nummer zwei prahlte mit einem struppigen Rasenstück, einigen Stiefmütterchen und jeder Menge Unkraut.

Judith stieg aus, nahm den Blumenstrauß und die Päckchen für Phyllis, öffnete eine wacklige Pforte und betrat den Pfad. Sie befand sich gerade auf halbem Wege zum Haus, als sich die Haustür öffnete und Phyllis ihr mit dem Baby entgegenkam.

«Judith! Hab aus dem Fenster geguckt, bis du kommst. Dachte, du hast dich vielleicht verfahren.» Sie blickte mit ungläubiger Miene zur Straße hin. «Ist das dein Auto, ja? Ich konnte es nicht glauben, als du geschrieben hast, du kommst im eigenen Auto. Wie schön! Noch nie hab ich so was Neues gesehen…»

Phyllis hatte sich sehr verändert. Zwar war sie nicht eigentlich gealtert, aber sie hatte stark abgenommen und damit viel von ihrer Jugendfrische verloren. Rock und Strickpullover hingen schlaff an ihr herunter, als hätten sie einer viel dickeren Person gehört, und ihr glattes Haar war so trocken wie Stroh. Doch ihre Augen blitzten vor Aufregung, und nichts konnte sie davon abhalten zu lächeln.

«Oh, Phyllis.» Sie umarmten sich. In all den vergangenen Jahren war es immer Jess gewesen, die gestört hatte, wenn man Phyllis umarmen wollte. Und nun war Anna im Weg, aber nur ein wenig, wenn man ihre mißbilligende Miene nicht beachtete.

Judith lachte. «Anna schaut drein, als würden wir etwas furchtbar Verbotenes anstellen. Hallo, Anna.» Anna blickte böse zurück. «Wie alt ist sie jetzt?»

«Acht Monate.»

«Sie ist ganz schön pummelig.»

«Hat einen eigenen Kopf. Komm doch rein, der Wind ist so ungemütlich, und wir wollen nicht hier draußen stehenbleiben, wo uns doch alle Nachbarn beobachten können…»

Sie drehte sich um und ging ins Haus, und Judith folgte ihr und betrat ein kleines Zimmer, das offenbar der einzige Wohnraum war. Nur wenig Licht fiel durch das Fenster, so daß es etwas dunkel war, doch ein kornischer Herd hielt ihn warm, und an einem Tischende war sorgfältig für den Tee gedeckt worden.

«Ich hab ein paar Kleinigkeiten mitgebracht…» Sie legte die Päckchen auf das freie Tischende.

«Aber Judith. Das war doch nicht nötig…» Doch Phyllis' Augen glänzten vor erwartungsvoller Vorfreude. «Nur einen Moment noch, bis ich den Kessel aufgesetzt habe, und dann trinken wir eine Tasse Tee.» Sie erledigte dies, wobei sie das Baby bis an ihre Schulter hochhob, zog dann einen Stuhl zu sich heran und ließ sich darauf nieder, mit Anna auf dem Schoß. Anna schnappte sich einen Teelöffel und versuchte, ihn in den Mund zu stecken. «Sie bekommt Zähne, die Süße.»

«Vielleicht sollten wir die Blumen ins Wasser stellen.»

«Blumen! Rosen! Weißt du, seit Jahren habe ich keine Rosen mehr gesehen, bestimmt nicht so prächtige. Und wie die duften! Wo kann ich sie reinstellen? Ich hab nämlich keine Vase.»

«Ein Krug tut's auch. Oder ein Marmeladenglas. Sag mir, wo ich eins finde.»

Phyllis wickelte die langstieligen Blumen behutsam aus dem Seidenpapier. «In dem Regal da steht ein altes Glas Pickles. Und der Wasserhahn ist hinten, draußen an der Tür in der Waschküche. Oh, sieh dir die mal an! Ich hab ganz vergessen, wie schön sie sind.»

Judith nahm das leere Glas vom Bord und ging damit zur hinteren Zimmertür, dann über zwei Stufen in die höhlenartige Waschküche, ein doppelt mannshoher Anbau, der an der Rückseite des Zweizimmerhauses errichtet worden war. Der Boden war gefliest, und von den weißgetünchten Wänden blätterte die Farbe ab. Es roch nach billiger Haushaltsseife und nach dem durchnäßten Holz des Abtropfbretts. Die Kälte und die Feuchtigkeit ließen Judith frösteln. Ein Waschkessel hockte wie ein großes Ungeheuer in einer Ecke, und unter dem Spülstein mit nur einem Wasserhahn stand eine Zinkbadewanne. Eine offene Stiege führte ins obere Zimmer. Das Baby schlief natürlich bei den Eltern.

Da die teilverglaste Tür, die von der Waschküche ins Freie führte, schlecht im Rahmen saß und nicht dicht abschloß, zog es ständig. Draußen sah man einen zementierten Hof, eine Wäscheleine mit flatternden Windeln und Arbeitshemden, einen klapprigen Kinderwagen und ein abgesacktes Toilettenhäuschen. In dieser trostlosen Waschküche verbrachte Phyllis vermutlich einen Großteil ihrer Zeit, wenn sie vor dem Waschen ein Feuer unter dem Kessel anzündete oder einen Topf mit heißem Wasser vom Herd holte, um einen Stapel Teller im Spülstein abzuwaschen. Als Judith sich vergegenwärtigte, wie beschwerlich allein die alltäglichsten Haushaltsverrichtungen waren, überkam sie eine große Traurigkeit. Kein Wunder, daß Phyllis so dünn aussah. Nicht zu begreifen, daß jemand ein solches Haus entwerfen konnte, ohne überhaupt an die Frau zu denken, die darin arbeiten mußte. Dazu ist nur ein Mann fähig, dachte sie bitter.

«Was machst du gerade?» rief Phyllis aus dem Wohnzimmer. «Das lange Warten macht mich ganz nervös.»

«Komme gleich.» Sie drehte den Wasserhahn auf, füllte das Pickleglas und trug es nach vorne, nachdem sie die Tür fest verschlossen hatte.

«Die Waschküche ist ein trüber Ort, nicht? Und im Winter ist sie eiskalt, wenn nicht gerade der Ofen geheizt wird.» Doch Phyllis klang fast fröhlich und dachte gewiß nicht, daß solch primitive Verhältnisse irgendwie abstoßend waren. Sie steckte die Rosen einzeln in das Glas und lehnte sich dann zurück, um sie zu bewundern.

«Mit Blumen sieht alles gleich viel netter aus, nicht wahr? Das Zimmer ist jetzt nicht mehr dasselbe.»

«Öffne die anderen Sachen, Phyllis!»

Es dauerte eine Weile, bis Phyllis die Kordeln auseinandergeknotet und das Papier gefaltet hatte, das sie zur späteren Verwendung aufheben wollte. «Seife! Echte Lavendelseife, so wie deine Mami sie benutzt hat. Die hebe ich mir für besondere Gelegenheiten auf. Leg sie bitte in die Schublade zu meiner Unterwäsche. Und was ist das denn?»

«Das ist für Anna.»

«Oh, sieh mal. Ein Mäntelchen.» Phyllis hielt es in die Höhe. «Sie hat kaum neue Sachen bekommen, sie trägt nur abgelegte Babykleidung. Sieh mal her, Anna. Ist das nicht hübsch? Das kannst du nächsten Sonntag anziehen, wenn wir zur Oma gehen. Und so eine weiche Wolle. Wie eine kleine Prinzessin siehst du darin aus!»

«Und das hier ist für Cyril. Aber du kannst sie auch essen, wenn er sie nicht mag. Zuerst wollte ich ihm Zigaretten mitbringen, aber ich wußte nicht, ob er raucht.»

«Nein, er raucht nicht. Hier und da mal ein Glas Bier, aber keine Zigaretten. Die schlagen bei ihm bloß auf die Brust. Er hustet so schon schlimm genug. Ich glaube, das muß etwas damit zu tun haben, daß er unter Tage arbeitet.»

«Aber es geht ihm doch gut?»

«Oh, das schon. Schade nur, daß er heute nicht hier sein kann. Du hast ihn nie kennengelernt, auch nicht in der ganzen Zeit, in der ich bei deiner Mutter war, oder?»

«Ich treffe ihn beim nächsten Mal.»

«Eigentlich», entgegnete Phyllis, «ist es einfacher ohne ihn. Da können wir uns mal richtig unterhalten.» Sie wickelte das letzte Päckchen aus dem Packpapier. «Du meine Güte! Schokolade. Cyril ist verrückt nach Schokolade. Sieh mal, Anna, das Band und die schöne Schachtel. Und hier das Kätzchen und das Hündchen im Korb. Es ist herrlich, Judith. Alles ist herrlich. Irgendwie bist du...»

Sie lächelte, ganz benommen vor lauter Freude, doch die Tränen stiegen ihr in die Augen, und Judith bekam Gewissensbisse. Sie hatte nur Kleinigkeiten mitgebracht, und schon weinte Phyllis vor Dankbarkeit.

Judith sagte: «Ich glaube, das Wasser kocht», und Phyllis warf ein: «Ich kümmere mich drum.» Sie schnappte sich Anna und sprang auf, um zum spuckenden Kessel zu eilen und Tee zu kochen.

ÜBER DIE Jahre hinweg hatten sie, wenn auch nur unregelmäßig, Briefkontakt gehalten. Dennoch gab es viel zu erzählen. Vor allem bewunderte Phyllis Judith, die mit achtzehn Jahren bereits einen Wagen besaß und ihn sogar selbst fahren konnte. Für Phyllis kam dies beinahe einem Wunder gleich. Sie konnte sich nicht beruhigen.

«Wann hast du ihn bekommen? Wie, im Himmel, kannst du dir den denn leisten?»

Judith zögerte. Es schien ihr unangebracht, in diesem armseligen kleinen Cottage einer verhärmten Phyllis gegenüberzusitzen und über Geld zu reden. Hier gab es sicherlich wenig zu sparen. Doch dies war eines der Themen, die sie sich von der Seele reden wollte.

Nach Tante Louises Tod hatte sie es irgendwie nicht übers Herz gebracht, Phyllis davon zu schreiben. Wörter klangen zuweilen falsch und hätten sie möglicherweise als materialistische und gierige Person erscheinen lassen. Doch in den alten Zeiten in Riverview House war Phyllis Judiths beste Freundin und zuverlässigste Vertraute gewesen. Judith wollte vermeiden, daß sich an ihrem Verhältnis zu Phyllis irgend etwas änderte. Da aber Geheimnisse zwischen ihnen ihr Verhältnis schließlich doch beeinträchtigen würden, rückte sie endlich mit der Sprache heraus: «...den habe ich Tante Louise zu verdanken. Ich habe es dir nie geschrieben, weil ich es dir lieber sagen wollte. Weißt du, als sie starb, hat sie mir nämlich all ihr Geld vermacht und ihr Haus... und alles andere auch.»

«Oh!» Phyllis war sprachlos, als sie diese überraschende Neuigkeit erfuhr. «Ich hätte nicht gedacht, daß so etwas jemandem wirklich passiert. Ich dachte, solche Geschichten stehen nur in den Klatschzeitungen.»

«Ich konnte es auch nicht glauben. Eine Ewigkeit habe ich gebraucht, bis ich mich an den Gedanken gewöhnt hatte. Natürlich darf ich das Geld erst ausgeben, wenn ich einundzwanzig geworden bin. Mr. Baines, der Rechtsanwalt, und Onkel Bob Somerville verwalten das Geld solange für mich, und wenn ich einen ganz großen Wunsch habe oder sie meinen, daß ich etwas brauchen könnte, dann bekomme ich es selbstverständlich.»

Phyllis lief vor Aufregung rot an. «Ich freue mich ja so für dich...»

«Das ist lieb von dir. Und ich bin so glücklich und schäme mich ein bißchen...»

«Weshalb solltest du dich schämen? Mrs. Forrester wollte, daß du es bekommst, also weshalb nicht? Könnte keinem netteren Menschen zukommen. Und sie hat es sich bestimmt gut überlegt, denk an meine Worte, sie war nicht dumm. Die Lady hat ein gutes Herz, habe ich mir immer gedacht, obwohl sie auch irgendwas Komisches an sich hatte. Unverblümt, glaube ich, sagt man dazu...» Phyllis, offensichtlich noch immer verblüfft, schüttelte den Kopf. «Das Leben ist schon seltsam, nicht. Da bekamst du früher nicht mal Sixpence Taschengeld pro Woche, und jetzt hast du einen eigenen Wagen. Stell dir das mal vor! Und du fährst ihn auch noch. Erinnerst du dich an deine Mama, wenn sie ihren kleinen Austin starten mußte? Wie ein aufgescheuchtes Huhn! Eigentlich hatte sie ja guten Grund, so nervös zu sein, wenn man bedenkt, wie Mrs. Forrester gestorben ist. Schrecklich war das. Ein großes Feuer oben im Moor, das man meilenweit sehen konnte. Und das war sie. Konnte es nicht fassen, als ich es in der Morgenzeitung gelesen habe. Tatsächlich fuhr sie ja immer ziemlich riskant. Alle in West Penwith wußten das. Das hat aber auch nichts genützt.»

«Nein», sagte Judith zustimmend. «Das hat auch nichts geändert.»

«Ich hab mir deinetwegen Sorgen gemacht. Damals, meine ich. Und dann dachte ich mir, du ziehst wahrscheinlich zu den Somervilles. Ich hab mich noch nicht nach ihnen erkundigt, oder? Wie geht's Mrs. Somerville? Irgendwie mochte ich sie. Sie hat mich immer zum Lachen gebracht, so drollig war sie. Ich habe mich immer schon im voraus auf ihren nächsten Besuch in Riverview House gefreut. Sie hatte überhaupt keine Allüren.»

«Soweit ich weiß, geht es ihnen allen sehr gut. Meine Großeltern sind gestorben, kurz nacheinander, weißt du. Obwohl es für Mami und Tante Biddy natürlich sehr traurig war, haben sie es auch mit einer gewissen Erleichterung aufgenommen. Tante Biddy ist früher sehr oft zu ihnen ins Pfarrhaus gefahren, um nach dem Rechten zu sehen und dafür zu sorgen, daß sie nicht verhungerten oder es ihnen an nichts fehlte.»

«Alt sein ist schrecklich. Bei meiner Großmutter war's nämlich so. Sie lebte allein, konnte nicht mehr selbst kochen und war sehr vergeßlich. Manchmal bin ich zu ihr hin und hab nicht einen Krümel zum Essen im Haus gefunden. Sie saß tagelang bloß da, mit der Katze auf dem Schoß. Ich kann verstehen, daß deine Tante Biddy erleichtert war.»

«Sie hat jetzt ein hübsches Häuschen in der Nähe von Bovey Tracey. Zwei- oder dreimal war ich bei ihr. Aber meistens bin ich bei den Carey-Lewis auf Nancherrow. Morgen fahre ich dorthin zurück...» Als sie dies erwähnte, konnte sie die Vorfreude in ihrer eigenen Stimme mitschwingen hören und spüren, daß ein Lächeln über ihr Gesicht huschte. Edward. Morgen würde sie Edward wiedersehen. Sie hatte die ganze Zeit nicht an ihn gedacht, noch träumte sie von ihm oder sehnte sich nach ihm. Liebeskrank oder mondsüchtig war sie ebenfalls nicht, doch wenn sie plötzlich an ihn denken mußte oder in einer Unterhaltung zufällig sein Name fiel, konnte sie sich unmöglich darüber hinwegtäuschen, daß ihr Herz vor Freude hüpfte und sie sich vor lauter Glückseligkeit benommen fühlte. Während sie bei Phyllis in dem ärmlichen Haus saß, schoß ihr der Gedanke durch den Kopf, daß das Glücksgefühl nicht von der Anwesenheit einer bestimmten Person abhing, auch wenn sie wußte, daß sie diese Person bald wiedersehen würde. «...und zwar morgen früh.»

«Wie schön. Mittlerweile mußt du dich bei ihnen wie in der eigenen Familie fühlen. Von dem Augenblick an, als du mir geschrieben hast, daß du zu ihnen ziehst, habe ich mir keine Sorgen mehr um dich gemacht. Ich wußte, dort bist du gut aufgehoben. Und dann hast du bei ihnen auch diesen jungen Mann wiedergesehen...»

Judith runzelte die Stirn. Einen Augenblick lang wußte sie nicht, worauf Phyllis anspielte. «Welchen jungen Mann meinst du?»

«Du weißt schon. Du hast es mir doch geschrieben. Diesen jungen Mann im Zug, an dem Abend, als ihr alle aus den Weihnachtsferien von Plymouth zurückgekommen seid. Und dann tauchte er später bei den Carey-Lewis auf...»

Judith dämmerte es. «Oh, du meinst bestimmt Jeremy Wells.»

«Ja, richtig. Den jungen Doktor. Ist er noch da?»

«Ja, der ist noch da. Aber sieh mich nicht so vielsagend an. Wir bekommen ihn kaum noch zu Gesicht. Als er seine Stelle im St.-Thomas-Hospital aufgab, ging er nach Truro zurück, und seitdem arbeitet er in der Praxis seines Vaters. Jetzt ist er ein vielbeschäftigter Landarzt, der kaum Zeit hat, unter die Leute zu gehen. Bei Krankenvisiten vertritt er manchmal seinen Vater. Vergangene Ostern hatte ich eine fürchterliche Grippe, und da ist er gekommen und war furchtbar nett zu mir.»

«Hast du ihn denn jetzt nicht mehr gern? Damals im Zug hat er dir sehr gefallen.»

«Das ist Jahre her. Schließlich ist er jetzt über Dreißig. Viel zu alt für mich.»

«Aber…» Phyllis hatte offenbar nicht die Absicht, sich mit dieser Äußerung zufriedenzugeben, und schien fest entschlossen, das Thema weiterzuverfolgen. Doch Judith wollte sogar Phyllis gegenüber das Geheimnis von Edward nicht preisgeben. Während sie überlegte, wie sie ihre Unterhaltung in eine weniger persönliche Richtung lenken konnte, kam ihr der rettende Gedanke, als ihr Blick auf Anna fiel.

«Phyllis, ich glaube, Anna will jetzt schlafen.»

Phyllis blickte auf das Kind hinab. Anna hatte aus einem Zinnbecher Milch getrunken, mehrere kleine Butterbrote von einem Teller gegessen und inzwischen den Daumen in den Mund gesteckt. Ihre Augenlider wurden schwer, und die langen Wimpern berührten ihre rosigen Wangen.

«So ist sie immer», sagte Phyllis flüsternd. «Am Vormittag wollte sie nicht schlafen. Ich lege sie jetzt in ihren Kinderwagen. Vielleicht schläft sie ja wirklich ein…»

Sie stand auf und wiegte das Kind leicht in den Armen. «…so, mein Liebchen ist müde. Mami legt dich jetzt in den Kinderwagen.» Sie öffnete die Tür zur Waschküche und ging hinein. «Dann schläfst du ein bißchen, und bald kommt Papa nach Hause.»

Judith blieb auf ihrem Platz sitzen. Der Wind frischte auf, pfiff von den Klippen übers Moor und rüttelte an den schlecht schließenden Fenstern. Die Teetasse in beiden Händen, blickte sie sich um und kam zu dem Schluß, daß Phyllis in einem wirklich schäbigen Häuschen wohnte. Alles, was sie sah, deutete darauf hin, daß das Geld knapp und die Zeiten hart waren. Zwar blitzte alles vor Sauberkeit, machte jedoch einen heruntergekommenen Eindruck. Das Linoleum auf dem Fußboden war an mehreren Stellen aufgesprungen und dermaßen abgetreten, daß man das ursprüngliche Muster nicht einmal mehr erkennen konnte. Beim Herd lag ein verwaschener Teppich, und im einzigen bequemen Sessel quoll das Roßhaar aus einem Riß im verschossenen Samtpolster heraus. Sie sah kein Radio, kein Telefon, auch keine Bilder an der Wand. Lediglich den grellen Kalender eines Geschäfts, der mit einer Reißzwecke befestigt war. Nur die polierten Messingknöpfe des Herdes und das glänzende Herdgitter aus Messing machten einen freundlichen Eindruck. Sie erinnerte sich, daß Phyllis für ihre Aussteuertruhe Zierdeckchen gehäkelt hatte, und fragte sich, wo diese Schätze wohl geblieben sein mochten. Hier war davon jedenfalls nichts zu sehen. Ob sie wohl im Schlafzimmer...

Doch Phyllis kam schon die Treppe herunter. Judith drehte sich zu ihr um, als sie die Tür schloß. «Na, hat's geklappt?»

«Schläft ganz tief, der kleine Schatz.» Sie nahm die Kanne und schenkte Tee nach. «Das Beste aber», sagte sie, als sie es sich in ihrem Sessel bequem gemacht hatte, «habe ich mir für zuletzt aufgehoben. Nun mußt du mir aber was von deiner Mama und von Jess erzählen...»

Das nahm eine geraume Zeit in Anspruch. Aber Judith hatte den letzten Brief aus Singapur und ein Fotoalbum mit Schnappschüssen mitgebracht, die von ihrem Vater stammten. «...das hier ist ihr Haus... und das ist Jess mit dem chinesischen Gärtner.»

«Guck mal, wie groß sie geworden ist.»

«Und das hier ist eine Aufnahme von einer Feier im Cricketclub in Singapur. Sieht Mami nicht hübsch aus? Und hier sind sie beim Schwimmen. Und hier spielt Mami Tennis. Sie hat wieder damit angefangen und spielt jetzt immer abends, wenn es kühler geworden ist...»

«Muß eine wunderbare Stadt sein...» Phyllis blätterte noch einmal durch das Album.

«Erinnerst du dich noch, daß sie zuerst überhaupt nicht hinfahren wollte? Und jetzt findet sie Singapur einfach herrlich! Dort ist eine Menge los. Partys auf den Schiffen der Navy und in den Armeekasernen. Natürlich ist es dort furchtbar warm, noch viel wärmer als in Colombo, weil es so schwül und stickig ist, aber daran scheint sie sich gewöhnt zu haben. Und nachmittags schlafen alle.»

«Und jetzt, wo du die Schule beendet hast, fährst du zu ihnen! Stell dir das mal vor! Wann geht's denn los?»

«Meine Passage ist für Oktober gebucht...»

«Das ist ja schon bald. Wie lange bleibst du denn dort?»

«Ein Jahr. Und mit etwas Glück geht's danach auf die Universität.» Als sie daran dachte, seufzte sie. «Eigentlich weiß ich es nicht so genau. Phyllis, ich weiß es wirklich nicht.»

«Was willst du damit sagen, du weißt es nicht?»

«Ich weiß nicht, was ich tun soll, wenn es Krieg gibt.»

«Wegen diesem Hitler, meinst du? Der kann dich doch nicht daran hindern, wieder mit deiner Mama, deinem Papa und Jess zusammenzusein.»

«Ich nehme an, daß die Schiffsverbindungen auch weiterhin funktionieren. Es sei denn, daß alle Linienschiffe zu Truppentransportern, Hospitalschiffen oder sonstigen Kriegsschiffen umgerüstet werden.»

«Ach, die werden schon so bleiben. Du mußt einfach hinfahren. Du hast darauf so lange gewartet.» Phyllis verstummte und schüttelte nach einigen Augenblicken den Kopf. «Furchtbar, nicht? Alles ist so ungewiß. So falsch. Was ist mit dem Hitler los, daß er so gierig ist? Weshalb kann er die Menschen nicht in Ruhe lassen? Und die armen Juden. Was haben die ihm denn getan? Niemand kann was dafür, wie er geboren wurde. Wir sind alle Geschöpfe Gottes. Das macht doch keinen Sinn, die Welt auf den Kopf zu stellen, Familien auseinanderzureißen…»

Auf einmal klang sie verzweifelt, und Judith versuchte, sie aufzuheitern. «Aber dir kann hier doch nichts passieren, Phyllis. Die Zinngrube ist so wichtig. Deshalb ist Cyrils Arbeitsplatz zwangsläufig sicher. Er wird bestimmt nicht eingezogen und muß Soldat werden. Er kann einfach weiter in Geevor arbeiten.»

«Das habe ich ja auch gehofft», erwiderte Phyllis. «Aber er will einfach gehen. Er ist fest dazu entschlossen, sagt er. Sichere Beschäftigung hin oder her, wenn der Krieg ausbricht, geht er zur Navy.»

«Zur Navy will er? Aber warum will er zur Navy, wenn es doch nicht sein muß.»

«In Wahrheit», gestand Phyllis, «hat er die Nase voll vom Bergbau. Sein Vater war zwar Bergmann, aber Cyril wollte nie einer werden. Seit er ein kleiner Junge war, wollte er immer nur zur See fahren. Zur Handelsmarine oder etwas Ähnlichem. Aber davon wollte sein Vater nichts hören, und hier in der Gegend blieb Cyril nicht viel anderes übrig. Mit vierzehn ging er von der Schule ab, und das war's dann.»

So betrübt Judith wegen Phyllis auch war, so spürte sie doch unwillkürlich ein Mitgefühl für Cyril. Sie konnte sich nichts Schlimmeres vorstellen, als unter Tage arbeiten zu müssen. Aber selbst in dieser Situation blieb er ein verheirateter Mann, der für seine Familie Verpflichtungen übernommen hatte. «Du meinst, wenn der Krieg kommt, dann ergreift er die Gelegenheit?»

«Ja, so ungefähr.»

«Und was ist mit dir? Und dem Baby?»

«Weiß nicht. Mal sehen.»

Also eine neue Ungewißheit. Fragen über Fragen schossen Judith durch den Kopf, doch eine war ihr wichtiger als alle anderen.

«Wem gehört das Haus hier?»

«Der Bergwerksgesellschaft. Sie hat es Cyril vor unserer Heirat angeboten. Ohne das Haus würden wir noch immer miteinander gehen. Wir besaßen nicht ein einziges Möbelstück, aber unsere Familien haben uns ausgeholfen. Von meiner Mama bekamen wir ein Bett, und Cyrils Oma überließ uns diesen Tisch und ein paar Stühle.»

«Müßt ihr Miete zahlen?»

«Nein, es ist wie bei einem Wohnhaus für Landarbeiter.»

«Wenn also... Cyril zur Navy geht, dann mußt du ausziehen?»

«Ja, sie würden mir nicht erlauben, allein hier im Haus zu bleiben. Sie brauchen es dann für jemand anders.»

«Und was machst du dann?»

«Dann geh ich zu Mama zurück, glaube ich.»

«In das Haus nach St. Just? Aber Phyllis, da ist doch nicht genug Platz für euch alle.»

«Muß eben reichen!»

«Ach, das ist zu grausam.»

«Ich hab versucht, ihn zu überzeugen, Judith. Er soll es mal von meiner Warte aus sehen. Aber Cyril ist ein richtiger Dickschädel! Ich hab dir gesagt, alles, was er will, ist zur See fahren.» Sie schniefte. «Manchmal glaube ich, er betet, daß der Krieg bald ausbricht.»

«So etwas darfst du nicht einmal denken. Ich bin sicher, daß es nicht stimmt. Er hat keine Ahnung von den Gefahren, die auf ihn lauern. Da wäre nicht nur das Meer, sondern auch die Gewehre und die Torpedos und U-Boote und Bomben.»

«Das hab ich ihm doch alles schon gesagt. Aber einen Mann, der für sein Land kämpfen will, hältst du einfach nicht auf. Du kannst einem Mann nicht das einzige wegnehmen, was er sich immer gewünscht hat.»

«Also, ich finde das furchtbar ungerecht. Und was ist mit dem, was du dir wünschst...?»

«Was ich mir wünsche? Weißt du, was ich mir wünsche? Manchmal denke ich darüber nach. Irgendwo zu leben, wo's schön ist, mit Blumen und einem richtigen Badezimmer. Das Leben bei euch in Riverview House hat mich ganz schön verwöhnt. Es war das erste Badezimmer, das ich je gesehen habe, und immer lief heißes Wasser aus dem Hahn. Und wie die Seife deiner Mutter duftete! Und der Garten! Ich vergesse nie, wie wir an Sommernachmittagen draußen beim Tee saßen und gegessen haben. Und die Blumen überall. In unserem kleinen Vorgarten hatte ich Stiefmütterchen gepflanzt, aber dort kommt keine Sonne hin. Nur der Wind. Und hinten im Hof gibt's nicht den kleinsten Flecken Erde. Alles zubetoniert. Ich beschwere mich ja nicht. Es ist ein Dach über dem Kopf und vermutlich der beste Platz, an dem ich je wohnen werde. Aber Träume kosten doch nichts, oder?»

Judith schüttelte den Kopf. «Nein, die gibt's umsonst.»

Dann schwiegen sie erneut, weil es auf einmal nicht mehr viel zu sagen gab. Alles war einfach zu schrecklich und zu niederschmetternd. Schließlich brach Phyllis den Bann. Sie lehnte sich in ihrem Sessel zurück und grinste. «Ich weiß nicht, was wir da eigentlich machen», sagte sie. «Wir sitzen hier wie zwei alte Frauen bei einer Beerdigung.» Und Judith erinnerte sich, daß es Phyllis früher immer gelungen war, die komische Seite einer Situation zu sehen, so entsetzlich sie auch sein mochte. «So trübe Gestalten wie uns kann man gleich mit begraben.»

«Wie sagte deine Mutter doch immer, Phyllis? Zerbrich dir nicht den Kopf über Dinge, die vielleicht nie geschehen.»

«Und selbst wenn sie passieren, so kommt doch alles wieder in

Ordnung.» Phyllis hob den Deckel der Teekanne hoch und linste hinein. «Sieht eiskalt und wie schwarze Tinte aus. Ich stell den Kessel noch mal auf den Herd, und dann trinken wir frischen Tee.»

Erst spät am Nachmittag hatte Judith Phyllis verlassen und sich auf den Rückweg nach Porthkerris gemacht. Das Wetter war umgeschlagen. Während sie sich mit Phyllis angeregt unterhalten hatte, waren vom Meer Wolken aufgezogen und hatten einen Dunstschleier herangeführt, der sich an Land wie Nebel ausbreitete. Anna hatte geweckt und vor dem Regen ins Haus geholt werden müssen. Die Scheibenwischer ihres Austin bewegten sich hin und her, und die Straße wand sich durch das Moor, bleifarben und naß, wie ein graues Band aus Satin.

An sich war das Wetter so trostlos wie Judiths Gedanken, die sich nun um Phyllis drehten. *Wir haben ein Haus*, hatte Phyllis ihr damals geschrieben. *Wir wollen bald heiraten*. Und später: *Ich bekomme ein Baby*, und es schien alles so gut zueinander zu passen, so genau dem zu entsprechen, was Phyllis sich immer gewünscht und außerdem auch verdient hatte. Doch die Wirklichkeit wirkte ernüchternd, und es war ihr schwergefallen, sich von Phyllis zu verabschieden und sie in diesem reizlosen, primitiven Cottage in dieser Ödnis allein zu lassen. Nachdem Judith Lebewohl gesagt und ihren Wagen in der Straße gewendet hatte, war Phyllis mit ihrem Baby in der offenen Haustür des Cottage stehengeblieben und hatte ihr zugewinkt. Judith hatte in ihrem Seitenrückspiegel verfolgt, wie die beiden kleiner wurden und Phyllis ihr noch lange hinterherwinkte. Dann führte die Straße in einer Biegung weiter, und die beiden waren aus ihrem Blickfeld verschwunden.

Ungerecht, es war alles sehr ungerecht.

Sie dachte an die Phyllis aus den vergangenen Tagen von Riverview House zurück. Alle hatten sie gemocht, sich auf sie verlassen und sie wie ein Familienmitglied behandelt, was Phyllis natürlich dazu bewogen hatte, bis zuletzt bei ihnen zu bleiben. Judith konnte sich nicht erinnern, Phyllis je mißmutig oder übellaunig gesehen zu haben. Bei Phyllis in der Küche konnte man jedenfalls immer gut lachen und plaudern. Sie entsann sich der Spaziergänge mit Phyllis, bei denen sie Wildblumen pflückte, deren Namen sie dann kennenlernte, und die sie hübsch in einem Marmeladenglas anordnete, das sie mitten auf den Küchentisch stellte. Und auch des erfreulichen Anblicks von Phyllis in ihrer weiß-rosa gestreiften Kittelschürze aus Baumwolle, wenn sie Jess die Treppe hinauftrieb oder ihnen ein Tablett mit Tee und Broten brachte, wenn sie unter dem Maulbeerbaum saßen. Am eindringlichsten erinnerte sie sich an den frischen Körpergeruch von Phyllis, die nach dem Baden immer nach Puder duftete, und wie sich ihr Haar aufplusterte, sobald sie es nur eingeseift hatte...

Doch Sentimentalitäten halfen nicht weiter. Schließlich hatte Phyllis sich entschlossen, Cyril zu heiraten, und sogar jahrelang darauf gewartet. Das Leben einer Bergmannsfrau war gewiß hart, und als Tochter eines Bergmanns wußte dies niemand besser als sie selbst. Und das Baby war süß, hungern mußten sie wohl nicht, aber... wenn nur diese Ungerechtigkeit nicht wäre.

Weshalb mußte ausgerechnet Phyllis so karg leben und ihr Kind unter solchen Bedingungen großziehen? Nur weil ihr Mann ein Bergmann war? Weshalb konnten Bergleute nicht in solch hübschen Häusern wie dem der Warrens wohnen? Warum lohnte es sich eher, als Lebensmittelhändler denn als Bergmann zu leben? Ganz bestimmt müßte ein Mensch, der eine schwere Arbeit unter Tage verrichtete, mehr Geld verdienen als jemand, der einer angenehmeren Beschäftigung nachging. Und weshalb sollten einige Leute, wie etwa die Carey-Lewis, so luxuriös leben, so privilegiert, so... es mußte gesagt werden... vom Schicksal verwöhnt, wenn ein so wundervoller Mensch wie Phyllis vor dem Abwaschen erst Wasser kochen mußte und gezwungen war, bei jedem Schlechtwetter über den Hof zu gehen, wenn sie zur Toilette wollte?

Und wenn es Krieg gab, würde Cyril zur Navy gehen und Phyllis mit dem Baby sitzenlassen. Nicht etwa aus einem tiefempfundenen patriotischen Gefühl heraus, wie es schien, sondern einfach weil er nichts anderes mehr im Kopf hatte, als Pendeen und die Zinngrube zu verlassen und zur See zu fahren. Sie fragte sich, wie viele tausend Männer im ganzen Land ähnlich dachten. Junge Männer, die kaum je aus ihren Heimatdörfern herausgekommen waren, außer vielleicht bei einem von der Kirchengemeinde organisierten Busausflug in die nächste Stadt oder bei einer Fahrt zur Darts-Meisterschaft.

Das Fahrrad, das wußte Judith, hatte gleich nach seiner Erfindung das ländliche Leben in England revolutioniert. Zum erstenmal konnte ein junger Mann jetzt fünf Meilen weit fahren und einem Mädchen aus dem Nachbardorf den Hof machen. Dank dieser Mobilität hatten Inzucht und Mißbildungen in den abgelegensten Dörfern erheblich abgenommen. Wenn ein einfaches Fahrrad so große Folgen nach sich ziehen konnte, dann würde ein moderner Krieg gesellschaftliche Konventionen und seit Jahrhunderten respektierte Traditionen sprengen und für immer in alle Himmelsrichtungen verwehen. In ihrer augenblicklichen Stimmung kam Judith zu dem Schluß, daß dies letzten Endes vielleicht nicht so gravierend wäre, doch die unmittelbar bevorstehende landesweite Mobilmachung, die tödlichen Gefahren durch Bombardierungen und Gasangriffe während des Krieges jagten ihr Angst und Schrecken ein.

Was würde mit Phyllis und Anna geschehen? *Sie würden mir nicht erlauben, allein hier wohnen zu bleiben. Dann geh ich zu Mama zurück, glaube ich.* Man würde sie zwingen, das Haus zu räumen. Eine verheiratete Frau ohne den Schutz ihres eigenen Heims, wie bescheiden auch immer. *Weißt du, was ich mir wünsche? Irgendwo zu leben, wo's schön ist, mit Blumen und einem richtigen Badezimmer.*

Wenn sie nur etwas unternehmen könnte. Wenn sie ihr doch nur helfen könnte. Aber es war ihr nicht möglich. In jedem Fall würde dies bedeuten, daß sie sich einmischte. Alles, was Judith tun konnte, war, mit Phyllis in Verbindung zu bleiben, sie so oft wie möglich in Pendeen zu besuchen und, falls notwendig, in der Nähe zu sein, wenn die Scherben einzusammeln waren.

DIE KIRCHTURMUHR schlug gerade fünf, als sie vor dem Lebensmittelgeschäft der Warrens hielt. Der Laden war noch geöffnet, geschlossen wurde heute erst um halb sieben. Samstags abends gab es immer viel zu tun; die Kunden kamen noch schnell auf einen Sprung herein, um in letzter Minute die Vorräte für den Sonntag zu vervollständigen: etwas mehr Bacon fürs Frühstück, Erbsen in der Dose und Vanillepulver für das reichhaltige Mittagessen. Als Judith in den Laden trat, bemerkte sie jedoch, daß heute mehr Kunden als üblich anstanden und nur Heather hinter dem Tresen bediente, die zwar ein wenig fahrig wirkte, sich aber bemühte, die Stellung zu halten.

Dies war an sich überraschend, denn Heather half nur selten im Laden aus, obwohl sie sich dort sehr gut auskannte. Sie wurde nur im Notfall hinzugerufen.

«Sagten Sie, ein halbes Pfund Zucker?»

«Nein, ein ganzes Pfund. Und ich möchte keinen gewöhnlichen Kristallzucker, sondern feinkörnigen Kristallzucker...»

«Entschuldigen Sie...» Als Heather sich umwandte, um den anderen Sack Zucker aus dem Regal zu nehmen, erblickte sie Judith und verdrehte ihre Augen. Ob es sich dabei um einen dringenden Hilferuf oder einen stummen Aufschrei der Wut handelte, war nicht zu erkennen. Offensichtlich stand sie kurz davor, die Geduld zu verlieren.

«Vielleicht nehme ich doch lieber anderthalb Pfund.»

«Um Gottes willen, Betty, könnten Sie sich bitte entscheiden?»

Judith fragte: «Heather, wo sind dein Vater und Ellie?»

Heather, die den Zucker langsam in die Waagschale schüttete, machte eine ruckartige Kopfbewegung. «Oben.»

«Oben?»

«Ja, in der Küche. Geh mal schnell hinauf.»

Judith ließ sie in dem Durcheinander allein und fragte sich, was hier bloß vor sich ging, durchquerte den Laden und stieg die Treppe zur Küche hinauf. Die Küchentür, die normalerweise offenstand, war heute geschlossen. Sie hörte lautes Schluchzen, öffnete die Tür, trat in die Küche und sah, daß beide Warrens zusammen mit Ellie am Küchentisch saßen. Ellie weinte, nach ihrem Aussehen zu urteilen, bereits eine geraume Weile. Ihr Gesicht war aufgedunsen und tränenüberströmt, ihr trockenes blondes Haar ganz in Unordnung, und in ihrer Hand preßte sie ein Taschentuch, das so naß war, daß es ihr kaum noch nutzen konnte. Mrs. Warren saß neben ihr, während ihr Mann, die Arme vor der Brust verschränkt, beiden gegenübersaß und mit erschreckend versteinerter Miene dreinblickte. Judith schloß die Tür hinter sich und fragte: «Was ist passiert?»

«Ellie geht's nicht gut», erwiderte Mrs. Warren. «Sie hat es uns erzählt. Du hast doch nichts dagegen, daß Judith es erfährt, Ellie?»

Ellie, die wegen des Schluchzens nicht sprechen konnte, schüttelte nur den Kopf.

«Jetzt kannst du mit dem Weinen aber aufhören. Es ist ja alles vorbei.»

Bestürzt zog Judith einen Stuhl heran und setzte sich zu ihnen. «Hat sie einen Unfall gehabt oder sich sonstwie verletzt?»

«Nein, nichts in dieser Art, aber immerhin schlimm genug.» Mrs. Warren hatte ihre Hand auf Ellies Hand gelegt und umklammerte sie fest. Judith wartete, und Mrs. Warren berichtete ihr die entsetzliche Geschichte. Ursprünglich hatte Ellie mit ihrer Freundin Iris ins Kino gehen wollen, um sich Deanna Durbin anzusehen. Aber im letzten Augenblick hatte Iris abgesagt, und schließlich war Ellie allein gegangen. Ungefähr nach der Hälfte des Films war ein Mann hereingekommen, hatte sich neben Ellie gesetzt und unvermittelt seine Hand erst auf ihr Knie gelegt, sie dann den Schenkel hinaufgeschoben, und dann hatte sie gesehen, wie er…

In diesem Augenblick öffnete Ellie ihren Mund wie ein Säugling, und sie begann wieder zu weinen, die Tränen schossen ihr aus den Augen wie Regenwasser aus einer Dachrinne.

«Was hat sie gesehen?»

Doch was Ellie gesehen hatte, konnte Mrs. Warren unmöglich wiederholen. Sie lief rot an, schlug die Augen nieder und biß sich auf die Lippen. Mr. Warren dagegen teilte die delikaten Skrupel seiner Frau nicht. Er selbst war offenbar außer sich vor Zorn. «Der Dreckskerl hat seinen Hosenladen aufgeknöpft und sein Ding herausgeholt…»

«Das hat Ellie zu Tode erschreckt. Schon gut, Ellie, brauchst nicht mehr zu weinen.»

«…und sie hat das einzig Vernünftige getan, ist aus dem Kino gelaufen und sofort zu uns gekommen. Sagte, sie ist zu aufgeregt, um nach Hause zu gehen, und traut sich nicht, es ihrer Mum zu erzählen.»

Aber so etwas geschah immer wieder. Junge Mädchen, selbst aufgeweckte Mädchen wie Ellie, trauten sich nicht, ihren Müttern oder Tanten davon zu erzählen. Sie schämten sich zu sehr; ihnen fehlten die Worte, um es zu erklären. Sie liefen einfach davon, um sich auf der Damentoilette zu verstecken, oder stürzten hysterisch heulend auf die Straße hinaus und suchten verzweifelt nach irgendeiner Zuflucht.

Obwohl Judith sich die Antwort denken konnte, fragte sie: «Hast du mit dem Leiter des Kinos gesprochen?»

Ellie, die versuchte, sich mit ihrem zusammengeknüllten Taschentuch die Augen zu trocknen, gelang es, unter Schluchzen ein paar Worte hervorzustoßen. «Nein... ging nicht... wer hätte mir denn geglaubt?... Die sagen doch nur, ich übertreibe... als ob ich mir so was aus den Fingern saugen würde...» Diese Vorstellung war offenkundig so entsetzlich, daß ihr erneut die Tränen kamen.

«Hast du denn das Gesicht des Mannes gesehen?» fragte Judith beharrlich.

«Ich wollte gar nicht hinsehen.»

«Hast du eine Ahnung, wie alt er war? War es ein junger Mann? Oder... ein älterer?»

«Er war nicht jung.» Ellie unternahm den kläglichen Versuch, sich zusammenzureißen. «Seine Hand war ganz knochig. Er tastete mich ab, glitt an meinem Schenkel hoch, bis unter meinen Rock. Und er hatte eine Fahne. Er stank nach Whisky...»

«Ich mach uns 'ne schöne Tasse Tee», sagte Mrs. Warren, erhob sich, holte den Kessel und ließ Wasser hineinlaufen.

Eine Weile saß Judith schweigend da. Sie dachte an Edward. Was hatte er noch gesagt? *Ich glaube, du brauchst irgendeinen Katalysator. Frag mich nicht, was das sein soll, aber etwas wird geschehen, und alles wird sich von selbst lösen.* Einen Katalysator. Einen Anlaß, um zurückzuschlagen, Billy Fawcett ein für allemal aus dem Verkehr zu ziehen und sich endlich von ihrem Trauma zu befreien, das er vor vielen Jahren verursacht hatte. Dort am Küchentisch der

Warrens hatte sie keinen Zweifel, wer die arme Ellie angefaßt haben könnte, nur daß er es diesmal nicht bei einem harmlosen Grapscher belassen, sondern sich außerdem noch zur Schau gestellt hatte. Allein der Gedanke daran ließ sie erschaudern. Kein Wunder, daß die arme Ellie in einem solchen Zustand war. Was sie selbst betraf, so spürte sie nicht mehr das geringste Mitleid für Billy Fawcett, und Zorn war gesünder als wertloses Mitleid. Ein Katalysator. Einen Anlaß, zurückzuschlagen. Oder mußte man in diesem Fall schon von Rache sprechen? Wie auch immer, darauf konnte sie keine Rücksicht nehmen. Sie wußte nur, daß sie es tun mußte und daß sie dabei eine große Befriedigung erleben würde.

Sie atmete tief durch und sagte entschlossen: «Wir müssen es dem Leiter des Kinos melden. Danach müssen wir alle zur Polizei gehen und Anzeige erstatten.»

«Wir wissen nicht, wer es war», wandte Mr. Warren ein.

«Ich weiß es.»

«Wie kannst du das denn wissen? Du warst nicht dabei.»

«Ich weiß es, weil ich ihn kenne. Und weil er bei mir dasselbe versucht hat, als ich vierzehn war.»

«Judith!» In Mrs. Warrens Stimme und in ihrer Miene spiegelten sich Unglauben und Entsetzen wider. «Das stimmt doch nicht?»

«Doch. Zwar hat er sich damals nicht zur Schau gestellt, aber ich war mir ziemlich sicher, daß es früher oder später soweit kommen mußte. Es handelt sich um Colonel Fawcett. Billy Fawcett. Er wohnt in Penmarron und ist der scheußlichste Mensch, dem ich in meinem Leben je begegnet bin.»

«Das mußt du uns erzählen.»

Und sie berichtete ihnen die ganze Geschichte, von jener Zeit an, da sie bei Tante Louise in Windyridge gewohnt hatte. Vom Kinobesuch, seinem Einbruchsversuch, seinem feindseligen Auftreten bei Tante Louises Beerdigung und schließlich dem Debakel an jenem Abend, als sie mit Edward das Sliding Tackle besucht hatte.

Inzwischen hatte Ellie, von der dramatischen Schilderung gefangengenommen, mit dem Weinen aufgehört. Als Judith schilderte, wie Edward dem alten Mann seinen Whisky ins Gesicht geschleudert hatte, lächelte sie sogar ein wenig.

Mrs. Warren jedoch konnte an der Schilderung nichts Komisches finden. «Weshalb hast du uns davon bisher nichts erzählt?» fragte sie entrüstet.

«Welchen Sinn hätte das gehabt? Was hätten wir denn tun können?»

«Den Dreckskerl stoppen.»

«Nun, genau das können wir jetzt tun. Wegen dem, was er Ellie angetan hat.» Sie wandte sich an Ellie, legte ihr den Arm um die knochige Schulter und drückte sie kurz an sich. «Es war sehr klug von dir, hierherzukommen und Mrs. Warren alles zu erzählen. Wäre ich damals klüger gewesen, dann hätte ich es Tante Louise erzählt, aber ich war nicht so mutig wie du. Die meisten Männer sind lieb, nett und es macht Spaß, mit ihnen zusammenzusein, nur ein paar von ihnen verderben immer alles. Jetzt wollen wir alles tun, damit dies nie wieder geschehen kann, indem wir zur Polizei gehen und dafür sorgen, daß Billy Fawcett vor Gericht kommt und bestraft wird. Wenn nötig, stelle ich mich sogar als Zeugin zur Verfügung, und wenn sie ihn ins Gefängnis stecken, soll es mir recht sein. Ich will nur, daß es mit ihm ein für allemal ein Ende nimmt, wegen Ellie und meinetwegen und wegen all der anderen Mädchen, die er begrapscht hat.»

Nach dieser langen und glühenden Rede lehnte sie sich auf ihrem Stuhl zurück und schöpfte Atem. Ihre Zuhörer schienen vorübergehend die Sprache verloren zu haben. Dann meldete sich Mrs. Warren zu Wort. «Nun, ich muß schon sagen, Judith, so aufgebracht habe ich dich noch nie erlebt.»

Judith mußte unwillkürlich lachen. Auf einmal fühlte sie sich wunderbar. Stark, erwachsen und zu einer unnachgiebigen Entschlossenheit bereit. «Gut möglich.» Sie wandte sich an Mr. Warren. «Was sagen Sie dazu?»

«Ich sage, du hast recht.» Dann stand er auf. «Nun. Jetzt aber los, wir sollten keine Zeit verlieren. Und du, Ellie, kommst mit Judith und mir, ob du willst oder nicht. Dir geschieht ja nichts. Wir sind die ganze Zeit bei dir und unterstützen dich bei jedem Wort, das du sagst. Und danach fahre ich dich nach Hause, und gemeinsam erklären wir es deiner Mum. Denk nur daran, daß dir Schlimmeres hätte zustoßen können, und wenn die Angelegenheit ihre guten Seiten hat, so hast du deinen Beitrag dazu geleistet.» Er klopfte Ellie auf die Schulter und beugte sich zu ihr hinunter, um ihr zur Beruhigung einen Kuß auf das krause, strohfarbene Haar zu drücken. «Dafür konntest du nichts, Mädchen. Dich trifft überhaupt keine Schuld.»

So geschah es. Es brauchte allerdings seine Zeit. Der Wachhabende auf dem Polizeirevier hatte bis dahin mit einer so delikaten Angelegenheit noch nichts zu tun gehabt und sich nur mit Fahrraddiebstählen und Trunkenheitsdelikten beschäftigt. Er mußte sich erst in das notwendige Verfahren vertiefen und das korrekte Formular für die Anzeige und andere wichtige Formulare heraussuchen. Dann mußte die Anzeige aufgenommen und getippt werden, all dies mit quälender Langsamkeit. Ellies Befangenheit, vom amtlichen Charakter des Polizeireviers noch verstärkt, war bei der Formulierung ihrer Aussage nur hinderlich, und immer wenn sie ins Stocken geriet, mußte man ihr helfen. Als schließlich die Anzeige mühsam niedergelegt worden war, brachten Mr. Warren und Judith Ellie nach Hause. Ihre Mutter verlangte ausführliche Erklärungen. Sie war entsetzt und schenkte ihnen und sich selbst zur Beruhigung zahllose Tassen Tee ein. Doch schließlich hatten alle sich wieder gefaßt, und Mr. Warren und Judith, die sich beide ausgelaugt fühlten, konnten nach Hause fahren. Sie fanden das Geschäft geschlossen. Heather, Mrs. Warren und Joe warteten in der Küche mit dem Abendessen auf sie. Aber Mr. Warren hatte nicht das Bedürfnis, gleich zu essen.

Er sagte: «Ich muß erst mal was trinken.» Er ging an den Schrank, in dem er für kritische Zeiten eine Flasche Whisky aufbewahrte. «Wer will auch einen? Joe, du?» Doch Joe, über das ungewöhnliche Verhalten seines Vaters leicht belustigt, schüttelte den Kopf. «Du, Mutter? Heather? Aber du, Judith?» Aber niemand meldete sich, und schließlich schenkte er sich einen kräftigen Schluck Whisky ein und kippte ihn pur herunter. Danach stellte er das Glas ab und erklärte, nunmehr sei er bereit und in der Lage, den Schweinebraten anzuschneiden.

Später, nachdem ausführlich geredet, das Geschirr abgewaschen und die Küche in Ordnung gebracht worden war, ging Judith nach unten in Mr. Warrens Büro und rief Mr. Baines an. Es wurde ein ziemlich langer Anruf, und zu Anfang war er ein wenig verstimmt darüber, daß sie sich ihm nicht schon früher anvertraut und von ihrer unglücklichen Erfahrung mit dem ominösen Billy Fawcett erzählt hatte. Doch seine leichte Verärgerung hielt nicht lange vor. Er gewann seine gewohnte Ruhe zurück, zeigte sich verständnisvoll und hilfsbereit. Er meinte, daß Mr. Warren und Judith genau das Richtige getan hätten und es an der Zeit sei, den Schandtaten dieses alten Lumpen endlich Einhalt zu gebieten. Mr. Baines versprach Judith, sein Allerbestes zu tun, damit sie nicht als Zeugin aufzutreten brauche, wenn der Fall vor dem Gericht in Bodmin zur Verhandlung komme, und daß er sie vertreten und sich um alles kümmern werde.

Judith war ihm äußerst dankbar dafür und sagte es ihm. Er entgegnete: «Aber gern. Dafür bin ich doch da.» Dann wechselte er das Thema und fragte, wie es ihr in Porthkerris gefalle, und sie unterhielten sich noch eine Weile über dieses und jenes, verabschiedeten sich schließlich und hängten auf.

AN DIESEM Abend, als Judith im Bett lag und zur Decke hinaufsah, wußte sie, daß mit dem heutigen Tag etwas zu Ende gegangen war. Nicht nur ihre Ferien bei den Warrens, nicht nur hatte sie zu guter Letzt ihr Vorhaben, Phyllis zu besuchen, in die Tat umgesetzt, sondern ihr war ebenso bewußt geworden, daß auch die Geschichte mit Billy Fawcett endgültig vorüber war. *Ich glaube, ich könnte Billy Fawcett umbringen,* hatte sie Edward gesagt, *oder ihn wie einen Käfer zermalmen.* Letzten Endes hatte sie Besseres getan. Mit Mr. Warrens Hilfe, einer weinenden Ellie und dem kläglichen Polizisten hatte sie die Mühlen der Justiz in Bewegung gesetzt und damit Billy Fawcetts widerwärtigem Treiben einen Riegel vorgeschoben. Die alte Rechnung war nun beglichen, und sie wußte, daß er sie nie mehr in ihren Alpträumen verfolgen und die Leiter hinaufsteigen würde, um durch das geöffnete Schlafzimmerfenster nach ihr zu greifen. Nie mehr würde sie versteinert und mit einem stummen Schrei aufwachen. Auch würde er nie wieder zwischen sie und das treten können, wonach sie sich am meisten sehnte. Sie fühlte sich wunderbar, wie von einer schmerzenden Last befreit, von einem gespenstischen Schatten, der vier Jahre lang in ihrem Kopf herumgegeistert war und beinahe ihre Beziehung zu Edward zerstört hätte.

Ihre Überlegungen führten sie fast zwangsläufig zu ihm zurück. Morgen früh würde sie nach Nancherrow fahren und Edward wiedersehen. Wenn Tante Lavinia sich besser fühlte, dann wollte sie mit ihm zusammen zum Dower House gehen. Vielleicht ergab sich die Gelegenheit, mit ihm allein zu sein und ausführlich mit ihm zu reden. Sie wollte ihm sagen, daß er recht gehabt hatte mit dem Katalysator, ihm erklären, was geschehen war, und ihm großzügigerweise das Stichwort liefern, damit er bemerken konnte: «Das habe ich dir doch gesagt.»

In ihren Augen bedeutete dies für sie beide einen Neubeginn, denn inzwischen war sie ein anderer Mensch geworden. Nun hatte sie keinen Anlaß mehr für eine Zurückweisung Edwards und ihre kindischen Ängste. Es gab nichts mehr, wovor sie sich fürchten mußte. Um sich zu prüfen, stellte sie sich vor, daß Edward sie küßte, genauso wie er es am vergangenen Weihnachtsfest getan hatte, als sie sich beide hinter dem Fenstervorhang im Billardzimmer auf Nancherrow versteckt hatten. Sie erinnerte sich daran, wie er sie umarmt, mit seiner Hand ihre Brust berührt, seinen Mund auf ihren gepreßt und seine Zunge zwischen ihren Lippen hatte spielen lassen...

Plötzlich durchströmte sie ein drängendes Verlangen, ein Schmerz tief in ihrem Leib, eine atemlose Wärme. Sie schloß die Augen und rollte sich auf die Seite, krümmte sich zusammen wie ein Säugling und hielt die Knie fest mit den Armen umschlungen. Sie war allein in der Dunkelheit und lächelte, denn sie spürte, wie sie sich mit einer wundervollen Wahrheit aussöhnte.

In seinem Zimmer auf Nancherrow kleidete sich Rupert Rycroft zum Abendessen um. Er hatte gebadet und sich bereits zum zweitenmal an diesem Tag rasiert, und nun zog er Unterhose und Socken an, knöpfte sein frisches weißes Hemd zu und nahm die Fliege. Er ging vor den hohen Spiegel, mußte allerdings in den Knien etwas nachgeben, um sich besser betrachten zu können. Nachdem er die Fliegenschleife gebunden hatte, hielt er einen Augenblick inne und betrachtete im Spiegelbild sein wenig bemerkenswertes Allerweltsgesicht. Zu große Ohren, träge Lider, die an den Augenwinkeln schlaff herabhingen, und das fliehende Kinn, das in den Kragen hinabzurutschen drohte. Zugute hielt er sich den schmucken Militärschnurrbart, der von den weniger schmeichelhaften Merkmalen ablenkte, und den dunkelbraunen Teint. Die grausam brennende Sonne in Palästina und Ägypten – Länder, in denen er stationiert gewesen war – hatte seine Haut tiefbraun gegerbt und um Augen und Mund ein Netz von feinsten Fältchen eingebrannt, was ihm die Reife eines älteren und erfahreneren Mannes verlieh.

Das hoffte er wenigstens.

Sein graubraunes Haar war dicht und weich und nach dem Waschen widerborstig. Aber nachdem er es mit einem geeigneten Haarwasser eingerieben und ausdauernd mit seiner elfenbeinbesetzten Bürste bearbeitet hatte, ließ es sich wieder in die disziplinierte Form bringen, die dem Formhaarschnitt eines Berufssoldaten entsprach.

Nun wandte er sich vom Spiegel ab, zog die Hose an und versuchte, seine Schuhe mit seinem schmutzigen Taschentuch zu polieren. Nach dieser Prozedur glänzten sie noch immer nicht, und wehmütig dachte er an den Gefreiten Stubbs, seinen Burschen, dem es mit Spucke und einer gehörigen Portion Muskelschmalz immer gelang, seine Schuhe, ja selbst seine vom Kasernenhofdrill verschmutzten Stiefel auf Hochglanz zu polieren.

Doch Stubbs war nicht in Reichweite. Dann mußte er eben ohne gut polierte Schuhe gehen. Er zog sein Dinnerjacket an, suchte seine Habseligkeiten zusammen und verstaute sie in den Taschen, drehte das Licht aus und verließ das Zimmer, um hinunterzugehen.

Es war erst sieben Uhr, und das Abendessen sollte um acht aufgetragen werden. Im Salon traf Rupert Colonel Carey-Lewis an, der sich ebenfalls bereits umgekleidet hatte und in einem Lehnstuhl saß, Zeitung las und sich einen Whisky mit Soda gönnte, bevor die ganze Familie sich zum Abendessen versammelte und seine Ruhe dahin war. Rupert hatte sich viel früher als nötig zurechtgemacht, weil er darauf spekulierte, den Colonel allein anzutreffen. Das hielt nämlich sein Vater genauso, wenn sich viele Gäste in Taddington aufhielten.

Von Rupert in seiner Lektüre gestört, ließ der Colonel die Zeitung sinken und bemühte sich, nicht allzu verstimmt dreinzuschauen. Er war ein höflicher Mensch.

«Rupert.»

«Bitte bemühen Sie sich nicht, Sir. Es tut mir leid, daß ich Sie störe und etwas zu früh bin...»

«Überhaupt nicht, überhaupt nicht.» Der Colonel faltete die Zeitung zusammen und legte sie weg. «Schenken Sie sich ein, und setzen Sie sich zu mir.» Rupert, dem es ganz recht war, sich etwas Mut anzutrinken, kam der Aufforderung des Colonels nach und bediente sich. «Ich hoffe, Sie sind gut untergebracht. War genug heißes Wasser da? Wie war Ihr Bad?»

«Alles bestens, danke, Sir.» Mit seinem Glas ging er zum Colonel hinüber und setzte sich auf den Stuhl neben dem Kaminfeuer, seine langen Beine wie ein Klappmesser zusammengefaltet.

«Heute war mir ziemlich heiß, und ich habe mächtig geschwitzt. Athena hatte mich zu einem Tennismatch herausgefordert...»

Obwohl Rupert es so eingerichtet hatte, daß er Athenas Vater allein antraf, konnte er nicht umhin, sich gleichzeitig auch ein wenig vor der Begegnung zu fürchten. Denn bei allem Charme von Colonel Carey-Lewis stand offenkundig fest, daß belangloses Geplauder nicht seine stärkste Seite und er im Grunde ein eher schüchterner Mann war. Aber Ruperts Befürchtungen erwiesen sich als unbegründet. Sie kamen mühelos ins Gespräch, und ihre gemeinsamen Interessen – Jagd, Pferde und Berufsarmee – lieferten ihnen reichlich Gesprächsstoff, so daß das Eis zwischen ihnen bald gebrochen war. Der Colonel erkundigte sich daraufhin nach ihm, und Rupert erzählte ihm von Taddington, seinen Eltern und seiner

Laufbahn. Eton, Sandhurst, die Königlichen Dragoner. Kommandos in Ägypten, Palästina und jetzt am Kavalleriestützpunkt Long Weedon in Northamptonshire.

«Unangenehm ist nur, daß Long Weedon zu nahe an London liegt. Bei jeder Gelegenheit ist man versucht, in die Stadt zu fahren, und dann muß man natürlich auch wieder zurück, meist in den frühen Morgenstunden mit einem ziemlichen Kater, um noch pünktlich zur Parade um halb acht zu erscheinen.»

Der Colonel lächelte. «Das sind die Probleme der Jugend. Sagen Sie mir, plant man, die Dragoner zu motorisieren?»

«Bisher noch nicht, Sir. Aber offen gesagt, kommt Ihnen ein Kavallerieregiment im modernen Krieg nicht etwas fehl am Platze vor?»

«Was halten Sie denn von Panzern?»

«Es täte mir leid, mich deswegen von meinen Pferden zu verabschieden.»

Der Colonel wandte den Kopf dem offenen Fenster zu, und seine hellen Augen blickten hinaus auf den Garten, über dem die goldene Abendsonne lag. Er sagte: «Ich fürchte, es wird Krieg geben. Soviel Zeit ist schon mit Kompromissen und Verträgen vertan worden. Ohne erkennbare Erfolge, wie ich meine. Eine Hoffnung nach der anderen ist enttäuscht worden. Erst wurde Österreich ausgelöscht, dann die Tschechoslowakei, und jetzt ist wohl Polen an der Reihe. Und auf einmal ist alles zu spät. Polen wird fallen, es ist nur eine Frage der Zeit. Hitler hat keinen Grund zu mobilisieren. Das deutsche Heer ist längst marschbereit. Wenn er es wagen will, dann muß er bald losschlagen, und zwar noch in den beiden ersten Septemberwochen, vor der Regenperiode im Oktober und bevor im November die Panzer im Schlamm steckenbleiben.»

«Und was ist mit Rußland?»

«Ein großes Fragezeichen. Wenn Stalin und Hitler einen Pakt unterzeichnen, hat Deutschland freie Hand. Und das wäre dann der Anfang.» Er wandte sich wieder Rupert zu. «Was ist dann mit Ihnen? Mit welchem Kommando rechnen Sie?»

«Vermutlich wieder mit Palästina.»

«Der nächste Krieg wird in der Luft entschieden. Edward ist übrigens bei der Royal Air Force.» Er nahm sein Glas und kippte den Whisky wie eine Medizin hinunter. «Seien Sie so gut, und schenken Sie mir bitte nach. Und wie steht's mit Ihnen?»

«Ich habe noch, danke, Sir.» Rupert erhob sich und schenkte dem Colonel das Glas halbvoll. Danach kehrte er an seinen Platz zurück. «Eigentlich», begann er verlegen, «wollte ich mich mit Ihnen unterhalten.»

Ein schwaches Lächeln erhellte die Miene des Colonels. «Dabei dachte ich, das täten wir längst.»

«Nein, es geht...» Rupert stockte. Er scheute davor zurück, seine Frage auszusprechen, denn er tat es zum erstenmal und befürchtete, er könnte sich versprechen. «Ich möchte Sie um die Hand Ihrer Tochter Athena bitten.»

Im ersten Augenblick verschlug es Colonel Carey-Lewis die Sprache. Dann sagte er: «Allmächtiger! Warum?»

Mit einer solchen Reaktion hatte Rupert nicht gerechnet, sie wirkte auf ihn wie ein Schlag ins Gesicht, doch gleich darauf fing er sich wieder. «Nun, ich mag sie sehr gern, und ich glaube, das beruht auf Gegenseitigkeit. Ich weiß, daß jetzt nicht gerade die günstigste Zeit zum Heiraten ist, wo der Krieg mehr als wahrscheinlich und die Zukunft ungewiß ist, aber ich halte es trotzdem für eine gute Idee.»

«Ich weiß nicht, ob sie eine gute Ehefrau abgeben wird.»

«Warum bezweifeln Sie das, Sir?»

«Weil sie eine solche Nachtschwärmerin ist und ganz nach ihrer Mutter schlägt.»

«Aber Sie haben ihre Mutter geheiratet, Sir.»

«Ja, das stimmt. Und sie hat nie aufgehört, mich zu amüsieren und zu betören. Aber ich habe Diana viele Jahre geliebt, bevor ich sie geheiratet habe. Sie beide dagegen kennen sich noch nicht so lange.»

«Lange genug, Sir.»

«Haben Sie es denn ausführlich mit ihr besprochen?»

«Ja. Ja, wir haben es besprochen.»

«Auch die Situation als Ehefrau eines Offiziers. Die Jahre der Trennung. Und das alles?»

«Ja, all das.»

«Und was ist mit der Zukunft? Ich meine die ferne Zukunft, wenn die furchtbare Katastrophe, die uns erst noch bevorsteht, längst der Vergangenheit angehören wird. Was dann?»

«Darauf weiß ich keine Antwort. Ich kann Ihnen nur sagen, daß ich als Ältester nach dem Tod meines Vaters Taddington erbe.»

«Athena und Taddington? Ob das eine gute Idee ist? Sie wissen, daß sie Pferde nicht ausstehen kann. Sie würde nicht mal für eine kurze Weile aufsitzen.»

Rupert lachte. «Ja, das weiß ich.»

«Und dennoch wollen Sie sie heiraten?»

«Ja, das möchte ich.»

«Wann denn?»

«So schnell wie möglich, denke ich.»

«Hochzeitsvorbereitungen dauern Monate.»

«Wir… nun, an eine solche Hochzeit dachten wir eigentlich nicht, Sir. Athena mag, wie ich, keine pompösen Hochzeitsfeiern. Ich fürchte, dies wird für Mrs. Carey-Lewis eine herbe Enttäuschung sein. Wir dachten eher an einen bescheideneren Rahmen oder sogar nur ans Standesamt. Ich könnte eine Sondergenehmigung erhalten.»

«Oh, dann spare ich ja eine Menge Geld. Ich nehme an, für kleine Wohltaten müssen wir dankbar sein.»

«Ich liebe sie wirklich, Sir.»

«Ich liebe sie auch. Sie ist ein nettes und lustiges Mädchen, und ich habe sie immer für bezaubernd gehalten. Nur bedaure ich, daß Sie in diesen ungewissen Zeiten heiraten wollen, aber wenn das Schlimmste eintreten sollte und Sie verwundet werden, kann Athena jederzeit nach Nancherrow kommen und hier auf Sie warten.»

«Ich hatte gehofft, daß Sie das sagen. Meine Eltern würden sie selbstverständlich auch gern aufnehmen und sie so gut wie möglich unterbringen, aber meine Mutter und Athena sind so verschieden wie Tag und Nacht, und ich bezweifle, daß ein Zusammenleben für die beiden angenehm wäre.»

Der Colonel, der wußte, was Rupert meinte, erwiderte mit trokkenem Humor: «Welch ein Pech, daß Ihre Zukünftige keine Pferdenärrin ist.»

«Pech vielleicht, aber nicht das Ende der Welt.»

«In diesem Fall haben wir wohl alles Nötige geklärt. Mir bleibt nur noch zu sagen, ja, ich gebe Ihnen die Hand meiner Tochter Athena. Ich wünsche Ihnen beiden so viel Glück und Zufriedenheit, wie diese grausame Welt Ihnen gewähren will.»

«Ich hätte nur noch eine Bitte, Sir...»

«Und die wäre?»

«Bitte sagen Sie den anderen noch nichts davon, wenn sie kommen. Ich meine, geben Sie keine Verlobung bekannt oder etwas Ähnliches, wenn es Ihnen recht ist.»

«Warum nicht?»

«Nun ja, ich habe es zwar mit Athena besprochen, aber genaugenommen habe ich sie noch nicht wirklich gefragt. Und eigentlich hat sie auch noch nicht ja gesagt.»

Der Colonel schaute ein wenig verdutzt drein. «Nun gut. Kein Wort, aber seien Sie so gut, das so schnell wie möglich zu regeln.»

«Das werde ich, Sir, und danke.»

«Lassen Sie die Sache nicht anbrennen. Schmieden Sie das Eisen, solange es heiß ist, sage ich immer. Ansonsten könnte Ihnen die Luft ausgehen.»

«So wie einem Soufflé, Sir.»

«Einem Soufflé?» Der Colonel dachte darüber nach. «Oh, ja, ja, ich verstehe, was Sie meinen.»

SONNTAG MORGENS, wenn sich viele Gäste auf Nancherrow aufhielten, ging es in der Küche hoch her. Obwohl Fenster und Türen weit geöffnet waren, kletterte die Temperatur an diesem milden Septembertag plötzlich in die Höhe. Dies trieb Mrs. Nettlebed die Röte ins Gesicht, brachte sie zum Schwitzen und ließ ihre strapazierten Knöchel in den engen Riemchenschuhen anschwellen.

Im Eßzimmer sind neun und in der Küche fünf Mäuler zu stopfen, dachte Mrs. Nettlebed. Nein, korrigierte sie sich, nicht neun im Eßzimmer, sondern nur acht, weil Mrs. Carey-Lewis sich hingelegt hatte – eine Gallenkolik, meinte der Colonel – und wahrscheinlich ein Tablett aufs Zimmer gebracht haben wollte. Mrs. Nettlebed hatte die Erklärung des Colonels kommentarlos hingenommen, doch war sie mit Nettlebed zu der Meinung gekommen, daß Mrs. Carey-Lewis einfach nur erschöpft war. In London hatte sie offenbar zuviel gefeiert, und dann war sie auch noch übereilt nach Hause zurückgekommen, weil alle dachten, Mrs. Boscawen liege im Sterben. Das war zum Glück nicht der Fall gewesen. Vielmehr ging es ihr wunderbarerweise wieder besser, aber man war noch immer sehr besorgt. Die vielen Gäste im Haus waren der Erholung nicht gerade förderlich. An Mrs. Carey-Lewis' Stelle hätte sich Mrs. Nettlebed ebenfalls ins Bett gelegt und es nicht eher verlassen, bis wieder etwas mehr Ruhe eingekehrt wäre.

Sie stand am Küchentisch, verknetete flink Mehl, Zucker und Butter und ließ die Teigflocken in eine Tonschüssel fallen, ganz so, als wollte sie Teegebäck backen. Immer, ganz gleich bei welchem Wetter, wünschte der Colonel sich einen warmen Nachtisch, und an diesem Sonntag sollte es ein überbackenes Apfeldessert sein mit einem Schuß Brandy. Die Äpfel lagen bereits kleingeschnitten wie fahlgrüne Blüten in einer Auflaufform, nur die Streusel fehlten noch. Hetty hatte die Äpfel geschält und außerdem mehrere Kilo Tomaten enthäutet, zwei Blumenkohlköpfe geputzt, einen Kohl kleingeschnitten und vier Schalen frische Erdbeeren gesäubert. Nun hantierte sie in der Spülküche und wusch das ab, was Mrs. Nettlebed immer die Kleinigkeiten nannte: die Pfannen und Schüsseln und Siebe und Küchenmesser und Raspeln.

Im Ofen brutzelte eine zwölf Pfund schwere Rinderlende langsam vor sich hin, und durch die fest verschlossene Ofentür drang das Aroma des Bratensaftes und der Duft der Zwiebeln, mit denen Mrs. Nettlebed den Braten gespickt hatte. Dazu sollte es Bratkartoffeln, geröstete Pastinaken, Yorkshire Pudding, eine Meerrettichsauce und die Bratensauce sowie frisch angemachten, scharfen englischen Senf geben.

Die Nachspeisen waren soeben fertig geworden. Mrs. Nettlebed hatte je eine Glasschüssel mit frischen Erdbeeren und Schokoladensoufflé auf dem kühlen Schieferregal in der Speisekammer abgestellt. Nachdem sie den Apfelauflauf in den heißen Ofen gesteckt hatte, wollte sie sich mit dem Yorkshire Pudding beschäftigen.

Hetty hätte diesen auch zubereiten können, aber sie tat sich mit der Zubereitung des Teigs immer so schwer.

Hinter ihr wurde die Küchentür geöffnet. Mrs. Nettlebed, die annahm, es sei ihr Mann, drehte sich gar nicht erst um und fragte: «Meinst du, ich sollte zum Soufflé noch Schlagsahne reichen?»

«Hört sich köstlich an», erwiderte eine Stimme, die nicht zu Mr. Nettlebed gehörte. Mrs. Nettlebeds Hände hielten inne. Sie warf ihren Kopf abrupt herum und erblickte in der offenen Tür niemand anderen als Jeremy Wells. Ihr Mund öffnete sich zu einem Ausruf der Freude, und in diesem Augenblick wurde ihr inmitten der hektischen Vorbereitungen für das Sonntagsessen klar, daß er der einzige Mensch war, dessen Erscheinen ihr jetzt Freude bereiten konnte.

Sie sagte: «Das ist ja eine Überraschung!»

«Hallo, Mrs. Nettlebed. Das duftet ja herrlich bei Ihnen. Was gibt's denn zum Mittagessen?»

«Rinderbraten.» Dort stand sie mit ihrer schiefsitzenden Haube und ihren mit Mehl bepuderten Händen und strahlte ihn an. «Dr. Wells! Welch seltener Gast!» Damals, als er Edwards Nachhilfelehrer gewesen war, hatte sie ihn stets mit Jimmy angeredet, doch nach seiner Abschlußprüfung ausnahmslos nur mit Doktor. Sie war der Meinung, daß sie ihm dies nach seinen vielen Studienjahren und nach der Prüfung einfach schuldig war. Um jedes Mißverständnis zu vermeiden, wenn von ihm die Rede war, bezeichnete man ihn als den jungen Doktor Wells, während man seinen Vater zu dessen großem Kummer zum alten Doktor Wells degradiert hatte. «Was tun Sie denn hier? Hat der Colonel etwa nach Ihnen geschickt? Davon hat er mir nichts gesagt.»

Jeremy schloß die Tür hinter sich und ging zum Tisch hinüber. «Warum hätte er mich rufen sollen?»

«Wegen Mrs. Carey-Lewis. Es geht ihr nicht gut. Er behauptet, sie habe eine Gallenkolik, doch Nettlebed und ich denken anders darüber. Erschöpfung, sage ich, dazu noch dieses und jenes. Wußten Sie, daß Mrs. Boscawen krank ist?»

«Ja, das habe ich gehört. Aber sie scheint das Schlimmste überstanden zu haben.»

«Sie hat uns allen einen ziemlichen Schrecken eingejagt. Alle sind aus London und Schottland und wer weiß woher nach Hause geeilt, weil man befürchtete, daß sie stirbt. So schlimm stand es um sie.»

«Das tut mir leid.»

Sie runzelte die Stirn. «Wenn der Colonel nicht nach Ihnen geschickt hat, weshalb sind Sie dann hier?»

«Nur um Sie zu besuchen.» Er streckte eine Hand aus, nahm ein paar Apfelschnitten aus der Auflaufform und aß sie. Hätte Loveday so etwas gemacht, hätte sie ihr einen Klaps auf die Finger gegeben. «Wo sind denn die anderen?»

«Sind alle in die Kirche gegangen. Außer Mrs. Carey-Lewis natürlich, die im Bett liegt, wie ich schon sagte.»

«Vielleicht sollte ich mal auf einen Sprung bei ihr reinschauen.»

«Wenn sie schläft, dann lassen Sie sie lieber schlafen.»

«Sicher. Sie haben das Haus wieder voll?»

«Wir platzen aus allen Nähten.» Mrs. Nettlebed nahm die Auflaufform und begann, die Streusel über den Äpfeln zu verteilen. «Athena hat ihren Freund, Captain Rycroft, mitgebracht, und dann ist auch noch ein Freund von Edward hier. Ein Mr. Callender.»

«Ist Loveday auch da?»

«Ja, Loveday natürlich auch. Und Judith ist heute morgen zurückgekommen.»

«Wo war Judith denn?»

«In Porthkerris bei den Warrens.»

«Hätten Sie beim Mittagessen auch noch etwas für mich übrig?»

«Was glauben Sie wohl, Sie dummer Kerl? Mehr als genug, meine ich. Haben Sie Nettlebed schon gesehen?»

«Nein. Bin gerade erst angekommen.»

«Ich sag ihm, er soll noch ein Gedeck mehr auflegen... Gehen Sie doch jetzt mal zu Mrs. Carey-Lewis hinauf. Und wenn sie etwas von Aufstehen sagt, so geben Sie ihr den guten Rat zu bleiben, wo sie ist. Hetty! Bist du bald fertig dahinten? Ich habe hier noch mehr zum Spülen, und ich möchte auch, daß du noch die Sahne steifschlägst...»

Hier überliess Jeremy sie ihren Arbeiten, schloß die Küchentür und stieg über die Hintertreppe zu Dianas Schlafzimmer hinauf. Er klopfte leise an die Tür, und sie rief ihn herein. Er hatte fast erwartet, daß die Vorhänge zugezogen waren und ihn die trübsinnige Stimmung eines Krankenzimmers empfing, aber der Raum war sonnendurchflutet. Diana saß halb aufrecht im Bett, lehnte sich gegen einen Stapel weicher Kissen und trug eine Bettjacke aus spitzenbesetztem Voile. Neben ihr lag der zu einer Kugel zusammengerollte Pekoe auf einem eigenen Stapel spitzenbesetzter Kissen und schlief. Diana hatte gelesen. Das Buch lag mit den aufgeschlagenen Seiten nach unten auf der weißen Seidensteppdecke, und Dianas feingliedrige Hand mit den rotlackierten Fingernägeln lag obenauf.

«Jeremy!»

«Hallo, Diana!»

«Was führt dich denn her? Oh, Edgar hat dich doch nicht etwa holen lassen? Ich habe ihm gesagt, ich wolle keinen Wirbel.»

«Nein, er hat mich nicht gerufen.» Jeremy schloß die Tür und ließ sich ungeniert auf der Bettkante nieder. Diana sah nicht fiebrig, sondern erschöpft aus, durchscheinend wie Papier und so, als hätte man ihr die Haut straff über die Gesichtsknochen gespannt. Ihre gewöhnlich tadellos frisierten Haare waren entzückend zerzaust, und sie hatte dunkle Ringe unter ihren bemerkenswerten Augen.

Er sagte: «Sie sehen erschöpft aus.»

«Genauso fühle ich mich auch. Aber Edgar erzählt allen, ich hätte eine Gallenkolik.»

«Was haben Sie denn bloß angestellt, um sich so zuzurichten.»

«Du sagst das so, als wäre es ein einziger Spaß für mich. Aber im Augenblick empfinde ich meine Lage als alles andere als lustig. Lavinia war sehr krank, und es gab soviel zu tun. Und irgendwann muß ich mit Mary Hunderte Meter von dieser fürchterlichen schwarzen Baumwolle kaufen und für jedes Fenster im Haus einen zusätzlichen Verdunklungsvorhang nähen. In Wahrheit bin ich erschöpft und deprimiert. Ich fühle mich elend und besitze nicht mehr die nötige Energie, um das Gegenteil vorzutäuschen. Deshalb habe ich mich ins Bett gelegt und Edgar erklärt, daß ich krank sei. Denn ihm ist es lieber, ich bin krank als unglücklich.»

«Machen Sie sich um Mrs. Boscawen Sorgen?»

«Ja, noch immer. Sie ist noch nicht vollständig über den Berg.
Sie hat uns einen gehörigen Schrecken eingejagt. London und dazu
das viele späte Zubettgehen haben mich ausgelaugt, und dann
mußte ich noch überstürzt nach Hause zurück. Noch nie bin ich
mit dem Bentley so schnell gefahren. Und das ausgerechnet auf der
schrecklichen A30 und der verstopften Umgehungsstraße von
Exeter.»

«Aber Sie haben's geschafft.»

«Ja, und eine hysterische Isobel angetroffen. Ich mußte Krankenschwestern für Lavinia anheuern, und dann kamen alle nach
Hause und brachten Gäste mit. Und Edgar setzte allem die Krone
auf, als er mir gestern abend mitteilte, daß Athenas Freund sie heiraten will!»

«Captain Rycroft?»

«Wer hat dir von ihm erzählt?»

«Mrs. Nettlebed.»

«Er heißt Rupert, ist furchtbar nett, bei den Königlichen Dragonern und ziemlich konventionell. Es traf uns vollkommen überraschend. Keiner von uns redet darüber, denn offenbar hat er sie
nicht mal gefragt. Menschen sind schon komisch, nicht wahr?»

«Das klingt doch eher nach einer erfreulichen Nachricht, meine
ich.»

«Ja, an sich schon, aber wenn die beiden sich verloben, dann
bestehen sie auf einer diskreten Hochzeit ohne Zeremonie. Nur
auf dem Standesamt und alles ein bißchen freudlos. Aber wie kann
man sich über etwas freuen, wenn die Zeitungen nur schlechte
Nachrichten zu melden haben und die Lage sich jeden Tag ver-
schlimmert – Edgar möchte, daß ich mir mit ihm jeden Abend die
Neunuhrnachrichten anhöre –, und manchmal fürchte ich, ich
werde krank vor lauter Angst.»

Ihr versagte die Stimme, und zum erstenmal sorgte sich Jeremy
wirklich um sie. Seit er Diana Carey-Lewis kannte, hatte er sie nie,
auch nicht annähernd, in einer solchen Gemütserregung erlebt.
Immer war sie ihm beherrscht und unbekümmert erschienen und
stets in der Lage gewesen, die komischen Seiten einer noch so ern-

sten Situation zu erkennen. Aber die Diana von heute hatte ihren
Schwung und damit ihre Stärke verloren.

Er berührte ihre Hand. «Sie dürfen keine Angst haben, Diana. Sie
haben sich doch nie vor etwas gefürchtet.»

Sie schenkte seiner Bemerkung keine Beachtung.

«In all den Jahren habe ich mich wie der Vogel Strauß verhalten,
den Kopf in den Sand gesteckt und behauptet, daß nichts passieren
würde, sondern irgendein Wunder geschieht, irgendein Dummkopf
mit einem schwarzen Hut noch einen Fetzen Papier unterzeichnet
und wir alle wieder aufatmen und weiterleben können. Aber das ist
zu nichts nutze. Sich selbst zu täuschen, meine ich. Es wird kein
Wunder mehr geben, sondern nur einen neuen Krieg.» Zu seinem
Entsetzen bemerkte Jeremy, daß ihr die Tränen in den Augen standen und sie sich nicht einmal bemühte, sie wegzuwischen. «Nach
dem Waffenstillstand von 1918 haben wir uns geschworen, daß so
etwas nie wieder passieren dürfte. Eine ganze Generation junger
Männer mußte in den Schützengräben sterben. All meine Freunde
sind gefallen. Und weißt du, was ich getan habe? Ich habe nicht
mehr darüber nachgedacht und mich nicht mehr an sie erinnert. Ich
habe sie einfach aus meinen Gedanken verdrängt, sie wie eine
Menge alten Kram in eine Kiste geräumt, das Schloß verriegelt, die
Gurte festgezurrt und sie in der hintersten Ecke auf irgendeinem
verstaubten Speicher abgestellt. Aber jetzt, nur zwanzig Jahre später, geht alles von neuem los, und ich kann nicht umhin, mich zu
erinnern. An all diese grauenhaften Momente. Wie ich zur Victoria
Station gegangen bin, um Freunde zu verabschieden, und all die
Jungs in Khaki vom Dampf der Loks eingehüllt wurden. Und wie
die Züge abfuhren und alle ihnen nachwinkten... Die Mütter und
Schwestern und Liebsten auf dem Bahnsteig. Und später dann die
seitenlangen Vermißtenlisten in den Zeitungsspalten mit den winzigen Buchstaben. Jeder Name stand für einen jungen Mann, dessen
Leben zu Ende war, bevor er überhaupt damit angefangen hatte.
Ich erinnere mich, daß ich zu einer Party ging und dort ein Mädchen
traf, das auf einem Flügel saß und die Beine baumeln ließ und dabei
Let the Great Big World Keep Turning sang. Und alle sangen mit,
nur ich nicht, weil ich heulen mußte.»

Nun kamen wieder neue Tränen, und sie tupfte ihre feuchten Wangen mit der Ecke ihres Spitzentaschentuchs trocken.

Er fragte: «Haben Sie nichts Besseres als dieses Tüchlein?»

«Taschentücher für Frauen sind immer so idiotisch dünn, nicht wahr?»

«Hier, nehmen Sie meins. Knallbunt zwar, aber frisch gewaschen und noch nicht benutzt.»

«Was für eine hübsche Farbe! Es paßt zu deinem blauen Hemd.» Sie schneuzte sich kräftig. «Ich rede zuviel, nicht wahr?»

«Überhaupt nicht. Mir scheint, Sie müssen sich einiges von der Seele reden, und ich höre Ihnen gern zu.»

«Oh, Jeremy, du bist ein Schatz. Und komischerweise bin ich nicht so dumm, wie es klingt. Ich weiß, daß der Krieg unausweichlich ist. Ich weiß auch, daß wir diese furchtbaren Sachen in Europa nicht durchgehen lassen dürfen. Menschen werden unterdrückt, ihrer Freiheit beraubt, ins Gefängnis geworfen und ermordet, nur weil sie Juden sind.» Sie wischte sich wieder die Augen trocken und steckte das Taschentuch dann unter das Kopfkissen. «Kurz bevor du kamst, habe ich in diesem Buch gelesen. Es ist nur ein Roman, nichts Ernsthaftes... aber er macht alles so furchtbar anschaulich...»

«Von welchem Buch reden Sie?»

«Es heißt *Flucht*, ist von einer Autorin namens Ethel Vance und spielt in einem vornehmen, weltoffenen Mädcheninternat in Deutschland, das von einer verwitweten Gräfin amerikanischer Herkunft geleitet wird. Die jungen Mädchen kommen, um Skilaufen, Sprachen und Musik zu lernen. Es geht alles reizend und zivilisiert zu. Doch ganz in der Nähe des Internats, hinter den Skipisten im Wald versteckt, befindet sich ein Konzentrationslager, in dem eine zum Tode verurteilte jüdische Schauspielerin gefangen ist.»

«Hoffentlich gelingt ihr die Flucht.»

«Das weiß ich nicht. Ich habe das Buch noch nicht ausgelesen. Es ist kein historischer Roman, er spielt heute, jetzt, und die Menschen sind wie du und ich. Was da geschieht, ist so barbarisch, daß jemand es aufhalten muß. Das ist unsere Aufgabe, nehme ich an.» Ein

531

gequältes Lächeln hellte ihr Gesicht auf wie ein blasser Sonnenstrahl einen Regentag. «So, genug gejammert. Schön, dich wiederzusehen. Aber ich weiß immer noch nicht, warum du hergekommen bist. Es ist zwar Wochenende und du läufst leger gekleidet und mit offenem Kragen herum, aber warum rührst du nicht deine Mixturen an, schneidest an den Patienten herum oder forderst sie auf, aah zu sagen? Hat dir dein Vater heute etwa freigegeben?»

«Nein. Meine Eltern sind zur Erholung für ein paar Tage auf die Scilly-Inseln gefahren. Mein Vater sagte mir, er wolle sich die Gelegenheit nicht entgehen lassen, solange das Reisen noch möglich ist. Denn so wie die allgemeine Lage sich entwickle, wisse nur Gott allein, wann sich ihm wieder eine solche Chance biete.»

«Und was ist mit der Praxis?»

«Für Vertretung ist gesorgt.»

«Eine Vertretung? Aber du...»

«Ich bin nicht mehr der Partner meines Vaters.»

«Hat er dich rausgeworfen?»

Jeremy lachte. «Eigentlich nicht. Aber ich bin von der örtlichen Ärztevereinigung als entbehrlich eingestuft worden. Im Augenblick führt mein Vater die Praxis allein weiter. Ich habe mich freiwillig zum R.N.V.R., dem Freiwilligenregiment der Royal Navy, gemeldet und bin vom Generalstabsarzt angenommen worden. Leitender Sanitätsarzt Korvettenkapitän Jeremy Wells, R.N.V.R. Wie klingt das in Ihren Ohren?»

«Oh, Jeremy. Furchtbar beeindruckend, aber auch beängstigend und schrecklich mutig. War das wirklich nötig?»

«Ich hab's eben getan. Ich bin sogar zu Gieves gegangen und habe mir eine Uniform gekauft. Darin sehe ich zwar wie ein besserer Kinoportier aus, aber daran werden wir uns alle noch gewöhnen, nehme ich an.»

«Sie wird dir großartig stehen.»

«Schon nächsten Donnerstag muß ich mich in der Devonport-Kaserne melden.»

«Und bis dahin?»

«Wollte ich Sie hier auf Nancherrow besuchen und mich von Ihnen verabschieden.»

«Du bleibst doch bei uns, oder?»

«Wenn noch ein Bett frei ist.»

«Oh, mein lieber Junge, für dich steht immer ein Bett bereit. Auch wenn wir noch andere Gäste im Haus haben. Hast du einen Koffer dabei?»

Er besaß den Anstand, etwas verlegen dreinzuschauen. «Ja. Ich hatte ihn gepackt für den Fall, daß Sie mich einladen.»

«Hat Mrs. Nettlebed dir von Gus Callender erzählt, Edwards Studienfreund aus Cambridge?»

«Sie sagte mir, daß er hier sei.»

«Ein ziemlich interessanter Typ, ein ganz unbeschriebenes Blatt. Ich fürchte, Loveday ist in ihn vernarrt.»

«Loveday?»

«Erstaunlich, nicht wahr? Du weißt doch, wie fürchterlich grob sie immer mit Edwards Freunden umgesprungen ist. Sie hat ihnen schlimme Spitznamen verpaßt und sie nachgeäfft. Nun, diesmal verhält sie sich völlig anders. Man könnte fast sagen, sie hänge an seinen Lippen. Zum erstenmal erlebe ich, daß sie sich überhaupt für einen jungen Mann interessiert.»

Jeremy war ziemlich erheitert. «Und wie reagiert er auf ihre Zuneigung?»

«Ziemlich kühl, möchte ich sagen. Aber er verhält sich sehr korrekt.»

«Was ist so interessant an ihm?»

«Das könnte ich nicht einmal genau sagen. Er ist ganz anders als alle bisherigen Freunde Edwards. Er stammt aus Schottland, aber er spricht nicht über seine Familie. Ein reservierter Mensch und vielleicht ein bißchen humorlos! Und er besitzt eine künstlerische Ader. Sein Hobby ist die Malerei, und er malt verblüffend gut. Er hat schon einige entzückende kleine Skizzen angefertigt. Du mußt sie dir mal von ihm zeigen lassen.»

«Stille Wasser sind eben tief.»

«Ja, das denke ich auch. Warum auch nicht? Wir sind alle so extrovertiert und erwarten deshalb, daß jeder freimütig aus seinem Leben erzählt. Wie auch immer, du wirst ihn ja bald kennenlernen und dir ein eigenes Bild von ihm machen können. Denk aber bitte daran, daß wir uns alle offenbar insgeheim darüber verständigt haben, daß wir uns nicht über Loveday lustig machen. Sogar Edward hat sich bisher unglaublich taktvoll verhalten. Anscheinend haben wir einfach vergessen, daß unser Nesthäkchen schon fast achtzehn Jahre alt ist. Vielleicht war es an der Zeit, daß sie sich in etwas verliebt, das keine vier Beine und einen Schweif hat. Ich muß schon sagen, er ist ganz süß zu ihr. Das ist sehr lieb von ihm.» Plötzlich gähnte sie, lehnte sich in die Kissen zurück und zog ihre Hand unter der seinen weg. «Ich gäbe etwas darum, wenn ich nicht so müde wäre. Jetzt möchte ich nur schlafen.»

«Dann schlafen Sie doch.»

«Es hat mir gutgetan, mit dir zu reden.»

«Das sollte eine ärztliche Konsultation immer bewirken.»

«Nun mußt du aber auch eine saftige Rechnung schicken.»

«Das werde ich auch, wenn Sie jetzt nicht im Bett bleiben. Schlafen Sie sich aus. Haben Sie Hunger? Möchten Sie vielleicht etwas essen?»

Sie rümpfte die Nase. «Lieber nicht.»

«Etwas Suppe? Eine Consommé oder sonst etwas. Ich kann es Mrs. Nettlebed auftragen.»

«Nein, geh lieber zu Mary. Sie muß irgendwo in der Nähe sein. Sag ihr, daß du hierbleibst und sie ein Zimmer für dich zurechtmachen soll.»

«Gut.» Er stand auf. «Ich sehe später noch mal nach Ihnen.»

«Beruhigend zu wissen», sagte sie, «daß du da bist. Wie in der guten alten Zeit.» Sie zeigte ein Lächeln, aus dem dankbare Zuneigung sprach. «Es macht alles viel leichter.»

ER LIESS sie allein, ging aus dem Schlafzimmer und schloß die Tür hinter sich. Einen Augenblick lang zögerte er und überlegte, wo er sich am besten auf die Suche nach Mary Millyway machen konnte. Als er jedoch plötzlich Musik hörte, waren sämtliche Gedanken an sie wie verscheucht. Vom Ende des langen Flurs, an dem die Gästezimmer lagen, wehte sie zu ihm herüber. Und zwar aus Judiths Zimmer. Sie war am Vormittag aus Porthkerris zurückgekommen und packte vermutlich ihren Koffer aus. Und dabei hatte sie bestimmt eine Schallplatte aufgelegt, zur Gesellschaft vermutlich und zum Trost.

Klaviermusik. Johann Sebastian Bach. *Jesus bleibet meine Freude.*

Er stand still und lauschte, von einer süßen und stechenden Wehmut erfüllt. Überraschend lebendig tauchte aus vergangener Zeit die Abendandacht in seiner Schulkapelle vor ihm auf. Er erinnerte sich an das goldene Sommerlicht, das durch die Bleiglasfenster hereinfiel, an die harten, reichlich unbequemen Kirchenbänke aus dunkler Eiche und an die glockenreinen Knabenstimmen, die abwechselnd die Sätze des klassischen Chorals vortrugen. Er glaubte, die verstaubten Gesangbücher riechen zu können.

Nach einer Weile ging er den Flur hinunter, der dicke Läufer dämpfte das Geräusch seiner Schritte. Judiths Zimmertür stand einen Spaltbreit offen. Er stieß sie sanft auf. Sie hörte ihn nicht. Koffer und Taschen standen noch auf dem Boden. Offenbar hatte sie es vorgezogen, einen Brief zu schreiben, statt auszupacken. Sie saß an ihrem Schreibtisch in ihre Aufgabe vertieft, und ihr Profil zeichnete sich vor dem offenen Fenster ab. Eine Locke ihres honigfarbenen Haars streifte ihre Wange, sie trug ein himmelblaues Baumwollkleid mit einem weißen Blumenmuster. In ihrer Konzentration und Ahnungslosigkeit erschien sie Jeremy verletzlich und liebenswert zugleich, so daß er sich auf einmal wünschte, er könnte die Zeit anhalten und dieser Augenblick möge verweilen.

Jeremy schoß es durch den Kopf, daß sich ein Mädchen von achtzehn Jahren in einem schwierigen Übergangsalter befand. Ein linkischer Backfisch war es nicht mehr, andererseits hatte es aber noch nicht die volle Reife einer jungen Frau erlangt. Vergleichbares konnte man bei einer Rosenknospe beobachten, wenn sie sich entfaltete: sie blühte zwar jeden Tag etwas mehr auf, und dennoch wußte man, daß ihre volle Blüte erst noch bevorstand. Diese magische Verwandlung trat natürlich nicht bei jedem Backfisch ein, und in seinem Leben war Jeremy vielen schlaksigen Schulmädchen begegnet, die ihren gutentwickelten Busen in eine enge Hemdbluse eingezwängt hatten und vierschrötig aussahen, weil sie darin etwa so viel weiblichen Charme ausstrahlten wie ein Rugbytrainer an einem Regentag.

Doch das Wunder des Erblühens hatte er zuvor schon bei Athena beobachtet. An einem Tag ein langbeiniger, ausgelassener Blondschopf und am Tag darauf bereits das Objekt männlicher Begierde. Und nun nahte Judiths Blütezeit, und er entsann sich des kleinen Mädchens, mit dem er zum erstenmal vor vier Jahren in einem Eisenbahnabteil gesprochen hatte. Ein Gefühl der Traurigkeit überkam ihn, doch gab es auch gute Gründe, dankbar zu sein. Sein Vater, der alte Dr. Wells, hatte im Ersten Weltkrieg als Sanitätsoffizier an der Front gedient und ihm teilweise von seinen abstumpfenden Erfahrungen berichtet. In den vor ihm liegenden Monaten und vielleicht sogar Jahren als Sanitätsarzt auf einem Schiff Seiner Majestät besaß er einzig die Gewißheit, daß er hin und wieder mit Einsamkeit, Erschöpfungszuständen, Unbequemlichkeiten und Ängsten zu kämpfen hatte und nur die Erinnerung an bessere Zeiten ihn vermutlich daran hindern würde, den Verstand zu verlieren.

Nun aber verwandelte sich dieser wie ein Insekt im Bernstein eingefangene Augenblick in ein Erinnerungsbild.

Lange genug hatte er auf der Schwelle gestanden. Er wollte etwas sagen, doch gerade erklang das Finale des Musikstücks von Bach. In die Stille nach den verklungenen Akkorden fielen die Tauben im Hof unter dem Fenster mit ihrem Gurren ein.

«Hallo, Judith.» Sie drehte sich zu ihm um und blickte ihn zerstreut an. Einen Moment lang sagte sie nichts, während er ihr sorgenvolles blasses Gesicht betrachtete. «Diana ist krank», sagte sie dann, nicht etwa im Ton einer Frage, sondern als Feststellung.

Der Arzt war gefragt. «Nicht die Spur», erwiderte er sogleich. «Sondern nur erschöpft.»

«Oh.» Sie ließ ihren Füllfederhalter fallen und lehnte sich an die Stuhllehne. «Da bin ich aber erleichtert! Mary sagte mir, Diana sei ins Bett gegangen, nicht aber, daß man nach dir geschickt habe.»

«Davon konnte Mary auch nichts wissen. Ich habe sie übrigens noch nicht gesehen. Außer Mrs. Nettlebed und Diana habe ich noch niemanden gesehen. Offenbar sind alle in die Kirche gegangen. Und man hat auch nicht nach mir geschickt. Ich bin ganz von allein gekommen. Diana ist wirklich nicht krank, du brauchst dir also keine Sorgen zu machen.»

«Vielleicht sollte ich mal zu ihr gehen, nur ganz kurz.»

«Laß sie lieber allein. Ich glaube, sie schläft jetzt. Du kannst später noch immer zu ihr gehen.» Er zögerte. «Störe ich etwa?»

«Natürlich nicht. Ich schreibe gerade einen Brief an meine Mutter, aber ich bin mit den Gedanken nicht bei der Sache. Komm herein und setz dich. Wir haben uns schon seit Monaten nicht mehr gesehen.»

Er trat also ein, bahnte sich einen Weg durch die Gepäckstücke und ließ sich auf einem lächerlich kleinen Lehnstuhl nieder, der für ihn viel zu schmal war. «Wann bist du zurückgekommen?»

«Vor etwa einer halben Stunde. Ich wollte sofort auspacken, aber dann habe ich mich entschlossen, meinen Eltern zu schreiben. Sie haben schon lange keinen Brief mehr von mir bekommen.»

«Hast du in Porthkerris schöne Ferien verbracht?»

«Ja. Dort ist es immer sehr lustig. Ein wenig wie in einem Affenzirkus. Hast du heute einen Tag dienstfrei bekommen?»

«Nein, eigentlich nicht.»

Sie wartete auf eine Erklärung von ihm. Als er keine Anstalten dazu machte, lachte sie unvermittelt. «Weißt du, Jeremy, du bist ungewöhnlich. Du hast dich gar nicht verändert. Du siehst noch genauso aus wie an dem Tag, als wir uns zum erstenmal im Zug aus Plymouth begegnet sind.»

«Ich weiß nicht, wie ich das verstehen soll. Ich dachte immer, da gebe es noch Raum für Verbesserungen.»

Sie lachte. «Das hatte ich als Kompliment gemeint.»

Er sagte: «Ich bin jetzt auf Urlaub.»

«Sicher hast du dir den verdient.»

«Urlaub wegen Einschiffung könnte man das nennen. Ich habe mich zum R.N.V.R. gemeldet. Nächsten Donnerstag muß ich mich in Devonport melden, und Diana hat mich eingeladen, bis dahin hierzubleiben.»

«Oh, Jeremy.»

«Eine ziemliche Schnapsidee, wie? Den ganzen Sommer habe ich hin und her überlegt, und nun sieht es ganz so aus, als ob wir es schnell hinter uns bringen könnten, je eher die Sache steigt. Und ebensogut kann ich von Anfang an dabeisein.»

«Und was sagt dein Vater dazu?»

«Ich habe es ausführlich mit ihm besprochen, und zum Glück denkt er genauso wie ich. Das ist gut so, schließlich muß er nun die Last der großen Praxis allein tragen.»

«Wirst du zur See fahren?»

«Wenn ich Glück habe.»

«Wir werden dich vermissen.»

«Du kannst mir schreiben, meine Brieffreundin sein.»

«Einverstanden.»

«Also abgemacht. Jetzt muß ich mich aber auf die Suche nach Mary machen», sagte er, während er sich mit einiger Mühe aus dem kleinen Lehnstuhl erhob. «Damit ich ein Zimmer bekomme. Die anderen können jeden Augenblick aus der Kirche zurück sein, und vor dem Mittagessen möchte ich mich noch etwas frisch machen.»

Doch Judith hatte noch eine wichtige Neuigkeit mitzuteilen. «Weißt du, daß ich jetzt einen Wagen habe?»

«Einen Wagen?» Er war beeindruckt. «Einen eigenen etwa?»

«Ja.» Über seine Reaktion erfreut, strahlte sie. «Brandneu. Einen netten kleinen Morris. Den muß ich dir unbedingt zeigen.»

«Du darfst mich gern mal zu einer Spritztour einladen. Ein richtig verwöhntes Mädchen bist du. Ich habe erst mit einundzwanzig einen Wagen bekommen. Der hat damals fünf Pfund gekostet und glich eher einer uralten Nähmaschine auf Rädern.»

«Fuhr er denn gut?»

«Wie der Blitz. Mindestens dreißig Meilen die Stunde, aber nur bei geöffneten Türen und einem steifen Wind von achtern.» An der Zimmertür hielt er inne, um zu horchen. Von unten drangen deutlich Geräusche von Stimmen und Schritten herauf, Türen wurden zugeschlagen und Tiger bellte fröhlich. «Die Kirchgänger scheinen zurück zu sein. Jetzt muß ich aber gehen. Bis später dann...»

Zurück vom Kirchgang. Alle strömten ins Haus, die Mitglieder der Familie ebenso wie die beiden Fremden, die Judith noch nicht kennengelernt hatte. Und Edward war auch da. Unten in der Eingangshalle. Vor Aufregung begann ihr Herz schneller zu schlagen, und sie wußte, daß ihr Brief nach Singapur warten mußte. Sie ließ das Briefpapier liegen und machte sich schnell ans Auspacken. Sie zog neue Schuhe an und wusch sich die Hände, trug etwas Lippenstift auf und dann, nach kurzer Überlegung, einen Hauch Parfum. Sie stellte sich vor den Spiegel und war gerade dabei, sich das Haar zu bürsten, als sie hörte, wie Loveday sie vom Flur aus rief.

«Judith!»

«Ich bin hier im Zimmer.»

Als Loveday ins Zimmer trat, sprudelte sie hervor: «Was treibst du denn noch? Wir sind schon zurück. Du mußt runterkommen und alle begrüßen... Mensch, siehst du aber todschick aus! Wie war es denn? Hattest du noch viel Spaß? Wann bist du nach Hause gekommen? Hast du Mama schon gesehen? Die Ärmste fühlt sich nicht ganz wohl...»

«Nein, ich habe sie noch nicht gesehen. Sie schläft, glaube ich. Jeremy sagte, sie sei ein wenig erschöpft.»

«Jeremy? Ist er denn hier?»

«Er ist kurz nach mir eingetroffen und bleibt für ein paar Tage. Ich glaube, Mary macht gerade ein Zimmer für ihn zurecht. Und wenn du schon davon sprichst, daß ich toll aussehe, dann sieh dich erst mal an! Woher hast du denn diese himmlische Jacke?»

«Die hat Athena mir geliehen. Sie ist von Schiaparelli. Ist sie nicht göttlich? Oh, Judith, ich muß dir schnell noch was von Gus erzählen, bevor er auftaucht. Er ist einfach der wunderbarste Mensch, dem ich in meinem Leben je begegnet bin. Wir haben eine Menge gemeinsam unternommen, und er scheint sich nie auch nur im geringsten zu langweilen, wenn er mit mir zusammen ist.»

Während sie diese fesselnden Informationen mitteilte, ihr Herz ausschüttete und sich keineswegs bemühte, ihre offensichtliche Schwärmerei zu verbergen, begann ihr Gesicht vor Glück von innen heraus so zu leuchten, wie Judith es an ihr noch nie wahrgenommen hatte. Loveday war immer schon hübsch gewesen, doch jetzt sah sie umwerfend aus. Es war, als hätte sie die in der Kindheit bewußt gepflegte Lässigkeit aufgegeben und sich sozusagen über Nacht entschlossen, erwachsen zu werden. Auch hatte dieses Leuchten, das von ihr ausging, nichts Künstliches an sich. Das Verliebtsein, meinte Judith, stand Loveday beinahe ebenso gut wie die Leinenjacke, die sie sich von Athena ausgeliehen hatte.

«Oh, Loveday. Weshalb sollte er sich mit dir langweilen? Bisher hat sich noch nie jemand mit dir gelangweilt.»

«Schon, aber du weißt, was ich meine.»

«Ja, und das freut mich für dich.» Judith fuhr mit dem Bürsten fort. «Was habt ihr denn unternommen?»

«Oh, verschiedenes. Wir waren schwimmen, ich habe ihm das Gut gezeigt, wir haben uns um die Pferde gekümmert, und ich habe ihm malerische Plätze zum Zeichnen gezeigt. Er ist ein ziemlich guter Maler, und ich bin sicher, daß er riesigen Erfolg haben könnte, natürlich nur, wenn er nicht Ingenieur oder Soldat wird.»

«Soldat?»

«Ja, ein Gordon Highlander. *Falls* es Krieg gibt.» Selbst diese Aussichten vermochten keinen Schatten auf Lovedays Leuchten zu werfen.

Judith sagte: «Jeremy geht zur Navy.»

«Schon? Muß er das?»

«Nein, aber deshalb ist er hier. Er befindet sich auf Einschiffungsurlaub, wenn man so will.»

«Du meine Güte!» Wie alle frisch Verliebten interessierte Loveday sich nur für sich selbst und das Objekt ihres Verlangens, nicht aber für andere Menschen. «Ich kann's kaum abwarten, daß du Gus kennenlernst. Aber versprich mir, nicht allzu nett zu ihm zu sein, denn sonst mag er dich am Ende vielleicht lieber als mich. Ist das Leben nicht wunderbar? Ich dachte, er wäre wie alle anderen, die Edward immer mitgebracht hat, aber er ist ganz anders.»

«Da hat er aber Glück gehabt, denn sonst hättest du ihm bestimmt das Leben schwergemacht.»

Loveday kicherte. «Erinnerst du dich an Niggle und wie er fast in Ohnmacht fiel, als Edward einen toten Hasen mit nach Hause brachte, den er geschossen hatte?»

540

«Oh, Loveday, du warst so grausam zu dem armen Kerl. Und er hieß gar nicht Niggle, sondern Nigel.»

«Das wußte ich doch, aber du mußt schon zugeben, daß Niggle besser zu ihm paßte. Niggle-Niggle. Oh, jetzt komm aber rasch nach unten, alle sind da und warten schon auf uns, und im Garten gibt's was zu trinken. Heute nachmittag gehen wir zur Bucht hinunter, wenn Flut ist. Dann können wir schwimmen...»

«Eventuell gehe ich Tante Lavinia einen Besuch abstatten.»

«Ist es nicht wunderbar, daß sie nicht gestorben ist? Das hätte ich nicht ertragen können. Jetzt komm aber endlich. Ich kann nicht länger warten. Hör schon auf, dich zurechtzumachen. Du siehst großartig genug aus...»

Als Judith hinter Loveday durch die Terrassentür aus dem Salon ins Freie trat, wurde sie von der Helligkeit geblendet. Der Garten lag im gleißenden Sonnenlicht; die grellen Strahlen der Mittagssonne wurden vom Meer widergespiegelt, so daß in der Sommerbrise alles schimmerte, flirrte und sich bewegte. Das nimmermüde Laub der Eukalyptusbäume zitterte und zeigte sich mal silbern, mal grün. Die dunkelrosa Blüten einer verblühten Rose wurden über den Rasen geweht, und die dicken, weißen Fransen von Dianas großem Gartenschirm, dessen Stiel man durch das Loch in der Mitte des verzierten gußeisernen Tisches in den Boden gesteckt hatte, tanzten und schaukelten im Wind.

Auf dem Tisch stand ein Tablett mit Gläsern, Aschenbechern und mit Chips und Nüssen in Tonschälchen. Außerhalb des Schattens, den der Schirm warf, hatte Nettlebed annähernd im Halbrund Stühle aus Segeltuch aufgestellt und auf dem Rasen schottische Plaids ausgebreitet. Da Nettlebed wußte, daß die jüngeren Mitglieder der Familie Carey-Lewis sich stets lieber draußen als drinnen aufhielten, war er angesichts des milden Wetters und in weiser Voraussicht selbständig aktiv geworden.

Judith hielt nach Edward Ausschau, konnte ihn aber nirgends sehen. Lediglich drei Gestalten warteten auf sie in anmutiger Anordnung, ganz so, als posierten sie nach den Anweisungen eines Künstlers, der einige Personen zur Belebung seiner Landschaft entsprechend arrangiert hatte. Der Eindruck, einem Gemälde gegen-

541

überzustehen, einem innerhalb der flüchtigen Zeit gebannten Augenblick, war so übermächtig, daß Judith diese Szene so wahrnahm, als würde sie ein prächtiges Ölgemälde in einem geschnitzten, vergoldeten Rahmen in einem berühmten Museum betrachten, das den Titel *Vor dem Lunch. Nancherrow, 1939* trug. Ein Kunstwerk, das man gern besitzen, um jeden Preis kaufen und für immer behalten würde.

Drei Gestalten. Athena lag auf einem der Plaids und stützte sich mit den Ellbogen ab, ihre blonden Haare wehten im Wind, ihr Gesicht hinter einer riesigen Sonnenbrille versteckt. Die Männer hatten zwei Stühle herangezogen und saßen ihr gegenüber, der eine ein sehr dunkler, der andere ein heller Typ. Sie hatten die Jacketts nach dem Kirchgang abgelegt, die Krawatten abgenommen und die Hemdsärmel hochgekrempelt, und trotz ihrer hellgestreiften Hosen und polierten Schuhe erweckten sie den Eindruck, als wären sie leger und bequem gekleidet.

Drei Gestalten. Athena und die beiden jungen Männer, die Judith erst noch kennenlernen sollte. Im Geiste wiederholte sie deren Namen, Gus Callender und Rupert Rycroft. Wer von beiden war Gus? Wer war der Mann, der Lovedays launisches Herz erobert hatte und dem es in nur wenigen Tagen gelungen war, den bewußt unbeholfenen Backfisch in eine strahlende junge Frau zu verwandeln, die jetzt Schiaparelli trug, sich die Lippen schminkte und aus deren veilchenblauen Augen das Licht der Liebe strahlte?

Unfähig, ihre Ungeduld zu zügeln, lief Loveday auf die Gruppe zu und fragte: «Wo bleiben denn die anderen?» Die drei hatten sich angeregt unterhalten und verstummten nunmehr. Athena blieb liegen, aber die beiden jungen Männer erhoben sich mit einiger Mühe aus ihren Stühlen. «Oh, Sie brauchen nicht aufzustehen, Sie sitzen so bequem...» Judith folgte Loveday in den Sonnenschein und über den Rasen, vorübergehend von jener Schüchternheit befangen, die sie stets noch überfiel, wenn sie unbekannten Menschen begegnete. Sie hoffte, daß dies nicht weiter auffiel. Die beiden jungen Männer waren hochgewachsen, aber der hellere Typ war mager und noch größer als der andere. «...gibt's denn nichts zu trinken? Nach dem vielen Liedersingen und Beten bin ich am Verdursten.»

542

«Gleich gibt's was, nur ein wenig Geduld», erwiderte Athena ihrer jüngeren Schwester, und Loveday ließ sich auf das Plaid neben ihr fallen. Athena sah durch ihre Sonnenbrille hindurch Judith an. «Hallo, Schätzchen, wie schön, dich zu sehen. Du scheinst jahrhundertelang fort gewesen zu sein. Gus und Rupert kennst du wohl noch nicht? Jungs, das ist die liebe Judith, unsere Ersatzschwester. Unser Haus kommt einem immer halb leer vor, wenn sie nicht da ist.»

Wie ihre Mutter, so besaß auch Athena das Talent, einem das Gefühl zu vermitteln, als wäre man etwas Besonderes. Judith verlor ihre Schüchternheit, lächelte, sagte «Hallo» und schüttelte die Hände. Der Größere der beiden war also Rupert, Athenas Freund, der seinen Jagdurlaub in Schottland geopfert hatte, um sie nach Hause zu chauffieren. An seinem gepflegten Schnurrbart, dem Formhaarschnitt und dem fliehenden Kinn war er leicht als Angehöriger der Armee und typischer Dragoner zu erkennen. Er machte einen alles andere als schwächlichen Eindruck. Sein Gesicht war braun gebraunt, der Händedruck kräftig, und die Augen mit den schweren Lidern sahen mit einem amüsierten und freundlichen Blick auf Judith hinunter.

Der andere dagegen, Gus, war Judith ein Rätsel. Sie versuchte, jenen Charakterzug zu erkennen, der Loveday fasziniert haben mußte, konnte auf den ersten Blick jedoch weiter nichts Ungewöhnliches an ihm entdecken. Er hatte kaffeebraune Augen, eine olivfarbene Haut, und sein tiefes Grübchen am Kinn sah aus, als hätte ein Bildhauer es mit einem Meißel herausgeschlagen. Seine Gesichtszüge waren ernst, seine Lippen schön geschwungen, und sein ganzes Auftreten war das eines eigentümlich beherrschten, möglicherweise schüchternen Mannes, der seine Geheimnisse nicht so leicht preisgab. Es schien Judith unmöglich, diesen rätselhaften jungen Mann mit Lovedays begeisterter, von Liebe diktierter Schilderung in Einklang zu bringen. Wie um Himmels willen hatte sich dies alles zugetragen? Sie wußte eigentlich nicht genau, was sie erwartet hatte, diese Erscheinung jedoch bestimmt nicht.

Er hatte gesagt, «Erfreut, Sie kennenzulernen», und einen Augenblick lang war der Anflug eines Lächelns über seinen Mund gehuscht, und er sprach mit gepflegter Stimme und akzentfrei, wenngleich man die angeborene, gedehnte Sprechweise der meisten Freunde Edwards heraushören konnte. Alles in allem Neuland, dachte Judith. Warum eigentlich nicht?

«Wo wollen Sie sitzen? Hier, nehmen Sie meinen Stuhl, ich hole mir einen anderen», sagte er.

«Wo bleibt denn der Rest?» fragte Loveday erneut.

Athena antwortete, nachdem sich die anderen alle in der warmen Sonne niedergelassen hatten: «Paps ist mal kurz zu Mama, und Edward geht gerade Getränke holen. Nettlebed wollte das Zeug nicht in der Sonne stehenlassen.»

«Wußtest du, daß Jeremy aufgekreuzt ist?»

«Nettlebed hat's uns gesagt. Eine nette Überraschung. Mama wird sich freuen.»

Judith sagte: «Er befindet sich auf Einschiffungsurlaub, bevor er als Arzt zum R.N.V.R. geht. Nächste Woche muß er sich in Devonport melden.»

«Du meine Güte», sagte Athena. «Wie tapfer von ihm. Genau so etwas würde man von einem Menschen wie ihm erwarten.»

«Erklär mir, wer Jeremy ist», bat Rupert.

«Das wollte ich gerade, als Judith und Loveday kamen. Er ist ein weiteres adoptiertes Familienmitglied, ihn gab's schon immer. Sein Vater ist unser Hausarzt, und er war mal Edwards Nachhilfelehrer. Ich nehme an, er ist gekommen, als wir in der Kirche waren.»

«Er bleibt hier», sagte Judith, «bis er sich melden muß.»

«Dann müssen wir ihn verwöhnen und besonders nett zu ihm sein.»

Gus hatte sein Jackett neben sich gelegt. Jetzt hob er es auf und suchte in den Taschen nach Zigaretten und Feuerzeug. Dabei rutschte etwas aus der inneren Seitentasche und fiel neben Judiths Stuhl auf den Rasen. Sie sah ein kleines, dickes Skizzenbuch, das von einem Gummiband zusammengehalten wurde. Loveday, die ihm zu Füßen saß, hatte es auch gesehen und schnappte danach. «Dein Skizzenbuch. Das darfst du nicht verlieren.»

Er schaute etwas verlegen drein. «Oh... Entschuldigung.» Er langte mit einer Hand danach, aber Loveday wollte es nicht hergeben. «Oh, darf ich es Judith zeigen? Du hast doch nichts dagegen.

Du kannst so hervorragend zeichnen; ich möchte, daß sie es sich ansieht. Bitte.»

«Sie interessiert sich bestimmt nicht dafür...»

«Ach, sei nicht so bescheiden, Gus. Natürlich möchte sie das sehen. Wir alle. Sag bitte ja.»

Judith empfand Mitleid für Gus, dem es offensichtlich widerstrebte, seine eigentlich privaten Arbeiten zur Schau zu stellen. Sie sagte: «Loveday, vielleicht möchte er nicht, daß wir sie alle anstarren.»

«Es geht nicht ums Anstarren, sondern um unser Interesse und unsere Bewunderung.»

Judith sah Gus an. «Tragen Sie das Skizzenbuch immer mit sich herum?»

«Ja.» Plötzlich lächelte er ihr zu, vielleicht aus Dankbarkeit für ihre Vermittlung, und sein Lächeln verwandelte seine eher ernste Miene. «Man weiß nie, wann sich etwas anbietet, das danach verlangt, skizziert zu werden, und dann wäre es schade, wenn man nichts dabeihat, um es einzufangen. Manche Menschen fotografieren, aber ich kann besser zeichnen.»

«Kommt das auch beim Gottesdienst vor?»

Er lachte. «Mag schon sein. Obwohl ich kaum den Nerv hätte, während des Gottesdienstes zu zeichnen. Es ist halt so, daß ich es automatisch immer bei mir habe.»

«Wie Kleingeld?»

«Genau so.» Er nahm Loveday das Skizzenbuch aus der Hand und warf es Judith in den Schoß. «Bitte, wenn Sie mögen.»

«Sind Sie sicher?»

«Natürlich. Nur kleine Skizzen – nichts wirklich Gutes.»

Doch Loveday drängte sich aufgeregt zwischen die beiden, indem sie sich neben Judith kniete, das Gummiband entfernte, es auf Judiths Knie legte, die Seiten umblätterte und stolz und besitzergreifend kommentierte.

«...und das hier ist die Bucht. Ist sie nicht wundervoll getroffen? Die hat Gus im Nu gemalt. Und das sind die gewaltigen Steinbrokken hoch oben im Moor, und hier Mrs. Mudges Stall mit den Hühnern auf den Stufen...»

Während Loveday langsam die Seiten umblätterte, wuchs Judiths Bewunderung, denn ihr wurde klar, daß sie das Werk eines echten Künstlers betrachtete. Jede noch so kleine Bleistiftskizze war mit der Sorgfalt und Detailfreude einer Architekturzeichnung ausgeführt, betitelt und mit genauen Angaben zur Entstehung versehen worden. *Bucht von Nancherrow. Lidgey-Hof.* Die Zeichnungen hatte er später dezent mit Wasserfarbe nachkoloriert, und die Farben ließen eine völlig eigenständige Originalität erkennen, die ein wahres Künstlerauge verriet, so daß eine Halde der alten Zinnmine im Abendlicht lila erschien, der Granit in einem ins Korallenrot gehenden Rosa schimmerte und ein Schieferdach vor Hyazinthen blau aufleuchtete. Eine Farbpalette, der Judith – und vermutlich die meisten anderen auch – zuvor so noch nie begegnet war.

Dann eine Skizze vom Strand. Hohe Wellen rollten an den cremefarbenen Strand, darüber ein blauer, verschwommener Himmel. Auf einem anderen Blatt die Kirche in Rosemullion. Sie erkannte den Eingang aus der alten Zeit mit dem behauenen Mauerwerk und das auf romanischen Kapitellen aus dem elften Jahrhundert ruhende Portal. Ein wenig schämte sie sich, daß Gus deren Schönheit und Symmetrie erfaßt hatte, während sie bei zahlreichen Gelegenheiten achtlos daran vorbeigegangen war.

Sie hatten gerade das halbe Skizzenbuch durchgeblättert, als Loveday ankündigte: «Und hier kommt die letzte. Dahinter sind bloß leere Seiten.» Als sie die letzte Seite umblätterte, untermalte sie dies mit einem Trompetenstoß. «Trara, trara, und das bin ich. Hier hat Gus mich porträtiert.»

Überflüssig, dies zu erwähnen. Loveday, als Silhouette vor dem Meer auf einer Klippe sitzend, im blaßrosa Baumwollkleid, barfuß, die dunklen Locken vom Wind zerzaust. Judith bemerkte, daß Gus von der künstlerischen Freiheit des Porträtisten Gebrauch gemacht und ihre langen Beine, ihren schlanken Hals, die deutlich erkennbaren knochigen Schultern und die laxe, ungekünstelte Anmut ihrer Pose überzeichnet dargestellt hatte. Damit hatte er von Lovedays Wesen das erfaßt, was an ihr am verwundbarsten und reizendsten war. Plötzlich sah Judith alles in einem anderen Licht. Ihr ging auf, daß die Beziehung zwischen Gus und Loveday alles andere als einseitiger Natur war, wie sie zuerst angenommen hatte, denn diese Skizze war ein der Liebe entsprungenes Miniaturporträt. Mit einemmal kam sie sich wie ein Eindringling vor, der diesen Augenblick innigster Intimität störte.

Es herrschte Schweigen. Sie nahm die leisen Stimmen von Athena und Rupert, die miteinander plauderten, nur am Rande wahr. Athena flocht einen Kranz aus Gänseblümchen. Dann sprach Loveday wieder: «Wie gefällt sie dir, Judith?» Schnell schloß Judith das Skizzenbuch und befestigte das Gummiband. «Malt er nicht gut?»

«Doch, sehr gut.» Sie blickte auf und bemerkte, daß Gus sie beobachtete. Für den Bruchteil einer Sekunde spürte sie eine enge Beziehung zu ihm. Als wollte er ihr sagen: Du verstehst schon. Ich möchte, daß du es weißt. Aber nichts weitersagen. Er hatte zwar nicht gesprochen, doch seine Gedanken erreichten sie wie eine telepathische Botschaft. Sie lächelte ihm zu und warf ihm das Skizzenbuch zurück, und er schnappte danach, als finge er einen Cricketball auf. «Sogar mehr als das. Wirklich brillant. Loveday hat recht. Danke fürs Zeigen.»

«Ach was.» Er wandte sich von ihr ab, um sein Jackett zu nehmen, und der Zauber verflog, der Augenblick entschwand. «Es ist nur ein Hobby.» Er steckte das Buch wieder in seine Tasche. «Mit Malen mein Brot zu verdienen wäre mir keine angenehme Vorstellung.»

Loveday sagte: «Ich wette, du taugst eher zum Künstler als zum Ingenieur.»

«Ich kann beides sein.»

«Auch so glaube ich nicht, daß du dein Leben in einer Dachkammer fristen müßtest.»

Er lachte Loveday zu und schüttelte den Kopf. «Da wäre ich mir nicht so sicher.»

Irgendwo im Haus schlug eine Tür zu. Aufmerksam geworden, blickte Athena auf, den Gänseblümchenkranz in Händen. «Hoffentlich ist das Edward. Wo hat er bloß so lange gesteckt? Ich verdurste.»

Edward. Erstaunlicherweise hatte Judith Edward für eine Weile vergessen. Doch nun entschwanden Gus und Loveday und alle Spekulationen über ihre Beziehung aus Judiths Gedanken. Edward kam. Sie sah, wie er und Jeremy durch die Terrassentür traten. Jeder von ihnen trug ein Tablett, auf dem Flaschen und Gläser standen. Sie beobachtete, wie sie über den sonnenbeschienenen Rasen näher kamen und gemeinsam über irgendeinen Scherz lachten. Edwards Anblick rief in ihr die alten Gefühle wach. Sie fühlte, wie ihr Herz einen Sprung tat, wäre am liebsten auf ihn zugestürmt, so sehr war sie sich ihrer Empfindungen sicher. Sie liebte ihn mehr als jeden anderen, hatte ihn schon immer geliebt und würde ihn für alle Zeit lieben. Auch hatte sie ihm etwas wundervoll Aufregendes zu erzählen... ein Geheimnis, das sie nur mit ihm teilen wollte. Damit würde sie ihm ein wundervolles Geschenk machen, eine Gabe, die sie viel gekostet hatte und bei der sie beobachten konnte, wie er sie entgegennahm. Doch das wollte sie sich für später aufheben, wenn sie allein waren. In diesem Moment genügte es ihr, ihn über den Rasen kommen zu sehen.

Inzwischen war Gus aufgestanden und beschäftigte sich damit, die Dinge auf dem Tisch zusammenzuräumen, um Platz für zwei Tabletts zu schaffen. Rupert dagegen entschied sich dafür, auf dem Stuhl sitzen zu bleiben, hatte den langen Körper dekorativ auf dem Segeltuch ausgestreckt und blinzelte in die Sonne.

Die Tabletts wurden schließlich erleichtert auf dem Tisch abgestellt. «Himmel, ist das schwer», sagte Edward. «Was wir nicht alles für euch faule Bande heranschaffen!»

«Unsere Kehlen sind staubtrocken», entgegnete Athena klagend und undankbar. «Was habt ihr bloß so lange gemacht?»

«Mit Nettlebed geplaudert.»

«Jeremy, welch himmlische Überraschung! Komm und gib mir einen Kuß.» Jeremy kam ihrer Aufforderung nach. «Viele neue Gesichter, die ihr noch begrüßen müßt. Gus und Rupert. Und alle anderen. Jeremy, ich habe gehört, daß du bald zur See fährst. Das ist mutig von dir. Ich kann es kaum abwarten, dich in Uniform zu sehen. Aber wer spielt jetzt den Oberkellner? Für einen Gin Tonic gäbe ich alles. Habt ihr auch an das Eis gedacht?»

Edward stand zwischen Judith und der Sonne. Sie blickte zu ihm auf, sah seine blauen Augen und die Locke seines hellen Haars in der Stirn. Er beugte sich zu ihr, stützte sich auf der Stuhllehne ab und gab ihr einen Kuß. Er fragte: «Wann bist du gekommen?»

«Vor etwa einer Stunde.»

Er lächelte und richtete sich auf. «Was möchtest du trinken?» Mit dieser Aufmerksamkeit Edwards gab sie sich im Augenblick zufrieden.

Als alle ein Getränk hatten, saßen sie im Kreis und beratschlagten, was sie am Nachmittag unternehmen wollten.

«Wir gehen bestimmt zur Bucht», erklärte Loveday. «Gus und ich gehen jedenfalls hinunter, egal, was ihr anderen vorhabt. Um fünf Uhr ist Flut, und dann ist's am schönsten.»

«Wann wollt ihr denn losgehen?» wollte Athena wissen.

«Gleich nach dem Mittagessen. So bald wie möglich. Und dann picknicken wir... Oh, kommt doch alle mit.» Sie sah Rupert mit flehenden Augen an. «Sie wollen doch sicher gern mitkommen?»

«Ja, natürlich. Wie steht's mit dir, Athena?»

«Das will ich mir auf keinen Fall entgehen lassen. Wir kommen alle mit, bis auf Paps. Denn von Picknicks hält er sowieso nicht viel.»

«Eure Mutter auch nicht», fügte Jeremy hinzu, der mit untergeschlagenen Beinen auf dem Rasen saß und mit beiden Händen einen Bierkrug hielt. «Sie muß heute das Bett hüten.»

«Auf ärztliche Empfehlung?» fragte Athena.

«Auf ärztliche Anordnung.»

«Sie ist doch nicht etwa krank?»

«Nein, nur erschöpft. Sie braucht Schlaf.»

«Wenn das so ist, dann bitten wir Mary mitzukommen. Vielleicht hilft sie uns mit dem Picknick. Von Mrs. Nettlebed können wir nicht verlangen, daß sie neben dem Mittagessen am Sonntag noch etwas anderes für uns herrichtet. Außerdem legt sie Sonntag nachmittags gern die Beine hoch, und das mit vollem Recht.»

«Ich werde helfen», schlug Loveday spontan vor. «Wir haben eine ganz neue Dose mit Schokoladenkeksen, und Mrs. Nettlebed hat einen Zitronenkuchen gebacken. Das habe ich gesehen, bevor wir heute morgen in die Kirche gegangen sind.»

«Wir brauchen auch jede Menge Tee und Limonade. Und die Hunde nehmen wir auch mit.»

«Langsam gewinne ich den Eindruck», warf Rupert ein, «daß ihr eine Militärexpedition plant. Jedenfalls rechne ich jeden Moment mit dem Befehl zum Ausheben einer Latrine.»

Athena gab ihm einen Klaps aufs Knie. «Ach, sei nicht so albern.»

«Oder zum Zeltaufbauen. Darin bin ich aber nicht gut. Meine Zelte fallen immer zusammen.»

Unwillkürlich mußte Athena lachen. «Und wie steht's mit einem Lagerfeuer? Bist du wenigstens dafür zu gebrauchen? Wenn ich es mir recht überlege, wohl kaum. Aber das macht nichts, schließlich kommt Edward mit, und der ist ein richtiger Feuerteufel.»

Edward horchte auf. «Wozu brauchst du denn an einem Tag wie heute ein Feuer?»

«Um etwas zu braten.»

«Zum Beispiel?»

«Würstchen. Wir grillen Würstchen. Oder Kartoffeln. Oder vielleicht fängt jemand einen Fisch.»

«Womit denn?»

«Mit einem Dreizack. Oder mit einem krummen Nagel und einem Stückchen Schnur.»

«Ich halte es übrigens für keine gute Idee, ein Lagerfeuer anzuzünden. Es ist zu warm und macht zu viele Umstände. Außerdem kommen Judith und ich nicht mit.»

Ausrufe der Bestürzung und Enttäuschung waren das Echo auf diese Ankündigung Edwards. «Natürlich müßt ihr mitkommen. Weshalb denn nicht?»

«Wir sind schon verabredet. Wir gehen zum Dower House, um Tante Lavinia guten Tag zu sagen.»

«Weiß sie davon?»

«Selbstverständlich. Sie wollte, daß wir sie besuchen. Nur auf einen Sprung, natürlich. Seit sie krank geworden ist, hat sie Judith nicht mehr gesehen. Deshalb gehen wir hin.»

«Na gut», sagte Athena achselzuckend. «Wenn ihr wirklich nur auf einen Sprung hingeht, könnt ihr ja später nachkommen. Wir lassen einen der Teekörbe hier, den ihr dann bitte mitbringt. Falls ihr aber nicht kommen solltet, müssen wir verhungern. Wobei wir übrigens beim Thema...» Sie schob ihre Sonnenbrille hoch, um auf ihre Armbanduhr zu sehen.

«Ich weiß», sagte Rupert, «du verhungerst schon.»

«Woher weißt du das?»

«Aus reinem Instinkt. Aber halt...» Er reckte den Kopf. «Du brauchst nicht länger zu verzagen. Die Rettung naht...»

In diesem Augenblick trat Colonel Carey-Lewis aus dem Salon heraus und schritt quer über den Rasen auf die kleine Gruppe zu. Er trug noch immer den Anzug, den er für den Kirchgang angezogen hatte, und der Wind zerzauste sein schütteres Haar und richtete es zu einem Hahnenkamm auf. Als er näher kam, lächelte er zurückhaltend, und mit einer Hand fuhr er sich über den Kopf und versuchte, das Haar glattzustreichen.

«Das sieht ja ganz nach einer gemütlichen Runde aus», sagte er. «Aber ich fürchte, ich muß euch stören.» Die vier jungen Männer hatten sich längst erhoben. «Nettlebed bat mich, euch zu bestellen, daß das Mittagessen serviert werden kann.»

«Oh, lieber Paps, hast du nicht doch Zeit für einen Aperitif?» wollte Athena wissen.

«Ich habe gerade ein Glas Sherry mit eurer Mutter getrunken.»

«Wie geht es ihr?» Athena war im Begriff aufzustehen und klopfte sich Gras und Gänseblümchen vom Schoß.

«Ganz gut. Mary hat ihr ein Schälchen Suppe gebracht. Sie sagte, ihr sei nicht nach Rinderbraten zumute. Ich glaube, sie hat vor, den ganzen Tag im Bett zu bleiben.»

Athena ging auf ihren Vater zu und umarmte ihn. «Die Ärmste», sagte sie leise. «Na, was soll's. Komm mit», und sie hakte sich bei ihm unter. Gemeinsam gingen sie ins Haus. Die anderen sammelten Gläser und Bierflaschen ein und beluden erneut die Tabletts.

Ohne daß man ihn darum gebeten hatte, nahm Gus eins der Tabletts. «Wo soll ich es hinbringen?»

«Folge mir einfach», antwortete Edward ihm. «Wir bringen sie in Nettlebeds Kombüse...»

Die kleine Prozession zottelte ins Haus, Judith bildete die Nachhut und hielt einen Aschenbecher und einige Gläser in den Händen, die die beiden übersehen hatten. Der Garten, der im Sonnenlicht schimmerte, lag nunmehr verlassen da, und der Schatten des Sonnenschirms mit den schaukelnden Fransen wanderte dunkel über die leeren Stühle und schottischen Plaids.

DAS ESSEN war beendet und die Schüsseln mit den Nachspeisen vom Tisch geräumt. Auf Athenas Bitte wurde der Kaffee im Eßzimmer serviert. «Wenn wir alle Mann hoch in den Salon spazieren», hatte sie mit einigem Recht behauptet, «versinken wir in den Sesseln und dösen oder lesen Zeitung, und der Nachmittag ist vorbei, bevor er begonnen hat.»

Loveday stimmte ihr voll und ganz zu. «Ich möchte keinen Kaffee. Ich gehe lieber und packe die Sachen für unser Picknick ein.»

«Steh Mrs. Nettlebed nicht im Weg», ermahnte Mary sie.

«Mach ich schon nicht. Kommst du bitte mit und hilfst mir, Mary? Wenn wir zu zweit sind, geht's doppelt so schnell. Und wir möchten, daß du mitkommst», fügte sie schmeichelnd hinzu. «Du warst schon seit Urzeiten nicht mehr an der Bucht. Und die Hunde nehmen wir auch mit.»

«Aber Pekoe nicht. Er schläft auf dem Bett deiner Mutter wie ein kleiner Prinz. Er bleibt, wo er ist.»

«Gut, aber Tiger nehmen wir mit. Bitte komm und hilf mir, Mary.»

Mary seufzte. Allen war klar, daß sie sich lieber noch fünf Minuten ausgeruht hätte, um ihr üppiges Mittagsmahl zu verdauen, doch wie immer setzte Loveday ihren Willen durch.

«So etwas wie dich habe ich noch nie erlebt», protestierte Mary, erhob sich aber dennoch, entschuldigte sich beim Colonel und verließ mit ihrer Kaffeetasse in der Hand das Eßzimmer. Judith hörte noch, wie Loveday in wichtigtuerischem Ton zu Mary sagte: «Wir streichen einfach Butterbrote und stellen den Kessel auf, um Unmengen von Tee zu machen...»

Edward war ähnlich ungeduldig, doch aus einem anderen

Grund. «Ich schlage vor, wir trinken keinen Kaffee», sagte er zu Judith, «sondern gehen jetzt gleich zum Dower House. Nach dem Mittagessen ist Tante Lavinia immer am muntersten. Später wird sie schläfrig und nickt ein. Jetzt ist die beste Gelegenheit, um sie in guter Form anzutreffen.»

«Bleibt nicht allzu lange», ermahnte sein Vater ihn. «Eine halbe Stunde Besuch ist das Höchste, was sie verkraftet.»

«In Ordnung, Paps, ich versprech's.»

«Wann seid ihr wieder zurück?» fragte Athena.

«Gegen halb drei, nehme ich an.»

«Und dann kommt ihr zu uns in die Bucht?»

«Selbstverständlich. So bald wie möglich.»

«Wir lassen den Korb, den ihr dann mitbringt, auf dem Tisch in der Eingangshalle stehen.»

«Das hört sich ja nach einer Strafe an.»

«Nein. Nur ein Trick, um sicherzustellen, daß ihr auch wirklich nachkommt. Der Nachmittag ist herrlich, genau das Richtige, um bei den Felsen schwimmen zu gehen.»

«Wir kommen. Judith, bist du soweit?»

Sie erhob sich. Die anderen saßen am Tisch, sahen sie an und lächelten ihr zu. Der Colonel und Athena und Jeremy und Rupert Rycroft und der rätselhafte Gus. Sie sagte: «Auf Wiedersehen.»

«Bis bald…»

«Bestell Tante Lavinia liebe Grüße…»

«Und besonders herzliche von mir…»

«Sag ihr, daß ich sie heute abend besuchen komme…»

Judith und Edward machten sich auf den Weg. Draußen standen mehrere Wagen, auch der von Edward. Er hatte Athena und Rupert zur Kirche gefahren. Sie stiegen ein, die Ledersitze waren so heiß wie eine Herdplatte, da der Wagen in der prallen Sonne gestanden hatte.

«Himmel, das ist ja schlimmer als im Backofen.» Edward kurbelte die Fensterscheibe herunter und sorgte für etwas Durchzug. Beim Mittagessen hatte er mit Rücksicht auf seinen Vater eine Krawatte getragen, doch nun nahm er sie ab und öffnete den Kragenknopf seines blauen Hemdes. «Ich hätte ihn im Schatten parken sollen. Egal, das macht die Aussicht, später ins Meer zu springen, um so verlockender. Und wenn wir dann soweit sind, ist es noch mal so schön, weil wir beide unsere Pflicht getan haben.»

«Eigentlich kann man es nicht Pflicht nennen», wandte Judith ein, obwohl sie ihm nicht widersprechen wollte und verstand, was er meinte.

«Nein.» Edward ließ den Motor an, und sie fuhren über den heißen Kiesweg in die schattige Kühle der Allee hinein. «Du darfst allerdings nicht erwarten, daß Tante Lavinia so vergnügt und rege ist wie sonst. Sie hatte verdammt viel durchzustehen, und das kann man ihr auch ansehen.»

«Immerhin ist sie nicht gestorben. Und nur das zählt. Sie kommt schon wieder zu Kräften.» Sie dachte darüber nach. Schließlich war Tante Lavinia sehr alt. «Jedenfalls wird sie sich erholen.» Ein anderer Gedanke schoß ihr durch den Kopf. «Du meine Güte, ich habe ja gar kein Geschenk für sie dabei. Ich hätte Blumen oder etwas Ähnliches mitnehmen sollen. Oder Pralinen vielleicht.»

«Davon hat sie mehr, als ihr guttut. Und Weintrauben und Eau de Cologne und lauter Schachteln mit Seife von Chanel. Schließlich hat sich nicht nur ihre Familie um sie gekümmert, sondern auch ihre Freunde aus der ganzen Grafschaft, die bei ihr hereingeschaut haben und feiern, daß sie den Löffel nicht abgegeben hat.»

«Wie schön, wenn man alt ist und noch immer Freunde hat. Ich stelle es mir schrecklich vor, alt und einsam zu sein.»

«Oder alt und einsam und arm wie eine Kirchenmaus. Das ist noch viel schlimmer.»

Diese Bemerkung war für Edward dermaßen untypisch, daß Judith aufhorchte. «Woher willst du das wissen?»

«Von den alten Leuten auf dem Gut... Paps hat mich manchmal mitgenommen, wenn er sie besuchte, um sich davon zu überzeugen, daß es ihnen gutging. Meistens war das aber nicht der Fall.»

«Was habt ihr getan?»

«Da war nicht viel zu tun. Gewöhnlich lehnten sie es ab, sich von der Stelle zu rühren und zu einem ihrer Kinder zu ziehen. Das Stigma jeder Form von Almosen fürchteten sie wie die Pest. Sie wollten nichts anderes als in ihren eigenen Betten sterben.»

«Das kann man verstehen.»

«Schon, aber damit ist nicht einfach umzugehen. Vor allem dann nicht, wenn man das Cottage, das sie bewohnen, als Unterkunft für einen neuen jungen Pflüger und Förster benötigt.»

«Aber man kann sie doch nicht einfach vor die Tür setzen?»

«Das klingt allzusehr nach einem viktorianischen Roman. Natürlich haben wir sie nicht weggejagt, sondern uns um sie gekümmert und bis zu ihrem Tod für sie gesorgt.»

«Und wo ist dann der junge Pflüger untergekommen?»

Edward zuckte die Achseln. «Bei seinen Eltern oder in einer Herberge oder sonstwo. Wir mußten eben alle zufriedenstellen.»

Judith dachte an Phyllis und berichtete Edward von deren kümmerlichen Lebensverhältnissen. «...es war schön, sie wiederzusehen, aber gleichzeitig auch furchtbar, denn sie muß an einem so trüben Ort und in einem so schäbigen kleinen Haus wohnen. Und wenn Cyril Soldat wird und zur See fährt, muß sie ausziehen, weil es der Bergwerksgesellschaft gehört.»

«So ist das nun mal bei einer Werkswohnung.»

«Es ist so schrecklich ungerecht.»

«Aber wenn du willst, daß jemand für dich arbeitet, mußt du ihm Logis stellen.»

«Sollten sie nicht ein eigenes Haus besitzen?»

«Erst wenn wir in Utopia leben, aber das wird es nie geben.»

Judith schwieg und grübelte. Sie fuhren jetzt auf der Hauptstraße den Hügel nach Rosemullion hinunter. Die Bäume warfen einen dunklen, gesprenkelten Schatten auf den Asphalt, und das Dorf am schmalen Fluß, dessen Ufer mit den Sumpfdotterblumen gelb leuchteten, döste in der Hitze vor sich hin. Judith dachte an Phyllis und daran, daß sie eine ziemlich eigenartige Unterhaltung mit Edward führte, den sie mehr liebte als jeden anderen und den sie seit Billy Fawcetts Demütigung in Porthkerris nicht mehr gesehen hatte. Aber es bedeutete andererseits auch, daß ihre Liebe nicht ihr einziger Gesprächsstoff war, sondern daß sie daneben noch andere, ebenso tiefgehende Themen kannten. Es fiel ihr leicht, über solche Themen zu reden, denn sie kannte Edward schon sehr lange, lange bevor er zum Mittelpunkt ihres Lebens geworden war.

«Hältst du das wirklich für unmöglich? Utopia, meine ich. Glaubst du etwa nicht, daß jedem gleich viel zusteht?»

«Nein.»

«Und was ist mit der Gleichheit?»

«Gleichheit gibt es nicht. Aber weshalb unterhalten wir uns über so ernsthafte Themen? Laß uns über etwas Erfreulicheres reden, dann kommen wir am Dower House mit strahlenden Gesichtern an, und alle, auch Isobel und die Pflegerin, freuen sich, daß wir da sind.»

Und so geschah es. Isobel öffnete ihnen die Tür, als die Pflegerin gerade die Treppe mit dem Tablett für das Mittagessen von Tante Lavinia herunterkam. Obwohl es sehr warm war, wirtschaftete die Pflegerin in vollem Ornat, mit gestärkter Schürze, weißem Häubchen und in dicken schwarzen Strümpfen. Sie war von beeindruckender Gestalt, und Judith fühlte sich erleichtert bei dem Gedanken, daß sie nicht oben im Bett liegen und sich von einem solchen Ausbund an Tugendhaftigkeit versorgen lassen mußte – allein diese Vorstellung schüchterte sie ein. Doch Tante Lavinia hatte sich zeitlebens noch von niemandem einschüchtern lassen, weshalb also dann von diesem alten Drachen?

Sie wurde Schwester Vellanowath gerufen. Edward sprach diesen Wortbrocken besonders betont aus, als er sie Judith vorstellte, und Judith mußte sich ein unhöfliches Lächeln verkneifen, als sie ihr die Hand gab. Als sie die Treppe hinaufstiegen und sich außer Hörweite befanden, versetzte sie Edwards Arm mit ihrer Faust einen leichten Schlag. «Weshalb hast du mir nicht gesagt, daß sie so heißt?» flüsterte sie aufgebracht.

«Diese hübsche Überraschung wollte ich mir nicht nehmen lassen.»

«Sie kann doch nicht Vellanowath heißen.»

«Doch, so heißt sie wirklich.» Jetzt mußte er auch lachen.

Tante Lavinias sonnendurchflutetes Schlafzimmer war voller Blumen, glitzerndem Silber und Kristall, Fotografien und Büchern. Sie saß halb aufrecht im Bett und ruhte auf einem Stapel schneeweißer Kissen mit Spitzenkrausen, ihre Schulter in einen Schal aus feinster Shetlandwolle gehüllt. Ihr schlohweißes Haar war frisch frisiert, und als die beiden eintraten, nahm sie ihre Brille ab und breitete ihre Arme zum Willkommensgruß aus.

«Oh, meine Lieben, ich habe euch so sehnlichst erwartet. Vor lauter Aufregung konnte ich mein Mittagessen kaum hinunterbringen... weder den gedämpften Fisch noch die Eiercreme zum Lamm, und dabei esse ich Lammfleisch so gern. Kommt und gebt mir einen Kuß. Judith, meine Liebe, dich habe ich so lange nicht mehr gesehen...»

Dünner war sie geworden, viel dünner. Sie hatte viel Gewicht verloren, so daß ihr Gesicht nur noch aus Haut und Knochen zu bestehen schien und ihre Augenhöhlen eingefallen waren. Aber diese Augen schauten so klug drein wie stets, und sie konnte gar nicht mehr aufhören zu lächeln, so sehr freute sie sich.

Judith beugte sich zu ihr, um sie zu küssen. Sie sagte: «Es tut mir leid, daß ich dir kein Geschenk mitgebracht habe.»

«Ich will keine Geschenke sehen, sondern dich. Und Edward. Mein Lieber, wie nett von euch, mich zu besuchen. Ich weiß genau, daß ihr an einem so herrlichen Tag wie heute nichts lieber tätet, als zur Bucht zu gehen und ins Meer zu springen.»

Edward lachte. «Tante Lavinia, du kannst Gedanken lesen, aber das hast du ja immer schon gekonnt. Keine Bange, wir können warten. Die anderen gehen hinunter, sobald Loveday und Mary die Sachen fürs Picknick eingepackt haben, und Judith und ich kommen später nach.»

«Dann brauche ich mir ja keine Vorwürfe zu machen. Kommt, setzt euch bequem hin und erzählt mir mal genau, was ihr so alles getrieben habt. Wißt ihr, ich habe immer gedacht, daß es furchtbar langweilig sein muß, krank zu sein, aber das stimmt überhaupt nicht. In letzter Zeit kamen mehr Freunde und Bekannte zu Besuch als in all den Jahren davor. Ich muß zugeben, einige schauten ziemlich trübsinnig drein und flüsterten, als würde ich bald sterben, aber die meisten waren so gesellig wie immer. Daß ich so viele Freunde habe, war mir ganz entfallen. Nun denn...» Judith hatte einen Stuhl ans Bett herangezogen, und Tante Lavinia nahm eine Hand und hielt sie fest. Die Hand der alten Dame, die nur noch aus Haut und Knochen bestand, mit ihren spitzen Fingergelenken fühlte sich zerbrechlich an. «Erzähl mir etwas über deine Ferien in Porthkerris und wer sich alles auf Nancherrow aufhält. Und vergiß nicht, mir etwas über Athenas jungen Mann zu berichten...»

Sie blieben eine halbe Stunde, so lange, wie sie es dem Colonel versprochen hatten, und die ganze Zeit über unterhielten und amüsierten sie sich. Sie erzählten Tante Lavinia alle Neuigkeiten und informierten sie auch über bevorstehende Ereignisse. Von Rupert, Jeremy und Gus war die Rede...

«Gus. Das ist dein Freund, Edward? Dein Vater hat mir erzählt, Lovedays Augen hätten endlich doch noch zu funkeln begonnen. Ist es nicht wundervoll zu sehen, wie kleine Mädchen auf einmal erwachsen werden? Hoffentlich wird sie nicht enttäuscht. Und wie geht's Diana, meiner lieben Diana?»

Sie berichteten ihr also von Diana, und Tante Lavinia bedauerte sie und mußte beruhigt werden. «Diana ist nur ein wenig erschöpft. Sie hatte so viel am Hals.»

«Das ist alles bloß meine Schuld. Ich habe euch doch einen ziemlichen Schrecken eingejagt. Sie war furchtbar nett zu mir, die Ärmste, hat mich jeden Tag besucht und dafür gesorgt, daß alles wie am Schnürchen klappt. Dafür danke ich ihr. Und da Jeremy auf Nancherrow ist, kann er sie im Auge behalten.» Sie wollte nicht wissen, aus welchem Grund Jeremy sich auf Nancherrow aufhielt, und als hätten sie sich stillschweigend darüber verständigt, teilten weder Edward noch Judith ihr mit, daß er sich bald einschiffen würde. Dies hätte sie nur beunruhigt und dazu geführt, daß sie sich Sorgen um den üblen Zustand der Welt machte. Jetzt konnte man ihr diese Sorgen wenigstens ersparen.

«Bleibst du den Sommer über hier?» fragte sie Judith.

«Ja, sieht ganz danach aus. Später besuche ich meine Tante Biddy in Devon. Wir müssen dann für ein paar Tage nach London, um für mich ein paar Kleider für Singapur einzukaufen.»

«Singapur! Das hatte ich ja längst vergessen. Wann verläßt du uns?»

«Nächsten Monat.»

«Und wie lange bleibst du dort?»

«Vielleicht ein ganzes Jahr.»

«Oh, das wird deine Mutter aber sicher freuen! Das wird ja eine Wiedersehensfeier. Ich freue mich so für dich, Liebes...»

Doch es wurde spät. Diskret blickte Edward auf seine Armbanduhr: «Ich glaube, jetzt sollten wir uns aber auf den Weg machen, Tante Lavinia... wir wollen dich nicht allzusehr ermüden.»

«Ach was, keine Spur! Ihr habt mir eine große Freude bereitet.»

«Brauchst du irgend etwas? Möchtest du, daß wir dir etwas bringen oder etwas für dich erledigen?»

«Nein, ich brauche nichts.» Und dann fiel ihr etwas ein. «Doch, ihr könntet mir noch einen Gefallen tun.»

«Welchen denn?»

Tante Lavinia ließ jetzt Judiths Hand los, die sie während des ganzen Gesprächs gehalten hatte, drehte sich im Bett und öffnete die Schublade ihres Nachttischs. Sie griff hinein, holte einen Schlüssel mit einer zerknitterten Beschriftung heraus und sagte: «Hier, das ist der Schlüssel zum Gartenhaus» und hielt ihn Edward hin, der ihn entgegennahm.

«Was sollen wir damit?»

«Gewöhnlich kümmere ich mich darum, lüfte regelmäßig, entferne die Spinngewebe und sorge dafür, daß es dort warm und trocken bleibt. Seit ich krank geworden bin, war ich nicht mehr im Gartenhaus. Würdet ihr beide bitte, bevor ihr nach Nancherrow zurückfahrt, mal nachsehen, ob alles in Ordnung ist? Ich befürchte immer, daß ein paar von den älteren Jungen aus dem Dorf dort herumschnüffeln oder irgendwas kaputtmachen. Nicht etwa aus Bösartigkeit, sondern aus reinem Übermut. Mir fiele ein Stein vom Herzen, wenn ihr mal nachsehen würdet. Es ist ein so herrlicher Ort, und ich möchte nicht, daß ich hier liege und er sich vernachlässigt vorkommt.»

Edward, der bereits aufgestanden war, lachte. «Tante Lavinia, du bist aber auch immer für eine Überraschung gut. Um das Gartenhaus brauchst du dir nun wirklich keine Sorgen zu machen.»

«Das tu ich aber. Mir bedeutet es viel.»

«Wenn das so ist, dann versprechen wir dir, daß wir alle Türen und Fenster öffnen und jeden Käfer und jede Maus an die Luft befördern werden.»

«Habe ich doch gewußt», sagte Tante Lavinia, «daß ihr mich von allen am besten versteht.»

DER ALTMODISCHE und duftende Garten lag verschlafen im warmen Sonntagnachmittag. Judith ging hinter Edward über den Pfad durch den Rosengarten und die Stufen in den Obstgarten hinunter. Dort war der Rasen gemäht und das geschnittene Gras zu kleinen Haufen zusammengekehrt worden. Die Früchte hingen überreif an den Bäumen. Das Fallobst, von Wespen umschwärmt, lag aufgeplatzt und saftig auf der Erde. In der Luft hing ein Duft von Apfelmost.

«Wird das Obst gepflückt?» wollte Judith wissen.

«Ja, das Dumme ist nur, daß der Gärtner nicht damit nachkommt... er ist eben mit Tante Lavinia und Isobel alt geworden. Eigentlich brauchte er einen Helfer, der ihm beim Pflücken und Einmieten der Äpfel zur Hand geht. Ich muß es Paps mal sagen. Vielleicht kann Walter Mudge oder einer der anderen Jungen nachmittags mal herkommen und auf die Leiter klettern.»

Er ging voraus und duckte sich unter den Ästen, die vom Gewicht der rotbraunen Früchte stark durchhingen. In einem der Bäume zwitscherte eine Amsel über ihren Köpfen. Das kleine Haus, das versteckt in einer geschützten, mit Büschen bestandenen Ecke stand, badete im Sonnenschein. Edward stieg die Stufen hinauf, steckte den Schlüssel ins Schloß und öffnete die Tür. Er trat ein, und Judith folgte ihm.

Sie standen dicht nebeneinander in dem engen Raum zwischen den beiden Schlafstellen. Die abgestandene Luft roch immer noch angenehm nach Kreosot, aber von der aufgestauten Wärme auch etwas muffig. Eine riesige Schmeißfliege schwirrte um die Sturmlampe, die am Mittelbalken hing, und in einer Ecke hing ein großes Spinngewebe mit toten Fliegen.

Edward sagte «Puh», und die Fenster, die sich allesamt etwas verzogen hatten, mußten mit einiger Anstrengung geöffnet werden. Die Schmeißfliege schwirrte hinaus.

Judith fragte: «Was machen wir mit dem Spinngewebe?»

«Wir holen es runter.»

«Womit?»

Er suchte in dem orangefarbenen Kastenschrank und holte einen kleinen Handfeger und ein zerbeultes Kehrblech heraus. «Ab und zu mußten wir den Boden fegen», erklärte er. Sie beobachtete ihn, wie er mit gerümpfter Nase das Spinngewebe samt der Opfer sorgfältig von der Wand entfernte, es auf das Kehrblech fegte, dann hinausging und den Inhalt auf den Rasen kippte. Als er zurückkam, fragte er: «Sonst noch was?»

«Ich glaube, das war's. Kein Anzeichen von Mäusen. Keine Vogelnester. Keine Löcher in der Decke. Eventuell müssen die Fenster geputzt werden.»

«Das wäre eine hübsche Arbeit für dich, wenn du mal nichts Besseres zu tun weißt.» Er verstaute das Kehrblech und den Feger in dem provisorischen Schrank, dann setzte er sich auf eine der Schlafstellen. «Hier kannst du Zuhause spielen.»

«Habt ihr das früher gespielt?» Sie hatte sich auf die andere Schlafstelle gesetzt, von ihm nur durch den engen Zwischenraum getrennt. Es war, als unterhielten sie sich in der Koje eines Bootes oder in einem Zugabteil. «Hier, meine ich.»

«Nicht so etwas Fades. Wir haben echte Lagerfeuer angezündet, Kartoffeln geschält und die ekelhaftesten Mahlzeiten gekocht, die uns aber irgendwie immer herrlich geschmeckt haben. Würste und Lammkoteletts und frische Makrelen, wenn wir angeln waren. Aber als Köche haben wir nicht viel getaugt, unser Essen war nie richtig gar. Entweder war alles noch halb roh oder schon ziemlich verkohlt.»

«Was habt ihr noch gespielt?»

«Sonst nicht viel. Unschuldige Spiele. Am schönsten war es, im Dunkeln bei geöffneten Türen und Fenstern zu schlafen und der Musik der Nacht zu lauschen. Manchmal wurde es verflixt kalt. Einmal brach nachts ein Unwetter los…»

Er war ihr jetzt so nahe, daß sie nur ihre Hand auszustrecken brauchte, um ihn zu streicheln. Seine Wangen waren weich und kupferfarben, die Arme mit einem feinen goldenen Flaum bedeckt, seine Augen so blau wie sein Baumwollhemd, eine Locke seines hellen Haars fiel ihm in die Stirn. Auf ihrer Schlafstelle hielt sie sich mit den Armen umfangen, schwieg, genoß seine Schönheit und lauschte seiner Stimme.

«...Blitze zerrissen den Himmel. In dieser Nacht erlitt ein Schiff vor Land's End Schiffbruch, und wir sahen einen Lichtschein am Himmel und glaubten, es handele sich um Kometen...»

«Wie seltsam...»

Ihre Blicke begegneten sich. Er sagte: «Liebe Judith, du bist so hübsch geworden. Weißt du das? Und ich habe dich so vermißt.»

«Oh, Edward...»

«Das würde ich dir nicht sagen, wenn's mir nicht Ernst damit wäre. Und ich finde es besonders schön, hier zu sitzen, nur mit dir allein, ohne die vielen anderen Menschen um uns herum.»

«Ich muß dir etwas sagen», erklärte sie.

Seine Miene veränderte sich unmerklich. «Etwas Wichtiges?»

«Für mich schon, glaube ich.»

«Was ist es denn?»

«Na ja... es geht um Billy Fawcett.»

«Dieser geile alte Bock. Erzähl mir nicht, daß er sich wieder gerührt hat.»

«Nein. Er ist weg. Für immer.»

«Das mußt du mir erklären.»

«Du hattest recht. Du hast mir gesagt, ich brauchte einen Katalysator. Und es ist passiert. Jetzt ist alles anders.»

«Erzähl mir schon.»

Und so berichtete sie ihm von Ellie und deren schrecklichem Erlebnis im Kino. Von Billy Fawcetts Untat. Von Mr. Warrens Wut und der polizeilichen Anzeige gegen ihn wegen Erregung öffentlichen Ärgernisses und sexueller Belästigung einer Minderjährigen. «Es hat eine Ewigkeit gedauert. Die Behörden arbeiten eben sehr langsam. Aber wir haben's geschafft.»

«Gut für dich. Und für den alten Scheißkerl wurde es höchste Zeit. Was geschieht nun?»

«Ich nehme an, der Fall kommt bei der nächsten Vierteljahressitzung vor das Gericht in Bodmin...»

«Dann kann er bis dahin in seiner Angst schmoren. Das allein schon müßte genügen, damit er seine Finger von kleinen Mädchen läßt.»

«Ich habe mich sehr stark gefühlt, Edward. Und sehr gut. Keine Spur mehr von Panik.»

Er lächelte. «In diesem Fall...» Er streckte seine Hände aus, legte sie ihr auf die Schultern, beugte sich vornüber, um den Raum zwischen ihnen zu überbrücken, und küßte sie auf den Mund. Ein zarter Kuß, der sich sofort zu einem leidenschaftlichen entwickelte, doch diesmal zog sie sich weder zurück, noch stieß sie ihn von sich. Sie wünschte nur noch, sie möge ihn nicht behindern, und als sie die Lippen leicht öffnete, hatte sie das Gefühl, als ob jedes einzelne Nervenende elektrisiert und ihr ganzer Körper schlagartig zum Leben erweckt würde.

Er stand auf, schlang seine Arme um sie, hob sie hoch und legte sie auf das Schlafgestell, auf dem sie bislang gesessen hatte. Er setzte sich neben sie, schlug das Kissen unter ihrem Kopf auf, strich ihr das Haar aus dem Gesicht und begann dann, langsam die kleinen Perlmuttknöpfe an ihrem Baumwollkleid zu lösen.

«Edward...» Ihre Stimme war nur noch ein leiser Hauch.

«Die Liebe hört hier nicht auf. Das ist erst der Anfang...»

«Ich habe noch nie...»

«Ja, das weiß ich. Ich habe aber schon... Ich helfe dir und zeige es dir.» Sanft strich er ihr das Kleid von der Schulter und dann die weißen Satinträger ihres Hemdes. Sie spürte einen kalten Luftzug auf ihren nackten Brüsten, und er senkte seinen Kopf und preßte das Gesicht in die weiche Haut. Sie fühlte sich nicht im geringsten verängstigt, nur von Frieden und Erregung erfüllt, und sie nahm seinen Kopf in ihre Hände und blickte ihm ins Gesicht. «Ich liebe dich, Edward. Ich möchte, daß du das jetzt erfährst...» Und danach fehlte die Zeit, die Gelegenheit und die Notwendigkeit, auch nur ein einziges Wort zu sagen.

ETWAS BRUMMTE. Das Geräusch stammte diesmal nicht von einer Schmeißfliege, sondern von einer dicken Hummel, die vom Genuß der verfaulenden Äpfel benommen war. Judith öffnete die Augen und beobachtete, wie sie sich schwerfällig über die leicht schräge Decke bewegte und sich schließlich an eine schmutzige Fensterscheibe klammerte.

Sie rekelte sich. Neben ihr auf dem schmalen Schlafgestell lag Edward. Sie ruhte auf seinem Arm, und ihr Kopf lag auf seiner Schulter. Sie drehte ihm den Kopf zu, seine hellen Augen waren geöffnet und so verblüffend nah, daß sie in ihnen so viele Blautöne entdecken konnte wie im Meer.

Sehr sanft und sehr ruhig fragte er: «Geht's dir gut?»

Sie nickte.

«Nicht zerschlagen, gekränkt oder verletzt?»

Sie schüttelte den Kopf.

«Du warst außergewöhnlich.»

Sie lächelte.

«Wie fühlst du dich?»

«Schläfrig.»

Sie legte einen Arm über seine nackte Brust und spürte die Knochen des Brustkorbs unter seiner straffen, gebräunten Haut. «Wie spät ist es?» fragte sie.

Er hob den Arm, um auf seine Armbanduhr zu sehen. «Halb vier.»

«Schon so spät?»

«Wieso spät?»

«Ich dachte, wir sind erst seit wenigen Augenblicken hier.»

«Die Zeit vergeht im Fluge, wenn man sich vergnügt, wie Mary Millyway zu sagen pflegt.»

Er seufzte tief. «Vielleicht sollten wir uns auf die Beine machen, wir wollen doch noch zur Bucht. Sonst gibt es tausend neugierige und lästige Fragen.»

«Ja, das kann ich mir vorstellen.»

Er küßte sie. «Ruh dich noch etwas aus. So eilig haben wir es auch nicht. Nimm deinen Kopf von meinem Arm. Ich bekomme einen Krampf.»

Sie erhob sich, und Edward, von der Last ihres Kopfes befreit, setzte sich aufrecht hin, mit dem Rücken zu ihr, zog seine Unterhose und sein Hemd an, danach seine Hose, stand auf, um die Hemdzipfel zu verstauen, den Reißverschluß hochzuziehen und den Ledergürtel festzuschnallen. Im Obstgarten fuhr der Wind durch die Zweige des Apfelbaums, und Schatten tanzten auf den Holzwänden des Gartenhauses. Sie hörte das Zwitschern der Amsel und das Schreien der Möwen in der Ferne, einen Wagen, der aus Rosemullion kam und geräuschvoll den Hügel hinauffuhr. Edward ließ sie sitzen und ging durch die offene Tür nach draußen, während er in seiner Hosentasche nach Zigaretten und Feuerzeug suchte. Judith drehte sich zur Seite und beobachtete ihn. Nachdem er eine Zigarette angezündet hatte, schlenderte er auf einen Holzpfosten der kleinen Veranda zu und lehnte sich dagegen. Ihr erschien es, als sei das Bild mit Edwards Rückenansicht eine Illustration zu einer der malaiischen Erzählungen von Somerset Maugham. Ein wenig nachlässig und herrlich dekadent, mit seinen nackten Füßen und seinem zerzausten Haar, ganz dem Genuß seiner Zigarette hingegeben. Jeden Augenblick konnte eine dunkelhäutige Schöne im Sarong aus dem Dschungel (dem Obstgarten) auftauchen, sich ihm verführerisch an den Hals werfen und ihm Worte der Liebe ins Ohr flüstern.

Edward. Sie spürte, wie das Lächeln ihre Gesichtszüge beherrschte. Jetzt gab es kein Zurück mehr. Sie hatten den letzten Schritt getan, und er war wunderbar zärtlich gewesen, hatte sie vollständig für sich beansprucht, sich für sie entschieden und sie geliebt. Jetzt waren sie ein Paar. Irgendwann würden sie heiraten und für immer zusammenbleiben. Daran bestand für sie nicht der geringste Zweifel, und diese Aussichten erfüllten sie mit einem warmen Gefühl der Beständigkeit. Aus einem dunklen Grund hatten die gesellschaftlichen Rituale – Antrag, Verlobung, Heirat – sie nie überzeugt. In ihren Augen waren es bloße Zugeständnisse an eine unwichtige und beinahe überflüssige Konvention. Es schien ihr, als hätten Edward und sie sich längst das Eheversprechen gegeben.

Sie mußte gähnen und sammelte nun ihre Kleidungsstücke ein, die am Boden lagen. Sie zog sich das Kleid über den Kopf, knöpfte es zu und wollte sich die Haare kämmen, aber sie hatte keinen

Kamm dabei. Edward, der seine Zigarette zu Ende geraucht hatte, schnippte die Kippe fort, drehte sich um, kehrte zu ihr zurück und setzte sich wieder hin. Wie vorhin saßen sie sich jetzt wieder gegenüber, wie vor einer Stunde, vor einer Ewigkeit.

Sie schwieg. Nach einer Weile sagte er: «Nun sollten wir aber losgehen.»

Doch sie verspürte noch keine Lust dazu. Sie hatten sich noch soviel zu sagen.

«Edward, ich liebe dich», begann sie. Das war das Wichtigste. «Ich glaube, das habe ich immer schon getan.» Es war wunderbar, daß sie diese Worte aussprechen konnte und nicht mehr so schüchtern oder befangen war. «Es ist, als wäre plötzlich alles wahr geworden. Ich kann mir nicht vorstellen, daß ich jemals einen anderen lieben werde als dich.»

Er erwiderte: «Das wirst du aber.»

«O nein. Du verstehst mich nicht. Das könnte ich nie.»

Er wiederholte: «Doch, das wirst du.» Er sagte es sehr freundlich. «Du bist jetzt erwachsen, du bist kein Kind mehr, nicht einmal mehr eine Heranwachsende. Du bist achtzehn, und dein ganzes Leben liegt vor dir. Dies ist erst der Anfang.»

«Ich weiß. Mit dir zusammen. Ich will dir gehören.»

Er schüttelte den Kopf. «Nein, nicht mir...»

Verwirrung. «Aber...»

«Hör mir mal zu. Was ich dir jetzt sage, bedeutet nicht, daß ich dich nicht furchtbar gern habe, dich nicht beschützen oder nicht nett zu dir sein möchte. All diese Sachen. All diese richtigen Worte. All die richtigen Gefühle. Doch sie gelten nur in diesem Augenblick, an diesem Nachmittag, zwar nicht unbedingt nur vorübergehend, aber bestimmt auch nicht für immer.»

Sie hörte seine Worte und konnte es nicht fassen. Er wußte nicht, was er da sagte. Er konnte nicht wissen, was er tat. Sie spürte, wie die behagliche Gewißheit, daß sie für alle Zeiten und stärker als jede andere geliebt wurde, so schnell aus ihrem Herzen rann wie Wasser durch ein Sieb. Ja, fühlte er denn nicht so wie sie? Wie konnte ihm denn nicht aufgehen, was sie jenseits aller Zweifel wußte? Daß sie zusammengehörten. Daß sie einander gehörten.

Doch jetzt...

Es war mehr, als sie ertragen konnte. Verzweifelt suchte sie nach einem Hintertürchen, nach Gründen für seine Ausflüchte, für seine Heimtücke. «Ich weiß, warum du so etwas sagst. Wegen des Kriegs. Denn es gibt Krieg, und du mußt fortziehen und für die Royal Air Force kämpfen. Du könntest fallen und möchtest nicht, daß ich dann allein bleibe...»

Er unterbrach sie. «Der Krieg hat damit nichts zu tun. Ob es Krieg gibt oder nicht, ich will mein ganzes Leben auskosten, bevor ich mich an eine einzige Person binde, eine Familie gründen, Kinder haben und Nancherrow von meinem Vater übernehmen möchte. Ich bin noch nicht mal zweiundzwanzig. Zu einer Entscheidung mit langfristigen Folgen könnte ich mich selbst dann nicht entschließen, wenn mir jemand einen Revolver an die Schläfe drücken würde. Vielleicht werde ich eines Tages heiraten, aber bestimmt nicht vor meinem fünfunddreißigsten Geburtstag, und dann bist du längst über alle Berge, hast längst deine eigenen Entscheidungen getroffen und lebst glücklich und zufrieden.» Er lächelte ihr aufmunternd zu. «Sieh mal, bald fährst du nach Singapur. Vermutlich heiratest du irgendeinen wohlhabenden Taipan oder Teepflanzer und lebst in unvorstellbarem Luxus, mit allen Reichtümern des Fernen Ostens, und wirst von barfüßigen Dienern umschwirrt.»

Er hörte sich an wie ein Erwachsener, der ein schmollendes Kind aufzuheitern versucht. «Und denk erst mal an deine Schiffsreise. Ich bin sicher, daß du nicht bis zum Suezkanal kommst, ohne wenigstens zwanzig Heiratsanträge erhalten zu haben...»

Er redete Unsinn. Sie verlor die Geduld und fuhr ihn an.

«Darüber macht man keine Späße, Edward. Das ist überhaupt nicht lustig.»

«Nein, das ist es auch nicht. Ich sage das nur so, weil es mir gegen den Strich geht, dich zu verletzen», entgegnete er gequält.

«Du sagst nichts anderes, als daß du mich nicht liebst.»

«Doch, ich liebe dich.»

«Aber nicht so, wie ich dich.»

«Vielleicht nicht. Wie gesagt, ich komme mir dir gegenüber lächerlich fürsorglich vor, ganz so, als wäre ich in gewisser Weise für dein Glück verantwortlich. Wie bei Loveday, und doch anders, weil du nicht meine Schwester bist. Aber ich habe beobachtet, wie du groß und in all den Jahren ein Teil von Nancherrow und meiner Familie geworden bist. Der Zwischenfall mit dem widerlichen Billy Fawcett hat es an den Tag gebracht, wie allein und wie verletzlich du bist. Ich bekam eine Gänsehaut, wenn ich auch nur daran dachte, was für ein Trauma dieser verdammte alte Kerl bei dir ausgelöst hat. Ich konnte es nicht ertragen, auch nur daran zu denken, daß es wieder passieren könnte...»

Allmählich dämmerte ihr, was er meinte. «Also deshalb hast du mit mir geschlafen?»

«Ich wollte den bösen Geist für immer vertreiben. Und das mußte ich tun, nicht irgendein ungehobelter Klotz, der dir deine Jungfräulichkeit nimmt, dir keinerlei Vergnügen bereitet und jeden Spaß am Sex verdirbt.»

«Du hast mir also einen Gefallen getan. Du hast mich bedauert. Es war eine gute Tat.» Sie bemerkte, daß ihr Kopf zu schmerzen begann. Ein Pochen an den Schläfen, so quälend, als würden straffe Fäden an ihren Augäpfeln zerren. «Also ein Freundschaftsdienst», sagte sie bitter.

«Liebste Judith, das darfst du nicht denken. Laß mich dich wenigstens mit den besten Absichten lieben.»

Doch das reichte nicht aus und würde nie ausreichen. Sie senkte ihren Blick, um ihm nicht in die Augen sehen zu müssen. Er war immer noch barfuß. Sie bückte sich und hob eine ihrer Sandalen auf, zog sie an und schnallte den Lederriemen fest. Sie sagte: «Ich habe mich offensichtlich ziemlich töricht benommen. Aber das ist vielleicht auch nicht verwunderlich.»

«Nein, das ist es nicht. Es ist doch nicht töricht, jemanden zu lieben. Es ergibt nur keinen Sinn, wenn du die falsche Person liebst. Für dich bin ich einfach nicht der Richtige. Du brauchst jemanden, der ganz anders ist als ich, einen älteren Mann, der dir all die wundervollen Dinge geben kann, die du verdienst und die ich dir nicht einmal versprechen könnte.»

«Ich wünschte, das alles hättest du mir früher gesagt.»

«Früher war es nicht von Bedeutung.»

«Du redest wie ein Anwalt.»

«Du bist verärgert.»

Sie wandte sich ihm zu. «Was erwartest du denn von mir?» Tränen stiegen ihr in die brennenden Augen. Als er dies bemerkte, sagte er besorgt: «Weine nicht!»

«Ich weine gar nicht.»

«Ich kann nicht ertragen, daß du weinst. Dann komme ich mir wie ein schäbiger Kerl vor.»

«Und was passiert jetzt?»

Er zuckte die Achseln. «Wir bleiben gute Freunde. Daran ändert sich nichts.»

«Einfach so weitermachen wie bisher, als wäre nichts geschehen? Taktvoll sein und vor allem Diana keinen Anlaß geben, sich aufzuregen? So wie früher schon mal. Edward, ich weiß nicht, ob ich das kann.»

Er schwieg. Sie begann, die andere Sandale festzuschnallen, und nach einer Weile steckte er seine nackten Füße in seine Schuhe und schnürte sie zu. Dann stand er auf und schloß die Fenster. Die Hummel war davongeflogen. Judith erhob sich. Er ging zur Tür und wartete dort, um sie hinauszulassen. Als sie an ihm vorübergehen wollte, hielt er sie fest und drehte sie so, daß sie einander gegenüberstanden. Sie blickte in seine Augen, und er sagte: «Versuch doch, mich zu verstehen.»

«Ich verstehe dich doch. Und zwar ganz genau. Das erleichtert die Angelegenheit aber keineswegs.»

«Es hat sich nichts verändert.»

Judith dachte, dies sei vielleicht der dümmste, unwahrhaftigste Satz, den sie je von einem Mann gehört hatte. Sie riß sich von ihm los und trat in den Obstgarten hinaus, rannte über den Rasen, duckte sich unter den Ästen hindurch und zwang sich, nicht in Tränen auszubrechen.

Er machte hinter ihr sorgfältig die Tür zu und schloß ab. Es war geschehen. Alles war vorüber.

Schweigend kehrten sie nach Nancherrow zurück. Dieses Schweigen war weder feindseliger noch einverständlicher Natur, sondern lag irgendwo dazwischen. Gewiß war ihr nicht gerade nach belanglosem Plaudern zumute, und ihre Kopfschmerzen hatten ein solches Ausmaß angenommen, daß sie unfähig war, sich zu irgendeiner Unterhaltung aufzuraffen, wie banal diese auch immer sein mochte. Inzwischen wurde ihr etwas übel, und vor ihren Augen schwammen merkwürdige Formen, die aussahen wie Kaulquappen. Sie selbst hatte nie an Migräne gelitten, doch einige Mädchen in der Schule hatten versucht, ihr die Symptome zu beschreiben. Sie fragte sich, ob sie gerade einen Anfall bekam, doch vermutlich war es etwas anderes, da sie wußte, daß ein Migräneanfall manchmal Tage brauchte, um sich zu entwickeln, und ihre Kopfschmerzen hatten sie aus heiterem Himmel wie ein Schlag getroffen.

Mit beklommenem Herzen dachte sie an die nächste Etappe dieses endlosen Tages. Ankunft auf Nancherrow und dann erneut losziehen, um sich zum Picknick unten an der Bucht mit den anderen zu treffen. Den Garten durchqueren, an den Gunnera vorbei und durch den Steinbruch zu den Klippen. Von dort oben würde sie auf die anderen hinunterblicken, die sich auf dem üblichen Felsen eingerichtet hatten. Gebräunte Körper, die von der Sonnenschutzcreme ölig glänzten und auf bunten Badetüchern lagen; Strohhüte und überall verstreute Kleidungsstücke, die dort liegengeblieben waren, wo man sie gerade hatte fallen lassen. Stimmen würden laut werden und das Aufklatschen eines Körpers, der von einem hohen Felsen ins Wasser eintauchte. Und über allem das gleißende Glitzern, die erbarmungslose Lichtfülle des Meeres und des Himmels.

Das war ihr alles zuviel. Als sie sich Nancherrow näherten, atmete sie tief durch und sagte: «Ich glaube nicht, daß ich zur Bucht mitgehen möchte.»

«Du mußt mitkommen.» Aus Edwards Stimme war seine Ungeduld herauszuhören. «Du weißt, daß sie alle auf uns warten.»

«Ich hab solche Kopfschmerzen...»

«Oh, Judith...» Offenbar dachte er, sie habe sich eine Ausrede einfallen lassen.

«Ich hab aber wirklich welche. Es stimmt. Sogar meine Augen schmerzen, ich sehe Sterne, mein Kopf platzt bald, und ich fühle mich krank.»

«Wirklich?» Nun war er besorgt. Er drehte sich zu ihr. «Ich muß schon zugeben, daß du etwas blaß aussiehst. Weshalb hast du nichts gesagt?»

«Ich sag's dir jetzt.»

«Wann hat es angefangen?»

«Vor kurzem», sagte sie, das einzige, was ihr einfiel.

«Das tut mir aber leid.» Er war wirklich zerknirscht. «Arme Judith. Wenn wir zu Haus sind, nimmst du am besten ein Aspirin oder etwas Ähnliches und legst dich eine Weile hin. Dann wirst du dich bald besser fühlen. Wir können später noch zur Bucht gehen. Vor halb sieben machen sie sich nicht auf den Weg, und das ist erst in ein paar Stunden.»

«Ja.» Sie dachte sehnsüchtig an ihr eigenes, ruhiges Zimmer, an die zugezogenen Vorhänge, die das unbarmherzige Licht aussperrten, an die Kühle des weichen Leinenlakens unter ihrem zermarterten Kopf. Stille. Einsamkeit. Ein wenig Zeit, um ihre Haltung zurückzugewinnen und ihre Wunden zu lecken. «Vielleicht tue ich das. Du brauchst aber nicht auf mich zu warten.»

«Ich möchte dich nicht allein lassen.»

«Ich bin nicht allein.»

«Doch. Mary ist mit den anderen zur Bucht gegangen, und Dad macht seine sonntägliche Runde mit Mr. Mudge.»

«Deine Mutter ist noch da.»

«Sie ist krank.»

«Es wird schon gehen.»

«Aber du kommst doch nach, wenn deine Kopfschmerzen verschwunden sind?»

Dies schien ihm wichtig zu sein. Um einer Auseinandersetzung aus dem Weg zu gehen, erwiderte sie: «Ja. Wenn es kühler geworden ist, vielleicht.»

«Ein abendliches Bad im Meer wird dir guttun. Laß das Trübsalblasen, verscheuch die dummen Gedanken.»

Sie dachte, wie wunderbar, wenn es denn möglich wäre. Was immer man auch unternahm, im Kopf wirbelten die Gedanken durcheinander, und man konnte dem Karussell der Erinnerung nicht entkommen, so gern man dies auch getan hätte.

Sie kamen auf Nancherrow an. Edward hielt vor der offenen Eingangstür, sie stiegen aus und gingen ins Haus. Auf dem Tisch in der Eingangshalle begrüßte sie der Picknickkorb mit Blechdosen und Thermoskannen. Obenauf lagen zwei sorgfältig gefaltete, rot-weiß gestreifte Handtücher, Edwards Badehose und Judiths Badeanzug. Neben dem Korb, mit der Briefschale aus Messing beschwert, lag eine Notiz von Athena:

Sagt nicht, wir hätten nicht an alles gedacht.
Badeanzüge liegen bereit, damit Ihr Zeit spart.
Kommt sofort und trödelt nicht. Gruß Athena

Edward las den Text laut vor. Judith sagte: «Besser, du gehst sofort.»

Doch er fühlte sich unwohl bei dem Gedanken, sie allein zu lassen. Er legte seine Hände auf ihre Schultern und blickte ihr ins Gesicht. «Bist du sicher, daß es dir nichts ausmacht?»

«Natürlich.»

«Hast du ein Aspirin dabei?»

«Ich finde schon noch eins. Geh nur ruhig, Edward.»

Dennoch zögerte er. «Hast du mir verziehen?»

Er glich einem kleinen Jungen, der bemerkt hatte, daß ein anderer mißgestimmt war, und sich vergewissern wollte, daß seine Welt noch vollkommen in Ordnung war.

«Oh, Edward, es war ebenso mein Fehler wie deiner.» Dies traf zwar zu, war jedoch so schmachvoll, daß sie nicht gern daran erinnert wurde.

Mit dieser Antwort gab Edward sich jedenfalls zufrieden. «Gut», sagte er lächelnd. «Ich möchte nicht, daß du böse auf mich bist. Ich könnte es nicht ertragen, wenn wir keine Freunde mehr wären.» Er umarmte sie kurz, ließ sie dann los, machte kehrt, um den schweren Korb vom Tisch herunterzuheben, und ging zur Tür.

Auf dem Weg nach draußen drehte er sich noch einmal kurz um und sagte: «Vergiß nicht, ich warte unten auf dich.»

Judith spürte, wie ihr die Tränen erneut in die Augen schossen und die Stimme versagte. Sie nickte ihm zu und wünschte nur, er möge endlich losgehen. Edward verschwand durch die offene Tür, seine Silhouette zeichnete sich kurz im Gegenlicht ab, dann war er nicht mehr zu sehen. Das Geräusch seiner Schritte auf dem Kies entfernte sich im warmen, verschlafenen Sonntagnachmittag.

Das Haus lag verlassen und ruhig. Kein Geräusch. Nur das langsame Ticken der großen Standuhr am Fuß der Treppe. Judith sah, daß sie Viertel nach vier anzeigte. Alle waren fort, in alle Winde verstreut. Nur sie nicht und die Kranke im oberen Stockwerk, die vermutlich in ihrem luxuriösen Bett mit Pekoe neben sich schlief.

Sie ging auf das Treppenhaus zu, weil sie beabsichtigte, nach oben zu gehen, doch plötzlich fühlte sie sich so erschöpft, daß sie sich auf die unterste Stufe setzte und ihre Stirn an das kühle Holz des Geländers lehnte. Bald flossen die Tränen, sie weinte und schluchzte wie ein kleines Kind. Judith ließ ihnen freien Lauf, denn niemand konnte sie sehen, und es erleichterte sie, wenn sie ihrem Elend nachgab. Die Tränen perlten über ihre Wangen, und ihre Nase lief. Natürlich hatte sie wieder kein Taschentuch dabei, so daß sie die Tränen am Rock ihres Kleides abwischte, doch die Nase putzen wollte sie sich nicht damit…

In diesem Augenblick hörte sie auf dem oberen Treppenabsatz Schritte. An der obersten Stufe hielten sie inne. «Judith, bist du es?»

Mary Millyway. Judith erstarrte, mitten in einem tiefen, unterdrückten Schluchzer.

«Was machst du denn da?»

Doch Judith, die hektisch ihre Tränen wegwischte, war nicht in der Lage, irgendeine Antwort zu geben.

Mary kam die Treppe herunter.

«Ich dachte, ihr beide wärt längst zurück gewesen und schon an der Bucht. Und dann sah ich von der Ammenstube aus Edward allein durch den Garten gehen. Mit Mrs. Boscawen ist doch alles in Ordnung, oder?» Ihre Stimme klang beunruhigt. «Es ist doch hoffentlich nichts passiert?»

Als sie bei Judith war, legte Mary eine Hand auf Judiths Schulter. Wie eine Göre wischte Judith sich die Nase an ihrem Handrücken ab. Sie schüttelte den Kopf. «Nein, ihr geht es gut.»

«Ihr seid doch nicht zu lange bei ihr geblieben und habt sie zu sehr ermüdet?»

«Nein.»

«Was hat denn so lange gedauert?»

«Wir waren noch im Gartenhaus, um zu lüften und Spinngewebe zu entfernen.»

«Weshalb weinst du dann?» Mary setzte sich neben Judith auf die Stufe und legte einen Arm um ihre Schulter. «Erzähl es Mary. Was gibt es? Was ist denn los?»

«Nichts. Ich habe… ich habe nur elende Kopfschmerzen. Und da wollte ich nicht zur Bucht gehen.» Erst jetzt wandte sie sich Mary zu. Sie sah das vertraute Gesicht mit den Sommersprossen und den besorgten und freundlichen Ausdruck ihrer Augen. «Hast du… hast du ein Taschentuch für mich, Mary?»

«Aber natürlich.» Sie holte eins aus der Tasche ihrer gestreiften Kittelschürze und reichte es ihr.

Judith dankte ihr und putzte sich gründlich die Nase. Da sie jetzt aufhören konnte zu weinen, fühlte sie sich gleich ein wenig besser. Sie fragte: «Solltest du nicht mit den anderen zur Bucht gehen?»

«Schon, aber ich bin lieber hiergeblieben. Ich wollte Mrs. Carey-Lewis nicht allein lassen, für den Fall, daß sie etwas braucht. Was machen wir denn jetzt bloß mit deinen Kopfschmerzen? Wenn du hier wie ein Sack Kohlen hocken bleibst, wirst du sie bestimmt nicht los. Komm doch mit mir in die Ammenstube, dann hole ich dir was aus meinem Arzneischränkchen. Und dann setzen wir uns gemütlich hin und trinken eine Tasse Tee. Ich wollte gerade den Kessel aufsetzen…»

Marys Anwesenheit, ihr natürliches Verhalten und ihr gesunder Menschenverstand wirkten wie Balsam auf Judiths Seele. Mary erhob sich, half Judith auf die Beine und führte sie die Treppe hinauf und in die Ammenstube. Dort ging sie mit ihr zu dem alten, etwas durchgesessenen Sofa, setzte sie dort ab und zog die Vorhänge ein wenig zu, damit die hereinfallenden Sonnenstrahlen Judith nicht blendeten. Dann verschwand sie nach nebenan ins Badezimmer und kam mit einem Glas Wasser und ein paar Tabletten wieder.

«Schluck die hier runter, und dann geht es dir bald besser. Bleib ruhig sitzen, ich gieße den Tee auf.»

Judith nahm gehorsam die Tabletten und spülte sie mit dem kalten, klaren Wasser hinunter. Sie lehnte sich zurück, schloß die Augen und spürte den Luftzug, der durch das offene Fenster hereinwehte. Sie nahm den beruhigenden Geruch aus frisch gebügeltem Leinen, süßen Keksen und den Rosen wahr, die Mary gepflückt und in einem blau-weißen Krug in der Mitte des Tisches arrangiert hatte. Ihre Hand umklammerte noch immer Marys Taschentuch, und sie hielt es fest, als wäre es ein Talisman.

Nun kam Mary mit einer Teekanne und mit Tassen und Untertassen auf einem kleinen Tablett. Judith wollte ihr behilflich sein, doch Mary warf schnell ein: «Du bleibst, wo du bist. Ich stelle das Tablett auf diesem Hocker ab.» Sie zog ihren alten Sessel heran und machte es sich mit dem Rücken zum Fenster bequem. «Es gibt doch nichts Besseres als eine gute Tasse Tee, wenn man sich niedergeschlagen fühlt. Du hast wohl deine Periode bekommen, nicht wahr?»

Judith hätte lügen und mit Ja antworten können, und es wäre eine ausgezeichnete Entschuldigung gewesen. Doch sie hatte Mary nie angelogen, und selbst jetzt konnte sie sich nicht dazu überwinden.

«Nein. Nein, das ist es nicht.»

«Wann hat es angefangen?»

«Irgendwann am Nachmittag.» Sie nahm Mary die Untertasse mit der dampfenden Tasse Tee ab, und ihre Hand zitterte so stark, daß die Teetasse ein wenig klapperte. «Danke, Mary. Du bist ein Engel. Ich bin so froh, daß du nicht zur Bucht hinunter bist. Ich weiß nicht, was ich ohne dich gemacht hätte.»

«Ich kann mich nicht entsinnen», entgegnete Mary, «daß ich dich jemals so sehr habe weinen sehen.»

«Ja, das dürfte stimmen...»

Sie trank den Tee in kleinen Schlucken, brühendheiß und wunderbar wohltuend.

«Es ist etwas geschehen, nicht wahr?» Judith blickte auf, doch Mary konzentrierte sich gerade darauf, sich selbst eine Tasse einzuschenken.

«Weshalb hast du diese Frage gestellt?»

«Ich bin doch keine Närrin. Ich kenne euch Kinder so gut wie mich selbst. Irgend etwas ist geschehen. Du heulst und schluchzt doch nicht wegen nichts und wieder nichts.»

«Ich... ich weiß nicht, ob ich darüber reden möchte.»

«Wenn du es überhaupt jemandem erzählen willst, dann mir. Ich habe doch Augen im Kopf, Judith. Ich habe dich heranwachsen sehen. Und ich habe immer befürchtet, daß es eines Tages geschieht.»

«Daß was geschieht?»

«Es geht um Edward, nicht wahr?»

Judith sah Mary genau an und konnte aus ihrer Miene weder Neugier noch Mißfallen herauslesen. Mary hatte lediglich eine Situation richtig eingeschätzt und wollte weder tadeln noch verurteilen. Sie war eine lebenskluge Frau, und die Kinder der Carey-Lewis mit all ihren Vorzügen und Fehlern kannte niemand besser als sie.

«Ja, es geht um Edward», erwiderte sie. Daß sie dies zugab und es laut äußerte, erleichterte sie ungemein.

«Du hast dich in ihn verliebt, stimmt's?»

«Fast unmöglich, sich nicht in ihn zu verlieben.»

«Habt ihr euch gestritten?»

«Nein, nicht gestritten. Es war nur ein Mißverständnis.»

«Habt ihr darüber gesprochen?»

«Ich nehme an, so nennt man das wohl. Dabei haben wir aber nur entdeckt, daß wir nicht dasselbe fühlen. Weißt du, ich habe geglaubt, es sei richtig, ihm zu sagen, was ich für ihn empfinde. Ich dachte, das Stadium des Verstellens liege hinter uns. Aber da habe ich mich gründlich geirrt, und schließlich wußte ich, daß ich mich nur lächerlich gemacht habe...»

«Jetzt fang aber bitte nicht wieder zu weinen an. Du kannst mir alles sagen. Ich werde dich verstehen...»

Mit einiger Mühe riß Judith sich zusammen und tupfte sich mit dem durchnäßten Taschentuch das Gesicht ab. Sie trank noch etwas Tee und sagte: «Natürlich ist er nicht in mich verliebt. Er mag mich so sehr, so wie Loveday, aber er möchte mich nicht für immer haben. Das Problem ist, daß es... einmal zuvor schon passiert war, und zwar am letzten Weihnachtsfest. Aber damals war ich zu jung, um damit fertig zu werden... ich bin irgendwie in Panik geraten. Und da haben wir uns gestritten, und für jedermann hätte es furchtbar schwierig und peinlich werden können. Aber dazu kam es nicht, weil Edward so feinfühlig war und bereit, das Geschehene zu vergessen und noch einmal von vorn anzufangen. Und das war gut so. Doch heute nachmittag...» Das konnte sie Mary natürlich nicht erzählen. Es war zu privat, zu intim. Ja, sogar schockierend. Sie saß da, blickte auf ihre Teetasse und konnte spüren, wie ihr das Blut in die Wangen stieg und sie verriet.

«Diesmal ist es etwas zu weit gegangen, nicht wahr?»

«Das könnte man sagen.»

«Nun, das ist früher geschehen und wird immer wieder geschehen. Aber über Edward bin ich doch etwas verärgert. Er ist ein liebenswerter Mensch, der mit seinem Charme alles erreichen könnte, aber an andere oder an seine Zukunft verschwendet er nicht einen Gedanken. Er schwirrt durchs Leben wie eine Libelle. Einen Jungen wie ihn, der einen Freund hat und ihn nach Hause mitbringt und sich dann schon mit dem nächsten angefreundet hat, bevor man sich's versieht, habe ich noch nie kennengelernt.»

«Ich weiß. Ich glaube, das habe ich immer schon gewußt.»

«Möchtest du noch eine Tasse Tee?»

«Danke, etwas später.»

«Was machen die Kopfschmerzen?»

«Es geht mir schon besser.» Jetzt, da die Kopfschmerzen etwas gewichen waren, hatte sie ein Gefühl der Leere im Schädel, als hätte der Schmerz ihr Gehirn aufgezehrt. «Ich habe Edward gesagt, ich käme später ans Meer, wenn es kühler geworden ist.»

«Aber du möchtest nicht gehen?»

«Nein. Es hat nichts mit meinen Gefühlen zu tun. Ich möchte den anderen einfach nicht begegnen... Ich möchte vermeiden, daß Loveday und Athena und die anderen mich anstarren und mir Fragen stellen und wissen wollen, was vorgefallen ist. Ich möchte jetzt niemanden sehen. Ich wünschte, ich könnte einfach verschwinden.»

Sie rechnete damit, daß Mary erwiderte, sie solle sich das aus dem Kopf schlagen, es komme nicht in Frage wegzulaufen, niemand könne so mir nichts, dir nichts verschwinden. Doch Mary machte keine entmutigende Bemerkung dieser Art. Vielmehr entgegnete sie: «Ich glaube, das ist keine so schlechte Idee.»

Judith sah sie verblüfft an, doch Mary verzog keine Miene.

«Was meinst du damit, Mary?»

«Wo hält sich Mrs. Somerville zur Zeit auf? Deine Tante Biddy?»

«Tante Biddy?»

«Ja. Wo wohnt sie?»

«In Devon. In ihrem Haus in Bovey Tracey.»

«Du wolltest doch bald zu ihr fahren?»

«Ja. Irgendwann mal.»

«Ich mische mich jetzt in deine Privatangelegenheiten ein, ich weiß. Aber ich finde, du solltest jetzt zu ihr fahren.»

«Jetzt?»

«Ja. Jetzt. Noch heute. Jetzt gleich.»

«Aber ich kann doch nicht einfach weggehen...»

«Nun hör mir mal zu, meine Liebe. Habe etwas Geduld mit mir. Irgend jemand muß es dir sagen, und außer mir wird es wohl niemand tun. Deine Mutter lebt auf der anderen Seite der Erde, und Mrs. Carey-Lewis, so nett sie sonst auch ist, war in solchen Angelegenheiten noch nie eine große Stütze. Wie schon gesagt, ich habe dich heranwachsen sehen und kenne dich seit dem Tag, als Loveday dich aus der Schule mitgebracht hat. Ich habe beobachtet, wie du in diese Familie aufgenommen wurdest und jetzt dazugehörst. Das war wundervoll, ist aber nicht ungefährlich. Denn dies ist nicht deine Familie, und wenn du nicht achtgibst, läufst du Gefahr, deine eigene Identität zu verlieren. Du bist jetzt achtzehn. Ich meine, es ist an der Zeit, daß du von nun an selbständig eigene Wege gehst. Nun glaube ja nicht, daß ich dich loswerden möchte. Ich werde dich sehr, sehr vermissen und möchte dich nicht verlieren. Allerdings bist du ein eigenständiger Mensch, und wenn du noch weiter und länger hier auf Nancherrow bleibst, so verlierst du dich ganz aus den Augen, fürchte ich.»

«Wie lange denkst du das schon, Mary?»

«Seit dem letzten Weihnachtsfest. Ich vermutete, daß du und Edward euch damals nähergekommen seid. Ich habe darum gebetet, daß das nicht geschehen würde, weil ich wußte, wie das ausgeht.»

«Und natürlich hast du recht behalten.»

«Darauf bin ich gewiß nicht stolz. Ich weiß nur, daß diese Carey-

Lewis starke Persönlichkeiten sind. Eine Familie von geborenen Siegern, könnte man sagen. Du selbst hast dich in ein emotionales Durcheinander hineinmanövriert, aber in solchen Situationen packst du am besten den Stier bei den Hörnern und gehst in die Offensive. Und wenn es dir nur hilft, dein Gesicht zu wahren.»

Judith wußte, daß Mary recht hatte, weil Vergleichbares an dem Abend vorgefallen war, als Billy Fawcett der armen Ellie im Kino einen Schrecken eingejagt hatte. Da hatte Judith die Sache in die Hand genommen und alle auf die Polizeiwache getrieben, um Anzeige zu erstatten. Billy Fawcett hatte sie für alle Zeiten gebannt und sich danach so stark und zuversichtlich gefühlt wie nie zuvor.

Tante Biddy. Die Idee, Nancherrow, Edward und die anderen zu verlassen, wenn auch nur für eine Weile, erschien ihr äußerst verlockend. Und zwar gerade für so lange, daß alles ins Lot kam, sie ihren großen Kummer überwinden und ihr Leben wieder in die richtigen Bahnen lenken konnte. Tante Biddy kannte Edward nicht. Sie würde daher keine Fragen stellen, einfach weil sie sich freute, ein wenig Gesellschaft und einen Vorwand für die eine oder andere Einladung zu einer Cocktailparty zu haben.

Doch ihre Bedenken angesichts einer überstürzten Abreise erschienen ihr als so schwerwiegend, daß sie nicht glaubte, sie zerstreuen zu können. «Ich kann doch nicht einfach ohne irgendeine Erklärung wegfahren? Das wären doch allzu schlechte Manieren.»

«Nun, zuallererst gehst du ins Arbeitszimmer des Colonels und rufst Mrs. Somerville an. Hast du ihre Nummer? Gut. Du rufst sie also an und fragst, ob es ihr recht sei, wenn du noch heute abend bei ihr aufkreuzt. Du kannst ihr irgendeine Ausrede erzählen, wenn sie wissen will, warum. Du kannst mit deinem kleinen Wagen fahren. Mehr als vier Stunden brauchst du für den Weg bestimmt nicht, und mit etwas Glück gibt es nicht zuviel Verkehr auf den Straßen.»

«Angenommen, sie ist nicht zu Hause oder ich komme ihr ungelegen?»

«Das glaube ich kaum, schließlich wolltest du sie sowieso bald besuchen. Du kommst eben nur etwas eher. Und dann geben wir sie als Grund für deine Abreise an. Wir beschwindeln die anderen und behaupten, es gehe ihr nicht gut, sie sei allein zu Haus, habe eine

Grippe oder habe sich ein Bein gebrochen und brauche unbedingt Pflege. Wir sagen, sie habe dich angerufen und um deinen Beistand gebeten, und am Telefon habe es so dringend geklungen, daß du dich sofort in deinen Wagen gesetzt und auf den Weg gemacht hast.»

«Ich kann aber nicht lügen. Alle werden merken, daß ich ihnen ein Märchen auftische.»

«Du brauchst nicht zu lügen, das erledige ich für dich. Der Colonel kommt heute nicht vor dem Abendessen zurück. Er ist zusammen mit Mr. Mudge in der Gegend von St. Just unterwegs, um sich Vieh anzusehen. Und Edward, Athena, Loveday und die anderen kommen frühestens in einer Stunde von den Klippen zurück.»

«Du meinst also... ich brauche gar nicht auf Wiedersehen zu sagen...»

«Du brauchst keinen von ihnen wiederzusehen, bevor du dich nicht wieder stark fühlst und dazu bereit bist.»

«Ich will aber zurückkommen. Ich meine, bevor ich nach Singapur abreise. Ich muß mich vom Colonel und von Diana verabschieden.»

«Selbstverständlich. Und damit rechnen wir alle. Aber nach allem, was geschehen ist, wäre es zuviel von dir verlangt, jetzt einfach so weiterzumachen. Und ich glaube, von Edward auch.»

«Es ist eine Art Katalysator, oder?»

«Ich weiß nicht, was ein Katalysator ist. Ich weiß lediglich, daß du nur du selbst sein kannst. Letzten Endes wird dir nichts anderes übrigbleiben.»

«Sie hören sich an wie Miss Catto.»

«Ich kann auch noch anders.»

Judith lächelte und fragte: «Und wie steht's mit dir, Mary? Du gehörst auch zur Familie, aber mir scheint nicht, daß du dich von ihr hast vereinnahmen lassen oder je deine eigene Identität aufgegeben hast.»

«Mein Fall liegt anders. Ich arbeite für sie. Das ist mein Job.»

«Aber du kannst sie nie verlassen.»

Mary lachte auf. «Glaubst du das wirklich? Du nimmst an, ich würde ewig hierbleiben, dabei alt und unnütz werden? Etwas Wäsche bügeln und warten, bis Athena mehrere Kinder bekommt, dann eine neue Generation schlafloser Nächte überstehen, mich mit Bergen von Windeln befassen und dafür sorgen, daß die Kleinen nicht mehr in die Hose machen? Und dann bekomme ich einen Schlaganfall oder etwas Ähnliches, werde senil, falle den anderen zur Last und muß gepflegt werden. Stellst du dir so meine Zukunft vor?»

Judith fühlte sich peinlich berührt, denn genau so hatte sie es sich vorgestellt. Das alte Faktotum, die treue Bedienstete, die mit Kopftuch in einem Sessel sitzt und Pullover strickt, die nie jemand anziehen will, der man zwar ihren Tee bringt, über die man sich aber unter vier Augen beklagt, weil sie eine solche Last geworden sei. Sie sagte: «Ich kann mir einfach nicht vorstellen, daß du irgendwo anders bist als auf Nancherrow.»

«Nun, da bist du aber ganz schiefgewickelt. Mit sechzig setze ich mich zur Ruhe und ziehe in ein Cottage auf dem Hof meines Bruders außerhalb von Falmouth, das mir gehört. Ich habe Geld gespart und es von meinen Ersparnissen für zweihundertfünfzig Pfund gekauft. Ich bin also unabhängig. Und so werde ich meinen Lebensabend verbringen.»

«Oh, wie schön für dich, Mary. Aber ich kann mir nicht vorstellen, was sie ohne dich hier anfangen.»

«Sie kommen schon zurecht. Niemand ist unersetzlich.»

«Sind sie über deine Pläne unterrichtet?»

«Ja, der Colonel weiß Bescheid. Als ich das Cottage kaufte, habe ich es ihm gesagt und ihn ins Vertrauen gezogen. Er kam sogar, um sich das Cottage anzusehen, und hat mir Geld für ein Gutachten gegeben.»

«Und Mrs. Carey-Lewis?»

Mary lachte und schüttelte den Kopf. «Ich zweifle keinen Augenblick daran, daß der Colonel ihr nichts davon gesagt hat. Siehst du, er hält vieles von ihr fern. Nun denn...» Wieder einmal dachte Mary praktisch. «Wir vergeuden unsere Zeit. Wenn wir hier nur quatschen, bekommen wir das Kind nie geschaukelt. Wenn du noch fahren willst, dann müssen wir uns in Bewegung setzen...»

«Hilfst du mir beim Packen?»

«Ruf erst mal Tantchen an», sagte Mary. «Wir wollen das Pferd doch nicht beim Schwanz aufzäumen.»

DIANA HATTE den Nachmittag über geschlafen. Als sie die Augen aufschlug, stand die Sonne bereits tiefer am Himmel, und ihre Strahlen fielen schräg durch das Westfenster herein. Neben ihr schlummerte Pekoe. Sie gähnte und rekelte sich, klopfte ihre Kissen auf und dachte, wie herrlich es doch wäre, wenn der Schlaf nicht nur Erholung bringen, sondern zugleich auch die Unruhe aus der Welt schaffen könnte, so daß man mit einem vollkommen klaren und unbeschwerten Gemüt aufwachte, so glatt und leer wie ein Strand nach der abgehenden Flut.

Doch das war nur ein frommer Wunsch. Sobald sie länger wach lag, bedrängten wieder all die nagenden Ängste ihren Geist. Sie hatten bloß darauf gewartet, daß sie erwachte. Tante Lavinia war zwar genesen, aber sie war noch immer sehr schwach. Und der Krieg konnte jederzeit ausbrechen. In zwei Wochen vielleicht, aber auch schon in ein paar Tagen. In den Radionachrichten kam nichts anderes mehr zur Sprache, und die Schlagzeilen in den Tageszeitungen klangen von Mal zu Mal bedrohlicher. Edgars gequälte Miene zerriß ihr das Herz. Zwar versuchte er, seinen Kummer vor ihr zu verbergen, doch gelang ihm dies nicht immer.

Und erst die jungen Leute. Jeremy, ihr treuer Anhänger, die Stütze so mancher Jahre, hatte sich freiwillig zur Navy gemeldet, stand kurz vor seiner Einschiffung und war schon auf dem Weg. Er war als erster fortgezogen, doch sobald der Krieg erklärt worden war, berief man alle anderen ebenfalls ein. Ihr Liebling Edward steuerte ein furchtbar gefährliches Flugzeug – was an sich schon riskant genug war, ohne daß auch noch die Deutschen auf ihn schossen. Und sein Freund Gus war bereits Offizier bei den Gordon Highlanders. Die beiden würden nicht mehr zu den verträumten Turmspitzen der bezaubernden Stadt Cambridge zurückkehren, ihr Studium fortsetzen und ihre Studienzeit genießen können. Im Unterschied zu ihnen war Rupert natürlich Berufssoldat, doch für ihn kam erschwerend hinzu, daß er und Athena heiraten wollten und man ihn mit seinem Pferd in irgendeine unwirtliche Wüste versetzte, wo ihm die Kugeln um die Ohren pfiffen. Athena würde womöglich auf Jahre hinaus auf sich allein gestellt bleiben und ihm ihre Jugend opfern. Ihnen allen, der *Jeunesse dorée*, raubte man diese kostbaren Jahre, die unwiederbringlich verlorengingen.

Und die kleine Loveday. Siebzehn war sie, zum erstenmal verliebt und ohne hoffen zu dürfen, eine dauerhafte Beziehung zu dem Mann ihrer Träume zu knüpfen. Diana vermochte sich nicht auszumalen, was mit Loveday geschehen würde. Es war unmöglich zu ahnen, wie Loveday auf einen schrecklichen Krieg reagieren würde. Allerdings war sie von klein an unberechenbar gewesen.

Diana drehte den Kopf, um auf ihren kleinen, goldenen Nachttischwecker zu blicken. Er zeigte halb fünf an. Sie sehnte sich nach einer Tasse Tee, brachte es jedoch nicht übers Herz, zu klingeln und Mrs. Nettlebed zu rufen, die dann mit ihren geschwollenen Beinen über die Hintertreppe zu ihr hinaufsteigen mußte. Sie langweilte sich. Vielleicht sollte sie doch lieber aufstehen... Wenn sie sich zusammennahm, könnte sie aufstehen, ein Bad nehmen, sich ankleiden und nach unten gehen. Jeremy hatte ihr zwar geraten, sie solle das Bett hüten, aber er konnte sich nicht vorstellen, wie langweilig das war...

Es klopfte an die Tür.

«Wer ist da?»

Die Klinke senkte sich, und die Tür öffnete sich einen Spaltbreit.

«Ich bin's. Judith. Sind Sie wach?»

«Ja.»

«Störe ich auch nicht?»

«Überhaupt nicht. Ich habe gerade gedacht, wie langweilig es im Bett ist und daß ich jemanden brauche, mit dem ich mich unterhalten kann. Du kommst also wie gerufen.»

Judith trat ein, schloß die Tür hinter sich, durchquerte das Zimmer und setzte sich auf die Bettkante. In ihrer weißen Bluse mit dem gekräuselten Kragen und dem blau-weiß gestreiften Baumwollrock sah sie hübsch und adrett aus. Ihr Haar war weich und frisch gebürstet, und um die schlanke Taille trug sie einen roten Ledergürtel.

«Wie fühlen Sie sich jetzt?» fragte sie.

«Oh, schon besser. Nur träge.»

«Haben Sie geschlafen?»

«Den ganzen Nachmittag.» Diana stutzte. «Weshalb bist du nicht mit den anderen unten in der Bucht?»

«Ich hatte etwas Kopfschmerzen. Edward ist allein hinuntergegangen.»

«Das macht die Hitze. Wie geht es Tante Lavinia?»

«Sie war wunderbar und sehr gesprächig. Wirklich erstaunlich, nach allem was sie durchgemacht hat.»

«Hast du den Eindruck, daß sie wieder all die schönen Dinge machen kann wie vorher?»

«Natürlich.» Judith zögerte eine Sekunde und sagte dann: «Diana, ich muß Ihnen etwas sagen. Ich muß wegfahren, und zwar sofort.»

Diana war überrascht. «Wegfahren? Aber warum denn, Liebes?»

«Es ist etwas kompliziert zu erklären. Ich trank gerade mit Mary Tee, und da kam ein Telefonanruf...»

«Das Klingeln habe ich nicht gehört...»

«Vermutlich haben Sie geschlafen. Meine Tante Biddy war am Apparat. Biddy Somerville. Eine ganz böse Grippe hat sie erwischt, und mein Onkel Bob und Ned sind beide auf See, und sie ist ganz auf sich allein gestellt. Es ist niemand im Haus, der ihr beistehen kann, außer der Zugehfrau, die mit dem Fahrrad von Bovey Tracey kommt. Jedenfalls war es ein Hilferuf, und sie fragte, ob ich kommen und nach ihr sehen könnte. Ihr Arzt meinte, es wäre nicht gut, wenn sie ganz allein bliebe.»

«Aber Liebes, das hört sich ja schrecklich an. Die arme Frau. Möchtest du sie nicht bitten, hierherzukommen und bei uns zu bleiben?»

«Oh, das ist wirklich großzügig von Ihnen, aber ich glaube nicht, daß sie reisen kann. Ich muß zu ihr. Ich wollte ja sowieso zu ihr fahren, wenn auch erst später. Also macht es keinen großen Unterschied, wenn ich jetzt schon fahre.»

«Was für ein herzensgutes Mädchen du bist.» Judith lächelte.

Jetzt erst bemerkte Diana, daß Judith ausgesprochen müde aussah. Ihre schönen Augen lagen tief in den Höhlen, und der kräftige Lippenstift betonte nur noch die Blässe ihrer Wangen. Das arme Kind, sie litt unter Kopfschmerzen. Doch fragte sie sich, wenn auch nur ganz kurz, was wohl ihr Unwohlsein verursacht haben konnte. Sie könnte sich danach erkundigen, das wußte sie, und mütterlichen Anteil nehmen, doch in ihrem derzeitigen Zustand fühlte sie sich nicht robust genug, um sich mit vertraulichen Mitteilungen und weiteren Problemen zu befassen. Immerhin war ja nicht auszuschließen, daß Edward etwas damit zu tun hatte, und allein aus diesem Grund war es besser, wenn sie nichts erfuhr. Alles in allem, sosehr sie sie auch liebte, war Judith doch nicht ihr leibliches Kind, und zur Zeit war Diana genug damit ausgelastet, sich mit all den Ungewißheiten im Leben ihrer eigenen Kinder zu beschäftigen. «Natürlich mußt du zu ihr fahren, wenn sie dich braucht. Wie kommst du hin?»

«Mit meinem Wagen.»

«Versprich mir aber, vorsichtig zu fahren!»

«Selbstverständlich.»

«Wann willst du los?»

«Jetzt sofort. Mary hat mir beim Kofferpacken geholfen. Ich nehme nur ein paar Sachen mit. Wahrscheinlich bin ich bald wieder zurück. Denn ich möchte zurückkommen, wenn ich darf, und mich von allen verabschieden, bevor ich nach Singapur abreise.»

«Natürlich kommst du zurück.»

«Und Sie entschuldigen mich bitte beim Colonel?»

«Ach, das hatte ich ganz vergessen. Du siehst ihn ja gar nicht mehr. Und die anderen auch nicht. Wie schrecklich, daß du abfahren mußt, ohne den anderen auf Wiedersehen zu sagen. Kannst du nicht mal eben schnell in der Bucht bei ihnen vorbeischauen?»

«Dazu ist jetzt keine Zeit mehr. Sie müssen ihnen von mir auf Wiedersehen sagen.»

«Gut, das übernehme ich. Aber ich weiß, daß sie furchtbar enttäuscht sein werden.»

«Ich... Das bedaure ich auch. Es ist lieb von Ihnen, daß Sie Verständnis haben.»

«Oh, Liebes, nicht deine Schuld.» Judith stand auf, beugte sich zu Diana hinunter und küßte sie auf die Wange.

«Es ist ja nur für eine Weile», sagte sie.

«In diesem Fall verabschieden wir uns lieber nicht richtig. Bis später dann.»

«Bis bald.»

«Gute Fahrt.» Judith lächelte, drehte sich um und ging zur Tür. Doch als sie gerade das Zimmer verließ, rief Diana sie zurück. «Judith.»

«Ja, bitte.»

«Ist Mary in der Nähe?»

«Ja.»

«Bestell ihr, daß Pekoe in den Garten hinausgelassen werden muß. Und bestell ihr, sie möchte bitte so lieb sein, mir eine Tasse Tee zu bringen.»

Judith schloß die Tür und ging den Flur hinunter in die Ammenstube, wo Mary auf sie wartete. Sie saß am Fenster und sah in den Garten hinunter. Als Judith sie ansprach, wandte sie sich um und erhob sich.

«Hast du mit Mrs. Carey-Lewis gesprochen?»

«Ja. Sie schlief nicht mehr. Ich habe ihr meine Lüge erzählt. Es lief glatt, sie hat keine Fragen gestellt... sondern bat mich nur, dir zu sagen, daß Pekoe raus muß, und fragte, ob du so nett wärst, ihr eine Tasse Tee zu bringen.»

Mary lächelte gequält. «Es hört nie auf, nicht?»

«Ich hätte es wirklich bedauert, wenn ich abgereist wäre, ohne ihr auf Wiedersehen zu sagen.»

«Ach, das hätte ich schon für dich erledigt. So, das wär's. Jetzt wird es aber Zeit. Ich komme noch mit zum Winken...»

Doch Judith stoppte sie. «Nein, bitte nicht. Das könnte ich nicht ertragen. Ich würde bloß sofort wieder losheulen.»

«Bist du sicher?»

«Bestimmt.»

«Na gut. Dann auf Wiedersehen!» Sie umarmten sich fest. «Es ist nur für kurze Zeit, weißt du. Bald sehen wir uns wieder. Melde dich mal. Und fahr vorsichtig.»

«Selbstverständlich.»

«Kommst du auch mit dem Benzin aus? In Penzance ist beim
Bahnhof eine Tankstelle, die auch sonntags geöffnet hat.»

«Dort werde ich volltanken.»

«Und wie steht's mit Geld? Hast du genug Bargeld dabei?»

«Zehn Pfund. Das ist mehr als genug.»

«Und weine Edward keine Träne nach», sagte Mary. «Blick
nicht zurück und gräme dich nicht zu sehr. Dazu bist du zu jung und
zu hübsch.»

«Ich komme schon zurecht.»

Sie verließ Mary, die inmitten ihrer Ammenstube einen verlorenen Eindruck machte. Judith ging über den Flur und lief nach unten. Ihren Wagen hatte sie schon aus der Garage gefahren, und
Mary hatte ihren Koffer auf dem Rücksitz verstaut. Sie setzte sich
ans Steuer, ließ den Motor an und legte den ersten Gang ein. Die
Räder rollten auf dem Kies vorwärts. Es fiel ihr schwer, nicht in
Tränen auszubrechen, doch es gelang ihr, sich zu beherrschen.

Sie sagte sich, daß es kein Abschied für immer sein müsse, doch
genauso kam es ihr vor. Wie aus heiterem Himmel fielen ihr die
Zeilen eines Gedichtes ein, und sie erinnerte sich daran, daß ihre
Mutter sie ihr vor langer Zeit in Colombo, als sie noch ein kleines
Kind war, vorgelesen hatte.

Haus und Garten, Feld und Wiesen,
Die Weidengatter offen stehn

Sie blickte in den Rückspiegel und sah dort als Miniatur das gerahmte Spiegelbild Nancherrows im Sonnenschein, das zurückwich
und immer kleiner wurde.

Pumpe und Ställe, Bäume und Schaukel,
Ade, bis bald und auf Wiedersehn.

Sie erinnerte sich an den Tag, als sie zum erstenmal in Dianas Bentley nach Nancherrow gekommen war, das Haus und die Gartenanlage und in der Ferne das Meer gesehen hatte und unmittelbar ver-

zaubert worden war, ja, sich in Nancherrow verliebt hatte. Sie wußte, daß sie zurückkehren würde, jedoch auch, daß Nancherrow nie mehr so sein würde, wie sie es gekannt hatte.

Dann fuhr sie durch die Allee, und alles war entschwunden, Edward auch, und wieder einmal war sie ganz auf sich allein gestellt.

Zweiter Teil

Biddy Somervilles Haus, das auf dem Hügel oberhalb der kleinen Stadt Bovey Tracey thronte, wurde Upper Bickley genannt. Das Baujahr, 1820, war in den Sturz über der Eingangstür gemeißelt. Es handelte sich um einen ziemlich alten, aus Stein gemauerten, verputzten und weiß getünchten Bau mit Schieferdach und hohen Schornsteinen. Die Zimmer hatten niedrige Decken, und der Fußboden war an manchen Stellen uneben. Die Zimmertüren blieben nicht immer zu, nachdem man sie geschlossen hatte. Zu ebener Erde lagen Küche, Eß- und Wohnzimmer und Diele. Ein größeres Kabinett hatte man in einen Waschraum umgewandelt, in dem Mäntel hingen und Gummistiefel sich zwischen mehrere Gewehre, Angelruten, Jagdtaschen und Angelhaken zwängten. Im oberen Geschoß gab es drei Schlafzimmer und ein Bad und darüber eine modrige Mansarde mit Seekisten, alten Fotos, verschiedenen mottenzerfressenen Marineuniformen, Neds längst vergessener Spielzeugeisenbahn und Puzzlespielen, die wegzuwerfen Biddy nie übers Herz gebracht hatte.

Das Haus erreichte man über einen schmalen, gewundenen und steil ansteigenden Feldweg – für sich selbst genommen schon ein Hindernis und nach Schneefall unpassierbar –, und an der Zufahrt befand sich ein Gatter, das immer offenstand.

Hinter dem Gatter führte ein Kiesweg direkt zur Eingangstür hinauf, die sich auf der Rückseite des Hauses befand. Der Garten war nicht groß. Vorne wuchs etwas Gras, die Blumenbeete waren schlicht, und jenseits einiger nützlicher Nebengebäude befanden sich ein kleiner Gemüsegarten und eine Rasenfläche unter einer

Wäscheleine. Auf dem hinteren Hügel lag eine Koppel, auf der irgendein Vorbesitzer seine Ponys gehalten hatte. Oben befand sich ein Wäldchen aus dürren Kiefern und eine Grenzmauer. Hinter der Mauer begann das Dartmoor, eine weite Ebene aus Grassoden, Farngestrüpp, Heidekraut und Sumpf, die sich bis an den fernen Horizont erstreckte, gekrönt von düsteren Felsen. Im Winter wagten sich manchmal die Wildponys, wenn sie nach Futter suchten, bis an die Mauer vor, und Biddy erbarmte sich der armen, zottigen Geschöpfe und gab ihnen etwas Stroh. Zu dieser Jahreszeit wehte meistens ein Wind, und die Küste war in Regen gehüllt, doch im Sommer und an klaren Tagen eröffnete sich nach Südwesten hin eine spektakuläre Sicht über die graue Dächerlandschaft der kleinen Stadt, die grünen Felder und die Hecken auf den Äckern, bis hin nach Torbay und zum glitzernden Ärmelkanal.

Die Somervilles hatten Upper Bickley, das sich in einem vernachlässigten Zustand befand, mit einer gewissen Unerschrockenheit erworben. Nach dem Ableben der alten Dame, die ein halbes Jahrhundert in dem Haus gewohnt hatte, war es über vier Jahre unbewohnt geblieben, da ihre vier erwachsenen Kinder, die untereinander zerstritten und verfeindet waren, sich nicht einigen konnten, was mit ihrem Erbe geschehen sollte. Schließlich hatte ein entnervter und rechtschaffener Anwalt den verdrossenen Erben klargemacht, sie sollten nicht länger seine Zeit verschwenden, sondern sich endlich zusammenreißen und das Haus losschlagen. Zuletzt erklärten sie sich damit einverstanden, daß er das Haus zum Verkauf anbot. Die Somervilles waren von Plymouth herübergefahren, um es zu besichtigen, hatten festgestellt, daß der Kaufpreis lächerlich niedrig lag, und sofort zugegriffen. Darauf folgte die unvermeidliche Zeit der Instandsetzung. Maurer, Elektriker, Klempner, Stukkateure und Zimmerleute gaben sich die Klinke in die Hand, vergaßen ihr Werkzeug, trieben klobige Maurernägel in verdeckte Rohrleitungen, klebten die Tapetenbahnen verkehrt herum und drückten mit der Leiter die Glasscheiben des runden Treppenhausfensters ein. Biddy hatte viel damit zu tun, sie zu kommandieren und zu beschwatzen oder, wenn auch das nichts half, mit Tee und guter Laune zu verwöhnen. Schließlich erklärte Bob die Renovierung von Upper Bickley für endgültig beendet, die ratternden Last- und Lieferwagen fuhren ein letztes Mal durchs Tor, und Biddy zog ein.

Es war das erste Haus, das ihr je gehört hatte, und es unterschied sich so sehr von den bisherigen Dienstwohnungen der Navy, daß der Reiz des Neuen einige Zeit vorhielt. Biddy war weder eine gute Wirtschafterin noch häuslich eingestellt, und sowohl Mrs. Cleese als auch Hobbs – die beiden treuen Seelen aus den Tagen in Keyham Terrace – standen ihr nicht mehr zur Seite. Mrs. Cleese hatte sie nicht begleitet, weil sie nicht auf dem Land arbeiten mochte, Kühen sehr argwöhnisch gegenüberstand und lieber in Plymouth bleiben wollte. Und Hobbs war nicht mehr da, weil er die Altersgrenze erreicht hatte und Ihre Lordschaften ihn zwangsweise in Rente geschickt hatten. Kurz danach war er gestorben. Biddy, die pflichtbewußt an seiner Beerdigung teilnahm, schwor, sie habe seine knarrenden Stiefel gehört, als er sich zum Großen Zapfenstreich ins Himmelreich aufgemacht hatte.

Andere Haushaltshilfen mußten gefunden werden. In Upper Bickley war kein Platz für einen im Hause lebenden Dienstboten, auch hätte Biddy niemanden im Haus haben wollen. Statt dessen stellte sie zwei Frauen aus dem Ort ein, die jeden Tag zu ihr kamen, die eine zum Kochen, die andere zum Putzen. Sie trafen als Gespann um acht Uhr morgens ein und verließen das Haus um zwölf. Mrs. Lapford war die Köchin und Mrs. Dagg die Hausgehilfin. Mrs. Daggs Ehemann Bill war Pflüger und arbeitete mit Pferden auf einer Farm in der Nähe, kam jedoch an Samstagen und an manchen Sommerabenden, um sich in Biddys Garten ein wenig nützlich zu machen. Es war schwer zu entscheiden, wer von beiden weniger über Blumenzucht und Gemüseanbau wußte, doch Bill konnte ziemlich ordentlich umgraben und saß natürlich an der Quelle, wenn es darum ging, erkleckliche Mengen Pferdeäpfel zum Düngen herbeizuschaffen. Unter seiner Obhut gediehen und blühten zumindest die Rosen.

Nachdem die Haushaltsprobleme gelöst waren, sah Biddy sich nach gesellschaftlichen Anregungen um. Sie hatte keineswegs vor, ihre Tage damit zu verbringen, Blumen zu arrangieren, Marmelade zu kochen, Socken zu stricken oder eine Busfahrt mit dem örtlichen Frauenverein zu unternehmen, aber es fiel ihr nicht schwer, andere Zerstreuungen zu finden. Sie hatte bereits einen großen Kreis von Bekannten aus der Navy, die in Reichweite lebten, und machte bald die Bekanntschaft mehrerer Familien aus der Grafschaft, die in beeindruckend alten und ererbten Häusern mit großen Grundstücken wohnten. Neuankömmlinge gelangten nicht leicht über die Schwelle dieser großen Häuser, doch ein Angehöriger der Royal Navy war automatisch *persona grata*, und Gastfreundschaft wurde großzügig gewährt. Biddy erhielt Einladungen zu den Mittagessen der Damen, mit anschließendem Bridge- oder Mah-Jongg-Spiel. Bob wurde zur Fasanenjagd oder zu erstklassigen Angelpartien eingeladen. Gemeinsam gingen sie zu sehr förmlichen Dinnerpartys, nicht ganz so förmlichen Rennveranstaltungen und vergnügten Tennisnachmittagen für die ganze Familie. Beide waren von geselligem und heiterem Naturell und erwiderten großzügig die gewährte Gastfreundschaft, so daß eins zum anderen kam und sie sich im Handumdrehen in ihrer neuen Umgebung wohl und akzeptiert fühlten.

Man schrieb August 1939, und Biddy war zufrieden. Die einzige, wenngleich große Wolke, die ihren Horizont verdunkelte, war der bevorstehende Krieg.

AM SONNTAG ABEND gegen halb zehn saß Biddy am offenen Fenster ihres Wohnzimmers und beobachtete, wie die dämmrigen Schatten sich im Garten sammelten und das Licht am Himmel schwand. Sie wartete auf Judith. Bob war am Wochenende zu Hause gewesen und nach dem Tee mit dem Wagen nach Devonport zurückgefahren. Eigentlich hätte er nicht fahren müssen, doch in diesen unruhigen Zeiten wurde er nervös, wenn er einmal länger als einen Tag nicht in seinem Büro war. Er wollte unbedingt im Dienst sein, falls eine wichtige Nachricht eintraf, die seine unmittelbare Aufmerksamkeit und sofortige Entscheidung erforderte.

Daher war sie allein zu Hause. Und doch wieder nicht allein, denn zu ihren Füßen lag Morag, ein unregelmäßig gefleckter Collie mit einem hübschen, halb weißen, halb schwarzen Gesicht, einem langen, dichten Fell und einem buschigen Schwanz. Er gehörte Ned, der das völlig verdreckte und bis auf Haut und Knochen abgemagerte Tier auf einem Pier in Scapa Flow aufgelesen hatte, als es in den Mülleimern nach Essensresten wühlte. Ned, voller Mitleid mit dem Streuner, hatte ihm eine Schnur um den Hals gebunden und ihn zur nächsten Polizeiwache geführt, aber niemand hatte ihn als vermißt gemeldet, und Ned hatte es nicht übers Herz gebracht, ihn dort zu lassen. Daher verließ er die Polizeiwache mit dem Hund an der behelfsmäßigen Leine. Da seine Zeit knapp wurde – ihm blieb nur noch eine Stunde, bis er sich an Bord zurückmelden mußte –, nahm er ein Taxi, stieg mit dem Hund ein und bat den Fahrer, ihn zum nächsten Tierarzt zu bringen. Der Veterinär war ein netter Mensch und erklärte sich bereit, den Hund für eine Nacht bei sich unterzubringen, ihn zu waschen und gut zu füttern. Ned ließ ihn also dort, stieg wieder ins Taxi und erreichte sein Schiff gerade noch rechtzeitig, galoppierte wie ein Rennpferd den Landesteg hoch und hätte dabei um ein Haar den wachhabenden Offizier umgerannt.

Am Tag darauf beantragte Ned nach reiflicher Überlegung ein langes Urlaubswochenende, das ihm zu seiner eigenen Überraschung auch gewährt wurde. Er rief den Tierarzt an, der sich bereit erklärte, den Hund noch für zwei weitere Tage bei sich zu behalten. Am Freitag, sobald er sich freimachen konnte, holte Ned den Collie ab, nahm die Fähre über die Pentland-Förde und stieg in Thurso in den Nachtzug Richtung Süden.

Am folgenden Morgen gegen elf Uhr traf er unerwartet, unangemeldet und unrasiert mit dem Collie an der Leine bei seinen Eltern ein.

«Er heißt Morag», teilte er Biddy bei gebratenem Bacon, Würstchen, Tomaten, Pilzen und Eiern mit. «Er ist ein schottischer Hund, darum der schottische Name. Ich dachte mir, er könnte bei euch bleiben.»

«Aber, Lieber, ich hatte noch nie einen Hund.»

«Höchste Zeit für dich! Er leistet dir Gesellschaft, wenn Dad nicht da ist. Wo ist Dad übrigens?»

«Auf Fasanenjagd.»

«Wann kommt er zurück?»

«Gegen fünf.»

«Gut, dann treffe ich ihn ja noch. Ich muß nämlich erst morgen früh wieder zurück.»

Biddy blickte auf den Hund, auf ihren Hund. Sie sprach seinen Namen aus, und Morag setzte sich aufrecht hin, lächelte sie an und schlug mit seinem buschigen Schwanz auf den Boden. Er hatte zwei verschiedenfarbige Augen, und dies verlieh ihm ein gewinnendes Äußeres, ganz so, als würde er zwinkern.

Biddy sagte zu Morag: «Du bist aber ein ganz Süßer.»

«Er mag dich. Das sehe ich.»

Als Bob von der Jagd zurückkehrte, freute er sich so sehr, seinen Sohn zu Hause anzutreffen, daß er von dem Collie kaum Notiz nahm. Bis ihm klar wurde, daß Morag zum festen Bestandteil des Hauses gehören sollte, hatte Ned längst das Gewehr für seinen Vater gereinigt, ihm damit den Wind aus den Segeln genommen und Bob in eine Lage gebracht, in der er keine Einwände mehr erheben konnte.

Aber das hieß noch lange nicht, daß jeder Widerspruch zerschlagen war.

«Er macht doch keinen Dreck, oder?»

«Natürlich nicht, Dad. So was erledigt er im Garten.»

«Wo soll er denn schlafen?»

«In der Küche, nehme ich an. Ich werde ihm in Bovey Tracey einen Korb kaufen. Und eine Decke. Und ein Halsband und eine Leine. Und einen Napf. Und Hundefutter...»

Bob fiel auf, daß Morag Ned bereits viel Zeit und viel Geld gekostet hatte, ganz zu schweigen von den Tierarztrechnungen. Außerdem hatte er seinen kostbaren Wochenendurlaub geopfert, nur um seiner Mutter den Hund zu bringen. Der Gedanke, daß Ned die bevorstehenden Ausgaben von seinem hart erarbeiteten Sold als Leutnant bestreiten mußte, gefiel seinem Vater ganz und gar nicht.

«Nein, das werde ich kaufen», entgegnete er. Bob sah auf die Uhr. «Also, es ist Samstagabend... Wir haben gerade noch Zeit, vor Ladenschluß beim Haushaltswarenhändler vorbeizuschauen.

Du darfst die Ausstattung aussuchen, aber ich übernehme die Rechnung.»

DIES WAR bereits zwei Monate her, und jetzt konnte Biddy sich ein Leben ohne Morag kaum noch vorstellen. Er war ein liebes, anspruchsloses Geschöpf, das gern lange Spaziergänge machte, sich aber ebensogern allein im Garten vergnügte, falls Biddy einmal nicht spazierengehen oder lieber mit Freunden eine Partie Bridge spielen wollte. An diesem Nachmittag war Morag nicht zu seinem Spaziergang gekommen, denn trotz des schönen Wetters hatte Bob die meiste Zeit im Haus verbracht, um die Papiere auf seinem Schreibtisch zu ordnen, Schränke auszuräumen und abgetragene Kleidungsstücke auszusortieren. Danach hatte er sich der Garage gewidmet, die dringend eine gründliche Reinigung gebrauchen konnte. Für den Müll, den er zusammengetragen hatte, hatte er im Freien ein Feuer angezündet, und alles, was er nicht verbrennen konnte – abgebrochene Sensenblätter, ausrangierte Benzinkanister, ein Dreirad mit zwei Rädern und einen verrosteten Rasenmäher –, hatte er an der Hintertür gestapelt, damit es von dem nächsten Müllwagen mitgenommen wurde.

Biddy konnte aus all diesen Unternehmungen nur einen einzigen Schluß ziehen. Sie kannte ihren Mann in- und auswendig und wußte, daß er drängende Sorgen und Ängste am besten durch körperliche Arbeit abreagieren konnte. Als sie ihn durch das Küchenfenster beobachtete, wurde ihr schwer ums Herz. Es war, als wüßte er bereits, daß der Krieg unvermeidlich war, und daher bemühte er sich vor Beginn der Schlacht, klar Schiff zu machen.

Schließlich hatte er alles soweit erledigt. Er kam ins Haus, um in der Küche eine stärkende Tasse Tee zu trinken, und sie saßen beisammen, als das Telefon klingelte. Biddy ging in die Diele, um den Anruf entgegenzunehmen. Als sie zurückkam, fragte Bob: «Wer hat angerufen?»

Biddy setzte sich wieder und trank einen Schluck von dem Tee, der inzwischen kalt geworden war. «Judith.»

«Was hat sie gesagt?»

«Sie möchte herkommen. Heute noch. Sie kommt mit ihrem Wagen aus Cornwall. Gegen zehn will sie hier sein.»

Bob hob die Augenbrauen. «Merkwürdig. Was ist denn los?»

«Keine Ahnung.»

«Wie klang sie am Telefon?»

«Wie gewöhnlich.» Sie dachte kurz darüber nach. «Etwas zu aufgedreht vielleicht. Du weißt schon, zu entschieden.»

«Hat sie gesagt, weshalb sie kommen möchte?»

«Nein, keine Details. Sie will uns alles erklären, wenn sie hier ist.»

«Hat sie von den Carey-Lewis aus angerufen?»

«Ja.»

«Da muß irgendwas vorgefallen sein.»

«Vielleicht hat sie sich mit ihrer Freundin Loveday zerstritten. Oder sich irgendwie danebenbenommen.»

«Das sieht Judith aber nicht ähnlich.»

«Ja, du hast natürlich recht. Jedenfalls kommt sie her. Sie kann mir helfen, die Verdunklungsvorhänge zu nähen. Ich habe einen Ballen von dieser schrecklichen schwarzen Baumwolle gekauft, aber es ist mir noch nicht gelungen, sie auf Länge zu schneiden. Mit der Nähmaschine kann Judith umgehen wie eine echte Schneiderin.» Sie stand auf, um ihren lauwarmen Tee in den Spülstein zu gießen und sich eine frische Tasse aus der Kanne einzuschenken. Morag, der auf sein Futter wartete, saß auf dem Flickenteppich und blickte Biddy an. «Fürs Abendessen ist's noch viel zu früh, du gieriges Ding», sagte Biddy. «Hundchen, Judith hat dich noch nicht gesehen. Ja, sie ahnt nicht einmal, daß es dich gibt. Wenn du nett zu ihr bist, dann geht sie vielleicht mit dir spazieren.» Sie straffte den Rücken und lehnte sich an den Spülstein. «Ich brauche nicht einmal für sie das Bett zu machen. Mrs. Dagg hat das Gästezimmer erst am Freitag morgen hergerichtet. Sie hatte ja sowieso vor, demnächst zu kommen, und wir wollten dann nach London fahren, um sie für Singapur neu einzukleiden. Wir erledigen also alles nur ein wenig früher.» Über den Tisch hinweg begegnete sie dem Blick ihres Mannes. «Ach, Bob, es hat keinen Zweck, sich voreilig Gedanken zu machen. Was auch passiert ist, wir müssen einfach abwarten.»

«Wenn wirklich etwas nicht mit ihr stimmt, wird sie es dir womöglich gar nicht erzählen wollen.»

«Doch, ich frage sie einfach. Wir haben ein gutes Verhältnis. Wie auch immer, Heimlichkeiten oder unausgesprochene Gefühle ertrage ich nicht lange.»

«Aber sei taktvoll, Liebling.»

«Das versteht sich doch. Und du weißt, wie sehr ich das Kind liebe.»

Kurz nach elf Uhr, als Biddy bereits unruhig zu werden begann und sich vorstellte, Judith sei in einen Unfall verwickelt oder mit leergefahrenem Tank auf dunkler Landstraße liegengeblieben, traf sie endlich ein. Vom Fenster aus sah Biddy, wie die Scheinwerferlichter den Hügel hinaufstrahlten, und vernahm das näher kommende Motorengeräusch. Sie erhob sich, um in die Diele zu gehen und die Lampe über der Tür anzuschalten. Als sie mit Morag im Gefolge vor die Tür trat, fuhr der kleine Morris gerade durch das offene Tor und hielt bald darauf vor dem Haus an.

Die Scheinwerfer erloschen, die Tür öffnete sich, und Judith stand vor ihr.

«Oh, Liebes, wie bin ich erleichtert! Ich dachte schon, du bist verunglückt.» Sie umarmten sich. «War die Fahrt sehr schlimm?»

«Nein, gar nicht. Nur zu lang. Und ich glaubte, ich hätte um zehn Uhr hier sein können.»

«Ja, das hast du gesagt. Das hat mich ganz nervös gemacht.»

«Der letzte Teil der Strecke war so kurvenreich. Und einmal dachte ich, ich sei völlig vom Weg abgekommen.» Judith sah zu Boden. «Wer ist das?»

«Morag, unser Hund.»

«Du hattest doch früher nie einen Hund.»

«Jetzt haben wir einen. Er gehört Ned.»

«Ein süßes Tierchen. Hallo, Morag. Wie lange habt ihr ihn schon?»

«Seit zwei Monaten. Aber komm rein und laß uns nicht hier draußen rumstehen und reden. Wo ist dein Gepäck?» Biddy öffnete die Beifahrertür des Morris und holte Judiths Koffer vom Rücksitz. «Ist das alles?»

«Ja, mehr brauche ich nicht.»

«Ich habe gehofft, du würdest ewig bleiben.»

«Das kann man nie wissen», erwiderte Judith, doch in ihrer Stimme lag kein Lächeln. «Vielleicht tue ich das ja auch.»

Sie gingen ins Haus. Biddy verschloß die Haustür hinter sich und stellte den Koffer an der Treppe ab. Im Schein des ziemlich kalten Deckenlichts standen sie sich in der Diele gegenüber und blickten sich an. Sie sieht aus wie immer, dachte Biddy. Etwas blaß und viel dünner als beim letztenmal, aber nicht krank. Weder körperlich angegriffen noch kurz vor einem Nervenzusammenbruch. Aber vielleicht nahm sie sich bloß zusammen…

«Wo ist Onkel Bob?»

«Zurück nach Devonport, gleich nach dem Tee. Du siehst ihn wahrscheinlich am nächsten Wochenende. Was möchtest du denn jetzt? Etwas essen oder etwas trinken? Ich kann dir Suppe aufwärmen.»

Judith schüttelte den Kopf. Sie antwortete: «Nur schnell ins Bett. Ich bin wie erschlagen.»

«Brauchst du eine Wärmflasche?»

«Außer einem Bett und einem weichen Kopfkissen brauche ich jetzt gar nichts.»

«Dann geh nach oben in dein altes Zimmer. Und schlaf dich richtig aus. Ich bringe dir gegen neun Uhr eine Tasse Tee ans Bett.»

Judith sagte: «Es tut mir leid.»

«Um Himmels willen, was denn?»

«Daß ich hier so plötzlich auftauche.»

«Ach, sei doch nicht albern. Wir freuen uns doch immer, wenn du kommst.» Aber zu dieser späten Stunde mußten um jeden Preis die Gefühle im Zaum gehalten werden. Vertraulichkeiten und Geständnisse mußten bis morgen warten. «Jetzt aber ab mit dir. Geh und leg dich hin. Und schlaf gut.»

«Das werde ich bestimmt…» Judith nahm ihren Koffer und stapfte die Treppe hinauf. Biddy blickte ihr nach. Plötzlich sehnte sie sich nach Bob und wünschte, daß er nicht hätte wegfahren müssen. Da ihr seine beruhigende Gegenwart fehlte, schenkte sie sich einen Whisky Soda ein, ging mit dem Glas in die Küche, wo Morag sich schlafen legte, schloß Türen und Fenster und stieg endlich selbst die Treppe hinauf. Auf dem Treppenabsatz sah sie, daß die Tür zu Judiths Schlafzimmer geschlossen war. Durch das offene Fenster war der Schrei einer Eule zu hören, aber sonst herrschte Stille im Haus.

NICHT BIDDY, sondern Morag weckte Judith. Im Halbschlaf nahm sie ein Kratzen an der Tür wahr und dann ein leises, eindringliches Winseln. Noch verschlafen kletterte Judith aus ihrem Bett, wankte zur Tür, ließ den Hund herein, schloß die Tür und stieg zurück ins Bett. Fast sofort war sie wieder eingeschlafen. Als Biddy sie, wie abgemacht, um neun Uhr mit einer Tasse Tee in der Hand weckte, lag Morag eingerollt an ihrem Bettende, ein warmes und schweres Gewicht auf ihren Füßen.

«Ich wußte nicht, wohin er verschwunden war», sagte Biddy, als sie die dampfende Tasse Tee auf dem Nachttisch abstellte. «Ich habe ihn ganz früh hinausgelassen, danach war er nicht mehr zu sehen. Ich dachte, er ist hinter den Kaninchen her, aber irgendwie muß er wieder ins Haus geschlichen sein.» Sie schimpfte Morag nicht aus und jagte ihn auch nicht vom Bett, sondern sagte nur, er sei ein kluger Hund, und dann zog sie die Vorhänge aus Kretonne zurück, um das Licht des neuen Tages ins Zimmer hereinzulassen. (Mein erster Tag ohne Edward, dachte Judith, und wünschte sich, daß er nicht so früh begonnen hätte.) «Es ist zwar etwas neblig, aber ich glaube, später wird es noch schön. Wie hast du geschlafen?»

Ein Schritt nach dem anderen. Nur so überwand sie die unerträgliche und elende Leere. Judith strengte sich an, setzte sich halb aufrecht und stopfte die Kissen in ihrem Rücken so zurecht, daß die Gitterstäbe am Kopfende sich nicht in ihre Schultern drückten. «Wie ein Stein.» Sie gähnte und schob sich die Haare aus dem Gesicht. «Ich war völlig am Ende.»

«Bestimmt, wo du doch allein gefahren bist. Du siehst erschöpft aus.» Biddy setzte sich zu Judith aufs Bett und drückte noch mehr auf die quietschenden Sprungfedern. Sie trug Leinenhosen und ein kariertes Hemd, als plane sie, nach draußen zu gehen und mit dem Heuwenden weiterzumachen. In ihrem einst so dunklen, lockigen Haar zeigten sich die ersten grauen Strähnen, und sie hatte etwas zugenommen, doch ihr Gesicht mit den bemalten Lippen, den Lachfältchen und den strahlenden Augen hatte sich nicht verändert. Sie sagte: «Ich habe mir deinen kleinen Wagen angesehen. Ist wirklich hübsch. Den hast du sicher gern.»

«Ja, sehr.» Judith nahm die Tasse mit dem Tee, der heiß und sehr stark war. Biddy wartete einen Augenblick, und dann fragte sie: «Möchtest du mit mir reden?»

Judith wurde mulmig zumute. Sie versuchte Zeit zu schinden. «Worüber?»

«Über alles, meine ich. Irgendwas ist doch geschehen. Hast du dich etwa mit Loveday gestritten? Oder ist es schlimmer als das?»

Ihre Wahrnehmung war gespannt und so schmerzvoll wie ein Nadelstich. «Wie kommst du darauf?»

Biddy verlor etwas die Geduld. «Oh, Liebes, ich bin doch kein Dummkopf. Schließlich bin ich ja nicht nur deine Tante, sondern auch noch Mutter. Ich mag nicht, wenn man Gefühle unterdrückt oder ganz unruhig ist und nervös schweigt oder schmollt...»

«Ich schmolle nicht...»

Darauf ging Biddy nicht ein. «...und es liegt einfach nicht in deiner Natur, Hals über Kopf Entscheidungen zu treffen. Also erzähl schon. Was es auch sein mag, warum auch immer du die Carey-Lewis so überstürzt verlassen hast, ich werde Verständnis dafür haben. Mein eigenes Leben ist nie makellos gewesen. Es besteht aus blinden Flecken und Glanzpunkten. Glaube mir, es tut einfach gut, darüber zu reden.»

Darauf erwiderte Judith nichts. Sie trank ihren Tee und versuchte, ihre Gedanken zu ordnen. Biddy wartete geduldig. Der Himmel war bedeckt und die Luft warm. Das kleine Schlafzimmer – Lichtjahre entfernt von ihrem schönen Zimmer auf Nancherrow, das nur ihr allein gehörte – war etwas verwohnt und doch angenehm vertraut. Hier hatte Judith immer geschlafen, wenn sie in Upper Bickley zu Besuch war, und nichts hatte man verändert, ausgebessert oder renoviert. Die Vorhänge aus Kretonne harmonierten nicht mit dem Teppichmuster; die Chenillebezüge auf dem Doppelbett waren primelgelb und die Tapeten blau-weiß gestreift.

Innenausstattung war noch nie Biddys starke Seite gewesen. Doch auf dem Toilettentisch stand eine Vase mit Gänseblümchen, und über dem altmodischen Kamin hing eine Hafenansicht mit blauem Meer und Fischerbooten, die man vor dem Einschlafen gern betrachtete.

Sie seufzte und sah Biddy an. Biddy gehörte wirklich zur Familie und gab dies nicht nur vor. In ihrer Gesellschaft fühlte Judith sich so wohl wie in bequemen Schuhen, wenn die Füße den ganzen Tag über in engen, hochhackigen Pumps gesteckt hatten. Sie stellte die Tasse ab und sagte: «Ich habe mich unendlich blamiert.»

«Und wie?»

Judith erzählte ihr alles von Anfang an: Von dem Tag, als Edward sie von der Schule zu den ersten Sommerferien abgeholt hatte, bis zum Vorabend, als alles zu Ende gegangen war, weil sie ihm in dem naiven Glauben, er liebe sie so sehr wie sie ihn, ihre Liebe gestanden und Edwards Zurückweisung sie furchtbar schockiert und gedemütigt hatte.

Biddy gegenüber ließ sie keine Einzelheit aus. Nur Billy Fawcett erwähnte sie mit keinem Wort, vermutlich aus einer unklaren Loyalität ihrer lieben Tante Louise gegenüber. Auch gab sie Biddy nicht preis, daß sie mit Edward geschlafen hatte, daß er sie widerstandslos verführt und sie ihm glücklich ihre Jungfräulichkeit geopfert hatte. Biddy war zwar nicht leicht zu schockieren, doch bei Erwachsenen konnte man nie wissen. Von Edward geliebt zu werden war eine so beglückende Erfahrung, daß sie niemand erlauben wollte, ihr einzureden, sie habe sich dessen zu schämen oder müsse es bereuen.

«...am schlimmsten war, daß sich so viele Leute auf Nancherrow aufhielten... die ganze Familie und zudem noch Freunde. Eine echte Familienfeier. Ich konnte den Gedanken nicht ertragen, daß alle mich beobachteten... uns beobachteten... und ich verheimlichen sollte, was passiert war. Mary Millyway hatte die Idee, ich solle zu dir fahren. Sie meinte, da ich dich ja sowieso besuchen wolle, könne ich ebensogut ein paar Tage früher abreisen. Und es schien wirklich das einzig Vernünftige zu sein.»

«Und was sagte Mrs. Carey-Lewis dazu?»

«Diana? Sie hatte sich ins Bett gelegt, weil es ihr nicht gutging. Aber selbst wenn sie nicht krank gewesen wäre, hätte ich mich ihr nicht anvertraut. Sie ist zwar furchtbar nett, doch andererseits kein Mensch, dem man seine Geheimnisse anvertraut. Und da es um Edward ging, war es völlig ausgeschlossen. Er ist ihr einziger Sohn, und sie ist ganz vernarrt in ihn.»

«Hast du ihr gesagt, daß du zu mir fährst?»

«Ja.»

«Wie lautete deine Ausrede? Was für Gründe hast du ihr genannt?»

«Ich hab fürchterlich geflunkert und gesagt, du hättest eine schwere Grippe, wärst allein im Haus und brauchtest jemand, der dich gesund pflegt.»

«Du meine Güte», murmelte Biddy leise.

«Zum Glück schien sie mir das abzunehmen. Ich habe mich von ihr verabschiedet, aber nicht von den anderen, weil alle zum Schwimmen ans Meer gegangen waren. Auch Edward. Selbst ihm habe ich nicht auf Wiedersehen gesagt.»

«Ist vielleicht auch ganz gut so.»

«Ja, vielleicht.»

«Wie lange möchtest du bei uns bleiben?»

Judith biß sich auf die Lippe. «Nur eine Weile. Bis ich mich wieder gefangen habe. Geht das in Ordnung?»

«Hoffentlich nur nicht zu schnell. Es ist so schön, daß du hier bist. Nun, weißt du, was ich glaube? Soll ich dir sagen, was ich denke?» Und sie sagte Judith, was sie dachte, und das waren Dinge, die Judith schon tausendmal gehört hatte. Vielleicht handelte es sich nur um Gemeinplätze. Wenn sie jedoch dazu geworden waren, dann nur deshalb, weil sich solche Sprüche immer wieder bewahrheitet hatten. Die erste Liebe tut am meisten weh. Es gibt noch viele andere hübsche Söhne auf der Welt. Edward wirst du nie vergessen, aber das Leben ist mit achtzehn noch nicht zu Ende, sondern fängt erst richtig an. Und ganz zuletzt, die Zeit heilt alle Wunden. Alles geht vorüber. Sosehr dir das Herz auch bricht, du erholst dich wieder.

Als Biddys Redefluß versiegt war, konnte Judith bereits wieder lächeln. «Was findest du daran so lustig?» fragte Biddy.

«Nichts. Was du sagst, klingt nur so wie die Sprüche, die manche Leute in Kreuzstich sticken und dann im Schlafzimmer aufhängen.»

«Du meinst, in der Art von ‹Ob Osten, ob Westen, zu Haus ist's am besten›?»

«Nicht genau so.»

«Wie wär's dann mit

> Die Sonne ist ein Gnadenkuß,
> Vogelgesang nimmt allen Verdruß.
> Gott dir näher ist in Wald und Feld
> Als sonstwo unterm Himmelszelt.

Dieser Spruch hing bei meiner Mutter auf der Toilette. Das war das einzige, was es zu Haus zu lesen gab.»

«Das ist ein Gedicht, kein Sprichwort oder Spruch. Du weißt schon, in der Art von ‹Zwischen Glas und Lippe gibt's manche Klippe›.»

«Mir ist da gerade noch ein wunderbarer Spruch eingefallen: ‹An den Ecken des Lebens pfeift der Wind am schärfsten.› Es klingt zwar furchtbar gescheit, ist aber völlig nichtssagend.»

Plötzlich lachten beide. «Oh, Biddy...» Judith beugte sich vor, um Biddy zu umarmen, und wurde ihrerseits umarmt und getätschelt, sanft hin und her gewiegt wie ein Säugling, der aufstoßen soll. «...du bist die Beste. Es tut mir wirklich alles leid.»

«Gegen die Liebe ist kein Kraut gewachsen. Und glaub nur ja nicht, daß du immer vergnügt sein müßtest. Wenn du Trübsal bläst, so wirft mich das nicht um, solange ich nur den Grund dafür kenne. Am besten ist, man hat ständig etwas zu tun. Ich muß noch die Vorhänge für die Verdunklung zuschneiden und nähen und noch einiges einkaufen, was Bob vorrätig halten möchte, wie zum Beispiel Paraffin, für den Fall, daß Krieg ausbricht und diese Dinge sofort knapp werden. Also haben wir viel zu besorgen. Willst du nicht baden und dich dann anziehen? Mrs. Lapford ist in der Küche und brät Bacon für dich. Sie ist schrecklich eingeschnappt, wenn du nicht zu ihr gehst und ihn aufißt.»

Biddy hatte recht. Beschäftigung, am besten eine geistig anspruchslose, war die beste Medizin. Das Schlimmste lag hinter ihr, alles war gesagt und mußte nicht wieder aufgewärmt werden. Biddy hatte wirklich viel Verständnis gezeigt.

Nachdem Judith gebadet und sich frische Kleider angezogen hatte, ging sie nach unten, wo Mrs. Lapford und Mrs. Dagg sie herzlich begrüßten. Beide sagten, sie sehe sehr hübsch aus und es sei schön, wieder etwas Gesellschaft zu haben. Dann frühstückte sie, und danach saß sie mit Biddy am Küchentisch und stellte eine Einkaufsliste zusammen. Paraffinkerzen, Glühbirnen, Benzin für den Rasenmäher, Dosensuppen, Nähmaschinennadeln, schwarzes Garn zum Nähen der Vorhänge und Schrauben für die Befestigung der Drähte an den Fenstern. Dann der alltägliche Einkauf für den Haushalt: Futter für Morag, Butter und Makkaroni, ein frisches Huhn und Kartoffeln, Kekse und Brot. Zwei Flaschen Gin und zwei Flaschen Whisky, eine Siphonflasche mit Soda, Tonic und drei Zitronen.

«Sieht aus, als wolltest du zu einer Party einladen.»

«Nein, nur der übliche Bedarf. Wir können natürlich zum Wochenende, wenn Bob zu Hause ist, ein paar Leute einladen. Notiere bitte noch Chips und Schokoladenkekse...»

Die Liste wurde ziemlich lang. Biddy holte ihr Portemonnaie und einen Korb, dann gingen sie aus dem Haus, stiegen in den Wagen und fuhren den Hügel hinunter in die kleine Stadt.

Nach dem Mittagessen, das Mrs. Lapford für sie vorbereitet hatte (Lammkoteletts und Reispudding), gingen sie mit Morag spazieren und machten sich nach ihrer Rückkehr an das Nähen der Verdunklungsvorhänge. Während Judith die alte Nähmaschine auf dem Eßzimmertisch aufstellte, die Nähspule vorbereitete und eine neue Nadel einsetzte, maß Biddy die Fenster aus und kniete sich auf den Fußboden, um die unterschiedlichen Längen zurechtzuschneiden. Die Baumwolle war schwarz, dicht gewebt und roch ein wenig nach Tusche. «In meinem ganzen Leben habe ich noch nie etwas so Langweiliges zugeschnitten», bemerkte Biddy. «Ich bin nur froh, daß ich nicht in einem riesigen Haus mit einem Dutzend Fenster wohne.» Sie reichte Judith die ersten beiden Bahnen für das Wohnzimmer, die erst der Länge nach zusammengenäht werden mußten, und zwar mit einer französischen Naht, damit sie besser hielten. Danach nähte Judith am Kopf einen Umschlag und am Ende einen breiten Saum, damit sie besser fielen. Sobald der erste Vorhang fertig war, hängten sie ihn auf, fädelten den Draht durch den Umschlag und schraubten die kleinen Haken in den Fensterrahmen, so daß der Vorhang lose vor den Fensterscheiben hing.

Er sah furchtbar häßlich aus und trug so dick auf, daß man ihn nicht zurückziehen konnte. Sie begutachteten ihr Werk mit einigem Mißvergnügen. Biddy seufzte und meinte: «Ich habe noch nie etwas so Scheußliches gemacht. Hoffentlich erfüllt er wenigstens seinen Zweck.»

«Das probieren wir heute abend aus, sobald es dunkel ist», erwiderte Judith. «Wir hängen ihn vors Fenster und ziehen dann die eigentlichen Vorhänge vor. Dann gehen wir in den Garten und kontrollieren, ob noch Licht durchscheint.»

«Wenn auch nur ein schmaler Lichtstreifen zu sehen ist, können wir dafür ins Gefängnis wandern oder eine Geldstrafe bekommen. Bald ist Teezeit, und wir haben erst einen fertig. Da brauchen wir für das ganze Haus ja eine Ewigkeit.»

«Na, sei froh, daß du nicht auf Nancherrow wohnst. Dort gibt es mindestens hundertvierzig Fenster.».

«Wer muß denn dafür die Vorhänge nähen?»

«Ich weiß es nicht. Mary Millyway, nehme ich an.»

«Hat die aber Pech, kann ich da nur sagen.» Biddy zündete sich eine Zigarette an. «Machen wir mal Pause. Ich geh den Kessel aufstellen.»

Sie legten also die schwarzen Baumwollbahnen neben die Nähmaschine auf den Eßzimmertisch, schlossen die Tür und ließen die Arbeit bis zum nächsten Tag ruhen.

Nach dem Tee ging Judith mit Morag in den Garten. Dort zupfte sie etwas Unkraut und pflückte eine Schale Himbeeren fürs Abendessen. Später rief Onkel Bob an, und nachdem Biddy mit ihm gesprochen hatte, wechselte Judith ein paar Worte mit ihm.

«Wir sehen uns dann am Samstag», schloß er. «Bestell Biddy, ich komme so früh wie möglich.»

«Bob sagt, er kommt am Samstag nach Hause.»

Biddy saß am offenen Fenster, wo sie halbherzig an einem knotigen Gobelin stickte. «Schon seit Monaten gebe ich mich damit ab», sagte sie. «Eigentlich weiß ich nicht, warum ich mich so abmühe. Als Stuhlbezug sieht er viel zu abscheulich aus. Vielleicht sollte ich lieber wieder anfangen zu stricken. Liebes, wartest du etwa auf einen Anruf von Edward?»

«Nein», sagte Judith.

«Oh, gut. Ich dachte nur. Auf einen Telefonanruf zu warten ist die schlimmste Qual der Welt. Aber falls du ihn anrufen möchtest, kannst du das gern tun.»

«Das ist nett von dir, aber das möchte ich wirklich nicht. Wir hätten uns doch nichts zu sagen.»

Nun hatte Biddy genug von ihrer langweiligen Stickerei. Sie steckte die Nadel in das Sticktuch und legte es beiseite. Sie sah auf die Uhr, verkündete erleichtert, die Sonne befinde sich jetzt über Rahnock, und schenkte sich den ersten Whisky Soda des Abends ein. Sie nahm das Glas und ging nach oben in ihr Badezimmer. Judith las die Zeitung, und als Biddy in ihrem juwelenblauen Morgenmantel heruntergekommen war, probierten sie den neuen Verdunkelungsvorhang aus. «Bevor wir den nächsten Vorhang nähen, ist es gut zu wissen, ob der hier auch seinen Zweck erfüllt», bemerkte Judith und ging in den Garten, während Biddy den dicken, bauschigen Vorhang zuzog und das Licht andrehte.

«Kannst du etwas sehen?» rief sie laut, damit Judith sie draußen im Garten hören konnte.

«Überhaupt nichts, nicht mal einen Schimmer. Wirklich gut gelungen.» Judith kehrte ins Haus zurück, und sie gratulierten sich zu ihrem Erfolg. Dann schenkte Biddy sich noch ein Glas ein, und Judith ging in die Küche, um die Käsemakkaroni von Mrs. Lapford aufzuwärmen. Da auf dem Eßzimmertisch die Überbleibsel ihrer Näharbeit lagen, deckte sie für das Abendessen den Küchentisch.

Beim Abendessen und bei einem Glas Weißwein unterhielten sie sich über Molly und Jess und Judiths bevorstehende Reise nach Singapur.

«Sagtest du nicht, du wolltest im Oktober fahren? Soviel Zeit bleibt uns dann auch nicht mehr. Deshalb dürfen wir die Einkaufsfahrt nach London nicht immer wieder aufschieben. Wir müssen uns für einen Tag entscheiden. Übernachten können wir in meinem Club, und vielleicht gehen wir ins Theater oder unternehmen etwas anderes. Am besten nächste oder übernächste Woche. Bei Liberty's gibt's immer herrlich dünne Baumwolle und Sommerkleidung für Seereisen, sogar mitten im Winter. Ich kann dir nicht sagen, wie sehr ich dich darum beneide, daß du dieses ganze Jammertal hinter dir läßt. Ich gäbe mich schon mit der Schiffsreise durch den Suezkanal bis zum Indischen Ozean zufrieden. Versprich mir, daß du mir aus Aden einen Fez schickst.»

Nach dem Abendessen wuschen sie das Geschirr ab und gingen ins Wohnzimmer, und bald war es Zeit für die Neunuhrabendnachrichten. Luftschutzräume und Sandsäcke in London; Nazi-Truppen auf dem Vormarsch; Anthony Eden war mit einer neuen Depesche der britischen Regierung irgendwohin unterwegs; die Einberufung der Reservisten stand kurz bevor. Biddy, die derzeit offenbar zuviel Trübsinn nicht ertragen konnte, drehte am Knopf des Radios und suchte Radio Luxemburg, und auf einmal erklang im sanft beleuchteten Zimmer, dessen Fenster zum duftenden, dämmrigen Garten geöffnet waren, Richard Taubers Gesang.

> Gern hab' ich die Frau'n geküßt,
> Hab' nie gefragt, ob es gestattet ist.

Und Judith sah sich wieder in Edwards Gesellschaft beim letzten Weihnachtsfest, an jenem Tag, an dem er aus der Schweiz zurückgekommen war und sie gesucht hatte. Mit Päckchen beladen waren sie durch die grauen, regennassen Straßen gelaufen und hatten im Salon des Hotel Mitre Champagner getrunken. Ihre Erinnerungen stürmten so lebhaft auf sie ein, daß sie die Schreie der Möwen, die am Himmel von einem Sturm herumgewirbelt wurden, zu hören glaubte, die Lichter der Schaufensterbeleuchtungen sah, die auf das feuchte Pflaster fielen, und das Aroma der Mandarinen und Fichtenzweige, den unverkennbaren Weihnachtsduft, wahrnahm. Und sie wußte, daß es immer so bleiben würde. Sosehr sie sich auch bemühte, Edward zu vergessen, er würde immer dasein. Ich habe schon einen Tag ohne ihn überlebt, sagte sie sich. Ihr kam es vor wie der erste Schritt einer tausend Meilen langen Reise.

ALS BOB SOMERVILLE am folgenden Samstag morgen in Upper Bickley eintraf, hatte sich verschiedenes, manches war beängstigend, ereignet.

Morag war ins Moor verschwunden, um dort zu jagen, und kam mit vierzehn Zecken in seinem dichten Fell zurück, die unter Schmerzen entfernt werden mußten. Diese abstoßende Aufgabe übernahm Judith, da sie früher einmal beobachtet hatte, wie Colonel Carey-Lewis in einem ähnlichen Fall bei Tiger vorgegangen war. Nach dem Entfernen der Zecken mußten Morags Wunden behandelt werden, was er so wenig mochte, daß am Schluß nicht allein der Hund, sondern auch Biddy und Judith naß geworden waren.

Auf dem Obersalzberg hatte Hitler in einer Rede vor Generälen angekündigt, daß die Vernichtung Polens binnen weniger Tage in Angriff genommen werde.

Biddy, die sich an jenem Nachmittag mit einer ihrer vornehmen Freundinnen zu einer Bridgepartie verabredet hatte, war zum Abendessen vergnügt nach Hause gekommen, da sie ein gutes Blatt gehabt und etwas Geld gewonnen hatte.

Die Welt erfuhr die unheilvolle Nachricht, daß Hitler und Stalin einen Nichtangriffspakt unterzeichnet hatten. Jetzt, so schien es, war der Krieg unvermeidlich.

Biddy und Judith fanden sich mit den Daggs, den Lapfords und einer großen Anzahl anderer in der Aula der Schule ein, wo Gasmasken an sie ausgegeben wurden. Widerwillig und so vorsichtig, als hielten sie eine Bombe in Händen, trugen sie sie nach Hause, verstauten sie unter dem Tisch in der Diele und hofften inständig, daß sie nie davon Gebrauch machen müßten.

Bill Dagg, der eines Abends vorbeikam, um für ein paar Stunden im Garten zu arbeiten, paßte Biddy im Gemüsegarten ab, als sie einen Kopf Salat für das Abendessen holte. Auf seinen Spaten gestützt, verwickelte er sie in ein Gespräch, wobei er Biddy vorschlug, das untere Viertel der Wiese solle umgegraben, gedüngt und mit Kartoffeln bepflanzt werden. Biddy erwiderte, das Umgraben nehme mehrere Tage in Anspruch, Kartoffeln esse sie gar nicht so furchtbar gern und Rasen ziehe sie einem Kartoffelbeet vor, doch Bill blieb beharrlich bei seinem Plan und war entschlossen, ihn durchzusetzen. Wenn dieser Hitler so weitermache, merkte er an, als er seine Mütze lüftete, um sich an seinem kahlen Schädel zu kratzen, dann würde bald jeder Engländer hungern müssen. Da kam es für ihn nicht in Frage, gutes Land einfach brachliegen zu lassen, wenn man etwas anpflanzen konnte. Und wenn man Kartoffeln hätte, so brauchte man überhaupt nicht zu hungern. Biddy, die gerade von einem Mückenschwarm geplagt wurde, gab ihren Widerstand auf und willigte ein. Der triumphierende Bill machte sich auf die Suche nach einem Knäuel Schnur, um die Größe seines neuen Kartoffelfeldes abzustecken.

Endlich hatte Judith ihre riesige Aufgabe erledigt und alle Vorhänge fertiggenäht. Die beiden letzten Bahnen waren für Neds Zimmer bestimmt, und sie ging dorthin und hängte sie auf. Neds Kammer war das kleinste Zimmer im ganzen Haus, und er schlief in einer Art Koje, die über eine Kommode aus Mahagoni gebaut war. Die Fenstervorhänge waren aus marineblauem Leinen, und an den weißen Wänden hingen Gruppenfotos, auf denen er von der Vorbereitungsschule an bis hin zu seiner Zeit in der Marine-Kadettenanstalt von Dartmouth zu sehen war. Daneben hing ein großes Poster mit einem attraktiven, halbnackten Mädchen. In seinem Zimmer standen nur noch ein Schreibtisch mit einer Lampe und ein Stuhl. Das war alles, denn für andere Möbel war kein Platz. Um die Haken am Fensterrahmen zu befestigen, mußte Judith einen Stuhl heranziehen und hinaufklettern, und als sie den schwarzen Vorhang aufgehängt hatte und sich umdrehte, um vom Stuhl wieder hinunterzusteigen, fiel ihr Blick auf Neds alten, mottenzerfressenen Teddybären, der auf dem Kopfkissen in der Koje lag und nur noch ein Auge und kaum noch Fell besaß. In unmittelbarer Nähe der blonden Busenschönheit wirkte der Teddy auf Judith äußerst rührend. Sie lehnte sich gegen den Unterbau der Koje und stand in Gedanken an Ned Somerville versunken da. Einmal nicht an Edward Carey-Lewis zu denken tat ihr gut. Sie erinnerte sich an die schöne Zeit, die sie und Ned gemeinsam verbracht hatten, und hoffte, daß sie ihn bald wiedersehen würde. Ned stand ihr fast so nahe wie ein Bruder.

Von unten rief Biddy: «Judith, wo bist du?»

«Ich bin hier.»

«Hast du meine Gartenschere gesehen?»

«Nein, aber ich komme runter und helfe dir beim Suchen.»

Sie stieg vom Stuhl, stellte ihn wieder an den Schreibtisch zurück, verließ Neds Zimmer und schloß die Tür hinter sich.

INZWISCHEN SCHRIEB man Samstag, den 26. August. Bob Somerville fuhr von Devonport nach Upper Bickley und traf kurz vor Mittag ein. Als Biddy das Motorengeräusch seines Wagens am Hügel hörte, ließ sie alles stehen und liegen. Sie trat gerade in den Sonnenschein hinaus, als er aus dem Wagen stieg. Er trug Uniform und sah überarbeitet und mitgenommen aus. Die Schirmmütze mit dem goldenen Eichenlaub saß ihm tief in der Stirn, und er trug eine alte Uniformjacke, die schlaff an seinem stämmigen Körper herunterhing. Die vier goldenen Litzen, die ihn als Captain auswiesen, sahen abgetragen und matt aus. Er ging um den Wagen herum und holte vom Beifahrersitz seine abgewetzte lederne Reisetasche und seine Aktenmappe, und dann erst küßte er seine Frau.

«Ich hatte schon befürchtet, daß du verhindert bist und nicht kommen kannst», sagte sie.

«Ich bin aber da.»

«Alles ist so furchtbar. Ich dachte mir, daß bei euch Panik herrscht.»

«Ist auch so, und zwar ständig. Aber ich wollte euch beide unbedingt sehen.»

Sie hakte sich bei ihm unter, und gemeinsam gingen sie ins Haus. Am Fuß der Treppe fragte sie ihn: «Möchtest du etwas trinken?»

Er schüttelte den Kopf. «Später, Biddy. Erst will ich nach oben und mir diesen schmutzigen Anzug vom Leib reißen. Dann kann ich mich wieder wohl fühlen. Hm, es riecht gut. Was gibt's zu Mittag?»

«Irish-Stew.»

«Köstlich.»

Da die Verdunklungsvorhänge fertig waren und die Nähmaschine weggeräumt worden war, konnten sie im Eßzimmer Platz nehmen, nachdem Biddy und Judith eine Woche lang mit der Küche vorliebgenommen hatten. Judith deckte den Tisch, und als Bob in einer alten Kordhose und einem frischen, wenn auch etwas verwaschenen Hemd herunterkam, ging sie ihm entgegen, um ihn zu begrüßen. Bob erdrückte sie beinahe mit seiner herzlichen Umarmung. Biddy legte ihre Küchenschürze ab, und sie gingen alle in den Vorgarten hinaus und setzten sich in die Sonne. Bob trank ein Bier, Judith Apfelmost und Biddy ihren üblichen Gin Tonic. Er erkundigte sich nach den Neuigkeiten, und sie berichteten ihm von Bill Daggs Kartoffelacker und von Morags Ticks. Über Gasmasken und den Hitler-Stalin-Pakt sprachen sie nicht. Bob zog den Hund an seine Seite, fuhr ihm über den Kopf und sagte zu ihm, er sei ein dummer, schmutziger Kerl. Morag saß dicht bei ihm und lächelte.

Bob lehnte sich in seinem Stuhl zurück und wandte das Gesicht der Sonne zu. Ein Flugzeug, das wie eine Biene summte, zog langsam am Himmel entlang. Er beobachtete es, ein silbrig glänzendes Spielzeug zwischen Zeit und Raum, und sagte: «Ich hoffe, wir haben an diesem Wochenende keine Gäste und keine Einladung.»

«Nur eine Einladung auf einen Drink», erwiderte Biddy. «Hier bei uns. Das ist alles. Lauter alte Freunde.»

«Wer kommt denn?»

«Die Barkings und die Thorntons. Also keine besonders anstrengenden Gäste.» Sie zögerte. «Aber wenn du möchtest, lade ich sie aus. Sie würden das verstehen. Ich dachte mir nur, wir könnten alle etwas Zerstreuung gebrauchen.»

«Nein, sag nicht ab. Ich würde sie gern wiedersehen.» Das Flugzeug verschwand in der Ferne in einer Dunstwolke. Er sagte: «Ist das alles?»

«Ja, das ist alles.»

«Wann kommen sie?»

«Um halb sieben.»

Er überlegte kurz, dann fragte er: «Wollen wir nicht auch Miss Lang einladen?»

Judith horchte auf. Bei ihren früheren Aufenthalten hatte sie sowohl die Barkings als auch die Thorntons kennengelernt. Die Barkings waren ein Ehepaar aus der Navy, die sich in Newton Ferrars ein kleines Haus mit Zugang zum Wasser und einer Helling für ihr Segelboot zugelegt hatten. Wenn Krieg ausbrach, mußte James Barking damit rechnen, in den aktiven Dienst zurückbeordert zu werden. Biddy wußte das, und dies war einer der Gründe für die Einladung. Robert und Emily Thornton wohnten in Exeter. Er war Rechtsanwalt und Hauptmann in einem Bataillon des Devonshire Regiments. Emily Thornton war eine von Biddys Freundinnen, mit denen sie Bridge und Tennis spielte.

Doch Miss Lang…

Judith fragte: «Wer ist Miss Lang?»

Biddy erklärte ihr: «Sie ist ein älteres Fräulein, eine Beamtin im Ruhestand, die hierher gezogen ist. Sie wohnt in einem kleinen Steinhaus am Ausgang der Stadt, mit einem herrlichen Garten hinter dem Haus. Bob ist in sie verliebt.»

«Ach was, überhaupt nicht», protestierte Bob, wenn auch ziemlich mäßig. «Ich halte sie nur für sehr klug und interessant.»

«Wie alt ist sie?» wollte Judith wissen.

Biddy zuckte die Achseln. «Ach, ich nehme an, so um die fünfundsechzig. Sehr gut in Schuß, schlank und hellwach. Wir haben sie vor drei Monaten auf einer Party bei den Morrisons kennengelernt.»

Sie hielt inne und dachte an Miss Lang. Dann fuhr sie fort: «Du hast recht, Bob, ich sollte sie auch einladen. Das erledige ich am besten sofort. Glaubst du nicht, daß es unhöflich ist, sie so… kurzfristig zu fragen?»

«Ich glaube nicht, daß sie zu jenen Frauen gehört, die einem leicht etwas krummnehmen.»

«Und meinst du nicht, sie wird sich unter unseren langjährigen Freunden etwas verloren vorkommen?»

«Liebste, du bist als Gastgeberin viel zu geschickt, um es so weit kommen zu lassen. Übrigens kann ich mir nicht vorstellen, daß Miss Lang je unsicher wird. Sie scheint ihr ganzes Leben lang internationale Konferenzen organisiert, Völkerbundsitzungen besucht und in den Botschaften in Paris und Washington gearbeitet zu haben. Ich habe nicht den Eindruck, daß es ihr angesichts einiger Landpomeranzen aus Devonshire die Sprache verschlagen wird.»

«Ich habe sie vor kurzem getroffen und hätte sie gleich einladen sollen. Das war in der Schulaula, als die Gasmasken ausgegeben wurden. Aber sie stand in einer anderen Schlange, und davon abgesehen war dies kaum eine passende Gelegenheit, um jemanden einzuladen.»

«Dann ruf sie jetzt an.»

Biddy ging ins Haus, telefonierte und kam mit den Worten zurück, daß Miss Lang sich über die Einladung sehr gefreut habe, auch wenn sie so kurzfristig gekommen war, und um halb sieben in Upper Bickley eintreffen werde.

Bob ergriff Biddys Band und drückte einen Kuß darauf. «Gut gemacht.» Er sei am Verhungern, fügte er dann hinzu, und Biddy ging in die Küche, um ihre Schürze anzuziehen und das Irish-Stew zu servieren.

MISS LANG traf etwas später ein als vorgesehen. Die Thorntons und die Barkings waren bereits da, hatten Getränke eingeschenkt bekommen, Zigaretten angezündet und sich zu einer Plauderei niedergelassen, wie sie unter engen Freunden, die sich seit langem kennen, üblich ist. Nach einer Weile konnte Judith sich in die Küche stehlen, wo auf einem Blech im Backofen Vol-au-vents mit Hühnerragout warm gehalten wurden, die Biddy völlig vergessen hatte und die inzwischen etwas zu braun geraten waren. Sie stand am Küchentisch und verteilte sie auf einem blau-weißen Teller. Als sie durchs Küchenfenster blickte, sah sie, wie ein kleiner grüner Wagen das Tor passierte und vor der Haustür hielt.

Sie ließ die Vol-au-vents stehen und ging dem späten Gast entgegen, um ihn zu begrüßen. Auf der Schwelle traf sie eine zierliche, weißhaarige Dame, die zurückhaltend, aber sehr geschmackvoll mit einer weinroten Kaschmir-Strickjacke und einem grauen Flanellrock bekleidet war.

«Guten Abend, Miss Lang.»

«Ich komme zu spät.»

«Das macht doch nichts.»

«Gerade als ich mich auf den Weg machen wollte, läutete das Telefon. Das ist doch immer so, nicht wahr?» Sie hatte hellgraue, muntere und intelligente Augen und sah ein wenig so aus, wie Judith sich Miss Catto in zwanzig Jahren vorstellte. «Nun, wer bist du denn?»

«Ich bin Judith Dunbar, Biddys Nichte.»

«Aber natürlich, sie hat mir von dir erzählt. Es freut mich, dich kennenzulernen. Bist du zu Besuch hier?»

«Ja, für eine Weile. Bitte, kommen Sie doch rein.» In der Diele blieb sie stehen. Das Stimmengewirr der Partygäste, die sich angeregt unterhielten, war deutlich durch die offenstehende Wohnzimmertür zu hören. «Ich kümmere mich gerade um die Vol-au-vents, die etwas zu lange im Backofen gewesen sind…»

Miss Lang lächelte verständnisvoll. «Du brauchst weiter nichts zu sagen. Ich bin sicher, daß sie köstlich schmecken werden. Ich komm schon allein zurecht.» Dann schritt sie durch die Diele und ging ins Wohnzimmer. Judith hörte Biddy sagen: «Und hier kommt Miss Lang. Wie schön, daß Sie da sind…»

Judith kehrte in die Küche zurück und atmete erleichtert auf, als sie die Vol-au-vents unberührt vorfand, denn Morag hätte sie sehr wohl erschnuppern und verschlingen können. Sie arrangierte sie dekorativ auf dem Teller und trug ihn dann zu den Gästen hinüber.

Viel Platz gab es nicht, und acht Personen schienen das Wohnzimmer bereits auszufüllen. Judith reichte die Vol-au-vents herum. Die Gäste griffen zu und plauderten weiter.

Als Judith später mit Emily Thompson und Biddy am Fenster saß und sich halb belustigt den neuesten Klatsch aus dem Tennisclub anhörte, gesellte sich Miss Lang zu ihnen. Sie warf einen Blick auf den Garten und den Rasen, auf dem die Abendschatten sich ausbreiteten, und meinte, sie habe nicht gewußt, daß Biddy solch herrliche Rosen ziehe.

Biddy betrachtete ihren einzigen gärtnerischen Erfolg sehr realistisch. «Das habe ich den guten Pferdeäpfeln zu verdanken», sagte sie zur Erläuterung. «Ich kann mir unendlich viele davon besorgen.»

«Wäre es sehr unhöflich, wenn ich hinausginge, um mir die Rosen einmal aus der Nähe anzusehen? Sie sind ganz außergewöhnlich.»

«Natürlich nicht. Judith kann Sie herumführen... Das machst du doch, Liebes?»

«Ja, gern. Nur kenne ich nicht all die Namen der Rosen...»

Miss Lang lachte. «Das hört sich ganz danach an, als sollte ich den Rosen vorgestellt werden...»

Sie stellte ihr Sherry-Glas ab, Judith führte sie aus dem Zimmer, und Biddy konnte mit Emily Thompson noch ein paar Klatschgeschichten aus dem Tennisclub ausgraben. Judith ging mit Miss Lang durch die Glastür, die in den vorderen Garten führte. Die Liegestühle, in denen sie vor dem Mittagessen gesessen hatten, standen immer noch dort, und eine Bachstelze hüpfte auf dem Rasen herum.

«Was für ein herrlicher Abend», bemerkte Miss Lang. «Und was für eine Aussicht die Somervilles haben. Ich wußte nicht, daß man von hier aus so eine gute Fernsicht hat. Mein Haus liegt gleich an der Hauptstraße, daher habe ich überhaupt keine Aussicht. Aber als ich in Rente ging, wollte ich in der Nähe von anderen Leuten und Geschäften wohnen, damit ich auch noch unabhängig sein kann, wenn ich einmal klapprig werde und nicht mehr Auto fahren kann.» Gemächlich schlenderten sie über den Rasen. «Nun erzähl mir etwas von dir. Bist du die Nichte, die bald nach Singapur abreisen soll? Sieh mal, diese Rose hier ist herrlich, und ich weiß sogar, wie diese Sorte heißt. Ena Harkness nämlich. Wie prächtig sie gewachsen ist!» Sie bückte sich, um an den samtenen Blättern zu riechen. «Und einen himmlischen Duft hat sie! Wann fährst du ab?»

«Im Oktober soll es losgehen.»

«Wie lange hast du deine Eltern nicht mehr gesehen?»

«Seit vier Jahren.»

«Das ist zu lange. So lange von den Eltern getrennt zu leben ist wirklich grausam. Wie alt bist du?»

«Achtzehn.»

«Die Schule hast du sicher beendet.»

«Ja, in diesem Sommer.»

«Und wie steht's mit der Zulassungsprüfung?»

«Ich habe das Ergebnis noch nicht.»

«Oh, das Warten ist furchtbar! Daran erinnere ich mich. Wie lange wirst du in Singapur bleiben?»

«Etwa ein Jahr. Und wenn ich die Zulassungsprüfung bestanden habe, bekomme ich vermutlich einen Studienplatz in Oxford. Dann muß ich zurückkommen.»

«Aber das ist doch herrlich... Ich glaube, meine glücklichsten Jahre waren meine Studienjahre.» Sie sah nicht nur aus wie Miss Catto, sondern hörte sich auch so an. «Und Sprachen. Du mußt versuchen, ein paar Fremdsprachen zu lernen. Du hast natürlich Französisch gehabt. Aber wie steht's mit Deutsch?»

«Deutsch hatte ich nie.»

«Und Latein?»

«In Latein war ich nicht besonders gut.»

«Schade. Mit Latein hast du Italienisch und Spanisch halb in der Tasche. Nun, hier ist eine Rose, deren Namen ich nicht kenne.»

«Ich auch nicht.»

«Also müssen wir Mrs. Somerville fragen.»

«Ich bin mir nicht sicher, daß sie ihn kennt... mit dem Gärtnern ist es bei ihr eigentlich nicht weit her.»

«Dann muß ich ihn mal nachschlagen. Womit hast du dich in den vier Jahren, seit deine Eltern im Ausland sind, beschäftigt? Wo warst du in den Schulferien?»

Miss Lang zeigte sich so interessiert und klang dabei so wenig neugierig, daß Judith sich wohl fühlte und über die Carey-Lewis und Nancherrow auf eine objektive, distanzierte Weise zu reden vermochte, als handelte es sich um eine Phase ihres Lebens, die spurlos an ihr vorübergegangen war. Dies hielt sie für eine eigentümliche Erfahrung. Bisher hatte sie mit Biddy oder Bob nicht darüber sprechen können, ohne daß das Elend mit Edward ihr nahegegangen wäre und sie befürchten mußte, daß ihr ein Kloß im Hals steckenbliebe. Sie erzählte von Tante Louise, von Loveday und der beständigen Großherzigkeit von Diana und Edgar Carey-Lewis.

Miss Lang hörte ihr mit der größten Aufmerksamkeit zu. «Wie nett die Menschen doch sein können!» bemerkte sie. «Wir vergessen manchmal, daß es auch grenzenlos freundliche Menschen gibt. Ich will nicht behaupten, daß du Glück gehabt hast, weil ich dieses Wort hasse. Es hört sich nämlich so an, als hättest du bei einer Tombola das große Los gezogen und selbst nichts dazu beigetragen. Aber es freut mich für dich, denn dies muß dein Leben sehr, sehr verändert haben.»

«Biddy war natürlich immer für mich da. Ich habe stets gewußt, daß ich zu Biddy gehen kann.»

«Aber bei deinen neuen Freunden hast du wirklich zur Familie gehört.»

Sie waren am letzten Rosenstrauch angelangt, an der Spek's Yellow. Nachdem Miss Lang sie bewundert hatte, hielt sie inne und wandte sich Judith zu.

«Ich habe mich sehr gern mit dir unterhalten. Ich hoffe, wir werden uns wiedersehen», sagte sie.

«Das hoffe ich auch, Miss Lang.»

Miss Lang zögerte, bevor sie sagte: «Ich habe es zwar noch nicht Mrs. Somerville gesagt, aber ich möchte, daß ihr mich alle Hester nennt. Das ist mein Vorname. Jetzt wohne ich hier. Das ist mein Zuhause. Und Miss Lang bin ich schon viel zu viele Jahre genannt worden. Jetzt wird es Zeit für eine kleine Veränderung.»

Hester. Judith erinnerte sich an den weit zurückliegenden Tag, an dem Diana Carey-Lewis denselben Wunsch geäußert hatte. Damals war sie mit Loveday und Diana im offenen Bentley gefahren, und alle hatten in den Fahrtwind ‹Diana› hinausgeschrien. «Ich nenne Sie gern Hester.»

«Dann gilt das als abgemacht. Jetzt fangen die Mücken aber an zu stechen. Ich glaube, wir sollten wieder ins Haus gehen.»

VON HAYTOR aus bot sich Judith und Bob eine gewaltige Aussicht: ein Streifen des Dartmoors und Dörfer so klein wie Bauklötze auf einem Teppich, Täler und Flüsse und Felder und in der Ferne, von Teignmouth bis Start Point, das silbrig glitzernde Meer. Mit Morag auf den Fersen hatten sie einen fünf Meilen langen Anstieg über einen Heidemoorpfad hinter sich gebracht und schließlich ihr Ziel erreicht. Sie wollten nun eine Pause einlegen, um wieder zu Atem zu kommen, und ließen sich in einer Grasmulde im Schutz eines Findlings nieder. Biddy war nicht mitgekommen und hatte ausnahmsweise lieber den Gottesdienst besucht. Das Mittagessen, so hatte sie ihnen versichert, könne verschoben werden. Sie brauchten also nicht pünktlich nach Upper Bickley zurückzukehren, sondern konnten sich so viel Zeit nehmen, wie sie wollten.

Sie saßen in ein zufriedenes Schweigen versunken. Es war später Vormittag, und die Stille wurde von leisen ländlichen Geräuschen unterbrochen. Schafe blökten, ein Hund bellte, und irgendwo heulte ein Wagen auf und fuhr einen Hügel hinauf. Während ihrer Wanderung hatten sie die Glocken kleiner, gedrungener Kirchtürme läuten hören, die jetzt verstummt waren. Eine leichte Brise wehte und bewegte das Farnkraut.

Judith pflückte einen Grashalm und begann, ihn mit dem Daumennagel aufzuspalten. Sie sagte: «Onkel Bob, können wir mal reden?»

Er hatte Tabaksbeutel und Pfeife herausgeholt und stopfte sie gerade.

«Selbstverständlich. Du kannst immer mit mir reden.»

«Es geht aber um etwas ziemlich Kompliziertes.»

«Könnte es sich dabei um den jungen Carey-Lewis handeln?»

Sie wandte ihm den Kopf zu. Er zündete seine Pfeife mit einem

Streichholz an. Die Flamme erstarb, der Tabak duftete süßlich, und der Rauch stieg in einer feinen, grauen Fahne empor. «Biddy hat dir davon erzählt.»

«Natürlich hat sie's mir erzählt.» Er steckte die Streichhölzer in die Tasche seiner alten Tweedjacke, die an manchen Stellen so abgewetzt war, daß sie nur noch aus locker miteinander verwobenen Fäden zu bestehen schien. «Sie erzählt mir alles. Und das weißt du. Tut mir leid, aber eine unerwiderte Liebe tut nun mal weh.»

«Es geht nicht um Edward, sondern um Singapur.»

«Was meinst du damit?»

«Ich finde, daß ich nicht hinfahren sollte. Schon seit einer Ewigkeit grüble ich darüber nach, habe aber bisher noch mit niemandem darüber gesprochen. Ich fühle mich ziemlich elend. Ich bin hin und her gerissen. Einerseits möchte ich schrecklich gern fahren und Mami und Dad wiedersehen und ganz besonders Jess. Vier Jahre habe ich darauf gewartet und mich jeden Tag, jede Minute danach gesehnt. Die Monate und Tage habe ich gezählt. Und ich weiß, daß es Mami genauso ergangen ist. In ihren Briefen hat sie mir geschrieben, ‹nur noch ein Jahr›. Und danach, ‹nur noch sechs Monate›. Und später, ‹nur noch drei Monate›. Sie hat dort schon ein Zimmer für mich hergerichtet und die schönsten Sachen vorbereitet, zum Beispiel eine Willkommensparty für mich und eine Ferienreise nach Penang. Und meine Schiffspassage ist schon gebucht und die Kabine reserviert, ich brauche mich also nur noch einzuschiffen…»

Sie schwieg. Bob wartete. Dann fragte er: «Und andererseits?»

Judith atmete tief durch. «Der Krieg. Alle anderen stecken mittendrin. Alle Menschen, die ich wirklich mag. Du und Ned und alle meine Freunde. Jeremy Wells und Joe Warren und vermutlich auch Heather. Und Athena Carey-Lewis und Rupert Rycroft… Er ist bei den Königlichen Dragonern, und sie wird ihn wahrscheinlich heiraten. Und Edwards Freund Gus Callender. Und Loveday. Und Edward selbst. Wenn ich nach Singapur fahren würde, käme ich mir wie eine Ratte vor, die das sinkende Schiff verläßt. Ich weiß natürlich, daß wir nicht sinken, aber so fühle ich nun mal. In der vergangenen Woche haben Biddy und ich unsere Gasmasken abgeholt, Paraffin und Kerzen auf Vorrat eingekauft und die Verdunklungs-

621

vorhänge genäht. In Singapur dagegen hat meine Mutter jede Menge Diener und nichts anderes zu tun, als in den Club zu gehen, sich umzuziehen, Tennis zu spielen und Dinnerpartys zu besuchen. Das erwartet mich dort ebenfalls, und es würde furchtbar aufregend und erwachsen aussehen, aber ich weiß, daß mich in jedem Augenblick Gewissensbisse plagen würden. Es besteht nicht die geringste Wahrscheinlichkeit dafür, daß ein Krieg sie dort auch nur irgendwie berührt, so wie das ja auch im letzten Krieg der Fall war. Aber ich hätte das Gefühl, als würde ich hier wegrennen, mich verstecken und den anderen die schmutzige Arbeit überlassen. Im Krieg zu kämpfen, meine ich.»

Dann schwieg sie. Bob reagierte nicht sofort darauf. Nach einer Weile sagte er: «Ich verstehe, was du meinst, aber deine Eltern tun mir leid, ganz besonders deine Mutter.»

«Das ist das Schlimmste. Wäre es nicht ihretwegen, so würde ich nicht im Traum daran denken, nach Singapur zu fahren.»

«Wie alt bist du jetzt?»

«Achtzehn, nächsten Sommer werde ich neunzehn.»

«Du könntest für ein Jahr hinfahren und dann zurückkommen.»

«Das möchte ich nicht riskieren. Was mache ich, wenn etwas dazwischenkommt! Vielleicht verkehren keine Schiffe mehr. Vielleicht darf ich nicht zurückfahren. Dann stecke ich jahrelang dort unten fest.»

«Und was ist mit der Universität? Mit Oxford? Ich dachte, das käme als nächstes.»

«Erst in einem Jahr. Das Ergebnis meiner Zulassungsprüfung habe ich noch nicht. Aber ich denke, daß Oxford nicht so wichtig ist, jedenfalls nicht so wichtig, wie hier in England zu bleiben. Vielleicht werde ich ja zugelassen, aber im Augenblick kommt es mir vor allem darauf an, daß ich nicht weglaufe, sondern mich hier nützlich machen kann und die furchtbaren Dinge, die meinen Freunden bevorstehen, mit ihnen teile.»

Onkel Bob, der genüßlich an seiner Pfeife zog, lehnte sich gegen den mit Flechten bewachsenen Findling. «Was erwartest du von mir?»

«Ich hoffe, daß du mir dabei hilfst, eine Entscheidung zu treffen.»

«Da erwartest du zuviel von mir. Deine Entscheidungen mußt du selbst treffen.»

«Ebendas fällt mir so schwer.»

«Ich gebe dir nur zwei Dinge zu bedenken. Wenn du zu deinen Eltern fährst, wird niemand schlecht von dir denken oder deshalb mit dem Finger auf dich zeigen. Davon bin ich überzeugt. Du warst allzu lange von ihnen getrennt, und nach all diesen Jahren allein in England hast du ein wenig Spaß verdient, denke ich. Wenn du aber nicht fährst... so solltest du wissen, daß es hier möglicherweise ziemlich heftig zugehen wird. Wie auch immer, es ist dein Leben. Du bist keinem anderen als dir selbst Rechenschaft schuldig.»

«Wenn ich in England bleibe, glaubst du, daß ich mich dann hartherzig und egoistisch verhalte?»

«Nein. Dann denke ich vielmehr, daß du unendlich patriotisch und selbstlos bist. Und dann wäre ich sehr stolz auf dich.»

Patriotisch. Ein merkwürdiges, selten ausgesprochenes Wort, das ein noch tieferes Gefühl beschrieb als nur die Loyalität und Zuneigung seinen Freunden gegenüber. Sie entsann sich des Liedes, das die Mädchen von St. Ursula am Empire-Tag, am Geburtstag des Königs oder bei ähnlich feierlichen Anlässen aus voller Kehle sangen. Diese Worte waren einem Shakespeare-Stück entnommen.

> Der Königsthron hier, dies gekrönte Eiland,
> Dies Land der Majestät, der Sitz des Mars,
> Dies Bollwerk, das Natur für sich erbaut,
> Der Ansteckung und Hand des Krieges zu trotzen.

Und dann wäre ich sehr stolz auf dich. Vielleicht hatte sie nicht mehr erwartet. Sie sagte: «Ich glaube, ich werde nicht fahren. Ich rufe die Schiffsagentur an und storniere meine Passage, und dann schreib ich einen Brief an Mami. Es wird sie zwar traurig machen, das weiß ich, aber sie muß mich einfach verstehen.»

«Ich meine, du solltest ihr vielleicht lieber erst ein Telegramm schicken mit BRIEF FOLGT am Schluß. Und wenn du das erledigt und alle Brücken hinter dir abgebrochen hast, dann kannst du dich hinsetzen, einen wirklich guten Brief formulieren und ihr all das schreiben, was du mir gerade erzählt hast.»

«Ja, du hast recht. Genauso werde ich's machen. Noch heute abend, sobald wir zu Hause sind. Oh, ich bin ja so erleichtert, daß ich mir darüber nicht mehr den Kopf zerbrechen muß. Onkel Bob, du bist ein Engel!»

«Hoffentlich bereust du deinen Entschluß nicht.»

«Nein, ich weiß, daß ich ihn nicht bereuen werde. Ich fühle mich schon viel besser. Und wenn es unnötige Aufregung gibt, dann leistest du mir Schützenhilfe, ja?»

«Du kannst mit mir rechnen. Aber was willst du eigentlich tun, nachdem du dich entschlossen hast, hierzubleiben? Hast du auch schon mal daran gedacht?»

«Ja. Am liebsten möchte ich in einen der militärischen Hilfsdienste eintreten, aber das hat keinen Zweck, solange ich nicht irgendeine Qualifikation besitze. Sonst darf ich höchstens Gewehre reinigen, einen Sperrballon festhalten oder in einer Kantine Essen kochen. Meine Freundin Heather Warren aus Porthkerris lernt jetzt Stenographie und Maschineschreiben. Ich dachte, ich könnte das vielleicht mit ihr zusammen tun. Steno und Tippen ist zwar nichts Besonderes, aber doch wenigstens besser als nichts. Ich dachte mir, ich könnte nach Porthkerris ziehen und Mrs. Warren fragen, ob sie mich als Kostgängerin aufnimmt. Das macht sie bestimmt. Sie ist äußerst gastfreundlich, und wenn Joe eingezogen wird, dann könnte ich sein Zimmer bekommen.»

«Nach Porthkerris?»

«Ja.»

«Nicht nach Nancherrow?»

«Nein, nicht nur wegen Edward, sondern weil ich lange genug bei den Carey-Lewis gewohnt habe. Ich muß lernen, auf eigenen Füßen zu stehen. Und außerdem ist Nancherrow so weit weg von allem, daß es furchtbar unbequem wäre, von dort aus zu den Kursen zu fahren.»

«Möchtest du wirklich zurück nach Cornwall?»

«Nicht unbedingt. Eigentlich glaube ich, daß ich mich lieber etwas fernhalten sollte. Aber so genau weiß ich das noch nicht.»

«Weshalb bleibst du dann nicht hier bei Biddy?»

«Das geht doch nicht für so lange.»

«Doch, vorübergehend schon. Ich möchte, daß du hierbleibst. Ich bitte dich sogar darum.»

Judith sah ihn etwas verwundert an. Sie sah sein kräftiges, kantiges Profil mit den dichten Augenbrauen und der Pfeife im Mund. Auch sein graues Haar fiel ihr auf und die tiefen Furchen, die von der Nase zum Kinn liefen, und auf einmal konnte sie sich leicht vorstellen, wie er im Alter aussehen würde. Sie sagte freundlich: «Weshalb denn?»

«Ich möchte, daß du Biddy Gesellschaft leistest.»

«Aber sie hat doch Dutzende von Freundinnen.»

«Sie vermißt Ned sehr, und Gott weiß, was mir noch alles passiert. Sie hat dich gern in ihrer Nähe. Ihr könntet euch gegenseitig eine Stütze sein.»

«Aber ich muß irgendwas tun. Ich möchte wirklich Stenographie und Maschineschreiben lernen.»

«Das kannst du auch von Upper Bickley aus. Entweder in Exeter oder in Plymouth.»

«Aber wie komme ich denn dahin und wieder zurück? Du hast selbst gesagt, als erstes würde das Benzin rationiert. Dann kann ich mit meinem Wagen nicht mehr fahren, und von Bovey Tracey aus fährt nur ein Bus am Tag.»

Onkel Bob lachte. «Was für ein detailversessenes Mädchen du bist! Du würdest einen hervorragenden Unteroffizier auf der Schreibstube abgeben.» Er beugte sich nach vorn, um die Pfeife an seinem Schuhabsatz auszuklopfen. «Laß uns eins nach dem anderen erledigen. Ich verspreche dir, daß ich mir etwas einfallen lasse und du nicht unbeschäftigt herumsitzen mußt. Wenn du nur für eine Weile bei Biddy bleibst!»

Sie fühlte plötzlich, daß sie ihn sehr mochte. Sie erwiderte: «Einverstanden!» und neigte sich zu ihm hin, küßte ihn auf seine rauhe, wettergegerbte Wange, und er drückte sie kurz an sich. Morag, der etwas entfernt im Farn gelegen hatte, kam heran, um zu erkunden, was mit ihnen los war. Onkel Bob versetzte ihm einen sanften Klaps auf die dicht behaarte Flanke. «Los, komm, du fauler Kerl», sagte er, «wir gehen nach Hause.»

ERST GEGEN halb zwei kehrten sie hungrig, durstig und ziemlich müde zurück. Hinter ihnen lag eine herrliche Wanderung. Auf dem Heimweg hatten sie den Weg übers Moor genommen, und als sie Upper Bickley erreicht hatten, waren sie über die Steinmauer am Ende der Koppel geklettert und über das buschige Gras auf das Haus zugegangen. Morag, so lebhaft wie immer, war vor ihnen hergelaufen, wie ein Militarypferd über die Mauer gesprungen und auf seinen Wassernapf an der Hintertür zugerannt.

Judith und Onkel Bob folgten ihm in einigem Abstand. Am Fuß der Koppel hielten sie an, um den künftigen Kartoffelacker zu begutachten. Bill Dagg hatte mit einer Schnur sorgfältig ein Rechteck abgesteckt, ein Viertel davon bereits umgegraben und Soden und Unkräuter entfernt. Der frisch beackerte Boden war dunkel und lehmig. Judith bückte sich und nahm eine Handvoll Erde, die süß und feucht roch, und ließ sie durch die Finger rieseln. Sie sagte: «Wetten, daß hier die besten Kartoffeln der Welt wachsen!»

«Erst wenn alles umgegraben ist. Eine Arbeit, um die ich mich nicht reiße. Lieber Bill Dagg als...» Onkel Bob drehte seinen Kopf und lauschte. Judith hatte es ebenfalls gehört. Ein Wagen verlangsamte seine Fahrt und kam den Hügel herauf. Bob legte seine Stirn in Falten. «Wer will denn da zu uns?»

Sie standen nebeneinander und warteten, die Augen auf das offene Tor gerichtet. Das Motorengeräusch kam näher, und dann sahen sie den Wagen, der von der Straße in die Zufahrt nach Upper Bickley einbog. Die Reifen knirschten auf dem Kiesweg. Ein dunkler Stabswagen der Navy mit einem Offizier am Steuer.

«Verdammter Mist!» preßte Bob zwischen den Zähnen hervor.

«Wer ist das?»

«Mein Fernmeldeoffizier.»

Der Wagen hielt, und ein junger Mann in Leutnantsuniform stieg aus. Bob ging voraus, um ihn zu begrüßen, und duckte sich unter der Wäscheleine. Judith zögerte, wischte sich ihre mit Erde beschmutzte Handfläche am Hosenboden ab und folgte ihm dann langsam.

Der Leutnant kam ihnen entgegen und salutierte. «Captain Somerville, Sir.»

«Whitaker. Was machen Sie denn hier?»

«Eine Meldung, Sir. Ging vor etwa einer Stunde ein. Ich bin sofort losgefahren, Sir. Dachte, ich stelle sie am besten persönlich zu.»

«In einem Stabswagen?»

«Ich habe mir gedacht, Sie brauchen bald ein Transportmittel, Sir.»

Er übergab die Meldung. Bob Somerville in staubigen Schuhen, seiner alten Tweedjacke und mit zerzaustem Haar las die Nachricht. Judith beobachtete besorgt seine Miene, doch sie verriet nichts. Nach einer Weile blickte er auf. «Ja», entgegnete er dann. «Am besten persönlich zustellen. Gut gemacht. Danke.» Er blickte auf seine Armbanduhr.

«Ich brauche fünfzehn Minuten. Ich muß noch mit meiner Frau reden, ein Sandwich oder eine andere Kleinigkeit essen und pakken.»

«Jawohl, Sir.»

Bob wandte sich ab, um ins Haus zu gehen, erinnerte sich jedoch im letzten Augenblick an Judith, die sich etwas einsam und verloren vorkam. «Ach, Whitaker, das ist übrigens meine Nichte, Judith Dunbar. Sie erklären ihr am besten alles Weitere. Und wenn Sie nett zu ihr sind, dann bringt sie Ihnen vielleicht eine Tasse Tee.»

«Ich glaube, ich kann es auch ohne Tee aushalten. Danke, Sir.»

«Fünfzehn Minuten.»

«Ich warte hier.»

Onkel Bob ging ins Haus. Die Haustür schloß er mit Bedacht hinter sich, und Judith wußte, daß er in diesem Augenblick nicht gestört werden, sondern mit Biddy allein bleiben wollte. Eine drängende Sorge überkam sie; in ihrer Phantasie stellte sie sich eine bevorstehende Invasion, irgendein Unglück auf See oder unheilverkündende Nachrichten von Ned vor.

627

«Was ist geschehen?»

«Es ist ein besonderes Kommando», erläuterte Leutnant Whitaker. «Der Oberkommandierende der Heimatflotte hat Captain Somerville in seinen Stab beordert.» In gewissem Sinn war sie erleichtert, daß es sich nicht um eine der ausgemalten Katastrophen handelte. «Und zwar unverzüglich. Mit der gebotenen Eile. Deshalb bin ich mit einem Stabswagen gekommen.»

«Wo liegt die Heimatflotte?»

«In Scapa Flow.»

«Aber Sie fahren ihn doch nicht bis Scapa Flow?»

Leutnant Whitaker lachte und sah plötzlich viel menschlicher aus. «Nein, ich glaube, Captain Somerville wird vermutlich mit der Marineluftwaffe hingeflogen.»

«Mein Cousin Ned ist in Scapa Flow stationiert.»

«Ich weiß.»

«Es geht alles so plötzlich.» Sie begegnete seinem Blick, erkannte sein Mitgefühl und versuchte zu lächeln. «Ich glaube, so fängt es immer an...»

Daraufhin legte Leutnant Whitaker seine förmliche Haltung ab und verwandelte sich in einen angenehmen, freundlichen jungen Mann. «Setzen wir uns doch irgendwo hin und rauchen zusammen eine Zigarette.»

«Ich rauche nicht.»

«Nun, ich könnte eine gebrauchen.»

Sie gingen zur Steintreppe und setzten sich auf eine der Stufen, die zum Rasenstück mit der Wäscheleine führten. Morag kam zu ihnen gelaufen. In der Sonne war es angenehm warm, und er rauchte seine Zigarette und fragte, was Judith und Captain Somerville unternommen hätten. Sie beschrieb ihre Wanderung nach Haytor und die Aussicht vom Felsen und erwähnte auch, daß sie vorläufig in Upper Bickley bei Biddy bleibe. Noch während sie ihm das erzählte, ging ihr auf, daß Onkel Bob von nun an weder Zeit noch Gelegenheit haben würde, sich Gedanken über ihre Zukunft zu machen. Ihr blieb wohl nichts anderes übrig, als sich selbst darum zu kümmern.

Genau fünfzehn Minuten später kam Bob mit Biddy an der Seite aus dem Haus. Leutnant Whitaker drückte seine Zigarette aus, sprang flink auf die Füße und eilte auf Biddy zu, um ihr die Hand zu schütteln. Biddy blickte etwas gedankenverloren drein, doch da sie seit langem mit der Royal Navy verheiratet war, hatte sie es gelernt, übereilte Abschiede sowohl philosophisch hinzunehmen, als auch tapfer durchzustehen. Was Onkel Bob betraf, so hatte er sich erneut in sein anderes Ich verwandelt: wieder in Uniform, wieder von Kopf bis Fuß Autoritätsperson, sowohl vornehm als auch zuversichtlich dreinschauend, eigentlich nicht fremd, doch so distanziert, als befände er sich nicht mehr bei ihnen, sondern bereits beim Stab.

Leutnant Whitaker nahm ihm das Gepäck ab und verstaute es im Kofferraum des Stabswagens. Onkel Bob wandte sich seiner Frau zu, um sie zu umarmen.

«Auf Wiedersehen, Liebling.»

Sie küßten sich. «Sieh zu, daß du Ned triffst, und bestell ihm liebe Grüße.»

«Selbstverständlich.»

Nun kam Judith an die Reihe. «Auf Wiedersehen.»

«Auf Wiedersehen, Onkel Bob.» Sie umarmten sich. «Paß auf dich auf», sagte er, und sie lächelte und versprach es ihm.

Leutnant Whitaker wartete auf ihn und hielt ihm den Wagenschlag auf. Er nahm auf dem Beifahrersitz Platz; der Leutnant schlug die Tür zu, ging um den Wagen herum und setzte sich ans Steuer.

«Auf Wiedersehen.»

Sie fuhren durch das Tor und waren fort. Bob Somerville war fort. Biddy und Judith, die gewinkt hatten, ließen die Hände sinken. Sie lauschten so lange, bis der Wagen nicht mehr zu hören war. Dann sahen sie einander an.

«Wie fühlst du dich?» fragte Judith.

«Völlig zerschlagen.» Doch Biddy bemühte sich zu lächeln. «Manchmal macht die Navy mich ganz krank. Der arme Kerl. Rein und raus wie der geölte Blitz, mit nur einem Sandwich im Bauch. Aber der liebe Schatz ist ganz aufgeregt. Eine große Ehre für ihn, eine sehr schmeichelhafte Berufung. Ich freue mich wirklich für ihn. Ich wünschte nur, es hätte nicht so schnell gehen müssen und Scapa Flow läge nicht genau am anderen Ende des Landes. Ich habe ihn

gefragt, ob ich mit ihm kommen könne, aber er hat gesagt, das käme nicht in Frage. So muß ich also hier hocken.» Sie sah Judith an. «Er hat mir gesagt, daß du eine Weile hierbleiben willst.»
«Bist du damit einverstanden?»
«Ich weiß, daß es albern klingt, aber ich könnte es jetzt nicht ertragen, euch beide zu verlieren. Wie herrlich, daß du mir Gesellschaft leisten willst. Oh, Liebes», sie schüttelte den Kopf und strafte ihre Gefühle Lügen, «es ist so idiotisch, aber ich muß heulen...»
«Ach, komm», sagte Judith und hakte sich bei ihr unter. «Wir gehen rein und machen uns eine richtig starke Tasse Tee.»

WANN IMMER Judith sich später an diesen Samstagnachmittag im August und an Onkel Bobs Abschied erinnerte, war dies für sie der Augenblick, an dem der Krieg wirklich begann. Die Ereignisse der folgenden Woche – die Mobilmachung der Royal Navy, die Einberufung der Reservisten, die deutsche Invasion in Polen und Mr. Chamberlains Kriegserklärung – hatten für sie rückblickend lediglich den Charakter eines Vorgeplänkels, dem ein tödlicher Kampf folgte, der fast sechs Jahre andauern sollte.

Upper Bickley
South Devon
den 13. September 1939
Liebe Diana,
bitte entschuldigen Sie, daß ich Ihnen nicht früher geschrieben habe, aber es ging einfach so hektisch zu, und irgendwie fehlte mir immer die Zeit. Es war für mich schrecklich, Nancherrow so kurzfristig verlassen zu müssen, ohne auf Wiedersehen sagen zu können, aber ich weiß, daß Sie Verständnis dafür haben.
Meiner Tante Biddy ging es wirklich nicht gut, und ich bin froh, daß ich zu ihr gefahren bin. Inzwischen fühlt sie sich schon viel besser und hat ihre schlimme Grippe überstanden.
Abgesehen von der Tatsache, daß der Krieg jetzt tatsächlich ausgebrochen ist – nach den letzten beiden fürchterlichen Wo-

chen fast eine Erleichterung –, habe ich viel zu erzählen. Zuerst muß ich Ihnen sagen, daß ich mich entschlossen habe, in England zu bleiben und nicht nach Singapur zu reisen. Die Gründe für meine Entscheidung sind zu vielfältig und zu kompliziert, um sie Ihnen zu erklären. Aber es läuft im wesentlichen darauf hinaus, daß ich das Gefühl hatte, ich könnte mich nicht gut in den Fernen Osten absetzen und mich dort amüsieren, während sich zu Hause alle darauf vorbereiten, im Krieg zu kämpfen. Daß ich in England bleibe, wird nicht den geringsten Unterschied machen, aber ich wäre mir sonst schäbig vorgekommen. Am schwersten fiel es mir, meinen Eltern den Entschluß mitzuteilen. Zuerst habe ich meine Schiffspassage storniert und ihnen dann ein Telegramm geschickt. Fast sofort darauf erhielt ich auch eins (wie geht das nur so schnell?), in dem sie mich anflehten, meine Entscheidung noch einmal zu überdenken, doch ich weiß, daß Onkel Bob mich unterstützt, und ich habe mich standhaft gezeigt. Ich habe meinen Eltern in einem sehr ausführlichen Brief alle meine Gründe mitgeteilt, und ich hoffe sehr, daß sie verstehen, wie die Dinge in England nun mal liegen und wie die Menschen hier fühlen, nämlich daß sie die Ärmel hochkrempeln und sich auf das Schlimmste einstellen. Hoffentlich halten Sie meine Entscheidung nicht für furchtbar egoistisch. Meine Mutter tut das wahrscheinlich, aber ihre Enttäuschung ist ja auch so groß. Am meisten macht es mir zu schaffen, daß ich weiß, wie sehr sie sich auf unser Wiedersehen gefreut hatte, und daß ich nun alle ihre Hoffnungen zerstört habe. Wie auch immer, ich bleibe hier.

Die andere Neuigkeit ist, daß Onkel Bob nach Scapa Flow abkommandiert wurde, um den Posten eines Captain der Pioniere im Stab des Oberkommandierenden der Heimatflotte zu übernehmen. Da er extra für diesen Kommandoposten ausgesucht und dahin berufen wurde, war es für ihn eine ziemlich aufregende Angelegenheit. Aber das bedeutet nicht, daß wir ihn nicht schrecklich vermissen. Biddy kann natürlich nicht zu ihm ziehen und muß hierbleiben. Vorläufig leiste ich ihr Gesellschaft.

Ich rechne damit, daß sie bald beim Roten Kreuz mitarbeitet oder sich zum Freiwilligen Frauenhilfsdienst meldet, aber im Moment hat sie alle Hände voll damit zu tun, den Haushalt zu führen. Mrs. Lapford, ihre Kochhilfe, geht nämlich fort, weil sie bald in einer Fabrikkantine in der Nähe von Exeter als Köchin arbeiten wird. Mrs. Dagg, die Zugehfrau, bleibt ihr vorläufig erhalten. Sie ist mit einem Landarbeiter verheiratet und meint, ihre Hauptaufgabe in diesen schweren Zeiten bestehe darin, ihn gut in Futter zu halten. Bevor Onkel Bob fortging, hatte ich mich entschlossen, Stenographie und Tippen zu lernen. Ich konnte mir nicht vorstellen, daß ich hier jemanden finde (wir wohnen ziemlich abgeschieden), der es mir beibringt, aber es hat sich glücklich gelöst. Biddy hat nämlich eine Freundin, Hester Lang, eine pensionierte Beamtin, die nach Bovey Tracey gezogen ist. Eines Nachmittags nach einer Bridgepartie sind wir bei einem Drink ins Gespräch gekommen, und ich habe ihr erzählt, was ich plante, und sie hat gemeint, sie könne mich unterrichten. Sie ist ziemlich tüchtig. Und ich glaube, es in kürzester Zeit lernen zu können, da ich nun eine Lehrerin ganz für mich allein haben werde. Wenn ich dann Steno gut genug beherrsche, melde ich mich vielleicht zum militärischen Hilfsdienst, wahrscheinlich zum Frauen-Marinehilfskorps. Wenn auch nur wegen der hübschen Uniform!

Ich hoffe, daß es auf Nancherrow allen gutgeht. Ich vermisse alle sehr. Zu gern wüßte ich, ob Mary die Vorhänge für die Verdunklung genäht hat. Ich habe sie für Biddy genäht, was mich eine ganze Woche Arbeit gekostet hat. Dabei ist das Haus hier winzig im Vergleich zu Nancherrow. Ich bin äußerst ungern so schnell abgereist. Bitte bestellen Sie liebe Grüße an Colonel Carey-Lewis, an Mary, die Nettlebeds, Tante Lavinia und alle anderen.

Noch etwas. Das Ergebnis meiner Zulassungsprüfung für die Universität sollte nach Nancherrow geschickt werden, oder vielleicht ruft Miss Catto Sie auch deswegen an. Wenn Sie die Nachricht erhalten, wären Sie dann so lieb, sie mir zu schicken oder Loveday zu bitten, mich anzurufen? Ich wüßte so gern das Ergebnis, auch wenn es unwichtig geworden ist, jetzt, da ich vermutlich nie auf die Universität gehen werde.

Wie immer mit lieben Grüßen
Judith

Die Antwort auf diesen Brief traf erst zwei Wochen später in Upper Bickley ein.

Ein großer, dicker Umschlag fiel mit der übrigen Post durch den Briefkastenschlitz auf die Fußmatte. Die Adresse verriet unverkennbar Lovedays kindliche Handschrift, die – zusammen mit ihrer miserablen Rechtschreibung – Miss Catto jahrelang zur Verzweiflung getrieben hatte. Judith wunderte sich, schließlich hatte sie noch nie in ihrem Leben einen Brief von Loveday erhalten, höchstens einmal eine mehr als flüchtig hingeworfene Nachricht. Sie ging mit dem Brief ins Wohnzimmer, hockte sich mit untergeschlagenen Beinen in eine Sofaecke und schlitzte den dicken Umschlag auf.

Er enthielt das Ergebnis ihrer Zulassungsprüfung und Bogen des teuren Briefpapiers von Nancherrow, die zu einem ansehnlichen Stoß zusammengefaltet waren. Zuerst faltete sie das offizielle Papier behutsam auseinander, als könnte es explodieren, und sah sich voller Aufregung das Ergebnis der Zulassungsprüfung an. Zuerst wollte sie ihren Augen kaum trauen, dann machten sich bei ihr angesichts des guten Resultates Erleichterung und Zufriedenheit bemerkbar. Wäre sie in Gesellschaft einer Gleichaltrigen gewesen, so hätte sie einen Jubelschrei ausgestoßen und einen Freudentanz aufgeführt. Doch es wäre ihr ziemlich närrisch vorgekommen, ganz allein übers Parkett zu hüpfen, und da Biddy nach Bovey Tracey zum Friseur gefahren war, begnügte sie sich damit, das Ergebnis noch einmal zu studieren. Dann legte sie das Papier beiseite und nahm sich Lovedays langatmigen Bericht vor.

Nancherrow,
den 22. September 1939

Liebe Judith,
wir haben uns über Deinen Brief sehr gefreut, und er liegt jetzt in Mamas Schreibtisch, aber Du weißt, wie schreibfaul sie ist, und so hat sie mich gebeten, Dir zu antworten. Und heute setze ich mich hin, denn draußen regnet's in Strömen, so daß mir nicht viel anderes zu tun übrigbleibt.
Bevor ich mit was anderem anfange – anbei findest Du Deine Ergebnisse der Zulassungsprüfung. Als der Brief kam, habe ich

ihn einfach geöffnet, auch wenn er an Dich adressiert war, und ich habe ihn beim Frühstück laut vorgelesen, und Mama und Paps und Mary haben gejubelt. Du bist brillant. All diese guten Noten und sogar noch zwei Auszeichnungen! Miss Catto wird vor lauter Begeisterung einen Fandango aufs Parkett legen. Selbst wenn Du nicht auf die Universität gehst, ist das nicht so schlimm, denn dann kannst Du immer noch diese Bescheinigung rahmen lassen und auf der Toilette oder an einem besseren Ort aufhängen.

Ich finde es großartig, daß Du nicht nach Singapur fährst. Ich weiß nicht, ob ich so willensstark gewesen wäre und mir den ganzen Spaß hätte entgehen lassen. Hoffentlich hat Deine Mutter Dir verziehen. Es ist so schrecklich, wenn man in Ungnade fällt. Eine tolle Neuigkeit ist das mit Deinem Onkel. Er muß furchtbar tüchtig und klug sein, daß man ihm diesen Job gibt. Ich mußte im Atlas nachschlagen, um herauszufinden, wo Scapa Flow liegt. Das ist ja praktisch am Nordpol. Hoffentlich hat er genug wollene Unterwäsche dabei.

Hier ist auch einiges passiert. Pearson hat uns verlassen und ist in die Leichtinfanterie des Herzogs von Cornwall eingetreten. Janet und Nesta beratschlagen noch, was sie tun sollen, obwohl sie nicht eingezogen wurden. Janet möchte vielleicht Krankenschwester werden, aber Nesta sagt, sie geht irgendwo hin, um Munition herzustellen, da sie von Bettpfannen nie viel gehalten habe. Ich glaube, die beiden sind auch bald unterwegs. Auf die Nettlebeds können wir uns Gott sei Dank auch künftig verlassen. Sie sind zu alt, um in den Krieg zu ziehen, und Hetty ist auch noch immer hier. Sie träumt davon, in den Zivilen Hilfsdienst einzutreten und in Khakiuniform herumzulaufen, aber sie ist erst siebzehn (zu jung), und Mrs. Nettlebed erzählt ihr ständig, sie sei zu dumm, um auf eine Horde ungehobelter Soldaten losgelassen zu werden. Ich glaube, Mrs. Nettlebed ist da etwas unfreundlich; vielleicht weil sie einfach nicht selbst die Töpfe scheuern möchte.

Mary näht gerade die Verdunklungsvorhänge. Sie näht und näht, und um ihr zu helfen, hat Mama eine gewisse Miss Penberthy kommen lassen. Sie wohnt in St. Buryan und kommt jeden Tag mit dem Fahrrad. Sie riecht ganz scheußlich nach Schweiß, und wir müssen immer sämtliche Fenster offenhalten. Trotzdem sind noch nicht alle Vorhänge für die ganzen Zimmer fertig, so daß wir nach Einbruch der Dunkelheit nicht einmal die Zimmertüren öffnen dürfen. Hoffentlich bringt Miss Penberthy das Ganze schnell hinter sich und kommt nicht mehr wieder.

Mama hat im Salon eine Versammlung der Rote-Kreuz-Sektion abgehalten, und Paps stellt für den Fall, daß hier ein Feuer ausbricht, überall im Haus Eimer mit Wasser auf. Ich weiß zwar nicht, wie er darauf kommt, aber vielleicht finde ich die Lösung ja noch heraus. Es ist kälter geworden. Wenn der Winter kommt, decken wir im Salon die Möbel ab und benutzen nur noch das kleine Wohnzimmer. Paps sagt, wir müssen Heizöl sparen und Unmengen von Gemüse pflanzen.

Jetzt Neuigkeiten von den anderen. Ich wollte mir das bis zum Schluß aufheben, weil ich keinen vergessen will.

Tante Lavinia geht's gut, sie steht jetzt manchmal auf und setzt sich an den Kamin. Es ist schrecklich für sie, daß sie noch einen Krieg miterleben muß. Erst den Burenkrieg, dann den Weltkrieg und jetzt diesen, das ist einfach zuviel für ein einziges Menschenleben.

Nachdem Du fortgefahren warst, haben wir Dich alle furchtbar vermißt, aber die anderen sind kurz nach Dir abgereist. Jeremy fuhr als erster weg, und dann Rupert, der nach Edinburgh zur Redford-Kaserne mußte, da die Pferde der Kavallerie alle dorthin transportiert worden waren. Mit dem Zug, nehme ich an, denn zum Laufen wäre das für diese armen Geschöpfe viel zu weit. Über Rupert später mehr.

Dann sind Edward und Gus weggefahren. Edward zu irgendeinem Ausbildungslager, aber wir wissen nicht genau, wohin. Mama hat von ihm so etwas wie eine Nummer für postlagernde Sendungen bekommen, und sie ärgert sich, daß sie nicht genau weiß, wo er sich aufhält. Ich vermute, er macht sich einen schönen Lenz, fliegt in aller Welt herum und trinkt in der Offiziersmesse Bier.

Gus ist nach Aberdeen zum Hauptquartier der Gordon High-landers gefahren. Ihm auf Wiedersehen zu sagen war ganz schrecklich für mich. Bei keinem anderen kamen mir die Tränen, aber bei ihm habe ich geheult. Es ist so gemein, daß der scheußliche alte Hitler mir den einzigen Mann entführt, in den ich mich wirklich verlieben könnte. In meinem Bett habe ich ganze Wasserkübel voller Tränen geweint, aber damit habe ich aufgehört, denn ich habe schon einen Brief von ihm bekommen und ihm darauf geantwortet. Ein Foto von ihm, das ich aufgenommen hatte, habe ich vergrößern und rahmen lassen. Es steht auf meinem Nachttisch, und ich sage ihm jeden Abend gute Nacht und jeden Morgen guten Morgen. Ich stelle mir vor, daß er in seinem Kilt einfach himmlisch aussieht. Ich will versuchen, ihn dazu zu überreden, daß er mir ein Foto von sich im Kilt schickt.

Hier die Fortsetzung von Ruperts Geschichte.

Drei Tage nach seiner Abreise kündigte Athena ganz plötzlich an, daß sie auch nach Edinburgh fahre, und sie hat sich tatsächlich in einen Zug gesetzt und ist zu ihm gefahren. Ist sie nicht einfach unmöglich? Sie wohnt im Hotel Caledonian und schreibt, es sei ein riesiges und schrecklich viktorianisches Gebäude, und Edinburgh sei bitter kalt, aber es mache ihr nicht allzuviel aus, denn ab und zu könne sie sich mit Rupert treffen. Wenn ihr die Kälte nichts ausmacht, dann muß sie in ihn verliebt sein.

Was mich betrifft, so bleibe ich zu Hause. Mama will eine Menge Hühner anschaffen, um die ich mich dann kümmern soll. Und Walter Mudge hat versprochen, mir das Traktorfahren beizubringen, und dann kann ich ihm bei der Arbeit auf dem Hof helfen.

Mir ist es gleich, was ich mache, ob ich einen Kessel befeuern oder die Toiletten putzen soll. Hauptsache, niemand sagt mir, daß ich mich in die Meldeliste eintragen muß oder eingezogen werde oder sonst etwas Grauenhaftes.

Mr. Nettlebed ist soeben gekommen und hat uns mitgeteilt, daß von nun an das Benzin rationiert wird, und wir sollten es als unsere Ehrensache ansehen, keine Kanister auf Vorrat zu füllen und Benzin zu hamstern. Gott weiß, wie wir an unsere Lebens-

mittel kommen sollen, denn zum Radeln ist Penzance viel zu weit! Ich nehme an, wir müssen einfach Walters Schafe schlachten!
 Ich sehne mich nach Dir. Komm so schnell zurück, wie Du kannst. Mary fragt, ob sie Dir ein paar von Deinen Wintersachen schicken soll.

Viele, viele liebe Grüße
Loveday

PS – STOP! Zu aufregend. Vor einem Augenblick kam ein Anruf aus Edinburgh. Paps hat ihn in seinem Arbeitszimmer entgegengenommen. Athena und Rupert sind verheiratet. Sie haben dort auf dem Standesamt geheiratet, und Ruperts Bursche und ein Taxifahrer waren ihre Trauzeugen. Genau so, wie Athena es sich immer gewünscht hatte. Mama und Paps waren hin und her gerissen zwischen Entzücken und der Enttäuschung darüber, daß sie bei der Zeremonie nicht dabei waren. Ich glaube, beide mögen ihn. Ich weiß nicht, ob und wann Athena zu uns zurückkommt. Es kann nicht eben witzig sein, als verheiratete Frau allein im Hotel Caledonian zu wohnen.

JUDITH FALTETE den Brief zusammen und steckte ihn zusammen mit dem Ergebnis ihrer Zulassungsprüfung in den Umschlag zurück. Es war gemütlich, mit untergeschlagenen Beinen in der Sofaecke zu hocken, daher blieb sie sitzen, blickte aus dem Fenster und dachte an Nancherrow.

Fast schien es ihr, als wäre sie wieder dort. Sie stellte sich vor, wie Athena und Rupert auf dem Standesamt heirateten; wie Miss Penberthy die Verdunklungsvorhänge nähte; sah Gus in seinem Kilt; den Colonel, der mit seinen Wassereimern hantierte, und Loveday, wie sie die Hühner fütterte. Und Edward an irgendeinem geheimen Ort bei seiner Ausbildung. Eine Ausbildung wozu? Er besaß doch bereits den Flugschein. Aber wie dumm, sich das zu fragen! Eine Vorbereitung auf den Kriegseinsatz natürlich, um Jagd auf feindliche Bomber zu machen und sie abzuschießen. *Er macht sich einen*

*schönen Lenz, fliegt in aller Welt herum und trinkt in der Offiziers-
messe Bier.*

Seit dem letzten Sonntag auf Nancherrow hatten sie nichts mehr
voneinander gehört, so daß Lovedays Nachricht das erste war, was
ihr von ihm zu Ohren kam. Sie hatte Edward weder geschrieben
noch angerufen, weil sie nichts Neues mitzuteilen hatte und sich
noch immer mit Schrecken an ihre eigene Naivität und den lähmenden Schock seiner Zurückweisung erinnerte. Und auch Edward
hatte weder geschrieben noch angerufen, aber damit hatte sie kaum
gerechnet. Eine Zeitlang hatte er sich als beständig und verständnisvoll erwiesen, doch kein Mann verfügte über eine unbegrenzte Geduld. Als sie Nancherrow geradezu fluchtartig ohne ein Abschieds-
wort verlassen hatte, war ihm vermutlich der Geduldsfaden gerissen. Und Edward hatte keinen Grund, Judith hinterherzulaufen. In
seinem unbeschwerten Leben würde es stets hübsche Frauen geben,
die womöglich sogar Schlange standen und nur darauf warteten,
ihm in den Schoß zu fallen.

Nach wie vor fiel es ihr schwer, ohne Erregung an ihn zu denken.
Sein Blick und seine Stimme, sein Lachen und die Haarlocke, die
ihm in die Stirn fiel und die er ständig wieder aus dem Gesicht
strich. Alles an ihm hatte sie entzückt.

Seit sie in Devon lebte, hatte sie sich bemüht, nicht in Tagträu-
men zu schwelgen. Manchmal stellte sie sich vor, wie ein Wagen
den Hügel hinauffuhr und er am Steuer saß, herbeigeeilt, um bei ihr
zu sein, weil er ohne sie nicht leben konnte. Doch derart märchen-
hafte Phantasien mit glücklichem Ausgang taugten eher für Kinder,
und nun war sie – in jeder Hinsicht – kein Kind mehr. Dennoch
konnte sie nicht verhindern, daß er ihr nachts im Traum erschien. In
diesen Träumen kam sie an einen Ort, an dem sie von Glückseligkeit erfaßt wurde, weil sie wußte, daß Edward sich irgendwo in der
Nähe oder auf dem Weg zu ihr befand. Wenn sie dann erwachte,
fühlte sie, wie das Glücksgefühl sich im kalten Morgenlicht ver-
flüchtigte.

Alles vorbei. Doch wenn sie sich nun an ihn erinnerte, verspürte
sie nicht mehr den Drang zu weinen, und vielleicht ging es ihr bald
schon besser. Hätte sie die Zulassungsprüfung nicht bestanden,

ginge es ihr sicher viel schlechter, und vorläufig mußten derartige praktische Tröstungen sie aufrichten. *Selbstvertrauen ist alles,* hatte Miss Catto gepredigt, und zwei Auszeichnungen müßten gewiß ausreichen, um ihr Selbstwertgefühl zu stützen. Sie hörte erst, wie eine Tür zugeschlagen wurde, und kurz darauf dann Biddys Stimme. Biddy war zurückgekommen, mit neuer Frisur und ondulierten Haaren. Judith erhob sich vom Sofa und ging zu ihrer Tante, um ihr die Neuigkeiten zu erzählen.

Erst gegen Ende September begann der Unterricht in Stenographie und Maschineschreiben bei Hester Lang, da Hester sich erst ein wenig darauf vorbereiten mußte. Sie besaß eine imposante Schreibmaschine – eine richtig schwere, nicht nur eine Reiseschreibmaschine wie Bob Somerville –, doch die mußte erst in einem Geschäft in Exeter gereinigt, mit einem neuen Band und einer Tastaturabdeckung versehen werden, so daß ihre Schülerin beim Erlernen des Blindschreibens nicht auf die Tasten linsen konnte. Außerdem schaffte sie sich noch einige Lehrbücher an, um noch etwas zu büffeln, denn es war ziemlich lange her, daß sie sich zuletzt mit der Theorie der beiden Fertigkeiten befaßt hatte. Schließlich rief sie Judith an, um ihr zu sagen, es könne losgehen.

Am Tag darauf ging Judith den Hügel hinunter und fand sich vor Hesters Haustür ein. Ein wenig hatte sie den Eindruck, als würde sie wieder zur Schule gehen. Der Herbst lag in der Luft, und das Laub begann sich zu verfärben. Die Tage wurden kürzer, und jeden Abend mußte das Ritual der Verdunklung etwas früher stattfinden... bald würden sie den Tee um halb fünf bei dicht verhängten Fenstern genießen. Judith vermißte es, die Dämmerung und die einbrechende Dunkelheit zu beobachten. Bei elektrischer Beleuchtung und verdunkelten Fenstern konnte man Platzangst bekommen.

Doch jetzt, um neun Uhr morgens, zeigte sich der Tag frisch und klar, und sie roch den Rauch, der von einem Feuer herüberwehte, das ein Gärtner angezündet hatte, um Gartenabfälle zu verbrennen. Am Wochenende hatte sie mit Biddy eine Menge Brombeeren an den Ackerhecken beim benachbarten Bauern gepflückt, und derselbe Bauer hatte ihnen eine Ladung Brennholz versprochen, das aus den Überresten einer alten Ulme stammte, die bei einem Sturm im letzten Winter umgeknickt war. Bill Dagg sollte das Holz mit dem Traktor abholen und es dann wie Torf an der Garagenwand stapeln. Das Brennholz schonte ihren Kohlevorrat, denn nach Lage der Dinge konnten sie nicht sicher sein, Nachschub zu bekommen.

Hesters Haus war aus grauem Stein gemauert und zweistöckig. Die beiden Nachbarhäuser, die rechts und links standen, sahen mit ihren schwarz oder dunkelbraun gestrichenen Haustüren, von denen die Farbe abblätterte, und den Spitzengardinen hinter Schusterpalmen in erbsengrünen Töpfen etwas düster aus. Hesters Haustür dagegen leuchtete dottergelb, und hinter ihren sauberen Fensterscheiben hingen schneeweiße Netzgardinen. Auch hatte sie zu beiden Seiten des Fußabtreters eine Klematis gepflanzt, und diese kletterte bereits an der Hauswand hoch. Es schien, als wäre dieses Reihenhaus noch zu Höherem bestimmt.

Judith drückte auf die Klingel, und Hester öffnete die Tür. Wie immer war sie geschmackvoll gekleidet.

«Da bist du ja. Ich hatte eigentlich erwartet, daß du einen Schulranzen trägst. Was für ein herrlicher Morgen! Ich koche gerade Kaffee.»

Judith roch den frischen und einladenden Duft und sagte: «Ich habe gerade erst gefrühstückt.»

«Dann trinkst du noch eine Tasse und leistest mir Gesellschaft. Wir brauchen uns nicht sofort an die Arbeit zu machen. Du warst noch nie bei mir zu Hause, nicht wahr? Das Wohnzimmer befindet sich dort drüben, mach es dir solange bequem. Ich bin gleich fertig.»

Die Tür stand offen. Judith ging hinein und befand sich in einem Raum, der sich von der Vorderfront bis zum hinteren Teil des Hauses erstreckte, da die Wand zwischen den beiden ursprünglichen Zimmern entfernt worden war. Dadurch wirkte das Wohnzimmer großzügig und sehr hell. Es war einfach, modern möbliert und ausgestattet und entsprach ganz und gar nicht Judiths Erwartungen. Ein wenig ähnelte es einem Atelier. Die Wände waren weiß, der

Teppichboden beigefarben und die Vorhänge aus grobem Leinen waren von einem fahlen Gelb. Der vorschriftsmäßige Verdunklungsvorhang, wenngleich zusammengerafft, hob sich deutlich vom Fenster ab, und das helle Morgenlicht fiel durch das locker gewebte Material, fast so wie bei einer Spitzengardine. Über der Rückenlehne des Sofas lag ein Kelim, und davor stand ein Tisch, dessen Glasplatte von zwei antiken Porzellanlöwen getragen wurde, die aussahen, als wären sie vor langer Zeit aus China gekommen. Auf dem Tisch stapelten sich kostbare Bildbände, und in der Mitte stand eine kleine moderne Skulptur.

Das alles überraschte Judith. Als sie sich weiter umsah, entdeckte sie über dem Kaminsims ein abstraktes, ungerahmtes Gemälde mit körnigen und leuchtenden Farben, die aussahen, als hätte man sie mit einem Spachtel aufgetragen. Auf den Glasregalen in den Nischen zu beiden Seiten des Kamins standen mehrere grüne und dunkelblaue Kelchgläser aus Bristolglas, die offenbar zu einer Sammlung gehörten. Auf anderen Regalen stapelten sich die Bücher – manche in Leder gebunden, andere in herrlich neuen und glänzenden Schutzumschlägen –, Romane und Biographien, die eine spannende Lektüre verhießen. Jenseits des Fensters breitete sich der Garten aus, eine lange, schmale Rasenfläche, gesäumt von einem Blumenmeer aus Herbstastern und Dahlien, deren Farbenpracht den Kostümen des russischen Balletts glich.

Als Hester hereinkam, stand Judith am Fenster und blätterte in einem farbigen Bildband über Van Gogh.

Sie blickte auf, schlug das Buch zu, legte es zu den anderen auf dem Glastisch zurück und sagte: «Ich weiß nie, ob Van Gogh mir gefällt oder nicht.»

«Etwas rätselhaft, nicht wahr?» Hester stellte das Tablett mit dem Kaffee auf einem roten Lacktischchen ab. «Aber seine Gewitterwolken, sein Korngelb und sein Pastellblau mag ich sehr.»

«Das ist ein hübsches Zimmer, ganz anders, als ich es erwartet habe.»

Hester, die sich in einem breiten Sessel niedergelassen hatte, lachte. «Was hattest du denn erwartet? Sesselschoner und Prince-Albert-Porzellan etwa?»

«Nein, das nicht, aber so was wie hier auch nicht. Haben Sie das Haus in diesem Zustand gekauft?»

«Nein. Es sah so aus wie all die anderen. Ich habe die Zwischenwand entfernen und ein Badezimmer einrichten lassen.»

«Da müssen Sie aber schnell gewesen sein, denn so lange wohnen Sie doch noch nicht hier.»

«Aber dieses Haus gehört mir doch schon seit fünf Jahren. Als ich noch in London arbeitete, bin ich gewöhnlich für ein Wochenende herübergekommen. Damals hatte ich keine Zeit, Leute zu besuchen, denn ich war vollauf damit beschäftigt, Maurer und Maler und andere Handwerker herumzuscheuchen. Erst als ich in Pension ging, konnte ich hierherziehen und Bekanntschaften schließen. Trinkst du den Kaffee mit Milch und Zucker?»

«Nur Milch, danke.» Sie nahm Hester die Tasse ab und setzte sich auf die Sofakante. «Sie haben so viele faszinierende Sachen hier. Und Bücher. Alles eigentlich.»

«Ich war schon immer eine Sammlerin. Die chinesischen Löwen hat mir ein Onkel vermacht, das Gemälde habe ich in Paris gekauft, und die Kelchgläser habe ich über die Jahre hinweg gesammelt. Und meine Skulptur stammt von Barbara Hepworth. Ist sie nicht sagenhaft? Genau wie ein großartiges Saiteninstrument.»

«Und Ihre Bücher...»

«Zu viele Bücher. Du kannst dir gern welche ausleihen. Natürlich nur, wenn du sie mir zurückbringst.»

«Danke für das Angebot. Wenn ich mir welche ausleihe, dann bringe ich sie selbstverständlich zurück.»

«Du bist sicherlich eine besessene Leserin. Ein Mädchen ganz nach meinem Geschmack. Was magst du noch, außer Malerei und Büchern?»

«Musik. Onkel Bob hat mich auf den Geschmack gebracht. Ich habe ein Grammophon bekommen, und inzwischen besitze ich eine umfangreiche Plattensammlung, die ich einfach liebe. Nun kann ich die Musik auflegen, die zu meiner Stimmung paßt.»

«Gehst du ins Konzert?»

«In West Penwith gibt es kaum Konzerte, und nach London komme ich selten.»

«Die Konzerte vermisse ich hier wirklich. Und das Theater auch. Aber sonst eigentlich nichts. Ich fühle mich sehr wohl.»

«Ich finde es so nett von Ihnen, daß Sie mir Stenographie und Maschineschreiben beibringen wollen...»

«Das hat mit Nettigkeit überhaupt nichts zu tun. Ich möchte nur mein Gehirn auf Trab halten und mich mal mit etwas anderem beschäftigen als immer nur mit Kreuzworträtseln. Ich habe alles im Eßzimmer vorbereitet. Zum Maschineschreiben braucht man einen guten, stabilen Tisch. Und drei Stunden Unterricht am Tag sind genug, was meinst du? Sagen wir von neun bis zwölf? Und am Wochenende nehmen wir uns frei.»

«Ganz wie Sie es wünschen.»

Hester trank ihren Kaffee aus, stellte ihre Tasse ab, stand auf und sagte: «Dann komm mit. Fangen wir an.»

MITTE OKTOBER, sechs Wochen nach Kriegsausbruch, war noch nicht viel passiert. Keine Invasion, keine Bombardierungen, keine Kämpfe in Frankreich. Doch der Schrecken über den Angriff auf Polen trieb jedermann an die Radioapparate. Oder man verfolgte die furchtbaren Tagesberichte in den Zeitungen. Angesichts der entsetzlichen Leiden und des Gemetzels in Osteuropa gewannen die kleinen Unannehmlichkeiten und vielen Entbehrungen im englischen Alltag fast den Stellenwert einer willkommenen Abwechslung, die außerdem die Widerstandskräfte stärkte und den banalsten Entsagungen einen Sinn verlieh.

In Upper Bickley mußte man auf Mrs. Lapfords Hilfe verzichten, denn sie hatte den Dienst quittiert, um wie geplant ihre Arbeit in der Fabrikkantine aufzunehmen.

Biddy konnte nicht einmal ein Ei kochen. Judith dagegen hatte viel Zeit in verschiedenen Küchen verbracht und dabei Phyllis über die Schulter geschaut, wenn sie Grießpuddings und Kuchen vorbereitete, für Mrs. Warren Kartoffeln zerstampfte, und beim Auftragen der riesigen Abendmahlzeiten geholfen, die so sehr Teil des Alltags in Porthkerris waren. Auf Nancherrow hatte Mrs. Nettlebed sich stets über Hilfe bei der Gelee- oder Marmeladenzubereitung gefreut und war dankbar gewesen, wenn sich jemand meldete, der Eier und Zucker für einen luftigen Biskuitkuchen so lange verquirlen wollte, bis sie die Farbe von Sahne angenommen hatten. Mehr Erfahrung im Kochen besaß Judith allerdings noch nicht. In der Not jedoch frißt der Teufel Fliegen. Sie fand ein altes Kochbuch mit einfachen Rezepten, band sich eine Schürze um und fing an zu kochen. Zu Beginn führte dies zwar zu vielen verkohlten Koteletts und halbgaren Hähnchen, doch bald hatte sie den Dreh heraus und brachte einen Kuchen auf den Tisch, der nicht schlecht schmeckte, obwohl alle Rosinen und Kirschen wie Bleistücke auf den Boden gesunken waren.

Wirklich unangenehm war andererseits, daß die Händler aus Bovey Tracey – Fleischer, Lebensmittel-, Gemüse- und Fischhändler – wegen der Benzinrationierung ihre Waren nicht mehr ins Haus lieferten. Doch man zeigte Verständnis dafür, legte sich riesige Körbe und Netze zu und zog mit den Lebensmitteln auf dem Buckel nach Hause. Diese Umstellung machte zwar nicht allzu große Umstände, nahm aber sehr viel Zeit in Anspruch, und den Hügel nach Upper Bickley beladen wie ein Packesel hinaufzusteigen war – gelinde gesagt – beschwerlich.

Allmählich wurde es kälter. Judith, die an Nancherrow gewöhnt war, wo die Zentralheizung erst abgestellt wurde, wenn der Frühling einzog, hatte ganz vergessen, was Kälte bedeutet. Wenn es jetzt draußen kalt war, entsprach dies der winterlichen Jahreszeit, doch drinnen im Haus war es ein Elend, denn Upper Bickley besaß keine Zentralheizung. Als Judith zwei Jahre zuvor an Weihnachten zu Besuch gekommen war, hatte in jedem Schlafzimmer ein Kaminfeuer gebrannt und der Kessel vierundzwanzig Stunden am Tag geglüht. Doch jetzt mußte man mit Brennstoff äußerst sparsam umgehen. Daher wurde nur im Wohnzimmer das Kaminfeuer angezündet, und dies auch erst nach dem Mittagessen. Biddy schien nicht unter der Kälte zu leiden. Schließlich hatte sie ja auch das Reihenhaus in Keyham überlebt, das Judith als das kälteste Haus in Erinnerung geblieben war, in dem sie sich je aufgehalten hatte. Kälter noch als in der Arktis war es dort gewesen. Wenn der Winter hereinbrach, würde es in Upper Bickley bestimmt ebenso kalt werden. Schließlich handelte es sich um ein freistehendes Haus auf einem Hügel, das den eisigen Ostwinden ausgesetzt war. Die alten Fenster und Türen schlossen nicht gut, und daher war es stets zugig. Judith sah den langen, dunklen Monaten ohne große Begeisterung entgegen und war dankbar, daß Mary ihr aus Nancherrow eine riesige Kleiderkiste mit ihren wärmsten Wintersachen geschickt hatte.

SAMSTAG, der 14. Oktober. Judith erwachte und spürte, wie die frostige Luft vom offenen Fenster her über ihr Gesicht zog. Als sie die Augen öffnete, blickte sie in einen bedeckten Himmel und sah, daß sich das Laub an den obersten Ästen der Buche, die im unteren Teil des Gartens stand, bereits rötlich verfärbt hatte. Bald würden die Blätter von den Bäumen fallen. Danach würde das Laub zusammengekehrt und verbrannt werden, und zuletzt stünde der Baum ganz nackt da.

Sie lag im Bett und überlegte, was geschehen wäre, wenn die Dinge sich normal entwickelt hätten – wenn kein Krieg ausgebrochen und ihr diese gewaltige Entscheidung nicht aufgezwungen worden wäre. Dann befände sie sich wohl gerade in ihrer Koje auf einem Schiff der Reederei P & O in der Bucht von Biskaya, würde hin und her geworfen und hätte wahrscheinlich mit ihrem ersten Anfall von Seekrankheit zu kämpfen. Doch dann wäre sie nach Singapur unterwegs. Für eine Weile überfiel sie Heimweh nach ihrer Familie. Es schien ihr, als wäre sie dazu verurteilt, immer bei fremden Menschen zu leben, wie gastfreundlich sich diese auch zeigten. Wenn sie darüber nachdachte, was sie alles vermißte, bedrückte es sie manchmal. Sie stellte sich vor, daß sie jetzt auf dem Schiff durch die Straße von Gibraltar ins blaue Mittelmeer und in eine verträumte Welt mit ewigem Sonnenschein fuhr. Dann durch den Suezkanal und bis zum Indischen Ozean, und jeden Abend stieg das Kreuz des Südens am juwelenblauen Himmel etwas höher. Und sie erschnupperte den Duft, der in der Luft lag, wenn sie sich Colombo näherte, lange bevor Ceylon als Streifen am Horizont auftauchte. Der Duft von Gewürzen, Früchten und Zedernholz, den der warme Wind auf die See hinaustrug.

Es war jedoch unklug, sich diesen Phantasien hinzugeben, und unmöglich, ihren eigenen Entschluß umzustoßen. Ihr Schlafzimmer war kalt. Sie stand auf und verschloß das Fenster vor dem naßkalten Morgen, hielt einen Augenblick inne und hoffte, daß es nicht regnen würde. Dann zog sie sich an und ging nach unten.

Sie traf Biddy bereits in der Küche an, was ungewöhnlich war, denn normalerweise ging sie viel später als Judith nach unten. Biddy hatte sich in ihren Morgenmantel gehüllt und einen Kessel für den Kaffee aufgestellt.

«Was machst du so früh hier unten?»

«Das Winseln und Quengeln von Morag hat mich geweckt. Mich wundert, daß du es nicht gehört hast. Ich bin nach unten gegangen, um ihn rauszulassen, aber er hat nur kurz sein Bein gehoben und ist dann sofort zurückgekommen.» Judith besah sich Morag, der mit einem gefühlvollen Ausdruck in den Augen aus seinem Körbchen hochblickte. «Glaubst du nicht, daß er vielleicht krank ist?»

«Jedenfalls blickt er nicht so vergnügt drein wie sonst. Vielleicht hat er Würmer.»

«Mal den Teufel nicht an die Wand!»

«Vielleicht müssen wir zum Tierarzt mit ihm. Was möchtest du zum Frühstück? Bacon ist leider keiner mehr da.»

«Dann gekochte Eier.»

Beim Frühstück überlegten sie etwas planlos, was sie am Samstag unternehmen wollten. Judith sagte, sie müsse nach Bovey Tracey, um Hester Lang ein Buch zurückzugeben, das sie sich von ihr ausgeliehen habe, und anschließend wolle sie einkaufen gehen. Biddy war damit einverstanden, da sie vorhatte, ihre Post zu erledigen. Sie zündete eine Zigarette an, nahm Bleistift und Papier und begann, die unvermeidliche Einkaufsliste zusammenzustellen. Bacon, Hundefutter, ein Lammbraten für Sonntag, Toilettenpapier und Lux-Seife.

«...und wärst du so lieb, in den Wolladen zu gehen und für mich ein Pfund Naturschafwolle zu kaufen?»

Judith wunderte sich.

«Was willst du denn mit einem Pfund Wolle?»

«Meine dumme Stickvorlage macht mich krank. Ich dachte mir, ich fange lieber wieder mit dem Stricken an. Dann kann ich für Ned lange Socken stricken.»

«Ich wußte nicht, daß du Socken stricken kannst.»

«Kann ich auch nicht, aber in der Zeitung habe ich ein herrliches Strickmuster gefunden, dem zufolge man spiralförmig eine Art Schlauch ohne Ferse strickt. Und wenn Ned ein Loch in der Ferse hat, dann braucht er die Socke nur nach oben zu drehen.»

«Solche Socken wird er bestimmt mögen.»

«In der Zeitung gab's auch noch ein Muster für einen Kopfschützer. Vielleicht könntest du ihm so etwas stricken. Der hält seine Ohren warm.»

«Danke, aber im Augenblick habe ich mit dem Üben der Stenographiekürzel genug zu tun. Schreib einfach Wolle hin, und ich will versuchen, welche zu bekommen. Und setze auch Stricknadeln auf die Liste…»

Am Samstag morgen ging es in Bovey Tracey ähnlich zu wie in Penzance am Markttag: Menschen vom Land, aus abgelegenen Dörfern und Gehöften im Heidemoor, drängten sich, um ihre wöchentlichen Einkäufe zu erledigen. Sie verstopften die schmalen Bürgersteige mit ihren Körben und Kinderkarren und standen schwatzend an den Straßenecken herum. Während sie beim Fleischer und beim Lebensmittelhändler anstanden, erzählten sie sich den neuesten Klatsch und das Neueste von ihren Familien. Ihre Stimmen senkten sie nur, wenn von Krankheit oder dem möglichen Ableben eines nahen Verwandten die Rede war.

Was Wunder, daß alles doppelt so lange dauerte wie gewöhnlich, und es war bereits elf Uhr, als die mit einem bauchigen Korb und ihrer Umhängetasche beladene Judith vor Hester Langs Haus eintraf und an der Haustür klingelte.

«Judith!»

«Ich habe nicht etwa vergessen, daß wir samstags nicht lernen wollten. Aber ich komme ja auch nicht deswegen, sondern nur um Ihnen Ihr Buch zurückzugeben. Ich hab's letzte Nacht ausgelesen.»

«Wie schön, daß du vorbeikommst. Trinkst du einen Kaffee mit?»

Bei Hester schmeckte der Kaffee immer besonders gut. Judith, die den frischen Duft von geröstetem Weizen schnupperte, der aus der Küche herüberwehte, brauchte nicht erst überredet zu werden. Sie stellte Korb und Tasche in der engen Diele ab und holte das Buch aus ihrer großen Jackentasche. «Ich wollte es lieber gleich zurückgeben, bevor es schmutzig wird oder Morag es zerbeißt.»

«Der arme Hund, ich bin mir sicher, daß er so etwas nie machen würde. Stell es an seinen Platz zurück und nimm dir ein neues, wenn du willst. Ich komme gleich mit dem Kaffee.»

Das Buch mit dem Titel *Große Erwartungen*, das Judith Hester zurückbrachte, war ein Band der ledergebundenen Werkausgabe von Charles Dickens. Sie ging ins Wohnzimmer (selbst an einem trüben, grauen Vormittag machte es einen hellen und fröhlichen Eindruck) und stellte das Buch an seinen Platz ins Regal zurück. Gemächlich las sie gerade die Titel auf den anderen Buchrücken und versuchte, sich zu entscheiden, welches Buch sie als nächstes lesen wollte, als der Telefonapparat in der Diele klingelte. Dann hörte sie Hesters Schritte. Durch die offenstehende Tür vernahm Judith ihre Stimme. «Acht zwo sechs. Hester Lang am Apparat.»

Vielleicht nicht gleich einen weiteren Band Dickens, überlegte sie, sondern lieber einen zeitgenössischen Autor. Sie griff nach *Der tödliche Sturm* von Phyllis Bottome, las den Klappentext und blätterte dann ein wenig darin herum.

Das Telefongespräch dauerte länger. Hin und wieder sagte Hester etwas, doch nun murmelte sie nur noch leise. «Ja», hörte Judith, «ja, natürlich.» Und dann wieder Schweigen. Judith stand allein in Hesters Wohnzimmer und wartete.

Als ihr schon Zweifel kamen, ob Hester überhaupt zurückkehren würde, ging das Gespräch abrupt zu Ende. Sie hörte, wie das Telefon kurz klingelte, als der Hörer aufgelegt wurde, schloß das Buch und blickte zur Tür. Doch Hester kam nicht sofort zu ihr ins Zimmer, und als sie dann in der Tür stand, schwieg sie bedrückt. Sie erschien beherrscht und gefaßt, als hätte sie vor der Tür einen Augenblick innegehalten, um sich energisch zusammenzureißen.

Sie sagte noch immer nichts. Quer durch den Raum begegneten sich ihre Blicke. Judith legte das Buch hin. Sie fragte: «Stimmt irgendwas nicht?»

«Das war...» Hesters Stimme versagte.

Sie sammelte sich und setzte noch einmal an, diesmal mit ihrer gewohnt ruhigen, gleichmäßigen Stimme. «Das war Captain Somerville am Telefon.»

Das war beunruhigend. «Onkel Bob? Weshalb hat er Sie angerufen? Ist er nicht nach Upper Bickley durchgekommen? Gestern hat der Apparat noch funktioniert.»

«Es hatte nichts mit dem Telefon zu tun. Er wollte mich sprechen.» Sie schloß die Tür hinter sich und setzte sich auf einen kleinen, vergoldeten Stuhl. «Etwas Furchtbares ist geschehen...»

Im Zimmer war es warm, doch auf einmal fröstelte Judith. Die Vorahnung eines Verhängnisses legte sich ihr wie ein bleiernes Gewicht auf den Magen. «Was ist geschehen?»

«In der letzten Nacht... haben deutsche U-Boote die Absperrlinien in Scapa Flow durchbrochen. Der größte Teil der Heimatflotte befand sich auf See, aber die *Royal Oak* lag im Hafen vor Anker... Sie wurde torpediert, kenterte und sank sofort... drei Torpedos auf einmal... niemand von der Mannschaft unter Deck hatte eine Chance, sich zu retten...»

Neds Schiff. Aber Ned doch nicht. Ned ging es gut. Ned hatte bestimmt überlebt.

«...etwa vierhundert Mitglieder der Mannschaft befinden sich in Sicherheit... die Nachricht ist noch nicht bekanntgegeben worden. Bob meint, ich solle es Biddy mitteilen, bevor sie es im Radio hört. Er bat mich, zu ihr zu fahren und es ihr schonend beizubringen. Er hat es nicht übers Herz gebracht, es ihr am Telefon zu sagen. Ich muß zu ihr und...»

Erneut versagte ihre Stimme. Sie hob die sorgfältig manikürte Hand, um die Tränen in ihren Augen wegzuwischen. «Ich bin gerührt, daß er an mich gedacht hat, aber mir wäre lieber gewesen, er hätte jemand anderen gebeten...»

Judith schluckte schwer und rang sich zu der Frage durch: «Und was ist mit Ned?»

Hester schüttelte den Kopf. «Oh, mein liebes Kind, es tut mir ja so schrecklich leid.»

Erst in diesem Moment schlug der Augenblick der Wahrheit. Wie durch einen Nebel drang es bis zu ihr durch, als Hester Lang sagte, daß Ned Somerville tot sei.

Upper Bickley,
den 25. Oktober 1939

Lieber Colonel Carey-Lewis,
herzlichen Dank für Ihren freundlichen Brief. Neds Tod war ein niederschmetternder Schicksalsschlag, aber Biddy ist dankbar für die Briefe und liest jeden. Sie ist aber nicht in der Lage, sie alle selbst zu beantworten.

Nachdem die Royal Oak *gesunken war, konnte Onkel Bob nach dem Angriff in Scapa Flow und den Folgen der Krise nicht gleich zu ihr kommen. Aber letzte Woche ist er auf ein paar Tage nach Hause gekommen; es war wirklich furchtbar anzusehen, denn er hat versucht, Biddy zu trösten, und fühlte sich dabei doch genauso verloren und am Boden zerstört wie sie. Jetzt muß er wieder nach Scapa Flow zurück, und wir sind wieder ganz allein.*

Ich bleibe den Winter über hier bei Biddy. Wenn der Frühling kommt, will ich mich neu entscheiden, aber ich kann Biddy nicht allein lassen, solange sie nicht über ihre Trauer hinweggekommen ist. Sie hat einen Hund namens Morag, den Ned ihr geschenkt hatte, aber ich bin mir nicht sicher, ob er ihr jetzt ein Trost ist oder mehr eine traurige Erinnerung. Ich selbst bin traurig, daß niemand aus Nancherrow Ned je kennengelernt hat und nicht mehr kennenlernen wird. Er war so ein besonderer Mensch und ein lieber Kerl.

Bitte bestellen Sie allen Grüße von mir, und nochmals vielen Dank für Ihren freundlichen Brief.

Herzlichst
Judith

Nancherrow,
den 1. November 1939

Liebste Judith,
wir waren alle furchtbar traurig, daß Dein Cousin Ned umge-
kommen ist. Ich habe tagelang an Dich gedacht und mir ge-
wünscht, ich könnte bei Dir sein. Mama sagt, wenn Du mit Dei-
ner Tante Biddy hierherkommen möchtest, nur so auf ein paar
Tage zum Tapetenwechsel, so würde sie sich freuen, Euch beide
hier zu empfangen. Andererseits möchte Deine Tante gerade jetzt
vielleicht lieber in ihrem eigenen Haus und der vertrauten Umge-
bung bleiben.

Paps meint, die deutschen U-Boote, die in den Hafen von
Scapa Flow eingedrungen sind, hätten großes seemännisches
Können bewiesen, doch ich kann mir keinen einzigen freund-
lichen Satz über die Deutschen ausdenken und glaube, Paps ist
viel zu großmütig.

Wenn ich Dir ein paar Neuigkeiten von hier erzähle, so solltest
Du daraus nicht schließen, daß wir meinen, was hier bei uns pas-
siert, wäre wichtiger als Neds Tod.

Erstens: Athena ist wieder zu Hause und bekommt ein Baby.
Rupert ist mit seinem Regiment und den Pferden nach Übersee,
und ohne ihn hatte das Hotel Caledonian seinen Charme verlo-
ren. Deshalb ist sie zu uns gekommen. Ich glaube, Rupert ist wie-
der in Palästina.

Athena erwartet das Baby übrigens im Juli.

Gus ist mit der Highland Division und dem Britischen Expedi-
tionskorps in Frankreich stationiert. Ich habe ihm viel geschrie-
ben und letzte Woche einen Brief von ihm bekommen. Er hat mir
ein Foto von sich im Kilt geschickt, und der steht ihm einfach
großartig.

Vor kurzem habe ich Heather Warren in Penzance getroffen. Sie
lernt Steno in Porthkerris und will versuchen, im Außenministe-
rium oder im Staatsdienst eine Stelle zu finden. Sie hat mir gesagt,
ich soll Dir bestellen, sie schreibt Dir, wenn sie mal ein bißchen
Zeit hat, und daß Charlie Lanyon bei der Leichten Infanterie
dient und auch in Frankreich ist. Ich weiß zwar nicht, wer Char-

lie Lanyon ist, aber sie sagt, Du wüßtest schon Bescheid. Und Joe Warren ist ebenfalls bei der Leichten Infanterie, aber Paddy geht noch immer fischen.

Edward schreibt nicht, dafür ruft er aber hin und wieder an, und dann müssen wir immer ganz schnell reden, weil er nur drei Minuten lang sprechen darf, und dann macht es ping im Hörer, und alles ist vorbei. Er scheint sich gut zu amüsieren und fliegt jetzt eins der neuen Flugzeuge, die Spitfire heißen. Es wäre schön, wenn er Weihnachten nach Hause kommen könnte, aber ich glaube nicht mal, daß er das möchte.

Die Hühner haben wir jetzt endlich, sie laufen in ihrem Käfig auf dem hinteren Rasen herum, scharren wie verrückt und verwüsten alles. Sie haben hübsche kleine Holzhäuser mit Nistkästen und Türchen, damit Reineke Fuchs draußen bleibt. Im Augenblick legen sie noch nicht, doch sobald sie damit anfangen, gibt's wohl nur noch Eier zu essen.

Es ist ziemlich kalt geworden. Paps bleibt eisern beim Brennstoffsparen, und die Schutzbezüge hängen über den Möbeln im Salon, und der Kronleuchter ist in einen Sack eingepackt, damit er nicht verstaubt. Dort sieht es jetzt etwas trübe aus, aber dafür ist das kleine Wohnzimmer viel gemütlicher.

Mr. Nettlebed ist Luftschutzwart geworden. Wenn er also mal die Verdunklung vergißt oder nur ein Lichtstreifen zu sehen ist, dann muß er sich selbst wegen Fahrlässigkeit anklagen und vor Gericht bringen, damit er bestraft wird. Ha ha!

Tommy Mortimer ist überraschenderweise auch Luftschutzwart geworden, aber natürlich in London. Wegen seines vorgeschrittenen Alters und seiner Plattfüße (von denen er nichts wußte) ist er als Freiwilliger abgelehnt worden, und deshalb hat er sich zum Zivilschutz gemeldet. Er hat uns an einem Wochenende besucht und uns alles davon erzählt. Bei Fliegeralarm muß er mit einem Eimer Wasser und einer Handpumpe auf das Dach von Mortimer's in der Regent Street klettern. Wenn der Juwelier bombardiert wird, glaubst Du dann, daß auf dem Bürgersteig Diamantringe verstreut liegen?

Mama hat sich inzwischen erholt und freut sich, daß Athena

wieder da ist. Sie kichern, wenn sie in der Vogue *blättern, so wie sie es früher immer getan haben, und stricken Babysachen.*

Viele liebe Grüße. Komm und besuch uns, wann immer Du möchtest.

Küßchen
Loveday

Upper Bickley
Samstag, den 30. Dezember

Liebe Mami, lieber Dad,

das Jahr ist fast zu Ende, und ich bin froh darüber. Vielen Dank für mein Weihnachtsgeschenk, das ich zwar schon Anfang des Monats bekommen, aber erst am Weihnachtstag geöffnet habe. Die Handtasche gefällt mir gut und ist genau das, was ich gebrauchen kann. Der Seidenstoff hat mir auch sehr gut gefallen, und ich will mir daraus ein Abendkleid nähen lassen, falls ich eine gute Schneiderin finde. Die Farben sind einfach überwältigend. Und bitte sagt Jess in meinem Namen danke für den Kalender, den sie für mich gebastelt hat, und bestellt ihr, daß sie die Affen und die Elefanten wirklich gut getroffen hat.

Hier ist es plötzlich kalt geworden. Überall im Dartmoor und auf den Straßen liegt Schnee, und die Dächer der Häuser haben eine dicke Schneehaube. Bovey Tracy sieht ein wenig aus wie auf den Bildern von Tailor of Gloucester. *Jeden Morgen verfüttern wir Hafer an die Dartmoor-Ponys, die den Hügel herunterkommen, um sich hinter der Grenzmauer vor dem Wind zu schützen. Wenn wir mit Morag die Runde machen, kommt es uns vor, als brächen wir zum Südpol auf. Im Haus ist es nicht viel wärmer – zwar nicht ganz so kalt wie damals in Keyham, aber doch beinahe. Den Brief schreibe ich in der Küche, weil es hier am wärmsten ist. Ich trage zwei Pullover übereinander.*

Onkel Bob ist über Weihnachten für vier Tage nach Hause gekommen, inzwischen aber schon wieder fort. Vor einem Weihnachtsfest ohne Ned hatte ich mich gefürchtet, doch Hester Lang hat uns gerettet. Sie hat uns zum Mittagessen zu sich nach Hause eingeladen. Wir hatten keinen Baum oder Glitzerschmuck und haben den Weihnachtstag wie einen ganz normalen Tag betrachtet. Hester hatte ein nettes Ehepaar aus London zu Besuch, das schon etwas älter, aber sehr kultiviert und interessiert war. Beim Essen haben wir nicht über den Krieg geredet, sondern über Kunstgalerien und Reisen in den Nahen Osten. Ich glaube, er war Archäologe.

Hier hielt Judith inne, legte ihren Füllfederhalter aus der Hand und hauchte auf ihre verkrampften Finger, besonders auf ihre eiskalten Fingerspitzen. Sie überlegte, ob sie jetzt vielleicht eine Kanne Tee machen sollte. Es war kurz vor vier Uhr, und Biddy und Morag waren noch nicht von ihrem Spaziergang zurückgekehrt. Durch das Küchenfenster blickte Judith auf die dicke Schneedecke im Garten, die sich bis zum Moor hinauf erstreckte, eine weiße Fläche, so weit sie blicken konnte. Nur die dunklen Kiefernzweige, die sich unablässig im Ostwind bewegten, ließen noch etwas Grün erkennen. Das einzige Lebewesen weit und breit war ein Rotkehlchen, das Körner aus einem Futterbeutel herauspickte, den Judith an das Vogelhäuschen gehängt hatte.

Sie beobachtete den Vogel und dachte an den tristen, grauen Weihnachtstag zurück, den sie mehr schlecht als recht und mit Hesters Hilfe überstanden hatten. Und dann schwelgte sie in einem Anfall von Nostalgie in Erinnerungen an das Weihnachtsfest vom vorigen Jahr auf Nancherrow, mit dem schönen Haus voller Gäste, den vielen Lichtern, dem fröhlichen Lachen, dem würzigen Duft des Tannenbaums und den vielen Geschenken unter seinen ausladenden Zweigen.

Sie glaubte sogar, die dazugehörenden Geräusche zu vernehmen. Die Weihnachtslieder beim Morgengottesdienst in der Kirche zu Rosemullion; das Klappern der Töpfe in der Küche, als Mrs. Nettlebed große Mengen köstlicher Speisen vorbereitet hatte; die Walzer von Strauß.

Sie erinnerte sich daran, wie sie sich ziemlich aufgeregt in ihrem hübschen rosafarbenen Zimmer für das Weihnachtsdinner umgekleidet hatte, an den Duft des Make-ups und das Gefühl von Seide auf ihrer Haut, als sie ihr herrliches, ihr allererstes Abendkleid über den Kopf gezogen hatte. Und auch daran, wie sie in den Salon getreten und Edward auf sie zugeeilt war. Er hatte sie bei der Hand genommen und gesagt: «Wir trinken Champagner.» Das war erst ein Jahr her und gehörte doch schon in eine andere Zeit, in eine andere Welt. Sie seufzte, nahm ihren Füllfederhalter und fuhr mit dem Schreiben fort.

Biddy geht es gut, aber sie wird noch nicht mit allem fertig. Es ist auch wirklich schwierig, denn vormittags bin ich nach wie vor bei Hester Lang und lerne fleißig Stenographie und Maschineschreiben. Doch wenn ich morgens aus dem Haus gehe, liegt Biddy oft noch im Bett. Mrs. Dagg kommt natürlich noch immer, daher ist sie nicht wirklich allein, doch irgendwie scheint Biddy an allem das Interesse verloren zu haben. Sie möchte nichts unternehmen und auch niemanden besuchen. Freunde rufen sie an, aber sie geht nicht zum Bridgespielen, und eigentlich mag sie es nicht einmal, wenn ihre Freunde nur mal bei ihr reinschauen.

Die einzige Person, die sich nicht abwimmeln läßt, ist Hester Lang, und ich glaube, sie ist die einzige, die Biddy in ihren Freundeskreis zurückführen kann – ich weiß nicht, was wir ohne sie anfangen würden. Sie ist so klug und freundlich. An den meisten Tagen kommt sie unter dem einen oder anderen Vorwand nach Upper Bickley, und in der nächsten Woche will sie Freunde zu einer Bridgepartie einladen und besteht darauf, daß Biddy auch kommt. Es ist wirklich an der Zeit, daß Biddy wieder unter die Leute geht. Im Augenblick ist sie mit Morag unterwegs, und wenn sie zurückkommt, mache ich einen Tee.

Über Ned verliert sie nicht ein einziges Wort und ich auch nicht, denn ich glaube, das erträgt sie noch nicht. Es wäre besser für sie, wenn sie sich dazu entschließen könnte, zum Beispiel beim Roten Kreuz mitzuarbeiten. Sie ist eine so unternehmungslustige Person, und es wäre schade, wenn sie gar nichts zu den Kriegsanstrengungen beitragen würde.

Hoffentlich deprimiert Euch dies nicht allzu sehr, aber es wäre nicht in Ordnung, wenn ich Euch über Biddys derzeitige Verfas-

sung etwas vormachen würde. Ich weiß genau, daß es ihr bald bessergehen wird. Im Moment jedenfalls bleibe ich bei ihr, und wir kommen sehr gut miteinander aus, so daß Ihr Euch um uns beide keine Sorgen zu machen braucht.

Übermorgen ist schon der erste Tag im neuen Jahr 1940. Ich vermisse Euch alle schrecklich und wünsche mir manchmal, ich wäre bei Euch, aber nach allem, was passiert ist, weiß ich, daß ich die richtige Entscheidung getroffen habe. Was für Sorgen würden wir uns alle machen, wenn wir erfahren hätten, daß Biddy unter diesen Umständen allein sein müßte.

Ich muß aufhören, denn ich bin halb erfroren. Jetzt gehe ich ins Wohnzimmer und lege Brennholz im Kamin nach und sorge für etwas Qualm. Biddy kommt gerade mit Morag zurück. Ich sehe sie den Weg vom Tor hochkommen. Wir mußten viel Schnee schippen und Asche auf den Weg streuen, damit der arme Briefträger die Post austragen kann, ohne sich die Beine zu brechen.

Viele liebe Grüße an Euch alle. Erst IM NÄCHSTEN JAHR schreibe ich Euch wieder.

Alles Liebe
Judith

1940

Ende März, nach dem seit Menschengedenken kältesten Winter, waren schließlich der meiste Schnee und das dickste Eis geschmolzen, und im Dartmoor hielten sich nur noch vereinzelte Reste in den Gräben, in die kein Sonnenstrahl drang, oder im Schatten der Bruchsteinmauern. Als die Tage länger wurden, brachte der warme Westwind milde Luft, die Bäume trieben Knospen, und die Vögel kehrten in ihre Sommerquartiere zurück; wilde Schlüsselblumen blühten an den hohen Hecken in Devon, und im Garten von Upper Bickley reckten die ersten Narzissen ihre gelben Köpfe in die Brise.

In Cornwall, auf Nancherrow, füllte sich das Haus mit den piekfeinen Leuten aus London, die, der Hauptstadt entflohen, hier die Ostertage verbringen wollten. Tommy Mortimer stahl sich für eine Woche vom Zivilschutz und seinen Wasserpumpen fort, und Jane Pearson kam mit ihren beiden Kindern gleich für einen ganzen Monat. Janes Mann, der zuverlässige, wohlwollende Alistair, war nun mit der Armee in Frankreich, und die Kinderfrau, noch jünger, als ihr irgend jemand angesehen hätte, war zur Krankenpflege zurückgekehrt und leitete die chirurgische Station eines Militärhospitals im Süden von Wales. Tapfer hatte Jane die Zugfahrt nach Penzance ohne Kinderfrau angetreten und ihren Nachwuchs allein unterhalten und bändigen müssen, weshalb sie ihn gleich nach ihrer Ankunft Mary Millyway aufbürdete, es sich auf einem Sofa gemütlich machte, an einem Gin mit Orange nippte und äußerst freimütig mit Athena plauderte. Sie wohnte noch in ihrem kleinen Haus in der Lincoln Street, und es ging ihr so gut, daß sie keinerlei Pläne faßte,

London zu verlassen. Noch nie in ihrem Leben hatte sie sich so glänzend in der Stadt amüsiert, wie wenn sie mit schneidigen Oberstleutnants der Luftwaffe oder jungen Gardeoffizieren im Ritz oder Berkeley speiste.

«Was machst du denn dann mit Roddy und Camilla?» fragte Athena, als spreche sie von Welpen und erwarte beinahe zu hören, daß Jane sie einfach in ihren Zwinger sperrte.

«Ach, auf die paßt meine Zugehfrau auf, die jeden Tag kommt», entgegnete Jane leichthin, «oder ich lasse sie bei dem Hausmädchen meiner Mutter.» Und schon schwärmte sie vom nächsten erfreulichen Rendezvous: «Übrigens, das muß ich dir noch erzählen, meine Liebe. Zu aufregend…»

Alle Gäste, die sich bisweilen auf Nancherrow einfanden, brachten ihre Lebensmittelkarten mit, um Butter, Zucker, Schinken, Schmalz und Fleisch zu kaufen, und Tommy schleppte sogar einen erstaunlichen Vorrat an Vorkriegsdelikatessen von Fortnum & Mason an: Fasan in Aspik, mit Schokolade überzogene Cashewnüsse, aromatisierten Tee und winzige Gläser Belugakaviar.

Mrs. Nettlebed, die diese erlesenen Geschenke beäugte, als sie auf dem Küchentisch ausgebreitet wurden, hörte man nur sagen, wie schade es sei, daß Mr. Mortimer keiner anständigen Schweinshachse habhaft werden konnte.

Das Personal auf Nancherrow war inzwischen erheblich weniger geworden. Sowohl Nesta als auch Janet hatten ziemlich aufgekratzt das Haus verlassen, um Uniformen anzuziehen, Munition herzustellen oder sonstwie dem Krieg ihren Tribut zu zollen. Palmer und der Hilfsgärtner waren beide eingezogen worden, und der einzige Ersatz, der sich für sie hatte finden lassen, war Matty Pomeroy, ein Rentner aus Rosemullion, der jeden Morgen auf einem quietschenden Fahrrad angestrampelt kam und so langsam wie eine Schnecke arbeitete.

Hetty, noch zu jung, um irgendwo von großem Nutzen zu sein, war natürlich nach wie vor in der Spülküche, zerbrach weiterhin Teller und trieb Mrs. Nettlebed fast in den Wahnsinn. Aber alle Gäste mußten nun mit anfassen, kümmerten sich darum, daß ihre Verdunklungsvorhänge rechtzeitig zugezogen wurden, machten ihre Betten selbst, spülten freiwillig Geschirr und schleppten Holz. Die Mahlzeiten wurden zwar immer noch mit einem gewissen Zeremoniell im Eßzimmer serviert, doch der Salon war geschlossen, die Möbel mit staubdichten Tüchern abgedeckt und das beste Silber geputzt, in Fensterleder eingewickelt und für die Dauer des Krieges vorsorglich weggepackt worden. Nettlebed, der lästigen Pflicht des Silberpolierens enthoben, die früher viel von seiner Zeit in Anspruch genommen hatte, zog es unmerklich immer mehr ins Freie. Es war ein schleichender Prozeß gewesen, der damit begonnen hatte, daß er aus der Küche verschwand, um nachzusehen, ob der alte Matty etwa hinter dem Schuppen faulenzte und es sich für eine Weile mit seiner stinkenden Pfeife wohl sein ließ. Etwas später erklärte er sich bereit, ein paar Kartoffeln für Mrs. Nettlebed auszugraben oder einen Kohlkopf zu ernten, und es dauerte nicht sehr lange, bis er von sich aus die Verantwortung für den Gemüsegarten übernahm, den Anbau plante und Matty Pomeroy beaufsichtigte. All das tat er mit gewohnter Gründlichkeit und Sachkenntnis. In Penzance kaufte er sich ein Paar Gummistiefel, die er anzog, um einen Graben für Stangenbohnen auszuheben. Allmählich sah sein ernstes, ehedem so bleiches Gesicht ziemlich sonnengebräunt aus, und seine Hosen saßen ihm zunehmend lockerer. Athena schwor, Nettlebed sei im Grunde seines Herzens ein mit der Scholle verwachsener Mensch und habe zum erstenmal im Leben seine wahre Berufung gefunden, während Diana, die sich darüber ungemein amüsierte, es ziemlich schick fand, einen braungebrannten Butler zu haben, solange er es schaffte, die Erde unter den Fingernägeln herauszukratzen, bevor er die Suppe auftrug.

INMITTEN DIESER Osterferien, in der Nacht des achten April, starb Lavinia Boscawen.

Sie starb in ihrem eigenen Bett, in ihrem eigenen Schlafzimmer im Dower House. Tante Lavinia hatte sich nie mehr ganz von der Krankheit erholt, die ihre Familie so erschreckt und aufgescheucht hatte, war aber gut durch den Winter gekommen, jeden Morgen noch aufgestanden, hatte am Kamin gesessen und emsig khakifarbene Strümpfe gestrickt. Sie hatte sich weder unwohl gefühlt noch irgendwelche Schmerzen gehabt. An jenem Abend war sie wie üblich zu Bett gegangen, eingeschlafen und nicht mehr aufgewacht.

Es war Isobel, die ihren Tod entdeckte. Die gute, alte Isobel stapfte mit Mrs. Boscawens heißem Zitronenwasser die Treppe hinauf, klopfte an die Tür und ging hinein, um ihre Herrin zu wecken. Sie stellte das kleine Tablett auf den Nachttisch, dann schob sie die Vorhänge auf und zog das Verdunklungsrollo hoch.

«Ein schöner Morgen heute», bemerkte sie, bekam jedoch keine Antwort.

Sie wandte sich um. «Schöner Morgen...» wiederholte sie und erkannte, noch während sie die Worte aussprach, daß sie nie mehr eine Antwort bekommen würde. Lavinia Boscawen lag still da, den Kopf auf dem weichen Kissen, gerade so, wie sie eingeschlafen war. Sie hatte die Augen geschlossen, sah um Jahre jünger und sehr friedlich aus. Isobel, alt und im Umgang mit dem Tod erfahren, nahm einen silbergerahmten Handspiegel vom Frisiertisch und hielt ihn an Mrs. Boscawens Lippen. Kein Hauch, keine Bewegung. Stille. Sie legte den Spiegel weg, zog das bestickte Leinenlaken sacht über Mrs. Boscawens Gesicht, ließ das Rollo wieder herunter und ging nach unten. Widerstrebend, weil sie das gräßliche Instrument immer gehaßt hatte, hob sie in der Halle den Telefonhörer ab, hielt ihn an ihr Ohr und bat das Fräulein vom Amt, sie mit Nancherrow zu verbinden.

Nettlebed, der im Eßzimmer gerade den Tisch für das Frühstück deckte, hörte das Telefon im Arbeitszimmer des Colonels klingeln. Er blickte auf die Uhr, sah, daß es zwanzig vor acht war, legte erst noch eine Gabel akkurat an ihren Platz, dann ging er, um abzuheben.

«Nancherrow.»

«Mr. Nettlebed?»

«Ja.»

«Hier ist Isobel. Aus dem Dower House. Mr. Nettlebed... Mrs. Boscawen ist letzte Nacht gestorben. Im Schlaf. Ich habe es erst jetzt bemerkt. Ist der Colonel da?»

«Er ist noch nicht unten, Isobel.» Nettlebed runzelte die Stirn. «Sind Sie sich ganz sicher?»

«Und ob! Kein Hauch von ihren Lippen. Friedlich wie ein Kind. Die liebe Frau…»

«Sind Sie allein, Isobel?»

«Natürlich bin ich allein. Wer sollte denn dasein?»

«Verkraften Sie das?»

«Ich muß mit dem Colonel sprechen.»

«Ich hole ihn.»

«Gut, ich warte.»

«Nein. Warten Sie nicht! Er ruft Sie zurück. Bleiben Sie bloß in der Nähe des Telefons, damit Sie es hören.»

«Mein Gehör ist ausgezeichnet.»

«Sind Sie sicher, daß Sie das alles verkraften?»

Darauf antwortete sie nicht, sondern verlangte nur barsch: «Sagen Sie dem Colonel, er soll mich sofort anrufen!» und hängte ein.

Nettlebed legte den Hörer auf und starrte ihn sekundenlang an. Mrs. Boscawen tot! Nach einer Weile sagte er laut: «Verfluchter Mist!» Dann stapfte er hinaus und machte sich gemessenen Schritts auf den Weg nach oben.

Er traf den Colonel im Badezimmer beim Rasieren an, in einem Morgenmantel mit Paisleymuster, den er über einem gestreiften Schlafanzug trug. Um seinen Hals hing ein Handtuch. Eine Hälfte des Gesichts war bereits glatt, die andere jedoch noch mit weißem Schaum bedeckt. In Lederpantoffeln stand er auf der Bademattte, mit dem Rasiermesser in der Hand, und lauschte dem tragbaren Radio, das er auf den Mahagonideckel der Toilette gestellt hatte. Beim Näherkommen hörte Nettlebed die ernste Stimme des BBC-Nachrichtensprechers. Als er sich diskret räusperte und an die offenstehende Tür klopfte, wandte sich der Colonel zwar um und sah ihn, hob jedoch eine Hand, um ihm Schweigen zu gebieten, und die beiden Männer hörten gemeinsam den morgendlichen Verlautbarungen zu. Beklemmende Neuigkeiten. Deutsche Truppen waren in den frühen Morgenstunden in Dänemark und Norwegen eingefallen. Drei Truppentransporter hatten im Hafen von Kopenhagen festgemacht, die übrigen Häfen und Inseln waren bereits besetzt, und die lebenswichtigen Wasserstraßen des Skagerraks und des Kattegats werden vom Feind kontrolliert. In Norwegen hatte die deutsche Kriegsmarine bis Narvik hinauf in jedem Hafen Truppen angelandet. Ein britischer Zerstörer war versenkt worden...

Der Colonel bückte sich und schaltete das Radio aus. Dann richtete er sich auf und rasierte sich weiter. Im Spiegel begegnete er dem Blick Nettlebeds.

«Das ist der Anfang», sagte er.

«Ja, Sir. So sieht es aus.»

«Immer dieses Überraschungselement. Aber warum sind wir eigentlich noch überrascht?»

«Keine Ahnung, Sir.» Nettlebed zögerte, es widerstrebte ihm, in einem solchen Augenblick mit der Sprache herauszurücken, nur, es mußte sein. «Entschuldigung, Sir, daß ich Sie störe, aber leider habe ich Ihnen eine noch traurigere Nachricht zu überbringen.» *Ratsch* machte das Rasiermesser und legte auf der noch eingeseiften Wange einen Streifen glatter Haut frei. «Isobel hat soeben angerufen, Sir, aus dem Dower House. Mrs. Boscawen ist verschieden. Letzte Nacht, im Schlaf. Isobel merkte es erst vorhin und rief sofort an. Ich habe ihr gesagt, Sie würden zurückrufen, Sir, und sie wartet jetzt neben dem Telefon.»

Er hielt inne. Nach einer Weile wandte sich der Colonel um, und seine Miene verriet so viel Schmerz, Trauer und Verlust, daß Nettlebed sich wie ein Mörder fühlte. Einen Moment lang herrschte Schweigen, und der Butler war um passende Worte verlegen. Dann schüttelte der Colonel den Kopf. «O Gott, das ist so unfaßbar, Nettlebed.»

«Es tut mir sehr leid, Sir.»

«Wann hat Isobel angerufen?»

«Um zwanzig vor acht, Sir.»

«Ich bin in fünf Minuten unten.»

«Gut, Sir.»

«Und, Nettlebed... suchen Sie mir eine schwarze Krawatte heraus, ja?»

662

In Upper Bickley klingelte das Telefon, und Judith hob ab.

«Hallo?»

«Judith, hier ist Athena.»

«Meine Güte, was für eine Überraschung!»

«Mama wollte, daß ich dich anrufe. Leider habe ich eine sehr traurige Neuigkeit, aber eigentlich ist es in gewisser Weise gar nicht so traurig. Nur für uns. Tante Lavinia ist gestorben.»

Judith verschlug es die Sprache. Wie betäubt angelte sie sich einen unbequemen Dielenstuhl und sackte auf ihm zusammen.

«Wann?» brachte sie schließlich heraus.

«Montag nacht. Sie ist einfach eingeschlafen und nicht mehr aufgewacht. Sie war nicht krank oder so was. Wir versuchen alle, so gut wir nur können, um ihretwillen dankbar und nicht egoistisch zu sein, aber es ist ein bißchen wie das Ende einer Ära.»

Sie klang sehr gelassen, erwachsen und einsichtig. Das überraschte Judith. Damals, als Tante Lavinia so krank gewesen war und der ganzen Familie einen solchen Schrecken eingejagt hatte, war Athena, wie Judith wußte, in hysterisches Schluchzen ausgebrochen, als sie es erfuhr, und hatte sich so aufgeregt, daß Rupert sie in sein Auto packen und aus dem tiefsten Schottland schnurstracks in den Westen Cornwalls fahren mußte. Aber jetzt... Vielleicht hatte die Tatsache, daß sie verheiratet und schwanger war, den Wandel bewirkt und Athena in die Lage versetzt, so vernünftig und sachlich zu reagieren. Jedenfalls war Judith froh darüber. Es wäre unerträglich gewesen, wenn es ihr jemand in Tränen aufgelöst erzählt hätte.

«Das tut mir furchtbar leid», sagte sie. «Tante Lavinia war so ein besonderer Mensch, so sehr ein Teil von euch allen. Ihr müßt ja völlig geknickt sein.»

«Sind wir, ja, das sind wir wirklich.»

«Wie verkraftet es deine Mutter?»

«Ganz gut. Und sogar Loveday. Paps hat uns ins Gebet genommen und gesagt, wir dürfen nicht an uns denken, sondern müssen an Tante Lavinia denken, die ihren Frieden und ihre Ruhe gefunden hat und der dieser verdammte Krieg nun nichts mehr anhaben kann. Ist das alles nicht zu grauenhaft? Wenigstens braucht sie jetzt nicht mehr Zeitung zu lesen und die ganzen Landkarten mit diesen schrecklichen Pfeilen anzuschauen.»

«Lieb von dir, daß du mir's gesagt hast.»

«Ach, Judith Darling, natürlich mußten wir es dir sagen. Für Tante Lavinia hast du immer zu unserem Clan gehört. Und Mama läßt fragen, ob du zur Beerdigung kommen kannst. Ist zwar kein furchtbar fröhlicher Anlaß, aber es würde uns allen sehr viel bedeuten.»

Judith zögerte. «Wann findet sie statt?»

«Nächsten Dienstag, am Sechzehnten.»

«Werdet... werdet ihr alle dasein?»

«Selbstverständlich. Die ganze Mischpoke. Bloß Edward nicht, der sitzt auf seinem Flugplatz fest und wartet wahrscheinlich darauf, deutsche Bomber abzuschießen. Er hat zwar Urlaub aus dringenden familiären Gründen beantragt, doch so, wie die Dinge liegen, ist der abgelehnt worden. Aber alle anderen werden dasein. Einschließlich Jane Pearson, die mit ihren Sprößlingen sowieso gerade hier ist. Ich glaube, Tommy Mortimer will auch kommen. Zu dumm, er war vor kurzem für ein paar Tage da, dann ist er nach London zurückgefahren, und jetzt muß er sich wieder auf den weiten Weg hier runter machen. Dabei haben wir ihn alle gefragt, ob er die Fahrt wirklich für nötig hält. Aber er hat Tante Lavinia schrecklich gern gehabt, obwohl er bei ihr immer nur Sherry und nie einen Pink Gin gekriegt hat. Judith, komm doch, und bleib eine Weile... Alles steht für dich bereit. Wir haben nie jemand anderen in *dein* Zimmer gelassen.»

«Ich... ich muß erst mit Biddy reden.»

«Sicher schafft sie es auch ohne dich. Übrigens wird es langsam Zeit, daß wir dich mal wiedersehen. Komm doch schon am Sonntag! Wie machst du's denn? Fährst du mit dem Auto?»

«Vielleicht sollte ich mein Benzin sparen.»

«Dann setz dich in einen Zug! Ich hol dich in Penzance ab. Benzin ist für uns kein allzu großes Problem, weil Paps und Nettlebed im Zivilschutz sind, da kriegen sie ein paar zusätzliche Coupons. Nimm den Riviera-Expreß...»

«Hm...»

«Ach, bitte, komm! Sag ja! Wir warten sehnlichst darauf, dich wieder mal hier zu haben. Alle lassen dich herzlich grüßen, und Loveday sagt, sie hat eine Lieblingshenne, die sie nach dir getauft hat. Ich muß jetzt los, Darling. Also dann bis Sonntag.»

Judith suchte Biddy und erzählte ihr, was geschehen war. «Sie wollen, daß ich nach Nancherrow komme. Zur Beerdigung.»

«Dann mußt du selbstverständlich hinfahren. Arme, alte Frau. Wie traurig!» Biddy betrachtete Judith, die dastand und an ihrer Unterlippe nagte. «Möchtest du hinfahren?»

«Ja, ich glaub schon.»

«Du klingst so zweifelnd. Wird Edward dasein?»

«Ach, Biddy...»

«Also, ja oder nein?»

Judith schüttelte den Kopf. «Nein. Er kriegt keinen Urlaub.»

«Würdest du hinfahren wollen, wenn er da wäre?»

«Weiß ich nicht. Wahrscheinlich würde ich mir eine Ausrede einfallen lassen.»

«Liebling, das ist alles ein halbes Jahr her, und seitdem lebst du hier bei mir wie eine tugendhafte kleine Nonne. Du kannst doch nicht für den Rest deines Lebens Edward Carey-Lewis nachtrauern. Außerdem ist das alles blanke Theorie, wenn du weißt, daß er nicht dasein wird. Also fahr hin und triff alle deine jungen Freunde wieder!»

«Mir ist einfach nicht wohl dabei, dich allein zu lassen. Wer soll denn für dich kochen? Du mußt schließlich was essen.»

«Werd ich schon. Ich hol mir irgendeinen Schnickschnack vom Bäcker und esse viel Obst. Und seit du mir gezeigt hast, wie's geht, kann ich mir sogar ein Ei kochen. Mrs. Dagg macht mir sicher Suppe, und Margarinebrote esse ich sowieso liebend gern.»

Aber Judith hegte immer noch Bedenken. Allem äußeren Anschein nach hatte Biddy sich wieder gefangen. Von Hester dazu bewogen, war sie dem Roten Kreuz beigetreten und ging an zwei Vormittagen in der Woche zu ihr, um Freßpakete für die Truppen in Frankreich zu packen. Sie hatte auch wieder angefangen, Bridge zu spielen und sich mit alten Freunden zu treffen. Dennoch wußte Judith, die tagaus, tagein mit ihr zusammenlebte, daß mit Neds Tod auch in Biddy etwas gestorben war und sie den tragischen Verlust ihres einzigen Kindes nie wirklich verwinden würde. An manchen Tagen, wenn die Sonne schien und ein Glitzern in der Luft lag, brach bisweilen ihre frühere Lebendigkeit wieder durch, und sie platzte aus dem Stegreif mit einer ihrer wunderbar komischen Bemerkungen heraus, über die sie beide lachten, und für einen Moment schien es, als wäre nichts geschehen. Doch an anderen Tagen versank sie in Depressionen, blieb im Bett, weigerte sich aufzustehen, rauchte zu viele Zigaretten und schielte nach der Uhr, bis es endlich Zeit für ihren ersten abendlichen Drink wurde. Oft gab sie der Versuchung schon vorzeitig nach, das wußte Judith, denn mitunter kam sie von einem Spaziergang zurück und traf Biddy in ihrem Sessel an, beide Hände um das kostbare Glas geklammert, als hinge ihr Leben davon ab.

Deshalb sagte Judith: «Ich mag dich nicht allein lassen.»

«Mrs. Dagg ist ja hier. Das weißt du doch. Hester wohnt nur ein paar Häuser weiter, und ich habe noch all die lieben Rote-Kreuz-Damen. Außerdem leistet mir Morag Gesellschaft. Ich komm schon zurecht. Im übrigen kannst du nicht für immer hier vermodern. Jetzt, wo du aufgehört hast, bei Hester Steno und Maschineschreiben zu lernen, gibt es wirklich keinen Grund mehr für dich, noch länger hierzubleiben. Natürlich will ich nicht, daß du fortgehst, aber du darfst nicht bloß meinetwegen bleiben. Sehen wir den Dingen ins Auge, ich muß auf meinen eigenen Füßen stehen. Ein paar Tage ohne dich sind eine gute Gelegenheit, mich darin zu üben.»

Damit war Judith überredet. «Na schön», sagte sie und lächelte, weil nun die Unentschlossenheit ein Ende hatte und sie dank Biddys Entgegenkommen ihren Wankelmut überwunden und eine Entscheidung getroffen hatte. Plötzlich war sie richtig aufgeregt, als plane sie einen Urlaub, was natürlich nicht der Fall war, und obwohl sie sich riesig darauf freute, wieder nach Nancherrow zu fahren, mußte sie sich dennoch damit abfinden, daß sie auf die beiden Menschen, an denen ihr am meisten lag, verzichten mußte. Auf

Tante Lavinia, weil sie gestorben war, und auf Edward wegen der Erfordernisse des Krieges. Nein. Falsch. Nicht nur wegen der Erfordernisse des Krieges. Edward hatte sie wegen ihrer eigenen Naivität und Unerfahrenheit für immer verloren. Er war aus ihrem Leben verschwunden, und das hatte sie allein sich selbst zuzuschreiben.

Aber, und es war ein großes Aber, Nancherrow bestand weiterhin, sie würde an diese Stätte des Trostes, der Wärme und des Luxus zurückkehren, an der sie Verantwortungen über Bord werfen und sich wieder wie ein Kind fühlen konnte. Wenigstens für ein paar Tage. Wahrscheinlich würde alles furchtbar traurig werden, aber sie würde dort sein, wieder in ihrem geliebten rosa Zimmer, bei ihrem Schreibtisch, ihrem Grammophon und ihrem chinesischen Schränkchen. Sie stellte sich vor, wie sie das Fenster öffnete und sich hinauslehnte, um den Hof zu sehen, einen Blick auf das Meer zu erhaschen und die weißen Pfautauben gurren zu hören, wie sie wieder mit Loveday kicherte und Athena, Mary Millyway, Diana und den Colonel wiedersah. Ihr Herz quoll über vor Dankbarkeit. Das war fast so schön wie nach Hause kommen, und sie fragte sich, ob Tante Lavinia, wo auch immer sie nun sein mochte, sich dieses Vermächtnisses bewußt war.

DIE FAHRT nach Cornwall war von wehmütigen Erinnerungen geprägt. Im Bahnhof von Plymouth, den Judith inzwischen gut kannte, drängten sich junge, gerade eingezogene Marinesoldaten mit ihren Seesäcken. Sie versammelten sich auf dem Bahnsteig gegenüber, wo ein entnervter Oberbootsmann sie herumkommandierte, bis sie sich in einer halbwegs geordneten Reihe aufgestellt hatten. Als der Riviera-Expreß einlief, verschwanden sie vorübergehend hinter der riesigen, stampfenden Dampflokomotive und den Waggons, standen aber noch da, als der Zug sich wieder in Bewegung setzte, und das letzte, was Judith von ihnen sah, war ein verschwimmender Fleck aus neuen marineblauen Uniformen und jugendlichen, rotwangigen Gesichtern.

Kurz danach ratterte der Riviera über die Brücke von Saltash, und unten im Hafen wimmelte es von Schiffen Seiner Majestät, die nun nicht mehr grau, sondern in Tarnfarben gestrichen waren. Cornwall begann: rosa getünchte Häuser, tiefe Täler und Viadukte. Der Zug hielt in Par. «Par! Par! Umsteigen nach Newquay!» rief der Stationsvorsteher aus, wie er es immer getan hatte. Dann kam Truro. Judith sah die kleine Stadt, die sich um den hohen Turm der Kathedrale drängte, und ihr fiel wieder ein, wie sie mit Mr. Baines hier ihr Grammophon gekauft und anschließend im Red Lion Tee getrunken hatte. Und sie dachte an Jeremy, an ihre erste Begegnung mit ihm, wie er seine Sachen eingesammelt und sich verabschiedet hatte, in Truro ausgestiegen war und sie ihm nachgeblickt und gemeint hatte, daß sie ihn nie wiedersehen und nie erfahren würde, wie er hieß.

Schließlich erreichten sie Hayle und die Flußmündung, die bei der gerade herrschenden Flut in sattem Blau leuchtete. Auf dem jenseitigen Ufer zeichnete sich Penmarron ab, und durch das junge Grün der Bäume war deutlich der Giebel von Riverview House zu sehen.

An ihrer alten Umsteigestation holte Judith den Koffer aus dem Gepäcknetz und stellte sich in den Gang, weil sie den ersten Blick auf die Mount's Bay und das Meer nicht verpassen wollte. Während der Zug an der Küste entlangbrauste, entdeckte sie die Stacheldrahtverhaue, die Betonbunker, vor denen Soldaten patrouillierten, und die Panzersperren, die gegen eine Invasion von See her auf den Stränden errichtet worden waren. Dennoch glitzerte die Bucht in der Sonne, wie sie immer geglitzert hatte, und die Luft war erfüllt vom Kreischen der Möwen und vom scharfen Geruch des Tangs.

Athena, schon von weitem an ihrem blonden, im Wind wehenden Haar zu erkennen, stand bereits auf dem Bahnsteig. Ihre Schwangerschaft war unübersehbar, denn sie hatte ihren gewölbten Leib nicht schamhaft verhüllt, sondern trug eine ausgebeulte Kordhose und darüber ein Herrenhemd mit aufgerollten Ärmeln.

«Judith!»

Etwa auf halber Höhe des Bahnsteigs trafen sie sich, Judith stellte den Koffer ab, und sie umarmten einander. Trotz ihrer so ungewohnt nachlässigen Aufmachung duftete Athena wie eh und je nach irgendeinem erlesenen, sündhaft teuren Parfum. «Meine Güte, wie himmlisch, dich wiederzusehen! Du hast abgenommen, und ich nehme dafür zu.» Sie streichelte ihren Bauch. «Ist das nicht zu aufregend? Der wird jeden Tag dicker.»

«Wann ist es denn soweit?»

«Im Juli. Ich kann's kaum abwarten. Ist das dein ganzes Gepäck?»

«Was hast du denn erwartet? Schrankkoffer und Hutschachteln?»

«Das Auto steht draußen. Komm, fahren wir nach Hause!»

Das Auto war eine ziemliche Überraschung. Keine der großen, würdevollen Limousinen, die so sehr ein Teil von Nancherrow waren, sondern ein kleiner Lieferwagen in schäbigem Zustand mit der Aufschrift H. WILLIAMS, FISCHHÄNDLER.

«Wer ist denn ins Fischgeschäft eingestiegen?» fragte Judith ein wenig belustigt.

«Ist der nicht zum Schreien? Paps hat ihn gebraucht gekauft, um Benzin zu sparen. Du kannst dir gar nicht vorstellen, wie viele Leute man dahinten reinkriegt. Wir haben ihn erst seit einer Woche und noch keine Zeit gehabt, den Namen zu überpinseln. Eigentlich sollten wir ihn dran lassen. Ich finde das furchtbar schick. Mama übrigens auch.»

Judith hievte ihren Koffer in den noch nach Fisch riechenden Laderaum, und sie stiegen ein. Nach ein paar Fehlzündungen fuhr der Lieferwagen mit einem Satz an und hätte beinahe die Hafenmauer gerammt.

«Wie lieb, daß du gekommen bist! Wir hatten entsetzliche Angst, du würdest im letzten Moment doch noch einen Rückzieher machen. Wie geht's deiner Tante? Verkraftet sie's? Armer Ned. So was unheimlich Grauenhaftes! Es hat uns allen schrecklich leid getan.»

«Ihr geht's einigermaßen. Ich denke, sie fängt sich langsam. Aber es war ein sehr langer Winter.»

«Und ob! Was hast du denn die ganze Zeit gemacht?»

«Ich hab Steno und Maschineschreiben gelernt. Jetzt klappt's auch schon in der richtigen Geschwindigkeit, also kann ich mich jederzeit als Freiwillige melden oder mir irgendeinen Job suchen.»

«Wann willst du das machen?»

«Weiß ich noch nicht. Irgendwann.» Sie wechselte das Thema. «Hast du was von Jeremy Wells gehört?»

«Warum fragst du?»

«Ich hab im Zug an ihn gedacht. Als wir durch Truro gefahren sind.»

«Sein Vater war neulich da, weil Camilla Pearson von der Schaukel gefallen ist und sich den Kopf aufgeschlagen hat und Mary gemeint hat, sie sollte vielleicht genäht werden. War dann aber doch nicht nötig. Er hat erzählt, Jeremy schippert auf einem Zerstörer im Atlantik hin und her. Geleitschutz für Handelsschiffe. Er hat sich nicht ausführlich darüber ausgelassen, es hörte sich allerdings recht gefährlich an. Und Gus ist mit der Highland Division in Frankreich, aber dort scheint nicht viel los zu sein.»

«Und Rupert?» fragte Judith, bevor Athena anfing, von Edward zu sprechen.

«Oh, dem geht's gut. Er schreibt viele lustige Briefe.»

«Wo ist er?»

«In Palästina. An einem Ort, der Gedera heißt. Eigentlich sollte ich es niemandem sagen, falls ein Spion zuhört. Sie sind immer noch ein Kavallerieregiment, weil sie noch nicht technisch ausgerüstet sind. Nach dem, was mit der polnischen Kavallerie passiert ist, hätte ich zwar erwartet, daß sie schleunigst auf Panzer umstellen, du nicht? Aber ich nehme mal an, daß das Heeresministerium weiß, was es tut. Er schreibt oft. Freut sich schon riesig auf das Baby und schlägt mir dauernd so entsetzliche Namen wie Cecil oder Ernest oder Herbert vor. Lauter Namen aus der Familie Rycroft. Absolut gräßlich.»

«Und wenn es ein Mädchen wird?»

«Dann nenne ich sie Clementina.»

«Das ist doch eine Orange.»

«Vielleicht wird sie ein so strahlendes Baby. Sie wird auf jeden Fall himmlisch. Ich hab jetzt viel Übung mit Kindern, weil ja Roddy und Camilla da sind. Früher hab ich immer gemeint, sie sind ein bißchen verwöhnt. Denk doch bloß an das Gejaule damals zu Weihnachten. Aber Mary Millyway hat sie in Null Komma nichts

zurechtgestutzt, und sie sind wirklich süß. Lassen die witzigsten Sprüche ab.»
«Und was ist mit Tommy Mortimer?»
«Der kommt morgen. Er wollte seinen Gehrock mitbringen. Paps hat allerdings gemeint, das sei ein bißchen übertrieben.»
«Ist euch nicht komisch zumute ohne Tante Lavinia?»
«Doch. Sehr seltsam. Wie wenn man weiß, daß es in einem Haus ein leeres Zimmer gibt, ohne Blumen und mit geschlossenem Fenster. Ist so endgültig, nicht? Der Tod, meine ich.»
«Ja, absolut endgültig.»

DANACH, als alles gut überstanden war, fand jeder, Lavinia Boscawens Beerdigung sei so reibungslos verlaufen, als hätte sie sie selbst organisiert. Ein milder Frühlingsnachmittag, die Kirche von Rosemullion ein Meer von Blumen, und Tante Lavinia, friedlich in ihrem Sarg, wartete darauf, ihre engsten Freunde ein letztes Mal um sich zu scharen. In den schmalen, unbequemen Bänken drängten sich die unterschiedlichsten Menschen, von denen keiner – um nichts in der Welt – das Ereignis hätte verpassen wollen. Sie kamen aus allen Teilen der Grafschaft und aus allen erdenklichen Gesellschaftsschichten, angefangen vom Lord Lieutenant, dem Vertreter des Königs, bis hinunter zu den bescheidensten Leuten, für die sich auch noch ein Platz fand, wie etwa für den pensionierten Seemann aus Penberth, der Mrs. Boscawen seit Jahren mit frischem Fisch versorgt hatte, und für den geistig minderbemittelten Jungen, der den Heizkessel der Schule in Gang hielt und die Toiletten reinigte.

Isobel war natürlich ebenso da wie der Gärtner vom Dower House, in seinem besten grünen Anzug mit einer Rose im Knopfloch. Aus Penzance kam ein Trio von Geschäftsleuten: Mr. Baines, der Bankdirektor Mr. Eustick und der Besitzer des Hotels Mitre; aus Truro Dr. und Mrs. Wells. Die verwitwete Lady Tregurra war den weiten Weg aus Launceston in einem Taxi angereist, doch man sah ihr die Anstrengung nicht an. Andere Trauergäste waren dagegen nicht mehr so rüstig und mußten gestützt werden, als sie an

Gehstöcken und Krücken auf dem von Eiben überschatteten Pfad vom Friedhofseingang zur Kirche humpelten, in der sie dann, als sie erst einmal saßen, Probleme mit ihren lästigen Schalltrichtern und Hörrohren hatten. Ein sehr betagter Herr kam in einem Rollstuhl, den sein nur unwesentlich jüngerer Diener schob. Während sich die Kirche allmählich füllte, keuchte unentwegt die altersschwache Orgel, und die Musik war nur mit Mühe als Elgars *Nimrod* zu erkennen.

Die Gruppe von Nancherrow belegte die zwei vorderen Reihen. In der ersten saßen Edgar Carey-Lewis, Diana, Athena, Loveday und Mary Millyway, dahinter ihre Gäste, Judith, Tommy Mortimer und Jane Pearson, mit Mr. und Mrs. Nettlebed. Hetty hatten sie zu Hause gelassen, um auf Camilla und Roddy Pearson aufzupassen. Sowohl Mary als auch Mrs. Nettlebed hegten Bedenken dagegen, denn Hetty war weder ein besonders intelligentes noch ein sehr zuverlässiges Mädchen, doch Mrs. Nettlebed hatte ihr, bevor sie sich auf den Weg zur Kirche begab, gehörig Angst eingejagt und ihr den größten Ärger angedroht, falls sie beim Nachhausekommen feststellen sollte, daß einem dieser Kinder Glasperlen oder Kieselsteine in der Nase steckten.

Sie hatten sich gegenseitig mit Kleidungsstücken ausgeholfen, so daß sie es schafften, alle in Tiefschwarz zu erscheinen. Alle bis auf Athena, die ein weites Umstandskleid aus cremefarbenem Crêpe trug und darin wie ein schöner, heiterer Engel aussah.

Schließlich hatten alle Platz genommen. Die Glocke stellte ihr Geläute ein, und auch die Orgel verstummte. Durch das offengebliebene Kirchenportal drang Vogelgezwitscher herein.

Der alte Vikar erhob sich mühsam und stellte sogleich fest, daß er sich gerade jetzt die Nase putzen mußte. Das dauerte eine Weile. Jeder saß geduldig da und sah ihm zu, wie er umständlich sein sauber gefaltetes Taschentuch hervorkramte, es ausschüttelte, hineintrompetete und es wieder wegsteckte. Dann räusperte er sich und verkündete mit bebender Stimme, Mrs. Carey-Lewis habe ihn ersucht, bekanntzugeben, daß alle Trauergäste nach der Beerdigung zu einer kleinen Erfrischung auf Nancherrow willkommen seien. Nachdem er sich dieser wichtigen Aufgabe entledigt hatte, schlug er sein Gebetbuch auf. Jeder, der dazu imstande war, erhob sich von seinem Platz, und der Gottesdienst begann.

> Ich bin die Auferstehung und das Leben, sprach der Herr. Wer an mich glaubt, der wird leben, ob er gleich stürbe...

Sie sangen ein paar Lieder, Colonel Carey-Lewis las eine geeignete Stelle aus der Bibel vor, darauf folgte noch ein Gebet, und dann war alles vorbei. Sechs Männer traten vor und hoben Tante Lavinias Sarg auf ihre Schultern: der Bestattungsunternehmer und sein stämmiger Gehilfe, der Colonel, Tommy Mortimer, der Küster und der grün gekleidete Gärtner, über den Athena hinterher bemerkte, er habe ausgesehen wie ein lieber, kleiner Gnom, der in die falsche Veranstaltung geraten war. Der auffallend schmale Sarg wurde auf den sonnigen Friedhof hinausgetragen, und die versammelte Gemeinde folgte ihm in unterschiedlichem Tempo.

Taktvoll hielt sich Judith etwas abseits von der Familie, beobachtete das Beisetzungsritual und lauschte den Worten am offenen Grab: «...Asche zu Asche und Staub zu Staub.» Ihr fiel es allerdings schwer, zu begreifen, daß so etwas Endgültiges mit Tante Lavinia zu tun haben konnte. Sie sah sich um und entdeckte in einiger Entfernung die hochgewachsene Gestalt von Mr. Baines. Da fiel ihr Tante Louises Beerdigung bei bitterkaltem Wind auf dem Friedhof von Penmarron ein und auch, wie nett Mr. Baines an jenem schrecklichen Tag gewesen war. Dann mußte sie plötzlich an Edward denken und wünschte sich um seinetwillen, er hätte herkommen und helfen können, Tante Lavinia zu ihrer letzten Ruhestätte zu tragen.

DA DER Salon von Nancherrow zur Zeit nicht benutzt wurde, fand der Leichenschmaus im Eßzimmer statt. Alles war bereits vorbereitet und festlich geschmückt worden. In der Mitte des Kaminsimses stand ein riesiges Gesteck aus jungen Buchenblättern und Adonisröschen, für das Diana am Vormittag viel Zeit aufgewendet hatte.

Im Kamin glühten Holzscheite, obwohl der Aprilnachmittag so warm war, daß man die Fenster öffnen und die frische, salzige Luft ins Haus strömen lassen konnte.

Mrs. Nettlebeds Backwaren, mit denen sie zwei volle Tage beschäftigt gewesen war, prangten auf dem großen, zu seiner vollen Länge ausgezogenen Tisch, so daß alle sie bewundern und danach verspeisen konnten: Rührkuchen, Käsetorten, Ingwerplätzchen, Scones, buntglasierte Cremeschnitten und Butterkekse; darüber hinaus winzige Sandwiches mit Gurken und feiner Leberpastete.

Auf der Anrichte, für die Mr. Nettlebed zuständig war, standen die zwei silbernen Teekannen – eine mit indischem, die andere mit chinesischem Tee – und, ebenfalls aus Silber, ein Wasserkrug, ein Milchkännchen und eine Zuckerdose, daneben die besten Tassen und Untertassen aus hauchdünnem Porzellan und, diskret plaziert, die Whiskykaraffe mit dem Sodasiphon und etlichen geschliffenen Gläsern. Die Stühle des Eßzimmers waren an die Wände geschoben worden. Nach und nach nahmen die am stärksten behinderten und klapprigsten alte Leute auf ihnen Platz, wärend die übrigen stehen blieben oder umherwanderten und miteinander plauderten. Die Gespräche wurden lebhafter, das Stimmengemurmel lauter, und es dauerte nicht lange, da hörte sich alles wie eine gepflegte Cocktailparty an.

Judith, von Diana darum gebeten, schleppte Tabletts, reichte die verschiedenen Köstlichkeiten herum, unterhielt sich hin und wieder kurz mit jemandem oder trug leere Teetassen zur Anrichte, um sie nachfüllen zu lassen. Sie war so beschäftigt, daß sie erst nach einer Weile Gelegenheit fand, ein paar Worte mit Mr. Baines zu wechseln. Mit einer Tasse in jeder Hand schlängelte sie sich zur Anrichte durch, als er auf halbem Weg plötzlich vor ihr stand.

«Judith.»

«Mr. Baines, wie schön, Sie zu sehen! Nett, daß Sie gekommen sind...»

«Das war doch selbstverständlich. Du scheinst sehr viel zu tun zu haben.»

«Sie wollen alle noch mehr Tee. Wahrscheinlich ist niemand an so winzige Tassen gewöhnt.»

«Ich möchte gern mit dir reden.»

«Das klingt ja, als wäre es etwas furchtbar Ernstes.»

«Keine Angst! Nichts Schlimmes. Meinst du, wir könnten uns für ein paar Minuten hier verdrücken? Wie's aussieht, sind genügend Mädchen da, die bedienen, sicher kommen sie einen Moment ohne dich aus.»

«Hm... ja, gut. Aber erst muß ich mich noch um diese zwei Tassen kümmern, die armen Seelen sind am Verdursten und warten auf ihren Tee.»

«Ich habe vorhin kurz mit Colonel Carey-Lewis gesprochen. Er sagt, wir können in sein Arbeitszimmer gehen.»

«Wenn das so ist, bin ich sofort bei Ihnen.» Loveday kam mit einer Platte voller Scones vorbei, und Mr. Baines griff flink zu. «Das wird mich bei Kräften halten, bis du kommst.»

An der Anrichte füllte Judith die beiden Tassen auf und trug sie zurück zu Mrs. Jennings, die das Postamt von Rosemullion betrieb, und ihrer Freundin, Mrs. Carter, die das Messing der Kirche putzte.

«Du bist ein richtig liebes Mädchen. Nach der ganzen Singerei sind wir völlig ausgedörrt. Sind noch Ingwerplätzchen da? Wußt ich's doch, daß es was Anständiges zum Tee gibt, wenn Mrs. Nettlebed die Hand im Spiel hat...»

«...wie sie das bei der Lebensmittelrationierung bloß schafft, begreif ich nicht...»

«...sie hat sicher ein paar Vorräte gehortet, da kannst du dich drauf verlassen...»

Judith brachte ihnen die Ingwerplätzchen und zog sich zurück, wärend die beiden vornehm daran knabberten und sich mit ihren kurzen Fingern zierlich die Krümel von den Lippen wischten. Dann schlich sie unauffällig hinaus. Was für eine Erleichterung, diesem ganzen Geschnatter zu entrinnen! Sie ging den Flur entlang und durch die offenstehende Tür in das Arbeitszimmer des Colonels. Mr. Baines erwartete sie, lehnte an dem schweren Schreibtisch und verspeiste seelenruhig den Rest des Scones, das er stibitzt hatte. Dann zog er sein seidenes Taschentuch heraus und tupfte sich die Krümel von den Fingern. «Köstlich», sagte er.

«Ich habe noch nicht viel gegessen, war bisher zu sehr damit beschäftigt, andere zu füttern.» Sie sank in einen durchgesessenen ledernen Lehnsessel und empfand es als Wohltat, die Beine zu entlasten und die unbequemen, hochhackigen Schuhe aus schwarzem Lackleder abzustreifen. Aufmerksam betrachtete sie Mr. Baines und zog die Stirn kraus. Er hatte versprochen, es gehe um nichts Schlimmes, doch seine Miene war nicht gerade fröhlich. Hoffentlich hatte er die Wahrheit gesagt. «Worüber wollten Sie mit mir reden?»

«Über verschiedenes. Vor allem über dich. Wie geht es dir denn?»

Sie zuckte mit den Schultern. «Gut.»

«Colonel Carey-Lewis hat mir vom Tod deines Cousins erzählt. Eine echte Tragödie.»

«Ja, das war es. Er war erst zwanzig. Schrecklich jung, um schon zu sterben, nicht wahr? Und es ist so früh passiert, kaum daß der Krieg begonnen hatte, noch ehe wir uns daran gewöhnen konnten, daß wir tatsächlich Krieg führen. Wie aus heiterem Himmel.»

«Der Colonel hat mir auch erzählt, daß du beschlossen hast, nicht zu deinen Eltern zu fahren, sondern hier in England zu bleiben.»

Judith lächelte ein wenig ironisch. «Ihnen entgeht anscheinend gar nichts.»

«Ich treffe den Colonel von Zeit zu Zeit im Club in Penzance. Schließlich behalte ich meine Mandanten gern im Auge. Ich hoffe, du hast erfreuliche Nachrichten aus Singapur…»

Also erzählte sie ihm die letzten Neuigkeiten von ihrer Mutter und dann von Hester Lang und den Stunden in Steno und Maschineschreiben, die ihr über den langen, kalten, leidvollen Winter in Upper Bickley hinweggeholfen hatten. «Ich bin jetzt schnell genug, daß ich mir einen Job oder so was suchen könnte, aber ich scheue mich noch ein bißchen davor, Biddy allein zu lassen…»

«Alles zu seiner Zeit. Das ergibt sich vielleicht früher, als du denkst. Auf jeden Fall scheinst du ganz gut zurechtzukommen. Jetzt muß ich dir auch noch was erzählen. Von Colonel Fawcett.»

Judith schauderte. Welche Schreckensnachricht mochte Mr. Baines auf Lager haben? Ihr kam überhaupt nicht in den Sinn, daß es etwas sein könnte, was nicht schrecklich wäre, denn allein seinen Namen zu hören reichte schon, daß dunkle Vorahnungen sie beschlichen.

«Was ist mit ihm?»

«Schau nicht so entsetzt. Er ist tot.»

«*Tot?*»

«Es ist erst letzte Woche passiert. Er war auf der Bank in Porthkerris, ich glaube, um einen Scheck einzulösen. Da tauchte der Bankdirektor aus seinem Büro auf und erklärte sehr höflich, er würde gern mit Colonel Fawcett über sein überzogenes Konto sprechen, ob der Colonel vielleicht die Güte hätte, ihm zu folgen. Darauf regte sich der alte Mann furchtbar auf, lief plötzlich blau an, fiel um und rührte sich nicht mehr. Du kannst dir denken, wie bestürzt alle waren. Es stellte sich heraus, daß er einen schweren Schlaganfall erlitten hatte. Sie holten eine Ambulanz, und er wurde ins Krankenhaus von Penzance gebracht, war aber bei der Ankunft bereits tot.»

Judith wußte nicht, was sie sagen sollte. Noch während Mr. Baines erzählte, hatte sich ihr anfängliches Grauen gelegt, und sie empfand ein unbändiges Bedürfnis zu lachen, weil sie sich die Szene von Billy Fawcetts Ableben deutlich ausmalen konnte und sie ihr eher grotesk denn tragisch vorkam, wie jener Abend, an dem Edward Carey-Lewis ihn in den Rinnstein vor dem Sliding Tackle befördert hatte.

Sie war nahe daran, in nervöses Gekicher auszubrechen, deshalb hielt sie sich eine Hand vor den Mund, doch ihre Augen verrieten sie. Mr. Baines lächelte verständnisvoll und schüttelte den Kopf, als sei er um Worte verlegen.

«Wir sollten wohl ernste Gesichter aufsetzen», sagte er schließlich, «aber ich habe genauso reagiert, als ich es erfuhr. Sobald er seine Bedrohlichkeit einmal verloren hatte, war er nur noch eine komische Figur.»

«Ich weiß, daß ich nicht lachen sollte.»

«Was können wir denn sonst tun?»

«So viele Menschen sterben zur Zeit.»

«Ja, leider.»

«Ist er überhaupt jemals angeklagt worden?»

«Ja, natürlich. Am Gerichtstag an Michaelis. Er bekannte sich schuldig, und sein Verteidiger brachte eine Menge irrelevanter mildernder Umstände vor: alter, treuer Soldat des Königs, traumatische Erlebnisse in Afghanistan et cetera, et cetera. Deshalb ist er mit einer empfindlichen Geldbuße und einer Standpauke davongekommen. Er hat Glück gehabt, daß er nicht ins Gefängnis mußte, aber ich glaube, der Rest seines Lebens war trotzdem ziemlich erbärmlich. In Penmarron wollte keiner mehr viel mit ihm zu tun haben, und man hat ihm nahegelegt, aus dem Golfclub auszutreten.»

«Was hat er denn danach mit sich angefangen?»

«Keine Ahnung. Wahrscheinlich hat er bloß noch gesoffen. Sicher ist nur, daß er nicht mehr ins Kino gegangen ist.»

«Was für ein tristes Lebensende!»

«Du brauchst nicht allzuviel Mitleid mit ihm zu haben. Dafür wäre es jetzt sowieso zu spät.»

«Es wundert mich, daß Mr. Warren oder Heather mir seinen Tod nicht mitgeteilt hat.»

«Wie gesagt, es ist erst kürzlich passiert. Vor ein paar Tagen stand nur eine kleine Meldung in den *Western Morning News*. Billy Fawcett war weder sehr bekannt noch besonders beliebt.»

«Das müßte einen im Grunde traurig stimmen.»

«Sei nicht traurig. Versuch am besten, die ganze leidige Angelegenheit endgültig zu vergessen.»

Mr. Baines lehnte noch immer so, wie Judith ihn angetroffen hatte, an Colonel Carey-Lewis' Schreibtisch. Doch nun richtete er sich auf, nahm seine Aktentasche, die er auf einen Stuhl gelegt hatte, stellte sie auf den Teppich, setzte sich und schlug die langen Beine übereinander. Während Judith ihn beobachtete, ahnte sie schon, daß er im nächsten Moment die Brille abnehmen und anfangen würde, sie mit seinem seidenen Taschentuch zu putzen. Das tat er denn auch, und sie wußte von früher, daß er dabei seine Gedanken ordnete.

«Also, kommen wir zur eigentlichen Sache», sagte er, setzte die Brille wieder auf, steckte das Taschentuch ein und verschränkte die Arme. «Es ist ja vielleicht ein bißchen früh, aber ich wollte mit dir darüber reden, bevor du wieder nach Devon abreist. Es geht um Mrs. Boscawens Haus...»

«Das Dower House?»

«Richtig. Ich frage mich, was du wohl davon hältst, wenn ich dir rate, es zu kaufen. Wie schon gesagt, es ist nicht gerade der geeignete Moment, derlei Dinge zur Sprache zu bringen, aber ich habe über die Sache nachgedacht und bin unter den gegebenen Umständen zu dem Schluß gekommen, daß es keinen Sinn hat, Zeit zu verlieren.»

Darauf schwieg er. Über den Raum hinweg trafen sich ihre Blicke. Judith starrte ihn fassungslos an und überlegte, ob er plötzlich den Verstand verloren hatte. Doch er wartete offensichtlich nur ab, wie sie auf diesen erstaunlichen Vorschlag reagierte. «Aber ich will doch gar kein Haus», sagte sie. «Ich bin erst achtzehn. Ein Haus ist wirklich das letzte, was ich im Moment brauche. Wir haben Krieg, wahrscheinlich trete ich in ein Frauenkorps ein und werde jahrelang fort sein. Wozu soll ich mir da ein Haus aufhalsen...?»

«Laß es dir erklären...»

«...im übrigen wird das Dower House sicher gar nicht zum Verkauf angeboten. Ist es nicht ein Teil von Nancherrow?»

«Das war es einmal. Jetzt nicht mehr. Mrs. Boscawens Mann hat es gekauft, sobald er dazu in der Lage war.»

«Will Colonel Carey-Lewis es nicht zurückkaufen?»

«Ich habe mit ihm darüber gesprochen, und wie es aussieht, will er das nicht.»

«Sie haben schon mit dem Colonel darüber gesprochen?»

«Natürlich. Ich hätte dir doch nicht damit kommen können, ohne vorher zu wissen, was er davon hält. Dazu ist das zu wichtig. Ich brauchte nicht nur seine Zustimmung, sondern auch seine Meinung darüber.»

«Was ist denn daran so wichtig? Warum ist es so wichtig, das Dower House zu kaufen?»

«Weil ich als einer deiner Treuhänder der Meinung bin, daß Haus- und Grundbesitz wahrscheinlich die beste Kapitalanlage ist, die du überhaupt machen kannst. Immobilien verlieren, langfristig gesehen, nie ihren Wert, und wenn sie ordentlich instand gehalten werden, können sie nur an Wert gewinnen. Außerdem ist es jetzt günstig, etwas zu kaufen, weil die Hauspreise, wie immer während eines Krieges, auf ihren tiefsten Stand gesunken sind. Ich weiß, du bist noch sehr jung, die Zukunft ist voller Ungewißheit, dennoch müssen wir nach vorn blicken. Was auch immer geschieht, du hättest eine Basis. Ein eigenes Zuhause. Ich denke auch an deine Familie. Dank Mrs. Forrester bist du diejenige, die das Geld hat. Wenn das Dower House dir gehört, haben auch deine Mutter, dein Vater und Jess ein Zuhause, sobald ihre Zeit in Singapur um ist. Oder wenigstens eine Bleibe, bis sie ein anderes Haus gefunden haben.»

«Aber das dauert noch Jahre.»

«Ja, sicher. Nur, irgendwann ist es soweit.»

Judith schwieg. Mit einemmal gab es eine Menge zu bedenken. Das Dower House sollte ihr gehören. Ihr eigenes Zuhause werden. Wurzeln. Das einzige, was sie nie gekannt, wonach sie sich immer gesehnt hatte. Sie lehnte sich in ihrem Sessel zurück, stierte in den leeren Kamin und wanderte in Gedanken durch die ruhigen, altmodischen Räume, hörte die Uhr ticken und die Treppe knarren. Sie stellte sich das Wohnzimmer vor, bei funkelndem Sonnenschein und flackerndem Kaminfeuer, die ausgebleichten Teppiche und Vorhänge, und sie roch die Blumen. Dann dachte sie an den feuchten, mit Steinen ausgelegten Gang, der zur ehemaligen Küche führte, und spürte die Atmosphäre des Hauses, die sie stets fasziniert hatte, weil die Zeit hier stillzustehen schien. Sie sah die Aussicht aus den Fenstern vor sich: die Linie des Horizonts, die dicht über den höchsten Zweigen der Kiefern verlief; den in Terrassen abfallenden Garten, bis hinunter zu der Obstwiese, auf der Athenas und Edwards Hütte stand... Würde sie mit all diesen Erinnerungen fertig werden? Schwer zu sagen.

«Ich kann mich nicht so schnell entscheiden.»

«Denk darüber nach.»

«Ja. Sie müssen verstehen, ich habe zwar immer davon geträumt, ein eigenes kleines Haus zu haben, das nur mir gehört, aber das war eben nur ein Traum. Und was hat es für einen Sinn, wenn ich nicht darin wohnen kann? Falls ich das Dower House kaufe, was soll ich denn damit anfangen? Es kann doch nicht leer stehen.»

«Es braucht nicht leer zu stehen», erklärte Mr. Baines in sehr vernünftigem Ton. «Isobel geht natürlich weg. Sie hat bereits geplant, zu ihrem Bruder und dessen Frau zu ziehen, und da Mrs. Boscawen, bevor sie starb, dafür gesorgt hat, daß Isobel eine Leibrente bekommt, kann sie ihre Tage finanziell unabhängig und mit der nötigen Würde beschließen. Das Haus könnte vermietet werden. Vielleicht an eine Familie aus London, die sich auf dem Land in Sicherheit bringen möchte. An Interessenten mangelt es bestimmt nicht, davon bin ich überzeugt. Oder vielleicht finden wir ein Rentnerehepaar, das sich um das Haus kümmert, oder irgendeine Person, die dankbar ist, ein Dach über dem Kopf zu haben und ein kleines, regelmäßiges Einkommen zu beziehen...» Er redete weiter und versuchte, sie zu überzeugen, doch Judith hörte ihm nicht mehr zu.

Eine Person, die dankbar ist, ein Dach über dem Kopf zu haben; eine Person, die den Garten pflegen und das Haus putzen und wienern würde, als wäre es ihr eigenes; die sogar die altmodische Küche für den Gipfel an Luxus und Komfort halten würde und wahrscheinlich in Freudentränen ausbrach, wenn sie das einzige, kleine Badezimmer zu Gesicht bekam, mit seinen weißgestrichenen Nut- und Federbrettern an den Wänden und mit der Toilette, neben der eine Kette baumelte, auf deren Griff «Ziehen» stand.

«...das Gebäude ist natürlich nicht in bestem Zustand. Ich vermute, im Küchenboden sitzt der Schwamm, und auf dem Speicher gibt es ein paar feuchte Stellen an den Decken, aber...»

Da sagte Judith: «Phyllis.»

Mr. Baines hielt mitten im Satz inne und runzelte die Stirn. «Wie bitte?»

«Phyllis könnte das Haus betreuen.» Die Idee wuchs, blühte. Hellauf begeistert, beugte Judith sich vor und umklammerte mit den Händen ihre Knie. «Sicher erinnern Sie sich noch an Phyllis. Sie hat in Riverview bei uns gearbeitet. Jetzt heißt sie Phyllis Eddy. Sie hat nämlich Cyril, ihren damaligen Freund, geheiratet und inzwischen ein Baby bekommen. Als ich im Sommer mit meinem Auto in Porthkerris war, hab ich sie besucht. Ich hatte sie seit vier Jahren nicht mehr gesehen...»

«Aber wenn sie verheiratet ist...»

«Ach, wissen Sie, Cyril war Bergmann, ist aber zur Marine gegangen. Er ist von ihr fort. Er wollte schon immer zur See und ist nie gern Bergmann gewesen. Das hat sie mir alles geschrieben, als Ned ums Leben gekommen ist. Sie hat mir einen so süßen Brief geschickt...»

Und sie erzählte Mr. Baines weiter von Phyllis und ihrem bescheidenen Leben in jenem düsteren Cottage meilenweit draußen, hinter Pendeen. Aber weil das Cottage der Bergwerksgesellschaft gehörte, hatte sie ausziehen und zu ihrer Mutter zurückkehren müssen. «...dabei leben dort schon viel zu viele Menschen unter einem Dach. Phyllis wünscht sich seit eh und je nichts lieber als eine eigene Wohnung mit einem Garten und einem Klo im Haus. Sie könnte ihr Baby mitbringen, und sie könnte sich um das Dower House kümmern. Wäre das nicht die ideale Lösung?»

Gespannt wartete Judith darauf, daß Mr. Baines ihr bestätigte, wie klug sie sei. Dazu war er allerdings zu vorsichtig.

«Judith, du sollst nicht ein Zuhause für Phyllis kaufen. Du sollst investieren, in deinem eigenen Interesse.»

«Aber Sie wollen doch, daß ich das Haus kaufe und daß sich jemand darum kümmert. Und ich liefere Ihnen die perfekte Antwort auf Ihren Vorschlag.»

Das sah er ein. «Dagegen ist nichts einzuwenden. Aber wird Phyllis überhaupt von ihrer Mutter weg wollen und nach Rosemullion ziehen? Wird sie ihre Familie und deren Gesellschaft nicht vermissen?»

«Das glaube ich nicht. Pendeen war so trostlos, dort sind in ihrem Garten nicht einmal Stiefmütterchen gewachsen, und von ihren Leuten war sie immer meilenweit fort. Bis Rosemullion ist es nur ein Katzensprung den Hügel runter. Wenn Anna alt genug ist, kann sie in Rosemullion zur Schule gehen. Sie werden Freunde finden. Phyllis ist so süß, daß sich jeder gern mit ihr anfreundet.»

«Meinst du nicht, sie findet es hier zu einsam?»

«Einsam ist sie sowieso, weil Cyril weg ist. Da kann sie genausogut irgendwo einsam sein, wo es wenigstens schön ist.»

Von dieser plötzlichen Kehrtwendung offensichtlich total überrascht, nahm Mr. Baines seine Brille ab, lehnte sich in seinem Sessel zurück und rieb sich die Augen. Dann setzte er die Brille wieder auf und sagte: «Wie es aussieht, fallen wir von einem Extrem ins andere. Ich denke, wir sollten es etwas langsamer angehen und einen mittleren Kurs steuern. Vernünftig planen und Prioritäten setzen. Das ist ein großer Schritt, den wir erwägen, und obendrein ein kostspieliger. Deshalb mußt du wirklich genau wissen, was du willst.»

«Wieviel werden wir dafür bezahlen müssen?»

«Ich schätze so um die zweitausend Pfund. Außerdem stehen nötige Reparaturen und Renovierungen an, aber die meisten werden wohl warten müssen, bis der Krieg vorbei ist. Wir holen uns einen Gutachter…»

«Zweitausend Pfund. Das ist entsetzlich viel Geld.»

Mr. Baines gestattete sich ein kleines Lächeln. «Aber eine Summe, die deine Treuhänder mühelos aufwenden können.»

Es war unglaublich. «Ist wirklich soviel da? Dann tun wir's doch und reden wir nicht mehr lange darüber.»

«Vor fünf Minuten hast du mir noch erklärt, du willst nicht.»

«Na, Sie müssen zugeben, es kam ja auch ziemlich überraschend für mich.»

«Ich hatte immer das Gefühl, es ist ein Haus voller Glück.»

«Ja.» Judith wandte sich ab und dachte wieder an die kleine Hütte an jenem Sommernachmittag, an den Geruch nach Kreosot und an das Brummen der Hummel unter dem Dach. Aber diese Erinnerungen, so schmerzlich sie auch sein mochten, durften sie nicht davon abhalten, diesen gewaltigen, aufregenden Schritt zu wagen. Ihr ging es vor allem um Phyllis, und das war fürs erste sogar wichtiger als Edward. «Die Chinesen verkaufen Glück. Sie lassen gute Menschen in ein Haus einziehen, um darin zu wohnen und es mit ihrem friedlichen Geist zu erfüllen.» Sie sah Mr. Baines wieder an und sagte lächelnd: «Bitte kaufen Sie es für mich.»

«Bist du dir sicher?»

«Ganz sicher.»

Also redeten sie noch eine Weile miteinander, erörterten das Für und Wider und schmiedeten Pläne. Angesichts der Tatsache, daß Bob Somerville sich meilenweit entfernt in Scapa Flow aufhielt und vollauf damit beschäftigt war, Krieg zu führen, gab es keine Möglichkeit, eine Versammlung der Treuhänder einzuberufen. Doch Mr. Baines wollte sich mit ihm in Verbindung setzen und auch einen Gutachter bestellen. Inzwischen sollte darüber Stillschweigen bewahrt werden. Vor allem, so mahnte Mr. Baines mit gewissem Nachdruck, Phyllis gegenüber.

«Was ist mit meinen Eltern?»

«Ich denke, du solltest ihnen schreiben und sie über deine Absichten in Kenntnis setzen.»

«Sie kriegen den Brief sowieso erst in drei Wochen.»

«Bis dahin dürften wir auch einigermaßen absehen, wie sich die Dinge entwickeln. Wann fährst du wieder nach Devon?»

«In ein bis zwei Tagen.»

«Deine Telefonnummer habe ich ja. Ich rufe dich an, sobald ich dir Neues zu berichten habe.»

«Wie geht es dann weiter?»

«Du solltest nach Cornwall zurückkommen, und wir schließen die Verträge ab. Und wenn alles unterschrieben und besiegelt ist, kannst du mit deiner Freundin Phyllis reden.»

«Ich kann's kaum abwarten.»

«Nur Geduld.»

«Sie sind so freundlich zu mir.»

Er blickte auf die Uhr. «Ich habe dich viel zu lange aufgehalten. Inzwischen ist die Teeparty sicher schon zu Ende.»

«Das ist doch keine Party, sondern ein Leichenschmaus.»

«Hat sich aber wie eine Party angehört.»

«Ist es schlimm, daß ich mich an Tante Lavinias Beerdigungstag so sehr über was freue?»

«Ich glaube», sagte Mr. Baines, «der Grund für deine Freude würde ihr das allergrößte Vergnügen bereiten.»

Ein Monat verstrich, bis Mr. Baines in Upper Bickley anrief, an einem Donnerstagmorgen. Biddy war zu Hester und ihren Rote-Kreuz-Damen gegangen, und Judith pflückte im Vorgarten gerade die ersten Maiglöckchen, um das Wohnzimmer zu schmücken. Der Strauß wurde immer größer, und die winzigen Glöckchen an den schlanken Stengeln dufteten herrlich.

Sie hörte das Telefon klingeln, wartete erst noch, ob Mrs. Dagg es ebenfalls hörte und vielleicht abhob, doch da es anhaltend klingelte, lief sie über den Rasen und durch die Tür in die Diele.

«Upper Bickley.»

«Judith, hier ist Roger Baines.»

«Mr. Baines!» Vorsichtig legte sie die Maiglöckchen auf den Dielentisch. «Ich habe schon auf Ihren Anruf gewartet.»

«Tut mir leid. Hat ein bißchen länger gedauert, als ich dachte, aber jetzt ist wohl alles unter Dach und Fach. Der Gutachter...»

Doch Judith wollte gar nicht wissen, was der Gutachter festgestellt hatte. «Können wir das Dower House kaufen?»

«Ja. Es ist alles geklärt. Jetzt brauchen wir nur noch dich und ein paar Unterschriften.»

«Ach, bin ich erleichtert! Ich habe schon befürchtet, es sei irgendein Hindernis dazwischengekommen oder ein Verwandter, von dem keiner was gewußt hat und der seine Ansprüche anmeldet.»

«Nein, nichts dergleichen. Nur, es kostet dreitausend Pfund und der Bericht des Gutachters ist nicht sehr erfreulich...»

«Ist mir egal.»

«Das sollte dir aber nicht egal sein.» Sie hörte den belustigten Unterton in seiner Stimme. «Als angehende Hausbesitzerin mußt du über die Mängel Bescheid wissen... Es bringt doch nichts, die Katze im Sack zu kaufen.»

«Die Mängel beheben wir irgendwann. Jetzt ist nur wichtig, daß wir es kriegen.» Endlich konnte sie es Phyllis sagen. Das würde das Schönste daran werden. Nach St. Just zu fahren und es Phyllis zu sagen. Wenn sie nur daran dachte, konnte sie es kaum mehr abwarten, Phyllis' Gesicht zu sehen. «Was soll ich jetzt tun?» fragte sie.

«Komm nach Cornwall, sobald du kannst, und dann machen wir den Kauf rechtskräftig.»

685

«Was für einen Tag haben wir heute?»

«Donnerstag.»

«Ich komme am Montag. Reicht das? Ich brauche hier ein biß-chen Zeit, um noch ein paar Dinge für das Wochenende zu organi-sieren, aber am Montag bin ich da. Biddy und ich sind mit unseren Benzinmarken entsetzlich sparsam gewesen, deshalb kann ich mit dem Auto fahren.»

«Wo wirst du wohnen?»

«Vermutlich auf Nancherrow.»

«Wenn du möchtest, kannst du auch hier bei uns übernachten.»

«Oh, vielen Dank, sehr freundlich von Ihnen, aber ich bin sicher, daß es auch auf Nancherrow geht. Jedenfalls rufe ich Sie an, sobald ich weiß, wann ich eintreffe. Wahrscheinlich so gegen Mittag.»

«Komm gleich in meine Kanzlei!»

«Gut.»

«Auf Wiedersehen, Judith.»

«Auf Wiedersehen. Und vielen Dank.»

Sie legte den Hörer wieder auf, blieb stehen und lächelte ihn eine Weile idiotisch an. Dann sammelte sie die Maiglöckchen ein und ging in die Küche.

Dort traf sie Mrs. Dagg an, die am Tisch saß und ihre Vormit-tagspause machte, was bedeutete, daß sie sich eine Tasse starken Tee aufbrühte und einen Happen aß. Manchmal waren das ein paar Bissen Käse, manchmal ein Sandwich mit kaltem Lamm-fleisch. An diesem Tag bestand ihr Imbiß aus einem halben Dosen-pfirsich, der vom Nachtisch des vergangenen Abends übriggeblie-ben war, mit einem Klecks Vanillepudding. Während sie dieses kleine Mahl einnahm, überflog Mrs. Dagg für gewöhnlich die Klatschspalte der Zeitung, doch an diesem Morgen hatte sie den Klatsch völlig vergessen und war in einen ernsteren Artikel ver-tieft.

Als Judith durch die Tür trat, hob sie den Kopf. Sie war eine drahtige Frau mit grauem, dauergewelltem Haar und trug eine mit grellen Pfingstrosen gemusterte Kittelschürze, die einmal irgend jemandes Vorhang gewesen sein mußte und deren leuchtende

Farben Mrs. Dagg letzte Weihnachten beim Kirchenbasar in die Augen gesprungen waren. Seither sprangen diese leuchtenden Farben Judith und Biddy in die Augen.

Sonst war Mrs. Dagg eine fröhliche Frau, doch in diesem Moment sah sie ausgesprochen deprimiert aus und sagte: «Ich versteh's nicht, wirklich nicht...»

«Was verstehen Sie nicht, Mrs. Dagg?»

«Diese Deutschen. Schaun Sie sich mal an, was die aus Rotterdam gemacht haben! In Schutt und Asche gelegt. Und jetzt ergibt sich die niederländische Armee, und die rücken in Frankreich vor. Ich hätt ja gedacht, sie kommen nicht durch die Maginot-Linie. Das hat doch jeder gesagt. Hoffentlich wird's nicht so wie beim letzten Mal. Schützengräben und alles. Dagg war in den Schützengräben, und er sagt, so 'nen Matsch hätt er noch nie erlebt.»

Judith zog sich einen Stuhl heran und setzte sich Mrs. Dagg gegenüber, die ihr die Zeitung zuschob und nun recht lustlos ihren Dosenpfirsich weiteraß.

Ein Blick auf die Seite mit den dicken Schlagzeilen genügte, und Judith sah, was Mrs. Dagg gemeint hatte. Die Landkarten mit ihren schwarzen Pfeilen, die den Vormarsch markierten. Die Deutschen hatten die Maas überschritten. Und wo war das britische Expeditionskorps? Judith dachte an die vielen jungen Männer da draußen: Gus und Charlie Lanyon und Alistair Pearson und Joe Warren und Tausende andere britische Soldaten.

«Die können doch unmöglich Frankreich überrennen», sagte sie. Der Anblick des zerstörten Rotterdam war kaum zu ertragen. «Das ist nur ein Anfangserfolg. Sicher zeigen diese Pfeile bald alle in die andere Richtung.»

«Also, ich weiß nicht, ich glaub, Sie machen sich da 'n bißchen zu große Hoffnungen, wenn Sie mich fragen. Churchill hat doch schon gemeint, es gäb nur Blut, Schweiß und Tränen. Und recht hat er, wenn er's uns rundweg sagt. Hat doch keinen Zweck nicht, zu glauben, 's wär 'n Kinderspiel, dieser Krieg. Und die stellen doch nicht überall Freiwillige für den Heimatschutz auf, wenn sie nicht glauben, daß die Deutschen kommen. Dagg meldet sich auch. Er sagt, Vorsicht ist die Mutter der Porzellankiste. Wozu er gut sein soll, weiß ich allerdings nicht. Er hat kein Auge für ein Gewehr. Der schafft ja kaum ein Karnickel, geschweige denn einen Deutschen.»

Da Mrs. Dagg sich weigerte, ihren Optimismus zu teilen, faltete Judith die Zeitung zusammen und legte sie beiseite. Dann sagte sie: «Mrs. Dagg, ich möchte gern was mit Ihnen besprechen. Ich muß zu meinem Anwalt nach Cornwall. Könnten Sie sich wieder ein bißchen um Mrs. Somerville kümmern, wenn ich nicht da bin?»

Sie hatte spontane Zustimmung erwartet, die Versicherung, daß sie bisher glänzend zurechtgekommen seien und das wieder so sein würde. Doch Mrs. Dagg reagierte auf die harmlose Bitte erstaunlich zurückhaltend. Zuerst antwortete sie gar nicht, sondern saß nur da, schlug die Augen nieder und stocherte in dem Rest ihres Pfirsichs herum. Als Judith sie beobachtete, merkte sie, wie auf ihrem Hals ein roter Fleck entstand und sich langsam zu den Wangen hinaufzog und wie ihre Kiefer mahlten, während sie sich auf die Lippen biß.

«Mrs. Dagg?»

Die alte Frau legte ihren Löffel weg.

«Mrs. Dagg, was ist denn los?»

Nach einer Weile hob Mrs. Dagg den Kopf, und über den Tisch hinweg trafen sich ihre Blicke.

«Ich glaub nicht, daß das eine sehr gute Idee ist», wandte sie schließlich ein.

«Warum denn nicht?»

«Also, um Ihnen die Wahrheit zu sagen, Judith, ich glaub nicht, daß ich die Verantwortung für Mrs. Somerville übernehmen kann. Nicht allein. Nicht ohne Sie.»

«Warum denn nicht?»

«Wenn Sie nicht da sind», sagte Mrs. Dagg und aus ihren Augen sprach blanke Verzweiflung, «...wenn Sie nicht da sind, *trinkt* sie.»

«Aber...» Plötzlich wurde Judith von Angst gepackt, und ihre Hochstimmung verflog. «Aber, Mrs. Dagg, sie genehmigt sich seit eh und je gern ein Gläschen. Einen Gin am Mittag und ein, zwei Whisky am Abend. Das weiß doch jeder. Das weiß auch Onkel Bob.»

«Darum geht's nicht, Judith. Ich rede von hartem Zeug. Von zuviel. Von Gefährlichem.»

So ruhig und entschieden, wie sie das sagte, wußte Judith, daß Mrs. Dagg weder übertrieb noch log. Deshalb fragte sie: «Woher wissen Sie das? Wie können Sie sich so sicher sein?»

«Wegen der leeren Flaschen. Sie wissen doch, wo leere Flaschen hinkommen, in diesen Behälter in der Garage, den wir jede Woche für die Müllabfuhr rausstellen. Als Sie nicht da waren, bin ich mal morgens gekommen, und da war Mrs. Somerville noch nicht einmal auf. Also bin ich raufgegangen, um nach ihr zu schauen, und da hat es in ihrem Zimmer nach Alkohol gestunken, und sie hat geschlafen wie ein Stein. So hab ich bisher nur Betrunkene schlafen sehen, sonst noch keinen. Ich konnt's nicht fassen. Der Behälter mit den leeren Flaschen quoll nicht über, und es war nirgends was zu sehen, deshalb hab ich im Mülleimer gewühlt, und da hab ich unter all den alten Zeitungen und Dosen zwei leere Whiskyflaschen und eine leere Ginflasche gefunden. Die hatte sie vor mir versteckt. Das tun nur Trinker. Die verstecken die Beweise. Ich hatte mal einen Onkel, der das Trinken nicht lassen konnte, der hat die leeren Flaschen im ganzen Haus verteilt, in einer Schublade zwischen seinen Strümpfen und sogar hinter dem Klo.»

Als sie Judiths entsetztes Gesicht sah, hielt sie einen Moment inne. Dann sagte sie: «Tut mir leid, Judith. Wirklich. Ich wollt's Ihnen nicht erzählen, aber ich mußte. Ich glaub, sie tut's nur, wenn sie sich einsam fühlt. Solange Sie in der Nähe sind, ist alles in Ordnung, aber ich komm ja nur am Vormittag, und wenn sie bloß mit dem Hund reden kann, hält sie wahrscheinlich die Einsamkeit nicht aus, der Captain ist ja so weit weg und Ned ist tot.» Plötzlich begann Mrs. Dagg zu weinen, und Judith konnte es nicht ertragen. Sie beugte sich vor und griff nach Mrs. Daggs abgearbeiteter Hand.

«Bitte, Mrs. Dagg, regen Sie sich nicht so auf. War ganz richtig, daß Sie mir's erzählt haben. Ich lasse sie natürlich nicht allein. Ich lasse sie nicht hier bei Ihnen.»

«Aber...» Mrs. Dagg zog ein Taschentuch heraus, tupfte ihre Augen ab und putzte sich die Nase. Ihre roten Flecken verblaßten allmählich. Offensichtlich ging es ihr schon besser, weil sie sich die schreckliche Wahrheit von der Seele geredet hatte und die Verantwortung los war. «Aber Sie haben doch gesagt, Sie müssen zu Ihrem Anwalt. Ist sicher wichtig. Das können Sie nicht aufschieben.»

«Nein.»

«Vielleicht», so schlug Mrs. Dagg schüchtern vor, «könnte sie zu Miss Lang. Das ist ja alles, was Mrs. Somerville braucht. Ein bißchen Gesellschaft.»

«Darum kann ich Hester Lang nicht bitten. Das wäre zuviel verlangt, und außerdem würde Biddy bloß mißtrauisch.» Sie dachte angestrengt nach. «Ich... ich nehme sie mit. Ich tu so, als wäre es ein kleiner Urlaub. Das Wetter wird immer besser, und Cornwall ist jetzt sehr schön. Wir fahren miteinander hin.»

«Wo werden Sie denn übernachten?»

«Eigentlich wollte ich nach Nancherrow. Zu meinen Freunden.» Das konnte sie immer noch, auch mit Biddy, denn sie war sich Diana Carey-Lewis' grenzenloser Gastfreundschaft sicher. *Oh, Darling, natürlich mußt du sie mitbringen*, würde Diana sagen. *Ich habe sie noch nicht kennengelernt, und dabei will ich das schon so lange. Wie herrlich! Wann kommt ihr an?*

Nur, bei Biddys labilem Zustand war Nancherrow vielleicht doch keine so gute Idee. Die Vorstellung, daß sie beim Abendessen möglicherweise einen Schwips bekam, unter den eisigen Blicken von Nettlebed, nicht auszudenken! «Aber das lasse ich. Wir gehen in ein Hotel. Ins Mitre in Penzance. Ich rufe an und bestelle Zimmer. Ich werde die ganze Zeit mit ihr zusammensein und kann mit ihr durch die Gegend fahren, auch dorthin, wo wir früher gewohnt haben. Das wird ihr sicher guttun. Sie hat den ganzen Winter über hier mit ihrem Kummer gelebt. Wird Zeit, daß sie ein bißchen Abwechslung bekommt.»

«Und was ist mit dem Hund?» fragte Mrs. Dagg. «Sie können einen Hund doch nicht ins Hotel mitnehmen.»

«Warum nicht?»

«Er macht womöglich auf den Teppich.»

«Bestimmt nicht...»

«Na ja, vielleicht können Sie Morag bei mir lassen», schlug Mrs. Dagg vor, allerdings ohne große Begeisterung.

«Das ist sehr lieb von Ihnen, aber wir schaffen das bestimmt prima. Und wir können mit ihm am Strand spazierengehen.»

«Um so besser. Dagg ist nämlich nicht so scharf auf Hunde. Er meint, die gehören nach draußen und nicht ins Wohnzimmer.»

Judith ging etwas durch den Kopf. «Mrs. Dagg, haben Sie Ihrem Mann was erzählt von Mrs. Somerville und den leeren Flaschen?»

«Hab kein Sterbenswort verlauten lassen, bei keinem. Hab's bloß Ihnen erzählt. Dagg pichelt zwar gern sein Bier, aber Betrunkene kann er nicht ausstehen. Ich wollt ja nicht, daß er sagt, ich muß aufhören, bei Mrs. Somerville zu arbeiten. Sie wissen doch, wie manche Männer sein können.»

«Ja», entgegnete Judith, obwohl sie es nicht wußte, «ich glaub schon.»

«Was er nicht weiß, macht ihn nicht heiß, wie ich immer sag.»

«Sie sind eine gute Freundin, Mrs. Dagg.»

«Ach, Quatsch!» Mrs. Dagg war wieder ganz die alte. Sie griff nach ihrer Tasse, nahm einen Schluck Tee und verzog sofort das Gesicht. «Widerlich. Eiskalt.» Dann sprang sie auf und kippte den Rest in den Ausguß.

«Machen Sie eine frische Kanne, Mrs. Dagg, und ich trinke eine Tasse mit.»

«Wenn ich so weitermach, komm ich mit meiner Hausarbeit nicht rum.»

«Ach, zum Teufel mit der Hausarbeit», sagte Judith.

In Cornwall herrschten bereits willkommene frühsommerliche Temperaturen. Sie wurden jedoch von einer frischen Brise gemildert, die nach Meer roch. Die ganze Landschaft hatte sich in liebliche, sanfte Maifarben gekleidet: in das zarte Grün junger Blätter und frischen Grases, das milchige Weiß der Kerzen an den Kastanienbäumen und der Blüten des Hagedorns, das Pink der Rhododendren und das Blaßlila der Fliederdolden, die über Gartenmauern nickten. Die unter einem wolkenlosen Himmel friedliche See schien zu leuchten, in Aquamarin und Hyazinthenblau, und die

Wärme der Sonne löste im Laufe des Tages den Dunst auf, der am frühen Morgen den Horizont verschleiert hatte.

Die geschäftigen Straßen von Penzance waren so lichterfüllt, daß sich die Schatten scharf abhoben. Als die Uhr an der Bank gerade halb eins schlug, verließ Judith das Hotel Mitre und ging durch die Chapel Street zum Greenmarket. Es war sehr warm. Sie trug ein Baumwollkleid, Sandalen und keine Strümpfe. Ladentüren standen offen, Markisen waren ausgefahren, und auf den Gehsteigen vor den Geschäften stapelten sich Kisten mit Obst und Gemüse. Auf der Marmorplatte des Fischhändlers schmolz das zerstoßene Eis, in dem ganze Kabeljaue und Berge von Sardinen und glitzernden Makrelen lagen. An den Wänden des Zeitungsladens sprangen einem zwar die schwarzen Schlagzeilen der Morgenblätter in die Augen: *DEUTSCHE ERREICHEN DIE BELGISCHE KÜSTE*, aber dennoch prangte neben dem Eingang das für die Jahreszeit übliche, harmlose Sortiment an kleinen Holzschaufeln und Blecheimern, großen Baumwollhüten, Keschern und bunten Bällen, die in der Sonne nach Gummi rochen. Es waren sogar ein paar Besucher aus London oder Reading oder Swindon unterwegs, und es wimmelte von jungen Müttern mit kleinen Kindern und alten Omas, deren Knöchel über den neuerworbenen Strandschuhen bereits anschwollen.

Judith ließ den Greenmarket hinter sich und erreichte Alverton, wo das reizvolle Regencyhaus stand, das die Anwaltskanzlei Tregarthen, Opie & Baines beherbergte. Jenseits der Eingangstür lag ein heller Flur, in den das Licht durch ein Treppenfenster einfiel, und durch eine Glasscheibe, die an einen Fahrkartenschalter erinnerte, war die Empfangsdame in ihrem Büro zu sehen. Es gab eine Klingel, also drückte Judith darauf. «Ping!» Sofort stand die Empfangsdame von ihrer Schreibmaschine auf und kam an das Schiebefenster, um sich der Besucherin anzunehmen.

«Morgen.» Sie hatte gepflegtes, graues Haar mit einer Dauerwelle und eine randlose Brille.

«Ich möchte gern zu Mr. Baines. Judith Dunbar.»

«Er erwartet Sie bereits. Gehen Sie gleich rauf? Wissen Sie den Weg? Erste Tür rechts.»

Die Stufen waren mit einem Läufer in orientalischem Muster belegt, und auf dem Treppenabsatz hingen Porträts ehemaliger Teilhaber der Kanzlei, bärtige Herren mit Uhrketten. An der Tür auf der rechten Seite schimmerte ein Messingschild mit seinem Namen: «Mr. Roger Baines». Judith klopfte und er rief: «Herein!»

Mr. Baines erhob sich hinter seinem Schreibtisch. «Judith!»

«Hier bin ich.»

«Und genau zur rechten Zeit. Was für ein pünktliches Mädchen! Komm rein und setz dich. Wie sommerlich du aussiehst.»

«Ist ja auch ein Sommertag.»

«Wann bist du eingetroffen?»

«Vor ungefähr einer Stunde. Wir sind sofort nach dem Frühstück von Upper Bickley abgefahren, und es war nicht viel Verkehr.»

«Ist Mrs. Somerville mitgekommen?»

«Ja, und der Hund auch. Wir haben uns im Mitre einquartiert. Sie läuft jetzt mit Morag über den Strand, aber ich habe ihr versprochen, ich bin bald wieder zurück, so daß es noch zu einem späten Lunch reicht.»

«Was für eine gute Idee, sie mitzubringen.»

«Erst habe ich ja befürchtet, sie will vielleicht nicht, doch sie ist sofort darauf eingegangen. Ehrlich gesagt glaube ich, eine kleine Abwechslung ist genau das, was sie braucht. Im übrigen ist sie ebenso aufgeregt wie ich und kann es kaum erwarten, bis sie das Dower House zu Gesicht bekommt.»

«Wie lange könnt ihr bleiben?»

«Eigentlich, solange wir wollen. Wir haben ihr Haus dichtgemacht, und die Daggs sehen hin und wieder nach dem Rechten.»

«Na, das klingt ja alles sehr erfreulich. Und das Wetter ist auch wunderbar. Also verlieren wir keine Zeit mehr und kommen wir zur Sache...»

Es dauerte nicht sehr lange. Einige Papiere mußten unterzeichnet werden (Miss Curtis, die Empfangsdame, wurde herbeigerufen, um dies zu bezeugen), und der Scheck mußte ausgestellt werden. Noch nie in ihrem Leben hatte Judith sich träumen lassen, daß sie jemals einen Scheck über eine so riesige Summe ausstellen würde. Dreitausend Pfund! Doch sie füllte ihn aus, unterschrieb ihn und schob ihn

über den Schreibtisch, und Mr. Baines heftete ihn mit einer Büro-
klammer an die übrigen Dokumente.

«Ist das alles?»

«Das ist alles. Bis auf ein oder zwei kleine Dinge, über die
wir noch reden müssen.» Er lehnte sich auf seinem Stuhl zurück.
«Eigentlich könntest du ab sofort im Dower House wohnen. Isobel
zieht heute nachmittag aus. Um fünf kommt ihr Bruder mit seinem
Auto und holt sie ab.»

«Ist sie furchtbar traurig?»

«Nein. Im Grunde freut sie sich wohl darauf, mit Achtundsiebzig
ihr neues Leben zu beginnen. Die letzten zwei Wochen hat sie damit
zugebracht, jeden Winkel zu scheuern und zu schrubben, damit du
auch ja kein Staubkorn und keinen fleckigen Wasserhahn vorfin-
dest.» Er lächelte. «Wo sie diese Energie hernimmt, ist mir ein Rätsel, aber die Zugehfrau, die jeden Tag gekommen ist, hat ihr dabei
geholfen, so daß sie mit ein bißchen Glück doch nicht gleich an
einem Herzinfarkt stirbt.»

«Ich würde sie gern noch einmal sehen, bevor sie geht.»

«Wir fahren nach dem Lunch hin, dann kann sie dir alle Schlüssel
übergeben und ihre letzten Ratschläge erteilen.»

«Was ist aus den Möbeln geworden?»

«Das ist der andere Punkt, den ich noch mit dir besprechen
wollte. Mrs. Boscawen hat die Möbel Colonel Carey-Lewis vermacht, für sich und seine Familie. Aber, wie du weißt, ist Nancherrow bereits voll möbliert, und von ihren Kindern hat zur Zeit noch
keins ein eigenes Zuhause. Also ist folgendes passiert. Sie haben ein
paar Dinge geholt, damit jeder in der Familie ein Andenken an
Mrs. Boscawen bekommt. Der Rest, das heißt der größte Teil, ist
nach wie vor im Dower House, und die Carey-Lewis möchten ihn
gern dir überlassen.»

«Aber...»

Mr. Baines setzte sich über Judiths Einwände hinweg. «...nichts
davon ist besonders wertvoll, ja nicht einmal in sehr gutem Zustand. Aber fürs erste ist alles noch durchaus brauchbar und tut es
bestens, bis du Zeit und Gelegenheit hast, dir Eigenes anzuschaffen.»

694

«Wie können sie nur so lieb sein?»

«Ich glaube, sie sind ganz froh, daß sie sich nicht mit dem Problem herumschlagen müssen, und Mrs. Carey-Lewis hat gemeint, falls sie die Möbel versteigern ließen, würden sie wahrscheinlich so gut wie nichts einbringen. Die Sache hat allerdings noch den einen oder anderen Haken. Zwar haben Mrs. Carey-Lewis und Isobel Mrs. Boscawens Garderobe und ihre persönlichen Dinge ausgeräumt und der Colonel hat alle Papiere, die er für einigermaßen wichtig hielt, aus ihrem Schreibtisch geholt, aber sonst ist noch alles da. Es gibt also noch Schubladen voll alter Briefe und Fotoalben und all die im Laufe eines Lebens angesammelten Erinnerungsstücke, die noch jemand aussortieren muß. Ich fürchte, diese Aufgabe wird an dir hängenbleiben, aber das hat ja keine Eile. Falls du noch etwas findest, was für die Familie Carey-Lewis möglicherweise von Interesse ist, kannst du es ja auf die Seite legen und ihnen irgendwann bringen. Ich bin mir allerdings ziemlich sicher, daß das meiste davon ins Feuer wandern kann. Vielleicht verbrennst du's mal im Garten.»

«Apropos Garten, was macht eigentlich der Gärtner? Setzt er sich auch zur Ruhe?»

«Ich habe schon mit ihm gesprochen. Er sagt, der ganze Garten wird ihm allmählich zuviel, aber er wohnt unten in Rosemullion und ist bestimmt bereit, zwei- oder dreimal in der Woche raufzugehen, um den Rasen zu mähen und das Unkraut in Schach zu halten. Vorausgesetzt, daß du das möchtest.»

«Ich will auf keinen Fall, daß der Garten verkommt.»

«Ja, das wäre schade. Nur, ich glaube, über kurz oder lang sollten wir versuchen, jemanden zu finden, der ein bißchen jünger und beständiger ist. Eventuell lohnt es sich sogar, noch ein kleines Cottage zu kaufen... Ein Gärtnerhaus in der Nähe könnte den Wert des Anwesens nur steigern...»

Er redete weiter, schlug noch andere Verbesserungen vor, die zu gegebener Zeit ratsam wären, und Judith saß da, hörte zu und fand, daß es ungemein beruhigend sei, ihm zu lauschen, wie er mit fester Stimme Ideen für eine Zukunft entwickelte, die ihr in diesem Moment so fern und äußerst unsicher erschien. Die Deutschen hatten die belgische Küste erreicht, der Ärmelkanal war in Gefahr und auch das britische Expeditionskorps, das irgendwo in Frankreich stand; alte Männer und ganz junge Burschen meldeten sich freiwillig für den Heimatschutz, und es hatte den Anschein, als könnte es jeden Tag zur Invasion kommen. Dennoch strahlte die Sonne, die Kinder planschten im Schwimmbecken, der Zeitungshändler verkaufte Kescher und Gummibälle für den Strand, und sie saß da, in der altmodischen Anwaltskanzlei, in der sich vermutlich seit hundert Jahren nichts verändert hatte, während Mr. Baines nüchtern die Möglichkeit erörterte, im Dower House ein zweites Badezimmer einzubauen, die Dachrinnen zu erneuern und vielleicht die veraltete Küche zu renovieren. Ihr kam es beinahe so vor, als hinge sie zwischen zwei Welten, zwischen einem sicheren Gestern und einem möglicherweise erschreckenden Morgen, und einen Moment lang fühlte sie sich vollkommen verwirrt, weil sie nicht wußte, welche der beiden Welten die realere war.

Sie merkte, daß er zu reden aufgehört hatte, gerade als sie aufgehört hatte, ihm zuzuhören. Eine Weile herrschte Schweigen. Dann sagte Mr. Baines: «Aber das hat alles Zeit bis später.»

Judith seufzte. «Sind Sie sich so sicher, daß es ein Später geben wird?» Darauf zog er nur die Stirn kraus. «Schließlich steht ja alles, wie's scheint, ziemlich schlimm für uns. Ich meine die Nachrichten, die wir zu hören kriegen. Angenommen, wir verlieren den Krieg.»

«*Judith!*» Er klang wirklich überrascht, sogar ein bißchen entsetzt.

«Sie müssen doch zugeben, daß es nicht sehr hoffnungsvoll aussieht.»

«Eine Schlacht zu verlieren heißt nicht, daß man den ganzen Krieg verloren hat. Rückschläge sind unvermeidlich. Wir kämpfen gegen eine ungemein starke und gut ausgebildete Armee, aber sie werden uns nicht bezwingen. Letzten Endes werden wir es schaffen. Mag sein, daß es eine Weile dauert, aber etwas anderes ist unmöglich. Undenkbar. Also komm bloß nie auf die Idee, auch nicht für einen Moment, daß es anders ausgehen könnte!»

«Sie klingen, als wären Sie sich sehr sicher», sagte Judith wehmütig.

«Stimmt ja auch.»

«Aber wie können Sie sich denn so sicher sein?»
«Ein Gefühl aus dem Bauch. So wie alte Leute sagen: ‹Ich spür's in den Knochen.› Eine felsenfeste, unerschütterliche Überzeugung. Ich sehe diesen Krieg wohl auch als eine Art Kreuzzug an.»
«Meinen Sie, das Gute gegen das Böse?»
«Oder Georg gegen den Drachen. Du darfst nicht ins Wanken geraten. Und nie den Mut verlieren.»
Er schwenkte weder Fahnen, noch rasselte er mit dem Säbel. Dabei hatte er eine Frau und drei kleine Kinder und blieb dennoch so ruhig und entschieden, daß auch Judith aufhörte, ängstlich und verzagt zu sein. Das Leben mußte weitergehen, und es würde eine Zukunft geben. Wahrscheinlich würde es ziemlich lange dauern, bis es soweit war, und zweifellos standen ihnen noch aufwühlende Zeiten in Furcht und Schrecken bevor, doch sich in Defätismus zu üben war sinnlos, und wenn Mr. Baines mit seiner Lebenserfahrung so ruhig und gelassen bleiben konnte, dann konnte Judith das allemal.
Sie lächelte. «Nein, ich werde den Mut nicht verlieren. Zumindest werde ich es versuchen.» Mit einemmal fühlte sie sich ganz anders, wie von einer Last befreit, beinahe unbekümmert. «Danke. Es tut mir leid, aber ich mußte einfach mit jemandem darüber reden.»
«Wie gut, daß du dir mich dafür ausgesucht hast.»
«Gehen Sie auch zu den Freiwilligen für den Heimatschutz?»
«Hab ich schon gemacht. Bisher haben sie mich zwar weder mit einer Waffe noch mit einer Uniform ausgestattet, aber ich habe schon eine Armbinde. Heute abend gehe ich in die Exerzierhalle, um zu lernen, wie man ein Gewehr präsentiert, vermutlich üben wir's mit einem Besenstiel.»
Diese Vorstellung und sein trockener Ton brachten Judith, wie beabsichtigt, zum Lachen. Zufrieden darüber, daß nun alles wieder im Lot war, erhob er sich. «Es ist Viertel nach eins. Machen wir uns auf den Weg zum Mitre, um das Ereignis bei einem Lunch mit Mrs. Somerville zu feiern. Danach fahren wir nach Rosemullion, und du kannst dein Haus in Besitz nehmen.»

JUDITH HATTE damit gerechnet, sie würde sich im Dower House wie ein Eindringling fühlen, noch Tante Lavinias Gegenwart spüren und deshalb nur widerstrebend Türen ohne anzuklopfen öffnen oder durch die Räume gehen, als dringe sie in den Privatbereich eines anderen Menschen ein. Aber zum Glück kam es ihr überhaupt nicht so vor, vielleicht weil alles so ordentlich, blankgescheuert und sauber war, als hätte Isobel jede Spur der früheren Besitzerin weggeschrubbt. Es gab keine Blumen; die Sofakissen waren aufgeschüttelt und seither von niemandem zerdrückt worden; auf dem Tisch neben Tante Lavinias Sessel lag weder eine Brille noch ein Beutel mit einer Handarbeit oder ein halbfertiger Wandteppich. Darüber hinaus waren noch andere, zu Recht von den Carey-Lewis beanspruchte Gegenstände verschwunden und hatten kahle Stellen hinterlassen, die ebenso auffielen wie Zahnlücken: ein Eckschrank, der Rockingham-Porzellan enthalten hatte, der venezianische Spiegel über dem Wohnzimmerkamin, die stets bis zum Rand mit duftenden Blütenblättern gefüllte chinesische Porzellanschale und das Kinderporträt von Tante Lavinia, das auf dem Treppenabsatz vor ihrem Schlafzimmer gehangen hatte. In ihrem Schlafzimmer fehlten das Queen-Anne-Nähtischchen, das als Nachttisch gedient hatte, und viele ihrer sepiabraunen, silbergerahmten Fotos. Wo sie gestanden oder gehangen hatten, waren nun blanke Tischplatten oder dunkle Flecken an der Wand, weil die Tapete darunter nicht verblaßt war.

Das machte Judith nichts aus. Es änderte nichts. Das Haus gehörte nicht mehr Tante Lavinia, sondern ihr.

NACH EINEM fröhlichen, unterhaltsamen Mittagessen im Mitre (Hammelbraten mit Kapernsoße), bei dem Biddy offensichtlich die Gesellschaft eines ihr bis dahin unbekannten und sehr aufmerksamen Mannes genoß, waren sie alle in Mr. Baines' Auto gestiegen und nach Rosemullion aufgebrochen, samt Morag, da es niemanden gab, bei dem der Hund hätte bleiben können. Biddy saß vorn neben Mr. Baines, während Judith sich mit Morag nach hinten

setzte und das Fenster öffnete, damit der Hund den Kopf hinaus-
strecken und sich den Wind um die Ohren pfeifen lassen konnte.

«Was machen wir denn mit ihm, wenn wir beim Dower House
ankommen?» fragte Judith. «Isobel will sicher nicht, daß er auf all
dem Bohnerglanz Pfotenabdrücke hinterläßt oder Haare verliert.»

«Er kann ja im Auto bleiben. Wir stellen es in den Schatten und
lassen die Fenster offen. Sobald Isobel fort ist, holen wir ihn raus.»

Isobel erwartete sie bereits, in ihrem besten schwarzen Kostüm,
zu dem sie einen mit Kirschen verzierten Strohhut trug, der schon
das Licht unzähliger Sommersonntage gesehen hatte. Ihre zwei kleinen Koffer standen am Fuße der Treppe neben ihrer geräumigen
Handtasche. Die alte Frau war bereits reisefertig, doch es blieb
noch genug Zeit, Judith, Biddy und Mr. Baines überall herumzu-
führen, vom Erdgeschoß bis zum Speicher. Dabei genoß sie in aller
Bescheidenheit die lautstarke Bewunderung für die viele schwere
Arbeit, die sie auf sich genommen hatte, um noch Gardinen zu waschen, Böden zu wienern, Bettdecken zu stärken, Messing zu polieren und Fenster zu putzen.

Ihre Erklärungen klangen wie Gunstbeweise: «Die Schlüssel
hängen alle an diesen Haken neben der Kommode. Eingangstür,
Hintertür, Garage, Geräteschuppen, Gartentor, Gartenhaus. Im
Küchenherd muß morgens und abends der Rost gerüttelt und
Brennmaterial nachgelegt werden. Das beste Silber ist nach Nan-
cherrow zurückgegangen, aber das zweitbeste hab ich in diese
Schubladen gelegt. Hier ist der Wäscheschrank, der Wagen aus der
Wäscherei kommt dienstags. Vorsicht mit dem warmen Wasser, es
schießt kochendheiß aus dem Hahn.»

So wanderten sie durch das ganze Haus, von der Küche ins Eßzimmer und weiter in den Salon. Im ersten Stock wurde ihnen zuerst
das kleine Bad gezeigt, dann Tante Lavinias Schlafgemach und das
Gästezimmer und im Dachgeschoß das Zimmer mit dem weißgestrichenen eisernen Bett, in dem Isobel geschlafen hatte. Gegenüber
lag noch ein Speicherraum, der vollgestopft war mit alten Kisten,
Schrankkoffern, Schneiderpuppen, zu Bündeln verschnürten Zeitschriften, kaputten Nähmaschinen, zusammengerollten Resten von
Teppichböden und Linoleum und vier leeren Bilderrahmen.

«Ich hätt das ja noch ausgeräumt», beteuerte Isobel, «aber ich hab nicht gewußt wohin mit dem ganzen Geraffel. Gehört mir schließlich nicht. Und Mrs. Carey-Lewis hat gesagt, ich soll's lassen. Die Koffer sind voll mit alten Briefen und Fotos…»

«Zerbrechen Sie sich darüber nicht den Kopf», sagte Judith. «Sie haben schon soviel gemacht, das kann ich irgendwann mal sichten und fortschaffen.»

«Den Boden hab ich noch gefegt und auch die Spinnweben runtergeholt. Das ist nämlich ein schöner Raum, sogar mit 'nem Fenster. Ich hab immer gedacht, das gäb noch ein hübsches Schlafzimmer, aber wo hätten wir dann all dieses Zeug lassen sollen?»

Biddy, die bisher noch nicht viel gesprochen hatte, stellte sich nun unter das schräge Mansardenfenster und blickte hinaus. «Sie haben recht, Isobel», sagte sie. «Daraus ließe sich wirklich ein herrliches Schlafzimmer machen. Man kann von hier aus das Meer sehen. Und heute ist es so blau.» Sie wandte sich um und lächelte Isobel an. «Werden Sie diese Aussicht nicht vermissen?»

Isobel schüttelte so heftig den Kopf, daß die Kirschen auf ihrem Hut nur so klapperten. «Alles hat mal ein Ende, Mrs. Somerville. Für mich ist's ohne Mrs. Boscawen nicht mehr dasselbe. Und das Haus von meinem Bruder hat auch eine schöne Aussicht. Zwar nicht dieselbe, aber schön. Direkt auf die Felder, bis rüber zur Molkerei.»

Offensichtlich hatte sie ihre Trauer überwunden, sie sich vielleicht in dieser Orgie von Frühjahrsputz von der Seele gearbeitet, und nun war sie in jeder Hinsicht bereit auszuziehen. Sie verließen den Speicher, gingen wieder nach unten, und als sie in der Diele ankamen, hörten sie das Geräusch eines Automotors. Im nächsten Augenblick ratterte ein kleiner Austin den Kiesweg herauf und blieb vor der offenen Haustür stehen. Isobels Bruder war eingetroffen, um sie abzuholen.

Doch es dauerte alles noch eine Weile, denn plötzlich wurde Isobel hektisch. Ihr fielen Dinge ein, die sie zu sagen vergessen hatte. Und wo hatte sie bloß ihre Versicherungskarte gelassen? Sie fand sich schließlich in ihrer Handtasche. Und auf der Wäscheleine hingen sechs saubere Staubtücher, die noch hereingeholt werden müßten. Und falls sie sich Tee aufbrühen wollten, er sei in der Dose im Küchenschrank und in der Speisekammer stehe ein Krug Milch, und...

Da beschwichtigte Mr. Baines sie, versicherte ihr, daß alles in bester Ordnung sei, und legte ihr nahe, ihren Bruder nicht warten zu lassen. Ihr Gepäck wurde ins Auto geladen, Isobel reichte allen dreien die Hand, wurde auf den Beifahrersitz verfrachtet und fuhr schließlich davon, ohne, wie Mr. Baines bemerkte, auch nur ein einziges Mal zurückzublicken.

«Bin ich froh», sagte Judith, während sie da standen und pflichtschuldig dem Austin nachwinkten, bis er ihren Blicken entschwand. «Wie furchtbar, wenn sie nur schweren Herzens gegangen wäre! Dann hätte ich das Gefühl gehabt, sie zu vertreiben.»

«Und sie hat in Zukunft eine schöne Aussicht auf die Molkerei. Was möchtest du jetzt machen?»

«Müssen Sie in die Kanzlei zurück?»

«Nein. Der heutige Tag gehört dir.»

«Fein. Dann bleiben wir noch ein bißchen. Ich lasse Morag raus, bringe ihm eine Schale Wasser, und danach setze ich den Kessel auf und wir können miteinander Tee trinken.»

Mr. Baines lächelte. «Du hörst dich an wie meine Tochter, wenn sie Hausfrau spielt.»

«Nur, das hier ist echt.»

WEIL ES ein so warmer Nachmittag war, fand die kleine Teegesellschaft auf der geschützten Veranda statt, und Mr. Baines rückte angejahrte Rattansessel zurecht, auf denen sie sich niederließen. Am Himmel waren ein paar Federwolken aufgetaucht, ballten sich zusammen und lösten sich dann wieder auf wie Rauch. Ein leichter Wind strich durch die Zweige eines Pfirsichbaums, dessen Blütenblätter wie rosa Schneeflocken zu Boden schwebten und einen Teppich auf dem Rasen bildeten. Irgendwo sang eine Drossel. Während sie ihren Tee aus Tante Lavinias Porzellantassen mit dem Rosenmuster tranken, verschwand Morag, um dieses neue Gelände zu durchstreifen und zu erkunden und sich mit jedem interessanten Geruch vertraut zu machen.

Biddy war ein bißchen besorgt. «Er kann sich hier doch nicht verlaufen, oder?»

«Nein.»

«Wie weit geht der Garten?»

«Er zieht sich den ganzen Abhang hinunter. Unten liegt eine Obstwiese. Ich zeige sie dir nachher.» Die Drossel begann ihren Gesang von neuem. Biddy stellte die Teetasse ab, lehnte sich in ihrem Sessel zurück und schloß die Augen.

Kurz darauf unternahmen Mr. Baines und Judith einen weiteren Rundgang durch das Haus, diesmal mit der Absicht, Mängel aufzuspüren, die umgehend behoben werden sollten. Sie entdeckten einen feuchten Fleck auf dem Speicher, einen weiteren im Badezimmer und einen tropfenden Wasserhahn in der Küche sowie eine Stelle im Spülraum, die verdächtig danach aussah, als wäre sie vom Schwamm befallen. «Ich muß irgendwo einen Klempner auftreiben», erklärte Mr. Baines. Dann verzog er sich wieder nach draußen, um Dachrinnen und Fallrohre zu inspizieren und festzustellen, wo Schieferplatten fehlten oder Scharniere verrostet waren. Judith, überzeugt davon, daß ihre Anwesenheit dabei nicht erforderlich war, kehrte zu Biddy zurück. Auf ihrem Weg durch die Küche griff sie sich den Schlüssel für das Gartenhaus. Das war genau der richtige Zeitpunkt. Sie mußte den einzigen unseligen Geist, der hier spukte, so schnell wie möglich bannen, die Erinnerungen auch aus dem letzten Winkel ihres neuen Besitztums vertreiben.

Biddy saß noch so in ihrem Sessel, wie sie sie zurückgelassen hatten, aber Morag war inzwischen wiedergekommen und ruhte sich neben ihr aus. Seit langem hatte Judith sie nicht mehr so gelöst gesehen. Es widerstrebte ihr, sie zu stören, doch sie schlief gar nicht. Judith zog sich einen Hocker heran und setzte sich ihr gegenüber.

«Möchtest du den Garten anschauen?»

Biddy wandte den Kopf. «Was hast du denn mit deinem freundlichen Anwalt gemacht?»

«Er inspiziert die Dachrinnen.»

«Was für ein reizender Mann!»

«Ja, er ist wirklich besonders nett.»

«Mrs. Boscawen muß ein sehr ausgeglichener Mensch gewesen sein.»

«Wie kommst du darauf?»

«Weil ich mich nicht daran erinnern kann, daß ich jemals an einem so friedlichen Ort gewesen wäre. Kein Lärm. Nur Singvögel, Möwen, ein sonniger Garten und dieser Blick aufs Meer.»

«Als ich vor Jahren zum erstenmal hier war, hatte ich das Gefühl, im Ausland zu sein. Irgendwo am Mittelmeer. Vielleicht in Italien.»

«Genau. Wie in einem Roman von E. M. Forster. Ich hatte ganz vergessen, wie Cornwall ist. Ich bin so lange nicht mehr hier gewesen... Seit jenem letzten Sommer bei euch in Riverview. Ist wie ein Stück Vergangenheit. Ein anderes Land. Selbst Devon scheint schon so weit weg zu sein.»

«Tut dir das gut?»

«Ja. Es ist heilsam. Irgendwo zu sein, in einem Haus wie diesem, wo es keine Erinnerungen an Ned gibt...»

Seit Neds Tod hörte Judith sie zum erstenmal seinen Namen aussprechen. «Tut dir das auch gut?» fragte sie.

«Ja. Es sollte nicht so sein. Ich sollte an meinen Erinnerungen hängen, aber in Upper Bickley gibt es zu viele davon. Ich wache manchmal mitten in der Nacht auf und glaube, seine Stimme zu hören. Dann gehe ich in sein Zimmer, vergrabe mein Gesicht in seinem Laken und heule vor Verzweiflung. Es ist ein furchtbarer Winter gewesen. Ich glaube, ohne dich hätte ich ihn nicht durchgestanden.»

«Er ist jetzt vorbei», sagte Judith.

«Aber ich muß trotzdem zurück. Muß gegen meine Schwäche ankämpfen, mich der Wirklichkeit stellen. Das weiß ich ja.»

«Du mußt nicht zurück. Wir können hierbleiben. Es ist mein Haus. Wenn du willst, können wir morgen einziehen. Du kannst Tage, Wochen, Monate bleiben. Den ganzen Sommer. Warum nicht?»

«Ach, Judith, du hast vielleicht Ideen! Wann hast du dir denn das ausgedacht?»

«Gerade erst, während du geredet hast. Nichts hindert uns daran.»

«Aber mein armes, kleines Haus in Devon. Ich kann es doch nicht einfach sich selbst überlassen.»

«Du kannst es den Sommer über möbliert vermieten. Irgendeine Navy-Familie, die in Devonport stationiert ist, wird sofort zugreifen. Es liegt so günstig, so nahe bei Plymouth. Sicher brauchst du nur dafür zu sorgen, daß es sich in den Docks rumspricht, dann hast du's im Nu vermietet.»

«Aber die Daggs...»

«Sofern du es an nette Leute vermietest, werden die Daggs fröhlich weiter dort arbeiten und ein Auge auf Haus und Garten haben. Wenn wir hierbleiben, wird das für dich wie ein schöner Urlaub und du kannst mir helfen, diese ganzen Kisten auf dem Speicher auszuräumen.»

Plötzlich lachte Biddy. «Was für ein toller Urlaub!» Doch Judith sah an ihrem Gesichtsausdruck, daß sie sich mehr und mehr dafür begeisterte.

«Nichts hindert uns daran. Ist dir das klar? Nichts hindert dich daran, einfach hierzubleiben. Komm, Biddy, sag ja! Gib dir eine Chance! Du hast's verdient.»

«Aber du... Wir waren uns doch einig, daß du nicht für immer bei mir bleiben kannst, und allein bin ich zu nichts nütze...»

«Ich hab dir ja erzählt, daß ich Phyllis fragen will, ob sie nicht mit ihrem Baby herkommen und hier leben möchte, also wärst du nicht allein. Phyllis hast du immer gern gemocht, und Anna ist wirklich süß. Selbst wenn ich ins Frauenkorps der Marine oder sonstwohin gehe, könnt ihr drei hier zusammenbleiben. Euch gegenseitig Gesellschaft leisten. Ich nehme dich nach Nancherrow mit, und sobald du Diana und die anderen erst einmal kennengelernt hast, fühlst du dich bestimmt nicht mehr einsam. Und du kannst mit ihr statt mit Hester Lang für das Rote Kreuz arbeiten. Merkst du denn nicht, daß sich alles so perfekt fügt, als müßte es so sein?»

Wenngleich Biddy das sehr verlockend fand, war sie immer noch unschlüssig. «Und was ist mit Bob?»

«Wir rufen ihn an und erzählen ihm unsere Pläne.»

«Aber wenn er Urlaub kriegt und so. Ich muß doch dasein, wenn er auf Urlaub kommt.»

«Bis hierher ist es nur ein bißchen weiter als bis Devon. Falls du willst, kannst du sogar mit dem Zug nach London sausen und ihn dort abholen. Denk dir nicht noch mehr Einwände aus. Stimm einfach zu! Wenigstens bis Ende des Sommers.»

«Ich denke darüber nach», versprach Biddy halbherzig, doch Judith hörte darüber hinweg.

«Weißt du was, wir gehen heute abend ins Mitre zurück, verbringen diese Nacht noch dort, dann kaufen wir morgen ein paar Lebensmittel und kommen wieder hierher. Wir beziehen die Betten und pflücken Berge von Blumen. Bevor wir hier wegfahren, legen wir noch Brennmaterial nach, damit das Feuer über Nacht nicht ausgeht, dann haben wir jede Menge heißes Wasser zum Baden, und das ist wirklich alles, woran wir im Moment denken müssen.»

«Und Morag?»

«Ach, Biddy, Morag wird es hier sehr gut gefallen. Nicht wahr, du süßes Tierchen? Er fühlt sich doch bereits absolut heimisch. Bitte laß dir nicht noch mehr Ausreden einfallen. Wozu habe ich denn ein Haus gekauft, wenn wir es nicht genießen können?»

Letzten Endes gab Biddy auf. «Na gut, versuchen wir's. Für ein paar Wochen.» Dann lachte sie. «Ich kann mir beim besten Willen nicht vorstellen, woher du deine Überzeugungskraft hast. Sicher weder von deiner lieben Mutter noch von deinem Vater.»

«Wahrscheinlich hab ich die von dir. Jetzt komm, bevor Mr. Baines auftaucht und sagt, daß wir nach Penzance zurück müssen, ich zeig dir noch schnell den Garten.»

Also stand Biddy auf, und gemeinsam gingen sie über den Rasen, den Pfad entlang, der am Rosengarten vorbeiführte, bis zur Obstwiese hinunter. Die knorrigen, alten Apfelbäume, dicht mit jungem Grün belaubt, hatten bereits ihre Blütenblätter abgeworfen und winzige, neue Früchte gebildet. Aus dem hohen Gras leuchteten Klatschmohn und Margeriten. Bald müßte die ganze Pracht gemäht und zu kleinen Heuhaufen zusammengeharkt werden.

Biddy sog genüßlich den Duft der Wiese ein. «Das sieht aus wie ein Gemälde von Monet.» Morag rannte mit großen Sprüngen vor ihnen her. «Was ist das für ein kleines Haus?»

«Oh, das ist die Gartenhütte. Tante Lavinias Mann hat sie für Athena und Edward gebaut. Im Sommer haben sie oft hier übernachtet. Ich hab den Schlüssel mitgebracht.»

«Willst du sie mir zeigen?»

«Ja, ich denke schon.»

Judith ging voraus und zog den Kopf unter den Ästen des Apfelbaums ein. Schon auf den hölzernen Stufen drang ihr der in der Wärme so intensive Geruch von Kreosot in die Nase. Dann steckte sie den Schlüssel in die Tür und stieß sie auf. Ihr Blick fiel auf die Liege mit der roten Decke, auf der sie ihre Liebe gefunden und verloren hatte.

Das ist erst der Anfang der Liebe.

Doch es war ihr Ende.

Es ist sinnlos, deine Liebe an den Falschen zu verschwenden.

Ihr fiel wieder die Hummel ein, die unter dem Dach gebrummt hatte. Sie blickte hinauf. Wieder hingen Spinnweben da, und ihr stiegen die Tränen in die Augen.

«Judith.»

Biddy stand hinter ihr.

Hastig wischte sie die Tränen ab, wandte sich um und sagte: «Ich bin doch zu blöd.»

«Du und Edward?»

«Ich mußte herkommen. Seit damals bin ich nicht mehr hier gewesen. Ich mußte es heute hinter mich bringen.»

«In die Nesseln fassen, nicht wahr?»

«Vermutlich.»

«Und, brennen sie noch?»

«Ja.»

«Es gehört jetzt dir», sagte Biddy. «Du kannst es mit anderen Erfahrungen füllen, andere Erinnerungen sammeln. Tapfer von dir, daß du hergekommen bist.»

«In diesem Moment fühle ich mich nicht besonders tapfer.»

«Zur Not kannst du es immer noch als zusätzliches Gästezimmer benutzen. Vielleicht für Leute, die schnarchen?»

Da versiegten die Tränen ganz plötzlich, und sie lachten beide. Biddy legte einen Arm um Judith und scheuchte sie zur Tür hinaus. Sie schlossen wieder ab. Dann machten sie sich auf den Rückweg. Als sie über die Wiese gingen, hörten sie Mr. Baines, der vom Haus her nach ihnen rief, und sie beeilten sich, um ihm gleich zu erzählen, welche Pläne sie gefaßt hatten.

«Nancherrow.»
«Diana, hier ist Judith.»
«Darling! Wo bist du?»
«Im Dower House. Ich bin gestern eingezogen. Ich wohne hier.»
«Wie herrlich! Ich wußte gar nicht, daß du hergekommen bist.»
«Ich habe Biddy mitgebracht. Und ihren Hund. Am Montag haben wir die Schlüssel gekriegt, und gestern sind wir eingezogen.»
«Für ständig?»
«Das weiß ich noch nicht genau. Auf jeden Fall fürs erste. Es ist himmlisch. Und ich möchte Ihnen ganz herzlich danken, daß Sie mir die Möbel überlassen haben. Aber ich finde, ich sollte sie Ihnen bezahlen...»
«Um Himmels willen, sag bloß nicht so was, sonst ist Edgar zu Tode gekränkt. Tut mir leid, daß wir ein paar Lücken gerissen haben, aber ich wollte wirklich, daß die Kinder ein kleines Andenken an die liebe Tante Lavinia haben.»
«Die Lücken sieht man kaum. Eines Tages fülle ich sie mit eigenen Sachen auf. Wie geht es allen?»
«Wir strotzen vor Gesundheit. Edward war gerade für zwei Tage da. Völlig unerwartet. Sein Kommandeur hat ihm über das Wochenende frei gegeben. War die reinste Wonne, ihn wiederzusehen. Was für ein Jammer, daß du ihn knapp verpaßt hast!»
«Wie geht es ihm?»
«Er sah ein bißchen übermüdet aus und ist dünner geworden. Die meiste Zeit hat er geschlafen, aber bis er wieder ins finsterste Kent zurückgefahren ist, oder wo immer er sein mag, war er wieder ganz der alte. Ich habe ihm erzählt, daß du das Dower House gekauft

hast, und er war entzückt, wie wir das natürlich alle sind. Er meint, da bleibt es gewissermaßen in der Familie, und ich soll dir ausrichten, wenn er das nächste Mal nach Hause kommt, dann überfällt er dich, um sich zu vergewissern, daß du keine radikalen Veränderungen vornimmst.»

«Was stellt er sich denn vor, was ich mache?»

«Ach, weiß ich nicht. Vielleicht einen Ballsaal anbauen oder so was. Wann sehen wir dich? Komm doch zum Mittagessen. Bring deine Tante und den Hund mit. Welcher Tag ist dir recht? Morgen?»

«Morgen können wir nicht kommen, weil wir da nach St. Just fahren und mit Phyllis Eddy reden müssen. Ich möchte gern, daß sie mit ihrem Baby hierherzieht. Hoffentlich geht sie gleich darauf ein, aber man weiß ja nie, oder?»

«Darling, alles ist besser als St. Just. Wie wär's dann mit Freitag? Freitag zum Mittagessen.»

«Das wäre wunderbar. Und ich möchte gern, daß Sie Biddy für das Rote Kreuz keilen.»

«Ein bißchen frisches Blut können wir sicher brauchen. Barbara Parker Brown spielt sich allmählich furchtbar auf, und alle außer mir lassen sich von ihr einschüchtern. Wir kriegen zwar immer zu hören, im Krieg zu sein bringt das Beste im Menschen zum Vorschein, aber bei ihr hat es mit Sicherheit das Schlechteste zum Vorschein gebracht. Darling, was wird denn aus all deinen Sachen, die du hier hast? Willst du sie haben, oder soll ich sie noch für dich aufheben?»

«Ich hole sie, und dann können Sie Ihr rosa Zimmer wiederhaben.»

«Zu traurig. Das Ende einer Ära. Ich sag Mary, sie soll sie einpacken, und dann schicken wir sie dir mit einem Lastwagen rüber.»

«Eilt aber überhaupt nicht. Wie geht es Athena?»

«Sie wird von Stunde zu Stunde runder. Ich kleide gerade die Wiege aus. In Weiß, mit Lochstickerei, zu niedlich. Ich zeige sie dir, wenn du kommst. Freitag mittag. Ich sage sofort Mrs. Nettlebed Bescheid, daß sie das gemästete Kalb schlachten oder einer von Lovedays alten Hennen den Kragen umdrehen kann. Also bis dann,

Darling. Danke für den Anruf. Himmlisch, daß du wieder bei uns bist. Wiederseeeehn!»

> *Dower House*
> *Rosemullion*
> *Cornwall*
> *Samstag, 25. Mai*

Liebe Mami, lieber Dad,
es ist schon wieder eine Ewigkeit her, seit ich Euch zuletzt geschrieben habe. Es tut mir leid, aber es hat sich soviel zugetragen. Vor allem, findet Ihr dieses Briefpapier nicht hinreißend? Ich habe es in einer Schublade gefunden und konnte nicht widerstehen, es zu benutzen. Es lag in einem Karton von Harrods, als hätte es auf mich gewartet.

Wie Ihr seht, sind wir umgezogen. Biddy, ihr Hund und ich. Biddy gefällt es hier, sie ist richtig aufgeblüht und sieht besser aus denn je. Ich glaube, sie findet dieses Haus sehr friedlich, und es enthält keine Erinnerungen an Ned. Im übrigen hat sie Cornwall ja immer geliebt. Heute nachmittag gehen wir ans Meer runter, um zu schwimmen. Ich hoffe, sie vermietet Upper Bickley und bleibt hier, wenigstens über den Sommer, aber das haben wir vorerst offengelassen, und sie muß selbst entscheiden, was sie tun möchte.

Am Donnerstag haben wir uns ins Auto gesetzt und sind nach St. Just gefahren, um Phyllis zu besuchen. Sie wohnt bei ihren Eltern, und in dem Haus ist kaum so viel Platz, daß man sich um die eigene Achse drehen kann. Aber nachdem wir guten Tag gesagt, den unvermeidlichen Tee getrunken und Riesenstücke Safrankuchen gegessen hatten, ist es Biddy und mir gelungen, Phyllis auf den Wäscheplatz hinauszulotsen. Dort haben wir uns ins Gras gesetzt und ihr angeboten, mit Anna hierherzuziehen. (Anna ist bezaubernd, watschelt herum und fängt gerade an, ein paar Wörter zu sprechen. Zum Glück sieht sie Phyllis ähnlich und nicht Cyril, an dem die hübschen Augenbrauen angeblich das Schönste sind.) Es hat eine Weile gedauert, bis sie den Vorschlag richtig begriffen hatte, aber dann ist sie vor Freude und

Dankbarkeit in Tränen ausgebrochen. Wir haben vereinbart (mit Mr. Baines' Zustimmung), daß ich ihr eine Art Hausmeistersgehalt bezahle, damit sie nicht ohne Geld dasteht. Da sie auch von der Navy etwas kriegt und keine Miete zahlen muß, dürfte sie eigentlich ganz gut zurechtkommen. Ich hatte befürchtet, sie würde womöglich nur ungern so weit von ihrer Mutter fortziehen (in Meilen gerechnet, ist es zwar nicht wirklich weit, aber es ist auch nicht gerade nebenan), doch das sah sie anscheinend ganz gelassen. Ich glaube, ihre Mutter war auch recht erleichtert, als wir ihr die Neuigkeit beigebracht haben, denn, ehrlich gesagt, das Haus in St. Just ist so überfüllt, daß es schon unhygienisch ist.

Gestern war ich mit Biddy auf Nancherrow. Ich hatte ein bißchen Bedenken, ob sie und Diana miteinander auskommen würden, weil sie sich in gewisser Weise ziemlich ähnlich sind, und wenn Menschen sich manchmal zu ähnlich sind, freunden sie sich nicht miteinander an. Aber ich hätte mir keinerlei Sorgen machen müssen, denn sie haben im Nu drauflosgeschwafelt und über dieselben albernen Witze vor Lachen gequietscht. Biddy will in Dianas Rote-Kreuz-Gruppe, das verschafft ihr die Möglichkeit, auch etwas für den Krieg zu tun.

Sie hat sich hier inzwischen wirklich gut eingelebt, wie ein Fisch im Wasser, und wie gesagt, mit jedem Tag wird sie lockerer und langsam wieder so lustig wie früher. Mir ist nicht klar gewesen, wieviel Kraft es sie gekostet hatte, ihre Tage in einem Haus zuzubringen, das so voller Erinnerungen an Ned ist.

Ich kann es übrigens kaum erwarten, Euch mein hübsches Haus zu zeigen. Bin ich nicht ein Glückspilz, schon ein eigenes Haus zu besitzen, in dem ich Wurzeln schlagen kann, obwohl ich noch nicht einmal neunzehn bin?

Allerdings werde ich nicht ständig hierbleiben. Ich möchte wirklich ins Frauenkorps der Marine, aber vorher muß ich hier noch alles regeln und dafür sorgen, daß alle gut untergebracht sind. Vielleicht gehe ich Ende des Sommers.

Jetzt muß ich aber Schluß machen und Biddy helfen. Auf dem Dachboden ist ein Raum noch vollgestopft mit alten Koffern und Teppichresten und solchem Zeug, und sie hat angefangen, ihn *auszuräumen. Im Augenblick haben wir nur drei Schlafzimmer. Phyllis und Anna werden wohl im Dachgeschoß schlafen müssen, in Isobels ehemaligem Zimmer. Aber ich glaube, wenn es so weitergeht, werden wir noch ein Zimmer brauchen. Deshalb wollen wir, sobald wir das Gerümpel beseitigt haben, diesen Raum streichen und ein paar Möbel anschaffen.*

Die Meldungen über den Krieg sind entsetzlich. Die Alliierten haben sich nach Dünkirchen zurückgezogen. Colonel Carey-Lewis ist davon überzeugt, daß das gesamte britische Expeditionskorps entweder vernichtet wird oder in Gefangenschaft gerät. Es ist alles so furchtbar schnell gegangen, und bis Ihr diesen Brief bekommt, weiß der Himmel, wie die Dinge dann hier stehen. Aber Mr. Baines ist sich vollkommen sicher, daß wir letzten Endes den Krieg gewinnen werden. Deshalb habe ich beschlossen, auch fest daran zu glauben.

Also macht Euch um uns keine Sorgen. Ich weiß, das ist schwierig, weil wir so weit voneinander entfernt sind, aber ich weiß auch, was immer geschehen mag, wir werden es überstehen.

Alles Liebe
Judith

DAS NEUN-TAGE-WUNDER, die Evakuierung der in Dünkirchen eingekesselten britischen Truppen, war vorbei. Die ersten Männer waren in der Nacht des sechsundzwanzigsten Mai nach England gebracht worden, aber Dünkirchen stand nach tage- und nächtelangem Dauerangriff in Flammen, und die Landestege und Hafenanlagen waren zerstört. Also versammelten sich die Soldaten, die vom britischen Expeditionskorps noch übrig waren, geduldig und geordnet in langen Schlangen, die sich über die flachen Sandstrände und durch die Dünen wanden, und warteten auf ihre Rettung.

Die Truppentransporter und Zerstörer der britischen Marine lagen unter ständigem Artilleriebeschuß und heftigen Luftangriffen draußen vor der Küste, doch ohne Boote konnten die eingeschlossenen Soldaten sie nicht erreichen. Also erging ein Aufruf an die Bevölkerung, und ungeachtet der Gefahren setzte sich in der folgenden Nacht in Dover eine Armada kleiner Schiffe in Bewegung, um den Ärmelkanal zu überqueren. Yachten, Barken, Ausflugsdampfer, Schlepper und Leichter waren von überall her gekommen, von ihren Ankerplätzen und Bootshäfen in Poole und am Hamble, von Hayling Island und Hastings, Canvey Island und Burnham-on-Crouch. Geführt wurden sie von alten Männern und ganz jungen Burschen, von pensionierten Bankdirektoren ebenso wie von Fischern und Grundstücksmaklern, kurzum, von allen erdenklichen beherzten Leuten, die in Friedenszeiten ihre Sommer damit zugebracht hatten, arglos in ihren Booten herumzuschippern.

Ihre Aufgabe bestand darin, so nahe wie nur möglich an die Strände heranzufahren, Soldaten an Bord zu nehmen und ihre erschöpfte menschliche Fracht zu den vor der Küste wartenden großen Schiffen zu transportieren. Unbewaffnet und feindlichem Feuer ausgesetzt, pendelten sie hin und her, bis ihr Treibstoff knapp und es Zeit wurde, nach England zurückzukehren, um aufzutanken und ein paar Stunden zu schlafen. Dann stachen sie wieder in See.

Neun Tage lang. Am Montag, dem 3. Juni, ging die Operation zu Ende. Mit genialer Organisation und Improvisation, ganz zu schweigen vom ungeheuren Mut einzelner, waren mehr als dreihunderttausend Soldaten von den Stränden bei Dünkirchen evakuiert, nach England eingeschifft und in Sicherheit gebracht worden. Im ganzen Land brach Dankbarkeit aus, allerdings waren vierzigtausend Mann zurückgeblieben. Vor ihnen lagen fünf Jahre Gefangenschaft.

Aber die 51. Highland Division war nicht in Dünkirchen gewesen. Diese Division, die Bataillone der Black Watch, der Argylls, der Seaforths, der Camerons und der Gordons umfaßte, stand noch in Frankreich, um an der Seite jener Truppen, die von einer entmutigten französischen Armee übriggeblieben waren, weiterzukämpfen. Doch es war ein Kampf auf verlorenem Posten. Jeden Morgen veröffentlichten die englischen Tageszeitungen Landkarten mit den bedrohlichen Pfeilen, die vom unaufhaltsamen Vormarsch der Deutschen kündeten, und es wurde allen erschreckend

712

klar, daß es nur noch eine Frage von Tagen sein konnte, bis dieser letzte, tapfere Rest der britischen Armee an die Küste zurückgedrängt war.

St-Valéry-en-Caux, und weiter ging es nicht mehr. Nebel verhinderte eine Rettung auf dem Seeweg, und die kampfmüden Bataillone saßen, von der Übermacht deutscher Panzerdivisionen umringt, in der Falle. Am 12. Juni kapitulierte hier das französische Korps, und wenige Stunden danach folgte der Rest der Highland Division seinem Beispiel. Kurz darauf hieß es für die bereits entwaffneten Soldaten «Augen rechts!», und sie durften an ihrem General vorbei in die Gefangenschaft marschieren: die Black Watch, die Argylls, die Seaforths, die Camerons, die Gordons. Und Gus?

Später, im Rückblick, sollte Judith sich an den Krieg stets wie an eine lange Reise in einem Flugzeug erinnern: Stunden voller Langeweile und dazwischen Augenblicke panischer Angst. Die Langeweile war vollkommen natürlich. Kein Mensch konnte sechs Kriegsjahre lang ununterbrochen in größtem Aufruhr der Gefühle leben. Doch die Angst, die Unmittelbarkeit dieser Angst, war ebenfalls natürlich, und während der düsteren Tage von Dünkirchen und der darauffolgenden, in denen Frankreich fiel, saß Judith, wie nahezu jeder im Land, von Furcht und unerträglicher Spannung gepeinigt wie auf glühenden Kohlen.

Im Dower House blieb das Radio auf dem Küchenschrank den ganzen Tag eingeschaltet und blubberte vom frühen Morgen bis zum späten Abend vor sich hin, damit ihnen keine einzige Verlautbarung oder Kurzmeldung entging. Abends hockten Judith, Biddy und Phyllis gemeinsam vor dem Radio im Wohnzimmer und lauschten den Neunuhrnachrichten.

Während die wolkenlosen, frühsommerlichen Tage verstrichen, wich die Verzweiflung vorsichtiger Hoffnung, die dann, als die unglaubliche Operation in Dünkirchen nach Plan verlaufen und abgeschlossen war, in Dankbarkeit und Stolz umschlug, schließlich in immense Erleichterung. In eine Erleichterung, die sich zu einem Gefühl des Triumphes auswuchs. Die Männer waren zu Hause. Allerdings waren sie nur mit Handfeuerwaffen, Bajonetten und ein paar Maschinengewehren heimgekehrt. Den größten Teil ihrer Ausrüstung hatten sie zurücklassen müssen: Geschütze, Panzer und Motorfahrzeuge, von denen viele in dem Inferno brennender Benzintanks und Öllager zerstört worden waren.

Aber die Männer waren zu Hause.

Allmählich sickerten die ersten Nachrichten durch, wer gerettet worden und wer in Frankreich geblieben war. Palmer, der ehemalige Gärtner und Chauffeur von Nancherrow, war durchgekommen. Ebenso Joe Warren und sein Freund Rob Padlow. Jane Pearson rief Athena aus London an, mit der frohen Botschaft, daß Alistair Pearson wohlauf sei, von einem strammen Bootsführer aus dem Meer gefischt, von einem Schluck besten französischen Brandys aufgewärmt und in Cowes an Land gesetzt. Für Alistair, so schien es, war sein Abenteuer einigermaßen glimpflich ausgegangen, doch der Sohn des Lord Lieutenants lag verwundet im Hospital von Bristol, und Mrs. Mudges Neffe sowie Charlie Lanyon, Heather Warrens Freund, galten als vermißt, waren vermutlich tot.

Aber was allen – Diana und Edgar Carey-Lewis, Athena und Loveday, Mary Millyway, den Nettlebeds und auch Judith – am wichtigsten war, Edward Carey-Lewis hatte überlebt. Seine Jagdstaffel hatte über dem Chaos von Dünkirchen rollende Angriffe geflogen, die deutschen Bombergeschwader zersprengt und sie von den belagerten Stränden abgedrängt.

Während dieser schweren, angsterfüllten Tage rief Edward von Zeit zu Zeit, sobald er nur die Gelegenheit dazu hatte und eine freie Leitung erwischte, zu Hause an, um seine Familie wissen zu lassen, daß er noch am Leben war, und oft schwang dabei in seiner Stimme noch die Erregung eines soeben beendeten Einsatzes mit.

Nur für Gus schien nach St-Valéry alle Hoffnung verloren. Er galt samt seinem Regiment als verschollen. Sie beteten alle darum, daß er noch lebte und in Gefangenschaft geraten war, aber während der erbitterten Kämpfe vor der Kapitulation in St-Valéry waren so viele Soldaten der Highland Division gefallen, daß sein Tod nur allzu wahrscheinlich war. Um Lovedays willen trugen alle tapfere Mienen zur Schau, doch sie war erst siebzehn und untröstlich.

«Das Beste, was wir tun können», erklärte Mrs. Mudge, «ist, uns zu beschäftigen. Wenigstens sagen die Leute das, aber es ist leichter gesagt als getan, nicht wahr? Ich meine, wie soll ich das meiner armen Schwester klarmachen, wenn sie dasitzt und vor lauter Sorgen ganz krank wird, weil sie nicht weiß, ob ihr Junge tot oder lebendig ist? Vermißt heißt doch soviel wie gefallen. War das 'ne Nachricht für die arme Seele, wie sie das Telegramm gekriegt hat! Und ihr Mann war grad auf dem Markt in St. Austell, 's war keiner im Haus, der ihr 'ne Tasse Tee gemacht hätt, bloß der Telegrammbote.»

Loveday hatte Mrs. Mudge noch nie so niedergeschlagen gesehen. Katastrophen, Tod, Krankheit, Operationen und tödliche Unfälle waren für gewöhnlich die Würze in ihrem Leben, Ereignisse, die man anderen mitteilen und sich genüßlich auf der Zunge zergehen lassen konnte. Aber das, so vermutete Loveday, war etwas anderes. Hier ging es nicht um den jungen Bob Rogers, der sich ein paar Straßen weiter im Rübenhäcksler die Finger abgehackt hatte, auch nicht um die alte Mrs. Tyson, die man tot in einem Straßengraben aufgefunden hatte, nachdem sie vom Mütterverein nicht nach Hause gekommen war, sondern um Mrs. Mudges eigen Fleisch und Blut, um den einzigen Sohn ihrer Schwester.

«Ich hab das Gefühl, ich sollt für 'n paar Tage zu ihr fahren. Bloß, um ihr Gesellschaft zu leisten. Sie hat ja noch Töchter, die weiter landeinwärts wohnen, aber es geht doch nichts über 'ne Schwester, oder? Mit 'ner Schwester kann man über alte Zeiten reden. Ihre Töchter haben bloß Flausen im Kopf, reden über nichts anderes als über Filmstars und Kleider.»

«Warum fahren Sie dann nicht hin, Mrs. Mudge?»

«Wie kann ich denn? Muß ja die Kühe melken und die Milchkammer in Ordnung halten. Und in ein, zwei Wochen fängt die Heuernte an, dann heißt's, mit der Teekanne raus auf die Felder und Gott weiß wie viele Mäuler extra stopfen. Ist völlig aussichtslos.»

«Wo wohnt Ihre Schwester?»

«Ihr Mann hat 'n Bauernhof hinter St. Veryan übernommen. Ganz weit draußen. Am Ende der Welt, würd ich sagen. Da fährt einmal die Woche 'n Bus hin, wenn man Glück hat. Weiß überhaupt nicht, wie sie das aushält. Hab's nie begriffen.»

Es war halb elf Uhr vormittags, sie saßen am Küchentisch von Lidgey und tranken Tee. Da Loveday nun Walter und seinem Vater auf dem Bauernhof half, den Umgang mit dem störrischen Traktor lernte, die Hühner fütterte und inzwischen auch die Schweine (eine im Hinblick auf Speckseiten erst jüngst auf dem Markt von Penzance erworbene Neuanschaffung), verbrachte sie notwendigerweise viel Zeit hier. Aber seit kurzem, seit die düsteren Meldungen aus St-Valéry eingetroffen waren, hatte sie sich auch darüber hinaus angewöhnt, unter dem nichtigsten Vorwand und bisweilen sogar ohne jeden Vorwand hierherzufliehen. Aus irgendeinem Grund empfand sie Mrs. Mudges nüchterne Gesellschaft tröstlicher als das liebevolle Mitgefühl ihrer Mutter oder das von Mary und Athena. Jeder auf Nancherrow behandelte sie nahezu unerträglich verständnisvoll und sanft, dennoch wollte sie, während sie versuchte, sich damit abzufinden, daß Gus tot war und sie ihn nie mehr wiedersehen würde, nur über ihn reden können, als wäre er nicht tot. Als lebte er noch. Darin war Mrs. Mudge gut. Immer und immer wieder sagte sie: «Wer weiß, vielleicht ist er in Gefangenschaft.» Und Loveday konnte dasselbe über Mrs. Mudges Neffen sagen. «Wir wissen nicht, ob er tot ist. Es müssen grauenvolle Kämpfe stattgefunden haben. Wie kann man da mit Sicherheit sagen, was passiert ist?»

So trösteten sie sich gegenseitig.

Mrs. Mudge hatte ihren Tee ausgetrunken. Müde stand sie auf, ging an den Herd und goß sich aus der angeschlagenen, braunen Kanne noch eine Tasse ein. Loveday betrachtete sie von hinten und fand, daß Mrs. Mudge ihren früheren Schwung verloren hatte. Ihr Familiensinn brach wohl mit aller Macht durch, denn sie sehnte sich unübersehbar danach, bei ihrer Schwester zu sein. Irgend etwas

mußte geschehen. In Loveday regte sich das den Carey-Lewis angeborene Gefühl für Verantwortung und auch ihr natürlicher Tatendrang. Als Mrs. Mudge sich wieder hingesetzt hatte, stand ihr Entschluß fest.

«Sie müssen sofort nach St. Veryan fahren», sagte sie in entschie-
denem Ton. «Heute noch. Notfalls für eine Woche. Bis die Heuernte anfängt.»

Mrs. Mudge machte ein Gesicht, als sei sie der Meinung, Loveday habe den Verstand verloren. «Du redest vielleicht einen Unsinn.»

«Nein, ich rede keinen Unsinn. Ich kann melken. Walter kann
mir helfen, und ich melke.»

«Du?»

«Ja. Ich. Die Arbeit auf dem Bauernhof ist schließlich mein Beitrag für den Krieg. Und ich kann melken. Sie haben es mir beigebracht, als ich noch klein war. Vielleicht bin ich ein bißchen langsam, aber ich kriege den Dreh sicher bald raus.»

«Das schaffst du nie, Loveday. Wir fangen morgens um sechs
an.»

«Ich kann ja um halb sechs aufstehen. Wenn Walter mir die Kühe
in den Melkraum treibt, kann ich um sechs mit der Arbeit anfangen.»

«Sie werden aber nicht nur morgens gemolken, sondern auch
abends.»

«Kein Problem.»

«Außerdem müssen die Kannen gewaschen und an die Straße
getragen werden. Der Laster von der Molkerei kommt um acht,
und der mag es gar nicht gern, wenn man ihn warten läßt.»

«Ich werde ihn nicht warten lassen.» Mrs. Mudge blickte sie
zweifelnd an. Offensichtlich war sie hin und her gerissen zwischen
dem Wunsch, ihrer unglücklichen Schwester zur Seite zu stehen,
und einem gewissen Unbehagen bei dem Gedanken, nicht unentbehrlich zu sein. «Dann müßtest du aber hinterher auch alles putzen. Das macht Walter bestimmt nicht für dich. Ist keine Männer-
arbeit. Und ich hab keine Lust, in einen verdreckten Melkraum und
zu versauten Milchkannen zurückzukommen.»

«Das werden Sie auch nicht, ich versprech's. Lassen Sie mich das machen, Mrs. Mudge! Bitte! Sie haben doch gerade gesagt, das Beste, was wir tun können, ist, uns zu beschäftigen, und mir ist genauso elend zumute wie Ihrer Schwester. Nachts liege ich wach und denke an Gus, da kann ich allemal auch um fünf aufstehen und was tun. Wenn Sie also zu ihr fahren, helfen Sie uns beiden.»

«Du brauchst nicht zu glauben, daß ich weniger an Gus denke als an meinen Neffen. War 'n netter Junge, dieser Gus. Erinnerst du dich noch an den Tag, wie er hergekommen ist und ein Bild von meiner Scheune gemalt hat? War alles voller Hühnerdreck, und er hat nicht mal mit der Wimper gezuckt.»

«Rufen Sie Ihre Schwester an und sagen Sie ihr, daß Sie kommen. Mr. Mudge kann Sie heute abend nach St. Veryan fahren, und Sie können so lange bleiben, wie Sie es für nötig halten.»

Mrs. Mudge schüttelte verwundert den Kopf. «Ich weiß nicht, Loveday, du machst mich fix und fertig. Steckst voller Überraschungen. Hätt nie geglaubt, daß du so hilfsbereit bist...»

«Ich bin nicht hilfsbereit, Mrs. Mudge, ich bin egoistisch. Wahrscheinlich würde ich überhaupt nichts tun, wenn ich nicht der Meinung wäre, daß ich auch was davon habe.»

«Jetzt machst du dich schlechter, als du bist.»

«Nein. Ich bin nur ehrlich.»

«Das sagst du», entgegnete Mrs. Mudge. «Andere dürfen das anders sehen.»

JEDEN MORGEN um halb neun ging Loveday, nachdem sie die vollen Milchkannen an die Straße getragen, beim Molkereiwagen abgeliefert und die leeren Kannen zurückgebracht hatte, mit einem Bärenhunger nach Hause, um zu frühstücken.

Mittlerweile war der achtzehnte Juni. Mrs. Mudge war seit fünf Tagen fort. In gewisser Weise tat es Loveday beinahe leid, daß sie schon am nächsten Tag wiederkommen sollte. Das Melken, eine gewaltige Aufgabe, die sie sich so spontan aufgebürdet hatte, erwies sich zwar als ungeheuer schwere Arbeit, war jedoch eine echte Her-

ausforderung. Anfangs war Loveday zu langsam und auch ungeschickt gewesen, aber Walter, der sie mal verwünschte, mal ermu-
tigte, war alles in allem unerwartet hilfsbereit gewesen und hatte ihr
beigestanden.

Ohne viel zu reden. Walter war ein wortkarger Mensch. Loveday
war sich nicht sicher, ob man ihm von Gus erzählt hatte. Doch wie
sie Mrs. Mudge kannte, dürfte er wohl Bescheid gewußt haben.
Dennoch verlor er kein Wort darüber und zeigte keinerlei Mitgefühl. Während Gus auf Nancherrow war, hatten die beiden jungen
Männer sich eines Morgens im Stall getroffen, und Loveday hatte
sie miteinander bekannt gemacht, aber Walter hatte Gus wie Luft
behandelt und sich wie der Inbegriff des ungehobelten Stallbur-
schen benommen, so daß Gus es nach ein paar freundlichen An-
näherungen aufgegeben hatte. Loveday war damals auf den Gedanken verfallen, Walter könnte eifersüchtig sein, nur war diese Idee so
grotesk gewesen, daß sie sie fast augenblicklich wieder verworfen
hatte. Walter hatte schon immer nur das getan, was er wollte, aber
sie kannte ihn ihr ganzes Leben lang und hatte sich in seiner Gegenwart stets sehr wohl gefühlt.

Jeden Abend hatte sich Loveday, sobald die letzte Kuh gemolken
und die kleine Herde wieder auf die Weide getrieben war, erneut an
die Arbeit gemacht, hatte den Melkraum mit dem Schlauch ausge-
spritzt und geschrubbt, ihren Stolz in spiegelblanke Kacheln und
blitzsaubere Milcheimer gesetzt und sich fest vorgenommen, daß
Mrs. Mudge bei ihrer Rückkehr keinen Grund zur Klage finden
sollte. Dagegen war die Küche von Lidgey ein Saustall, in dem sich
schmutzige Teller, verkrustete Pfannen und ungewaschene Wäsche
türmten. Vielleicht würde sie morgen Zeit haben, auch hier auszumisten. Das war wohl das mindeste, was sie für die arme Mrs.
Mudge tun konnte.

Nun lief sie über den Hof und kletterte auf das Gatter, das auf
den Feldweg hinausführte. Sie blieb eine Weile auf der obersten
Stange sitzen, weil sie die Aussicht von hier immer sehr gern mochte
und an diesem Morgen alles besonders funkelte und glitzerte. Zuvor, als sie zum Melken gegangen war, hatte auf den Wiesen noch der
Tau gelegen, und das kaum bewegte, graue Meer hatte im Schein

der ersten Sonnenstrahlen gerade begonnen, wie Perlmutt zu schimmern. Jetzt, drei Stunden später, leuchtete es unter einem wolkenlosen Himmel in seidigem Blau. Ein leichter Wind war aufgekommen, und Loveday konnte in der Ferne die Wellen an das Kliff branden hören. Hoch oben flogen ein paar Möwen. Im Sonnenlicht sah das Moor goldbraun aus, und die Weiden leuchteten smaragdgrün. Während Loveday die friedlich grasenden Kühe betrachtete, hörte sie von weitem Walters Hund kläffen.

Ihr Kopf war seltsam leer. Seit Tagen hatte sie über nichts mehr nachgedacht, und es war ein ziemlich angenehmes Gefühl gewesen, als schwebe sie zwischen zwei Welten. Doch allmählich füllte sich das Vakuum in ihrem Kopf mit Bildern von Gus. Sein Malzeug in einem Knappsack über die Schulter gehängt, kam er ihr auf dem Feldweg entgegen. Dann sah sie ihn in Gedanken durch Frankreich marschieren oder humpeln, vielleicht verwundet, aber er war nicht tot. Sie spürte es ganz deutlich und geriet in helle Aufregung, denn sie war plötzlich felsenfest davon überzeugt, daß er noch lebte. Und genau in diesem Moment dachte er an sie. Beinahe konnte sie seine Stimme hören, wie von unsichtbaren Telefondrähten übertragen. Überwältigt schloß sie die Augen, saß nur da und umklammerte mit beiden Händen die oberste Stange des alten Gatters. Als sie die Augen wieder öffnete, war sie nicht einmal mehr müde, alles hatte sich verändert, die Welt war schön und von neuem randvoll mit den früheren Hoffnungen auf Glück.

Sie sprang vom Gatter und rannte den Feldweg hinunter. Je steiler der Abhang wurde, desto schneller liefen ihre Beine, und die Gummistiefel stampften wie Kolben über die lockeren Steine und die Furchen aus getrocknetem Schlamm. Unten schwang sie sich über das zweite Gatter. Atemlos und von schmerzhaften Stichen unter den Rippen geplagt, mußte sie einen Moment stehenbleiben und ihr linkes Knie küssen, das klassische Mittel gegen Seitenstechen. Dann hetzte sie weiter, den Pfad entlang, über die Auffahrt, in den Hof und durch die Hintertür.

«Zieh die Stiefel aus, Loveday, sie sind völlig verdreckt.»

«Entschuldigung, Mrs. Nettlebed.»

«Du bist spät dran heute. Hast du so viel zu tun gehabt?»

«Eigentlich nicht. Hab noch rumgetrödelt.» Auf Strümpfen betrat sie die Küche. Sie wollte sich schon erkundigen, ob es etwas Neues gab, ob vielleicht ein Brief gekommen war oder ob jemand etwas erfahren hatte, doch wenn sie das tat, würden Mrs. Nettlebed und die anderen bloß anfangen, ihr Fragen zu stellen. Aber bis sich auf irgendeine Art bestätigte, daß Gus in Sicherheit war, wollte sie kein Wort über ihre neue Hoffnung verlauten lassen, niemandem gegenüber, nicht einmal Judith.

Deshalb fragte sie nur: «Was gibt's zum Frühstück? Ich habe einen Bärenhunger.»

«Gebratene Eier und Tomaten. Stehen auf der Warmhalteplatte im Eßzimmer. Alle anderen sind schon fertig. Du beeilst dich jetzt besser, damit Nettlebed abräumen kann.»

Also wusch Loveday sich in der Spülküche die Hände, trocknete sie an dem Rollhandtuch ab, das hinter der Tür hing, dann ging sie hinaus und durch den Flur. Von oben kam das Geräusch des Staubsaugers und die Stimme ihrer Mutter, die nach Mary rief. Die Eßzimmertür stand offen. Loveday wollte gerade hineingehen, als das Telefon klingelte. Da blieb sie stehen, wartete, und als niemand abhob, lief sie in das Arbeitszimmer ihres Vaters. Der Raum war leer. Das Telefon auf dem Schreibtisch klingelte immer noch. Sie nahm den Hörer ab, und das schrille Geräusch verstummte.

«Nancherrow.» Aus irgendeinem Grund hatte sie plötzlich einen trockenen Mund. Sie räusperte sich und sagte noch einmal: «Nancherrow.»

Klick, klick, machte das Telefon, dann begann es zu summen.

«Hallo?» Allmählich wurde sie ungeduldig.

Klick, klick.

«Wer ist dran?» Eine Männerstimme, undeutlich und weit entfernt.

«Loveday.»

«Loveday! Ich bin es. Gus.»

Ihre Beine versagten ihr buchstäblich den Dienst. Sie konnte nicht mehr stehen, sackte auf dem Teppich zusammen und stellte das Telefon auf den Fußboden.

«Gus!»

«Kannst du mich hören? Die Verbindung ist furchtbar schlecht. Ich kann nur ganz kurz mit dir sprechen.»
«Wo bist du?»
«Im Krankenhaus.»
«Wo?»
«Southampton. Ich bin okay. Morgen werde ich nach Hause verfrachtet. Ich habe schon früher versucht, dich anzurufen, aber jeder will hier telefonieren, und es gibt nicht genug Apparate.»
«Was... was ist passiert? Bist du schwer verletzt?»
«Nur am Bein. Ich bin okay. Auf Krücken, aber sonst in Ordnung.»
«Ich wußte, daß du außer Gefahr bist. Ganz plötzlich hab ich's gewußt.»
«Die Zeit ist gleich um. Ich wollte nur unbedingt mit dir sprechen. Ich schreibe dir.»
«Tu das! Ich schreib dir auch. Gib mir deine Adresse...»
«Es ist...»
Bevor er ihr die Adresse sagen konnte, war die Leitung tot. «Gus? Gus?» Sie schüttelte den Hörer und probierte es noch einmal. «Gus?» Doch es half nichts. Er war weg.

Sie stellte das Telefon wieder an seinen Platz, blieb aber noch auf dem dicken Teppich sitzen, lehnte den Kopf an das kühle, dunkle Holz des Schreibtisches und schloß die Augen, um die Tränen zurückzudrängen. Dennoch quollen sie unter ihren Lidern hervor und liefen ihr die Wangen hinunter. Laut sagte sie «Danke!», ohne sich darüber im klaren zu sein, wem sie dankte. «Ich wußte, daß du lebst. Ich wußte, daß du dich melden würdest.»

Nach einer Weile setzte sie sich auf, zerrte ihre Bluse aus dem Hosenbund und wischte sich damit das Gesicht ab. Dann rappelte sie sich hoch, rannte hinaus, rief nach ihrer Mutter, rief noch einmal und stürmte, als ob ihre Beine Flügel hätten, nach oben, wo sie auf Mary stieß und sich in hysterischer Freude in ihre Arme warf, um die unglaubliche Neuigkeit mit ihr zu teilen.

Im Dower House hatte Biddy ihre wiedergewonnene Energie eingesetzt und das Zimmer unter dem Dach von seinem Gerümpel befreit. Nur die beiden großen Koffer waren noch da, und für sie wurde ein Plätzchen auf dem oberen Treppenabsatz gefunden. Ihr Inhalt erschien Judith zu persönlich und zu kostbar, als daß sie es hätte verantworten wollen, ihn zu vernichten.

Der eine war vollgestopft mit alten Briefen, gebündelt und mit verblichenen Seidenbändern zusammengeschnürt. Dazwischen lagen Tanzkarten, an denen winzige Bleistifte hingen, Notenblätter, Fotoalben, Glückwunschkarten und ein abgewetztes, ledergebundenes Gästebuch aus dem Jahr achtzehnhundertachtundneunzig. Der andere enthielt eine ganze Sammlung viktorianischer Accessoires: Straußenfedern, lange weiße Handschuhe mit winzigen Knöpfen, zerdrückte Sträuße künstlicher Gardenien, mit Perlen bestickte Abendtaschen und Haarschmuck aus längst vergangenen Zeiten. Alles war zu rührend und auch zu hübsch, um es wegzuwerfen. Diana hatte versprochen, sie würde irgendwann ins Dower House kommen und diese Andenken durchsehen. Darum hatte Judith sie vorerst mit alten Vorhängen aus William-Morris-Damast zugedeckt, und so getarnt würden sie wahrscheinlich jahrelang bleiben, wo sie waren, unangetastet.

Die anderen Sachen hatten sich als unbrauchbar oder kaputt erwiesen, sogar die Bilderrahmen hatte bereits der Holzwurm zerfressen. Deshalb hatten sie alles nach unten geschleppt und neben die Abfalleimer gestellt. Wenn der Müllwagen das nächste Mal kam, würden sie dem Fahrer eine halbe Krone geben und hoffen, daß er das Geraffel mitnahm.

Also war der Raum nun leer. Judith und Phyllis standen Seite an Seite, musterten ihn eingehend und besprachen, wie er genutzt werden sollte. Sie waren allein, weil Anna im Garten mit einem alten Blechlöffel Löcher in eine Rabatte buddelte und Morag sein Bestes tat, um ihr dabei zu helfen. Ab und zu ging Phyllis ans Fenster und schaute hinunter, um sich zu vergewissern, daß Kind und Hund einander nicht quälten und auch sonst nichts anstellten.

Biddy werkelte unterdessen in der Küche. Obwohl sie alles andere als eine leidenschaftliche Köchin war, hatte sie in Isobels zerfleddertem, butterverschmiertem, altem Kochbuch geblättert und ein Rezept für Holunderblütenlikör entdeckt. Zufällig war dafür jetzt die richtige Zeit, denn in den Hecken bogen sich gerade die Zweige der Holunderbüsche unter der Last ihrer eigenwillig duftenden weißen Blüten, und Biddy war mit Feuereifer bei der Sache. Holunderblütenlikör zu machen, betrachtete sie nicht als Kochen. Kochen, das hieß Eintöpfe und Hammelbraten oder Kuchenteig rühren und Torten backen, und zu nichts von alledem verspürte sie auch nur die geringste Neigung. Aber köstliche Drinks zu zaubern, das war genau nach ihrem Geschmack, insbesondere, wenn man die Zutaten gratis am Wegesrand pfücken konnte.

«Ich finde, wir sollten noch ein Gästezimmer daraus machen», sagte Phyllis. «Mrs. Somerville schläft in dem einzigen, das es in diesem Haus gibt, und mal angenommen, es kommt jemand zu Besuch und will hier übernachten…»

Damit war Judith allerdings nicht einverstanden. «Ein zusätzliches Gästezimmer ist reine Platzverschwendung. Ich meine, wir sollten es Anna geben. Wir können ein Bett für sie reinstellen und ein paar Regale für ihre Bücher und vielleicht ein altes Sofa. Sofas sehen immer so gemütlich aus. Dann kann sie hier spielen und auch nach Herzenslust Unordnung machen, wenn es mal regnet.»

«*Judith*», schimpfte Phyllis los, «wir haben doch schon dieses große Zimmer. Das ist dein Haus, nicht meins. Du kannst nicht den ganzen Platz uns geben…»

«Und was ist, wenn Cyril Urlaub hat? Dann will er sicher mit dir und Anna zusammensein. Also wird er auch herkommen. Es sei denn, er will lieber zu seinen Eltern fahren.»

«Oh, das will er bestimmt nicht.»

«Schön, aber ihr könnt doch nicht alle drei in einem Raum schlafen. Das geht nicht. Anna ist kein kleines Baby mehr.»

Phyllis sah verlegen aus. «Das haben wir früher auch hingekriegt.»

«Ich möchte aber nicht, daß ihr es in meinem Haus hinkriegt. Alles klar. Das wird Annas Zimmer. Wird auch Zeit, daß sie lernt, allein zu schlafen. Wir besorgen ein Bett in normaler Größe, dann können wir, falls ich mal Besuch habe, der über Nacht bleibt, Anna umquartieren, und der Gast kann in ihrem Bett schlafen. Wie wär's mit diesem Kompromiß? Wir lassen hier einen Teppichboden reinlegen...»

«Ein Stück Linoleum tut's auch.»

«Linoleum ist gräßlich und so kalt. Da muß schon ein Teppich rein. Blau, würde ich sagen.» Während sie sich den blauen Teppich vorstellte, sah Judith sich um. Der Raum war zwar recht groß und luftig, doch er hatte nur ein einziges Mansardenfenster, und die schrägen Decken machten ihn ein bißchen dunkel. «Wir streichen die Wände weiß, dann wirkt das Zimmer etwas heller, und vielleicht ziehen wir rundherum einen Zierstreifen mit Peter-Rabbit-Bildern. Das einzige Problem ist nur, daß es hier keinen Kamin gibt. Wir müssen uns was ausdenken, wie wir es im Winter beheizen können.»

«Ein Ölofen würde es tun...»

«Ölöfen kann ich nicht leiden. Die finde ich immer ein bißchen gefährlich.»

«Ich mag ihren Geruch.»

«Aber Anna könnte ihn umstoßen, und dann gehen wir alle in Rauch und Flammen auf. Vielleicht...»

Doch weiter kam sie nicht, weil in diesem Moment die Haustür zuschlug und eine vor Erregung schrille Stimme ihren Namen rief. «Judith!»

Loveday. Die beiden Frauen traten auf den Flur hinaus, beugten sich über das Geländer und sahen, gewissermaßen aus der Vogelperspektive, Loveday die Treppe heraufstürmen. Im ersten Stock hielt sie inne. «Wo bist du?»

«Hier oben auf dem Speicher.»

Mit erhitztem und vor Anstrengung gerötetem Gesicht hetzte sie die Stufen herauf, ihre Locken hüpften, und ihre veilchenblauen Augen waren vor Begeisterung riesengroß. Schon auf halber Höhe rief sie ihnen zu: «Du wirst es nicht glauben... Gus hat gerade angerufen!» Sie japste nach Luft, als wäre sie den ganzen Weg von Nancherrow bis zum Dower House gerannt und nicht bloß zwei Treppen hoch. «Er hat vor einer halben Stunde angerufen. Von Southampton. Aus dem Krankenhaus. Verwundet. Auf Krücken. Aber es geht ihm gut...»

725

Teppichböden, Linoleum und Heizöfen waren vergessen. Judith stieß einen Freudenschrei aus und erwartete Loveday mit ausgebreiteten Armen. Sie fielen einander um den Hals, küßten sich und hüpften herum wie kleine Kinder. Loveday hatte noch ihre schmutzige Kordhose an, aus der die Bluse heraushing, und sie roch noch nach Kühen, doch das machte nichts. Jetzt war nur wichtig, daß Gus außer Gefahr war.

Schließlich hörten sie auf herumzuhüpfen, und Loveday ließ sich auf die oberste Treppenstufe plumpsen. «Ich hab keine Luft mehr. Ich bin mit dem Fahrrad bis Rosemullion, dort hab ich's am Friedhof stehenlassen, und ich schwör dir, ich bin den ganzen Weg hier rauf gerannt. Ich konnt's kaum abwarten, es dir zu erzählen.»

«Du hättest doch anrufen können.»

«Ich wollte herkommen. Ich wollte eure Gesichter sehen.»

Phyllis machte allerdings ein besorgtes Gesicht. «Verwundet? Schwer? Wie ist er verwundet worden?»

«Das weiß ich nicht. Ins Bein geschossen, glaub ich. Er geht auf Krücken, aber es hat sich angehört, als wär's nicht zu schlimm. Wir konnten nicht lange miteinander reden. Nur einen Moment, dann sind wir unterbrochen worden. Er fährt morgen nach Hause, nach Schottland, und er will mir schreiben...»

«Wie ist er bloß aus Frankreich rausgekommen?» wollte Judith wissen. «Wie ist er da weggekommen?»

«Ich hab dir doch gesagt, ich weiß überhaupt nichts. Das Gespräch war zu kurz, er hat nicht viel erzählen können. Bloß, daß er lebt und außer Gefahr ist...»

«Es ist wie ein Wunder.»

«Hab ich mir auch gedacht. Ich hab ganz weiche Knie gekriegt. Mama sagt, ihr sollt heute abend alle nach Nancherrow kommen, und Paps macht Champagner auf. Ihr alle, Phyllis und Anna und Biddy, damit wir eine richtige Party feiern können...»

Biddy! Plötzlich verfielen alle drei in Schweigen, als hätten sie Gedanken gelesen. Gus war außer Gefahr, doch Ned würde nie mehr zurückkehren. Selbst Lovedays Freude war für einen Moment gedämpft.

Leise fragte sie: «Wo ist Biddy?»

«In der Küche.»

«Verflixt! Hoffentlich hat sie nicht gehört, wie ich hier reinge-
platzt bin und meine frohe Botschaft so ausposaunt hab. Ich hätt
dran denken sollen. Aber ich hab einfach nicht dran gedacht.»

«Ist doch klar, daß du da nicht dran gedacht hast. Wie solltest du
auch? Wir können uns ja nicht verbieten, glücklich zu sein. Auch
wenn Ned tot ist, dürfen wir uns allemal noch mit dir freuen. Ich
glaube, wir sollten jetzt runtergehen und es ihr erzählen. Sie ist sehr
großherzig. Selbst wenn ihr elend zumute sein sollte, würde sie es
nie zeigen. Außerdem geht es ihr inzwischen viel besser, und sie
kann sogar schon seinen Namen aussprechen, ohne daß ihr dabei
die Stimme zittert. Und falls sie anfängt, ein bißchen traurig zu guk-
ken, dann erzählen wir ihr von der Champagnerparty und inter-
essieren uns brennend für ihren Holunderblütenlikör.»

Ardvray House
Bancharry
Aberdeenshire
Freitag, 21. Juni

Meine liebe Loveday,

*endlich schaffe ich es, Dir zu schreiben. Als ich nach Aberdeen
zurückkam, steckten sie mich wieder ins Krankenhaus, aber anscheinend verläuft alles gut, und ich bin jetzt zu Hause, zwar
noch auf Krücken, doch auf dem Wege der Besserung. Meine
Mutter hat eine Krankenschwester kommen lassen, die mir den
Verband wechselt und so weiter. Sie hat eine Statur wie ein Ring-
kämpfer und redet ununterbrochen, also hoffe ich, daß sie nicht
allzu lange hierbleiben muß.*

*Es war wunderbar, mit Dir zu sprechen. Tut mir leid, daß wir
so schnell unterbrochen wurden, aber die Vermittlung im Krankenhaus schränkte unsere Redezeiten ziemlich rigoros ein. Ich
mußte es tagelang versuchen, bis ich überhaupt damit durchkam,
weil es kein Gespräch nach Hause war. Bedauerlicherweise bin
ich im Moment nicht besonders gut zu Fuß, sonst wäre ich über
den Zaun gesprungen und hätte mich in einen Zug gesetzt, um zu
Euch nach Cornwall zu kommen. Cornwall ist viel näher bei*

Southampton als Schottland, und die lange Heimfahrt nach Aberdeen hat ewig gedauert.

Ich konnte einen Tag vor der Kapitulation entwischen. Nachdem der General die Parole sauve qui peut *ausgegeben hatte, machten sich einige Gruppen auf den Weg nach Veulles-les-Roses. Das ist ein kleiner Hafen vier Meilen östlich von St-Valéry. Es waren sowohl französische Soldaten als auch Männer eines südschottischen Reiterregiments dabei. Wir marschierten nachts los, und vier Meilen sind mir noch nie so lang erschienen und auch noch nie so gefährlich gewesen, aber als es zu dämmern begann, konnten wir schon schemenhaft die Schiffe der Royal Navy erkennen, die vor der Küste lagen. In Veulles war der Nebel nicht so dicht. Die Kliffs sind dort entsetzlich hoch, aber da und dort führen schmale Rinnen zum Strand hinunter, vor denen wir Schlange stehen mußten. Die Navy schickte Landungsboote zum Strand, obwohl sie von St-Valéry aus bereits beschossen wurden.*

Der eine oder andere war zu ungeduldig und seilte sich mit improvisierten Stricken über das Kliff ab. Als es hell wurde, nahmen uns die Deutschen von zwei Seiten unter Beschuß, mit Maschinengewehren und Scharfschützen.

Der Strand war mit Toten übersät, und ich wurde am Oberschenkel getroffen, bevor ich überhaupt hundert Meter weit gekommen war. Zwei Schotten, die vor mir liefen, merkten, was passiert war, und kamen zurück, um mir zu helfen, und zwischen den beiden schaffte ich es, die zwei Meilen bis zu den Booten über den Strand zu humpeln. Gerade als wir drei in ein Boot stiegen, kamen die Bomber, und ein Boot mit etwa dreißig Mann an Bord wurde versenkt. Die Schiffe eröffneten ein unheimliches Sperrfeuer, und zwei Bomber wurden abgeschossen. Letzten Endes wurden wir, bis auf die Haut durchnäßt und mit Schlamm verkrustet (ich obendrein noch mit Blut), an Bord eines Zerstörers gezogen, und kaum wähnten wir uns in Sicherheit, da setzte oben auf dem Kliff feindliches Granatfeuer ein. Wir blieben aber noch, bis feststand, daß keine Männer mehr am Strand oder auf dem Kliff sein konnten, dann lichteten wir die Anker und stachen in See. Das war am zwölften Juni, gegen zehn Uhr vormittags.

Wir machten in Southampton fest, und ich wurde auf einer Trage an Land gebracht und ins Krankenhaus transportiert, wo sie mir das Geschoß aus dem Bein entfernten und mich bandagierten und so weiter. Es war nicht zu tief eingedrungen und scheint keinen dauerhaften Schaden angerichtet zu haben. Jetzt muß die Wunde nur noch verheilen.

Ich weiß noch nicht, wie es weitergeht. Es heißt, die Highland Division soll neu formiert werden. Wenn das der Fall ist, möchte ich gern dabeibleiben. Aber die da oben haben womöglich andere Pläne mit mir.

Liebe Grüße an Dich und an Deine Familie
Gus

Das war ein Brief. Doch es steckte noch ein zweiter im Umschlag, ein einzelnes Blatt ohne Briefkopf und Datum.

Liebste Loveday,
ich dachte mir, Dein Vater will vielleicht den beiliegenden Bericht lesen, aber diese Zeilen sind nur für Dich. Es war so wunderbar, Deine Stimme zu hören, als Du ans Telefon gekommen bist. Während ich darauf gewartet habe, in diesen Höllenschlund von einem Strand runterzusteigen, habe ich die ganze Zeit an Dich gedacht, fest entschlossen, es zu schaffen. Hier ist heute ein schöner Tag, die Hügel leuchten in der Morgensonne, und der Fluß glitzert. Wenn ich wieder besser laufen kann, gehe ich mal ans Ufer hinunter und versuche, einen Fisch zu fangen. Schreib mir und erzähl mir alles, was Du machst.

In Liebe
Gus

Dower House
Rosemullion
24. Juli 1940

Liebe Mami, lieber Dad,
heute früh um zwei hat Athena ihr Baby bekommen. Sie hat es
auf Nancherrow zur Welt gebracht, in ihrem eigenen Zimmer,
unter dem Beistand des alten Dr. Wells und von Lily Crouch, der
Gemeindeschwester aus Rosemullion. Die armen Leute, die um
diese Zeit aus den Federn mußten, aber Dr. Wells sagte, er hätte
es um nichts in der Welt verpassen wollen. Jetzt ist es sieben Uhr
abends, und ich komme gerade von Nancherrow zurück. Ich war
mit dem Fahrrad dort, um die neue Erdenbürgerin zu begrüßen.
Sie ist recht groß und sieht ein bißchen wie ein Indianerbaby aus,
mit einem sehr roten Gesicht und einem Schopf glatter, dunkler
Haare. Sie heißt Clementina Lavinia Rycroft, und der Colonel
hat ein Kabel nach Palästina geschickt, um Rupert mitzuteilen,
daß sie da ist. Athena ist restlos begeistert. Stolz wie ein Pfau, als
hätte sie alles allein geschafft (was in gewisser Weise wohl auch
stimmt), sitzt sie im Bett, und das Baby liegt neben ihr in seiner
rüschenbesetzten Wiege. Natürlich ist ihr Zimmer voller Blumen. Sie riecht meilenweit nach Parfum und trägt ein himm-
lisches Negligé aus weißem Voile mit jeder Menge Spitzen.

Loveday und ich werden Taufpatinnen, aber Clementina soll
erst getauft werden, wenn ihr Vater irgendwann Urlaub bekommt und dabeisein kann. Wirklich aufregend, so ein kleines,
neues Lebewesen, dabei hab ich keine Ahnung, warum es so aufregend ist, wo wir doch alle seit Monaten gewußt haben, daß sie
unterwegs ist.

Als ich auf Nancherrow war, tauchte der alte Dr. Wells noch
mal auf. Er behauptete erst, um nachzuschauen, wie's allen geht
und ob Mutter und Kind wohlauf sind. Der Colonel hat eine Flasche Champagner aufgemacht, und wir haben dem Baby was davon auf den Kopf geträufelt. (Im Aufmachen von Champagner
ist er groß. Ich fürchte bloß, daß er ihm eines Tages ausgeht, weil
er jetzt keinen mehr auftreiben kann. Hoffentlich spart er eine
Kiste auf für den Tag, an dem wir den Sieg feiern.) Wie dem auch

730

sei, während wir vor uns hin süffelten und schon recht fröhlich wurden, rückte Dr. Wells mit dem wahren Grund für seinen zweiten Besuch heraus und erzählte uns, daß Jeremy in einem Marinehospital irgendwo in der Nähe von Liverpool liegt. Wir waren entsetzt und geschockt, weil wir noch nichts davon gehört hatten, aber Dr. Wells meinte, zwei Uhr früh (und mit Athenas accouchement *in vollem Gang*) sei nicht der richtige Zeitpunkt gewesen, solche Nachrichten zu verbreiten. War das nicht rührend? Dabei mußte er darauf gebrannt haben, es jedem zu erzählen.

Zurück zu Jeremy! Sein Zerstörer wurde im Atlantik von einem U-Boot torpediert und versenkt. Er und drei andere Männer hingen ölverschmiert an einem Rettungsfloß und trieben einen Tag und eine Nacht im Wasser, bis sie von einem Handelsschiff entdeckt und aufgenommen wurden. Man darf gar nicht dran denken, nicht wahr? Der Atlantik muß nämlich auch im Sommer eiskalt sein. Jedenfalls litt Jeremy an Unterkühlung und Erschöpfung und am Arm noch an Verbrennungen von der Explosion, so daß er, als das Handelsschiff in Liverpool einlief, schleunigst in dieses Marinehospital verfrachtet wurde, in dem er noch liegt. Mrs. Wells ist mit dem Zug nach Liverpool gefahren, damit sie an seinem Bett sitzen kann. Wenn er entlassen wird, kriegt er erst einmal Krankenurlaub, also hoffen wir, daß wir ihn bald zu Gesicht bekommen. Ist es nicht herrlich, fast ein Wunder, daß er entdeckt und gerettet wurde? Ich weiß gar nicht, wie Menschen unter solchen Umständen überleben können, wahrscheinlich nur deshalb, weil die Alternative undenkbar ist.

Das ganze Land ist jetzt vom Invasionsfieber gepackt, und wir spenden alle unsere Aluminiumtöpfe und -pfannen, die von den Frauen des Freiwilligen Arbeitsdienstes eingesammelt werden, damit sie eingeschmolzen und daraus Spitfires und Hurricanes gemacht werden können. Ich mußte nach Penzance und einen Satz Töpfe und Pfannen aus gräßlichem Email kaufen, das so leicht abspringt und an dem alles anbrennt, aber ich kann's nicht ändern. Der Freiwillige Heimatschutz heißt jetzt Bürgerwehr, was viel eindrucksvoller klingt, und jeder tritt ihr bei. Colonel

Carey-Lewis ist wieder in Uniform. Wegen seiner Erfahrungen im Weltkrieg ist er zum Kommandanten von Rosemullion ernannt worden. Sie haben alle bereits Uniformen und Gewehre bekommen, und der Gemeindesaal von Rosemullion ist das Hauptquartier der Bürgerwehr geworden, mit eigenem Telefon und Anschlagtafeln und allem, und sie lernen exerzieren.

Außerdem ist kurz nach Dünkirchen angeordnet worden, daß alle Kirchenglocken schweigen müssen und erst wieder läuten dürfen, um uns zu verkünden, daß die Deutschen gelandet sind. Ein armer, alter Tropf, der Pfarrer einer entlegenen Gemeinde, hatte nie was davon gehört oder es vergessen, und als es von seinem Turm munter bimmelte, traf der Dorfpolizist ihn noch mit dem Glockenstrang in der Hand an und nahm ihn prompt fest. Ein anderer Mann mußte wegen der Verbreitung von Gerüchten fünfundzwanzig Pfund Strafe zahlen. Er hatte in seinem Pub jedem erzählt, zwanzig deutsche Fallschirmspringer seien als Nonnen verkleidet im Bodmin Moor gelandet. Der Friedensrichter hat erklärt, der Mann habe noch Glück gehabt, daß er nicht wegen defätistischen Geredes ins Gefängnis gekommen ist.

Und noch etwas: Alle Wegweiser sind entfernt worden. Jetzt kann es einem passieren, daß man irgendwo weit draußen vor einer Kreuzung steht und nicht weiß, welchen Weg man einschlagen muß. Biddy findet, das sei keine sehr gute Idee. Sie meint, die da oben stellen sich wohl vor, daß ein deutscher Panzerverband, der auf Penzance zurollt, irrtümlich nach rechts abbiegt und in der Bucht von Lamorna landet, wo sicher irgendwer versuchen würde, ihnen Tee und Kuchen zu verkaufen.

Obwohl wir noch darüber lachen, ist alles furchtbar nahe gerückt. Vor ein paar Wochen ist Falmouth bombardiert worden. Jeden Abend hören wir die Berichte von den Luftkämpfen über Kent und über dem Kanal, und wir können es kaum glauben, daß unsere Jagdflieger ihre Sache so glänzend machen und die deutschen Bomber vom Himmel runterholen. Edward Carey-Lewis ist einer von ihnen. Die Zeitungen bringen Fotos der jungen Piloten, wie sie in Liegestühlen und Korbsesseln, aber in voller Montur in der Sonne sitzen und nur auf das Kommando zum nächsten

Blitzstart warten, was heißt, daß wieder ein Stukageschwader im Anflug ist. Erinnert einen ein bißchen an David und Goliath. Natürlich sind die Kanalinseln bereits besetzt; der Union Jack wurde eingeholt, und jetzt wehen dort Hakenkreuzfahnen. Wenigstens haben keine heftigen Kämpfe stattgefunden, und es sind keine Leute ums Leben gekommen. Es wurde überhaupt nicht geschossen, und alles ging recht geordnet zu. Den einzigen Widerstand hat ein betrunkener Ire geleistet, der einem deutschen Soldaten eins auf die Nase gegeben hat.

Biddy hat auch Töpfe und Pfannen für Jagdflugzeuge eingesammelt, und Phyllis hat das Dachzimmer für Anna fertig gestrichen. Morgen kommt ein Mann und legt uns den Teppichboden, von Wand zu Wand. Er ist blau und leicht gemustert. Ich glaube, das wird hübsch aussehen.

Phyllis ist hier so glücklich, und Anna gedeiht prächtig. Sie ist ein reizendes Mädchen, schläft viel und macht überhaupt keine Mühe. Phyllis ist liebevoll, doch recht streng mit ihr. Cyril ist im Mittelmeer, auf Malta glaube ich, aber wir dürfen es niemandem sagen. Sie haben ihn auf einen Lehrgang geschickt, und jetzt ist er ausgebildeter M.R.A., was Maschinenraumassistent heißt, was immer das sein mag. Ich vermute eins höher als Heizer. Jedenfalls ist er Gefreiter geworden und hat seinen Winkel gekriegt. Er hat Phyllis ein Foto von sich geschickt, in Drillichuniform (Winkel gut sichtbar) und mit weißer Mütze. Er ist braungebrannt und strotzt anscheinend vor Gesundheit. Das Komische ist, daß ich, obwohl ich seit eh und je von Cyril weiß, ihn nie kennengelernt habe. Er ist nicht besonders attraktiv, aber Phyllis ist begeistert von dem Foto und behauptet, er sehe inzwischen «furchtbar toll» aus.

Ich hoffe, Ihr seid alle gesund. Das ist leider ein ziemlich langer Brief geworden, aber wir durchleben eine so ungewöhnliche Zeit, daß ich alles niederschreiben wollte.

Liebe Grüße an Euch beide und an Jess
Judith

WIE JEDER Herrensitz aus dem neunzehnten Jahrhundert, der etwas auf sich hielt, hatte auch das Dower House an seinem Hintereingang mehrere Nebengebäude: eine Remise und zwei Schuppen für Werkzeuge, Gartengeräte und Blumentöpfe, einen Lagerraum für Kohlen und Holz, einen Abtritt (das berühmte Dienstmädchenklo) und ein Waschhaus. In ihm hatten ursprünglich der traditionelle Kessel und die unvermeidliche Mangel gestanden, und das Wäschewaschen war seinerzeit mit mühsamem Wasserschleppen und Feuermachen verbunden gewesen. Gebügelt wurde auf dem Küchentisch, über den man Decken und alte Laken breitete, mit Plätteisen, die auf der Herdplatte erhitzt werden mußten.

Als die Boscawens das Anwesen kauften, ließ Lavinia jedoch, um Isobels Wohl besorgt, eine Reihe kühner Modernisierungen vornehmen. Aus der Remise wurde eine Garage. Im Haus wurde an dem schmalen Flur, der von der Spülküche abging, eine neue Toilette eingebaut und das ehemalige Dienstmädchenklo draußen dem Gärtner überlassen, für den Fall, daß ihn beim Rübenhacken ein menschliches Rühren überkommen sollte. Das Waschhaus wurde in einen Lagerschuppen für Äpfel, Kartoffeln und eingelegte Eier verwandelt, und der riesige Steintrog in der Spülküche, der so niedrig war, daß man ein lahmes Kreuz bekam, wurde abgerissen, fortgeschafft und durch zwei tiefe, irdene Spülbecken ersetzt, mit einem Wäschewringer dazwischen. Schließlich wanderten noch alle alten Plätteisen auf die Müllkippe, und Isobel bekam ein neues elektrisches Bügeleisen.

Sie hatte sich wie im Himmel gefühlt.

Jahrzehnte später erging es Phyllis Eddy recht ähnlich. Nach dem trostlosen, kleinen Cottage in Pendeen und dem überfüllten Bergmannshaus ihrer Eltern erschien ihr der Komfort im Dower House wie der Gipfel des Luxus. Zu beobachten, wie kochendheißes Wasser aus einem Hahn in ein Spülbecken oder die Badewanne floß, faszinierte sie stets aufs neue, und der Kampf mit schmutzigen Tellern und schmutziger Wäsche, den sie bisweilen als endlose, stumpfsinnige Plackerei empfunden hatte, wurde hier beinahe zum Vergnügen, weil alles so schnell und mühelos zu erledigen war. Auch das Badezimmer mit den dicken, weißen Handtüchern, den fröhlichen Baumwollvorhängen, die im Wind flatterten, und dem lieblichen, unvergessenen Duft von Lavendelseife war nahezu so schön wie das Badezimmer im Riverview House.

Auf den früher gefürchteten montäglichen Waschtag freute sich Phyllis nun fast. Annas Windeln nahm sie sich ohnehin jeden Tag vor und hängte sie wie weiße Wimpel auf die Leine. Laken und Badetücher kamen nach wie vor in die Wäscherei, aber sie lebten zu viert hier und die übrige Haushaltswäsche, ganz zu schweigen von Baumwollkleidern, Schürzen, Blusen, Röcken, Hosen, Unterwäsche, Strümpfen und Socken, füllten jeden Montag zwei große Körbe.

Für gewöhnlich gingen Phyllis und Judith gemeinsam ans Werk, während Anna auf dem Fußboden saß und mit den Wäscheklammern spielte. Phyllis stand mit einem Stück Kernseife am Waschbrett, und sobald sie fand, ein Kissenbezug oder ein Kleidungsstück sei genug gerubbelt worden, drehte sie es durch den Wringer in das andere Becken, wo Judith es in sauberem Wasser spülte. Wenn sie Hand in Hand arbeiteten, waren sie meistens nach einer Stunde mit allem fertig und hatten die Wäsche draußen auf der Leine. Falls es regnete, hängten sie die Sachen auf die Stäbe des Trockengestells über dem Küchenherd und zogen es nach oben unter die Decke.

An diesem Tag regnete es nicht. Der Himmel hatte sich bezogen und es war schwül, aber es regnete nicht. Ein kräftiger Westwind hielt die Wolken in Bewegung. Ab und zu rissen sie auf, ließen ein Stück blauen Himmel erkennen, und die Sonne kam durch.

Obwohl die Hintertür offenstand, war es in der Spülküche heiß und dunstig. Es roch nach Seife und nasser Wäsche. Aber schließlich landete auch das letzte Stück, eine kleine Schürze von Anna, gespült und ausgewrungen in einem der beiden Weidenkörbe.

«Das wär's wieder mal für 'ne Woche», sagte Phyllis mit gewisser Zufriedenheit, zog den Stöpsel und ließ das Seifenwasser durch den Abfluß gurgeln. Wärend sie ihm zusah, strich sie sich mit dem Handrücken das Haar aus der feuchten Stirn. «Ist das vielleicht warm heute! Ich schwitze richtig.»

«Ich auch. Komm, gehen wir an die frische Luft!» Judith bückte sich, hob einen der schweren Körbe auf und stützte ihn an ihrer Hüfte ab. «Du bringst die Klammern, Anna.» Sie trat durch die Tür, der

Wind wehte ihr ins Gesicht und bauschte die dünne Baumwolle ihres feuchten Rocks.

Der mit Gänseblümchen gesprenkelte Wäscheplatz nahm den ganzen Raum zwischen der Garage und der Hintertür ein, und eine niedrige Escallonia-Hecke mit üppigen rosa Blüten trennte ihn von dem Kiesplatz vor dem Haus. Sich abwechselnd bückend und streckend, hängten Judith und Phyllis die Wäsche auf die Leine und klammerten sie fest. Der Wind blies die Kissenbezüge zu eckigen Ballons auf und fuhr in die Ärmel der Blusen.

«Jetzt gibt's auf Nancherrow auch Windeln», bemerkte Phyllis, während sie ein Geschirrtuch anklammerte. «Wer die wohl waschen wird, was meinst du?»

«Mary Millyway, wer denn sonst?»

«Ihren Job würd ich nicht haben wollen. Ich mag zwar Kinder, aber 'ne Nanny hätt ich nie sein wollen.»

«Ich auch nicht. Wenn ich irgendwo in einem Haushalt arbeiten müßte, wär ich am liebsten Waschfrau geworden.»

«Du solltest dir mal deinen Kopf untersuchen lassen.»

«Überhaupt nicht. Wäsche aufhängen ist viel schöner, als den Nachttopf irgendeines gräßlichen alten Mannes zu leeren.»

«Wer redet denn hier von Nachttöpfen?»

«Ich.»

«Ich wär lieber Zofe. Da könnt ich Haare frisieren und mir die ganzen Skandale der oberen Zehntausend anhören.»

«Und die Wutanfälle von Madam ertragen und bis drei Uhr früh aufbleiben, weil du warten mußt, bis sie von einem Ball zurück ist? Ich glaube, das ist...»

«Da kommt ein Auto den Hügel rauf.»

Judith horchte. Tatsächlich. Mit nur mäßigem Interesse hielt sie inne und rechnete damit, daß der Fahrer, wer immer es sein mochte, vorbeibrauste. Doch der Wagen wurde langsamer, in einen niedrigeren Gang geschaltet, dann bog er in das Tor ein. Reifen knirschten über den Kies, blieben vor der Haustür stehen. «Weißt du was», sagte Phyllis überflüssigerweise, «du kriegst Besuch.»

«Ja», sagte Judith.

«Weißt du, wer das ist?»

«Ja.»

«Wer?»

Judith ließ die Wäscheklammern in den Korb fallen und warf Biddys Petticoat, den sie gerade in der Hand hielt, Phyllis zu. Sie spürte, wie sich ein völlig blödsinniges Grinsen auf ihrem Gesicht ausbreitete. «Es ist Jeremy Wells.»

Dann ging sie ihm entgegen.

Jeremy Wells! Über die Wäscheleine hinweg beobachtete Phyllis verstohlen die Begrüßung, während sie den Petticoat auf gut Glück festklammerte und versuchte, nicht zu neugierig zu gucken. Aber das fiel ihr schwer, weil sie so lange darauf gewartet hatte, Jeremy Wells zu Gesicht zu bekommen. Das war also der junge Doktor, den Judith vor so vielen Jahren auf dem Rückweg von Plymouth im Zug kennengelernt hatte, als sie erst vierzehn war. Er hatte ihr damals gefallen. Kein Zweifel. Wie komisch, daß sie ihn dann bei den Carey-Lewis auf Nancherrow wiedergetroffen hat. Als Phyllis von diesem unglaublichen Zufall erfuhr, war sie sofort überzeugt, daß das Vorsehung war; in den Sternen geschrieben; eine dieser Liebesgeschichten mit einem Happy-End.

Natürlich behauptete Judith, da wäre nichts dran. «Ach, sei nicht so albern», sagte sie immer, sobald Phyllis versteckte Anspielungen auf den jungen Arzt machte. Aber mächtig stolz war sie schon, wie er zur Royal Navy gegangen ist, und ganz schön mitgenommen, wie sie gehört hat, daß ihn eine Explosion von seinem Schiff gepustet hat und er dann Gott weiß wie lang im Atlantik rumgedümpelt ist. Phyllis konnte sich nicht entscheiden, was wohl der größere Alptraum ist, ein brennendes Schiff mit glühend heißen Decks oder das kalte Wasser des dunklen, tiefen, rauhen Ozeans. Weder sie noch Cyril hatten jemals schwimmen gelernt. Jedenfalls ist Jeremy Wells gerettet worden, und nun war er endlich da und sah wieder putzmunter aus, soweit Phyllis das erkennen konnte. Schade, daß er nicht seine Uniform anhatte. Sie hätte ihn gern in seiner Uniform gesehen statt in dieser alten Flanellhose und dem blauen Hemd. Aber Judith war das anscheinend völlig egal. Sie zierte sich nicht, als er sie stürmisch umarmte und ihr einen Kuß auf die Wange gab. Dann redeten sie wie die Wasserfälle und grinsten sich dauernd an.

Phyllis hätte noch stundenlang dastehen und gaffen können, doch Judith besann sich plötzlich auf sie, sah sich lächelnd nach ihr um und rief, sie solle kommen. Plötzlich fühlte sich Phyllis sehr befangen, ließ aber gehorsam die Wäsche Wäsche sein, bückte sich, um Anna auf den Arm zu nehmen, ging über das Gras, durch die Lücke in der Escallonia-Hecke und über den knirschenden Kies. Dabei wünschte sie sich, sie sähe etwas ordentlicher aus und hätte nicht diese nasse Schürze um.

«Jeremy, das ist Phyllis Eddy. Sie hat früher meiner Mutter in Riverview geholfen. Jetzt wohnt sie hier bei uns. Ihr Mann ist auch bei der Navy.»

«Wirklich? Was macht er?»

«Er ist MRA», erklärte Phyllis voller Stolz. «Gefreiter. Hat schon seinen Winkel.»

«Großartig. Da muß er tüchtig sein. Wo ist er denn?»

«Irgendwo im Mittelmeer.»

«Der Glückspilz. Jede Menge Sonne. Und wer ist das kleine Mädchen da?»

«Das ist meine Anna. Freundlicher gucken tut sie aber nicht, dazu ist sie zu schüchtern.»

«Phyllis, Jeremy ist auf dem Weg nach Nancherrow. Er bleibt ein paar Tage bei ihnen…»

«Wie schön!» Ausgesprochen attraktiv war er eigentlich nicht, fand Phyllis, und er trug eine Brille, hatte aber das netteste Lächeln, das ihr je bei einem Mann untergekommen war, und hübsche Zähne. Und für einen, der gerade in die Luft gesprengt wurde, halb verbrannt und dann beinah ertrunken ist, sah er erstaunlich fit aus.

«Sie erwarten mich erst zum Mittagessen», sagte Jeremy. «Da konnte ich doch nicht durch Rosemullion fahren, ohne auf einen Sprung zu dir zu kommen und zu schauen, was du aus dem alten Haus gemacht hast.»

Phyllis lächelte zufrieden in sich hinein. Von wegen *auf einen Sprung*! Es war kaum halb elf. Noch zwei Stunden, bis er wieder weg mußte. Zeit genug für einen ruhigen, ausgiebigen Schwatz. Sie nahm Anna auf den anderen Arm. «Judith, willst du nicht mit Dr.

Wells reingehen oder auf die Veranda? Ich häng schnell die letzte Wäsche auf, dann bring ich euch 'ne Tasse Kaffee.»

Es tat ihr gut, das zu sagen. War wie in alten Zeiten bei Judiths Mutter, wenn Mrs. Dunbar Gäste hatte. Und was für ein Gast Jeremy Wells war! Fast ihr erster. Eine Tasse Kaffee war wirklich nicht die Welt, dabei hätte Phyllis bereitwillig jede Mühe auf sich genommen, falls das geholfen hätte, wahrer Liebe den Weg zu ebnen.

Sie hatten sich viel zu erzählen, redeten über die Ereignisse der letzten Zeit und tauschten ihre Neuigkeiten von gemeinsamen Freunden aus. Elf Monate waren verstrichen, seit sie das letzte Mal zusammen waren; seit jenem heißen Augustsonntag, der für Judith so glücklich begonnen und dann so verheerend mit ihrer überstürzten Flucht aus Nancherrow geendet hatte. Ihr fiel wieder ein, wie sie allen zugewinkt hatte, als sie noch über den Resten des Mittagessens saßen. «Bis nachher», hatte sie gesagt, doch zu diesem Nachher war es nicht mehr gekommen.

Jeremy hatte sie seither überhaupt nicht mehr gesehen. Während sie ihn verstohlen musterte, fand sie, daß er sich verändert hatte. Zehn Monate Krieg und das Leben auf See hatten ihn härter, kantiger gemacht. Sein Gesicht durchzogen nun Linien, die früher nicht dagewesen waren, und sein charmantes Lächeln kam nicht mehr ganz so spontan. Allerdings hatte sie ihn nie anders als erwachsen und verantwortungsbewußt erlebt, deshalb konnte sie auch seiner entschwundenen Jugend nicht nachtrauern.

Sie sprachen von Athena und Rupert und ihrem Baby. «Clementina war riesig», berichtete Judith, «fast neun Pfund schwer, und sie hat ausgesehen wie eine kleine Irokesin.»

«Ich bin schon sehr gespannt auf sie.»

«Wir haben alle erwartet, Athena würde sie auf der Stelle in Mary Millyways Obhut geben, statt dessen ist sie furchtbar mütterlich, liegt stundenlang mit Clementina auf dem Bett und redet mit ihr. Zu niedlich. Fast so, als wäre Clementina ein süßer kleiner

Hund. Und Loveday ist eine richtige Landarbeiterin geworden. Offiziell ist sie natürlich keine, deshalb braucht sie auch diese gräßliche Uniform nicht zu tragen, aber sie rackert wie eine Wilde und hält einen Haufen Hühner. Uns versorgt sie auch mit Eiern, weil sie unten im Dorf manchmal ausgehen. Mr. Nettlebed ist nicht nur Luftschutzwart, sondern er hat sich auch die Verantwortung für den Gemüsegarten von Nancherrow aufgehalst, aber wenn er das Dinner serviert, tritt er noch genauso hoheitsvoll auf wie früher. Du wirst begeistert sein. Jetzt ist zwar alles anders, nur, komischerweise doch genau dasselbe.»

Dann erkundigte Jeremy sich nach den Warrens in Porthkerris und nach Judiths Freundin Heather, was sie wirklich rührte, weil er die Familie nur vom Hörensagen kannte.

«Ihnen geht es ganz gut. Joe Warren ist Gott sei Dank aus Dünkirchen heimgekommen. Er hatte eine Weile Urlaub, dann ist er wieder weg, ich weiß aber nicht genau wohin. Biddy und ich sind mal nach Porthkerris rübergefahren und waren bei ihnen zum Tee. Da haben sie uns alles erzählt. Heather geht's glänzend, sie arbeitet für das Auswärtige Amt, an irgendeinem furchtbar geheimen Ort, und wir dürfen nicht einmal wissen wo. Leider hat bisher keiner was von ihrem Freund Charlie Lanyon gehört. Der war auch in Dünkirchen, und die Warrens beten darum, daß er in Gefangenschaft ist.» Dabei fiel ihr Gus ein. «Und Gus Callender? Hat sich zu dir rumgesprochen, daß er aus St-Valéry abgehauen und durchgekommen ist?»

«Ja, das hat mir mein Vater erzählt. Was für ein Wunder!»

«Du hättest Loveday sehen sollen, als sie herkam, um es uns zu sagen. Sie hatte sich wirklich elend gefühlt, sich solche Sorgen um ihn gemacht, und dann hatte sie plötzlich eine Art Zweites Gesicht und war überzeugt, daß er noch lebt. Sie hat mir erzählt, ihr war plötzlich fast so, als hätte sie seine Stimme hören können, auf dem Heimweg von Lidgey. Darauf ist sie im Dauerlauf nach Nancherrow zurückgerannt, und kaum war sie fünf Minuten im Haus, da klingelte das Telefon und *er* war dran. Er rief aus dem Krankenhaus von Southampton an. Vielleicht war es ja wirklich Telepathie...»

«Wenn Menschen einander sehr nahestehen, glaube ich, daß Telepathie durchaus möglich ist... Im übrigen ist Loveday in Cornwall geboren und aufgewachsen, eine richtige kleine Keltin. Falls irgend jemand mit der Fähigkeit zur Telepathie gesegnet ist, dann sie.»

Sie hörten auf, über die Carey-Lewis zu reden, denn schließlich würde Jeremy in einer Stunde bei ihnen sein. Statt dessen berichtete Judith ihm die tragischen Einzelheiten zum Tod von Ned Somerville und erzählte ihm von Bob und Biddy.

«Sie hat Devon verlassen und lebt hier bei uns. Hast du das gewußt?»

«Ja. Ich habe gehofft, ich würde sie kennenlernen.»

«Heute morgen hat sie jemand nach Penzance mitgenommen. Sie wollte zum Friseur. Ich weiß nicht, wann sie wieder da ist. Alles ist derart gut gelaufen, daß ich schon zu Mr. Baines gesagt habe, es ist, als hätte es so sein sollen.»

«Phyllis auch?»

«Das ist das Beste. Sie ist ein Schatz. Und ihr gefällt es hier einfach gut, ist aufgeblüht wie eine Blume. Wir haben ein Zimmer für Anna hergerichtet, damit Cyril, Phyllis' Mann, herkommen und bei ihr sein kann, wenn er Urlaub bekommt. Bevor du gehst, zeig ich dir alles. Ich kann es noch immer nicht glauben, daß das mein Haus ist. Früher hab ich ständig davon phantasiert, ein eigenes Zuhause zu haben, sehr bescheiden natürlich, nichts weiter als ein Steincottage und eine Palme. Bloß ein eigenes Plätzchen, wo ich Wurzeln schlagen und wohin ich immer zurückkehren kann. Und jetzt gehört mir das. Mir allein. Manchmal wache ich nachts auf und frage mich, ob es wirklich wahr ist.»

«Willst du hierbleiben?»

«Ja, für immer. Nur in der nächsten Zeit wahrscheinlich nicht. Ich sollte mich aufraffen und meine Pflicht tun. Vielleicht Marinehelferin werden oder so.»

Jeremy lächelte, verfolgte das Thema aber nicht weiter. Statt dessen fragte er nach ihrer Familie in Singapur, und sie berichtete ihm gerade die letzten Neuigkeiten, als Phyllis mit dem Kaffee auftauchte. Sie bückte sich, um das Tablett auf den Hocker zwischen ihnen zu stellen, und Judith sah, daß sie es mit Tante Lavinias bestem Porzellan gedeckt hatte. Der Kaffee duftete herrlich, frisch gemahlen, und es stand sogar ein Teller mit Butterkeksen auf dem Tablett.

Ein Hauch von Riverview.

«Du hast nur zwei Tassen gebracht, Phyllis. Setzt du dich nicht zu uns?»

«Nein, ich hab in der Küche zu tun, und ihr habt euch sowieso viel zu erzählen. Da ist Zucker, Dr. Wells. Ich weiß nicht, ob Sie welchen nehmen.»

«Ja, doch. Wie nett von Ihnen. Vielen Dank.»

Mit verständnisvollem und leicht hintergründigem Lächeln trollte Phyllis sich wieder. Judith hoffte, daß Jeremy es nicht bemerkt hatte, schenkte den Kaffee ein und reichte ihm eine Tasse. Dann sagte sie: «Jetzt haben wir über jeden geredet, bloß nicht über dich. Über dein Schiff, das torpediert wurde und all das.» Als sie seine Miene sah, fügte sie rasch hinzu: «Aber vielleicht möchtest du nicht darüber sprechen.»

«Nicht besonders gern.»

«Muß nicht sein, wenn du's nicht erzählen magst.»

«Macht mir nichts aus.»

«Ist dein Schiff gesunken?»

«Ja. Ganz langsam. Ich hing an diesem verdammten Rettungsfloß und hab zugesehen, wie es untergegangen ist. Erst das Heck. Zuletzt schwappte eine riesige Welle über den Bug, und dann war da nichts mehr als nur noch Wasser, Öl und ein paar Trümmer.»

«Sind von den Leuten an Bord viele umgekommen?»

«Etwa die Hälfte. Den Artillerieoffizier und den Ersten Wachoffizier hat's auch erwischt. Der Kapitän ist gerettet worden, liegt aber noch immer im Krankenhaus.»

«Dein Vater sagt, du hast Verbrennungen gehabt.»

«Ja. An der Schulter, am Rücken und am linken Oberarm. War aber nicht allzu schlimm. Keine Hautverpflanzungen. Heilt schon ab.»

«Und wie geht es jetzt weiter?»

«Das müssen Ihre Lordschaften entscheiden.»

«Ein anderes Schiff?»

«Ich hoffe sehr.»

«Wieder der Atlantik?»

«Höchstwahrscheinlich. Konvois. Ein Kampf ohne Ende.»

«Gewinnen wir den Krieg?»

«Wir müssen. Und wir müssen die Handelsrouten nach Amerika offenhalten, um das Land mit Lebensmitteln und Waffen versorgen zu können. Dabei treiben sich überall U-Boote herum, wie reißende Wölfe. Ein Konvoi kommt allerdings nur so schnell voran wie sein langsamstes Schiff, und wir verlieren immer noch zu viele Handelsschiffe.»

«Hast du denn bei dem Gedanken, wieder auf See zu sein, keine Angst, Jeremy?»

«Doch, natürlich. Aber man lernt, so zu tun, als hätte man keine. Das geht jedem so. Routine und Disziplin helfen einem, seine Gedanken zusammenzuhalten. Und beim nächsten Mal weiß ich wenigstens, was mir bevorsteht.»

Es war alles sehr bedrückend. Judith seufzte. «So viele Schlachten. Erst die Schlacht um Frankreich und jetzt die Schlacht um England…»

Sie sprach nicht weiter, ahnte aber schon, was Jeremy als nächstes sagen würde.

«Und Edward steckt mittendrin.»

«Ja, ich weiß.»

«Hast du was von ihm gehört?»

«Nur über die Familie.»

«Schreibt er dir nicht?»

Judith schüttelte den Kopf. «Nein.»

«Und du schreibst ihm auch nicht?»

«Nein.»

«Was ist denn passiert?»

«Nichts.»

«Das stimmt nicht.»

«Wirklich.» Sie blickte ihn an. «Nichts.» Doch sie war eine schlechte Lügnerin.

«Du hast Edward mal geliebt.»

«Das tut doch jeder. Ich glaube, er ist dazu geboren, daß man ihn liebt. Als er auf die Welt kam, müssen die guten Feen Schlange gestanden haben.»

«So habe ich es nicht gemeint.»

Judith schlug die Augen nieder. Im Garten rauschte der Wind in den Bäumen, und hoch über ihren Köpfen flatterten kreischend ein paar Möwen. Da sie schwieg, sprach er weiter.

«Ich wußte ja, was los war. Mir wurde es an jenem letzten Sonntag klar, als ihr alle vor dem Mittagessen im Garten von Nancherrow gesessen habt und Edward und ich mit den Getränken rausgekommen sind. Du hast den Kopf gehoben, ihn gesehen und vor Freude so gestrahlt, als hätte jemand eine Glühbirne angeknipst. Dann ist er auf dich zugegangen, um mit dir zu reden, und es war, als läge eine magische Aura um euch herum... etwas, wovon wir anderen ausgeschlossen waren.»

Sie ertrug es kaum, so deutlich daran erinnert zu werden, und sagte: «Vielleicht wollte ich, daß ihr das alle glaubt.»

«Nach dem Lunch seid ihr weggegangen, um Mrs. Boscawen zu besuchen. Später tauchte Edward dann am Strand auf, allerdings allein, dich bekamen wir nicht mehr zu Gesicht, weil du fort warst. Du hattest Nancherrow verlassen. Da mußte doch etwas passiert sein, oder?»

Er wußte es. Sinnlos, es zu leugnen.

«Ja. Es ist was passiert. Es ist passiert, und ich habe gemeint, er empfindet genauso tief für mich wie ich für ihn. Jeremy, ich glaube, ich habe Edward immer geliebt, vom ersten Augenblick an, in dem ich ihn kennengelernt habe. Schließlich hat ein Mensch, der imstande ist, aus dem nichtigsten Anlaß ein Fest zu machen, immer etwas Unwiderstehliches an sich. Und diese unglaubliche Gabe hat er seit eh und je besessen, schon als Schuljunge.» Sie wandte ihm das Gesicht zu und lächelte. Ein bitteres Lächeln, das Jeremy mit seinem vertrauten, aufmunternden Grinsen beantwortete. «Aber das weißt du ja selbst am besten.»

«Ja.»

«Ich habe mir eingebildet, ihm liegt wirklich was an mir. Natürlich war dem nicht so.»

«Er hat dich riesig gern gehabt.»

«Aber nicht mit der Absicht, sich dauerhaft zu binden.»

«Er ist zu jung, um sich schon zu binden.»

«Genau das hat er mir gesagt.»

«Und deshalb hast du allem ein Ende gemacht?»

«Ich war zu weit gegangen, hatte zuviel gesagt. Ich mußte mich zurückziehen.»

«Und Nancherrow verlassen?»

«Ich konnte nicht mehr bleiben. Im Haus, in seiner Nähe, in der Familie. Ihn jeden Tag sehen. Das verstehst du doch sicher, nicht?»

«Das Ende einer Liebe kann ich verstehen, nicht aber das Ende einer Freundschaft.»

«Ich wußte nicht mehr weiter. Athena hätte sich vielleicht zu helfen gewußt, doch ich war nicht so erfahren wie sie.»

«Liebst du Edward noch immer?»

«Ich gebe mir Mühe, es nicht mehr zu tun. Nur, die erste Liebe verschmerzt man wahrscheinlich nie.»

«Wie alt bist du?»

«Neunzehn. Seit kurzem.»

«Noch so jung.»

«Ich werd's schon überstehen.»

«Hast du Angst um ihn?»

«Andauernd. Unterschwellig. Ich schau mir in der Zeitung die Fotos von Luftkämpfen und Spitfires an, und obwohl ich dabei an Edward denke, kann ich ihn trotzdem mit alledem nicht identifizieren. Hoffentlich hat er nicht nur seinen Charme, sondern auch einen guten Schutzengel. Eins steht jedenfalls fest: Was auch immer er tut, er genießt es.»

Jeremy lächelte verständnisvoll. «Ich weiß, was du meinst. Entschuldige bitte, daß ich dich gefragt habe. Ich wollte nicht in deinem Privatleben herumschnüffeln. Nur, ich kenne Edward so gut – seine angenehmen Seiten und auch seine Fehler... Es hat mir keine Ruhe gelassen. Ich habe befürchtet, daß er dir weh getan hat.»

«Inzwischen hab ich's überwunden. Ich kann schon darüber sprechen. Und es macht mir nichts aus, daß du es weißt.»

«Gut so.» Er hatte den Kaffee ausgetrunken, stellte die Tasse ab und blickte auf seine Armbanduhr. «Wenn du mir noch alles zeigen möchtest, dann sollten wir uns vielleicht langsam aufraffen, weil ich mich bald auf den Weg machen muß.»

Also standen sie auf, gingen ins Haus, und in der friedlichen Stille der alten Räume schwand die letzte Befangenheit zwischen ihnen, sie wich Judiths Besitzerstolz und Jeremys grenzenloser Begeisterung. Selbstverständlich war er zu Zeiten Tante Lavinias oft hier gewesen, doch nie weiter als bis zum Wohnzimmer und zum Eßzimmer vorgedrungen. Nun unternahmen sie eine regelrechte Besichtigungstour, mit der sie im neuen Kinderzimmer unter dem Dach begannen und in der Küche aufhörten.

«...Diana und der Colonel haben mir die Möbel und alle Sachen, die sie nicht haben wollten, überlassen, deshalb brauchte ich nichts zu kaufen. Ich weiß, die Tapeten sind verblichen und die Vorhänge verschlissen, aber mir gefällt es so. Sogar die kahlen Stellen in den Teppichen. Das macht alles freundlich und vertraut, wie die Falten im Gesicht eines lieben Menschen. Natürlich gibt es ein paar Lükken, weil einige Sachen nach Nancherrow gewandert sind, doch damit kann ich prima leben. Und die Küche funktioniert wirklich ausgezeichnet...»

«Wie kommst du zu heißem Wasser?» Sein Sinn für praktische Dinge war wohltuend.

«Mit dem Küchenherd. Unglaublich, wie gut der den Kessel aufheizt, vorausgesetzt, man vergißt nicht, ihn zweimal täglich mit Brennmaterial zu füttern... Das einzige, was mir wirklich fehlt, ist ein richtiger Kühlschrank, aber ich bin noch nicht dazu gekommen, mich darum zu kümmern. Der Laden in Penzance hat zur Zeit keine, deshalb muß ich wohl nach Plymouth fahren. Mr. Baines rät mir zwar, ein zweites Badezimmer einbauen zu lassen, aber ehrlich gesagt, brauchen wir es nicht wirklich. Statt dessen würde ich viel lieber eine Zentralheizung installieren lassen, wie auf Nancherrow, nur, damit werde ich sicher bis nach dem Krieg warten müssen.»

«Für eine Zentralheizung müßtest du einen zusätzlichen Wasserkessel haben.»

«Den Platz dafür hätte ich, hinter der Spülküche...»

Sie zeigte ihm die Stelle, die sie im Auge hatte. Während der nächsten fünf Minuten erörterten sie dieses Thema und wie schwierig es sein würde, in dem alten, dicken Steingemäuer Rohre zu verlegen. Dann gesellten sich Phyllis und Anna zu ihnen, die inzwischen für das Mittagessen Erbsen gepflückt hatten. Eine Weile plauderten sie noch, bis Jeremy erneut auf die Uhr blickte und sagte, es sei nun wirklich Zeit, daß er sich auf die Socken machte.

Judith brachte ihn zum Auto. «Wie lange bleibst du auf Nancherrow?»

«Nur ein paar Tage.»

«Seh ich dich noch mal?» fragte sie beinahe wehmütig.

«Natürlich. Weißt du was, komm doch heute nachmittag rüber, und dann gehen wir an den Strand. Mal schauen, wer sonst noch dazu Lust hat. Wir könnten ein bißchen schwimmen.»

Eine verlockende Idee. Sie war zu lange nicht mehr in der kleinen Bucht gewesen. «Gut, ich komme mit dem Fahrrad.»

«Vergiß dein Badezeug nicht!»

«Bestimmt nicht.»

«Bis dann, so gegen drei?»

«Ja. Aber falls sie schon was vorhaben und wollen, daß du was anderes machst, dann ruf mich kurz an.»

«Mach ich.»

Er stieg in sein Auto ein, und sie blieb stehen, um ihm nachzuschauen. Dann kehrte sie in die Küche zurück, setzte sich zu Phyllis und Anna an den Tisch und half ihnen, die Erbsen zu enthülsen.

DIE HORTENSIEN an der langen Auffahrt von Nancherrow standen in voller Blüte. Durch die Zweige der hohen Bäume sickerte flirrender Sonnenschein, so daß Judith beinahe den Eindruck hatte, als radle sie am Ufer eines azurblauen Flusses entlang. Sie hatte kurze Hosen und eine alte, leichte Bluse angezogen. In dem Korb auf ihrem Fahrrad lagen ein dicker Pullover und ein gestreiftes Handtuch, in das sie ihren Badeanzug und eine Packung Ingwerplätzchen eingerollt hatte. Sie freute sich auf das Schwimmen und hoffte, daß Loveday und vielleicht sogar Athena mitkommen würden.

Kaum hatte sie die Bäume hinter sich gelassen, ratterte das Fahrrad bereits über den Kies. Inzwischen waren die letzten morgendlichen Wolken abgezogen, aber der sanfte Westwind wehte noch immer. Die Fenster von Nancherrow blinkten in der Nachmittagssonne, und Lovedays Hennen gackerten in ihrem Drahtgehege neben dem Haus so munter vor sich hin, als hätten sie eben ein Ei gelegt oder würden gleich eins legen.

Weit und breit schien niemand zu sein, doch die Eingangstür stand offen. Judith lehnte das Fahrrad an die Hauswand, nahm ihr Badezeug und den Pullover aus dem Korb, wandte sich um und wollte gerade hineingehen, als sie zusammenzuckte, weil Jeremy, wie aus dem Nichts aufgetaucht, plötzlich direkt hinter ihr stand.

«Ach, Jeremy, du Scheusal! Hast du mich erschreckt. Ich hab dich überhaupt nicht gesehen oder gehört.»

Er packte sie an den Armen und hielt sie zurück, als drohe sie ihm irgendwohin zu entwischen. «Geh nicht rein», sagte er.

Sein Gesicht war verkniffen und unter der Sonnenbräune sehr bleich. Oberhalb des Wangenknochens pulsierte eine Ader.

«Warum?» fragte Judith verwundert.

«Ein Anruf. Vor einer halben Stunde. Edward ist tot.»

Sie war dankbar, daß er sie so fest hielt, denn ihre Knie begannen zu zittern, Panik erfaßte sie, und ihr stockte der Atem. *Edward ist tot.* Alles in ihr sträubte sich dagegen, sie schüttelte den Kopf. «Nein!»

«Er ist heute vormittag ums Leben gekommen.»

«Nein. Nicht *Edward*! O Jeremy, nicht Edward!»

«Sein Kommandeur hat vorhin angerufen, um es ihnen mitzuteilen. Er hat mit dem Colonel gesprochen.»

Edward! So lange hatten sie in quälender Angst um ihn gelebt, hatte das Unheil gelauert, abgewartet, und nun hatte es zugeschlagen. Judith blickte in Jeremys Gesicht, sah hinter der Brille, die so sehr ein Teil von ihm war, die unvergossenen Tränen in seinen Augen schimmern, und dachte: ‹So geht es allen. Wir alle haben Edward geliebt, auf verschiedene Weise. Jeder einzelne von uns, jeder, der ihn jemals kennengelernt hat...›

«Wie ist es passiert?» wollte sie wissen. «Wo?»

«Über Dover. Es hat einen furchtbaren Angriff auf die Schiffe im Hafen gegeben. Sturzkampfbomber und Messerschmitt-Jäger. Ein unheimliches Bombardement. Die Jagdflieger der Royal Air Force haben die deutschen Geschwader unter Beschuß genommen. Sie haben zwölf feindliche Maschinen erwischt, aber drei eigene verloren. Edwards Spitfire war eine von ihnen.»

Aber es mußte doch noch einen Funken Hoffnung geben. Nach dem ersten lähmenden Entsetzen spürte sie nun, wie ohnmächtige Wut in ihr aufstieg. «Aber woher wissen sie es? Woher wissen sie, daß er tot ist? Wie können sie sich dessen so sicher sein?»

«Einer der anderen Spitfire-Piloten hat bei der anschließenden Einsatzbesprechung Meldung erstattet. Er hat gesehen, wie es passiert ist. Ein Volltreffer eines Stukas. Eine schwarze Rauchfahne. Edwards Maschine schmierte ab, trudelte und schlug auf dem Wasser auf. Dann explodierte sie. Er kam nicht mehr raus. Kein Fallschirm. Unmöglich, daß ein Mensch das überlebt haben konnte.»

Schweigend hörte Judith diesen schmerzlichen Worten zu, und der letzte Funken Hoffnung erlosch für immer. Dann nahm Jeremy sie in die Arme. Sie ließ das Bündel aus Handtuch und Pullover auf den Kies fallen, legte ihre Arme um seine Taille, und so versuchten sie, sich gegenseitig zu trösten. Sie drückte ihre Wange an seine Schulter, roch den frischen Duft seines Baumwollhemdes und spürte die Wärme seines Körpers. Während sie dastand und er sie umschlungen hielt, dachte sie an die Familie, die sich irgendwo da drinnen aufhielt, und an die grenzenlose Traurigkeit, die in dieses schöne, fröhliche, sonnendurchflutete Haus eingezogen war. Diana und der Colonel. Athena und Loveday. Wie konnten sie sich jemals mit diesem Schmerz, mit der Endgültigkeit ihres Verlustes abfinden? Ein fast unerträglicher Gedanke. Doch ihr war klar, daß sie, Judith, an dieser Trauer im engsten Kreis keinen Anteil hatte. Einst hatte sie sich als Teil der Familie Carey-Lewis gefühlt. Irgendwann würde sie wahrscheinlich wieder dieses Gefühl haben. Aber jetzt, in diesem Augenblick, war sie nichts weiter als eine Fremde auf Nancherrow, ein Eindringling.

Behutsam löste sie sich aus Jeremys Umarmung. «Wir sollten

nicht hier sein, du und ich. Nicht hierbleiben. Wir müssen gehen, beide. Sofort... sie in Ruhe lassen.»

Gestammelte Worte, hastig hervorgestoßen, doch Jeremy verstand sie.

«Geh du, wenn du möchtest. Ich finde, du solltest wirklich gehen. Nach Hause. Zurück zu Phyllis. Aber ich muß hierbleiben. Wenigstens für ein paar Tage. Ich glaube, der Colonel hat Angst um Diana. Du weißt, wie besorgt er um sie ist... Also werde ich noch eine Weile hier rumhängen. Vielleicht kann ich irgendwie helfen. Und wenn's nur durch seelischen Beistand ist.»

«Noch ein Mann im Haus. Wenn ich der Colonel wäre, wollte ich auch, daß du hierbleibst. Ach, Jeremy, ich wünschte, ich könnte wie du sein. So stark. Du kannst ihnen soviel geben, aber ich fürchte, ich bin im Moment zu nichts zu gebrauchen. Ich möchte nur weglaufen. Heimgehen. In mein eigenes Haus. Ist das schlimm?»

Er lächelte sie an. «Nein. Überhaupt nicht schlimm. Wenn du willst, fahre ich dich heim.»

«Ich habe ja mein Fahrrad.»

«Sei vorsichtig. Du hast einen Schock.»

Er bückte sich, hob ihr zusammengerolltes Handtuch und den Pullover auf, klopfte die Kieselsteine und den Staub ab und legte die Sachen wieder in ihren Korb. Dann griff er nach dem Lenker des Fahrrades und schob es zu ihr hinüber.

«Mach dich auf den Weg.»

Sie nahm ihm das Fahrrad ab, zögerte aber noch. «Sag Diana, ich komme sie irgendwann besuchen! Grüße sie von mir! Erklär es ihr!»

«Selbstverständlich.»

«Und reise nicht ab, ohne mir vorher auf Wiedersehen zu sagen.»

«Nein, bestimmt nicht. Und wir gehen ein andermal schwimmen.»

Aus unerfindlichem Grund trieb ihr erst das die Tränen in die Augen. «Ach, Jeremy, warum mußte es ausgerechnet Edward sein?»

«Keine Ahnung. Frag mich nicht.»

Also sagte sie nichts mehr, setzte sich auf ihr Rad und fuhr langsam davon. Er blickte ihr nach, bis sie außer Sicht war, um die Kurve der Auffahrt gebogen und in dem Tunnel aus Bäumen verschwunden.

Warum mußte es ausgerechnet Edward sein?

Nach einer Weile wandte Jeremy sich um, stieg die Stufen zur Haustür hinauf und ging wieder hinein.

Danach konnte sich Judith nur noch vage an diese Rückfahrt von Nancherrow zum Dower House erinnern. Als hätten ihre Beine einen eigenen Willen entwickelt, traten sie in die Pedale, bewegten sich automatisch wie die Kolben eines Motors und hielten das Gefährt in Gang. Sie dachte an nichts. Ihr Kopf war so betäubt wie ein Arm oder Bein, dem man einen furchtbaren Schlag versetzt hat. Später würde es anfangen weh zu tun, würde der Schmerz unerträglich werden, doch im Augenblick wollte sie nur nach Hause, wie ein verwundetes Tier in seinen Bau, seine Höhle, sein Loch oder wie auch immer man es nennen mochte.

Endlich gelangte sie durch das Tor von Nancherrow, war wieder draußen im prallen Sonnenlicht, fuhr den Hügel nach Rosemullion hinab, bog unten in das Dorf ein und radelte die Straße neben dem kleinen Fluß entlang. Eine Frau, die gerade Wäsche aufhängte, rief ihr nach: «Hallo, Judith! Schön heute, was?» Doch sie hörte sie kaum und wandte sich nicht um.

Sie strampelte den Hügel hinauf, bis er so steil wurde, daß sie absteigen und den Rest des Weges zu Fuß gehen mußte. An der Einfahrt zum Dower House mußte sie einen Moment innehalten, um Atem zu schöpfen, dann schob sie das Fahrrad über den Kies. Vor der Tür ließ sie es fallen, ließ es achtlos liegen, während der Lenker schief nach oben ragte und das Vorderrad sich noch langsam weiterdrehte.

Verschlafen erwartete das Haus sie im hellen Licht des Nachmittags. Judith legte die Hände an die Wand des Windfangs, und die alten Steine waren noch warm, von der Morgensonne aufgeheizt. Wie ein Mensch, dachte sie. Wie ein lebendiges Wesen mit einem Herzschlag.

Nach einer Weile ging sie hinein, durch den Windfang in die mit

Steinplatten ausgelegte Diele, in der nur das Ticken der alten Uhr zu hören war. Sie blieb stehen und horchte.

«Biddy!» Dann noch einmal. «Biddy!»

Stille. Offenbar war Biddy noch immer nicht zurück.

«Phyllis!»

Doch auch Phyllis antwortete nicht.

Sie durchquerte die Diele und öffnete die Glastür, die auf die Veranda hinausführte. Dahinter lag der Garten. Phyllis saß mit Anna und Morag auf einer Decke im Gras. Zwischen ihnen lagen ein paar Spielsachen von Anna: der Gummiball, den Judith dem Kind gekauft hatte, und ein winziges Teeservice aus Blech, das Biddy beim Aufräumen des Dachbodens in die Hände gefallen war.

Sie schritt über die Veranda und trat auf den Rasen hinaus. Morag, der sie kommen hörte, setzte sich auf und kläffte völlig nutzlos. Phyllis hob den Kopf, um zu sehen, wer oder was den Hund dazu bewogen hatte zu bellen.

«Judith! Wir haben nicht erwartet, daß du so schnell wieder da bist. Wart ihr nicht schwimmen?»

«Nein.» Judith sank neben Phyllis auf die Decke. Der schwere Schottenstoff fühlte sich in der Sonne angenehm warm an, wie ein dicker Pullover, den man sich überzog, wenn man in eiskaltem Wasser geschwommen war.

«Warum nicht? Es ist so ein...»

«Phyllis, ich muß dich was fragen.»

Ihre Stimme klang so eindringlich, daß Phyllis die Stirn runzelte. «Fehlt dir was?»

«Falls ich weggehe... Falls ich fort muß, bleibst du dann hier und paßt auf Tante Biddy auf?»

«Wovon redest du denn?»

«Ich hab mit ihr noch nicht darüber gesprochen, aber ich glaube, sie möchte wahrscheinlich hierbleiben, im Dower House, bei dir. Sie will sicher nicht nach Devon zurück. Aber weißt du, du darfst sie nie verlassen. Sie darf nicht allein sein. Sonst fühlt sie sich furchtbar einsam, denkt an Ned und fängt an, Whisky zu trinken, um sich aufzumuntern. Sie trinkt dann so viel, daß sie betrunken wird. Früher ist das vorgekommen, wenn ich sie in Devon allein gelassen habe. Ich weiß es von Mrs. Dagg. Das ist einer der Gründe, warum ich sie nach Cornwall mitgenommen habe. Ich muß dir das jetzt sagen, solange Biddy nicht da ist, damit es unter uns bleibt. Phyllis, du läßt sie doch nie im Stich, nicht wahr?»

Phyllis stand natürlich vor einem Rätsel. «Aber, Judith, was soll das alles?»

«Du hast doch gewußt, daß ich gehe. Irgendwann. Zur Marine. Ich kann nicht ewig hierbleiben.»

«Ja, aber…»

«Ich fahre morgen nach Plymouth. Nach Devonport. Mit dem Zug. Ich melde mich als Marinehelferin. Sicher komme ich noch mal her. Dauert ja mindestens zwei Wochen, bis ich meinen Einsatzbefehl bekomme. Dann gehe ich endgültig. Aber du läßt Biddy *nie* im Stich, nicht wahr, Phyllis? Versprich es mir! Falls du mit Anna weg mußt, kannst du vielleicht dafür sorgen, daß jemand herkommt, hier wohnt, um bei ihr zu sein…»

Sie steigerte sich, wie Phyllis merkte, immer weiter hinein und drehte allmählich durch, aber warum? Verkrampft und gehetzt haspelte sie drauflos, daß sie kaum noch zu verstehen war. Phyllis war völlig verdutzt und zugleich besorgt. Sie legte Judith eine Hand auf die Schulter und erinnerte sich daran, wie sie einmal versucht hatte, ein nervöses junges Pferd zu besänftigen.

«Ist ja gut…» Bewußt sprach sie sehr langsam und leise. «Reg dich nicht so auf! Natürlich lasse ich sie nicht im Stich. Warum sollte ich das denn tun? Wir kennen doch Mrs. Somerville. Wir wissen, daß sie abends gern ihr Gläschen trinkt.»

«Es geht nicht nur um ein Gläschen!» Judith schrie sie beinahe an. «Du begreifst überhaupt nichts…»

«Doch. Ich hab dir mein Wort gegeben. Jetzt beruhige dich!»

Es wirkte. Judiths unerwarteter Gefühlsausbruch flaute ab. Sie nagte an ihrer Unterlippe und sagte nichts mehr. «So ist's schon besser», erklärte Phyllis zuversichtlich. «Und nun reden wir vernünftig miteinander. Über dich. Ich weiß, daß du seit Monaten vorhast, zur Marine zu gehen. Aber warum jetzt Knall auf Fall? So plötzlich. Warum willst du morgen nach Devonport? Wann hast du das beschlossen? Was hat dich dazu gebracht?»

«Ich weiß nicht. Es kam von selbst.»

«Ist was passiert?»

«Ja.»

«Jetzt gerade?»

«Ja.»

«Komm, erzähl es Phyllis!»

Und sie klang genauso wie früher in Riverview House, wenn Judith in der Küche herumgehangen hatte, weil sie sich um irgendwelche Prüfungsergebnisse Sorgen gemacht hatte oder ihr wegen einer Geburtstagsparty, zu der man sie nicht eingeladen hatte, elend zumute gewesen war.

Erzähl es Phyllis! Judith holte tief Luft und sprach es aus: «Edward Carey-Lewis ist tot. Sein Flieger ist über Dover abgeschossen worden.»

«O Gott!»

«Jeremy hat mir's gerade gesagt. Deshalb sind wir nicht schwimmen gegangen. Ich bin heimgekommen. Ich wollte nur nach Hause. Ich wollte unbedingt zu dir.» Schniefend verzerrte sie plötzlich das Gesicht wie ein Kind. Da zog Phyllis sie ungestüm an sich, drückte ihr einen Kuß auf die Stirn und wiegte sie in ihren Armen, als ob sie ein Baby wäre. «Phyllis, ich glaube, ich ertrag's nicht. Ich will nicht, daß er tot ist. Er war immer irgendwo, und ich ertrage den Gedanken nicht, daß er nirgendwo ist. Er ist jetzt nirgends mehr. Es gibt ihn überhaupt nicht mehr...»

«Schhhh...»

Während sie Judith immer noch in ihren Armen wiegte, wurde Phyllis auf einmal alles klar, glasklar. Edward Carey-Lewis hatte es Judith angetan. Nicht Jeremy Wells. Obwohl sie sich dessen so sicher gewähnt und es so sehr gehofft hatte, war sie auf dem Holzweg gewesen. Judith hatte ihr Herz an den jungen Carey-Lewis verloren, und nun war er tot.

«Schhh... Ganz ruhig...»

«Oh, Phyllis...»

«Wein dich aus.»

Das Leben ist so grausam, dachte Phyllis, und Krieg ist noch schlimmer. Aber wozu sollte man tapfer sein und Gefühle unterdrücken? Besser, man gab ihnen nach und ließ der Natur ihren Lauf, daß sie mit einer Flut von Tränen alles fortspülte.

DREI TAGE waren verstrichen, bevor Judith wieder nach Nancherrow fuhr. Es war der erste August, und es regnete. Der für Cornwall so typische sanfte Regen durchtränkte die dankbaren Gärten und Felder und erfrischte die Luft. Der angeschwollene Fluß gurgelte unter der Brücke und überschwemmte die Butterblumen an seinen Ufern; auf den Straßen standen Pfützen; dicke Wassertropfen fielen in Schauern zu Boden, sobald der Wind durch die Zweige strich.

In einem schwarzen Ölmantel, aber mit bloßem Kopf fuhr Judith durch den Regen. Vom Dorf bis zum Tor von Nancherrow mußte sie ihr Rad schieben. Dort stieg sie wieder auf und strampelte weiter, über die gewundene Zufahrt, durch den Tunnel aus Bäumen. Alles glänzte und triefte, und die Hortensien ließen ihre nassen, schweren Blütenköpfe hängen.

Als sie das Haus erreichte, stellte sie das Rad neben der Tür ab und ging hinein. Edel wie ein Rolls Royce stand der alte Kinderwagen von Nancherrow im Windfang und wartete darauf, daß der Regen nachließ, damit Clementina in den Garten hinausgefahren werden konnte, um die nötige frische Luft zu bekommen. Judith knöpfte ihren Ölmantel auf, zog ihn aus und legte ihn über einen geschnitzten Stuhl, wo er auf die Steinfliesen tropfte. Dann trat sie an den Kinderwagen, spähte hinein und weidete ihre Augen an Clementinas reizendem Anblick, an ihren runden Pfirsichwangen und dem dunklen, seidigen Haar auf dem rüschenbesetzten Batistkissen. Mit einem dünnen Shetlandtuch zugedeckt, schlief sie tief und fest, hatte es aber irgendwie geschafft, einen Arm darunter hervorzuziehen, und ihre pummeligen Finger lagen gespreizt wie ein Seestern auf dem rosa Laken. An ihrem Handgelenk schimmerte ein winziges Armband. Ihr friedlicher Schlummer hatte etwas Zeitloses an sich, von allem Schrecklichen, das geschehen war oder vielleicht noch geschehen mochte, unberührt. Der Inbegriff der Unschuld, schoß es Judith durch den Kopf. Behutsam griff sie nach Clementinas Händchen, betrachtete die winzigen, wohlgeformten Fingernägel und sog den Duft ein, der aus dem Kinderwagen aufstieg, eine Mischung aus Sauberkeit, Wolle und Talkumpuder. Seit Tagen hatte sie nichts mehr gesehen, was so tröstlich und beruhigend gewesen wäre.

Nach einer Weile ließ sie das Baby in Frieden weiterschlafen und betrat die Eingangshalle. Es war still im Haus. Auf dem runden Tisch standen Blumen, und daneben lag der übliche Stapel bereits frankierter Briefe, die darauf warteten, daß irgend jemand sie zur Post brachte. Judith wartete kurz, und als niemand auftauchte, schritt sie den Flur entlang bis zu der Tür des kleinen Wohnzimmers, die offenstand. Diana saß an ihrem Schreibtisch vor dem Erkerfenster. Früher hatte dieser Schreibtisch im Salon gestanden, war aber, als der Salon für die Dauer des Krieges geschlossen wurde, hier aufgestellt worden.

Er war wie üblich mit Papieren und Briefen übersät, doch Diana hatte ihren Füller weggelegt und blickte untätig aus dem Fenster in den Regen hinaus.

Als Judith sie ansprach, wandte sie sich um, und für einen Moment starrten ihre schönen Augen ziellos ins Leere, doch dann erkannte sie die Besucherin.

«Judith!» Sie streckte einen Arm aus. «Darling, bist du doch gekommen.»

Judith trat durch die Tür, schloß sie hinter sich, ging mit raschen Schritten durch den Raum und beugte sich hinunter, um Diana zu umarmen und ihr einen Kuß auf die Wange zu geben.

«Wie schön, daß du da bist!» Sie sah schmal und bleich und unerträglich erschöpft aus, war aber so elegant und perfekt zurechtgemacht wie immer. Zu einem Faltenrock aus Leinen hatte sie eine himmelblaue Seidenbluse angezogen und sich einen in der Farbe darauf abgestimmten Kaschmirpullover um die Schultern geschlungen. Sie trug ihre Perlenkette, Ohrringe, hatte sich die Lippen geschminkt und Lidschatten aufgetragen und duftete wie eh und je nach Parfum. Judith empfand ungeheure Bewunderung und auch Dankbarkeit, denn hätte sie Diana zerzaust, unordentlich und schlecht gekleidet angetroffen, wäre alles noch viel schrecklicher

gewesen. Sie begriff, daß Dianas Aussehen ihr persönlicher Schutz-
schild war und daß sie mit der Zeit und der Mühe, die sie für ihr
Äußeres aufwandte, dazu beitrug, den anderen Mut zu machen. Sie
hatte stets einen erfreulichen Anblick geboten. Um ihrer Familie
willen sowie für die Nettlebeds und Mary tat sie dies auch weiterhin,
behielt sie das vertraute Bild bei, wahrte sie den Schein.

«Ich dachte schon, du kommst überhaupt nicht mehr.»

«Oh, Diana, es tut mir so leid.»

«Darling, du darfst so etwas nicht sagen, sonst breche ich zusammen. Du mußt mit mir so reden wie immer. Was für ein schauderhaf-
ter Tag! Bist du mit dem Fahrrad gekommen? Du mußt ja patschnaß
sein. Setz dich doch.»

«Störe ich Sie auch nicht?»

«Doch, das tust du, aber ich lasse mich gern stören. Briefe schreiben ist noch nie meine Stärke gewesen, aber so viele Menschen haben
uns geschrieben, und ich muß einfach versuchen, ihnen zu antworten. Komisch, ich habe den Leuten immer einen Brief geschickt,
wenn jemand gestorben ist, weil man das halt tut. Weil es sich gehört.
Dabei habe ich nie gewußt, wieviel sie bedeuten. Ich lese sie immer
wieder, sogar die banalsten Beileidskarten, und sie erfüllen mich mit
Stolz und trösten mich. Und weißt du was, das Seltsame daran ist,
daß jeder was anderes über Edward sagt, als hätten Dutzende von
Leuten über Dutzende verschiedener Edwards geschrieben. Manche
reden davon, wie freundlich er war, oder erinnern sich an irgendeine
amüsante Begebenheit oder an eine Situation, in der er besonders
aufmerksam oder lustig war oder bloß umwerfend attraktiv. Edgar
hat einen äußerst rührenden Brief von seinem Kommandeur erhalten. Stell dir mal vor, der arme Mann muß all den trauernden Eltern
schreiben und versuchen, sich etwas einfallen zu lassen.»

«Was hat er über Edward geschrieben?»

«Bloß, wie tüchtig er war, in Frankreich und dann über Kent. Daß
er nie seine gute Laune und seinen Sinn für Humor verloren hat und
wie sehr seine Bodenmannschaft ihn geliebt und geschätzt hat. Er
schreibt, er sei zuletzt ziemlich erschöpft gewesen, weil er so viele
Einsätze fliegen mußte, habe sich aber nie anmerken lassen, wie
müde er war, und nie den Mut verloren.»

«Das bedeutet dem Colonel sicher sehr viel.»

«Ja. Er trägt das Schreiben in seiner Brieftasche bei sich. Dort wird es wahrscheinlich bis zu seinem Tod bleiben.»

«Wie geht es ihm?»

«Er ist erschüttert, wie verloren. Aber wie wir alle versucht er, es nicht zu deutlich zu zeigen. Auch das ist seltsam. Alle, Athena und Edgar und sogar die kleine Loveday, haben seelische Kräfte entwikkelt, die man ihnen nie zugetraut hätte. Athena hat natürlich ihr Baby. Ein richtiger Schatz und so lieb. Und Loveday geht einfach jeden Morgen ein bißchen früher zu ihrer Arbeit auf dem Lidgey-Hof. Komischerweise glaube ich, sie findet Mrs. Mudge sehr tröstlich. Ich nehme an, wenn man für andere tapfer ist, hilft einem das wohl, auch für sich selbst tapfer zu sein. Ich denke dauernd an Biddy. Als ihr Ned ums Leben kam, muß es furchtbar für sie gewesen sein, daß sie keine anderen Kinder hatte, die ihr einen gewissen Rückhalt gegeben hätten. Wie einsam muß sie sich gefühlt haben. Obwohl du bei ihr warst. Du mußt ihr das Leben gerettet haben.»

«Sie hat mich gebeten, Ihnen auszurichten, wenn Sie wollen, kommt sie her, um Sie zu besuchen, aber sie möchte sich nicht aufdrängen.»

«Sag ihr, sie kann jederzeit kommen. Ich würde gern mit ihr reden. Meinst du, Ned und Edward sind jetzt irgendwo furchtbar vergnügt und schließen Freundschaft?»

«Keine Ahnung, Diana.»

«Was für ein törichter Gedanke. Ist mir gerade eingefallen.» Sie wandte sich ab und blickte wieder in den Regen hinaus. «Bevor du gekommen bist, habe ich versucht, mich an etwas zu erinnern, was sie immer am Gedenktag für den Waffenstillstand von neunzehnhundertachtzehn lesen. Aber ich kann mir Gedichte nicht gut merken.» Nach kurzem Schweigen drehte sie sich wieder um und lächelte Judith zu. «Irgendwas von immer jung bleiben. Nie alt werden.»

Judith wußte sofort, was sie meinte, doch die Worte erschienen ihr, noch dazu in diesem Zusammenhang, so bewegend, daß sie sich nicht sicher war, ob sie imstande sein würde, sie auszusprechen, ohne vollends die Fassung zu verlieren.

Um Zeit zu gewinnen, sagte sie nur: «Binyon.» Diana blickte sie fragend an. «Laurence Binyon. Er war Ende des Weltkriegs ein gefeierter Dichter. Er hat das geschrieben.»
«Und wie heißt es?»

«They shall not grow old as we that are left grow old,
Age shall not weary them, nor the years condemn.»

Sie hielt inne, weil sie einen dicken Kloß im Hals hatte und wußte, daß sie die letzten zwei Zeilen nicht mehr über die Lippen bringen würde.

Falls Diana es gemerkt hatte, ließ sie es nicht erkennen. «Das sagt doch alles, oder? Wie geistreich von Mr. Binyon, den einzigen winzigen Trost aus einem Meer von Verzweiflung herauszufischen und dann ein Gedicht darüber zu schreiben!» Ihre Blicke trafen sich. «Du warst verliebt in Edward, nicht wahr?» fragte Diana sehr behutsam. «Reg dich nicht darüber auf, daß ich es weiß. Ich hab's immer gewußt. Ich habe es kommen sehen. Das Problem war nur, daß er noch so jung war. Jung an Jahren und jung in seinem Herzen. So leichtsinnig. Ich hatte ein bißchen Angst um dich, konnte aber nichts dagegen machen. Du darfst nicht um ihn trauern, Judith.»
«Meinen Sie, das steht mir nicht zu?»
«Nein, so meine ich es überhaupt nicht. Nur, du bist erst neunzehn, und du darfst deine Jugend nicht verschwenden, um dem nachzuweinen, was hätte sein können. Ach, du meine Güte!» Plötzlich lachte sie. «Das hört sich ja an wie Barrie in seinem gräßlichen Stück *Dear Brutus*. Das hab ich mit Tommy Mortimer in London gesehen. Alle Zuschauer haben geschluchzt, bloß Tommy und ich nicht, wir haben uns zu Tode gelangweilt.»
«Ich werde meine Jugend nicht vergeuden», versicherte ihr Judith mit einiger Mühe. «Das glaube ich nicht. Aber ich gehe weg von hier. Von euch allen. Am Dienstag war ich in Devonport und hab mich als Marinehelferin verpflichtet. Über kurz oder lang kriege ich meinen Einsatzbefehl, und dann bin ich fort.»
«Ach, Darling!»
«Ich hab ja immer gewußt, daß ich es irgendwann tun muß.

759

Hab's wohl nur vor mir hergeschoben. Da kann's genausogut jetzt gleich sein. Im übrigen habe ich alles geregelt, was zu regeln war. Biddy, Phyllis und Anna haben sich im Dower House gut eingelebt, und da werden sie vorerst wohl bleiben. Vielleicht könnten Sie von Zeit zu Zeit danach schauen, ob bei ihnen alles in Ordnung ist.»

«Natürlich, das tue ich... Biddy sehe ich ja sowieso beim Roten Kreuz. Was wirst du denn als Marinehelferin machen? Irgendwas furchtbar Schickes? Wirst du Matrose? Neulich hab ich ein Bild in der Zeitung gesehen. Hübsche Mädchen in weit ausgestellten Hosen, wie aus einem Modejournal.»

«Nein, nicht Matrose.»

«Zu schade!»

«Wird wahrscheinlich auf Steno und Tippen hinauslaufen. In der Navy nennen sie das Schreibkraft.»

«Klingt nicht sehr aufregend.»

«Ist ein Job.»

Diana dachte eine Weile darüber nach, dann seufzte sie tief. «Der Gedanke, daß du fortgehst, ist mir unerträglich, aber du kannst wohl nicht anders. Es ist mir auch sehr schwer gefallen, Jeremy Lebewohl zu sagen, als er abreisen mußte. Du kannst dir gar nicht vorstellen, was für eine Stütze er uns war, schon allein durch seine Anwesenheit, auch wenn's nur zwei Tage waren. Dann mußte er wieder weg. Vermutlich auf ein anderes Schiff.»

«Er war noch kurz im Dower House, um sich zu verabschieden. Und er hat mir auch gesagt, daß ich Sie besuchen soll.»

«Ich glaube, er ist einer der nettesten Männer, die ich je kennengelernt habe. Da fällt mir was ein.» Sie wandte sich ihrem Schreibtisch zu, zog winzige Schubladen heraus und durchstöberte ihren Inhalt. «Ich hab hier irgendwo noch einen Schlüssel. Wenn du uns verläßt, brauchst du einen Schlüssel.»

«Einen Schlüssel?»

«Ja, zu meinem Haus in den Cadogan Mews. Als der Krieg ausbrach, hab ich noch ein halbes Dutzend nachmachen lassen. Rupert hat einen, und Athena natürlich. Und Gus. Und Jeremy. Und Edward. Edward hatte einen... Oh, da ist er ja. Häng ein Schildchen dran, damit du ihn nicht verbummelst!» Sie warf ihn ihr zu, und Judith fing ihn auf. Ein kleiner Haustürschlüssel aus Messing.

«Warum geben Sie mir den?»

«Ach, Darling, man weiß ja nie. In Kriegszeiten kommt jeder ab und zu nach London, und die Hotels sind überfüllt. Auf jeden Fall sind sie unverschämt teuer. Vielleicht brauchst du mal ein kleines Schlupfloch oder einfach einen Platz, wo du dein müdes Haupt für eine Nacht hinlegen kannst. Hoffen wir, daß es nicht bombardiert wird oder sonstwas Katastrophales passiert. Für mich gibt es jetzt sowieso keinen Grund, nach London zu fahren. Falls ich es trotzdem tue und einer von euch haust gerade da, dann soll's mir auch recht sein. Platz ist genug.»

«Eine glänzende Idee. Wie lieb von Ihnen, und wie großzügig!»

«Überhaupt nicht. Mein kleines Haus mit euch allen zu teilen ist wohl das mindeste, was ich tun kann. Bleibst du zum Mittagessen? Es gibt Kaninchenpastete, und wir haben reichlich.»

«Ich würde gern, aber ich muß zurück.»

«Loveday ist noch in Lidgey, Athena müßte irgendwo...»

«Nein. Vielleicht ein andermal. Ich wollte nur Sie besuchen.»

Diana verstand es. «Na gut.» Sie lächelte. «Ich sag ihnen, daß du ein andermal kommst.»

Edgar Carey-Lewis hatte es sich zur Aufgabe gemacht, jeden Morgen die Post vom Tisch in der Halle zu holen, sie in die Abgeschiedenheit seines Arbeitszimmers zu tragen und sie dort durchzusehen, bevor er einen Teil davon an Diana weitergab. Zehn Tage waren inzwischen seit Edwards Tod verstrichen, und immer noch trafen Kondolenzschreiben ein, von alten und jungen Leuten, aus den verschiedensten Kreisen. Er las jeden Brief aufmerksam und siebte die zwar gutgemeinten, aber vielleicht taktlosen oder unbeholfenen Beileidsbekundungen heraus, von denen er befürchtete, daß sie seine Frau aufregen könnten. Die beantwortete er selbst und vernichtete sie danach. Den Rest legte er auf ihren Schreibtisch.

An diesem Morgen fand er den üblichen Stapel vor, aber auch

einen großen, verstärkten, braunen Umschlag, in schwarzer Kurrentschrift adressiert. Die schöne Handschrift zog seinen Blick an, er sah genauer hin und entdeckte den Poststempel von Aberdeen.

Er ging in sein Arbeitszimmer, schloß die Tür, setzte sich an den Schreibtisch, schlitzte mit seinem silbernen Papiermesser den dikken Umschlag auf und entnahm ihm einen Brief und ein in der Mitte gefaltetes, mit Büroklammern zusammengehaltenes Stück Karton. Der Brief war mit «Gus» unterschrieben. Es rührte den Colonel sehr, daß sich noch einer von Edwards Freunden aus Cambridge die Mühe gemacht hatte, ihnen zu schreiben.

Regiments-Hauptquartier
der Gordon Highlanders
Aberdeen
5. August 1940

Lieber Colonel Carey-Lewis,
leider habe ich erst gestern von Edwards Tod erfahren, deshalb konnte ich Ihnen nicht früher schreiben. Bitte haben Sie dafür Verständnis und verzeihen Sie mir.

Zehn Jahre meines Lebens brachte ich in Internaten zu, erst in Schottland und dann in Rugby, doch in der ganzen Zeit schloß ich keine engen Freundschaften, fand keinen Menschen, bei dem ich mich vollkommen unbefangen gefühlt hätte und dessen Gesellschaft stets anregend und unterhaltsam gewesen wäre. Als ich in Cambridge eintraf, war ich überzeugt, daß irgend etwas in meinem Wesen – vielleicht diese furchtbare schottische Zurückhaltung – solchen Beziehungen im Wege stand. Aber dann lernte ich Edward kennen, und mein ganzes Leben veränderte sich. Sein Charme war irritierend, und ich muß zugeben, daß ich mich zunächst vor ihm in acht nahm, doch sobald ich ihn erst näher kannte, schwanden all meine Vorbehalte, denn hinter diesem Charme verbarg sich die Charakterstärke eines Mannes, der genau weiß, wer er ist, was er will und was er tut.

An die wenigen Monate, die wir einander kannten, habe ich eine Menge guter Erinnerungen: seine Kameradschaft, Freundlichkeit und unerschöpfliche Fähigkeit zur Freundschaft, sein La-

chen, seine gute Laune und seinen Edelmut. Auch die Tage, die ich kurz vor Kriegsausbruch bei Ihnen auf Nancherrow verbrachte, und die Liebenswürdigkeit, mit der Sie mich, einen völlig Fremden, aufnahmen, sind ein Teil dieser glücklichen Erinnerungen, die nichts zerstören kann. Ich kann nur dankbar sein, daß ich das Glück hatte, Edward kennenzulernen, und mich zu seinen Freunden zählen durfte.

Beim Durchblättern meines Skizzenbuches von Cambridge stieß ich auf diese Zeichnung, die ich von ihm gemacht habe. Sommer, ein Cricketmatch am College, und er war dazu überredet worden, die Mannschaft zu verstärken und zu spielen. Ohne große Begeisterung, wie ich hinzufügen darf. Ich habe ihn gezeichnet, als er neben dem Umkleidepavillon stand und auf seinen Einsatz wartete. Wenn Sie wollen, werfen Sie das Blatt getrost in den Papierkorb, ich wäre keineswegs gekränkt darüber, aber ich dachte mir, daß Sie es vielleicht haben möchten.

Die Highland Division wird zwar neu formiert, aber ich bin zum Zweiten Bataillon der Gordon Highlanders abkommandiert worden, das bereits in Übersee steht. Wenn ich darf, würde ich Ihnen gern wieder schreiben und mit Ihnen in Verbindung bleiben.

Mit besten Wünschen für Sie und Mrs. Carey-Lewis sowie für Athena und Loveday

Ihr ergebener
Gus

Edgar las den Brief zweimal, dann legte er ihn beiseite und griff nach dem improvisierten Aktendeckel. Mit einiger Mühe, weil seine Finger ein bißchen zitterten, entfernte er die Büroklammern und klappte den Karton auf. Es lag ein Blatt Zeichenpapier darin, dessen oberer Rand ausgefranst war, weil Gus es aus dem Skizzenblock herausgerissen hatte.

Sein Sohn. Flüchtig mit Bleistift skizziert und nachträglich koloriert (Gus' künstlerisches Markenzeichen). Ein für immer eingefangener Augenblick. Edward im Cricketdress, weißes Hemd und weiße Hose und ein leuchtend gestreiftes Band in den Farben seiner

Mannschaft um die Taille geknotet. Aufgerollte Hemdsärmel, muskulöse Unterarme, einen ledernen Cricketball in der Hand. Das Gesicht halb abgewandt, sonnengebräunt und lächelnd, und diese widerspenstige Locke seines weizenblonden Haars in der Stirn. Im nächsten Augenblick würde er die Hand heben und sie zurückstreichen.

Edward.

Plötzlich merkte der Colonel, daß das Bild vor seinen Augen verschwamm. So unerwartet damit konfrontiert, konnte er sich der Tränen nicht erwehren. Er griff in seine Jacke, zog ein riesiges, blau getüpfeltes Taschentuch heraus, wischte sich die Augen und schneuzte sich herzhaft. Schon gut. Es machte nichts aus. Er war allein. Keiner hatte ihn in diesem Moment gesehen.

Lange saß er mit dem Bild seines Sohnes in der Hand da. Dann legte er es behutsam in den Karton zurück und verstaute es in einer Schublade. Irgendwann würde er es Diana zeigen. Später würde er es rahmen lassen und auf seinen Schreibtisch stellen. Später. Wenn er sich stark genug fühlte, davorzusitzen und es zu betrachten, mit ihm zu leben.

1942

*Frauenkorps
der Königlichen Marine
North End
Portsmouth
Freitag, 23. Januar*

Liebe Mami, lieber Dad,
seit Eurem Brief von Anfang Dezember habe ich keinen mehr von Euch bekommen, und ich mache mir solche Sorgen, ob Ihr mir nicht mehr schreiben könnt, aber vielleicht ist ja bloß was verlorengegangen, oder sie haben nicht genug Schiffe (für Post) oder Flugzeuge oder sonstwas. Jedenfalls sende ich diesen Brief in die Orchard Road und hoffe, daß Ihr noch dort seid oder daß ihn Euch jemand nachschickt. Jeden Tag lese ich Zeitung und höre Nachrichten, und ich habe große Angst um Euch alle, weil die Japaner, wie es aussieht, jeden Tag weiter vorrücken. Erst die Philippinen und Manila, Rangun und Hongkong, dann sind die Prince of Wales *und die* Repulse *versenkt worden, und jetzt ist auch noch Kuala Lumpur gefallen. Alles viel zu nah bei Euch. Wie geht das nur weiter? Warum ist denn anscheinend niemand imstande, sie aufzuhalten? Ich habe versucht, Onkel Bob in Scapa Flow anzurufen, weil ich wissen wollte, ob er nicht irgendwas über Euch in Erfahrung bringen könnte, natürlich bin ich nicht durchgekommen. Aber vermutlich hätte ich sowieso nicht mit ihm selbst sprechen können.*
    Deshalb habe ich dann mit Loveday telefoniert, ob sie was von

Gus gehört hat. (Gus Callender, der mit dem Zweiten Bataillon der Gordons in Singapur ist. Irgendwann habt Ihr mir geschrieben, daß Ihr ihn auf einer Party in der Selarig-Kaserne getroffen habt, bei der er sich Euch vorgestellt hat. Erinnert Ihr Euch?) Also Gus und Loveday schreiben einander recht oft, deshalb dachte ich mir, sie könnte vielleicht was wissen, aber sie hat auch in letzter Zeit keinen Brief von ihm bekommen. Sie meinte, er sei vielleicht auf irgendeinem Lehrgang oder bei einem Manöver.

Also auch da nichts Erfreuliches.

Heute morgen war ich im Büro von Korvettenkapitän Crombie, um ein paar Briefe unterschreiben zu lassen (er ist mein Boss, der Chef der Artillerie-Ausbildungsentwicklung). Da las er gerade Zeitung, was er sicher nicht hätte tun dürfen, und fragte mich: «Ihre Familie ist doch in Singapur, nicht wahr?» Das kam ziemlich überraschend, weil er für gewöhnlich kein sehr umgänglicher Mann ist. Ich habe keine Ahnung, woher er es überhaupt weiß, die Kommandeurin der Marinehelferinnen muß es ihm wohl gesagt haben. Jedenfalls habe ich ihm von Euch erzählt und auch davon, daß ich mir arge Sorgen mache, und er meinte, daß es zur Zeit überall ziemlich finster aussieht (wir stehen nirgends besonders gut da, nicht einmal in Nordafrika). Er versicherte mir allerdings, daß Singapur uneinnehmbar sei, nicht nur wegen seines Festungscharakters, sondern auch deshalb, weil man es so hartnäckig verteidigen würde. Ich hoffe, er hat recht, aber mir gefällt auch die Vorstellung nicht, daß Ihr vielleicht belagert werdet. Bitte, Mami, falls Du die Gelegenheit hast, Dich an einen sichereren Ort evakuieren zu lassen, dann geh! Du kannst doch zurückkehren, sobald die Gefahr vorbei ist.

Nachdem ich mir das alles von der Seele geschrieben habe, erzähle ich Euch jetzt noch was von mir. Hier ist es wirklich bitter kalt, und diese Unterkünfte sind wie ein Kühlschrank, heute morgen schwamm Eis in meinem Trinkwasser. Als ich aufgewacht bin, war der Portsdown Hill nicht grün, sondern weiß…. Hat aber nicht viel geschneit, und es ist schon wieder weg. Ich bin immer recht froh, wenn ich zu meiner Arbeit komme, weil die Baracke, in der unser Büro liegt, wenigstens warm ist. Dieses

*Wochenende habe ich frei, und ich fahre morgen nach London,
bloß für eine Nacht. (Macht Euch bitte keine Sorgen, die
schlimmsten Luftangriffe scheinen im Moment vorüber zu sein.)
Ich schlafe in Dianas Haus in den Cadogan Mews, das nicht
bombardiert worden ist und noch steht. Heather Warren
kommt von ihrem strenggeheimen Was-immer-es-ist auch nach
London. Ich habe sie seit Anfang des Krieges nicht mehr gesehen, weil sie, als ich im Dower House eingezogen bin, schon gearbeitet hat und nicht mehr in Porthkerris war. Ein paarmal haben wir versucht, uns zu verabreden, aber sie hat anscheinend
zu unmöglichen Zeiten frei, fast nie am Wochenende, und das
ist die einzige Zeit, in der ich hier weg kann. Jetzt haben wir es
schließlich doch geschafft, und ich freue mich richtig darauf, sie
wiederzusehen. Ich hab Euch sicher schon geschrieben, daß ihr
Freund Charlie Lanyon Kriegsgefangener in Deutschland ist.
Nicht sehr lustig für ihn, aber allemal besser als die Alternative.*

*Wir treffen uns am Eingang von Swan & Edgar's, dann gehen
wir irgendwo essen und danach vielleicht in ein Konzert. Ich
würde mir gern, wie Athena es nennt, was «Anständiges» zum
Anziehen kaufen, aber seit ich in Uniform bin, kriege ich keine
Bezugsscheine für Kleider mehr und muß sie von Phyllis oder
Biddy schnorren.*

*Ab und zu bekomme ich einen Brief aus Nancherrow. Athena
hat gerade geschrieben, weil sie mir einen Schnappschuß von
Clementina schicken wollte. Die Kleine ist jetzt achtzehn Monate alt und fängt an zu laufen. Sie sieht wirklich sehr süß aus.
Athenas Mann, Rupert, ist zur Zeit mit einer Panzerdivision in
Nordafrika. Keine Pferde mehr, sondern Tanks. Er hat ihr in
einem Brief folgenden Witz geschrieben: Ein britischer Offizier
bricht ganz allein auf einem Kamel zu einem geheimen Patrouil-
lenritt in die Wüste auf. Nach ein paar Tagen geht im Hauptquartier ein verstümmelter Funkspruch ein: «Komme sofo.t
zu.ück! .omel eingefangen!» Im Hauptquartier hüpfen sie vor
Freude und feiern die Festnahme von Rommel. Dabei hieß der
Funkspruch in Wirklichkeit: «Komme sofort zurück! Kamel
eingegangen!»*

Nicht sehr witzig, aber vielleicht kann Dad doch darüber schmunzeln.

Bitte meldet Euch, sobald es irgendwie geht, damit ich wieder ruhig schlafen kann.

Alles Liebe
Judith

Das Quartier der Marinehelferinnen, in dem Judith nun schon seit achtzehn Monaten hauste, war ein im Norden von Portsmouth gelegener, requirierter Wohnblock, den ein Pfuscher von Bauunternehmer in den dreißiger Jahren hochgezogen hatte. Er stand direkt an einer Kreuzung der Hauptstraße mit einer öden Vorortstraße und war an Häßlichkeit und Unbequemlichkeit kaum zu überbieten: ein roter Ziegelbau in modernem Stil mit Flachdach, abgerundeten Ecken und abscheulichen Metallfenstern. Keine Vorgärten oder Balkons milderten die trostlose Fassade, und an der Rückseite lag ein betonierter Hof, in dem die bedauernswerten Bewohner einst ihre Wäsche aufhängen konnten, den die Navy aber inzwischen mit überdachten Ständern für die Fahrräder der Marinehelferinnen ausgestattet hatte.

Das dreistöckige Gebäude, in dem es nur Steintreppen und keinen Fahrstuhl gab, umfaßte zwölf vollkommen gleich geschnittene, sehr kleine Wohnungen mit einem Wohnzimmer, zwei Schlafzimmern, Küche und Bad. Keine Zentralheizung, keine offenen Kamine. Nur das Wohnzimmer und der schmale Flur hatten in der Wand verankerte elektrische Heizöfen, aber selbst die waren, um Energie zu sparen, außer Betrieb gesetzt. Im Winter war die Kälte so extrem, daß sie schon weh tat.

In jeder Wohnung hausten zehn Mädchen, die in Etagenbetten aus Marinebeständen schliefen. Vier im Wohnzimmer, vier in dem einen Schlafzimmer und zwei in dem anderen, das ursprünglich einmal ein Kinderzimmer oder für Gäste bestimmt gewesen war. Judith und ein Mädchen, das Sue Ford hieß, teilten sich diesen engen Raum, der, wie Judith fand, ungefähr so groß wie die Speisekammer im Dower House war, nur dreimal so kalt. Sue, ein hochgewachsenes, träges Geschöpf, kam aus Bath und war eine Leitende Marinehelferin in der

Fernmeldeabteilung, was bedeutete, daß sie im Schichtdienst arbeitete, und das war gut so, denn der Platz im Zimmer reichte nicht für zwei Leute, um sich gleichzeitig an- oder auszuziehen.

Die Kantine lag im Untergeschoß, ständig verdunkelt und mit Sandsäcken verbarrikadiert, da sie nicht nur als Speisesaal, sondern auch als Luftschutzkeller diente. Frühstück gab es morgens um sieben und das Abendessen ebenfalls um sieben. Manchmal dachte Judith, wenn sie noch eine einzige Scheibe Frühstücksfleisch oder ein Pseudorührei aus Eipulver oder einen gelben Klumpen sauer eingelegten Blumenkohl vorgesetzt bekäme, würde sie zu schreien anfangen.

Deshalb empfand sie es als Erleichterung, einmal rauszukommen, abzuhauen, nach London zu fahren, selbst wenn es nur für eine Nacht war. In ihren dicken Mantel gehüllt, die Reisetasche in der Hand, meldete sie sich vorschriftsmäßig ab, dann stapfte sie in den bitterkalten Morgen hinaus, mit der Absicht, einen Bus zum Bahnhof zu erwischen. Natürlich hätte sie sich auch mit dem Fahrrad auf den Weg machen können, aber dann hätte sie es am Bahnhof stehenlassen müssen und es bei ihrer Rückkehr vielleicht nicht mehr vorgefunden. Und das Fahrrad war ein so wesentlicher Bestandteil ihres Daseins, daß sie nicht riskieren wollte, es sich klauen zu lassen.

Doch sie brauchte nicht auf einen Bus zu warten, denn während sie an der Haltestelle stand, tauchte ein Lastwagen der Marine auf, der junge Mann am Steuer entdeckte sie, fuhr heran, blieb neben ihr stehen und beugte sich hinüber, um ihr die Tür zu öffnen.

«Wollen Sie mitfahren?»

«Ja, gern.» Sie kletterte hinauf und schlug die Tür hinter sich zu.

«Wohin?»

«Zum Bahnhof. Danke», fügte sie noch hinzu.

«Urlaub?» Mit so knirschendem Getriebe, daß sie die Zähne zusammenbiß, fuhr er wieder auf die Straße hinaus.

«Nur ein kurzes Wochenende.»

«Wo geht's denn hin?»

«Nach London.»

«Glückliches Mädchen, ab in die Großstadt. Ich bin in Hackney

zu Hause. Wenigstens war ich's mal. Inzwischen ham sie meine Mum ausgebombt. Wohnt jetzt bei 'ner Cousine in Balham. Verdammt kalt heut, was? Wollen Sie 'ne Kippe?»
«Nein danke, ich rauche nicht.»
«Wann geht Ihr Zug?»
«Eigentlich um Viertel nach zehn.»
«Falls er pünktlich ist.»

ER WAR es nicht. Er hatte Verspätung, was keinen überraschte. Er kam schon mit Verspätung an und fuhr mit noch größerer wieder ab. Judith stand eine Weile herum, stampfte mit den Füßen, um sich warm zu halten, und dann, als die Passagiere endlich einsteigen durften, ging sie trotzig und zielbewußt in ein Erste-Klasse-Abteil. Ihr Fahrschein galt zwar nur für die dritte Klasse, aber ein ganzer Trupp junger Matrosen mit voller Ausrüstung reiste ebenfalls nach London, und sie fühlte sich nicht stark genug, sich auf der Suche nach einem Sitzplatz durch die überfüllten Gänge zu kämpfen, nur um dann doch auf einem Seesack in einer Ecke neben einer der stinkenden Toiletten zu landen. Falls der Schaffner zwischen Portsmouth und Waterloo kam, was er recht oft nicht tat, würde sie einfach die paar Shilling Aufpreis bezahlen und bleiben, wo sie war.

Der Zug war etwas muffig und überheizt. Judith legte Mantel und Hut ab, verstaute beides samt ihrer Reisetasche in das Gepäcknetz, dann setzte sie sich in eine Ecke neben dem verrußten Fenster. Ihr einziger Mitreisender, ein Fregattenkapitän, war bereits in seine Zeitung vertieft und offenkundig nicht auf Unterhaltung aus. Auch Judith hatte sich eine Zeitung gekauft, den *Daily Telegraph*, ließ ihn aber noch auf ihrem Schoß liegen und blickte durch die schmutzige Scheibe auf den Bahnhof hinaus. Die Bombenschäden nahm sie kaum noch wahr, weil sie ihr inzwischen so vertraut waren, ein Bestandteil ihres Lebens. Ihre Gedanken eilten voraus. Ankunft in Waterloo. Mit der U-Bahn zum Sloane Square. Zu Fuß zu den Cadogan Mews. Auspacken, und falls die Zeit reichte, würde sie die Uniform mit Zivil vertauschen. Dann wieder mit der U-Bahn zum Piccadilly Circus…

Da spürte sie ein unangenehmes, trockenes Kribbeln im Hals, den klassischen Auftakt zu einer ihrer elenden Erkältungen. Als Kind hatte sie nie unter Erkältungen gelitten, aber seit sie Marinehelferin war und auf so engem Raum mit so vielen anderen Menschen zusammenlebte, hatte sie sich mindestens dreimal eine eingefangen, von denen sich eine zu einer richtigen Grippe ausgewachsen hatte, so daß sie für fünf Tage in die Krankenstation mußte.

Ich ignoriere dich einfach, erklärte sie diesem Kribbeln und verdrängte die Erinnerung an Sue Ford, die vergangene Nacht mit einer triefenden Nase von ihrem Dienst zurückkam. *Ich nehme dich nicht zur Kenntnis, dann verziehst du dich wieder. Ich habe zwei Tage frei, und die wirst du mir nicht vermiesen.* Sie hatte Aspirin in ihrem Waschbeutel. Davon würde sie etwas schlucken, sobald sie in den Cadogan Mews eintraf. Das müßte sie über diesen Tag bringen, und was scherte sie sich um den morgigen.

Sie hörte den Schaffner auf dem Bahnsteig entlanggehen und die schweren Türen zuschlagen, was verhieß, daß sie hoffentlich bald abfuhren. In diesem Moment gesellte sich eine dritte Person zu Judith und dem Fregattenkapitän in das Abteil, ein Oberleutnant der Königlichen Marine in vollem Wichs: beste Uniform und langer, sehr flotter khakifarbener Mantel.

«Entschuldigung. Ist dieser Platz belegt?»

Was er ganz offensichtlich nicht war. Der Fregattenkapitän beachtete seine Anwesenheit kaum, also sagte Judith: «Nein.»

«Bravo!» Er schob die Tür hinter sich zu, schälte sich aus seinem Mantel, nahm die Mütze ab, verstaute die Sachen über seinem Kopf, ging in die Knie, um sein Äußeres im Spiegel zu überprüfen, strich sich mit einer Hand über das Haar und ließ sich auf den Sitz Judith gegenüber fallen.

«Puh! Gerade noch geschafft.»

Ihr stockte der Atem. Sie kannte ihn. Anthony Borden-Smythe! Sie wollte ihn zwar nicht kennen, aber sie kannte ihn, aus dem Offizierskasino von Southsea, in dem sie mit Sue Ford und ein paar Oberleutnants war. Anthony Borden-Smythe, damals solo, hatte alles getan, um sich ihrer Gruppe anzuschließen, hatte in aufdringlichster Weise neben ihnen herumgelungert, sich in ihre Unterhaltung eingemischt und mit peinlicher Großzügigkeit eine Runde nach der anderen spendiert. Dabei hatte er sich so dickhäutig wie ein Rhinozeros erwiesen und ihre Sticheleien, ja sogar Beleidigungen einfach weggesteckt, so daß Judith und Sue mit ihren Begleitern schließlich die Segel streichen mußten und ins Silver Pram gegangen waren.

Unglücklicherweise erkannte auch er sie sofort.

«Hallo, na so was! Mann, hab ich ein Glück!»

«Hallo.»

«Judith Dunbar, nicht? Wer hätte das gedacht! Sie erinnern sich doch noch, daß wir uns im Offizierskasino kennengelernt haben? Tolle Party. Schade, daß Sie damals weg mußten.»

«Ja.»

Endlich setzte sich der Zug in Bewegung. Doch das machte alles noch schlimmer, denn Judith saß nun in der Falle.

«Fahren Sie in die Stadt?»

«Ja, nach London.»

«Bravo! Ich auch. Treff mich mit meiner alten Dame zum Lunch. Wir wohnen draußen auf dem Land, und da kommt sie für ein paar Tage in die Stadt rein.» Judith betrachtete ihn mit Abscheu und versuchte sich vorzustellen, wie *seine alte Dame* wohl aussehen mochte. Wahrscheinlich wie ein Pferd. Anthony hatte eine gewisse Ähnlichkeit mit einem Pferd, einem schrecklich mageren Pferd mit riesigen Ohren, ungemein vielen Zähnen und langen, langen, spindeldürren Beinen. Über seiner Oberlippe saß ein borstiger kleiner Schnurrbart. Das einzig Attraktive an ihm war seine schmucke Uniform.

«Wo sind Sie stationiert?»

«HMS *Excellent.*»

«Oh! Grandios! Wie kommen Sie denn mit den ganzen Artillerieoffizieren, diesen feinen Pinkeln, zurecht? Da gibt's nicht viel zu lachen, wett ich.»

Voller Zuneigung und Loyalität dachte Judith an den wortkargen Korvettenkapitän Crombie. «Danke, sehr gut.»

«Hab meine Artillerieausbildung natürlich dort gemacht. Bin noch nie in meinem Leben so weit gerannt. Wo steigen Sie in London ab?»

«Ich hab ein Haus dort», log sie.

Seine Augenbrauen schnellten in die Höhe. «Tatsächlich? Donnerwetter!» Sie ging nicht weiter darauf ein und überließ es seiner Phantasie, sich ein sechsstöckiges Gebäude am Eaton Square vorzustellen. «Ich gehe meistens in meinen Club, aber da meine alte Dame in der Stadt ist, werd ich mich wohl bei ihr einquartieren. Pembroke Gardens.»

«Wie schön.»

«Schon was vor heut abend? Wollen Sie nicht mit mir ins Quags? Ich lad Sie zum Dinner ein. Wir könnten ein bißchen tanzen und dann noch ins Coconut Grove reinschaun. Dort kennen sie mich. Da krieg ich immer einen Tisch.»

Judith fand, er sei der unausstehlichste Mann, den sie jemals kennengelernt hatte.

«Tut mir leid, ich kann nicht.»

«Schon 'ne Verabredung, was?»

«Ja.»

Er lächelte anzüglich. «M oder F?»

«Wie bitte?»

«Mit einem Mann oder einer Frau?»

«Mit einer Freundin.»

«Hinreißend! Ich schlepp einen Kameraden an, und wir gehn zu viert aus. Ist sie auch so hübsch wie Sie?»

Sie zögerte mit der Antwort und überlegte, wie sie darauf reagieren sollte. Verschiedene Möglichkeiten kamen ihr in den Sinn.

Sie ist absolut häßlich.

Sie ist unbeschreiblich schön, aber leider hat sie ein Holzbein.

Sie ist Sportlehrerin und mit einem Boxer verheiratet.

Doch die Wahrheit war am besten. «Sie ist eine sehr fähige und einflußreiche Beamtin im Staatsdienst.»

Das wirkte. Anthony Borden-Smythe sah ein bißchen bestürzt aus. «O Gott», stöhnte er. «Grips! Nicht so ganz mein Fall, fürchte ich.»

Nachdem sie sein Ego endlich angekratzt hatte, setzte Judith zum Todesstoß an. «Jedenfalls hätten wir heute abend sowieso nicht ins Quaglino kommen können. Wir gehen nämlich zu einem Vortrag im Britischen Museum. Über Kunstwerke aus der Zeit der Ming-Dynastie in China. Faszinierend.»

In der anderen Ecke des Abteils gab der Fregattenkapitän hinter seiner Zeitung ein leises Schnauben von sich, das ebenso Mißbilligung wie Belustigung bedeuten konnte.

«Ach, du meine Güte. Na, dann eben ein andermal», entgegnete Anthony Borden-Smythe.

Judith reichte es. Sie schlug den *Daily Telegraph* auf und verschanzte sich dahinter. Ihr kleiner Triumph, daß sie diesen Langweiler zum Schweigen gebracht hatte, wurde jedoch sofort von den neuesten beängstigenden Entwicklungen im Fernen Osten überschattet.

«*Japanischer Vormarsch bedroht Singapur*», so lautete eine Schlagzeile, und Judith mußte einigen Mut aufbringen, um die skizzierte Landkarte zu betrachten und weiterzulesen.

Den hart bedrängten Verteidigern Malayas wird die Zeit knapp. Seit Kuala Lumpur in japanischer Hand ist und seine Bewohner sich auf der Flucht befinden, rücken japanische Divisionen in das Sultanat Johore vor, wo die kommende Schlacht über das Schicksal von Singapur entscheiden wird... Indische Brigade am Muar River geschlagen... General Percivals Armee muß sich nach Singapur zurückziehen...

Besorgnis erfüllte sie, während sie an ihre Eltern und an Jess dachte und sich inbrünstig wünschte, daß sie inzwischen woanders waren, daß sie ihr hübsches Haus in der Orchard Road aufgegeben und Singapur verlassen hatten. Daß sie nach Sumatra oder Java geflohen waren. Irgendwohin, Hauptsache in Sicherheit. Jess war inzwischen zehn, doch Judith sah sie immer noch wie bei ihrem Abschied vor sich: vier Jahre alt, schluchzend und an ihren Golly geklammert. *O Gott*, betete sie insgeheim, *laß ihnen nichts zustoßen! Sie sind meine Familie, ich liebe sie so sehr. Beschütze sie!*

Der Zug hielt in Petersfield. Der Fregattenkapitän stieg aus und wurde am Bahnsteig von seiner Frau erwartet. Niemand kam in das Abteil. Anthony Borden-Smythe war eingeschlafen und schnarchte leise. Judiths Hals tat allmählich entsetzlich weh. Sie faltete die Zeitung zusammen, legte sie beiseite und blickte aus dem Fenster in den grauen Wintertag und auf die gefrorenen Felder von Hampshire hinaus. Sie haßte den Krieg, weil er alles zerstörte.

DIANAS BESITZTUM in London, das sie stets ihr kleines Haus nannte – zwei ehemalige Kutscherwohnungen mit den Pferdeställen darunter –, war kurz vor dem Ersten Weltkrieg umgebaut worden. Die Eingangstür lag genau in der Mitte, zwischen Garage und Küche. Eine schmale Treppe führte in den ersten Stock hinauf, der überraschend geräumig war. Ein langes Wohnzimmer, der Schauplatz vieler denkwürdiger Vorkriegspartys, ein großes Schlafzimmer, ein Bad, eine zusätzliche Toilette und noch ein kleines Schlafzimmer, das meistens nur als Abstellkammer genutzt wurde, in der Koffer, das Bügelbrett und die wenigen Kleider aufbewahrt wurden, die Diana nie nach Cornwall mitgenommen hatte. Dennoch stand auch hier ein Bett, das sich als nützlich erwies, wenn gelegentlich zu viele Leute im Haus waren.

Es gab kein Eßzimmer, doch das störte Diana nicht im geringsten, denn wenn sie sich in London aufhielt, speiste sie zumeist außer Haus, abgesehen von den wenigen ruhigen Abenden, die sie mit Tommy Mortimer hier verbrachte und an denen sie ihr Abendbrot von einem Tablett aßen und die Musiktruhe einschalteten, um Radio oder schöne Schallplatten zu hören.

Mrs. Hickson, die früher hier gearbeitet hatte, wenn Diana in London war, und das Haus im Auge behielt, wenn sie nicht hier war, schenkte nun den ganzen Tag in der Feldküche am Bahnhof Paddington Tee an die Soldaten aus. Doch sie wohnte in der Nähe, und an zwei oder drei Abenden in der Woche kreuzte sie immer noch auf und sah kurz nach dem Rechten. Mrs. Carey-Lewis kam zur Zeit nicht nach London, und Mrs. Hickson vermißte sie schrecklich. Aber da sie inzwischen außer ihren Familienangehörigen auch einer Reihe anderer Leute einen Schlüssel für das Haus gegeben hatte, konnte sich Mrs. Hickson nie sicher sein, ob sie Athena hier antraf oder irgendeinen unbekannten Offizier der Luftwaffe. Manchmal merkte sie nur an ein paar Resten im Kühlschrank oder an einem Bündel Laken auf dem Fußboden des Badezimmers, daß jemand hier übernachtet hatte. Dann räumte sie auf, bezog das Bett frisch und nahm die benutzten Laken mit nach Hause, um sie zu waschen. Eigentlich freute sie sich darüber, wenn sie hier irgendwen vorfand, und fast immer lagen auch danach fünf Shilling auf der Frisierkommode, die sie in ihre Schürzentasche stecken konnte.

In den ersten Monaten des Jahres 1940, als sie den Krieg noch als Sitzkrieg bezeichnet hatten, war Edward Carey-Lewis der häufigste Besucher gewesen. Meistens hatte er einen Freund mitgebracht und schwindelerregend hübsche Mädchen angeschleppt. Dann hatte Mrs. Carey-Lewis selbst an Mrs. Hickson geschrieben, um ihr mitzuteilen, daß Edward ums Leben gekommen sei, und Mrs. Hickson hatte einen ganzen Tag lang nicht aufhören können zu heulen. Letzten Endes hatte ihr Chef in der Feldküche zu Recht gefunden, ihre Tränen seien der Kampfmoral der Soldaten nicht förderlich, und sie nach Hause geschickt.

Auf wundersame Weise hatte das kleine Haus bisher die Luftangriffe überlebt. Beim achten hatte allerdings in seiner Nähe eine große Bombe eingeschlagen, und Mrs. Hickson befürchtete damals schon das Schlimmste. Doch sie hatte nur ein paar Risse in den Wänden verursacht, und durch die Druckwelle waren alle Fensterscheiben geborsten. Der Fußboden war mit Scherben und Splittern übersät und alles – Möbel, Porzellan, Gläser, Bilder, Teppiche und Brücken – mit einer dicken Schicht aus bräunlichem, rußigem Staub überzogen. Eine ganze Woche hatte sie dazu gebraucht, um Abend für Abend sauberzumachen.

JUDITH SCHLOSS auf, betrat das Haus und zog die Tür hinter sich zu. Rechts von ihr lag die Küche. Sie warf einen Blick hinein und sah, daß der Kühlschrank offen und leer war. Also schaltete sie ihn ein und machte ihn zu. Er begann zu brummen. Irgendwann, bevor der kleine Laden an der Ecke schloß, würde sie ein paar Lebensmittel besorgen und sie in den Kühlschrank legen. Doch im Moment mußte das Einkaufen noch warten.

Mit ihrer Reisetasche stieg sie die schmale Treppe hinauf, die direkt ins Wohnzimmer führte. Es gab keine Zentralheizung, deshalb war es ein bißchen kühl. Später, wenn sie wiederkam, würde sie den Gaskamin anzünden, und der würde alles im Nu erwärmen. Das große Schlafzimmer und das Bad lagen hinter dem Wohnzimmer, das kleine Schlafzimmer und die Toilette direkt über der Küche.

Wie herrlich, endlich da! Seit sie in Portsmouth war, hatte sie schon drei- oder viermal von Dianas großzügigem Angebot Gebrauch gemacht, und jedesmal wenn sie in den Mews eintraf, schwelgte sie in dem tröstlichen Gefühl, nach Hause zu kommen. Das lag daran, daß Dianas Stil und Geschmack so unverwechselbar und individuell waren. Es kam einem so vor, als betrete man eine Miniaturausgabe von Nancherrow, komfortabel, ja sogar luxuriös eingerichtet. Cremefarbene Rohseidenvorhänge und ein dicker, beigefarbener Teppichboden in allen Räumen, auf dem hier und dort Perserbrücken lagen, damit er nicht zu monoton wirkte; zierliche, elegante Möbel, pralle Kissen, Bilder, Spiegel und Familienfotos. Das einzige, was fehlte, waren frische Blumen.

Judith ging ins Schlafzimmer. Auch hier cremefarbene Vorhänge und ein weiches Doppelbett mit einem spitzenbesetzten Baldachin und einer Bettdecke aus Chintz in einem Rosenmuster, das sich in den Rüschen am Frisiertisch und im Bezug der kleinen viktorianischen Chaiselongue wiederholte. Diana hatte sich seit Kriegsbeginn nicht mehr hier aufgehalten, doch ihre Parfumflasche stand noch auf dem Frisiertisch.

Nachdem Judith Hut und Mantel abgelegt hatte, blickte sie auf die Uhr. Schon halb eins. Keine Zeit mehr zum Umziehen. Heather mußte mit ihr so vorliebnehmen, wie sie war, in Uniform. Ihr Hals fühlte sich rauh wie Schmirgelpapier an, und jetzt setzten auch noch Kopfschmerzen ein. Sie zog den Reißverschluß ihrer Reisetasche auf, holte den Waschbeutel heraus, ging ins Badezimmer (rosa Marmor und auf dem Fußboden ein Schaffell) und nahm zwei Aspirin. Danach öffnete sie den verspiegelten Schrank, stöberte eine Weile herum und fand ein Fläschchen Thymolglyzerin; also gurgelte sie damit und hoffte, daß sie nach dieser Behandlung den Tag durchstehen würde. Sie wusch sich Hände und Gesicht, kehrte ins Schlafzimmer zurück und setzte sich vor den Spiegel, um sich zu frisieren, ein bißchen Make-up aufzulegen und sich mit Parfum zu betupfen. Darauf inspizierte sie noch ihren weißen Kragen, ob er im Zug auch keine Rußflecken abbekommen hatte, und rückte den Knoten ihrer schwarzen Satinkrawatte zurecht (es war ihre beste, von Gieves). Der Anblick des Bettes war nicht nur einladend, sondern geradezu verführerisch. Sie sehnte sich nach kühlen Kissen und heißen Wärmflaschen und malte sich aus, jetzt zwischen die Laken zu kriechen, zu schlafen und in Frieden krank zu sein.

Doch sie war ohnehin schon spät dran für ihre Verabredung mit Heather, also mußten das Bett und alles andere bis später warten.

Eigentlich hatte sie vorgehabt, mit der U-Bahn zum Piccadilly zu fahren, aber als sie auf die Sloane Street hinaustrat, hielt gerade ein Bus, deshalb stieg sie in den ein und löste eine Fahrkarte zum Piccadilly Circus. Es war noch immer sehr kalt und trüb, und es roch nach Schnee. In Londons Straßen, übel zugerichtet und schmutzig, klafften dort, wo die zerbombten Häuser einst gestanden hatten, nun Löcher, wie Zahnlücken, und die Schaufenster der Geschäfte waren mit Brettern vernagelt, in denen es nur Sehschlitze gab. Hoch über dem Park schwebten Sperrballons in den Wolken, und auf dem Rasen wölbten sich Berge von Sandsäcken und Luftschutzbunker. All die prächtigen, schmiedeeisernen Zäune waren verschwunden, für Rüstungszwecke eingeschmolzen, und die hübsche alte St.-James-Kirche, die einen Volltreffer abbekommen hatte, war nur noch eine Ruine. Vom Piccadilly Circus hatte man die Eros-Statue entfernt, an einen sicheren Ort evakuiert, dennoch saßen jede Menge Leute auf den Stufen des Sockels, der die Statue getragen hatte, fütterten Tauben oder verkauften Zeitungen.

Eine Stadt im Krieg, und anscheinend jeder zweite trug Uniform.

Der Bus hielt. Judith stieg aus, lief den Bürgersteig an der Fassade von Swan & Edgar's entlang und bog um die Ecke in Richtung Haupteingang. Heather war bereits da. Schon von weitem zu sehen mit ihrem dunklen, glänzenden Haar und in einem leuchtendroten Mantel, zu dem sie hohe, pelzgefütterte Wildlederstiefel trug.

«Heather!»

«Hab schon gedacht, du kommst überhaupt nicht mehr.»

«Tut mir leid, daß ich zehn Minuten zu spät bin. Bist du schon halb erfroren? Nein, umarm mich nicht und gib mir kein Küßchen, ich glaub nämlich, ich kriege eine Erkältung, und ich will dir keine Bazillen anhängen.»

«Ach was, ich scher mich den Teufel um Bazillen.» Also umarmten sie sich doch und fingen an zu lachen, weil es so herrlich war, daß sie sich nach so langer Zeit wiedersahen.

«Was machen wir?» fragte Heather.

«Wie lange hast du frei?»

«Bloß heute. Diesen Nachmittag. Am Abend muß ich zurück. Ich habe morgen Dienst.»

«Morgen ist doch Sonntag.»

«Wo ich arbeite, gibt's so was wie Sonntag nicht.»

«Das ist zu dumm. Ich hab gehofft, du könntest in Dianas Haus mitkommen und dort übernachten.»

«Hätt ich gern gemacht, kann ich aber nicht. Ist nicht so schlimm. Mein Zug geht erst um halb acht. Wir haben den ganzen Nachmittag für uns. Ich bin am Verhungern. Gehen wir irgendwohin was essen, und beim Lunch können wir entscheiden, was wir danach unternehmen. Also, wohin?»

Eine Weile berieten sie darüber, verwarfen das Kardomah-Café und auch Lyon's Corner House, dann schlug Judith vor: «Gehen wir doch ins Berkeley.»

«Aber das ist furchtbar vornehm.»

«Macht nichts. Mehr als fünf Shilling dürfen sie sowieso nicht verlangen, und mit ein bißchen Glück kriegen wir auch einen Tisch.»

Sie zogen los, gingen zu Fuß das kurze Stück über den Piccadilly zum Berkeley, und sobald sie durch die unablässig rotierende Drehtür getreten waren, tauchten sie in eine Welt aus Behaglichkeit, Wärme und kostspieligen Düften ein. Es waren eine ganze Menge Leute da, und in der Bar herrschte Gedränge, dennoch erspähte Heather einen freien Tisch und zwei nicht besetzte Stühle, die sie flugs belegte, während Judith sich auf die Suche nach dem Restaurant und dem Oberkellner begab, um ihn zu fragen, ob sie vielleicht einen Tisch für zwei Personen bekommen könnte. Er war recht freundlich und ließ sie keineswegs spüren, daß sie nur eine Marinehelferin ohne männliche Begleitung und noch nicht einmal in einem Offiziersrang war, sondern ging an sein Pult, konsultierte den Reservierungsplan, kam zurück und versicherte ihr, falls es sie nicht störe, etwa fünfzehn Minuten zu warten, hätte er dann einen Tisch für sie.

«Hoffentlich nicht neben der Küchentür», sagte Judith, und ihr Selbstbewußtsein überraschte ihn ein wenig, nötigte ihm aber auch Respekt ab.

«Nein, Madam, neben dem Fenster.»

«Großartig!» Sie schenkte ihm ihr nettestes Lächeln.

«Ich hole Sie, sobald der Tisch frei ist.»

«Wir sind in der Bar.»

Sie kehrte zu Heather zurück, streckte triumphierend den Daumen hoch, und auf einmal war alles sehr lustig. Ein Boy nahm ihnen die Mäntel ab und brachte sie in die Garderobe, dann tauchte ein Kellner auf, fragte, was sie zu trinken wünschten, und ehe Judith überhaupt den Mund aufmachen konnte, bestellte Heather Champagner.

«Zwei Glas, Madam?»

«Nein, ich glaube eine halbe Flasche.»

Er ging. Judith murmelte: «Es lebe die Städtische Schule von Porthkerris!» Sie begannen zu kichern, Judith knabberte Kartoffelchips, die in einer kleinen Porzellanschale auf dem Tisch standen, und Heather zündete sich eine Zigarette an.

Während Judith ihr zusah, kam sie zu dem Schluß, daß Heather hinreißend aussah. Nicht sehr groß, doch wunderbar schlank, und ihr dunkler Teint verlieh ihr etwas sehr Edles. Über einem schmalen grauen Flanellrock trug sie einen dünnen marineblauen Pullover, dazu eine Halskette aus Gold und goldene Ohrringe.

«Toll siehst du aus, Heather. Ich wollte mich noch umziehen, aber die Zeit hat mir nicht mehr gereicht.»

«Ich finde, du siehst auch toll aus. Deine Uniform gefällt mir. Gott sei Dank hast du dich nicht dafür entschieden, Wehrmachts- oder Luftwaffenhelferin zu werden. Deren Uniformen haben nichts als Taschen und Knöpfe und riesige Oberweiten. Und die Hüte sind ein Graus. Du hast dir die Haare schneiden lassen.»

«Mußte ich ja. Sie dürfen den Kragen nicht berühren. Das heißt, entweder schneiden lassen oder einen Knoten tragen.»

«Gefällt mir. Steht dir gut.»

Der Kellner brachte ihre Gläser und die Flasche, die er feierlich und sehr geschickt öffnete. Der Champagner perlte in Heathers Glas, ohne daß auch nur ein Tropfen überschäumte, dann wurde Judiths Glas gefüllt.

«Danke.»

«Gern geschehen, Madam.»

Sie tranken sich zu, und Judith fühlte sich fast augenblicklich bedeutend besser. «Das muß ich mir merken», sagte sie. «Champagner ist *das* Mittel gegen Erkältungen.»

Während sie dasaßen und an ihren Gläsern nippten, sahen sie sich um und betrachteten die eleganten Frauen, die Stabschefs, die Offiziere der Freien Franzosen und die jungen Gardisten, die allesamt pausenlos redeten, tranken und lachten, als hätten sie keinerlei Sorgen. Etliche führten Damen aus, die eindeutig nicht ihre Ehefrauen waren, doch das würzte alles mit einem Schuß Pikanterie, zeugte von Kriegsaffären und hatte den Beigeschmack verbotener Liebe. Insbesondere ein Mädchen war ungemein betörend, mit roter Mähne und kurvenreicher Figur, die dank ihres enganliegenden schwarzen Jerseykleides noch aufreizender wirkte. Sie hatte Fingernägel wie Tigerkrallen, blutrot lackiert, und über ihrer Stuhllehne hing ein Nerzmantel.

Ihr Begleiter war ein Oberst mit schütterem Haar, dessen angejahrte Libido nur so nach jugendfrischer Wollust lechzte.

Äußerst amüsiert stellte Judith fest: «Er kann seine Augen kaum
von ihr lassen.»

«Ganz zu schweigen von seinen Händen.»

Als sie ihren Champagner gerade austranken, tauchte der Oberkellner auf, meldete ihnen, daß ihr Tisch frei sei, begleitete sie durch
das vollbesetzte Restaurant zu ihren Plätzen, überreichte jedem
Mädchen eine riesige Speisekarte und erkundigte sich, ob sie einen
Aperitif wünschten.

Den wünschten sie nicht, weil sie beide schon sehr fröhlich waren.

Es war ein herrlicher Lunch, das Restaurant so hell und hübsch,
verglichen mit den dunklen, zerbombten, schmutzigen Straßen jenseits der tüllverschleierten Fenster. Sie aßen Austern, Hähnchen
und Eis und teilten sich eine Flasche Weißwein. Sie redeten und
redeten, holten Versäumtes nach und erzählten einander, was während der langen Monate geschehen war, in denen sie sich nicht gesehen hatten. Manches war leider sehr traurig. Neds Tod. Edward
Carey-Lewis. Mrs. Mudges Neffe, der als vermißt gegolten hatte
und auf den Stränden von Dünkirchen ums Leben gekommen war.
Charlie Lanyon hatte dagegen mehr Glück gehabt, das Granatfeuer
überlebt und war nun Kriegsgefangener in Deutschland.

«Schreibst du ihm, Heather?»

«Ja, jede Woche. Ich hab zwar keine Ahnung, ob er die Briefe
bekommt, aber das ist kein Grund, deshalb nicht mehr zu schreiben.»

«Kriegst du keine Post von ihm?»

«Er darf nicht viele Briefe schicken, also schreibt er nur seinen
Eltern, und die halten mich auf dem laufenden. Aber es sieht so aus,
als ginge es ihm ganz gut, und immerhin erreichen ihn ein paar von
unseren Freßpaketen.»

«Wirst du auf ihn warten?»

Erstaunt zog Heather die Stirn kraus. «Auf ihn warten?»

«Ja. Auf ihn warten. Ihm treu bleiben.»

«Nein. Ich warte nicht auf ihn. So war das mit Charlie und mir nie. Hab ihn bloß gern gemocht. Ich hab dir doch schon mal gesagt, daß ich nicht wild aufs Heiraten bin. Ich meine, ich werd's sicher tun, wenn mir mal danach ist. Irgendwann. Aber es ist nicht das A und O für mich. Dazu bietet das Leben zuviel. Zuviel zu tun. Zuviel zu sehen.»

«Gibt es dort, wo du arbeitest, nette Jungs?»

Heather lachte. «Eine Menge verrückter Typen. Die meisten sind so intelligent, daß sie schon wieder bekloppt sind. Nur, zum Verlieben sind sie gerade nicht... Du würdest sie nicht einmal mit der Kneifzange anfassen. Das heißt aber keineswegs, daß sie nicht interessant sind – in geistiger Hinsicht. Sehr kultiviert. Aber eben verrückt.»

«Und was machst du? Wie sieht dein Job aus?»

Heather zuckte die Schultern und schlug die Augen nieder. Sie griff nach der nächsten Zigarette, und als sie wieder aufblickte, wußte Judith, daß sie keinen Pieps mehr sagen, kein weiteres Wort mehr darüber verlieren würde. Vielleicht befürchtete sie bereits, schon zuviel gesagt zu haben.

«Du willst nicht darüber sprechen, nicht wahr?»

«Nein.»

«Aber es macht dir Spaß?»

Heather stieß eine Rauchwolke aus. «Es ist faszinierend. Und jetzt reden wir von dir. Wie sieht dein Job aus?»

«Nicht sehr aufregend. Ich bin an der Artillerieschule der Marine, auf Whale Island, und arbeite für den Leiter der Ausbildungsentwicklung.»

«Und was macht der?»

«Er experimentiert und entwickelt technische Systeme, die dabei helfen sollen, die Männer im Umgang mit den Geschützen auszubilden. Simulationskuppeln. Schulungsattrappen von Schnellfeuerkanonen. Lauter solche Sachen. Simulatoren zur Messung von Entfernungen. Geräte, mit denen die Auswirkungen der Fliehkraft trainiert werden. Es nimmt überhaupt kein Ende. Dauernd tauchen neue Ideen auf.»

«Hast du einen Freund?»

Judith lächelte. «Jede Menge.»

«Aber keinen festen?»

«Nein. Nicht schon wieder.»

«Was meinst du damit?»

«Edward Carey-Lewis. Das will ich nicht noch mal durchma-chen. Ich warte, bis der Krieg vorbei ist, dann werde ich mich wahr-scheinlich Hals über Kopf in irgendeinen ganz unmöglichen Mann verlieben, heiraten, einen Haufen Kinder kriegen und absolut lang-weilig werden. Du willst dann sicher nichts mehr mit mir zu tun haben.»

«Warst du in Edward verliebt?»

«Ja. Jahrelang.»

«Das hab ich nicht gewußt.»

«Hab ich dir auch nie erzählt.»

«Es tut mir leid.»

«Ist jetzt vorbei.»

Also redeten sie nicht mehr von Edward, sondern wandten sich erfreulicheren Themen zu, Mr. Warren, der Sergeant in der Bürger-wehr von Porthkerris war, und Joe Warren, der zum Offizier beför-dert werden sollte.

«Wie geht es deiner Mutter?» fragte Judith.

«Wie immer. Die haut nichts um. Sie schreibt nicht viel. Ist zu beschäftigt, nehm ich an. Aber sie hat mir gleich geschrieben, als dieser alte Exhibitionist Fawcett in der Bank tot umgefallen ist. Hat's gar nicht abwarten können, diese Sensation zu Papier zu brin-gen. Erinnerst du dich noch an das ganze Theater an jenem Abend, als Ellie aus dem Kino heimkam und völlig aufgelöst war, weil das alte Ekel ihr sein Ding gezeigt hat? Das werd ich nie vergessen, solange ich lebe.»

«Ach, Heather, du warst doch gar nicht da.»

«Aber ich hab alles erzählt bekommen. Tagelang. Mum konnte gar nicht mehr aufhören, darüber zu reden. ‹Du hättest Judith se-hen sollen. Wie eine kleine Furie›, hat sie mir immer wieder gesagt.»

«Ich glaube, er ist an einem Schlaganfall gestorben. Weil der Bankdirektor ihn darauf hingewiesen hat, daß sein Konto überzo-gen war. Mir hat es Mr. Baines erzählt, und wir konnten darüber bloß kichern. Furchtbar unpassend.»

«Ist nicht schade um ihn, würd ich sagen. Und wie geht es den anderen Carey-Lewis? Gut?»

Sie unterhielten sich über Nancherrow und darüber, daß Diana durch die ständige Abwechslung mit ihrer Enkelin Clementina ein bißchen von ihrer Trauer nach Edwards Tod abgelenkt wurde. So ähnlich, wie die anspruchslose Gesellschaft von Phyllis und Anna auf unerklärliche Weise mitgeholfen hat, Biddy Somerville wieder auf die Beine zu bringen.

«Wohnen die jetzt gemeinsam im Dower House?»

«Ja, und es klappt gut. Du hast übrigens mein Haus noch gar nicht gesehen. Irgendwann, wenn wir beide Urlaub haben, mußt du mal kommen, und dann zeig ich dir alles. Es wird dir gefallen. Ich liebe es. Ich liebe es wahnsinnig.»

«Ich kann es noch immer nicht glauben, daß du ein eigenes Haus hast», staunte Heather. «Richtig erwachsen. Versteh mich nicht falsch, ich beneide dich nicht im geringsten darum, denn das letzte, was ich im Moment haben möchte, wäre ein Haus. Für mich wär das wie ein Klotz am Bein, aber für dich muß es wie ein Traum sein, der in Erfüllung gegangen ist. Besonders, weil deine Familie so weit weg ist.» Sie hielt inne, dann sagte sie: «Entschuldige.»

«Was?»

«War taktlos. Wegen Singapur. Ich habe heute morgen im Zug Zeitung gelesen.»

«Ich auch.»

«Hast du was von ihnen gehört?»

«Zu lange nicht mehr.»

«Angst?»

«Ja, entsetzliche. Ich hoffe bloß, sie sind evakuiert worden. Wenigstens Mami und Jess. Es sagen zwar alle, Singapur fällt nicht, weil es so gut verteidigt wird, zu wichtig ist, so daß sie alles in die Schlacht werfen würden. Aber selbst wenn Singapur standhält, wird es Luftangriffe geben und jede Art von Horror. Und wie's aussieht, gibt es nichts, keine Armee, die in der Lage wäre, die Japaner zu stoppen. Ich wollte, ich könnte herausfinden, was los ist.» Über den Tisch hinweg blickte sie Heather an. «Du... du kannst auch nichts rauskriegen, oder? Ich meine, irgendwie, unterderhand...»

785

Der Kellner brachte den Kaffee. Heather drückte ihre Zigarette aus und zündete sich sofort eine neue an. Sie schwiegen, während der schwarze, starke Kaffee in die kleinen Tassen gegossen wurde. Sobald der Kellner wieder außer Hörweite war, schüttelte Heather den Kopf und sagte: «Leider nicht. Bei uns geht es nur um Europa.»

«Ich hätte nicht fragen sollen», erklärte Judith seufzend. «Gus ist auch dort. Gus Callender. Mit dem Zweiten Bataillon der Gordons.»

«Sagt mir nichts.»

«Ein Freund von Edward, aus der Zeit in Cambridge. Er war mal eine Weile auf Nancherrow. Er und Loveday... Na, wie soll ich's sagen? Es hat auf Anhieb gefunkt.»

«Loveday?» Heather klang ungläubig. «Loveday hat sich in ihn verknallt? Davon hat sie mir nie etwas erzählt.»

«Kann ich mir denken. Es war unglaublich. Sie war erst siebzehn, und es ist einfach passiert. Sie lagen sofort auf der gleichen Wellenlänge. Als hätten sie einander seit eh und je gekannt. Als wären sie schon immer zusammengewesen.»

«Falls er Soldat ist und in Singapur, dann steckt er mittendrin. Für ihn würde ich meinen Kopf nicht verwetten.»

«Ich weiß. Das hab ich mir auch schon gedacht.»

«Ist ein blutiger Krieg, nicht wahr? Arme Loveday. Und du Arme. Ich fürchte, wir müssen einfach abwarten, was passiert.»

«Dieses Warten ist am schrecklichsten. Warten auf Nachrichten. Sich einreden, daß das Schlimmste schon nicht passieren wird. Nicht passieren darf. Ich will, daß meine Eltern und Jess am Leben bleiben, wohlbehalten, und eines Tages zurückkommen, zu mir ins Dower House. Und daß Gus am Leben bleibt, um Lovedays willen. Nach St-Valéry haben wir geglaubt, er sei tot, aber er hat es geschafft, zu fliehen und heimzukommen. Als Loveday es erfahren hat, war sie wie ausgewechselt. Ich darf gar nicht dran denken, daß sie die ganze Qual noch ein zweites Mal durchstehen muß.»

«Judith, was auch immer Loveday zustößt, sie überlebt es.»

«Warum sagst du das?»

«Weil ich sie kenne. Die ist ganz schön zäh.»

«Aber...» Judith wollte gerade Loveday in Schutz nehmen, doch Heather fiel ihr ins Wort.

«Hör mal, wir könnten noch den ganzen Nachmittag miteinander reden, aber dann ist der Tag um und wir haben sonst nichts unternommen. Ich hab zwei Karten für die Albert Hall in meiner Brieftasche. Der Mann, für den ich arbeite, hat sie mir geschenkt. Das Konzert fängt in einer halben Stunde an. Möchtest du in ein Konzert, oder willst du lieber einkaufen gehen?»

«Was spielen sie?»

«William Waltons Violinkonzert und Rachmaninows Zweites Klavierkonzert.»

«Dann will ich nicht einkaufen gehen.»

So tranken sie ihren Kaffee aus, beglichen die Rechnung (mit großzügigen Trinkgeldern), holten ihre Mäntel aus der Garderobe (weitere Trinkgelder) und stürzten auf den bitterkalten Piccadilly hinaus. Als sie vor die Tür kamen, hielt am Straßenrand gerade ein Taxi, dem ein Kapitän der Royal Navy und seine hausbackene Frau entstiegen. Die beiden Mädchen warteten, bis er den Fahrpreis bezahlt hatte, dann sprangen sie flugs hinein, ehe ihnen jemand zuvorkommen konnte.

«Wohin, meine Damen?»

«Zur Albert Hall, und wir haben es furchtbar eilig.»

Das Konzert war wunderschön, wie Judith es sich erhofft hatte, sogar noch schöner. Den Walton kannte sie noch nicht, doch der Rachmaninow war ihr bestens vertraut, und sie gab sich ganz der Musik hin, in eine Art Zeitlosigkeit entrückt, in eine andere, beständigere Welt fernab von Angst und Tod, Schlachten und Bomben. Die übrigen Zuhörer lauschten ebenso andächtig, und als die letzten Töne verklungen waren, bekundeten sie dem Dirigenten und dem Orchester ihre Anerkennung mit einem Applaus, der mindestens fünf Minuten anhielt.

Aber schließlich war alles vorbei, Zeit zum Aufbruch. Judith war es beinahe so vorgekommen, als habe sie zwei Stunden lang mühelos in höheren Sphären geschwebt und müsse nun zur Erde zurückkehren. Sie war so in die Musik versunken gewesen, daß sie ihre Erkältung vergessen hatte, doch jetzt, während sie im Gedränge durch den Mittelgang dem Foyer und dem Portal zustrebten, meldeten sich Kopfschmerzen und Halskratzen mit Vehemenz zurück, und sie merkte, daß sie sich allmählich ausgesprochen unbehaglich fühlte.

Sie hatten vorgehabt, zu Fuß zu den Mews zu gehen oder einen Bus zu nehmen, aber als sie mit all den anderen Leuten in den dunklen, lichtlosen Abend hinausströmten, stellten sie fest, daß es inzwischen zu regnen begonnen hatte, ein leichter Schneeregen, und keine von ihnen hatte einen Schirm mit.

Von der Menge geschoben und gestoßen, standen sie auf dem nassen Gehsteig, berieten ihre Chancen, ein Taxi zu ergattern, und schätzten diese Möglichkeit als gering bis aussichtslos ein.

«Wir können doch nicht laufen, da werden wir ja patschnaß. Warum hab ich bloß keinen Schirm mitgenommen?» Heather, stets so praktisch veranlagt, war wütend auf sich selbst.

«Ich konnte keinen mitnehmen, weil ich in Uniform keinen tragen darf…»

Während sie noch überlegten, wie um alles in der Welt sie nach Hause kommen sollten, war ihnen das Glück hold. Neben ihnen hielt ein Privatauto, das einen Oberstleutnant der Luftwaffe und seine Begleiterin abholte. Offenbar hatte er den Weitblick gehabt, seinen Transport im voraus zu organisieren. Er öffnete den Schlag, die Frau drängte sich so schnell sie nur konnte hinein, um ins Trockene zu kommen, und der Oberstleutnant war schon im Begriff, ihr zu folgen, als er in dem spärlichen Licht, das aus dem Wageninneren herausdrang, die beiden Mädchen erblickte, die naß und nasser wurden.

«Wo wollen Sie hin?»

«In die Gegend vom Sloane Square», antwortete Judith.

«Wir fahren nach Clapham. Sollen wir Sie mitnehmen?»

Es war fast zu schön, um wahr zu sein. Dankbar akzeptierten sie das Angebot. Heather setzte sich nach hinten, während Judith neben dem Fahrer Platz nahm. Türen wurden zugeschlagen, das Auto fuhr an, die Scheibenwischer arbeiteten auf Hochtouren, und der Wagen tastete sich im schwachen Strahl der nach oben abgeschirmten Scheinwerfer durch die nassen Straßen.

Im Fond unterhielt sich Heather lebhaft mit ihren Rettern. «Das ist wirklich sehr freundlich von Ihnen. Ich weiß nicht, was wir sonst gemacht hätten.»

«Es ist immer die reine Hölle, nach dem Theater oder einem Konzert nach Hause zu kommen...»

Judith hörte ihnen nicht mehr zu. Sie hatte in einer Pfütze gestanden, ihre Füße waren naß, und nun begann sie zu frösteln. Gleich wenn sie ankamen, würde sie den Gaskamin anmachen und voll aufdrehen, aber bevor es soweit war, mußte sie irgendwo etwas Eßbares besorgen, denn bisher hatte sie noch keine Zeit zum Einkaufen gehabt.

Inzwischen fuhren sie durch die Sloane Street. Auf den Rücksitzen ging das Geplauder pausenlos weiter. Nachdem sie aufgehört hatten, über das Konzert zu reden, unterhielten sie sich zunächst darüber, wie furchtbar es war, daß die Bomben die Queens Hall zerstört hatten, und dann über die herrlichen Matineen, die Myra Hess am späten Vormittag in St. Martin in the Fields veranstaltete.

«Die Kirche ist immer proppenvoll. Die Leute schauen einfach auf dem Weg zu oder von ihren Büros kurz rein, um sich ein paar Lieder anzuhören.»

Der Oberstleutnant beugte sich vor. «Wo genau wollen Sie denn hin?» fragte er Judith. «Wir bringen Sie bis an die Tür, falls es kein zu großer Umweg ist.»

«Cadogan Mews.» Sie wandte sich auf ihrem Sitz um. «Aber...» begann sie zögernd. «Das Problem ist nur, ich muß noch irgendwo einkaufen. Es ist nichts zu essen im Haus. Ich bin erst heute morgen aus Portsmouth gekommen und habe noch keine Zeit gehabt... Könnten Sie uns vielleicht bei dem Händler an der Ecke absetzen?»

«Keine Bange», sagte er, und dank seiner Liebenswürdigkeit klappte alles reibungslos. Judith lotste den Fahrer zu dem baufälligen Laden, der schon immer der am nächsten gelegene und deshalb für die Bewohner der Mews so praktisch war. Er bot Eßwaren, Zeitungen und Zigaretten an. Während die anderen warteten, ging sie, mit ihrer Lebensmittelkarte für Notfälle ausgestattet, hinein und kaufte Brot, Eier, ein bißchen Schinken, Zucker, Margarine, eine Flasche Milch und ein Glas zweifelhaft aussehender Himbeer-marmelade. Die alte Frau hinter der Ladentheke brachte eine zer-knitterte Papiertüte zum Vorschein, stopfte alles hinein, Judith zahlte und kehrte zum Auto zurück.

«Vielen Dank. Das ist großartig. Jetzt haben wir wenigstens was zu essen.»

«Wir konnten doch nicht zulassen, daß Sie hungern müssen. Wohin jetzt?»

Sie wurden bis vor die Tür geleitet. Im matten Licht der abgedun-kelten Scheinwerfer glänzten die Pflastersteine, und eine nasse Katze flitzte auf der Suche nach einem Unterschlupf über die Straße. Judith und Heather stiegen aus, bedankten sich wortreich und boten an, ihren Teil der Fahrtkosten zu bezahlen. Das wurde jedoch unverzüglich abgelehnt, mit der Erklärung, es sei wohl das minde-ste, was man habe tun können, und nun sollten sie schleunigst hin-eingehen, damit sie nicht noch nasser wurden.

Es klang wie ein Befehl, und so taten sie es. Als sie die Tür hinter sich schlossen, wendete der Wagen bereits und fuhr davon.

Sie standen dicht nebeneinander in der tintenschwarzen Finster-nis des winzigen Flurs. «Mach kein Licht», sagte Judith. «Ich muß erst verdunkeln. Bleib, wo du bist, sonst stolperst du über die Treppe.»

Sie tastete sich in die Küche, zog das Verdunklungsrollo herunter und stellte die Papiertüte auf den Tisch. Immer noch im Finstern ging sie wieder hinaus, stieg vorsichtig die Treppe hinauf, verdun-kelte auch im Wohnzimmer und zog die dicken Vorhänge zu. Erst dann konnte sie gefahrlos das Licht einschalten.

«Du kannst jetzt raufkommen», rief sie Heather zu. Gemeinsam gingen sie durch alle Räume, auch durch diejenigen, die Judith nicht zu benutzen gedachte, und sorgten dafür, daß kein heller Schimmer nach draußen dringen konnte. Sobald sie damit fertig waren, zog Heather ihren nassen Mantel und die Stiefel aus, setzte den Gas-kamin in Gang und knipste noch ein paar Lampen an. Augenblick-lich sah alles ganz anders aus, richtig gemütlich.

«Ich brauche jetzt unbedingt eine Tasse Tee», sagte Heather.

«Ich auch, aber ich muß erst noch ein Aspirin nehmen.»

«Geht's dir mies?»

«Ja, ziemlich.»

«Armes Mädchen. Du siehst auch recht elend aus. Meinst du, dich hat die Grippe erwischt?»

«Sprich das bloß nicht aus!»

«Hör mal, du kümmerst dich jetzt um dich, und ich mach den Tee.» Und schon war sie auf dem Weg nach unten. «Keine Sorge, ich finde mich zurecht.»

«Ich hab Brot mitgebracht. Wir können es über dem Feuer rösten.»

«Herrlich.»

Judith legte ihren Mantel auf das Bett, streifte die Schuhe und ihre nassen Strümpfe ab, schlüpfte in ein Paar flauschige Hausschuhe und zog statt der Uniformjacke einen Shetlandpullover an, den sie aus Portsmouth mitgebracht hatte. Darauf nahm sie ihr Aspirin und gurgelte noch einmal. Ihr Spiegelbild machte ihr keine Freude. Das Gesicht sah blaß und verfroren aus, und unter den Augen lagen dunkle Ringe. Wäre Biddy jetzt hier, würde sie ihr einen heißen Toddy verordnen, aber da Judith weder Whisky noch Honig oder Zitronen im Haus hatte, nutzte ihr dieses Wissen nicht viel.

Kaum war sie wieder im Wohnzimmer, hatte Heather bereits den Tee fertig und kam mit einem Tablett die Treppe herauf. Sie setzten sich vor den Gaskamin, rösteten das Brot an langen Gabeln über den Flammen und bestrichen es dünn mit Margarine und der Himbeermarmelade.

«Schmeckt nach Picknick», stellte Heather zufrieden fest. «Mum hat immer auf Fruchteis Himbeermarmelade draufgetan.» Sie sah sich um. «Dieses Haus gefällt mir. Ich mag die Art, wie es eingerichtet ist. Mit den hellen Vorhängen und so. Kommst du oft her?»

«Immer wenn ich in London bin.»

«Ist auf jeden Fall angenehmer als die Herbergen für Marinehelferinnen.»

«Ich wollte, du könntest bis morgen bleiben.»

«Geht nicht.»

«Kannst du nicht irgendwen anrufen und behaupten, du hättest Kopfschmerzen?»

«Nein. Ich muß morgen in den Dienst.»

«Wann geht dein Zug?»

«Halb acht.»

«Von wo fährst du ab?»

«Euston.»

«Und wie kommst du hin?»

«Ich nehme die U-Bahn am Sloane Square.»

«Soll ich mitkommen? Dich zum Zug bringen?»

«Nein», sagte Heather entschieden. Dann fügte sie hinzu: «Nicht mit dieser Erkältung. Du darfst heute abend nicht mehr rausgehen. Du gehörst ins Bett.» Doch Judith hatte das Gefühl, selbst wenn sie nicht so angeschlagen wäre, hätte Heather sie nicht gern nach Euston mitgenommen, weil sie nicht einmal wollte, daß Judith auch nur die Richtung herausfand, in die sie abfuhr. Es war alles so geheimnisvoll, fast schon beängstigend. Sie hoffte nur, daß ihre Freundin sich nicht zur Spionin ausbilden ließ, denn der bloße Gedanke, sie könnte bei Dunkelheit über feindlichem Gebiet aus irgendeinem Flugzeug abgesetzt werden, war ihr unerträglich.

Es gab vieles, worüber sie noch nicht gesprochen hatten, aber schon bald, viel zu früh, wurde es für Heather Zeit zum Aufbruch.

«Jetzt schon?»

«Ich will nicht riskieren, den Zug zu verpassen, das ist nämlich der einzige, für den ein Auto an die Bahn kommt.» Judith malte sich einen abgelegenen ländlichen Bahnhof aus, den geduldig wartenden Dienstwagen und die anschließende Fahrt über viele Meilen gewundener, schmaler Straßen. Dann die Ankunft. Ein verschlossenes, elektrisch gesteuertes Tor, hohe Stacheldrahtzäune und lauernde Wachhunde. Dahinter eine lange Allee, die zu irgendeinem düsteren, großen Landhaus oder einem viktorianischen Schloß führte. Beinahe konnte sie die Eulen schreien hören.

Die Vorstellung ließ sie schaudern. Sie schüttelte sich fast vor Widerwillen und war dankbar für ihren eintönigen Job, bei dem sie nichts zu verbergen hatte, bloß Meldungen von Korvettenkapitän Crombie weiterleitete, Telefongespräche entgegennahm und für ihn tippte. Wenigstens wurde sie nicht an einem geheimgehaltenen Ort eingeschlossen und brauchte sonntags nicht zu arbeiten.

Heather machte sich fertig, zog den Reißverschluß an ihren Stiefeln hoch, die vor dem Kamin mehr oder minder getrocknet waren, knöpfte sich in ihren hübschen scharlachroten Mantel und schlang sich einen Seidenschal um das rabenschwarze Haar.

«Es war toll», sagte sie. «Ein wunderbarer Tag.»

«Danke für das Konzert. Ich habe jeden Augenblick genossen.»

«Wir müssen versuchen, uns wieder zu treffen. Das nächste Mal warten wir nicht mehr so lange. Komm nicht mit runter. Ich finde allein raus.»

«Ich meine immer noch, ich sollte dich begleiten.»

«Sei nicht albern. Nimm ein heißes Bad und leg dich ins Bett.» Sie gab Judith einen Kuß, dann sagte sie plötzlich: «Mir ist gar nicht wohl dabei, dich allein zu lassen.»

«Ich krieg das schon hin.»

«Halt mich auf dem laufenden. Über deine Eltern und Jess, meine ich. Ich denk an dich. Laß es mich wissen, wenn du was erfährst.»

«Mach ich. Sicher.»

«Meine Adresse hast du ja, nicht wahr? Postfachnummer und so. Ist zwar alles ein bißchen obskur, aber immerhin erreichen mich Briefe tatsächlich.»

«Ich schreibe dir, sobald ich was weiß.»

«Auf Wiedersehen, Judith.»

«Auf Wiedersehen.»

Noch eine flüchtige Umarmung, noch ein Küßchen, und schon eilte sie die Treppe hinunter, aus dem Haus. Die Tür schlug zu. Ihre Schritte verhallten, während sie die Straße entlanglief. Sie war fort.

Dann war nichts mehr zu hören außer dem Tropfen des Regens und dem entfernten Brummen des spärlichen Verkehrs auf der Sloane Street. Judith hoffte, daß es keinen Luftangriff geben würde, hielt diese Gefahr aber wegen des schlechten Wetters für unwahrscheinlich. Bomber brauchten eine klare Nacht und Mondschein. Ohne Heathers Gesellschaft kam ihr das Haus ein wenig öd vor, deshalb legte sie eine Platte von Elgar auf. Als die ersten vollen Akkorde eines Cellokonzerts erklangen, fühlte sie sich sofort nicht mehr so verlassen. Sie trug das Tablett hinunter, spülte das bißchen Geschirr und stellte es zum Trocknen auf das Abtropfbrett. Nachdem sie den Wasserkessel noch einmal aufgesetzt hatte, fand sie eine Wärmflasche aus Gummi, füllte sie, ging damit nach oben, schlug die Bettdecke zurück und schob die Wärmflasche zwischen die Laken. Dann nahm sie noch einmal zwei Aspirin, denn mittlerweile ging es ihr wirklich miserabel. Danach ließ sie sich ein heißes Bad ein und schwelgte eine Stunde lang in der Wanne. Wieder abgetrocknet, zog sie ihr Nachthemd an und den Shetlandpullover darüber. Der Elgar war längst zu Ende, also stellte sie den Plattenspieler ab, ließ aber den Kamin noch an und die Schlafzimmertür offen, damit es auch da drinnen warm wurde. Schließlich kroch sie mit einer alten Ausgabe der *Vogue*, die sie gefunden hatte, ins Bett, lehnte sich in die weichen Kissen zurück und blätterte eine Weile die Hochglanzseiten durch, bis die Müdigkeit sie übermannte und sie die Augen schloß. Gleich darauf, zumindest kam es ihr so vor, öffnete sie sie wieder.

Sie hörte ein Geräusch. Unten. Vor Schreck pochte ihr Herz wie wild. Ein Schlüssel knackte im Schloß. Die Haustür ging auf und wurde behutsam wieder geschlossen.

Ein Eindringling. Irgend jemand hatte das Haus betreten. Starr vor Entsetzen lag sie einen Moment lang wie versteinert da, unfähig, sich zu rühren. Dann sprang sie aus dem Bett, rannte durch die noch offene Tür und das Wohnzimmer an die Treppe, fest entschlossen, den Ankömmling, falls er eher Feind denn Freund sein sollte, mit dem erstbesten schweren Gegenstand, den sie zu fassen bekam, abzuwehren.

Er war schon auf halbem Weg nach oben, in einen dicken Mantel gehüllt, an dessen Schulterstücken Goldtressen schimmerten, und auf seiner Mütze glitzerten Regentropfen. In einer Hand trug er eine Reisetasche und in der anderen einen prallen Beutel aus Segeltuch mit stabilen Henkeln.

Jeremy! Als sie ihn erkannte, spürte sie, wie ihre Knie vor Erleichterung weich wurden, und sie mußte sich am Geländer festhalten. Kein Bösewicht, der hier eindrang, um zu rauben, zu vergewaltigen oder zu morden, sondern der einzige Mensch, den sie, hätte sie die Wahl gehabt, sich jetzt wirklich gewünscht hätte.

«Jeremy!»

Er blieb stehen und blickte nach oben. Der Schirm seiner Mütze warf einen Schatten auf sein Gesicht, das in dem wenig schmeichelhaften Licht der Treppenhausbeleuchtung hager aussah.

«Großer Gott, Judith!»

«Wen hast du denn erwartet?»

«Keine Ahnung, aber als ich die Haustür aufmachte, wußte ich sofort, daß jemand hier ist, weil Licht brannte.»

«Ich hab geglaubt, du bist auf See. Was machst du denn hier?»

«Dasselbe könnte ich dich fragen.» Er kam herauf, ließ sein Gepäck fallen, nahm die klatschnasse Mütze ab und beugte sich hinunter, um ihr einen Kuß auf die Wange zu geben. «Und warum empfängst du im Nachthemd Herrenbesuch?»

«Weil ich schon im Bett war natürlich.»

«Allein, will ich hoffen.»

«Ich habe mich erkältet, wenn du's genau wissen willst. Und ich fühle mich scheußlich.»

«Dann pack dich sofort wieder ins Bett!»

«Nein. Jetzt will ich mich mit dir unterhalten. Bleibst du über Nacht?»

«Hab ich eigentlich vorgehabt.»

«Und nun hab ich dir das Bett weggeschnappt.»

«Macht nichts. Ich verkriech mich zum Bügelbrett und zu Dianas Kleidern. Da hab ich schon öfter geschlafen.»

«Wie lange bleibst du?»

«Nur bis morgen früh.» Er hängte seine Mütze auf den Treppenpfosten und begann den Mantel aufzuknöpfen. «Ich muß einen Zug erwischen, der schon um sieben geht.»

«Und wo kommst du her? Jetzt direkt, meine ich.»

«Aus Truro.» Er schälte sich aus dem schweren Mantel und hängte ihn über das Geländer. «Ich hatte ein paar Tage frei und hab sie in Cornwall bei meinen Eltern verbracht.»

«Dich hab ich seit einer Ewigkeit nicht mehr gesehen.» Sie konnte sich nicht mehr daran erinnern, wie lange das schon her war.

Aber Jeremy wußte es noch. «Seit ich im Dower House war, um mich von dir zu verabschieden.»

«Kommt mir vor wie in einem anderen Leben.» Plötzlich fiel ihr etwas ein, was wirklich schlimm war. «Es ist nichts zu essen im Haus. Bloß ein bißchen Brot und Schinken. Bist du sehr hungrig? Der Laden an der Ecke ist sicher schon zu, aber…»

Er lachte. «Aber was?»

«Du kannst ja irgendwo was essen gehen. Vielleicht ins Royal-Court-Hotel?»

«Das fände ich aber gar nicht lustig.»

«Wenn ich gewußt hätte, daß du kommst…»

«Ich weiß, dann hättest du einen Kuchen gebacken. Keine Bange, ich hab vorgesorgt. Meine Mutter hat mir geholfen, einen Futtersack zu packen.» Er stieß mit dem Fuß an die Segeltuchtasche. «Das ist er.»

Judith spähte hinein und sah eine Flasche schimmern. «Wenigstens hast du deine Prioritäten richtig gesetzt.»

«Eigentlich brauchte ich das Ding gar nicht hier herauf zu schleppen. Es wiegt eine Tonne. Ich hätt's ja auch gleich in der Küche gelassen, aber als ich Licht sah, wollte ich sofort wissen, wer da ist.»

«Wer hätte es schon sein können außer mir? Oder Athena. Oder Loveday. Rupert ist in der Wüste und Gus im Fernen Osten.»

«Da gibt's noch andere. Nancherrow ist inzwischen ein zweites Zuhause, eine Art Dauerkantine für junge Offiziere geworden. Sie kommen aus Culdrose und aus dem Königlichen Marine-Trainingslager in Bran Tor. Und jedem besonders netten, an dem Diana einen Narren gefressen hat, verehrt sie einen Schlüssel.»

«Das hab ich nicht gewußt.»

«Der Kreis ist also nicht mehr so exklusiv wie früher. Kommst du oft her?»

«Nicht sehr oft. Ab und zu für ein Wochenende.»

«Und das ist so eins?»

«Ja. Morgen muß ich allerdings wieder nach Portsmouth zurück.»

«Ich wollte, ich könnte hierbleiben und dich zum Lunch ausführen.»

«Aber du kannst wohl nicht.»

«Nein. Möchtest du einen Drink?»

«Es ist nichts im Schrank.»

«Dafür jede Menge in meinem Nähkästchen.» Er bückte sich, hob die Tasche auf, und sie sah wirklich ungemein schwer aus. «Komm mit, ich zeig's dir.»

Er ging voraus, und sie folgte ihm nach unten in die kleine Küche, in der er die Tasche auf den Tisch wuchtete und auszupacken begann. Das braune Linoleum war kalt unter Judiths nackten Füßen, also setzte sie sich auf das andere Ende des Tisches, und es kam ihr beinahe vor, als sehe sie jemandem zu, der zu Weihnachten einen mit Geschenken gefüllten Strumpf leert, wobei man absolut keine Ahnung hat, was als nächstes zum Vorschein kommen würde. Eine Flasche Whisky, Black & White. Eine Flasche Gordon's Gin. Zwei Zitronen. Eine Orange. Drei Packungen Kartoffelchips und ein Pfund Landbutter. Eine Tafel Terry's Bitterschokolade. Und zuletzt ein unheimliches Päckchen mit Blutflecken, dessen äußerste Hülle aus Zeitungspapier bestand.

«Was ist denn da drin?» fragte Judith. «Ein abgeschlagener Kopf?»

«Steaks.» Er buchstabierte: «S-T-E-A-K-S.»

«Wo hast du denn Steaks her? Und Landbutter? Deine Mutter schachert doch nicht etwa auf dem Schwarzmarkt, oder?»

«Von dankbaren Patienten. Ist der Kühlschrank an?»

«Natürlich.»

«Gut. Ist Eis da?»

«Ich denke schon.»

Er machte den Kühlschrank auf und legte die Butter und das blutige Päckchen zu den mageren Vorräten, die Judith schon hineingetan hatte. Dann angelte er eine Schale mit Eiswürfeln heraus. «Was möchtest du trinken? Ein Whisky wäre gut gegen deine Erkältung. Whisky Soda?»

«Es ist kein Soda da.»

«Wetten?»

Und tatsächlich, wie konnte es anders sein, förderte er aus einem Schrank mit allerlei Krimskrams einen Sodasiphon zutage. Aus einem anderen Schrank holte er Gläser, dann klopfte er Eiswürfel aus der Schale, übergoß sie mit Whisky und füllte mit Soda auf. Die Drinks sprudelten herrlich, und er reichte ihr ein Glas.

«Auf deine Gesundheit!»

Judith lächelte ihn an. «Und erst recht auf deine!»

Sie tranken. Jeremy entspannte sich sichtbar und stieß einen zufriedenen Seufzer aus. «Den hab ich jetzt gebraucht.»

«Schmeckt gut. Für gewöhnlich trinke ich keinen Whisky.»

«Alles zu seiner Zeit. Ist kalt hier unten. Komm, gehen wir wieder rauf.»

Also gingen sie, Judith voraus, und machten es sich vor dem Kamin gemütlich. Jeremy setzte sich in einen der Lehnsessel, und Judith kauerte sich dicht neben dem Feuer auf den Teppich. «Heather Warren war heute hier. Deshalb bin ich aus Portsmouth hergekommen. Um sie zu treffen. Wir waren zusammen essen und dann in einem Konzert, aber sie mußte schon zum Zug und in ihre strenggeheime Dienststelle zurück.»

«Wo war euer Konzert?»

«In der Albert Hall. William Walton und Rachmaninow. Heather hat die Karten geschenkt bekommen. Aber bitte erzähl mir von dir. Was hast du denn getrieben?»

«Blanke Routine.»

«Hast du jetzt Urlaub gehabt?»

«Keinen richtigen. Ich mußte nur nach London, um mich bei Ihren Lordschaften von der Admiralität blicken zu lassen. Ich soll befördert werden. Oberstabsarzt.»

«Oh, Jeremy...» Sie war entzückt und beeindruckt. «Gratuliere! Da wirst du ja ein hohes Tier.»

«Ist aber noch nicht offiziell, also mach nicht gleich einen Rundruf, um es allen zu erzählen.»

«Deiner Mutter hast du's aber schon gesagt?»

«Ja, klar.»

«Was gibt's sonst noch?»

«Ich komme auf ein neues Schiff. Einen Kreuzer, die HMS *Sutherland*.»

«Immer noch im Atlantik?» Er wich aus und zuckte nur mit den

Schultern. «Vielleicht schicken sie dich ins Mittelmeer. Wird Zeit, daß du ein bißchen Sonne kriegst.»

«Hast du was von deiner Familie gehört?»

«Seit Anfang Dezember nichts mehr, und ich weiß nicht warum. Ich kenne nur die gräßlichen Meldungen.»

«Sind sie noch in Singapur?»

«Ich nehme es mal an.»

«Viele Frauen und Kinder haben die Stadt verlassen.»

«Das hat sich zu mir noch nicht rumgesprochen.»

Er blickte auf die Uhr. «Viertel nach acht. Wir hören uns die Neunuhrnachrichten an.»

«Ich weiß nicht, ob ich sie überhaupt hören will.»

«Besser, man kennt die Wahrheit, als daß man sich das Schlimmste vorstellt.»

«Im Augenblick scheint mir das eine so schrecklich wie das andere. Und es ist alles so schnell gegangen. Wenn früher furchtbare Dinge passiert sind, wie zu Zeiten von Dünkirchen oder während der Bombardierung von Portsmouth, hab ich mich immer damit getröstet, daß sie wenigstens in Sicherheit waren. Ich meine Mami und Dad und Jess. Und wenn wir für unsere Lebensmittelrationen Schlange gestanden haben und es als Fleisch bloß gräßliche Halsstücke gegeben hat, dann wußte ich immerhin, daß es ihnen gutging, mit herrlichem Essen und einem Haufen Dienstboten, die sie umsorgten, und daß sie sich mit ihren Freunden im Club treffen konnten. Aber dann haben die Japaner Pearl Harbor bombardiert, und plötzlich ist das alles anders und sie sind in viel größerer Gefahr, als ich das je gewesen bin. Ich wünsche mir jetzt, ich wäre damals, wie ursprünglich geplant, doch nach Singapur gefahren. Dann wären wir jetzt wenigstens alle zusammen. Daß wir so weit voneinander entfernt sind und ich nichts erfahre...»

Zu ihrem Entsetzen begann ihre Stimme zu zittern. Es war sinnlos, weitersprechen zu wollen und vielleicht in nutzlose Tränen auszubrechen. Sie trank noch einen Schluck Whisky und starrte in die bläulichen Flammen des Kamins.

«Ich glaube, wenn man nicht weiß, was vor sich geht, ist das die schlimmste Qual», sagte Jeremy sanft.

«Ich schaffe es schon. Meistens schaffe ich es sogar ganz gut. Es liegt nur daran, daß ich mich heute abend wirklich nicht besonders wohl fühle.»

«Geh ins Bett.»

«Tut mir leid.»

«Warum sollte dir das leid tun?»

«Wir sehen uns so selten, und ausgerechnet dann hab ich eine erbärmliche Erkältung und bin zu durchgedreht, um die Nachrichten zu hören, und alles andere als eine angenehme Gesellschaft.»

«Ich mag dich so, wie du bist. Wie auch immer du bist. Ich bedaure nur, daß ich morgen so früh weg muß. Wir treffen uns, nur um uns gleich wieder trennen zu müssen. Das ist wohl in einem verdammten Krieg überall so.»

«Laß mal, jetzt sind wir ja zusammen. Bin ich froh, daß du gekommen bist und nicht irgendein Mann, den ich nicht kenne, einer von Dianas Günstlingen.»

«Ich auch. Also...» Er stand auf. «Du bist deprimiert und ich entsetzlich hungrig. Was wir beide brauchen, ist eine gute, warme Mahlzeit und vielleicht ein bißchen leichte Musik. Du marschierst jetzt ins Bett und ich in die Kombüse.» Er ging an die Musiktruhe und schaltete das Radio ein. Tanzmusik. Die unverwechselbaren Klänge von Carroll Gibbons, live aus dem Savoy-Hotel übertragen. *Begin the Beguine.* Judith stellte sich die Gäste vor, die ihre Tische verließen und sich auf die Tanzfläche drängten.

«Was gibt's zu essen? Steaks?»

«Was denn sonst? In Butter gebraten. Bloß schade, daß wir keinen Champagner haben. Möchtest du noch einen Drink?»

«Ich hab den einen noch nicht ausgetrunken.»

Er streckte ihr eine Hand entgegen, sie ergriff sie und ließ sich von ihm hochziehen. «Ab ins Bett!» sagte er, drehte sie um und schob sie sacht Richtung Schlafzimmer. Während sie durch die Tür ging, hörte sie ihn flink die Treppe hinunterlaufen. Doch sie legte sich nicht sofort hin. Statt dessen setzte sie sich an den Frisiertisch, betrachtete ihr bleiches Spiegelbild und wunderte sich, warum Jeremy kein Wort zu ihrem militärisch kurz geschnittenen Haar gesagt hatte – ein flotter Bubikopf, so ganz anders als die langen, honigblonden Locken in ihrer Jugendzeit. Vielleicht war es ihm nicht einmal aufgefallen. Manche Männer merken so etwas nicht. Sie fühlte sich leicht benommen. Kam wahrscheinlich vom Whisky nach dem heißen Bad und den Aspirintabletten. Es war kein unangenehmes Gefühl. Recht gelöst. Sie kämmte sich, legte ein bißchen Lippenstift auf und betupfte sich mit Parfum. Hätte sie doch bloß ein hübsches, duftiges Bettjäckchen, so eins, wie Athena und Diana sie immer trugen, ein Geriesel aus Spitzen, in dem sie verwundbar und zerbrechlich und so feminin wirkten. Der alte Shetlandpullover war wohl kaum romantisch. Aber jetzt war Jeremy hier, wollte sie da überhaupt romantisch aussehen? Die Frage traf sie völlig unvorbereitet, und es schien keine vernünftige Antwort darauf zu geben, also erhob sie sich vom Frisiertisch, schüttelte die Kissen auf und kroch wieder ins Bett. Da saß sie nun, nippte an ihrem Whisky und schnupperte genüßlich den herrlichen Geruch nach heißer Butter und deftigen Steaks, der allmählich von unten heraufzog.

Begin the Beguine war zu Ende. Nun spielte Carroll Gibbons auf seinem Klavier die Melodie einer alten Nummer von Irving Berlin: *All the things you are.*

You are the promised touch of springtime…

Plötzlich hörte sie Jeremys Schritt wieder auf der Treppe. Im nächsten Moment tauchte er in der offenen Tür auf. Er hatte seine Jacke ausgezogen und sich eine Schürze umgebunden.

«Wie möchtest du dein Steak?»

«Das weiß ich nicht mehr. Hab schon so lange keins mehr gegessen.»

«Medium?»

«Klingt gut.»

«Was ist mit deinem Drink?»

«Hab ich ausgetrunken.»

«Ich hol dir noch einen.»

«Dann kippe ich betrunken um.»

«Du kannst nicht umkippen, wenn du im Bett liegst.» Er griff nach dem leeren Glas. «Ich bring ihn dir mit deinem Dinner, anstatt Champagner.»

«Jeremy, ich will mein Dinner nicht allein essen.»

«Das wirst du auch nicht.»

Er hatte die Mahlzeit erstaunlich schnell zubereitet, kam mit einem Tablett herauf und stellte es neben ihr auf das Bett. Wenn einem sonst Leute etwas zu essen ans Bett brachten, etwa ein Frühstück, dann vergaßen sie für gewöhnlich etwas, die Marmelade, ein Buttermesser oder einen Teelöffel. Aber Jeremy hatte anscheinend nichts vergessen. Die Steaks, auf glühendheißen Tellern, brutzelten noch. Dazu gab es Kartoffelchips und Dosenerbsen, die er in einem Vorratsschrank aufgestöbert hatte. Er hatte sogar eine Soße gemacht. Außerdem waren Messer und Gabeln auf dem Tablett, Salz und Pfeffer, ein Töpfchen Senf und Servietten, bloß daß es keine richtigen Leinenservietten waren, sondern zwei saubere Geschirrtücher, weil die das einzige waren, was er finden konnte. Und zwei wieder aufgefüllte Gläser.

«Warum heißt das eigentlich ‹wieder aufgefüllt›?» fragte Judith. «Man sagt doch zu niemandem: ‹Füllst du mir bitte ein Glas auf.›»

«Stimmt.»

«Was gibt's zum Nachtisch?»

«Eine halbe Orange oder ein Marmeladenbrot.»

«Mein Lieblingsnachtisch. Das ist das beste Dinner. Danke, Jeremy.»

«Iß dein Steak, bevor es kalt wird!»

Alles schmeckte köstlich und weckte augenblicklich Judiths Lebensgeister wieder. Jeremy hatte recht gehabt. Sie hatte gar nicht gemerkt, wie hungrig sie war, und sich wahrscheinlich deshalb so krank und deprimiert gefühlt. Er hatte ihr Steak perfekt gebraten, außen dunkel und kroß und in der Mitte noch rosa. Es war so zart, daß sie es kaum zu kauen brauchte, und rutschte trotz ihrer Halsschmerzen mühelos hinunter. Obendrein war es sehr sättigend. Vielleicht war ihr Magen nach all den Monaten, in denen sie mit fadem, unappetitlichem Essen vorliebnehmen mußte, geschrumpft.

«Ich kann nicht mehr», erklärte sie schließlich. «Gleich platze ich.» Sie legte Messer und Gabel weg, und er nahm ihr den Teller ab. Dann lehnte sie sich vollkommen zufrieden in die Kissen zurück. «Jetzt habe ich keinen Platz mehr für einen Nachtisch, du kannst die Orange für dich allein haben. Du überraschst mich immer aufs neue. Ich wußte gar nicht, daß du kochen kannst.»

«Jeder Mann, der irgendwann auf einem kleinen Schiff gefahren ist, kann kochen, und wenn er nur eine Makrele braten kann. Falls es mir gelingt, ein bißchen Kaffee zu finden, möchtest du eine Tasse? Nein, vielleicht besser nicht. Sonst kannst du vielleicht nicht schlafen. Seit wann hast du diese Erkältung?» Plötzlich war er ganz Arzt.

«Seit heute morgen im Zug. Da fing mein Hals zu kratzen an, und ich hab Kopfweh gekriegt. Ich glaube, ich hab mir ein paar Bazillen von dem Mädchen eingefangen, mit dem ich die Bude teile.»

«Hast du was eingenommen?»

«Aspirin. Und ich hab gegurgelt.»

«Wie fühlst du dich jetzt?»

«Ist besser geworden. Nicht mehr so schlimm.»

«In meiner Reisetasche habe ich Zauberpillen. Die hab ich in Amerika aufgetrieben und ein paar mitgebracht. Sie sehen aus wie kleine Bomben, aber meistens wirken sie Wunder. Ich geb dir eine.»

«Ich will aber nicht gleich in Ohnmacht fallen.»

«Davon fällst du nicht in Ohnmacht...»

Im Radio ging die Tanzmusik allmählich zu Ende, und Carroll Gibbons und sein Orchester spielten ihre Schlußmelodie. Ein oder zwei Sekunden Stille, dann ertönten die Glockenschläge von Big Ben, langsam und sonor und in Anbetracht der Lage schicksalsschwer. «Hier ist London. Die Neunuhrnachrichten.» Jeremy sah Judith fragend an und sie nickte. Wie furchtbar sie auch sein mochten, sie mußte sie hören und würde sie auch verkraften, weil Jeremy hier saß, nur auf Armeslänge von ihr entfernt, ein mitfühlender und verständnisvoller Mann, obendrein stark und kameradschaftlich, so daß allein seine Anwesenheit ihr ein unglaubliches Gefühl von Sicherheit gab. Ständig allein tapfer und vernünftig sein zu müssen war so zermürbend. Zwei Menschen konnten sich gegenseitig trösten, ihren Kummer miteinander teilen.

Dennoch war es grauenhaft, so schlimm, wie sie es befürchtet hatte. Im Fernen Osten rückten die Japaner auf der Straße von Johore vor. Singapur City hatte den zweiten Tag der Bombardierung erlebt... Schützengräben wurden ausgehoben, Befestigungswälle angelegt... Erbitterte Kämpfe am Muar River... Britische Flugzeuge bombardierten japanische Invasionsschiffe... Australisches Territorium wurde angegriffen... Fünftausend japanische Soldaten auf den Inseln New Britain und New Ireland... Eine kleine Garnison der Verteidiger zum Rückzug gezwungen...

In Nordafrika, in der Libyschen Wüste, Erste Panzerdivision zurückgedrängt... General Rommel auf dem Vormarsch... Von zwei Seiten Angriff auf Agedabia... Eine komplette indische Division eingekesselt...

«Genug», sagte Jeremy, stand auf, ging ins Wohnzimmer und schaltete das Radio aus. Die gepflegte, sachliche Stimme des Nachrichtensprechers verstummte. «Klingt nicht besonders gut», bemerkte Jeremy, als er sofort ins Schlafzimmer zurückkehrte.

«Meinst du, daß Singapur fällt?»

«Wenn das passiert, gibt es eine Katastrophe. Wenn Singapur fällt, dann fällt auch ganz Niederländisch-Indien.»

«Aber wenn die Insel so wichtig ist, schon immer so wichtig war, dann muß sie doch zu verteidigen sein, oder?»

«Die schweren Geschütze sind alle nach Süden gerichtet, auf See. Ich vermute, daß niemand mit einem Angriff von Norden gerechnet hat.»

«Gus Callender ist auch dort. Mit dem Zweiten Bataillon der Gordons.»

«Ich weiß.»

«Arme Loveday. Armer Gus.»

«Du Arme.»

Er beugte sich hinunter und drückte ihr einen Kuß auf die Wange. Dann legte er ihr eine Hand auf die Stirn. «Wie fühlst du dich?»

Sie schüttelte den Kopf. «Ich weiß nicht, wie ich mich fühle.»

Jeremy lächelte sie an. «Ich trage das Tablett hinunter und räume die Küche auf. Danach bringe ich dir deine Pille. Dann bist du morgen früh wieder auf dem Damm.»

Er ging und Judith war allein, lag in dem warmen, behaglichen Bett, von Diana Carey-Lewis' sorgfältig ausgewählter Pracht umgeben: weich fließenden Vorhängen, rosengemustertem Chintz, sanftem Lampenlicht. Es war seltsam ruhig. Nur der Regen war zu hören, und dann klapperte ein Fensterflügel in der ersten Bö eines aufkommenden Windes. Sie stellte sich den Wind als Wesen vor, das vom Westen hereinkam, über viele Quadratmeilen dünnbesiedeltes Land strich, ehe es die verdunkelte Hauptstadt anfiel. Ganz still lag sie da, starrte an die Decke, dachte über London nach und darüber, daß sie sich in diesem Augenblick, in dieser Nacht mittendrin befand, ein einzelner Mensch in einer Metropole, unter Hunderttausenden anderer. In der übel zugerichteten, zerbombten und teilweise ausgebrannten Stadt pulsierte dennoch das Leben, das von ihren Bewohnern ausging. Das East End und die Docks waren von den deutschen Bombern nahezu völlig zerstört worden, trotzdem wußte Judith, daß auch dort noch einzelne Häuserreihen standen, daß Familien in behaglichen Wohnzimmern saßen, daß Menschen Tee tranken und strickten, Zeitung lasen, redeten und lachten und Radio hörten, wogegen andere sich Abend für Abend auf den Bahnsteigen der Untergrundbahn versammelten, um dort zu schlafen, während die Züge vorbeibrausten, weil sie dort ein bißchen Gesellschaft hatten, ein bißchen Geselligkeit und sicher mehr Spaß, als wenn sie irgendwo mutterseelenallein gewesen wären.

Und dann gab es da noch jene Leute, die diese bitterkalte Januarnacht im Freien verbrachten: Flaksoldaten, Brandwachen auf Hausdächern und Luftschutzwarte, die in zugigen Behelfsbaracken neben dem Telefon saßen, rauchten und *Picture Post* lasen, um sich während ihrer langen Dienststunden die Zeit zu vertreiben. Und die Soldaten auf Urlaub, die zu zweit oder zu dritt über die dunklen Gehsteige schlenderten, nach Zerstreuung Ausschau hielten, schließlich ein vielversprechendes Pub betraten und sich durch die Vorhänge an der Tür tasteten. Sie dachte auch an die Prostituierten in Soho, die in Hauseingängen vor dem Regen Schutz suchten und mit Taschenlampen ihre netzbestrumpften Beine und hochhackigen Schuhe beleuchteten. Am anderen Ende der Skala befanden sich die jungen Offiziere, die von entlegenen Flugplätzen und Armeestützpunkten in die Stadt gekommen waren und nun mit ihren Freundinnen im Savoy speisten und dann im Mirabelle oder Bagatelle oder Coconut Grove die Nacht durchtanzen würden.

Und plötzlich, ohne daß sie es eigentlich wollte, stellte sie sich ihre Mutter vor. Nicht so, wie sie jetzt war, in diesem Augenblick, am anderen Ende der Welt, allen nur denkbaren tödlichen Gefahren ausgesetzt, aufgeregt, wahrscheinlich total verängstigt und sicher vollkommen durcheinander, sondern so, wie sie gewesen war, wie Judith sie im Riverview House in Erinnerung hatte.

Vor sechs Jahren. Aber soviel hatte sich seither verändert. Soviel war geschehen. Sie war ins Frauenkorps der Marine eingetreten, sie hatte das Dower House gekauft und davor den trostlosen Winter bei Biddy in Upper Bickley zugebracht. Der Krieg war ausgebrochen, dem die goldenen Jahre auf Nancherrow vorausgegangen waren, von denen sie damals gemeint hatte, sie würden ewig währen.

Der Abschied von Riverview, das eigentliche Ende ihrer Kindheit, nostalgisch verklärt. Riverview, nur gemietet, hatte ihnen nie gehört, doch für jene vier Jahre war es ihr Zuhause gewesen. In Gedanken sah sie, wie der Garten an Sommerabenden vor sich hin döste, wie die blauen Wasser bei Flut vom offenen Meer in die wattähnliche Flußmündung hineinströmten und wie der kleine Zug den ganzen Tag auf seinem Weg von oder nach Porthkerris an der Küste entlangratterte. Sie erinnerte sich daran, wie sie nach der Schule aus diesem Zug gestiegen war, dann den steilen, von Bäumen überschatteten Weg zum Haus hinaufstapfte, durch die Eingangstür rannte und «Mami!» rief. Und sie war immer dagewesen, saß im Wohnzimmer, von ihren hübschen kleinen Ziergegenständen umgeben, der Teetisch war bereits gedeckt, und überall duftete es nach Gartenwicken. Sie sah ihre Mutter am Frisiertisch sitzen, sich das Haar kämmen und die unscheinbare Nase pudern, sobald sie sich für das Abendessen umgezogen hatte. Sie hörte ihre Stimme, wie sie Jess vor dem Einschlafen aus einem Buch vorlas.

Ereignislose Jahre, in denen kaum jemals ein Mann im Haus gewesen war. Nur ab und zu Onkel Bob, wenn er mit Biddy und vielleicht auch Ned gekommen war, um ein paar Sommertage bei ihnen zu verbringen. Die Besuche der Somervilles waren ebensolche Höhepunkte in ihrem ruhigen Dasein gewesen wie die vom Kunstverein in Porthkerris aufgeführte Weihnachtspantomime oder die österlichen Picknicks auf dem Veglos Hill, wenn die Schlüsselblumen blühten. Darüber hinaus folgte ein Tag auf den anderen, eine Jahreszeit auf die andere, ohne daß sich jemals etwas Aufregendes ereignet hätte. Aber es war auch nie etwas Schlimmes geschehen.

Nur, es gab noch die andere Seite der Medaille, die andere Wahrheit. Molly Dunbar, sanft und fügsam, war eine kraftlose Mutter gewesen. Sie hatte Angst, mit ihrem kleinen Auto zu fahren, saß nicht gern im kalten Nordwind auf nassen Stränden herum, scheute sich davor, neue Freundschaften zu schließen, und war nicht imstande, sich für irgend etwas zu entscheiden. Die Aussicht auf Veränderungen schreckte sie stets. Judith fiel wieder ein, wie hysterisch sie sich damals aufführte, als sie erfahren hatte, daß sie nicht im vertrauten Colombo bleiben würde, sondern in das unbekannte Singapur umziehen mußte. Obendrein hatte sie nur geringes Durchhaltevermögen, ermüdete rasch und zog sich unter den nichtigsten Vorwänden in ihr Bett zurück.

Immer brauchte sie jemanden, der sie lenkte und ihr beistand. Ohne Mann, der ihr sagte, was sie tun sollte und wie sie es tun sollte, hielt sie sich an Frauen, die stärker waren als sie. Tante Louise, Biddy Somerville, Phyllis. In Riverview führte Phyllis den Haushalt, organisierte alles, verhandelte mit Lieferanten und schleppte Jess außer Hörweite, wann auch immer das Kind sich einen seiner Wutausbrüche leistete.

Mollys Schwäche und ihr nachgiebiges Wesen waren nicht ihre Schuld, sondern ihr in die Wiege gelegt. Aber das zu wissen machte nun auch nichts besser. Eigentlich nur schlimmer. Krieg, Katastrophen, Aufruhr, Hunger und Entbehrungen förderten in manchen Frauen die besten Seiten zutage: Standhaftigkeit, Mut, Unternehmungsgeist, den blanken Willen zum Überleben. Doch Molly Dunbar besaß solche Anlagen nicht einmal im Keim. Das würde ihre Kräfte übersteigen. Sie würde untergehen. Umkommen.

«Nein!» Judith merkte, daß sie das Wort in ihrem qualvollen Bemühen, gegen die eigenen Ängste anzukämpfen, laut ausgesprochen hatte. Als könnte man Verzweiflung einfach aussperren, drehte sie sich um, vergrub ihr Gesicht im Kissen und rollte sich ein wie ein ungeborenes Kind im Mutterleib. Im nächsten Moment hörte sie Jeremy aus der Küche kommen, erst auf der Treppe und dann im Wohnzimmer.

«Hast du mich gerufen?»

Sie schüttelte den Kopf.

«Ich habe dir die Wunderpille gebracht. Und ein Glas Wasser, damit du sie runterkriegst.»

Sie rührte sich nicht.

«Judith.» Er setzte sich auf die Bettkante, und sein Gewicht zog das Laken straff.

«Judith!»

Schluchzend warf sie sich auf den Rücken und blickte ihn aus tränennassen Augen an. «Ich will keine Pillen. Ich will überhaupt nichts. Ich will bloß bei meiner Mutter sein.»

«Ach, Liebes.»

«Und du bist bloß ganz und gar Arzt. Du bist entsetzlich professionell.»

«Das liegt mir völlig fern.»

«Ich hasse mich, weil ich nicht bei meiner Mutter bin.»

«Das darfst du nicht tun. Zu viele Menschen lieben dich.»

Er ließ sich von ihrem Verhalten nicht aus der Ruhe bringen und blieb so sachlich, daß ihr Wutanfall verebbte und sie ihn sofort bereute.

«Tut mir leid.»

«Fühlst du dich wirklich so mies?»

«Ich weiß nicht, wie ich mich fühle.»

Darauf erwiderte er nichts, sondern griff nur nach der Pille, die wirklich wie eine winzige Bombe aussah, und nach dem Wasserglas. «Schluck das, und dann reden wir miteinander.»

Sie nahm sie zweifelnd in die Hand. «Bist du sicher, daß ich davon nicht in Ohnmacht falle?»

«Ganz sicher. Es geht dir danach nur viel besser, und später schläfst du ein. Sie sieht zwar nicht sehr schmackhaft aus, aber wenn du sie mit einem großen Schluck runterspülst, bleibt sie dir schon nicht im Hals stecken. Es dauert eine Weile, bis sie wirkt, also nimm sie jetzt.»

Judith seufzte. «Na gut.»

«Braves Mädchen.»

Mit Mühe stützte sie sich auf einem Ellbogen auf, steckte die Pille in den Mund und spülte sie mit Londoner Leitungswasser hinunter, das nach Blech schmeckte. Jeremy lächelte anerkennend. «Gut gemacht. Du hast nicht einmal gewürgt.» Er nahm ihr das Glas ab, und sie sank dankbar in die Kissen zurück. «Willst du versuchen zu schlafen?»

«Nein.»

«Willst du reden?»

«Es ist so quälend, wenn man nicht aufhören kann zu denken. Ich hätte gern eine Pille, die mein Hirn ausschaltet.»

«Tut mir leid.» Und er klang so, als bedaure er es wirklich. «Eine solche hab ich nicht.»

«So bedrückend. Ich bin zwanzig und will meine Mutter haben. Ich möchte sie festhalten, sie anfassen und wissen, daß sie außer Gefahr ist.»

Die Tränen, die den ganzen Abend nicht weit waren, stiegen ihr wieder in die Augen, doch sie fühlte sich zu schwach und brachte auch nicht genug Stolz auf, um sie zurückzuhalten. «Ich hab vorhin an Riverview gedacht und daran, wie ich mit ihr und Jess dort gelebt habe... Und daß eigentlich nie viel los war... Aber es war alles so ruhig und friedlich... Und ich glaube, wir waren glücklich. Anspruchslos. Nichts, was einem das Gefühl gab, für immer auseinandergerissen zu werden, zum letztenmal zusammenzusein... Und das ist schon sechs Jahre her... Ein großer Teil meines Lebens... Und jetzt... Ich weiß nicht...» Sie konnte nicht mehr weitersprechen.

Traurig sagte Jeremy: «Ja, sechs Jahre sind viel zu lang. Es tut mir so leid.»

«Ich weiß nicht... Ich weiß überhaupt nichts mehr. Ich möchte wenigstens einen Brief von ihnen. Irgend etwas. Damit ich weiß, wo sie sind...»

«Das kann ich verstehen.»

«...so dumm...»

«Nein, das ist es nicht. Aber du darfst die Hoffnung nicht ganz aufgeben. Manchmal sind keine Nachrichten gute Nachrichten. Vielleicht sind sie ja schon von Singapur fort, auf dem Weg nach Indien oder irgendwohin, wo es sicher ist. In solchen Zeiten reißt oft nur die Verbindung ab. Gib dir Mühe, nicht zu verzweifelt zu sein.»

«Du sagst das doch bloß so, um mich aufzuheitern.»

«Das ist nicht die richtige Zeit, Heiterkeit zu verbreiten. Oder Fröhlichkeit. Ich versuche bloß, vernünftig zu sein. Die Dinge im richtigen Verhältnis zu sehen.»

«Angenommen, es ginge um deine Mutter und deinen Vater...»

«Ich wäre besorgt, ich wäre vor Angst mit meiner Weisheit am Ende, aber ich glaube, ich würde mich nach Kräften darum bemühen, die Hoffnung nicht aufzugeben.»

Judith dachte eine Weile darüber nach. Dann sagte sie: «Deine Mutter ist nicht wie meine.»

«Was meinst du damit?»

«Daß sie anders ist.»

«Woher willst du das wissen?»

«Weil ich sie bei Tante Lavinias Beerdigung kennengelernt habe. Wir haben uns danach beim Tee ein bißchen miteinander unterhalten. Sie ist stark und vernünftig und praktisch. Ich konnte mir richtig vorstellen, wie sie am Telefon völlig aufgelöste Patienten beruhigt und wichtige Mitteilungen nie falsch versteht.»

«Du bist eine sehr gute Beobachterin.»

«Meine Mutter ist nicht so. Du hast sie nur das eine Mal im Zug gesehen, und da haben wir uns noch nicht gekannt. Sie ist nicht stark. Sie hat keine Selbstsicherheit, traut sich nichts zu. Sie gibt viel auf die Meinung anderer und ist absolut nicht dazu imstande, sich um sich selbst zu kümmern. Tante Louise hat ihr immer gesagt, sie sei dumm, und sie hat sich nie dagegen gewehrt, aber auch nichts unternommen, um ihr das Gegenteil zu beweisen.»

«Und was willst du mir damit sagen?»

«Daß ich Angst um sie habe.»

«Aber sie ist nicht allein. Sie hat deinen Vater. Sie hat Jess.»

«Jess ist noch ein kleines Mädchen. Sie kann für meine Mutter keine Entscheidungen treffen.»

«Jess ist zehn Jahre alt. Kein Baby mehr. Manche kleinen Mädchen können mit zehn schon recht ausgeprägte Persönlichkeiten sein und fest entschlossen, ihren Willen durchzusetzen. Was auch immer geschieht, wo auch immer sie landen werden, ich bin sicher, daß Jess sich als verläßliche Stütze erweisen wird.»

«Woher sollen wir das wissen?» Judith begann wieder zu weinen, tastete nach einem Zipfel des Lakens und versuchte so mitleiderregend unbeholfen die Tränen abzutupfen, daß Jeremy es nicht mehr mit ansehen konnte. Er stand auf, ging ins Badezimmer, tauchte einen Waschlappen in kaltes Wasser, nahm ein Handtuch mit und kehrte zu ihr zurück. Dann faßte er ihr unter das Kinn, hob ihr Gesicht an, wischte es behutsam ab und gab ihr das Handtuch. Sie schneuzte sich herzhaft hinein.

«Es ist gar nicht meine Art, so zu heulen», beteuerte sie. «Das letzte Mal, daß ich geheult habe, war damals, als Edward ums Leben gekommen ist, aber das war anders. Da war etwas zu Ende gegangen. Ein für allemal, furchtbar unwiderruflich. Jetzt kommt es mir so vor, als wäre das der Anfang von etwas noch viel Schlimmerem.» Sie seufzte schniefend. «Damals habe ich keine Angst gehabt.»

Dabei klang sie so verzweifelt, daß er tat, was er schon den ganzen Abend tun wollte. Er legte sich neben sie, schloß sie in die Arme, zog sie an sich und tröstete sie durch seine Nähe. Sie lag teilnahmslos da, dankbar, doch dann rutschte eine Hand hoch, und ihre Finger verkrallten sich in der dicken Wolle seines Pullovers, daß er an ein Baby denken mußte, das gestillt wird und sich am Schultertuch seiner Mutter festhält.

«Weißt du», begann er, «wenn ich als kleiner Junge über irgend etwas sehr unglücklich war, hat meine Mutter mich damit getröstet, daß sie gesagt hat: ‹Das geht vorüber. Eines Tages blickst du zurück, und dann ist alles vorbei.›»

«Und, hat das etwas besser gemacht?»

«Nicht viel. Aber es hat mir geholfen.»

«Ich kann mir dich nicht als kleinen Jungen vorstellen. Ich kenne dich nur erwachsen. Wie alt bist du, Jeremy?»

«Vierunddreißig.»

«Wenn wir nicht Krieg hätten, wärst du wohl verheiratet und hättest schon Kinder. Ein lustiger Gedanke, nicht?»

«Wahnsinnig komisch, aber nicht sehr wahrscheinlich.»

«Warum nicht?»

«Zu sehr von der Medizin beansprucht. Zu sehr damit beschäftigt, den Mädchen nachzulaufen. Chronisch knapp bei Kasse.»

«Du solltest dich spezialisieren. Chirurg werden oder vielleicht Gynäkologe. In der Harley Street, mit einem Messingschild an der Tür: Dr. med. Jeremy Wells, Facharzt für Frauenheilkunde und Geburtshilfe. Reiche schwangere Damen würden bis auf die Straße hinunter Schlange stehen, um sich von dir behandeln zu lassen.»

«Was für eine hübsche Idee!»

«Reizt dich das nicht?»

«Nicht ganz auf meiner Linie.»

«Was liegt denn auf deiner Linie?»

«So etwas wie mein Vater, glaub ich. Landarzt mit einem Hund im Auto.»

«Sehr beruhigend.»

Langsam klang sie wieder wie sonst, nur ihre Finger hielten seinen Pullover noch immer so fest, daß die Knöchel weiß hervortraten.

«Jeremy.»

«Was ist?»

«Als du mitten im Atlantik an diesem Rettungsfloß gehangen hast, woran hast du da gedacht?»

«Nicht unterzugehen. Am Leben zu bleiben.»

«Hast du dich da nicht an verschiedene Dinge erinnert? An schöne Dinge? Schöne Plätze? Gute Zeiten?»

«Das hab ich versucht.»

«Woran hast du besonders gedacht?»

«Weiß ich nicht mehr.»

«Das mußt du doch wissen.»

Offenbar war ihr das wichtig, also bemühte er sich, die körperliche Erregung zu ignorieren, die ihre Nähe und ihr unverkennbares Bedürfnis nach seiner Gegenwart in ihm auslösten, und er entlockte mit ungeheurer Willensanstrengung seinem Unterbewußtsein die ersten Erinnerungen, wahllos, wie sie ihm gerade in den Sinn kamen.

«Herbstsonntage in Truro und die Glocken der Kathedrale, die zum Abendgottesdienst läuten; Spaziergänge an der Steilküste, wenn die See glasklar ist und überall die Wildblumen blühen.» Nach und nach fiel ihm noch mehr ein, Bilder und Geräusche, die sogar jetzt noch, im Rückblick, die Kraft hatten, ihn mit Freude zu erfüllen. «Besuche auf Nancherrow; früh am Morgen mit Edward schwimmen gehen, dann durch die Gärten wieder zum Haus hinaufsteigen und dabei wissen, daß wir gleich ein riesiges Frühstück essen würden; mein erstes Rugbyspiel für Cornwall in Twickenham, bei dem ich zwei Versuche geschafft habe; Fasanenjagd im Roseland an frostigen Dezembermorgen, auf die Vögel warten, während die Hunde winseln und die kahlen Bäume wie an den bleichen Winterhimmel gemalte Spitzenmuster aussehen; Musik, *Jesus bleibet meine Freude* von Johann Sebastian Bach, und zu wissen, daß du nach Nancherrow zurückgekommen bist.»

«Musik ist gut, nicht wahr? So beständig. Sie versetzt einen in höhere Regionen, bis man die Welt vergißt.»

«Das waren meine Erinnerungen. Jetzt bist du dran. Woran würdest du denken?»

«Mir fällt nichts ein. Ich bin zu müde.»

«Wenigstens eins», drängte er.

Judith seufzte. «Na schön. Mein Haus. Mein eigenes Haus. Mein Zuhause. Es ist zwar noch immer Tante Lavinias Haus, weil sie soviel von sich zurückgelassen hat, aber es gehört jetzt mir. Seine Atmosphäre, das Ticken der Uhr in der Diele, der Blick aufs Meer und auf die Kiefern. Und zu wissen, daß Phyllis dort ist und daß ich zurückkehren kann, wann immer ich will. Heimkehren. Und daß ich es eines Tages nie mehr verlassen werde.»

Er lächelte. «Halt dich daran fest», sagte er. Sie schloß die Augen, und er blickte auf sie hinunter, betrachtete ihre langen Wimpern, die blassen Wangen, die Form ihres Mundes, die edle Rundung ihres Kinns. Dann beugte er sich hinüber und küßte sie auf die Stirn. «Du bist müde, und ich muß morgen früh raus. Ich glaube, wir sollten es für heute dabei belassen.» Erschrocken riß sie die Augen auf und klammerte sich noch fester an seinen Pullover. Jeremy ermahnte sich selbst, energisch zu sein, und begann von ihr abzurücken. «Ich lasse dich jetzt schlafen.»

Aber sie war plötzlich hellwach. «Du darfst nicht gehen. Bitte. Laß mich nicht allein. Ich möchte, daß du bei mir bist.»

«Judith…»

«Nein, geh nicht…» Und als ob er einer Ermutigung bedurft hätte, fügte sie hinzu: «Das ist ein Doppelbett. Jede Menge Platz. Bitte bleib hier.»

Zwischen seinem Verlangen und dem ihm angeborenen gesunden Menschenverstand hin und her gerissen, zögerte Jeremy noch. «Hältst du das für eine gute Idee?» fragte er schließlich.

«Warum denn nicht?»

«Weil ich, wenn ich die Nacht hier bei dir verbringe, höchstwahrscheinlich versuchen werde, mit dir zu schlafen.»

Sie war weder entsetzt, noch schien es sie besonders zu überraschen. «Das macht nichts.»

«Was heißt, das macht nichts?»

«Das heißt, wenn du willst, hab ich nichts dagegen, daß du mit mir schläfst.»

«Weißt du überhaupt, was du da redest?»

«Ich glaube, ich würde es sehr gern tun.» Auf einmal lächelte sie. Den ganzen Abend hatte er sie kaum lächeln sehen, und er spürte, daß sein Herz höher schlug und sein gesunder Menschenverstand dahinschwand. «Ehrlich, Jeremy. Ist ja nicht das erste Mal.»

«Edward?»

«Natürlich Edward.»

«Wenn ich mit dir schlafe, denkst du dann an Edward?»

«Nein», erklärte sie mit fester Stimme. «Nein, ich werde nicht an Edward denken. Ich werde an dich denken. Hier, in London. Hier, wo ich dich wirklich brauche. Ich brauche dich noch immer. Ich will nicht, daß du mich allein läßt. Ich will, daß du mich im Arm hältst und mir ein Gefühl der Sicherheit gibst.»

«Ich kann nicht angezogen mit dir schlafen.»

«Dann geh dich ausziehen.»

«Kann ich nicht. Du hältst meinen Pullover fest.»
Wieder lächelte sie. Ihr Griff lockerte sich, aber er rührte sich nicht.
«Ich hab dich losgelassen», sagte sie.
«Wenn ich jetzt rausgehe, hab ich Angst, daß du inzwischen verschwindest.»
«Keine Angst!»
«Bin in zwei Minuten wieder da.»
«Versuch's in einer.»

«Judith!»
Eine Stimme aus weiter Ferne, aus der Dunkelheit.
«Judith!»
Sie bewegte sich, streckte eine Hand nach Jeremy aus, aber der Platz neben ihr war leer. Mühsam hob sie die Augenlider. Nichts hatte sich verändert. Die Lampe auf dem Nachttisch brannte, die Vorhänge waren zugezogen, alles war so, wie kurz bevor sie eingeschlafen war. Jeremy saß neben ihr auf der Bettkante, bereits in Uniform, frisch rasiert, und roch nach Seife.
«Ich habe dir eine Tasse Tee gebracht.»
«Wie spät ist es?»
«Sechs Uhr früh. Ich muß mich gleich auf den Weg machen.»
Sechs Uhr! Sie streckte sich, gähnte und setzte sich auf, und er reichte ihr den dampfenden Tee, der noch fast zu heiß war, um ihn zu trinken.
Noch nicht richtig wach, blinzelte sie den Schlaf aus den Augen.
«Wann bist du aufgestanden?»
«Um halb sechs.»
«Ich hab dich gar nicht gehört.»
«Weiß ich.»
«Hast du was gefrühstückt?»
«Ja. Ein Ei und eine Scheibe von dem Schinken.»
«Du mußt deine ganzen Leckereien mitnehmen. Es hat keinen Sinn, sie hierzulassen.»

«Keine Sorge. Hab schon alles eingepackt. Ich wollte mich nur von dir verabschieden. Und dir danken.»

«Ach, Jeremy, ich muß dir dankbar sein.»

«Es war schön. Eine herrliche Erinnerung.»

Ohne ersichtlichen Grund wurde Judith ein wenig verlegen. Sie senkte den Blick und nippte an dem kochendheißen Tee.

«Wie fühlst du dich heute morgen?» fragte er.

«Gut. Noch ein bißchen benommen.»

«Und deine Halsschmerzen?»

«Wie weggeblasen.»

«Paß auf dich auf, ja?»

«Natürlich.»

«Wann mußt du nach Portsmouth zurück?»

«Heute abend.»

«Wer weiß, vielleicht findest du dann einen Brief von deiner Familie vor.»

«Ja.» Sie dachte über diese Möglichkeit nach, und plötzlich stieg Hoffnung in ihr auf. «Ja, vielleicht.»

«Versuch, dir nicht allzu große Sorgen zu machen. Und paß auf dich auf! Ich wollte, ich könnte noch hierbleiben. Gestern abend haben wir zwar viel miteinander geredet, aber es gibt noch tausend Dinge, zu denen wir nicht gekommen sind. Und jetzt haben wir keine Zeit mehr dafür.»

«Du darfst deinen Zug nicht verpassen.»

«Ich schreibe dir. Sobald ich ein bißchen Zeit für mich habe. Ich schreibe dir und versuche, dir all das zu sagen, was ich dir gern letzte Nacht gesagt hätte. Auf dem Papier schaffe ich das wahrscheinlich viel besser.»

«So ungeschickt hast du dich gar nicht angestellt. Trotzdem würde ich gern mal einen Brief von dir kriegen.»

«Ich muß weg. Auf Wiedersehen, Judith, mein Liebes.»

«Wenn du mir diesen Tee abnimmst, sage ich dir richtig auf Wiedersehen.»

Er lachte, befreite sie von der Tasse, und sie umarmten und küßten sich, wie die Freunde, die sie immer gewesen waren, aber nun auch wie Liebende.

«Laß dich nicht wieder in die Luft sprengen, Jeremy!»

«Ich tu mein Bestes.»

«Und schreib mir. Wie du's versprochen hast.»

«Bestimmt. Früher oder später.»

«Tust du mir noch einen Gefallen, bevor du gehst?»

«Was denn?»

«Zieh die Vorhänge auf, damit ich beobachten kann, wie es Tag wird.»

«Aber es wird erst in Stunden hell.»

«Ich warte.»

Also löste er sich aus ihrer Umarmung, stand auf, beugte sich hinunter, um die Lampe auszuknipsen, und trat ans Fenster. Sie hörte, wie er die Vorhänge aufzog und mit der Verdunklung hantierte. Jenseits der Glasscheiben lag ein lichtloser Wintermorgen, aber der Regen hatte aufgehört und der Wind war abgeflaut.

«Prima.»

«Ich muß gehen.»

«Auf Wiedersehen, Jeremy.»

Es war zu dunkel, um etwas zu erkennen, doch sie hörte, wie er sich durch das Zimmer bewegte, die Tür öffnete und sie behutsam hinter sich schloß. Dann war er fort. Judith sank in die Kissen zurück und schlief fast augenblicklich noch einmal ein.

Sie wachte erst gegen zehn wieder auf, also hatte sie die Morgendämmerung doch verpaßt. Mittlerweile war es heller Tag, bewölkt zwar, aber da und dort schimmerte ein Stück blaßblauer Himmel durch. Judith dachte an Jeremy, der nun in irgendeinem Zug Richtung Norden brauste, nach Liverpool oder Invergordon oder Rosyth. Sie lächelte vor sich hin, während sie sich daran erinnerte, wie er sie vergangene Nacht geliebt hatte, ungemein zärtlich und dabei so kundig, daß ihre eigene Lust sich an seinem Feuer entzündete und sie gemeinsam den Gipfel der Leidenschaft erreichten. Ein Intermezzo von unerwartetem Zauber.

Jeremy Wells! Alles war nun anders geworden. Bisher hatten sie nie miteinander korrespondiert, doch er hatte versprochen, ihr zu schreiben, früher oder später. Das hieß, daß es etwas gab, worauf sie sich freuen konnte.

Aber vorerst war sie wieder allein. Noch im Bett liegend, horchte sie in sich hinein und stellte fest, daß sie wieder gesund war. Die Erkältung, Grippe oder Infektion, was auch immer es gewesen sein mochte, war verflogen und hatte all ihre Symptome wie Kopfschmerzen, Müdigkeit und Depression mitgenommen. Wieweit das mehr an Jeremy selbst lag als an seiner fachgerechten medizinischen Behandlung und daran, daß sie tief und fest geschlafen hatte, konnte sie nicht sagen. Wozu auch, es spielte keine Rolle. Jedenfalls war sie wieder ganz die alte und strotzte wie üblich vor Energie.

Nur, was sollte sie mit ihr anfangen? Vor dem Abend brauchte sie sich im Quartier zwar nicht zurückzumelden, aber die Aussicht auf einen ereignislosen, einsamen Kriegssonntag in London, an dem nicht einmal die Glocken läuteten und keinerlei Gesellschaft ihr die Mußestunden vertrieb, war nicht besonders verführerisch. Obendrein spukte ihr mehr und mehr die Möglichkeit im Kopf herum, sie könnte einen Brief aus Singapur bekommen haben. Je länger sie darüber nachdachte, desto zuversichtlicher wurde sie, daß er im Verwaltungsbüro, in dem Fach mit der Aufschrift «D» auf sie wartete. In Gedanken sah sie ihn schon vor sich. Plötzlich schien es ihr sehr wichtig, sofort wieder nach Portsmouth zu fahren. Sie schlug Laken und Decken zurück, sprang aus dem Bett, rannte nach nebenan, drehte die Wasserhähne voll auf und ließ sich noch einmal ein heißes Bad ein.

Danach, als sie sich bereits angekleidet und ihre Sachen gepackt hatte, erledigte sie das bißchen unerläßliche Hausarbeit, zog das Bett ab, faltete die Laken zusammen, ging nach unten, räumte den Kühlschrank leer und schaltete ihn wieder aus. Jeremy hatte die Küche in Seemannsmanier blitzeblank und tipptopp hinterlassen. Judith schrieb noch ein paar Zeilen an Mrs. Hickson und beschwerte den Zettel mit zwei Halbkronenstücken, dann griff sie nach ihrer Reisetasche, verließ das Haus und schlug die Eingangstür hinter sich zu. Mit der U-Bahn fuhr sie nach Waterloo und nahm den erstbesten Zug nach Portsmouth. Dort stieg sie in eines der Taxis, die vor den Ruinen des zerbombten Rathauses standen. Etwa um zwei Uhr traf sie beim Quartier ein. Sie bezahlte das Taxi und ging in das Verwaltungsbüro, in dem die diensthabende Leitende Marinehelferin, ein miesepetrig dreinblickendes Mädchen mit grauenhaftem Teint, an ihrem Schreibtisch saß und vor Langeweile an den Fingernägeln kaute.

«Sind Sie nicht ein bißchen früh dran?» fragte sie.

«Ja, ich weiß.»

«Ich dachte, Sie haben bis heute abend frei.»

«Hab ich ja auch.»

«Also, das kapier ich nicht.» Die Leitende Marinehelferin betrachtete sie argwöhnisch, als ob Judith nichts Gutes im Schilde führte. «Na, mir soll's recht sein.»

Das bedurfte wohl keiner Antwort, deshalb gab Judith auch keine. Sie trug sich nur in die Liste der Anwesenden ein, dann trat sie an das hölzerne Gestell mit den Postfächern. Unter «D» fand sie einen kleinen Stapel. Sie angelte ihn heraus und blätterte die Briefe durch. Marinehelferin Durbridge. Maat Joan Daly... Dann, ganz zuunterst, ein dünner blauer Luftpostumschlag mit der Handschrift ihrer Mutter. Er hatte Eselsohren und war so schmuddelig, als sei er durch unzählige Hände gegangen und bereits zweimal um die ganze Welt gereist. Judith stopfte die anderen Briefe wieder ins Fach, blieb stehen und schaute ihn an. Sie hätte ihn am liebsten sofort aufgerissen und auf der Stelle gelesen, aber der unfreundliche Blick der Leitenden Marinehelferin lastete immer noch auf ihr. Außerdem wollte sie nicht, daß ihr jemand dabei zusah. Deshalb schnappte sie ihre Tasche, rannte die Treppe hinauf in die oberste Wohnung und in die winzige, kalte Kammer, die sie mit Sue teilte. Weil Sonntag war, war niemand in der Nähe. Sue schob wahrscheinlich Wache. Judith zerrte sich den Hut vom Kopf und setzte sich, immer noch im Mantel, auf das untere Bett, schlitzte den Umschlag auf und entnahm ihm mehrere hauchdünne, zusammengefaltete, mit der Handschrift ihrer Mutter bedeckte Bogen Luftpostpapier. Sie faltete sie auseinander und begann zu lesen.

Orchard Road
Singapur
16. Januar
Liebste Judith,
ich habe nicht viel Zeit, deshalb wird das ein ziemlich kurzer
Brief. Morgen reisen Jess und ich auf der Rajah of Sarawak *nach*
Australien ab. Kuala Lumpur ist vor vier Tagen den Japanern in
die Hände gefallen, und sie rücken wie eine Flutwelle Richtung
Singapur vor. Schon kurz nach Neujahr ging das Gerücht um,
der Gouverneur habe empfohlen, alle bouches inutiles *zu evaku-*
ieren. Das heißt alle Frauen und Kinder, und ich nehme an, er hat
es auf französisch gesagt, weil das nicht so beleidigend klingt wie
«unnütze Mäuler». Seit Kuala Lumpur hat Dein Vater, wie na-
hezu jeder andere hier, die meiste Zeit bei den verschiedenen
Agenturen zugebracht, um für Jess und mich eine Schiffspassage
aufzutreiben. Außerdem kommen Scharen von Flüchtlingen hier
an, und alles ist in Aufruhr. Jedenfalls ist Dad soeben (elf Uhr
vormittags) aufgetaucht und sagt, er hat zwei Plätze ergattert
(Bestechung?), so daß wir morgen früh abreisen. Wir dürfen nur
einen kleinen Koffer pro Person mitnehmen, weil das Schiff
furchtbar überfüllt ist. Kein Platz für Gepäck. Dad muß hierblei-
ben. Er kann nicht mitkommen, denn er trägt die Verantwortung
für die Niederlassung seiner Firma und für die Belegschaft. Ich
mache mir schreckliche Sorgen um seine Sicherheit, und mir
graut vor der Trennung. Wenn es nicht wegen Jess wäre, würde
ich bleiben und es darauf ankommen lassen, aber wie immer
schwanke ich zwischen zweierlei Pflichten. Die Dienstboten, das
Haus und den Garten aufzugeben fällt mir fast ebensoschwer, es
ist, als würde ich samt den Wurzeln ausgerissen. Aber was kann
ich schon machen?
Jess regt sich sehr darüber auf, daß sie aus der Orchard Road
weg soll und Ah Lin, die Amah und den Gärtner verlassen muß.
Sie alle sind ihre Freunde. Aber ich habe ihr gesagt, wir gehen auf
ein Schiff, und es wird ein spannendes Abenteuer. Jetzt packt sie
mit der Amah ihren Koffer. Ich befürchte Schlimmes, rede mir
aber selbst ein, wir hätten Glück, daß wir noch weg können. So-

bald wir in Australien eintreffen, schicke ich Dir ein Kabel, um Dich wissen zu lassen, daß wir angekommen sind und wo wir sind, damit Du mir schreiben kannst. Bitte sag Biddy Bescheid, denn ich habe keine Zeit mehr, ihr auch noch zu schreiben.

Der Brief hatte in Molly Dunbars üblicher, sauberer, schulmädchenhafter Handschrift begonnen, die im Laufe der Seiten zusehends schlechter wurde und nun nur noch ein hastiges, tintenverschmiertes Gekritzel war.

Es ist schon sehr merkwürdig, aber mein ganzes Leben lang hab ich mir immer wieder dieselben Fragen gestellt, auf die es keine Antworten gibt. Wer bin ich? Was tue ich hier? Wo gehe ich hin? Und jetzt scheinen sich all meine Befürchtungen auf schreckliche Weise zu bewahrheiten, und es kommt mir vor wie ein böser Traum, den ich schon viele Male durchlebt habe. Ich wollte, ich könnte Dir richtig Lebewohl sagen, aber im Moment ist ein Brief die einzige Möglichkeit. Falls Dad und mir etwas zustoßen sollte, dann kümmerst Du Dich doch um Jess, nicht wahr? Ich denke ständig an Dich. Ich schreibe Dir aus Australien. Ich liebe Dich so sehr, Judith, mein Schatz.

Deine Mami

Es war der letzte Brief ihrer Mutter. Drei Wochen später, am Sonntag, dem 15. Februar, wurde Singapur den Japanern übergeben.
Danach kam nichts mehr.

HMS Sutherland
c/o Hauptpostamt
London
21. Februar 1942

Judith, mein Liebes,
ich habe Dir versprochen, ich würde früher oder später schreiben, und nun ist es doch später geworden, denn es ist etwa einen

Monat her, daß ich Dir auf Wiedersehen gesagt habe. Ich hätte Dir wohl früher schon ein paar kurze Zeilen schicken können, doch das wäre nicht sehr befriedigend gewesen, und ich wußte, Du würdest Verständnis dafür haben, wenn es ein bißchen dauert.

Meine Anschrift ist eindeutig irreführend, denn mein Schiff steckt keineswegs in einem Schließfach des Hauptpostamts, sondern wird gerade in der Werft von Brooklyn neu ausgerüstet. Der Traum jedes britischen Seemanns, zumal der Stützpunkt der Royal Navy in New York ein sehr geselliger Ort ist. Noch nie habe ich solche Gastfreundschaft erlebt, und die Partys gingen los, kaum daß wir sicher im Trockendock lagen und die Arbeiten am Schiff begonnen hatten. Der Erste Offizier und ich wurden gleich zu einer Cocktailparty in ein piekfeines Appartement an der East Side vom Central Park geschleppt und dort mit viel Brimborium wie Helden gefeiert, die wir allerdings nicht sind. Bei dieser Fete (und es hat inzwischen mehr gegeben, als für irgend jemandes Leber gut sein kann) haben wir ein reizendes Ehepaar, Eliza und Dave Barmann, kennengelernt, die uns sofort eingeladen haben, das Wochenende bei ihnen auf Long Island zu verbringen. Ganz standesgemäß haben sie uns mit ihrem Cadillac an den Docks abgeholt und hierher, in ihr Wochenenddomizil, gebracht. Es ist ein großes, altes, schindelgedecktes Haus in einem Ort namens Leesport an der Südküste von Long Island. Die Fahrt über die Schnellstraße hat zwei Stunden gedauert und war nicht besonders schön, überall Reklametafeln, Imbißbuden und Gebrauchtwagenhändler, aber der Ort liegt abseits der vielbefahrenen Strecke und ist ganz reizend. Viel Rasen, Palisadenzäune, schattenspendende Bäume, breite Straßen, ein Drugstore, eine Feuerwache und eine Holzkirche mit hohem Turm. Genau so, wie ich mir Amerika immer vorgestellt habe, wie in den alten Filmen, die wir früher gesehen haben, in denen das Mädchen bunte Baumwollkleider trägt und am Schluß den Jungen von nebenan heiratet.

Das Haus steht am Wasser, und der Rasen zieht sich bis zum Strand hinunter. Es ist aber noch nicht der Ozean, weil die Great

South Bay eine Art Lagune ist, der die Dünen von Fire Island vorgelagert sind. Der eigentliche Atlantik fängt erst jenseits von Fire Island an. Es gibt einen kleinen Hafen, über dem das Sternenbanner im Wind knattert und in dem eine Menge Yachten und Segelboote vor Anker liegen, die einen richtig neidisch machen können.

So, jetzt habe ich Dir die Gegend beschrieben, in der ich mich gerade aufhalte. Draußen ist es kalt, aber klar und trocken. Ein schöner Morgen. Drinnen, wo ich gerade an einem Schreibtisch mit Blick auf die Terrasse und den Swimmingpool sitze, ist es herrlich warm, denn die Zentralheizung, hinter dekorativen Gittern versteckt, läuft auf Hochtouren. Das Haus ist für den Sommer eingerichtet, gewienerte Fußböden ohne Teppiche, weiße Baumwollvorhänge und alles sehr hell und frisch. Es riecht nach Zedernholz und auch ein bißchen nach Bienenwachs und Sonnenöl. Im ersten Stock haben Jock und ich jeder ein Zimmer für sich mit angrenzendem Badezimmer. Also, du merkst, wir leben hier in schierem Luxus.

Wie gesagt, man begegnet uns mit so unglaublicher Liebenswürdigkeit und Gastfreundschaft, daß es fast schon peinlich ist, weil wir nur wenig tun können, um sie zu erwidern. Es scheint ein Grundelement des amerikanischen Charakters zu sein, das, wie ich vermute, noch aus der Zeit der ersten Einwanderer stammt, in der ein Siedler, sobald er eine Staubwolke entdeckte und wußte, daß ein Fremder des Wegs kam, seiner Frau zurief, sie solle noch ein paar Kartoffeln mehr in den Eintopf tun, aber gleichzeitig nach seinem Gewehr griff, was die Kehrseite der amerikanischen Medaille darstellt.

Jetzt will ich jedoch nicht länger von mir reden, sondern von Dir. Ich denke jeden Tag an Dich und würde gern wissen, ob Du etwas von Deiner Familie gehört hast. Daß Singapur gefallen ist, war eine Katastrophe, wahrscheinlich die schlimmste Niederlage in der Geschichte des Britischen Empire. Wie es aussieht, ist die Verteidigung der Stadt vollkommen falsch angepackt worden und war schlecht durchdacht, was kein Trost für Dich ist, falls Du noch nichts erfahren hast. Aber vergiß nicht, irgendwann

*geht der Krieg zu Ende, und obwohl es vielleicht noch eine Weile
dauern mag, so bin ich mir doch sicher, daß der Tag kommt, an
dem Ihr alle wieder zusammensein werdet. Am schlimmsten ist,
daß das Rote Kreuz keine Verbindungen aufnehmen kann...
Den Kriegsgefangenen in Deutschland steht wenigstens die
Schweizer Organisation bei. Jedenfalls gebe ich die Hoffnung für
Euch nicht auf. Auch nicht für Gus Callender. Armer Kerl. Wenn
ich bedenke, wie gut es mir im Moment geht und was er sicher
durchmachen muß, kriege ich ein furchtbar schlechtes Gewissen.
Aber private Schuldgefühle sind schon immer eine ziemlich nutzlose Übung gewesen.*

Vom Anblick einer kleinen Fähre abgelenkt, die über das ruhige,
silbrige Wasser der Lagune in Richtung Fire Island tuckerte, legte
Jeremy seinen Füller weg. Er hatte bereits mehrere Seiten Papier
beschrieben und war doch noch nicht zum Kern seines Briefes an
Judith vorgedrungen. Ihm kam in den Sinn, daß er das womöglich
unbewußt hinausschob, weil es so persönlich und so wichtig war,
daß er befürchtete, nicht die richtigen Worte zu finden. Er hatte den
Brief mit solcher Zuversicht begonnen, doch jetzt, wo es darauf
ankam, war er sich nicht mehr so sicher. So schaute er der Fähre
nach, bis sie, von einem Gebüsch verdeckt, seinen Blicken entschwand. Dann nahm er den Füller wieder zur Hand und schrieb
weiter.

*Daß ich Dich in London in Dianas Haus angetroffen habe, war
eine der schönsten Überraschungen für mich. Und ich bin so
froh, daß ich dort war, als Du Dich nicht wohl gefühlt und Dir so
furchtbare Sorgen gemacht hast. Diese Nacht mit Dir, Dich hoffentlich getröstet zu haben, auf die unmittelbarste Weise, kommt
mir im nachhinein wie ein kleines Wunder vor, und ich werde nie
vergessen, wie bezaubernd Du warst.*
    *Um es ehrlich zu sagen, ich liebe Dich sehr. Wahrscheinlich
habe ich Dich schon immer geliebt, nur war es mir selbst nicht
klar bis zu jenem Tag, an dem Du nach Nancherrow zurückgekommen bist und ich das Bach-Stück «Jesus bleibet meine*

*Freude» aus Deinem Zimmer gehört habe und wußte, daß Du
wieder zu Hause bist. Ich glaube, Du hast damals gerade einen
Brief an Deine Mutter geschrieben. Ich weiß, daß ich in diesem
Moment endlich begriffen habe, wieviel Du mir bedeutest.*

*Aber wie die vorhin erwähnten privaten Schuldgefühle ist es
auch eine recht nutzlose Übung, sich in Kriegszeiten zu verlieben,
Verpflichtungen einzugehen, und ich bin mir ziemlich sicher, daß
Du das ebenso empfindest. Du hast Edward geliebt, und er ist
ums Leben gekommen, eine Erfahrung, die kein Mensch ein
zweites Mal durchmachen möchte. Aber eines Tages wird der
Krieg zu Ende gehen, und mit ein bißchen Glück überstehen wir
ihn alle, kehren nach Cornwall zurück und nehmen die Fäden
unseres Lebens wieder auf. Wenn das eintrifft, wünschte ich mir,
mehr als alles andere, daß wir wieder zusammenfinden, denn im
Moment kann ich mir eine Zukunft ohne Dich nicht vorstellen.*

Hier hielt Jeremy noch einmal inne, legte den Füller beiseite und las
die bisherigen Seiten durch. Er fragte sich, ob der letzte Absatz nicht
furchtbar gestelzt klang. Schließlich wußte er, daß er kein Mensch
war, dem es lag, seine tiefsten Gefühle auf Papier auszubreiten.
Manche, wie etwa Robert Burns oder Browning, waren imstande,
Leidenschaft in wenigen wohlgesetzten Zeilen zum Ausdruck zu
bringen, doch Gedichte zu verfassen war eine Gabe, mit der Jeremy
Wells nicht gesegnet war. Was er geschrieben hatte, mußte genügen, dennoch beschlichen ihn Selbstzweifel, und wenn er es recht
bedachte, bekam er kalte Füße.

Letzten Endes wollte er nichts lieber als Judith heiraten, aber war
es denn fair, ihr so etwas überhaupt vorzuschlagen? Um soviel älter
als sie, war er, das ließ sich nicht leugnen, kein besonders guter
Fang, mit der Aussicht auf das nicht gerade aufregende Leben eines
praktischen Arztes auf dem Land, dem es noch dazu an weltlichen
Gütern mangelte. Judith war dagegen dank ihrer verstorbenen
Tante wohlhabend, mit einem eigenen Haus. Würde sie meinen,
würden die Leute sagen, er sei nur ihres Geldes wegen hinter ihr
her? Was er ihr bieten konnte, war nichts weiter als das Leben der
Frau eines Landarztes, und er wußte aus Erfahrung, daß ein solches

Dasein notgedrungen von endlosen Telefongesprächen, gestörter Nachtruhe, verschobenen Urlauben und sehr beweglichen Essenszeiten beherrscht wurde. Vielleicht verdiente sie mehr. Einen Mann, der ihr das gab, was sie nie kennengelernt hatte, ein geregeltes, ruhiges Familienleben, und der über ein Einkommen verfügte, das ihrem entsprach. Sie war zu einem so hübschen, so begehrenswerten Mädchen herangewachsen – wenn er nur an sie dachte, schlug sein Herz höher –, daß ihr die Männer, was nur zu verständlich war, scharenweise zu Füßen liegen würden, wie reife Äpfel unter einem Baum. War es da nicht äußerst egoistisch, sie in diesem Moment zu bitten, seine Frau zu werden?

Er wußte es einfach nicht, doch er war schon so weit gegangen, daß er sein Vorhaben ebensogut zu Ende führen konnte. Von Unsicherheit geplagt, setzte er den Brief fort.

Ich schreibe das alles, ohne die leiseste Ahnung zu haben, was Du für mich empfindest. Wir sind stets Freunde gewesen, zumindest sehe ich es so, und ich möchte gern, daß das so bleibt, deshalb will ich nichts schreiben oder sagen, was unsere gute Beziehung für immer gefährden könnte. Also begnüge ich mich fürs erste mit dieser Liebeserklärung an Dich. Aber bitte schreibe mir, sobald Du kannst, was Du empfindest und ob Du Dir vorstellen könntest, daß wir, wenn die Zeit dafür gekommen ist, den Rest unseres Lebens gemeinsam verbringen.

Ich liebe Dich so innig. Hoffentlich ärgerst Du Dich nicht über diesen Brief und nimmst ihn mir nicht übel. Du sollst nur wissen, daß ich willens bin zu warten, bis Du bereit bist, Dich zu binden. Aber bitte schreib mir, sobald Du irgendwie kannst, damit ich meine Ruhe wiederfinde.

Judith, mein Liebes, für immer
Dein Jeremy

Fertig. Zum letztenmal legte er den Füller weg, fuhr sich mit den Fingern durchs Haar, und dann betrachtete er mutlos die Seiten, zu denen er den ganzen Vormittag gebraucht hatte. Vielleicht hätte er seine Zeit nicht verschwenden sollen. Vielleicht sollte er die Blätter zerreißen, alles vergessen und einen neuen Brief schreiben, in dem er sie um nichts bat. Andererseits, wenn er das tat...

«Jeremy!»

Seine Gastgeberin suchte ihn, und er war dankbar für die Unterbrechung.

«Jeremy!»

«Hier bin ich.» Hastig schob er die Briefbogen unter das Deckblatt des Schreibblocks. «Im Wohnzimmer.»

Er wandte sich um. Sie erschien im Türrahmen, hochgewachsen, sonnengebräunt und das silberblonde Haar so toupiert und glänzend, als käme sie gerade von einem sehr sachkundigen Friseur. Zu einem leichten Wollkostüm trug sie eine gestreifte Bluse mit gestärktem Kragen, die Ärmel wurden mit schweren goldenen Manschettenknöpfen geschlossen, und hochhackige Pumps betonten die Eleganz ihrer langen Beine. Eliza Barmann, erfreulich anzusehen.

«Wir verschleppen Sie zum Lunch in den Club», sagte sie. «In etwa einer Viertelstunde? Ist Ihnen das recht?»

«Natürlich.» Er sammelte sein Schreibzeug ein und stand auf. «Tut mir leid. Hab gar nicht gemerkt, daß es schon so spät ist.»

«Sind Sie mit Ihrem Brief fertig?»

«Ja, gerade.»

«Soll ich ihn aufgeben?»

«Nein... Vielleicht schreib ich noch was dazu. Später. Ich stecke ihn ein, wenn ich auf das Schiff zurückgehe.»

«Na schön, wenn Sie meinen...»

«Ich zieh mich gleich an...»

«Nichts Besonderes. Nur eine Krawatte. Dave möchte gern wissen, ob Sie Lust haben, nach dem Lunch Golf zu spielen.»

«Ich habe keine Schläger dabei.»

Sie lächelte. «Das ist kein Problem. Die können wir im Club leihen. Und hetzen Sie sich nicht ab. Kein Grund zur Eile. Es wäre nur nett, wenn wir noch einen Martini trinken könnten, bevor wir zum Essen gehen.»

ENDE APRIL, am Ende eines langen Tages tippte Judith den letzten Brief von Korvettenkapitän Crombie fertig (mit Durchschlägen für den Kommandanten der HMS *Excellent* und den Chef der Marine-artillerie) und zog die Blätter aus der Schreibmaschine.

Es war beinahe sechs Uhr. Die beiden anderen Marinehelferin-nen, mit denen sie das Büro teilte, hatten ihre Sachen bereits gepackt und sich auf ihre Fahrräder geschwungen, zurück zum Quartier. Aber Korvettenkapitän Crombie war noch am späten Nachmittag mit diesem langen Schrieb angekommen, der nicht nur streng geheim, sondern auch noch dringend war, so daß Judith sich mit leisem Bedauern sofort seiner annehmen mußte.

Sie war müde. Draußen war herrliches Wetter, ein klarer Früh-lingstag mit einer milden Brise, und im Garten des Kommandanten nickten die Narzissen ungestüm mit ihren Köpfen. Auf dem Weg zum Mittagessen in Block O, Hammeleintopf und Mehlpudding mit Rosinen, hatte Judith die grünen Hänge des Portsdown Hill gesehen, war einen Moment stehengeblieben und hatte wehmütig den Kamm der Hügelkette betrachtet, den Duft des frischgemähten Rasens eingesogen und gespürt, wie ihr ganzer Körper auf diese Jahreszeit der aufsteigenden Säfte und der Erneuerung reagierte. Ich bin zwanzig, hatte sie dabei gedacht, und ich werde nie wieder zwanzig sein. Sie sehnte sich nach Flucht und Freiheit, wollte auf und davon, auf den Hügel steigen, frische Luft atmen, im weichen Gras liegen und hören, wie der Wind durch die Halme strich und die Vögel sangen. Statt dessen eine halbe Stunde Zeit für den Hammeleintopf und dann zurück in die muffige Baracke, das provisorische Hauptquartier der Artillerie-Ausbildungsentwicklung.

Nun sortierte sie die Blätter des Dokuments nach Originalseiten und jeweils drei Durchschlägen. Den letzten legte sie für den Ablageordner beiseite, die übrigen schob sie, fein säuberlich gestapelt, in einen Aktendeckel, um sie unterschreiben zu lassen.

Dazu mußte sie den Raum der Tippmädchen verlassen und durch das Hauptbüro gehen, in dem Kapitänleutnant Armstrong und Kapitän Burton noch an ihren Schreibtischen saßen. Als Judith an ihnen vorüberschritt, hoben sie nicht einmal den Kopf. Der alltägliche berufliche Umgang miteinander hatte, wenn schon nicht zu

Mißachtung, so doch zu einem Mangel an Interesse geführt. An der Tür am anderen Ende des Büros prangte ein Schild mit der Aufschrift «A.A.E.».

Die Vorliebe für Abkürzungen war eine der verwirrendsten Auswirkungen des Krieges. Korvettenkapitän Crombie brachte einen großen Teil seiner Arbeitszeit damit zu, seine Vorgesetzten für die Entwicklung eines Gerätes zu begeistern, das die Bezeichnung «E.M.S. 1» trug, was Entfernungsmeßsimulator, Version 1, bedeutete. Seit sechs Monaten tippte Judith unzählige Briefe über diesen verdammten Apparat, den sie insgeheim «T.Ü.N. 1» nannte, was im Sprachgebrauch der Abteilung «Taugt überhaupt nichts» hieß. Als Korvettenkapitän Crombie kurz nach Neujahr seinen Geburtstag gefeiert hatte, war Judith der Meinung gewesen, daß ein bißchen Humor nicht schaden könnte, und hatte ihm eine Glückwunschkarte gezeichnet und koloriert und dazu ein kleines Gedicht verfaßt.

Das «T.Ü.N. 1» liegt seit langem auf Eis.
Per Sondergesuch und zu stolzem Preis
fest installiert
und leicht modifiziert
taugt's vielleicht doch zum Kochen von Reis.

Der Spaß ging daneben. Korvettenkapitän Crombie war nicht zum Lachen aufgelegt, da ihm die enteilenden Jahre, ausgebliebene Beförderungen und die Schulgebühren für seinen Sohn Kummer bereiteten. Deshalb war die Geburtstagskarte mehr oder minder ein Fehlschlag gewesen, und zwei Tage später hatte Judith sie in seinem Papierkorb gefunden.

«Herein.»

Mit ernster Miene saß er an seinem Schreibtisch. Bisweilen zog er ein Gesicht wie ein Mann, der an einem schmerzhaften Magenkrebs leidet.

«Hier ist Ihr Brief, Sir. Die Umschläge habe ich schon beschriftet. Geben Sie mir Bescheid, sobald Sie ihn durchgesehen haben, dann stecke ich ihn heute abend noch ein.»

Er blickte auf die Uhr. «Großer Gott, ist es schon so spät? Haben Sie nicht längst Feierabend?»

«Na ja, falls ich bis sieben nicht im Quartier bin, bekomme ich nichts mehr zu essen.»

«Das können wir nicht zulassen. Wenn Sie mir die Umschläge bringen, gebe ich sie selbst auf. Dann brauchen Sie nicht zu hungern.»

Er war ein Mensch, der sich ruppiger gab, als er war. Das hatte sie schon früh herausgefunden und deshalb jegliche Scheu vor ihm verloren. Seit Singapur gefallen war und die Nachrichten von ihrer Familie ausblieben, machte er sich große Sorgen um ihr Wohl, immer wieder erkundigte er sich wie beiläufig und ein wenig onkelhaft nach Neuigkeiten, und dann, als die Wochen vergingen und Judith noch immer nichts von ihnen gehört hatte, fragte er taktvollerweise nicht mehr.

Er besaß ein Haus in Fareham, in dem er mit seiner Frau und seinem Sohn wohnte, und kurz nachdem die Meldungen von der Kapitulation Singapurs über eine entsetzte Welt hereingebrochen waren, hatte er Judith für einen Sonntag zum Lunch bei sich zu Hause eingeladen. Ohne die geringste Lust dazu, jedoch sehr gerührt, hatte sie sofort zugesagt und ihn mit einem dankbaren Lächeln angestrahlt, als bereite ihr die Aussicht darauf eitel Freude.

Sonntags fuhren keine Busse nach Fareham, also hatte sie die fünf Meilen bis zu seinem unscheinbaren Haus mit dem Fahrrad bewältigen müssen. Der Besuch war ein noch größerer Reinfall gewesen als die Geburtstagskarte, denn Korvettenkapitän Crombie verstand sich nicht auf leichte, zwanglose Unterhaltung, und Mrs. Crombie argwöhnte unübersehbar, ihr Mann habe ein Verhältnis mit Judith. Um alle Befürchtungen zu zerstreuen, hatte sie ihn nach jedem zweiten Wort «Sir» genannt und am Nachmittag die meiste Zeit mit dem kleinen Crombie-Sohn und seinem Stabilbaukasten auf dem Fußboden des Wohnzimmers gesessen, um ihm bei der Konstruktion einer Windmühle zu helfen. Im Grunde war sie erleichtert gewesen, als es Zeit wurde, wieder aufs Rad zu steigen und zum Quartier zurückzufahren.

Aber er hatte es schließlich gut gemeint.

Während er nun seinen Brief durchlas, ging sie in ihr Büro zurück, deckte die Schreibmaschine ab, raffte die Briefumschläge zusammen und nahm Hut und Mantel gleich mit. Kapitänleutnant Armstrong und Kapitän Burton hatten ebenfalls beschlossen, ihre Schreibtische aufzuräumen und für diesen Tag Schluß zu machen. Kapitänleutnant Armstrong hatte sich eine Zigarette angezündet, und als Judith wieder an ihnen vorbeilief, sagte er: «Wir gehen noch auf einen Drink ins Crown & Anchor. Wollen Sie mitkommen?»

Judith grinste. Offensichtlich fanden sie, daß es nun Zeit sei, abzuschalten, sich zu entspannen und ein bißchen zu amüsieren.

«Danke, aber ich fürchte, ich habe keine Zeit.»

«Schade. Dann eben ein andermal.»

Wieder bei ihrem Chef, faltete Judith die Briefe mit äußerster Sorgfalt zusammen, steckte sie in die Umschläge, klebte sie zu und legte sie in sein Körbchen mit der Aufschrift «Ausgang».

«Wenn das alles ist, dann gehe ich jetzt.»

«Danke, Judith.» Er hob den Kopf und schenkte ihr eines seiner seltenen Lächeln. Sie wünschte sich, er würde es öfter tun. Daß er sie beim Vornamen nannte, war ebenfalls eine Ausnahme. Sie fragte sich, wie oft er wohl nur wegen seiner lieblosen und obendrein eifersüchtigen Frau so lange im Büro herumhing, und er tat ihr leid.

«Gern geschehen.» Während sie ihren Mantel anzog und zuknöpfte, lehnte er sich auf seinem Stuhl zurück und beobachtete sie. «Wann haben Sie zum letztenmal Urlaub gehabt?» fragte er plötzlich.

Sie konnte sich kaum noch daran erinnern. «Weihnachten?»

«Sie sind überfällig.»

«Wollen Sie mich loswerden?»

«Ganz im Gegenteil. Aber Sie sehen ein bißchen blaß aus.»

«Der Winter ist lang gewesen.»

«Denken Sie mal darüber nach. Sie könnten heimfahren, nach Cornwall. In Ihr Haus. Eine Frühjahrspause einlegen.»

«Mal sehen.»

«Wenn Sie wollen, rede ich mit Ihrer Kommandeurin.»

Erschrocken schüttelte Judith den Kopf. «Nein. Das brauchen Sie nicht zu machen. Mir steht sowieso ein langes Wochenende zu. Vielleicht stelle ich einen Antrag.»

«Ich denke, das sollten Sie tun.» Er setzte sich wieder aufrecht hin, und wieder so barsch wie immer sagte er: «Raus mit Ihnen!»

Voller Zuneigung lächelte sie ihn an. «Gute Nacht, Sir.»

«Gute Nacht, Dunbar.»

Judith radelte durch den herrlichen Frühlingsabend zum Quartier zurück, über die Fußgängerbrücke, die Stanley Road hinauf bis zur Hauptstraße, die nach Norden und aus der Stadt hinausführte. Während sie in die Pedale trat, dachte sie darüber nach, ob sie sich nicht doch frei nehmen sollte, um nach Cornwall zu fahren… Nur für ein paar Tage. Bei Phyllis, Biddy und Anna sein, im Haus herumwerkeln, im Knien Unkraut aus den Rosenrabatten zupfen, während ihr die Sonne auf den Rücken brannte… Außerdem mußte das Holzhaus wieder mit Kreosot gestrichen werden, und vielleicht war es an der Zeit, sich nach einem neuen Gärtner umzusehen. Nur für ein paar Tage, das war alles, was sie brauchte, und ein langes Wochenende würde vollkommen reichen.

Einfach lächerlich, aber die schlimmste Lücke, die der abgebrochene Kontakt zu ihrer Familie gerissen hatte, war das Ausbleiben der Briefe. So lange, fast sieben Jahre, hatte sie mit der kleinen, liebgewonnenen Vorfreude auf den regelmäßig eintreffenden, mit banalen, für sie jedoch kostbaren Neuigkeiten aus Singapur gefüllten Umschlag gelebt, daß sie sich daran gewöhnt hatte und sich nun, jedesmal wenn sie ins Quartier zurückkam, erst in Erinnerung rufen mußte, daß in dem Postfach «D» nichts für sie liegen würde.

Nicht einmal der versprochene Brief von Jeremy Wells. Zwei Monate waren inzwischen vergangen, seit sie sich in London voneinander verabschiedet hatten und sie in Dianas Bett weitergeschlafen hatte. *Ich schreibe dir*, hatte er versprochen. *Es gibt noch soviel zu sagen. Früher oder später.* Und sie hatte ihm geglaubt, und dann war nichts gekommen. Nichts war geschehen. Das war furchtbar entmutigend, und während sich die Wochen hinzogen und noch immer kein Brief eintraf, regten sich Zweifel in ihr, nicht nur an ihm, sondern auch an sich selbst. Unweigerlich beschlich sie der unangenehme Verdacht, Jeremy habe aus einem recht ähnlichen Grund mit ihr geschlafen wie Edward. Schließlich war sie es gewesen, die, so unpäßlich und aufgeregt, wie sie war, ihn angefleht hatte, bei ihr zu bleiben, sie nicht allein zu lassen, mit ihr zu schlafen. *Judith, mein Liebes*, hatte er sie genannt, aber wieviel von seiner Liebe war nur blankes Mitleid gewesen? *Ich schreibe dir*, hatte er versprochen, doch er hatte nicht geschrieben, und mittlerweile hatte sie es aufgegeben, auf seinen Brief zu warten.

Von Zeit zu Zeit hatte sie mit dem Gedanken gespielt, ihm selbst zu schreiben, ihn in scherzhaftem Ton zu beschimpfen: *Du Scheusal, ich schmachte hier nach Neuigkeiten, und Du hast versprochen, mir einen Brief zu schicken. Ich glaube Dir nie wieder ein Wort.* Oder irgend etwas in dieser Art. Doch sie scheute sich, zu voreilig zu sein, zuviel preiszugeben, ihn mit ihrem Überschwang abzuschrecken, wie sie Edward mit ihrer verfrühten Erklärung ewiger Treue abgeschreckt hatte.

Schließlich tobte gerade ein Krieg, inzwischen weltweit. Keine Zeit für Bindungen. (Edwards Worte.) Keine Zeit, Versprechungen zu halten.

Aber andererseits war das nicht Edward, sondern Jeremy Wells, der Inbegriff der Zuverlässigkeit und Rechtschaffenheit. Also konnte sie sich nur vorstellen, daß er es sich anders überlegt hatte. Weit von Judith entfernt, hatte sein gesunder Menschenverstand die Oberhand gewonnen. Ihre Liebe in London war bloß ein Intermezzo gewesen, bezaubernd zwar, doch zu leichtgewichtig und zu flüchtig, um zu überdauern, und sei es auf Kosten einer unbeschwerten Freundschaft.

Darauf bedacht, einen klaren Kopf zu bewahren, redete sie sich ein, es zu begreifen. Aber das stimmte nicht. Sie begriff es nämlich keineswegs. In Wirklichkeit fühlte sie sich nicht nur von ihm enttäuscht, sondern auch furchtbar verletzt.

Diese nicht sehr erfreulichen Überlegungen begleiteten sie auf dem ganzen Rückweg zum Quartier. Sie fuhr um das häßliche Gebäude herum, hievte ihr Fahrrad in den Ständer und betrat das Verwaltungsbüro. Die Leiterin des Quartiers hatte Dienst, eine gut gepolsterte Frau Mitte Dreißig, die in Friedenszeiten die Aufsicht über eine Vorschule für kleine Jungen geführt hatte.

«Hallo, Dunbar! Überstunden gemacht?»

«Briefe auf den letzten Drücker, Ma'am.»

«Armes Mädchen. Das ist nicht fair. Da war ein Anruf für Sie. Hab Ihnen einen Zettel ins Fach gelegt.»

«Oh, danke…»

«Jetzt machen Sie, daß Sie runterkommen, sonst kriegen Sie nichts mehr zu futtern.»

«Ja, ich weiß.»

Judith trug sich in die Liste ein, dann ging sie zu dem Regal mit den Postfächern hinüber, in dem sie einen Brief von Biddy und das Notizblatt vorfand, auf dem stand: «Marinehelferin Dunbar. 16.30 Uhr. Anruf von Loveday Carey-Lewis. Bitte zurückrufen.»

Loveday. Was wollte denn Loveday?

Doch sie hatte keine Zeit mehr, vor dem Essen noch anzurufen, also marschierte sie geradewegs in die Kantine, verspeiste eine Scheibe Corned beef, eine gebackene Kartoffel und eine Portion verkochten Kohl. Zum Nachtisch gab es ein Stück Rührkuchen mit einem Klecks Pflaumenmarmelade darauf. Der sah so widerwärtig aus, daß Judith darauf verzichtete und statt dessen in ihre Kammer hinaufstieg, wo sie für den Fall, daß sie Hunger bekam, ein paar Äpfel hortete. Noch an einem Apfel kauend, ging sie wieder hinunter und machte sich auf die Suche nach einem freien Telefon. Es gab deren drei, an strategischen Punkten über das Haus verteilt, und abends standen die Mädchen für gewöhnlich Schlange oder saßen auf der Treppe und hörten jedes Wort mit, während sie darauf warteten, daß sie an die Reihe kamen. An diesem Abend hatte Judith jedoch Glück. Vielleicht waren die meisten Marinehelferinnen bei dem schönen Wetter ausgegangen. Jedenfalls fand sie einen freien Apparat.

Sie wählte die Nummer von Nancherrow, warf die Münzen ein und wartete.

«Nancherrow.»

Judith drückte auf den Knopf, und die Münzen rasselten in ihren Schacht.

«Wer ist dran?»

«Athena.»

«Athena, hier ist Judith. Ich hab eine Nachricht gekriegt, daß ich Loveday anrufen soll.»

«Bleib dran, ich hol sie.» Was Athena tat, indem sie so laut «Loveday!» brüllte, daß Judith beinahe das Trommelfell platzte. «Sie kommt schon.»

«Wie geht's Clementina?»

«Bestens. Rufst du von einem Münzapparat an?»

«Ja.»

«Dann schwatz ich jetzt lieber nicht, Darling, sonst gehen dir die Shilling aus. Bis bald mal. Da kommt Loveday.»

«Judith! Lieb, daß du zurückrufst. Entschuldige, ich habe versucht, dich zu erreichen, aber sie haben mir gesagt, du arbeitest noch. Hör mal, ich mach's ganz kurz. Mama und ich fahren dieses Wochenende nach London, in die Mews. Bitte komm auch und übernachte bei uns. Kannst du? Versuch es!»

«Nach London? Was machst du denn dort? Du haßt doch London.»

«Erklär ich dir alles, wenn wir zusammen sind. Ich will dich unbedingt sehen.» Sie klang ein bißchen aufgekratzt. «Ich hab dir soviel zu erzählen. Kannst du kommen? Kriegst du frei?»

«Na ja, ich kann mal probieren, ob ich ein kurzes Wochenende rausschlage...»

«Ach bitte, tu das! Sag, es ist furchtbar wichtig. Eine Sache auf Leben und Tod. Mama und ich fahren morgen mit dem Zug hin. Kein Benzin für den armen, alten Bentley. Morgen ist Donnerstag. Wann kannst du bei uns sein?»

«Weiß ich nicht. Muß ich erst sehen. Wahrscheinlich erst am Samstag.»

«Prima. Ich bin auf jeden Fall da, selbst wenn Mama außer Haus sein sollte. Ich erwarte dich, falls ich nichts mehr von dir höre.»

«Vielleicht kann ich nicht...»

«Aber natürlich, das schaffst du schon. Laß dir irgendeinen Vorwand einfallen. Dringende Familienangelegenheiten. Oder sonstwas. Es ist furchtbar wichtig.»

«Ich versuch's...»

«Toll! Ich kann's kaum abwarten.» Piep-piep-piep klang es aus dem Apparat. «Wiederseeeeehn.» Klick. Dann war das Gespräch zu Ende.

Ein wenig verwundert legte Judith den Hörer wieder auf. Was um alles in der Welt hatte Loveday bloß im Sinn? Und warum kam sie nach London? Sie hatte doch immer behauptet, sie könne London nicht ausstehen. Lauter Fragen, auf die ihr keine Antworten einfielen. Klar war dagegen nur, daß Judith am nächsten Morgen als allererstes bei der Kommandeurin antanzen und dieses furchterregende Frauenzimmer dazu bewegen mußte, ihr einen Urlaubsschein für das Wochenende auszustellen. Falls sie es ablehnte, würde Judith sich kurzerhand an Korvettenkapitän Crombie wenden und ihn bitten, ihr zu helfen. Die Vorstellung, daß er für sie in die Schlacht zog, hatte etwas Beruhigendes.

Die Kommandeurin der Marinehelferinnen war so wenig entgegenkommend, wie Judith es befürchtet hatte, und es bedurfte einer Menge widerlicher Bettelei, bis sie endlich und nur widerstrebend den Urlaubsschein für das Wochenende unterschrieb. Untertänigkeit hatte gewirkt. Judith dankte ihr überschwenglich, und dann huschte sie so schnell wie nur möglich hinaus, bevor die verbitterte alte Schreckschraube es sich noch einmal anders überlegen konnte.

Die diensthabende Marinehelferin in ihrem Vorzimmer blickte von der Schreibmaschine auf und hob fragend die Augenbrauen. Judith zwinkerte ihr zu und hielt den Daumen hoch.

«Glück gehabt», murmelte das Mädchen. «Sie hat heute morgen nämlich eine Stinklaune. Ich hätte gedacht, du hast von vornherein nicht die leiseste Chance.» Judith überließ sie ihrer Tipperei, spazierte gutgelaunt in ihr eigenes Büro zurück und machte dem lieben Korvettenkapitän Crombie ungefragt eine Tasse Kaffee, nur weil sie so froh war, daß sie für ihn arbeitete und nicht für irgendein sauertöpfisches Weib mit einem Machtkomplex.

DER SONNABEND war ein schöner Apriltag, ohne eine Wolke am Himmel. Als Judith aus der höhlenartigen Düsternis des Waterloo-Bahnhofs hinaustrat, beschloß sie, sich den Luxus eines Taxis zu leisten, und fuhr hochherrschaftlich zu den Cadogan Mews. In der warmen Frühlingssonne sah London überraschend reizvoll aus. Die Bäume hatten bereits Laub angesetzt, Bombentrichter muteten dank der üppig sprießenden Weidenröschen ländlich an, und in einem Wassertank für Notfälle schwamm eine Stockente. Im Park breiteten lila Krokusse Teppiche über den Rasen, und Narzissen nickten im Wind mit ihren gelben Köpfen. Hoch oben schimmerten die von der Sonne angestrahlten Sperrballons silbern, Fahnen knatterten an wichtigen Gebäuden, und die Passanten, die sich auf den Gehsteigen drängten, trugen dank des herrlichen Wetters hoffnungsvolle, lächelnde Gesichter zur Schau.

Das Taxi hielt an dem steinernen Torbogen, der zu den Mews führte.

«Reicht das, Herzchen?»

«Ja, prima.»

Mit der Reisetasche in der Hand lief Judith über das Kopfsteinpflaster, zwischen kleinen Häusern mit Pflanzkübeln neben dem Eingang und Blumenkästen an den Fenstern. Eine Katze saß in der Sonne und putzte sich, und irgend jemand hatte eine Leine gespannt und Wäsche aufgehängt, so daß alles ein bißchen an Porthkerris erinnerte. Judith blickte nach oben. Die Fenster von Dianas Haus waren weit geöffnet, ein Vorhang blähte sich, und der Holzbottich neben der gelben Eingangstür quoll über vor samtigen Gartenprimeln.

«Loveday!» rief Judith.

«Hallo!» Lovedays Kopf tauchte am offenen Fenster auf. «Da bist du ja. Wunderbar! Ich komm runter und laß dich rein.»

«Brauchst du nicht, ich hab meinen Schlüssel mit.»

Sie öffnete die Tür, und Loveday erwartete sie oben an der Treppe. «Ich hab solche Angst gehabt, daß du es doch nicht schaffst. Hast du schrecklich lügen müssen, damit du frei kriegst?»

«Nein, nur ein bißchen katzbuckeln und kriechen.» Sie ging hinauf. «Und mir einen Haufen Stuß anhören, daß ich erst so spät damit ankomme, keine Rücksicht auf die Kommandeurin nehme und ihren Leuten zusätzliche Arbeit mache, eine Fahrkarte brauche et cetera, blablabla. Todlangweilig.» Sie ließ ihre Tasche fallen, nahm den Hut ab, und sie umarmten einander. «Wo ist denn Diana?»

«Einkaufen, wo denn sonst? Wir treffen sie um Viertel vor eins im Ritz. Tommy Mortimer lädt uns alle zum Lunch ein.»

«Himmel, wie schick! Und ich hab nichts anzuziehen.»

«Du siehst atemberaubend aus, wie du bist, in Uniform.»

«Nicht, daß ich wüßte. Na, macht nichts, mit ein bißchen Glück werden sie mich nicht gleich aus dem Restaurant jagen, nur weil ich keinen Offiziersrang habe.» Judith sah sich um. Bei ihrem letzten Besuch hier war es Winter gewesen, kalt und dunkel. Nun wirkte alles ganz anders, der hübsche Raum war hell, von Sonne und frischer Luft durchflutet und voller Blumen. Blumen von Nancherrow, aus Cornwall hierhergebracht, Dianas Spezialität.

Judith ließ sich auf eines der weichen Sofas fallen und seufzte vor Wohlbehagen. «Herrlich. Mir ist, als wäre ich wieder zu Hause.»

Ihr gegenüber machte Loveday es sich in einem tiefen Sessel gemütlich. «Ich muß zugeben, obwohl ich nicht verrückt auf London bin, gefällt mir dieses Haus auch richtig gut.»

«Wo werden wir denn alle schlafen?»

«Du und ich im Doppelbett und Mama drüben in dem kleinen Zimmer.»

«Das ist nicht besonders fair.»

«Es macht ihr nichts aus. Sie sagt, lieber ungestört als in Luxus. Außerdem ist das Bett dort auch recht bequem.»

«Wann seid ihr angekommen?»

«Am Donnerstag. Mit dem Zug. War gar nicht so schlimm. Und in Paddington hat uns Tommy mit einem Wagen abgeholt.» Loveday kicherte. «Hast du gewußt, daß er eine Medaille für besondere Tapferkeit während der Luftangriffe gekriegt hat? Bescheiden, wie er ist, hat er es uns erst jetzt erzählt.»

«Eine Medaille? Wofür denn?»

«Er hat irgendeine alte Jungfer aus ihrem brennenden Haus gerettet. Ist durch Qualm und Flammen rein und hat sie an ihren Füßen unter dem Eßzimmertisch rausgezerrt.»

Vor Staunen und Bewunderung sperrte Judith den Mund auf. Es fiel ihr schwer, sich den kultivierten Tommy Mortimer in Seidenhemd und elegantem Anzug bei einer so heroischen Tat vorzustellen. «Richtig gut. Hoffentlich war sie ihm dankbar.»

«Kein bißchen. Sie war fuchsteufelswild, weil er nicht auch noch ihren Kanarienvogel gerettet hat. Diese undankbare alte Schachtel.»

Sie lachte. Judith fand, sie sah hübscher aus denn je und auf charmante Weise sogar vornehm in ihrem hyazinthenblauen Kleid mit kurzen Ärmeln und weißem Pikeekragen; die schlanken Beine in Seidenstrümpfen und dazu hochhackige Pumps aus schwarzem Lackleder; leuchtender Lippenstift, getuschte Wimpern und ein Glitzern in den veilchenblauen Augen. Aber irgend etwas war anders…

«Du hast dir die Haare schneiden lassen.»

«Ja. Mama hat gesagt, ich sehe schon aus wie eine Negerpuppe. Deshalb hat sie mich gestern zu Antoine geschleppt. Hat Stunden gedauert.»

«Gefällt mir.»

Loveday schüttelte den Kopf. «Ich find's ein bißchen kurz, aber es wächst ja wieder. Zu Hause komme ich einfach nicht dazu. Da fällt mir ein, alle lassen dich herzlich grüßen. Paps und Athena und Mary, einfach alle. Auch die Nettlebeds. Clementina ist zum Schreien. Sie hat einen gräßlichen alten Puppenwagen gekriegt, den schiebt sie überall rum.»

«Was hört man von Rupert?»

«Der kämpft sich durch die Libysche Wüste. Aber er schreibt Athena lange Briefe und scheint ganz vergnügt zu sein.» Dann hielt sie inne, versank in Schweigen. Über den Raum hinweg blickten die beiden Mädchen einander an, und Loveday hatte aufgehört zu lachen. Nach einer Weile sagte sie: «Athena erfährt wenigstens was von ihm. Kriegt Briefe.» Und seufzend fragte sie: «Du hast von deiner Familie nichts gehört, oder?»

Judith schüttelte den Kopf. «Kein Wort.»

«Das tut mir so leid.»

«Es ist, als wäre ein Rolladen runtergegangen. Und das Schiff, auf dem Mami und Jess waren, ist nie in Australien angekommen. Das ist alles, was ich weiß.»

«Falls sie gerettet worden sind, hat man sie vermutlich gefangengenommen.»

«Wahrscheinlich.»

«Und dein Vater?»

Wieder schüttelte Judith den Kopf. «Nichts.» Und weil es doch raus mußte, fragte sie: «Und Gus? Ich nehme an, du hast auch keine Nachricht von Gus, sonst hättest du mir's sicher schon gesagt.»

Einen Moment saß Loveday nur da, schlug die Augen nieder und zupfte an einer Borte des Sessels. Dann stand sie jäh auf, trat ans Fenster, kehrte Judith den Rücken zu und schaute auf die Straße hinunter, wobei das Sonnenlicht wie eine Aureole auf ihren dunklen Locken lag. Judith wartete. Nach einer Weile erklärte Loveday: «Gus ist tot.»

Judith schauderte. Im ersten Schrecken fiel ihr dazu nichts ein. «Also hast du doch was erfahren?» erkundigte sie sich schließlich. «Hast du eine Nachricht bekommen?»

«Nein, aber ich weiß es.»

«Woher willst du denn wissen, daß er tot ist?»

Entsetzt beobachtete sie Loveday und sah nur, wie sie mit den knochigen Schultern zuckte. «Ich weiß es eben.» Darauf wandte sie sich um, lehnte sich an das weißgestrichene Fensterbrett und blickte Judith an. «Ich wüßte es, wenn er noch lebte. Wie ich es nach St-Valéry gewußt habe. Damals war es wie eine Botschaft per Telefon, nur ohne Worte. Ich hab's dir erzählt, und ich habe recht gehabt. Damals war er in Sicherheit. Aber jetzt ist er tot. Nachdem Singapur gefallen ist, hab ich mich jeden Tag auf das Hofgatter von Lidgey gesetzt, die Augen geschlossen und ganz fest an ihn gedacht. Ich hab versucht, Gus eine Botschaft zu schicken und ihn dazu zu bewegen, daß er mir eine zurückschickt. Aber da war nichts als Dunkelheit und Schweigen. Er lebt nicht mehr.»

Judith war empört. «Loveday, das ist gerade so, als würdest du ihn selbst umbringen. Du darfst die Hoffnung nicht aufgeben. Er braucht das, daß du hoffst und an ihn denkst, die ganze Zeit.»

«Tust du das etwa?»

«Sprich nicht in diesem grauenhaft herablassenden Ton. Natürlich tu ich das. Muß ich.»

«Glaubst du, deine Eltern und Jess sind noch am Leben?»

«Ich hab dir doch gesagt, ich muß das. Um ihretwillen. Begreifst du denn nicht, wie wichtig das ist?»

«Es ist nicht mehr wichtig, wenn ich schon weiß, daß Gus tot ist.»

«Hör auf, es immer wieder zu behaupten. Dazu hast du kein Recht. Nur weil das mit der Telepathie einmal geklappt hat, heißt das noch lange nicht, daß es wieder klappen muß. Damals war Gus erst in Frankreich und dann in Southampton, also ganz in der Nähe. Jetzt ist er am anderen Ende der Welt.»

«Die Entfernung spielt dabei keine Rolle.» Loveday war beharrlich, stur wie immer, wenn sie sich etwas in den Kopf gesetzt hatte und fest entschlossen war, sich nicht davon abbringen zu lassen. «Gedankenübertragung schafft Tausende von Meilen im Bruchteil einer Sekunde. Ich wüßte es, wenn er noch am Leben wäre. Und ich *weiß*, daß er umgekommen ist.»

«Ach, Loveday, bitte sag das nicht so endgültig.»

«Ich kann nicht anders. Ich bin mir absolut sicher.»

Darauf gab es wohl nichts mehr zu sagen. Judith seufzte. «War es das, was du mir zu erzählen hattest?» fragte sie schließlich. «Wolltest du deshalb, daß ich nach London komme?»

«Das und anderes.» Judith wartete voll banger Vorahnungen. Dann ließ Loveday ihre Bombe platzen. «Ich heirate demnächst.»

Sie sprach es fast beiläufig aus, wie irgendeine völlig belanglose Information, daß Judith einen Moment lang meinte, sich verhört zu haben.

«Was?»

«Ich heirate demnächst.»

«Du heiratest?» Sie war restlos verblüfft. «Wen denn?»

«Walter.»

«Walter? Walter Mudge?»

«Kennst du noch einen anderen Walter?»

Der Gedanke war so unfaßbar, daß Judith die Luft wegblieb, als habe ihr jemand einen Schlag auf den Solarplexus verpaßt. Schließlich fragte sie: «Aber... aber was ist denn in dich gefahren, daß du Walter heiraten willst?»

Wieder zuckte Loveday mit den Schultern. «Ich mag ihn gern. Schon immer.»

«Ich mag ihn auch, aber das ist doch kein Grund, den Rest deines Lebens mit ihm zu verbringen.»

«Erzähl mir jetzt bloß nicht, daß er aus der Unterschicht stammt oder daß wir absolut nicht zusammenpassen, sonst fang ich an zu schreien...»

«Ich denke nicht im Traum daran, so etwas zu sagen, und du weißt, daß ich das nie sagen würde...»

«Auf jeden Fall heirate ich ihn demnächst. Und ich will es.»

Bevor Judith sich bremsen konnte, rutschte ihr heraus: «Aber du liebst doch Gus...»

Da schnauzte Loveday sie an. «Gus ist tot. Das hab ich dir doch gesagt. Und erzähl mir nicht, ich soll auf ihn warten. Wozu soll ich denn auf einen Mann warten, der nie mehr zu mir zurückkommt?»

Vorsichtshalber antwortete Judith darauf nicht. Ich muß praktisch denken und sehr besonnen bleiben, überlegte sie, sonst kriegen wir einen gewaltigen Krach und sagen furchtbare Dinge, die wir nie mehr zurücknehmen können, und das hilft überhaupt nicht.

Also schlug sie eine andere Richtung ein. «Schau mal, du bist erst neunzehn. Selbst wenn du recht hast und Gus wirklich tot ist, gibt es noch Tausende anderer Männer auf der Welt, wie für dich geschaffen, die nur darauf warten, dir über den Weg zu laufen. Ich versteh das ja mit dir und Walter. Ihr seid immer Freunde gewesen. Ihr arbeitet miteinander, und du siehst ihn ständig. Aber deshalb mußt du ihn doch nicht gleich heiraten.»

«Ich weiß, daß ich mit ihm arbeite. Nur, vielleicht kann ich das nicht mehr lange. Sie ziehen jetzt Mädchen in meinem Alter ein, und ich bin keine offizielle Landarbeiterin oder so. Ich stecke nicht in Uniform wie du.»

«Aber du leistest einen wichtigen Beitrag für den Krieg...»

«Ich will nicht riskieren, daß sie mich einziehen. Daß sie mich in irgendeine gräßliche Munitionsfabrik schicken. Ich geh nie von Nancherrow weg.»

«Heißt das, du heiratest Walter, weil du Angst hast, daß sie dich einziehen?» Judith konnte nicht verhindern, daß ihre Stimme ein bißchen skeptisch klang.

«Ich hab's dir doch erzählt. Du weißt, wie ich reagiere, wenn man mich wegschickt. Ich werde krank. Ich sterbe. Ausgerechnet du müßtest das doch begreifen.»

Als rede man gegen eine Wand.

«Aber Walter... Loveday, was verbindet dich denn mit Walter Mudge?»

Sie verdrehte die veilchenblauen Augen. «Ach, Gott, geht das schon wieder los! Du sprichst es vielleicht nicht aus, aber du denkst es. Unterschicht, ungebildet, Landarbeiter... Ich heirate unter meinem Stand. Ich steige ab...»

«Nein, das denke ich nicht...»

«Hab ich nämlich alles schon gehört, hauptsächlich von Mary Millyway, die inzwischen kaum noch mit mir redet. Nur, bei Walter hab ich von alledem nie was gespürt, auch nicht bei seiner Mutter. Genausowenig wie du bei Joe Warren oder gar bei Phyllis Eddy. Walter ist mein Freund, Judith. Ich fühl mich wohl, wenn ich mit ihm zusammen bin, es macht mir Spaß, mit ihm zu arbeiten, wir lieben beide die Pferde, wir reiten gern, wir arbeiten gern auf den Feldern. Begreifst du denn nicht, daß wir vom selben Schlag sind? Außerdem sieht er gut aus. Männlich und attraktiv. Edwards wohlerzogene, vertrottelte Freunde sind mir immer ein wahrer Graus gewesen und haben mich nie auch nur im mindesten angezogen. Warum soll ich denn rumsitzen und darauf warten, daß irgendein hirnloser Knabe von einer hochgestochenen Privatschule aufkreuzt und mich vom Stuhl reißt?»

Judith schüttelte den Kopf. «Wie sich ein Mädchen in so kurzer Zeit so viele haarsträubende Vorurteile zulegen kann, kapier ich nicht.»

«Dabei hab ich gedacht, du würdest mich verstehen. Mitfühlen. Mir den Rücken stärken.»

«Du weißt genau, daß ich dir bis ans Ende aller Tage den Rücken stärken würde. Aber ich kann mich nicht einfach zurücklehnen und zuschauen, wie du dir dein Leben versaust. Schließlich mußt du ihn ja nicht heiraten.»

«Doch. Ich kriege nämlich ein Baby», schrie Loveday, als wäre Judith plötzlich stocktaub geworden, und danach konnte es ja wohl keinen Zweifel mehr geben.

«Oh, Loveday…»

«Tu nicht so, als ginge die Welt unter. Das passiert jeden Tag. Leute werden schwanger. Kriegen Kinder. Das ist nichts Besonderes.»

«Wann?»

«Im November.»

«Von Walter?»

«Natürlich.»

«Aber… Aber wann… Ich meine…»

«Zier dich nicht so. Wenn du wissen willst, wann ich schwanger geworden bin, erzähl ich dir's mit Vergnügen. Ende Februar, auf dem Heuboden über den Pferdeställen. Ist ein bißchen banal, ich weiß. Wie bei Lady Chatterley oder Mary Webb oder in sonst einem dieser Romane. Im Holzschuppen verführt, wie abscheulich! Aber so ist es nun einmal passiert, und ich schäme mich nicht im geringsten.»

«Hast du geglaubt, Gus ist tot?»

«Ich wußte es. Ich habe mich so einsam gefühlt, so unglücklich, und keiner konnte mir helfen. Wir haben gerade die Pferde versorgt, und plötzlich hab ich angefangen zu weinen und hab Walter von Gus erzählt, und da hat er mich in die Arme genommen und mir die Tränen weggeküßt. Ich hab nie gewußt, daß er so behutsam sein kann, und dabei so stark… Das Heu hat herrlich gerochen, und unten standen die Pferde, ich konnte hören, wie sie sich bewegen, und es war das Tröstlichste, was ich je erlebt habe. Ich habe überhaupt nicht das Gefühl gehabt, etwas Unrechtes zu tun.» Sie schwieg eine Weile, dann sagte sie: «So ist es immer noch. Und ich lasse mir kein schlechtes Gewissen einreden.»

«Weiß es deine Mutter?»

«Natürlich. Ich hab's ihr sofort erzählt, sobald ich mir sicher war. Und Paps auch.»

«Wie haben sie es aufgenommen?»

«Ein bißchen überrascht, aber süß. Sie haben gesagt, ich brauche ihn nicht zu heiraten, wenn ich nicht will. Auf ein Baby mehr oder weniger käme es in der Ammenstube von Nancherrow nicht an, und es wäre eine nette Gesellschaft für Clementina. Als ich ihnen dann erklärt habe, daß ich Walter heiraten *will*, und zwar nicht nur wegen des Babys, haben sie sich erst ein bißchen gesträubt, dann aber gesagt, es sei meine Entscheidung und mein Leben. Außerdem haben sie immer viel für die Mudge-Familie übrig gehabt, und jetzt, wo Edward nicht mehr ist, wissen sie wenigstens, daß ich ihnen erhalten bleibe und immer in der Nähe sein werde. Ich glaube, das zählt für sie mehr als so alberne Dinge wie Walters Herkunft und Erziehung.»

Wenn man die Carey-Lewis kannte, war das alles vollkommen verständlich. Als Angehörige der Oberschicht über alles erhaben, hatten sie stets nur ihren eigenen Gesetzen gehorcht. Das Glück ihrer Kinder stand für sie an erster Stelle, und ihre Loyalität zu diesen Kindern würde ihnen immer wichtiger sein als gesellschaftliche Gepflogenheiten oder das Gerede der Leute. Schulter an Schulter machten Diana und der Colonel sicher das Beste daraus; sie würden sich weiterhin genauso benehmen wie bisher und letzten Endes auch in ihr jüngstes Enkelkind vollkommen vernarrt sein. Judith wußte, daß angesichts solcher Solidarität die Meinung und das Verhalten der übrigen Welt – sie selbst eingeschlossen – einfach keine Rolle spielten.

Das bedeutete aber auch, daß es keinen Sinn hatte, noch weiter darüber zu diskutieren. Diana und der Colonel hatten bereits ihren Segen dazu gegeben, und das Vernünftigste, was Judith tun konnte, war es, sich ihnen anzuschließen und mit Anstand das Unvermeidliche zu akzeptieren, welche Folgen es auch immer haben mochte. Schließlich empfand sie diesen Standpunkt als ungeheure Erleichterung, denn nun konnte sie aufhören, entrüstet und ungehalten zu sein, und statt dessen anfangen, sich mit Loveday zu freuen und alles aufregend zu finden.

«Sie sind wirklich die Größten», sagte sie. «Deine Eltern, meine ich. Ich hab's ja immer gewußt.» Auf einmal lächelte sie trotz des seltsamen Prickelns in ihren Augen. Sie raffte sich vom Sofa auf. «Ach, Loveday, entschuldige bitte, ich hätte mich nicht so anstellen dürfen.» Loveday kam ihr entgegen, und mitten im Wohnzimmer fielen sie einander um den Hals und lachten beide. «Ich war nur ein bißchen verblüfft. Überrascht. Vergiß, was ich gesagt habe. Du und Walter, ich werdet's schon schaffen.»

«Ich wollte es dir selbst erzählen. Erklären. Ich wollte nicht, daß du es von jemand anderem erfährst.»

«Wann heiratet ihr?»

«Im nächsten Monat.»

«In Rosemullion?»

«Klar. Und danach gibt's eine Lunchparty auf Nancherrow.»

«Was ziehst du denn an? Weißen Satin mit vielen Volants und geerbte Spitzen?»

«Um Himmels willen! Wahrscheinlich Athenas Konfirmationskleid oder so was. Eigentlich dürfte ich ja nicht in jungfräulichem Weiß heiraten, aber wir müssen den Schein wahren.»

«Wollt ihr einen Empfang geben?» Plötzlich war alles ziemlich spannend.

«Wir haben uns gedacht, die Zeremonie am Vormittag und danach einen Lunch... Ich kann Trauungen am Nachmittag nicht ausstehen. Das ruiniert einem den ganzen Tag. Du kommst doch auch, nicht wahr?»

«Das will ich auf keinen Fall verpassen. Ich beantrage sofort eine Woche Urlaub. Soll ich Brautjungfer werden?»

«Möchtest du?»

«In aprikosenfarbenem Taft und Tüllunterröcken?»

«Mit plissiertem Schößchen und auf dem Kopf eine Toque?»

«Und einen Nelkenstrauß mit Frauenhaarfarn?»

Wie schön! Sie waren sich wieder einig. Sie hatten einander nicht verloren.

«Und dazu aprikosenfarbene Satinpumps mit riesengroßen Absätzen.»

«Nein, ich will nicht Brautjungfer werden.»

«Warum denn nicht?»

«Sonst stelle ich am Ende noch die Braut in den Schatten.»

«Daß ich nicht lache, hahaha!»

«Wo werdet ihr denn wohnen, du und Walter?»

«In Lidgey gibt es ein altes Cottage, zwar ein bißchen heruntergekommen, aber Paps läßt es für uns instand setzen und ein Badezimmer einbauen. Es hat allerdings nur zwei Zimmer, aber die tun
es fürs erste, und Walter schafft die ganzen Brennesseln und das
Gerümpel aus dem Garten fort.»

«Ein richtiges kleines Liebesnest. Wie sieht's mit einer Hochzeitsreise aus?»

«Hab noch nicht drüber nachgedacht.»

«Ihr müßt unbedingt auf Hochzeitsreise gehen.»

«Hat Athena auch nicht gemacht.»

«Wie wär's mit einem langen Wochenende im Gwithian Road?»

«Oder ein paar Nächte in Camborne? Das wäre hübsch... Hör
mal...» Loveday blickte auf die Uhr. «Es ist schon zwölf. Wir müssen uns gleich auf den Weg ins Ritz machen. Noch einen Drink
vorher? Wir haben Gin und eine Flasche Orangensaft aus Nancherrow mitgebracht. Stehen im Kühlschrank.»

«Meinst du wirklich? Wie ich Tommy Mortimer kenne, gibt's
zum Lunch sowieso reichlich zu trinken.»

«Ja schon, aber ich möchte vorher mit dir allein anstoßen. Ich
brauche auf jeden Fall einen. Ich hab nämlich furchtbar Schiß gehabt, es dir zu erzählen, für den Fall, daß du das Gesicht verziehst
wie ein Hühnerpopo und mir erklärst, du würdest nie wieder ein
Wort mit mir reden.»

«So wie Mary Millyway?»

«Ach Mary», winkte Loveday ab. «Die wird sich schon damit
abfinden. Sie muß. Sie ist nämlich die einzige, die aus Athenas Konfirmationskleid so etwas Ähnliches wie ein Brautkleid machen
kann. Also, du donnerst dich jetzt für das Ritz auf, und ich richte
uns die Cocktails.» Sie flitzte zur Treppe, blieb jedoch an der obersten Stufe noch einmal stehen, wandte sich um und grinste so frech
wie das kleine Mädchen, das Judith aus ihren gemeinsamen Schultagen in Erinnerung hatte.

«Und was nützt uns jetzt St. Ursula?»
«Deirdre Leadingham würde Gift und Galle spucken und uns wahrscheinlich beide zusammenstauchen.»
«Gott sei Dank sind wir erwachsen. Ich hätte ja nie gedacht, daß es großen Spaß machen würde, aber das tut's doch, oder?»
Spaß! Lovedays gute Laune war ansteckend, und Judith spürte, wie ihr selbst auch leicht ums Herz wurde. Die düsteren Meldungen vom Krieg, alle Ängste und Qualen fielen von ihr ab, und auf einmal fühlte sie sich ohne jeden Grund so glücklich wie in ihrer Kindheit, was sie schon sehr lange nicht mehr erlebt hatte. Alles in allem waren sie doch beide jung und hübsch, die Sonne schien und die Luft war vom Geruch der Frühlingsblumen erfüllt. Loveday würde demnächst heiraten, und Tommy Mortimer spendierte ihnen jetzt gleich einen Lunch mit allem Drum und Dran im Ritz. Aber das Wichtigste: sie waren nach wie vor Freundinnen.
Also sagte Judith lächelnd: «Ja, es macht Spaß.»

Tommy Mortimers Einladung übertraf alle Erwartungen. Ein Tisch am Fenster des schönen Restaurants, mit Blick über den Park, und ihr Gastgeber zeigte sich von seiner charmantesten Seite. Er und Diana waren bereits vor Judith und Loveday eingetroffen, saßen im Foyer und warteten darauf, daß die Drehtür die beiden Mädchen in das prachtvolle Hotel beförderte. Es gab eine lange, geräuschvolle Begrüßung, bei der sich jeder ungemein freute, die anderen wiederzusehen. Trotz Ruhm und Tapferkeit hatte Tommy Mortimer sich nicht wesentlich verändert, und Diana, für London gekleidet, war in dem schmalen, schwarzen Kostüm und mit dem verrückten Hut, den sie sich kokett schräg in die Stirn gezogen hatte, die reinste Augenweide. Sie hielten sich nicht mit einem Aperitif auf, sondern gingen unverzüglich in das Restaurant, wo mitten auf ihrem Tisch bereits eine Flasche Champagner in einem Eiskübel stand.
Es war ein herrliches Mahl. Die Sonne schien herein, das Essen schmeckte köstlich, und der Wein floß in Strömen. Diana war glän-

zend gelaunt. Seit Ausbruch des Krieges hielt sie sich zum erstenmal wieder in London auf, und dennoch hatte es den Anschein, als sei sie nie fort gewesen. Andere Gäste, jahrelang nicht mehr gesehene alte Freunde, entdeckten sie und blieben auf dem Weg zu ihren Tischen für einen Schwatz bei ihr stehen. Wiederum andere erspähten sie von weitem, winkten und warfen ihr quer durch das Lokal Kußhände zu.

Und sie redete begeistert von Lovedays bevorstehender Hochzeit, als wäre sie das Wunderbarste, was sich je ereignet hat, und genau das, was sie sich für ihre jüngere Tochter erhofft hatte.

«Wir sind natürlich nach London gekommen, um die Einladungen zu bestellen und so etwas wie eine Aussteuer zu kaufen. Gestern haben wir den ganzen Tag in den Läden herumgestöbert und nach schönen Sachen gesucht, nicht wahr, mein Schatz?»

«Und wo haben Sie die Bezugsscheine her?» erkundigte sich Judith, praktisch wie immer.

«Oh, das war kein Problem, Darling. Ich habe mit Hetty einen kleinen Handel geschlossen. Sie hat einen Stapel von Athenas abgelegten Sachen bekommen und mir dafür die Coupons für ein halbes Jahr gegeben. Und sie hat sich ausgerechnet, daß sie dabei ein gutes Geschäft macht. Was natürlich auch stimmt.»

«Arme Hetty», entfuhr es Judith.

«Überhaupt nicht. Sie war entzückt. So eine Garderobe hat sie noch nie besessen. Und sie wird zur Hochzeit eingeladen. Selbstverständlich laden wir auch Phyllis und Biddy und Bob ein.»

Bob? Judith runzelte die Stirn. Da sie nun so weit vom Dower House und von Nancherrow entfernt lebte, hatte sie die Ereignisse ein bißchen aus den Augen verloren, und es überraschte sie, seinen Namen zu hören.

«Meinen Sie Onkel Bob? Bob Somerville?»

«Ja, natürlich. Er war Anfang des Jahres auf Urlaub in Cornwall, nur für ein paar Tage, und Biddy kam mit ihm zum Dinner nach Nancherrow. Er und Edgar haben sich auf Anhieb blendend verstanden. So ein reizender Mann!»

«Biddy wird es mir sicher geschrieben haben, aber ich hab's wohl vergessen. Ich bin gespannt, ob er kommen kann.»

«Ich hoffe sehr. Wir sind nämlich ein bißchen knapp an attraktiven Männern. Bloß ganze Scharen alter Knacker mit Krückstökken.»

«Erzählen Sie mehr von der Hochzeit. Was haben Sie denn für Pläne?»

«Also...» Diana war in ihrem Element. «Wir haben uns gedacht, wir machen eine Art *fête champêtre*, draußen im Hof. Ist viel origineller als ein langweiliger Lunch drinnen. Na, du weißt schon, mit Heuballen und Faßbier und Tischen auf Böcken...»

«Und falls es regnet?»

«Oh, es wird nicht regnen. Wenigstens glaube ich das. Tut mir der Himmel doch nicht an. Traut er sich bestimmt nicht.»

Tommy lachte über ihre Selbstgefälligkeit. «Wie viele Gäste kommen denn zu diesem Festschmaus?»

«Das haben wir im Zug mal überschlagen, nicht wahr, Loveday Darling? Die Kirche von Rosemullion faßt zur Not achtzig Personen, also sollten es nicht mehr sein. Für die Kirche haben wir uns Krüge voller Wildblumen und Girlanden aus Wiesenkerbel gedacht. Und Getreidegarben mit weißen Schleifen am Ende jeder Bank. Richtig ländlich. Tommy, warum ziehst du so ein Gesicht?»

«Weil mir dabei Thomas Hardy einfällt, *Am grünen Rand der Welt.*»

«Das ist viel zu trübsinnig. Es soll weitaus fröhlicher werden.»

«Und welche Lieder werden wir singen? *Wir pflügen die Felder und säen* oder *Es woget das goldene Korn*?»

«Nicht komisch, Tommy. Jetzt gehst du zu weit.»

«Darf ich meinen Gehrock tragen, oder werde ich in Tweed mit einem Angelhaken am Hut erwartet?»

«Du kannst anziehen, was du willst. Meinetwegen auch Kord und Sackleinen, wenn es dich glücklich macht.»

«Alles, was dich glücklich macht, macht auch mich glücklich», erklärte Tommy, und Diana hauchte ihm einen Kuß zu und meinte, es sei vielleicht an der Zeit, den Kaffee zu bestellen.

Ihre übersprudelnde, heitere Laune hielt den Rest des Tages an, und ihre Energie und Hochstimmung rissen die beiden Mädchen mit. Nach dem Lunch löste sich die kleine Gesellschaft auf. Tommy kehrte in die Regent Street zurück, Diana und Loveday machten sich wieder auf den Weg zu Harrods, und Judith begab sich allein auf die Suche nach einem passenden Hochzeitsgeschenk für Loveday und Walter. Sie fuhr mit einem Bus zum Sloane Square und ging zu Peter Jones. Dort wanderte sie herum, erwog, Töpfe und hölzerne Kochlöffel zu kaufen, und sah sich Fußmatten und Stehlampen mit verschiedenen Schirmen an. Doch nichts von alledem erschien ihr besonders interessant oder reizvoll. Also verließ sie das Geschäft wieder und schlenderte durch das Gewirr aus schmalen Straßen nördlich der King's Road. Nach einer Weile stieß sie inmitten kleiner Pubs auf einen Trödelladen, vor dem fragwürdig anmutende antike Möbel auf dem Gehsteig standen. In dem staubigen Schaufenster lagen mit Samt ausgeschlagene Besteckkästen voller Tafelsilber zwischen absonderlichen Tassen und Untertassen, Bleisoldaten, Schachfiguren aus Elfenbein, alten Nachttöpfen, Bronzefigürchen und ganzen Stapeln verblichener Plüschvorhänge. Mit einiger Hoffnung wagte Judith sich hinein, und als sie die Tür aufstieß, schlug eine Glocke an. Drinnen roch es nach abgestandener Luft und Schimmel. Der mit bedenklich übereinandergetürmten Möbeln, Kohleneimern und Messinggongs vollgestopfte Raum war dunkel und staubig, aber aus einem Hinterzimmer tauchte eine alte Frau in einer Kittelschürze und mit einem bemerkenswerten Hut auf, schaltete ein paar trübe Lampen ein und fragte nach Judiths Wünschen. Als Judith ihr erklärte, sie suche ein Hochzeitsgeschenk, meinte die alte Frau nur: «Lassen Sie sich Zeit.» Darauf sank sie majestätisch in einen ausgeleierten Lehnsessel und zündete sich eine Zigarettenkippe an. Vorsichtig bahnte Judith sich einen Weg durch den winzigen Laden, betrachtete eingehend höchst seltsame Dinge, fand aber schließlich genau das, wonach sie Ausschau gehalten hatte. Zwölf flache Teller aus Mason-Steingut, nicht angeschlagen und in einwandfreiem Zustand, die satten Blautöne noch so leuchtend wie die See und auch die warmen Rottöne noch kein bißchen verblaßt. Sie waren dekorativ und zugleich nützlich. Falls Loveday nicht von ihnen essen wollte, konnte sie sie allemal auf einer Etagere zur Schau stellen.

«Die möchte ich gern nehmen.»

«Schön so!» Die alte Frau warf die Zigarettenkippe auf den Fußboden, trat sie mit dem Absatz ihres Hausschuhs aus und stemmte sich aus dem Lehnsessel hoch. Es dauerte eine Weile, bis die Teller verpackt waren. Jeder wurde in Zeitungspapier eingewickelt und in einen ausgedienten Lebensmittelkarton gelegt, der am Ende ganz schön schwer war. Judith bezahlte, hievte ihre sperrige Last hoch und stapfte damit wieder in Richtung King's Road, wo sie nach kurzem Warten ein Taxi ergatterte, das sie zu den Mews zurückbrachte.

Mittlerweile war es beinahe halb vier, doch es verging noch eine weitere Stunde, ehe Diana und Loveday, mit Päckchen und Paketen beladen, wiederkamen, sich lautstark über ihre schmerzenden Füße beklagten, aber – o Wunder! – noch immer miteinander redeten. Sie hatten großen Spaß gehabt, ihr Einkaufsbummel war erfolgreich gewesen, und nun lechzten sie beide nach einer Tasse Tee. Also setzte Judith den Kessel auf, deckte ein Tablett, servierte heißen Toast mit Butter, und während der nächsten halben Stunde wurden all die hübschen neuen Sachen, die sie eingekauft hatten, gezeigt und begutachtet. Als Loveday endlich fertig war und das ganze Wohnzimmer unter einer Flut von Kleidungsstücken und Seidenpapier versank, holte Judith den Karton hervor, den sie hinter einem Sofa versteckt hatte, und stellte ihn vor Loveday auf den Fußboden. «Dein Hochzeitsgeschenk.» Der erste Teller wurde ausgepackt und von Mutter und Tochter mit erfreulicher Begeisterung bestaunt und bewundert.

«Oh, die sind himmlisch!»

«Pack nicht weiter aus. Sie sind alle gleich, und es sind zwölf Stück.»

«Sagenhaft! Du hättest mir nichts Schöneres schenken können. Wir haben auch nach Tellern geguckt, aber sie waren alle in gräßlich zweckmäßigem Weiß. Die sind richtig hübsch. Wunderschön. Wo hast du die denn aufgetrieben?»

Judith erzählte es. Dann sagte sie: «Aber ich fürchte, du mußt sie im Zug mitnehmen. Sie sind entsetzlich schwer. Denkst du, du schaffst das?»

«Kein Problem. Wir finden bestimmt einen Gepäckträger oder einen Wagen oder so etwas, und Paps holt uns in Penzance ab.»

«Die sind fast zu schön, um sie zu benutzen», fand Diana.

«Ich stelle sie nur zur Schau», beschloß Loveday. «Ich lasse mir eine Anrichte mit einem Bord schenken, und da stelle ich sie drauf. Dann werden sie mein kleines Haus immer schmücken. Danke, Judith Darling. Vielen Dank.»

Also waren alle zufrieden. Sie saßen noch eine Weile, tranken Tee und aßen Toast, bis Diana auf die Uhr blickte und erklärte, es sei nun an der Zeit, daß sie sich für den Abend zurechtmachten, denn Tommy hatte Karten für die Revue *Strike it Again* besorgt und führte sie alle ins Theater aus.

Bei dieser ganzen vergnüglichen Betriebsamkeit traf Judith erst am folgenden Morgen Diana allein an. Loveday war noch nicht aufgestanden, und so saßen die beiden gemeinsam am Küchentisch – bei einem richtigen Frühstück mit gekochten Eiern aus Nancherrow und reichlich frischgebrühtem Kaffee. Und erst da konnten sie über ernstere Dinge als über Lovedays Hochzeit reden, vor allem über das Schicksal der Familie Dunbar, die im Fernen Osten den Angriffen der Japaner ausgesetzt war.

Diana wollte jede Einzelheit wissen, was passiert war und wann es passiert war. Sie zeigte so viel Mitgefühl und nahm so großen Anteil, daß es Judith nicht allzu schwer fiel, über die traurigen Ereignisse zu sprechen, die in der letzten zu ihr durchgesickerten Nachricht gipfelten, daß die *Rajah of Sarawak* Australien nie erreicht hatte.

«Meinst du, ihr Schiff ist torpediert worden?»

«Das muß wohl so sein, auch wenn es keine offizielle Bestätigung dafür gibt.»

«Wie schrecklich! Deine arme Mutter. Danke, daß du mir's erzählt hast. Manchmal ist es gut, wenn man mit jemandem reden kann. Als wir gestern alle zusammen waren, wollte ich nicht danach fragen, weil es mir unangebracht schien. Außerdem sollte das gestern Lovedays Tag sein. Ich hoffe, du hast mich nicht für oberflächlich und lieblos gehalten. Was auch geschehen mag, du weißt, daß wir immer für dich da sind. Edgar und ich. Für uns bist du wie eine eigene Tochter. Falls du jemals das Bedürfnis hast, dich bei jemandem auszuweinen, brauchst du nur ans Telefon zu gehen.»

«Das weiß ich. Ist lieb, daß Sie das sagen.»

Diana seufzte, stellte die Kaffeetasse ab und griff nach einer Zigarette. «Ich fürchte, man muß einfach weiterhin das Beste hoffen.» Wie sie da saß, in ihrem Morgenrock aus pfirsichfarbenem Satin und ohne jede Schminke in dem hübschen Gesicht, sah sie auf einmal unermeßlich traurig aus. Judith wartete darauf, daß sie Gus erwähnte, denn sein Name hing unausgesprochen zwischen ihnen. Doch Diana schwieg, und Judith wurde klar, falls sie aufrichtig miteinander reden wollten, mußte sie den Anfang machen. Das erforderte einigen Mut, denn immerhin bestand die Möglichkeit, daß Diana sich ein Herz faßte und ihr ihre Zweifel an Lovedays Entscheidung anvertraute. Judith scheute sich vor derlei Vertraulichkeiten, weil sie dadurch in einen furchtbaren Loyalitätskonflikt geraten könnte.

«Ich bin seit eh und je der Meinung, Hoffnung ist ein zweischneidiges Schwert», sagte sie. «Loveday hat die Hoffnung aufgegeben, nicht wahr? Sie ist sich sicher, daß Gus tot ist.»

Diana nickte. «Ich weiß. Absolut davon überzeugt. Zu tragisch. Aber was soll man dazu sagen? Ich nehme an, wenn sie das so deutlich spürt, wird er wohl wirklich ums Leben gekommen sein. Sie standen einander so nahe, weißt du. Vom ersten Augenblick an. Es hat Freude gemacht, sie zu beobachten, ganz unglaublich. Er tauchte wie aus heiterem Himmel auf Nancherrow auf, und es war, als wäre er schon immer da gewesen. So ein stiller, reizender Junge und dabei ein derart begabter Künstler. Und so verliebt. Sie haben nie versucht, ihre Liebe zu verbergen.»

Sie versank in Schweigen. Judith rechnete damit, daß sie weitersprechen würde, doch anscheinend hatte sie dazu nichts mehr zu sagen. Gus war spurlos verschwunden, Loveday erwartete von Walter ein Baby und würde ihn demnächst heiraten. Es war zu spät, noch länger darüber nachzudenken, Zweifel zu hegen. Diana und Edgar hatten sich damit abgefunden, und niemand, nicht einmal Judith, würde je erfahren, was sie wirklich empfanden.

«Vielleicht hat Loveday ja recht», erklärte Judith nach einer Weile. «Man kann sein Leben nicht gut auf Hoffnungen aufbauen. Aber die Alternative ist so undenkbar, und wenn man sonst nichts

854

mehr hat...» Ohne zu überlegen, fügte sie hinzu: «Jeremy sagt, es ist wichtig, daß man an seinen Hoffnungen festhält.» Im nächsten Augenblick hätte sie sich am liebsten die Zunge abgebissen, denn Diana war sofort hellhörig geworden.
«Jeremy? Wann hast du Jeremy getroffen?»
«Ach, irgendwann.» Judith war wütend auf sich selbst und rang um Fassung. «Muß im Januar gewesen sein. Ich kann mich nicht mehr genau erinnern. Kurz bevor Singapur gefallen ist. Er hatte in London zu tun.»
«Wir haben ihn seit Ewigkeiten nicht mehr gesehen. Ging es ihm gut?»
«Ja, ich denke schon. Er ist befördert worden. Oberstabsarzt.»
«Jetzt, wo du es erwähnst, glaube ich, sein Vater hat's Edgar erzählt. Kluger Junge. Ich muß ihm unbedingt eine Einladung zur Hochzeit schicken. Wo ist er denn?»
«Keine Ahnung.»
«Hast du eine Adresse?»
«HMS *Sutherland*, c/o Hauptpostamt London.»
«Zu vage. Das sagt überhaupt nichts aus. Ach, dieser verdammte Krieg. Jeder woanders. In alle Winde zerstreut. Wie Schrapnellkugeln.»
«Ich weiß», sagte Judith verständnisvoll. «Aber es gibt wohl nicht viel, was wir dagegen tun können.»
Plötzlich lächelte Diana. «Judith Darling, was bist du doch für ein vernünftiges Mädchen. Du hast ja so recht. Jetzt gieß mir noch eine Tasse Kaffee ein, und dann überlegen wir, was wir mit diesem schönen Morgen anfangen. Tommy möchte uns alle zum Lunch einladen, aber falls wir Loveday aus dem Bett bekommen, reicht es uns noch für einen Spaziergang im Park... Komm, verschwenden wir keine Zeit...»

UND DAMIT waren sie wieder im alten Fahrwasser. Doch an jenem Abend, auf dem Rückweg nach Portsmouth, saß Judith im Zug, blickte aus dem Fenster und dachte über die erstaunlichen Ereignisse der vergangenen zwei Tage nach. Loveday und Walter. Verheiratet. Ein Ehepaar. Wieder allein, ohne die mitreißende Unterhaltung bei den gemeinsamen Mahlzeiten und ohne quicklebendige Gesellschaft, spürte sie, wie die Euphorie dieses Wochenendes verebbte und ihre eigenen Vorbehalte zurückkehrten. Loveday war – schon immer – eine ganz besondere Freundin, aber Judith kannte auch ihre Unberechenbarkeit und ihren Eigensinn nur zu gut. Am meisten fürchtete Loveday sich seit langem davor, daß der Krieg sie auf die eine oder andere Weise aus Nancherrow vertreiben könnte. Die Angst, eingezogen zu werden, reichte schon, sie in Panik zu versetzen. Nachdem sie glaubte, Gus sei tot und für immer verloren, hatte sie keinen Grund mehr, sich nicht Walter zuzuwenden. Mit ihm verheiratet, konnte sie für immer unbehelligt auf Nancherrow bleiben. Es war nicht schwierig, Lovedays Überlegungen nachzuvollziehen. So hoffte Judith nur, daß das, was sie ihr erzählt hatte, auch stimmte. Daß es wirklich Walter war, der sie auf dem Heuboden verführt hatte, und daß nicht Loveday, die Risiken abwägend, ihn verführt hatte.

Zwei Wochen später erhielt Judith die offizielle Einladung zu Lovedays Hochzeit. Sie fand sie, als sie von Whale Island ins Quartier zurückkam, in ihrem Fach vor, wo sie, auffallend groß, zwischen der übrigen Post steckte. Allem Anschein nach hatte Diana keine Zeit verloren. Ein dicker, seidengefütterter Umschlag und ein Doppelblatt erlesenen Papiers mit Wasserzeichen. Judith hatte längst vergessen, daß es so edles Papier überhaupt gab, und sie malte sich aus, wie Diana erst den Händler beschwatzt hatte, etwas von seinen kostbaren Vorkriegsbeständen herauszurücken, und dann dem Drucker in den Ohren gelegen hatte, ihren Eilauftrag so schnell wie möglich zu erledigen. Das Ergebnis war ein Wunder an aufwendigem Prägedruck, fast königlich in seiner Pracht. Das sollte deutlich zeigen, daß dieses Ereignis keineswegs heruntergespielt wurde.

> *Colonel und Mrs. Edgar Carey-Lewis*
> GEBEN SICH DIE EHRE,
> SIE ZUR HOCHZEIT IHRER TOCHTER
> *Loveday*
> MIT
> *Mr. Walter Mudge*
> IN DER PFARRKIRCHE VON ROSEMULLION,
> AM SAMSTAG, DEM 30. MAI 1942,
> UND ZUR ANSCHLIESSENDEN FEIER
> AUF NANCHERROW EINZULADEN.
>
> *R.s.v.p.*
> NANCHERROW
> ROSEMULLION
> CORNWALL

In dem Umschlag lag noch ein langes Schreiben von Loveday. Judith ging in ihr Zimmer hinauf, steckte die Einladung an den Spiegel über der Kommode und setzte sich auf ihr Bett, um den Brief zu lesen.

14. Mai, Nancherrow

Liebste Judith,
war wirklich lieb von Dir, daß Du nach London gekommen bist und daß Du so süß warst. Wir haben uns sehr gefreut, Dich wiederzusehen. Da ist die Einladung. Ist sie nicht toll? Mama ist ein Schatz, sie muß immer alles im großen Stil machen.
Hier geht es zu wie in einem Zirkus mit drei Manegen, weil wir alles in so kurzer Zeit schaffen müssen. Ich arbeite aber immer noch mit Walter, denn Mama und Mary und Mrs. Nettlebed sind viel tüchtiger als ich, und außer stillhalten, wenn Mary mich mit

Stecknadeln piesackt (das Konfirmationskleid sieht gar nicht so übel aus), kann ich sowieso nicht viel mehr tun, als ihnen im Weg zu stehen. Wenn wir nicht auf dem Bauernhof arbeiten, versuchen Walter und ich den Garten vom Cottage aufzuräumen. Er hat mit dem Traktor einen Haufen alte Bettgestelle, kaputte Kinderwagen, Eimer ohne Boden und sonstiges überflüssiges Gerümpel abtransportiert, dann alles umgepflügt und Kartoffeln gesetzt. Er nennt das «den Boden säubern». Hoffentlich sät er, sobald die Kartoffeln draußen sind, ein bißchen Gras oder so was, damit wir einen Rasen kriegen. Die Bauarbeiter nehmen das Cottage regelrecht auseinander. (Ich glaube, Paps hat seine Beziehungen zum Grafschaftsrat spielen lassen, was gar nicht seine Art ist, aber die Baubeschränkungen sind so rigoros, daß wir, wenn er seine Beziehungen nicht genutzt hätte, auf keinen grünen Zweig gekommen wären.) Jedenfalls ist alles demoliert und dann wieder zusammengesetzt worden, und außer den zwei Zimmern gibt es jetzt auf der einen Seite noch ein Badezimmer und hinten eine Art Dreckfang mit einem Steinboden, wo Walter seine Stiefel abstellen und seine Arbeitsklamotten aufhängen kann. Außerdem kriegen wir einen neuen Herd und neue Fußböden. Ich glaube, es wird furchtbar gemütlich.

Mama und Paps schlagen sich Abend für Abend damit herum, die Gästeliste zusammenzustellen, weil wir doch die Anzahl so begrenzen müssen. Paps ist furchtbar fair, vierzig von unseren Freunden und vierzig von den Mudges. Auf jeden Fall sind alle richtigen Leute eingeladen, der Lord Lieutenant, Biddy und Phyllis, der liebe Mr. Baines, Dr. und Mrs. Wells und verschiedene andere enge Freunde. Bei den Mudges ist es ein bißchen kniffliger, sie haben nämlich so viele Verwandte, weil, soweit ich das überblicke, Cousins und Cousinen untereinander geheiratet haben. Du hörst aber sicher gern, daß die Warrens als angeheiratete entfernte Verwandte ebenfalls kommen werden. Ich hab auch Heather geschrieben und sie eingeladen, aber sie behauptet, sie kann nicht weg. Bin ich froh, daß ich nicht in ihrem gräßlichen Geheimdienst arbeite, sie scheint so gut wie kein Privatleben zu haben.

Es wird Dich auch freuen, zu erfahren, daß Mrs. Mudge sich
eigens für diesen Anlaß ein neues Gebiß zugelegt hat. Außerdem
ein blaues Kreppkleid und einen Hut «Ton in Ton». Mit dem
Kleid, nicht mit den neuen Zähnen. Und sie hat sich einen Termin
für eine Dauerwelle geben lassen.

Mama ist absolut optimistisch, was das Wetter angeht, und
plant ihren Lunch draußen im Hof. Paps ist nicht ganz so optimistisch und bastelt unentwegt an einem sogenannten «Aus-
weichplan», der vorsieht, den ganzen Zauber ins Eßzimmer
zu verlagern, falls der Himmel doch seine Schleusen öffnet. Mrs.
Nettlebed wollte ja alles selbst machen, aber bei der Rationierung ist das einfach nicht drin, deshalb haben wir einen Party-
dienst aus Truro bestellt, dem Mama schon genau gesagt hat, was
er liefern und was er nicht liefern darf. Und der Lord Lieutenant
hat ein paar Lachse versprochen, so daß, mit ein bißchen Glück,
der Lunch nicht zu übel ausfällt.

Champagner gibt es allerdings nicht, weil wir keinen auftreiben können und Paps sagt, seine letzte Kiste will er aufheben, bis
Rupert heimkommt und der Krieg zu Ende ist. Aber er hat
irgendeinen fröhlich perlenden Wein (vielleicht aus Südafrika?)
und ein Faß Bier.

Mr. Mudge hat Paps anvertraut, er habe ein Fäßchen puren
Branntwein in seinem Garten vergraben, und ihn als zusätzliche
alkoholische Erfrischung angeboten. Anscheinend hat er ihn vor
ein paar Jahren nach einem Schiffbruch aus den Klippen gefischt
und vor den Leuten vom Zoll und von der Steuer versteckt. Zu
aufregend. Daphne du Maurier läßt grüßen. Wer hätte ihm das
zugetraut? Paps hielt es allerdings für ein bißchen gefährlich, unseren Gästen puren Branntwein vorzusetzen, deshalb hat er
Mr. Mudge erklärt, das Fäßchen sollte besser bleiben, wo es ist.

War aber trotzdem furchtbar großzügig.

Mr. Nettlebed ist vielleicht komisch! Man hätte meinen sollen,
bei den ganzen Vorbereitungen für den gesellschaftlichen Trubel
wäre er so richtig in seinem Element, aber nein, seit dem Moment, in dem wir unsere Verlobung bekanntgegeben haben, war
seine größte Sorge nur, was Walter wohl anziehen würde. Kannst

Du Dir das vorstellen? Walter wollte eigentlich den einzigen Anzug tragen, den er besitzt und in dem er manchmal zu Beerdigungen geht, obwohl ich ja zugeben muß, daß er ein bißchen seltsam aussieht, weil er einmal einem Onkel gehörte, der längere Beine als Walter hatte, und Mrs. Mudge nie dazu gekommen ist, die Hose kürzer zu machen. Schließlich robbte sich Nettlebed im Pub von Rosemullion an Walter ran, ließ ein paar Bier springen und überredete ihn dazu, die Sache ihm zu überlassen. Letzten Samstag waren sie miteinander in Penzance, und Nettlebed schleppte Walter zu Medways und brachte ihn dazu, sich einen neuen grauen Flanellanzug auszusuchen, an dem der Schneider sofort noch eine Kleinigkeit ändern mußte, so daß er richtig schick aussieht. Dazu ein cremefarbenes Hemd und eine Seidenkrawatte. Walter hatte zwar die Bezugsscheine, aber Nettlebed hat die Sachen bezahlt und gesagt, das sei ein Hochzeitsgeschenk. Wie liebenswürdig! Und seither macht Nettlebed ein Gesicht, als wäre ihm jetzt viel leichter ums Herz, und er kann sich endlich darauf konzentrieren, Löffel und Gabeln abzuzählen und Weingläser zu polieren.

Jetzt hab ich Dir soviel geschrieben und mich noch immer nicht anständig für die Teller bedankt. Wir haben sie heil nach Hause gebracht, und ich glaube, Mrs. Mudge schenkt uns eine Anrichte, die einmal ihrer Mutter gehört hat. Da kann ich sie draufstellen, und da sehen sie sicher ganz toll aus. War wirklich wahnsinnig lieb von Dir. Walter gefallen sie übrigens auch. Wir haben schon mehr Hochzeitsgeschenke bekommen: ein Paar Bettlaken (noch mit dem blauen Band drum herum, also unbenutzt, aber entsetzlich schmuddelig, weil sie wohl schon jahrelang in irgendeinem Schrank gelegen haben), dann noch ein Kissen in einer Hülle aus gestrickten Quadraten, einen Fußabstreifer und eine niedliche georgianische Teekanne aus Silber.

Hoffentlich ist Dein Urlaub inzwischen genehmigt worden, wir brauchen Dich nämlich dringend, weil wir möchten, daß Du mit Biddy zusammen die Kirche schmücken hilfst. Das kann erst am Freitag abend gemacht werden, weil es lauter Wildblumen sind und die so schnell verwelken. Biddy hat schon zugesagt. Wann kommst Du denn an?

*Clementina wird Brautjungfer. Sie ist ja noch viel zu klein,
aber Athena besteht darauf. Bloß weil sie ein altes Kleidchen von
mir gefunden hat, aus weißem Musselin mit rosa gesmokter
Passe, und es kaum abwarten kann, ihre Tochter damit heraus-
zuputzen. Ich wollte, Du wärst jetzt schon da und könntest bei
dem ganzen Spaß mitmachen.*

Alles Liebe
Loveday

*P.S.: Wir haben ein Telegramm von Jeremy Wells gekriegt, er
wünscht uns Glück, kann aber zur Hochzeit nicht kommen.*

Nachdem Korvettenkapitän Crombie am folgenden Morgen die
eingegangenen Meldungen überflogen und ein paar Briefe unterschrieben hatte, rückte Judith mit ihrer Frage heraus.

«Meinen Sie, es wäre möglich, daß ich eine Weile Urlaub
nehme?»

Mit einem Ruck hob er den Kopf und blickte sie streng an. «Urlaub? Sie bitten mich jetzt um Urlaub?»

Judith war sich nicht sicher, ob er einen Scherz mit ihr trieb oder
tatsächlich ungehalten war.

«Ich möchte zu einer Hochzeit fahren» erklärte sie. «Ich *muß* zu
einer Hochzeit fahren», schob sie tapfer nach. «Sie findet am drei-
ßigsten Mai statt.»

Er lehnte sich auf seinem Stuhl zurück, verschränkte die Hände
hinter dem Kopf, und sie erwartete beinahe, daß er wie ein Reporter
in einem amerikanischen Film die in Gamaschen steckenden Stiefel
auf den Schreibtisch legte.

«Wer heiratet?»

«Eine Freundin. Sie heißt Loveday Carey-Lewis.» Als ob das irgend etwas änderte.

«Cornwall?»

«Ja.»

«Wie lange wollen Sie weg?»

«Zwei Wochen?»

Darauf grinste er und ließ sie nicht länger zappeln, so daß sie wieder festen Boden unter die Füße bekam. «Was mich betrifft, geht es in Ordnung. Sie müssen die Sache bloß mit Ihrer Kommandeurin klären.»

«Bestimmt?»

«Natürlich. Eins der anderen Mädchen kann sich solange meiner annehmen. Ich werde zwar Ihre liebenswürdige Fürsorge vermissen, aber ich werde es überleben. Wenn Sie sich recht entsinnen, versuche ich ja schon seit Monaten, Sie davon zu überzeugen, daß Sie mal Urlaub machen sollten.»

«Vorher hatte ich keinen besonderen Grund dazu.»

«Aber der ist wichtig?»

«Ja. Sehr.»

«Na, dann gehen Sie jetzt und nehmen Sie es mit Ihrer Kommandeurin auf. Sagen Sie ihr, ich habe meine Zustimmung bereits gegeben.»

«Danke.» Sie lächelte ihn an. «Wirklich sehr freundlich von Ihnen.»

Die Kommandeurin war allerdings nicht so wohlwollend.

«Marinehelferin Dunbar! Sie schon wieder? Anscheinend wohnen Sie inzwischen in meinem Büro. Was gibt es diesmal?»

Kein sehr ermutigender Anfang. Judith bemühte sich, weder zu stottern noch zu stammeln, und brachte ihre Bitte vor.

«Aber Sie haben doch eben Urlaub gehabt... Sie waren in London.»

«Das war ein kurzes Wochenende, Ma'am.»

«Und jetzt wollen Sie gleich zwei Wochen?»

«Ja, Ma'am.»

Sie sollte den Eindruck gewinnen, als verlange sie unverschämterweise Unmögliches. Schließlich wies die Kommandeurin in ihrem schärfsten Achterdeck-Tonfall darauf hin, daß, wie Dunbar sehr wohl wisse, gerade jetzt jedes Besatzungsmitglied der HMS *Excellent* bis zur Erschöpfung arbeite, einschließlich der beiden anderen Marinehelferinnen in der Ausbildungsentwicklung. Man könne wohl kaum erwarten, daß sie in der Lage seien, zu den vielen Stunden, die sie ohnehin schon bewältigen müßten, noch weitere Belastungen auf sich zu nehmen. Und überhaupt, ob Dunbar denn tatsächlich meine, daß ausgerechnet jetzt zwei Wochen Urlaub unbedingt nötig seien?

Allmählich fühlte sich Judith wie eine Verräterin oder wie eine Ratte, die ein sinkendes Schiff verläßt, und murmelte etwas von einer Hochzeit.

«Eine Hochzeit? Das ist ja wohl kaum ein dringender familiärer Grund.»

«Ich beantrage auch keinen Urlaub aus familiären Gründen.» Ein lauernder Blick der Kommandeurin, und Judith fügte schnell hinzu: «Ma'am.»

«Ist es etwa nicht in der Familie?»

«Nein. Meine beste Freundin.» Tyrannen, so erinnerte Judith sich aus ihrer Schulzeit in Porthkerris, muß man die Stirn bieten. «Ihre Eltern kümmerten sich um mich, als meine eigenen Eltern ins Ausland gingen.» Die ungläubige Miene der Kommandeurin ließ erkennen, daß sie vermutete, Marinehelferin Dunbar versuche, ihr einen Bären aufzubinden. «Ich habe nur noch eine Tante, und die möchte ich besuchen. Im übrigen steht mir Urlaub zu. Den letzten habe ich vor Weihnachten gehabt, Ma'am.»

Die Kommandeurin warf einen Blick auf Judiths Karteikarte. «Haben Sie schon mit Korvettenkapitän Crombie gesprochen?»

«Ja. Er sagt, es geht in Ordnung, falls Sie einverstanden sind.»

Betont nachdenklich nagte die Kommandeurin an ihrer Unterlippe. Judith, die in unterwürfiger Haltung auf der anderen Seite des Schreibtisches stand, überlegte, wie befriedigend es jetzt wäre, den stabilen Eingangskorb zu packen und ihn der Frau auf den Bubikopf zu schmettern. Schließlich stieß die Kommandeurin einen tiefen Seufzer aus. «Na schön. Aber nur sieben Tage. Das müßte Ihnen ja mehr als reichen.»

Miese alte Fuchtel! «Vielen Dank, Ma'am.» Sie steuerte die Tür an, doch noch ehe sie imstande war, sie zu öffnen, rief ihr die Kommandeurin nach:

«Dunbar!»

«Ja, Ma'am.»

«Sie sollten sich die Haare schneiden lassen. Sehen ziemlich unordentlich aus. Reichen schon bis zum Kragen.»

«Ja, Ma'am.»

«Gut. Sie können abtreten.»

«Eine Woche?» wiederholte Korvettenkapitän Crombie, als Judith ihm von dem unerfreulichen Gespräch berichtete. «Was um alles in der Welt hat denn die alte...» Er bremste sich gerade noch rechtzeitig. «Was hat sich die Kommandeurin denn dabei gedacht? Es gibt überhaupt keinen Grund, weshalb Sie nicht vierzehn Tage nehmen sollten. Ich rede mit ihr.»

«Oh, lieber nicht», flehte Judith und malte sich eine peinliche Machtprobe mitten in der Offiziersmesse aus. «Falls Sie mit ihr reden, verzeiht sie mir das nie. Dann meint sie, ich hätte Sie aufgehetzt.»

«Aber eine Woche... Da kommen Sie ja kaum hin und zurück.»

«Es reicht schon. Das ist eine Menge Zeit. Ich fahre am Donnerstag, und am Donnerstag darauf bin ich wieder hier. Bitte sagen Sie nichts, sonst läßt sie sich noch irgendeine Krise einfallen und verhängt eine totale Urlaubssperre.»

«Das gelingt selbst ihr nicht.»

«Da wäre ich mir nicht allzu sicher. Sie hat sogar verlangt, daß ich mir die Haare schneiden lasse.»

«Ich finde Ihr Haar großartig, so wie es ist», erklärte Korvettenkapitän Crombie, was sie beide erstaunte. Judith blickte ihn verwundert an, und er war offenbar von seiner spontanen Bemerkung selbst überrascht, denn er machte sich plötzlich auf seinem Schreibtisch zu schaffen und rückte überflüssigerweise ein paar Papiere zurecht. «Also...» Er räusperte sich. «Unter diesen Umständen lassen wir die Sache besser auf sich beruhen. Müssen Sie eben versuchen, jeden Tag zu nutzen, so gut es geht.»

«Keine Bange.» Judith lächelte ihn herzlich und voller Zuneigung an. «Das mache ich.»

Sie ging hinaus, schloß die Tür hinter sich, und als er wieder allein war, brauchte er einen Moment, um sich zu beruhigen. Er bedauerte seine unbesonnene Äußerung zutiefst. Sie war ihm einfach herausgerutscht, aber Judith war schließlich ein so charmantes und attraktives Mädchen. Cornwall. Sie besaß dort ein eigenes kleines Haus. Das wußte er, weil sie ihm davon erzählt, es ihm beschrieben hatte. Für kurze Zeit gönnte er sich den seltenen Luxus, in seiner Phantasie zu schwelgen, und gestattete sich, wie ein junger Mann davon zu träumen, sie habe ihn eingeladen, mit ihr mitzukommen, und nichts würde ihn davon abhalten. Alles zurücklassen, die Verantwortung für die Royal Navy, seinen Job, seine Frau und seinen Sohn. *Ein Sommer am Meer.* Gemeinsam würden sie die Steilküste entlangwandern, sich vom Wind durchwehen lassen, im blauen Atlantik schwimmen, in reizenden kleinen Gasthöfen speisen, bei Kerzenlicht; nachts das Rauschen der Brandung im Ohr, das durch die geöffneten Fenster hereindrang...

Da schrillte sein Telefon und riß ihn in die grausame Wirklichkeit zurück. Er streckte die Hand nach dem Hörer aus. «A.A.E.», bellte er hinein, und am anderen Ende der Leitung meldete sich sein Kommandeur.

Der Traum verblaßte und entschwand, was letzten Endes wahrscheinlich nur gut war.

Dower House
Rosemullion
Cornwall
Sonntag, 31. Mai

Mein geliebter Bob,
also, die Hochzeit ist vorüber und das glückliche Paar für drei Flittertage ins Castle-Hotel von Porthkerris abgereist.

Gott, hab ich Dich vermißt und mir gewünscht, Du wärst dabei, nicht bloß wegen des Ereignisses, sondern meinetwegen. Ich bin noch nie ohne Dich bei einer Hochzeit gewesen und hab mich sehr komisch gefühlt. Ich darf hinzufügen, daß Dich alle vermißt haben und daß ich ein kleines Gebet für Dich gesprochen habe, wo Du doch da oben in Scapa Flow festsitzt. Jetzt bin ich allein hier. Judith, Phyllis und Anna sind mit einem Picknickkorb in die Bucht von Nancherrow hinuntergegangen, also kann ich Dir in Ruhe schreiben und Dir alles über die Hochzeit erzählen, solange die Erinnerung noch frisch ist.

Ich fang mal mit dem Donnerstag an, als Judith ankam. Es war ein ziemlich düsterer, verregneter Tag, aber ich habe sie mit dem Auto in Penzance vom Riviera-Expreß abgeholt. Sie hatte eine recht anstrengende Reise hinter sich, weil sie in Bristol umsteigen und zwei Stunden auf den Zug aus London warten mußte. Während ich auf dem Bahnsteig stand, war mir ein bißchen mulmig. Ich hatte sie monatelang nicht gesehen, und seit wir zum letztenmal zusammen waren, sind so viele wirklich erschütternde Dinge passiert, daß ich schon Angst hatte, sie könnte sich irgendwie verändert haben, vielleicht verschlossen sein, oder es könnte eine Barriere zwischen uns geben. Wir haben einander immer so nahe gestanden, und ich möchte eigentlich, daß sich das nie ändert. Aber es war alles in Ordnung, obwohl ich erschrocken bin, wie blaß und dünn sie geworden ist. Ich nehme an, das braucht einen nicht zu wundern, weil sie eine so grauenhafte Zeit durchgestanden hat (und noch durchsteht).

Jedenfalls sind wir ins Dower House gefahren, und sie hat sich aufgeführt wie ein Schulmädchen, das für die Ferien heimkommt, das heißt, sie hat sich die Uniform runtergerissen und bequeme alte Klamotten angezogen, dann ist sie von Zimmer zu Zimmer gegangen, hat aus den Fenstern geschaut, die Möbel angefaßt und sich mit jeder Einzelheit ihres eigenen kleinen Reichs wieder vertraut gemacht. Ich muß zugeben, es sah auch alles bestens aus. Phyllis hat geschuftet wie eine Sklavin, Böden gewienert, Vorhänge gewaschen, Unkraut gejätet, und Judiths Schlafzimmer glänzte nur so.

An dem Abend ging ich, als sie schon im Bett war, ihr eine gute Nacht wünschen, und dann saßen wir da und redeten stundenlang. Hauptsächlich über Molly und Bruce und Jess. Sie ist fest entschlossen, die Hoffnung nicht aufzugeben, aber ich kann mir nicht vorstellen, daß wir auch nur von einem von ihnen was hören, bevor die Feindseligkeiten zu Ende sind. Dann sprachen wir auch noch über Ned und Edward Carey-Lewis, und ich habe sie nach ihrem Liebesleben gefragt, sie scheint aber keins zu haben und vorerst auch keins zu wollen. Sie ist wohl vorsichtig. Gebranntes Kind scheut das Feuer. Ist ja auch verständlich. Also

866

unterhielten wir uns statt dessen über Loveday und Walter. Wir sind beide nicht besonders glücklich über diese Heirat, würden es aber keiner Menschenseele eingestehen, nicht einmal Phyllis. Und schon gar nicht Diana oder Edgar Carey-Lewis, die nach wie vor so tun, als heirate Loveday den einzigen Mann, den auch sie für sie ausgesucht hätten. Hut ab vor ihnen! Na, sei's drum, uns geht es schließlich nichts an, obwohl ich glaube, es wäre uns beiden wohler, wenn Loveday kein Baby bekäme. Um halb eins hab ich Judith dann einem Glas heißer Milch und einer Schlaftablette überlassen, und am nächsten Morgen sah sie schon ganz anders aus, nicht mehr so angespannt und schon ein bißchen Farbe in den Wangen. Was für ein heilsamer Ort!

Am Freitag fuhr sie dann mit dem Fahrrad nach Nancherrow, um alle zu besuchen und Lovedays neues Haus zu besichtigen, das allerdings noch nicht fertig ist. Während sie fort war, kreuzte Phyllis' Mum auf. Sie hatte sich vom Gemüsewagen aus St. Just mitnehmen lassen, um Anna für das Wochenende zu holen, weil die nicht zur Hochzeit eingeladen war und Phyllis ohne die Kleine an ihrem Rockzipfel viel mehr Spaß daran haben würde, was ja dann auch der Fall war. Nachmittags haben wir Wildblumen für die Kirche gesammelt und sie am Abend damit geschmückt. Athena, Diana und Mary Millyway waren auch da, und wir haben gearbeitet, bis es dunkel wurde und wir nicht mehr sehen konnten, was wir machten. Dann haben wir die Reste zusammengefegt und sind nach Hause.

Samstag. Tag der Hochzeit! Und ob Du's glaubst oder nicht, alle Wolken waren weggeblasen und es war das herrlichste Wetter. Ich konnte mir richtig vorstellen, wie Diana vor Freude gejauchzt hat. Soviel Glück kann auch nur sie haben. Nach einem späten Frühstück haben wir alle unseren schon ziemlich abgetragenen Hofstaat angelegt, den ich Dir nicht beschreibe, weil ich ich mir sicher bin, daß Dich das nicht im mindesten interessiert. Nur eins: Judith hatte keinen Hut, deshalb setzte sie den alten Florentiner auf, den Lavinia Boscawen früher beim Gärtnern getragen hatte. Phyllis putzte ihn mit einem rosaroten Band auf, und Judith sah damit absolut süß aus.

Dann also die Hochzeit. Wir gingen zu Fuß den Hügel hinunter, und das einzige, was fehlte, war Glockengeläut. Ich muß zugeben, die Kirche sah wirklich hübsch aus, mit Girlanden aus Wiesenkerbel und Geißblatt und großen Krügen voll weißer Margeriten. Allmählich füllten sich die Reihen, bis auch der letzte Platz besetzt war. Die eine Seite ziemlich elegant, sogar in Cuts, die andere nicht ganz so förmlich, aber dafür doppelt so aufgedonnert, mit reichlich Nelken und Frauenhaarfarn an wogenden Busen. Diana ein Traum in zart türkisfarbener Seide und der Colonel ungemein würdevoll in einem grauen Gehrock. Athena Rycroft hatte ein helles Kostüm an, und die kleine Clementina Rycroft war eine ziemlich untaugliche Brautjungfer, zog vor dem Portal Schuhe und Strümpfe aus, kratzte sich am Hintern, als sie durch den Mittelgang stapfte, und landete schließlich bonbonlutschend auf Mary Millyways Schoß.

Braut und Bräutigam gaben ein unglaublich attraktives Paar ab. Walter sieht wirklich sehr gut aus, rassig wie ein Zigeuner, außerdem hatte er sich die Haare schneiden lassen und war frisch rasiert. Sein Trauzeuge war ein bißchen grobschlächtig, schaffte es aber immerhin, die Ringe nicht fallen zu lassen, und Loveday sah bezaubernd aus, in weißem Voile mit weißen Strümpfen und weißen Ballerinaschuhen. Kein Schleier, kein Schmuck. Nur ein Kranz aus Margeriten auf dem glänzenden, dunklen Haar.

Danach, als alles gut überstanden war, wurden vor der Kirche noch ein paar Fotos geschossen, ein bißchen Konfetti verstreut, und das glückliche Paar fuhr (mit Nettlebed am Steuer) in Dianas offenem Bentley davon. Wir anderen quetschten uns auf den beiden offenen Pferdefuhrwerken zusammen, die Edgar Carey-Lewis bereitgestellt hatte, und wer dann noch übrig war, ließ sich in irgendeinem Auto mitnehmen. (Hetty, das Küchenmädchen von Nancherrow, das ein bißchen einfältig ist, schaffte es, in den Wagen des Lord Lieutenant zu hopsen. Vielleicht ist sie doch nicht ganz so einfältig, wie sie ausschaut.)

Nancherrow machte einen recht festlichen Eindruck, oben am Fahnenmast knatterte ein Union Jack, und überall waren Blumen, drinnen und draußen. Der Hof, in der prallen Sonne und

windgeschützt, sah mit den Heuballen an den Wänden ganz verändert aus. Die Tauben flatterten herum, und der Taubenschlag, mit meterlangen, bunten Bändern geschmückt, erinnerte
an einen Maibaum. Lange Tische waren mit weißem Damast
und dem besten Silber für den Lunch gedeckt. Und das Wichtigste, die Bar, bog sich unter Flaschen und Gläsern, und außerdem wurde Faßbier ausgeschenkt. Die Serviermädchen des Par-
tydienstes schwirrten emsig wie die Bienen umher, und schon
bald hatte jeder ein Glas in der Hand und der Spaß begann.

So gegen halb drei machten wir uns an den Lunch, und trotz
der Rationierung und aller Einschränkungen war es ein richtiger Festschmaus. Jeder hatte dazu beigesteuert, was er konnte,
deshalb gab es auch kalten Lachs und Schweinebraten und
wundervolle Desserts mit Schlagsahne. Ich saß zwischen
Mr. Baines, Judiths Anwalt, und Mr. Warren aus Porthkerris,
und uns ging der Gesprächsstoff nicht aus. Das Essen dauerte
recht lange, aber schließlich erhob sich der Lord Lieutenant und
brachte einen Trinkspruch aus. Inzwischen war ein Großteil der
Männer (ganz zu schweigen von den Frauen) schon ziemlich in
Fahrt, und er erntete große Zustimmung, viel Beifall und ein
paar Buhrufe, die aber schnell zum Schweigen gebracht wurden.
Auch Walter hielt eine Ansprache (angemessen), dann sein
Trauzeuge (verquast), und danach amüsierten wir uns prächtig
weiter. Kurz vor fünf merkten wir plötzlich, daß sich das Braut-
paar gerade verzog. Also rannten wir alle zur Haustür und warteten darauf, daß sie auftauchten. Was sie auch bald taten.
Loveday warf ihren Brautstrauß Judith zu, die ihn geschickt
auffing. Dann setzte sich das Paar wieder in den Bentley, und
Nettlebed kutschierte die beiden feierlich bis zum Ende der Auffahrt, wo sie in Mr. Mudges alten Wagen umstiegen und nach
Porthkerris davonratterten.

(Ich bin froh, daß Nettlebed sie nicht bis Porthkerris fahren
mußte, denn zum erstenmal in seinem Leben hatte er sich vergessen und viel zuviel getrunken. Nettlebed ist beschwipst
wahrlich ein sehenswerter Anblick, würdig wie immer, selbst
wenn er ein bißchen unsicher auf seinen Beinen steht. Irgend-

wann sah man ihn sogar mit Hetty Walzer tanzen. Man kann nur hoffen, daß Mrs. Nettlebed ihm letzten Endes diesen Fehltritt verzeiht.)

Und das war's dann auch. Wir verabschiedeten uns alle, kehrten ins Dower House zurück, und Judith und ich machten noch einen langen, flotten Spaziergang mit Morag, weil das arme Hundchen den ganzen Tag eingesperrt war. Danach sind wir noch einmal nach Nancherrow zu einem Abendessen im Familienkreis. Hinterher spülten wir das Geschirr vom Abendessen, weil die Nettlebeds bereits zu Bett gegangen waren.

Entschuldige, daß ich Dir alles so ausführlich erzählt habe, aber es war ein so besonderer Tag. Ein bißchen wie Wintersonnenwende, ein fröhliches Fest (die Hochzeit) inmitten eines langen, kalten, dunklen Winters (der Krieg). Ich glaube, es hat uns allen gutgetan, bedrückende Nachrichten, Langeweile, Einsamkeit und Ängste wenigstens für eine Weile aus unseren Köpfen zu verdrängen und uns einfach nur zu amüsieren.

Für mich war es auch ein Anlaß, vorauszublicken und über unsere eigenen familiären Verhältnisse nachzudenken. Falls das Schlimmste eintritt und Molly, Bruce und Jess nie mehr zu uns zurückkehren, dann glaube ich, daß wir – Du und ich und Judith – uns sehr bemühen sollten, um zusammenzubleiben. (In der Kirche habe ich mir den Tag ausgemalt, an dem sie heiraten wird, und mir vorgestellt, wie Du sie statt ihres Vaters zum Altar führst und wie ich alles organisiere, und auf einmal kam mir das furchtbar wichtig vor.) Sie hat dieses entzückende Haus, und das ist das einzig Sichere in ihrem Leben, weshalb ich meine, daß sie es nie aufgeben oder verkaufen will. Unter diesen Umständen wäre es vielleicht keine schlechte Idee, wenn wir versuchten, nach dem Krieg, sobald Du Dich endgültig zur Ruhe setzt, irgendwas nicht zu weit von Rosemullion entfernt zu finden. Vielleicht an der Helford Passage oder im Roseland? Wo Du Dir ein kleines Boot halten könntest und wir vielleicht einen Garten mit einer Palme hätten. Ich glaube nämlich nicht, daß ich jemals wieder nach Devon und Upper Bickley möchte. Das Haus birgt zu viele Erinnerungen an Ned. Hier habe ich Freundschaften geschlossen, ein neues Leben begonnen und es geschafft, mich mehr oder minder damit abzufinden, daß Ned nie mehr zu uns zurückkommt. In dieser Gegend möchte ich gern bleiben, und nach zweieinhalb Jahren glaube ich, daß ich nie mehr von hier fort will. Würde Dir das etwas ausmachen, Bob, mein Liebling? Denkst Du mal darüber nach?

Paß auf Dich auf! In Liebe
Biddy

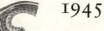

1945

Trincomalee, Ceylon. Die HMS Adelaide war das Mutterschiff der Vierten U-Boot-Flotille, ein umgebauter Handelskreuzer von gewaltiger Breite, mit dem Ruderhaus achtern. Ihr Liegeplatz war Smeaton's Cove, eine tief eingeschnittene, von zwei dschungelüberwachsenen Landzungen umschlossene Bucht. Und wie sie da tief im Wasser lag, die Stahldecks in der Hitze kochten und die kleinen U-Boote, immer eins hinter dem andern, an ihr festgemacht waren, glich die *Adelaide* zuerst und vor allem einer riesigen, erschöpften Sau, die gerade Ferkel geworfen hatte.

Befehlshabender Offizier war Captain Spiros von der Royal South African Naval Reserve, und da sein Schiff rein administrative Aufgaben erfüllte, wurden jeden Tag zwei an Land wohnende Marinesekretärinnen an Bord gebracht, um im Büro des Kapitäns Dienst zu tun, die U-Boot-Patrouillenbefehle und -Patrouillenberichte zu tippen, sich mit Flottenbefehlen der Admiralität herumzuschlagen und das Kriegstagebuch auf den neuesten Stand zu bringen. Eine der beiden war die lustlose Penny Wailes, die, ehe es sie in den Fernen Osten verschlug, zwei Jahre in Liverpool, im Hauptquartier des Befehlshabers Westliche Zugänge tätig gewesen war. Abgesehen von ihrer Arbeit an Bord der HMS *Adelaide* verbrachte sie den größten Teil ihrer Zeit in Gesellschaft eines jungen Captain der Royal Navy, der in Lager 39, ein paar Meilen nördlich von Trincomalee, stationiert war. Zu seinen Vorzügen gehörte unter anderem, daß er nicht nur ein Fahrzeug (einen Royal Marine Jeep), sondern auch ein kleines Segelboot besaß, in dem er und Penny die meisten Wochenenden verbrachten, hart am Wind über die weiten blauen Wasserflächen des Hafens brausten und unzugängliche kleine Buchten zum Schwimmen und Picknicken entdeckten.

Die zweite Marinehelferin war Judith Dunbar.

Die scheinbar glanzvolle Stellung der beiden erweckte beträchtlichen Neid bei ihren Kolleginnen, die sich jeden Morgen zu ihren öden Behörden an Land bequemen mußten: zum Marinehauptquartier, den Büros des Kapitäns der HMS *Highflyer*, der Zahlstelle und der Versorgungsbehörde. Tatsächlich aber empfanden Judith und Penny ihre Tätigkeit sowohl physisch wie psychisch als ziemlich anstrengend.

Körperlich anstrengend war sie, weil sie einen sehr langen Tag hatten. Die Matrosen arbeiteten in Wachen, nach tropischem Rhythmus, was hieß, daß die Nachmittagswache bereits um zwei zu Ende war und die Männer den drückenden Nachmittag in der Koje oder Hängematte oder an einem schattigen Plätzchen an Deck verdösen konnten und dann um vier, wenn es ein wenig abgekühlt war, schwimmen gingen. Die beiden Mädchen dagegen waren, nachdem sie schon ihr Frühstück und die Fahrt durch den Hafen hinter sich hatten, ab halb sieben Uhr morgens an Bord. Und erst abends um halb sechs kehrten sie mit der Barkasse in die Unterkunft zurück.

Die langen Stunden wären nicht gar so schlimm gewesen, hätten sie eine Dusche gehabt und sich tagsüber erfrischen können, doch aus Platzgründen, wegen der nahe gelegenen Mannschaftsräume und der vielen Männer an Bord, war dies unmöglich. Hatten sie ihre Tipperei, die Abschriften und ermüdenden Korrekturen der Geheimbefehle dann endlich erledigt, so waren sie schweißverklebt und erschlagen und die weißen, am Morgen immer so makellosen Uniformen schmuddlig und zerknittert.

Das psychologische Problem entsprang der Tatsache, daß sie die beiden einzigen Frauen an Bord waren und den Dienstgrad von Matrosen hatten. Und so waren sie weder Fisch noch Fleisch, noch Bückling. Man erwartete stillschweigend, daß sie keinen vertraulichen oder auch nur ungezwungenen Umgang mit dem Oberdeck hatten, wonach sie auch kein Verlangen verspürten, und das nach weiblicher Gesellschaft dürstende Unterdeck betrachtete sie als

Eindringlinge, nannte sie Offiziersweiber und hielt argwöhnisch nach irgendwelchen Gunstbezeigungen Ausschau.

Weder Judith noch Penny konnte es ihnen verübeln. Das winzige Kontingent der Marinehelferinnen in Trincomalee war stets durch die schiere Übermacht der Männer hoffnungslos in der Minderzahl gewesen, und jetzt, da der Krieg in Europa zu Ende war, verließen immer mehr Schiffe der Royal Navy das Vereinigte Königreich und schlossen sich der Ostindienflotte an. So verging kaum ein Tag, an dem nicht ein weiterer Kreuzer oder Zerstörer durch die Absperrung an der Hafenmündung glitt, Anker warf und die erste Barkasse voller unternehmungslustiger Matrosen an Land schickte.

Dort gab es nicht viel für sie zu tun, außer Fußball zu spielen, in der Flottenkantine einen zu heben oder sich einen alten Film im Armee-Kino anzusehen, einem riesigen flughallenähnlichen Gebäude mit verrostetem Blechdach. Sie fanden hier weder vertraute Straßen noch Pubs, weder gemütliche Kinos noch Mädchen. Es gab nur wenige europäische Zivilisten, und das einzige einheimische Dorf bestand nur aus ein paar Palmhütten und den schlammigen Fahrrinnen von Ochsenkarren. Obendrein hatte man Besuche dort aus naheliegenden Gründen untersagt. Landeinwärts, abseits der weißen palmengesäumten Strände, war das Gelände eher unfreundlich, es wimmelte von Schlangen, Moskitos und Ameisen, die vermutlich alle bissen oder stachen oder Gift verspritzten.

Während des Monsuns wurde es sogar noch ärger, denn der Fußballplatz stand unter Wasser, die Straßen verwandelten sich in reißende rote Schlammflüsse, und ein Kinobesuch war bei dem ständig aufs Blechdach prasselnden Regen in etwa so vergnüglich, wie in einer Trommel zu hocken. Folglich hielt der Leichtmatrose, sobald sich der Reiz des Neuen ein wenig gelegt hatte, nur noch wenig von Trincomalee. Es war als Scapa Flow in Technicolor bekannt – und das war nicht als Kompliment gemeint.

Keine Pubs, keine Kinos, keine Mädchen.

Das Schlimmste war natürlich, daß es keine Mädchen gab. Wenn es irgendeinem hübschen und entschlossenen jungen Seemann einmal gelang, die Aufmerksamkeit einer Marinehelferin auf sich zu ziehen und sie zum Ausgehen zu überreden, so wußte er nicht, wo er mit ihr hinsollte, es sei denn, es gelüstete sie nach einem Täßchen Tee in einem düsteren Etablissement namens Elephant House an der Hafenstraße. Geführt wurde es von einer singhalesischen Familie, deren Vorstellung von gepflegter Unterhaltung im endlosen Abspielen einer gräßlichen Grammophonplatte mit dem Titel «Old English Memories» bestand.

Man konnte es ihnen also nicht übelnehmen. Aber es machte das Leben nicht eben leicht, und die Situation war derart angespannt, daß, als der Oberste Befehlshaber der Alliierten, Lord Mountbatten, aus seinem Gebirgshorst in Kandy nach Trincomalee herunterkam und der HMS *Adelaide* einen offiziellen Besuch abstattete, Penny und Judith es vorzogen, im Kapitänsbüro zu bleiben und nicht mit dem Rest der Schiffsbesatzung an Deck anzutreten. Denn wenn der große Mann sie sähe, das wußten sie genau, würde er innehalten und ein paar Worte mit ihnen wechseln, und ein solcher Vorfall, das wußten sie ebensogut, würde nur unnötig böses Blut erzeugen.

Captain Spiros, der seinen Helferinnen nur zögernd ihren Willen ließ, begriff schließlich, worum es ihnen ging, und ließ sie gewähren. Als der wichtige Besuch beendet und der Oberboss wieder abgereist war, kam er nach unten, um sich bei ihnen zu bedanken. Was sie freute, aber nicht überraschte, denn er war ein beliebter Kapitän und ein kluger und charmanter Offizier.

ANFANG AUGUST, das ersehnte Ende eines weiteren glühendheißen Tages. Judith und Penny standen auf dem Achterdeck und warteten auf die Barkasse, die sie an Land bringen würde. Ebenso zwei U-Boot-Kommandanten, der Oberleutnant und drei junge Leutnants zur See, die es auf ein wenig Nachtleben abgesehen hatten und unnatürlich sauber, formell und wie aus dem Ei gepellt wirkten.

Im Windschatten von Smeaton's Cove brütete die HMS *Adelaide* noch immer in der Hitze. Mittschiffs hatte man die Schwimmkräne ausgelegt, an denen Strickleitern baumelten, und die tiefe See darunter schäumte vor Leben, denn zwei Matrosenteams lieferten sich eine Partie Wasserball und schossen spritzend und klatschend wie Delphine durchs Wasser.

Judith beobachtete sie und wollte nur noch zur Unterkunft, sich die verschwitzte Uniform vom Leib reißen und den Pfad zur Privatbucht der Frauen hinunterlaufen, um sich dort vom Steg in die kühlen, reinigenden Fluten zu stürzen.

Neben ihr gähnte Penny. «Was machst du heute abend?»

«Nichts, Gott sei Dank. Geh nicht aus. Vermutlich Briefe schreiben. Und du?»

«Nichts Besonderes. Wahrscheinlich mit Martin in die Offiziersmesse.» Martin war der Royal Marine Captain mit dem Jeep. «Oder vielleicht auch Full Big Fish beim Chinesen. Hängt davon ab, wie fit er noch ist.»

Das Boot des Schiffes kam heran, wurde mit Bootshaken stabilisiert. In der Königlichen Marine erkannte man ein Schiff an seinen Booten, und die der HMS *Adelaide* waren buchstäblich glänzende Exemplare mit ihrem weißen Anstrich, den geschrubbten Decks und den makellos aufgerollten Tauen. Sogar die Mannschaft, ein Bootsführer und zwei Matrosen, war mit Sicherheit wegen ihres guten Aussehens ausgesucht worden, denn alle waren sie gebräunt, muskulös und stattlich, barfuß zwar, aber mit strahlendweißen Mützen auf den Köpfen. Der wachhabende Offizier gab das Signal, und Judith und Penny, die den niedrigsten Dienstgrad besaßen, rannten die Gangway hinab und bestiegen das Boot als erste. Die anderen folgten, und Lieutenant Commander Fleming, der Kapitän des Unterseeboots *Foxfire*, bildete das Schlußlicht. Die Matrosen stießen ab, der Bootsführer gab Gas, und das Boot schoß hocherhobenen Bugs in weitem Bogen davon, begleitet von einer strahlendweißen pfeilförmigen Kielwelle.

Gleich wurde es – Gott sei Dank – kühler, und Judith, die in einer Ecke des Cockpits auf dem sauberen weißen Leinenpolster saß, hielt das Gesicht in den Wind. Von der Hafenmündung wehte die frische Ozeanbrise herein, am Bug wirbelten Gischtschleier in die Höhe, in die die Spätnachmittagssonne Regenbogen malte, und Judith schmeckte das Salz auf ihren Lippen.

Nach einer Weile umfuhren sie die lange bewaldete Landzunge, die Smeaton's Cove Schutz bot, und die Bäume machten Felsen, gefiederten Palmen und weißen Sandstränden Platz. Die Küste wich zurück, und der Hafen – eine erstaunliche Naturerscheinung und einer der herrlichsten Ankerplätze der Welt – tat sich vor ihnen auf. In dieser geschützten Bucht lag der größere Teil der Ostindienflotte: Schlachtschiffe, Kreuzer, Zerstörer und Fregatten. Genug militärische Macht, um auch den aggressivsten und furchtlosesten Feind in Angst und Schrecken zu versetzen. Der Kreuzer HMS *Antigua* war der letzte Neuankömmling aus dem Vereinigten Königreich. Auf dem Achterdeck spendeten weiße Sonnensegel Schatten, und die Flagge der britischen Kriegsmarine knatterte am Heck.

Etwa fünf Minuten später näherten sie sich ihrem Ziel, der Landungsbrücke des Flottenhauptquartiers. Das Boot wurde langsamer, der Bug senkte sich, und der Bootsführer machte sich zum Anlegen bereit. Die Pier war lang, reichte bis in tiefes Gewässer – eine T-förmige Betonkonstruktion, an der Boote kamen und gingen, Menschen und Material verladen wurden und ständig etwas los war. Am Ufer, in einer Strandbiegung lag der Gebäudekomplex des Flottenoberkommandos, das Büro des Fernmeldedienstes, der Verwaltungsblock, das Büro der Ersten Marinehelferin. All diese Bauten waren weiß und quadratisch wie Zuckerwürfel und von anmutigen Palmen und einem hohen Fahnenmast überragt, an dem die Flagge der Kriegsmarine im Abendwind flatterte. Dahinter erhoben sich wie ein Prospekt die dschungelbewaldeten Hänge des Elephant Hill, ein etwa zwei Kilometer langer Landrücken, der wie ein Finger aufs offene Meer hinauszeigte.

Ganz oben auf dem Kamm, wo man gerade noch ein paar Ziegeldächer durch die Bäume erkannte, befanden sich drei wichtige Gebäude. Am entlegeneren Ende mit Blick auf den Hafen, wie man ihn sich schöner nicht wünschen konnte, stand die Residenz von Captain Curtice, dem befehlshabenden Offizier der HMS *Highflyer*. Etwas weiter unten am Hang wohnte sein Kommandant. Und der dritte luftige und geräumige Bungalow war das Lazarett des Frauen-Marinehilfskorps. Alle drei Häuser waren von großen Veranden, üppigen Gartenanlagen und hohen Palmen umgeben, und aus jedem Park schlängelten sich durch den Dschungel Fußwege zur Küste und zum Wasser hinab. Penny Wailes hatte einmal, als sie an einem tückischen Anfall von Denguefieber litt, eine Woche im Lazarett verbracht und war etwas widerstrebend zur primitiven Einfachheit des Unterkunftslebens zurückgekehrt. Sie vermißte die kühle Seebrise, den schon vergessen geglaubten Luxus eines gefliesten Badezimmers und die angenehmen Stunden völliger Untätigkeit, in denen sie von Krankenschwestern und Haus-Boys umsorgt und bedient wurde.

Das Boot wurde fachmännisch festgemacht, so daß die gepolsterten Fender kaum gestreift wurden. Die beiden Matrosen waren schon auf die Pier hinaufgesprungen und hatten Heck und Vordertau an den Pollern befestigt. Die Offiziere stiegen, ihrer Rangordnung entsprechend, an Land. Judith und Penny waren die letzten, und Judith drehte sich um und lächelte dem Bootsmann zu, denn er gehörte zu den freundlicheren Besatzungsmitgliedern. «Danke», sagte sie.

«Klar doch.» Er hob die Hand. «Bis morgen früh.» Gas geben und volle Fahrt voraus – das Boot der *Adelaide* schoß davon. Die beiden Mädchen sahen ihm nach, wie es einen majestätischen Bogen schäumenden Kielwassers hinter sich herzog. Dann machten sie sich Seite an Seite daran, erschöpft das letzte Stück ihres Heimwegs zurückzulegen.

Die Pier war lang. Sie hatten erst die Mitte erreicht, als sie schwere Schritte auf dem Beton hinter sich und gleich darauf eine Stimme hörten. «Hallo, hören Sie...»

Sie blieben stehen und drehten sich um. Das wartende Boot hatte angelegt und seine Fracht – Offiziere auf Landgang – ausgeladen. Der Mann war Judith völlig fremd, und sie runzelte irritiert, ja fast ein wenig verärgert, die Stirn.

«Es tut mir leid...» Er hatte sie erreicht. Ein Korvettenkapitän der britischen Kriegsmarine, dessen gestärkte Uniform steif und neu aussah und der den Schirm seiner Mütze tief in die Stirn gezogen hatte. «Ich... ich wollte nicht so brüllen, aber ich habe Sie gesehen, und... Sie sind doch Judith Dunbar?»

Immer noch völlig verdattert, nickte sie. «Ja.»

«Dachte ich mir doch. Hab ich Sie *doch* erkannt. Toby Whitaker.»

Was ihr überhaupt nicht weiterhalf. Judith hatte nie einen Toby gekannt. Sie schüttelte verwirrt den Kopf.

Obwohl er inzwischen ein wenig verlegen wirkte, redete er unverdrossen weiter. «Ich war der Fernmeldeoffizier Ihres Onkels, Captain Somerville, in Devonport. Ich besuchte Ihre Tante in Devon, direkt vor Kriegsausbruch. Captain Somerville mußte nach Scapa Flow...»

Der Nebel lichtete sich. Aber natürlich. Die Erinnerung stellte sich wieder ein. Lieutenant Whitaker. Sie hatten miteinander im Garten gesessen, in Upper Bickley, und er hatte eine Zigarette geraucht. An jenem Tag, den sie im Rückblick immer als den eigentlichen Anfang des Krieges betrachtete.

«Natürlich erinnere ich mich. Tut mir leid», entschuldigte sie sich. «Aber es ist so lange her.»

«Ich mußte Sie einfach ansprechen.»

«Natürlich.» Plötzlich erinnerte sie sich an Penny. «Das hier ist Penny Wailes. Wir arbeiten zusammen. Wir sind gerade auf dem Weg zur Unterkunft.»

«Hallo, Penny.»

«Hallo.» Doch Penny hatte anderes im Sinn als beiläufige Vorstellungen. «Halten Sie mich jetzt bitte nicht für furchtbar rüde, aber ich gehe schon voraus. Ich muß mich umziehen, ich gehe nämlich aus. Ich laß euch allein, da könnt ihr besser reden.» Sie setzte sich in Bewegung. «War nett, Sie kennenzulernen. Bis morgen, Jude.»

Sie winkte lässig und war schon unterwegs, lange braune Beine und weiße Schuhe, die in flottem Tempo davoneilten.

«Sie arbeiten zusammen?» fragte Toby Whitaker.

«Ja. An Bord der HMS *Adelaide*. Dem Mutterschiff der U-Boote, das draußen in Smeaton's Cove liegt. Wir arbeiten im Büro des Kapitäns.»

«Wer ist denn Ihr Kapitän?»

«Captain Spiros.»

«Klingt griechisch.»

«Eigentlich ist er Südafrikaner.»

«Deswegen also kommen Sie in einer Barkasse an Land. Das hat mich etwas verwirrt.»

«Deswegen bin ich auch so schmuddlig. Wir sind den ganzen Tag an Bord und können uns da nicht mal duschen.»

«Ich finde, Sie sehen gut aus.»

«Tut mir leid, daß ich Sie nicht erkannt habe. Wissen Sie, ehe ich hierherkam, war ich zwei Jahre in Whale Island, und weil alle Leutnants zur See da ihre Kurse machen, kenne ich praktisch jeden Offizier vom Sehen, aber an die Namen kann ich mich nie erinnern. Ich sehe ständig Leute und weiß, daß ich sie kennen sollte, kenne sie aber natürlich überhaupt nicht. Wie lange sind Sie schon hier?»

«Erst seit zwei Tagen.»

«HMS *Antigua?*»

«Fernmeldeoffizier.»

«Ah ja.»

«Und Sie?»

Seite an Seite gingen sie langsam weiter.

«Ich bin seit etwa einem Jahr hier. Seit September 1944. Nach dem D-Day meldete ich mich als Freiwillige, um nach Übersee zu gehen. Nach Frankreich, dachte ich. Und ehe ich mich's versah, segelte ich schon auf einem Truppentransporter durch den Indischen Ozean.»

«Und wie war's?»

«Ganz schön. Ein paarmal U-Boot-Alarm, nachdem wir den Suezkanal hinter uns hatten, aber Gott sei Dank nichts weiter. Unser Schiff war die *Queen of the Pacific*. Zu Friedenszeiten ein irrsinnig aufwendiger Luxusdampfer. Und nach unserer Unterkunft in Portsmouth kam sie mir immer noch hochluxuriös vor. Vier Mädchen in einer Erste-Klasse-Kabine und Weißbrot. Ich hab so viel Weißbrot gefuttert, daß ich mehrere Kilo zugenommen haben muß.»

«Sieht man Ihnen nicht an.»

«Hier ist es zu heiß zum Essen. Ich lebe von frischem Limettensaft und Salz. Salz soll Hitzschlag verhindern. Früher nannte man das Sonnenstich, und keinem kam's in den Sinn, ohne Tropenhelm das Haus zu verlassen. Aber heute trägt keine von uns einen Hut, nicht mal am Strand oder beim Segeln. Wußten Sie, daß Bob Somerville inzwischen Konteradmiral ist? Und daß er zum Stab des Oberbefehlshabers in Colombo gehört?»

«Ja, das weiß ich. Ich hatte sogar vor, ihn zu besuchen, als die *Antigua* in Colombo anlegte, um Süßwasser an Bord zu nehmen. Aber wir bekamen keinen Landurlaub, so daß nichts draus wurde.»

«Wie schade!»

«Haben Sie ihn schon gesehen?»

«Nein. Er ist erst seit gut einem Monat hier. Aber er hat mir geschrieben. Telefonieren ist hier ein Unding. Es gibt etwa vier Vermittlungen, und jedes-, aber auch jedesmal wird man falsch durchgestellt. Er klang sehr vergnügt, meinte, er habe eine stattliche Residenz, und wenn ich Lust hätte, könnte ich ihn dort besuchen. Wenn ich das nächste Mal freikriege, tu ich das vielleicht auch. In meinem letzten Urlaub war ich im Landesinnern, besuchte die Campbells, Freunde von uns, die eine Teeplantage in der Nähe von Nuwara Eliya haben. Meine Eltern lebten früher mal in Colombo, wissen Sie. Ich übrigens auch, bis meine Mutter mich dann wieder nach England zurückbrachte. Die Campbells waren Freunde von ihnen.»

«Und wo sind Ihre Eltern jetzt?»

«Ich weiß nicht.» Sie gingen immer weiter. «Sie wurden in Singapur von der japanischen Invasion überrascht.»

«O Gott. Wie entsetzlich. Das tut mir leid.»

«Ja. Aber es ist schon lange her. Fast dreieinhalb Jahre.»

«Gar keine Nachricht?»

Judith schüttelte den Kopf. «Nichts.»

«Sie sind doch mit den Somervilles verwandt?»

«Ja, Biddy ist die Schwester meiner Mutter. Deswegen lebte ich ja damals bei ihnen in Devon.» Ein Gedanke kam ihr in den Sinn. «Sie wissen doch sicher, daß Ned Somerville umkam, als die *Royal Oak* in Scapa Flow versenkt wurde?»

«Ja. Das hab ich mitbekommen.»

«Ganz zu Anfang des Krieges. Ewig her.»

«Fünf Jahre sind eine lange Zeit. Was macht Mrs. Somerville denn jetzt? Lebt sie immer noch in Devon?»

«Nein, sie ist in Cornwall. Ich hab da ein Haus. Kurz nach Neds Tod ist sie zu mir gezogen, und als ich zur Armee ging, blieb sie einfach da. Ich weiß nicht, ob sie noch mal nach Devon zurückgeht.»

«Wir haben ein Haus in der Nähe von Chudleigh», sagte er.

«Wir?»

«Meine Frau und ich. Ich bin verheiratet. Ich habe zwei kleine Söhne.»

«Wie schön für Sie. Wann haben Sie sie denn zuletzt gesehen?»

«Erst vor ein paar Wochen. Vor der Einschiffung hatte ich ein paar Tage Urlaub.»

Sie waren am Ende des Hafendamms angelangt, und wieder blieben sie stehen und sahen sich an.

«Wo gehen Sie jetzt hin?» fragte Judith.

«Eigentlich bin ich auf dem Weg zu Captain Curtice. Er ist ein alter Schiffskamerad meines Vaters. Sie waren miteinander in Dartmouth. Er hat mich über Funk gebeten, ihn zu besuchen, ihm meine Aufwartung zu machen.»

«Und wann müssen Sie dort sein?»

«Halb sieben.»

«In dem Fall haben Sie zwei Möglichkeiten. Entweder Sie nehmen *den* Weg», sie deutete auf den schmalen Pfad, der an der Küste entlangführte, «und steigen die etwa hundert Stufen bis zu seinem Garten hinauf, oder Sie nehmen die weniger steile Route über die Straße.»

«Welchen Weg nehmen Sie?»

«Die Straße.»

«Dann komme ich mit Ihnen.»

So spazierten sie gemütlich die staubige, von den Wagenspuren unzähliger Lastwagen gezeichnete Straße hinauf, die durch das Marinehauptquartier führte. Sie erreichten den hohen Stacheldrahtzaun und das Tor. Es stand offen, weil es noch hell war, wurde aber von zwei jungen Matrosen bewacht, die, als Toby Whitaker hindurchging, sofort strammstanden und salutierten. Jenseits des

Tors verlor sich die Hauptstraße unter den Palmen, doch es war nicht mehr weit zu gehen, und schon hatten sie ein weiteres bewachtes Flügeltor, den Eingang zur Unterkunft des Marinehilfskorps, erreicht.

Judith wandte ihm das Gesicht zu. «Hier wohne ich. Wir müssen uns verabschieden.»

Er warf einen interessierten Blick durch das Tor und auf den gewundenen Weg, der zu dem langgestreckten palmgedeckten Gebäude führte, der den Frauen als Kasino und Aufenthaltsraum diente. Die Veranden waren von Bougainvillea überwuchert, und es gab einen Feuerbaum und üppige Blumenrabatten. Er sagte: «Von hier aus wirkt es ungeheuer anziehend.»

«O ja. Es ist nicht übel. Ein bißchen wie ein kleines Dorf oder ein Ferienlager. Die Bandas, die Palmhütten, in denen wir schlafen, sind ganz hinten, über der Bucht. Und wir haben unseren eigenen Badesteg.»

«Männer haben da wohl keinen Zutritt?»

«Wenn sie eingeladen sind, schon. Kommen Sie doch mal zum Tee oder auf einen Drink in die Messe. Aber das Betreten der Bandas und der Bucht ist Männern streng verboten.»

«Selbstverständlich.» Er zögerte einen Augenblick und sagte dann: «Würden Sie mal abends mit mir ausgehen, wenn ich Sie einlade? Zum Essen oder so? Ich bin bloß ein bißchen unerfahren. Ich wüßte nicht, wohin ich Sie ausführen sollte?»

«Da gibt es die Offiziersmesse. Und das chinesische Restaurant. Und sonst eigentlich nichts.»

«Würden Sie mitkommen?»

Nun zögerte Judith. Sie hatte eine Reihe von Bekannten, mit denen sie regelmäßig essen oder tanzen, segeln, schwimmen oder picknicken ging. Doch das waren alte Bekanntschaften aus ihrer Zeit in Portsmouth, bewährt und zuverlässig und streng platonisch. Seit Edwards Tod und Jeremys Verrat war sie jeder gefühlsmäßigen Bindung aus dem Weg gegangen. In Trincomalee erwies sich das allerdings als schwierig, schon allein wegen der überwältigenden Anzahl wirklich ansehnlicher junger Männer, die ganz versessen auf weibliche Gesellschaft waren.

Andererseits war Toby Whitaker jemand aus ihrer Vergangenheit, er kannte die Somervilles und hatte ein Haus in Devon, und es wäre schön, sich mit ihm über die alten Zeiten und Onkel Bob, Biddy und Ned zu unterhalten. Außerdem war er verheiratet. Natürlich hatte die Tatsache, daß ein Mann verheiratet war, in dieser unnatürlichen Umgebung nicht viel zu besagen, wie Judith aus eigener bitterer Erfahrung wußte. Die vom tropischen Mond, flüsternden Palmen und monatelanger, erzwungener Enthaltsamkeit angestachelten Leidenschaften erwiesen sich als ununterdrückbar, und die ferne Gattin und Kinderschar ließen sich in der Hitze des Augenblicks leicht aus dem Bewußtsein streichen. Sie hatte sich mehr als einmal aus einer solch peinlichen Situation befreien müssen und nicht die Absicht, sich noch einmal in eine derartige Lage zu begeben.

Sie schwieg immer noch, während er auf eine Antwort wartete. Vorsichtig wägte sie seinen Vorschlag ab. Sie fand ihn zwar nicht besonders attraktiv, aber andererseits sah er auch nicht aus wie einer, der gleich über einen herfiel. Eher würde er wohl von seinen Kindern erzählen und – gräßliche Aussicht – Fotos zücken.

Durchaus harmlos also. Vielleicht wäre es auch unhöflich und verletzend, sofort abzulehnen. Daher sagte sie: «Ja, natürlich.»

«Toll.»

«Mit Vergnügen. Aber nicht zum Abendessen. Es ist viel lustiger, irgendwohin zu fahren und zu baden. Am Samstag vielleicht. Da habe ich frei.»

«Wunderbar. Aber ich bin neu hier. Wohin könnten wir denn fahren?»

«Am besten zur YWCA.»

Etwas in ihm sträubte sich sichtlich. «Zur YWCA?»

«Sie ist nicht übel. Nennt sich zwar Herberge, ist aber eher ein kleines Hotel. Gar nicht ‹Heilige Hallen› und Pingpongtische. Eigentlich das genaue Gegenteil. Man kriegt sogar was zu trinken.»

«Und wo ist sie?»

«Drüben hinter Fort Frederick. An einem herrlichen Badestrand. Männer sind nur als Gäste der Frauen zugelassen, so daß es nie zu voll wird. Und sie wird von einer fabelhaften Lady, Mrs. Todd-Harper, geführt. Wir nennen sie Toddy. Großartige Frau.»

«Erzählen Sie mir mehr.»

«Keine Zeit. Dauert viel zu lange. Ich erkläre es Ihnen am Samstag.» (Falls die Unterhaltung stagnieren sollte, was durchaus möglich war, würde Toddy ein gutes Thema abgeben.)

«Wie kommen wir hin?»

«Wir können einen der Marine-Lastwagen nehmen. Sie pendeln ständig hin und her, wie Busse.»

«Wo soll ich Sie abholen?»

«Hier. Am Tor. So gegen halb zwölf.»

Sie sah ihm nach, wie er flotten Schritts in seinen bereits braun eingestaubten weißen Schuhen den Hügel hinaufmarschierte. Wieder allein, seufzte sie und fragte sich, worauf sie sich da eingelassen hatte, wandte sich dann um und ging durchs Tor und am Verwaltungsbüro vorbei (wieder kein Brief in ihrem Kasten) und die Auffahrt hinauf. Im Speisesaal des Kasinos trugen die singhalesischen Diener bereits ein frühes Abendessen für die Nachtwachen auf. Judith blieb stehen, um ein Glas Limettensaft hinunterzustürzen, und trat hinaus auf die Terrasse, wo zwei Mädchen ihre Freunde unterhielten, die sich – in ungewohnter Bequemlichkeit – in Rohrsesseln ausstreckten. Von der Terrasse führte ein betonierter Fußweg zum hinteren Teil des Camps, wo sich hübsch und scheinbar zufällig die Schlaf-Bandas und Waschräume unter den Bäumen gruppierten, die man als Schattenspender hatte stehenlassen, als dieser Teil des Dschungels von den Pionieren planiert und das Lager errichtet worden war.

Zu dieser Tageszeit waren immer ziemlich viele Mädchen da, und es herrschte ein reges Kommen und Gehen. Die an Land arbeitenden Frauen hatten um vier Uhr Feierabend und daher reichlich Zeit, eine Partie Tennis zu spielen oder schwimmen zu gehen. Halbnackte Gestalten in Zehenslippern und kleinen Badetüchern und sonst nichts traten lässig aus den Waschräumen. Andere trugen Badeanzüge, hängten Unterwäsche auf die Leinen oder waren bereits in Khakihosen und langärmlige Blusen geschlüpft, die vorgeschriebene Abendkleidung in diesem Malariagebiet.

Malaria war nicht die einzige Gefahr. Vor nicht langer Zeit hatte es eine Typhus-Panik gegeben, mit der Folge, daß alle sich zur schmerzhaften Impfung anstellten und unter den damit verbundenen Beschwerden litten. Außerdem drohte stets eine Unmenge trivialerer Wehwehchen, die jeden von einem Moment auf den anderen außer Gefecht setzen konnten. Sonnenbrand und Trinco-Diarrhöe streckten jedes frisch aus England eingetroffene Mädchen nieder, das sich noch nicht an Sonne und Hitze gewöhnt hatte. Denguefieber war einer üblen Erkältung vergleichbar. Das ständige Schwitzen führte zu pickligen Hitzeausschlägen und tropischer Eiterflechte, und der banalste Moskito- oder Ameisenstich konnte sich entzünden, wenn man ihn nicht sofort mit Dettollösung desinfizierte. Zur Grundausrüstung jedes Mädchens gehörte daher eine Flasche Dettol; die Duschkabinen stanken permanent danach und nach Karbollösung, die die Putzfrauen benutzten, wenn sie abends die Donnerbalken leerten und schrubbten.

Je zwölf Betten standen zu beiden Seiten der Banda, die durchaus etwas von einem Schlafsaal hatte, wenn sie auch viel primitiver war. Neben jedem Bett befanden sich eine Kommode und ein Stuhl. Hölzerne Haken dienten als Garderobe. Der Boden war aus Beton, hölzerne Ventilatoren unter dem Palmblätterdach rührten die Luft auf und erzeugten einen Anschein von Kühle. Über jedem Bett hing wie eine riesige Glocke ein weißes verknotetes Moskitonetz.

Wie immer um diese Tageszeit herrschte reges Treiben. Am gegenüberliegenden Ende der Banda saß ein Mädchen, in ihr Badetuch gewickelt und mit einer Reiseschreibmaschine auf den Knien, auf dem Bett und tippte einen Brief nach Hause. Andere lagen lesend, die Post überfliegend, Schuhe putzend oder Nägel feilend auf den Betten. Zwei saßen schwatzend und kichernd über einem Pakken Fotos. Und wieder eine andere hatte eine Bing-Crosby-Platte auf ihr Grammophon gelegt und lauschte seiner Stimme, während sie ihr feuchtes Haar auf Lockenwickler drehte. Die Platte war sehr alt und wohl häufig gespielt worden, so wie sie unter der Stahlnadel knirschte und kratzte.

>
> When the Deep Purple falls
> Over sleepy garden walls.

Ihr Bett: Etwas Heimatlich-Vertrauteres kannte Judith seit einem Jahr nicht mehr. Sie ließ die Tasche fallen, streifte die schmutzigen Kleider ab, knotete sich ein Badehandtuch um die Taille und warf sich aufs Bett. Die Hände hinter dem Kopf verschränkt, lag sie da und starrte hinauf auf die rotierenden Flügel des Ventilators.

Es war schon merkwürdig, wie die Dinge sich entwickelten, eins aufs andere folgte. Ganze Tage dachte sie überhaupt nicht an Cornwall oder Devon, das Dower House oder Nancherrow. Zum einen, weil es kaum Gelegenheit dazu gab, und zum anderen, weil sie gelernt hatte, daß Schwelgen in wehmütigen Erinnerungen eine ziemlich nutzlose Übung war. Die alten Zeiten, alten Freunde, das alte Leben waren unendlich fern, eine verlorene Welt. Ihr anstrengender Job forderte einen Großteil ihrer Aufmerksamkeit, und eine auch nur kurze, ungestörte Beschäftigung mit sich selbst war unmöglich, weil sie einfach nie allein, sondern ständig von anderen – nicht immer sympathischen und verständnisvollen – Menschen umgeben war.

Doch dann, dieser Augenblick, diese Zufallsbegegnung. Toby Whitaker, der aus heiterem Himmel hier aufkreuzte und sie völlig überrumpelte. Von Upper Bickley und Biddy und Bob erzählte und eine ganze Flut von Erinnerungen auslöste, die monatelang in ihr geschlummert hatten. Sie erinnerte sich genau an den Tag, als er aufgetaucht war, um Bob Somerville abzuholen. Sie und Bob hatten mit Morag einen Spaziergang übers Moor gemacht, und Bob hatte wie immer seinen alten Tweedanzug und seine Wanderschuhe angehabt…

Und jetzt, «Deep Purple» und Bing Crosby. «Deep Purple» war untrennbar mit diesen letzten Sommertagen des Jahres 1939 verbunden, denn Athena hatte die Platte aus London mitgebracht und sie ständig auf dem Grammophon im Wohnzimmer von Nancherrow gespielt.

> In the still of the night,
> Once again I hold you tight.

Sie dachte an die Freunde. Das Gruppenbild, das nie gemalt worden war, aber wie ein vollendetes Werk vor ihrem inneren Auge stand.

Vor dem Lunch. Nancherrow, 1939. Die grünen Rasenflächen, der blaue Himmel, das Meer, die Brise, die durch die Fransen von Dianas Sonnenschirm fuhr, der einen dunklen Schatten aufs Gras warf. Und die Gestalten, die in Liegestühlen oder mit gekreuzten Beinen auf Wolldecken saßen. Damals waren sie noch alle beisammen, müßig scheinbar und privilegiert, doch jeder, im schmerzlichen Bewußtsein des bevorstehenden Krieges, mit seinen ganz persönlichen Bedenken und Ängsten beschäftigt. Aber hatte einer von ihnen geahnt, wie sehr der Krieg ihr Leben zerstören, sie in alle Winde und in die entlegensten Winkel der Welt verstreuen würde? Im Geiste ließ sie den Blick über die Gruppe wandern und verweilte bei jedem einzelnen.

Bei Edward natürlich zuerst. Der strahlende, von allen geliebte Charmeur. Tot. Abgeschossen bei der Schlacht um England. Nie wieder würde er nach Nancherrow zurückkehren, nie wieder im sonntäglichen Sonnenschein auf dem Rasen liegen.

Athena. Geduldig ihren Gänseblümchenkranz windend. Schimmernder Blondkopf, bloße Arme von der Farbe dunklen Honigs. Damals noch nicht einmal mit Rupert Rycroft verlobt. Jetzt war sie achtundzwanzig und Clementina fünf, und Clementina hatte ihren Vater kaum zu Gesicht bekommen.

Rupert, der sich im Liegestuhl nach vorn beugte, mit spitzen, knochigen Knien. Das Muster eines Gardeoffiziers, schlaksig, zäh, schleppender Tonfall; unglaublich zuversichtlich und völlig arglos. Weil er den nordafrikanischen Feldzug überlebt und in Sizilien gekämpft hatte, bildete man sich irgendwie ein, er habe einen Schutzengel, nur um dann die niederschmetternde Nachricht zu hören, daß er, kurz nachdem die Alliierten den Rhein überschritten hatten, in Deutschland beinahe tödlich verwundet wurde und irgendwo in England in einem Lazarett landete, wo ihm die Ärzte das rechte Bein amputierten. All dies erfuhr Judith aus einem Brief Dianas, die trotz ihrer verständlichen großen Bestürzung die Erleichterung darüber, daß ihr Schwiegersohn noch am Leben war, kaum verbergen konnte.

Gus Callender. Der dunkle, zurückhaltende junge Schotte, Edwards Freund. Der Ingenieursstudent, der Künstler, der Soldat, der so flüchtig in ihr Leben getreten war, um gleich wieder daraus zu verschwinden. Ausgelöscht im Durcheinander der Kämpfe bei der Verteidigung Singapurs. Er ist tot, hatte Loveday beharrlich beteuert, und da sie von Walter Mudge schwanger war, hatte sie auch ihre Familie davon überzeugen können. Denn wenn jemand wußte, ob Gus noch lebte, dann war es Loveday. Außerdem hatten Lovedays Glück und Wohlergehen für Diana und Edgar absoluten Vorrang, und sie wollten sie gar nicht mehr von sich lassen. Gus war also tot. Nur Judith, so schien es, wollte nicht daran glauben. Glaubte es erst auf Lovedays Hochzeit, und danach schien es nicht mehr viel Sinn zu haben, die Flamme der Hoffnung am Brennen zu halten. Die Würfel waren gefallen. Loveday war verheiratet. Und nun die Frau eines kornischen Bauern und die Mutter Nathaniels, des größten und kräftigsten kleinen Schreihalses, den Judith je erlebt hatte. Gus wurde nie wieder erwähnt. Er war gestorben.

Und schließlich der letzte. Jeremy Wells.

Auch über ihn waren via Post aus England Neuigkeiten zu Judith durchgedrungen. Er hatte die Atlantikschlacht überlebt und war ins Mittelmeer abkommandiert worden. Aber das war auch schon alles. Seit ihrer gemeinsam in Dianas Haus in London verbrachten Nacht hatte sie nichts mehr von ihm gehört: Er hatte ihr weder etwas ausrichten lassen noch ihr geschrieben. Sie sagte sich zwar, daß er sie verlassen hatte, doch manchmal, wie etwa jetzt, sehnte sie sich nach seinem vertrauten Gesicht, seiner beruhigenden Gegenwart, dem Gespräch mit ihm. Vielleicht würde er eines Tages völlig unerwartet als Schiffsarzt eines Kreuzers oder Schlachtschiffs in Trincomalee auftauchen. Und doch, falls es geschähe und er hätte sie gesucht, was hätten sie sich noch zu sagen nach all den Jahren des Schweigens? Es konnte nur gezwungen und peinlich werden. Die Zeit hatte ihre Verletzungen zwar geheilt, doch sie war mißtrauisch geworden. Gebranntes Kind scheut das Feuer. Und welchen Sinn hatten schon Vorwürfe und das Stochern in alten Wunden?

«Ist Judith Dunbar da?»

Die leicht erhobene Stimme verscheuchte ihre Gedanken. Sie öffnete die Augen und sah, daß es dunkel geworden war. Jäh war die

Sonne gesunken, und draußen vor dem offenen Fenster vertiefte sich die dunkel schimmernde Bläue der Nacht. Eine der Marinehelferinnen kam durch die Banda auf Judiths Bett zu. Sie hatte kurzes dunkles Haar und eine Hornbrille, trug Hose und langärmliges Hemd. Judith kannte sie. Sie hatte eine leitende Position in der Zahlstelle inne, hieß Anne Dawkins und sprach ein lustiges und ungeheuer breites Cockney.

«Ja, hier bin ich…» Sie setzte sich auf, ohne das Handtuch über die nackten Brüste zu ziehen.

«Entschuldigen Sie, daß ich so reinplatze, aber ich hab gerade meine Post durchgesehen, und es ist einer von Ihren Briefen dabei. Muß mir versehentlich zwischen meine gerutscht sein. Dachte, ich bring ihn am besten gleich vorbei…»

Sie gab ihn ihr – ein dickes, sperriges Kuvert. Judith sah auf die Adresse, erkannte Lovedays Handschrift und registrierte verwundert diesen fast schon unheimlichen neuerlichen Zufall. Zuerst Toby Whitaker, dann «Deep Purple» und jetzt ein Brief von Loveday. Wirklich merkwürdig! Loveday schrieb fast nie, und Judith hatte seit Monaten keinen Brief von ihr bekommen. Hoffentlich war da nichts passiert.

Anne Dawkins stand noch immer kleinlaut herum. «…wirklich blöd von mir… weiß gar nicht, was ich mir dabei gedacht habe.»

«Macht nichts. Ehrlich nicht. Danke fürs Rüberbringen.»

Das Mädchen entfernte sich. Judith sah ihr nach, schüttelte dann ihre Kissen auf, lehnte sich wieder zurück und riß den Umschlag mit dem Daumennagel auf. Sie zog einen Packen gefalteter Luftpostblätter heraus. Fliegen surrten vor ihrem Gesicht herum. Sie schlug mit dem Knoten ihres Moskitonetzes nach ihnen, öffnete dann den Brief und begann zu lesen.

Lidgey
Rosemullion
22. Juli 1945

Liebste Judith,
reg Dich bloß nicht auf, weil ich Dir schreibe. Du denkst bestimmt, es ist was Schreckliches passiert, aber keine Bange, ich

hab keine schlechten Nachrichten. Ich war nur gerade mit Nat im Dower House zum Tee, und es war so komisch da ohne Dich, Du hast mir derart gefehlt, daß ich mir dachte, ich schreib Dir mal. Nat schläft jetzt Gott sei Dank, und Walter ist mit seinen Kumpeln einen heben. Nat liegt nicht in seinem Bettchen, sondern auf dem Sofa hier in der Küche. Wenn man ihn ins Bett steckt, brüllt er und steht wieder auf, so daß ich es ihm meist erlaube und ihn dann später ins Bett trage. Er wiegt eine Tonne. Er ist jetzt zweieinhalb und der größte kleine Brummer, den Du je gesehen hast, mit seinen schwarzen Haaren, fast schwarzen Augen, seiner unerschöpflichen Energie und diesem fürchterlichen Temperament. Nie will er im Haus bleiben, auch wenn es wie aus Kübeln gießt. Ständig muß er raus auf die Wiesen, und am liebsten fährt er mit seinem Vater Traktor. Dann sitzt er zwischen Walters Knien, wo er oft einschläft, und Walter achtet gar nicht weiter auf ihn und macht, was er sowieso vorhatte. Benehmen tut er sich nur auf Nancherrow, weil er vor Paps ein bißchen Angst hat, mit Sicherheit aber vor Mary Millyway, die ihm nichts, aber auch gar nichts durchgehen läßt.

Als ich bei Biddy zum Tee war, hat sie mir erzählt, daß Dein Onkel Bob nach Colombo versetzt wurde, ja daß er schon dort ist. Ist es nicht witzig, daß Ihr beide da unten gelandet seid? Na ja, vielleicht auch nicht so witzig, da ja jetzt, wo der Krieg in Europa vorbei ist, wahrscheinlich die gesamte Royal Navy nach Osten verlegt wird. Ob Du ihn wohl schon gesehen hast? Onkel Bob, meine ich. Ich habe auf der Karte nachgeschaut, Colombo liegt direkt gegenüber von Trincomalee, am anderen Ende der Insel. Also wahrscheinlich doch nicht.

Ich frage mich ja, ob Jeremy Wells vielleicht auch noch zu Euch stößt. Das letzte Mal, daß wir von ihm hörten, war er mit der Siebten Flotte in Gibraltar. Er hat sich so lange auf dem Atlantik rumgetrieben, daß das Mittelmeer das Paradies für ihn sein muß. Na ja, jede Menge Sonne zumindest.

Tja, und was gibt's aus Nancherrow zu melden? Es wirkt sehr leer und traurig, denn vor zwei Monaten haben Athena und Clementina gepackt und sind abgereist, zu Rupert nach Gloucester-

shire gezogen. Wahrscheinlich hat Dir Mama oder Biddy oder sonst jemand erzählt, daß er, direkt nachdem sie den Rhein überschritten hatten, in Deutschland furchtbar verwundet wurde und sie ihm das Bein amputieren mußten. Furchtbar grausam, wenn man sich überlegt, daß er schon die gesamte westliche Sahara von Alamein bis Tripolis und Sizilien hinter sich und alle Kämpfe ohne einen einzigen Kratzer überstanden hatte, nur damit es ihn dann so kurz vor Kriegsende so brutal erwischt. Jedenfalls brachten sie ihn nach Hause, und er war eine Ewigkeit im Lazarett und anschließend in einer Art Rehabilitationsklinik, wo er mit der Prothese laufen lernte. Athena ließ Clementina bei Mary und Mama und war eine ganze Weile weg, um in der Nähe der Kliniken und bei ihm zu sein. Aber natürlich konnte er mit der Prothese nicht in seinem Regiment bleiben und wurde daher als Invalide aus dem Heer entlassen. Athena und er leben jetzt in einem kleinen Farmhaus auf dem Gut seines Vaters, und er wird sich alles nötige Wissen aneignen, damit er, wenn der Alte schließlich einmal das Zeitliche segnet, das Gut übernehmen kann. Von Athena und Clementina Abschied zu nehmen war mir ziemlich schrecklich, aber ihr fiel es nicht allzu schwer. Sie ist wohl einfach dankbar, daß er es überlebt hat. Sie hat ein-, zweimal telefoniert und sagt, es ist sehr schön in Gloucestershire, und das Haus wird es auch noch, wenn sie mal Zeit findet, sich drum zu kümmern. Ein bißchen schwierig jetzt, wo immer noch alles rationiert ist und man ohne Textilcoupons nicht einmal Vorhänge, Decken oder Bettlaken bekommt.

Nat vermißt Clementina sehr. Andererseits aber ist es ihm auch wieder recht, daß er nun alle Spielsachen auf Nancherrow für sich allein hat, ohne daß ständig wer protestiert oder ihm mit der Puppe oder dem Spielzeuglaster eins überbrät.

Es ist schon eine große Erleichterung, daß der Krieg jetzt endlich vorbei ist, auch wenn sich das tägliche Leben bisher gar nicht so einschneidend verändert hat. Immer noch gibt es Benzin nur tröpfchenweise, die Läden bleiben leer und das Essen ist knapp wie eh und je. Wir können froh sein, auf einer Farm zu wohnen. Da kann man immer ein Huhn schlachten, im Wald gibt es immer noch Fasane und Tauben, und natürlich kriegen wir hin und wieder auch einen Fisch geschenkt. Und die Eier selbstverständlich. Wir leben praktisch von Eiern und haben uns noch zwei Dutzend weiße Leghorns zugelegt, um die Haushaltskasse aufzubessern. Für den armen Nettlebed wurde es allmählich ein bißchen zuviel, den Gemüsegarten von Nancherrow umzugraben, weshalb wir eines der unteren Felder von Lidgey in einen gemeinsamen Gemüsegarten umgewandelt haben. Walters Vater hat ihn umgepflügt und bestellt ihn jetzt zusammen mit Nettlebed. Kartoffeln, Kohl, Karotten und so weiter. Unmengen von Bohnen und Erbsen. Walters Vater ging es nicht allzu gut, er hatte Brustschmerzen und schlimmen Husten. Der Arzt meinte, er solle mal ein bißchen langsamer tun, aber er reagiert nur mit einem hohlen (kann man das sagen?) Lachen und macht weiter wie gehabt. Mrs. Mudge schuftet immer noch in der Milchkammer.

Sie ist ganz verrückt nach Nat und verwöhnt ihn maßlos, einer der Gründe, warum er sich so schlimm aufführt. Mit fünf darf er zur Schule. Ich kann's kaum erwarten.

Und jetzt muß ich wohl das Geschirr vom Abendessen, das noch überall rumsteht, abwaschen, den Hühnerstall verriegeln und Nat ins Bett schaffen. Den Stapel Wäsche bügle ich wahrscheinlich nicht mehr. Ist sowieso eine eher nutzlose Übung.

Herrlich, wieder mal mit Dir zu reden. Schreib mir doch! Manchmal denke ich tagelang überhaupt nicht an Dich und dann wieder ununterbrochen und so intensiv, daß es mir, wenn ich nach Nancherrow hinuntergehe, ganz merkwürdig vorkommt und ich mich daran erinnern muß, daß Du nicht da bist.

Ganz, ganz liebe Grüße
Loveday

IN DER exotischen Welt der Tropen, wo die einzige jahreszeitliche Veränderung im Ansturm des Monsuns bestand und der immerwährende Sonnenschein eintönig werden mußte, verstrichen die Tage und Wochen und Monate mit beunruhigender Geschwindigkeit, und leicht verlor man die Zeit völlig aus dem Blick. Verstärkt wurde das Gefühl, in einem Schwebezustand zu leben, in der Luft zu hängen, noch dadurch, daß man keine Tageszeitungen hatte und häufig nicht einmal die Zeit, sich die Nachrichtensendungen der Marine anzuhören. Nur die ganz ernsthaften Mädchen bemühten sich noch, das Weltgeschehen zu verfolgen. Das letzte wirklich bedeutende Ereignis schien der Triumph des VE-Days, des 8. Mai, gewesen zu sein, und der lag nun auch schon wieder drei Monate zurück.

Aus all diesen Gründen war der regelmäßige und durch die Höhepunkte der Wochenenden in überschaubare Abschnitte gegliederte Rhythmus der Arbeitswoche noch wichtiger als zu Hause. Denn er trug dazu bei, in einem im Grunde anormalen Dasein das Gefühl von Normalität aufrechtzuerhalten. Die Samstage und Sonntage gewannen eine ganz besondere Bedeutung, waren sehnsüchtig erwartete Tage der Freiheit, Zeit für sich selber. Und man hatte die Qual der Wahl: entweder gar nichts zu tun oder aber alles in sie hineinzupacken.

Das Schönste für Judith war, daß sie nicht schon um halb sechs aufstehen mußte, um rechtzeitig an der Pier zu sein und das erste Boot zu erwischen. Trotzdem wachte sie um halb sechs auf – auf ihre innere Uhr war Verlaß –, drehte sich aber gewöhnlich noch mal um und schlief weiter, bis es ihr unter dem Moskitonetz zu heiß und höchste Zeit zum Duschen und Frühstücken wurde.

Zum Frühstück gab es an diesem speziellen Samstag Rührei, und anders als die schnelle Scheibe Brot mit Pfirsichmarmelade unter der Woche konnte sie es in Muße genießen und einmal ausgiebig Tee trinken. Gerade setzte sich die exzentrische Helen O'Connor zu ihr, die aus der Grafschaft Kerry stammte und auf ungemein erfrischende Art Verworfenheit verkörperte: Groß, spindeldürr und mit langer dunkler Mähne, stand sie im Ruf, Männer zu sammeln wie andere Briefmarken. Sie trug ein Goldkettchen am Arm, an dem schwer die Amulette, ihre «Skalps», baumelten. Wenn man in die Offiziersmesse ging, traf man sie immer, schwofend unterm Sternenhimmel, und jedesmal mit einem neuen, leidenschaftlich in sie verschossenen Begleiter.

«Und? Was hast du heute vor?» fragte sie Judith, zündete sich ihre erste Zigarette an und stieß langsam und befriedigt den Rauch aus.

Judith erzählte ihr von Toby Whitaker.

«Wie sieht er denn aus?»

«Ganz nett. Er ist verheiratet, hat zwei Kinder.»

«Paß lieber auf. Das sind die Schlimmsten. Ich hatte schon gehofft, du kämst mit zum Segeln. Ich hab mich auf einen ganzen Tag auf dem Wasser eingelassen und hab das komische Gefühl, ich könnte eine Anstandsdame gebrauchen.»

Judith lachte. «Vielen Dank, aber da mußt du dir wohl einen anderen Anstandswauwau suchen.»

«Die sind dünn gesät. Na ja…» Sie gähnte und streckte sich. «Vielleicht riskier ich's einfach mal und kämpfe für meine jungfräuliche Ehre…» Ihre blauen Augen glitzerten schelmisch, erinnerten Judith an Loveday, und plötzlich war sie ihr sehr sympathisch.

Nach dem Frühstück ging sie hinunter zur Bucht und schwamm eine Runde. Und dann war es schon Zeit, sich für Toby Whitaker fertigzumachen. Sie zog Shorts, eine ärmellose Bluse und alte Tennisschuhe an und packte sich einen Korb für den Tag. Ausgefranster Strohhut, Badeanzug, Handtuch. Ein Buch, falls die Unterhaltung stocken oder Toby beschließen sollte, einen Mittagsschlaf zu halten. Nachträglich stopfte sie noch eine Khakihose und -bluse und Zehensandalen dazu, auf die entfernte Möglichkeit hin, daß es vielleicht doch später würde und sie bis zum Abendessen und länger wegblieben.

Mit dem Korb über der Schulter marschierte sie durch die Unterkünfte hinunter zum Büro und zum Tor. Sie war ein wenig zu früh dran, doch Toby Whitaker wartete bereits auf sie, und mit einer tollen Überraschung dazu. Denn irgendwie war es ihm gelungen, einen Jeep aufzutreiben, den er an einer schattigen Stelle auf der anderen Straßenseite geparkt hatte. Dort saß er nun hinterm Steuer, rauchte friedlich seine Zigarette, sprang jedoch, als er sie kommen sah, sofort heraus, warf die Zigarette weg und kam ihr über die Straße entgegen. Auch er war salopp gekleidet, mit blauen Shorts und einem verschossenen Hemd, gehörte allerdings zu den Män-

896

nern, die ohne Uniform gleich ein wenig unbedeutender und durchschnittlicher wirken. Er war durchaus passend gekleidet für seine Spritztour mit Judith, aber für sie war und blieb er der Inbegriff des gewissenhaften Familienvaters auf Sonntagsausflug. (Zumindest trug er keine Socken in den Sandalen und würde hoffentlich keine Knoten in sein Taschentuch machen, um es als Sonnenschutz zu verwenden.)

«Hallo, hallo.»

«Ich bin früh dran. Ich dachte nicht, daß Sie schon hier sind. Wo haben Sie denn den Jeep her?»

«Captain Curtice hat ihn mir geliehen.» Er wirkte sehr zufrieden mit sich, wozu er auch allen Grund hatte.

«Toll. So ein Jeep ist Gold wert.»

«Er wird heute wohl sowieso nicht gebraucht. Ich habe ihm von Ihnen erzählt, und er meinte, eine Lastwagentour sei einfach nicht das Richtige für ein Rendezvous. Heute abend muß ich ihn wieder zurückbringen.»

Mit ungeheuer befriedigter Miene nahm er ihr den Korb ab. «Gehen wir.»

Sie zwängten sich in den Jeep und starteten mit der üblichen Staubwolke in Richtung Hafenstraße, die sich in einer weiten Biegung die Küste entlangzog. Es ging nur langsam voran, denn es herrschte reger und chaotischer Verkehr: Marinelaster und Lkws, Fahrräder, Rikschas und Ochsenkarren. Männerkolonnen arbeiteten am Hafendamm, und barfüßige Frauen in Baumwollsaris gingen, winzige Babys auf dem Arm, endlose Reihen kleiner Nackedeis an den Händen, Obstkörbe auf dem Kopf, zum Markt. Hinter dem Damm lag der Hafen, in dem sich die schnittigen grauen Kriegsschiffe der Flotte drängten. Flaggen knatterten an Masten, weiße Segel flatterten im heißen Wind, und die Hornsignale drifteten über die schimmernde Wasserfläche.

Für Toby war das alles neu und fremd. «Sie müssen mich führen», sagte er. «Mir sagen, wo's langgeht.»

Was sie auch tat: indem sie ihn zunächst vom Hafen weg und auf eine ausgefahrene Straße lotste, die durch das Dorf und den Außenbezirk des Forts sowie am Obstmarkt vorbeiführte. Fort Frederick

897

und Swami Rock hatten sie fast hinter sich, und schließlich waren sie auf der Küstenstraße, die in den Norden hinauf nach Nilaveli führte.

Jetzt gab es keinen Verkehr mehr, sie hatten die Straße ganz für sich, doch bei all den Furchen, Schlaglöchern und Gesteinsbrocken war es unmöglich, schneller zu fahren. Ruckelnd ging es voran.

Um den Motorenlärm des Jeeps und das wirbelnde Chaos von Wind und Staub zu übertönen, brüllte Toby: «Sie wollten mir von der Lady erzählen, die die YWCA leitet.»

«Richtig.» Schweigen wäre zwar angenehmer gewesen, aber es ihm zu sagen vielleicht auch ein bißchen unhöflich. «Eine beeindruckende Frau, wie ich schon sagte.»

«Wie hieß sie gleich wieder?»

«Toddy. Mrs. Todd-Harper. Sie ist die Witwe eines Plantagenbesitzers. Droben in Banderewela hatten sie ein Gut. 1939 wollten sie eigentlich zurück nach England, aber dann brach der Krieg aus, und die Meere waren voller Unterseeboote, und es gab keine Schiffspassagen mehr, so daß sie auf Ceylon blieben. Vor zwei Jahren dann hatte Mr. Todd-Harper einen Herzanfall und starb, und sie war allein. Übergab die Plantage irgendeinem Aufseher und schloß sich der hiesigen Abteilung des Freiwilligen Hilfsdiensts an. Eigentlich wollte sie ja zum Frauen-Marinehilfskorps, aber dazu war sie zu alt. Jedenfalls hat man sie schließlich nach Trincomalee abkommandiert und sie beauftragt, die neue YWCA zu leiten. Und das war's auch schon.»

«Woher wissen Sie soviel über sie?»

«Bis zu meinem zehnten Lebensjahr hab ich in Colombo gelebt. Die Todd-Harpers kamen hin und wieder aus ihren Hügeln herab, quartierten sich im Hotel Galle Face ein und trafen sich mit ihren Freunden.»

«Kannten die Todd-Harpers Ihre Eltern?»

«Ja, aber meine Mutter und Toddy hatten nicht viel gemeinsam. Das heißt, meine Mutter hielt wohl nicht viel von ihr. Nannte sie immer ‹sehr direkt›. Was einer völligen Verdammung gleichkam.»

Toby lachte. «Dann haben Sie sich also nach all den Jahren wiedergefunden.»

«Ja. Sie war schon da, als ich vor einem Jahr hier ankam. Es war ein herrliches Wiedersehen. Sie hier zu haben bedeutet mir unendlich viel. Manchmal, wenn ich lange auf einer Party bleibe und Erlaubnis zum Auswärtsübernachten habe, verbringe ich die Nacht bei ihr in der Jugendherberge. Und wenn sie kein Zimmer mehr hat, läßt sie ein Bett und ein Moskitonetz auf die Veranda tragen. Es ist einfach himmlisch, in der Morgenkühle aufzuwachen und zuzuschauen, wie die Katamarane mit dem nächtlichen Fang hereinkommen.»

Leeres Land jetzt. Vor ihnen verschwamm die palmengesäumte Küste in der dunstigen Mittagshitze. Zur Rechten lag das Meer, jadefarben, klar und reglos wie Glas. Nach einer Weile kam die YWCA in Sicht, ein langgestrecktes, niedriges Gebäude mit Palmblätterdach und großen Veranden, das zwischen Straße und Meer im tiefen Schatten einer Palmenoase schön gelegen war. Die einzige Siedlung, die man sonst noch entdecken konnte, waren ein paar Eingeborenenhütten etwa eine halbe Meile strandaufwärts. Hier stieg der Rauch von den Kochfeuern auf, und die Fischer hatten ihre Katamarane auf den Strand gezogen.

«Ist das unser Ziel?» fragte Toby.

«Jawohl.»

«Was für eine Idylle!»

«Sie haben die Herberge erst vor zwei Jahren gebaut.»

«Wer hätte gedacht, daß die christlichen jungen Frauen so gute Ideen haben.»

Nach weiteren fünf Minuten waren sie angekommen. Sie überquerten den glühenden, ziemlich schmutzigen Sand, stiegen die Holzstufen zur Veranda hinauf und betraten das Gebäude. Der langgestreckte Raum, nach allen Seiten offen, um jeden Lufthauch einzufangen, war mit sehr schlichten Eßtischen und Stühlen möbliert. Ein singhalesischer Hausdiener in weißem Hemd und rotkariertem Sarong deckte mit größter Gemächlichkeit den Tisch fürs Mittagessen. Hölzerne Ventilatoren drehten sich an der Decke, und auf der dem Meer zugewandten Seite erblickte man gerahmte Panoramen von Himmel und Horizont, Meer und glühendem Sand.

Während sie noch hinaussahen, schwang eine Tür auf der gegenüberliegenden Seite des Raumes auf, und eine Frau mit einem Stapel frischgebügelter weißer Servietten auf dem Arm erschien im Türrahmen. Sie sah die beiden stehen, hielt einen Augenblick inne, erkannte dann Judith und strahlte vor Vergnügen, warf die Servietten auf einen in der Nähe stehenden Tisch und kam ihnen entgegen. «Schätzchen!» Sie breitete die Arme aus. «Was für eine nette Überraschung. Ich hatte ja keine Ahnung, daß du kommst. Warum hast du mir denn nicht Bescheid gegeben?» Sie hatte Judith erreicht und sie in ihre buchstäblich atemberaubende Umarmung geschlossen, drückte ihr Küsse und dicke Lippenstiftkleckse auf die Wangen. «Du warst doch nicht etwa krank, oder? Ist ja schon eine Ewigkeit her...»

«Ungefähr einen Monat, und krank war ich auch nicht.» Nachdem sie sich wieder befreit hatte, versuchte Judith verstohlen, den Lippenstift abzuwischen. «Toddy, das ist Toby Whitaker.»

«Toby Whitaker», wiederholte Toddy. Ihre Stimme klang fürchterlich heiser, was niemanden erstaunte, da sie ununterbrochen rauchte. «Sie habe ich aber noch nie getroffen, oder?» Sie musterte ihn scharf.

Toby erschrak ein wenig: «Nein, ich glaube nicht. Ich bin erst seit kurzem hier.»

«Dachte mir doch, daß ich Sie nicht kenne. Die meisten von Judiths Freunden kenne ich nämlich.»

Sie war eine hochgewachsene Frau, knochig, schmalhüftig und flachbrüstig wie ein Mann und trug Hosen und ein lässiges Hemd. Ihre Haut war braun und ledrig wie eine gründlich gegerbte Tierhaut und runzlig wie eine Backpflaume, doch ihr Make-up, die stark nachgezogenen Augenbrauen, der glänzende blaue Lidschatten und der reichlich aufgetragene, sehr dunkle Lippenstift machten das wieder wett. Ihr Haar, das man nur als Schopf bezeichnen konnte, wäre im natürlichen Zustand schlohweiß gewesen *(weißes Haar macht so alt, Schätzchen)*, hätte sie es nicht in einem fröhlichen rötlichen Messingblond gefärbt.

«Seid ihr zum Mittagessen gekommen? Gott! Wir essen zusammen. Ich klär euch über die letzten Neuigkeiten auf. Zum Glück ist heut nicht so besonders viel los. Und es gibt Fisch. Hab ihn heute morgen von einem der Boote gekauft. Wollt ihr was trinken? Ihr müßt ja halb verdurstet sein. Gin Tonic? Gin mit Limette?» Während sie sprach, tastete sie in der Brusttasche ihres Hemdes nach Zigaretten und Feuerzeug und fingerte sich geschickt eine Zigarette aus der Packung. «Judith, ich muß dir unbedingt von dieser gräßlichen Frau erzählen, die vorgestern abend hier war. Ich glaube, sie war Third Officer. Viel zu vulgär für 'nen einfachen Matrosen. Aber eingebildet bis dorthinaus. Quasselt mit voller Lautstärke während des ganzen Abendessens. Blablabla. Als wär sie auf der Jagd. Schrecklich peinlich. Du kennst sie doch nicht, oder?»

Judith lachte und schüttelte den Kopf. «Nicht näher.»

«Aber du weißt, von wem ich rede? Schon gut, spielt keine Rolle.» Sie ließ ihr Feuerzeug aufflammen und zündete sich die Zigarette an. Sobald sie sicher zwischen ihren geschminkten Lippen klemmte, fing sie wieder an. «Hoffentlich taucht die nicht noch mal auf. Und jetzt. Die Drinks. Beide Gin Tonic? Judith, geh doch mit...?» Sie hatte seinen Namen schon wieder vergessen.

«Toby», kam ihr Toby zu Hilfe.

«Geh doch mit Toby auf die Veranda und macht's euch bequem. Ich schau mal nach unseren Drinks.»

Die Tür schwang hinter ihr zu, doch ihre Stimme, die wortreich Befehle erteilte, war immer noch deutlich zu hören.

Judith sah Toby an. «Sie wirken ein bißchen mitgenommen.»

Sofort korrigierte er seinen Gesichtsausdruck. «Mir ist jetzt völlig klar, was Sie sagen wollten.»

«Sie ist sehr direkt?»

«In der Tat. Ausgefallen – wenn nicht ausfallend.» Und dann, als habe er vielleicht zuviel gesagt: «Aber sicher sehr unterhaltsam.»

Sie stellten ihre Körbe ab und traten auf die Veranda hinaus. Mit Rohrsesseln und -tischen möbliert, war sie ganz offensichtlich das Wohnzimmer der Herberge. Grüppchen von Mädchen und ein paar Männer waren bereits da und genossen in knapper Badekleidung die Kühle und einen Drink vor dem Mittagessen. Am Strand nahmen andere noch ihr Sonnenbad, braune Körper, die wie Heringe auf dem Sand ausgebreitet lagen. Einige schwammen oder ließen sich faul von den sanften Wellen tragen. Judith und Toby stützten die Ellbogen auf das hölzerne Geländer und betrachteten die Umgebung.

Der Sand war von blendendem Weiß. Blaßrosa lag das von den Brechern angeschwemmte Geröll der Muschelscherben am Meeressaum. Exotische Fragmente, Welten entfernt von den heimischen Miesmuscheln und gestreiften Stumpfmuscheln von Penmarron. Hier lagen Scherben von Schneckenmuscheln und Nautilus, Teufelsklauenschnecken und Kauris. Meerohren mit ihrer perlmutternen Innenseite und die tödlichen Schalen der Seeigel.

Toby sagte: «Ich weiß nicht, wie lange ich's noch aushalte, ehe ich mich in die Fluten stürze. Können wir zu diesen Felsen rausschwimmen?»

«Sie können, wenn Sie wollen. Ich mach das nie. Die Felsen sind mit Seeigeln übersät, und ein Stachel im Fuß wär das letzte, was ich gebrauchen kann. Außerdem schwimme ich nicht gern so weit raus. Es gibt hier keine Haisperre, weil dauernd Fischerboote rein- und rausfahren.»

«Haben Sie Haie gesehen?»

«Nicht hier. Aber ich war mal im äußeren Hafen segeln, und während der gesamten Rückfahrt wurden wir von einem Hai verfolgt, der unterm Kiel lauerte. Hätte er gewollt, er hätte uns im Handumdrehen zum Kentern gebracht und zum Lunch verspeisen können. War ganz schön beängstigend.»

Ein Mädchen stieg langsam aus dem Wasser herauf. Schlank, langbeinig, im weißen Badeanzug. Und während sie sie beobachteten, hob sie die Hände zum Kopf und wrang das robbennasse Haar aus. Dann, nachdem sie sich zu ihrem Handtuch gebückt hatte, spazierte sie den Strand herauf zu einem Mann, der sie erwartete.

Toby beobachtete sie. Nach einer Weile sagte er: «Sagen Sie, stimmt es, daß die Mädchen hier alle viel attraktiver sind als zu Hause? Oder laß ich mich schon vom Zauber ihrer Seltenheit betören?»

«Nein, ich glaube, es stimmt.»

«Warum?»

«Liegt wohl an den Umständen hier. Das Leben im Freien, jede Menge Sonne und Tennis und Schwimmen. Es ist wirklich interessant. Ein neues Kontingent von Marinehelferinnen trifft aus England ein, und sie sehen wirklich grauenhaft aus. Übergewichtig, pummelig und bleich. Dauerwellen und dicke Puderschichten. Und dann gehen sie schwimmen, und die Dauerwelle wird kraus und sie lassen sie abschneiden. Bald stellen sie fest, daß es für Make-up zu heiß ist, und der Puder landet im Mülleimer. Und weil es die ganze Zeit so schwül ist, verlieren sie den Appetit und nehmen ab. Und schließlich sitzen sie in der Sonne und werden braun und immer hübscher. Eine ganz natürliche Entwicklung.»

«Ich kann mir nicht vorstellen, daß Sie je pummelig und blaß waren.»

«Dick war ich zwar nicht, aber käsig auf jeden Fall...»

Er lachte. «Ich bin wirklich froh, daß Sie mich hierhergebracht haben. Das ist ein guter Ort. Allein hätte ich nie hergefunden.»

Toddy kam mit ihren Drinks, die eiskalt waren und es auch sonst in sich hatten. Sie tranken aus, schwammen eine Runde und aßen dann im Speisesaal mit ihrer Gastgeberin zu Mittag. Gegrillten Fisch, der so frisch war, daß das saftige weiße Fleisch von den Gräten fiel, und zum Nachtisch einen Obstsalat aus Mangos, Orangen und Ananas. Und während des ganzen Essens redete Toddy, bewirtete sie großzügig mit pikanten Geschichten aus der ceylonesischen Gerüchteküche, von denen einige durchaus der Wahrheit entsprechen mochten, denn sie hatte ihr halbes Leben auf der Insel verbracht und duzte sich mit jedem, vom Vizeadmiral in Colombo angefangen bis hinunter zum ehemaligen Plantagenbesitzer, der mittlerweile das Arbeitslager in Trincomalee verwaltete.

Toby Whitaker lauschte höflich, lächelte tapfer, doch Judith merkte, daß er etwas bestürzt war über derart marktschreierische Skandalgeschichten und sie wahrscheinlich mißbilligte. Was eine gewisse Gereiztheit bei ihr auslöste. Er mußte doch wirklich nicht so steif sein! Und sie ertappte sich bei dem Wunsch, ihn zu provozieren, und stachelte Toddy damit zu noch viel unverschämteren Indiskretionen an.

Wegen dieses ganzen, von einem zweiten Gin Tonic (*Schätzchen, den Rest machen wir auch noch klein!*) angeheizten Palavers dauerte das Mittagessen ziemlich lange und war erst zu Ende, als Toddy schließlich ihre Zigarette ausdrückte, aufstand und verkündete, sie gehe jetzt auf ihr Zimmer, um sich hinzulegen und Siesta zu halten.

«Aber ihr trinkt doch noch Kaffee? Ich sage Peter Bescheid, damit er ihn euch auf die Veranda bringt. Ich tauche wahrscheinlich um halb fünf wieder auf. Wir trinken dann zusammen Tee. Amüsiert euch inzwischen.»

So verbrachten sie die nächste Stunde faul und genießerisch auf Liegestühlen ausgestreckt, schlürften Eiskaffee und warteten darauf, daß die langsam sinkende Sonne Schatten in den Sand malte und es wieder Zeit zum Schwimmen wurde. Judith, die sich noch mal umziehen ging, stellte beim Zurückkommen fest, daß Toby schon wieder im Wasser war. Sie rannte zu ihm hinunter an den Strand, warf sich in die klaren grünen Wellen, und die Kühle des Meeres war wie Seide auf der sonnenverbrannten Haut. Das Wasser verklebte die Wimpern zu Zacken, in denen sich das Licht farbig brach.

Wasser und Luft waren so herrlich, daß eine Stunde verging, ehe sie sich wieder landeinwärts wandten und den Strand ansteuerten. Bis dahin waren sie träge und gemächlich dahingeschwommen, doch plötzlich wurde Toby von einem heftigen Energieschub oder vielleicht auch von einem elementaren maskulinen Imponierdrang gepackt. Wie auch immer. «Ich schlage Sie», verkündete er und schoß ohne weitere Vorrede, ohne Judith überhaupt zur Besinnung kommen zu lassen, davon, glitt mit einem beneidenswerten australischen Kraul durchs Wasser. Die zurückbleibende Judith war etwas verärgert und beschloß, nicht darauf einzugehen. Welchen Sinn hatte es auch schon, sich auf einen so hoffnungslosen Wettkampf einzulassen? Und wer hätte gedacht, daß ein erwachsener Mann so kindisch sein könnte? Sie sah, wie er die Küste erreichte, aus der Brandung stieg und, die Arme in die Seiten gestemmt, triumphierend am Strand stand, um ihre betont gemächliche Herankunft zu beobachten. Ein aufreizendes Grinsen breitete sich über sein Gesicht.

«Ganz schön langsam», spottete er.

Judith hatte keine Lust aufzustehen. Die sanften Wellen trugen sie voran. «Das war nicht fair, Sie waren im Vorteil», sagte sie streng.

Noch eine Welle, und ihre Knie stießen auf Sand. Sie würde die letzten paar Meter gehen. Sie streckte den Fuß nach unten und trat auf.

Der durchdringende Schmerz schoß ihr tief in den linken Fuß, so heftig und unerträglich, daß sie den Mund öffnete, um zu schreien. Doch sie brachte keinen Ton heraus. Die Überraschung, der lähmende Schock warfen sie aus dem Gleichgewicht, sie stolperte, stürzte nach vorn, und ihr Mund füllte sich mit Meerwasser. Würgend, fast panisch fühlte sie den Sand unter den Fingern, bekam irgendwie wieder den Kopf nach oben und begann dann, unbekümmert um Haltung und Würde, auf Händen und Knien aus dem Wasser zu kriechen.

Das alles hatte nur wenige Sekunden gedauert, doch Toby war bereits an ihrer Seite.

«Was um Himmels willen ist denn passiert?»

«Mein Fuß. Ich bin auf was getreten. Ich kann nicht stehen. Versuchen Sie nicht, mich hochzuziehen.»

Also schob er ihr die Hände unter die Achseln und hievte sie wie einen riesigen gestrandeten Wal an den Strand, wo sie auf die Ellbogen gestützt liegenblieb. Das Haar hing ihr triefend ins Gesicht, und Meerwasser strömte ihr aus der Nase. Sie hob die Hand und wischte es weg.

«Alles okay?»

Welch lächerliche Frage. «Nein, ich bin nicht okay», fuhr sie ihn an und bereute es sofort, denn er kniete schon an ihrer Seite. Das Grinsen war aus seinem Gesicht gewichen, hatte brennender Besorgnis Platz gemacht.

«Welcher Fuß ist es denn?»

«Der linke.» Die Augen drohten sich mit lächerlichen Tränen zu füllen, und sie ertappte sich dabei, wie sie vor Schmerz und Angst und der bloßen Befürchtung, was sie sich da eingehandelt hatte, die Zähne zusammenbiß.

Toby sagte: «Halten Sie still.» Er griff nach ihrem linken Knöchel, hielt ihn fest und hob ihren Fuß, um den Schaden zu begutachten. Judith schloß die Augen, weil sie es nicht sehen wollte. Sie hörte ihn sagen: «O Gott, es ist Glas. Ein Glassplitter. Immer noch drin. Ich ziehe ihn raus. Beißen Sie die Zähne zusammen...»

«Toby, nicht...» Aber es war schon geschehen, und wieder schoß ein jäher unerträglicher Schmerz wie Feuer durch jede Nervenfaser ihres Körpers. Sie dachte, sie müsse in Ohnmacht fallen, was sie aber nicht tat. Allmählich, zögernd verebbte dann der Schmerz, und sie spürte das langsam rinnende klebrige Blut, das aus ihrer Fußsohle quoll.

«Schon in Ordnung. Alles vorbei.» Sie öffnete die Augen. «Braves Mädchen. Sehen Sie mal!»

Er hielt einen gefährlich wirkenden dreieckigen Glaskeil hoch, den das Meer zu einer scharfen Schneide geschliffen hatte. Die Scherbe irgendeiner Flasche, die über Bord geworfen, an einem Felsen zersplittert und an Land geschwemmt worden war.

«Ist das alles? Ist alles raus?»

«Ich glaub schon. War nur ein einziger Splitter.»

«Mein Fuß blutet.»

«Das», erwiderte Toby, «ist die Untertreibung des Jahres.» Er verstaute die Scherbe sorgfältig in der Tasche seiner Shorts. «So, jetzt legen Sie die Arme um meinen Hals und halten sich an mir fest.» Er hob sie hoch, und sie fühlte sich merkwürdig schwerelos, als er sie den ganzen Strand hinauf und schließlich ins kühle Allerheiligste der Veranda trug, wo er sie auf einen der gepolsterten Liegestühle bettete.

Judith sagte: «Das geht nicht... ich meine, ich versaue Toddys Kissen...» Aber Toby war bereits ins Haus gelaufen, um gleich darauf mit einem weißen Tischtuch zurückzukehren, das er von einem der Tische gerissen hatte. Er faltete es zu einem Polster zusammen und schob es behutsam unter ihren Fuß. In Sekundenschnelle hatte es sich – auf beängstigende Weise – mit Blut vollgesogen.

Sie hörte ihn verzweifelt sagen: «Wir müssen was unternehmen.»

«Was ist denn passiert?» Ein Mädchen, das zum Sonnenbaden am Strand gewesen war, näherte sich mit fragendem Blick. Sie hatte ein gebräuntes Gesicht und sonnengebleichtes Haar und trug zu ihrem Bikinioberteil ein zu einem Sarong geknotetes Baumwolltuch um die Hüften.

«Ein Unfall», versetzte Toby kurz.

«Hören Sie, ich bin Krankenschwester.»

Sofort änderte sich sein Verhalten. «Gott sei Dank.»

«Aus dem Marinelazarett.» Sie bückte sich, um die Verletzung zu begutachten. «Hey, das ist ja eine wirklich üble Schnittwunde. Was war es denn? Für eine Muschel sieht's zu tief aus.»

«Ein Glassplitter.» Toby zog die gefährliche Scherbe aus der Tasche, hielt den bedrohlichen Zacken in die Höhe.

«Gott, wie entsetzlich! Und wie groß sie ist! Die muß tief reingegangen sein.» Sie besann sich auf ihre praktische Seite. «Sehen Sie, sie blutet immer noch wie ein Schwein. Wir brauchen Scharpie, Watte und Mullbinden. Irgendwo muß ein Erste-Hilfe-Kasten sein. Wo ist Mrs. Todd-Harper?»

«Sie schläft.»

«Ich hole sie. Sie bleiben hier und versuchen die Blutung zu stillen.»

Sie verschwand. Jetzt, wo jemand da war, der die Sache in kompetente Hände nahm und ihm klare Anweisungen gab, fand Toby seine Gelassenheit wieder. Er setzte sich ans Fußende der Liege und tat sein Bestes, ihren Anweisungen Folge zu leisten.

«Es tut mir so leid», sagte er immer wieder.

Wenn er nur damit aufhören würde, dachte Judith. Alles in allem war es eine große Erleichterung, als die Krankenschwester mit einem Rotkreuzkasten und Toddy im Schlepptau zurückkehrte.

«Schätzchen.» Die aus ihrer Siesta aufgeschreckte Toddy hatte sich so rasch angezogen, daß ihr das Hemd aus der Hose hing und sämtliche Knöpfe in den falschen Knopflöchern steckten. «Mein Gott, was für eine gräßliche Sache. Geht es dir gut? Bleich wie der Tod, kein Wunder.» Sie wandte der jungen Schwester ihr besorgtes Gesicht zu. «Ist es denn sehr schlimm?»

«Schlimm genug», wurde ihr beschieden. «Die Wunde ist sehr tief. Ich denke, man wird sie nähen müssen.»

Glücklicherweise war sie nicht nur tüchtig, sondern auch behutsam. Im Handumdrehen war Judiths Wunde gereinigt, mit Scharpie verbunden, in einen Berg Watte gehüllt und bandagiert.

Die junge Schwester steckte das Ende der Binde ordentlich mit einer Sicherheitsnadel fest. Sie sah Toby an. «Ich denke, Sie sollten sie auf die Krankenstation des Marinehilfskorps oder ins Lazarett bringen. Dort werden sie sie nähen. Haben Sie einen Wagen?»

«Ja. Einen Jeep.»

«Das geht.»

Toddy hatte sich inzwischen in den nächsten Stuhl sinken lassen. «Ich bin fix und fertig», verkündete sie an die ganze Gesellschaft gerichtet, «und auch entsetzt. Wir hatten hier schon alle möglichen kleineren Krisen: Quallenverletzungen und Seeigelstiche, sogar Hai-Alarm, aber nie Glasscherben. Wie kann man nur so fahrlässig sein? Aber was für ein Glück, daß Sie hier waren...» Sie lächelte der Schwester zu, die gerade wieder die ganze Erste-Hilfe-Ausrüstung in den Kasten räumte. «Tüchtiges Kind. Ich weiß gar nicht, wie ich Ihnen danken soll.»

«Gern geschehn. Wenn ich Ihr Telefon benutzen darf, schau ich mal, ob ich die Krankenstation der Marinehelferinnen erreiche. Um der Schwester zu sagen, daß sie mit einem Notfall zu rechnen hat.»

Als sie gegangen war, meinte Toby: «Entschuldigen Sie mich bitte, ich glaube, ich sollte mich lieber anziehen. Ich kann ja kaum in der nassen Badehose nach Trincomalee zurückfahren.»

Also verschwand auch er, und Judith und Toddy blieben allein zurück. Sie sahen sich traurig an. «Das ist ja eine schöne Bescherung.» Toddy fingerte in ihrer Hemdtasche nach der unumgänglichen Zigarette, schüttelte eine aus der Schachtel und zündete sie an. «Es tut mir so leid. Ich fühle mich so verantwortlich. Tut es denn sehr, sehr weh?»

«Angenehm ist es nicht gerade.»

«Wo du dich so gut amüsiert hast. Aber, mach dir nichts draus, es wird andere Gelegenheiten geben. Andere schöne Tage. Und vielleicht komme ich mal und besuche dich auf der Krankenstation. Bring dir Trauben und esse sie alle selbst auf. Kopf hoch. Wir müssen positiv denken. Vielleicht 'ne Woche, nicht länger, und schon bist du wieder auf dem Damm. Und stell dir bloß vor, wie schön du dich da ausruhen kannst. Kannst den ganzen Tag im Bett liegen und hast nichts zu tun.»

Doch Judith ließ sich nicht trösten. «Ich hasse es, nichts zu tun zu haben.»

DOCH ZIEMLICH überraschend stellte sich dann heraus, daß es sie nicht im mindesten störte. Sie lag in einem Zimmer mit vier Betten. Ihres stand neben der offenen Tür, die auf eine weite, von einem Palmblätterdach überspannte Terrasse hinausging. Die Pfosten, auf denen das Dach ruhte, waren von Bougainvillea umrankt, der Terrassenboden mit Blüten übersät, was dazu führte, daß der jüngste Hausboy oft zum Fegen kommen mußte. Vor der Terrasse lag in brütender Hitze der steil zur Küste hin abfallende Park; und davor wiederum das herrliche Panorama des Hafens.

Trotz seiner Funktion und der damit verbundenen unvermeidlichen Geschäftigkeit war die Krankenstation im Grunde ein stiller Ort, luftig, weiß gestrichen und makellos sauber, ja sogar luxuriös, mit richtigen Toiletten, Bildern an den Wänden (Farbdrucken von den Sussex Downs und dem Lake District) und zarten Baumwollvorhängen, die sich in der ständig fächelnden Brise blähten und bauschten.

Judiths drei Gefährtinnen befanden sich in unterschiedlichen Stadien der Genesung. Eine hatte Denguefieber gehabt, eine andere sich den Knöchel gebrochen, als sie während eines lebhaften Picknicks versehentlich auf einen Felsen hüpfte. Nur die dritte war wirklich krank und litt an wiederkehrenden heftigen Anfällen von Amöbenruhr, die Dauerkrankheit, die alle fürchteten. Bedrückt, blaß und entkräftet lag sie da und würde, so munkelten die Schwestern, sobald es ihr gut genug ginge, wahrscheinlich nach Hause geschickt.

Am meisten schätzte Judith an ihren Leidensgenossinnen, daß keine von ihnen auf Unterhaltung erpicht war. Alle drei waren sie durchaus nett und freundlich, doch sobald Judith untergebracht war und sie die Einzelheiten ihres Unfalls erfahren, sich einander vorgestellt und sie willkommen geheißen hatten, hatte sie ihre Ruhe. Das an Denguefieber erkrankte Mädchen hatte sich bereits so weit erholt, daß es emsig an seinem Wandteppich sticken konnte. Der gebrochene Knöchel hatte sich in einen dicken Roman mit dem Titel *Auf immer und ewig* vertieft. Die an Ruhr Erkrankte raffte sich von Zeit zu Zeit auf, eine Seite ihres Magazins umzublättern, aber ganz offensichtlich fehlte ihr zu jeder größeren Anstrengung die Kraft.

Zunächst war diese stillschweigende Nichtkommunikation – der absolute Kontrast zum geschäftigen Treiben und Schwatzen in ihrer Unterkunft – gewöhnungsbedürftig. Doch allmählich erlaubte sich Judith die gleiche Selbstversunkenheit wie ihre Gefährtinnen, und wenn sie dann ihren Gedanken nachhing, sich aus der Gegenwart abseilte, war das ein wenig, als begäbe sie sich auf einen einsamen Spaziergang. Etwas, das bei ihr schon so lange zurücklag, daß sie sich kaum mehr daran erinnern konnte.

In regelmäßigen Abständen kamen schwatzende Krankenschwestern herein, maßen die Temperatur, verabreichten Pillen oder brachten das Essen, doch meistens hörte man nur das Radio, das den ganzen Tag lang leise vor sich hin plärrte und plätscherte. Es war auf einen Sender eingestellt, der, von kurzen Nachrichtenmeldungen unterbrochen, ständig Musik spielte. Die Musik kam vom Band und war offensichtlich völlig wahllos aufgenommen worden, eine Art Lostopf, aus dem man hintereinander so unterschiedliche Nummern wie «Rum and Coca-Cola» von den Andrews Sisters, eine Verdi-Arie oder den Walzer aus *Coppélia* zog. Judith amüsierte sich damit zu erraten, was wohl als nächstes käme.

Schwester Mary (vollbusig, gestärkt und gütig wie eine altmodische Kinderfrau) hatte ihr Bücher aus der Bibliothek der Krankenstation gebracht und war, als Judith sie ablehnte, mit zwei alten Nummern von *Life* angerückt. Aber aus irgendeinem Grund fehlte es ihr sowohl an der Lust als auch der nötigen Konzentration zum Lesen. Es war leichter und viel angenehmer, den Kopf zur Seite zu wenden und über die Terrasse und den Park auf das erstaunliche Panorama von Wasser und Schiffen, das geschäftige Hin und Her der Boote, den subtilen Wechsel der Blautöne am Himmel zu starren. Alles wirkte so frisch und heiter und geschäftsmäßig. Aber auch friedlich, was merkwürdig war, wenn man bedachte, daß die Gründe für die Anwesenheit der Flotte doch in erster Linie kriegerische waren. Sie erinnerte sich an ein Vorkommnis vor einigen Monaten, als ein unidentifiziertes Objekt durch die Sperre geschwommen und in den Hafen eingedrungen war. Es hatte eine entsetzliche Panik verursacht, weil man glaubte, es sei womöglich ein japanisches Mini-U-Boot mit der Absicht, die gesamte Ostindienflotte zu torpedieren und ins Jenseits zu befördern. Der Eindringling entpuppte sich jedoch als Wal, der einen ruhigen Hafen suchte, um dort ein Walbaby zur Welt zu bringen. Als die ungeheuerliche Niederkunft vorbei und Mutter und Kind reisefähig waren, begleitete eine Fregatte die beiden hinaus ins offene Meer. Es war ein beglückendes Familienereignis, das tagelang alle beschäftigte und amüsierte.

Und da war dann noch etwas an der Aussicht, das vage vertraut war, doch sie mußte ziemlich lange grübeln, ehe sie es schließlich benennen konnte. Es war nicht nur die Aussicht, sondern auch die damit verbundenen Gefühle. Sie zerbrach sich noch eine Weile den Kopf und versuchte, genau zu bestimmen, wo und wann sie das alles schon einmal gesehen hatte. Und dann wurde ihr klar, daß das Déjà-vu-Gefühl von ihrem allerersten Besuch im Dower House herrührte, als sie mit den Carey-Lewis zum sonntäglichen Mittagessen bei Tante Lavinia gewesen war. Das war es. Sie hatte aus dem Salonfenster geschaut, und da war der hügelab sich erstreckende Park und der blaue, wie mit dem Lineal gezogene kornische Horizont über den obersten Zweigen der Monterey-Pinie. Natürlich war es nicht genau das gleiche, aber auf gewisse Weise dann wieder doch. Sie befand sich auf der Kuppe eines Hügels, und über den Wipfeln der Urwaldbäume sah man das Meer und den Himmel.

Das Dower House. Sie erinnerte sich an den Tag und all die Tage, die ihm gefolgt waren und schließlich in jenem gipfelten, an dem sie und Biddy eingezogen und das Haus in Besitz genommen hatten. Es war nicht schwer, sich vorzustellen, daß sie tatsächlich dort war. Ganz allein. Keine Biddy, keine Phyllis, keine Anna. Nur sie ganz allein. Und von einem ihr so kostbaren Zimmer ins nächste wanderte, hin und wieder ein Möbelstück berührte, einen Vorhang glattstrich, einen Lampenschirm geraderichtete. Sie hörte ihre eigenen Schritte auf dem gefliesten Boden des Küchendurchgangs, roch die modrige Feuchtigkeit, die frisch gebügelte Wäsche und den Duft der Narzissen. Jetzt stieg sie eine Treppe hinauf, ließ die Hand über den polierten Handlauf des Geländers gleiten, überquerte den Treppenabsatz und öffnete die Tür, die in ihr Schlafzimmer führte. Sie sah das Doppelbett mit dem Messingrohrgestell, in dem Tante Lavinia einst geschlafen hatte. Fotos in Silberrahmen, ihre Bücher, ihr chinesisches Schränkchen. Sie ging durchs Zimmer, um die Fenster aufzureißen, und spürte den kühlen und feuchten Luftzug an ihrer Wange.

Wie ein gütiger Zauber erfüllten sie die Bilder mit Glück und Zufriedenheit. Fünf Jahre lang war es ihr Haus gewesen, ihr Heim. Und achtzehn Monate waren vergangen, seit sie es zuletzt gesehen hatte, während des letzten Urlaubs, jener paar Tage, an denen sie sich von Biddy und Phyllis verabschiedet hatte. Lieb und teuer wie immer war es ihr erschienen, aber furchtbar schäbig und heruntergekommen und sehr renovierungsbedürftig. Doch wegen des Kriegs und der Knappheit und all der Beschränkungen konnte man nichts tun. Inzwischen, dachte sie nüchtern, stand es wohl kurz vor dem Einsturz.

Wann... in einem Jahr? Zwei Jahren? Länger vielleicht... der Krieg war zu Ende, und sie konnte nach Hause fahren und würde ihre Heimkehr mit einer wahren Orgie von Reparatur- und Renovierungsarbeiten feiern. Als erstes brauchte sie eine Zentralheizung, um die bedrohliche Feuchtigkeit unzähliger kornischer Winter zu vertreiben. Also einen neuen Heizkessel, neue Rohrleitungen und überall Radiatoren. Als sie das in Gedanken erledigt hatte und es überall trocken und mollig warm war, wanderten ihre Gedanken weiter zu anderen herrlichen Projekten. Frische weiße Farbe. Neue Tapeten vielleicht. Sofadecken. Vorhänge. Die Gardinen im Salon waren zerschlissen und verschossen, sie hingen schon zu viele Jahre. Schon als Judith und Biddy einzogen, waren sie fadenscheinig gewesen. Doch einen Chintzstoff zu finden würde nicht leicht werden, denn Judith wollte, daß die neuen Vorhänge genau so aussahen wie die alten. Wer würde ihr helfen? Und da hatte sie eine Eingebung.

912

Diana. Diana Carey-Lewis. Chintzstoffe aussuchen, das lag ihr, das konnte sie wie keine zweite. Diana also.

Weißt du was, Darling, bei Liberty's haben sie garantiert genau das Passende. Laß uns doch eine Spritztour nach London machen und einen himmlischen Morgen bei Liberty's verbringen.

Sie döste. Wachgedanken glitten in ihre Träume. Immer noch das Dower House. Der im Sonnenschein liegende Salon. Doch jetzt waren auch andere da. Lavinia Boscawen, die in ihrem Sessel am Fenster saß, und Jeremy Wells. Er war gekommen, weil Lavinia einen Brief verloren hatte, und er räumte auf der Suche nach ihm ihren ganzen Schreibtisch aus.

Du hast ihn weggeworfen, sagte er immer wieder zu ihr, aber sie beteuerte, ihn nicht weggeworfen, sondern in die Reinigung geschickt zu haben.

Judith ging in den Garten. Es regnete jetzt, und der Regen strömte aus einem granitfarbenen Himmel herab, und als sie wieder hineingehen wollte, waren alle Türen verschlossen und ließen sich nicht mehr öffnen. Sie klopfte an die Fensterscheibe. Aber Tante Lavinia war fort, und Jeremy, der wie ein Dämon aussah, entblößte eine gewaltige Zahnreihe und lachte sie aus.

DIE BESUCHSZEIT auf der Krankenstation der Marinehelferinnen war so etwas wie ein beweglicher Feiertag. Sie begann am frühen Nachmittag, und häufig war es zehn Uhr abends, ehe man den letzten Besucher hinausscheuchte. Schwester Marys lockere Handhabung der Krankenhausregeln und -vorschriften war ganz bewußte Strategie, denn sie wußte, daß die meisten der Mädchen, die sich in ihre Obhut begaben, es taten, weil sie angeschlagen, übermüdet und erschöpft waren. Und das war kein Wunder. Denn alle leisteten sie auf die eine oder andere Weise wichtige und anstrengende Arbeit und schufteten lange Stunden unter den schwierigen Bedingungen des kraftraubenden Tropenklimas. Und weil sie so wenige waren und ihre Gesellschaft so gefragt war, gestalteten sich auch ihre kostbaren Mußestunden alles andere als erholsam. Kaum waren sie nach der Arbeit in den Unterkünften, brachen sie schon wieder auf, um Tennis zu spielen oder zu schwimmen, eine Schiffsparty zu besuchen oder die Nacht in der Offiziersmesse durchzutanzen.

Wenn also eine neue Patientin, aus welchen Gründen auch immer, ins Krankenrevier geschoben wurde, gehörten zu Schwester Marys Genesungsplan nicht nur Pillen und Medizin, sondern auch Schlaf, unverplante Mußezeit, ein paar vertraute Annehmlichkeiten und ein bißchen Verwöhnung. In der guten alten Zeit hätte man das eine Ruhekur genannt. Nach Schwester Marys fester Überzeugung beruhte ihr Vorgehen auf nichts als dem gesunden Menschenverstand.

Es gab also möglichst wenig Reglementierung. Freundinnen schauten auf dem Heimweg von der Arbeit vorbei, brachten Post von zu Hause, saubere Wäsche, ein Buch, eine Tüte frisches Obst. Junge Männer, die ihren Dienst auf den Schiffen oder in den Behörden an Land beendet hatten, gingen ein und aus, brachten Blumen, Zeitschriften und amerikanische Schokolade und erfüllten die Krankenzimmer mit ihrer maskulinen Präsenz. Wenn ein Mädchen hübsch und attraktiv war, kam es durchaus vor, daß drei junge Männer gleichzeitig auf ihrer Bettkante saßen, und wenn das Gelächter und der Stimmenlärm ein unerträgliches Maß erreichten, erschien Schwester Mary und scheuchte die Patientin samt ihrer Entourage auf die Veranda, wo sie sich in die Sessel sinken ließen, zusahen, wie das Licht am Abendhimmel verschwand, und ausgiebigst flirteten und schäkerten.

Weil der Sonntag ihr erster Tag auf dem Krankenrevier war und die Nachricht, daß sie sowohl arbeitsunfähig als auch eingesperrt war, noch nicht die Runde gemacht hatte, war Penny Wailes Judiths einzige Besucherin, die um fünf Uhr abends nach dem Segeln mit ihrem jungen Marinesoldaten vorbeischaute. Sie erschien in Bluse und Shorts, die sie über dem Badeanzug trug, und ihr Haar war windzerzaust und voller Salz.

«Ach, du Ärmste, du tust mir so leid. Was für ein Wahnsinnspech. Der Quartieroffizier hat mir alles erzählt. Ich hab dir 'ne Ananas mitgebracht, vom Obstmarkt. Brauchst du sonst noch was? Ich kann nicht lange bleiben. Heute abend ist eine Party an Bord des

neuen Kreuzers, und ich muß mich noch duschen und zurechtmachen. Ich werd Captain Spiros erzählen, daß wir für 'ne Weile
knapp an Arbeitskräften sind. Wie lange glaubst du denn, daß du
hierbleiben mußt? Gute Woche, würd ich mal annehmen, was?
Und mach dir keine Sorgen wegen der blöden Arbeit. Chiefey und
ich schaffen es schon, und wenn nicht, lassen wir dir einen dicken
Stoß liegen, den du dann später erledigen kannst.»

Sie plapperte noch etwa eine Viertelstunde so weiter, dann fiel ihr
Blick auf die Uhr, sie sprang auf, versprach wiederzukommen und
verschwand. Damit mußte sie sich wohl abfinden, dachte Judith.
Keine Besucher mehr heute. Doch gleich nach Sonnenuntergang,
als der Himmel schon dunkel und die Lampen eingeschaltet waren,
hörte sie jemanden ihren Namen rufen, und als sie aufblickte, sah
sie Mrs. Todd-Harper durchs Krankenzimmer auf sich zukommen.

Was für eine Überraschung! «Schätzchen!» Sie trug ihre gewohnte Uniform aus frischgeplätteter Hose und ebensolchem
Hemd, war aber ganz offensichtlich zu einer festlichen Veranstaltung unterwegs mit ihrem blonden Schopf, der wie Messing
glänzte, dem Abend-Make-up, der Parfümwolke und all dem
schweren Goldschmuck, den Ketten, Ohrringen und riesigen Fin-
gerringen. Sie trug einen prallgefüllten Korb über der Schulter, und
ihre laute Stimme und bizarre Erscheinung verursachten ein gewisses Aufsehen, was zur Folge hatte, daß alle Gespräche einen Augenblick lang verstummten und die Köpfe sich nach ihr umwandten.

Toddy ignorierte diese Aufmerksamkeit entweder oder hatte das
Glück, sie gar nicht zu bemerken. «Siehst du! Ich mußte einfach
vorbeikommen und mich vergewissern, daß auch alles in Ordnung
ist.»

Judith war ungemein gerührt. «Toddy, du hast doch nicht die
ganze Fahrt gemacht, um mich zu sehen, oder? Und noch dazu im
Dunkeln? Und bist selbst gefahren?» Sie fand Toddy sehr mutig.
Der erste Streckenabschnitt nach der Herberge war ziemlich einsam, und es fiel nicht schwer, sich eine Bande von Räubern vorzustellen, die in der Absicht zu stehlen oder gar zu morden aus dem
Unterholz hervorgekrochen kam. Aber natürlich war Toddy erfahren, ein alter Hase, und ließ sich vor nichts und niemandem einen

Schrecken einjagen. Jeder Räuber, der dumm genug war, eine Auseinandersetzung mit ihr zu erzwingen, würde zweifellos den kürzeren ziehen, benommen zurückweichen vor einer Salve von Beleidigungen oder einem Schlag auf den Kopf mit dem schweren Knüppel, den Toddy stets griffbereit neben sich liegen hatte. «Kein Problem.» Sie zog sich einen Stuhl heran. «Ich mußte sowieso fahren, um Lebensmittel vom Verpflegungsdepot abzuholen. Ich hab dir ein paar Süßigkeiten abgezweigt.» Sie griff in den Korb und legte ihre Mitbringsel wie Opfergaben auf das Bett. «Eingemachte Pfirsiche. Weingummi. Und eine Flasche mit etwas zweifelhaftem Badeöl. Wer weiß, wonach es riecht. Wahrscheinlich nach *Eau de Klosett*. Was ist denn das für ein tolles Ding da am unteren Bettende?»

«Das ist ein Käfig, damit das Laken den Fuß nicht berührt.»

«Tut er denn arg weh?»

Von der dunklen Terrasse drang eine Salve männlichen Gelächters zu ihnen herein. Toddy hob die gemalten Augenbrauen. «Die amüsieren sich ja offensichtlich prächtig. Ich wette, einer von den Jungs hat einen Flachmann mit Gin reingeschmuggelt. Hab mir schon überlegt, dir ein Schnäpschen mitzubringen, hatte aber Angst, Schwester Mary kommt dir drauf, und wir kriegen beide Schwierigkeiten. Und jetzt erzähl mir von deinem armen Füßchen. Was haben sie mit ihm angestellt?»

«Sie haben mich lokal betäubt und den Fuß genäht.»

«Ähh.» Toddy verzog das Gesicht, als habe sie in eine Zitrone gebissen. «Hoffentlich hast du nicht gespürt, wie die Nadel durch die Haut ging. Wie lange mußt du hierbleiben?»

«Vielleicht zehn Tage.»

«Und deine Arbeit?»

«Wahrscheinlich kommen sie auch ohne mich zurecht.»

«Und Toby Whitaker? Hat er seine Aufgabe gut erledigt? Hat er dich schon besucht?»

«Er hat heute Dienst.»

«Netter Kerl, aber ein bißchen langweilig. Lange nicht so unterhaltsam wie die Burschen, die du sonst immer mitbringst.»

«Er ist verheiratet, Toddy.»

«Das heißt doch nicht, daß er langweilig sein muß. Ich begreife nicht, weshalb du dich mit ihm verabredet hast.»

«Hat mit früher zu tun. Vor ewigen Zeiten war er mal Onkel Bobs Fernmeldeoffizier.»

«Onkel Bob», wiederholte Toddy nachdenklich. Sie wußte natürlich über die Somervilles, das Dower House, Nancherrow und die Carey-Lewis Bescheid, denn über die Monate hatten sie immer wieder Gelegenheit gehabt, sich zusammenzusetzen und zu plaudern, und Toddy war stets sehr begierig danach, Einzelheiten aus dem Leben ihrer Gesprächspartner zu erfahren. Doch lag ihr auch daran, Namen und Personen säuberlich in Gruppen einzuteilen und nicht zu verwechseln. «Du meinst Konteradmiral Somerville. Aus dem Stab des Oberbefehlshabers in Colombo?»

Judith mußte lachen. «Toddy, er ist erst seit einem Monat in Colombo. Nicht mal ich habe ihn bisher gesehen. Sag bloß nicht, daß du ihn schon getroffen hast.»

«Nein, aber Johnny Harrington hat mich neulich abends angerufen und erzählt, daß er ihn auf irgendeiner Dinnerparty kennengelernt hat. Erinnerst du dich noch an die Finch-Paytons? Inzwischen sind sie steinalt, aber früher haben sie mit deinen Eltern Bridge gespielt. Na ja, offensichtlich hat sich die arme alte Mavis Finch-Payton ganz entsetzlich betrunken. Natürlich hat sie noch nie kapiert, wann Zeit zum Aufhören ist, nur fällt es jetzt allmählich auf.»

«Weißt du, du solltest eine Klatschspalte im *Flottenkurier* haben.»

«Mach bloß nicht solche Vorschläge. Da könnt ich mich ja vor Prozessen nicht mehr retten... Wie spät haben wir's denn?» Sie sah auf die massive Uhr, die an ihrem Handgelenk befestigt war. «Ah, prima, ich hab noch ein bißchen Zeit.»

«Was hast du vor?»

«Nichts Besonderes. Nur ein kleiner Umtrunk in der Messe mit dem neuen Oberst.»

«Neu. Neuer Oberst. Neu in Trincomalee oder neu für dich?»

Toddy zog eine Grimasse. «Im Grunde beides. Nun, sag mir, was ich dir das nächste Mal mitbringen soll. Vielleicht einen pikanten Roman, um dir die Zeit zu vertreiben?»

«Das wäre toll. Momentan ist mir zwar nicht nach Lesen zumute, aber das wird sich sicher bald ändern.»

«Und was hast du heute gemacht?»

«Nichts.»

«Nichts? Das hört sich aber nicht gut an.»

«Du hast doch gesagt, daß ich das Nichtstun genießen soll.»

«Ich hab Ausruhen gemeint. Nicht Rumliegen und Grübeln.»

«Wer sagt denn, daß ich grüble? In Wirklichkeit war ich sogar sehr produktiv und hab im Geiste mein Haus in Cornwall renoviert.»

«Im Ernst?»

«Warum bist du denn so besorgt?»

«Na ja... ist doch ganz normal, nicht wahr...?» Ausnahmsweise schien Toddy einmal um Worte verlegen zu sein. «Weißt du, wenn es mal einen Moment lang stiller um uns wird, neigen wir ja alle zu schwarzen Gedanken... Mir ging's jedenfalls so, als mein Mann starb. Das ist einer der Gründe, warum ich diese Arbeit mache.» Sie kam ein wenig ins Schwimmen. «Du weißt schon, was ich meine...»

Judith wußte es, doch offensichtlich war es wieder mal an ihr, dies in Worte zu fassen. «Du glaubst, ich könnte hier rumliegen und mich wegen Mami, Dad und Jess fertigmachen.»

«Es ist eben so, daß die Sorgen, die immer da sind, gerne hochkommen, wenn man Zeit für sie hat. In Gesprächspausen etwa.»

«Ich lasse sie eben nicht hochkommen. Das ist die einzige Art, damit klarzukommen.»

Toddy beugte sich vor und nahm Judiths Hand in ihre große braune mit den roten Fingernägeln. «Ich wäre eine gefährliche Klatschkolumnistin, aber eine fabelhafte Sorgentante. Es ist nicht immer gut, alles für sich zu behalten. Ich spreche dich nie auf deine Familie an, weil ich nicht aufdringlich sein will. Aber du solltest wissen, daß du immer mit mir reden kannst.»

«Was hätte das denn für einen Sinn? Was würde es ihnen denn nützen? Außerdem hab ich mir das Reden abgewöhnt. Die einzige, mit der ich sprechen konnte, war Biddy, weil sie eben alle kannte. Abgesehen von Tante Louise natürlich. Und die kam bei einem schrecklichen Unfall ums Leben, als ich vierzehn war. Nicht mal die Carey-Lewis haben Mami und Jess gekannt. Denn erst als die beiden nach Colombo zurückgegangen und Tante Louise gestorben war, begann ich, meine Ferien bei ihnen auf Nancherrow zu verbringen. Ich habe dir davon erzählt, nicht wahr? Ich hab dir doch von den Carey-Lewis erzählt? Sie sind wunderbar und unendlich gütig und waren wohl am ehesten so was wie eine Familie für mich. Aber Mami und Jess haben sie nie kennengelernt.»

«Man muß nicht unbedingt jemanden kennen, um mit ihm mitzufühlen.»

«Sicher. Aber wenn man die Person nicht kennt, kann man sich auch nicht richtig erinnern. Kann sich nicht *gemeinsam* erinnern. Kann nicht sagen: ‹Das war damals, als wir zu diesem Picknick gingen und es so fürchterlich goß, und dann hatte der Wagen auch noch einen Platten.› Oder: ‹Das war, als wir mit dem Zug nach Plymouth fuhren, wo es so kalt war, daß das Bodmin Moor ganz verschneit war.› Das ist aber nicht alles. Irgendwie ist es, als wäre man krank oder furchtbar unglücklich oder als wär ein Verwandter gestorben. Die Freunde sind ganz wunderbar und mitfühlend, aber nur eine Zeitlang. Wenn du danach weiter klagst und jammerst und dir selber leid tust, wird's ihnen langweilig und sie ziehen sich zurück. Irgendwie muß man das mit sich selbst ausmachen. Einen Kompromiß finden. Wenn man nichts Lustiges erzählen kann, dann sagt man eben lieber gar nichts. Wie auch immer. Ich hab gelernt, damit zu leben. Mit der Unsicherheit, meine ich. Dem Nichtwissen. Es ist ein bißchen wie im Krieg, als niemand von uns wußte, wann er vorbei sein würde. Nur, daß wir damals alle im selben Boot saßen. Am schlimmsten sind die Geburtstage und Weihnachten. Ihnen nicht zu schreiben und keine Geschenke aussuchen, verpacken und wegschicken zu können. Und den ganzen Tag lang an sie zu denken und sich zu fragen, was sie wohl jetzt machen.»

«Oje», seufzte Toddy leise.

«Und es gibt noch einen Grund, warum ich mich manchmal nach Biddy sehne. Man kann die Erinnerung, etwa an Großeltern und alte Tanten, noch lange nach ihrem Tod lebendig halten, allein dadurch, daß man über sie redet. Das Gegenteil trifft natürlich genauso zu. Wenn man sich an Lebende nicht erinnert, geraten sie mit der Zeit in Vergessenheit, werden zu Schemen. Sie existieren einfach nicht mehr. Manchmal hab ich sogar Schwierigkeiten, mich an die Gesichter von Mami, Dad und Jess zu erinnern. Jess ist jetzt vierzehn. Ich glaub nicht, daß ich sie wiedererkennen würde. Und es ist vierzehn Jahre her, seit ich meinen Vater zum letztenmal gesehen habe, zehn Jahre, seit Mami mich ins Internat gebracht hat. Wie sehr man sich auch bemüht, es ist ein bißchen wie mit den alten braunen Fotos in den Alben anderer Leute. *Wer ist denn das?* fragt man und lacht vielleicht. *Ist das wirklich Molly Dunbar…? Das kann doch nicht sein…?*

Toddy schwieg. Judith blickte zu ihr hinüber und sah, wie traurig das unerschrockene, ledergegerbte Gesicht jetzt wirkte und unvergossene Tränen in ihren Augen glänzten. Sofort war sie ganz zerknirscht.

«Das war jetzt ziemlich lang und wirr. Tut mir leid. Ich wollte das alles gar nicht erzählen…» Sie wollte so gern etwas sagen, das zuversichtlich klang. «Was auch passiert, zumindest werd ich nie mittellos sein. Als Tante Louise starb, hat sie mir ihr ganzes Vermögen vererbt.» Was, sobald es ausgesprochen war, kein bißchen zuversichtlich klang, sondern eher materialistisch und habgierig. «Vielleicht nicht der richtige Moment, solche Themen anzuschneiden.»

Toddy widersprach heftig: «Warum denn nicht. Man muß praktisch denken. Geld macht, wie wir alle wissen, zwar nicht glücklich, aber zumindest kann man in gewissem Komfort unglücklich sein.»

«Geistige Unabhängigkeit. Das versuchte uns unsere alte Rektorin immer einzuhämmern. Aber die ganz gewöhnliche, alltägliche Unabhängigkeit ist auch wichtig. Das weiß ich aus eigener Erfahrung. Nur weil ich finanziell unabhängig war, konnte ich das Dower House kaufen, mir ein Heim schaffen. Ich muß nicht bei irgend jemandem unterkriechen. Zuhause. Heimat. Immer, schon als ganz kleines Kind, hab ich mir gedacht, das ist das Allerallerwichtigste auf der Welt.»

«Das ist es auch.»

«Momentan kommt es mir vor, als würd ich auf der Stelle treten. Weil ich nicht nach vorn schauen und Pläne machen kann... ehe ich nicht genau weiß, was aus Mami, Dad und Jess geworden ist. Ich weiß nur eins, irgendwann wird es mir irgend jemand erzählen. Und wenn dann der schlimmste Fall eintritt und keiner von ihnen zurückkommt, dann habe ich zumindest zehn Jahre lang gelernt, ohne sie zu leben. Aber das ist auch egoistisch. Es nützt ihnen ja nichts.»

«Ich finde durchaus, du solltest dir um deine Zukunft Gedanken machen», sagte Toddy «und zwar über das Kriegsende hinaus. Ich weiß, das ist schwierig, wenn man jung ist. Ich hab da leicht reden. Ich hab ziemlich viele Jahre auf dem Buckel, ich könnte deine Mutter sein. Im Rückblick erkenne ich die Muster und die Gründe für alles, was in meinem Leben passiert ist. Und wenn auch manches davon ziemlich erbärmlich war, so hatte doch alles seinen Sinn. Also, so wie ich das sehe, ist es sehr unwahrscheinlich, daß du lange allein bleibst. Du wirst einen lieben Mann heiraten und selbst Kinder kriegen und zugucken, wie sie in deinem Haus groß werden.»

«Das ist zu weit weg, Toddy. Lichtjahre entfernt. Ein Traum. Momentan ist die Vorstellung, bei Liberty's Vorhänge auszusuchen, schon das Kühnste, was ich mir an Phantasien ausmalen kann.»

«Das ist zumindest ein hoffnungsvoller Zeitvertreib. Hoffnung ist was ganz Entscheidendes. Genau wie Beständigkeit. Zuversicht. Und dieser abscheuliche Krieg kann ja nicht ewig dauern. Ich weiß zwar nicht, wie und wann, aber eines Tages wird er zu Ende gehen. Vielleicht schneller, als wir denken.»

«Wahrscheinlich hast du recht.» Judith sah sich um. Das Krankenzimmer leerte sich, die Besucher verabschiedeten sich und verschwanden. «Jetzt hab ich die Zeit völlig vergessen.» Sie erinnerte sich an Toddys Verabredung im Offizierskasino und fühlte sich ganz schuldbewußt. «Du wirst viel zu spät zu deinem Oberst kommen. Der glaubt sicher, du hast ihn versetzt.»

«Oh, der kann warten. Aber vielleicht sollte ich mal losziehn. Geht's dir jetzt besser?»

«Ja, prima. Du bist eine wunderbare Zuhörerin.»

«Ja dann…» Toddy griff im Aufstehen nach ihrem Korb, beugte sich dann zu Judith hinab und kniff sie in die Wange. «Paß auf dich auf. Wenn du willst, können wir uns mal wieder unterhalten. Aber vorher bring ich dir noch den einen oder anderen erotischen Roman vorbei, damit dir die Zeit schneller vergeht.»

«Danke.»

Sie ging. Durchs Zimmer und durch die Tür am gegenüberliegenden Ende. Und war verschwunden. Judith drehte den Kopf zur Seite und blickte hinaus in einen Himmel voller Sterne, sah das Kreuz des Südens hoch oben am saphirblauen Firmament. Merkwürdigerweise fühlte sie sich ungeheuer müde. Irgendwie losgelöst. Vielleicht, schoß es ihr durch den Kopf, ging es den Katholiken so nach der Beichte.

Eines Tages wird er zu Ende gehen, hatte Toddy gesagt. *Vielleicht schneller, als wir denken.*

Krankenstation
Trincomalee
16. August 1945

Liebste Biddy,
ich weiß nicht, warum ich Dir schon so lange nicht mehr geschrieben habe, denn seit fast zwei Wochen tue ich keinen Strich. Ich liege auf der Krankenstation, wo ich nach einem Badeausflug mit Toby Whitaker (vor dem Krieg Onkel Bobs Fernmeldeoffizier in Portsmouth), bei dem ich in eine entsetzliche Glasscherbe trat, gelandet bin. Sie haben den Fuß genäht, der Erste Sanitätsoffizier befürchtete Blutvergiftung. Dann kamen die Fäden wieder raus, und ich ging auf Krücken. Aber inzwischen geht es mir wieder prächtig, und heute nachmittag darf ich zurück in die Unterkunft. Und morgen dann zur Arbeit.

Aber ich will nicht von mir schreiben, und natürlich hast Du deswegen noch keinen Brief von mir bekommen, weil ich seit dem bewußten Montag praktisch ständig vor dem Radio hocke und auf neue Meldungen warte. In den Ein-Uhr-Nachrichten an besagtem Montag hörten wir zum erstenmal von der Bombe, die sie über Hiroshima abgeworfen haben. Es spielte gerade Glenn Miller, und jede von uns war mit irgendwas anderem beschäftigt – normalerweise drehen wir das Radio auch zu den Nachrichten nicht lauter –, als plötzlich Schwester Mary reingestürzt kam und das Gerät auf volle Lautstärke aufdrehte, so daß wir es alle mitbekamen. Zuerst dachten wir, es sei ein ganz gewöhnlicher Bombenangriff der Amerikaner gewesen. Doch dann dämmerte uns allmählich, daß das viel größer und schlimmer war. Hunderttausend Menschen sollen sofort tot gewesen sein. Wo es doch gar keine so große Stadt war! Und die Stadt wurde praktisch vom Erdboden getilgt. Sicher hast Du die schrecklichen Bilder in den Zeitungen gesehen, die pilzförmige Wolke und die armen, verbrannten Überlebenden. Irgendwie darf man gar nicht darüber nachdenken, nicht wahr? Und das Entsetzlichste dabei ist: Wir waren es, und es ist viel schlimmer als die Bombardierung Dresdens. Es macht mir angst, denn ich muß immer daran denken, daß diese fürchterliche Macht nun existiert und wir für den Rest unseres Erdendaseins mit ihr leben müssen.

Und trotzdem muß ich beschämt gestehen, daß wir alle schrecklich aufgeregt waren und fürchterlich frustriert, weil wir auf der Krankenstation festsaßen und nicht rauskonnten, um all die Neuigkeiten zu erfahren und einfach mit dabeizusein. Aber viele kamen uns besuchen, brachten Zeitungen mit, und nach und nach begriffen wir, was das eigentlich bedeutete und in welchem Ausmaß Hiroshima zerstört worden ist. Am Donnerstag dann hörten wir von der Bombardierung Nagasakis, und danach war es allen völlig klar, daß die Japaner nicht mehr lange weiterkämpfen konnten. Doch wir mußten noch ein paar Tage hoffen und bangen, ehe die Meldung kam, daß sie endlich kapituliert hatten.

An diesem Morgen wurden auf allen Schiffen der Flotte Dankgottesdienste gehalten. Über das Wasser schallte die Hymne «Ew'ger Vater, mächt'ger Retter», und die Hornisten der Königlichen Marine spielten «Die letzte Wacht» – zum Gedenken an die Gefallenen.

Es war ein ungeheuer aufwühlender und recht feuchtfröh-

licher Tag. Alle Vorschriften waren aufgehoben, in unserem Kasino wurde gefeiert, den ganzen Tag ein Mordstrubel und ein Riesenbetrieb, und niemand schien irgendwas zu arbeiten. Am Abend, nach Einbruch der Dunkelheit, fanden gewaltige Feiern statt. Die ganze Ostindienflotte war von Leuchtkugeln und Scheinwerfern erhellt, Feuerwehrschläuche spien Fontänen, Raketen explodierten und Sirenen heulten. Auf dem Achterdeck des Flaggschiffs spielte das Orchester der Königlichen Marine keine feierlichen Märsche, sondern Stücke wie «Little Brown Jug», «In the Mood» und «I'm Going to Get Lit Up When the Lights Go On in London».

Wir drängten uns auf der Terrasse und guckten uns das ganze Spektakel an: der Schiffsarzt und noch zwei Ärzte, Schwester Mary und die Patientinnen (manche davon in Rollstühlen) samt ihrem diversen Anhang. Die meisten hatten anscheinend eine Flasche Gin mitgebracht, so daß es ziemlich hoch herging, und jedesmal, wenn eine Rakete in die Luft stieg, brüllten und grölten und jubelten wir Beifall.

Auch ich jubelte mit, und es war ganz herrlich, aber gleichzeitig bekam ich Angst. Denn ich weiß, daß ich nun früher oder später erfahren werde, was aus Mami, Dad und Jess geworden ist, ob sie diese furchtbaren dreieinhalb Jahre überlebt haben. Ich hab sie ja auch nur überstanden, weil ich mich zwang, nicht zu oft an sie zu denken. Aber jetzt kann ich den Kopf nicht mehr in den Sand stecken, muß der Wahrheit ins Gesicht schauen, wie immer sie auch aussieht. Sobald ich irgend etwas erfahre, schicke ich Dir ein Telegramm und rufe Onkel Bob an – falls ich eine Verbindung zum Büro des Oberbefehlshabers in Colombo bekomme.

Jetzt, wo soviel auf einmal passiert, muß man damit rechnen, daß alles ein bißchen drunter und drüber geht. Toby Whitaker kam vor ein paar Tagen vorbei, und es heißt, daß die Flotte allmählich nach Singapur verlegt wird. Schon bald. Vielleicht auch die HMS Adelaide. Ich weiß es nicht. Wir müssen einfach abwarten.

Außer Toby hat mich auch Toddy zwei-, dreimal besucht. Ich hab Dir zwar schon in früheren Briefen von ihr erzählt. Aber falls

Du es vergessen hast, sie lebt seit ihrer Heirat (sie ist inzwischen verwitwet) auf Ceylon und hat in Colombo Mami und Dad gekannt. So ziemlich der einzige Mensch hier, der sie kannte. Und wir haben uns an meinem ersten Abend auf der Krankenstation lange über sie unterhalten. Es war übrigens am Tag bevor die Bombe auf Hiroshima fiel – was wir natürlich nicht ahnen konnten –, und mein Fuß tat mir weh und ich war ein bißchen deprimiert. Und um mich aufzuheitern, sagte sie: «Irgendwann wird der Krieg zu Ende sein. Vielleicht früher, als wir denken.» Und am nächsten Tag fiel die Bombe, was dann der Anfang vom Ende war. Ist das nicht erstaunlich?

Herzliche Grüße an Dich, Phyllis und Anna, die Carey-Lewis, falls Du sie mal treffen solltest, und natürlich an Loveday und Nat

Deine Judith

FRÜHER ODER später werde ich von jemandem erfahren, was aus Mami, Dad und Jess geworden ist.

Sie wartete. Das Leben ging weiter. Tag für Tag derselbe Trott. Jeden Morgen mit dem Boot nach Smeaton's Cove und zur HMS *Adelaide*. Lange, schwüle Stunden, die sie mit Tippen, dem Abheften von Dokumenten und dem Korrigieren des Kriegstagebuchs verbrachte. Und jeden Abend zurück in die Unterkunft.

Vielleicht jetzt, dachte sie. *Vielleicht heute.*

Doch nichts geschah.

Ihre Angst wurde schlimmer, als nach und nach die ersten Informationen über die japanischen Gefangenenlager durchsickerten. Wüste Geschichten von Greueln, Zwangsarbeit, Hunger und Krankheit. Die anderen unterhielten sich darüber, Judith konnte es einfach nicht.

Im Büro des Kapitäns waren alle besonders rücksichtsvoll und freundlich zu ihr, ja beinahe fürsorglich, sogar Hauptmaat Writer, der für seine griesgrämige Art und seinen rauhen Umgangston bekannt war. Judith vermutete, daß Captain Spiros sie unterrichtet hatte. Doch woher er über ihre Familie Bescheid wußte, darüber konnte sie nur Vermutungen anstellen. Sie nahm an, daß ihm Officer Beresford davon erzählt hatte, und war gerührt, daß man sich in den höheren Rängen so viele Gedanken um sie machte.

Penny Wailes war ihr eine große Stütze. Freundschaft und gute Zusammenarbeit hatte es immer zwischen ihnen gegeben, doch auf einmal entwickelte sich eine echte Nähe, ein stillschweigendes Einverständnis, das keine großen Worte brauchte. Es war fast so, als sei sie wieder ein Schulmädchen und Penny die mitfühlende ältere Schwester, die ein wachsames Auge auf sie hatte. Gemeinsam kehrten sie Abend für Abend in die Unterkunft zurück, Penny wich nicht von Judiths Seite, bis sie im Verwaltungsbüro gewesen und sich vergewissert hatten, daß immer noch nichts gekommen war. Kein Brief. Keine Aufforderung. Keine Nachricht.

Und dann geschah es. Es war an einem Dienstag, sechs Uhr abends. Judith war in der Banda. Sie hatte in der Bucht gebadet und danach geduscht. In ein Badehandtuch gewickelt, kämmte sie gerade ihr feuchtes Haar aus, als eine der Leitenden Marinehelferinnen aus dem Verwaltungsbüro hereinkam und sie suchte.

«Dunbar?»

Noch immer den Kamm in der Hand, wandte sie sich vom Spiegel ab. «Ja?»

«Eine Nachricht für Sie. Sie sollen sich morgen früh bei Officer Beresford melden.»

Sie hörte sich ganz ruhig sagen: «Ich muß aber arbeiten.»

«Man hat mir gesagt, es sei mit Captain Spiros abgesprochen. Sie können ein späteres Boot nehmen.»

«Wann will sie mich sehen?»

«Um halb elf.» Die Leitende Marinehelferin wartete auf eine Reaktion. «Okay?» sagte sie fragend.

«Ja. Fein. Danke.» Judith wandte sich wieder dem Spiegel zu und fuhr mit dem Kämmen fort.

Am nächsten Morgen weißte sie ihre Schuhe und ihre Mütze und stellte sie zum Trocknen in die Sonne. Sie schlüpfte in eine saubere Uniform, weiße Baumwollbluse und weißer Rock mit noch steifen Bügelfalten. Ein wenig wie ein Seemann, der in den Kampf zieht. Wenn ein Schiff in die Schlacht segelte, zog die gesamte Besatzung frische Kleider an, um bei einer Verwundung die Chance einer Infektion möglichst gering zu halten. Die Schuhe waren trocken. Sie band sich die Schnürsenkel, setzte die Mütze auf und trat in die grelle Sonne hinaus, wanderte durchs Quartier, ging durchs Tor und die vertraute Straße hinab, die zum Marinehauptquartier führte.

Die ranghöchste Marinehelferin in Trincomalee war Officer Beresford. Sie und ihre Mitarbeiterinnen, ein Maat und zwei Leitende Marinehelferinnen, besaßen drei Büroräume im Obergeschoß eines MHQ-Gebäudes, deren Fenster auf die lange Pier und den Hafen hinausgingen. Dieses sich ständig verändernde und stets geschäftige Panorama war wie ein wundervolles Gemälde. Was Besuchern ausnahmslos immer wieder auffiel, sie veranlaßte, innezuhalten, es zu betrachten und zu fragen, wie man sich denn bei einer so fortwährenden Ablenkung auf die Arbeit konzentrieren könne.

Doch nachdem sich Officer Beresford nun schon fast ein Jahr mit den vielen Aspekten ihres verantwortungsvollen Postens herumschlug, hatte die Aussicht einen Teil ihres Zaubers verloren und war ihr schon recht eintönig und alltäglich geworden. Ihr Schreibtisch stand im rechten Winkel zum Fenster, und falls sie, um eine Pause zu machen oder einen Anruf entgegenzunehmen, von ihren Papieren aufblickte, sah sie eine kahle Wand, zwei Aktenschränke und die komische Eidechse, die man wie einen Wandschmuck an den weißen Verputz genagelt hatte.

Darüber hinaus gab es noch drei kleine Fotografien, die sie gerahmt und diskret auf ihrem Schreibtisch plaziert hatte, so daß sie ihre Konzentration auf die beruflichen Aufgaben nicht störten. Ihr Mann, ein Oberstleutnant der Artillerie, und ihre beiden Kinder. Seit dem Frühsommer des Jahres 1940 hatte sie ihre Kinder nicht mehr gesehen. Damals hatte sie sich von ihrem Mann überreden lassen, sie nach Kanada zu schicken, wo sie bei Verwandten in Toronto das Kriegsende abwarten sollten. Die Erinnerung an die Fahrt zum Bahnhof Euston und den Abschied, der vielleicht für immer galt, war so entsetzlich und traumatisch, daß sie sie die meiste Zeit verdrängte.

Doch jetzt war der Krieg auf so schreckliche und jähe Weise zu Ende gegangen. War vorbei. Sie hatten alle überlebt. Irgendwann würden sie wieder zusammensein. Wieder vereint sein. Ihre Kinder waren sechs und acht Jahre alt gewesen, als sie nach Kanada abreisten. Jetzt waren sie elf und dreizehn. Jeder Tag, den sie getrennt von ihnen verbracht hatte, war schmerzlich gewesen. Kein Tag war vergangen, ohne daß sie an sie dachte...

Genug. Sie riß sich zusammen. Dies war nicht der Augenblick, um über ihre Kinder nachzudenken, sondern, im Gegenteil, die allerschlechteste Zeit dazu. Sie schrieben den zweiundzwanzigsten August, einen Mittwoch, und um Viertel nach zehn am Vormittag war es schon fast unerträglich heiß. Und die Temperatur stieg weiter, während die Sonne ins Septemberäquinoktium wanderte. Nicht einmal die vom Meer hereinkommende Brise und die überall an den Decken rotierenden Ventilatoren konnten die Luft merklich abkühlen, und ihre Baumwollbluse war bereits feucht und klebte ihr am Rücken.

Die betreffenden Papiere lagen schon auf ihrem Schreibtisch. Sie zog sie zu sich heran und begann sie zu lesen, obwohl sie sie längst auswendig kannte.

Es klopfte. Nach außen hin gefaßt, hob sie den Kopf.

«Ja?»

Maat Richardson steckte den Kopf durch die Tür. «Marinehelferin Dunbar, Ma'm.»

«Danke, Richardson. Schicken Sie sie herein.»

JUDITH TRAT durch den Türrahmen. Sah das geräumige, nüchterne Büro, die kreisenden Ventilatoren, das geöffnete Fenster an der gegenüberliegenden Wand, das die vertraute Hafenansicht umrahmte. Hinter dem Schreibtisch erhob sich Officer Beresford, als wolle sie einen geladenen Gast höflich begrüßen. Sie war eine hochgewachsene Enddreißigerin mit angenehmen Gesichtszügen und glattem braunem Haar, das sie sich auf dem Hinterkopf zu einem hübschen Knoten geschlungen hatte. Aus irgendeinem unerfindlichen Grund hatte sie nie ganz stimmig gewirkt in ihrer Uniform. Nicht, daß sie ihr nicht stand. Man konnte sie sich nur viel besser in Twinset und Perlen, als Rückgrat des örtlichen Frauenvereins oder beim Organisieren des Blumenschmucks in der Kirche vorstellen.

«Dunbar. Danke, daß Sie gekommen sind. Setzen Sie sich doch, und machen Sie es sich bequem. Möchten Sie eine Tasse Tee?»

«Nein danke, Ma'm.»

Der Stuhl war ein schlichter Holzstuhl und nicht besonders bequem. Sie saß Officer Beresford gegenüber und hielt die Hände im Schoß. Ihre Blicke begegneten sich. Dann blickte Mrs. Beresford weg, ordnete überflüssigerweise einige Papiere und griff nach ihrem Füller.

«Sie haben meine Nachricht erhalten? Natürlich. Sonst wären Sie ja nicht hier. Ich habe gestern abend mit Captain Spiros telefoniert, und er meinte, es ginge in Ordnung, wenn Sie sich den Vormittag freinehmen.»

«Danke, Ma'm.»

Wieder eine Pause. Und dann: «Wie geht es Ihrem Fuß?»

«Bitte?»

«Ihr Fuß. Sie hatten doch einen Unfall, sind in einen Glassplitter getreten. Ist die Wunde verheilt?»

«Ja. Ja, natürlich. Es war nichts Ernstes.»

«Schlimm genug, immerhin.»

Die Einleitung hatten sie hinter sich. Judith wartete, daß Officer Beresford endlich zur Sache käme. Was sie, nach weiterem quälendem Zögern, auch tat. «Ich fürchte, ich habe keine sehr gute Nachricht für Sie, Dunbar. Es tut mir leid.»

«Es geht doch um meine Familie, nicht wahr?»

«Ja.»

«Was ist passiert?»

«Wir wurden durch das Rote Kreuz und die Marinewohlfahrt informiert. Die beiden Organisationen arbeiten eng zusammen. Ich... ich muß Ihnen sagen, daß Ihr Vater tot ist. Er ist im Gefängnis Changi an der Ruhr gestorben, ein Jahr nach dem Fall Singapurs. Er war Gott sei Dank nicht allein. Einige seiner Mitgefangenen kümmerten sich um ihn und pflegten ihn, so gut sie konnten, wenn die Bedingungen natürlich auch entsetzlich waren. Es gab keinerlei Medikamente und nur wenig zu essen. Viel konnten sie nicht für ihn tun. Aber er hatte immerhin Freunde um sich. Denken Sie also nicht, daß er verlassen und mutterseelenallein gestorben ist.»

«Ich verstehe.» Ihr Mund war plötzlich so ausgedörrt, daß sie die Worte kaum aussprechen konnte und sie ihr fast flüsternd über die Lippen kamen. Sie versuchte es noch einmal. Diesmal glückte es ein wenig besser. «Und meine Mutter? Und Jess?»

«Bis jetzt haben wir keine definitive Auskunft. Wir wissen nur, daß ihr Schiff, die *Rajah of Sarawak*, sechs Tage nach ihrem Auslaufen aus dem Hafen von Singapur im Indonesischen Meer torpediert wurde. Da das Schiff sowieso völlig überfüllt war, ging es praktisch sofort unter. Den Menschen blieben nur wenige Augenblicke, um sich zu retten. Und die offizielle Einschätzung geht dahin, daß es, falls es überhaupt Überlebende gibt, nur eine Handvoll sein kann.»

«Hat man Überlebende gefunden?»

Mrs. Beresford schüttelte den Kopf. «Nein. Noch nicht. Es gibt so viele Lager, in Java, Sumatra, Malaya und sogar ein paar Zivilisten-Camps in Japan. Es wird einige Zeit dauern, bis die alle aufgelöst sind.»

«Vielleicht...»

«Ich glaube, Sie sollten sich keine Hoffnungen machen, meine Liebe.»

«Hat man Ihnen aufgetragen, mir das zu sagen?»

«Ja. Leider.»

Die Ventilatoren drehten sich an der Decke. Durch das offene Fenster drang von der Pier der Lärm eines Schiffsmotors herein. Irgendwo hämmerte jemand. Sie waren tot. Alle tot. Dreieinhalb Jahre Hoffen und Bangen, und jetzt das. Nie würde sie sie wiedersehen.

In das lange Schweigen hinein hörte sie Officer Beresford sagen: «Dunbar? Fühlen Sie sich wohl?»

«Ja.» Vielleicht verhielt sie sich nicht richtig. Vielleicht sollte sie weinen und schluchzen. Doch nie waren ihr Tränen so fehl am Platz und unmöglich erschienen. Sie nickte. «Ja, ich fühle mich wohl.»

«Möchten Sie ... vielleicht jetzt ... eine Tasse Tee?»

«Nein.»

«Es ... es tut mir wirklich furchtbar leid.» Ihr brach die Stimme. Und Judith tat es leid um sie, weil sie so bedrückt und mütterlich wirkte und es sie schwer angekommen sein mußte, eine so niederschmetternde Nachricht zu übermitteln.

Sie sprach und war erstaunt, wie ruhig und ausdruckslos ihre Stimme klang: «Ich wußte, daß die *Rajah of Sarawak* versenkt worden ist. Ich meine, ich wußte, daß es so sein mußte, daß etwas passiert sein mußte, weil sie Australien nie erreicht hat. Meine Mutter sagte, sie würde mir schreiben, sobald sie und Jess in Australien wären. Doch nach dem letzten Brief aus Singapur hörte ich nichts mehr von ihr.»

Sie erinnerte sich an den Brief, den sie so oft gelesen hatte, daß sie den letzten schmerzlichen Absatz auswendig wußte.

Es ist schon sehr merkwürdig, aber mein ganzes Leben lang hab ich mir immer wieder dieselben Fragen gestellt, auf die es keine Antworten gibt. Wer bin ich? Und was tue ich hier? Wo gehe ich hin? Und jetzt scheinen sich all meine Befürchtungen auf schreckliche Weise zu bewahrheiten, und es kommt mir vor wie ein böser Traum, den ich schon viele Male durchlebt habe.

War das eine Vorahnung? Jetzt würde sie es nie mehr erfahren.

«Ich wußte, daß dem Schiff etwas zugestoßen sein mußte. Aber ich hab mir eingebildet, sie haben überlebt, sich auf ein Rettungsboot oder ein Floß gerettet. Oder sie sind aufgefischt worden oder ...» Das Indonesische Meer. Haie. Judiths ganz persönlicher Alptraum. Nicht daran denken. «Aber sie hatten wohl keine Chance. Jess war ja noch klein. Und meine Mutter war nie eine große Schwimmerin.»

«Haben Sie sonst noch Geschwister?»

«Nein.»

Wieder senkte Officer Beresford den Blick auf die vor ihr liegenden Papiere, die Judith nun als ihre eigenen erkannte – die vollständigen Dokumente ihrer dienstlichen Laufbahn seit dem Tag, da Edward gefallen und sie von Penzance nach Devonport gefahren war, um sich beim Frauen-Marinehilfskorps zu verpflichten.

«Es heißt hier, daß Captain und Mrs. Somerville Ihre nächsten Verwandten sind.»

«Ja. Ich konnte meine Eltern nicht eintragen, weil sie im Ausland waren. Mr. Somerville ist jetzt Konteradmiral und Leiter der Marinewerft drüben in Colombo. Biddy Somerville ist die Schwester meiner Mutter.» Und da fiel es ihr wieder ein. «Ich hab versprochen, ihr zu telegraphieren, sobald ich eine Nachricht habe. Das muß ich jetzt tun. Sie wartet darauf.»

«Dabei können wir Ihnen helfen. Sie schreiben auf, was im Telegramm stehen soll, und wir lassen es von einer Marinehelferin durchgeben…»

«Danke.»

«Aber Sie haben doch wohl noch andere Freunde auf Ceylon? Die Campbells. Haben Sie nicht Ihren letzten Urlaub bei ihnen verbracht?»

«Ja, das stimmt. Sie kannten meine Eltern.»

«Ich erwähne das nur, weil ich denke, Sie sollten Urlaub nehmen. Ein bißchen verreisen. Hätten Sie denn Lust, die Campbells noch einmal zu besuchen?»

Völlig überrumpelt von diesem Vorschlag, dachte Judith gequält darüber nach. Nuwara Eliya. Die Berge und die kühle Luft und der Regen. Die von Teesträuchern überzogenen Hänge und der nach Zitrone duftende Eukalyptus. Die zwanglose Gemütlichkeit des Bungalows, die Abende am Kamin… Doch sie zögerte und schüttelte schließlich den Kopf.

«Reizt Sie das denn nicht?»

«Eigentlich nicht.» Damals hatte sie eine wunderbare Zeit bei den Campbells verlebt, doch das ließ sich nicht wiederholen. Nicht jetzt. Jetzt könnte sie all die Partys im Hill Club und die vielen neuen Gesichter nicht ertragen. Sie sehnte sich eher nach Ruhe. Einem Ort, wo sie ihre Wunden lecken konnte. «Die Campbells sind natürlich wahnsinnig nett, aber...» Sie versuchte es zu erklären: «Nur...»

Sie mußte nicht weitersprechen. Officer Beresford lächelte. «Ich verstehe Sie vollkommen. Die nächsten und besten Freunde können einen manchmal auch ganz schön anstrengen. Deswegen habe ich noch einen zweiten Vorschlag. Fahren Sie doch nach Colombo und bleiben Sie eine Weile bei Konteradmiral Somerville. Seine Dienstvilla ist in der Galle Road, und er hat gewiß jede Menge Platz und Diener, die sich um Sie kümmern. Und was das Wichtigste ist, Sie sind bei einem Verwandten. Ich glaube einfach, das brauchen Sie jetzt. Zeit, um sich mit dem, was ich Ihnen gerade gesagt habe, auseinanderzusetzen. Gelegenheit, über alles zu reden... vielleicht sogar Zukunftspläne zu schmieden...»

Onkel Bob. An diesem düsteren Wendepunkt ihres Lebens wußte Judith keinen Mann, mit dem sie lieber zusammengewesen wäre. Aber...

Sie sagte: «Er wird arbeiten, den ganzen Tag weg sein. Ich will ihm nicht zur Last fallen.»

«Das kann ich mir gar nicht vorstellen.»

«Er hat mich ja tatsächlich eingeladen, gleich nach seiner Ankunft in Colombo. Damals sagte er, daß es ginge...»

«Worauf warten Sie also noch? Warum rufen wir nicht einfach an und reden mit ihm?»

«Und meine Arbeit? Und Captain Spiros und die *Adelaide*?»

«Wir stellen eine Aushilfskraft ein, die Miss Wailes unterstützen wird.»

«Wann kann ich denn fahren?»

«Ich würde sagen, sofort. Wir sollten also keine Zeit verlieren.»

«Und wie lange kann ich in Colombo bleiben?»

«Das muß auch noch geregelt werden. Zwei Wochen Urlaub stehen Ihnen zu, aber ich denke, wir sollten noch einen Urlaub aus dringenden familiären Gründen draufschlagen. Womit Sie dann einen Monat hätten.»

«*Einen Monat?*»

«Also, jetzt kommen Sie mir nicht mit noch mehr Einwänden, denn das ist nicht mehr, als Ihnen zusteht.»

Einen Monat. Einen ganzen Monat mit Onkel Bob. Und in Colombo. Sie erinnerte sich an das Haus, in dem sie die ersten zehn Jahre ihres Lebens verbracht hatte. Dachte an ihre Mutter, sah sie nähend auf der Veranda sitzen, während die kühlen Seewinde vom Indischen Ozean hereinstrichen.

Officer Beresford wartete geduldig. Judith blickte auf und sah ihr in die Augen. Sie lächelte ermutigend. «Und?»

Doch Judith konnte nur stammeln: «Sie sind so gut zu mir.»

«Das ist schließlich meine Aufgabe. Dann ist das also abgemacht?» Nach einer Weile nickte Judith. «Gut. Dann sollten wir die nötigen Vorbereitungen treffen.»

Abs.: *Büro des Ersten Offiziers*
des Frauen-Marinehilfskorps, Trincomalee
An: *Mrs. Somerville, Dower House, Rosemullion,*
Cornwall, England

22. August 1945

LIEBSTE BIDDY LEIDER TRAURIGE NACHRICHTEN STOP BRUCE DUNBAR 1943 IN CHANGI-GEFÄNGNIS AN RUHR GESTORBEN STOP MOLLY UND JESS BEI TORPEDIERUNG DER RAJAH OF SARAWAK IM INDONESISCHEN MEER UMGEKOMMEN STOP HABE BOB ANGERUFEN STOP FAHRE MORGEN FÜR EINEN MONAT ZU IHM NACH COLOMBO STOP SCHREIBE VON DORT STOP GRÄME DICH NICHT ZU SEHR UM MICH STOP GRÜSSE AN DICH UND PHYLLIS STOP JUDITH

Abs.: Somerville, Rosemullion, Cornwall, England
An: Judith Dunbar c/o Konteradmiral
 Somerville, 326 Galle Road, Colombo, Ceylon

23. August 1945

TELEGRAMM ERHALTEN STOP VÖLLIG FERTIG
STOP FROH, DASS DU BEI BOB BIST STOP ALLE UN-
SERE GEDANKEN SIND BEI EUCH STOP PHYLLIS
UND ICH WARTEN AUF EUCH STOP BIDDY

Residenz des Konteradmirals
326 Galle Road
Colombo
Dienstag, 28. August 1945

Liebste Biddy,
es hat ein wenig gedauert, und erst jetzt komme ich dazu, mich
hinzusetzen und Dir zu schreiben. Es tut mir leid.
 Danke für das Telegramm. Es hat mir wirklich gutgetan, von
Dir zu hören und zu erfahren, daß wir, obwohl Ozeane uns trennen, die gleiche Trauer empfinden und uns vielleicht gegenseitig
trösten können. Wenn wir nur jetzt zusammensein könnten! Das
Schlimmste für mich ist, daß sie schon so lange tot sind, ohne daß
wir je etwas davon erfuhren. Die Zustände in Changi spotteten
jeder Beschreibung, und es ist ein Wunder, daß überhaupt jemand überlebte. Soviel Krankheit, wie es dort gab, und kaum
was zu essen und keine richtige Pflege. Armer Dad. Man versichert mir allerdings, daß er Freunde hatte und nicht ganz einsam
und verlassen war am Ende. Was Molly und Jess angeht, so bete
ich zu Gott, daß sie gleich nach der Torpedierung des Schiffs tot
waren. Zuerst war es für mich fast das Schlimmste zu wissen, daß
mir nichts von ihnen geblieben ist, gar nichts Persönliches, nicht
ein einziges Andenken. Als habe ein riesiger schwarzer Abgrund
alles verschlungen. Und dann fielen mir die Packkisten wieder
ein, all das Zeug, das wir damals in Riverside wegpackten, ehe
Mami und Jess nach Colombo abreisten. Sie müssen da noch ir-

gendwo rumstehen. Wenn ich irgendwann mal nach Hause komme, können wir sie ja vielleicht zusammen durchgehen.

Ich denke auch oft an Phyllis, sie mochte Mami so gerne, und ich bin froh, daß ihr zwei zusammen seid.

Was mich betrifft, ich bin gut aufgehoben hier bei Bob (nicht mehr Onkel Bob, dafür sei ich zu alt, meint er) und lebe in unermeßlichem Luxus. Doch ich muß von vorn beginnen.

Officer Beresford hat mir die Nachricht beigebracht. Und sie war wahnsinnig nett und einfühlend. Wahrscheinlich dachte sie, ich würde hysterisch werden und in Tränen ausbrechen, aber das kam erst später. Sie hatte die Informationen über Mami, Dad und Jess über das Rote Kreuz bekommen, das nach und nach in Erfahrung brachte, was aus den Menschen geworden war, Vermißte aufspürte und Lager auflöste, so daß es inzwischen mehr oder weniger offiziell ist. Mrs. Beresford schlug mir vor, Urlaub zu nehmen. Wir riefen Bob von ihrem Büro aus an und er meinte, ich müsse sofort kommen.

Officer Beresford leitete alles in die Wege. Statt mit dem Zug von Trincomalee nach Colombo zu ruckeln (was eine entsetzlich heiße, staubige und rußige Angelegenheit ist), reiste ich in einem Stabswagen, der um sechs Uhr früh in Trincomalee losfuhr, nach Kandy. Captain Curtice (von der HMS Highflyer) und sein Sekretär fuhren zu einer Stabsversammlung ins Alliiertenhauptquartier. Sie saßen im Fond, ich vorn neben dem Fahrer, was angenehm war, weil ich nichts reden mußte. Die Fahrt ist ja wunderschön, obwohl sie auch im Auto noch eine Ewigkeit dauert. Denn die Straße hat wahnsinnig viele Kurven, schlängelt sich durch die Dörfer, und die Kinder winken, und überall sieht man Affen. Frauen hocken vor ihren Häusern, flechten aus Palmwedeln Dachmatten, und die Männer arbeiten mit ihren Elefanten. Zum Lunch machten wir dann an einem Rasthaus in der Nähe von Sigiriya halt (Captain Curtice lud mich liebenswürdigerweise zum Essen ein). In Kandy übernachtete ich wieder in einem Rasthaus und wurde dann von einem anderen Stabswagen nach Colombo mitgenommen. Wo man mich um fünf Uhr nachmittags direkt vor Bobs Haustür absetzte.

Bob war nicht im Büro, sondern erwartete mich schon. Als der Wagen vorfuhr, kam er heraus und die Stufen herunter. Und als ich in meiner ziemlich schmutzigen Uniform aus dem Wagen kletterte, nahm er mich einfach in seine Arme und hielt mich fest und sagte kein Wort.

Du, Biddy, weißt ja besser als jede andere, wie mächtig und tröstlich seine Umarmungen sind und wie man dann nur noch frische Hemden und Royal-Yacht-Haarwasser riecht. Und da, in diesem Augenblick, bin ich zusammengebrochen und hab losgeflennt wie ein Baby. Nicht so sehr um meine arme Mami und Dad und Jess, sondern weil ich so erschöpft und erleichtert war, endlich bei ihm und aufgehoben zu sein, und nicht mehr denken und planen und tapfer und selbständig sein zu müssen.

Er sieht großartig aus. Ein paar weiße Haare sind vielleicht noch dazugekommen und auch ein paar Falten, aber ansonsten hat er sich nicht verändert. Ist weder dicker noch dünner geworden.

Sein Haus ist wunderschön und, obwohl es nur ein Bungalow ist, riesengroß. Am Tor steht eine Wache, und er hat auch jede Menge Diener. Es liegt nicht auf der Meerseite der Galle Road, sondern auf der anderen und hat einen riesigen, schattigen Park voll blühender Bäume und Büsche. Etwa sechs Häuser weiter und fast direkt gegenüber von dem Haus, in dem wir wohnten, bevor Dad nach Singapur ging, ist die Unterkunft des Frauen-Marinehilfskorps. Ist das nicht ein erstaunlicher Zufall? Ich weiß nicht, wer jetzt drin wohnt, aber ich glaube, die Familie eines indischen Soldaten.

Und nun Bobs Haus. Man steigt die Treppe hinauf, betritt die geräumige Eingangshalle und geht dann durch eine Flügeltür in einen sehr großzügigen Salon. Von hier aus führen mehrere Türen auf die Veranda, und vor der wiederum liegt ein sehr ausgedehnter und schöner Garten. Die Schlaf- und Badezimmer schließen sich zu beiden Seiten an. (Ich habe ein herrliches, kühles Zimmer mit Marmorfußboden und Dusche und Toilette für mich ganz allein.) Wie Du wahrscheinlich weißt, teilt er sich das Haus mit einem Mann namens David Beatty, einem Zivilisten, der für die Regierung arbeitet. Er sieht ein bißchen wie ein Professor aus, ist entsetzlich gescheit und beschlagen und spricht mindestens sechs Sprachen, unter anderem Hindu und Chinesisch. Er hat ein eigenes Arbeitszimmer, in dem er viel Zeit verbringt, ißt aber immer mit uns zu Abend und ist auf seine trockene, pedantische Art sehr nett und amüsant.

Wie schon gesagt, überall schwirren die Diener herum. Der Butler ist ein reizender Kerl, ein Tamile namens Thomas. Groß und dunkelhäutig, immer eine Blüte hinterm Ohr und den ganzen Mund voller Goldzähne. Er serviert die Getränke und bedient während der Mahlzeiten, aber es gibt so viele untergeordnete Diener, daß er ansonsten offensichtlich kaum was zu tun hat. Und dennoch würde ohne ihn der ganze Laden hier zusammenbrechen, da bin ich mir absolut sicher.

Obendrein ist er berühmt für seinen geheimen Zaubertrank, ein hundertprozentiges Mittel gegen Kater. Wirklich praktisch!

Zunächst mal habe ich drei Tage lang überhaupt nichts gemacht, nur geschlafen, auf der Veranda rumgelegen und geschmökert und herrliche Musik auf Bobs Grammophon gespielt (Erinnerungen an Keyham Terrace, lang, lang ist's her). Bob und David Beatty gehen natürlich jeden Morgen zur Arbeit, so daß ich tagsüber allein bin. Doch mit Thomas, der einem ständig kühle Getränke bringt, ist das sehr schön und friedlich.

Ich bin durchaus nicht gezwungen, im Haus rumzusitzen, denn Bob hat zwei Autos und zwei Chauffeure. Ein Stabswagen mit einem Matrosen am Steuer holt ihn jeden Morgen zur Arbeit ab und bringt ihn abends wieder zurück. Daneben hat er aber auch noch einen Privatwagen, der von Azid gefahren wird und den ich, wenn ich ihn mal brauche, etwa um einkaufen zu fahren, jederzeit benutzen kann. Aber bisher war mir einfach nicht nach Unternehmungen, die irgendwelche Planung oder Energie erfordern.

An den Abenden nach dem Essen, wenn David Beatty wieder in seinem Arbeitszimmer war, haben wir uns ausgiebig unterhalten. Sind in die Vergangenheit zurückgeschweift und haben uns an alle möglichen Leute und Ereignisse erinnert. Wir redeten

938

auch über Ned und sogar über Edward Carey-Lewis. Und Bob hat mir erzählt, daß er vorhat, die Kriegsmarine zu verlassen. Zwei Weltkriege seien genug für jeden Mann. Und er will wohl einfach noch ein bißchen Zeit haben, die er mit Dir verbringen kann. Außerdem hat seiner Ansicht nach die Atombombe unsere Zukunftsaussichten entscheidend verändert, die Seeherrschaft wird keine so maßgebliche Rolle mehr spielen, und die Royal Navy, wie er sie sein Leben lang kannte, wird mit Sicherheit verkleinert, modernisiert und völlig umstrukturiert. Er sagte, Du spielst schon eine Weile mit dem Gedanken, das Haus in Devon zu verkaufen und nach Cornwall zu ziehen. Ich will zwar nicht, daß Du das meinetwegen tust, kann mir andererseits aber auch nichts Schöneres vorstellen. Bleib aber bitte im Dower House, bis ich zurückkomme!

Dieser Brief nimmt anscheinend kein Ende!

An meinem dritten Abend hier kam Bob nach Hause und meinte, ich hätte genug hier rumgesessen und er nähme mich jetzt mit zu einer Cocktailparty an Bord eines Kreuzers. Also bin ich unter die Dusche gesprungen, hab mir was Passendes angezogen, und schon ging's los, und es wurde ein toller Abend. Die Party stieg auf dem Achterdeck, und wir brausten in einer schnellen Pinasse durch den Hafen. Für mich hieß das jede Menge neuer Gesichter, Leute, die ich nie zuvor gesehen hatte, Zivilisten und Armeeangehörige – alles bunt durcheinander.

Mitten in all dem Trubel stellte mir Bob einen Hugo Halley vor, einen Korvettenkapitän der Königlichen Marine, der ebenfalls im Büro des Oberbefehlshabers arbeitet. Als die Party schließlich vorbei war, fuhren acht von uns (inklusive Hugo) an Land und aßen im Hotel Galle Face zu Abend. Und das Galle Face war genauso, wie ich es in Erinnerung hatte, bloß viel voller. Letzten Sonntag kam Hugo zum Lunch, und danach fuhren wir zum Mount Lavinia runter. Eigentlich wollten wir ja schwimmen, aber die Wellen waren so hoch und der Sog so stark, daß wir uns nur eine Weile an den Strand setzten und nach Colombo zurückkehrten, um im Pool der Offiziersmesse zu baden. Tennisplätze gibt es auch, und wer weiß, vielleicht spielen wir da

*noch mal. Wenn wir zusammen wären, würdest du jetzt be-
stimmt die Ohren spitzen und wärst ganz erpicht auf die nähe-
ren Einzelheiten. Also: Hugo ist sehr nett, wahnsinnig attraktiv,
hat einen schrägen Humor und ist nicht verheiratet. Obwohl
das nichts ändert und keine Rolle spielt. Er ist einfach ein sehr
umgänglicher Mensch, mit dem man gut was unternehmen
kann. Also steigere Dich nicht in irgendwelche Phantasien hinein und träum nicht von weißen Kleidern, die vor allem von hinten toll wirken müssen! Na ja, jedenfalls hat er mich zu einer
anderen Party auf einem anderen Schiff eingeladen, so daß ich
in puncto Garderobe wirklich was unternehmen muß. Die La-
dies hier sind sehr elegant, und in meinen verwaschenen Klamotten aus Trincomalee seh ich aus wie die arme Verwandte
aus der Provinz.*

*Ich komm jetzt zum Ende. Ist schon komisch, aber erst jetzt
merke ich, wie schwer die Ungewißheit auf mir gelastet hat, nie
sicher zu wissen, was aus Bruce, Molly und Jess geworden ist.
Die Lücke, die ihr Tod bei mir hinterlassen hat, läßt sich natürlich niemals schließen, aber allmählich scheint mir so etwas wie
Zukunft wieder möglich. Es geht mir also gut. Mach Dir keine
Sorgen um mich!*

*Bedrückend ist für mich eigentlich nur, daß ich inzwischen
schon vierundzwanzig bin und in all den Jahren offensichtlich
nichts erreicht habe. Nicht mal eine richtige Ausbildung hab
ich, weil ich ja nie auf der Universität war. Nach England zurückzukehren und dort wieder anzuknüpfen wird ein bißchen
so sein, als beginne man wieder von vorn, und zwar ganz am
Anfang. Doch am Anfang von was? Das ist mir noch schleier-
haft. Was sich aber hoffentlich ändern wird.*

> *Ganz herzliche Grüße, Biddy-Schatz,
> an Dich und alle anderen!
> Judith*

Sieben Uhr früh, die schimmernde, stille, die kühlste Stunde des
Tages. Barfuß und in einen dünnen Morgenmantel gehüllt trat Judith aus ihrem Schlafzimmer, lief den marmorgefliesten Gang ent-

lang durchs Haus und auf die Veranda hinaus. Der Mali sprengte den Rasen mit dem Gartenschlauch, und das lebhafte Gezwitscher der Vögel übertönte das ferne Summen des Verkehrs auf der Galle Road.

Bob saß schon bei seinem einsamen, schweigsamen Frühstück, hatte eine Scheibe Papaya gegessen und schenkte sich gerade die dritte Tasse schwarzen Kaffee ein. Er überflog die Morgenausgabe der *Ceylon Times* und hatte sie nicht kommen hören.

«Bob.»

«Meine Güte!» Überrascht legte er die Zeitung beiseite. «Was hast du denn vor, daß du jetzt schon aufstehst?»

Sie beugte sich zu ihm hinunter, gab ihm einen Kuß und setzte sich ihm gegenüber.

«Ich wollte dich was fragen.»

«Iß was, während du fragst.» Thomas, der Stimmen gehört hatte, war schon mit einem neuen Tablett mit Papaya, frischem Toast und ihrem Kännchen chinesischen Tee unterwegs. An diesem Morgen hatte er sich eine Jasminblüte hinters Ohr geklemmt.

«Danke, Thomas.»

Lächelnd zeigte er seine blitzenden Goldzähne. «Und ein weiches Ei vielleicht?»

«Nein, Thomas. Nur Papaya.»

Thomas rückte ein paar Sachen hin und her, bis er mit dem Tischarrangement zufrieden war, und zog sich zurück.

«Was wolltest du denn fragen?»

Mit seinem grauen Haar, der tiefen Bräune, geduscht, rasiert, in strahlendweißer Uniform und den schweren, mit Goldzöpfen verzierten Epauletten des Konteradmirals an den Schultern sah Bob nicht nur zum Anbeißen aus, sondern roch auch entsprechend appetitlich.

«Ich muß ein paar Einkäufe erledigen. Ist es dir recht, wenn ich mir den Wagen ausleihe und Azid mich fährt?»

«Selbstverständlich. Deswegen hättest du aber nicht so früh aufstehen müssen.»

«Ich wollte lieber fragen. Ich war ja sowieso wach.» Sie gähnte. «Wo ist denn David Beatty?»

«Schon weg. Hat heute morgen schon eine ganz frühe Besprechung. Was willst du denn einkaufen?»
«Ein paar Kleidungsstücke. Ich hab einfach nichts mehr zum Anziehen.»
«Den Satz hab ich schon mal gehört.»
«Es ist wahr. Hugo hat mich schon wieder eingeladen, und ich habe kein Kleid mehr. Das ist schon ein... Problem.»
«Wo ist denn da das Problem? Hast du etwa kein Geld?»
«Nein, mit Geld hat es nichts zu tun. Ich bin nur einfach keine große Shopperin und weiß nicht, ob ich viel Talent dazu habe.»
«Ich dachte, alle Frauen hätten Begabung zum Einkaufen.»
«Das ist eine unzulässige Verallgemeinerung. Alles braucht Übung, sogar das Einkaufen. Mami war immer ein bißchen schüchtern, wenn's ans Einkaufen ging, und hatte auch in ihren besten Zeiten nicht viel Geld zu Verfügung. Und als ich mit Biddy zusammenlebte, war Krieg, und es gab nur Kleidermarken und gräßliche Fetzen. Es war viel vernünftiger, sich irgendwie zu behelfen und die Sachen zu flicken.» Sie griff nach ihrem Kännchen und goß sich eine Tasse kochendheißen Tee ein. «Die einzige in *der* Hinsicht erfahrene und routinierte Person, die ich je kannte, war Diana Carey-Lewis. Sie zischte durch Harvey Nichols und Debenham and Freebodys wie ein heißes Messer durch die Butter, und die Verkäuferinnen wurden nie böse oder bockig.»
Er lachte sie an. «Glaubst du, bei dir werden sie böse und bockig?»
«Nein. Aber es wär halt schön, eine wirklich resolute Freundin dabeizuhaben.»
«Damit kann ich nun leider nicht dienen, aber ich bin mir sicher, daß du das trotz mangelnder Erfahrung blendend bewältigen wirst. Wann möchtest du denn losfahren?»
«Ehe es so richtig heiß wird. Ungefähr um neun.»
«Ich sage Thomas, daß er Azid Bescheid sagen soll. Tja, mein Wagen wartet sicher schon, ich muß los. Schönen Tag noch.»

Ihre Erinnerung an die Straßen und Geschäfte Colombos war vage und die an ihre genaue Lage noch vager. Doch sie bat Azid, sie zu Whiteway & Laidlaw zu fahren, einem Kaufhaus, in dem Molly Stammkundin gewesen war, von dem sie ebenso unwiderstehlich angezogen wurde wie die Londoner Damenwelt von Harrods. Sobald sie angekommen waren, lud er sie auf dem heißen, menschenwimmelnden Bürgersteig ab und fragte, wann er sie denn wieder abholen solle.

Von der Sonne geblendet, stand Judith im Strom rempelnder Passanten und überlegte. «Etwa elf? Elf Uhr.»

«Ich werde warten.» Er deutete auf seine Füße hinunter. «Hier.»

Im Schatten der breiten Markise stieg sie die Stufen hinauf und trat in den Eingang. Erst war sie verwirrt. Doch dann fand sie sich allmählich zurecht, stieg die Treppe hinauf und steuerte die Damenabteilung an, ein Labyrinth von Spiegeln und Kleiderpuppen, Regalen, Ständern und einer überwältigenden Auswahl an Kleidern. Sie wußte nicht, wo anfangen, und stand ein wenig unschlüssig herum, als sie von einer herannahenden Verkäuferin, adrett in weißem Blüschen und schwarzem Rock, gerettet wurde. Eine zierliche Eurasierin mit riesigen dunklen Augen und schwarzem Haar, das sie mit einem Band am Hinterkopf zusammenhielt.

«Möchten Sie, daß ich Ihnen helfe?» fragte sie zaghaft, und danach wurde alles gleich leichter. *Was wollten Sie denn kaufen?* wurde sie gefragt, und sie versuchte sich zu besinnen. Kleider, für Cocktailparties. Vielleicht ein langes Kleid zum Tanzen. Baumwollkleider für tagsüber...

«Haben wir alles. Sie sind sehr schlank. Kommen Sie, wir schauen mal.»

Scheinbar wahllos wurden nun Kleidungsstücke von Ständern und Regalen gefegt und auf den Arm der Verkäuferin gestapelt. «Sie müssen alle anprobieren.» Hinter dem Vorhang der Umkleidekabine schlüpfte Judith aus Bluse und Rock, ließ sich ein Kleid nach dem anderen über den Kopf stülpen, sich darin bewundern und kritisieren, bis sie es rasch wieder über den Kopf zerrte und beiseite legte, da schon wieder das nächste gereicht wurde. Kleider aus Seide, Baumwolle und zartem Voile. Leuchtende Pfauenfarben,

Pastelltöne oder die raffinierte Schlichtheit eines starken Schwarz-weißkontrasts. Ein Ballkleid aus pinkfarbener indischer Sariseide, dessen Saum mit goldenen Sternen bestickt war. Ein Cocktailkleid aus himmelblauem Crêpe de chine mit riesigen weißen Blumen darauf. Ein Etuikleid aus weizenfarbener Shantungseide, sehr schlicht und raffiniert. Und dann ein schwarzes Kleid aus Seidenmusselin, dessen hauchdünne Rockschichten mit einem Petticoat unterfüttert waren und dessen tiefes Dekolleté von einem riesigen weißen Organzakragen umrahmt wurde...

Sie hatte nun die Qual der Wahl. Doch am Ende kaufte sie das Ballkleid und drei Cocktailkleider (einschließlich des unwiderstehlichen schwarzen mit dem weißen Kragen). Und obendrein noch drei Tageskleider und ein rückenfreies Sonnenkleid.

Inzwischen waren alle Bedenken dahin, Judith hatte Blut geleckt. Neue Kleider verlangten neue Accessoires. Zielstrebig steuerte sie auf die Schuhabteilung zu, wo sie Sandalen, Pumps in kräftigen Farben und, zu dem schwarzen Kleid, ein Paar rasante schwarze Riemchensandalen mit Zehn-Zentimeter-Absätzen kaufte. Beim Weitergehen entdeckte sie dann die Handtaschen, ein goldenes und ein schwarzes Abendtäschchen sowie eine wunderschöne zartrote lederne Schultertasche. Dann noch Schals und Armreife, eine Kaschmirstola, eine dunkle Brille und einen braunen Ledergürtel mit ziselierter Silberschließe.

Unten im Erdgeschoß fiel ihr die duftende und verführerisch glitzernde Kosmetikabteilung ins Auge, Tische voller pastellfarbener Schachteln und Döschen, Parfumflakons aus Kristallglas, goldene Lippenstifte und mit Straßsteinen besetzte Puderdosen, Puderbäusche aus Schwanendaunen, von Chiffonnebeln umhüllt. Eine einzige Verlockung. Ihre letzten Elizabeth-Arden-Vorräte waren längst aufgebraucht, und in Trincomalee gab es nicht einmal eine richtige Drogerie. Also kaufte sie Lippenstifte und Parfum, Körperpuder und Seife, Augenbrauenstift, Lidschatten und Wimperntusche, Badeöl, Shampoo, Nagellack und Handcreme...

Sie kam zu spät, doch Azid war noch da, als sie mit Schachteln, Taschen und Tüten bepackt auf die Straße hinauswankte. Sobald er sie erblickte, sprang er ihr entgegen, um ihr die Einkäufe abzunehmen und im Kofferraum des Wagens zu verstauen. Er hielt ihr die Tür auf, damit sie einsteigen konnte, und sie sank völlig schlapp auf den glühendheißen Ledersitz.

Azid sprang hinter das Steuer und zog mit dumpfem Schlag die Tür ins Schloß. Im Rückspiegel suchte er ihren Blick und lächelte.

«Hat es Ihnen Spaß gemacht?»

«Ja, Azid. Danke. Tut mir leid, daß ich Sie habe warten lassen.»

«Das macht nichts.»

Auf der Rückfahrt zur Galle Road erkannte Judith, als sie zwischen ihren weißen Päckchen saß und die Brise durch das geöffnete Fenster hereinfuhr und ihr das verschwitzte Gesicht kühlte, zweierlei. Einmal, daß sie mindestens zwei Stunden lang nicht an Molly, Bruce und Jess gedacht hatte. Und zum zweiten, daß sie sich zwar erhitzt und erschlagen, aber auch stimuliert fühlte und... satt. Es gab keinen anderen Ausdruck dafür. Sie grübelte eine Weile darüber nach und merkte dann, daß sie zum erstenmal in ihrem Leben den Zwang begriff, der Frauen zum Einkaufen trieb, zu kaufen und Geld auszugeben und eine Fülle materieller Besitztümer anzuhäufen, die nicht einmal ein Bedürfnis nach Luxus befriedigten, sondern völlig überflüssig waren.

Einkaufen war ganz offensichtlich dazu geeignet, die Unglückliche zu trösten, die Gelangweilte aufzumuntern und die Zurückgewiesene zu verwöhnen. Eine überspannte und leichtfertige Methode vielleicht, aber gewiß besser als Selbstmitleid, Sexaffären oder der Griff zur Flasche.

Sie mußte lächeln. Das schwarze Kleid war wunderschön. Das mußte sie unbedingt wieder mal machen.

Doch als sie an all das ausgegebene Geld dachte, fügte sie vernünftig hinzu: *Aber nicht zu oft.*

DIE NACHT war hereingebrochen. Im offenen Fenster sah man die Silhouette einer Palme vor dem samtblauen Himmel, an dem schon die ersten Sterne funkelten. Judith saß vor ihrer Frisierkommode und steckte sich einen Ohrring an. Von der Veranda, wo Bob Somerville mit einem Whisky Soda und seiner Pfeife saß, drang, gedämpft durch die Entfernung und die geschlossene Tür, Klavierspiel herein, leise Töne, die wie Wassertropfen durchs Haus perlten. Er hatte eine Platte aufgelegt. Musik bedeutete ihm nach wie vor Trost und Freude. Sie hielt inne und lauschte. Rachmaninows Paganini-Improvisation. Sie nahm den zweiten Ohrring. Griff, als sie ihn befestigt hatte, nach einem der neuen Lippenstifte, zog die goldene Hülle ab und schminkte sich konzentriert und sorgfältig den Mund. Sie hatte sich das Haar gewaschen, so daß es sich glänzend und kurz und von der Sonne gebleicht an ihren Kopf schmiegte.

Parfum. Die neue Flasche. *L'Heure Bleue*. Sie drückte die Flakonöffnung an die Halsmulde und die Innenseiten der Handgelenke. Der Duft stieg ihr in die Nase, und sie hatte das Gefühl, geradezu in Luxus zu schwelgen. Sofort mußte sie an Diana Carey-Lewis denken und wie sehr diese die neue und elegante Judith zu schätzen wüßte.

Sie stand auf, löste den Umhang und ließ ihn zu Boden gleiten, schlüpfte in die hochhackigen Riemchensandaletten und ging zum Bett, um das bereitliegende Kleid zu holen. Sie ließ es über den Kopf gleiten, zupfte die hauchdünnen Röcke gerade, die sich blähten wie schwarze Wolken, und nestelte dann völlig naiv nach dem Reißverschluß.

Das war ja ein echtes Dilemma! Der Reißverschluß verlief über den gesamten Rücken des Oberteils und erwies sich für die Person, die zufällig in ihm steckte, als unerreichbar. Am Morgen hatte ihr die Verkäuferin beim Schließen und Öffnen geholfen, und Judith hatte das Problem nicht vorausgesehen. Doch dies war eindeutig ein Kleid, für das man die Hilfe eines anderen Menschen benötigte. Einer Kammerzofe vielleicht oder eines Ehemanns oder gar eines ständigen Liebhabers. Da Judith jedoch auf keine dieser praktischen Einrichtungen zurückgreifen konnte, würde Bob das übernehmen müssen. Sie nahm ihre schwarze Abendtasche, verließ das Zimmer und ging, auf der Suche nach ihm, durch den Korridor, während ihre Stöckelschuhe auf dem Marmorboden klapperten und das federleichte Kleid von ihren Schultern rutschte.

Er lag beim Licht einer einzigen Lampe auf seinem Liegestuhl, hatte den Whisky griffbereit neben sich stehen und ließ sich von seiner Pfeife und Rachmaninow Gesellschaft leisten. Er wirkte so friedlich, daß es ihr leid tat, ihn stören zu müssen.

«Bob?»

«Hallo.»

«Du mußt mir den Reißverschluß zuziehen.»

Er lachte und richtete sich zum Sitzen auf. Sie kniete sich vor ihn hin, und er zog ihr mit der gesammelten Erfahrung des alten Ehemannes den Reißverschluß zu. Sie stand auf und drehte sich zu ihm um. Mit einemmal fühlte sie sich verlegen.

«Gefällt es dir denn?»

«Umwerfend. Hast du das heute morgen gekauft?»

«Ja. Es war furchtbar teuer, aber ich konnte einfach nicht widerstehen. Und die Schuhe und die Handtasche, alles neu.»

«Du siehst großartig aus. Und da sagst du, du verstehst nichts vom Einkaufen.»

«Allzu schwer war es nicht. Und ich hab was dazugelernt.» Sie saß zu seinen Füßen und sah ihn an. «Diese Musik ist einfach göttlich. Wenn du nur auch mitkommen könntest!»

«Wohin geht ihr denn?»

«Auf irgendein Schiff. Ich glaube, einen australischen Zerstörer.»

«Oh, *die* Party. Mal ganz unter uns, ich hab eine Einladung bekommen, aber abgelehnt. Anderweitige Verpflichtungen vorgeschützt. Also, verplapper dich nicht.»

«Bestimmt nicht. Ehrenwort.»

«Ich werde ein bißchen alt für diese langen Nächte. Muß hin und wieder mal einen Abend pausieren. Früh schlafen gehen.»

«Wenn du heute früh schlafen gehst, wie soll ich denn dann aus dem Kleid rauskommen?»

«Du kannst Thomas bitten, dir zu helfen. Er bleibt auf jeden Fall wach, bis du kommst.»

«Wird ihm das nicht peinlich sein?»

«Thomas ist nichts peinlich.»

Es läutete an der Tür. Sie warteten. Hörten Thomas durch die Halle tappen und die Haustür öffnen.

«Guten Abend, Sahib.»

«Guten Abend, Thomas.»

«Der Admiral ist auf der Veranda.»

«Danke. Ich kenne den Weg.»

Einen Augenblick später war er da, trat aus dem hellerleuchteten Hausinnern in die Dämmerung heraus und wirkte in seiner Ausgehuniform ungeheuer distinguiert. Die Mütze hatte er unter den Arm geklemmt.

Judith lächelte zu ihm hoch. «Hallo, Hugo.»

Er bekam einen Drink angeboten, lehnte aber höflich ab. Sie waren sowieso schon ein wenig spät dran und würden an Bord einen Cocktail nach dem anderen aufgedrängt bekommen.

«Dann macht euch mal auf den Weg.» Bob hievte sich aus seinem Stuhl. «Ich bring euch raus.» Offensichtlich konnte er es nicht erwarten, sie loszuwerden und endlich mit seiner Pfeife und seinem Grammophon allein zu sein. Er brachte sie bis zur Haustür. Judith gab ihm einen Gutenachtkuß und versicherte ihm, daß sie sich ganz bestimmt amüsieren würde. Dann stiegen sie in Hugos Auto und starteten zu ihrem Nachtausflug. Während sie durchs Tor fuhren, schloß Bob die Tür hinter ihnen.

An diesem Abend war Vollmond. Rund und silbern wie ein Teller erhob er sich im Osten über den Dächern der Stadt, während sie die Galle Road hinunter und durch das Fort zum Hafen auf der anderen Stadtseite fuhren.

Ein australischer Zerstörer lag im Dock. Das Achterdeck funkelte im Glanz der Lichterketten, und die Party war bereits in vollem Gange, so daß Judith unter Stimmengesumm und Gläsergeklirr hinter Hugo die Laufplanke hinaufstolperte. Im Grunde war es wie auf der früheren Party, die sie mit Bob besucht hatte, und auch einige der Gesichter erkannte sie wieder. Hugo, der die Hand an ihren Ellbogen legte, manövrierte sie in Richtung des Kapitäns, sie stellten sich vor und gaben die angemessenen Wohlgefallensbekundungen von sich. Man drückte ihnen Gläser in die Hand, aufmerksame Butler boten ihnen Canapés an. Und danach ging alles seinen gewohnten Gang, man machte ziemlich seichte, aber dennoch vergnügliche Konversation.

Plötzlich spürte Judith, die von Hugo getrennt worden war, aber inzwischen ganz fröhlich mit zwei jungen australischen Leutnants schäkerte, wie sich eine Hand schraubstockartig um ihr Handgelenk legte. Sie drehte sich um und sah sich einer verwitterten Lady in engem pfauenbuntem Kleid gegenüber. «Meine Liebe... Wir kennen uns. Bob Somerville hat uns doch neulich vorgestellt. Moira Burridge. Und Sie sind Judith Dunbar. (Himmlisch, Ihr Kleid, ich liebe es.) Wo ist der herrliche Mann?»

Ihre Umklammerung hatte sich etwas gelockert, und Judith gelang es, ihr die Hand zu entziehen. Einer der jungen australischen Leutnants verschwand unter höflich gemurmelten Entschuldigungen. Der andere blieb stoisch an Judiths Seite und lächelte mechanisch, als sei er hoch erfreut über das alles. «Ich muß ihn finden.» Moira Burridge stand auf Zehenspitzen (sie war nicht groß) und spähte suchend über die Köpfe der Gäste. Sie hatte riesige Augen, blaß wie Trauben, und ihre Wimperntusche begann sich aufzulösen und zu verschmieren. «Kann das Scheusal einfach nirgends sehen.»

«Er... er ist nicht da. Er hatte schon was anderes vor.»

«Oh, verdammt. Ohne die Neckereien mit Bob ist das doch nur halb so lustig.» Enttäuscht wandte sie ihre Aufmerksamkeit wieder Judith zu. «Mit wem sind Sie denn dann hier?»

«Hugo Halley.»

«Hugo?» Sie gehörte zu den Menschen, die ihr Gesicht beim Sprechen ganz nahe an das ihres Zuhörers heranschieben. Judith wich instinktiv und so diskret wie möglich zurück, doch Moira Burridge rückte ihr einfach nach. «Wann haben Sie Hugo denn kennengelernt? Sie sind doch erst ein paar Tage hier. Sie wohnen doch bei Bob, nicht wahr? Wie lange bleiben Sie denn in Colombo? Sie müssen uns unbedingt mal besuchen. Wir laden ein paar Leute ein. Welcher Tag würde Ihnen denn passen, was meinen Sie...?

Judith murmelte etwas wie: sie wisse noch nicht recht, was Bob vorhabe...

«Ich werde Bob mal anrufen. Wir haben eine Wohnung im Fort. Rodney gehört zum Stab...» Offensichtlich ging ihr etwas durch den Kopf. «Sie kennen doch Rodney?» Judith spürte, wie ein wenig von Moiras Speichel auf ihrer Wange landete, war aber zu wohlerzogen, um ihn wegzuwischen. «Nein? Ich zeige ihn Ihnen...»

Ein Butler kam mit einem Tablett gefüllter Gläser vorbei, und Moira Burridge hatte mit Blitzesschnelle ihr leeres Glas darauf abgestellt und sich ein volles heruntergenommen.

«...da drüben.» Sie hatte sich nicht einmal Zeit zum Atemholen gegönnt. «Unterhält sich mit diesem Offizier mit den zweieinhalb Streifen von der indischen Marine.» Judith ortete mit einiger Mühe Captain Burridge. Er war ein ungeheuer großer Mann mit Glatze und birnenförmigem Gesicht, doch ehe sie noch etwas Passendes bemerken konnte, legte Moira Burridge schon wieder los.

«Erzählen Sie doch mal! Ich bin immer noch nicht ganz schlau aus Ihnen geworden. Sie sind doch irgendwie verwandt. Aus England, oder lieg ich jetzt völlig falsch?»

Judith murmelte etwas von Trincomalee.

«Oh, sagen Sie bloß nicht, daß Sie da stationiert sind. Gräßlicher Ort. Moskitos. Wie konnte ich bloß annehmen, daß Sie aus der Heimat kommen! Unsere Sprößlinge sind zu Hause, beide im Internat. Verbringen die Ferien bei meiner Mutter. Hab die armen kleinen Scheusale schon seit zwei Jahren nicht mehr gesehen...»

Das einzig Gute an der Unterhaltung mit Moira Burridge war, daß sie ganz offensichtlich keinerlei Reaktion erwartete. Von Zeit zu Zeit nickte Judith, schüttelte den Kopf oder deutete ein Lächeln an, doch ansonsten ratterte Mrs. Burridge ziemlich angesäuselt und beschwingt ohne Punkt und Pointe dahin. Es war, als würde man von einer Dampflokomotive überrollt. Judith saß hoffnungslos in der Falle.

Hugo, wo bist du? Komm und rette mich!

«...aber, um ehrlich zu sein, eigentlich freue ich mich gar nicht so sehr auf England. Wir haben ein Haus in Petersfield, aber es ist ja alles rationiert, es gibt kein Benzin, und dann der *Regen*. Und das Schlimmste, keine Diener. Durch das Leben hier sind wir so verdammt verwöhnt. Wo soupieren Sie, wenn das hier vorbei ist? Wir könnten uns doch zusammentun und im Grand Oriental was essen...?»

Entsetzliche Vorstellung.

«Judith.» Er war gekommen, und keinen Moment zu früh. Ihr war ganz flau vor Erleichterung. Mit seinem bezaubernden Lächeln strahlte er Moira Burridge an.

«Guten Abend, Mrs. Burridge, wie geht es Ihnen denn? Gerade habe ich mich mit Ihrem Gatten unterhalten...»

«Hugo, Sie Schlingel. Ihnen traue ich es wahrhaftig zu, der Begleiter des hübschesten Mädchens an Bord zu sein. Was halten Sie von meinem Vorschlag, gemeinsam essen zu gehen? Wir wollen ins Grand Oriental...»

«Das ist ja furchtbar nett.» Hugos Miene drückte tiefstes Bedauern aus. «Aber es geht leider nicht. Wir haben schon eine Einladung und sind sowieso schon spät dran. Judith, ich glaube, wir sollten jetzt vielleicht gehen...»

«Ach, das ist ja jammerschade. Müssen Sie wirklich? Wir haben uns gerade so gut unterhalten, nicht wahr, Liebes? Hat ungeheuer Spaß gemacht, und es gäbe immer noch eine Unmenge zu reden.» Inzwischen wankte sie schon leicht angesäuselt auf ihren wackligen Stöckeln. «Macht nichts, wir sehen uns wieder. Wir hören voneinander...»

Endlich konnten Judith und Hugo entwischen. Ehe sie auf die Laufplanke stieg, blickte Judith noch einmal zurück und sah, daß Mrs. Burridge ihr Glas erneut gefüllt, einen weiteren widerwilligen Gast in Beschlag gelegt hatte und bereits ihren Wortschwall über ihn ergoß.

Auf sicherem Dockboden und außer Hörweite des Wachoffiziers bemerkte sie: «Noch nie hab ich so eine entsetzliche Frau kennengelernt.»

«Tut mir leid. Ich hätte mich mehr um dich kümmern sollen.» Er faßte nach ihrem Arm, und sie begannen sich einen Weg übers Dock zu suchen, wichen Kränen und Kisten aus und stiegen über riesige Kabel und Ketten. «Sie ist als Nervensäge berüchtigt. Der arme Rodney könnte einem ja fast leid tun. Allerdings ist er selbst so ein ödes altes Arschloch, daß er sie wohl verdient hat.»

«Ich dachte schon, ich müßte den Rest des Abends mit ihr verbringen.»

«Das hätte ich nicht zugelassen.»
«Ich wollte schon Kopfschmerzen vorschützen. Migräne. Hugo, ich wußte gar nicht, daß wir zum Essen eingeladen sind.»
«Sind wir auch nicht. Aber ich habe einen Tisch im Salamander reservieren lassen. Und das wollte ich Moira Burridge nicht verraten, sonst hätte sie sich garantiert an uns gehängt.»
«Salamander? Nie gehört.»
«Es ist ein Privatklub. Ich bin Mitglied. Man kann dort essen und tanzen. Es sei denn natürlich, du ziehst das Grand Oriental und die Burridges vor? Ich kann immer noch zurückflitzen und ihnen sagen, daß wir's uns anders überlegt haben.»
«Wenn du das tust, erschieß ich dich.»
«In dem Fall gehen wir in den Salamander.»

SIE HATTEN seinen Wagen vor der Marinewerft stehenlassen. Sie stiegen ein und starteten, ließen das Fort hinter sich und fuhren nach Süden in ein Viertel mit breiten Straßen und alten holländischen Villen, das Judith nicht kannte. Nach zehn Minuten waren sie da. Ein beeindruckendes Giebelhaus, ein wenig zurückgesetzt von der Straße, mit hohem Tor und einer kreisrunden Auffahrt. Es wirkte sehr dezent. Keine Schilder, keine grelle Beleuchtung. Es gab einen Türsteher in grüner Uniform und prächtigem Turban und einen weiteren Lakaien, der die Autos parkte. Sie stiegen die breite Freitreppe hinauf, traten durch den geschnitzten Eingang in ein marmorgefliestes Foyer mit Säulen und einer herrlich verzierten Decke. Dann ging es durch eine weitere Flügeltür in den großen Innenhof, der unter freiem Himmel lag und von großen Speiseterrassen umgeben war. In der Mitte befand sich die Tanzfläche. Die meisten Tische waren bereits besetzt, jeder von einer rotbeschirmten Lampe erleuchtet, doch die Tanzfläche wurde allein vom riesigen aufgehenden Mond beschienen. Man hörte Orchestermusik. Südamerikanische Klänge. Einige Paare drehten sich bereits auf der Tanzfläche, manche sehr elegant, andere etwas ungelenker, aber dennoch bemüht, sich in den tückischen Rhythmus hineinzufinden.

«Commander Halley.» Der Oberkellner näherte sich in gestärkter Jacke und weißem Sarong, um sie zu begrüßen. Man führte sie zu ihrem Tisch, und als sie sich gesetzt hatten, wurden riesige Servietten entfaltet und auf ihre Schöße plaziert. Man reichte ihnen die Speisekarten. Der Oberkellner entfernte sich auf leisen Sohlen.

Ihre Blicke begegneten sich.

«Und? Zufrieden?» fragte er.

«Ich bin ganz platt. Ich hatte ja keine Ahnung, daß es hier so was gibt.»

«Es existiert erst seit sechs Monaten. Und die Mitgliedschaft ist ziemlich beschränkt. Ich hatte Glück, daß ich von Anfang an dabei war. Jetzt gibt es schon eine Warteliste.»

«Wem gehört es denn?»

«Ach, irgend so einem Typen. Halbportugiese, glaub ich.»

«Es erinnert einen an diese wahnsinnig romantischen Filme.»

Er lachte. «Deswegen habe ich dich eigentlich nicht hergebracht.»

«Und warum hast du mich hergebracht?»

«Wegen des Essens, du Dummerchen.»

Gleich darauf erschien der Oberkellner und in seinem Schlepptau der Weinkellner, der einen silbernen Weinkühler mit einer großen beschlagenen grünen Flasche vor sich hertrug.

Judith war verblüfft. «Wann hast du denn die bestellt?»

«Als ich den Tisch reservieren ließ.»

«Das ist doch kein Champagner, oder? Kann doch keiner sein?»

«Nein, aber das Beste, was ich auftreiben konnte, Sahtheffrican.»

«Wie bitte?»

«South African. Südafrikanischer. Vom Kap. Ein bescheidener kleiner Schaumwein ohne Siegel und Prädikat. Ein echter Weinliebhaber würde die Nase rümpfen. Aber ich finde ihn köstlich.»

Die Flasche wurde entkorkt, der Wein eingeschenkt, der Kübel blieb stehen. Judith hob das langstielige Glas. «Auf dich», sagte Hugo, und sie nahm einen Schluck. Und wenn das kein Champagner war, dann mit Sicherheit das nächstbeste. Eisgekühlt, schäumend, prickelnd und von köstlicher Frische.

Er stellte sein Glas ab und sagte: «Tja. Ich möchte dir zwei Dinge sagen. Ehe der Augenblick wieder verstreicht.»

«Was denn?»

«Zuerst etwas, was ich dir vielleicht schon früher hätte sagen sollen. Daß du nämlich einfach unglaublich hübsch bist.»

Sie war sehr gerührt. Und auch ein bißchen verlegen und verwirrt. «Oh, Hugo.»

«Jetzt laß dich doch nicht so aus der Fassung bringen. Englische Frauen sind berühmt dafür, daß sie nicht mit Komplimenten umgehen können. Amerikanerinnen dagegen dafür, daß sie's besonders gut können. Sie nehmen nette Worte und männliche Bewunderung hin, als stünden sie ihnen zu.»

«Na ja, es ist wirklich sehr nett, daß du das sagst. Das Kleid ist neu.»

«Es ist entzückend.»

«Und was war das zweite? Du hast gesagt, du hättest mir zwei Dinge zu sagen.»

«Das ist ein bißchen was anderes.»

«Aha?»

Er stellte sein Glas ab und beugte sich zu ihr über den Tisch. «Ich weiß über deine Familie Bescheid. Ich weiß, daß du gerade erst erfahren hast, daß keiner von ihnen überlebt hat... nach Singapur. Daß du dreieinhalb Jahre auf eine Nachricht gewartet hast, um schließlich zu erfahren, daß keine Hoffnung mehr besteht. Es tut mir so leid. Und wenn du möchtest, reden wir auch nicht mehr darüber. Ich wollte es dir nur einfach sagen, wollte, daß du weißt, daß ich es weiß. Damit nicht was Unausgesprochenes zwischen uns liegt... wie ein Minenfeld, das man meiden muß.»

Nach einer Weile erwiderte Judith: «Nein. Nein, du hast ganz recht. Vielleicht hätte ich ja was sagen sollen. Es fällt mir nur nicht ganz leicht...»

Er wartete, und als sie nicht weitersprach, sagte er schließlich: «Du kannst darüber sprechen, wenn du möchtest. Ich hab nichts dagegen.»

«Lieber nicht.»

«Tja.»

Ein Gedanke fuhr ihr durch den Kopf. «Woher weißt du es?

«Von Admiral Somerville.»

«Hat er es erzählt, bevor wir uns kennenlernten? Ich meine, hast du es von vornherein gewußt?»

«Nein, erst letzten Sonntag, als ich dich nach dem Schwimmen nach Hause brachte. Du warst etwa zehn Minuten weg, um dich umzuziehen oder sonstwas, und wir hatten Zeit für ein Schwätzchen. Da hat er es erzählt.»

«Davon hast du mir nichts gesagt.»

«Es gab einfach keinen geeigneten Moment.»

«Gott sei Dank hast du es vorher nicht gewußt. Sonst müßte ich befürchten, daß du nur nett zu mir sein wolltest.»

«Versteh ich nicht.»

«Ach, du weißt schon. *Ich bringe meine trauernde Nichte mit. Wär schön, wenn Sie sich ein bißchen um sie kümmern könnten.*»

Hugo lachte. «Glaub mir, mit trauernden Nichten hab ich nichts am Hut. Die schlagen mich regelmäßig in die Flucht.»

Sie schwiegen einen Moment.

Dann sagte er: «So, das war's. Damit ist die Sache erledigt und gegessen. Oder?»

«Besser so.»

«Um von was anderem zu reden. Wann fährst du zurück nach Trincomalee?»

«Erst in drei Wochen. Am Montagmorgen muß ich wieder antreten. Bob will mal sehen, ob er mir eine Mitfahrmöglichkeit bis Kandy besorgen kann, von dort nehme ich dann den Zug.»

«Warum fliegst du denn nicht?»

«Es müßte eine Armeeflugzeug sein, und das ist gar nicht so einfach.»

«Möchtest du denn zurück?»

«Nicht unbedingt. Irgendwie ist das alles nicht mehr so dringlich. Jetzt, wo der Krieg vorbei ist, geht es wohl nur noch darum, alles aufzulösen und die Leute nach und nach heimzuschicken. Die *Adelaide* – das ist das Mutterschiff, auf dem ich gearbeitet habe – und die Vierte Flotille werden wahrscheinlich nach Australien verlegt. Und ich müßte wohl irgendwo an Land arbeiten.» Sie griff nach ihrem Glas, nahm einen Schluck des köstlichen Weins und stellte es wieder ab. «Eigentlich hab ich die Nase voll... Am liebsten würde ich auf den nächsten Truppentransporter hüpfen und sofort nach Hause fahren. Aber das wird wohl kaum gehen.»

«Und wenn es doch geht? Was machst du dann?»

«Dann fahr ich nach Hause.» Sie hatte ihm von Cornwall und vom Dower House, von Biddy Somerville und Phyllis erzählt, als sie am Strand von Mount Lavinia saßen und die hereinrollenden Brecher beobachteten. «Und ich werde mir keinen Job suchen und auch sonst nichts tun, wozu ich keine Lust habe. Ich lasse mir die Haare bis an die Taille wachsen, geh ins Bett und steh auf, wann es mir paßt, geh aus und amüsier mich bis in die frühen Morgenstunden. Mein Leben lang hab ich nach Regeln und Vorschriften gelebt. Erst die Schule, dann der Krieg, das Marinehilfskorps. Ich bin jetzt vierundzwanzig, Hugo. Findest du nicht auch, es wird Zeit, daß ich mal über die Stränge schlage?»

«Klar doch. Aber alle in deinem Alter sind vom Krieg betroffen. Eine ganze Generation. Du mußt begreifen, daß er auf manchen anderen genau die gegenteilige Wirkung hatte. Eine Art Befreiung war. Von einer konventionellen Erziehung, aussichtslosen Jobs, einem beschränkten Horizont.» Judith dachte an Cyril Eddy, der damals die Gelegenheit ergriffen hatte, die Zinnmine verließ und endlich erkannte, daß sein Lebensziel auf dem Meer lag. «Ich kenne mindestens zwei gebildete Frauen, die mit Anfang Zwanzig heirateten, weil ihnen einfach nichts Besseres einfiel. Im Krieg dann erlebten sie, befreit von langweiligen Ehemännern und durch ihre Kontakte mit freien Franzosen, freien Polen und freien Norwegern – ganz zu schweigen von der US-Armee – die wildeste Zeit ihres Lebens.»

«Und? Kehren sie zu ihren Männern zurück?»

«Ich denke schon. Älter und klüger eben.»

Judith lachte. «Ach ja. Wir haben uns alle verändert.»

«Und es wäre eine langweilige Welt, wenn's anders wäre.»

Sie fand, daß er sehr weise klang. «Wie alt bist du?» fragte sie.

«Vierunddreißig.»

«Wolltest du eigentlich nie heiraten?»

«Dutzende Male schon. Aber nicht während des Krieges. Die Aussicht umzukommen hat mich noch nie begeistert, aber ich fände es entsetzlich, zu sterben und zu wissen, daß ich eine Witwe und eine Reihe vaterloser Kinder hinterlasse.»

«Aber jetzt ist der Krieg vorbei.»

«Stimmt. Aber meine Zukunft ist immer noch die Marine. Es sei denn, man befördert mich nicht, stellt mich frei, mottet mich ein oder versetzt mich an eine langweilige Dienststelle an Land...»

In dem Augenblick kehrte der Oberkellner zurück, um ihre Bestellungen aufzunehmen, was einige Zeit in Anspruch nahm, weil sie noch nicht einmal einen Blick auf die Speisekarte geworfen hatten. Am Ende entschieden sie sich für das gleiche, Muscheln und Huhn, und der Kellner schenkte ihnen nach und schlich erneut davon.

Einen Augenblick lang schwiegen beide. Dann seufzte Judith.

«Was ist denn?»

«Ich weiß nicht. Wahrscheinlich ist es die Vorstellung, daß ich nach Trincomalee zurück muß. Das ist ein bißchen so, als würde man ins Internat zurückfahren.»

«Denk nicht daran.»

Sie riß sich zusammen. «Nein, ich denk nicht mehr dran. Ich weiß gar nicht, wie wir auf so ernste Themen kommen.»

«Wahrscheinlich meine Schuld. Also lassen wir das jetzt und beginnen wir mit dem amüsanten Teil.»

«Und wie macht man das?»

«Du könntest mir einen Witz erzählen oder eine Rätselfrage stellen.»

«Schade, daß wir keine Papierhüte dabeihaben.»

«Aber damit würden wir auffallen. Wenn wir uns hier lächerlich machen, nehmen sie mir womöglich alle Auszeichnungen weg und setzen mich an die Luft. Denk mal an den Skandal. Aus dem Salamander ausgeschlossen. Moira Burridge wäre begeistert. Das wäre Gesprächsstoff auf Monate hinaus.»

«Geschieht uns recht, würde sie sagen, nachdem wir sie belogen haben und so unfreundlich waren.»

«Ich glaube, wir sollten die nächsten drei Wochen planen und keinen Moment vergeuden. Damit du mit leuchtenden Augen und vielen schönen Erinnerungen nach Trincomalee zurückkehrst. Ich fahre mit dir nach Negombo und zeig dir das alte portugiesische Fort. Es ist wunderschön. Wir gehen schwimmen nach Panadura. Ein Strand, sag ich dir, wie aus dem Bilderbuch. Und vielleicht auch nach Ratanapura. Im Rasthaus dort haben sie Tische mit alten Suppentellern, die mit Saphiren gefüllt sind. Ich kauf dir einen, den du dir in die Nase stecken kannst. Was machst du sonst noch gerne? Irgendeinen Sport? Wir könnten Tennis spielen.»

«Ich hab meinen Schläger nicht dabei.»

«Ich kann mir einen ausleihen.»

«Kommt drauf an. Bist du sehr gut?»

«Phantastisch. Geradezu ein Bild männlich-sportlicher Eleganz, wenn ich ans Netz springe, um dem Gegner zu gratulieren.»

Das Orchester spielte wieder. Nichts Südamerikanisches mehr, sondern eine alte Schmusenummer, deren Melodie vom Tenorsaxophon getragen wurde.

I can't give you anything but love, baby
That's the only thing I've plenty of, baby…

Hugo stand abrupt auf. «Komm, tanzen wir.»

Sie stiegen hinunter zur Tanzfläche, und sie drehte sich zu ihm um. Er tanzte, wie sie erwartet hatte, mit lässiger Eleganz, trat weder schwerfällig von einem Fuß auf den andern, noch manövrierte er sie wie einen Staubsauger über die Tanzfläche, zwei Risiken, die einzukalkulieren Judith über die Jahre gelernt hatte. Er tanzte sehr eng, hielt den Kopf leicht gesenkt, so daß ihre Wangen sich berührten. Und er redete nicht. Es bestand keinerlei Notwendigkeit dazu.

Gee, I'd like to see you looking swell, baby.
Diamond bracelets Woolworth's couldn't sell, baby.
Till that lucky day, you know darn well, baby,
I can't give you anything but love.

Über seine Schulter blickte sie hinauf ins Gesicht des Mondes und hatte einen Moment lang das Gefühl, das Glück habe sie gestreift.

HALB ZWEI in der Nacht war es, als er sie in die Galle Road zurückbrachte. Die Wache öffnete ihnen das Tor, der Wagen rollte hindurch, die Biegung der Auffahrt entlang und hielt vor dem Portikus der Eingangstür. Sie stiegen aus. Die Luft roch nach Tempelblumen, und der Mond schien so hell, daß die Schatten im Garten wie mit Tusche gemalt wirkten. Am Fuß der Treppe blieb Judith stehen und wandte ihm das Gesicht zu. «Danke, Hugo», sagte sie. «Es war ein herrlicher Abend. In jeder Beziehung.»

«Trotz Mrs. Burridge?»

«Zumindest hat sie uns was zu lachen gegeben.» Sie zögerte einen Moment und sagte dann: «Gute Nacht.»

Er legte die Hände auf ihre Arme und beugte sich zu ihr hinunter, um sie zu küssen. Es war lange her, seit sie jemand so vollendet geküßt hatte. Und noch länger, daß sie es so genossen hatte. Sie schlang die Arme um ihn und reagierte mit etwas, das man vielleicht am ehesten leidenschaftliche Dankbarkeit hätte nennen können.

Die Haustür ging auf, und ein gelber Keil elektrischen Lichts erfaßte sie. Amüsiert und nicht im mindesten verlegen lösten sie sich voneinander und sahen Thomas oben an der Treppe stehen, dessen dunkle Züge weder Mißbilligung noch Befriedigung verrieten. Hugo entschuldigte sich, daß er ihn so lange wach gehalten habe, und Thomas lächelte, und seine Zähne glänzten im Mondlicht.

Judith sagte noch einmal «Gute Nacht», stieg die Stufen hinauf und ging hinein. Thomas folgte ihr, zog die Tür hinter sich zu und sperrte die schweren Schlösser ab.

DANACH VERGINGEN die Tage wie im Flug, so daß, wie bei jedem vergnüglichen Ferienaufenthalt, ehe man sich's versah, aus ein paar Tagen eine Woche und dann eine zweite und eine dritte geworden war. Inzwischen hatten sie schon den achtzehnten September. Noch drei Tage und es war Zeit, die lange Rückreise nach Trincomalee anzutreten, um wieder endlose Berichte zu tippen und nachts rechtzeitig in der Unterkunft sein zu müssen. Keine hübschen Geschäfte und keine urbane Geschäftigkeit mehr. Kein schönes, wohlgeordnetes Haus, in das man Abend für Abend zurückkehrte. Kein Thomas. Kein Bob. Und kein Hugo.

Er hatte Wort gehalten. *Wir dürfen keinen Augenblick vergeuden*, hatte er gesagt. Und was noch schöner war, nichts hatte verraten, daß er sein Versprechen je bedauerte. Da er selbst keine Langeweile kannte, wurde er auch nie langweilig. Und obwohl er von ihrer Gesellschaft offenkundig entzückt war und die gemeinsam verbrachte Zeit sehr genoß, war Hugo angenehm zurückhaltend geblieben, so daß sie sich sicher und beschützt und keinen Moment lang bedrängt fühlen mußte.

Inzwischen war ihr Umgang so vertraut und locker, daß sie — während sie auf dem menschenleeren heißen Strand von Panadura lagen und sich von der Sonne trocknen ließen — sogar *darüber* sprechen konnten. «...glaub nicht, daß ich dich nicht reizvoll und attraktiv fände oder keine Lust hätte, mit dir zu schlafen. Bestimmt wäre es auch für uns beide sehr schön. Aber es ist einfach nicht der richtige Zeitpunkt. Du bist noch zu verletzlich. Du brauchst Ruhe wie eine Genesende. Zeit, um deine Wunden zu lecken und wieder zu dir zu kommen. Das letzte, was du jetzt brauchen kannst, wäre eine Sexgeschichte, die dich nur verunsichert. Eine leichtsinnige Affäre.»

«Sie wäre nicht leichtsinnig, Hugo.»

«Aber vielleicht blöd. Es liegt ganz an dir.»

Er hatte recht. Die Vorstellung, irgendeine Entscheidung treffen zu müssen, erschreckte sie. Sie wollte nur ruhig dahinsegeln, sich von der Strömung treiben lassen. Sie sagte: «Ich bin keine Jungfrau mehr, Hugo.»

«Liebste Judith, das hab ich auch keine Sekunde lang angenommen.»

«Ich habe mit zwei Männern geschlafen. Beide hab ich sehr geliebt. Und beide verloren. Seitdem bin ich der Liebe aus dem Weg gegangen. Es hat einfach zu weh getan. Und ich bin ewig nicht darüber weggekommen.»

«Ich würde mich bemühen, dich nicht zu verletzen. Aber ich will auch nicht mit deinen Gefühlen spielen. Nicht jetzt. Ich hab dich einfach schon zu lieb gewonnen.»

«Wenn ich in Colombo bleiben könnte... wenn ich nicht nach Trincomalee zurück müßte... wenn wir mehr Zeit hätten...»

«So viele Wenns. Würde das denn die Sache so grundlegend verändern?»

«Ach, Hugo, ich weiß es nicht.»

Er nahm ihre Hand und drückte einen Kuß in die Innenfläche. «Ich weiß es auch nicht. Laß uns noch mal schwimmen gehen.»

AZID FUHR den Wagen durch das geöffnete Tor, an der Wache vorbei und die Auffahrt hinauf und hielt vor dem Eingang. Er schaltete den Motor ab, und ehe Judith es selbst tun konnte, war er schon herausgesprungen und hatte den Wagenschlag aufgerissen.

Durch seine ständigen Aufmerksamkeiten fühlte sie sich immer ein wenig wie eine königliche Hoheit.

«Danke, Azid.»

Es war halb sechs Uhr abends. Sie ging die Stufen hinauf ins Haus, durchquerte die kühle Eingangshalle und den leeren Salon und trat auf die blumengeschmückte Veranda hinaus. Hier fand sie, wie erwartet, Bob Somerville und David Beatty, die sich nach ihrem Arbeitstag in Liegestühlen entspannten und diesen Augenblick geselligen Schweigens genossen. Zwischen ihnen stand ein niedriges Tischchen, das mit den traditionellen Utensilien des britischen Nachmittagstees gedeckt war.

David war in einen seiner dicken, gelehrten Wälzer vertieft, Bob las die Londoner *Times*, die jede Woche mit Luftpost kam. Er war noch in Uniform: weißen Shorts, weißem Hemd, langen weißen Strümpfen und weißen Schuhen. Sobald er die Zeitung gelesen hatte, würde er sich duschen, rasieren und umziehen. Doch vorher trank er gern seinen Tee, ein Ritual, das er schätzte, weil es ihn auf tröstliche Weise an die einfachen häuslichen Freuden daheim in England und die ferne Gattin erinnerte.

Er blickte auf und ließ die Zeitung sinken. «Da bist du ja! Hab mir schon Gedanken um dich gemacht. Nimm dir einen Stuhl. Trink eine Tasse Tee. Thomas hat uns ein paar Gurken-Sandwiches gezaubert.»

«Wie kultiviert! Guten Tag, David.»

David Beatty schreckte blinzelnd auf, sah Judith, ließ sein Buch sinken, riß sich die Brille von der Nase und machte Anstalten, seine schlaksigen Glieder zu sortieren und aus der Liege zu hieven. Es war eine höfliche Pantomime, die jedesmal, wenn sie ihn im Liegestuhl überraschte, stattfand. Und sie hatte inzwischen gelernt, gerade noch rechtzeitig, ehe seine Schuhe den Boden berührten, zu sagen: «Stehen Sie nicht auf.»

«Tut mir leid. Hab gelesen... hab Sie gar nicht gehört...» Er lächelte, wie um zu sagen, nichts für ungut, setzte die Brille wieder auf, sank in die Polster zurück und vertiefte sich erneut in sein Buch. Und vergaß sofort alles um sich her. Leichte Konversation war nie seine Stärke gewesen.

Bob goß Tee in eine zarte weiße Tasse, gab eine Zitronenscheibe hinein und reichte sie ihr.

«Du hast Tennis gespielt», stellte er fest.

«Wie kommst du denn darauf?»

«Aufgrund meiner ausgeprägten Fähigkeiten zu Beobachtung und Schlußfolgerung und wegen des sportlichen weißen Aufzugs samt zugehörigem Schläger.»

«Brillant.»

«Wo hast du gespielt?»

«Im Klub. Mit Hugo und einem anderen Paar. Ganz wichtiges Match.»

«Wer hat gewonnen?»

«Wir natürlich.»

«Gehst du heute abend aus?»

«Nein. Hugo muß zu irgendeiner Feier in der Kaserne. Nur für Männer.»

«Das heißt, sie trinken zuviel und treiben gefährlichen Unfug.

Wenn du ihn das nächste Mal siehst, hat er wahrscheinlich ein Gipsbein. Ehe ich es vergesse, ich habe diese Mitfahrmöglichkeit nach Kandy für dich arrangiert. Nächsten Samstag. Um acht holen sie dich hier ab.»

Judith nahm diese Auskunft mit gemischten Gefühlen auf. Sie verzog das Gesicht wie ein schmollendes Kind. «Ich will nicht weg.»

«Ich will auch nicht, daß du fährst. Du wirst mir ungeheuer fehlen. Aber so ist es nun mal. Da heißt es Haltung bewahren. Die Pflicht ruft. Und wo wir von Pflicht reden, ich soll dir was ausrichten. Vom Chief Officer der Marinehelferinnen und keiner Geringeren. Sie hat mich heute nachmittag angerufen. Gefragt, ob du morgen früh abkömmlich bist, und falls ja, ob sie dich um deine Hilfe bitten darf.»

«Wobei denn?» fragte Judith vorsichtig. Sie war lange genug bei der Marine, um zu wissen, daß man sich nie freiwillig zu etwas bereit erklärte, solange man nicht alle Einzelheiten kannte. Sie nahm ein Gurken-Sandwich und biß in seine knackige Frische.

«Burschen begrüßen und willkommen heißen, die es wirklich verdient haben.»

«Wie bitte?»

«Ein Schiff en route nach England macht hier einen Zwischenstopp. Die *Orion*. Lazarettschiff. Der erste Schwung von Kriegsgefangenen von der Eisenbahn Bangkok–Burma. Sie waren in Rangun im Lazarett und dürfen hier ein paar Stunden an Land – sozusagen der erste Schritt zurück in die Zivilisation. Man gibt ihnen im Fort eine Art Empfang. Tee und Gebäck, nehme ich an. Sie trommelt ein paar Marinehelferinnen zusammen, damit die ein bißchen mit den Burschen plaudern und sie aufheitern.»

«Was hast du ihr gesagt?»

«Ich würde es dir ausrichten. Ich hab ihr erklärt, du hättest eben erst erfahren, daß dein Vater in Changi gestorben ist. Daß die Begegnung mit einem Haufen ausgezehrter Gefangener vielleicht ein bißchen zuviel für dich sein könnte.»

Judith nickte. Sie hatte ihr Sandwich aufgegessen und griff nun abwesend nach einem zweiten. Kriegsgefangene von der Burma-

Eisenbahn. Am Ende des Krieges, als die Armee mit den Sanitätstruppen vorrückte und hart auf ihren Fersen das Rote Kreuz (und Lady Mountbatten), waren die Eisenbahnlager befreit und ihre Grauen offenbar geworden. Die Zeitungsberichte und Fotos hatten einen Unglauben und Abscheu erregt, der nur mit jenem zu vergleichen war, den die westliche Welt über die Entdeckungen der alliierten Armeen in den Lagern von Auschwitz, Dachau und Ravensbrück empfand.

Tausende von Männern waren beim Eisenbahnbau umgekommen, und die Überlebenden hatten bis zu achtzehn Stunden am Tag im dampfenden Dschungel geschuftet. Brutale Wächter hatten auch die Kranken zur Arbeit angetrieben, obwohl sie durch Hunger, Erschöpfung und Malaria sowie durch die von den schmutzigen Unterkünften herrührende Ruhr geschwächt waren.

Doch jetzt waren sie auf dem Heimweg.

Sie seufzte. «Ich *muß* gehn. Wenn ich nicht helfe, kann ich mir selbst nicht mehr in die Augen schauen. Es wäre entsetzlich feige.»

«Man weiß ja nie. Vielleicht fühlst du dich danach besser.»

«Nachdem, was sie ausgestanden haben, wundert man sich, daß überhaupt einer von ihnen fähig ist, an Land zu kommen...»

«Sie waren eine Weile im Lazarett. Wurden versorgt, anständig gefüttert und aufgepäppelt. Und man hat ihre Familien verständigt, daß sie am Leben und zu ihnen unterwegs sind...»

«Was muß ich denn tun?»

«In deine Uniform steigen und um neun antreten.»

«Wo?»

«In der Unterkunft in der Galle Road. Dort kriegst du deine Instruktionen.»

«Gut.»

«Bist ein braves Mädchen. Trink noch ein Tasse. Du ißt doch heute mit David und mir zu Abend, oder? Ich sage Thomas, daß er für drei decken soll.»

AM MORGEN des besagten Tages frühstückte Judith, nachdem sie sich geduscht und in ihren dünnen Morgenmantel gewickelt hatte, ganz allein, da Bob und David Beatty schon zur Arbeit gegangen waren. Das Frühstück bestand aus einer Grapefruit und Tee. Weiter nichts. Aus irgendeinem Grund hatte sie an diesem Tag keinen besonderen Hunger. Danach ging sie wieder in ihr Zimmer und sah, daß Thomas ihr die saubere Uniform auf dem frischgemachten Bett bereitgelegt und auch die Mütze und die blankgewienerten Schuhe nicht vergessen hatte.

Sie zog sich an, und es erinnerte sie ein wenig an ihren letzten Tag in Trincomalee, als sie voll ängstlicher Erwartung in die saubere Uniform geschlüpft und die staubige Straße hinunter zu ihrer Verabredung mit Officer Beresford gegangen war. Und jetzt hieß es wieder: Auf in die Schlacht. Sie knöpfte das Hemd zu, band sich die Schnürsenkel, kämmte sich die Haare, setzte die Mütze auf und komplettierte das Ganze mit Lippenstift und Parfum. Sie überlegte, eine Tasche mitzunehmen, entschloß sich dann aber dagegen. Nicht nötig. Zu Mittag würde sie wieder zu Hause sein. Doch dann zog sie, nur für den Notfall, ein Bündel Rupienscheine aus ihrer Börse und stopfte sie in die Rocktasche.

In der Diele traf sie auf Thomas, der an der Haustür auf sie wartete.

«Möchten Sie, daß Azid Sie fährt?»

«Nein, Thomas, danke, ich gehe zu Fuß. Es ist nur ein paar Meter die Straße runter.»

«Das ist sehr gut, was Sie da tun. Tapfere Männer, diese Engländer. Und die Japaner, mein Gott! Ich möchte, daß Sie Ihren Landsleuten sagen, daß sie sehr tapfer waren.»

Sein dunkles Gesicht war ganz verzerrt vor schmerzlicher Sorge, und Judith war sehr gerührt über diesen kleinen Gefühlsausbruch.

«Ja. Du hast völlig recht. Ich werde es ihnen ausrichten.»

Sie trat hinaus in die blendende Hitze, ging durchs Tor und die belebte Straße hinunter. Bald kam die Unterkunft der Marinehelferinnen in Sicht, ein großer weißer edwardianischer Bau im Zuckerbäckerstil, dessen zwei Geschosse von einem Flachdach und einer Zierbalustrade gekrönt wurden. Früher einmal war es das Haus eines wohlhabenden Kaufmanns gewesen, doch inzwischen hatte es ein wenig von seinem Glanz eingebüßt, und der dazugehörige Garten – ein ausgedehntes Grundstück mit Rasenflächen und Spazierwegen – war mit Bandas und Duschkabinen bebaut worden.

Der junge Wächter grinste und nickte ihr anerkennend zu, als sie durchs Tor trat. Sie sah den auf dem Kies geparkten Lastwagen, den Vollmatrosen hinterm Steuer, der sich in eine alte Ausgabe von *Titbits* vertieft hatte. Im Schatten des imposanten Vorbaus stieg sie die flachen Stufen hinauf und trat in die hohe Eingangshalle, die jetzt als Verwaltungsbüro diente. Schreibtische, Postfächer – und auch eine Reihe von Marinehelferinnen war schon da, die herumstanden und auf Instruktionen warteten. Eine junge Third Officer schien dafür zuständig zu sein, der man offensichtlich zu ihrer moralischen Unterstützung eine Leitende Marinehelferin an die Seite gegeben hatte. Sie hatte Schwierigkeiten mit Namen und Zahlen.

«Vierzehn Helferinnen sollen kommen. Wie viele sind denn schon da...?» Mit dem Stift in der Hand versuchte sie, sie zu zählen. «Eins. Zwei...»

«Zwölf, Ma'm.» Die Leitende Marinehelferin war ganz offenkundig die Tüchtigere von beiden.

«Fehlen also noch zwei.» Ihr Blick fiel auf Judith, die etwas abseits stand. «Und wer sind Sie?»

«Dunbar, Ma'm.»

«Woher?»

«HMS *Adelaide*, Trincomalee. Ich bin auf Urlaub.»

«Dunbar.» Sie überflog ihre Liste. «Ah ja, hier sind Sie. Können wir abhaken. Aber eine fehlt immer noch.» Sie blickte besorgt auf ihre Uhr. All diese Verantwortung machte sie offensichtlich ganz konfus. «Sie schafft es nicht...»

«Doch.» Die letzte Freiwillige kam durch die offene Tür gestürmt und meldete sich zur Stelle. «Es ist erst fünf vor neun.» Ein kleines, stämmiges Mädchen mit schelmisch blitzenden blauen Augen und kurzem kastanienbraunem Haar, das sich unter ihrer Mütze hervorkringelte.

«Oh. Schön. Sehr schön.» Das selbstbewußte Auftreten der

Kleinen hatte die junge Third Officer ein wenig aus dem Konzept gebracht. «Äh... Sie sind Sudlow?»

«Jawohl. HMS *Lanka*. Hab den Vormittag freibekommen.»

Schließlich hatte sie registriert, daß alle angetreten und abmarschbereit waren. Es wurden Instruktionen ausgegeben. Der Lastwagen würde sie zum Fort bringen, wo die Exgefangenen von Bord gehen würden.

«Warum nicht bei den Docks?» fragte ein Mädchen.

«Da hätten wir Busse organisieren müssen, um die Männer zum Fort zu transportieren. So können sie zu Fuß nach Gordon's Green gehen, es ist nur eine kurze Strecke. Sie haben eine Helling dort und eine Anlegestelle. Und wenn sie dann an Land sind, macht ihr euch mit ihnen bekannt, plaudert ein bißchen mit ihnen und begleitet sie zu den Zelten, wo die Erfrischungen serviert werden.»

«Bier?» erkundigte sich Marinehelferin Sudlow hoffnungsvoll.

«Nein», tat man ihre Frage ab. «Tee und Safranbrötchen und Sandwiches und so weiter. Noch Fragen?»

«Wie lange müssen wir denn bleiben?»

«Solange ihr das Gefühl habt, euch nützlich machen zu können. Achtet drauf, daß sie sich gut unterhalten und was zu essen bekommen. Nehmt ihnen die Befangenheit!»

«Sind wir denn die einzigen, Ma'm?» fragte ein anderes Mädchen ein wenig erschrocken.

«Nein, natürlich nicht. Es kommen noch Schwestern vom Lazarett und ein Kontingent von der Garnison. Und ich glaube, auch noch ein Orchester. Und dann zum Empfang im Zelt höhere Offiziere aller drei Waffengattungen und ein, zwei der örtlichen Ministerialbeamten und Honoratioren. Ihr werdet also nicht allein sein.» Sie blickte sich um. «Alles klar? Gut. Auf geht's.»

«Na, dann mal viel Glück», schloß Marinehelferin Sudlow für sie, was alle außer der Third Officer zum Lachen brachte, die tat, als habe sie nichts gehört.

Die vierzehn Mädchen strömten hinaus in den heißen Sonnenschein. Der Vollmatrose, der ihr Geschnatter hörte, sprang aus dem Führerhaus und kam zum hinteren Teil des Lastwagens, um die Heckklappe herunterzulassen und jeder, die seine Hilfe benötigte,

die Hand zu reichen. Sie stiegen ein und verteilten sich auf die Holz-
bänke, die sich auf beiden Seiten des Wagens erstreckten. Als sie
dann schließlich alle wie eine Ladung Vieh verfrachtet waren,
wurde die Heckklappe zugeschlagen und verriegelt. Gleich darauf
sprang der Motor an und es ging los, ruckelnd und holpernd durchs
Tor und die Galle Road hinunter.

Es war ziemlich windig, denn man hatte die Segeltuchbespan-
nung hochgerollt, so daß der Lastwagen auf allen Seiten offen war.
Judith und Marinehelferin Sudlow, die als letzte eingestiegen waren, saßen nebeneinander am hinteren Ende.

«Was für ein Zirkus», sagte Sudlow. «Hab nicht gedacht, daß
ich's noch schaffe. Ich wollte per Anhalter fahren, was aber nicht
geklappt hat, so daß ich eine Rikscha nehmen mußte. Deswegen
war ich so spät dran.» Sie sah Judith an. «Ich kenn dich nicht, oder?
Bist du in Colombo stationiert?»

«Nein. Trincomalee. Ich bin auf Urlaub.»

«Dachte mir doch, daß ich dein Gesicht nicht kenne. Wie heißt
du?»

«Judith Dunbar.»

«Sarah Sudlow.»

«Hallo.»

«War diese Third Officer nicht erbärmlich? Völlig bescheuert.
Ich erwarte mir wirklich nicht viel von dem Ganzen. Und du? Tee
und Safranbrötchen in einem Armeezelt klingt nicht gerade nach
'nem bombastischen Empfang, wenn man bedenkt, was die armen
Burschen hinter sich haben.»

«Wahrscheinlich können die allzuviel Aufregung sowieso nicht
verkraften.»

Hinter ihnen verschwamm die Galle Road, breit und summend
vor Verkehr, zwischen hohen Palmenreihen im aufgewirbelten
Staub. Judith sah sie entschwinden und dachte an ihren Vater, der,
als er in Colombo lebte, Tag für Tag diese Strecke gefahren war, zu
den Büros von Wilson-McKinnon und wieder zurück. Sie dachte an
ihn, der im Dreck und Elend von Changi gestorben war, und versuchte sich zu erinnern, wie er ausgesehen und wie seine Stimme
geklungen hatte. Doch es gelang ihr nicht. Es war einfach zu lange

her. Was traurig war, denn gerade jetzt, an diesem Morgen, hätte sie ein wenig väterliche Unterstützung, eine kleine Stärkung des Rückgrats, gut gebrauchen können. *Dad, falls du mich hörst: Irgendwie tu ich das auch für dich. Hilf mir, damit ich nicht ganz so nutzlos bin.*

Neben ihr rutschte Sarah Sudlow auf der harten Bank hin und her. «Gott, was würd ich jetzt nicht alles geben für 'ne Kippe.» Offensichtlich war sie genauso aufgeregt wie Judith. «Ist schon 'n Ding, was? Ich mein, sich irgendwas aus den Fingern zu saugen. Nettes Partygeplauder ist ja wohl kaum das Passende, und ich hab Angst vor bedeutungsschwangeren Gesprächspausen.» Sie grübelte über das Problem nach und präsentierte ihr schließlich eine glänzende Lösung. «Weißt du was, zu zweit ist es viel leichter. Und wenn einer von uns dann nichts mehr einfällt, kann die andere einspringen. Was hältst du davon? Sollen wir uns zusammentun?»

«Ja, o ja», sagte Judith sofort und fühlte sich gleich viel besser. Sarah Sudlow. Eine verläßlichere Partnerin in stressigen Zeiten ließ sich nicht denken.

VERTRAUTE ANSICHTEN glitten vorüber. Das Hotel Galle Face, das Galle Face Green. Der Lastwagen rumpelte über eine Brücke und weiter über die Straße, die an der Ostküste des Forts entlangführte. In strahlender Bläue erstreckte sich das Meer bis zum Horizont. Unermüdlich trieb der Südwestwind die Brecher herein und ließ sie auf die Felsen schlagen. Sie erreichten die Landspitze mit dem Leuchtturm, jene Stelle, an der die Küste einen natürlichen Hafen bildete, wo, geschützt vorm Wind, die Wasserfläche still und unbeweglich lag. Hier gab es eine Anlegestelle und eine Helling, und ganz in der Nähe hatten in makellosen Reihen Sikh-Dudelsackbläser Aufstellung genommen, die in ihren Galauniformen, khakifarbenen Hosen und Waffenröcken sowie prächtigen Turbanen ein beeindruckendes Schauspiel boten. Ihr Tambourmajor war ein Mann von majestätischer Größe und Statur, der einen riesigen silbernen Stab in der Hand hielt und über Schulter und Brust eine reich mit Fransen besetzte scharlachrote Seidenschärpe geworfen hatte.

«Wußte gar nicht, daß Sikhs Dudelsack spielen», sagte Sarah. «Ich dachte, die haben nur Sitars und merkwürdige Flöten, mit denen sie Schlangen beschwören.»

«Sehen aber ziemlich gut aus, was?»

«Dazu äußere ich mich erst, wenn ich sie gehört habe.»

Der Lastwagen hielt an, die Heckklappe wurde geöffnet, und sie kletterten alle wieder hinaus. Vor ihnen waren schon andere angekommen: das offizielle Empfangskomitee, Offiziere von der Garnison und aus dem Marinehauptquartier, zwei Krankenwagen und einige Marinekrankenschwestern, deren weiße Schleier und Schürzen in der Brise flatterten.

Landeinwärts sah man den Uhrturm, die Verwaltungsgebäude, das Haus der Königin sowie mehrere Banken und Behörden. Auf dem Rasen von Gordon's Green (wo festliche Veranstaltungen wie etwa der Große Zapfenstreich oder Gartenempfänge für zu Besuch weilende gekrönte Häupter stattfanden) erhoben sich die khakifarbenen Zelte, die die Armee hatte aufstellen lassen. Überall wehten die Fahnen, und über allem flatterte an der Spitze des hohen Flaggenmasts der Union Jack.

Die *Orion* lag etwa eine halbe Meile vor der Küste vor Anker.

«Sieht aus wie ein Luxusdampfer aus der Vorkriegszeit, nicht wahr?» bemerkte Sarah. «Hat schon 'ne gewisse Ironie, wenn man weiß, daß sie in Wirklichkeit ein Lazarettschiff ist und die meisten Passagiere wahrscheinlich zu krank und schwach sind, um überhaupt an Land gehen zu können. Du meine Güte, sie kommen tatsächlich...»

Judith blickte hinüber und sah, wie drei Leichter – immer einer hinter dem anderen – um die Leuchtturmspitze herumfuhren und auf die Mole zuhielten. Alle drei waren vollgepackt mit Männern, die durch die Distanz und das blendende Sonnenlicht nur als undeutlicher, khaki-weiß gescheckter Fleck zu erkennen waren.

«Scheinen ja ganz schön viele zu sein, was?» Wahrscheinlich plapperte sie aus Nervosität, dachte Judith und konnte den Wortschwall nicht zurückhalten. «Muß schon sagen, ich finde das alles reichlich bizarr. Also, wie soll man das denn in Einklang bringen, die gräßlichen Fakten und diesen Festtagsrummel. Ich meine, Fahnen, Orchester und das alles. Hoffentlich sind sie nicht… Mein Gott!»

Sie wurde durchaus angemessen zum Schweigen gebracht, und zwar von der Stimme des Tambourmajors, der seinen ersten Befehl hinausbrüllte und Sarah vor Schreck zusammenfahren ließ. Was das Timing anbetraf, war er offensichtlich bestens instruiert. Sein Stab blinkte in der Sonne, die kleinen Trommeln ließen einen Wirbel ertönen, und wie ein Mann hoben die Dudelsackpfeifer ihre Instrumente in Schulterhöhe. Danach erklang, während sie Luft in die Pfeifen pumpten und die Säcke füllten, ein gespenstisches Klagelied, das ihren Zuhörern Schauer über den Rücken jagte. Und nun begannen sie zu spielen. Jedoch keine kriegerischen Märsche, sondern eine alte schottische Volksweise.

> Speed bonny boat like a bird on the wing,
> Onward the sailors cry…

«O Gott», stöhnte Sarah, «hoffentlich muß ich nicht heulen.»

Die Leichter kamen näher, die Passagiere standen eng gedrängt Schulter an Schulter. Jetzt konnte man die Gesichter der Männer an Bord erkennen.

> Carry the lad who was born to be King
> Over the sea to Skye.

Besonders hübsch waren die Schiffe ja nicht, und gewiß würden sie keine Könige an Land entlassen, sondern nur ganz gewöhnliche Männer, die die Hölle hinter sich hatten und wieder in die wirkliche und vertraute Welt zurückkehrten. Doch welch eine Landung, wenn man so vom Klang der Dudelsäcke empfangen wurde! Da hatte jemand eine glänzende Idee gehabt, dachte Judith. Natürlich hatte sie auch früher schon Dudelsackpfeifer gehört, im Radio oder in der Wochenschau im Kino, nie aber so richtig hautnah miterlebt, zugesehen und zugehört, wie die wilde Musik in den Wind hinein-

und den offenen Himmel hinaufrauschte. Sie verschmolz mit allem anderen zu einem großen Gesamteindruck, jagte ihr Schauer über den Rücken, so daß sie wie Sarah die Tränen in sich aufsteigen fühlte.

Sie unterdrückte sie jedoch und sagte in möglichst normalem und festem Tonfall: «Warum spielen die bloß schottische Lieder?»

«Wahrscheinlich können sie keine anderen. Eigentlich sind die meisten Gefangenen Infanteristen aus Durham. Aber ich glaube, es sind auch ein paar Gordon Highlanders dabei.»

Mit einemmal war Judith hellwach. «Gordon Highlanders?»

«Hat mir jedenfalls mein Officer gesagt.»

«Ich kannte mal einen Gordon Highlander. Er ist in Singapur gefallen.»

«Vielleicht triffst du ja einen Kameraden von ihm.»

«Ich kannte keinen seiner Kameraden.»

Der erste Leichter hatte angelegt und wurde vertäut. In geordneter Manier begannen die Passagiere an Land zu steigen.

Sarah straffte die Schultern. «Los! Beeil dich! Jetzt sind wir an der Reihe. Immer lächeln und immer vergnügt!»

NACH ALL ihren Befürchtungen war es dann im Grunde gar nicht so schwierig. Das waren ja auch keine Außerirdischen von einem anderen Stern, sondern ganz normale junge Männer. Und sobald sie sie in den vertrauten Dialekten von Northumberland, Cumberland und Tyneside reden hörte, ließ Judith all ihre Vorbehalte fahren. Bis auf die Knochen abgemagert, barhäuptig und mit Gesichtern, auf denen noch immer die Blässe von Krankheit und Mangelernährung lag, waren sie dennoch alle adrett, sauber und anständig gekleidet (Von wem? Dem Roten Kreuz in Rangun?) in ihren dschungelgrünen baumwollenen Kampfanzügen und den Schnürschuhen aus Segeltuch. Keine Rangabzeichen, keine Regimentsembleme. In Zweier- und Dreierreihen kamen sie über die Mole heran, ganz langsam, als seien sie sich nicht ganz sicher, worauf sie sich nun gefaßt machen müßten. Doch als die weißgekleideten Marine-

helferinnen und Krankenschwestern sich plaudernd und hände-
schüttelnd unter die Ankommenden mischten, schmolz ihre Scheu
im Nu dahin.

Hallo. Ich bin Judith. Wie gut, daß ihr endlich da seid.

Ich bin Sarah. Willkommen in Colombo.

Wir haben sogar ein Orchester für euch organisiert.

Wie schön, daß ihr hier seid.

Bald hatte jedes Mädchen ein paar Männer um sich geschart, die
offensichtlich alle ganz erleichtert waren, daß ihnen jemand sagte,
was sie tun sollten.

«Wir bringen euch zum Gordon's Green, wo die Zelte stehen.»

«Super.»

Eine der älteren Krankenschwestern klatschte in die Hände wie
eine Lehrerin, die sich Aufmerksamkeit verschaffen will.

«Keiner muß zu Fuß gehen, wenn er sich nicht dazu imstande
fühlt. Es stehen reichlich Wagen bereit, falls jemand fahren
möchte.»

Doch in Judiths Gruppe, die inzwischen auf zwanzig Mann ange-
wachsen war, wollten alle zu Fuß gehen.

«Gut. Dann also los.»

Gemächlich setzten sie sich in Bewegung und schlenderten den
sanft von der Küste ansteigenden Hang hinauf. Das Orchester
spielte nun eine andere Melodie.

Come o'er the Sea, Charlie, proud Charlie, brave Charlie.

Come o'er the sea, Charlie and welcome MacLean.

For though you be weary, we'll make your heart cheery …

«Diese Schwester», sagte der Mann neben Judith, «die in die
Hände geklatscht hat. Als ich noch ein Junge war, hatten wir zu
Hause eine Lehrerin, die war genauso.»

«Wo sind Sie denn zu Hause?»

«In Alnwick.»

«Waren Sie schon mal in Colombo?»

«Nein. Auf dem Weg nach Singapur haben wir zwar hier angelegt, waren aber nicht an Land. Die höheren Offiziere, die schon.

Bloß die Unteroffiziere und Mannschaften nicht. Die dachten wohl, wir würden abhauen.»

«Wär nicht das Schlechteste gewesen», warf ein anderer ein. Er hatte Narben am Hals, die nach Verbrennungen aussahen, und zog sein schmerzendes Bein nach.

«Geht es denn mit dem Bein? Würden Sie nicht lieber im Auto mitfahren?»

«Kann nicht schaden, wenn ich mir ein bißchen die Beine vertrete.»

«Wo sind *Sie* denn zu Hause?»

«In der Nähe von Walsingham. In der Heide. Mein Vater ist Schaffarmer.»

«Seid ihr alle von der Durham Light Infantry?»

«Jawohl.»

«Und sind auch Gordon Highlanders an Bord?»

«Ja, aber die sind auf dem letzten Leichter. Der kommt noch.»

«Bißchen unhöflich, daß sie schottische Lieder spielen. Sie hätten Volksweisen aus Northumberland spielen müssen, speziell für Sie.»

«Zum Beispiel?»

«Ich weiß nicht. Ich kenne keine.»

Ein anderer Mann schob sich nach vorn. «Kennen Sie denn nicht ‹When the boat comes in›?»

«Nein. Tut mir leid. Nie gehört.»

«Wie heißen Sie noch gleich?»

«Judith.»

«Arbeiten Sie in Colombo?»

«Nein, ich bin auf Urlaub hier.»

«Und warum amüsieren Sie sich da nicht?»

«Tu ich doch.»

VIEL SPÄTER, als alles längst vorbei war, erinnerte sich Judith an den offiziellen Empfang für die Kriegsgefangenen wie an die Schulabschlußfeiern oder die Gartenfeste in England. Vieles gemahnte auch an kirchliche Wohltätigkeitsveranstaltungen. Der Geruch nach zertrampeltem Gras, Segeltuch und schwitzenden Menschen. Das Orchester der Königlichen Kriegsmarine draußen auf dem Rasen, das leichte Melodien von Gilbert and Sullivan zum besten gab. Die Zelte, in denen man fast erstickte und in denen es nur so wimmelte von Männern in Khakigrün und Honoratioren, die ihnen ihre Aufwartung machten. (Der Vikar, der Vizekönig und Colonel Carey-Lewis hätten hier durchaus nicht fehl am Platz gewirkt.) Und dann die Erfrischungen! An den Seitenwänden der Zelte bogen sich die Tische unter den Köstlichkeiten. Safranbrötchen, Sandwiches und kleine Kuchen, die alle in Rekordzeit vertilgt waren, um sogleich wieder aus irgendeiner unerschöpflichen Quelle nachgeliefert zu werden. Zu trinken gab es Eiskaffee, Limonade und heißen Tee. (Wieder erwartete man geradezu, Mrs. Nettlebed oder Mary Millyway an der Teemaschine zu erblicken und Mrs. Mudge nebenan mit Milchkännchen und Zuckerdöschen hantieren zu sehen.)

Es wurde so voll im Zelt, daß man nicht mehr ungehindert zu den Tischen gelangte. Und als Judith und Sarah ihre Schützlinge gut untergebracht hatten, ließen sie sich als Kellnerinnen zwangsverpflichten, beluden Tabletts mit vollen Tellern, Gläsern und Tassen und sorgten dafür, daß ja keiner bei diesem Festessen zu kurz kam.

Inzwischen war die Unterhaltung voll im Gange. Es herrschte eine ungeheure Hitze und ein ebensolcher Lärm. Doch endlich ließ die versammelte Gemeinde, schließlich doch noch gesättigt, die Gabeln sinken und strömte in Grüppchen hinaus in den Park, um auf dem Rasen zu ruhen, zu rauchen und der Musik zu lauschen.

Judith schaute auf ihre Uhr und sah, daß es schon halb zwölf war. Sarah Sudlow war nirgends zu erblicken, und die Kellner räumten die Überbleibsel des Festes ab. Das Hemd klebte ihr am Rücken. Offensichtlich gab es hier ja nicht mehr viel zu tun. Daher verließ sie das Zelt, bückte sich unter die Segeltuchplane und stieg über ein paar Spannschnüre. Vor ihr lag das Meer, von dem eine angenehme Brise hereinstrich.

Einen Moment lang stand sie da, atmete die frische Luft ein und betrachtete die friedliche Szenerie. Die Rasenflächen von Gordon's Green. Die Musiker der Königlichen Marine (schön feierlich und zeremoniell in ihren weißen Helmen), die jetzt Melodien aus *HMS*

Pinafore spielten, die Gruppen ruhender Männer, die der Zufall so zusammengestellt hatte. Und dann fiel ihr Blick auf einen einzelnen Mann, der nicht ausgestreckt und auf den Ellbogen gestützt im Gras lag, sondern aufrecht dastand, ihr den Rücken zuwandte und offenbar mit großer Konzentration der Musik lauschte. Er fiel ihr auf, weil er sich von den anderen unterschied. Zwar war er hager und ausgemergelt wie sie, trug aber nicht die anonyme dschungel-grüne Uniform und die dazugehörigen Segeltuchschuhe. Statt dessen ein arg lädiertes Paar jener Wüstenstiefel, die bei den Offizieren der Königlichen Marine immer als Bordellschleicher bezeichnet wurden. Auf seinem Kopf saß ein Gordon Glenngarry, die Mütze des Clans der Gordons, deren Bänder im Wind flatterten. Dazu trug er ein zerschlissenes Khakihemd, dessen Ärmel bis zu den Ellbogen hochgerollt waren. Und einen Kilt. Einen Gordon Kilt. Der abgerissen und verschossen war und dessen Falten jemand auf unfachmännische Weise mit Zwirn festgeheftet hatte. Der aber dennoch ein Kilt war.

Gus.

Einen Moment lang glaubte sie, es sei Gus, und wußte dann gleich wieder, daß das nicht sein konnte. Denn Gus war tot. Vermißt, gefallen in Singapur. Aber vielleicht hatte er Gus ja gekannt.

> … I cleaned the windows and I swept the floor,
> And I polished up the handle of the big front door,
> I polished up that handle so carefullee
> That now I am the ruler of the Queen's Navee.

Sie näherte sich ihm über den Rasen. Da er sie nicht kommen hörte, drehte er sich auch nicht um.

«Hallo», sagte sie.

Erschrocken fuhr er herum, und sie blickte hinauf in sein Gesicht. Dunkle Augen, kräftige Brauen, die Wangen ausgezehrt, die Haut von feinen Linien durchzogen, die früher nicht dagewesen waren. Sie hatte ein ganz merkwürdiges Gefühl, eine Empfindung, als ob ihr Herz aufgehört habe zu schlagen und sie einen Moment lang starr in der stillstehenden Zeit verweile.

Zuletzt brach *er* das Schweigen. «Gütiger Gott! Judith.»

O Loveday. Du hast dich geirrt. Hast dich die ganze Zeit getäuscht.

«Gus.»

«Wo kommst denn du plötzlich her?»

«Von hier. Von Colombo.»

Er ist nicht in Singapur gefallen. Er ist nicht tot. Er ist hier. Bei mir. Er lebt.

Sie sagte: «Du lebst.»

«Hast du denn was anderes geglaubt?»

«Ja. Jahrelang hab ich gedacht, du seist tot. Seit Singapur. Alle haben das gedacht. Als ich dich eben sah, wußte ich, daß du es nicht bist, weil es ja gar nicht sein konnte.»

«Seh ich etwa aus wie eine Leiche?»

«Nein. Du siehst großartig aus.» Und das meinte sie auch so. Und es stimmte ja tatsächlich. «Die Stiefel, der Kilt, der Glengarry. Wie um alles in der Welt hast du es geschafft, das alles zu retten?»

«Nur den Kilt und die Mütze hab ich gerettet. Die Stiefel sind gestohlen.»

«Oh, Gus.»

«Weine nicht.»

Sie trat einen Schritt auf ihn zu, schlang ihm die Arme um den Leib und drückte das Gesicht in die zerschlissene Baumwolle seines alten Khakihemds. Sie spürte seine Rippen und hörte das Schlagen seines Herzens. Seine Arme schlossen sich um ihre Schultern, und so standen sie engumschlungen da, so daß jeder sie sah und sich das Maul über sie zerreißen konnte. Und wieder dachte sie an Loveday, und dann dachte sie nicht mehr an sie. Im Augenblick zählte nur eines: daß sie Gus wiedergefunden hatte.

Nach einer Weile lösten sie sich voneinander. Falls irgend jemand Zeuge dieser Bekundung innigster Zuneigung geworden war, so hatte er sich nichts dabei gedacht. Sie hatte nicht geweint, er hatte sie nicht geküßt. Es war vorbei. Und alles wie gehabt.

«Im Zelt hab ich dich gar nicht bemerkt», sagte sie.

«Ich war auch nur ganz kurz drinnen.»

«Mußt du denn hier bleiben?»

«Nicht unbedingt. Und du?»
«Auch nicht. Wann müßt ihr denn wieder an Bord sein?»
«Um drei fahren die Leichter.»
«Wir könnten in die Galle Road gehen. Wo ich wohne. Und dort was trinken oder zu Mittag essen. Wir haben ja Zeit.»
«Eigentlich», sagte Gus, «ginge ich am liebsten ins Galle Face. Ich habe da so eine Art Verabredung. Aber allein kann ich nicht hin, weil ich kein ordentliches Geld habe. Keine Rupien. Nur japanische Scheine.»
«Aber ich habe Geld. Ich bring dich hin. Ich komme mit.»
«Wie denn?»
«Wir nehmen einfach ein Taxi. Droben an der Straße beim Uhrturm ist ein Stand. Bis dahin können wir zu Fuß gehen.»
«Bist du dir auch sicher?»
«Selbstverständlich.»
«Und du wirst bestimmt keinen Ärger kriegen?»
«Ich bin schließlich auf Urlaub. Bin ein freier Mensch.»

So STAHLEN sie sich davon. Und wieder bemerkte es niemand oder ließ nichts verlauten, falls doch. Sie gingen durch das inzwischen fast leere Zelt und über den Rasen, traten auf die Queen Street und folgten der Straße bis zur Kreuzung und zum Uhrturm. Dort warteten ein paar Uralttaxis. Sobald die Fahrer sie erspäht hatten, sprangen sie auf, um untereinander auszuhandeln, wer an der Reihe war. Doch Judith und Gus stiegen gleich ins vorderste Taxi, womit sie sich eine Menge Streitereien ersparten.

«Weißt du», sagte sie, «bis heute habe ich nicht gewußt, wie entsetzlich schwer es sein muß, als Zeuge vor Gericht auszusagen. Etwa bei einem Mordprozeß. Man schwört vielleicht blind auf die Bibel, daß man eine Person in einem entscheidenden Moment gesehen hat – oder auch nicht. Aber jetzt weiß ich, daß wir nur das sehen, was wir glauben, von dessen Realität wir überzeugt sind.»

«Sprichst du von mir?»

«Du warst nicht du, bis ich dein Gesicht sah.»

«Deins wiederzusehen war das Beste, was mir seit langem passiert ist. Erzähl mir doch was von dir. Du bist auf Urlaub. Arbeitest du denn nicht hier?»

«Nein. In Trincomalee. Du erinnerst dich wohl nicht mehr an Bob Somerville, meinen Onkel? Ich glaube auch nicht, daß ihr euch je kennengelernt habt. Er ist Konteradmiral im Stab des Oberbefehlshabers. Bei ihm wohne ich.»

«Ah ja.»

«Seine Frau Biddy und meine Mutter waren Geschwister.»

«Waren?»

«Ja. Meine Eltern waren doch in Singapur, etwa zur gleichen Zeit wie du...»

«Ich weiß. Ich habe sie mal kennengelernt, bei einer Regimentsfeier in der Selaring-Kaserne. Kurz vor Pearl Harbor, als wir noch Parties feierten. Was ist denn aus ihnen geworden? Sind sie davongekommen?»

Judith schüttelte den Kopf. «Nein. Mein Vater ist in Changi gestorben.»

«Mein Beileid.»

«Und meine Mutter und meine kleine Schwester versuchten, nach Australien zu entkommen. Aber ihr Schiff wurde im Indonesischen Meer torpediert. Sie haben es nicht überlebt.»

«O Gott. Das tut mir so leid.»

«Deswegen bekam ich einen Monat Urlaub. Um Bob zu besuchen. Ende der Woche muß ich wieder zurück nach Trincomalee.»

«Ein paar Tage später also, und wir hätten uns verpaßt.»

«Genau.»

Das Taxi fuhr am Galle Face Green entlang. Ein paar kleine Buben spielten Fußball, dribbelten und kickten ohne Rücksicht auf ihre bloßen Zehen. Gus drehte sich nach ihnen um. «Es ist zwar nicht zu vergleichen», sagte er, «aber meine Eltern sind auch tot. Weder verhungert noch ertrunken, sondern ruhig in den eigenen Betten im Krankenhaus und im Altersheim gestorben.» Er wandte sich zu ihr um und sah ihr ins Gesicht. «Sie waren alt – schon bevor ich zur Welt kam. Ich war das einzige Kind. Vielleicht haben auch sie geglaubt, daß ich tot bin.»

«Woher weißt du das?»

«Eine freundliche alte Dame, so eine Art Sozialarbeiterin im Krankenhaus in Rangun, hat es mir erzählt.»

«Konntest du von Singapur aus keine Nachricht schicken? Nicht mal deinen Eltern?»

«Ich hab versucht, einen Brief aus Changi rauszuschmuggeln, aber ich glaube nicht, daß er je bei ihnen angekommen ist. Und eine zweite Gelegenheit hat sich nie ergeben.»

Das Taxi bog auf den Vorplatz des Hotels und hielt im Schatten der breiten Markise. Sie betraten das langgestreckte Foyer, durchschritten ein Spalier aus blühenden Büschen und Ausstellungsvitrinen mit schönem und teurem Schmuck, goldenen Halsketten und Armreifen, Broschen und Ohrringen aus Saphiren und Diamanten, Rubin- und Smaragdringen.

«Gus, du hast doch gesagt, du hast eine Verabredung.»

«Stimmt.»

«Mit wem denn?»

«Warte mal ab.» Hinter der Rezeption stand ein singhalesischer Angestellter. «Arbeitet Kuttan noch hier?»

«Aber selbstverständlich, Sir. Er ist für das Restaurant zuständig.»

«Könnte ich ihn wohl kurz sprechen? Ich werde ihn nicht lange aufhalten.»

«Darf ich ihm sagen, wer ihn sehen möchte?»

«Captain Callender. Ein Freund von Colonel Cameron. Gordon Highlander.»

«Sehr wohl. Wenn Sie bitte draußen auf der Terrasse warten würden.» Er wies ihnen mit seiner zarten braunen Hand die Richtung. «Wünschen Sie vielleicht eine Erfrischung? Einen Eiskaffee oder einen Drink von der Bar?»

Gus wandte sich an Judith. «Was möchtest du denn?»

«Limonade vielleicht.»

«Limonade für die Dame und ein Bier für mich.»

«Sehr wohl, Sir.»

Sie schlenderten über den blanken Marmorboden des Foyers auf die Terrasse hinaus. Gus ging voran, wählte einen Tisch und rückte die Rohrstühle zurecht. Während sie ihm folgte, wunderte sie sich über seine Gelassenheit, seine innere Distanz, die Autorität, die von ihm ausstrahlte, die zu seinem innersten Wesen gehörte und von nichts zerstört werden konnte. Er hatte Burma nicht nur überlebt, sondern es sogar mit einem gewissen Stil überlebt. Seine Uniformfetzen wirkten an ihm weder komisch noch bizarr, und zwar allein deshalb, weil er sie mit solcher Überzeugung trug. Doch da gab es noch etwas anderes. Eine innere Stärke, die greifbar war, aber auch furchteinflößend. Ein wenig einschüchternd, fand sie. Früher oder später würde sie ihm von Loveday erzählen müssen. In alten Zeiten wurde dem Überbringer schlechter Nachrichten häufig der Kopf abgehackt. Sie nahm sich vor, ihm nichts zu erzählen, solange er nicht wirklich nach ihr fragte.

Sie saßen auf der Terrasse, und man brachte ihnen ihre Getränke. Ein paar Kinder schwammen unter den wachsamen Augen ihrer Amahs im Pool. Die Brise fuhr raschelnd durch die Palmen, und am Ende des Parks, jenseits der Zierbalustrade, lag das Meer.

Gus sagte: «Es ist noch genau, wie es war. Es hat sich überhaupt nicht verändert.»

«Du warst schon mal hier?»

«Ja, auf dem Weg nach Singapur. Ich kam mit einem Truppentransporter via Kapstadt, zusammen mit ein paar anderen Burschen aus dem Regiment. Wir machten hier vier Tage Zwischenstation und fuhren dann mit einem anderen Schiff weiter. Das war eine wilde Zeit. Eine Party nach der anderen und jede Menge hübsche Mädchen.» Er sagte noch einmal: «Schöne Zeit.»

«Captain Callender.»

Sie hatten ihn zwar nicht kommen hören, doch nun war er hier. Gus erhob sich. «Kuttan.» Strahlend stand der da in seinem weißen Rock mit den roten Seidenepauletten, den Abzeichen seines Dienstgrades. Sein Haar war glatt und eingeölt, der prächtige Raj-Schnurrbart makellos gestutzt. In der linken Hand hielt er ein Silbertablett, auf dem eine Flasche Black-&-White-Whisky stand.

«Ich habe ja meinen Ohren nicht getraut, als ich hörte, Sie sind hier. Mein Gott! Daß Sie wohlbehalten sind und am Leben.»

«Gut dich zu sehen, Kuttan.»

«Und Sie erst. Gott ist sehr gütig. Waren Sie auf dem Schiff aus Rangun?»

«Ja. Wir fahren heute nachmittag wieder ab.»

«Ich werde zuschauen, wie Ihr Schiff aufs Meer hinausfährt. In der Dunkelheit werden alle Lichter angehn. Sehr hübsch. Ich sehe zu, wenn Sie nach Hause fahren.»

«Ich werde an dich denken, Kuttan.»

«Und das ist Colonel Camerons Flasche Black & White, die ich für ihn aufbewahren sollte. Ich hatte sie die ganze Zeit immer unter Verschluß.» Er blickte sich um. «Colonel Cameron ist nicht dabei?»

«Er ist tot, Kuttan.»

Der alte Mann starrte sie aus traurigen dunklen Augen an. «Oh, Captain Callender, das ist sehr schlimme Nachricht.»

«Ich wollte Colombo nicht verlassen, ohne es dir zu sagen.»

«Ich habe die Zeit mit Ihnen nicht vergessen. Auch Colonel Cameron nicht. Ein wirklicher Gentleman.» Er blickte auf die Whiskyflasche. «Ich war mir so sicher, daß er zurückkommt und sie abholt, wie er versprochen hat. Er hat dafür bezahlt, am letzten Abend. Er hat gesagt: ‹Kuttan, heb sie für mich auf. Auf Eis. Auf der Rückfahrt feiern wir wieder.› Jetzt kommt er also nicht.» Er nahm die Flasche vom Tablett und stellte sie auf den Tisch. «Also müssen Sie sie nehmen.»

«Ich bin nicht wegen des Whiskys gekommen, Kuttan. Sondern deinetwegen.»

«Ich danke sehr. Kommen Sie zum Lunch ins Restaurant?»

«Ich glaube nicht. Ich habe keine Zeit, um dein köstliches Essen gebührend zu würdigen, noch, muß ich leider sagen, momentan den entsprechenden Appetit.»

«Waren Sie krank?»

«Es geht mir schon wieder ganz gut. Kuttan, du hast viel zu tun. Ich darf dich nicht von deinen Pflichten fernhalten.» Er streckte die Hand aus. «Auf Wiedersehen, alter Freund.» Sie schüttelten sich die Hände. Dann trat Kuttan einen Schritt zurück, legte die Hände zusammen und sagte, sich tief verbeugend, voller Respekt und Zuneigung *Selam*.

«Gott schütze Sie, Captain Callender.»

Als er gegangen war, setzte Gus sich wieder hin und blickte auf die Whiskyflasche. «Wir müssen irgendeine Tasche oder einen Korb dafür auftreiben. Ich kann sie ja wohl kaum vor all den Schotten auf die *Orion* tragen. Das geht einfach nicht.»

«Wir finden schon was», versprach Judith. «Du kannst ihn mit nach Schottland nehmen.»

«Eulen nach Athen.»

«Was wird wohl sein, wenn du nach Hause kommst?»

«Weiß nicht so recht. Werd mich wohl im Hauptquartier in Aberdeen melden. Mich der ärztlichen Untersuchung unterziehen. Und wieder gehen.»

«Warst du sehr krank?»

«Nicht kränker als alle anderen. Beriberi. Ruhr. Geschwüre und Entzündungen. Rippenfellentzündung, Malaria, Cholera. Man schätzt, daß etwa sechzehntausend Briten umgekommen sind. Die Männer, die heute an Land kamen, sind nur ein Viertel unseres Transports. Die anderen mußten wir an Bord lassen.»

«Sprichst du ungern darüber?»

«Worüber?»

«Über Singapur und darüber, wie das alles anfing. Ich habe da diesen letzten Brief von meiner Mutter... aber es ist ihm nicht viel zu entnehmen – außer Verwirrung und Chaos.»

«Das dürfte es auch so ziemlich treffen. Am Tag nach Pearl Harbor fielen die Japaner in Malaya ein. Die Gordons besetzten die Küstenbefestigungen. Doch Anfang Januar wurden wir dann ins Landesinnere verlegt und schlossen uns einer australischen Brigade an. Allerdings rechneten wir uns nicht die geringste Chance aus, und Ende Januar hatten wir uns bereits über den Damm auf die Insel Singapur zurückgezogen. Es war ein zum Scheitern verurteilter Feldzug. Ohne eine starke Luftwaffe konnten wir uns unmöglich halten. Und wir hatten nur etwa hundertfünfzig Flugzeuge, weil ein großer Teil der britischen Luftwaffe in Nordafrika kämpfte. Und dann waren da noch die Flüchtlinge. Die Insel platzte aus allen Nähten. Schließlich wurden wir zu Nachhutsgefechten an den Damm abkommandiert. Wir hielten die Stellung drei, vier

Tage, aber mit Gewehr und Bajonett, weil wir unsere Artilleriegranaten im Handumdrehen verbraucht hatten. Hin und wieder wurde von Flucht, von Abhauen geredet, sich nach Java oder sonstwohin abzusetzen. Aber das waren nur Gerüchte. Eine Woche nach ihrem Einmarsch in Singapur erreichten die Japaner dann die Reservoirs mit den gesamten Trinkwasservorräten. In der Stadt befanden sich mindestens eine Million Menschen. Und die Japsen drehten den Hahn zu. Das war's dann. Kapitulation.»

«Und was ist dann passiert?»

«Wir wurden ins Changi-Gefängnis gesteckt. War nicht allzu schlimm, die Wächter waren relativ vernünftig. Ich wurde in einen Arbeitstrupp eingeteilt und auf die Straßen geschickt, um die Bombenschäden zu reparieren. Ich hab dann ziemliches Geschick beim Organisieren von allem möglichen entwickelt und Sonderrationen zusammengeschnorrt. Ich verkaufte sogar meine Uhr gegen Singapur-Dollars. Mit denen hab ich dann einen der Wächter bestochen, einen Brief an meine Eltern einzuwerfen. Aber ich weiß nicht, ob er es getan hat oder der Brief je ankam. Wahrscheinlich werde ich es nie erfahren. Außerdem brachte er mir Papier und Bleistifte, einen Zeichenblock. Und den konnte ich in den nächsten dreieinhalb Jahren füllen und vor ihnen versteckt halten. Eine Art Rekord. Aber er ist nicht für menschliche Augen bestimmt.»

«Hast du ihn noch?»

Gus nickte. «An Bord. Zusammen mit meiner neuen Zahnbürste, meinem neuen Stück Seife und dem letzten Brief von Fergie Cameron, den ich seiner Witwe übergeben muß.»

«Und was ist als nächstes passiert?»

«Na ja, wir blieben etwa ein halbes Jahr in Changi. Und dann sprach es sich rum, was für wunderbare Lager die Japsen in Siam für uns gebaut hätten. Ehe wir uns verguckten, steckten wir schon in stählernen Viehtransportern. Und dann ging es fünf Tage und Nächte lang Richtung Norden, nach Bangkok. Dreißig von uns pro Wagen, so daß keiner sich ausstrecken oder hinlegen konnte. Grauenhaft. Jeder von uns bekam pro Tag eine Schale Reis und eine Tasse Wasser. Als wir nach Burma kamen, waren viele von uns wirklich krank und einige tot. In Bangkok fielen wir schwach vor

Erleichterung, daß die Tortur endlich vorbei war, aus den Vieh-lastern. Wir wußten ja nicht, daß das erst der Anfang war.»

Die Kinder hatten ihr Bad beendet und waren von ihren Amahs zum Mittagessen ins Hotel gescheucht worden. Der Pool lag still und unbewegt. Gus griff nach seinem Glas und kippte den Rest des Biers hinunter. «Das war's», sagte er. «Das reicht. Fini.» Er schickte ihr die Andeutung eines Lächelns über den Tisch. «Danke fürs Zuhören.»

«Danke fürs Erzählen.»

«Jetzt reden wir aber nicht mehr über mich. Ich möchte was von dir hören.»

«Oh, Gus, im Vergleich zu deiner Geschichte ist das ziemlich fad.»

«Bitte. Wann bist du eigentlich zu den Marinehelferinnen gegan-gen?»

«Einen Tag nach Edwards Tod.»

«Das war bitter. Ich schrieb den Carey-Lewis. Ich war damals, nach St-Valéry, in Aberdeen. Ich hätte sie so gerne besucht. Aber es ergab sich einfach keine Gelegenheit mehr, bevor ich nach Kapstadt fuhr.» Er runzelte bei der Erinnerung die Stirn. «Du hast Mrs. Bos-cawens Haus gekauft, nicht wahr?»

«Ja. Nach ihrem Tod. Es ist einfach wunderschön. Ich hab dieses Haus immer geliebt. Für mich war es so was wie Heimat. Biddy, Bob Somervilles Frau, ist dann zu mir gezogen. Auch Phyllis, die früher für meine Mutter gearbeitet hat, und ihre kleine Tochter Anna. Sie leben immer noch dort.»

«Und dahin kehrst du zurück?»

«Ja.»

Sie wartete. Er sprach es aus: «Und Nancherrow?»

«Alles beim alten. Außer, daß Nettlebed nicht mehr Butler, son-dern inzwischen Gärtner ist. Er butlert natürlich immer noch und bürstet die Tweedjacketts des Colonels. Aber seine Stangenbohnen faszinieren ihn weit mehr.»

«Und Diana? Und der Colonel?»

«Unverändert.»

«Und Athena?»

«Rupert wurde in Deutschland verwundet. Und als Invalide bei den Königlichen Husaren entlassen. Sie leben jetzt in Gloucestershire.»

Sie wartete. «Und Loveday?»

Er beobachtete sie. Sie sagte: «Loveday ist verheiratet, Gus.»

«Verheiratet?» Seine Miene drückte nichts als Unglauben aus. «Loveday? Verheiratet. Mit wem denn?»

«Walter Mudge.»

«Dem Jungen mit den Pferden?»

«Genau.»

«Seit wann?»

«Sommer 42.»

«Aber... weshalb denn?»

«Sie dachte, du seist tot. Sie war absolut überzeugt, daß du gefallen bist. Sie hatte nichts mehr von dir gehört. Es kam keine Nachricht. Nur Schweigen. Sie gab einfach auf.»

«Ich versteh es nicht.»

«Ich weiß nicht, ob ich es dir erklären kann. Aber nach St-Valéry hatte sie so eine Art Vorahnung oder Eingebung, daß du überlebt hattest. Und es stimmte ja auch. Du bist zurückgekommen. Bist damals weder gefallen noch in Gefangenschaft geraten. Das... das hat sie zu der Überzeugung gebracht, zwischen euch beiden gäbe es eine unglaublich starke Gedankenübertragung. Nach Singapur hat sie es wieder versucht, hat ganz fest an dich gedacht und auf irgendein Zeichen gewartet, eine Botschaft von dir. Damit sie sicher sein konnte, daß du noch lebst. Aber es kam keine.»

«Ich konnte ja wohl schlecht mit ihr telefonieren.»

«Ach, Gus! Du mußt versuchen, sie zu verstehen. Du weißt doch, wie Loveday ist. Sobald sie sich mal was in den Kopf gesetzt hat, kann man es ihr nicht mehr ausreden. Und irgendwie hat sie es geschafft, uns alle zu überzeugen.» Sie fügte einschränkend hinzu. «Zumindest Diana und den Colonel.»

«Dich aber nicht?»

«Wir saßen ja praktisch im gleichen Boot. Ich hatte meine Angehörigen in Singapur und ebenfalls keine Nachrichten. Aber ich habe die Hoffnung nicht aufgegeben, weil ich ja sonst nichts hatte. Auch für dich hab ich gehofft – bis zum Tag ihrer Hochzeit. Danach schien es dann nicht mehr viel Sinn zu haben.»

«Ist sie glücklich?»

«Wie bitte?»

«Ich frage, ob sie glücklich ist?»

«Ich denke schon. Obwohl ich sie natürlich schon lange nicht mehr gesehen habe. Sie hat ein Kind. Nathaniel. Im November wird er drei. Sie lebt in einem Cottage auf Lidgey. Ach, Gus, es tut mir so leid. Ich hatte solche Angst, es dir zu erzählen. Aber es ist nun mal so. Es hat ja keinen Zweck, dich anzulügen.»

«Ich dachte, sie würde auf mich warten», sagte er.

«Du darfst ihr nicht böse sein.»

«Ich bin nicht böse.» Doch auf einmal wirkte er entsetzlich müde und erschöpft. Er hob die Hand zum Gesicht und rieb sich die Augen. Sie stellte sich vor, wie er nach Hause, nach Schottland zurückkehrte und ihn nichts erwartete, nichts als Leere. Keine Eltern, keine Familie. Keine Loveday.

«Wir müssen in Verbindung bleiben, Gus, unbedingt», sagte sie. «Ich gebe dir meine Adresse, und du gibst mir deine, damit ich dir schreiben kann.» Sie überlegte und stellte fest, daß sie beide ausgesprochen schlecht ausgestattet waren. Sie stand auf. «Ich besorge mir irgendwo Papier und einen Stift. Und organisiere auch noch was für deine Whiskyflasche. Warte hier, es dauert nicht lange.»

Sie ließ ihn allein sitzen. Ging ins Hotel hinein, zahlte die Getränkerechnung und bekam eine Tüte aus dickem Packpapier ausgehändigt, in der er seine Flasche Black & White verstauen konnte. Danach ging sie ins Bridgezimmer, wo sie einige Bogen Hotelbriefpapier und einen Stift stibitzte. Als sie auf die Terrasse zurückkam, stellte sie fest, daß er sich nicht bewegt hatte. Er saß noch genauso da, wie sie ihn verlassen hatte, die Augen auf die kaum wahrnehmbare Linie zwischen zwei Blaus gerichtet, die den Horizont bildete.

«Hier.» Sie reichte ihm ein Blatt Papier und den Stift. «Schreib auf, wo man dich erreicht.» Er schrieb und schob den Zettel zu ihr zurück.

987

Ardvray
Bancharry
Aberdeenshire

Sie faltete das Blatt zusammen und steckte es in die Tasche. Dann war sie an der Reihe.

The Dower House
Rosemullion

«Wenn ich dir schreibe, wirst du mir dann auch antworten, Gus?»
«Selbstverständlich.»
«Wir sind ja wohl beide so ziemlich verwaist, nicht wahr? Wir müssen uns gegenseitig unterstützen. Das ist ganz wichtig.»
Nun faltete er seinen Zettel zusammen und verstaute ihn in der Brusttasche seines Hemdes.
«Ja. Judith... ich glaube, ich muß jetzt zurück. Ich darf nicht zu spät kommen. Sonst verpasse ich mein Schiff.»
«Ich komme mit.»
«Nein. Ich möchte lieber allein gehen.»
«Wir suchen dir ein Taxi. Hier...»
«Was ist das?»
«Geld fürs Taxi.»
«Ich komm mir vor wie ein ausgehaltener Mann.»
«Nein, kein ausgehaltener, sondern ein ganz besonderer Mann.»
Er nahm sein Päckchen (das trotz der Verpackung immer noch nach Flasche aussah), und sie verließen die Terrasse, spazierten zurück durchs Foyer und zur Tür hinaus. Der Portier rief ein Taxi und hielt Gus den Wagenschlag auf.
«Wiedersehen, Judith.» Seine Stimme klang ein wenig heiser.
«Versprich mir zu schreiben. Ich melde mich, sobald ich wieder in England bin.»
Er nickte und fügte dann noch hinzu: «Nur eins noch. Wirst du den Carey-Lewis von heute erzählen?»
«Aber natürlich.»
«Sag ihnen, es geht mir gut. Es geht mir prima.»

«Ach, Gus.» Sie hielt ihn an den Schultern, küßte ihn auf beide Wangen. Er stieg ein, und die Tür schlug hinter ihm zu. Dann fuhr er davon, die Straße hinab und am Galle Face Green entlang. Judith lächelte und winkte ihm nach. Doch sobald der Wagen außer Sicht war, spürte sie, wie ihr das tapfere Lächeln verrutschte.

Schreib mir, rief sie schweigend hinter ihm her. *Du darfst nicht wieder verschwinden.*

«Kann ich ein Taxi für Sie bestellen?»

Sie drehte sich um und erblickte den aufmerksamen Portier in seiner prächtigen flaschengrünen Livree. Einen Moment lang wußte sie weder, was er von ihr wollte, noch wo sie jetzt hin sollte. Doch es hatte keinen Sinn, jetzt noch einmal zum Fort zurückzukehren. Sie würde nach Hause fahren, duschen und sich aufs Ohr legen.

«Ja, bitte. Danke.»

Und wieder Galle Road, doch diesmal in die entgegengesetzte Richtung, mit gewissem Komfort und nicht auf der Ladefläche eines Dreitonners hin- und herschlingernd.

Wirst du den Carey-Lewis von heute erzählen?

Sie dachte an Walter Mudge, Nathaniel, Loveday. Die Hochzeit, die nie hätte stattfinden sollen. Das Kind, das nie hätte gezeugt oder geboren werden sollen. Loveday war ihre beste Freundin. Niemand auf der ganzen Welt konnte netter sein, und niemand konnte sie mehr ärgern als Loveday. Sie starrte hinaus auf das staubige Pflaster, die Passanten und die vorbeiziehende Palmenallee und konnte es kaum ertragen, sich die düstere Heimkehr auszumalen, die Gus erwartete. Es war so grausam ungerecht. Das hatte er nicht verdient. Schweren Herzens und voller Zorn ließ sie ihren Groll an Loveday aus, gegen die sie schweigend wütete.

Warum mußt du nur immer so sturköpfig sein, so vorschnell und übereilt? Warum hast du damals in London nicht auf mich gehört?

Ich war doch schon schwanger. Loveday brüllte sie an, als wäre sie, Judith, die Närrin. Loveday blieb ihr nichts schuldig.

Du hast alles so gründlich versaut. Gus lebt und kommt nach Hause. Und er hat keine Familie mehr, weil seine alten Eltern gestorben sind. Nach Nancherrow müßte er eigentlich kommen, wo *du* ihn erwarten solltest. Es hätte alles so schön werden können. Er wäre zu *dir* nach Hause gekommen. Statt dessen geht er jetzt zurück nach Schottland, in ein leeres Haus, wo keiner auf ihn wartet – keine Familie und keine Frau.

Warum sollte er denn nicht nach Nancherrow kommen? Er war Edwards Freund. Mama und Paps fanden ihn großartig. Nichts spricht dagegen.

Wie kann er denn nach Nancherrow kommen, nachdem du Walter geheiratet hast? Er hat dich geliebt. Er war verliebt in dich. Er hat eine Ewigkeit auf dieser Scheißeisenbahn in Burma geschuftet und sich eingeredet, daß du auf ihn wartest. Wie soll er denn da nach Nancherrow kommen? Entweder du hast kein Herz oder keine Phantasie, wenn du so was vorschlagen kannst.

Er hätte mir irgendwie mitteilen müssen, daß er noch lebt. Jetzt klang sie eingeschnappt.

Wie denn? Wie er schon sagte, er konnte ja wohl kaum mit dir telefonieren. Es konnte nur diesen einen Brief losschicken, und der ging an seine Eltern. Und er weiß ja nicht mal, ob sie ihn je bekommen haben. Warum hast du bloß so schnell aufgegeben? Warum hast du nicht auf ihn gewartet?

Ich versteh nicht, warum du dich plötzlich so da reinsteigerst.

Ich steigere mich nicht rein. Aber ich fühle mich verantwortlich. Er muß doch wissen, daß er Freunde hat. Wir dürfen nicht zulassen, daß er wieder abtaucht. Ich glaub einfach nicht, daß er noch mal nach Nancherrow kommt. Und ich hab auch meine Zweifel, ob er mich je im Dower House besuchen wird. Er weiß ja, daß wir ständig aufeinanderhocken und er früher oder später mit dir konfrontiert ist. Begreifst du jetzt, daß du mich in eine unmögliche Lage gebracht hast?

Wir sind doch bestimmt nicht seine einzigen Freunde.

Aber du weißt doch, wie verrückt er nach Cornwall war. Für ihn war es der Himmel auf Erden – mit dir und seiner Malerei. Wie kannst du nur so hart sein? Warum mußt du immer alles verpfuschen?

Ich finde nicht, daß ich alles verpfuscht habe. Wir haben uns jetzt fünf Jahre lang nicht gesehen. Woher willst du eigentlich wissen, daß ich mit Walter nicht glücklich bin?

Weil er der Falsche ist. Du hättest auf Gus warten sollen.

Ach, halt den Mund.

Jetzt wurde das Taxi langsamer und blieb am Straßenrand stehen. Sie sah die vertrauten Torflügel, die Wache, war wieder zu Hause. Sie stieg aus, bezahlte den Fahrer und ging durch das Tor.

Und dann trug sich an diesem Tag außergewöhnlicher Ereignisse die letzte staunenswerte Begebenheit zu, die alle Gedanken an Gus und Loveday mit einem Schlag verdrängte. Die Flügeltür des Bungalows stand weit offen. Und schon als sie die Auffahrt hinaufging, erschien Bob im Eingang, kam die breiten Stufen herabgerannt und über den sauber geharkten Kies auf sie zumarschiert.

«Wo warst du denn bloß?» Nie im Leben war er böse auf sie gewesen, doch jetzt klang er ziemlich erregt. «Ich warte schon seit Mittag. Warum bist du nicht zurückgekommen? Was hast du denn gemacht?»

«Ich… ich…» Durch seinen Ausbruch völlig verdattert, brachte sie kaum ein Wort heraus. «…ich habe jemanden getroffen. Ich war im Hotel Galle Face. Es tut mir leid…»

«Du brauchst dich doch nicht zu entschuldigen.» Er war nicht zornig, nur besorgt gewesen. Er packte sie an den Schultern und hielt sie fest, als könne sie ihm jeden Moment zusammenbrechen. «Hör mir gut zu. Heute morgen rief deine Vorgesetzte aus Trincomalee an… Sie bekamen einen Funkspruch aus Portsmouth, HMS *Excellent*… Jess hat überlebt… Java, Jakarta… Die *Rajah of Sarawak*… ein Rettungsboot… eine junge australische Krankenschwester… Internierungslager…»

Sie sah sein zerfurchtes Gesicht, die freudig erregten Augen, den Mund, der sich öffnete und schloß und Worte bildete, die sie kaum verstand.

«… morgen oder übermorgen… mit der Luftwaffe… Jakarta nach Ratmalana… sie kommt.»

Schließlich begriff sie. Er erzählte ihr, daß Jess lebte. Die kleine Jess. Nicht ertrunken war. Nicht bei der Torpedierung des Schiffs ums Leben gekommen war. Daß sie in Sicherheit war.

«… das Rote Kreuz teilt uns die genaue Ankunftszeit mit… wir holen sie gemeinsam am Flugplatz ab…»

«Jess?» Allein diesen Namen auszusprechen kostete sie gewaltige Anstrengung.

Abrupt zog Bob sie in seine Arme und drückte sie so fest an sich, daß sie glaubte, er wolle ihr die Rippen brechen. «Ja. Jess», und die Stimme versagte ihm, und er machte nicht einmal den Versuch, es zu verbergen. «Jetzt hast du sie bald wieder.»

«Ziemlich aufregender Tag für Sie.»
«Ja.»
«Ihre Schwester, hat der Oberst gesagt?»
«Ja.»
«Wie alt ist sie denn?»
«Vierzehn.»

Es war fünf Uhr nachmittags. Judith und Bob – die mit einem gewissen Pomp in seinem Stabswagen vorfuhren – hatten sich um Viertel nach vier am britischen Fliegerhorst Ratmalana eingefunden. Der Kommandant des Stützpunkts hatte sie in Empfang genommen und sie ins Offizierskasino begleitet, wo man ihnen Tee servierte. Nun warteten sie auf die Durchsage vom Kontrollturm, daß das Flugzeug aus Jakarta in wenigen Minuten landen würde.

«Glauben Sie, daß Sie sie wiedererkennen?»
«Ach doch. Ich denke schon.»

Sie traten aus dem Kasino und spazierten über den staubigen Aufmarschplatz auf den Kontrollturm zu. Bob Somerville und der Oberst waren vorangegangen, beide in Uniform und in militärische Gespräche vertieft. Der nachgeordnete Offizier – ein Fliegerhauptmann, der irgendeine dienende Funktion bekleidete (Sekretär? Adjutant? Persönlicher Diener?), hatte neben Judith Tritt gefaßt und versuchte, mit ihr ins Gespräch zu kommen. Er hatte einen riesigen Jagdflieger-Schnurrbart und trug seine zerbeulte Mütze schräg in die Stirn geschoben. Wahrscheinlich genoß er den Ruf eines Schürzenjägers. Wie auch immer, offensichtlich behagte ihm die Begleitung eines jungen und durchaus nicht häßlichen weiblichen Wesens, das darüber hinaus ein hübsches Kleid anhatte und so eine nette Abwechslung zum allgegenwärtigen Khakidrillich des Frauenhilfskorps der Airforce bot.

«Bleiben Sie lange in Colombo?»

«Ich habe nicht die geringste Ahnung.»

Nach außen gelassen, zitterte sie innerlich vor Nervosität. Wenn nun das Flugzeug nicht kam? Oder wenn es landete und Jess war nicht an Bord? Wenn etwas Entsetzliches geschehen war, irgendein Problem aufgetaucht war? Oder wenn es eine Explosion gab, die das Flugzeug zum Absturz brachte und der alle Passagiere zum Opfer fielen?

«Arbeiten Sie eigentlich für den Admiral?»

«Nein, ich wohne nur bei ihm.»

«Großartiger Mann.» Er tat sein Bestes, doch sie hatte einfach keine Lust zu reden.

Vor dem Kontrollturm gesellten sie sich wieder zu den anderen. Auch ein paar Leute vom Bodenpersonal in schmuddligen Overalls hatten sich eingefunden, die für die Wartungsfahrzeuge und Tankwagen verantwortlich waren. Auf der anderen Seite des Rollfelds standen die Hangars und Reihen ordentlich geparkter Flugzeuge – Tornados und Hurricanes. Das Rollfeld war frei. Der Wind füllte die Luftsäcke.

Eine Zeitlang sprach niemand ein Wort. Es war ein Augenblick gespanntester Erwartung. Dann brach der Fliegerhauptmann das Schweigen. «Jetzt kommt es.» Judith spürte, wie ihr Herz einen Sprung tat. Die Arbeiter verzogen sich nun, schlenderten in verschiedene Richtungen und kletterten in ihre Fahrzeuge. Ein Mann in scharlachroter Weste tauchte am anderen Ende der Rollbahn auf. Judith, die die Hand über die Augen hielt und in den Himmel hinaufstarrte, sah nichts außer dem blendenden Glanz der sinkenden Sonne. Lauschte angestrengt und hörte nur Stille. Ob der Fliegerhauptmann mit übersinnlichen Fähigkeiten begabt war? Vielleicht war sein Schnurrbart empfindlich wie die Barthaare einer Katze, und er konnte…

Und dann sah sie das Flugzeug, ein silbernes Spielzeug, vibrierend im Licht. Sie hörte das Summen der Motoren, als es von Südwesten herunterglitt, an Höhe verlor, auf das Rollfeld zusteuerte, mit ausgefahrenen Rädern zum Landen ansetzte. Mit ohrenbetäubendem Dröhnen setzte es auf, schlugen die Räder aufs Rollfeld, und Judith hob instinktiv die Hand, um ihr Gesicht vor den dabei aufgewirbelten, ihr den Atem verschlagenden Staubwolken zu schützen.

Als sich der Staub wieder gelegt hatte, stand man noch einmal fünf Minuten herum und wartete darauf, daß die Dakota langsam vom Ende des Rollfelds zurückgefahren kam, um dann schließlich auf Höhe des Kontrollturms zu halten. Die Propeller standen still. Die schweren Spanttüren öffneten sich, und eine provisorische Treppe wurde herangerollt. Einzeln oder in Grüppchen kamen die Passagiere nun allmählich die Stufen herab und über das Betonfeld geschlendert. Ein Fliegermajor der britischen Luftwaffe, eine Gruppe amerikanischer Piloten, drei adrett gekleidete Tamilen mit Aktentaschen. Zwei Soldaten, von denen einer auf Krücken ging.

Und zuletzt, als Judith die Hoffnung schon fast aufgeben wollte, da kam sie, kam die Stufen herabgestiegen. Mager und braun gebrannt, wie sie war, wirkte sie in den Shorts, dem verschossenen grünen Hemd und dem sonnengebleichten kurzgeschorenen Haar wie ein Junge. Sie trug grobe Ledersandalen, die aussahen, als seien sie ihr zwei Nummern zu groß, und hatte sich einen kleinen Segeltuchrucksack über die magere Schulter geworfen.

Offenbar etwas ängstlich und verloren, hielt sie einen Moment inne und versuchte sich zurechtzufinden. Dann folgte sie tapfer den anderen, bückte sich unter den Flügel der Maschine und kam auf sie zu.

Jess. In diesem Moment war es, als seien sie die beiden einzigen Menschen auf der Welt. Judith ging ihr entgegen und suchte in dem mageren, starren kleinen Gesicht eine Spur des pausbäckigen Kindes, der herzzerreißend weinenden Vierjährigen, von der sie vor all den Jahren Abschied genommen hatte. Jetzt erblickte Jess sie und blieb schlagartig stehen. Doch Judith ging weiter, und es war wunderbar, denn Jess' Augen ruhten auf ihr und leuchteten so blau und klar wie immer.

«Jess.»

«Judith?» Sie mußte fragen, weil sie sich nicht sicher war.

«Ja. Judith.»

«Ich dachte mir schon, daß ich dich nicht erkennen würde.»

«Ich wußte, daß ich dich erkennen würde.»

Sie breitete die Arme aus. Jess zögerte noch einen Augenblick und stürzte sich dann in Judiths Umarmung. Sie war nun schon so groß, daß ihr Scheitel an Judiths Kinn reichte, und sie fühlte sich ungeheuer zerbrechlich an, wie ein verhungerter Vogel oder ein dürrer Zweig. Judith vergrub das Gesicht in Jess' struppigem Haar, das nach Desinfektionsmitteln roch. Sie spürte, wie Jess mit mageren Ärmchen ihre Taille umklammerte. Sie küßten sich. Nur Tränen gab es diesmal keine.

Man gönnte ihnen diesen Augenblick miteinander. Und als sie zu den drei geduldig wartenden Männern stießen, wurden sie sehr freundlich und taktvoll empfangen. Jess wurde eher beiläufig begrüßt, als sei diese bedeutende Reise von Jakarta nach Ratmalana etwas ganz Alltägliches für sie. Bob versuchte nicht einmal, sie zu küssen, fuhr ihr nur zärtlich durchs Haar. Sie sprach weder viel, noch lächelte sie. Doch es schien ihr gutzugehen.

Der Oberst brachte sie zu ihrem Wagen, der im Schatten einer Palmwedelmarkise wartete. Hier wandte sich Bob noch einmal an ihn.

«Ich kann Ihnen gar nicht genug danken.»

«War mir doch ein Vergnügen, Sir. Wird mir unvergeßlich bleiben.»

Und er entfernte sich nicht sogleich, sondern wartete, verabschiedete sie, salutierte zackig, als der Wagen anfuhr, und blieb winkend stehen, bis sie durch das bewachte Tor und auf die Straße hinausgefahren waren und er ihren Blicken entschwand.

«Tja», Bob lehnte sich bequem zurück und lächelte auf seine kleine Nichte hinunter, «Jess. Jetzt hast du es wirklich geschafft.»

Sie saß zwischen ihnen im Fond des riesigen Wagens. Judith konnte den Blick kaum von ihr wenden, wollte sie berühren, ihr übers Haar streichen. Es schien ihr ja gutzugehen. Zwar hatte sie drei gräßliche purpurne Schrammen am rechten Bein, jede so groß wie ein Half-Crown-Stück, und unter dem dünnen, zerschlissenen Baumwollhemd zeichneten sich ihre Rippen ab, doch es ging ihr gut. Die Zähne wirkten zu groß für ihr Gesicht, das Haar sah aus, als habe man es ihr mit einem Tranchiermesser abgesäbelt. Aber es ging ihr gut. Hübsch sah sie aus.

«Hast du Onkel Bob wiedererkannt?» fragte Judith.

Jess schüttelte den Kopf. «Nein.»

Bob lachte. «Wie denn auch? Wie solltest du mich denn wiedererkennen, Jess? Du warst ja erst vier. Und wir haben uns nur so kurz gesehen. In Plymouth. An Weihnachten war das.»

«An Weihnachten erinnere ich mich, aber nicht an dich. Da war ein Tannenbaum und jemand, der Hobbs hieß. Er hat mir immer Toast mit Bratenfett gemacht.»

«Weißt du was, Jess? Du redest wie eine kleine Australierin. Gefällt mir. Erinnert mich an ein paar gute Freunde von mir, Schiffskameraden aus alten Zeiten.»

«Ruth war Australierin.» Sie sagte immer «Australierin».

«War sie das Mädchen, das sich um dich gekümmert hat?» fragte Judith.

«Ja. Sie war ganz toll. In meiner Tasche hab ich einen Brief für dich. Den hat sie gestern geschrieben. Möchtest du ihn gleich?»

«Nein. Warte, bis wir zu Hause sind. Dann lese ich ihn.»

Inzwischen hatten sie Ratmalana hinter sich gelassen und rollten in nördlicher Richtung über die breite, nach Colombo führende Straße dahin. Jess starrte fasziniert zum Fenster hinaus.

«Hier sieht es aus wie früher in Singapur.»

«Ich habe keine Ahnung. Ich war nie dort.»

«Wo genau fahren wir jetzt eigentlich hin?»

«Zu mir», erwiderte Bob. «Judith wohnt bei mir.»

«Hast du ein großes Haus?»

«Groß genug.»

«Werd ich auch bei dir wohnen?»

«Selbstverständlich.»

«Krieg ich ein eigenes Zimmer?»

«Wenn du möchtest.»

Jess erwiderte nichts darauf. Judith sagte: «Ich habe zwei Betten in meinem Zimmer stehen. Du kannst auch bei mir schlafen, wenn dir das lieber ist.»

996

Doch Jess wollte sich nicht festlegen. «Ich denk drüber nach», sagte sie, und dann: «Könnten wir vielleicht die Plätze tauschen, damit ich aus dem Fenster gucken kann?»

Danach schwieg sie, wandte Bob und Judith den Rücken zu und interessierte sich für alles, was draußen vorüberglitt. Erst die ländliche Gegend, kleine Farmen, Ochsenkarren und Brunnen, dann die ersten Häuser, Straßenläden und windigen Tankstellen. Zuletzt bogen sie in die breite Galle Road ein, und erst als der Wagen sein Tempo verlangsamte und in weitem Bogen in das Tor hineinschwenkte, fand sie die Sprache wieder.

«Da ist eine Wache am Tor.» Sie klang beunruhigt.

«Ja. Ein Wachposten», erwiderte Bob. «Er ist aber nicht dazu da, uns am Rausgehen zu hindern, sondern um sicherzustellen, daß keine unwillkommenen Gäste bei uns auftauchen.»

«Ist das *dein* Wachposten?»

«So ist es. Und einen Gärtner, einen Koch und einen Butler habe ich auch. Gehört alles mir. Der Gärtner hat das Haus eigens für dich mit Blumen geschmückt, der Koch hat dir einen ganz speziellen Zitronenpudding zum Abendessen gekocht, und der Butler, unser Thomas, kann es kaum erwarten, dich kennenzulernen...» Der Wagen hielt an. «Da ist er ja schon und will dich begrüßen.»

Es war ein großartiger Empfang. Thomas war bereits mit frisch eingeöltem Haar und Hibiskusblüte hinter dem Ohr die Treppe heruntergelaufen und hatte den Wagenschlag aufgerissen. Freudig entzückt strahlte er mit seinen Goldzähnen um die Wette, half Jess aus dem Wagen und strich ihr mit der großen dunklen Hand übers Haar. Er packte ihren Rucksack, legte ihr den Arm um die mageren Schultern, führte sie ins Haus und tat überhaupt so, als sei sie die verlorene Tochter und er ihr liebender Vater.

«...hatten Sie eine gute Reise? Im Flugzeug? Sie haben doch Hunger, nicht wahr? Durst? Möchten Sie eine Erfrischung...?»

Doch Jess, die ein wenig überwältigt von alldem wirkte, sagte, eigentlich wolle sie nur auf die Toilette, weshalb Judith sich einschaltete, Thomas den Rucksack abnahm und sie den Gang hinunter in das stille, kühle Sanktum ihres Schlafzimmers führte.

«Stör dich nicht an Thomas.»

«Tu ich ja nicht.»

«Er ist so aufgeregt, seit wir wissen, daß du kommst. Das Bad ist hier…»

Jess stand im Türrahmen und starrte auf den blanken Marmor, die glänzenden Wasserhähne, das strahlendweiße Porzellan.

«Ist das alles für dich?» fragte sie.

«Für uns beide.»

«Wir hatten im ganzen Lager nur zwei Toiletten. Und die haben vielleicht gestunken. Ruth hat sie immer geputzt.»

«War wohl nicht sehr angenehm.» Ein entsetzlich unangemessener, aber der einzige Kommentar, der ihr dazu einfiel.

«Nein.»

«Warum verschwindest du nicht mal kurz. Danach fühlst du dich besser.»

Was Jess auch tat. Ohne sich an der offenen Tür zu stören.

Gleich darauf hörte Judith das Wasser laufen und spritzen, als ob sie sich Hände und Gesicht wüsche.

«Ich weiß nicht, welches Handtuch ich nehmen soll.»

«Irgendeines. Ist egal.»

Sie saß vor ihrer Frisierkommode und begann sich, weil sie sonst nichts zu tun hatte, die Haare zu kämmen. Jess kam wieder zurück und kauerte sich auf das Fußende des Bettes. Im Spiegel begegneten sich ihre Blicke.

«Und? Besser?»

«Ja. Ich mußte wirklich dringend.»

«Unerträglich, was? Hast du dich entschieden? Willst du hier bei mir schlafen?»

«Okay.»

«Dann sag ich Thomas Bescheid.»

«Ich dachte, du siehst aus wie Mami, tust du aber nicht.»

«Tut mir leid.»

«Nein. Anders eben. Du bist hübscher. Sie hat sich nie die Lippen geschminkt. Als ich aus dem Flugzeug stieg, dachte ich schon, vielleicht bist du doch nicht gekommen. Ruth sagte, wenn du nicht da bist, müßte ich am Stützpunkt auf dich warten.»

Judith legte den Kamm beiseite und drehte sich zu Jess um.

«Weißt du was? Bei mir war es genau das gleiche. Ich habe mir die ganze Zeit eingebildet, du sitzt doch nicht im Flugzeug. Und als ich dich dann sah... Gott, war ich vielleicht erleichtert.»

«Ja.» Jess gähnte. «Lebst du hier bei Onkel Bob?»

«Nein. Ich bin nur hier auf Besuch. Stationiert bin ich in Trincomalee. Das ist der große Marinehafen auf der Ostseite Ceylons.»

«Der Rehabilitationsoffizier in Asulu konnte niemanden für mich ausfindig machen. Wir mußten im Lager bleiben, bis sie herausgekriegt hatten, wo du warst.»

«Ich kann mir überhaupt nicht vorstellen, wie sie an diese Probleme rangehen. Das ist ja wie die Suche nach der Nadel im Heuhaufen. Mir haben sie irgendwann gesagt, daß Mami und Dad tot sind. Du natürlich auch. Danach bekam ich dann frei, Urlaub aus familiären Gründen nennen sie das, und Bob hat mich nach Colombo eingeladen.»

«Ich hab immer gewußt, daß Mami tot ist. Schon gleich, nachdem das Schiff untergegangen war. Aber das mit Dad haben sie mir eben erst erzählt. Sie hatten die Nachricht vom Roten Kreuz in Singapur. Er ist im Gefängnis gestorben. In Changi.»

«Ja, ich weiß. Eigentlich kann ich es immer noch nicht fassen. Ich versuche, nicht zu oft daran zu denken.»

«In Asulu sind auch Frauen gestorben. Aber sie hatten ihre Freundinnen um sich.»

«Dad hatte sicher auch Freunde.»

«Jaaa.» Sie sah Judith an. «Bleiben wir jetzt zusammen? Du und ich?»

«Ja. Wir bleiben zusammen. Jetzt kann uns nichts mehr trennen.»

«Wohin sollen wir denn gehen? Wo sollen wir leben?»

«Nach Cornwall. In meinem Haus.»

«Und wann?»

«Ich weiß es nicht, Jess. Ich weiß es noch nicht. Aber das überlegen wir uns. Und Onkel Bob wird uns dabei helfen.» Sie sah auf ihre Uhr. «Jetzt ist es halb sechs. Um diese Zeit duschen wir normalerweise und ziehen uns um. Dann sitzen wir noch eine Weile auf der Veranda, trinken etwas. Und dann ist Abendessen. Deinetwegen ist es heute schon ein bißchen früher. Wir dachten, du bist vielleicht müde und brauchst deinen Schlaf.»

«Essen wir zu dritt zu Abend?»

«Nein. David Beatty kommt auch. Er und Bob teilen sich das Haus. Ein sehr netter Mann.»

«Mami hat in Singapur zum Essen immer ein besonderes Kleid angezogen.»

«Wir ziehen uns auch um. Aber nicht, um elegant zu sein, sondern weil wir uns dann frischer und wohler fühlen.»

«Ich hab aber nur diese Kleider.»

«Ich leihe dir was von mir. Eigentlich müßten dir meine Sachen passen. Du bist ja schon fast so groß wie ich. Shorts, und vielleicht eine hübsche Bluse. Und ich hab ein Paar rot-goldene Zehensandalen. Die kannst du haben.»

Jess streckte die Beine aus und blickte mit Widerwillen auf ihre Schuhe. «Sind die nicht scheußlich? Ich hab seit einer Ewigkeit keine Schuhe mehr angehabt. Aber andere konnten sie nicht auftreiben.»

«Morgen leihen wir uns Bobs Wagen aus und fahren einkaufen. Wir besorgen dir eine komplette neue Garderobe und warme Kleidung für England. Einen dicken Sweater. Einen Regenmantel. Gescheite Schuhe und warme Socken.»

«Kriegt man denn so was in Colombo? In Singapur trägt keiner warme Sachen.»

«In den Bergen kann es ganz schön feucht und kühl werden. Da oben, wo sie den Tee anbauen. Also, was willst du jetzt machen? Duschst du?»

«Ich würd mir gern den Garten ansehen.»

«Dusch dich doch zuerst und zieh dich um. Danach fühlst du dich wie neugeboren. Im Bad ist alles, was du brauchst. Wenn du fertig bist, suchst du dir was zum Anziehen aus. Und dann kannst du losziehen und Bob suchen oder den Garten auskundschaften, ehe es zu dunkel wird.»

«Eine Zahnbürste hab ich.» Jess griff nach ihrem Rucksack. Sie löste die Schlaufen und förderte eine Zahnbürste, ein kleines Seifenstück und einen Kamm zutage. Sowie einen weiteren Gegenstand, der in einen verwaschenen Stoffetzen gewickelt war und sich nach dem Auswickeln als kleines blockflötenähnliches, aus einem Bambusrohr geschnitztes Blasinstrument entpuppte.

«Was ist denn das?»

«Einer der Jungs im Lager hat sie mir geschenkt. Er hat sie selber geschnitzt. Man kann richtige Melodien darauf spielen. Einmal haben wir ein Konzert gegeben. Ruth und eine Holländerin haben es organisiert.» Sie legte die Flöte neben sich aufs Bett und begann erneut in ihrem Rucksack zu wühlen.

«Was ist denn aus Golly geworden?»

«Er ist mit dem Schiff in die Luft geflogen», erzählte Jess ganz nüchtern und sachlich. Sie zog einen gefalteten Papierstoß aus ihrem Rucksack, gelbe, linierte Blätter, die von einem Notizblock stammten. Sie hielt sie ihr entgegen. «Das ist für dich. Von Ruth.»

Judith nahm die Blätter. «Sieht nach einem sehr langen Brief aus. Ich werde ihn später lesen.» Sie legte ihn auf die Frisierkommode und beschwerte ihn mit dem gewichtigen kristallenen L'Heure-Bleue-Flakon.

Nachdem sie Jess in die Bedienung der Dusche eingeweiht hatte, überließ sie sie sich selber. Als Jess dann nach einiger Zeit wieder aus dem Bad auftauchte, war sie, abgesehen von dem winzigen Gästehandtuch, das sie sich um die Taille geschlungen hatte, nackt. Ihr feuchtes Haar stand spitzig vom Kopf ab, und sie war so mager, daß man die Rippen zählen konnte. Aber die kindlichen Brüste schwollen bereits wie winzige Knospen, und sie roch nicht mehr nach Desinfektionsmittel, sondern angenehm nach Rosen-Geranien-Seife.

Sie verbrachten einige Zeit mit der Kleiderauswahl und entschieden sich zuletzt für weiße Tennisshorts und eine blaue chinesische Seidenbluse. Als diese zugeknöpft und die Ärmel über Jess' spitze Ellbogen hochgerollt waren, nahm sie den Kamm und führte ihn glättend durchs feuchte Haar.

«Perfekt. Tadellos. Fühlst du dich auch wohl?»

«Ja. Seide hatte ich ganz vergessen. Mami hat oft Seide getragen. Wo Onkel Bob wohl ist?»

«Auf der Veranda, nehm ich an.»

«Ich gehe mal und schau nach ihm.»

«Tu das.»

Es tat gut, einmal einen Moment allein zu sein. Sie war ein wenig erschöpft von all den widersprüchlichen Gefühlen und voller Dankbarkeit, hatte sich aber dennoch ihren kühlen Kopf bewahrt. Es war wichtig, daß sie ruhig und gelassen blieb. Denn nur so konnte sie ihre Beziehung zu Jess wieder aufbauen, von der ja im Grunde nichts übriggeblieben war. Die von Jess spontan gezeigte körperliche Zuneigung bei ihrer Wiederbegegnung in Ratmalana hatte nichts mit erinnerten Liebesgefühlen zu tun, sondern nur mit ihrer Erleichterung darüber, daß man sie nicht vergessen und verlassen hatte. Zehn Jahre waren eine lange Zeit. Die überlebte keine Liebe. Und Jess hatte in dieser Zeit einfach zuviel mitgemacht. Aber es würde schon gehen, wenn Judith genügend Geduld aufbrachte, sich Zeit ließ, Jess nicht drängte und sie weiterhin wie eine Erwachsene behandelte. Eine Gleichaltrige. Jetzt war Jess wieder da. Begann wieder von vorn. Und war anscheinend ganz normal, ruhig und nicht traumatisiert. Hier mußte sie ansetzen.

Nach einer Weile stand sie auf, streifte die Kleider ab, duschte sich und schlüpfte erneut in eine dünne Hose und eine ärmellose Bluse. Sie legte ein wenig Lippenstift auf, griff nach der Flasche L'Heure Bleue und tupfte sich ein wenig Parfum auf den Halsansatz und hinter die Ohren. Dann stellte sie den Flakon beiseite und nahm die gelben Briefseiten der Australierin zur Hand.

Jakarta

19. September 1945

Liebe Judith,

ich heiße Ruth Mulaney, bin fünfundzwanzig Jahre alt und australische Staatsbürgerin. 1941 schloß ich in Sydney meine Krankenschwesternausbildung ab und reiste nach Singapur, wo ich Freunde meiner Eltern besuchte.

Als die Japaner in Malaya einfielen, telegraphierte mir mein Vater, ich solle schnellstens nach Hause kommen, und es gelang mir schließlich, einen Platz auf der Rajah of Sarawak *zu ergattern. Einem alten, völlig überfüllten Kahn.*

Nach sechs Tagen wurden wir abends um fünf im Indonesi-
schen Meer torpediert. Jess' Mutter war kurz nach unten gegan-
gen und hatte mich gebeten, ein Auge auf Jess zu haben.

Das Schiff sank mit unglaublicher Geschwindigkeit. Überall
hörte man Schreie, und es herrschte ein heilloses Durcheinander.
Ich griff mir Jess und eine Schwimmweste, und wir sprangen über
Bord. Irgendwie gelang es mir, sie festzuhalten. Und dann kam
ein Rettungsboot vorbei, und wir schafften es hineinzuklettern.
Wir waren die letzten. Es war sowieso schon überfüllt. Und wenn
andere an Bord zu klettern versuchten, mußten wir sie wegschub-
sen oder mit den Rudern nach ihnen schlagen.

Es fehlte an allem, an Booten, Schwimmwesten und Flößen.
Wir hatten weder Wasser noch Notverpflegung an Bord. Aber
ich hatte eine Wasserflasche dabei, und eine andere Frau eben-
falls. Es waren Chinesen auf dem Boot und Malaien und auch ein
ostindischer Matrose. Vier Kinder und eine ältere Frau starben
schon in der ersten Nacht.

Wir trieben dahin: eine Nacht, einen Tag und noch eine Nacht.
Am Morgen danach wurden wir von einem indonesischen Fi-
scherboot gesichtet und ins Schlepptau genommen. Sie nahmen
uns mit nach Java, in ihr Dorf am Strand. Ich wollte eigentlich
weiter nach Jakarta, um ein Schiff nach Australien zu finden,
doch Jess war krank.

Sie hatte sich unterwegs das Bein verletzt, das sich entzündete,
und sie fieberte bereits und hatte viel Flüssigkeit verloren.

Die anderen Überlebenden reisten weiter. Wir blieben bei den
Fischern in ihrem Dorf. Ich glaubte, Jess würde sterben. Aber sie
ist ein zähes kleines Ding. Sie kam wieder auf die Beine.

Als sie dann transportfähig war, tauchten japanische Flug-
zeuge am Himmel auf. Zuletzt nahm uns auf der Straße nach
Jakarta ein Ochsenkarren mit, und die allerletzten fünfzehn Mei-
len legten wir zu Fuß zurück. Doch die Japaner waren schon da,
griffen uns auf und steckten uns zusammen mit holländischen
Frauen und Kindern in ein Lager in Bandung.

Bandung war das erste von vier Lagern. Das letzte, Asulu, war
das schlimmste von allen. Es war ein Arbeitslager. Wir Frauen

schufteten entweder in den Reisfeldern, oder wir leerten Senkgruben und putzten die Latrinen. Jess war Gott sei Dank noch zu jung, so daß sie nicht arbeiten mußte. Wir waren ständig hungrig und manchmal kurz vorm Verhungern. Strafen tat man uns beispielsweise damit, daß man uns allen zwei Tage lang nichts zu essen gab. Wir lebten von Reis- und Sagoschleim und Suppe, die aus Gemüseabfällen zubereitet wurde. Manchmal warfen die Indonesier auch ein wenig Obst über den Zaun, oder es gelang mir, ein Ei oder ein wenig Salz einzutauschen. Außer mir gab es noch zwei Australierinnen, beide Krankenschwestern. Die eine starb, die andere wurde erschossen.

Jess wurde zwar nie wieder richtig krank, hatte aber öfter Wunden und Geschwüre, die ein paar Narben hinterlassen haben.

Wir versuchten, für die Kinder eine kleine Schule aufzuziehen, doch die Wächter nahmen uns alle Bücher weg.

Irgendwann wußten wir dann, daß der Krieg zu Ende ging, denn einige mutige Frauen hatten Radioteile zu uns hereingeschmuggelt, wieder zusammengebaut und versteckt.

Gegen Ende August hörten wir dann, daß die Amerikaner Japan bombardiert hatten und die Alliierten Streitkräfte auf Java landen würden. Und auf einmal waren die Japaner mit Mann und Maus verschwunden. Nur wir, die wir ja nicht wußten wohin, blieben im Lager zurück.

Ein amerikanisches Flugzeug flog über uns hinweg und warf mit Fallschirmen Kisten voller Konserven und Zigaretten ab. Das war ein Festtag für uns.

Dann kamen die Briten und auch die holländischen Ehemänner, soweit sie ihre Lager überlebt hatten. Sie waren wohl ziemlich erschrocken, als sie sahen, in welchem Zustand wir uns befanden.

Zwei Gründe sind daran schuld, daß es so lange dauerte, bis die Nachricht von Jess' Überleben zu Ihnen durchdrang.

Einmal die Unruhen, die sich zur Zeit in Indonesien zusammenbrauen, weil die Indonesier ihre holländischen Kolonialherren loswerden wollen. Dadurch hat sich vieles verzögert.

Zum zweiten war Jess unter meinem Namen, als Jess Mulaney, registriert. Wir erzählten allen, wir seien Schwestern, damit man uns nicht voneinander trennte. Nicht einmal den Holländerinnen verrieten wir, daß wir eigentlich keine richtigen Schwestern sind.

Ich befürchtete, vor Jess repatriiert zu werden und sie zurücklassen zu müssen. Also sagte ich nichts bis zu dem Zeitpunkt, als wir das Lager verlassen sollten. Erst da erfuhr die Armee, daß sie in Wirklichkeit Jess Dunbar heißt.

Jess hat in diesen dreieinhalb Jahren entsetzliche Greuel erlebt und Menschen sterben sehen. Anscheinend hat sie gelernt, damit zurechtzukommen und sich zu schützen. Kinder sind ja offensichtlich gute Verdränger. Jedenfalls ist sie eine großartige und sehr tapfere kleine Person.

Während dieser gemeinsam verbrachten Zeit sind wir uns sehr nahe gekommen und einander sehr wichtig geworden. Morgen fliegt sie ab, und der Abschied setzt ihr gewaltig zu. Gleichzeitig akzeptiert sie jedoch, daß wir nun nicht mehr länger zusammenbleiben können.

Um ihr das Ganze zu erleichtern, habe ich ihr gesagt, daß es kein Abschied für immer sein wird. Irgendwann muß sie mich und meine Eltern in Australien besuchen. Wir sind eine ganz normale Durchschnittsfamilie. Mein Vater ist Bauunternehmer, und wir leben in einem kleinen Haus in Turramurra, einem Vorort von Sydney.

Ich wäre Ihnen wirklich dankbar, wenn Sie sie, sobald sie ein bißchen älter ist, die Reise machen ließen.

Auch ich reise demnächst, sobald ich eine Schiffspassage oder einen Flug ergattert habe.

Passen Sie gut auf unsere kleine Schwester auf.

Es grüßt Sie
Ruth Mulaney

Sie las den Brief ein zweites und drittes Mal, faltete ihn zusammen und legte ihn in die oberste Schublade ihrer Frisierkommode. *Passen Sie gut auf unsere kleine Schwester auf.* Dreieinhalb Jahre lang hatte Ruth Jess Sicherheit gegeben, wenn auch nur eine dürftige. Ihr gehörte Jess' Liebe und Treue. Und von alldem hatte Jess Abschied nehmen müssen.

Inzwischen war es dunkel. Judith stand auf und verließ ihr Zimmer, um Jess zu suchen. Sie fand sie ganz allein auf der beleuchteten Veranda, wo sie Bobs dicke alte Fotoalben durchblätterte. Als Judith heraustrat, blickte sie auf. «Komm, schau mal her. Diese Fotos sind so witzig. Mami und Dad. Vor ewigen Zeiten. Und sie sehen so jung aus.»

Judith setzte sich neben Jess auf das gepolsterte Rohrsofa und legte ihr den Arm um die Schultern.

«Wo ist Onkel Bob?»

«Sich umziehen gegangen. Er hat mir das zum Angucken gegeben. Das war, als sie hier in Colombo lebten. Und hier ist eins von dir mit einem scheußlichen Hut.» Sie blätterte eine Seite um. «Wer sind denn diese Leute hier?»

«Das sind unsere Großeltern. Mamis Eltern.»

«Die sehen ja wirklich alt aus.»

«Waren sie auch. Und furchtbar langweilig. Mir hat es immer gegraust vor den Besuchen bei ihnen. Ich glaube, dir hat's auch nicht besonders gefallen, obwohl du damals noch ein Baby warst. Und das ist Biddy, Onkel Bobs Frau. Mamis Schwester. Sie wird dir gefallen. Sie ist unwahrscheinlich witzig und bringt ständig alle zum Lachen.»

«Und der da?»

«Das ist Ned mit etwa zwölf Jahren. Ihr Sohn. Er starb schon Anfang des Krieges. Sein Schiff wurde versenkt.» Jess schwieg und blätterte wieder eine Seite um.

«Ich habe den Brief gelesen», sagte Judith. «Ruth scheint wirklich eine großartige Frau zu sein.»

«Ist sie auch. Und sie war sehr tapfer. Hatte nie Angst. Vor nichts und niemandem.»

«Sie schreibt, daß du auch ziemlich mutig warst.» Jess zuckte – gewissermaßen in Zeitlupe – die Achseln. «Sie schreibt, daß ihr im Lager wie Schwestern wart.»

«Zuerst haben wir uns nur als Schwestern ausgegeben. Und dann wurde es irgendwie Wirklichkeit.»

«Muß ganz schön hart gewesen sein, sich von ihr zu verabschieden.»

«Ja.»

«Wenn du ein bißchen älter bist, möchte sie, daß du sie in Australien besuchst.»

«Ja. Wir haben uns mal darüber unterhalten.»

«Find ich eine tolle Idee.»

Jess' Kopf fuhr in die Höhe, und zum erstenmal sah sie Judith in die Augen. «Darf ich denn? Darf ich fahren?»

«Natürlich. Sicher, klar. Sagen wir, wenn du siebzehn bist. Das ist schon in drei Jahren.»

«Drei Jahre!»

«Du mußt doch zur Schule, Jess. Sobald wir wieder zu Hause sind. Du hast jede Menge nachzuholen. Aber du mußt nicht ins Internat. Du kannst zum Beispiel nach St. Ursula gehen, wo ich früher war. Als Tagesschülerin.»

Doch das interessierte Jess momentan nicht. «Ich dachte, du sagst, das geht nicht.» Offensichtlich wollte sie beim Thema bleiben. «Ich dachte, das ist zu teuer. Australien ist so weit weg von England...»

«Es ist bestimmt nicht zu teuer, das kann ich dir versichern. Und vielleicht kannst du Ruth auf der Heimfahrt ja mitbringen. Damit sie uns mal besucht.»

«Meinst du das wirklich ernst?»

«Natürlich.»

«Oh. Lieber als alles andere. Wenn ich mir etwas wünschen dürfte, dann das. Das war das Schlimmste beim Abschied heute morgen. Die Angst, daß ich Ruth nie wiedersehen würde. Kann ich ihr das schreiben? Sie hat mir ihre Adresse in Australien gegeben. Ich hab sie auswendig gelernt, für den Fall, daß ich den Zettel verliere.»

«Am besten, du schreibst ihr gleich morgen und verlierst keine Zeit. Dann könnt ihr beide anfangen, euch darauf zu freuen. Immer wichtig, daß man sich auf was freuen kann. Aber...» Sie zögerte. «In der Zwischenzeit sollten wir beide vielleicht ein paar näherliegende Dinge ins Auge fassen.»

Jess runzelte die Stirn. «Zum Beispiel?»

«Ich glaube, es wird Zeit, daß wir beide endlich nach Hause kommen.»

JUDITH PACKTE. Sie hatte diese Beschäftigung immer als lästig empfunden. Doch nun wurde sie noch dadurch kompliziert, daß sie für zwei Personen packen und vier verschiedene Koffer füllen mußte. Zwei für die Reise und zwei, die vorausgeschickt wurden.

Für das vorauszuschickende Gepäck schaffte sie sich zwei stabile Lederkoffer mit Schnallenriemen an. Stabil genug, so hoffte sie, um die Verladung durch die Dockarbeiter von Colombo und Liverpool zu überstehen und nicht entzweizugehen, falls sie einmal irgendwo aus großer Höhe abstürzten. Für die Reise benutzte sie ihren eigenen aus Trincomalee mitgebrachten Koffer, während sie für Jess eine geräumige braune Lederreisetasche gekauft hatte.

Whiteway & Laidlaw, das Harrods des Ostens, hatte sie nicht im Stich gelassen.

Was die Garderobe betraf, so hatte ihre große Einkaufsexpedition fast einen ganzen Tag in Anspruch genommen. Judith hatte sich nicht lumpen und alle Bedenken fahrenlassen. Sie wußte, in England war die Kleiderrationierung strenger als je zuvor. Und wenn sie erst einmal zu Hause waren, bestand keine Aussicht mehr, irgendwelche größeren Anschaffungen zu machen. Abgesehen davon, daß es wahrscheinlich einige Zeit dauern würde, bis alle amtlichen Formalitäten erledigt und die Informationen durch die verschiedenen behördlichen Kanäle an ihr Ziel gelangt waren. Und bis das dann geschehen war, hatte weder Jess noch sie Zugang zu Kleidercoupons – ganz zu schweigen von Lebensmittelmarken, Benzinmarken, Personalausweisen –, und sie würden all die kriegsbedingten Einschränkungen zu spüren bekommen, an denen das geplagte und geprüfte Land noch immer litt.

Also mußte für Jess eine komplette Garderobe her, was schon bei der Unterwäsche begann. Außerdem Blusen, Pullover, Röcke, wollene Kniestrümpfe, Schlafanzüge, vier Paar Schuhe, ein wattierter

Morgenmantel und ein praktischer warmer Regenmantel. All das lag nun in sauber gefalteten Stapeln auf Jess' Bett und war für den Laderaum des Truppentransporters bestimmt. Für die Heimreise hatte sie nur das Allernotwendigste beiseite gelegt. Das Schiff war, wie man ihr erzählte, bis zum Schandeck mit heimkehrenden Soldaten gefüllt, und Platz war knapp. Also würde man nur Baumwollshorts und Pullover, eine Strickjacke, ein Nachthemd und Segeltuchschuhe mitnehmen. Und für den Tag der Einschiffung eine Hose und eine weiche, braune Wildlederjacke …

Jetzt, um vier Uhr Nachmittag, war es drückend heiß und kaum vorstellbar, daß sie in drei Wochen froh sein würden, all diese schweren, kratzigen, dicken Kleidungsstücke zu besitzen. Schon die geringe Mühe, die darin bestand, einen Shetlandpullover zusammenzulegen, hatte ein wenig Ähnlichkeit mit einem Strickversuch während einer Hitzewelle, und sie spürte, wie ihr der Schweiß den Nacken hinunterrann und ihr das Haar feucht an der Stirn klebte.

«Missy Judith», hörte sie Thomas leise sagen. Sie richtete sich auf, wandte sich um und strich sich das Haar aus der Stirn. Sie hatte die Tür offenstehen lassen, um Durchzug zu haben, und sah Thomas nun zögernd im Rahmen stehen.

«Was ist denn, Thomas?»

«Besuch für Sie. Er wartet schon. Auf der Veranda.»

«Wer denn?»

«Commander Halley.»

«Oh.» Unwillkürlich schlug sich Judith die Hand vor den Mund. Hugo. Sie hatte Hugo gegenüber ein ganz schlechtes Gewissen. Denn seit Jess' Rückkehr vor einer Woche hatte sie ihn weder gesehen noch mit ihm telefoniert, ja – wenn sie ehrlich war – kaum an ihn gedacht. Und während der letzten paar Tage war einfach so viel zu tun, so viele Vorkehrungen waren zu treffen gewesen, daß sich nie ein geeigneter Moment gefunden hatte, nach dem Hörer zu greifen und seine Nummer zu wählen. Während die Tage verstrichen, plagten sie Schuldgefühle, und erst an diesem Morgen hatte sie sich streng notiert, *Hugo anrufen!* und den Zettel hinter den Rahmen ihres Spiegels gesteckt. Und jetzt war er da. Hatte selbst die Initiative ergriffen. Sie war verlegen und beschämt über ihre eigene Taktlosigkeit. «Ich... ich bin sofort bei ihm, Thomas. Sagen Sie ihm das bitte.»

«Ich bringe Ihnen den Tee auf die Veranda.»

«Das wäre wunderbar.»

Thomas verbeugte sich und glitt davon. Judith, die nun etwas verlegen war, ließ alles stehen und liegen, wusch sich die verschwitzten Hände und das Gesicht und versuchte, etwas gegen ihr plattgedrücktes Haar zu unternehmen. Ihr ärmelloses Baumwollkleid war weder sauber noch frisch, mußte aber jetzt genügen. Sie schlüpfte in Zehenslipper und ging hinaus, um sich zu entschuldigen.

Er stand, die Schulter an den Verandapfosten gelehnt, mit dem Rücken zu ihr und blickte hinaus auf den Garten. Er trug Uniform, hatte aber seine Mütze auf einen Stuhl geworfen.

«Hugo.»

Er drehte sich um. «Judith.» Seine Miene verriet weder Vorwurf noch Ärger, was sie sehr erleichterte. Statt dessen wirkte er wie immer entzückt, sie zu sehen.

«O Hugo, ich schäme mich so.»

«Warum denn das um Himmels willen?»

«Weil ich dich schon viel früher hätte anrufen und dir sagen sollen, was los ist. Aber ich hatte so entsetzlich viel zu tun. Ich bin einfach nicht dazu gekommen. Es tut mir so leid.»

«Hör auf, dir Vorwürfe zu machen. Ich habe keinen einzigen Gedanken darauf verschwendet.»

«Und ich seh furchtbar schmuddlig aus, aber alle sauberen Sachen sind schon eingepackt.»

«Du siehst toll aus. Und bist bestimmt sauberer als ich. Ich war den ganzen Tag in Katakarunda. Dachte mir einfach, ich schau auf dem Rückweg mal kurz vorbei.»

«Gut, daß du das gemacht hast. Weil... wir fahren schon morgen.»

«So schnell?»

«Ich hab mir schon eine Notiz an die Frisierkommode gesteckt, daß ich dich heute abend unbedingt anrufen muß.»

«Vielleicht hätte *ich* mich ja früher melden sollen. Aber ich wußte, was du um die Ohren hast, und wollte nicht stören.»

«Ich wäre niemals abgereist, ohne mich von dir zu verabschieden.»

Er hob die Hände wie einer, der kapituliert. «Vergessen wir es. Du siehst aus, als wärst du fix und fertig, und ich fühle mich genauso. Setzen wir uns doch einen Moment hin und erholen uns einfach.»

Was der beste Einfall war, den sie bis dahin gehabt hatten. Judith sank in Bobs Liegesessel, streckte die Beine auf der Fußstütze aus und lehnte sich mit einem Seufzer der Erleichterung in die Polster zurück, während Hugo einen Schemel herbeizog, sich ihr gegenübersetzte und sich, die Ellbogen auf die nackten braunen Knie gestützt, zu ihr vorbeugte.

«Jetzt laß uns mal ganz am Anfang beginnen. Morgen fährst du also ab?»

«Ich versuch schon den ganzen Nachmittag zu packen.»

«Und was ist mit dem Marinehilfskorps? Deinem Job?»

«Ich habe unbegrenzten Urlaub aus familiären Gründen. Und wenn ich nach Hause komme, werde ich aus den gleichen Gründen sofort entlassen. Ist alles schon abgesprochen. Das Marinehilfskorps in Colombo hat die ganze Sache für mich geregelt.»

«Und wie kommst du zurück?»

«Mit dem Truppentransporter. Bob hat uns im letzten Augenblick noch zwei Kojen besorgt.»

«Mit der *Queen of the Pacific*?»

«Genau. Merkwürdigerweise ist das wieder dasselbe Schiff, auf dem ich hergekommen bin. Aber diesmal wird es wirklich eng. Viele Familien aus Ceylon, die nach Hause fahren, und eine Airforce-Truppe aus Indien. Aber macht nichts. Hauptsache, wir sind an Bord.» Sie lächelte, denn sie fühlte sich schon wieder ein bißchen schuldig. «Es ist schlimm, das sagen zu müssen. Aber es hilft, einen Konteradmiral in der Verwandtschaft zu haben. Bob hat nicht nur alle Hebel, sondern eine ganze Maschinerie in Bewegung gesetzt. Am Telefon rumgebrüllt, seine Autorität rausgekehrt. Einfach alles.»

«Und Trincomalee?»

«Ich war nicht mehr dort. Und fahre auch nicht mehr hin.»

«Und was ist mit deinen Kleidern? Den Sachen, die du noch dort hast?»

«Die wichtigeren Dinge hab ich mitgebracht nach Colombo. Nur ein paar Bücher und ein paar verwaschene Klamotten und meine Winteruniform sind noch dort. Es ist mir egal, was daraus wird. Spielt keine Rolle mehr. Außerdem waren Jess und ich letzte Woche bei Whiteaway & Laidlaw und haben den ganzen Tag damit verbracht, ihnen den Laden leer zu kaufen. Wir sind für alle Eventualitäten gerüstet.»

Er lächelte. «Schön, wie du das sagst.»

«Was denn?»

«Jess und ich. Klingt, als wärt ihr nie getrennt gewesen.»

«Ist das nicht ein Wunder, Hugo? Ist das nicht wie im Märchen? Vielleicht klingt es ja so, als wären wir nie getrennt gewesen. Aber ich wache immer noch nachts auf und frage mich, ob ich mir das alles nur einbilde. Und dann muß ich das Licht einschalten, damit ich sehe, daß sie neben mir in ihrem Bett liegt, daß es tatsächlich stimmt.»

«Wie wirkt sie auf dich?»

«Erstaunlich. Unverwüstlich. Vielleicht kommen die Probleme ja noch. Körperliche oder auch psychische. Bis jetzt scheint sie aber alles unbeschadet überstanden zu haben.»

«Wo ist sie denn momentan?»

«Bob ist mit ihr in den Zoo gegangen. Sie wollte sich die Alligatoren ansehen.»

«Schade, daß ich sie verpaßt habe.»

«Irgendwann kreuzen sie wieder auf. Warte einfach, bis sie kommen.»

«Geht leider nicht. Man hat mich zu einem Umtrunk beim Oberbefehlshaber bestellt. Wenn ich da zu spät komme, stellen sie mich vors Kriegsgericht.»

An dieser Stelle wurden sie von Thomas, der mit einem Teetablett die Längsseite der Veranda herunterkam, unterbrochen. Hugo beugte sich nach vorn und zog einen Tisch heran. Und Thomas setzte mit gewohnter Förmlichkeit sein Tablett ab, verbeugte sich und entfernte sich wieder.

Als er gegangen war, sagte Judith: «Ich weiß, daß Bob dir von Jess und dem Lager in Java und all den anderen Dingen erzählt hat, aber hat er auch Gus Callender erwähnt?»

«Wer ist denn das? Soll ich nett sein und den Tee einschenken?»

«Gern. Offensichtlich hat er dir nichts davon erzählt. Es war wirklich erstaunlich. Alles geschah auf einmal. Es war am Morgen des Tages, an dem wir erfuhren, daß Jess noch lebt. Hast du das mit dem Lazarettschiff mitbekommen? Der *Orion*? Mit den Männern von der Burma-Eisenbahn?»

«Ja. Sie lag doch einen Tag hier vor Anker und lief abends wieder aus.»

«Tja, ich war also dort, zur Begrüßung der an Land kommenden Männer...» Er reichte ihr eine Tasse, das frische Aroma des chinesischen Tees und die Schärfe der Zitrone stiegen ihr in die Nase, doch da er noch zu heiß zum Trinken war, stellte sie ihn auf ihren Knien ab. «...und da war dieser Mann, ein Captain der Gordon Highlanders...»

Sie erzählte ihm von der denkwürdigen Begegnung. Von ihrer festen Überzeugung, daß Gus tot sei, und seiner plötzlichen Auferstehung, als er so unvermittelt lebendig und leibhaftig vor ihr gestanden hatte. Von der Fahrt ins Hotel Galle Face, der ergreifenden Zusammenkunft mit dem alten Kellner, der Flasche Black & White. Sie erzählte ihm, wie er ausgesehen und was er angehabt hatte und wie sie ihn am Ende wieder in ein Taxi gesetzt und sich von ihm verabschiedet hatte.

«...und dann kam ich zurück. Und noch ehe ich an der Tür bin, kommt Bob schon gelaufen und erzählt mir, daß Jess überlebt hat. Zwei Menschen, von denen ich dachte, daß ich sie für immer verloren habe. Und alles am selben Tag. Ist das nicht eigenartig, Hugo?»

«Erstaunlich», sagte er, und er meinte es ernst.

«Nur habe ich bei Gus leider kein so gutes Gefühl wie bei Jess. Seine alten Eltern sind gestorben, während er im Gefängnis war und auf der Eisenbahn schuftete. In Rangun hat man ihm gesagt, daß sie tot sind. Sonst hat er keine Angehörigen. Weder Brüder noch

Schwestern. Ich fürchte, das wird eine ziemlich trostlose Heimkehr nach Schottland.»

«Wo kommt er denn her?»

«Irgendwo aus Aberdeenshire. Ich weiß es nicht genau. Ich kannte ihn nicht so besonders gut. Er war ein Freund von Freunden in Cornwall. War im letzten Sommer vor dem Krieg bei ihnen zu Besuch. Damals habe ich ihn kennengelernt und danach nie wiedergesehen. Bis ich ihn dann auf dem Gordon's Green stehen sah.»

«Hat er denn ein Haus, in das er zurückkann?»

«Ja. Ich glaube, es ist ein Riesenanwesen. Sie waren wohl ziemlich reich. Er war in Cambridge und vorher in Rugby. Und er kreuzte mit einem hocheleganten, schnittigen Lagonda in der Gegend rum.»

«Klingt doch nicht übel.»

«Aber Menschen sind doch nicht unwichtig, oder? Eine Familie. Freunde.»

«Wenn er in einem schottischen Regiment gedient hat, kann es ihm an Freunden nicht fehlen.»

«Hoffentlich, Hugo. Hoffentlich hast du recht.»

Ihr Tee war etwas abgekühlt. Sie hob die Tasse und trank einen Schluck und fühlte sich gleichzeitig erhitzt und erfrischt. Immer noch in Gedanken bei Gus, sagte sie: «Ich darf ihn jedenfalls nicht wieder aus den Augen verlieren.»

«Und zu wem», fragte Hugo, «gehst du zurück?»

Sie lachte. «Einem Haus voll lustiger Weiber.»

«Und Jess?»

«Früher oder später wird sie wohl in die Schule müssen. Vielleicht eher später. Sie hat sich ein bißchen Zeit zum Eingewöhnen, Sichzurechtfinden und Amüsieren verdient.»

«Freunde und Familie also?»

«Klar.»

«Kein verliebter Verehrer, der dich schon erwartet, um seine Ansprüche geltend zu machen? Dir einen Ring an den Finger zu stecken?» Manchmal wußte man nicht, ob Hugo scherzte oder es ernst meinte. Sie blickte zu ihm hoch und sah, daß letzteres der Fall war.

«Warum fragst du?»

«Weil ich ihn, wenn es ihn gäbe, für einen glücklichen Mann hielte.»

Sie nahm ihre Tasse und beugte sich vor, um sie auf den Tisch zurückzustellen. «Hugo, es wäre furchtbar, wenn du glauben würdest, daß ich dich nur benutzt habe.»

«Das würde ich nie annehmen. Ich war eben zufällig da, als es dir gerade mal nicht so gut ging. Ich wünsche mir nur, wir hätten mehr Zeit miteinander gehabt.»

«Das haben wir alles schon durchgekaut. Ich glaube nicht, daß es was geändert hätte.»

«Nein. Wahrscheinlich nicht.»

«Aber das heißt ja nicht, daß es nicht trotzdem toll war. Dich kennenzulernen und all die schönen Sachen miteinander zu unternehmen. Das Ende des Krieges zu erleben und festzustellen, daß er doch nicht alles zerstört hat. Daß ein paar von den harmlosen, leichtsinnigen Vergnügungen von früher überlebt haben. Etwa ‹I can't give you anything but love, baby› und Tanzen im Mondschein. Daß man sich mal wieder über ein neues Kleid freuen darf oder sich kugelt vor Lachen über Leute wie diese gräßliche Moira Burridge. Nichts ist wichtig, und gleichzeitig ist es furchtbar wichtig. Ich bin wirklich dankbar. Ich kann mir niemanden vorstellen, der das alles so wunderbar wieder zum Leben hätte erwecken können wie du.»

Er streckte den Arm aus und griff nach ihrer Hand. «Wenn ich nach England zurückkomme – wann auch immer –, sehen wir uns wieder?»

«Aber natürlich. Du mußt mich in Cornwall besuchen. Ich habe ein traumhaftes Haus, fast direkt am Meer. Du kannst die Sommerferien bei mir verbringen. Allein oder mit einer süßen Freundin. Und wenn es dann mal soweit ist, kannst du auch deine Frau und deine Kinder mitbringen, und wir gehen alle miteinander Sandburgen bauen.»

«Gefällt mir.»

«Was gefällt dir?»

«Deine konkreten Pläne.»

«Ich will mich nicht an dich klammern, Hugo. Eine Klette war ich nie. Aber ich will dich auch nicht verlieren.»

«Und wie finde ich dich?»

«Schau ins Telefonbuch. Dunbar, Dower House, Rosemullion.»

«Und du versprichst mir, daß du, wenn ich dann anrufe, nicht sagst: ‹Wer zum Teufel sind Sie eigentlich?›»

«Nein. Ich glaube nicht, daß ich je so was sagen würde.»

Er blieb noch eine Weile, sie plauderten über dieses und jenes. Dann sah er auf seine Uhr und meinte, es sei Zeit für ihn zu gehen. «Ich muß noch ein paar Anrufe erledigen, einen Brief schreiben, sodann hochpräsentabel und hellwach beim Oberbefehlshaber antreten, und zwar exakt fünf Minuten vor dem angesetzten Zeitpunkt.»

«Und wann ist der?»

«Um halb sieben. Cocktails. Ganz wichtiger Anlaß. Lord und Lady Mountbatten und keine Geringeren.»

«Kommt Moira Burridge auch?»

«Der Himmel möge es verhüten.»

«Grüße sie von mir.»

«Hüte deine Zunge, oder ich gebe ihr deine Adresse in Cornwall und sag ihr, daß du es kaum erwarten kannst, sie im Dower House zu begrüßen.»

«Wenn du das machst, erschieße ich dich.»

Sie begleitete ihn zur Tür und die Treppe hinab, wo sein Wagen auf dem heißen Kies parkte. Er sah sie an. «Auf Wiedersehen.»

«Wiedersehn, Hugo.»

Sie küßten sich. Auf beide Wangen.

«Es war toll.»

«Ja. Wirklich. Ich danke dir.»

«Ich bin so froh, daß das alles so gut gelaufen ist für dich.»

«Es ist noch nicht gelaufen. Es hat gerade erst angefangen.»

Queen of the Pacific
Mittelmeer
Freitag, 12. Oktober 1945

Lieber Gus,
ich sitze hier auf einem ziemlich windigen Promenadendeck, um-
geben von schreienden Kindern und verzweifelten Müttern und
vielen gelangweilten Fliegern. Sitzgelegenheiten gibt es nicht, so
daß wir alle wie Flüchtlinge auf dem Deck kauern und jeden Tag
mehr verdrecken, weil es so wenige Waschmöglichkeiten gibt.

Aber ich muß ein bißchen ausholen. Vielleicht ist es am besten,
ich fange mit unserem Abschied vor dem Hotel Galle Face an. Als
ich danach nach Hause kam, erfuhr ich von Bob (meinem Onkel,
Konteradmiral Somerville), daß man meine kleine Schwester Jess
in einem Internierungslager auf Java gefunden hat. Zuerst Du,
dann sie! Ein Tag voller Wunder. Bob, der wieder mal an die
Fasanenjagd dachte, nannte es einen Doppelschuß.

Sie ist jetzt vierzehn. Sie flog in einer USAF Dakota von Jakarta
nach Colombo, und Bob und ich holten sie am Luftstützpunkt
Ratmalana ab. Sie ist mager, sonnenverbrannt und bald so groß
wie ich. Gott sei Dank geht es ihr gut.

Die letzte Woche gab es daher ungeheuer viel zu organisieren.
Und das Ergebnis all der Mühen ist, daß wir jetzt beide auf dem
Heimweg sind. Man wird mich aus dringenden familiären Grün-
den aus der Armee entlassen, so daß wir beide sofort ins Dower
House gehen können.

Ich denke oft an Dich... vielleicht bist Du ja inzwischen schon
wieder in Schottland, wer weiß. Ich schicke den Brief an die
Adresse, die Du mir gegeben hast, und werfe ihn ein, sobald wir
in Gibraltar sind.

Es war wunderbar, Dich wiederzusehen und ein paar Stunden
mit Dir zu verbringen. Nur hat es mir furchtbar leid getan, Dir
von Lovedays Heirat berichten zu müssen. Ich kann es Dir gut
nachfühlen, wenn Du in nächster Zeit keine große Lust hast,
nach Cornwall zu kommen. Aber vielleicht siehst Du das alles ein
bißchen anders, sobald Du Dich auf Ardvray eingerichtet und
Dein früheres Leben wiederaufgenommen hast. Wenn es soweit

ist, bist Du im Dower House mehr als willkommen. Und nicht nur im Dower House, sondern auch auf Nancherrow. Jederzeit. Komm einfach her. Und bring Deinen Skizzenblock mit!

Bitte schreib mir und laß mich wissen, wie es Dir geht und was Du vorhast.

Ganz herzliche Grüße
von Deiner Judith

Dower House
Rosemullion
Sonntag, 21. Oktober
Trafalgar-Tag

Liebster Bob,

sie sind daheim. Gesund und wohlbehalten hier angekommen. Für den Freitag hatte ich ein riesiges Taxi bestellt, mit dem ich nach Penzance fuhr, um sie vom Riviera abzuholen. Der Zug fuhr ein, und da standen sie dann, umgeben von Bergen von Gepäck, auf dem Bahnsteig. Ich glaube, ich war in meinem ganzen Leben nicht so aufgeregt.

Sie machen beide einen guten Eindruck, wenn sie auch ein bißchen erschöpft und mager sind. Jess hat gar keine Ähnlichkeit mehr mit dem dicken, verzogenen kleinen Ding, das damals Weihnachten bei uns in Keyham war. Nur die blauen Augen blitzen noch genauso mutwillig wie damals. Sie hat mir viel von Dir und ihrer kurzen Zeit bei Euch in Colombo erzählt.

Am ergreifendsten war vielleicht das Wiedersehen mit Phyllis. Als wir mit dem Taxi vorfuhren, kamen Phyllis, Anna und Morag heraus, um uns zu begrüßen. Niemand hatte Jess ein Wort gesagt, doch sie warf nur einen Blick auf Phyllis und war, noch ehe wir richtig hielten, aus dem Wagen gesprungen und hatte sich Phyllis in die Arme geworfen. Ich glaube, Anna ist ein bißchen eifersüchtig. Aber Jess ist ganz besonders lieb zu ihr. Sie erzählt, daß sie in den Lagern viel mit den kleineren Kindern zusammen war und auf sie aufpassen half.

Judith zeigte mir den Brief von dieser netten Australierin, die sich während der Internierung um Jess kümmerte. Sie sind wirklich durch die Hölle gegangen. Ich bin überzeugt, daß Jess früher oder später über ihre schrecklichen Erlebnisse sprechen wird. Und weiß jetzt schon, daß sie, wenn es mal soweit ist, Phyllis ins Vertrauen ziehen wird.

Heute morgen war ich in der Kirche und habe gedankt.

Jetzt ist Sonntag nachmittag, ein kalter Oktobertag, kahlgefegte Bäume, Schauer und ein schneidender Wind. Judith ist mit Jess nach Nancherrow gelaufen, um mit der ganzen Familie, inklusive Loveday und Nat, Tee zu trinken. Vor etwa einer Stunde sind sie in Regenmänteln und Gummistiefeln aufgebrochen. Bei nächster Gelegenheit müssen wir ein Fahrrad für Jess besorgen. Das ist wirklich lebensnotwendig. Denn pro Woche gibt es nur ein Teelöffelchen Benzin, und Judiths Wagen steht immer noch aufgebockt und folglich unbenutzbar in der Garage, bis sie selbst ihre Benzinrationen zugeteilt bekommt.

Im Haus ist es ein bißchen eng geworden, aber es klappt ganz gut. Anna ist zu ihrer Mutter gezogen und Jess in Annas Zimmer. Für mich wird es allmählich Zeit, auszufliegen und selbst wieder mit dem Nestbau zu beginnen. Letzte Woche habe ich ein reizendes Haus in Portscatho entdeckt, fünf Zimmer und zwei Bäder, nicht direkt im Dorf, sondern auf dem Hügel, überm Meer. Zum Dorfladen ist es nur eine halbe Meile, und nach St. Mawes (wo Du Dein Boot festmachen könntest) sind es zwei. Es ist sehr gut in Schuß. Und wenn wir wollten, könnten wir gleich morgen einziehen. Also werde ich ein Angebot machen und es auch kriegen. Neulich habe ich mal mit Hester Lang telefoniert. Sie hat versprochen, herzukommen und mir beim Umzug zu helfen. Bis zu Deiner Rückkehr soll alles eingerichtet und picobello sein.

Von Phyllis ist vor allem zu berichten, daß Cyril nun beschlossen hat, als Berufssoldat bei der Marine zu bleiben. Er war wirklich tüchtig, ist inzwischen schon Maat, hat sich im Krieg mehrfach ausgezeichnet und unter anderem wegen seiner Tapferkeit den Orden für hervorragende Verdienste verliehen bekommen. Mir wäre es sehr wichtig, daß Phyllis nun endlich mal einen eigenen Hausstand gründet. Jetzt, wo Molly tot ist, fühle ich mich *nach all den Jahren, die wir recht glücklich miteinander verlebt haben, ein wenig verantwortlich für sie. Es wird zwar auch davon abhängen, wieviel von seinem Sold Cyril in den letzten Jahren beiseite legen konnte. Aber sie müssen ein eigenes Haus haben, wo er seinen Urlaub verbringen kann. Vielleicht ein kleines Reihenhäuschen in Penzance. Könnten wir da nicht etwas beisteuern, falls es mehr kosten sollte, als sie sich leisten können? Bestimmt würde auch Judith einspringen, aber sie muß jetzt an Jess und ihre Ausbildung und vieles andere denken. Ich werde mich mal mit ihr unterhalten, sobald sich die ganze Aufregung wieder ein bißchen gelegt hat.*

So, das wäre das. Wenn ich jetzt nicht sofort Schluß mache, erwische ich die Abendpost nicht mehr. Denk an mich, wie ich jetzt den Hügel runterplatsche, um den Brief noch rechtzeitig in den Kasten zu schmeißen. Ich nehme Morag mit, damit der Hund ein wenig Bewegung kriegt. Er wird zwar alt, ist aber immer noch Feuer und Flamme, wenn er das Wort «Gassi» hört.

Liebster Bob. Was für ein Glück wir doch haben. Ich kann es kaum mehr erwarten, bis Du kommst. Bleib nicht zu lange.

*In immerwährender Liebe
Biddy*

«Ich hatte ganz vergessen, wie lange das dauert.»

«Es kommt mir vor, als wären wir schon eine Ewigkeit unterwegs.»

«Weil wir zu Fuß gehen. Mit dem Fahrrad geht das im Handumdrehen.»

Die Auffahrt von Nancherrow wirkte mit all den Schlaglöchern und Pfützen ein wenig ungepflegt, und die Grasränder begannen nach der Mitte hin zu wuchern. Die Hortensien waren längst verblüht, ließen braun, verdorrt und naß von den Schauern, die der Seewind den ganzen Nachmittag schon hereinblies, die Köpfe hängen. Hoch über ihnen schwankten kahl die Äste, hing bleich der Himmel, über den eilig die grauen wäßrigen Wolken jagten.

«Als ich das erste Mal nach Nancherrow kam und die lange, gewundene Auffahrt sah, war ich überzeugt, daß das ein ganz gespenstisches Haus sein mußte. Falls wir es überhaupt je zu Gesicht bekämen. Aber natürlich hat es nicht gestimmt. Es ist sogar recht neu. Du wirst schon sehen. Und dann, als ich *Rebecca* las, erinnerte mich das sehr an Nancherrow, und ich sah es wieder wie zum erstenmal.»

«Ich hab *Rebecca* nie gelesen.»

«Dazu hattest du ja auch kaum Gelegenheit. Aber sich vorzustellen, was du alles noch vor dir hast! Ein Lesevergnügen nach dem anderen. Ich werde dich mästen mit Lesefutter.»

«Als Kind hatte ich ein Buch, an das ich mich noch gut erinnern kann. Ich bekam es zu Weihnachten geschenkt. Es war riesengroß und bunt und voller Bilder und Geschichten. Was daraus wohl geworden ist?»

«Wahrscheinlich wurde es eingelagert. Mit all dem anderen Zeug. Ganze Packkisten voll. Irgendwann müssen wir das alles aus dem Lagerhaus abholen. Mamis ganzes Zeug, die Nippsachen und das Porzellan. Das ist dann, als öffne man die Büchse der Pandora...»

Die Bäume lichteten sich. Fast waren sie da. Sie bogen um die letzte Kurve der Auffahrt, und das Haus stand vor ihnen. Allerdings verhüllte die heftig hereinfahrende Bö wie ein grauer Vorhang den Blick aufs Meer. Sie hielten inne und starrten es einen Moment lang an. Ihre Regenmäntel troffen, und die Schals flatterten im Wind.

Schließlich sagte Jess: «Es ist wirklich riesengroß.»

«Sie brauchten ja auch ein großes Haus. Sie hatten drei Kinder, massenhaft Bedienstete, und ständig kamen irgendwelche Freunde zu Besuch. Ich hatte mein eigenes Zimmer auf Nancherrow. Das rosa Zimmer. Nach dem Tee zeige ich es dir mal. Komm, damit wir nicht noch eine Dusche abkriegen.»

Sie rannten über den Kies, erreichten den Schutz des Eingangs gerade noch rechtzeitig, ehe der nächste Guß niederprasselte. Sie schlüpften aus ihren Regenmänteln und Gummistiefeln. Dann öffnete Judith die innere Tür, und auf Socken traten sie in die Eingangshalle.

Unverändert. Ganz wie immer. Der gleiche Geruch. Vielleicht war es ja ein bißchen kühl, trotz der Scheite, die im riesigen Kamin knisterten. Allerdings stand eine Komposition aus Chrysanthemen und herbstlichen Zweigen lodernd wie Flammen in der Mitte des runden Tisches, wo immer noch die Hundeleinen und das Besucherbuch lagen. Genauso wie der kleine Briefestapel, der hier auf die Abholung durch den Postboten wartete.

Außer dem Ticken der alten Uhr war kein Laut zu hören.

«Wo sind sie denn alle?» flüsterte Jess und klang ein wenig verschüchtert.

«Ich weiß es nicht. Schauen wir doch mal nach. Oben zuerst.»

Schon auf dem ersten Treppenabsatz hörten sie leise Radiogeräusche. Die Tür der Ammenstube stand einen Spaltbreit offen. Judith drückte sie behutsam auf und sah Mary, die sich über einen Stapel Bügelwäsche beugte. Sie rief sie.

«Oh, Judith.» Mit einem dumpfen Laut setzte Mary das Bügeleisen ab und breitete ihre kräftigen Arme aus. «Ich kann's gar nicht glauben, daß du wieder da bist. Wie lange ist das her! Und das ist Jess? Hallo, Jess, wie schön, daß wir dich endlich kennenlernen. Jetzt guckt euch mal an, ihr seid ja völlig durchnäßt. Zu Fuß gekommen, was?»

«Ja. Den ganzen Weg. Wir haben nur ein Fahrrad. Wo ist denn Loveday?»

«Die wird gleich dasein. Kommt auch zu Fuß, mit Nat von Lidgey runter. Sie mußte Walter noch helfen, ein paar Kälber in den Pferch zu treiben.»

«Und wie geht es Nat?»

«Der ist eine Nervensäge.» Mary hatte ein paar graue Haare und ein paar Falten mehr und war auch dünner geworden, doch erstaunlicherweise stand ihr das ganz gut. Ihre blaue Strickjacke war geflickt, der Kragen ihrer Bluse ein wenig zerschlissen, aber immer noch roch sie nach Johnsons Babyseife und frischgebügelter Wäsche.

«Wart ihr schon bei Mrs. Carey-Lewis?»

«Nein. Wir sind gleich zu dir hochgekommen.»

«Dann laßt uns jetzt runtergehen und ihr sagen, daß ihr da seid.»

Sie schaltete rasch ihr Bügeleisen aus, drehte das Radio ab und legte ein weiteres Scheit in ihren kleinen Kamin («Gut, daß wir genügend Bäume haben, sonst wären wir hier schon längst erfroren»), ging ihnen voraus die Treppe hinunter und durch die Halle bis an die Tür des kleinen Salons. Sie klopfte an, öffnete die Tür einen Spalt und steckte den Kopf hinein.

«Besuch für Sie!» Und mit dramatischer Geste riß sie die Tür auf.

Da saßen sie zu beiden Seiten des Kamins, Diana mit ihrer Stickarbeit und der Colonel mit der *Sunday Times*. Zu seinen Füßen lag schlummernd der alte Tiger, aber Pekoe, der auf dem Sofa gedöst hatte und nun Einbrecher witterte, richtete sich auf und ließ ein beängstigendes Gebell ertönen. Diana blickte hoch, riß sich die Brille von der Nase, warf ihre Handarbeit beiseite und sprang auf.

«Pekoe, still. Es ist doch nur Judith. *Judith!*» Pekoe sank, seines Vergnügens beraubt, beleidigt auf das Polster zurück. «Judith! Darling! Ist ja eine Ewigkeit her! Komm in meine Arme, damit ich dich richtig drücken kann.» Sie war groß, schlank und schön wie immer, auch wenn ihr kornblondes Haar inzwischen silbern schimmerte. «Bist du wieder da, mein Schatz, meine dritte Tochter. Du siehst ja großartig aus! Und du hast Jess mitgebracht. Jess. Ich bin Diana Carey-Lewis. Wir haben schon soviel von dir gehört, endlich lernen wir dich mal kennen...»

Aus Dianas Umarmung entlassen, wandte sich Judith an den Colonel, der aufgestanden war und geduldig darauf wartete, daß er an die Reihe kam. Er hatte immer älter gewirkt, als er war, und jetzt sah es aus, als habe die Zeit ihn eingeholt. Genau wie seine Kleidung, die recht schäbig an seiner hageren Gestalt schlotterte. Ein uraltes Tweedjackett und eine verwaschene Kordhose, in der er früher nicht hätte begraben sein wollen.

«Meine Liebe.» Förmlich wie immer und ein bißchen schüchtern. Sie nahm seine Hände, und sie küßten sich. «Wir sind so froh, daß wir dich wiederhaben.»

«Aber kaum so dankbar wie ich, daß ich wieder bei Ihnen bin.» Inzwischen hatte sich der stets höfliche Tiger in Sitzstellung hochgehievt, und Judith beugte sich zu ihm hinunter, um ihm den Kopf zu kraulen. «Alt sieht er aus», sagte sie traurig. Und das war er auch.

Nicht fett, aber schwer und steif, und seine liebe Schnauze war ganz grau geworden.

«Tja, wir werden alle nicht jünger. Ich sollte mich allmählich nach einem Labradorwelpen umschauen, aber irgendwie bringe ich es nicht übers Herz...»

«Edgar. Darling. Du mußt Jess begrüßen.»

Er streckte die Hand aus. «Hallo, Jess. Ich muß dir meinen Hund Tiger vorstellen. Jess. Tiger.» Er lächelte sein sanftes, charmantes Lächeln, dem kein Kind widerstehen konnte. «Du hast ja eine weite Reise hinter dir. Was hältst du denn von Cornwall, hm? So verregnet wie heute ist es nicht immer.»

Jess sagte: «Ich erinnere mich noch an Cornwall.»

«Wirklich wahr? Donnerwetter! Das muß aber eine ganze Weile hersein. Setz dich doch und erzähl mir davon... hier, auf den Schemel am Feuer...» Er schob einige Zeitungen und Magazine beiseite. «Wie alt warst du denn, als ihr weggegangen seid?»

«Vier.»

«Wußte gar nicht, daß du schon so alt warst. Da hast du natürlich Erinnerungen. Ich kann mich noch an Sachen entsinnen, da war ich zwei. Saß in meinem Kinderwagen, und irgendein anderes Kind schob mir ein Karamelbonbon in den Mund...»

In diesem Moment verkündete Mary mit leicht erhobener Stimme, daß sie das Wasser für den Tee aufsetzen werde, was alle für eine fabelhafte Idee hielten. Nachdem sie hinausgegangen war, ließ sich Diana in ihren Sessel zurücksinken, und Judith setzte sich auf das Ende des Sofas, das Pekoe frei gelassen hatte.

«Darling, was du alles hinter dir hast. Dünn bist du geworden. Wahnsinnig elegant. Geht es dir denn gut?»

«Natürlich geht es mir gut.»

«Loveday kann es kaum erwarten, dich zu sehen und dir ihren Schlingel Nat zu zeigen. Sie müssen gleich dasein. Und die kleine Jess! Was für ein tapferes Kind! Was für Erlebnisse! Biddy hat uns sofort angerufen, nachdem sie das Telegramm von Bob bekam. Sie hatte uns ja vorher schon erzählt...» Als Diana merkte, was sie, in Hörweite von Jess, eben zu sagen im Begriff war, hielt sie inne. Sie warf einen Blick auf Jess, die ihnen, ins Gespräch mit dem Colonel vertieft, den Rücken zuwandte. Mit den Lippen formte sie *daß Jess tot ist.* Judith nickte. «…und dann das zu hören. Zu erfahren, daß es gar nicht stimmte. Du mußt ja fast gestorben sein vor Glück.»

«Es war ganz schön aufregend.»

«Ach, Darling, und wie furchtbar traurig… das mit deinen Eltern. Unvorstellbar. Ich wollte dir schreiben, aber du hast mir keine Zeit dazu gelassen. Biddy hat mir all die entsetzlichen Dinge erzählt. Aber ehe ich zu Feder und Papier greifen konnte, hieß es schon, ihr wärt auf dem Heimweg. Wie war denn die Reise?»

«Reise ist wohl kaum der richtige Ausdruck. Es war eher so eine Art Überlebenstraining. Das Schiff war brechend voll. Gegessen haben wir in drei Schichten. Können Sie sich das vorstellen?»

«Grauenhaft. Wo wir vom Essen reden, die Nettlebeds lassen dich grüßen und wollen dich bald mal besuchen. Sie haben jetzt den ganzen Sonntag frei und sind nach Camborne gefahren, um eine uralte Verwandte in einem Altersheim zu besuchen. War es nicht himmlisch, wieder ins Dower House zu kommen? Ist der Garten nicht schön geworden? Ich hab Phyllis ein paar Setzlinge mitgegeben…»

Erregt plapperte sie weiter, während Judith dasaß und tat, als hörte sie zu, was aber nicht der Fall war. Sie dachte an Gus Callender. War jetzt der geeignete Moment, Diana und dem Colonel mitzuteilen, daß Gus noch lebte? Nein, überlegte sie, es war nicht der richtige Augenblick. Die erste, die es hören mußte, und zwar unter vier Augen, war Loveday. Später, irgendwann, irgendwo würde Judith es ihr sagen.

«…wo schläft die kleine Jess denn eigentlich?»

«In Annas Zimmer. Wir haben genügend Platz. Anna schläft bei Phyllis. Vorerst jedenfalls.»

«Und was für Pläne habt ihr für Jess?»

«Ich denke, ich werde Miss Catto mal besuchen und schauen, ob sie sie in St. Ursula nehmen.»

«Aber, Darling, natürlich nehmen sie sie. Ach, ist es nicht unglaublich, wie sich das Leben im Kreis bewegt. Ach, da fällt mir ja was ein. Ich hab dir ja gar nicht von Athena erzählt. Sie erwartet wieder ein Baby. Im Frühling, glaube ich. Es ist so aufregend. Ich kann dir gar nicht sagen, wie sie uns gefehlt hat, als sie wegzogen. Das Haus war wie ausgestorben ohne das Kind…»

Kaum waren die Worte über ihre Lippen, da hörte man schon, krach bumm, wie auf ein Stichwort, die durchdringende Stimme von Nathaniel Mudge, der gerade aus der Küche kam und sich lautstark mit seiner Mutter stritt. «Ich zieh meine Stiefel nicht aus.»

«Aber du mußt. Sie sind voller Schlamm.»

«Sie sind nicht voll Schlamm.»

«Doch. Du hast schon den ganzen Küchenboden versaut. Komm her…»

«Nein…»

«Nat…»

Ein Schrei ertönte. Loveday hatte ihn offensichtlich gepackt und zog ihm gewaltsam die Stiefel aus.

Diana sagte schwach: «Oje.»

Einen Augenblick später flog die Tür auf, und ihr Enkel platzte, seines Schuhwerks beraubt, ins Zimmer, die Backen vor Wut gerötet und die Unterlippe vorgeschoben wie ein Brett.

«Was soll denn der Zirkus?» fragte Diana, und Nat ließ sie nicht im unklaren. «Mam hat mir die Stiefel ausgezogen. Meine neuen Stiefel. Sie sind rot. Ich wollte sie euch zeigen.»

Diana, die ihn besänftigen wollte, sagte tröstend: «Wir schauen sie uns ein andermal an.»

«Aber ich will, daß du sie jetzt siehst.»

Judith stand auf. Und in diesem Augenblick erschien Loveday im Türrahmen. Sie sah aus wie immer, wie ein abgerissener Teenager und nicht im mindesten wie die Mutter dieses beängstigenden Dreijährigen. Sie trug eine Hose, einen alten Pullover und rote Socken, und die Haare kringelten sich noch immer in dunklen, glänzenden Locken um ihren Kopf.

Es entstand eine Pause, während deren sie nur dastanden und sich angrinsten. Dann sagte Loveday: «Schau mal, wer da ist… Gott! Gut, daß du wieder da bist.» Sie gingen aufeinander zu, umarmten sich und küßten sich flüchtig, wie sie es immer taten. «Entschuldigt die kleine Verspätung, aber… Nat, nimm die Finger aus Pekoes Augen. Du weißt, daß du das nicht darfst.»

Nat funkelte seine Mutter aus trotzigen braunen Augen an, und Judith mußte, entgegen all ihren guten Vorsätzen, lauthals loslachen.

«Da scheinst du ja deinen Meister gefunden zu haben.»

«Oh, er ist ein Monster. Nicht wahr, Nat? Du bist zwar sehr süß, aber auch ein kleines Monster.»

«Mein Dad sagt, ich bin ein kleiner Hosenscheißer», informierte Nat die versammelte Gesellschaft, und als er Jess, die ihm ebenfalls fremd war, entdeckte, fixierte er sie und starrte sie unverwandt an.

Jess, die das offensichtlich amüsierte, sagte: «Hallo.»

«Wer bist du?»

«Ich heiße Jess.»

«Was machst du hier?»

«Ich bin zum Tee eingeladen.»

«Wir haben Schokoplätzchen dabei, meine Mam und ich.»

«Gibst du mir eins davon?»

Nat überlegte und sagte dann: «Nein. Die esse ich alle selber auf.»

Dann kletterte er aufs Sofa und begann herumzuhüpfen. Und einen Moment lang sah es so aus, als würde der ganze Nachmittag zu einem einzigen Chaos ausarten. Doch Mary kam als rettender Engel herbeigesegelt, verkündete, daß der Tee auf dem Tisch stehe, griff sich Nathaniel mitten im Sprung aus der Luft und trug ihn kreischend – vor Freude, wollen wir hoffen – Richtung Speisezimmer.

«Sie ist die einzige», sagte Loveday mit so etwas wie resigniertem Stolz, «die mit ihm zurechtkommt.»

«Und Walter?»

«Ach, Walter ist ja schlimmer als er. Komm, Mama, gehen wir was essen.»

So zogen sie alle ins Eßzimmer. Nur der Colonel blieb noch zurück, stellte das Funkengitter vor den Kamin und bildete dann das Schlußlicht. Der Teetisch war gedeckt, und keine der erinnerten Köstlichkeiten aus Kindertagen fehlte: Marmeladen- und Marmitebrote, ein ringförmiger Früchtekuchen und die Schokoladenplätzchen, die Loveday mitgebracht hatte.

Verglichen mit dem, was Judith aus alten Zeiten kannte, war es eine sehr karge Tafel. All die Ausziehteile waren entfernt worden, und was übriggeblieben war, wirkte merkwürdig klein und unangemessen im Verhältnis zu dem großen, feierlichen Raum. Verschwunden waren die schweren weißen Damasttischdecken, und an ihrer Stelle lag, bescheiden, aber praktisch, ein blau-weiß kariertes Kreppleinentuch. Da dies ein Kindertee war, saß Mary, die für das Einschenken zuständig war, mit der großen braunen Teekanne (Judith erinnerte sich, daß das traditionelle Silbergeschirr zu Beginn des Krieges eingelagert worden war) und Nat auf dem Hochstuhl neben sich am Ende der Tafel. Jedesmal, wenn man ihn hineinsetzte, schlüpfte er unten wieder heraus, bis Mary ihn schließlich so hart auf seinen Hosenboden setzte, daß er die Warnung verstand und blieb, wo er war.

Der Colonel, der Mary gegenübersaß, hatte Jess zu seiner Linken. «Möchtest du ein Marmeladen- oder ein Marmitebrot?» fragte er höflich, und Jess entgegnete, sie hätte gern ein Marmeladenbrot, während Nat mit dem Löffel auf den Tisch trommelte und der versammelten Gesellschaft verkündete, daß er ein Schokoplätzchen wolle, und zwar jetzt sofort.

Schließlich war auch er zum Schweigen gebracht und ließ sich mit einem Marmitebrot füttern. Der Höllenlärm flaute ab, und man konnte sich wieder normal unterhalten. Mary schenkte den Tee aus. Tassen wurden reihum gereicht. Und Diana, herzlich, bezaubernd und stets die vollkommene Gastgeberin, wandte sich an Jess.

«Also, Jess, jetzt mußt du uns erzählen, was ihr beide alles Schönes vorhabt, wo ihr wieder zu Hause seid. Was macht ihr als erstes?»

Jess wurde ein wenig verlegen, als sie alle Augen auf sich gerichtet sah. Hastig würgte sie ihren Bissen hinunter. «Ich hab wirklich keine Ahnung», sagte sie und suchte Judiths Blick auf der anderen Tischseite – ein deutlicher Hilferuf.

«Wie war das wieder mit dem Fahrrad?» kam Judith ihr zu Hilfe.

«Ach ja. Wir wollen ein Fahrrad für mich kaufen.»

«Vielleicht müßt ihr euch mit einem gebrauchten begnügen», warnte Diana. «Fahrräder sind wahnsinnig schwer zu kriegen. Das gleiche wie mit Autos. Du kannst dir heute keinen neuen Wagen leisten, und die gebrauchten kosten mehr als die neuen. Und weiter? Fahrt ihr mal nach Penmarron, um euer altes Haus anzuschauen? Wo ihr früher gewohnt habt?»

«Wir dachten, wir fahren mit dem Zug hin. Irgendwann mal. Und auch nach Porthkerris.»

«Das ist eine gute Idee.»

«Ins Haus können wir aber nicht hinein. Riverview House, meine ich, weil da jetzt andere Leute wohnen.» Als keiner sie unterbrach und alle ihr so freundlich zuhörten, verschwand Jess' plötzliche Schüchternheit so schnell, wie sie gekommen war. «Aber wir dachten, wir schauen es uns mal an. Besuchen mal...» Doch sie hatte den Namen vergessen. Wieder blickte sie fragend zu Judith.

«Mrs. Berry», half Judith ihr auf die Sprünge. «Im Dorfladen. Sie hat dir immer Weingummi geschenkt. Und vielleicht auch Mr. Willis drunten an der Fähre. Aber *der* war *mein* Freund. Ich glaube nicht, daß er Jess noch kennt.»

«Porthkerris wird dir gefallen, Jess», sagte der Colonel. «Nichts als Boote und Künstler und komische kleine Gassen.»

«Und die Warrens», warf Loveday ein. «Ihr müßt unbedingt die Warrens besuchen, Judith. Mrs. Warren wäre furchtbar verletzt, wenn du nach Porthkerris kämst und dich nicht zu ihrer riesigen Teetafel einladen ließest.»

«Was ist denn aus Heather geworden? Ich hab seit Jahren nichts mehr von ihr gehört. Ist sie immer noch in dieser gräßlichen Spitzelbehörde?»

«Nein, sie ist nach Amerika gegangen in irgendeinem Auftrag, mit ihrem Boss vom Außenministerium. Als wir das letzte Mal von ihr hörten, war sie in Washington.»

«Lieber Himmel. Das hätte sie mir doch mal schreiben können.»

Loveday schnitt den Kuchen auf. «Wer will ein Stück Früchtekuchen?»

Jess, die ihr Sandwich verputzt hatte, nahm ein gewaltiges Stück in Empfang. «Wer ist denn Heather?» fragte sie.

«Sie war eine Freundin von uns, früher», sagte Loveday. «Wir waren mal bei ihr zu Hause auf Besuch. Im letzten Sommer vor dem

Krieg. Und die Sonne hörte nicht mehr auf zu scheinen, und wir lagen die ganze Zeit am Strand. Judith hatte gerade ihr Auto bekommen, und wir fühlten uns so wahnsinnig erwachsen.»

«War sie auf derselben Schule wie ihr?» fragte Jess.

«Nein. Sie war auf einer anderen Schule. Wir waren in St. Ursula.»

«Judith meint, da soll ich auch hin», warf Jess ein.

«Noch eine kleine Novizin fürs Nonnenkloster.»

«Ach, Loveday.» Mary klang ziemlich verärgert hinter ihrer großen Teekanne am Ende der Tafel. «Du bringst mich wirklich auf die Palme, wenn du so dumm daherschwätzt. Und vor Jess noch dazu. St. Ursula ist eine wunderbare Schule. Du warst sehr glücklich dort. Hast schließlich genug Tamtam veranstaltet, um überhaupt hinzudürfen, nicht wahr.»

«Aber Mary, diese Uniformen! Und all die kleinlichen Vorschriften!»

Jess machte gleich ein besorgtes Gesicht. Der Colonel, der das bemerkte, legte seine Hand auf die ihre. «Kümmer dich gar nicht um meine alberne Tochter. St. Ursula ist eine ausgezeichnete Schule, und Miss Catto ist eine großartige Frau. Mußte sie ja auch sein, um mit Loveday fertig zu werden.»

«Danke, Paps, vielen herzlichen Dank.»

«Wie auch immer», Diana hielt Mary ihre Tasse zum Nachschenken hin, «sie tragen keine Uniformen mehr. Der Krieg hat dem ein Ende gemacht. Es gab da noch eine andere Mädchenschule aus Kent, die nach St. Ursula evakuiert wurde. Die hatten sowieso andere Uniformen. Und überall im Garten mußten sie Wellblechbaracken aufstellen, weil es nicht genügend Klassenzimmer für die Mädchen gab.»

«Tragen sie jetzt gar keine Uniformen mehr?» fragte Judith.

«Bloß Schulkrawatten.»

«Was für ein Glück. Ich werde nie die endlose Kleiderliste vergessen, mit der Mami zum Einkaufen mußte.»

«Bei Medways, Darling. Da haben wir dich zum erstenmal gesehen, als wir alle die schrecklichen Schuluniformen kauften. Kommt es euch nicht wie eine Ewigkeit vor?»

«Ist ja auch 'ne Ewigkeit her», sagte Loveday abrupt. Und gleich darauf: «Okay, Nat. Gut. Jetzt kannst du dein Schokoladenplätzchen haben.»

Als sie die Mahlzeit beendet hatten, war der feuchte Oktobernachmittag in einen feuchten Abend übergegangen. Es war immer noch bewölkt, der Regen fiel stetig, doch niemand stand auf, um die schweren Vorhänge zuzuziehen.

«Wie herrlich das ist», sagte Diana. «Keine Verdunklung mehr. Ich hab mich noch immer nicht an diese Freiheit gewöhnt. Im Haus zu sitzen und in die Dämmerung hinauszuschauen und sie nicht gleich wieder aussperren zu müssen. Es hat so lange gedauert, bis wir die Verdunklungsvorhänge genäht und aufgehängt hatten, und wir haben nur drei Tage gebraucht, um sie wieder herunterzureißen. Mary, klappern Sie nicht mit den Teetassen herum. Wir waschen ab. Bringen Sie doch Nat ins Kinderzimmer, damit Loveday mal einen Augenblick verschnaufen kann.» Sie wandte sich an Jess. «Vielleicht möchte Jess ja auch mitgehen. Nicht, daß wir dich loswerden wollten, Darling. Aber da oben sind ein Menge hübscher Sachen, die du dir vielleicht gerne anschauen möchtest. Bücher und so was, Puzzlespiele und ziemlich wertvolle Puppenmöbel. Aber laß Nat nicht dran.» Jess zögerte. Diana lächelte. «Nur wenn du willst», schloß sie.

«Ja, ich geh gerne mit.»

Mary wischte Nat mit der Serviette das Gesicht ab. «Nat mag keine Puppenmöbel. Er mag Bauklötze und kleine Traktoren, nicht wahr, mein Schatz?»

Sie stand auf und hob ihn hoch. «Komm, Jess, schauen wir mal, was wir für dich finden.»

Als sie verschwunden waren, herrschte plötzlich ziemliche Stille. Diana goß die letzten Tropfen Tee in ihre Tasse und zündete sich eine Zigarette an. «Was für ein süßes Kind, Judith. Du kannst wirklich stolz auf sie sein.»

«Bin ich auch.»

«So selbstbewußt.»

«Das kann täuschen. Sie ist immer noch dabei, sich zurechtzufinden.»

Der Colonel war aufgestanden, um einen Aschenbecher für seine Frau von der Anrichte zu holen. Er stellte ihn neben sie auf den Tisch. Sie blickte auf und lächelte ihm dankend zu. «Keine Tränen? Keine Alpträume? Keinerlei negative Folgeerscheinungen?»

«Ich glaube nicht.»

«Vielleicht wäre eine kleine ärztliche Untersuchung ganz angebracht. Obwohl ich sagen muß, daß sie auf mich einen durchaus gesunden Eindruck macht. Und wo wir schon davon reden. Der alte Dr. Wells kam neulich vorbei, um einen Blick auf Nat zu werfen, der hustete und schniefte, so daß Mary und Loveday sich ein bißchen Sorgen um ihn machten. (Es fehlte ihm weiter nichts, war nur eine starke Erkältung.) Aber er sagte, Jeremy hofft, bald Urlaub zu kriegen und eine Weile nach Hause zu kommen. Seit zwei Jahren hat er ja keinen Urlaub mehr gehabt. Saß die ganze Zeit im Mittelmeer fest. Tja, wo genau…?»

«Malta», warf der Colonel ein.

«Ich wußte nicht mehr, ob Malta oder Gibraltar. Nur, daß es irgendwo da unten war.»

«Ich denke, er müßte ziemlich bald entlassen werden», sagte Judith und freute sich, wie gleichgültig ihre Stimme klang. «Wenn man bedenkt, daß er sich als einer der ersten gemeldet hat.»

Loveday nahm sich abwesend noch ein Stück Kuchen. «Ich kann mir ja nicht vorstellen, daß er sich in Truro niederläßt, nach all dem lustigen Rumgeschippere auf hoher See.»

«Ich schon», sagte Diana. «Der perfekte Landarzt mit seinem Hund im Wagenheck. Bist du ihm denn nie begegnet, Judith?»

«Nein. Ich dachte immer, vielleicht kommt er mal mit der Flotte nach Osten. Alle, die man so kannte, tauchten früher oder später in Trincomalee auf. Nur er nicht.»

«Ich dachte mir immer, daß er mal heiratet. Vielleicht gab es da unten auf Malta einfach nicht viel an einheimischen Talenten.» Sie gähnte, lehnte sich in ihrem Sessel zurück und warf einen Blick über das bröslige Schlachtfeld der Teetafel. «Wir sollten das wohl lieber wegräumen und uns an den Abwasch machen.»

«Laß nur, Mama», murmelte Loveday durch Kuchenbrösel hindurch. «Das übernehmen Judith und ich. Wir tun, als wären wir zwei kleine Pfadfinderinnen, die sich noch ein paar Wichtelpunkte verdienen müssen.»

«Was ist eigentlich aus Hetty geworden?» fragte Judith.

«Oh, sie ist schließlich doch noch Mrs. Nettlebeds Krallen entkommen und ging weg, um ihren Beitrag zum Krieg zu leisten. Dienstmädchen in einem Krankenhaus in Plymouth. Arme Hetty. Vom Regen in die Traufe, nennt man so was wohl. Wollt ihr euch das wirklich antun, ihr zwei Süßen? Es ist schon nach sechs, und wir rufen Sonntag abend immer Athena an...»

«Grüßt sie von mir.»

«Machen wir.»

DIE KÜCHE, die noch genauso groß und altmodisch war wie früher und ein bißchen wärmer als der Rest des Hauses, kam ihr ohne die Nettlebeds und die in der Spülküche herumfuhrwerkende Hetty sonderbar leer vor.

«Wer scheuert denn jetzt die Töpfe?» fragte Judith, während sie sich eine Schürze umband und den alten Keramikausguß mit siedendem Wasser aus dem Messinghahn füllte.

«Mrs. Nettlebed, nehm ich an. Oder Mary. Meine Mutter bestimmt nicht.»

«Baut Nettlebed immer noch Gemüse an?»

«Er und Mr. Mudge. Wir alle essen Unmengen von Gemüse, weil es sonst kaum was gibt. Dieses Wochenende ist das Haus zwar leer, aber anscheinend haben sie sonst genauso viele Gäste wie eh und je. Mama hat unendlich viele Soldaten adoptiert, die zufällig hier in die Nähe versetzt wurden. Und die schneien immer noch regelmäßig herein. Ich fürchte, wenn die ihre Kasernen mal dichtmachen und alle wieder abreisen, wird sie den ganzen Trubel und die Gesellschaft schwer vermissen.»

«Was ist aus Tommy Mortimer geworden?»

«Oh, kommt immer noch ab und zu aus London herunter. Mit anderen alten Kumpeln. Hält Mama bei Laune. Der Auszug von Athena und Clementina war schrecklich für sie.»

Judith spritzte Spülmittel ins Wasser, rührte, damit sich Schaum bildete, und stellte den ersten Tellerstapel hinein.

«Wie geht es denn Walter?» fragte sie.

«Prima.»

«Und wie läuft die Farm?»

«Gut.»

«Und Mr. Mudge?»

«Er arbeitet zwar immer noch, aber es wird ihm alles ein bißchen zuviel.»

«Was macht ihr, wenn er mal aufhört?»

«Weiß nicht. Ich schätze, Walter und ich ziehen ins Farmhaus. Wir tauschen die Häuser oder so was. Ich weiß nicht.»

Ihre Antworten klangen alle so kurz angebunden, so desinteressiert, daß Judith fröstelte. «Was macht ihr denn, wenn er nicht arbeitet?» fragte sie. «Ich meine, geht ihr ins Kino oder zum Picknikken oder mal ins Pub runter?»

«Früher war ich manchmal im Pub, aber jetzt, wo ich Nat habe, geht das nicht mehr. Ich könnte ihn zwar jederzeit bei Mrs. Mudge lassen. Aber, um die Wahrheit zu sagen, ich bin nicht so scharf auf die Kneipenhockerei. Also geht Walter allein.»

«Ach, Loveday.»

«Warum klingst du denn plötzlich so traurig?»

«Weil das nicht sehr spaßig klingt.»

«Es geht. Manchmal laden wir Freunde zum Abendessen oder sonstwas ein. Nur bin ich halt keine große Köchin.»

«Und was ist mit den Pferden? Reitet ihr noch zusammen aus?»

«Selten. Fleet hab ich verkauft, und irgendwie bin ich nie dazu gekommen, mir ein anderes Pferd anzuschaffen. Und Jagden gibt es auch nicht mehr. Weil man zu Beginn des Krieges alle Hunde eingeschläfert hat.»

«Vielleicht fangen sie jetzt, wo er vorbei ist, ja wieder damit an.»

«Ja. Vielleicht.»

Sie hatte ein Geschirrtuch gefunden und trocknete ganz langsam, Stück für Stück, Teller und Tassen ab und stapelte sie auf dem Tisch.

«Bist du glücklich, Loveday?»

Loveday nahm einen weiteren Teller aus dem Gestell. «Wer war das noch, der gesagt hat, die Ehe sei wie eine Voliere im Garten? Und alle Vögel der Lüfte wollen hinein und die eingesperrten Vögel hinaus?»

«Ich weiß nicht.»

«Du bist ein Vogel der Lüfte. Bist frei. Kannst fliegen, wohin du willst.»

«Nein, kann ich nicht. Ich hab schließlich Jess.»

«Gar keine Lust auf den Käfig?»

«Nein.»

«Kein liebeskranker Seemann? Ich kann es nicht glauben. Sag bloß nicht, daß du immer noch Edward nachtrauerst?»

«Edward ist seit Jahren tot.»

«Tut mir leid. Das hätte ich nicht sagen dürfen.»

«Es stört mich nicht. Er war dein Bruder.»

Loveday trocknete wieder einige Teller ab. «Ich dachte immer, Jeremy sei in dich verliebt.»

Judith schabte an einem hartnäckigen klebrigen Früchtekuchenrest herum. «Wahrscheinlich hast du dich da geirrt.»

«Seid ihr in Verbindung geblieben? Habt ihr euch geschrieben?»

«Nein. Ich habe ihn zuletzt in London gesehen, Anfang 1942. Kurz vor Singapur. Seitdem habe ich ihn weder gesehen noch von ihm gehört.»

«Habt ihr Krach gehabt?»

«Nein. Wir hatten keinen Krach. Wahrscheinlich hat sich nur jeder von uns beiden stillschweigend entschlossen, seiner eigenen Wege zu gehen.»

«Komisch, daß er nie geheiratet hat. Inzwischen ist er ja uralt. Er muß schon siebenunddreißig sein. Wenn er zurückkommt, wird sein Vater wahrscheinlich in Pension gehen, und dann ist Jeremy für alle Beulen und Geschwüre der Umgebung zuständig.»

«Das hat er sich ja immer gewünscht.»

Der letzte Teller und dann die Teekanne. Judith zog den Stöpsel aus dem Becken und sah zu, wie die Lauge ablief.

«Das war's.» Sie löste die Bänder der Schürze und hängte sie wieder an ihren Haken, drehte sich dann um und lehnte sich an die Kante des Spülbeckens.

«Es tut mir leid.» Loveday nahm einen Teller vom Gestell und trocknete ihn ab.

Judith runzelte die Stirn. «Was denn?»

«Das, was ich über Edward gesagt habe. Ich sag jetzt immer so schreckliche Sachen, die ich eigentlich gar nicht so meine.» Sie stellte den Teller zuoberst auf den Stapel. «Du kommst mich doch besuchen, nicht wahr? Auf Lidgey. Du hast mein witziges kleines Häuschen ja nie fertig gesehen. Und ich liebe die Farm und die Tiere. Und Nat auch, obwohl er so eine Nervensäge ist.» Sie schob das ausgefranste Bündchen ihres Pullovers zurück und schaute auf ihre Uhr. «Allmächtiger, ich muß los. Meine Küche ist ein einziger Saustall, und ich muß Walter Abendbrot machen und Nat zu Bett bringen...»

Judith sagte: «Geh nicht.»

Loveday guckte ein wenig bestürzt. «Ich muß.»

«Fünf Minuten. Ich muß dir was sagen.»

«Was denn?»

«Versprichst du mir, erst mal zuzuhören, ohne mich zu unterbrechen, und mich ausreden zu lassen?»

«Okay.» Loveday stemmte sich mit einem raschen Ruck auf die Tischplatte, wo sie nun mit vorgebeugtem Oberkörper und baumelnden Beinen saß. «Schieß los.»

«Es geht um Gus.»

Loveday erstarrte. In der zugigen gefliesten Spülküche waren jetzt nur noch das Summen des Kühlschranks und das langsame Tröpfeln des Messingwasserhahns zu hören.

«Was ist mit ihm?»

Judith erzählte es ihr.

«...UND DANN hat er gesagt, er müsse zum Schiff zurück, und wir besorgten ihm ein Taxi und verabschiedeten uns. Und schon war er wieder weg. Und das war's.»

Loveday hatte Wort gehalten. Weder dazwischengeredet noch
Fragen gestellt. Reglos wie eine Statue hatte sie dagesessen und Judiths Worten gelauscht. Und jetzt sagte sie immer noch nichts.

«Ich... ich hab auf dem Truppentransporter an ihn geschrieben
und den Brief in Gibraltar aufgegeben. Aber ich habe noch keine
Antwort von ihm.»

«Geht es ihm gut?» fragte Loveday.

«Ich weiß nicht. Wenn man bedenkt, was er alles durchgemacht
hat, sah er erstaunlich gut aus. Sehr dünn, aber er war ja nie besonders dick. Und ein bißchen erschöpft.»

«Warum hat er uns nie Bescheid gegeben...?»

«Ich hab es dir doch erklärt. Er konnte nicht. Es konnte nur diesen einen Brief durchschmuggeln, und der war an seine Eltern. Sie
wußten nichts von dir und Diana und dem Colonel. Und auch wenn
sie den Brief bekommen haben, hätten sie wahrscheinlich nicht gewußt, daß sie die Nachricht weitergeben müssen.»

«Ich war mir so sicher, daß er tot ist.»

«Ich weiß, Loveday.»

«Ich hab es ja gewissermaßen mit jeder Faser meines Körpers
gespürt. So eine Art Leere. So ein Vakuum.»

«Mach dich doch nicht fertig.»

«Was wird jetzt aus ihm?»

«Er kommt schon klar. Die schottischen Regimenter sind für ihren Zusammenhalt geradezu berüchtigt. Die sind wie Familien. Alle
seine Freunde werden anrücken.»

«Ich will nicht, daß er herkommt», sagte Loveday.

«Das kann ich verstehen. Um ehrlich zu sein, ich glaube auch
nicht, daß Gus so besonders wild drauf wäre.»

«Hat er geglaubt, ich warte auf ihn?»

«Ja.» Etwas anderes konnte man darauf nicht antworten.

«O Gott!» Wie sie jetzt unter dem kalten Oberlicht der Spülküche saß, wirkte Lovedays Gesicht düster und abgehärmt, die
veilchenblauen Augen starr und ausdruckslos.

«Es tut mir leid, Loveday.»

«Ist ja nicht deine Schuld. Sondern meine. Alles meine Schuld.»

«Ich erzähl dir das nicht gern.»

«Er lebt. Ich sollte jubeln und frohlocken. Und nicht hier rumsitzen und gucken wie drei Tage Regenwetter.»

«Ich hab es Gus auch nicht gern erzählt. Daß du verheiratet bist.»

«Das ist was anderes. Das war ein Ende. Für Gus aber beginnt jetzt ein neues Leben. Und wenigstens ist er ja nicht abgebrannt oder mittellos. Es gibt immer noch was, zu dem er zurückkehren kann.»

«Und du?»

«Oh, ich habe ja alles. Mann, Sohn, die Farm. Nancherrow. Mama und Paps. Mary. Alles unverändert. Alles, was ich mir je gewünscht habe.» Sie schwieg einen Augenblick und sagte dann: «Wissen Mama und Paps über Gus Bescheid?»

«Nein. Ich wollte es dir als erster erzählen. Wenn du willst, sag ich es ihnen jetzt.»

«Nein. Das mach ich selbst. Wenn ihr beide gegangen seid. Ehe ich nach Lidgey zurückgehe. Es ist besser so.» Wieder blickte sie auf ihre Uhr. «Und dann muß ich wirklich los.» Sie rutschte vom Tisch. «Walter ist wahrscheinlich schon am Verhungern.»

«Alles in Ordnung?»

«Ja.» Loveday überlegte kurz, grinste dann, und mit einemmal war das freche, furchtlose, eigensinnige kleine Mädchen, das sie einmal gewesen war, wieder da. «Ja. Bestens.»

AM NÄCHSTEN Morgen kam Diana ins Dower House. Es war ein Montag. Nach dem Frühstück war man auseinandergegangen. Anna war als erste mit dem Ranzen auf dem Rücken und einem Plätzchen für die Elfuhrpause in der Tasche zur Schule hinuntergestapft. Dann fuhr Biddy los, denn sie hatte wieder mal ihren Rotkreuztag in Penzance. Jess, die auf ihren einsamen Streifzügen die Hütte entdeckt und sich in ihre zauberhafte, heimelige Abgeschiedenheit verliebt hatte, war mit Besen und Staubwedeln gerüstet und voller Eifer in den Garten gelaufen, um dort zu putzen.

Inzwischen war es bereits elf, und sie war immer noch nicht zurück. Phyllis hängte gerade die Wäsche auf, und Judith kochte in der Küche eine Suppe. Die Knochen des Huhns vom Vortag hatte man zu einer Brühe ausgekocht, und Judith stand nun am Ausguß und schabte Gemüse, schälte Lauchstangen und Zwiebeln. Suppekochen hatte sie (ähnlich wie das Anlegen eines Komposthaufens) schon immer als sehr therapeutisch empfunden, und das Aroma der Gartenkräuter, das sich beim Köcheln langsam entfaltete, war so tröstlich wie der Geruch frischen Brots oder das scharfe Aroma eines warmen Pfefferkuchens.

Während sie die Karotten schnippelte, hörte sie, wie ein Wagen den Hügel herauftuckerte, durchs Tor fuhr und vor dem Haus stehenblieb. Da sie niemanden erwartete, schaute sie zum Fenster hinaus und sah Diana aus dem zerbeulten kleinen Lieferwagen steigen, den sie zwecks Benzinersparnis zu Beginn des Krieges angeschafft hatten und der ihnen seitdem treue Dienste leistete.

Judith ging durch die Spülküche und trat durch die offenstehende Hintertür auf den Hof. Diana stand vor der Escalloniahecke, die den Wäscheplatz begrenzte, und unterhielt sich mit Phyllis. Sie trug einen engen Tweedrock und eine weite Jacke und hatte einen großen, altmodischen Einkaufskorb am Arm.

«Diana.»

Diana drehte sich um. «Ach, Darling. Ich störe doch hoffentlich nicht? Ich habe dir ein wenig Gemüse und frische Eier von Nancherrow mitgebracht.» Sie kam in ihren eleganten, auf Hochglanz polierten Schuhen über den Kies. «Du hast doch sicher Verwendung dafür. Außerdem wollte ich dich kurz sprechen.»

«Ich bin in der Küche. Kommen Sie herein, ich mach Ihnen einen Kaffee.»

Sie ging ihr durch den Hintereingang voran. In der Küche stellte Diana ihren Korb auf den Tisch, nahm sich einen Stuhl und setzte sich. Judith füllte den Wasserkessel und stellte ihn auf den Herd.

«Ist ja ein himmlischer Duft, Darling!»

«Suppe. Macht es Ihnen etwas aus, wenn ich weiterschnipple?»

«Ganz und gar nicht.» Sie hob die Hände, um den Knoten des Seidenschals zu lockern, den sie sich so elegant um den schlanken Hals geschlungen hatte. «Loveday hat uns von Gus erzählt», begann sie.

«Ja. Das hatte sie vor.»

«Hat sie die Fassung verloren, als du es ihr erzählt hast?»

«Es hat sie wohl ganz schön mitgenommen. Aber geweint hat sie nicht.»

«Darling, weinen muß man um die Toten, nicht um die Lebenden.»

«So etwas Ähnliches hat sie wohl auch gesagt.»

«Schönes Durcheinander, was?»

«Nein. Finde ich eigentlich nicht. Traurig ist es. Daß sie sich so auf ihre Einbildung versteift hat, Gus sei tot, und nicht die Zuversicht aufbrachte, auf ihn zu warten. Aber ein Durcheinander würde ich das nicht nennen. Sie sind halt nicht zusammen. Und kommen auch nicht mehr zusammen. Loveday hat ihre Lebensentscheidung getroffen, und Gus wird ebenfalls eine treffen müssen.»

«Aus dem, was Loveday mir erzählt hat, gewinne ich den Eindruck, als könnte er ein bißchen Unterstützung gebrauchen.»

«Wenn er Briefe nicht beantwortet und den Kontakt abbricht, ist ihm wohl kaum zu helfen.»

«Aber er war doch ein so guter Freund von Edward. Schon allein deswegen habe ich das Gefühl, wir sollten alle wieder einmal zusammenkommen. Und damals, als Edward gefallen ist, hat er so einen lieben Brief geschrieben. Und die Zeichnung geschickt, die er von Edward gemacht hatte. Sie ist Edgars kostbarster Besitz. Viel ausdrucksstärker als jedes Foto. Sie steht auf seinem Schreibtisch, damit er sie jeden Tag seines Lebens vor sich hat.»

«Ich weiß. Aber man kommt nicht so leicht zusammen, wenn jemand am anderen Ende des Landes wohnt.»

«Er könnte ja länger bleiben. Meinst du, ich könnte ihm schreiben und ihn bitten, uns auf Nancherrow zu besuchen?»

«Nein. Das wäre sicher keine gute Idee. Später mal vielleicht. Aber jetzt nicht.»

«Wegen Loveday?»

«Sie will ihn nicht hierhaben. Und ich glaube nicht, daß er Ihrer Einladung folgen würde. Aus dem gleichen Grund.»

«Was sollen wir also tun?»

«Ich werde ihm demnächst noch mal schreiben, und sei es, um

irgendeine Reaktion zu provozieren. Reagiert er, so wissen wir zumindest, wo wir stehen. Wie es ihm ergangen ist. Ob er sich wieder eingelebt hat.»

«Wir hatten ihn so gern, Edgar und ich. Sicher, er war nur kurz bei uns, aber wir hatten ihn schon so liebgewonnen...» Ihre Stimme wurde immer leiser. Sie seufzte.

«Diana, zerbrechen Sie sich nicht den Kopf über das, was hätte sein können. Es hat keinen Zweck, in die Vergangenheit zu starren und sich zu sagen, wenn nur, wenn nur, wenn nur...»

«Gibst du *mir* die Schuld?»

«*Ihnen* die Schuld geben?»

«Weil ich sie Walter heiraten ließ.»

«Sie konnten sie ja wohl kaum davon abhalten. Sie war ja schwanger.»

«Das hat keine Rolle gespielt. Nathaniel hätte auf die Welt kommen und glücklich und zufrieden mit uns auf Nancherrow leben können. Und wenn die Leute getuschelt und getratscht hätten, na und? Ich habe mich nie um das Gerede der Leute geschert.»

Das Wasser kochte. Judith löffelte Kaffee in eine Kanne, goß mit siedendem Wasser auf und stellte sie einen Moment lang auf den hinteren Teil des Herdes.

«Aber sie *wollte* Walter doch heiraten.»

«Sicher. Aber wir haben sie nicht nur gewähren lassen, sondern sie in gewisser Weise noch dazu ermutigt. Unser Nesthäkchen. Edward war tot. Und ich konnte den Gedanken, Loveday auch noch zu verlieren, nicht ertragen. Die Heirat mit Walter bedeutete, daß sie in unserer Nähe blieb. Wir hatten ihn ja auch immer gern gehabt trotz seiner ungeschliffenen Manieren und seiner rauhbeinigen Art. Edgar mochte ihn, weil er so gut mit den Pferden umgehen konnte, weil er Loveday gegenüber immer so fürsorglich war, bei Jagden ein Auge auf sie hatte und sie unterstützte, als sie auf der Farm anfing. Er war ihr ein guter Freund. Und das Wichtigste beim Heiraten ist, davon war ich immer überzeugt, daß man einen Freund heiratet. Jede Leidenschaft kühlt irgendwann ab, Freundschaft hält ewig. Ich dachte wirklich, sie passen zusammen.»

«Spricht denn irgend etwas gegen diese Annahme?»

Diana seufzte. «Nein. Wahrscheinlich nicht. Sie war eben erst neunzehn. Vielleicht hätten wir ein wenig bestimmter sein sollen, ihr sagen müssen, daß sie warten soll...»

«Diana, ein Versuch, ihr das Heiraten auszureden, hätte sie nur in ihrer trotzigen Enschlossenheit bestärkt... so ist sie nun mal. Ich habe es versucht, damals in London, als sie mir von ihrer Verlobung erzählte. Zum Dank dafür hat sie mir fast den Kopf abgerissen.»

Der Kaffee war fertig. Judith nahm die beiden Becher und stellte einen vor Diana auf den Tisch. Im Obergeschoß erhob sich nun ein dröhnendes Gesumm, als nähere sich ein Flugzeug der Landebahn. Phyllis, die die Wäsche erledigt hatte, schickte sich an, den Treppenabsatz zu staubsaugen.

Diana sagte: «Ich war wirklich überzeugt, es würde gutgehen. Wie bei mir.»

«Wie bitte?»

«Edgar war ja auch nicht meine große Liebe, aber er war mir immer ein Freund. Ich kannte ihn seit eh und je, schon als kleines Mädchen. Er war ein Freund meiner Eltern. Für mich war er ein Mann in mittleren Jahren – uralt im Grunde. Er hat mich mit in den Park genommen, und wir haben die Enten gefüttert. Und dann brach der Krieg aus... der Erste Weltkrieg. Ich war sechzehn und bis über beide Ohren verliebt in einen jungen Mann, den ich am vierten Juni in Eton kennengelernt hatte. Zur Coldstream-Garde gehörte er und zog nach Frankreich. Und dann kam er auf Urlaub nach Hause. Aber natürlich mußte er wieder zurück nach Frankreich, wo er dann in einem Schützengraben starb. Inzwischen war ich siebzehn. Und schwanger.»

Dianas Stimme klang völlig gleichmäßig. Sie sagte all diese ungeheuerlichen Dinge und rief sich weiß Gott was für Erinnerungen ins Gedächtnis und blieb dabei so gelassen, als beschreibe sie einen neuen Hut.

«*Schwanger?*»

«Ja. Nicht aufgepaßt, Darling. Aber wir waren damals ja auch nicht so aufgeklärt wie ihr.»

«Und dann?»

«Dann kam Edgar. Meinen Eltern konnte ich es ja nicht erzählen, also erzählte ich es ihm. Da meinte er, er würde mich heiraten und meinem Kind Vater sein, und für den Rest meines Lebens bräuchte ich mir keine Sorgen mehr zu machen.» Diana lachte. «Und genau so ist es gekommen.»

«Und das Baby?»

«Das Baby war Athena.»

«Aber...» Dazu konnte man einfach nichts mehr sagen.

«O Darling, du bist doch nicht etwa schockiert, oder? Es war eben eine andere Art von Liebe. Ich hatte nie das Gefühl, Edgar zu benutzen. Und nach all dem Aufruhr und Drama, all der Leidenschaft und Verzweiflung war es mit ihm, als sei man in einen ruhigen Hafen eingelaufen. Man wußte, daß einem nie wieder etwas zustoßen konnte. Und so ist es geblieben. So ist es immer gewesen.»

«Athena. Nie hätte ich an so etwas gedacht, keinen Augenblick lang.»

«Warum auch? Wie hätte man denn darauf kommen sollen? Zwar war Edward Edgars Erstgeborener, aber keine Tochter wurde mehr geliebt als Athena. Sicher, sie sieht mir ähnlich. Aber sie hat auch was von ihrem Vater, das nur Edgar und ich sehen konnten. Er war so unglaublich hübsch. Groß, blond und blauäugig. Einen Adonis nannte ihn meine Mutter. ‹Dieser Junge›, sagte sie immer, ‹ist ein wahrer Adonis.›»

«Weiß Athena darüber Bescheid?»

«Nein, natürlich nicht. Warum sollte man es ihr auch sagen? Edgar ist ihr Vater. Immer gewesen. Schon merkwürdig. Seit Jahren habe ich nicht mehr daran gedacht. Eigentlich weiß ich gar nicht recht, warum ich dir das jetzt erzähle.»

«Loveday.»

«Natürlich. Um mich zu rechtfertigen. Die Geschichte wiederholt sich. Wieder hatten wir einen abscheulichen Krieg, war ein Baby unterwegs und gab es den verläßlichen, beständigen Mann, an den man sich hilfesuchend wenden konnte. Den Freund.» Sie nahm einen Schluck Kaffee. «Ich habe das noch nie jemandem erzählt.»

«Ich würde nie ein Sterbenswörtchen davon sagen.»

«Darling, das weiß ich doch. Ich will damit ja nur sagen, daß Edgar mein Leben ist.»

«Ich weiß.»

Sie verstummten. Judith dachte an Tommy Mortimer und seine merkwürdig enge Beziehung zu Diana, die sie nie ganz begriffen hatte, doch jetzt, da sie die Wahrheit wußte, völlig verstand. Edgar ist mein Leben. Aber er war älter, gesetzter und durch und durch Landmensch. Und Diana hatte zwar ihre Liebe, nie aber ihre Jugend verloren. Sie hatte diese zusätzliche Dimension, London, Konzerte und Parties, Shopping und elegante Kleider immer gebraucht. Lunch im Ritz. Und Tommy Mortimer war der Schlüssel zu dieser anderen Welt gewesen.

«Darling, was schaust du denn so trübsinnig drein?»

«Ich dachte eben an Tommy Mortimer.»

«Er war nie mein Liebhaber.»

«Das habe ich auch nicht vermutet.»

«Er gehört nicht zu der Sorte Mann. Ich will damit nicht sagen, daß er schwul ist. Bloß auf angenehme Weise asexuell.»

«Als ich ihn das erste Mal auf Nancherrow sah ... bin ich nicht schlau aus ihm geworden.»

«O Darling, dachtest du vielleicht, Edgar sollte ihn rauswerfen?»

«Nicht unbedingt.»

«Er war nie eine Bedrohung. Edgar wußte das. Ich brauchte ihn nur. Und Edgar gönnte ihn mir. Weil er eben der liebste und großzügigste Mensch auf der ganzen Welt ist. Er hat mich so glücklich gemacht. Du siehst also, bei mir hat es wirklich funktioniert. Deswegen glaubte ich, daß es auch für Loveday das Richtige ist.»

«Diana, es war Lovedays Entscheidung. Nicht Ihre.»

In diesem Augenblick wurden sie, vielleicht unbeabsichtigt, unterbrochen. Im vorderen Teil des Hauses schlug eine Tür zu, und jemand rief nach Judith.

Judith rief zurück: «Bin in der Küche.»

«Jess», sagte Diana. «Wie furchtbar. Ich hatte ja ganz vergessen, daß sie da ist.» Und sie lachten noch darüber, als die Tür aufsprang und Jess zerzaust und voller Spinnweben, aber hochbefriedigt im Türrahmen erschien.

«Ich hab alles geschafft. Aber ich brauch noch was, um die Fenster zu wischen.» Sie entdeckte Diana und zögerte, «Äh... entschuldige. Ich wußte nicht, daß Sie da sind.»

«Ach, Darling, du brauchst dich doch nicht zu entschuldigen. Ich bin nur auf einen Sprung vorbeigekommen und habe euch ein paar Eier und Gemüse gebracht. Was hast du denn gemacht?»

«Ich hab die Hütte geputzt. Überall waren Spinnweben und tote Schmeißfliegen und solches Zeug, aber ich hab alles rausgefegt. Und auf dem Boden haben zwei tote Mäuse gelegen. Wir brauchen wirklich eine Katze. Haben wir eigentlich irgendwas zum Fensterputzen?»

«Ich weiß nicht. Ich schau gleich mal nach.»

Diana lächelte. «Ist das nicht ein süßes kleines Häuschen? Wir haben es damals für unsere Kinder, Athena und Edward, bauen lassen. Sie haben Stunden, Tage, was sage ich, Wochen darin verbracht. Drin übernachtet und gräßlich stinkende Würste gebraten.»

«Im Sommer schlafe ich auch draußen. Jeden Tag.»

«Wirst du dich da nicht einsam fühlen?»

«Morag leistet mir Gesellschaft.»

«Möchtest du einen Kaffee?» fragte Judith.

Jess zog die Nase kraus. «Nur eine halbe Tasse.»

«Dann trink doch ein Glas Milch. Und iß einen Keks dazu.»

«Ich will aber die Fenster fertigkriegen!»

«Fünf Minuten für einen nahrhaften Imbiß. Dann kannst du wieder losziehn und weiter abstauben.»

«Gut, okay.»

«Die Milch ist im Eisschrank, und die Kekse sind in der Dose. Nimm dir selbst.»

Jess ging zum Kühlschrank hinüber und nahm die Milchflasche heraus. Sie sagte: «Hast du eigentlich in St. Ursula angerufen?»

«Ja. Morgen nachmittag haben wir einen Termin bei Miss Catto.»

«Hast du mit ihr gesprochen?»

«Natürlich.»
«Ich muß aber doch nicht sofort anfangen, oder?»
«Nein. Aber vielleicht nach den Trimesterferien.»
«Wann sind denn die?»
«Um den fünften November herum.»
«Guy-Fawkes-Tag», erläuterte Diana.
Jess runzelte die Stirn. «Was ist denn Guy-Fawkes-Tag?»
«Die bestialische Feier eines haarsträubenden Ereignisses, bei der wir eine Puppe verbrennen, die den armen Guy Fawkes darstellt, und ein Feuerwerk veranstalten und uns im großen und ganzen und überhaupt wie eine Barbarenhorde aufführen.»
«Klingt aber nicht schlecht.»
«Besuchst du die Schule als Externe oder gehst du ins Internat?»
Jess quittierte dies mit ihrem berühmten langsamen Achselzucken. «Keine Ahnung.» Sie nahm einen Becher von der Anrichte und goß sich Milch ein.
Judith sagte: «Als Externe wäre es vielleicht am schönsten. Aber da haben wir das Transport- und Benzinproblem. Die Busse sind einfach hoffnungslos. Vielleicht kann sie an den Wochenenden nach Hause kommen. Wie auch immer. Wir müssen einfach mal sehen.»
Jess hatte die Keksdose schließlich aufgestemmt und zwei Butterplätzchen gefunden. Sie verspeiste das erste, kam dabei an Judiths Schulter zu lehnen und sagte: «Judith, schau doch mal, ob du was zum Fensterputzen für mich findest.»

«Es hängt ganz davon ab», sagte Miss Catto, «wie ihre Vorkenntnisse aus der Schule in Singapur sind. Wie alt war sie denn, als sie die Schule verließ?»
«Elf.»
«Und seitdem hatte sie keinerlei schulische Unterweisung?»
«Keinen formalen Unterricht zumindest. Aber die Holländerinnen im Lager waren meist Frauen von Plantagenbesitzern und daher recht kultiviert und gebildet. Sie fingen an, die Kinder zu unterrichten, bis ihnen die Japaner die Bücher wegnahmen. Danach ver-

legten sie sich aufs Geschichtenerzählen, vermittelten ein bißchen Allgemeinwissen und studierten Lieder ein. Es gelang ihnen sogar, ein paar Konzerte aufzuführen. Und einer der Jungen schnitzte Jess eine Flöte aus einem Stück Bambusrohr.»

Miss Catto schüttelte den Kopf. «Es ist wirklich kaum zu fassen», sagte sie traurig.

Sie saßen in Miss Cattos Arbeitszimmer, dem Ort so vieler wichtiger und folgenreicher Zusammenkünfte. Hier hatte Miss Catto Judith die Nachricht von Tante Louises tödlichem Autounfall mitgeteilt. Hier hatte ihr Mr. Baines Tante Louises Letzten Willen eröffnet, der sich seitdem so entscheidend und bereichernd auf Judiths Leben ausgewirkt hatte.

Es war jetzt vier Uhr nachmittag. In St. Ursula herrschte ungewohnte Stille. Um drei war der Unterricht zu Ende gegangen, die Mädchen waren hinaus auf den Sportplatz gezogen, um dort auf schlammigen Hockeyfeldern herumzugaloppieren oder Netzball zu spielen. Nur ein, zwei ältere Schülerinnen waren zurückgeblieben, um in der Bibliothek zu lernen, Klavier oder Geige zu üben. Von fern hörte man leise Tonleitern, die sich unablässig wiederholten.

Was die äußere Erscheinung des Anwesens betraf, hatte St. Ursula sich beträchtlich verändert, und zwar nicht zum Besseren. Die Kriegsjahre hatten ihre Spuren hinterlassen. Denn in diesen Jahren war Miss Catto nicht nur für eine, sondern für zwei Schulen verantwortlich gewesen. Irgendwie hatte sie immer weitergekämpft und versucht, mit den endlosen und bedrückenden Problemen – Raummangel, mageren Essensrationen, Stromausfällen, dauerndem Fliegeralarm, ungenügend qualifizierten oder zu alten Lehrkräften und einem absoluten Minimum an Haus- und Gartenpersonal – zu Rande zu kommen.

Folglich trug nun alles die deutlich sichtbaren Narben dieser Entwicklung. Das Grundstück zeigte, wenn es auch noch nicht völlig überwuchert war, keinerlei Ähnlichkeit mehr mit den makellosen Gartenanlagen vergangener Tage. Und von Miss Cattos Fenster aus waren die sechs scheußlichen Wellblechbaracken zu sehen, die man auf den ehemaligen Tennis- und Krocketplätzen errichtet hatte. Sogar Miss Cattos ordentliches kleines Büro wirkte mit den Papierstößen auf dem Schreibtisch und dem alten elektrischen Wasserkessel im leeren Kamin ein wenig heruntergekommen. Die Vorhänge (die Judith wiedererkannte) machten es ganz offensichtlich nicht mehr lange, die hübschen Sofadecken waren verschossen und löchrig, der Teppich abgeschabt und zerschlissen.

Auch Miss Catto hatte die Jahre nicht unbeschadet überstanden. Obwohl sie immer noch in den Vierzigern war, sah sie ein ganzes Stück älter aus. Ihr Haar war inzwischen schon ziemlich grau, und im Gesicht hatten sich Falten gebildet. Immer noch umgab sie jedoch jene Aura ruhiger Tüchtigkeit, die Augen blickten klug und gütig und blitzten vor Witz und Humor. Nachdem sie eine Stunde bei ihr gesessen hatte, hatte Judith nicht die geringsten Bedenken, ihr Jess anzuvertrauen.

«Ich finde, wir sollten sie lieber in die dritte Klasse stecken, in die Unterstufe. Die Schülerinnen, mit denen sie da zusammensein wird, sind ein Jahr jünger als sie, aber ein besonders netter Haufen. Und ich möchte eben nicht, daß sie Probleme mit dem Pensum bekommt und das Zutrauen verliert.»

«Ich glaube, sie ist sehr intelligent. Wenn man sie ein wenig ermutigt, wird sie den Stoff bald aufgeholt haben.»

Jess hatte offensichtlich Zuneigung zu Miss Catto gefaßt. Etwas verschreckt und nervös zunächst, hatte sie Miss Cattos Fragen recht einsilbig beantwortet. Doch es dauerte nicht lange, und sie entspannte sich, legte ihre Schüchternheit ab, und die förmliche Befragung verwandelte sich in ein angeregtes Gespräch, bei dem viel gelacht wurde. Nach einer Weile klopfte es dann. Eines der älteren Mädchen trat ein und sagte, es sei gekommen, um Jess die Schule zu zeigen. Das Mädchen trug einen grauen Flanellrock, einen leuchtendblauen Pullover, dicke weiße Socken und ein Paar abgestoßene Lederschuhe. Judith fand, daß sie einen sehr viel hübscheren Anblick bot als sie und Loveday damals in ihrem unförmigen grünen Tweedaufzug und den braunen Wollstrümpfen.

«Danke, Elizabeth. Das ist sehr nett von dir. Wie wäre es denn mit einer halben Stunde? Das müßte eigentlich reichen. Und vergiß nicht, Jess die Schlafsäle, die Turnhalle und die Musikräume zu zeigen.»

«Ja, Miss Catto, wird erledigt.» Sie hatte gelächelt. «Komm, Jess.»

Und sie waren immer noch nicht zurück.

«…hat sie denn Fremdsprachen gelernt?»

«Ich glaube, ein bißchen Französisch. Aber wahrscheinlich hat sie inzwischen alles vergessen.»

«Vielleicht sollte sie ein paar Nachhilfestunden nehmen. Aber wir wollen sie nicht gleich überfordern. So, und jetzt zu den grundlegenden Dingen. Wann soll sie anfangen?»

«Was meinen Sie?»

«So bald wie möglich, würde ich vorschlagen. Nach den Trimesterferien vielleicht. Also am sechsten November.»

Es kam ihr schrecklich bald vor. «Könnten wir das nicht lieber mit Jess besprechen? Ich möchte gern, daß sie dabei ist und das Gefühl hat, ihre eigenen Entscheidungen zu treffen.»

«Du hast völlig recht. Wir setzen uns zusammen und besprechen das, wenn sie zurückkommt. Will sie als Externe oder als Internatsschülerin kommen? Wir nehmen auch Wochenendheimfahrerinnen. Aber das empfehle ich in der Regel nicht. Die Kinder fühlen sich oft sehr zerrissen, vor allem wenn ihr familiärer Hintergrund etwas aus dem Rahmen fällt. Aber auch das liegt natürlich ganz bei euch.»

«Ich glaube nicht, daß sie St. Ursula als Externe besuchen kann. Das ist bei dem wenigen Benzin und der schlechten Busverbindung kaum möglich.»

«Also kommt sie ins Internat? Wir unterhalten uns noch darüber. Wenn sie den kleinen Rundgang hinter sich hat, ist sie sicher beruhigt und weiß, daß sie hier nicht wieder in ein schreckliches Lager gesperrt wird.»

«Ich nehme an, wir brauchen eine Kleiderliste?»

Miss Catto lächelte. «Du wirst entzückt sein zu erfahren, daß sie beträchtlich gekürzt worden ist. Sie füllt heutzutage kaum mehr eine Seite. Satzungen und Vorschriften haben wir großenteils über Bord geworfen. Manchmal denke ich, daß wir wirklich furchtbar altmodisch waren vor dem Krieg, geradezu viktorianisch. Im Grunde liebe ich es, die Mädchen in ihren eigenen fröhlichen Klei-

dern herumlaufen zu sehen. Man sollte Kinder nicht zu sehr gleich-
machen wollen. Jetzt ist jede von ihnen eine eigene kleine Persönlichkeit und sofort zu erkennen.» Über dem Schreibtisch trafen sich
ihre Blicke. «Ich verspreche dir, meine Liebe, ich werde mein Bestes
tun, damit Jess sich wohl bei uns fühlt.»

«Das weiß ich.»

«Und du, Judith? Wie geht es dir?»

«Mir geht es gut.»

«Bist du zufrieden mit deinem Leben?»

«Auf die Universität hab ich es leider nie geschafft.»

«Ich weiß. Ich weiß alles von dir. Ab und zu sehe ich Mr. Baines,
der mir alle Neuigkeiten berichtet. Das mit deinen Eltern hat mich
sehr traurig gestimmt, aber wenigstens ist dir Jess geblieben. Und,
was noch wichtiger ist, du kannst ihr ein Zuhause bieten.» Sie lächelte. «Aber geh mir nicht ganz in der Häuslichkeit unter, Judith.
Dazu bist du zu gescheit und hast noch zuviel Zukunft vor dir.»

«Aber für die Universität ist es ja jetzt wohl zu spät.»

Miss Catto seufzte. «Tja, das schon. Das wäre eine Art Regres-
sion. Laß es gut sein. Wir haben es zumindest versucht... Hast du
Loveday Carey-Lewis schon gesehen?»

«Ja.»

«Und? Ist sie glücklich?»

«Scheint so.»

«Ich war mir nie recht schlüssig, was aus Loveday mal wird. Normalerweise sehe ich die Lebensmuster, kann abschätzen, wie das
Leben eines Kindes verlaufen wird, habe eine ungefähre Vorstellung davon, wie es ihm mal ergehen wird, wenn es die Schulzeit
hinter sich hat. Bei Loveday nicht. Bei ihr war immer beides möglich, Euphorie oder absolute Katastrophe. Aber ich bin mir nie
recht schlüssig geworden, was es sein würde.»

Judith überlegte. «Vielleicht doch eher ein Mittelding?»

Miss Catto lachte. «Na ja. So, wie wäre es jetzt mit einer Tasse
Tee? Jess wird gleich zurück sein, und ich habe auch ein paar
Schokoladenplätzchen für sie.» Sie stand auf und zog sich ihren
schwarzen Talar über die Schultern. «Die Zeiten der Dienstmädchen und Teetabletts sind unwiederbringlich dahin. Also koche

ich mir jetzt mein Teewasser selbst und komme ganz gut allein klar.»

«Ich hätte nie gedacht, daß Sie einmal so häuslich werden.»

«Bin ich auch nicht.»

Dower House
Rosemullion
Samstag, 3. November

Lieber Onkel Bob,
entschuldige, daß ich nicht früher geschrieben habe. Aber ich war ziemlich beschäftigt, denn wir machen häufig Besuche, und das Gartenhaus habe ich auch geputzt. Wenn es wieder wärmer wird, will ich darin schlafen.

Vielen Dank, daß ich in Colombo bei Dir wohnen durfte. Es hat mir sehr gut gefallen, vor allem die Alligatoren.

Am Dienstag gehe ich zum erstenmal zur Schule. Eigentlich wollte ich nicht ins Internat, gehe jetzt aber doch, weil Miss Catto meint, gerade an den Wochenenden machen sie all die tollen Sachen wie Theaterspielen und Ausflüge. Und ich kann ja jederzeit mit Judith telefonieren. Allerdings nur abends, tagsüber nicht.

Miss Catto ist sehr nett und ziemlich witzig.

Morag geht es sehr gut.

Ich hoffe, Dir auch.

Bitte grüße Mr. Beatty und Thomas von mir.

Alles Liebe von Deiner
Jess

P.S. Biddy läßt Dich grüßen.

«ICH WILL nicht, daß du reinkommst, Judith. Ich will mich an der Eingangstreppe von dir verabschieden.»

«Möchtest du das wirklich?»

«Ja. Dieses Mädchen, diese Elizabeth, hat gesagt, sie trifft uns am Eingang und zeigt mir meinen Schlafsaal und alles. Sie sagte, sie wartet auf uns.»

«Das ist aber nett von ihr.»

«Sie hat auch gesagt, für den Rest des Trimesters ist sie meine besondere Vertrauensschülerin. Wenn ich irgendwie nicht zurechtkomme, muß ich zu ihr gehen, und sie hilft mir dann.»

«Klingt vernünftig.»

Sie waren fast angekommen. Judith verließ die Hauptstraße und fuhr bergauf, durch eine aus kleinen Häusern bestehende Siedlung bis vor das Schultor. Es war halb drei Uhr nachmittags und es regnete, ein stetiger Nieselregen, der langsam die winterlichen Gärten und kahlen Bäume durchnäßte. Die Scheibenwischer waren seit ihrer Abfahrt von Rosemullion nicht mehr zur Ruhe gekommen.

«Komisch», sagte Judith.

«Was denn?»

«Wie sich alles wiederholt. Als Mami mich zum erstenmal nach St. Ursula brachte, sagte ich genau das gleiche zu ihr: ‹Komm nicht rein. Verabschiede dich am Eingang.› Und das hat sie dann auch gemacht.»

«Aber diesmal ist es anders, nicht wahr?»

«Ja. Gott sei Dank ist es diesmal anders. Ich sagte Lebewohl und dachte, es wäre für vier Jahre. Für mich war das damals im Grunde gerade so, als wär es für immer. Und das war es ja dann auch, was ich aber glücklicherweise nicht wußte. Wir beide müssen uns eigentlich gar nicht richtig Lebewohl sagen. Bloß auf Wiedersehen. Denn Phyllis, Biddy und ich sind ja immer für dich erreichbar. Und auch wenn Biddy in ihr neues Haus zieht, sind wir immer noch ziemlich nah beieinander. Und eh wir uns recht versehen, ist schon wieder Weihnachten.»

«Feiern wir richtig Weihnachten?»

«Ganz groß.»

«Mit einem Weihnachtsbaum, wie Biddy einen in Keyham hatte?»

«Ganz in Weiß und Silber. Der bis zur halben Treppe hochgeht.»

«Wird schon komisch sein ohne dich», sagte Jess.

«Du wirst mir auch fehlen.»

«Aber ich werde kein Heimweh haben.»

«Nein, Jess. So wie ich dich kenne, sicher nicht.»

Sie brachten ihren Abschied rasch über die Bühne. Wie versprochen, stand das ältere Mädchen, Elizabeth, schon am großen Hauptportal bereit und erwartete sie. Als sie das Auto erblickte, zog sie sich rasch den Regenmantel über die Schultern und kam heraus, um sie zu begrüßen.

«Hallo. Da seid ihr ja. Schrecklicher Tag. War es sehr neblig unterwegs...?»

Ihre Freundlichkeit und Geistesgegenwart zerstreuten jede Verlegenheit und Anspannung im Nu. «Ich nehme deinen Koffer und den Hockeyschläger. Schaffst du den Rest? Und dann gehen wir gleich nach oben, und ich zeige dir, wo du schläfst...»

Alles wurde ordnungsgemäß ins Haus geschleppt. Elizabeth machte sich taktvoll irgendwo außer Hörweite zu schaffen. Auf der Eingangstreppe standen sich Judith und Jess im nieselnden Regen gegenüber.

Judith lächelte. «Das wär es dann also. Hier verabschiede ich mich von dir.»

«Ja.» Jess klang ruhig und sehr bestimmt. «Genau hier. Ich komme schon klar.» Sie war so gelassen, hatte die Situation derart im Griff, daß Judith sich schämte wegen ihrer Zweifel und auch weil sie wußte, daß sie sich bei der kleinsten Ermutigung wie die rührseligste aller Mütter aufgeführt und in Tränen ausgebrochen wäre. «Danke fürs Herbringen.»

«Tschau, Jess.»

«Wiedersehen.»

«Du.»

Sie küßten sich. Jess verzog das Gesicht zu einem schwachen Grinsen, wandte sich ab und war verschwunden.

Judith weinte ein wenig auf der Heimfahrt. Aber nur, weil Jess sich so großartig gehalten hatte, das Dower House so leer ohne sie sein würde und weil sie so wenig Zeit füreinander gehabt hatten. Dann kramte sie nach einem Taschentuch, schneuzte sich die Nase und verbot sich energisch, derart albern und rührselig zu sein. Jess würde in St. Ursula durch geistige Anregung, ständige Betätigung und die Gesellschaft gleichaltriger Mädchen wachsen und gedeihen wie eine kleine Pflanze. Sie hatte schon viel zu lange unter Erwachsenen gelebt. Zu lange unter Hunger, Entbehrung, Verlust und all den Schrecken einer grausamen Erwachsenenwelt gelitten. Nun hatte sie endlich einmal Zeit und Raum, um die Freuden und Herausforderungen einer normalen Kindheit wiederzuentdecken. Genau das brauchte sie. Letztendlich war es die einzig vernünftige Entscheidung gewesen.

So stand also alles zum besten. Und dennoch fühlte sie sich leer und beraubt. Während sie durch die nebelverhangene Heide fuhr, kam Judith zu dem Schluß, daß auch sie jetzt ein wenig gleichaltrige Gesellschaft brauchte und daher vielleicht Loveday aufsuchen sollte. Sie war immer noch nicht in Lidgey gewesen. Denn Jess hatte sie in der letzten Zeit völlig in Beschlag genommen. Sie hatten den versprochenen Ausflug nach Penmarron gemacht, den Zug nach Porthkerris genommen und die faszinierende kleine Stadt durchstreift, die Warrens besucht und Mrs. Warrens klassischen Nachmittagstee genossen. Daneben mußte Jess für St. Ursula ausgestattet werden. Zwar war die Kleiderliste lächerlich im Vergleich zu der langen und komplizierten Aufstellung aus Judiths Schultagen, und dank Whiteaway and Laidlaw in Colombo war Jess ja auch mit allen notwendigen Kleidungsstücken bestens ausgerüstet. Doch es gab noch eine Vielzahl ganz unterschiedlicher Gegenstände, die sie nicht besaß und die sie alle in den schlechtbestückten Läden von Penzance auftreiben mußten. Hockeyschläger, Hockeyschuhe, Schreibpapier und Malkasten. Einen Kittel fürs Chemielabor, einen Füller und eine Schere. Zirkel, Winkel und Lineal. Und nicht zu vergessen die Bibel und das Gesangbuch, beides ein Muß für jede hochkirchliche Anstalt, die etwas auf sich hielt.

Und dann mußte das alles natürlich auch noch verpackt werden.

So war Loveday ein wenig zu kurz gekommen. Doch jetzt, an diesem Nachmittag, bot sich endlich die Gelegenheit. Sie würde ihr Versprechen halten, Loveday besuchen und ein, zwei Stunden bei ihr bleiben. Wäre ihr das nur schon früher eingefallen! In Penzance hätte sie Blumen für Loveday und vielleicht ein Spielzeug oder Süßigkeiten für Nat besorgen können. Doch nun war es zu spät. Das mit den Geschenken mußte sie vorerst verschieben.

Sie passierte Rosemullion, fuhr den Hügel hinauf am Tor von Nancherrow vorbei und danach noch etwa eine Meile, bis sie die Abzweigung erreichte, die zur Farm hinunterführte. Eng und ausgefahren wie ein Bachbett, zwischen Granitmäuerchen und Ginsterhecken eingesunken, fiel der Feldweg zum Haus hin ab. Direkt an der Abzweigung stand ein hölzernes Schild mit der Aufschrift Lidgey und der Steinsockel, auf den Walter jeden Tag seine Milchkannen stellte, damit der Milchwagen sie mitnahm.

Es war eine unebene, holprige, kurvige Meile bis zum Haupthaus. Doch nach halber Strecke sah man zur Linken das niedrige Steincottage stehen, das der Colonel zur Hochzeit von Loveday und Walter hatte renovieren lassen. Mit seinem im Regen glänzenden Schieferdach in die Einbuchtung des Hügels geschmiegt, erkannte man es sofort an der Leine mit der Wäsche, die sich flatternd im feuchten Wind blähte. Sie erreichte das Tor, das, von einem Kopfstein gehalten, offenstand und hinter dem eine grasige Fahrspur begann, die schließlich in eine Art Garten überging. Der allerdings bestand nur aus einer Wäscheleine, ein paar Ginsterbüschen und herumliegenden Spielsachen. Einem verrosteten Dreirad und Schaufel und Eimer aus Blech. Sie hielt an, schaltete den Motor ab und lauschte dem Wind. Irgendwo bellte ein Hund. Sie stieg aus, ging den mit Granitplatten belegten Fußweg hinauf und öffnete eine verschrammte Tür.

«Loveday!»

Sie befand sich in einer winzigen Diele, in der Mäntel und Regenhäute hingen und lehmverkrustete Stiefel sich kreuz und quer über den Boden verteilten.

«Loveday!»

Sie öffnete eine zweite Tür. «Ich bin es.»

Küche, Wohnzimmer, beides in einem. Fast eine Kopie von Mrs. Mudges Küche. Ein bullernder kornischer Herd, darüber die an einem Flaschenzug aufgezogene Wäsche, gefliester Boden, ein paar Teppiche, der Tisch, die Steingutspüle, die Schalen für die Hunde, der Schweineeimer, die Zeitungsstöße, die mit allerlei Krimskrams beladene Anrichte, das durchhängende Sofa.

Auf dem Sofa lag Nat, hatte den Daumen im Mund und schlief

tief und fest. Er trug einen schmuddligen Spielanzug, der an der Stelle, wo er ihn vollgepieselt hatte, pitschnaß war. Das Radio auf der Anrichte gurgelte leise vor sich hin. *We'll meet again, don't know where, don't know when.* Loveday bügelte.

Als die Tür aufging, blickte sie auf. Judith sagte noch einmal und überflüssigerweise: «Ich bin es.»

«Na so was», Loveday setzte mit dumpfem Schlag das Bügeleisen ab, «wo kommst du denn her?»

«Von St. Ursula. Hab Jess gerade hingebracht.»

«O Gott, wie geht es ihr denn?»

«Sie war wieder mal erstaunlich. Völlig sachlich. Keine Tränen. *Ich* hätte fast losgeflennt.»

«Glaubst du, es wird ihr gefallen?»

«Doch, ich denke schon. Sie hat Erlaubnis, mich anzurufen, wenn sie sich mal mies fühlt. Aber die einzige, die sich mies fühlt, bin ich. Deswegen bin ich da. Um mich ein bißchen aufheitern zu lassen.»

«Ich weiß nicht, ob du da an der richtigen Stelle bist.»

«Mir gefällt's hier ganz gut. Ich brauch unbedingt eine Tasse Tee.»

«Ich stelle Wasser auf. Zieh den Mantel aus. Schmeiß ihn irgendwo hin.»

Was Judith auch tat. Nur, daß sie nichts zum Hin- oder Draufschmeißen fand, da auf einem Stuhl ein Stoß Wäsche lag, auf dem anderen eine riesige Tigerkatze schlummerte und Nat, der den Schlaf des Gerechten schlief, das Sofa in Beschlag nahm. Also ging sie zurück in die kleine Diele und drapierte ihren Regenmantel über einen Haken und eine schlammverspritzte schwarze Ölhose.

«Tut mir leid, daß ich erst jetzt komme, Loveday. Aber ich hatte einfach keinen Augenblick Zeit. Es war noch soviel zu erledigen vor dem Schulbeginn…» Judith trat zum Sofa und blickte auf den schlafenden Nat hinunter. Seine Wangen waren kräftig gerötet, die eine stärker als die andere, und seine mollige Faust umklammerte eine alte zerschlissene Decke, an der die Reste einer Saumeinfassung hingen. «Macht er immer einen Nachmittagsschlaf?»

«Normalerweise nicht. Aber heute nacht ist er erst um zwei eingeschlafen. Es war grauenhaft. Vielleicht zahnt er ja.» Loveday füllte den Wasserkessel am Ausguß und stellte ihn wieder auf den Herd. «Um ehrlich zu sein, ich weiß nie, ob er einschlafen wird oder nicht. In der Hinsicht ist er eine Plage. Und wenn er dann mal schläft, laß ich ihn schlafen. Schließlich ist das die einzige Zeit, in der ich meine Ruhe habe. Deswegen hab ich ja auch versucht, die Bügelwäsche endlich wegzukriegen.»

«Wenn wir ihn jetzt wecken, würde er vielleicht heute abend eher schlafen.»

«Ja. Kann schon sein.» Sehr angetan schien Loveday jedoch nicht von der Idee. «Wenn er mal wach ist, ist er wach, und das war's dann auch. Und es ist zu naß, um ihn rauszuschicken zum Spielen.»

But I know we'll meet again some sunny day, schmachtete die Stimme im Radio. Sie ging zur Anrichte hinüber und schaltete es aus. «Schmalziges Zeug. Hör mir das nur an, um ein bißchen Gesellschaft zu haben. Ich räume das alles weg und mach uns ein bißchen Platz.»

Sie packte die ungebügelte Wäsche zusammen, doch Judith fiel ihr in den Arm. «Ich mach das. Laß mich das erledigen, während du Tee kochst. Ich bügle ganz gern. Und dann weckst du Nat auf, und wir trinken miteinander Tee...»

«Wirklich? Ist ja kaum zu glau...»

«Wozu hat man schließlich Freunde, Liebes?» äffte Judith Mary Millyway nach, griff sich ein zerknittertes Hemd vom Stapel und breitete es auf dem Bügelbrett aus. «Muß das perfekt aussehen? Weil, sonst muß ich das ein bißchen anfeuchten.»

«Nein. Nicht nötig. Sie müssen nur zusammengefaltet werden, damit ich sie in Walters Hemdenschublade kriege.» Loveday ließ sich neben ihrem schlafenden Sohn aufs Sofa sinken. «Hat er sich wieder mal vollgepieselt, der kleine Räuber.» Doch sie klang nachsichtig. «Hey, Nat. Wach auf. Wir trinken Tee.» Sie legte die Hand auf seinen runden Bauch, beugte sich zu ihm hinunter und küßte ihn. Die mit dem Bügeleisen hantierende Judith fand, daß sie schrecklich aussah, völlig erschöpft. Unter den Augen hatte sie dunkle Ringe. Ob das kleine Haus wohl irgendwann auch mal richtig blitzte und funkelte oder zumindest einigermaßen sauber und aufgeräumt war, fragte sie sich und kam zu dem Schluß, daß das wohl nie der Fall war.

Nat schlug die Augen auf. Loveday hob ihn hoch, nahm ihn aufs Knie, knuddelte ihn ein bißchen und redete auf ihn ein, bis er ganz wach war. Als er sich dann umsah, entdeckte er Judith. «Wer ist das?»

«Das ist Judith. Die hast du doch neulich schon getroffen. Bei Oma.»

Nats Augen sahen aus wie zwei glänzende dunkle Knöpfe. «Weiß nich mehr.»

«Tja, aber *sie* weiß es noch und ist dich besuchen gekommen.» Sie stand auf und nahm Nat auf den Arm. «Komm, jetzt ziehen wir dir die Hose aus.»

«Kann ich mitkommen und mir das Haus anschauen?» fragte Judith.

«Nein», entgegnete Loveday bestimmt. «Es ist viel zu chaotisch. Wenn du mir gesagt hättest, daß du kommst, hätte ich das ganze Gerümpel unters Bett befördert. Ich brauche unbedingt eine Ankündigung, ehe ich Führungen mache. So wie bei den Villen der Reichen und Berühmten. Nächstes Mal zeig ich es dir.»

Am gegenüberliegenden Ende der Küche befand sich eine Tür, durch die sie verschwand und die sie einen Spalt offenstehen ließ, so daß Judith einen Blick auf das riesige Messingbett erhaschte. Sie bemühte sich, die Falten aus dem strohtrockenen, zerknitterten Hemd zu bügeln, und lauschte dabei auf Loveday, die mit Nat plauderte. Hörte, wie sie Schubladen auf- und zumachte, Wasserhähne aufdrehte, die Klospülung betätigte. Nach einer Weile kamen sie wieder zurück. In seinem sauberen Spielanzug und mit gekämmten Haaren sah Nat aus, als könnte er kein Wässerchen trüben. Loveday setzte ihn auf den Boden, gab ihm einen kleinen Laster zum Spielen und überließ ihn sich selbst.

Das Wasser kochte, und sie griff nach der Teekanne.

«*Ein* Hemd hab ich geschafft.»

«Ach, laß doch. Schalt das Bügeleisen aus. Deck doch den Tisch, wenn du mir helfen willst… Die Tassen sind in dem Schrank da drüben. Und Teller auch. Ein bißchen Safrankuchen ist noch im Brotkasten und die Butter da in der Dose auf dem Kühlschrank...»

Gemeinsam improvisierten sie eine Teetafel, schoben ein paar Zeitungen und *The Farmer's Weekly* beiseite, um Platz zu schaffen. Nat bekam eine Einladung, wollte aber nicht. Der Fußboden und sein Laster, den er unter Brrrn-brrn-Lauten herumstieß, damit es echter klang, waren ihm lieber. Loveday ließ ihn gewähren.

«Entschuldige diesen Saustall und daß ich dir das Haus nicht zeige», sagte sie.

«Komm, spinn doch nicht!»

«Ich mach mal richtig Frühlingsputz und schick dir dann eine förmliche Einladung. Eigentlich ist es ein ganz süßes Haus, und das neue Bad ist wunderschön. Mit Fliesen und heißen Röhren für die Handtücher und allem. Paps war wirklich großzügig. Das einzig Dumme ist, daß wir nur ein Schlafzimmer haben. Nat würde sicher besser schlafen, wenn er sein eigenes Zimmer hätte. Aber daran läßt sich nun mal nichts ändern.» Sie schenkte Judith Tee ein. «Dein Haus wirkt immer so aufgeräumt, alles am richtigen Platz.»

«Dafür sorgt Phyllis. Außerdem treibt bei uns kein lebhafter Dreijähriger sein Unwesen.»

«Bei schönem Wetter ist es nicht so schlimm. Meistens spielt er draußen. Aber bei *der* Nässe ist es unmöglich. Da trägt er nur ständig Dreck rein.»

«Wo ist eigentlich Walter?»

«Ach, irgendwo. Auf dem obersten Feld, glaub ich. Er wird bald zurück sein, zum Melken.»

«Hilfst du ihm immer noch dabei?»

«Manchmal. Wenn Mrs. Mudge nicht da ist.»

«Und heute?»

«Nein, heute Gott sei Dank nicht.»

«Du siehst müde aus, Loveday.»

«Würdest du auch, wenn du erst um drei Uhr früh eingeschlafen wärst.»

Sie verstummte und saß bloß da, hatte die Augen niedergeschla-

gen, die knochigen Ellbogen auf die Tischplatte gestützt und umklammerte den Becher mit heißem Tee. Die langen dunklen Wimpern lagen auf blassen Wangen, und Judith entdeckte zu ihrer Bestürzung, daß sie feucht glitzerten.

«Ach, Loveday.»

Loveday schüttelte ärgerlich den Kopf – als wolle sie ihre Tränen
leugnen. «Ich bin bloß müde.»

«Wenn du was hast, kannst du es mir immer erzählen. Das weißt
du doch!»

Loveday schüttelte wieder den Kopf. Eine Träne löste sich und
rann ihr über die Wange. Sie hob die Hand und wischte sie mit einer
heftigen Bewegung weg.

«Es ist nicht gut, alles für sich zu behalten. Es hat einfach keinen
Wert.»

Loveday schwieg.

«Hat es denn mit Walter zu tun?» Es kostete Judith etwas Überwindung, das zu fragen. Denn sie wußte, es war durchaus möglich,
daß Loveday hochgehen würde wie eine Rakete. Sie fragte trotzdem. Und jetzt war die Frage heraus. Und Loveday war nicht auf sie
losgegangen. «Habt ihr Probleme?»

Loveday murmelte etwas, das Judith nicht verstand.

«Wie bitte?»

«Ich habe gesagt, es gibt eine andere. Er hat eine andere.»

Judith wurde ganz flau.

Behutsam stellte sie ihren Becher ab. «Bist du dir da sicher?»

Loveday nickte.

«Woher weißt du das?»

«Ich weiß es eben. Er trifft sie ständig. Abends, im Pub. Manchmal kommt er erst in den Morgenstunden heim.»

«Aber woher *weißt* du es?»

«Mrs. Mudge hat es mir erzählt.»

«Mrs. Mudge?»

«Ja. Sie hat es im Dorf aufgeschnappt. Und sie hat es mir erzählt,
weil sie meint, ich müßte das wissen. Und mich mit Walter aussprechen. Ihm sagen, daß er damit aufhören soll.»

«Ist sie auf deiner Seite oder auf seiner?»

1060

«Auf meiner. Bis zu einem gewissen Punkt jedenfalls. Aber sie denkt sich wohl, wenn ein Mann keine Lust mehr hat und hinter einem Flittchen her ist, dann stimmt was nicht mit der Frau.»

«Warum macht *sie* ihm nicht die Hölle heiß? Er ist *ihr* Sohn.»

«Das geht sie nichts an, sagt sie. Sie mischt sich nicht ein. Und ich muß sagen, sie hat sich immer rausgehalten. Muß ich ihr wirklich zugute halten.»

«Wer ist denn diese Frau?»

«Irgend so eine Chaotin. Irgendwann im Sommer ist sie in Porthkerris aufgekreuzt. Zusammen mit einem dieser Pseudomaler. Aus London. Eine Weile lebten sie zusammen, dann hatten sie entweder Krach, oder er hatte eine andere gefunden. Jedenfalls zog sie aus.»

«Und wo wohnt sie jetzt?»

«In einem Wohnwagen, da oben hinter dem Veglos Hill.»

«Und wo hat Walter sie kennengelernt?»

«In irgendeinem Pub.»

«Wie heißt sie?»

«Du wirst es nicht glauben.»

«Sag's trotzdem.»

«Arabella Lumb.»

«Das darf doch nicht wahr sein.»

Und plötzlich, so unglaublich das in der momentanen Situation auch war, mußten sie lachen, nur einen Moment lang und Loveday noch immer mit tränenfeuchten Wangen.

«Arabella Lumb.» Der Name klang, als sie ihn jetzt wiederholte, noch unwahrscheinlicher. «Hast du sie mal gesehen?»

«Ja, einmal. Abends in Rosemullion, als ich mit Walter auf ein Bier war. Den ganzen Abend saß sie in der Ecke neben der Bar und starrte ihn an. Aber sie redeten nicht miteinander, weil ich dabei war. Der blöde alte Anstandswauwau. Der ihnen in die Quere kam. Sie sieht aus wie eine vollbusige Zigeunerin... du weißt schon, Mutter-Erde-Typ. Spangen und Perlen, Sandalen und grüner Nagellack auf den dreckigen Zehennägeln.»

«Klingt ja scheußlich.»

«Aber sexy ist sie. Es quillt ihr förmlich aus den Poren. Saftig, üppig. Wie bei einer riesigen, überreifen Frucht. So eine Art Erregung. Ganz was *Greifbares*. Ja, das ist, glaub ich, das richtige Wort dafür. Oder?»

«Doch. Ich glaube, du hast es auf den Punkt gebracht.»

«Ich habe das gräßliche Gefühl, daß Walter völlig verschossen in sie ist.» Loveday lehnte sich auf ihrem Stuhl zurück und tastete in ihrer Hosentasche herum, um schließlich ein zerbeultes Zigarettenpäckchen und ein billiges Feuerzeug hervorzuziehen. Sie nahm sich eine Zigarette und zündete sie an. Nach einer Weile sagte sie: «Und ich weiß überhaupt nicht, was ich tun soll.»

«Hör auf Mrs. Mudge! Sprich dich mit ihm aus!»

Loveday schniefte gewaltig. Dann blickte sie auf, und ihre schönen Augen begegneten Judiths Blick. «Gestern abend habe ich es probiert.» Sie klang verzagt. «Ich war so sauer, hatte so die Schnauze voll. Walter kam um elf nach Hause, hatte getrunken. Ich hab es gerochen. Wenn er sich besäuft, wird er aggressiv. Wir hatten einen fürchterlichen Streit und weckten mit unserem Gebrüll und Gekeife Nat auf. Danach sagte er nur, er tue, wozu er Lust habe, und treffe, wen er wolle. Und es wär ja sowieso alles meine Schuld, weil ich als Ehefrau und Mutter eine absolute Null bin und das Cottage immer so ein Saustall ist und ich ja nicht mal richtig kochen kann...»

«Das ist gemein und ungerecht.»

«Ich weiß, daß ich eine miese Köchin bin. Aber es ist furchtbar, wenn man es gesagt bekommt. Und dann ist da noch etwas. Er mag nicht, wenn ich Nat nach Nancherrow mitnehme. Er nimmt es mir übel, glaub ich. Als ginge das irgendwie gegen ihn...»

«Also da hat Walter nun wirklich kein Recht, sich angegriffen zu fühlen.»

«Er sagt, ich versuche, aus Nat einen kleinen Waschlappen zu machen. Er soll ein Mudge werden und kein Carey-Lewis.»

Das alles war verständlich, aber auch verwirrend. «Liebt er seinen Sohn?»

«Ja, wenn Nat brav ist und amüsant und putzig. Aber nicht, wenn er müde und anstrengend ist und Zuwendung braucht. Manchmal vergehen ganze Tage, wo er nicht mal mit ihm spricht.

Er kann schon verdammt launisch sein. Und in letzter Zeit war er wirklich unmöglich.»

«Du meinst, seit Arabella Lumb auf der Bildfläche erschienen ist?»

Loveday nickte.

«Es ist sicher nichts Ernstes, Loveday? Alle Männer haben so komische Zeiten, wo sie durchdrehen und den Verstand verlieren. Und wenn sie alle Geschütze auffährt, hat er ja wohl kaum eine Chance.»

«Sie wird nicht verschwinden, Judith.»

«Vielleicht doch.» Aber Judith klang nicht sehr überzeugt, als sie das sagte. «Du warst doch glücklich mit Walter. Du mußt wohl einfach gute Miene zum bösen Spiel machen und darauf warten, daß er wieder zur Besinnung kommt. Reden und Streiten hat keinen Sinn. Es macht alles nur noch schlimmer.»

«Bißchen spät, das festzustellen.»

«Ich bin auch keine große Hilfe, was?»

«Doch, bist du schon. Allein darüber zu reden ist schon gut. Das Schlimmste ist, wenn man niemanden zum Reden hat. Mama und Paps würden», sie suchte nach dem passenden Ausdruck, «an die Decke gehen, wenn sie es wüßten.»

«Wundert mich, daß sie es noch nicht wissen.»

«Der einzige, der es mitgekriegt haben könnte, ist Nettlebed. Und wir wissen ja beide, daß Nettlebed nie ein Sterbenswörtchen sagen würde.»

«Nein. Nein, bestimmt nicht.»

Während der ganzen Zeit war Nat am Boden in sein Spiel vertieft. Nun merkte er, daß er Hunger hatte. Er rappelte sich auf, kam zu ihnen herüber, stellte sich auf die Zehenspitzen und guckte, was auf dem Tisch stand.

«Ich will was essen.»

Loveday drückte ihre Zigarette in der nächsten Untertasse aus, bückte sich und hob ihn auf den Schoß. Sie drückte ihm einen Kuß auf den dichten dunklen Schopf, bestrich, während sie ihn in den Armen hielt, eine Scheibe Safranbrot mit Butter und gab sie ihm.

Er mampfte geräuschvoll und starrte Judith unverwandt an. Sie lächelte zurück. «Ich wollte dir ein Geschenk mitbringen, Nat, aber es gab keinen Laden. Nächstes Mal bring ich dir was mit. Was wünschst du dir denn?»

«Ein Auto.»

«Wie? So ein kleines?»

«Nein. Ein großes zum Reinsetzen.»

Loveday lachte. «Aus allem Kapital schlagen, was, mein Dicker? Judith kann dir kein Auto kaufen.»

Judith fuhr ihm durchs Haar und sagte: «Hör nicht auf deine Mutter. Ich kann alles, was ich will.»

Als sie ihre Mahlzeit beendet hatten, war es schon weit nach fünf. «Ich muß jetzt wirklich los», sagte Judith. «Biddy und Phyllis werden sich schon wundern, was aus mir geworden ist, und glauben, daß es ein fürchterliches Abschiedsdrama gegeben hat.»

«War schön, dich mal wieder zu sehen. Danke, daß du gekommen bist.»

«Bin froh, daß ich es gemacht habe. Nächstes Mal bügle ich dir alle Hemden.» Sie holte ihren Regenmantel. «Du mußt Nat mal ins Dower House mitbringen. Zum Lunch oder so.»

«Machen wir gerne. Nicht wahr, Nat? Judith, du erzählst es doch keinem, was ich dir heute gesagt habe?»

«Kein Wort. Aber sprich dich weiter mit mir aus.»

«Mach ich.»

Loveday hob Nat auf den Arm und kam mit ihm zur Tür, um Judith hinauszubegleiten. Der Nebel war inzwischen dichter geworden. Alles war grau und troff vor Nässe. Judith schlug den Mantelkragen hoch und machte sich bereit für einen feuchten Sprint zu ihrem Wagen. Doch Loveday rief sie noch einmal, und sie drehte sich um.

«Hast du schon von Gus gehört?»

Judith schüttelte den Kopf. «Kein Wort.»

«Dachte bloß.»

JUDITH FUHR durch den düsteren und trüben Abend, nach Rosemullion hinein, den Hügel hinauf und schließlich durch das Tor des Dower House. Das Küchenfenster leuchtete warm und gelb durch die Dunkelheit, und irgend jemand hatte das Licht über der Haustür brennen lassen. Sie fuhr Biddys Wagen in die Garage, wo ihr eigener kleiner Morris noch immer ohne Räder auf Holzklötzen aufgebockt unter einer Schutzdecke kauerte. Die notwendigen Benzinmarken von der entsprechenden Behörde waren noch nicht eingetroffen, und bis es soweit war, hatte es keinen Zweck, die Räder montieren zu lassen, die Batterie aufzufüllen und festzustellen, ob das vernachlässigte kleine Gefährt die Jahre außer Gebrauch gut überstanden hatte.

Sie überquerte den Kies und trat durch die Hintertür ins Haus. In der Küche fand sie Phyllis, die einen Teig ausrollte, und Anna, die ihr gegenübersaß und sich mit ihren Hausaufgaben abmühte.

«Ich muß einen Satz schreiben, in dem das Wort ‹gesprochen› vorkommt.»

«Na, das sollte ja nicht allzu schwierig sein… Judith. Wo warst du denn bloß? Wir haben schon vor Stunden mit dir gerechnet.»

«Ich habe Loveday und Nat besucht.»

«Wir haben uns schon gefragt, ob du mit Jess Schwierigkeiten hattest und aufgehalten wurdest.»

«Ich weiß schon. Ich hätte anrufen sollen. War alles ganz unproblematisch. Sie ist recht selbständig. Wollte nicht mal, daß ich mit ihr reinkomme. Ich mußte mich auf der Treppe von ihr verabschieden.»

«Da bin ich ja erleichtert. Komisches Gefühl, ohne sie. Gerade, als wäre sie immer bei uns gewesen. Anna wird sie vermissen, nicht wahr, Anna? Jetzt komm aber, mach endlich mal voran mit diesen Hausaufgaben!»

Anna seufzte tief. «Mir fällt einfach nichts ein.»

Judith kam ihr zu Hilfe. «Wie wär es mit: ‹Ich habe mit Jess telefoniert und mit ihr gesprochen›?»

Anna überlegte. «Ich weiß nicht, wie man ‹telefoniert› schreibt.»

«Dann schreib doch ‹gesehen›. ‹Ich habe Jess gesehen und mit ihr gesprochen.›»

«Das geht.» Die Finger fest um den Stift gekrampft, kritzelte Anna ihren Satz, und vor lauter Konzentration lugte ihr die Zunge zwischen den Zähnen hervor.

«Möchtest du eine Tasse Tee?»

«Nein danke, hab schon eine getrunken. Wo ist denn Mrs. Somerville?»

«Im Salon. Sie hat auf dich gewartet. Sie ist ganz aus dem Häuschen. Hat dir was Wichtiges zu erzählen.»

«Was denn?»

«Das darf ich dir nicht verraten.»

«Hoffentlich was Erfreuliches.»

«Geh und frag sie selbst.»

Judith ging also Richtung Salon und legte unterwegs ihren Regenmantel ab. Sie öffnete die Tür und blickte auf ein trauliches Bild. Ein paar Lampen brannten schon, und das Feuer loderte im Kamin. Davor auf dem Teppich rekelte sich Morag. Biddy saß in ihrem Sessel nahe bei den Flammen und war mit dem Stricken eines Quadrats beschäftigt. Und auf Quadratestricken beschränkten sich auch ihre handwerklichen Fähigkeiten. Sie fabrizierte sie aus irgendwelchen Wollresten, und wenn sie etwa ein Dutzend beisammen hatte, radelte sie damit zum Roten Kreuz, wo irgendeine andere, nicht ganz so linkshändige Dame sie zu grellbunten Patchworkdecken zusammenhäkelte. Die wiederum wurden dann in Paketen ans Rote Kreuz in Deutschland geschickt und an die Lager verteilt, in denen immer noch so viele bedauernswerte Flüchtlinge saßen. Biddy nannte das ihre Friedensarbeit.

«Judith.» Sie legte ihr Strickzeug beiseite und nahm die Brille ab. «Alles in Ordnung? Keine Schwierigkeiten mit Jess?»

«Überhaupt nicht.»

«Um so besser. Sie ist schon eine merkwürdige Mischung. Mal ganz das kleine Mädchen, und dann wieder so erwachsen. Sie macht sich bestimmt blendend in St. Ursula, wenn es hier auch ein bißchen leer ohne sie sein wird. Wo warst du denn so lange?»

«Ich habe Loveday besucht.» Judith ging zum Fenster und zog die Vorhänge vor die naßkalte Dämmerung des dunklen Novemberabends. «Phyllis meinte, du hättest mir etwas zu erzählen.»

«Ja. Was ganz Aufregendes. Wie spät ist es jetzt?»

«Viertel nach sechs.»

«Trinken wir doch etwas! Was hältst du von einem Whisky Soda?»

«Da sag ich nicht nein. Ich bin ganz schön erledigt.»

«Ausgelaugt, mein Schatz, psychisch ausgelaugt. Jetzt setz dich hin und entspann dich, und ich bringe dir einen Drink.»

Sie stand auf und ging hinaus, weil die Flaschen und Gläser nach alter Tradition stets im Eßzimmer aufbewahrt wurden. Nachdem Judith allein war, legte sie ein weiteres Scheit auf das Feuer und ließ sich in den zweiten Sessel sinken. Psychisch ausgelaugt hatte Biddy sie genannt, und damit hatte sie recht. Biddy wußte allerdings nicht, daß weniger der Abschied von Jess als das Gespräch mit Loveday Judith so mitgenommen hatte. Und durfte – soviel war klar – auch nicht darüber aufgeklärt werden.

Nach einer Weile kehrte Biddy mit den Drinks zurück. Sie reichte Judith ein Glas und setzte sich wieder in ihren Sessel, wobei sie ihr eigenes Glas behutsam auf dem Tisch zu ihrer Rechten abstellte. Sie zündete sich eine Zigarette an. Als sie schließlich alles schön griffbereit arrangiert hatte, sagte sie: «Tja.»

«Schieß los!»

«Ich habe es. Das Haus in Portscatho. Heute nachmittag hab ich es vom Makler erfahren.»

«Das ist ja wunderbar, Biddy.»

«Mitte Januar kann ich einziehen.»

«So bald schon?»

«Aber es ist noch jede Menge zu tun. Ich habe Pläne gemacht, Listen geschrieben. Ich muß nach Devon fahren und Upper Bickley nun doch endlich verkaufen.»

«Und wem verkaufst du es?»

«Der Marinefamilie, die schon den ganzen Krieg über zur Miete darin gewohnt hat. Sie wollen es ja schon seit zwei Jahren kaufen. Aber wenn ich das gemacht hätte, hätte ich all meine Möbel einlagern müssen. So haben sie sich darum gekümmert.»

«Sie wollen es immer noch kaufen?»

«Sie können es kaum erwarten. Ich muß also nach Bovey Tracey, um alles zu regeln, Inventur machen, dann Möbelpacker und Spediteur kommen lassen und so weiter und so fort. Ich rufe heute abend noch Hester Lang an und frage sie, ob ich bei ihr wohnen kann. All das läßt sich viel leichter abwickeln, wenn man an Ort und Stelle ist. So…» Sie griff nach ihrem Drink und hob das Glas. «Auf dein Wohl, mein Schatz.»

«Auf Portscatho!»

Sie tranken auf das neue Haus. Judith fragte: «Wann willst du fahren?»

«Ich dachte, irgendwann nächste Woche. Und dann bleibe ich eine Weile bei Hester.»

Judith horchte auf. «Aber Weihnachten bist du doch wieder da?»

«Nur wenn du das möchtest.»

«Oh, Biddy, du mußt Weihnachten kommen. Ich habe Jess ein richtiges Weihnachtsfest versprochen. Und ich selbst habe doch noch nie eins ausgerichtet, brauche also unbedingt deine Beratung und Unterstützung. Wir müssen einen Baum auftreiben und ein richtiges Weihnachtsessen kochen, mit allem Drum und Dran. Du mußt einfach kommen.»

«Also gut, in Ordnung. Ich komme zurück. Aber nur bis Mitte Januar. Und dann mache ich meinen großen Umzug. Wenn Bob heimkommt, will ich fix und fertig eingerichtet sein.»

«Das ist zwar wahnsinnig aufregend. Aber, meine Güte, du wirst uns fehlen.»

«Ihr mir auch. Und ohne Phyllis muß ich wieder anfangen, meine Haushaltskenntnisse aufzufrischen. Aber man muß einfach nach vorn schauen, sogar alte Gäule wie ich. Und dann habe ich mir noch was überlegt. Wenn ich zu Hester fahre, nehme ich den Zug und lasse dir mein Auto da. Du brauchst einen fahrbaren Untersatz, und ich komme ohne ihn aus. Denn wenn ich unbedingt einen Wagen brauche, leiht Hester mir ihren.»

«Biddy, du bist wirklich zu selbstlos.»

«Nein, bin ich nicht. Und ich habe auch noch ein paar alte Benzinmarken, die ich mir beiseite gelegt hatte. Strenggenommen ist das zwar gesetzwidrig, aber an der Tankstelle oben an der Straße sind sie sehr entgegenkommend und drücken beide Augen zu. Du dürftest also keine Schwierigkeiten haben.» Sie nahm ihr Strickzeug wieder zur Hand. «Ist wirklich ganz schön spannend, nicht wahr? Ich kann es gar nicht fassen, daß ich das Haus wirklich habe. Es ist genau so, wie ich es mir immer vorgestellt habe. Und das Schöne ist, daß wir gar nicht weit voneinander entfernt sind. Nur eine Stunde mit dem Auto. Und dieser Blick aufs Meer! Und man kann zu den Felsen runterlaufen und baden gehen. Und der Garten ist gerade groß genug, gerade richtig.»

«Ich kann es kaum erwarten, es zu sehen.»

«Und ich kann's kaum erwarten, es dir zu zeigen. Aber erst, wenn ich alles hab herrichten lassen und mich richtig eingelebt habe.»

«Du bist genauso schlimm wie Loveday. Ich durfte mir heute ihr Cottage nicht anschauen, weil sie meinte, es sei zu unaufgeräumt.»

«Ach, arme Loveday. Hast sie wohl überrumpelt. Wie ging es ihr denn? Hat Nat wieder mal Aufstand gemacht?»

«Nein. Er war ziemlich süß. Er wünscht sich ein Auto von mir, in dem er richtig fahren kann.»

«Meine Güte, hat *der* Ansprüche!»

«Ach, gar nicht. Warum sollte er denn keins haben?» Judith streckte sich. Die Wärme des Feuers und der Whisky hatten sie schläfrig gemacht. Sie gähnte. «Wenn ich mich irgendwie aufraffen kann, nehme ich noch ein Bad.»

«Tu das. Du wirkst etwas erschöpft.»

«Das war wieder mal so ein Tag. Alles passiert auf einmal. Alles verändert sich. Menschen gehen weg. Erst Jess, und jetzt du. Ich bin ja nicht traurig wegen Jess. Aber ich hatte einfach nicht viel von ihr. Unsere Zeit miteinander war schön, aber viel zu schnell vorbei.»

«Was sie angeht, hast du genau das Richtige getan.»

«Ja. Ich weiß. Es ist nur», sie zuckte die Achseln, «ach, alles.»

Alles. Judith dachte an die Horoskope in den Zeitungen. Sie las zwar nicht oft ihr Horoskop, doch wenn sie es dann doch einmal tat, war da unweigerlich von Planetenkollisionen die Rede, Merkur, Sonne und Erde bildeten eine ungünstige Konstellation, während irgendwo anders Mars feuerspuckend zugange war, um auf diese Weise in den Sternzeichen, in ihrem Falle dem Krebs, nichts als Chaos zu stiften. Vielleicht befand sich der Krebs ja momentan in einer besonders stürmischen und aktiven Phase, und der grenzenlose Himmel hatte sie auf dem Kieker. Nur eins wußte sie: Seit dem Tag, an dem man ihr den Tod ihrer Eltern mitgeteilt hatte, waren ungeahnte Ereignisse nur so auf sie eingeprasselt. Hugo Halley war eines davon gewesen, genauso wie die Entdeckung, daß Gus noch lebte, oder die wunderbare und wohlbehaltene Rückkehr von Jess aus Java. Doch schon war Jess wieder fort, von der Strömung ihres neuen Lebens davongetragen. Und jetzt rüstete Biddy zum Aufbruch. Früher oder später würden auch Phyllis und Anna gehen, um für sich und Cyril Eddy ein neues Heim zu schaffen.

Am düstersten aber waren vielleicht die Gedanken, mit denen sie sich herumschlug. Die beunruhigende und gleichzeitig frustrierende Sorge um Gus, die immer schlimmer wurde. Die ihr anvertrauten Geheimnisse, die sie nie hatte erfahren wollen. Etwa, daß Athena nicht Edgars Tochter war oder daß dieser erbärmliche Walter Mudge es mit Arabella Lumb trieb und Loveday so furchtbar leiden machte.

«Alles geht so schnell», sagte sie leise.

«Jetzt, wo der Krieg vorbei ist, schalten wir alle in einen anderen Gang, legen ein neues Tempo vor und bemühen uns nach Kräften, zu irgendeiner Art von Normalität zurückzukehren. Im Leben kann es keinen Stillstand geben, Stillstand hieße Verkümmern und Tod.»

«Ich weiß ja.»

«Du bist müde. Geh baden. Nimm dir den Rest von meinem Floris Stephanotis, gönn dir was! Phyllis kocht Mr. Wooltons Spezial-Gemüsekuchen zum Abendessen. Ich finde, wir sollten die Sache feiern. Ich werde eine Flasche Wein köpfen.»

Sie schien so begeistert von ihrem Einfall, daß Judith unwillkürlich lachen mußte. «Weißt du was, Biddy? Manchmal hast du brillante Ideen. Was werd ich nur ohne dich machen?»

Biddy wechselte die Nadel und begann eine neue Reihe. «Eine ganze Menge.»

Dower House
Rosemullion
14. November 1945

Lieber Gus,
ob Du wohl meinen Brief, den ich auf dem Truppentransporter
schrieb und in Gibraltar einwarf, je bekommen hast? Ich habe
ihn nach Ardvray geschickt. Aber wer weiß, vielleicht bist Du ja
noch gar nicht zu Hause. Wie auch immer, diesen Brief hier
schicke ich ans Hauptquartier der Gordons nach Aberdeen, so
daß er Dich auf jeden Fall erreicht. Wir kamen am 19. Oktober
hier an, und es war einfach herrlich, wieder zu Hause zu sein. Jess
hat mich ziemlich auf Trab gehalten. Inzwischen ist sie im Internat, auf meiner alten Schule. Die Direktorin Miss Catto war auch
schon zu meiner Zeit Schulleiterin und ist eine sehr gütige und
verständnisvolle Person. Seit Jess zur Schule geht, habe ich sie
nicht mehr gesehen. Aber in ihren Briefen wirkt sie recht vergnügt und scheint sich einzugewöhnen.
    Inzwischen war ich auf Nancherrow und habe sie alle wieder-
gesehen. Auch Loveday. Ihr Sohn Nat ist ein kräftiges und lebhaftes Kind, und sie vergöttert ihn. Irgendwie ist es mir gelungen,
ihm ein gebrauchtes Tretauto zu besorgen, von dem er nun so
begeistert ist, daß er es am liebsten mit ins Bett nähme.
    Was machst Du zu Weihnachten? Wahrscheinlich hast Du
viele gute Freunde in Schottland, die sich um Deine Gesellschaft
reißen. Bitte, schreib mir und laß mich wissen, was los ist und wie
es Dir geht.

Mit lieben Grüßen
Judith

Dower House
Rosemullion
5. Dezember 1945

Lieber Gus,
immer noch keine Nachricht von Dir. Wenn Du nur nicht so weit
weg wärst und ich kommen und Dich suchen könnte. Bitte,

schick mir irgend etwas, auch wenn es nur eine Postkarte vom Aberdeener Stadtpark ist. Du hast mir versprochen, mir zu antworten und in Kontakt zu bleiben. Wenn Du aber in Ruhe gelassen werden willst und keine Briefe mehr von mir haben möchtest, dann sag es mir einfach. Ich werde volles Verständnis dafür haben.

Unsere Hausgemeinschaft hier hat sich dezimiert. Biddy Somerville ist weggefahren, um ihr Haus in Devon zu verkaufen. Sie hat sich ein neues in einem Ort namens Portscatho in der Nähe von St. Mawes gekauft. Ich glaube, sie will etwa Mitte Januar umziehen. Sie hat auch ihren Hund Morag mitgenommen, an dem Jess einen Narren gefressen hatte. Weswegen ich daran denke, Jess als Ersatz für Morag einen eigenen Hund zu schenken, wenn sie einmal für immer von hier wegziehen.

Hier hielt Judith inne, zögerte mit dem nächsten Satz und wußte nicht, wie sie sich ausdrücken sollte. *Ich will nicht, daß Gus herkommt*, hatte Loveday verlangt. Aber vielleicht sollte Loveday ein einziges Mal im Leben zurückstecken und sich mit der Nummer zwei zufriedengeben. Ihre Probleme waren zwar schlimm, aber mit denen von Gus Callender nicht vergleichbar. Was immer ihr auch zustieß, sie konnte sich immer auf eine liebende Familie stützen, während Gus offensichtlich keinen Menschen hatte, der ihm nach den Schrecken Burmas bei seiner Wiedereingewöhnung in den Alltag beistand. Außerdem wuchs unerklärlicherweise Judiths Angst mit jedem Tag, der ohne einen Brief, ohne eine Botschaft von Gus verstrich. Keine Nachricht ist eine gute Nachricht, hieß ein altes Sprichwort. Doch ihr Instinkt sagte ihr laut und deutlich, daß es nicht zum besten stand mit Gus.

Sie holte tief Luft, rang sich zu einer Entscheidung durch und griff erneut zum Füller.

Biddy kommt Weihnachten zurück. Wir sind ein Vier-Frauen-Haus. Und wenn Dich das nicht abschreckt, so komm doch und verbring Weihnachten bei uns. Vielleicht bist Du ja auch gar nicht allein. Ich weiß es eben nicht, weil Du mir nie geschrieben hast. Solltest Du Dich entschließen, werde ich Dich bestimmt nicht zwingen, Nancherrow, Loveday oder sonst jemanden zu sehen. Das verspreche ich Dir. Und Du kannst Deine Zeit hier ganz nach eigenem Gutdünken verbringen.

Falls Du mich aber als aufdringlich empfindest und ich Dir auf die Nerven gehe, so sag es mir bitte. Ich schreibe erst dann wieder, wenn ich von Dir gehört habe.

*Alles Liebe
Judith*

ALS WEIHNACHTEN vor der Tür stand, wurde das Wetter schlechter, und Cornwall zeigte sich von seiner häßlichsten Seite: granitfarbener Himmel, Regen und ein bitterkalter Ostwind. Die alten, undichten Fenster des Dower House konnten ihn nicht abhalten, die Schlafzimmer waren eisig, und weil man jeden Morgen um neun ein Feuer im Salon entzündete, schwand der Holzstapel sichtlich dahin, und sie mußten einen Notruf an ihren Lieferanten, das heißt Nancherrow Estates, durchgeben. Der Colonel ließ sie nicht im Stich und lieferte die Ladung höchstpersönlich ab, indem er sich auf seinen Traktor schwang und den schwerbeladenen Anhänger den Hügel hinaufzog. Der Vortag war ein Sonntag gewesen, und Phyllis, Judith und Anna hatten den Großteil des Tages damit verbracht, die Scheite zu einem ordentlichen Stoß entlang der Garagenwand zu stapeln, wo das überhängende Dach sie vor dem schlimmsten Regen schützte.

Nun war also wieder Montag, und es regnete immer noch. Phyllis, das Gewohnheitstier, hatte gewaschen wie jeden Montag, aber man konnte die Wäsche unmöglich im Freien aufhängen, was hieß, daß man sie auf der Küchenwinde hochziehen mußte, wo sie nun feucht über dem Herd dampfte.

Judith, die sich mit einem Kriegsrezept für Weihnachtspudding (geriebenen Karotten und einem Löffel Orangenmarmelade) abmühte, schlug ein Ei in die Mischung und begann zu rühren. In der Diele läutete das Telefon. In der Hoffnung, daß Phyllis abnehmen würde, ließ sie es weiterschrillen. Doch Phyllis putzte die Schlafzim-

mer unter dem Dach und hörte es offensichtlich nicht, so daß Judith
nach einer Tüte griff, ihre mehlige Hand in sie hineinsteckte wie in
einen Handschuh, um selbst den Anruf entgegenzunehmen.

«Dower House.»

«Judith. Ich bin es, Diana.»

«Guten Morgen. Was für ein scheußliches Wetter.»

«Gräßlich. Aber dein Holz hast du doch bekommen.»

«Ja. Der Colonel hat es abgeliefert, und wir haben's wieder mollig warm.»

«Darling, ich habe eine aufregende Neuigkeit für dich. Jeremy
Wells ist wieder da. Auf Urlaub. Und das Schönste daran ist, daß es
nicht bloß ein Urlaub ist, sondern seine Entlassung. Er verläßt die
Marine und kommt für immer nach Hause. Ist es nicht unglaublich? Offensichtlich hat er sie beantragt mit der Begründung, daß er
schon so lange dabei ist, und auch, weil Dr. Wells einfach schon zu
alt und erschöpft ist, um noch lange allein weiterzuwursteln. Und
sie lassen ihn gehen... Judith? Bist du noch dran?»

«Ja. Ja, ich bin noch dran.»

«Du hast nichts gesagt, ich dachte, die Leitung sei tot.»

«Nein. Ich höre Ihnen zu.»

«Ist das nicht toll?»

«Ja. Wunderbar. Ich freue mich wirklich. Wann... wann haben
Sie es denn gehört?»

«Sonntag ist er heimgekommen. Heute morgen hat er angerufen.
Und am Mittwoch kommt er für ein paar Tage nach Nancherrow.
Also dachten wir uns, wir veranstalten eine richtige Begrüßungsparty. Am Mittwoch abend. Loveday, Walter und Jeremy und du.
Bitte komm doch! Edgar köpft seinen letzten Champagner. Er hat
ihn die ganze Zeit aufgehoben, und ich bete zu Gott, daß er nicht
hinüber ist. Falls doch, muß er eben was anderes auftreiben. Du
kommst doch, nicht wahr?»

«Ja, natürlich. Mit größtem Vergnügen.»

«So etwa Viertel vor acht. Ach, es ist himmlisch, euch alle wieder
hier zu haben. Und, was Neues von Jess gehört?»

«Ja, durchaus. Entwickelt sich zum Hockey-Star und spielt inzwischen schon in der zweiten Mannschaft.»

«Braves Mädchen. Und Biddy?»

«Am Samstag hat sie mich angerufen. Sie hat das Haus verkauft und kann das neue jetzt bezahlen.»

«Grüße sie von mir, wenn sie wieder anruft.»

«Mach ich…»

«Also dann, bis Mittwoch, Darling.»

«Toll. Ich freue mich schon.»

Sie legte den Hörer auf, kehrte jedoch nicht sofort in die Küche zurück. Jeremy. Wieder da. Entlassen. Nicht mehr schön weit weg im Mittelmeer, sondern zu Hause. Für immer. Sie sagte sich, daß sie es nicht bedauerte, sich aber auch nicht freute. Sie wußte nur, daß alles auf den Tisch mußte und sie ihn womöglich mit all den Gefühlen, dem Schmerz, der Enttäuschung und auch dem Ärger konfrontieren mußte, die er bei ihr ausgelöst hatte, ehe sie irgendeine Art von Beziehung zu ihm haben konnte. Daß das alles nun schon dreieinhalb Jahre zurücklag, hatte nicht das geringste zu besagen. Jeremy hatte ihr sein Versprechen gegeben und es gebrochen und danach keinen Versuch unternommen, seinen Verrat zu erklären oder sich zu entschuldigen. Folglich war Konfrontation angesagt…

«Was machst du denn da, stehst neben dem Telefon und starrst Löcher in die Luft?»

Phyllis kam mit Schaufel und Staubwedeln die Treppe herunter. Als sie Judith erblickte, war sie verwundert auf halbem Wege stehengeblieben und stützte nun die Hand auf ihre beschürzte Hüfte.

«Wie bitte?»

«Du guckst wie ein Auto, wirklich wahr. In einer dunklen Nacht wollte ich dir nicht begegnen.» Sie kam die Treppe herunter. «Hat jemand angerufen?»

«Ja. Mrs. Carey-Lewis.»

«Was wollte sie denn?»

«Ach, nichts.» Um ihren Worten ein wenig mehr Überzeugung zu verleihen, setzte Judith ein fröhliches Lächeln auf. «Hat mich nur für Mittwoch zum Essen eingeladen.» Phyllis wartete auf eine genauere Auskunft. «Jeremy Wells ist wieder da.»

«Jeremy.» Phyllis' Mund öffnete sich in offensichtlichem Entzücken. «Jeremy Wells? Tja. Das ist ja erfreulich. Auf Urlaub, oder?»

1075

«Nein. Ja. Entlassen. Für immer zurückgekehrt.»

«Also nein! Na so was. Eine bessere Nachricht kann ich mir gar nicht denken. Weshalb machst du denn so ein Gesicht? Ich dachte, du wärst ganz weg.»

«Ach, *Phyllis*.»

«Tja, und warum auch nicht? Ein wunderbarer Mann. War dir immer ein guter Freund, seit dem Tag, als du ihn im Zug nach Plymouth kennengelernt hast. Und als Edward Carey-Lewis starb, stand er da wie ein Fels und hat dir Halt gegeben.»

«Ich weiß, Phyllis.»

«Er hat dich immer gemocht, hat er wirklich. Jeder Narr hat das gesehen. Und es wird Zeit, daß mal ein Mann ins Haus kommt. Bißchen Spaß. Hier, wo du nur Weiber am Hals hast. Das ist doch kein Leben für dich.»

Irgendwie schlug das dem Faß den Boden aus. Judith verlor die Geduld.

«Was weißt denn du schon davon?»

«Was soll denn das nun wieder heißen?»

«Nichts weiter. Außerdem muß ich meinen Pudding machen.» Mit diesem verräterischen Schlußsatz marschierte sie durch den Korridor in die Küche. Doch Phyllis war nicht so leicht abzuspeisen und folgte ihr hart auf den Fersen.

«So kannst du mich nicht stehenlassen...»

«Phyllis, es geht dich wirklich nichts an.»

«Sollte es aber besser. Ist ja keiner mehr da außer mir! Muß dir ja mal jemand die Meinung sagen, wenn du dich derart aufführst, kaum wird Jeremy mal erwähnt.» Sie verstaute Schaufel und Staubwedel im Schrank und ging erneut zum Angriff über. «Habt ihr euch gestritten oder was?»

«Alle fragen mich das. Nein. Nein, wir hatten keinen Streit.»

«Ja dann...?»

Es war unmöglich, es ihr zu erklären. «Kommunikationsprobleme, Mißverständnisse. Was weiß ich. Ich weiß nur, daß ich seit dreieinhalb Jahren nichts mehr von ihm gehört und gesehen habe.»

«Das war im Krieg. Und der ist jetzt vorbei.» Judith schwieg. «Schau mal, du verdirbst ja den ganzen Pudding. Geh mal weg und laß mich machen...» Nicht ungern überließ ihr Judith den Rührlöffel. «Bißchen zäh, was? Vielleicht schlag ich noch ein Ei rein.» Sie rührte versuchsweise, und Judith setzte sich auf die Tischkante und sah ihr zu. «Was ziehst du denn an?»

«Daran hab ich noch gar nicht gedacht.»

«Dann denk mal dran. Irgend etwas Tolles. Du siehst jetzt so hübsch aus, wie ein richtiger Filmstar, wenn du dein ganzes Makeup aufgelegt hast. Du mußt ihn so beeindrucken, daß ihm der Mund offenstehen bleibt.»

«Nein, Phyllis. Ich glaube nicht, daß ich das will.»

«Also gut. Bleib stur, wenn dir danach ist. Behalt alles für dich. Aber ich sage dir eins. Man soll die Vergangenheit ruhen lassen. Hat keinen Sinn, ewig seinen Groll zu pflegen.» Sie schlug das zweite Ei in die Schüssel und begann den Teig zu schlagen, als ob er an der ganzen Situation schuld sei. «Man sollte sich nicht ins eigene Fleisch schneiden.»

Auf diese Bemerkung ließ sich schlecht etwas entgegnen. Und Judith beschlich das unbehagliche Gefühl, daß Phyllis vielleicht recht hatte.

RUPERT RYCROFT, Exmajor der Königlichen Dragonergarde, trat aus dem Portal des Kaufhauses Harrods, ging bis zur Bordsteinkante, blieb stehen und überlegte, was er als nächstes tun sollte. Es war halb eins, Essenszeit, und ein bitterkalter Dezembertag. Ein scharfer Wind blies, doch Gott sei Dank regnete es zumindest nicht. Seine Sitzung in Westminster hatte fast den ganzen Morgen beansprucht und sein Ausflug zu Harrods die übrige Zeit. Den Rest des Tages konnte er nun als frei betrachten. Er überlegte, ein Taxi anzuhalten, nach Paddington zu fahren und mit dem Zug nach Cheltenham zurückzukehren, wo er seinen Wagen am Bahnhofsparkplatz hatte stehenlassen. Oder aber er ging zum Mittagessen in seinen Klub und fuhr erst danach nach Paddington. Da er hungrig war, entschied er sich für letzteres.

Doch obwohl – oder vielleicht auch *weil* – so viele Leute unterwegs zu sein schienen, Büroangestellte und Weihnachtseinkäufer, junge Männer in Uniform und ältere mit Aktentaschen, die aus den U-Bahn-Schächten quollen oder aus vollen Bussen heraussprangen, herrschte ein merklicher Mangel an Taxis. Kam dann doch einmal eines in Sicht, war es stets besetzt. Wäre Rupert flink und gut zu Fuß gewesen, so hätte er mit Vergnügen den Zweiundzwanziger zum Piccadilly genommen. Denn er hatte sich nie falsche Vorstellungen von seiner eigenen Wichtigkeit und Bedeutung gemacht. Aber sein Bein schloß jedwede körperliche Anstrengung, wie sie das Einsteigen nun einmal erforderlich machte, aus – und vor allem jene, die darin bestand, von dem verdammten Bus am anderen Ende wieder herunterzukommen. Er war also aufs Taxi angewiesen.

Er wartete, eine hochgewachsene und angenehme, im schweren marineblauen Mantel und mit Regimentskrawatte und Melone angemessen gekleidete Erscheinung. Am Arm trug er nicht den obligatorischen zusammengerollten Regenschirm, sondern einen Spazierstock, der ihm zum dritten Bein geworden war und ohne den er immer noch kaum gehen konnte. Vor allem Treppen und Stufen wurden zum Problem. Außerdem trug er in der anderen lederbehandschuhten Hand eine dunkelgrüne Harrods-Tragetasche. Sie enthielt eine Flasche Sherry der Marke Harvey's Tio Pepe, eine Kiste Zigarren und einen Jacqumar-Seidenschal, den er seiner Frau schenken wollte. Einkaufen bei Harrods zählte bei Rupert nicht als solches. In anderen Geschäften fühlte er sich in der Regel ein wenig verloren, peinlich berührt oder verlegen. Einkaufen bei Harrods aber war, als gebe man sein Geld in einem ungeheuer exklusiven und angenehm vertrauten Herrenklub aus, und es machte auch ebensolchen Spaß.

Er wollte schon die Hoffnung aufgeben, als endlich doch noch ein Taxi auftauchte und die gegenüberliegende Straßenseite heruntergerollt kam. Rupert winkte ihm, schwenkte seine Tragetasche wie eine Fahne. Der Fahrer entdeckte ihn, machte einen scharfen Bogen und hielt neben ihm an.

«Wohin, Sir?»

«Cavalry Club, bitte.»

«Jawohl.»

Rupert bückte sich ein wenig, um die Tür zu öffnen. Dabei blickte er in den Strom der entgegenkommenden Fußgänger, und in diesem Augenblick vergaß er das Einsteigen, da seine ganze Aufmerksamkeit von dem jungen Mann, der auf ihn zukam, gefesselt wurde. Groß – fast so groß wie Rupert selber –, vage vertraut, schäbig gekleidet, unrasiert und hager. Ja, irritierend mager. Ein kräftiger Schopf, der den hochgeschlagenen Kragen seiner abgenutzten Lederjacke streifte, eine alte graue Flanellhose und abgestoßene, ungewichste Schuhe. Er trug einen Karton mit Lebensmitteln, aus dem eine Sellerieknolle und ein Flaschenhals herausragten, und seine dunklen, tiefliegenden Augen blickten weder rechts noch links, sondern starrten geradeaus, als sei die Richtung, in die er unterwegs war, das einzige von Bedeutung.

Fünf Sekunden, nicht länger, und er hatte Rupert passiert und ging seiner Wege. Andere schoben sich zwischen sie. Wenn er jetzt zögerte, würde er in der Menge verschwinden. Kurz bevor es zu spät war, erhob Rupert die Stimme und schrie ihm nach: «Gus!»

Abrupt, wie ein Getroffener, blieb er stehen. Hielt inne und drehte sich um. Er sah Rupert neben dem Taxi stehen, und ihre Blicke begegneten sich. Ein Moment, der ewig zu dauern schien und in dem nichts geschah. Dann kam er langsam wieder zurück.

«Gus. Rupert Rycroft.»

«Ich weiß. Ich erinnere mich an dich.» Aus der Nähe bot er einen noch deprimierenderen Anblick, und das Kinn mit den dunklen Stoppeln ließ ihn aussehen wie jemand, der völlig am Ende ist. Rupert wußte, daß Gus Kriegsgefangener bei den Japanern gewesen war. Daß er, bereits tot geglaubt, überlebt hatte. Mehr aber wußte er nicht. «Hast du gedacht, ich bin tot?»

«Nein. Ich wußte, daß du es geschafft hast. Ich habe Athena geheiratet und hab es von den Carey-Lewis erfahren. Ich freue mich ja so, dich wiederzusehen. Was machst du denn in London?»

«Ich bin nur kurz hier.»

In diesem Augenblick mischte sich der Taxifahrer ein, dem das ganze Hin und Her zuviel wurde. «Brauchen Sie nun noch ein Taxi oder doch nicht, Sir?»

«Ich nehme es», beschied Rupert ihm kühl. Warten Sie bitte einen Augenblick.» Er wandte sich wieder an Gus. «Wo mußt du jetzt hin?»

«Zur Fulham Road.»

«Wohnst du da?»

«Vorübergehend. Ich hab mir da eine Wohnung gemietet.»

«Wie wär's mit Mittagessen?»

«Mit dir?»

«Wem sonst?»

«Nein danke. Ich brächte dich ja in Verlegenheit. Bin ja nicht mal rasiert...»

Das war eine Ablehnung. Doch Rupert wußte mit einemmal, daß er, wenn er Gus jetzt aus den Augen ließe, ihn nie mehr wiedersehen würde. Daher drängte er. «Ich habe den ganzen Tag Zeit. Keine Termine, nichts. Wir könnten ja zu dir gehen, du rasierst dich, und dann gehen wir ins Pub oder sonstwohin und unterhalten uns. Gibt sicher viel zu erzählen. Ist ja eine Ewigkeit her.»

Doch Gus zögerte immer noch. «Es ist eine ziemlich lausige Bude...»

«Macht nichts. Das ist keine Entschuldigung.» Jetzt mußte gehandelt werden. Rupert öffnete die Wagentür und blieb daneben stehen. «Komm schon, alter Knabe, steig ein.»

Und Gus stieg ein, rutschte auf die andere Seite hinüber und stellte die Schachtel zwischen den Beinen ab. Rupert folgte ihm etwas weniger behende, brachte sein Bein in die richtige Stellung und zog die Tür zu.

«Immer noch Cavalry Club, Sir?»

«Nein.» Er wandte sich an Gus: «Sag du es ihm lieber.»

Gus nannte dem Fahrer seine Adresse in der Fulham Road, und das Taxi reihte sich in den spärlich fließenden Verkehr ein. Dann sagte er: «Hat's dich erwischt.»

Es war keine Frage. «Ja. In Deutschland. Ein paar Monate vor Kriegsende. Hab mein Bein verloren. Woher weißt du es denn?»

«Judith hat es mir erzählt. In Colombo. Bei der Heimfahrt.»

«Judith. Klar.»

«Du bist also nicht mehr in der Armee?»

«Nein. Wir leben jetzt in Gloucestershire, in einem Haus auf dem Gut meines Vaters.»

«Und wie geht es Athena?»

«Wie immer.»

«Ist sie immer noch so umwerfend schön?»

«Ich denke schon.»

«Ihr habt doch jetzt eine kleine Tochter, nicht wahr?»

«Ja, Clementina. Sie ist inzwischen fünf. Athena erwartet im Frühling ihr zweites Kind.»

«Judith hat mir davon erzählt und mich über die Familie auf dem laufenden gehalten. Deswegen wußte ich es. Was machst du eigentlich in Gloucestershire?»

«All die Sachen ochsen, die ich schon vor Jahren hätte wissen sollen: wie man ein Gut verwaltet, Land- und Forstwirtschaft und eine Jagd betreibt. Die Armee bereitet einen eben nicht auf das bürgerliche Leben vor. Eine Zeitlang habe ich mir überlegt, in Cirencester Landwirtschaft zu studieren. Aber ich glaube, ich sollte meine bescheidenen Talente wohl lieber auf was anderes konzentrieren.»

«Zum Beispiel?»

«Politik.»

«Du meine Güte, warum denn das?» Gus griff in die Tasche seiner Jacke und holte eine Schachtel Zigaretten und ein Feuerzeug heraus. Er zündete sich eine Zigarette an, und Rupert sah das unruhige Zittern seiner Hand und die langen spatelförmigen, nikotingebräunten Finger. «Wie kommst du denn darauf?»

«Ich weiß nicht. Doch. Ich weiß es schon. Nachdem ich aus dem Hospital entlassen war, besuchte ich die Familien einiger meiner Regimentskameraden, die damals, als ich verwundet wurde, gefallen sind. Panzersoldaten und so weiter. Männer, mit denen ich durch die ganze nordafrikanische Wüste und Sizilien marschiert bin. Ehrliche, anständige Männer. Ihre Familien lebten in derart heruntergekommenen und verwahrlosten Gegenden, in Industriestädten, wo ein Haus am anderen klebt, wo ringsum die Schlote rauchen und alles verdreckt und häßlich ist. Da sah ich zum erstenmal in meinem Leben mit eigenen Augen, wie die andere Hälfte unseres Volkes lebt. Offen gestanden, ich fand es grauenhaft. Und ich wollte etwas tun, damit es besser wird. Damit dies ein Land wird, in dem die Leute stolz und zufrieden leben können. Das klingt vielleicht ein bißchen naiv und idealistisch, aber ich bin fest davon überzeugt, daß es so sein sollte.»

«Schön für dich. Wenn du glaubst, daß du so etwas ändern kannst.»

«Ich hatte heute morgen ein Treffen im Unterhaus mit dem Vorsitzenden der Konservativen. Ich müßte mich als zukünftiger Kandidat um irgendeinen Wahlkreis bewerben... wahrscheinlich eine Labour-Hochburg, die man in hundert Jahren nicht gewinnen kann, die sich aber gut zum Sammeln von Erfahrungen eignet. Und dann, wenn die Zeit reif ist und wenn ich noch ein bißchen Glück habe, werde ich Abgeordneter in Westminster.»

«Und was hält Athena von der Idee?»

«Sie steht voll hinter mir.»

«Ich sehe sie schon mit blumengeschmücktem Hut auf der Tribüne der Konservativen sitzen.»

«Da ist es noch lange hin...»

Gus drückte seine Zigarette aus und beugte sich nach vorn, um dem Fahrer etwas zu sagen... «Auf der rechten Straßenseite, gleich hinter dem Krankenhaus...»

«In Ordnung, Sir.»

Offensichtlich waren sie fast da. Rupert blickte interessiert aus dem Fenster des Taxis, da er diesen Teil Londons nicht kannte. Sein Revier, zu dem das Ritz, das Berkeley, sein Klub und die großen Stadtwohnungen der Freunde seiner Mutter gehörten, besaß in allen vier Himmelsrichtungen klare Begrenzungen: den Fluß, die Shaftesbury Avenue, Regents Park und Harrods. Jenseits davon lag unbekanntes Territorium. Hier nun sah er die Spuren der Bombeneinschläge, Krater, die vorübergehend von Bauzäunen umgeben waren, und leere Wände, wo einstmals ein kleines Reihenhaus gestanden hatte. Alles wirkte ein wenig baufällig und heruntergekommen. Die Besitzer der kleinen Läden stapelten ihre Waren auch auf den Bürgersteigen: der Gemüsehändler, der Zeitungsverkäufer, der Gebrauchtmöbelhändler und das Café, dessen Fensterscheibe stark beschlagen war.

Dann hielt das Taxi, Gus bückte sich nach seiner Schachtel und stieg aus. Rupert folgte ihm. Auf dem Bordstein begann er in seiner Hosentasche nach Kleingeld zu wühlen, doch Gus kam ihm zuvor.

«Laß stecken.»

«Vielen Dank.»

«Komm», sagte Gus. Er überquerte den Gehsteig, und Rupert folgte ihm. Zwischen der Imbißstube und einem kleinen Lebensmittelladen eingezwängt, befand sich die schmale Tür, von der die dunkelbraune Farbe abblätterte. Gus zog einen Schlüssel aus der Tasche, sperrte das Schnappschloß auf und ging voraus in einen feuchten und stickigen Gang, von dem eine düstere Treppe nach oben führte. Diele und Treppe waren mit Linoleum ausgelegt und in der Luft hing ein modriger Geruch, der sich aus altem Kohl, Kater und unsauberen Toiletten zusammenzusetzen schien. Als die Tür hinter ihnen ins Schloß fiel, herrschte fast vollständige Dunkelheit.

«Ich hab dir ja gesagt, daß es übel ist», sagte Gus und begann die Treppen hinaufzusteigen. Rupert nahm den Stock in die Hand, in der er bereits die Tragetüte hielt, und folgte ihm schwerfällig, hievte sich am Handlauf des Geländers nach oben.

An der Biegung der Treppe stand eine Tür offen, und man sah in ein feuchtes Bad hinein, blickte auf gewelltes Linoleum und die Quelle des Klogeruchs. Und weiter ging es bis hinauf zum Treppenabsatz des ersten Stocks. Die Stufen führten zwar noch weiter nach oben und in zwielichtige Dämmerung, doch nun standen sie vor einer zweiten Tür. Gus öffnete sie mit seinem Schlüssel und trat hinein in ein großes Vorderzimmer mit hoher Decke, dessen zwei hohe Fenster auf die Straße hinausgingen.

Als erstes fiel Rupert die schneidende Kälte auf. Es gab zwar einen Kamin, aber kein Feuer. Der Rost war zur letzten Ruhestätte für erloschene Zündhölzer und Zigarettenstummel geworden. Ein kleines elektrisches Heizgerät stand neben dem Kamingitter, war jedoch nicht eingeschaltet. Und auch wenn es in Betrieb gewesen wäre, hätte man sich nur schwer vorstellen können, daß diese zwei winzigen Stäbe die Kälte beträchtlich hätten mildern können. Die Tapete zeigte ein unruhiges Blumenmuster, das Athena als Alptraum einer Biene bezeichnet hätte. Allerdings war es schmutzig und verblichen und begann sich an den Ecken von den Wänden zu schälen. Die schmalen und viel zu kurzen Vorhänge waren offensichtlich für einen anderen Raum angefertigt worden, und auf der schwarzen Marmorumfassung des Kamins stand eine grüne Vase mit staubigem Pampasgras. Auf den finster aufragenden, mit zerschlissenem braunem Brokat bezogenen Sofas und Stühlen lagen ein paar weiche Kissen, und auf einem Tisch, der vielleicht als Eßtisch gedacht war, stapelten sich alte Zeitungen und Zeitschriften, stand eine schmutzige Tasse und lag ein abgeschabter Aktenkoffer, aus dem Papiere – wohl alte Briefe und Rechnungen – quollen.

Nicht gerade ein heiterer Ort, dachte Rupert.

Gus stellte seinen Lebensmittelkarton auf den Tisch. Dann drehte er sich zu Rupert um. «Tut mir leid. Aber ich habe dich ja gewarnt.»

Es hatte keinen Sinn, mit seiner Meinung hinterm Berg zu halten. «So was Deprimierendes hab ich ja mein Lebtag noch nicht gesehen.»

«Wie du selbst schon sagtest: So lebt die andere Hälfte. Dabei ist es nicht mal meine eigene Wohnung. Nur eine Mietwohnung. Ich benutze das Bad neben der Treppe. Die Küche und das Schlafzimmer sind auf der anderen Seite des Treppenabsatzes.»

«Was zum Teufel machst du hier eigentlich?»

«Man hat mir die Wohnung zur Verfügung gestellt. Ich wollte nicht in ein Hotel. Ich wollte allein sein. Der letzte Bewohner hat sie so schmutzig zurückgelassen. Ich bin einfach noch nicht zum Putzen gekommen. Um die Wahrheit zu sagen, ich hatte eine Erkältung und habe drei Tage im Bett gelegen. Deswegen bin ich nicht rasiert. Heute morgen mußte ich raus, weil mir die Lebensmittel ausgingen. Mußte mir was zu essen besorgen. Was ein bißchen kompliziert ist, da ich keine Lebensmittelmarken habe.»

«Entschuldige, wenn ich das sage, aber ein bißchen mehr Ordnung könnte dein Leben schon vertragen.»

«Möglich. Möchtest du was trinken? Ich habe da eine Flasche mit etwas zweifelhaftem Whisky. Aber du mußt dich mit Leitungswasser begnügen. Oder möchtest du eine Tasse Tee? Sonst gibt es hier leider nicht viel.»

«Nein danke. Gar nichts.»

«Tja, setz dich doch und mach es dir bequem. Ich ziehe mich inzwischen um. Laß mir fünf Minuten Zeit. Hier...» er griff in seinen Karton und zog eine *Daily Mail* heraus. «Du kannst ja inzwischen was lesen.»

Rupert griff nach der Zeitung, las sie aber nicht. Sobald Gus hinausgegangen war, ließ er sie auf den Tisch sinken und stellte seine Harrods-Tüte neben Gus' Einkäufe. Er durchquerte den Raum und stellte sich ans Fenster, blickte durch die schlierig-schmutzige Scheibe hinab auf den Verkehr in der Fulham Road.

Er war innerlich ziemlich aufgewühlt und ertappte sich dabei, wie er zurückdachte, wie er versuchte, sich all der Dinge zu entsinnen, die er über Gus Callender wußte, sich jenen gemeinsam auf Nancherrow verbrachten goldenen Sommer in Erinnerung zu rufen. Aus heiterem Himmel war er in seinem schnittigen Lagonda aufgetaucht, der Schotte, Edwards Freund aus Cambridge. Ein zurückhaltender, beherrschter junger Mann, dunkel und attraktiv und von der untrüglichen Aura des Reichtums umgeben. Was hatte er denn damals von sich erzählt? Daß er in Rugby zur Schule gegangen war und daß sein Vater am Dee wohnte, in einem Landstrich, der für seine vielen riesigen Landgüter bekannt war, ob sie nun dem niederen oder dem Hochadel oder gar dem Königshaus gehörten. Da war doch viel Geld im Hintergrund gewesen. Was also war passiert?

Er erinnerte sich an Gus' andere und ganz persönliche Qualitäten. Seine Fähigkeit etwa, sich dem Lebensstil einer Familie anzupassen, die er nie vorher gesehen hatte, und auf geheimnisvolle Weise einer der Ihren zu werden. Seine Begabung zum Zeichnen, Malen und Porträtieren. Die Skizze von Edward, die einen Ehrenplatz auf Edgar Carey-Lewis' Schreibtisch einnahm, war das eindrucksvollste und sensibelste Porträt, das Rupert je gesehen hatte. Und dann die kleine Loveday. Sie war erst siebzehn gewesen. Doch ihre Liebe zu Gus und sein liebevolles Eingehen auf sie hatte alle gerührt.

Loveday hatte sich nach dem Fall Singapurs derart in die Vorstellung verbohrt, Gus sei gefallen, daß es ihr irgendwie auch gelang,

ihre Eltern davon zu überzeugen. Damals war Rupert mit seiner Panzerdivision in Nordafrika gewesen, hatte jedoch aus Athenas Briefen alles, was zu Hause vorging, in allen Einzelheiten erfahren.
Und am Ende hatte Loveday dann Walter Mudge geheiratet.
Er seufzte schwer. Er merkte, daß er alt wurde. Sein Stumpf begann zu pulsieren, ein sicheres Zeichen dafür, daß er schon zu lange auf den Beinen war. Er wandte dem Fenster den Rücken zu. Und in diesem Augenblick kam Gus zurück und sah, nachdem er sich rasiert, die langen, dichten Haare gekämmt, einen marineblauen Rollkragenpullover und ein altehrwürdiges Tweedjackett übergezogen hatte, schon ein wenig besser aus.
«Entschuldige, daß ich dich hab warten lassen. Du hättest dich hinsetzen sollen. Willst du denn wirklich nichts trinken?»
«Nein danke.» Rupert schüttelte den Kopf. Er konnte es kaum erwarten, die Wohnung zu verlassen. «Suchen wir uns doch ein Pub.»
«Hier in der Straße gibt es nur eins. Kannst du so weit gehen?»
«Wenn du keinen Sprint von mir erwartest.»
«Wir haben Zeit», erwiderte Gus.

Das Crown and Anchor war eins jener alten Pubs, die es irgendwie geschafft hatten, der Bombardierung zu entgehen, obwohl die Gebäude zu beiden Seiten in Schutt und Asche lagen, so daß es allein übriggeblieben war und wie ein alter Zahn aus dem Bürgersteig ragte. Im Innern war es dunkel und anheimelnd, viel Messing, Mahagoni, Topf-Schildblumen und ein Kamin mit einem Koksfeuer, dessen Geruch an einen alten Bahnhofswartesaal erinnerte.
Sie bestellten sich an der Theke ein Bier, und die Barfrau sagte, sie könne ihnen auch Sandwiches machen, wenn sie mit Dosenfleisch und Pickles zufrieden seien. Sie waren's zufrieden und trugen ihre Gläser zum Kamin, wo sie einen leeren Tisch fanden und es sich bequem machten, nachdem Rupert Mantel und Melone abgelegt hatte.
«Seit wann bist du eigentlich in London, Gus?»

«Ich habe zeitlich etwas den Überblick verloren.» Gus zündete sich eine weitere Zigarette an. «Was für ein Tag ist denn heute?»

«Dienstag.»

«Bin ich Freitag gekommen? Ja, doch. Und sofort hat mich die Grippe erwischt. Zumindest glaube ich, daß es eine Grippe war. Ich war aber nicht beim Arzt oder so. Hab nur die ganze Zeit im Bett gelegen und geschlafen.»

«Geht es dir jetzt wieder gut?»

«Ich fühle mich noch ein bißchen wacklig. Du weißt ja, wie das ist.»

«Und wie lange bleibst du noch?»

Gus zuckte die Achseln. «Keine Ahnung.»

Rupert hatte das Gefühl, daß er so nichts erreichen würde und aufhören mußte, um den heißen Brei herumzureden. «Hör mal, Gus», sagte er, «darf ich dir ein paar Fragen stellen? Wenn du nicht gefragt werden willst, halte ich den Mund. Aber du wirst wohl begreifen, daß ich gerne wissen würde, wie zum Teufel du in diese Lage geraten bist.»

«Es ist nicht so schlimm, wie es aussieht.»

«Darum geht es ja überhaupt nicht.»

«Womit soll ich denn anfangen?»

«Vielleicht mit Colombo? Deiner Begegnung mit Judith?»

«Ja, Judith. Das war wirklich schön: sie wiederzusehen. Sie ist so ein lieber Mensch und war so unglaublich nett. Wir hatten ja nicht viel Zeit, nur ein paar Stunden, dann mußte ich schon wieder an Bord. Ich hatte eine Flasche Whisky dabei. Black & White. Der alte Kellner aus dem Galle Face hatte ihn für Fergie Cameron aufgehoben, doch der war tot, und so gab er ihn mir.»

«Wann bist du nach England zurückgekommen?»

«Ach, weiß nicht mehr. So etwa Mitte Oktober wohl. Zuerst nach London, und dann wurden wir alle nach Aberdeen hochgekarrt. Wußtest du, daß meine Eltern gestorben sind?»

«Nein, wußte ich nicht. Das tut mir leid.»

«Ich habe es erfahren, als ich in Rangun ins Lazarett kam. Sie waren schon recht alt. Waren schon in mittleren Jahren, als ich noch ein Kind war. Trotzdem hätte ich sie gern wiedergesehen. Ich habe ihnen aus Singapur geschrieben, aus Changi. Aber sie haben den Brief nie bekommen. Sie glaubten, ich sei tot. Meine Mutter erlitt einen schweren Schlaganfall, lag drei Jahre in einem privaten Pflegeheim, ehe sie starb. Während dieser Zeit lebte mein Vater weiterhin, umsorgt von Hausmädchen und Dienerschaft, auf Ardvray. Nach Aberdeen wollte er nicht mehr zurück. Wahrscheinlich fürchtete er den Gesichtsverlust. Er war ein sehr sturer und stolzer alter Mann.»

Rupert runzelte die Stirn. «Was meinst du mit ‹nach Aberdeen wollte er nicht zurück›? Ich dachte, ihr hättet immer auf Ardvray gelebt.»

«Das haben alle gedacht. Alle hatte diese Vorstellung von riesigen Besitzungen, Heideland voller Moorhühner, alteingesessenem Landadel. Und ich habe sie nie korrigiert, weil es leichter für mich war, einfach mitzuspielen. In Wahrheit aber besaß mein Vater weder Land noch einen Adelstitel. Mein Vater war ein einfacher Aberdeener, der sich mit eigener Hände Arbeit ein Vermögen erwarb, es aus eigener Kraft zu etwas brachte. Als ich klein war, lebten wir in einem Haus in Aberdeen, und an unserem Vorgarten rasselte die Straßenbahn vorbei. Doch für mich hatte mein Vater Höheres im Sinn. Ich war sein einziges Kind. Ich sollte ein Gentleman werden. Also verließen wir Aberdeen und zogen an den Dee in eine gräßliche viktorianische Villa, in der meine Mutter sich nie glücklich fühlte. Mich schickte man in eine Privatschule, dann nach Rugby und schließlich nach Cambridge. Ein Gentleman von bester Herkunft und Erziehung. Aus irgendeinem Grund waren Herkunft und Erziehung damals, vor dem Krieg, sehr wichtig. Ich schämte mich meiner Eltern zwar nicht. Ich mochte sie sogar sehr gern. Ich bewunderte sie. Doch gleichzeitig wußte ich auch, daß sie gesellschaftlich nicht geachtet waren. Allein das auszusprechen macht mich schon fertig.»

«Was ist aus deinem Vater geworden?»

«Er starb an einem Herzanfall – bald nach meiner Mutter. Als ich nach Aberdeen zurückkehrte, dachte ich, daß ich zumindest gut situiert sei, genügend Geld hätte, um von vorn anzufangen. Aber da ist mir das ganze Desaster erst aufgegangen. Das Geld war allmählich dahingeschwunden. Die Grundstückspreise stürzten in den Keller. Die Krankenhausrechnungen für meine Mutter, der Unterhalt von Ardvray, das für eine einzige Person bewirtschaftet wurde, aber durch die Löhne für Diener, Köchin, mehrere Gärtner Unsummen verschlang, das alles trug zum Niedergang bei. Nie wäre es ihm eingefallen, seinen Lebensstil auf irgendeine Weise einzuschränken. Dann sein Kapital. Aktien und Wertpapiere. Ich hatte ja keine Ahnung, daß er soviel in Malaya, in Gummi und Zinn, investiert hatte. Und das war natürlich auch alles hin.»

Rupert kam zu dem Schluß, daß dies nicht der Augenblick war, ein Blatt vor den Mund zu nehmen. «Bist du pleite?» fragte er unverblümt.

«Nein. Nein, ich bin nicht pleite. Aber ich muß mir irgendeinen Job suchen. Ich habe Ardvray zum Verkauf angeboten...»

«Was ist eigentlich mit deinem Wagen? Dem tollen Lagonda?»

«An den kannst du dich noch erinnern, was! Der steht in irgendeiner Werkstatt in Aberdeen. Bin noch nicht dazu gekommen, ihn abzuholen.»

«Tut mir leid, Gus. Das klingt ja wirklich nicht nach einer glücklichen Heimkehr.»

«Die habe ich mir auch nie erwartet.»

Hier wurden sie von der Kellnerin unterbrochen, die ihnen die Sandwiches brachte.

«Besonders toll sind sie ja nicht. Aber mit mehr kann ich Ihnen nun mal nicht dienen. Ich hab eine bißchen Senf reingetan. Da können Sie sich vielleicht einbilden, es wär Schinken.»

Sie bedankten sich, Rupert bestellte noch einmal zwei Bier, und sie verschwand mit den leeren Gläsern. Gus zündete sich noch eine Zigarette an. «Wie wäre es mit Cambridge?» fragte Rupert.

«Wie meinst du das?»

«Ich weiß ja nicht mehr, was du studiert hast...»

«Ingenieurswesen.»

«Könntest du nicht wieder auf die Universität gehen und dein Studium beenden?»

«Nein. Das kann ich nicht. Ich kann nicht zurück.»

«Und deine Malerei?»

«Seit der Befreiung und der Einlieferung ins Lazarett in Rangun hab ich nichts mehr gemacht. Die Lust am Zeichnen war mir plötzlich vergangen.»

«Du bist so verdammt gut. Ich bin mir sicher, daß du davon leben könntest.»

«Danke.»

«Diese Skizze, die du von Edward gemacht hast. Einfach brillant.»

«Das ist lange her.»

«Ein solches Talent geht einem ja nicht verloren.»

«Ich weiß nicht. Ich weiß eigentlich gar nichts mehr. In der Klinik drängten sie mich dauernd, wieder mit dem Zeichnen anzufangen. Brachten mir Papier, Bleistifte, Farben…»

«In Rangun?»

«Nein, nicht in Rangun. Ich war noch in einer anderen Klinik. Die letzten sieben Wochen. In der psychiatrischen in Dumfries. Die Ärzte schickten mich hin, weil ich so fertig war. Ich konnte nicht mehr schlafen. Alpträume. Tatterich. Heulkrämpfe. Wohl so eine Art Nervenzusammenbruch…»

Rupert war entsetzt. «Warum hast du das denn nicht gleich gesagt?»

«Ist ja langweilig. Peinlich. Nichts, worauf man sich was einbilden kann…»

«Konnten sie dir helfen?»

«Ja. Sie waren erstaunlich gut. Klug und geduldig. Aber sie versuchten, mich immer wieder zum Zeichnen zu bewegen. Und ich war völlig blockiert. Also weigerte ich mich, und sie gaben mir statt dessen einen Korb zu flechten. Sie hatten einen herrlichen Park, und so eine nette kleine Krankenschwester ging immer mit mir spazieren. Himmel, Wald und Gras, alles war da, aber es fühlte sich nie richtig wirklich an. Es war, als würde ich durch eine dicke Glasscheibe die Welt eines anderen betrachten und wüßte dabei ganz genau, daß das alles nichts mit mir zu tun hat.»

«Geht es dir immer noch so?»

«Ja. Deswegen bin ich nach London gekommen. Ich dachte, wenn ich in die anonymste, hektischste, anstrengendste Stadt fahre und es dort aushalte, kann ich wieder nach Schottland zurückkehren und von vorn anfangen. Einer der Burschen, die mit mir im Krankenhaus waren, sagte, ich könnte seine Wohnung benutzen. Was ich damals für eine gute Idee hielt. Aber dann kam ich her, wurde krank, und es schien mir nicht mehr ganz so toll.» Hastig fügte er hinzu: «Aber jetzt geht es mir wieder gut.»

«Möchtest du bald nach Schottland zurück?»

«Ich habe mich noch nicht entschieden.»

«Du könntest nach Cornwall kommen.»

«Nein, das geht nicht.»

«Wegen Loveday?»

Gus antwortete nicht. Die Kellnerin brachte das Bier. Rupert bezahlte und ließ ein ordentliches Trinkgeld auf ihrem Tablett liegen.

«Oh, danke, Sir. Sie haben Ihre Sandwiches ja noch gar nicht gegessen. Die werden Ihnen noch ganz trocken.»

«Wir essen sie sofort. Vielen Dank.»

Das Feuer war heruntergebrannt. Sie sah es und hielt inne, um eine Schaufel Kohlen auf die Glut zu häufen. Einen Augenblick lang bildete sich schwarzer Rauch, und schon begann das Feuer wieder zu flackern.

Gus sagte: «Loveday war der schlimmste Schlag.»

«Wie bitte?»

«Von Judith zu hören, daß Loveday geheiratet hat. Der Gedanke an Loveday und Nancherrow hat mich auf dieser Scheißeisenbahn am Leben gehalten. Einmal hatte ich so schlimme Ruhr, daß ich fast daran krepiert wäre. Und es wäre das Leichteste von der Welt gewesen, sich einfach davonzumachen, aber ich hab es nicht getan. Irgendwie habe ich mich ans Leben geklammert. Hab es mir einfach nicht erlaubt zu sterben, weil ich wußte, daß ich zu ihr zurück muß. Weil sie ja auf mich wartete. Ich dachte, sie wartet. Und sie hat geglaubt, ich sei tot, und hat nicht gewartet.»

«Ich weiß. Es tut mir so leid für dich.»

«Sie hat mir ständig vor Augen gestanden, wie ein Bild. Sie und das Wasser. Der Gedanke an Wasser. An torfbraune schottische Bäche, die wie Bier über die Felsen stürzen. Wasser, das man betrachten kann, während es vorbeifließt oder auf einen leeren Strand rollt. Wasser, dem man lauschen, das man trinken, in dem man schwimmen kann. Kaltes, fließendes Wasser. Das säubert, heilt, reinigt. Die Bucht bei Nancherrow und das Meer bei Flut, tief und klar und blau wie Bristolstein. Die Bucht. Nancherrow. Und Loveday.»

Nach einer Weile sagte Rupert: «Ich finde, du solltest wieder nach Cornwall kommen.»

«Judith hat mich eingeladen. Sie hat mir geschrieben. Schon dreimal. Und ich habe keinen ihrer Briefe beantwortet. Ich hab es ein-, zweimal probiert, aber es hatte keinen Sinn. Mir fiel einfach nichts ein. Aber ich habe ein schlechtes Gewissen. Ich hab ihr versprochen, Kontakt zu halten, und habe es nicht getan. Inzwischen hat sie mich wohl schon aufgegeben.» Die Andeutung eines Lächelns huschte über sein trauriges Gesicht. «Hat mich weggeschmissen wie einen kaputten Handschuh oder eine ausgequetschte Zitrone. Und ich kann es ihr nicht verdenken.»

«Du solltest nicht hier in London bleiben, Gus.»

Gus griff nach seinem Sandwich und biß probeweise hinein. «Eigentlich ist es gar nicht schlecht.» Doch Rupert wußte nicht, ob er vom Sandwich oder von London sprach.

«Schau mal», er beugte sich nach vorn, «wenn du nicht nach Cornwall fahren willst, und ich kann dir das wirklich nachfühlen, dann komm doch mit mir nach Gloucestershire. Jetzt. Gleich. Wir fahren mit dem Taxi nach Paddington und nehmen den Zug nach Cheltenham. Dort habe ich mein Auto stehen. Und dann fahren wir nach Hause. Du kannst bei uns wohnen. Ist zwar nicht Cornwall, aber auch wunderschön. Athena wird dich mit offenen Armen empfangen, das weiß ich. Und du kannst bleiben, solange du willst. Nur, geh bitte nicht zurück in diese gräßliche Wohnung!»

Gus sagte: «Das ist eben die Endstation. Ich kann ja nicht ewig weglaufen.»

«Bitte komm.»

«Das ist wirklich sehr freundlich von dir. Aber ich kann nicht. Versuch, mich zu verstehen. Ich muß wieder zu mir selbst finden. Wenn ich das mal geschafft habe, kann ich's auch wieder mit der Welt aufnehmen.»

«Ich kann dich nicht hier zurücklassen.»

«Doch. Es geht mir gut. Das Schlimmste hab ich hinter mir.»

«Du machst auch bestimmt keine Dummheiten?»

«Zum Beispiel, mich aufknüpfen oder so was? Nein. Tu ich nicht. Und glaub bloß nicht, daß ich nicht dankbar bin.»

Rupert griff in seine Brusttasche und nahm seine Brieftasche heraus. Einen Moment lang betrachtete Gus ihn leicht amüsiert. «Und ich habe auch genug Geld. Ich brauche keine Almosen.»

«Du beleidigst mich. Ich will dir meine Karte geben. Adresse und Telefonnummer.» Er reichte sie ihm, und Gus steckte sie ein. «Versprich mir anzurufen, wenn du Schwierigkeiten hast oder etwas brauchst.»

«Wirklich nett von dir.»

«Und die Einladung bleibt bestehen.»

«Es geht mir wirklich gut, Rupert.»

Und danach gab es nicht mehr viel zu sagen. Sie aßen ihre Sandwiches, tranken ihr Bier aus, und Rupert holte sich seinen Mantel und die Melone. Er griff nach seinem Stock und der Harrods-Tüte. Sie verließen das Pub und traten in den bitteren, grauen Nachmittag hinaus. Nachdem sie eine Weile gegangen waren, kam ein Taxi die Straße entlanggerollt. Gus winkte es heran, und als es schließlich an der Bordsteinkante hielt, sahen sie sich an.

«Auf Wiedersehen.»

«Wiedersehen, Rupert.»

«Viel Glück.»

«Grüße Athena von mir.»

«Klar.»

Er stieg ins Taxi, und Gus schlug die Tür hinter ihm zu.

«Wohin, Sir?»

«Paddington Station, bitte.»

Als das Taxi anfuhr, drehte er sich auf seinem Sitz um, um noch einmal durchs Fenster zurückzublicken. Doch Gus hatte sich bereits abgewandt, entfernte sich rasch und war einen Augenblick später verschwunden.

AM SELBEN Abend, kurz vor neun, rief Rupert Rycroft, nachdem er alles mit Athena besprochen hatte, im Dower House an. Dort hatten Judith und Phyllis es sich mit ihrem Strickzeug am Feuer gemütlich gemacht und hörten sich die Operette *Wiener Blut* am Radio an. Inzwischen war sie zu Ende gegangen, und sie warteten auf die Nachrichten, als plötzlich das Telefon zu schrillen begann.

«Verdammt», sagte Judith. Nicht weil sie die Nachrichten unbedingt hören wollte, sondern weil das Telefon noch immer auf dem Gang stand und es an diesem kalten Dezemberabend da draußen ziemlich frostig war. Sie legte ihr Strickzeug beiseite, zog sich eine Wolljacke über die Schultern und bot dem eisigen Luftzug die Stirn.

«Dower House.»

«Judith. Hier Rupert. Rupert Rycroft. Aus Gloucestershire.»

«Du lieber Himmel. Das ist aber schön.» Sie rechnete mit einem längeren Gespräch und griff daher nach einem Stuhl, um sich zu setzen. «Wie geht es euch denn? Was macht Athena?»

«Uns geht es gut. Aber deswegen rufe ich nicht an. Hast du einen Augenblick Zeit?»

«Natürlich.»

«Es ist alles ein bißchen kompliziert, also unterbrich mich bitte nicht…»

Er redete und sie hörte zu. Er war in London gewesen. Hatte Gus Callender getroffen. Gus, der in einer heruntergekommenen Mietwohnung in der Fulham Road wohnte. Sie waren zum Mittagessen in ein Pub gegangen, und hier hatte Gus Rupert von all dem, was seit seiner Rückkehr geschehen war, erzählt. Vom Tod seiner Eltern, dem Dahinschwinden des väterlichen Vermögens, seinem langen Aufenthalt in der psychiatrischen Klinik.

«Klinik?» Das waren ja beunruhigende Neuigkeiten. «Warum hat er uns nichts davon erzählt? Er hätte es uns sagen sollen. Ich habe ihm geschrieben, aber er hat mir nie geantwortet.»

«Drei Briefe, hat er gesagt. Aber ich glaube, er konnte einfach nicht schreiben.»

«Geht es ihm jetzt besser?»

«Ich weiß nicht. Er sah gräßlich aus. Hat geraucht wie ein Schlot.»

«Aber weshalb ist er in London?»

«Ich glaube, er wollte nur irgendwohin, wo er ganz allein ist.»

«Kann er es sich denn nicht leisten, in ein Hotel zu gehen?»

«Ich glaube nicht, daß es ganz so schlimm ist. Nein, er wollte einfach nicht ins Hotel. Wie gesagt, er will allein sein. Mit sich ins reine kommen. Sich beweisen, daß er allein klarkommt. Irgendein Bekannter hat ihm den Schlüssel zu dieser schrecklichen Wohnung gegeben. Aber kaum war er in London, hat ihn schon die Grippe erwischt. Vielleicht hat er ja deswegen so miserabel ausgesehen, vielleicht war deswegen die Wohnung so dreckig.»

«Hat er was von Loveday gesagt?»

«Ja.»

«Und?»

Rupert zögerte. «Viel hat er nicht gesagt. Aber ich glaube, ihre Heirat hat viel mit seinem Zusammenbruch zu tun.»

«Ach, Rupert, ich kann es ihm ja nicht leichter machen. Was sollen wir denn nur tun?»

«Deswegen ruf ich dich an. Ich bat ihn, mit mir nach Gloucestershire zu kommen. Eine Weile bei mir und Athena zu bleiben. Aber er wollte nicht. Er war überaus freundlich, blieb aber eisern bei seinem Entschluß.»

«Und warum rufst du mich jetzt an?»

«Du stehst ihm näher als ich. Du hast ihn in Colombo wiedergefunden. Außerdem gehörst du nicht zur Familie. Athena und ich – das ist zu nah, das erinnert ihn an seinen Schmerz. Wir dachten, daß *du* ihm vielleicht helfen könntest.»

«Wie denn?»

«Zum Beispiel, indem du nach London fährst. Ich habe seine Adresse. Du fährst hin, besuchst ihn und schaust, ob du ihn irgendwie von da weglotsen kannst. Mit dir – bilde ich mir ein – käme er vielleicht mit nach Cornwall.»

«Rupert, ich habe ihn schon so oft gebeten. In meinen Briefen. Im letzten habe ich ihn zu Weihnachten eingeladen. Er empfindet das bestimmt als Einmischung...»

«Ich glaube, das mußt du riskieren. Könntest du fahren?»

«Ja. Gut.»

Rupert zögerte. «Weißt du, ich will dich ja nicht drängen. Aber ich glaube, wir sollten keine Zeit verlieren.»

«Du machst dir Sorgen um ihn, nicht wahr?»

«Ja, allerdings.»

«Wenn das so ist, fahre ich sofort. Schon morgen, wenn du möchtest. Biddy ist zwar verreist, aber Phyllis und Anna sind da. Ich kann also weg.» Sie überlegte kurz und faßte einen Plan. «Ich könnte sogar das Auto nehmen. Wäre vielleicht gescheiter, als mit dem Zug zu fahren. Mit dem Wagen bin ich einfach flexibler in London.»

«Wie steht es mit Benzin?»

«Biddy hat mir einen Stoß abgelaufene Marken dagelassen. Ich kann sie an der Tankstelle hier im Ort umtauschen lassen.»

«Um diese Jahreszeit ist das eine lange Fahrt.»

«Das geht schon in Ordnung. Ich kenne die Strecke. Und es ist auch nicht viel Verkehr auf den Straßen. Wenn ich morgen losfahre, kann ich in den Mews übernachten und dann gleich übermorgen früh zu ihm in die Fulham Road gehen.»

«Wenn du ihn siehst, denkst du womöglich, ich mache aus einer Mücke einen Elefanten. Aber ich glaube es eigentlich nicht. Ich bin überzeugt: Mehr als alles andere braucht Gus jetzt seine alten Freunde. Nancherrow kommt nicht in Frage, bleibst also nur du.»

«Gib mir mal seine Adresse.» Sie griff nach einem Bleistift und kritzelte die Anschrift, während er sie diktierte, auf den Umschlag des Telefonbuchs. «…es ist etwa in der Mitte der Fulham Road, hinter dem Brompton Hospital, auf der rechten Straßenseite.»

«Mach dir keine Gedanken. Ich finde es schon.»

«Judith, du bist ein Schatz. Mir fällt ein Stein vom Herzen.»

«Vielleicht kann ich ja gar nichts ausrichten.»

«Aber du kannst es versuchen.»

«Ja. Ich werde es versuchen. Danke, daß du angerufen hast. Ich hatte mir schon solche Sorgen um ihn gemacht. Ich hab ihn so ungern ziehen lassen in Colombo. Er wirkte so verletzlich und so furchtbar allein.»

«Genau das ist er wohl. Laß von dir hören.»

«Mach ich.»

Sie unterhielten sich noch eine Weile, verabschiedeten sich dann, und Judith legte den Hörer auf. Sie merkte, daß sie zitterte, bis ins Mark hinein fror, und nicht nur wegen der eisigen Temperatur auf dem Gang, sondern weil sie jetzt wußte, daß sich all ihre Befürchtungen in bezug auf Gus bewahrheitet hatten. Nach einer Weile stand sie auf und ging zurück in den Salon, um ein weiteres Scheit aufs Feuer zu legen und sich vor seine behagliche Wärme zu kauern.

Die Nachrichten waren gerade zu Ende. Phyllis langte zum Radio hinüber und schaltete es aus.

«Das war aber ein langes Gespräch», bemerkte sie.

«Ja. Rupert Rycroft hat angerufen. Wegen Gus Callender.»

Phyllis wußte über Gus Bescheid, weil Judith ihr in den Wochen nach ihrer Rückkehr von der Begegnung in Colombo erzählt hatte, und auch davon, daß ausgerechnet sie, Judith, ihm erzählen mußte, daß Loveday Walter Mudge geheiratet hatte.

«Was ist denn mit ihm?» fragte Phyllis.

Judith erklärte es ihr. Phyllis legte ihr Strickzeug in den Schoß, hörte zu und bekam ein ganz trauriges Gesicht.

«Ach, der arme Kerl. Die Welt ist wirklich ungerecht, nicht wahr? Kann Rupert nichts für ihn tun?»

«Er hat ihn nach Gloucestershire eingeladen. Aber Gus wollte nicht.»

Phyllis wirkte ein wenig beunruhigt. «Und was sollst du jetzt tun?»

«Nach London fahren und Gus dazu bringen, daß er mit mir nach Cornwall kommt.»

«Er ist doch nicht gewalttätig, oder?»

«Phyllis! Der arme Kerl. Natürlich nicht.»

«Bei diesen Geistesgestörten weiß man ja nie. Man liest ja so furchtbare Sachen in der Zeitung...»

«So ist das nicht bei ihm.» Sie dachte an Gus. «So wäre er nie.»

«Du fährst also?»

«Ja, das muß ich wohl.»

«Wann?»

«Morgen. Damit ich keine Zeit verliere. Ich nehme den Wagen. Und komme am Donnerstag zurück.»

Es entstand eine lange Pause. Dann sagte Phyllis: «Morgen

kannst du nicht fahren. Morgen ist Mittwoch. Die Dinnerparty auf Nancherrow. Jeremy Wells. Da kannst du nicht absagen.»

«Das hatte ich ganz vergessen.»

«Vergessen!» Phyllis wurde allmählich ungehalten. «Wie kannst du das bloß vergessen? Warum rast du zu Freunden von Freunden, wo du besser mal an dein eigenes Leben denken solltest? Deine Zukunft. Schieb das einen Tag auf, diese Fahrt nach London, meine ich. Fahr am Donnerstag. Einen Tag hin oder her, daran stirbt er nicht.»

«Ich kann nicht, Phyllis.»

«Also, ich finde das sehr unhöflich. Was soll denn Mrs. Carey-Lewis denken? Was wird Jeremy denken? Hofft darauf, dich nach all den Jahren endlich wiederzusehen, um dann hören zu müssen, daß du nach London abgezwitschert bist, um einen anderen Mann zu besuchen.»

«Gus ist nicht irgendein anderer Mann.»

«Kommt mir aber schon so vor. Auch wenn er ein Freund von Edward war, ist das kein Grund, dir alles zu verderben.»

«Phyllis, wenn ich nicht fahren würde, könnte ich mir für den Rest meines Lebens nicht mehr in die Augen schauen. Begreifst du denn nicht, was er durchgemacht hat? Dreieinhalb Jahre hat er praktisch in der Hölle verbracht, als sie diese Eisenbahn durch den Dschungel bauten. Schwach und krank war er, ist fast an der Ruhr verreckt. Brutal behandelt und geschlagen haben sie ihn, die grausamsten und sadistischsten Lagerwärter. Und er mußte zusehen, wie seine Freunde starben oder umgebracht wurden. Wenn nicht noch Schlimmeres. Kann man sich da noch wundern, daß er einen Zusammenbruch hat? Wie kann ich denn da an mich oder Jeremy denken?»

Ihr Ausbruch brachte Phyllis zum Schweigen. Sie saß da und starrte ins Feuer, zwar immer noch störrisch, aber zumindest brachte sie keine Einwände mehr vor. Schließlich sagte sie: «Es ist wie bei den Deutschen und den Juden. Ich verstehe nicht, wie menschliche Wesen andere so unmenschlich behandeln können. Jess hat mir Sachen erzählt. Sachen! Manchmal, wenn wir allein waren, beim Kochen, oder wenn sie im Bett lag und ich ihr gute Nacht sagte. Vielleicht war es ja bei ihr und dem australischen Mädchen nicht ganz so schlimm. Zumindest mußten sie keine Eisenbahn bauen. In diesem letzten Lager, in dem sie war, in Asulu, waren die Zustände so schlimm, da gab es so wenig zu essen, daß zehn Frauen unter Führung der Ärztin zum Kommandanten gingen, um sich zu beschweren. Und der ließ sie alle auspeitschen, ihnen die Köpfe scheren und sie fünf Tage lang in einen Bambuskäfig sperren. Das hat mich verfolgt, Judith, dieses Bild. Wenn sie fähig sind, Frauen und Kindern so was anzutun...»

«Ich weiß», sagte Judith. Jess hatte ihr das alles nie erzählt, aber Phyllis hatte sie sich anvertraut. Und Judith war froh darüber, denn das hieß, daß sie all die Schrecken nicht in sich hineinfraß. «Ich weiß», sagte sie noch einmal.

Phyllis seufzte. «Tja, das wär's dann. Wann geht es denn los?»

«Gleich morgen früh. Ich nehme Mrs. Somervilles Wagen.»

«Glaubst du, daß er gleich mit dir mitkommt?»

«Ich weiß es nicht.»

«Falls ja, wo lassen wir ihn denn dann schlafen?»

«Wir werden ihm Mrs. Somervilles Zimmer geben müssen.»

«Dann werde ich es putzen. Das Bett frisch beziehen. Du solltest lieber Mrs. Carey-Lewis anrufen.»

«Mach ich. Sofort.»

«Du siehst ziemlich erschlagen aus, nach all den Aufregungen. Wie wär es denn mit einer schönen heißen Schokolade, hm?»

«Das wäre wunderbar.»

«Dann mach ich uns mal eine.» Phyllis rollte ihr Strickzeug zusammen und steckte die Nadeln ins Wollknäuel. «Das muntert uns noch ein bißchen auf vorm Zubettgehen.»

JUDITH GING wieder in die Halle und wählte die Nummer von Nancherrow.

«Ja.»

«Diana, hier ist Judith.»

«Darling!»

«Entschuldigen Sie, daß ich so spät anrufe.»

«Was ist denn los?»

Wieder folgten Erklärungen. Hin und wieder stieß Diana kleine gequälte Schreie aus oder brachte ihr Entsetzen zum Ausdruck. Aber abgesehen davon, war sie sehr verständig und stellte weder Fragen, noch unterbrach sie sie.

«...also fahre ich morgen nach London. Wenn es Ihnen recht ist, übernachte ich in den Mews und bringe Gus dann am Donnerstag mit nach Hause.»

«Aber meine Dinnerparty! Mein Begrüßungsfest!»

«Ich weiß. Es tut mir leid. Aber ich schaffe es einfach nicht.»

«Darling, das ist ja nicht zum Aushalten! Wir haben so ein tolles Menü geplant.»

«Es tut mir wirklich leid.»

«Ach, so ein Mist! Warum passieren diese Dinge nur immer zur falschen Zeit?»

Darauf gab es keine Antwort, weshalb Judith entgegnete: «Was machen wir mit Loveday?»

Langes Schweigen. Dann seufzte Diana hörbar: «Ach ja. Stimmt.»

«Loveday will nicht, daß Gus nach Cornwall kommt. Sie will ihn nicht sehen. Hat sie mir jedenfalls gesagt.»

«Ach je, wie schwierig das alles ist.»

«Ich glaube, Sie sollten ihr nichts von Gus erzählen. Falls er ins Dower House kommt, sollte sie es wohl besser nicht erfahren. Es gibt keinen Grund, es ihr zu sagen.»

«Früher oder später wird sie es ja doch erfahren.»

«Schon, aber nicht sofort. Nach dem, was Rupert mir erzählt hat, sieht es nicht so aus, als sei Gus derartigen emotionalen Konfrontationen gewachsen.»

«Ich hasse diese Geheimniskrämerei.»

«Ich auch. Es ist ja nur für ein, zwei Tage, bis wir sehen, wie sich die Dinge entwickeln. Sie geben Ihre Dinnerparty und sagen Loveday, daß ich verreisen mußte. Und schärfen Sie auch dem Colonel und Jeremy ein, daß sie ihr nichts verraten dürfen. Falls Gus wirklich mitkommt und eine Weile bei uns bleibt, muß Loveday es natürlich erfahren. Aber vorerst sollten wir den Mund halten, finde ich.»

Eine lange Zeit schwieg Diana. Judith hielt den Atem an. Doch als Diana dann wieder sprach, sagte sie lediglich: «Ja. Natürlich. Du hast selbstverständlich recht.»

«Tut mir leid, daß ich Ihnen Ihre Party vermassele.»

«Dem lieben Jeremy wird es wohl auch leid tun.»

MAN HATTE ihm sein altes, vertrautes Zimmer angewiesen. Schwer an seinem zerbeulten grünen Marinekoffer schleppend, stieg er allein nach oben. Sein letzter Besuch auf Nancherrow lag so lange zurück, daß er sich nicht sofort ans Auspacken machte, sondern den Koffer auf den Gepäckrost am Fußende des Bettes warf. Er trat ans Fenster, riß es auf, blickte hinaus und empfand eine tiefe Befriedigung über diese langerinnerte Aussicht. Es war fast Mittag. Von Zeit zu Zeit brach ein launischer Sonnenstrahl durch die Wolken. Wäsche flatterte auf einer Leine, und die Tauben stolzierten übers Kopfsteinpflaster oder drängten sich auf der kleinen Plattform vor dem Taubenschlag, gurrten unermüdlich und schimpften vermutlich über die Kälte. Einen solchen Augenblick mußte man einfach genießen. Und von Zeit zu Zeit mußte er sich daran erinnern, daß der Krieg vorbei und er wirklich für immer nach Cornwall zurückgekehrt war. Dies war wieder so ein Augenblick. Und er wußte, daß er mit ein bißchen Glück nie mehr lange von diesem magischen Fleckchen Erde, das er immer als seine zweite Heimat betrachtet hatte, getrennt sein würde. Dankbarkeit durchflutete ihn, Dankbarkeit darüber, daß er dies erleben durfte, nicht getötet worden war, sondern hatte zurückkehren dürfen.

Kurz darauf schloß er das Fenster, um sich um seinen Koffer zu kümmern. Doch noch ehe er dazu kam, hörte er rasche Schritte auf dem Korridor und die Stimme seiner Gastgeberin.

«Jeremy!» Mit Schwung wurde die Tür aufgerissen, und da stand sie in ihrer praktischen grauen Flanellhose und einem riesigen blaßblauen Mohairpullover und schaffte es dennoch, irgendwie zerbrechlich und ungeheuer feminin zu wirken. «Darling! Entschuldige, daß ich nicht da war, um dich zu begrüßen. Hab telefoniert, wie immer. Wie geht es es dir denn?» Sie küßte ihn zärtlich und ließ sich auf sein Bett sinken. Offensichtlich hatte sie eine längere Plauderei im Sinn. «Wie war die Fahrt?» fragte sie, als käme er Hunderte von Meilen her und nicht bloß aus Truro. «Mein Gott, wie schön, daß du mal wieder da bist! Großartig siehst du aus. Mit dieser Mittelmeerbräune. Darling, sehe ich da etwa ein graues Haar an deiner Schläfe?»

Ein wenig verlegen griff sich Jeremy an die Schläfe und nach dem drohenden Anzeichen des herannahenden Alters. «Ja, ich glaube schon.»

«Mach dir nichts draus. Ich finde das recht distinguiert. Schau erst mal mich an! Silbern wie ein Sixpence. Aber jetzt hör mir mal zu. Ich habe dir soviel zu erzählen, daß ich gar nicht weiß, wo ich anfangen soll. Das Wichtigste zuallererst. Du weißt doch, daß Judith wieder zu Hause ist?»

«Ja, das weiß ich. Mein Vater hat es mir erzählt. Auch, daß ihre Eltern tot sind und Jess wiederaufgetaucht ist.»

«Das arme kleine Ding. Hat eine so schlimme Zeit durchgemacht und ist derart tapfer. Ich möchte sie nicht unbedingt vernünftig nennen, das ist ein zu schwacher Ausdruck dafür. Aber ich kenne niemanden, der soviel gesunden Menschenverstand an den Tag legt. Abgesehen davon, daß sie furchtbar hübsch ist und die süßeste kleine Figur hat. Aber Jess ist momentan nicht das Thema, über das ich mit dir reden muß… Jeremy, erinnerst du dich noch an Gus Callender? Er war in diesem letzten Sommer vorm Krieg hier zu Besuch.»

«Aber natürlich. Lovedays Freund, der in Singapur gefallen ist.»

«Darling, er ist nicht gefallen. Er hat es überlebt. Als Kriegsgefangener. Burma-Eisenbahn. Es ist ganz, ganz entsetzlich. Judith hat ihn in Colombo getroffen und ihm erzählt, daß Loveday verheiratet ist. Natürlich war er völlig fassungslos. Und dann, als sie wieder hier war, hat sie Loveday erzählt, daß Gus noch am Leben ist, und Loveday hat es Edgar und mir gesagt.»

Jeremy fiel darauf nichts ein außer einem: «Ach du lieber Himmel!»

«Nicht wahr? Alles reichlich kompliziert, nicht wahr? Na ja, jedenfalls ging er zurück nach Schottland und verschwand irgendwie von der Bildfläche. Judith schrieb ihm – sie machte sich wohl Sorgen um ihn und fühlte sich für ihn verantwortlich. Aber er reagierte nicht darauf. Und dann ist gestern Rupert in London und entdeckt ihn plötzlich auf der Straße – einen taumelnden Kerl, der völlig erledigt wirkt. Ganz und gar deprimierend. Rupert überredete ihn, mit ihm essen zu gehen. Und Gus erzählte ihm, daß er einen absolut gräßlichen Nervenzusammenbruch hinter sich hat und in so einer Art Klapsmühle war. Während er im Gefängnis war, sind seine alten Eltern gestorben, und das ganze Vermögen ging verloren... eine entsetzliche Geschichte. Rupert war völlig erschlagen. Er versuchte, Gus mit nach Gloucestershire zu nehmen, wozu der sich aber nicht bewegen ließ.»

«Wo wohnt er denn in London?»

«In irgendeiner schmutzigen Wohnung in einem scheußlichen Viertel, in das man normalerweise keinen Fuß setzt.»

«Und warum erzählen Sie mir das jetzt alles?»

«Ach je, es ist eine ziemlich lange Geschichte, nicht wahr? Aber es gehört eben alles dazu. Die Sache ist die: Judith ist heute nach London gefahren, um zu sehen, ob sie ihm irgendwie helfen kann. Ob sie ihn vielleicht mit zum Dower House nehmen kann.»

«Und was ist mit Loveday?»

«Loveday hat uns gesagt, daß sie Gus nicht sehen will. Ich denke, sie schämt sich ein wenig. Nicht, daß sie sich schämen müßte. Aber irgendwie ist es schon verständlich...» Sie verstummte. Hoffnungsvoll blickte sie Jeremy an. «Du verstehst das doch, nicht wahr, Jeremy, Darling?»

Er seufzte. «Ja, ich denke schon.»

«Es ist alles ein bißchen deprimierend, weil ich für heute abend eine ganz tolle Begrüßungsfeier für dich geplant hatte. Nettlebed hatte schon die Fasanen gerupft, und Mrs. Nettlebed wollte eine Pflaumencharlotte machen. Edgar war ganz beschwingt in seinem Keller zugange und hat Wein ausgesucht. Aber dann ruft Judith mich gestern abend an und erzählt, daß sie nach London muß. Und gleich danach sagt mir Loveday, daß Walter es auch nicht schafft. Also dachten wir: Vergessen wir es lieber vorerst. Ist sowieso schon alles enttäuschend genug.»

«Machen Sie sich keine Gedanken», beschwichtigte Jeremy sie tapfer. «Es war nett von Ihnen, überhaupt etwas zu planen.»

«Tja. Wir werden es wohl einfach verschieben.» Sie schwieg einen Moment und blickte dann auf ihre winzige goldene Armbanduhr. «Ich muß gehen. Ich habe Edgar versprochen, den Getreidehändler wegen des Hühnerfutters anzurufen. Es ist noch nicht gekommen, und die armen Hühnerchen sind am Verhungern.» Sie stand auf. «Paßt es dir, wenn wir um eins essen?»

«Ausgezeichnet.»

Sie ging zur Tür und wandte sich, als sie bereits den Knauf in der Hand hielt, noch einmal um.

«Jeremy. Falls Gus tatsächlich mit Judith zurückkommt, dann soll Loveday nichts davon mitbekommen. Vorerst jedenfalls. Bis wir wissen, wie es ihm geht.»

Jeremy verstand. «Gut.»

Sie schüttelte den Kopf und machte ein unglückliches Gesicht. «Ich hasse diese Geheimniskrämerei. Du nicht auch?» Doch noch ehe er darauf antworten konnte, war sie schon verschwunden.

Sie überließ ihn seinem unausgepackten Koffer und seinen aufgewühlten Gedanken. Das neue Leben im Frieden, so schien es ihm, bedeutete in erster Linie, daß von allen Seiten die Probleme, anstehenden Entscheidungen und endlich zu klärenden, schon viel zu lange aufgeschobenen Angelegenheiten massiert auf ihn eindrangen. Nur wenige Formalitäten waren noch zu erledigen, bevor er die Königliche Marine verließ, mit einem ausgezeichneten Zeugnis seines Schiffsarztes und einer kleinen Abfindung des dankbaren Vaterlandes. Doch er war nach Hause gekommen und hatte seinen alten Vater in gedrückter Stimmung vorgefunden. Eine Labour-Regierung war inzwischen im Amt, und man sprach nur noch vom staatlichen Gesundheitsdienst, der das bisherige Gesundheitswesen völlig umkrempeln sollte und den alten Berufsstand der Hausärzte obsolet machen würde. Jeremy hatte zwar das Gefühl, daß dies nur gut sein könne, sah aber auch, daß sein Vater zu alt war, um sich auf die damit einhergehenden Umwälzungen einzustellen.

War dies vielleicht der Augenblick, sich zu verändern, statt in die Praxis nach Truro zurückzukehren? An einem neuen Ort und mit neuen Kollegen von vorn zu beginnen. Mit jungen Männern und modernen Heilmethoden. Ein Kollege aus der Marine hatte ihn bereits darauf angesprochen und ihm seine Vorstellungen dargelegt, die Jeremy äußerst reizvoll fand. Doch ehe er mit Judith gesprochen hatte, konnte er sich nicht festlegen.

Sie war sein letztes und schwierigstes Problem. Mehr als alles andere sehnte er sich danach, sie wiederzusehen. Doch gleichzeitig fürchtete er diese Konfrontation, die seine langgehegten Träume für immer zerstören konnte. Seit jener gemeinsam verbrachten Nacht in London war sie ihm all die Jahre nicht aus dem Sinn gegangen. Auf dem Atlantik, in Liverpool, in Gibraltar und auf Malta begonnene Briefe hatte er nie zu Ende geschrieben. Immer wieder waren ihm die Worte ausgegangen, hatte er die Nerven verloren, das holprige Geschreibsel zusammengeknüllt und in den Papierkorb geworfen. Was hat es denn für einen Sinn? hatte er gedacht und sich eingeredet, daß sie ihn vergessen und einen anderen gefunden habe.

Sie war nicht verheiratet. Das wußte er zumindest. Aber Dianas Eröffnungen über Gus Callender erfüllten ihn mit Besorgnis. Was Gus' Rückkehr für Loveday bedeutete, war völlig nachvollziehbar. Doch nun schien Judith plötzlich genauso betroffen von der Sache. Die Tatsache, daß sie die Einladung zu Dianas Begrüßungsfest abgesagt und statt dessen lieber zu ihm nach London geeilt war, ließ Jeremy Wells nichts Gutes ahnen. Andererseits natürlich war Gus Edwards Freund und Edward Judiths große Liebe gewesen. Vielleicht hing es damit zusammen. Vielleicht aber war aus Mitleid ein tieferes Gefühl geworden? Liebe? Er wußte es nicht. Er wußte schon so lange so vieles nicht mehr.

Plötzlich brauchte er ganz dringend einen Drink. Einen rosa Gin. Sein Koffer konnte warten. Er ging ins Bad und wusch sich die Hände, fuhr sich mit dem Kamm durchs Haar und trat, auf der Suche nach flüssigem Seelentröster, auf den Gang hinaus.

JUDITH SAH sich ein letztes Mal um und vergewisserte sich, daß sie auch wirklich nichts vergessen hatte. Das Bett war abgezogen, Teetasse und Untertasse gespült und zum Trocknen aufs Abtropfbrett gestellt. Der Kühlschrank ausgeschaltet, die Fenster geschlossen und verriegelt. Sie griff nach ihrer kleinen Reisetasche, stieg die schmale Treppe hinunter und trat zur vorderen Tür hinaus, die sie fest hinter sich zuschlug.

Es war neun Uhr früh und immer noch nicht ganz hell. Der Himmel war dunkel und bewölkt, und in der Nacht hatte es gefroren. In den kleinen Häusern der Mews brannten immer noch die Lampen und warfen gelbe Quadrate auf das vereiste Kopfsteinpflaster. Blumentröge und Fensterkästen waren leer, doch irgend jemand hatte einen Weihnachtsbaum gekauft und ihn neben der Tür an die Hauswand gelehnt. Vielleicht würden sie ihn heute mit hineinnehmen, um ihn zu schmücken und mit bunten Lichtern zu bestecken.

Sie hievte ihre Tasche in den Kofferraum von Biddys Wagen und glitt hinters Steuer. Der Wagen mochte es nicht, wenn man ihn über Nacht in der Kälte stehenließ, und brauchte zwei, drei heisere Anläufe, ehe er schließlich stotternd ansprang und dabei gewaltige Abgasschwaden ausstieß. Sie schaltete die Seitenlichter ein, fuhr die Mews hinunter und durch den Bogen am unteren Ende der Straße.

Es war schon merkwürdig, wieder in London zu sein, jetzt wo keine Sperrballons mehr am Himmel schwebten und alle Straßenlaternen brannten. Doch die Bombenschäden waren noch überall zu erkennen. Und als sie die Sloane Street hinauffuhr, sah sie, daß – obwohl man die Bretter vor den Schaufenstern entfernt hatte – die Weihnachtsauslagen in den herrlichen Geschäften keinesfalls an den üppigen Luxus der Vorkriegszeit heranreichten.

Zu dieser Stunde waren schon viele Leute unterwegs. Mütter, die mit ihren Kindern zur Schule hasteten, Angestellte, die scharenweise in die Schächte der U-Bahn hinabströmten oder geduldig vor den Bushaltestellen anstanden. Alle sahen ein wenig schlapp und mitgenommen aus, genau wie ihre Kleidung. Und einige der in Mäntel, Stiefel und Kopftücher eingemummten Frauen wirkten schäbig wie Bäuerinnen.

Am Ende der Sloane Street bog sie an der Ampel nach rechts, fuhr die Brompton Street hinunter und schließlich in die Fulham Road. *Immer eins nach dem anderen,* sagte sie sich, während sie so dahinfuhr. Schon die ganze Zeit sagte sie sich das vor, seit sie am frühen Morgen des Vortags Rosemullion verlassen hatte. *Volltanken und die Reservekanister auffüllen lassen.* (Denn an den Tankstellen unterwegs würde man ihre illegalen Benzinmarken vielleicht nicht so bereitwillig akzeptieren.) *Nach London fahren. Zu den Mews fahren. Übernachten.* Und jetzt hieß es, *Gus' Wohnung finden. Klingeln. Warten, bis er an die Tür kam.* Und wenn er nicht kam, was machte sie dann? Sollte sie die Tür aufbrechen lassen? Die Polizei oder die Feuerwehr anrufen? Und wenn er kam, was würde sie ihm sagen? Sie dachte an Diana. Diana war nie um Worte verlegen. *Gus. Darling. Hallo. Ich bin's. Ist das nicht ein herrlicher Morgen!*

Sie passierte das Brompton Hospital, verlangsamte das Tempo und begann über Ladenfenstern und Eingängen nach Hausnummern Ausschau zu halten. Fast war sie da. Zwischen zwei Seitenstraßen eine Reihe kleiner Läden, deren Besitzer herauskamen, um Kisten mit Rosenkohl auf den Bürgersteig zu stapeln oder ihre Zeitungsstände aufzubauen. Sie sah das Café, einen von Ruperts Orientierungspunkten, und hielt am Bordstein. Stieg aus dem Wagen und sperrte ihn ab. Eingezwängt zwischen dem Imbiß und einem kleinen Lebensmittelgeschäft entdeckte sie die schmale Tür. Am Türpfosten befanden sich zwei Klingeln, die mit bekritzelten Pappefetzchen beschildert waren. Auf einem stand NOLAN, auf dem anderen PELOVSKY. Was ihr nicht gerade weiterhalf. Sie zögerte einen Moment und drückte dann auf PELOVSKY. Sie wartete.

Nichts geschah. Also drückte sie noch einmal. Wenn weiterhin nichts passierte, würde sie es eben mit Nolan versuchen. Ihre Füße in den pelzgefütterten Stiefeln begannen zu frieren. Die Eiseskälte des Bürgersteigs drang durch die Gummisohlen. Vielleicht war Gus ja noch im Bett und schlief. Vielleicht funktionierte auch die Klingel nicht. Vielleicht sollte sie im Café Zuflucht suchen und eine Tasse Tee trinken…

Dann hörte sie Schritte, irgend jemand kam eine Treppe herab. Sie beobachtete die Tür. Ein Schloß klickte, die Tür schwang nach innen, und da stand, endlich, kaum zu glauben: Gus.

Einen Moment lang starrten sie sich nur schweigend an. Judith hatte es momentan die Sprache verschlagen vor lauter Erleichterung darüber, daß sie ihn doch noch aufgestöbert hatte. Und Gus war offensichtlich völlig verdattert, sie an seiner Schwelle zu sehen.

Irgend etwas mußte sie nun sagen. «Wußte gar nicht, daß du Pelovsky heißt.»

«Heiß ich auch nicht. Das ist ein anderer.»

Er sah gar nicht so übel aus. Nicht so schlimm, wie sie befürchtet hatte. Entsetzlich dünn und blaß natürlich, aber immerhin rasiert und mit seinem dicken Rollkragenpullover und der Kordhose leger, aber anständig gekleidet.

«Du solltest mal das Kärtchen auswechseln.»

«Judith, was zum Teufel machst du hier?»

«Ich besuche dich. Und ich bin fast erfroren. Kann ich reinkommen?»

«Natürlich. Entschuldige...» Er trat zurück und machte ihr Platz. «Komm...»

Sie trat durch die Tür, und er zog sie hinter ihnen zu. Es war fast stockdunkel, und ein abgestandener und unangenehmer Geruch hing in der stickigen Atmosphäre.

«Nicht gerade herrschaftlich – mein Eingang», entschuldigte er sich. «Komm mit rauf.»

Er ging voran, und sie folgte ihm die düstere Treppe hinauf. Als sie den Treppenabsatz erreicht hatten, sah sie die einen Spalt geöffnete Tür. Sie traten ein und gingen weiter in das dahinterliegende Zimmer mit der abschreckenden Tapete und den sparsamen Vorhängen. Im Kamin brannte beherzt ein kleines Elektrofeuerchen. Und obwohl die beiden Heizstäbe eine schwache Wärme verbreiteten, waren die schmutzigen Fenster immer noch mit Rauhreif bedeckt, und es herrschte eine sibirische Kälte.

«Laß lieber den Mantel an», sagte er. «Entschuldige, daß alles ein bißchen schmutzig ist. Ich habe gestern morgen versucht zu putzen, aber ich fürchte, man sieht kaum was davon.»

Es gab einen Tisch. Sie sah, daß er Papiere und Akten und die Reste der Zeitung vom Vortag zur Seite geschoben hatte, um für

sein Frühstück, eine Teetasse und einen Teller mit einer Toast-
scheibe, Platz zu machen.

«Ich habe dich gestört», sagte sie.

«Nicht im geringsten. Bin schon fertig. Mach es dir bequem...»
Er ging hinüber zum Kamin, nahm eine Zigarettenschachtel und
ein Feuerzeug vom Sims. Als er sich die Zigarette angezündet
hatte, drehte er sich um, lehnte sich mit den Schultern an den Kamin, und über den Kaminvorleger hinweg begegneten sich ihre
Blicke.

Es hatte keinen Sinn, um den heißen Brei herumzureden. «Rupert hat mich angerufen», sagte sie.

«Ah.» Als sei nun alles auf einen Schlag klar. «Ich verstehe.
Dachte mir schon so was.»

«Du darfst es ihm nicht übelnehmen. Er hat sich wirklich Sorgen gemacht.»

«Er ist so ein netter Kerl. Aber ich fürchte, er hat mich am falschen Tag erwischt. Die Grippe, weißt du. Inzwischen geht es mir
besser.»

«Er hat mir erzählt, daß du krank warst. Daß du im Krankenhaus warst.»

«Ja.»

«Hast du meine Briefe bekommen?» Gus nickte. «Warum hast
du mir nicht geantwortet?»

Er schüttelte den Kopf. «Ich war einfach nicht in der Lage, mit
irgend jemandem Kontakt aufzunehmen, ganz zu schweigen davon, etwas zu Papier zu bringen. Tut mir leid. Ganz schön undankbar, was? Nachdem du so freundlich zu mir warst.»

«Als ich nichts von dir hörte, hab ich mir wirklich Sorgen gemacht.»

«Das sollst du aber nicht. Du hast genügend eigene Probleme.
Wie geht es denn Jess?»

«Ihr geht es gut. Sie hat sich prima eingewöhnt.»

«Ein echtes Wunder, daß du sie wiedergefunden hast.»

«Ja. Aber ich bin nicht gekommen, um über Jess zur reden...»

«Seit wann bist du hier?»

«Seit gestern. Ich bin mit dem Wagen da. Er steht draußen auf der Straße. Ich habe die Nacht in Dianas Haus verbracht. Und danach bin ich gleich hierhergekommen. Rupert hat mir deine Adresse gegeben. Es war nicht allzuschwer zu finden.»

«Machst du Weihnachtseinkäufe?»

«Nein, ich bin nicht zum Einkaufen gekommen. Ich bin deinetwegen da. Aus keinem anderen Grund.»

«Wie schön. Das ist wirklich sehr nett von dir.»

«Ich möchte, daß du mit mir nach Cornwall kommst.»

Wie aus der Pistole geschossen sagte er: «Ich kann nicht. Danke, aber das geht nicht.»

«Weswegen bist du eigentlich in London?»

«Ein Ort ist so gut wie jeder andere.»

«Wozu?»

«Um allein zu sein. Wieder mit mir ins reine zu kommen. Mich ans Alleinleben zu gewöhnen und auf eigenen Füßen zu stehen. Die Psychiatrie nimmt einen ganz schön mit. Und irgendwann muß ich ja auch anfangen, mich nach einem Job umzutun. Hier habe ich Kontakte. Alte Schulfreunde, Kameraden aus der Armee. So eine Art Netzwerk.»

«Hast du sie schon besucht?»

«Noch nicht...»

Sie nahm ihm das alles nicht so recht ab und vermutete, daß er sie beschwichtigen und auf diese Weise loswerden wollte.

«Ist das denn so wichtig? Daß man einen Job hat?»

«Ja. So dringend zwar auch wieder nicht, aber auf lange Sicht dennoch notwendig. Rupert hat dir ja wahrscheinlich geschildert, unter welchen Umständen mein Vater starb. Bei seinem Tod war sein Kapital auf die eine oder andere Weise zu einem Bruchteil seines einstigen Vermögens zusammengeschmolzen. Ich kann mir das Leben eines müßigen Gentleman einfach nicht mehr leisten.»

«So wie ich dich kenne, dürfte dir das doch gar keine allzu großen Schwierigkeiten bereiten.»

«Nein. Aber es besteht nun mal die Notwendigkeit, zu handeln, etwas zu unternehmen.»

«Aber doch nicht sofort. Du mußt dir ein bißchen Zeit lassen. Du warst schließlich krank. Hast eine schlimme Zeit hinter dir. Jetzt haben wir Winter, alles sieht trostlos aus, Weihnachten steht vor der Tür. Komm doch mit. Jetzt gleich.» Sie hörte den bettelnden Ton in ihrer Stimme. «Pack dir was ein, sperr die Wohnung ab und laß uns nach Hause fahren.»

«Es tut mir leid. Wirklich. Aber ich kann das nicht.»

«Ist es wegen Loveday?» fragte sie, obwohl es sie einige Überwindung kostete.

Sie dachte, er würde es abstreiten, was er aber nicht tat. Er nickte. «Ja.»

«Du mußt Loveday ja nicht sehen...»

«Ach komm, Judith, sei nicht töricht. Wie sollten wir das anstellen? Es ist doch völlig unrealistisch, sich einzubilden, wir würden uns nicht begegnen.»

«Wir müssen es ja nicht an die große Glocke hängen... brauchen es niemandem zu verraten...»

«Und was sollte ich deiner Meinung nach tun? Mit falschem Bart und dunkler Brille rumlaufen und kehlige Laute von mir geben wie ein vertriebener Mitteleuropäer?»

«Wir könnten dich als Mr. Pelovsky vorstellen.»

Es war kein guter Witz, und er fand ihn auch nicht komisch. «Ich will ihr nicht alles versauen.»

Das mußt du auch nicht. Walter Mudge und Arabella Lumb erledigen das bereits sehr gekonnt. Sie verbiß sich die Bemerkung, obwohl sie ihr auf der Zunge lag, was auch besser so war. Einmal ausgesprochen, hätte sie sie nicht mehr ungesagt machen können.

Statt dessen sagte sie: «Loveday ist in dem Fall nicht so wichtig wie du, Gus. Wir müssen jetzt an dich denken.» Darauf erwiderte er nichts. «Schau, wenn du nicht nach Rosemullion kommen willst, dann fahr doch mit mir nach Gloucestershire und bleib eine Weile bei Rupert und Athena. Sie würden sich wahnsinnig freuen, das weiß ich.»

Sein Gesicht war ausdruckslos, die dunklen, tief eingesunkenen Augen blickten düster. Es war einfach nichts aus ihm herauszubekommen. Und da sie sich bisher um Geduld bemüht hatte, wurde sie jetzt zornig. Nichts auf dieser Welt ist aufreizender als ein eigensinniger, sturer Mann.

«O Gus, warum mußt du bloß so zugeknöpft und dickköpfig sein? Warum läßt du dir von niemandem helfen?»

«Ich brauche keine Hilfe.»

«Das ist ja lächerlich! Egoistisch und zum Kotzen. Du denkst wirklich nur an dich selbst. Was glaubst du denn, wie wir uns dabei fühlen. Wenn wir uns ansehen müssen, wie einsam und allein du bist, ohne Familie, ohne Heim… ohne alles. Wir können ja gar nichts für dich tun, wenn du dir nicht selbst hilfst. Ich weiß, daß du durch die Hölle gegangen bist, und ich weiß, daß du krank warst. Aber du mußt dir doch selbst eine Chance geben. Du kannst doch nicht nur in dieser gräßlichen Wohnung rumhocken und über deinem Kummer brüten und über Loveday…»

«Ach, halt den Mund.»

Einen schrecklichen Moment lang dachte Judith, sie müßte in Tränen ausbrechen. Sie stand vom Sofa aus und ging zum Fenster, starrte hinab auf den Verkehr, bis das Brennen hinter den Augen nachgelassen hatte und sie wußte, daß sie es überstanden hatte.

Hinter ihr sagte er: «Es tut mir leid.»

Sie antwortete nicht.

«Ich würde ja gern mit dir mitkommen. Zum Teil sehne ich mich richtig danach. Aber ich habe auch Angst vor mir selbst. Vor dem, was passieren könnte. Habe Angst, wieder zusammenzuklappen.»

«Nichts kann schlimmer sein als dieser Ort», murmelte sie.

«Wie bitte?»

«Ich hab gesagt, nichts kann schlimmer sein als *das hier*.»

Sie schwiegen. Nach einer Weile hörte sie ihn sagen: «Hör mal, ich habe keine Zigaretten mehr. Ich geh kurz runter und hol mir welche am Zeitungskiosk. Bleib hier. Geh nicht weg. Es dauert nur einen Augenblick. Dann mach ich dir einen Tee oder sonstwas.»

Judith bewegte sich nicht. Sie hörte, wie er das Zimmer verließ, hörte, wie er die dunkle Treppe hinunterrannte. Die Haustür öffnete sich und fiel wieder zu.

Frierend, müde und entmutigt stieß sie einen langen, zitternden Seufzer aus. Was sollte sie als nächstes tun? Was sagen? Sie drehte sich um und ließ den Blick durch das bedrückende Zimmer schweifen. Trat an den Tisch und griff nach der Zeitung vom Vortag, die momentan die einzige Zerstreuung zu bieten schien. Die schlampig zusammengefalteten Seiten verbargen andere Besitztümer, die nun sichtbar wurden: einen zerbeulten, klaffenden Aktenkoffer, der mit alten Papieren, Briefen und Rechnungen gefüllt war, einen Pappordner, einen Notizblock und ein in Leinen gebundenes Buch oder Album, das von einem breiten Gummiband zusammengehalten wurde. Fasziniert ließ sie die Zeitung sinken und griff nach dem Buch, betrachtete den speckig-fleckigen Einband mit den Eselsohren. Sie erinnerte sich an Gus' Stimme, als sie auf der Terrasse des Galle Face gesessen und er ihr von den letzten Tagen Singapurs erzählt hatte. Wie er seine Uhr gegen Singapurdollars eingetauscht hatte, einen Gefängniswärter bestach, damit er ihm Papier, Bleistifte und einen Zeichenblock besorgte.

Sein Skizzenbuch. *Eine Art Dokumentation. Aber nicht für menschliche Augen bestimmt.* Sie wußte, daß sie ihm nicht nachspionieren durfte, und wollte es auch nicht. Aber ihre Hände schienen einer Art Zwang zu gehorchen. Sie löste das Gummiband und schlug das Buch an irgendeiner Stelle auf. Bleistiftzeichnungen. Sehr detailliert. Seite für Seite. Eine lange Reihe ausgemergelter Männer, halbnackt, deren Rücken sich unter der Last hölzerner Eisenbahnschwellen beugten und die sich im Gänsemarsch durch den Dschungel kämpften. Eine matte, an einen Pfahl gefesselte Gestalt, die man unter der unbarmherzigen Sonne ausdorren und verrecken ließ. Ein japanischer Wärter mit erhobenem Gewehrkolben über einem zum Skelett abgemagerten Gefangenen, der vor ihm im Schlamm kauerte. Und wieder eine neue Seite. Eine Hinrichtung, bei der das Blut in zwei Strahlen aus dem abgetrennten Hals schoß...

Sauer stieg ihr der Ekel in die Kehle.

Sie hörte die Haustür zufallen und Gus' Schritte auf der Treppe. Sie schlug das Skizzenbuch zu und drückte den Umschlag mit den Handflächen nieder, als schlösse sie den Deckel über einer Schachtel voll tödlich-lebendigem Horrorgewürm.

Genug. Sie sagte es laut. «Das *reicht*.»

Er war an der Tür. «Hast du was gesagt?»

Judith drehte sich zu ihm um. «Ja, das habe ich. Ich laß dich nicht hier, Gus. Ich bitte dich nicht mehr mitzukommen, ich *befehle* es dir. Und wenn du nicht willst, dann bleibe ich hier und setze dir so lange zu, bis du mitkommst.»

Von ihrem Ausbruch verwirrt, wanderte sein Blick von ihrem Gesicht auf die Tischplatte, wo er das Buch liegen sah und daneben das Gummiband, das es zusammengehalten hatte. Er sagte sehr ruhig: «Das hättest du nicht aufmachen dürfen.»

«Tja, habe ich aber. Und ich hab es mir angesehen. Du solltest das nicht mit dir rumtragen, als wären es deine einzigen Erinnerungen. Sie werden sowieso immer dasein. Sie gehen dir nicht verloren. Aber eines Tages verblassen sie, wenn du es zuläßt. Nur wirst du es allein nicht schaffen. Du mußt dich mitteilen. Es hat ja alles keinen Wert, wenn du nicht mitkommst. Es ist alles umsonst. Da bin ich diese ganze Strecke gefahren, wo Biddys Auto kaum mehr als vierzig Meilen pro Stunde schafft, habe Dianas Einladung zu Jeremy Wells' Begrüßungsparty abgesagt. Und jetzt muß ich den ganzen Weg wieder zurückfahren. Und du stehst bloß rum wie ein mumifizierter Zombie...»

«Judith...»

«Ich will nicht mehr darüber reden. Aber zum allerletztenmal, ich bitte dich. Wenn ich jetzt nicht aufbreche, komme ich nie mehr nach Hause. Es ist so schrecklich weit, und um vier wird es dunkel...»

Plötzlich wurde ihr alles zuviel, die Enttäuschung, seine Weigerung, sie anzuhören, der schreckliche Inhalt des Skizzenbuchs. Ihre Stimme versagte, und sie spürte, wie sich ihr Gesicht verzog. Schließlich brach sie vor lauter Erregung und Erschöpfung in Tränen aus. «Oh, Gus...»

Er sagte: «Weine nicht», kam zu ihr herüber, nahm sie in die Arme und hielt sie fest, bis der schlimmste Heulanfall vorüber war. «Hast du wirklich meinetwegen Dianas Einladung zu Jeremys Party abgesagt?»

Sie suchte nach einem Taschentuch und nickte. «Aber das macht nichts. So was läßt sich verschieben.» Sie schneuzte sich.

«Ich laß dich nicht gern allein zurückfahren», sagte er, «diese ganze Strecke bis Cornwall. Und mit vierzig Meilen pro Stunde noch dazu.»

Judith wischte sich die Tränen von den Wangen. «Daran kannst du wohl kaum was ändern.»

«Doch, kann ich.» Zum erstenmal lächelte er. «Laß mir nur fünf Minuten Zeit.»

SIE FUHREN über die Hammersmith und die Staines Road nach Westen und hinaus auf die A 30. Judith saß am Steuer, weil sie damit rechnete, daß Gus vielleicht schlafen wollte und sie sowieso schon an die Macken von Biddys altem Auto gewöhnt war. Gus verfolgte auf dem Beifahrersitz die Route auf einer zerfledderten Straßenkarte. Er lutschte ein Bonbon, da er, wie er sagte, zu höflich sei, um in anderer Leute Wagen Zigaretten zu rauchen. Mit Hartley Wintney ließen sie den letzten Vorort hinter sich. Die Orte, die sie danach passierten, waren Provinzstädte mit Märkten und Pubs, die The Red Lion oder The King's Head hießen, und altersgebeugten roten Backsteinhäusern, die die Hauptstraßen säumten. Salisbury, Crewkerne, Chard und Honiton. In Honiton hielten sie an. Während Gus mit dem letzten Reservekanister den Tank auffüllte, machte Judith sich auf die Suche nach etwas Eßbarem und kehrte mit zwei zweifelhaften Pastetchen und zwei Flaschen Ingwerbier zurück. Sie verzehrten die kärgliche Mahlzeit im Wagen.

«Pasteten», meinte Gus befriedigt und biß in seine hinein. Er kaute eine Weile und blickte Judith dann bestürzt an. «Das schmeckt aber nicht nach Pastete.»

«Wonach denn?»

Er probierte einen zweiten Bissen und kaute ein wenig darauf herum. «Nach Maus und Dreck mit einem Waschlappen drum herum.»

«Du kannst hier keine Nettlebedsche Pastete erwarten. Nicht nach sechs Jahren Krieg. Für eine ordentliche Pastete braucht man bestes Rinderfilet, und die meisten Leute haben inzwischen vergessen, wie ein Filet überhaupt ausschaut. Außerdem sind wir in Devon. In Devon heißen sie nicht Pasteten, sondern Tiddy-Oggies.»

«Wo hast du denn das aufgelesen?»

«Jeder, der in der Marine war, weiß, daß sie Tiddy-Oggies heißen.»

«Sapperlot!»

Sie fuhren weiter. Die Londoner Wolken waren verschwunden,
und der Abend war kalt und klar. Rot und rund wie eine Orange
stand die Wintersonne tief über den Hügeln des Dartmoors. Exeter.
Okehampton. Launceston. Dunkel jetzt, Scheinwerfer voll aufge-
blendet und nur die Öde des Moors zu beiden Seiten der schmalen
Straße.

Cornwall.

Gus wurde schweigsam. Ziemlich lange sprach er überhaupt
nichts mehr, bis er dann plötzlich fragte: «Hast du je Phantasien
gehabt, Judith?»

«Was für Phantasien denn?»

«Ach, du weißt schon. Wie man sie als Kind, als Heranwachsen-
der hat. Im Sattel eines stattlichen Scheichs durch die Wüste zu ga-
loppieren. Oder einem ertrinkenden Segler das Leben zu retten und
dann festzustellen, daß er dein Lieblingsschauspieler ist.»

«Solche eigentlich weniger. Aber ich habe mir immer vorgestellt,
der *Cornish Riviera* sei der *Orient Express* und ich unterwegs nach
Istanbul, um dort jemandem Geheimdokumente auszuhändigen,
während ich von diversen finsteren Spionen verfolgt werde. So aufregendes Agatha-Christie-Zeug eben. Und du?»

«Meine waren längst nicht so abenteuerlich. Ich war wohl einfach nie besonders tollkühn. Aber für mich waren diese Phantasien
sehr real. Es gab drei. Ganz unterschiedliche. In der einen komme
ich nach Cornwall, wo ich nie zuvor gewesen bin, und werde Maler
und Bohemien. Ich lebe in einer weiß gestrichenen Fischerkate mit
Kopfsteinpflaster vor der Haustür, laß mir die Haare wachsen und
trage einen Hut wie Augustus Johne und *espadrilles* und *bleus* wie
die französischen Arbeiter. Ich rauche Gitanes, habe ein Atelier und
schlendere tagtäglich zu irgendeinem hübschen Pub, wo ich so berühmt und geehrt bin, daß die Leute sich um mich herumdrängen
und mich zum Bier einladen.»

«Das ist ja wirklich harmlos. Aber weshalb Cornwall, wenn du
nie vorher dort gewesen bist?»

«Ich kannte es von Bildern, irgendwelchen Gemälden. Aus Beiträgen in Kunstzeitschriften. Die Newlyn School. Die Porthkerris School. Die Farbe des Meers und der Klippen, die besondere Qualität des Lichts.»

«Als Maler hättest du ganz bestimmt Erfolg gehabt.»

«Vielleicht. Es war eben nur mein kleines Hobby. So hat mein Vater es immer genannt. Und folglich landete ich in Cambridge und studierte Ingenieurswesen. Völlig andere Richtung.» Er hielt inne und schien über etwas nachzudenken. «Vielleicht sind wir die letzte Generation, die noch tut, was von ihr verlangt wird.»

«Und was waren die beiden anderen Phantasien?»

«Auch sie hatten mit Bildern zu tun. Die eine mit einem Gemälde von Laura Knight, einem Druck, den ich aus einer Zeitschrift herausgerissen hatte, später rahmte und überallhin mitnahm, ins Internat, nach Hause und an die Universität. Darauf sah man ein Mädchen auf einer Klippe. In einem alten Pullover und Tennisschuhen. Braungebrannt wie eine Zigeunerin und mit einem rotbraunen Zopf, der ihr über die Schulter fiel. Wunderschön.»

«Hast du ihn noch?»

«Nein. Auch er ist Singapur zum Opfer gefallen.»

«Und die dritte Phantasie?»

«Die war weniger konkret. Schwerer zu beschreiben. In ihr ging es darum, einen Ort oder ein Haus oder sonst irgend etwas zu finden, wohin ich gehörte. Wo ich mich zu Hause fühlen konnte. Wo ich willkommen war, ohne daß Herkunft, Vermögen oder Prestige eine Rolle dabei spielte. Wo ich mich entspannen konnte und der sein konnte, der ich bin.»

«Ich hätte nie gedacht, daß das ein Problem für dich sein könnte.»

«Es war eines, bis ich Edward Carey-Lewis traf. Erst durch die Begegnung mit Edward wurde ich Gus. Wir fuhren miteinander nach Frankreich. Danach lud er mich nach Nancherrow ein. Ich war nie zuvor in Cornwall gewesen, aber ich fuhr allein die ganze Strecke von Aberdeenshire herunter. Und als ich die Grenze Cornwalls überquerte, hatte ich dieses merkwürdige Gefühl, als käme ich nach Hause. Und als hätte ich das alles schon einmal gesehen. Ich erkannte alles wieder, und alles war mir sehr lieb und teuer. Und als ich auf Nancherrow eintraf, da fügte sich einfach alles zusammen, als sei es eigens so arrangiert. Ersonnen. Beabsichtigt. Auf Nancherrow traf ich Loveday. Und als Edward mich seinem Vater vorstellte, sagte der Colonel: *Gus, mein Lieber. Wir freuen uns so, Sie kennenzulernen. Wie schön, daß Sie gekommen sind*, oder so etwas Ähnliches. Und plötzlich war meine Phantasie keine Phantasie mehr, sondern real. All meine Träume wurden, zumindest für kurze Zeit, wahr.»

Judith seufzte. «Oh, Gus. Ich weiß nicht, ob es das Haus ist oder die Leute, die darin wohnen. Aber du bist nicht der einzige, dem es mit Nancherrow so ergeht. Und es gehört auch nicht alles der Vergangenheit an. Edward ist zwar tot, sicher. Und ich nehme an, für dich ist auch Loveday gestorben. Aber du hast immer noch eine Zukunft. Was sollte dich daran hindern, Maler zu werden? Oder hier unten zu leben, dir ein Atelier einzurichten, dich in deiner Malerei zu vervollkommnen, die dir doch soviel bedeutet und aus der du vielleicht mehr machen solltest. Nichts kann dich daran hindern.»

«Nein. Nichts. Nichts außer meinem nicht vorhandenen Selbstvertrauen. Meiner Willensschwäche. Meiner Angst vor dem Scheitern.»

«So siehst du das *jetzt*. Du warst krank. So wird es aber nicht bleiben. Du wirst dich erholen, neue Kräfte sammeln. Alles wird sich ändern.»

«Vielleicht. Wir werden sehen.» Er rutschte ein wenig auf seinem Sitz hin und her und löste die verkrampften Glieder. «Du mußt wirklich müde sein, armes Mädchen.»

«Es ist ja nicht mehr weit.»

Er kurbelte sein Fenster herunter, und jäh fegte ein Schwall kalter, frischer Luft herein. Er wandte das Gesicht zum Fenster und atmete tief ein. «Weißt du was?» sagte er. «Ich rieche das Meer.»

«Ich auch.»

Er kurbelte das Fenster wieder hoch. «Judith.»

«Was ist denn?»

«Danke.»

MIT EINEM Wedgewoodbecher starken, dampfenden Tees in der Hand klopfte Judith an die Tür von Biddys Schlafzimmer.

«Gus?»

Sie öffnete die Tür, und ein Schwall eiskalter Luft kam ihr entgegen. Die Fenster standen sperrangelweit offen, die Vorhänge flatterten im Zugwind, und die schwere Tür glitt ihr fast aus der Hand. Rasch zog sie sie hinter sich zu, und die Vorhänge beruhigten sich wieder ein wenig.

«Du mußt ja fast erfroren sein», sagte sie.

«Nein, nein.» Aufs Kissen gestützt, lag er im Bett und hatte die Hände hinter dem Kopf verschränkt. Er trug eine blaue Pyjamajacke, und an seinem Kinn schimmerten schwärzlich die Bartstoppeln.

«Ich habe dir einen Becher Tee gebracht.» Sie stellte ihn auf das Tischchen neben dem Bett.

«Du bist ein Schatz. Wie spät ist es denn?»

«Halb elf. Stört es dich, wenn ich das Fenster schließe? Der Zug geht durchs ganze Haus. Wir haben Mühe, die Wärme zu halten.»

«Tut mir leid. Ich hätte dran denken sollen. Es war einfach so gut, sich wieder mal frische Luft ins Gesicht blasen zu lassen. Die Klinik war völlig überheizt, und die Londoner Luft ist immer ein bißchen schwer und abgestanden, ganz zu schweigen vom Verkehrslärm.»

«Ich weiß, was du meinst.» Sie schloß das alte Schiebefenster, blieb einen Moment davor stehen und blickte hinaus in den Tag. Der Himmel war regnerisch und bewölkt. Ein Schauer war bereits niedergegangen, und bald mußte man mit dem nächsten rechnen. Pfützen blinkten auf den Fußwegen, und von den kahlen Zweigen der Bäume tropfte es auf die kärglichen Halme des Winterrasens herab. Die Wind heulte und hämmerte gegen das Haus, rüttelte an den Fensterrahmen. Sie drehte sich um und lehnte sich an den Messingrahmen von Biddys Doppelbett.

«Wie hast du denn geschlafen?»

«Es ging.» Er hatte sich aufgesetzt, die Knie unter der Decke angezogen, die langen Finger um den warmen Becher gelegt, und eine schwarze Locke war ihm in die Stirn gerutscht. «Als ich aufwachte, war es noch dunkel. Ich habe nur dagelegen und zugeschaut, wie es immer heller wurde. Hätte ich mit den Hühnern aufstehen und zum Frühstück kommen sollen?»

«Nein, das habe ich dir doch gestern abend schon gesagt. Ich störe dich jetzt nur, weil ich nach Penzance muß, um ein paar Lebensmittel einzukaufen. Ich dachte, vielleicht kann ich dir was mitbringen.»

«Zigaretten?»

«Klar.»

«Und Rasierseife...»

«Stange oder Kugel?»

«Gibt es immer noch Kugeln?»

«Ich kann es versuchen.»

«Einen Pinsel werde ich auch brauchen.»

«Ist das alles?»

«Ich denke schon. Ich gebe dir ein bißchen Geld mit.»

«Mach dir keine Gedanken. Ich präsentiere dir die Rechnung, wenn ich zurückkomme. Es dauert nicht lange. Zum Mittagessen bin ich wieder da. Phyllis hat eine Kaninchen-Tauben-Pastete gemacht. Kannst du das essen?»

«Wer Tiddy-Oggy essen kann, verträgt alles.»

Sie lachte. «Steh auf, wann dir danach zumute ist. Nimm ein Bad, falls du Lust hast. Die Morgenzeitung liegt im Salon, und Feuer hab ich auch gemacht.» Sie ging zur Tür und öffnete sie. «Bis später.»

«Tschüs.»

A ls sie um Viertel vor eins zurückkam, war die Küche vom köstlichen Duft der Kaninchenpastete erfüllt, und Phyllis stellte gerade einen Topf mit Rosenkohl auf den Herd. Judith plazierte ihre prallen Körbe aufs Ende des blankgescheuerten Tisches und packte ihre Einkäufe aus. «Ich habe ein paar frische Makrelen ergattert. Die können wir zum Abendessen machen. Und einen Markknochen für die Suppe. Außerdem unsere Zucker- und Butterrationen. Die scheinen jede Woche kleiner zu werden.»

«Hat Mr. Callender eine Lebensmittelkarte?»

«Ich muß ihn mal fragen. Ich glaube aber nicht.»

«Er wird eine brauchen», warnte Phyllis. «Bei der Größe ißt er wahrscheinlich das Doppelte wie wir.»

«Wir müssen ihn eben mit Kartoffeln füttern. Ist er eigentlich schon auf?»

«Ja, auf und auf den Beinen, und unterwegs war er auch schon. Er kam rein, um mich zu begrüßen, und ging dann eine Weile in den Garten. Jetzt ist er im Salon und liest Zeitung. Ich habe ihm gesagt, er soll das Feuer nicht ausgehen lassen. Ab und zu ein Scheit drauflegen.»

«Wie findest du, daß er aussieht?»

«Bißchen dünn, nicht wahr? Armer Kerl. Darf gar nicht dran denken, was er durchgemacht hat.»

«Nein», antwortete Judith. Die letzten Lebensmittel waren verstaut, und nur Gus' Sachen lagen noch auf dem Tisch. Sie nahm sie, machte sich auf die Suche nach ihm und fand ihn zeitunglesend in Biddys Sessel, in dem er sich pudelwohl zu fühlen schien. Als sie hereinkam, legte er die Zeitung beiseite.

«Mein Gewissen plagt mich schon, weil ich so faul bin.»

«Genau so soll es sein. Möchtest du was trinken? Ich glaube, es ist noch eine Flasche Bier da.»

«Nein danke.»

«Hier sind deine Sachen.» Sie setzte sich auf den Schemel neben dem Kamin und reichte ihm nacheinander aus einer oft benutzten Papiertüte ihre Einkäufe: «Yardleys Lavendel-Rasierseife in der Zedernholzkiste, das Beste vom Besten. Die haben sie zu Weihnachten reingekriegt, und der Drogist hat sie unter der Theke hervorgezogen. Ein Dachshaarpinsel. Zigaretten. Und das ist ein Geschenk von mir.»

«Judith! Was ist es denn?»

«Sieh doch nach.»

Es war ein großes und ziemlich schweres, in weißes Papier eingeschlagenes und mit Zwirn verschnürtes Paket. Er legte es auf die Knie, löste den Knoten der Schnur und riß das Papier auf, unter dem ein dicker DIN-A3-Zeichenblock, eine Schachtel HB-Bleistifte, ein schwarz emaillierter Malkasten von Windson and Newton und drei wunderschöne schwarze Pinsel zum Vorschein kamen.

Rasch sagte sie: «Ich weiß ja, daß dir momentan nicht nach Malen zumute ist. Aber ich bin mir sicher, daß das bald wiederkommt. Ich hoffe, die Sachen gefallen dir. Ich habe alles im Kunstladen gekauft. Das Papier ist wahrscheinlich nicht die Qualität, die du gern hättest, aber es war das beste, das sie hatten...»

«Es ist großartig, ein wunderbares Geschenk.» Er beugte sich vor, legte ihr die Hand auf die Schulter, zog sie zu sich heran und küßte sie auf die Wange. «Du bist eine unglaublich tolle Frau. Ich danke dir.»

«Jetzt höre ich auf, rumzukommandieren und mich einzumischen. Das versprech ich dir.»

«Ich glaube, bei dir würde mir nicht mal *das* was ausmachen.»

SIE SPEISTEN zu dritt in der warmen Küche zu Mittag. Und nach Kaninchenpastete und eingemachten Pflaumen mit Schlagsahne schlüpften Judith und Gus in Regenjacken und traten in den windigen, feuchten Nachmittag hinaus. Sie gingen nicht hinunter zum Meer, sondern schlugen hinter Rosemullion den Weg ein, der in die Heide hinaufführte. Schließlich verließen sie ihn, wanderten querfeldein über ödes Wintergras, durch braunes Farngestrüpp und Heidekrautbüschel und folgten dem gewundenen Hirtenpfad, der sie zu dem Steinhaufen oben auf dem Hügel führte. Wolkenschatten zogen vom Meer herauf. Möwen und Brachvögel flogen über ihren Köpfen. Und als sie endlich den Felsen erklommen hatten, oben standen und sich dem Wind entgegenstemmten, lag das Land um sie herum ausgebreitet, und ringsum war Horizont.

DA SIE auf einem anderen Weg zurückkehrten, wurde es wirklich ein sehr langer Spaziergang. Und es war bereits halb fünf und finster geworden, als sie wieder durchs Tor des Dower House traten.

Anna war von der Schule zurück, beugte sich eifrig über den Küchentisch und kämpfte mit ihren Hausaufgaben. Als sie durchgeblasen und erschöpft im Türrahmen erschienen, legte sie ihren Stift beiseite und blickte auf, um endlich den merkwürdigen Besuch kennenzulernen, von dem ihr ihre Mutter schon soviel erzählt hatte.

Phyllis stand neben dem Herd, wo das Teewasser kochte.

«Ihr wart ganz schön lange weg. Spürt ihr noch eure Füße?»

«Es ist ein komisches Gefühl, ohne Morag spazierenzugehen. Wir brauchen unbedingt einen eigenen Hund. Hallo, Anna. Das ist Gus Callender. Du hast ihn doch noch nicht kennengelernt, oder?»

Gus, der sich gerade aus seinem Schal wickelte, lächelte sie an. «Hallo, Anna.»

Anna errötete schüchtern. «Hallo.»

«Was machst du denn da?»

«Hausaufgaben. Rechnen.»

Er zog sich einen Stuhl heran und setzte sich neben sie. «Rechnen. Das war immer am schwersten...»

Phyllis bestrich Safranbrotscheiben mit Margarine. Ohne aufzublicken, sagte sie: «Jeremy Wells hat angerufen, von Nancherrow.»

Judith merkte, wie ihr Herz unwillkürlich einen Satz tat, und ärgerte sich sofort, daß sie so närrisch war. «Was wollte er denn?»

«Ach, nichts Besonderes.» Wieder griff sie nach einer Brotscheibe. «Hat nur gefragt, ob du wieder da bist. Ich habe es ihm gesagt. Auch, daß du mit Mr. Callender spazierengegangen bist.»

«Wie war denn die Begrüßungsparty?»

«Mrs. Carey-Lewis hat sie verschoben. Du konntest nicht kommen, und Walter hatte auch was anderes vor.»

Judith wartete darauf, daß Phyllis noch mehr erzählte, was sie jedoch nicht tat. Offensichtlich war sie wegen der ganzen Jeremy-Geschichte immer noch eingeschnappt. Um sie zu besänftigen, fragte Judith: «Hat er gesagt, ich soll zurückrufen?»

«Nein, ich soll dir nichts ausrichten. Es sei nicht wichtig, nichts von Bedeutung.»

ELF UHR, eine Stunde vor Mitternacht, und er war immer noch nicht zurück.

Loveday saß in der Sofaecke, betrachtete das Zifferblatt der Uhr und lauschte dem langsamen Ticken. Es war Wind aufgekommen. Er blies von der See herein, heulte um die Fenster des kleinen Hauses und rüttelte an den Türen. Von Zeit zu Zeit hörte sie Walters Hunde im Zwinger bellen, wagte jedoch nicht nachzusehen, was sie gestört hatte. Vielleicht ein Fuchs? Oder ein Dachs, der in den Mülltonnen herumwühlte?

Um sieben war er weggegangen. Nach dem Melken hatte er sich gewaschen und umgezogen und war im Wagen davongebraust. Nicht einmal für die Pastete, die sie ihm zum Tee gebacken hatte, war Zeit gewesen. Sie stand noch immer in der unteren Backröhre, inzwischen wohl eiskalt und ausgetrocknet. Es spielte keine Rolle. Sie hatte ihn gehen lassen, hatte schmollend geschwiegen. Denn wenn sie etwas sagte, wenn sie Einwände machte, protestierte oder Erklärungen verlangte, würde er nur wieder mit einem Wutausbruch reagieren, das wußte sie – wieder ein Streit, der erst durch den ohrenbetäubenden Schlag, mit dem er die Tür hinter sich ins Schloß krachen ließ, beendet würde. Offensichtlich hatten sie sich wirklich nichts mehr zu sagen. Nur Grausamkeiten und Beleidigungen konnten sie sich noch an den Kopf werfen.

Die unbekümmerte Einladung ihrer Mutter zu Jeremy Wells' Begrüßungsparty auf Nancherrow hatte Loveday mit einer Art Panik erfüllt. Denn in Walters momentanem Zustand war kein Verlaß mehr darauf, daß er gute Miene zu allem machte. Und wenn er das nicht tat, würden ihre Eltern die Feindseligkeit zwischen ihnen spüren und Fragen stellen. Schon allein Walter von der Einladung zu erzählen war eine kleine Mutprobe. Und sie war fast erleichtert, als er sagte, er habe Besseres vor, als auf schicke Dinnerpartys zu gehen, und überhaupt habe er schon etwas vor an diesem Abend.

«Du hast Jeremy doch immer gemocht.»

«Er ist in Ordnung.»

«Willst du ihn denn nicht wiedersehen?»

«Ich seh ihn schon noch früh genug. Und falls *er mich* sehen will, kann er ja jederzeit auf die Farm hochkommen.»

Also hatte Loveday ihre Mutter angerufen und Walter entschuldigt, um dann wiederum von Diana zu erfahren, daß die kleine Party auf unbestimmte Zeit verschoben war, weil auch Judith nicht kommen konnte.

«Was macht sie denn?» hatte Loveday gefragt.

«Sie ist nach London gefahren.»

«Nach London? Wozu denn?»

«Oh! Ich weiß nicht. Vielleicht macht sie Weihnachtseinkäufe. Jedenfalls ist die Sache fürs erste abgeblasen. Wir holen das ein andermal nach. Wie geht es Nat?»

«Gut.»

«Gib ihm einen Kuß von mir.»

Darüber mußte sie sich also keine Gedanken mehr machen. Doch dafür gab es jetzt eine Menge anderer Dinge.

Seit jenem Nachmittag, an dem Judith zum Tee bei ihr gewesen war und Loveday sich ihr anvertraute, hatte sich das Verhältnis zwischen Walter und ihr in alarmierendem Tempo verschlechtert. Allmählich befürchtete sie nicht nur, daß er sie nicht mehr liebte, sondern sogar, daß er sie richtiggehend haßte. Seit vier, fünf Tagen hatte er kein freundliches Wort mehr mit Nat gewechselt. Wenn sie alle beim Essen saßen, erduldete Walter dies schweigend, las Zeitung oder blätterte in der neuesten *Farmer's Weekly*. Zuerst hatte sie versucht, ihm Fragen über den Hof oder die Tiere zu stellen – eben all das, was sie noch gemeinsam hatten –, aber er reagierte einsilbig, und sie wurde immer niedergeschlagener. Inzwischen versuchte sie schon gar nicht mehr, seine mürrische Abneigung, die ihr angst machte, zu durchbrechen. Denn wenn sie ihn zu sehr drängte – das war ihr unangenehmes Gefühl –, würde er aufstehen und sie schlagen.

Viertel nach elf. Ruhelos beschloß Loveday, sich einen Kakao zu kochen. Sie stand auf, stellte einen Topf mit Milch auf den Herd und schaltete dann, um sich nicht so allein zu fühlen, das Radio an. Radio Luxemburg war immer gut, wenn man ein bißchen Musik hören wollte. Sie lauschte Bing Crosby, der «Deep Purple» sang. Athenas Lieblingsmelodie in jenem letzten Sommer vor dem Krieg. Als Gus nach Nancherrow gekommen war.

Sie dachte an Gus. Sie dachte nur selten an ihn, denn die Erinnerung an das, was sie getan hatte, erfüllte sie mit solcher Reue, solchem Schmerz und Selbstekel, daß sie überzeugt war, daß Gus das genauso sehen mußte wie sie. Mit neunzehn, das erkannte sie jetzt, war sie entsetzlich schwach gewesen und gleichzeitig auf kindische Art entschlossen, ihren Dickschädel durchzusetzen. Sie hatte einfach nicht wahrhaben wollen, daß vielleicht *sie* mit ihrer unerschütterlichen Überzeugung, daß Gus in Singapur gefallen sei, im Irrtum sein könnte. *Sie*, die absolut entschlossen war, für immer auf Nancherrow zu bleiben, die sich um nichts in der Welt aus der liebenden Umarmung ihrer Familie wollte reißen lassen, die wie eine Ertrinkende nach dem ersten Strohhalm griff, der zufällig Walter war. Im nachhinein sah sie jetzt, daß Arabella Lumb nur ein Anlaß gewesen war, alles auf die Spitze zu treiben. Wäre es nicht Arabella gewesen, dann eben irgend etwas oder jemand anderes. Das einzig Gute, das aus diesem ganzen Desaster hervorgegangen war, war Nat.

Sie war sich ziemlich sicher, daß sie Gus nie wiedersehen würde. *Ich will nicht, daß er herkommt*, hatte sie zu Judith gesagt, aber nicht, weil sie ihn nicht sehen *wollte*, sondern einzig und allein deshalb, weil sie sich dessen, was sie ihm angetan hatte, so sehr schämte. Und wenn *sie* schon so schlecht von sich dachte, wie mußte *er* dann erst denken? Liebe ohne Glauben und Vertrauen war nicht viel wert. Wenn er sie inzwischen aus seinen Gedanken verbannt und sich ganz anders orientiert hätte, sie könnte es ihm nicht verübeln. Nur sich selbst nahm sie es übel.

Und dennoch – es war eine wunderschöne Zeit gewesen.

Während sie darauf wartete, daß die Milch aufkochte, spürte sie, daß ihr die Tränen in die Augen traten. Doch ob sie um sich selbst oder um Gus weinte, sie wußte es nicht.

Aus dem Schlafzimmer drang leises Wimmern. Nat weinte und rief nach ihr. Sie nahm die Milch vom Herd und hielt inne in der Hoffnung, daß er sich wieder beruhigen und einschlafen würde. Was natürlich nicht geschah. Er jaulte nur noch lauter. Also ging sie hinein, hob ihn aus seinem Bettchen, wickelte ihn in eine große Decke und nahm ihn mit in die Küche, wo sie ihn aufs Sofa setzte.

«Warum weinst du denn so?»

«Ich will Mammmiiii.»

«Ich bin doch da. Hör auf zu schreien.»

Er schob sich den Daumen in den Mund, lag da und betrachtete sie, während ihm die Lider zufielen. Sie suchte einen Becher, rührte den Kakao in die Milch, ging zu ihm zurück und plauderte eine Weile, wobei sie ihm das heißgeliebte süße Getränk einflößte. Bald schlief er wieder ein. Als sie den restlichen Kakao ausgetrunken hatte, stellte sie den Becher aufs Abtropfbrett, schaltete das Radio aus, legte sich neben Nat, schob den Arm unter seinen festen, warmen kleinen Körper und zog die Decke über ihn und sich. Sein Haar streifte weich ihre Lippen. Er roch nach Zucker und Seife. Nach einer Weile schloß auch sie die Augen und schlief ein.

Um sieben wachte sie auf. Das elektrische Licht hatte die ganze Nacht gebrannt. Ihr Blick fiel auf das Zifferblatt der Uhr, und sie wußte sofort, daß Walter nicht zu Hause war, die ganze Nacht nicht heimgekommen war. Nat schlummerte friedlich weiter. Sie zog behutsam den Arm unter ihm hervor, setzte sich vorsichtig auf und glitt vom Sofa, wobei sie die Falten der Decke wieder um seine stämmige kleine Gestalt zurechtschob.

Sie streckte sich. Nach einer in so unangenehmer und verkrampfter Lage verbrachten Nacht schmerzten ihr die Glieder, und ihr Hals war steif geworden. Draußen hatte sich der Wind ein wenig gelegt, doch es war immer noch ziemlich stürmisch, und hier oben an der Stirnseite des Hügels gab es kaum Schutz. Sie lauschte nach den Hunden, hörte aber nichts. Wahrscheinlich war Walter nach seiner durchzechten Nacht zum morgendlichen Melken auf die Farm zurückgekommen und hatte die Hunde auf dem Weg zum Kuhstall aus den Zwingern gelassen. Sie fragte sich mit einer gewissen inneren Distanz, ob er wohl einen fürchterlichen Kater hatte oder gar Gewissensbisse. Vermutlich weder das eine noch das andere. Wie auch immer. Es spielte keine Rolle mehr. Gestern hätte es ihr noch etwas ausgemacht, doch nach der letzten Nacht hatte das Wohlergehen ihres Mannes keine Bedeutung mehr für sie.

Sie ging zum Herd, öffnete die Klappe der Bratröhre, zog die eingetrocknete Pastete heraus und schabte die Reste in den Schweineeimer. Dann klopfte sie die Asche durch den Rost und machte Feuer. Der Herd bullerte leise, war für den neuen Tag gerüstet. Mehr würde sie nicht mehr tun.

In der Diele nahm sie ihren dicken Regenmantel vom Haken und schlüpfte hinein. Sie band sich einen wollenen Schal um den Kopf, stieg mit bestrumpften Füßen in die Gummistiefel. Wieder in der Küche, hob sie Nat auf ihren Arm und wickelte ihn wie ein Baby in eine dicke Decke. Er wachte nicht einmal auf. Sie schaltete das Licht aus, trat aus der dunklen Küche und marschierte zur Tür hinaus in den kalten, düsteren, windigen Dezembermorgen. Eine Taschenlampe brauchte sie nicht, da sie jeden Stein und jedes Mäuerchen auf dem Weg auswendig kannte. Sie nahm den Pfad, der an den Feldern vorbeiging und am Fuße des Hügels in den nach Nancherrow führenden Feldweg einmündete. Mit Nat auf dem Arm machte sich Loveday auf ihren langen Fußmarsch, trat ihren Heimweg an.

MORGENS UM sieben war Nettlebed immer als erster unten in der Küche. Früher war es seine Gewohnheit gewesen, sich entsprechend der Förmlichkeit und Bedeutung seiner Stellung zu kleiden. Doch die Kriegsjahre, in denen er sowohl als Gemüsegärtner als auch als Butler tätig gewesen war, hatten solcher Großartigkeit ein Ende gesetzt, und statt dessen hatte er für sich selbst eine Art Kompromiß entwickelt: gestreiftes Flanellhemd, abknöpfbarer weißer Kragen, eine schwarze Krawatte und ein marineblauer Pullover mit V-Ausschnitt. Darüber trug er, wenn er schmutzige Arbeiten verrichtete, etwa kochte, Fasanen rupfte oder Messing putzte, eine blau-weiß gestreifte Metzgerschürze, die Mrs. Nettlebed irgendwann einmal als praktisch erachtet hatte und die ihn in seiner Stellung nicht herabwürdigte.

Seine morgendliche Runde folgte immer dem gleichen Ablauf. Aufsperren und Öffnen der vorderen Haustür. Zurückziehen der Vorhänge im Eßzimmer und in den Salons, die Fenster einen Spalt weit öffnen, um frische Luft herein- und den Geruch des Zigarrenrauchs hinauszulassen. Dann ging es in die Küche. Wasserkessel auf den Herd stellen für den Morgentee des Colonels. Die Spülküchentür zum Hof aufsperren. Und danach durch den hinteren Gang zur Waffenkammer, wo Tiger noch schlief. (Im Laufe der Jahre war es Pekoe gelungen, sich in Mrs. Carey-Lewis' Schlafzimmer einzuschleichen und bei ihr zu schlafen. Zwar hatte er seinen Alibikorb in der Zimmerecke stehen, doch jeder wußte, daß er das Fußende ihres Bettes vorzog.)

Tiger war morgens immer steif, und Nettlebed hatte großes Mitgefühl für den alten Hund, weil auch er selbst, inzwischen fünfundsechzig und immer noch fast den ganzen Tag auf den Beinen, an Rheuma litt. Wenn der Ostwind blies, machten ihm seine geschwollenen Knie arg zu schaffen.

«Nun komm schon, mein Junge», schmeichelte er, und Tiger hievte sich schwer in die Höhe und schleppte sich durch die Tür, hinaus in die pechschwarze Dunkelheit und den verdammten Wind. Nettlebed begleitete ihn, denn wenn er es nicht tat, konnte er nicht sicher sein, ob Tiger sein Geschäft auch erledigt hatte.

An diesem Morgen dauerte es eine Ewigkeit, und Nettlebed war völlig durchgefroren, als sie schließlich wieder ins Haus zurückkehrten. Es war traurig, einen guten Hund alt werden zu sehen. Nettlebed hatte nie so besonders viel Zeit für Hunde gehabt, da er von Haus aus weder ein Gentleman war noch sich viel in der freien Natur aufhielt, aber er mochte Tiger. Tiger hatte den Colonel durch all die Kriegsjahre und viele traurige Zeiten begleitet. Es verging kein Tag, an dem Nettlebed nicht an Edward dachte.

Mit dem watschelnden, schnaufenden Tiger im Schlepptau ging er zurück in die Küche. Hier ließ sich der alte Hund auf seine Decke neben dem Herd sinken. Der Kessel dampfte. Nettlebed wärmte die kleine weiße Teekanne an. Die Uhr zeigte halb acht. Er streckte die Hand nach der Teebüchse aus und hörte gleichzeitig die Hintertür der Spülküche auffliegen, so daß ein Windstoß hereinfuhr und über den Fliesenboden fegte. Verblüfft rief er: «Was ist denn das?» und ging nachschauen.

«Bloß ich, Nettlebed.» Sie trat die Tür hinter sich zu, weil sie mit beiden Armen ein formloses Deckenbündel umklammerte, bei dem es sich nur um den kleinen Nat handeln konnte. Fürchterlich sah sie aus, dachte Nettlebed, mit den verschlammten Stiefeln und dem verhedderten Schal, fast wie ein Flüchtling.

«Loveday! Was suchen Sie denn hier zu dieser unchristlichen Zeit?»

«Ich komme direkt von Lidgey.»

Er war entsetzt. «Mit Nat?»

«Ja. Hab ihn die ganze Zeit geschleppt. Ich bin völlig erschlagen. Wußte gar nicht, daß er so schwer ist.» Sie kam durch die Spülküche in die Küche, legte Nat behutsam auf den riesigen blankgescheuerten Tisch, faltete eine Ecke der Decke zu einem Kissen und bettete ihren Sohn so bequem, wie es eben ging.

Nat wachte nicht einmal auf. Loveday streckte sich vorsichtig und stemmte die Hände ins Kreuz. «Ah.» Sie stieß einen kleinen Seufzer der Erleichterung aus.

Nettlebeds Verblüffung verwandelte sich in Ungehaltenheit.

«Sie können Nat doch nicht diese ganze Strecke tragen. Das dürfen Sie sich doch nicht antun.»

«Mir geht es prima. Aber kalt ist es draußen.» Sie ging hinüber zum Herd, legte einen Augenblick die Hände auf die warme Oberfläche und bückte sich dann, um mit Tiger zu reden.

«Hallo, mein Schöner.»

Tigers Schwanz machte klopfklopf. Sie waren immer verrückt nacheinander gewesen.

Nettlebed betrachtete die kleine Szene mit schwerem Herzen. Er fürchtete und vermutete das Allerschlimmste. Schon seit geraumer Zeit wußte er, daß auf Lidgey Ärger im Anzug war. Nettlebed hatte die Gewohnheit, zweimal die Woche – nicht öfter – ins Pub von Rosemullion hinunterzugehen, wo er mit ein, zwei alten Freunden Witze riß, Darts spielte und sein Bier trank. Er hatte Walter zusammen mit dieser Frau gesehen, Arabella Lumb hieß sie, und Nettlebed ahnte den Ärger voraus, als er sie sah. Er hatte sie mehr als einmal beobachtet, wie sie sich in der Ecke herumdrückten. Für jeden, der zwei Augen im Kopf hatte, war offensichtlich, daß die sich nicht zufällig getroffen hatten.

Walter Mudge spielte mit vollem Risiko. Früher hatte Nettlebed den jungen Walter recht gern gemocht. Doch das war vor seiner

Heirat mit Loveday gewesen, als er seinen Bereich auf dem Gut (die Ställe) versorgte und Milch und Sahne an der Hintertür ablieferte. Als man dann hörte, daß er und Loveday Mann und Frau werden sollten, hatten Nettlebed und Mrs. Nettlebed das sehr mißbilligt, jedoch die Wünsche ihrer Arbeitgeber respektiert und ihre Meinung für sich behalten. Nettlebed hatte lediglich dafür sorgen können, daß Walter zur Hochzeit in einem anständigen Anzug kam, damit er der Familie vor dem Vertreter der Krone und ihren höhergestellten Freunden keine Schande machte.

Aber gerade in letzter Zeit kam es ihm in den Sinn, daß er vielleicht besser daran getan hätte, Walter Mudge mit seinem Schlips zu erwürgen und im Meer zu versenken und die Folgen auf sich zu nehmen.

Tiger döste schon wieder. Loveday stand auf und lehnte sich an den Herd. «Wo ist eigentlich Mrs. Nettlebed?»

«Oben in der Wohnung. Sie nimmt sich heute morgen frei. Ihre Krampfadern machen ihr zu schaffen. Da hat sie wirklich ihr Kreuz, mit denen.»

«Ach, die Ärmste. Vielleicht sollte sie sich operieren lassen. Das ist ja wirklich schlimm.»

«Ich mache heute morgen das Frühstück. Sie möchten doch sicher eine Tasse Tee, nicht wahr?»

«Vielleicht. Gleich. Aber machen Sie sich keine Mühe. Ich kann mir selbst eine machen.» Sie wickelte sich den wollenen Schal vom Kopf und stopfte ihn in ihre Manteltasche. Nettlebed sah die dunklen Ringe unter ihren Augen, und trotz des langen Fußmarschs hatte sie keine Farbe in den Wangen.

Er sagte: «Ist alles in Ordnung, Loveday?»

«Nein, Nettlebed. Nichts ist in Ordnung. Alles läuft verkehrt.»

«Hat es mit Walter zu tun?»

«Er ist die ganze Nacht nicht heimgekommen.» Sie begegnete seinem traurigen und besorgten Blick und biß sich auf die Lippen. «Sie wissen doch von ihr, nicht wahr? Arabella Lumb. Ich war mir da ziemlich sicher.»

«Ja.» Er seufzte. «Ich habe es vermutet.»

«Ich glaube, es ist zu Ende. Mit Walter und mir, meine ich. Ich weiß, daß es vorbei ist. Es war wohl von Anfang an ein riesiger, entsetzlicher Irrtum.»

«Sie sind also nach Hause gekommen?»

«Ja. Und ich gehe nicht mehr zurück.»

«Was ist mit dem kleinen Nat? Er ist schließlich Walters Kind.»

«Ich weiß nicht, wie das alles werden soll. Ich weiß eigentlich gar nichts. Ich hatte noch keine Zeit, mir darüber Gedanken zu machen.» Sie runzelte die Stirn. «Ich muß das alles erst mal für mich klären, ehe ich ihnen gegenübertrete. Paps, Mama und Mary. Am liebsten, glaub ich, würde ich jetzt ein bißchen allein sein. Spazierengehen. Um einen klaren Kopf zu kriegen.»

«Sind Sie heute nicht schon weit genug gegangen?»

«Nat nehme ich nicht mit.» Sie blickte auf das apathische Kind, das immer noch tief und fest auf seinem improvisierten Bett schlief. «Wenn sie Nat sehen, wissen sie, daß ich zurückgekommen bin. Ich will nicht, daß sie es jetzt gleich erfahren... erst wenn ich weiß, was ich ihnen auf ihre Fragen antworten werde.»

Während er ihrer ruhigen Stimme lauschte und sie betrachtete, kam es Nettlebed in den Sinn, daß dies eine Loveday war, die er noch nicht kannte. Keine Tränen, keine Anfälle, kein Theater. Lediglich das stoische Annehmen ihrer erbärmlichen Situation und kein Wort des Unwillens oder des Vorwurfs. Vielleicht, so sagte er sich, war sie schließlich doch erwachsen geworden. Und er empfand eine ganz neue Achtung und Bewunderung für sie.

«Ich könnte Nat in unsere Wohnung hinaufbringen. Mrs. Nettlebed wird dann vorerst mal ein Auge auf ihn haben. Auf die Weise weiß niemand, daß er da ist, bis Sie es ihnen sagen. Bis Sie zurückkommen.»

«Aber Mrs. Nettlebeds Krampfadern?»

«Sie wird ja nur auf ihn aufpassen. Sie wird ihn nicht herumtragen.»

«Oh, Nettlebed, Sie sind ja so lieb. Und Sie sagen auch nichts, ja? Ich will das alles selbst erledigen.»

«Das Frühstück ist um halb neun. Ich halte den Mund, bis Sie zurück sind.»

«Danke.» Sie kam zu ihm herüber, schlang die Arme um ihn und drückte die Wange an seinen Wollpullover. Er konnte sich nicht erinnern, daß sie je so etwas getan hatte, und war einen Moment lang ganz bestürzt und nicht sicher, wo er mit seinen Händen hin sollte. Doch ehe er ihre Umarmung erwidern konnte, hatte sie sich schon von ihm gelöst, sich über den Tisch gebeugt, den schlummernden Nat in die Arme genommen und ihn Nettlebed überreicht. Der Junge schien eine Tonne zu wiegen, und seine rheumatischen Knie knickten leicht ein unter dieser Last. Aber er trug das Kind durch die Küche und die schmale Hintertreppe hinauf, die zu seinen Privaträumen über der Garage führte. Nachdem er Nat in der Obhut seiner erstaunten Frau zurückgelassen hatte und wieder herunterkam, waren Loveday und Tiger verschwunden.

AUFWACHEN WAR ein wenig so, als treibe man in einem tiefen, dunklen Wasserloch langsam nach oben. Zuerst war alles schwarz, dann wurde es heller, wurde es indigoblau, dann azur und schließlich brach man durch die Wasserfläche hindurch ans blendende Licht. Er öffnete die Augen und war verblüfft, daß es immer noch dunkel war, der Himmel vor seinem Fenster ein Nachthimmel, an dem die Sterne funkelten. Aus dem Erdgeschoß, aus der Eingangshalle drangen die zarten Laute einer Standuhr herauf, die leise sieben Uhr schlug. Er wußte nicht mehr, wann er zuletzt so lange, so tief und völlig ungestört geschlafen hatte. Keine Träume, kein Nachtmahr, kein Erwachen in den frühen Morgenstunden, geweckt von seinem eigenen Schrei. Das Laken war glatt und nicht zerwühlt, ein sicheres Zeichen dafür, daß er sich kaum bewegt hatte. Von Kopf bis Fuß fühlte er sich ruhig, erholt und erfrischt.

Er dachte an den vorigen Tag zurück, versuchte, eine Erklärung für diesen ungewohnten und seligen Zustand zu finden, und erinnerte sich an einen Tag wohlgeordneter Muße, mit viel Bewegung und einer Unmenge frischer Luft. Am Abend, nach Einbruch der Dunkelheit, hatte er mit Judith Pikett gespielt, und im Radio hatte es ein Brahms-Konzert gegeben. Als es Zeit zum Schlafengehen war, hatte Phyllis ihm dann heiße Milch mit Honig und einem

Schuß Whisky gemacht. Vielleicht hatte ihn ja dieser Zaubertrank so umgehauen, aber im Grunde wußte er, daß es sehr viel wahrscheinlicher an der außergewöhnlichen, zeitlosen und heilenden Qualität von Lavinia Boscawens Haus lag. Seiner Zuflucht. Ein anderes Wort fiel ihm dafür nicht ein.

Derart ausgeruht, spürte er, daß eine ungewohnte und langvergessene Energie durch seine Glieder strömte. Er konnte nicht länger liegenbleiben. Er stand auf, trat ans offene Fenster, stützte die Ellbogen auf den Sims und beugte sich hinaus, sog die kalte Luft und den scharfen Geruch des Meeres ein und hörte das Rauschen des Windes in den Monterey-Kiefern drunten im Garten. Um acht würde die Sonne aufgehen. Die alten Träume bestürmten ihn wieder, von Wasser, tief und kalt und klar, von Wellen, die sich an der Küste brachen, wie es klang, wenn sie über die Felsen schäumten.

Er dachte an den neuen Tag, der vor ihm lag. Die Sonne, die über den Rand des Horizonts gleiten würde, die ersten Strahlen, die den dämmrigen Himmel mit rosa Streifen überziehen, und das Licht, das von der bleigrauen unsteten See zurückgeworfen würde. Und wieder war er von dem alten Wunsch besessen, das alles aufzuzeichnen, in seine eigene Sprache zu übersetzen. Mit Bleistift und Pinsel und Farbe die Schichten der schwindenden Dunkelheit und die Prismen des Lichts einzufangen. Und er war so dankbar für dieses Wiederaufleben seines schöpferischen Impulses, daß er sich dabei ertappte, wie er, in einer Art Ekstase, zu zittern begann.

Vielleicht war es aber auch die Kälte. Er trat vom Fenster zurück und schloß es. Auf dem Toilettentisch lagen ordentlich übereinandergestapelt der Zeichenblock und die Bleistifte, die Farben und die schwarzen Pinsel, die Judith für ihn gekauft hatte. Er betrachtete sie und dachte: *Später. Jetzt noch nicht. Wenn es richtig hell geworden ist, wenn es Schatten gibt und die Regentropfen im Gras glitzern, dann machen wir uns an die Arbeit.* Er schlüpfte aus seinem Pyjama und zog sich rasch an. Die Kordhose, ein dickes Hemd, den schweren Rollkragenpullover, die Lederjacke. Mit den Schuhen in der Hand (wie einer, der in romantischer Absicht über Korridore schleicht) öffnete er die Tür seines Zimmers, zog sie behutsam hinter sich zu und stieg die Treppe hinunter. Leise tickte die alte Uhr und zählte die Sekunden. Er ging durch die Küche, zog seine Schuhe an und band sich die Schnürsenkel. Dann rasch die Riegel der Hintertür zurückgeschoben und hinaus in die Kälte.

Es war zu weit, um zu Fuß zu gehen. Die Länge der Auffahrt von Nancherrow fiel ihm wieder ein, und er konnte es kaum erwarten, dort zu sein. Also öffnete er die schwere Garagentür, wo die beiden alten Autos standen. Und Judiths Fahrrad. Er packte es am Lenker und schob es hinaus auf den Kies. Es hatte eine Lampe, die er einschaltete, das Rücklicht jedoch fehlte. Egal. Um diese Zeit würde nicht viel los sein auf der Landstraße.

Das Fahrrad, das ursprünglich für ein vierzehnjähriges Mädchen angeschafft worden war, war viel zu klein für ihn, aber auch das störte ihn nicht. Er schwang das Bein über den Sattel und fuhr los, rollte den Hügel hinunter und durch Rosemullion hindurch, und seine knochigen Knie staksten nach den Seiten. Nach der Brücke mußte er wieder absteigen, um es den steilen Hang hinaufzuschieben. Vor dem zweiflügeligen Tor von Nancherrow stieg er erneut auf und strampelte die dunkle, baumgesäumte Straße entlang, ruckelte und klapperte eine ausgefahrene Einfahrt hinunter, die früher einmal eine makellose Asphaltdecke besessen hatte. Hoch über ihm schwankten die kahlen Wipfel der Ulmen und Buchen im Wind, machten merkwürdige knarrende Geräusche, und von Zeit zu Zeit hastete ein Kaninchen durch den zitternden Strahl seines Scheinwerfers.

Als er die Bäume hinter sich ließ, ragte das Haus bleich und massig vor ihm auf. Über dem Eingang drang Licht aus einem Fenster, durch einen Vorhang. Das Badezimmer des Colonels. Gus stellte ihn sich vor, wie er vor seinem Spiegel stand und sich mit seinem altmodischen Rasiermesser rasierte. Der Kies knirschte unter den Rädern, und er fürchtete, gleich würde der Badezimmervorhang mit einem Ruck zur Seite gerissen, und der Colonel sähe heraus und entdeckte die finster lauernde Gestalt vor dem Haus. Doch nichts dergleichen geschah. Neben dem Vordereingang ließ er das Rad stehen, lehnte es an die Hauswand und trat schließlich auf den Rasen.

Es wurde heller. Jenseits der laublosen Bäume, unter einer langen, schlierigen schwärzlichen Wolke schob sich die Sonne blutrot und sanft gerundet aus dem Meer, und die untere Hälfte der Wolke verfärbte sich bereits rosa. Die Sterne verblaßten. Ein Geruch nach Moos und feuchter Erde lag in der Luft, und alles war sauber vom Regen, unverdorben und rein. Er ging die abschüssige Rasenfläche hinunter und erreichte den Pfad, der steil in den Wald hineintauchte. Er hörte den Bach, das herabstürzende und spritzende Wasser. Dem Geräusch folgend, überquerte er bald die kleine hölzerne Brücke, bückte sich dann und trat in den von Gunnerapflanzen gebildeten Tunnel. Als er den Steinbruch erreichte, war es schon hell genug, so daß man die seitlich hineingeschnittenen Stufen erkennen und sich durch Brombeer- und Ginstergestrüpp seinen Weg über den felsigen Grund bahnen konnte. Über das Gatter und auf die Straße, dann das Steinmäuerchen und die Steige, und er hatte die höchste Stelle der Klippe erreicht.

Hier hielt er inne, denn deswegen war er gekommen. Es herrschte Ebbe, und der Strand der Bucht, eine graue Sandsichel, war von einem dunklen Ring aus Tang und Strandgut gesäumt. Die Sonne stand jetzt schon hoch, und die ersten langen Schatten fielen über die grasbewachsene Klippe. Er erinnerte sich noch genau an den Tag, jenen Augustnachmittag im letzten Vorkriegssommer, als er Edwards Schwester zum erstenmal gesehen und sie ihn zur Bucht hinuntergeführt hatte. Geschützt vor dem Wind, hatten sie dort gesessen, und es war ihm gewesen, als kenne er sie schon sein ganzes Leben lang. Und als es dann Zeit war zu gehen und sie stehenblieb und sich umdrehte, um das Meer zu betrachten, hatte er in ihr sein Bild wiedererkannt, sein Mädchen auf der Klippe, jenes Laura-Knight-Bild, das eines seiner kostbarsten Besitztümer war.

Er hielt Ausschau nach jenem Felsen, auf dem Loveday und er einst gesessen hatten. Und in diesem Augenblick erblickte er sie und kniff ungläubig die Augen zusammen vor dem blendenden Licht dieser neuen Sonne. Sie wandte ihm den Rücken zu. Neben ihr lag der Hund, kauerte sich an ihre Seite, und sie hatte ihm den Arm um den Hals gelegt. Eine Sekunde lang dachte er, daß er womöglich wieder verrückt geworden, doch nicht geheilt sei, eine Halluzination habe. Doch dann hob Tiger instinktiv – denn er spürte seine

Gegenwart – den Kopf, schnüffelte, hievte sich in die Höhe und kam über die grasbewachsene, felsenübersäte Klippe angerannt, um diesen Eindringling abzuwehren. Er bellte warnend. *Wer bist du? Komm ja nicht näher!* Und dann erblickten seine alten Augen Gus, und er bellte nicht mehr, sondern kam mit wedelndem Schwanz und angelegten Ohren so rasch, wie seine arthritischen Beine ihn trugen, heran, während er die ganze Zeit kehlige Freudenlaute von sich gab.

Der Hund hatte Gus erreicht. Gus bückte sich, um Tiger den Kopf zu kraulen, sah seine graue Schnauze und sein Alter, das ihm offenbar schwer zu schaffen machte. «Hallo, Tiger. Hallo, alter Knabe.»

Dann richtete er sich auf und schaute wieder hinüber. Und sie stand da, die Hände in den Taschen vergraben, den Rücken dem Meer zugewandt. Der Wollschal war ihr vom Kopf geglitten, und ihre dunklen Haare wirkten im Licht der Sonne wie eine Aureole.

Loveday. Nichts hatte sich verändert. Überhaupt nichts. Er spürte, wie ihm ein Kloß in den Hals stieg, weil er sie endlich wiedergefunden hatte. Und sie stand immer noch da. Und es kam ihm fast vor, als hätte sie gewußt, daß er kam, und auf ihn gewartet.

Er hörte, wie sie ihn rief. «Gus», und der Wind nahm das Wort auf und trug es landeinwärts über die winterlichen Wiesen. «Oh, Gus.» Und sie rannte den Hang herauf und auf ihn zu, und er lief ihr entgegen.

SAMSTAG MORGEN, und Jeremy Wells verschlief. Wahrscheinlich deswegen, weil er nach den drei Tassen Kaffee nach dem Dinner und dem ausgezeichneten Glas Brandy mit dem Colonel erst in den frühen Morgenstunden Ruhe gefunden hatte. Mit offenen Augen und jagenden Gedanken hatte er dagelegen, dem anschwellenden Wind und dem Klappern der Fensterscheibe gelauscht und immer wieder das Licht angeschaltet, um auf die Uhr zu sehen. Am Ende hatte er das Licht brennen lassen und ein, zwei Stunden gelesen. Doch es war alles ein wenig unbefriedigend gewesen.

Und er verschlief. Nicht sehr lange, dennoch, Frühstück um halb neun war auf Nancherrow gewissermaßen Gesetz, und er kam erst um Viertel vor neun nach unten. Im Eßzimmer fand er Diana, den Colonel und Mary Millyway vor, die inzwischen schon bei Toast und Marmelade sowie ihrer zweiten Tasse Kaffee beziehungsweise Tee angelangt waren.

Er entschuldigte sich. «Es tut mir leid. Ich bin einfach nicht aufgewacht.»

«Oh, Darling, das macht doch überhaupt nichts. Nettlebed hat heute das Frühstück gemacht. Deswegen gibt es gekochte Eier. Ich fürchte, wir haben schon die ganze Speckration verputzt.» Sie öffnete ihre Post, und um ihren Platz herum lagen halbgelesene Briefe und zerrissene Umschläge.

«Was ist denn mit Mrs. Nettlebed los?»

«Sie hat heute morgen frei. Sie hat fürchterliche Krampfadern, der arme Schatz. Vielleicht kannst du sie dir mal anschauen. Wir versuchen, sie zu einer Behandlung zu überreden, aber sie hat gräßliche Angst vor einer Operation. Sagt, sie will nicht unters Messer. Was ich ja nur zu gut verstehe. Himmel, da ist eine Einladung zu einem Umtrunk in Falmouth. Was bilden sich diese Leute bloß ein: daß man seine ganze Benzinration für ein mickriges Glas Sherry verpulvert?»

Diese Frage erforderte keine Antwort. Der Colonel hatte sich in die *Times* vertieft. Als Jeremy auf dem Weg zur Anrichte an ihm vorbeikam, legte er ihm die Hand auf die Schulter. «Guten Morgen, Sir.»

«Oh, Jeremy. Hallo. Guten Morgen. Gut geschlafen?»

«Nicht so besonders. Die Kombination von schwarzem Kaffee und heulendem Sturm hat wohl ihre Wirkung getan.»

Mary trat zu ihm an die Anrichte. «Er hat ja ein bißchen nachgelassen, bläst aber immer noch ganz schön.» Sie nahm den Kaffeewärmer von der Kanne und befühlte sie mit den Händen. «Kommt mir etwas kalt vor. Ich mache Ihnen eine neue Kanne.»

«Das ist doch nicht nötig, Mary. Ich kann Tee trinken.»

«Aber Sie waren doch immer ein Kaffeetrinker. Das weiß ich doch. Dauert nur eine Sekunde.» Und sie ging hinaus.

Jeremy nahm sich sein gekochtes Ei aus dem gepolsterten Korb, der wie eine Henne geformt war, goß sich eine Tasse starken Tee ein – er konnte ja später immer noch auf Kaffee umsteigen – und setzte sich an den Tisch. Der Colonel reichte ihm wortlos eine sauber gefaltete *Western Morning News*. Diana war mit ihrer Post beschäftigt. Auf Nancherrow hatte man Konversation am Frühstückstisch nie besonders gefördert. Jeremy nahm seinen Löffel zur Hand, um sauber und akkurat sein Ei zu köpfen.

UM ZWANZIG vor neun wurde Nettlebed allmählich nervös. Loveday war immer noch nicht zurückgekehrt. Nicht, daß er an einen Unfall glaubte, daß sie etwa von einem Felsen gestürzt und sich den Knöchel gebrochen hatte. Loveday kannte die Klippen wie ihre Westentasche und war gewandt und sicher wie eine kleine Bergziege. Aber die übernommene Verantwortung verdroß ihn. Er bedauerte inzwischen sein Versprechen und wünschte sich nur, daß sie zurückkäme, jetzt gleich, ehe er alles eingestehen und dem Colonel eröffnen mußte, daß Loveday nicht nur ihren Mann verlassen, sondern gleichzeitig auch noch verschwunden war.

Tief in Gedanken wanderte er, ganz gegen seine Art, in der Küche umher, ging ans Fenster, nahm einen Schluck Tee, trug einen einzelnen Topf in die Spülküche, wischte ein wenig vergossene Milch auf und trat erneut ans Fenster.

Keine Spur von dem unglücklichen Mädchen. In seine Sorge mischte sich inzwischen auch Ärger. Sobald sie auftauchte, würde er ihr gründlich die Meinung sagen.

Um zehn vor neun hatte er die Nase voll, er wollte nicht mehr herumstehen und auf die Uhr starren. Er öffnete die Spülküchentür, ging über den Hof und auf die hintere Auffahrt hinaus, stand im Wind und hielt über den Garten hinab und in Richtung Meer nach ihr Ausschau. Doch niemand war auf dem Fußweg zum Wald zu sehen. Von seinem Aussichtspunkt aus sah er jedoch die große Garage, die alle Fahrzeuge der Familie beherbergte, und auch, daß eine der Türen offenstand. Er ging hinüber, um sich zu vergewissern, und mußte feststellen, daß der kleine Lieferwagen verschwunden war. Das ließ nun wirklich nichts Gutes ahnen. Es sei denn natürlich, ein Dieb wäre in der Nacht vorbeigekommen und hätte ihn mitgehen lassen. Doch ein Dieb hätte sich gewiß nicht für den Kombi entschieden, wenn Mrs. Carey-Lewis' Bentley danebenstand und sich zum Stehlen geradezu anbot.

Inzwischen schon etwas aufgebracht, kehrte er ins Haus zurück, diesmal jedoch durch die Waffenkammer. Wo er auf Tiger stieß, der in tiefem Erschöpfungsschlaf in seinem Korb lag.

«Wo ist sie?» fragte er Tiger, doch der riß nur kurz die Augen auf und döste gleich wieder weiter.

Und dann passierte die dritte Sache, die das Maß zum Überlaufen brachte. Als Nettlebed in die Küche zurückkam, hörte er von oben, aus seiner eigenen Wohnung, das unverkennbare Wutgeheul des kleinen Nathaniel Mudge.

Jetzt reicht es aber, sagte er sich.

In diesem Augenblick tauchte Mary Millyway mit der Kaffeekanne im Rahmen der Küchentür auf. «Ich wollte nur…» begann sie und hielt dann inne. «Was ist denn das für ein Radau?»

Nettlebed fühlte sich wie ein Schuljunge, den man beim Apfelstehlen erwischt hat. «Das ist Nat Mudge. Er ist oben in der Wohnung bei Mrs. Nettlebed.»

«Was macht er denn da?»

«Loveday hat ihn dagelassen. Heute morgen um halb acht.»

«Dagelassen? Und wo wollte sie hin?»

«Ich weiß es nicht», mußte Nettlebed unglücklich eingestehen. «Sie wollte spazierengehen. Sie müsse einen klaren Kopf bekommen und nachdenken, sagte sie. Zum Frühstück sei sie wieder hier. War sie aber leider nicht.»

«Nachdenken? Was soll denn das heißen?»

«Sie wissen schon. Über ihre Beziehung zu Walter.»

«O Gott», sagte Mary, was ihre Verzweiflung ahnen ließ, denn all die Jahre, die sie nun zusammengearbeitet hatten, hatte Nettlebed nur höchst selten gehört, daß sie den Himmel anrief.

«Sie hat Tiger mitgenommen, aber Tiger ist wieder zu Hause, er liegt in der Waffenkammer.» Nettlebed sprach weiter im Tonfall eines Mannes, der sich endlich einmal alles von der Seele reden will. «Und der kleine Lieferwagen steht auch nicht mehr in der Garage.»

«Glauben Sie, sie ist davongelaufen?»

«Ich weiß es nicht.»

Nats Geschrei hatte sich inzwischen zu einem Crescendo gesteigert. Mary stellte die Kaffeekanne ab. «Ich gehe lieber mal nach oben und sehe nach dem Kind. Die arme Mrs. Nettlebed, das ist ja zum Wahnsinnigwerden.» Sie setzte sich in Bewegung, eilte durch die Küche und die schmale Treppe hinauf. «Ja, wer macht den da so einen Krach? Das will Mary jetzt mal wissen.»

Zumindest ein Problem war damit erledigt. Der allein zurückgebliebene Nettlebed löste die Bänder seiner Metzgerschürze und legte sie über eine Stuhllehne. Er strich sich mit den Händen über das schüttere Haar, nahm eine würdevolle Haltung ein und machte sich auf den Weg, um den Colonel zu suchen und ihm sein Herz auszuschütten.

Er ging ins Eßzimmer und schloß die Tür hinter sich. Niemand nahm groß davon Notiz. Er räusperte sich.

Der Colonel blickte von seiner Zeitung auf. «Was ist denn, Nettlebed?»

«Kann ich Sie bitte kurz sprechen, Sir.»

«Natürlich.»

Jetzt horchten auch Mrs. Carey-Lewis und der junge Doktor auf.

«Es dreht sich... um eine ziemlich heikle Angelegenheit.»

Mrs. Carey-Lewis mischte sich ein. «Heikel, Nettlebed? Wie heikel?»

«Eine Familienangelegenheit, Madam.»

«Nun, wir gehören doch alle zur Familie, Nettlebed. Es sei denn, es handelt sich um etwas, das speziell Jeremy und ich nicht hören sollen.»

«Selbstverständlich nicht, Madam.»

«Tja, dann sagen Sie es doch uns allen.»

«Es geht um Loveday, Madam.»

«Was ist denn mit Loveday?» Die Stimme des Colonels klang schneidend. Er witterte es, wenn eine Krise im Anzug war.

«Sie ist heute morgen um halb acht in der Küche aufgetaucht, Sir.

Mit dem kleinen Nat. Sie ist zu Fuß von Lidgey gekommen. Anscheinend...» Er räusperte sich und begann erneut. «Anscheinend
hat es Ärger gegeben zwischen den jungen Eheleuten. Zwischen
Walter und ihr.»

Es entstand eine lange Pause. Dann sagte Mrs. Carey-Lewis:
«Hat sie ihn verlassen?», und ihre Stimme klang gar nicht mehr
spottend und kokett.

«So scheint es, Madam.»

«Aber was ist denn passiert?»

«Ich glaube, Madam, eine junge Frau hat Walter den Kopf ver-
dreht. Er trifft sich seit einiger Zeit mit ihr im Pub in Rosemullion.
Letzte Nacht ist er überhaupt nicht nach Hause gekommen.»

Die drei starrten ihn wortlos und offensichtlich völlig verdattert
an. *Sie hatten wirklich keine Ahnung*, sagte sich Nettlebed, was es
natürlich nicht leichter für ihn machte.

Der Colonel ergriff das Wort. «Wo ist sie jetzt?»

«Das ist es ja, Sir. Das ist ja das Problem. Sie wollte spazierengehen, um allein zu sein. Um halb neun, zum Frühstück, wollte sie
wieder zurück sein.»

«Und jetzt ist es schon fast neun.»

«Ja, Sir. Und sie ist nicht zurück, Sir. Aber sie hat Tiger mitgenommen, und der ist wieder zu Hause, in der Waffenkammer.

«Oh.» Mrs. Carey-Lewis klang gleichzeitig verzweifelt und so, als
ob sie das gar nicht wundere. «Sagen Sie nicht, daß sie weggelaufen
ist.»

«Ich mache mir ja schon Vorwürfe, Madam. Ich habe sie gehen
lassen und habe sie nicht zurückkommen hören. Ich habe mich ja
um das Frühstück kümmern müssen. Und bei diesem Wind,
Madam, habe ich wohl auch den kleinen Wagen nicht gehört.»

«Aber, Nettlebed, das ist doch nicht Ihre Schuld. Es ist sehr ungezogen von ihr, einfach so wegzulaufen.» Sie überlegte. «Aber wohin um Himmels willen sollte sie fahren? Und wo ist Nat?»

«Er ist bei Mrs. Nettlebed in unserer Wohnung. Er hat geschlafen, ist aber inzwischen aufgewacht. Jetzt ist Mary bei ihm.»

«Ach, der arme, süße Spatz.» Mrs. Carey-Lewis ließ ihre Briefe
liegen, schob ihren Stuhl zurück und erhob sich. «Ich muß mal nach

dem Kleinen sehen...» Als sie beim Colonel vorbeikam, blieb sie stehen, umarmte ihn und drückte ihm einen Kuß auf den Scheitel. «Reg dich bloß nicht auf deswegen. Das wird schon wieder. Wir finden sie...» Und schon war sie verschwunden.

Der Colonel blickte zu Nettlebed hoch, der diesem Blick standhielt. Er sagte: «Ist diese sogenannte Affäre neu für Sie, Nettlebed?»

«Nicht ganz, Sir. Ich habe Walter mehr als einmal mit der jungen Frau beobachtet, unten im Pub in Rosemullion.»

«Wer ist sie denn?»

«Sie heißt Arabella Lumb, Sir. Ganz und gar kein angenehmes Mädchen. Nicht besser eben, als es in diesem Fall zu erwarten ist.»

«Sie haben nie etwas davon erwähnt.»

«Nein, Sir. Das steht mir nicht zu. Außerdem dachte ich, das legt sich wieder.»

«Ja.» Der Colonel seufzte. «Ich verstehe.»

Wieder entstand eine Pause, nach der zum erstenmal Jeremy Wells das Wort ergriff. «Sind Sie sich wirklich so sicher, daß sie nicht doch noch unten auf der Klippe ist?»

«So sicher, wie ich nur sein kann, Sir.»

«Meinen Sie, ich sollte mal hinunterlaufen und nachsehen?»

Der Colonel erwog diesen Vorschlag. «Warum nicht. Nur, damit wir beruhigt sind. Aber ich glaube, daß Nettlebeds Prognose wohl zutrifft. Und Tiger wäre gewiß nicht ohne sie nach Hause zurückgekommen.»

Jeremy stand auf. «Ich gehe trotzdem. Ein kleiner Erkundungsgang kann nicht schaden.»

«Das ist wirklich sehr freundlich von Ihnen.» Auch der Colonel erhob sich, faltete seine Zeitung zusammen und legte sie ordentlich neben seinen Teller. «Und ich denke, ehe wir uns weiterunterhalten beziehungsweise weiteres unternehmen, muß ich hinauf nach Lidgey und in Erfahrung bringen, was zum Teufel da eigentlich im Gange ist.»

IN EINER knappen halben Stunde war Jeremy in flottem Tempo zur Klippe hinuntergetrabt, hatte sich gründlich umgesehen und war wieder den Hügel heraufgelaufen. Gut, daß er so fit und trainiert war.

Bei seiner Rückkehr hatten sich alle in der Küche versammelt, Diana und Mary, die Nettlebeds und der kleine Nat, der immer noch seinen Schlafanzug anhatte und schließlich doch noch durch eine Mahlzeit getröstet worden war, ein feierliches Frühstück, das er, an der Stirnseite des Küchentisches thronend, eben im Begriff war zu beenden. Mary saß neben ihm, und die anderen standen und saßen im ganzen Raum herum, hatten sich hier eingefunden, um einander Gesellschaft zu leisten, wie man es in Zeiten der Angst und Unsicherheit tut. Noch ehe er die Tür öffnete, hatte er das Summen und Murmeln ihrer Stimmen gehört sowie Nats hohe Piepsstimme, die Aufmerksamkeit einforderte. Doch als er dann eintrat, hörten sie alle auf zu reden und blickten ihm fragend entgegen. Er schüttelte den Kopf. «Keine Spur. Ich bin über den Strand zur anderen Landspitze hinübergegangen. Da unten ist sie nicht.»

«Damit habe ich auch nicht gerechnet», sagte Nettlebed, doch Diana bedankte sich bei Jeremy. Mrs. Nettlebed, deren geschwollene Beine in dicken Gummistrümpfen steckten, hatte schon eine Teekanne zur Hand, die sie auf dem Herd warm hielt. «Möchten Sie nicht auch eine Tasse, Dr. Wells?»

«Nein danke.»

«Glaubst du…?» begann Diana, hielt dann inne und warf einen Blick auf Nat, der sich eine Toastkruste in den Mund stopfte. «Jeremy, wir wollen nicht zuviel sagen vor, du weißt schon vor wem.»

Mary fügte hinzu: «Kleine Krüge haben manchmal große Henkel.»

«Vielleicht sollten Sie ihn hinauf ins Kinderzimmer bringen, Mary, sobald er gefrühstückt hat. Suchen Sie ihm doch was zum Anziehen, das nicht so nach Schlafanzug aussieht.» Sie starrte Jeremy hilflos an. «Ich frage mich, was da los ist. Wenn Edgar nur endlich käme, um es uns zu erzählen…»

Kaum waren ihr die Worte über die Lippen, da kam er auch schon. Er war zu Fuß nach Lidgey gegangen, weil es sich kaum lohnte, den Wagen aus der Garage zu holen und die ewig lange Strecke auf der Landstraße zurückzulegen. Und er war auch wieder zurückmarschiert. Er kam über den Hof und betrat das Haus durch die Waffenkammer. Sie hörten das heftige Zuschlagen der Tür. Und im nächsten Augenblick war er auch schon bei ihnen, riß sich die Tweedmütze vom Kopf und machte ein so finsteres und zorniges Gesicht, wie Jeremy es noch nie bei ihm gesehen hatte.

«Mary, bringen Sie den Jungen raus», sagte er. Und als sie eiligst mit Nat verschwunden war und die Tür hinter sich zugezogen hatte, kam der Colonel an den Tisch, zog sich einen Stuhl heran und setzte sich.

Beklommen warteten sie, und dann erzählte er ihnen die traurige Geschichte. Als er das große Farmhaus erreicht hatte, war er hineingegangen und hatte die Mudges in einem Zustand angetroffen, der sich nur mit dem Wort Schock umschreiben läßt.

Mr. Mudge, dem Ungläubigkeit und Scham die Sprache verschlagen hatten, sagte kaum ein Wort. Doch Mrs. Mudge, die stets gern von Katastrophen berichtete, auch wenn es sich um ihre eigenen handelte, hatte dem Colonel (bei unzähligen Tassen Tee) lautstark und entrüstet einen lebhaften Abriß des Geschehens geliefert.

Walter war nicht rechtzeitig zum Melken zurückgekehrt, so daß seine alten Eltern es schließlich selbst getan hatten. Erst als sie fertig waren, die Kühe gemistet und die Milchkammer geputzt und geschrubbt hatten, war ihr auf Abwege geratener Sohn, noch immer im Sonntagsstaat, aber ziemlich abgerissen und zerknittert aufgetaucht.

Er hatte keinerlei Reue gezeigt. Auf die Beschuldigungen der Mudges hatte er lediglich erwidert, es stehe ihm bis hier, hatte sich verdeutlichend die Hand unters Kinn gehalten und war fortgefahren. Er habe die Nase voll von Nancherrow, von Lidgey, den Carey-Lewis, von seinem Sklavendasein. Von der Verantwortung für Frau und Kind, einer Ehe, in die man ihn hineingedrängt hatte, und Schwiegereltern, die die Nase über ihn rümpften. Er steige aus. In einer Werkstatt draußen in Richtung Nancledra habe man ihm einen Job angeboten, und er habe die Absicht, zu Arabella Lumb in ihren Wohnwagen oben am Veglos Hill zu ziehen.

Als der Colonel zu Ende gekommen war, breitete sich tiefes Schweigen über die Runde, das nur vom schweren Ticken der Küchenuhr und dem leisen Summen des elektrischen Kühlschranks gemildert wurde. Sie benahmen sich alle, dachte Jeremy, wie Matrosen, die angetreten waren, um auf die Befehle ihres Kapitäns zu warten. Nur Diana öffnete den Mund, als wollte sie etwas dazu sagen, begegnete jedoch dem so ungewohnt stählernen Blick ihres Gatten und schloß ihn wohlweislich wieder.

«Das also ist die Lage der Dinge. Ich habe mich bemüht, die Mudges zu beruhigen. Sie können ja auf keinen Fall für das Verhalten ihres Sohnes verantwortlich gemacht werden. Ich habe sie auch gebeten, vorerst den Mund zu halten. Mudge wird das keine großen Schwierigkeiten bereiten, aber Mrs. Mudge geht von Natur aus der Mund über. Es ist ihnen allerdings klar, daß zuviel Gerede sich nicht günstig auswirken kann. Dennoch fürchte ich, daß es keinen Tag dauern wird, bis sich die Nachricht durch den ganzen Distrikt von West Penwith verbreitet hat. Diskretion gilt natürlich auch für uns. Schon Loveday zuliebe. Der erste, den wir informieren und vorbereiten müssen, ist unser Rechtsanwalt, Roger Baines.» Er griff in seine Brusttasche und zog seine goldene Sprungdeckeluhr heraus. «Zehn Uhr. Inzwischen müßte er schon in seinem Büro sein.» Der Colonel erhob sich. «Ich werde ihn von meinem Arbeitszimmer aus anrufen.» Er sah sich um, blickte von einem ernsten Gesicht zum anderen. Alle nickten ihm zustimmend zu. Und dann verweilte sein Blick auf dem Gesicht seiner Frau, seine Miene entspannte sich und er lächelte. «Entschuldige, meine liebste Diana, du wolltest etwas sagen.»

«Es ist nur... ich dachte, Loveday könnte vielleicht zu Judith gefahren sein. Judith ist wohl diejenige, an die sie sich in einem solchen Fall wenden würde.»

«Aber hätte Judith uns nicht inzwischen schon angerufen?»

«Nicht unbedingt. Vielleicht unterhalten sie sich ja noch.»

«Das ist ein guter Gedanke. Möchtest du sie anrufen?»

«Nein», sagte Diana. «Ich glaube nicht, daß wir anrufen sollten. Telefonate können etwas ziemlich Distanziertes und Bedrückendes haben. Wenn Loveday nicht dort ist, regt Judith sich womöglich fürchterlich auf. Ich finde, es sollte jemand zum Dower House gehen und Judith die ganze Situation erklären.» Sie wandte den Kopf, und über den Tisch hinweg trafen sich ihre schönen Augen mit Jeremys Blick. Sie lächelte. «Jeremy würde das sicher für uns übernehmen.»

«Selbstverständlich.» Er fragte sich, ob sie wußte, was sie ihm da antat. Oder womöglich auch für ihn tat.

«Und du kannst uns dann anrufen, sobald du da bist. Nur, um uns wissen zu lassen, ob sie nun da ist oder nicht.»

Jeremy stand auf. «Ich gehe jetzt gleich», sagte er.

AUSNAHMSWEISE WAR Judith einmal allein. Da Samstag war, mußte Anna nicht zur Schule, und Phyllis hatte mit Mr. Jennings, dessen Frau das Postamt von Rosemullion führte, verabredet, daß er sie am Morgen mit dem Auto abholen würde. Gleich nach dem Frühstück, um Punkt acht Uhr, war Mr. Jennings in seinem alten Austin vor der Hintertür vorgefahren, Phyllis und Anna waren eingestiegen und hatten sich wie bessere Herrschaften davonkutschieren lassen nach St. Just, zu einem Besuch bei Phyllis' Mutter.

Jetzt war es schon nach zehn, und der letzte Bewohner des Dower House, nämlich Gus, war immer noch nicht aufgetaucht. Die Tür seines Schlafzimmers blieb geschlossen, und Judith war froh, denn das hieß, daß er sich ausschlief und einmal richtig ausruhte. Wenn er dann schließlich erschien, würde sie ihm Frühstück machen. Doch bis dahin gab es genügend andere Dinge für sie zu erledigen.

Sie hatte sich nämlich überlegt, daß dies eine gute Gelegenheit sei, endlich einmal das zu tun, was sie schon seit einer Ewigkeit vorhatte: Sie wollte die Salonfenster für die neuen Vorhänge vermessen, da die alten inzwischen so zerschlissen waren, daß jedesmal, wenn sie sie zu- oder aufzog, ein weiterer Riß entstand. Sie hätte dies durchaus in Phyllis' Anwesenheit tun können, nur war Phyllis so tüchtig und eifrig, daß sie einen, sobald man eine Arbeit anfing, gleich beiseite drängte, hier und da eine Anweisung gab und am

Schluß die Sache selbst in die Hand nahm. Eine kleine, aber anhaltende Irritation.

Und so hatte sie sich Trittleiter, Yardstock und Maßband zusammengesucht und sich an die Arbeit gemacht. Irgendein Ministerium hatte nun endlich ihre Kleidermarken geschickt, und sie hatte durchkalkuliert, daß sie für neuen Vorhangstoff reichen würden, wenn sie die alten Vorhänge oder übrige Baumwollaken zum Füttern benutzte. Sobald sie die Maße berechnet hatte und wußte, wie viele Yards sie benötigte, konnte sie einen Brief an Liberty's in London schreiben und Muster anfordern. Sie würde ein Stück von den alten Vorhängen abschneiden und als Stoffmuster mitschicken, denn die Farben durften keinesfalls zu grell oder intensiv sein.

Auf der Trittleiter balancierend, war sie gerade dabei, die Vorhangleiste auszumessen – wobei ihr vor lauter Konzentration die Zunge zwischen den Zähnen hervorlugte – und sich zu überlegen, daß sich eine Verlängerung um fünf Zentimeter vielleicht nicht übel ausnähme, als sie die Haustür aufgehen und wieder zuschlagen hörte. Sie fühlte sich irritiert, denn im Augenblick konnte sie wirklich keine Unterbrechung gebrauchen. Sie hielt inne, wartete und hoffte, daß der Besucher, wer immer es auch war, nichts hörte, das Haus für leer hielt und sich wieder verziehen würde.

Doch das tat er nicht. Sie hörte Schritte in der Halle, dann ging die Salontür auf, und Jeremy trat ins Zimmer.

Er trug einen dicken, tweedartigen Pullover und hatte sich einen scharlachroten Schal um den Hals geschlungen. Ihr erster Gedanke war: Er ist sich so gleichgeblieben, hat sich so gar nicht verändert, als seien nicht Jahre, sondern nur Tage seit unserer letzten Begegnung verstrichen. Und ihr zweiter Gedanke war der gleiche wie in jener Nacht in London, als sie sich so krank und unglücklich gefühlt hatte und er so unerwartet und unangekündigt in den Mews aufgetaucht war. Sie sah ihn die Stufen heraufkommen und wußte: Auch wenn man ihr in diesem Augenblick die Wahl gelassen hätte, wäre er der einzige Mensch gewesen, den sie wirklich sehen wollte.

Was überraschend und recht verstörend war, da es sie so wehrlos machte. Denn sie hatte beschlossen, sich sehr bestimmt und gelassen zu geben.

«Was machst du denn da?» fragte er.

«Ich messe die Fenster aus.»

«Wozu?»

«Ich möchte mir neue Vorhänge anschaffen.»

Und dann lächelte er. «Hallo.»

«Hallo, Jeremy.»

«Könntest du mal runterkommen? Ich möchte mich mit dir unterhalten, und wenn du da oben bleibst, krieg ich noch einen steifen Hals.»

Also stieg sie vorsichtig hinab, und er reichte ihr, während sie die letzten wackligen Stufen nahm, die Hand. Als sie schließlich den Boden erreicht hatte, hielt er noch immer ihre Hand, gab ihr einen Kuß auf die Wange und sagte: «Ist das lange her! Schön, dich wiederzusehen. Bist du allein?»

«Phyllis und Anna sind nach St. Just gefahren...»

«Ich komme gerade von Nancherrow...»

«Sie machen einen Besuch bei Phyllis' Mutter.»

«Loveday ist nicht da?»

«Loveday?» Judith sah ihn an und begriff, daß er nicht ihretwegen ins Dower House gekommen war. Irgend etwas stimmte da nicht. «Warum sollte Loveday denn hier sein?»

«Sie ist verschwunden.»

«*Verschwunden?*»

«Sie hat Walter verlassen. Oder vielmehr: Er hat sie sitzenlassen. Hör mal, es ist ziemlich kompliziert. Setzen wir uns doch, damit ich es dir erklären kann.»

Sie hatte noch kein Feuer gemacht, und der Raum war ausgekühlt. Daher setzten sie sich auf den Fensterplatz, wo es zwar nicht gerade warm war, aber zumindest ein wenig Morgensonne hinschien. Und in einfachen, aber klaren Sätzen erzählte ihr Jeremy alles, was sich auf Nancherrow im Laufe des Morgens zugetragen hatte, angefangen mit Lovedays und Nats Ankunft bis zu den vom Colonel in Erfahrung gebrachten Neuigkeiten sowie seiner letztendlichen Entscheidung.

«...es ist also alles vorbei. Ihre Ehe ist offensichtlich gescheitert. Und wir wissen nicht, wo wir Loveday suchen sollen.»

Mit wachsender Bestürzung hatte Judith der traurigen Geschichte gelauscht. Nun wußte sie nichts darauf zu erwidern, denn es war alles viel schlimmer, als sie es sich je hätte ausmalen können. «Oje», entfuhr es ihr, was in Anbetracht der Umstände ziemlich unangemessen war. «Das ist ja nicht zum Aushalten. Arme Loveday. Ich wußte, daß sie Schreckliches durchmacht. Walter war so lieblos zu ihr. Ich wußte auch von Arabella Lumb. Aber ich konnte ja nichts sagen. Sie hatte mich gebeten, es für mich zu behalten.»

«Also war sie nicht bei dir?»

Judith schüttelte den Kopf. «Nein.»

«Ist Gus in der Gegend?»

«Ja, selbstverständlich. Er wohnt bei mir.»

«Wo ist er denn?»

«Oben. Er ist noch nicht aufgestanden. Er schläft noch.»

«Bist du dir da sicher?»

Judith runzelte die Stirn. Jeremy klang mißtrauisch, als ob sie ihm vielleicht etwas vorflunkern würde. «Natürlich bin ich mir sicher. Warum sollte ich mir denn nicht sicher sein?»

Sie hielt noch immer das Maßband in der Hand. Jetzt wickelte sie es ordentlich auf und legte es auf das Polster der Fensterbank. Dann stand sie auf, ging aus dem Zimmer und die Treppe hinauf.

«Gus?»

Keine Reaktion.

Sie öffnete die Tür zu Biddys Schlafzimmer und sah sich dem leeren Bett gegenüber. Das Laken war zurückgeschlagen, und auf dem Kopfkissen sah man noch den Abdruck seines Kopfes. Das Fenster war geschlossen. Auf dem Toilettentisch standen seine wenigen Besitztümer: Haarbürsten mit hölzernen Griffen, ein Pillenröhrchen, der Zeichenblock, der Malkasten und die Pinsel, die sie ihm geschenkt hatte. Den blauen Pyjama hatte er über einen Stuhl geworfen, doch seine Kleider, Schuhe, seine Lederjacke waren verschwunden. Und Gus ebenso.

Verwirrt schloß sie die Tür und ging wieder nach unten. «Du hast recht», sagte sie zu Jeremy. «Er ist nicht da. Er muß früh aufgestanden sein, noch ehe eine von uns wach war. Ich habe überhaupt nichts gehört. Ich dachte, er schläft noch.»

Jeremy sagte: «Ich habe da so ein Gefühl. Ich glaube, er ist bei Loveday.»

«Loveday und Gus?»

«Wir müssen auf Nancherrow anrufen...»

Doch noch während er das sagte, begann das Telefon zu läuten. «Vielleicht ist das ja Diana...» sagte Judith und ging hinaus in die Diele, um den Anruf entgegenzunehmen. Jeremy folgte ihr und war daher, als sie den Hörer abnahm, gleich an ihrer Seite.

«Dower House.»

«Judith.»

Es war nicht Diana. Es war Gus.

«Gus. Wo bist du denn?»

«Ich bin in Porthkerris. Ich rufe von deinen Freunden, den Warrens, aus an.»

«Was machst du denn da?»

«Loveday wird es dir erklären. Sie will mit dir reden.»

«Sie ist bei dir?»

«Klar.»

«Hat sie schon mit ihren Eltern gesprochen?»

«Ja. Gerade eben. Sie haben wir als erste angerufen, und danach gleich dich. Hör zu, ehe ich sie dir gebe, muß ich dir noch drei Dinge sagen. Einmal: Es tut mir wirklich leid, aber ich hab dein Fahrrad gestohlen. Es steht immer noch auf Nancherrow neben dem Eingang. Da hab ich es abgestellt. Dann: Ich werde deinen Rat annehmen und Maler werden. Oder es zumindest versuchen. Wir werden ja sehen, ob es klappt.»

Es war kaum zu glauben. Es war einfach zuviel auf einmal.

«Aber, wann hast du...?»

«Noch eins muß ich dir sagen. Ich habe es zwar schon mal gesagt, aber ich wiederhole es jetzt.»

«Was denn?»

«Danke.»

«Ach, Gus.»

«Hier ist Loveday...»

«Aber... Gus...»

Doch er war schon weg und statt seiner hatte sie Loveday nun in der Leitung. Lovedays Stimme, die vor lauter Aufregung ganz hoch wurde, schnatterte daher wie früher in ihren Teenagerjahren, als sie noch jung, leichtsinnig und sorglos waren.

«Judith. Ich bin's.»

Judith war so dankbar und erleichtert, sie zu hören, daß sie völlig vergaß, sich zu sorgen oder ihr gar böse zu sein.

«Loveday, du bist ja wirklich das Letzte. Was hast du dir bloß dabei gedacht?»

«Ach, Judith, reg dich doch nicht auf. Erstens mal hab ich mit Mama und Paps gesprochen, du brauchst dir also keine Gedanken mehr um sie zu machen. Und ich bin bei Gus. Ich war unten auf den Klippen, ganz allein, um mir zu überlegen, was ich euch allen erzählen sollte. Den süßen Tiger hatte ich mitgenommen, und dann saßen wir da im Dustern und grübelten und sahen uns den Sonnenaufgang an. Und plötzlich fängt Tiger an zu bellen, und als ich mich umdrehe, ist Gus auf einmal da. Er hatte natürlich überhaupt nicht mit mir gerechnet, kam einfach, weil er die Klippen mal wieder sehen wollte. Und ich hatte ja inzwischen beschlossen, nicht mehr zu Walter zurückzukehren. Deswegen war es ja dann so besonders herrlich und wunderbar, daß wir uns wiedergetroffen haben. Ich wußte ja nicht mal, daß er in Cornwall ist. Daß er bei dir wohnt. Und dann auf einmal, genau in dem Augenblick, wo ich ihn am meisten brauchte, steht er vor mir.»

«Ach, Loveday! Ich freue mich so für dich.»

«Aber das ist bestimmt überhaupt kein Vergleich dazu, wie ich mich freue.»

«Und was habt ihr gemacht?»

«Geredet und noch mal geredet. Und dann hatte ich das Gefühl, als könnte ich es einfach nicht ertragen, das Gespräch abzubrechen. Wir haben einfach mehr Zeit gebraucht. Also gingen wir zum Haus zurück, ich bin auf Zehenspitzen mit Tiger in die Waffenkammer geschlichen, während Gus den Lieferwagen gestartet hat, mit dem wir dann über die Heide nach Porthkerris gefahren sind.»

«Und warum Porthkerris?»

«Weil das Benzin so weit gereicht hat. Nein, nicht aus so einem blöden Grund. Wir haben uns für Porthkerris entschieden, weil wir wußten, daß wir hier ein Atelier für Gus finden können. Zum Arbeiten und hoffentlich auch zum Leben. Damit er nie wieder in das schreckliche Schottland zurück muß. Er wollte doch schon immer malen. Schon seit ewigen Zeiten. Aber natürlich wußten wir nicht recht, wie wir es am besten anstellen. Und da fielen mir die Warrens ein. Ich wußte ja, wenn jemand Porthkerris wie seine Westentasche kennt, dann Mr. Warren. Ich dachte mir, vielleicht kann er uns auch sagen, an wen wir uns wenden müssen, vielleicht weiß er sogar von einem Atelier, das zur Vermietung oder zum Verkauf steht. Und wir konnten ja sowieso nirgends sonst hin, weil weder er noch ich Geld oder ein Scheckbuch dabeihatten. Gus war wirklich süß, er hat das Wechselgeld in seiner Hosentasche gezählt. Fünfzehn Shilling und viereinhalb Pence sind dabei zusammengekommen. Zu dumm, was? Das half uns auch nicht weiter. Also sind wir hierhergekommen. Sie waren absolut himmlisch – wie immer. Mrs. Warren machte uns das größte Frühstück, das du je gesehen hast. Mr. Warren hängte sich ans Telefon, und wenn ich aufgelegt habe, schauen wir uns gleich alle gemeinsam eine Wohnung am Nordstrand an. Nur so ein Studio-Appartement, aber es ist auch eine Art Bad und etwas, das sich Kochnische nennt, dabei. Ich weiß zwar nicht, was eine Kochnische ist, bin aber überzeugt, daß es für seine Bedürfnisse völlig genügt…»

Sie hätte vielleicht ewig so weitergeplappert, doch Judith fand es an der Zeit, ihren Redestrom zu unterbrechen.

«Wann kommst du nach Hause?» fragte sie.

«Oh, heute abend. Heute abend sind wir wieder zu Hause. Wir sind ja nicht durchgebrannt oder so was. Wir machen nur einen Ausflug. Und Gedanken und Pläne für die Zukunft.»

«Und was ist mit Walter?»

«Walter ist weg. Paps hat es mir erzählt. Arabella Lumb hat gewonnen, und ich wünsche ihr viel Glück.»

«Und Nat?»

«Paps hat mit Mr. Baines gesprochen. Sie rechnen damit, daß ich Nat behalten darf. Wir müssen abwarten. Und Gus meint, er hat sich immer einen kleinen Jungen gewünscht. Er findet es gar nicht schlecht, gleich als fertige Familie ins Eheleben zu starten.» Sie verstummte für einen Augenblick und sprach dann in einem ganz anderen Tonfall weiter. «Ich habe ihn immer geliebt, Judith. Auch als ich dachte, er sei tot. Aber ich konnte es euch damals nicht erklären. Gus ist der einzige Mann, den ich je wirklich geliebt habe. Als du mir gesagt hast, daß er aus Burma zurückgekommen ist, war das gleichzeitig die schlimmste und die beste Nachricht, die man mir mitteilen konnte. Aber ich konnte nicht darüber sprechen. Ich weiß, ich war unmöglich…»

«Oh, Loveday, wenn du nicht unmöglich wärst, wärst du nicht du selbst. Deswegen haben wir dich doch alle so gern.»

«Komm heute abend», sagte Loveday. «Komm heute abend nach Nancherrow. Damit wir wieder mal alle zusammen sind. Wie früher. Nur Edward fehlt. Aber ich glaube, er wird auch dasein, meinst du nicht? Irgendwo wird er als Engel rumschweben und auf uns anstoßen…»

Unter Tränen flüsterte Judith: «Das würde er sich um keinen Preis entgehen lassen. Viel Glück, Loveday.»

«Ich liebe dich.»

Sie legte auf und war völlig aufgelöst.

«Ich heule nicht, weil es mir schlechtgeht. Ich heule, weil alles so schön ist. Hast du ein Taschentuch?»

Selbstverständlich hatte Jeremy ein Taschentuch. Makellos sauber und ordentlich zusammengefaltet zog er es aus der Tasche und reichte es ihr. Sie schneuzte sich die Nase und wischte die dummen, grundlosen Tränen ab.

«Dann ist ja offensichtlich alles bestens», sagte Jeremy.

«Bestens. Wundervoll. Sie sind zusammen. Sie sind verliebt. Immer gewesen. Er wird sich um seine Malerei kümmern und in seinem Atelier in Porthkerris leben. Mit Kochnische.»

«… und Loveday.»

«Wahrscheinlich. Ich weiß es nicht. Sie hat nichts davon gesagt. Ist ja auch egal.» Die Tränen waren versiegt. «Ich behalte dein Taschentuch. Ich werde es waschen.»

Sie steckte es in das Bündchen ihres Pullovers, lächelte ihn an, und plötzlich waren sie miteinander allein. Keine Ablenkungen mehr. Keine anderen Menschen. Nur sie beide. Und zum erstenmal

spürte sie ein wenig Befangenheit, eine gewisse Schüchternheit.
«Möchtest du eine Tasse Kaffee oder was anderes?» fragte Judith
vorsichtig.

«Nein, nein, ich will jetzt weder Kaffee noch von Gus, Loveday
oder sonstwas hören. Ich will, daß wir zwei miteinander reden. Es
wird höchste Zeit.»

Was natürlich stimmte. Sie gingen zurück in den Salon und setzten sich wieder in die Fensternische. Und jetzt warf die tiefstehende
Sonne hin und wieder ein paar Strahlen auf die altmodischen Möbel
und verschossenen Teppiche und ließ die Tropfen von Lavinia Boscawens Kristallüster regenbogenbunt aufleuchten.

«Wo fangen wir an?» sagte Judith.

«Am Anfang. Warum hast du nicht auf meinen Brief geantwortet?»

Sie runzelte die Stirn. «Aber du hast mir doch nie geschrieben.»

«Selbstverständlich. Von Long Island.»

«Ich habe diesen Brief nie bekommen.»

Er furchte die Stirn. «Bist du dir da sicher?»

«Natürlich bin ich das. Ich hab gewartet und gewartet. Du hast
gesagt, du würdest mir schreiben, damals in London. Du hast es mir
versprochen, aber nicht gemacht. Ich habe nie einen Brief bekommen. Da dachte ich mir eben, du hättest es dir anders überlegt, daß
du eben doch nicht in Kontakt bleiben wolltest.»

«Oh, Judith.» Er stieß einen Seufzer aus, der eher nach einem
Aufstöhnen klang. «All die Jahre.» Er streckte die Hand aus und
ergriff die ihre. «Ich habe dir wirklich geschrieben. Ich wohnte damals in einem Haus auf Long Island und hab mich fast zerrissen
dabei, die Worte zu Papier zu bringen. Dann nahm ich den Brief mit
zurück nach New York und schickte ihn mit der Armeepost, warf
ihn in den Briefkasten an Bord der HMS *Sutherland*.»

«Und was ist passiert?»

«Wahrscheinlich wurde das Schiff versenkt. Die Atlantikschlacht war damals auf dem Höhepunkt. Und die Post muß wohl
samt meinem Brief auf dem Meeresgrund gelandet sein.»

Sie schüttelte den Kopf. «An so etwas habe ich nie gedacht.» Und
dann: «Was stand denn drin in deinem Brief?»

«Vieles. Zum Beispiel, daß ich unsere Nacht in London nie vergessen werde. Als du so unglücklich warst und ich schon früh am Morgen weg mußte, um mein Schiff zu erreichen. Und daß ich dich sehr, sehr liebe. Wie ich dich immer geliebt habe seit dem Augenblick, als ich dich zum erstenmal im Eisenbahnabteil sitzen sah. Als wir über die Saltash-Brücke ratterten, hast du damals zum Fenster hinausgestarrt, um dir die Flotte anzusehen. Und später, als ich dich auf Nancherrow wiederfand und die Melodie von ‹Jesus bleibet meine Freude› aus deinem Schlafzimmer kam und ich wußte, daß du da bist, hat sich das alles nur noch gesteigert und ich habe gemerkt, wie ungeheuer wichtig und bedeutsam du für mein Leben bist. Und am Ende des Briefs hab ich dich gebeten, mich zu heiraten. Denn ich war an einem Punkt angekommen, wo ich mir ein Leben ohne dich nicht mehr vorstellen konnte. Und ich bat dich, mir zu schreiben. Mir zu antworten. Ja oder nein zu sagen, damit ich endlich wieder zur Ruhe käme.»

«Aber du bekamst keine Antwort.»

«Nein.»

«Kam dir das nicht merkwürdig vor?»

«Eigentlich nicht. Ich habe mich nie als tolle Partie betrachtet. Ich bin dreizehn Jahre älter als du, und mit weltlichen Gütern war ich auch nie gesegnet. Wohingegen du doch alles hattest: Jugend, Schönheit und finanzielle Unabhängigkeit. Die ganze Welt stand dir offen. Und vielleicht hattest du ja auch was Besseres verdient als das Leben an der Seite eines Landarztes. Nein. Als ich keine Antwort von dir bekam, hat mich das überhaupt nicht gewundert. Es war nur das Ende aller schönen Träume.»

«Vielleicht hätte ich dir schreiben sollen», sagte Judith, «aber ich war einfach so verunsichert. Wir hatten zwar miteinander geschlafen, uns geliebt, sicher. Und alles schien so vollkommen. Edward liebte mich, weil ich ihm leid tat. Er wollte mir all das geben, was mir seiner Meinung nach fehlte. Ich hab einfach befürchtet, daß es bei dir das gleiche ist. Weil es mir schlechtging, hast du eben den Tröster gespielt.»

«Niemals, mein Schatz.»

«Das sehe ich jetzt. Aber ich war eben jünger. Und nicht so selbstsicher. Unerfahren.» Sie blickte ihn an. «Über eines haben wir noch nicht gesprochen. Jess. Jess ist jetzt bei mir. Sie gehört zu mir. Sie ist alles, was ich habe und umgekehrt. Alles, was mir passiert und begegnet, hat auch Folgen für sie.»

«Hätte sie was dagegen, wenn ich mit dir zusammen bin? Denn mir liegt sehr viel daran, daß wir drei gut miteinander auskommen. Ich weiß noch genau, wie frech sie damals im Zug war und dauernd ihren Golly nach dir geschmissen hat. Ich kann es kaum erwarten, sie wiederzusehen.»

«Sie ist jetzt vierzehn und schon sehr erwachsen. Und der arme Golly ist auch nicht mehr. Auf See verschollen.»

«Ich schäme mich. Ich habe kein Wort über deine Eltern und Jess verloren... Nur von mir erzählt. Aber du hast mir schrecklich leid getan. Und ich war so froh, als Vater mir erzählte, daß Jess es überlebt hat. Sie ist doch in St. Ursula, nicht wahr?»

«Ja, und sie fühlt sich sehr wohl. Aber bis sie erwachsen ist und auf eigenen Füßen stehen kann, bin ich für sie verantwortlich.»

«Liebste Judith, das ist nun wirklich nichts Neues. Seit dem Tag unserer ersten Begegnung hast du ständig Verantwortung übernommen. Für dich selber, Biddy Somerville, für Phyllis und dein Haus. Und dann kam der Krieg und das Frauen-Marinehilfskorps.» Wieder seufzte er. «Das ist mein einziger Vorbehalt.»

«Ich versteh nicht, was du meinst.»

«Vielleicht brauchst du ein bißchen Zeit, um dich mal zu amüsieren, ehe du unter die Haube kommst. Wie Athena es vor dem Krieg gemacht hat. Du weißt schon, in den Tag hinein leben, verrückte Hüte kaufen und in Nachtklubs gehen. Sich von eleganten Herrn ins Ritz ausführen lassen. Auf Privatyachten über die Meere kreuzen und auf Veranden Martinis schlürfen.»

Judith lachte. «Ganz schön wüst! Bei dir klingt das eher wie ein Alptraum.»

«Aber ernsthaft?»

Er war so süß. Sie überlegte kurz und sagte dann: «Hast du in der Marine je einen Hugo Halley kennengelernt?»

«Nein, ich glaube nicht.»

«Er war wirklich nett. Ich habe ihn in Colombo kennengelernt, als ich Bob Somerville besuchte. Der Krieg war gerade vorbei. Darum mußten wir uns also keine Gedanken mehr machen. Und wir haben all die Dinge getan, von denen du gerade geredet hast. Wir waren nicht verliebt, alles war locker und unkompliziert, und wir verbrachten eine herrliche, großartige Zeit miteinander. Ich kenne das also. Ich habe es erlebt. Eine Weile zumindest. Wenn wir also heiraten, kann ich dir versprechen, daß ich nicht den Rest meines Lebens Trübsal blase, weil ich mich enttäuscht oder um irgend etwas betrogen fühle.»

«Hast du das eben wirklich gesagt?»

«Was denn?»

«Wenn wir heiraten?»

«Ich denke schon.»

«Ich hab schon graue Haare.»

«Ich weiß. Ich habe sie zwar gesehen, aber ich bin viel zu höflich, so was zu erwähnen.»

«Ich bin siebenunddreißig. Uralt. Aber ich liebe dich so sehr, daß ich nur hoffen kann, daß das Alter da keine Rolle mehr spielt.»

Er wartete auf ihre Antwort. Natürlich spielt das keine Rolle oder etwas Ähnliches, hätte sie nun sagen müssen. Doch das tat sie nicht. Statt dessen saß sie nur da und sah aus, als müsse sie sich aufs äußerste konzentrieren. «Worüber denkst du denn so angestrengt nach?»

«Ich rechne. Und ich war noch nie besonders fix im Kopfrechnen.»

«Du rechnest?»

«Ja. Wußtest du eigentlich, daß ein Paar altersmäßig am idealsten zusammenpaßt, wenn die Frau halb so alt ist wie der Mann plus sieben?»

Eine Scherzfrage? Völlig verdutzt schüttelte Jeremy den Kopf. «Nein.»

«Du bist also jetzt siebenunddreißig. Die Hälfte davon ist achtzehneinhalb. Und achtzehneinhalb plus sieben ist...?»

«Fünfundzwanzigeinhalb.»

«Tja, und ich bin vierundzwanzigeinhalb. Also ziemlich nah dran. Hätten wir nicht dreieinhalb Jahre gewartet, hätten wir gar nicht zusammengepaßt. Das hätte womöglich Mord und Totschlag gegeben. So wie es aussieht…»

Plötzlich lachte sie, und er küßte ihren offenen, lachenden Mund, was ziemlich viel Zeit in Anspruch nahm. Er spürte seine Erregung, und es schoß ihm der Gedanke durch den Kopf, daß es herrlich wäre, sie jetzt hochzuheben, den nächstbesten, einigermaßen geeigneten Ort anzusteuern, um sie ausgiebig und leidenschaftlich zu lieben. Doch ein wenig gesunder Menschenverstand war ihm noch geblieben, und der sagte ihm, daß jetzt nicht der richtige Moment dazu sei. Die dramatischen Ereignisse auf Nancherrow standen ganz oben auf der Tagesordnung. Und wenn er das nächste Mal mit ihr schlief, wollte er Zeit und Muße haben, so daß es auch die ganze Nacht dauern konnte.

Behutsam ließ er sie los und hob die Hand, um ihr eine honigfarbene Locke aus dem Gesicht zu streichen.

«Von wem stammt eigentlich dieser Satz über das Chaos auf der Couch und den tiefen Frieden des Doppelbetts?»

«Mrs. Patrick Campbell.»

«Ich wußte, daß du das wissen würdest. Sollen wir uns jetzt nicht lieber zusammenreißen und uns über unsere Zukunft Gedanken machen?»

«Ich weiß nicht, ob ich momentan fähig bin, Pläne zu schmieden.»

«Dann übernehme ich das. Nur daß ich noch nicht mal für mich selbst was entschieden habe, geschweige denn für dich und Jess.»

«Gehst du zurück nach Truro und übernimmst die Praxis deines Vaters?»

«Hättest du das gern?»

Judith blieb bei der Wahrheit. «Nein», sagte sie. «Entschuldige. Aber das Schlimme ist, daß ich dieses Haus einfach nicht aufgeben will. Ich weiß, man soll sich nicht an Backsteine und Mörtel hängen, aber dieses Haus ist wirklich außergewöhnlich. Nicht nur wegen Tante Lavinia, sondern weil es für so viele Menschen Zuflucht und Heimat war. Biddy kam hierher, als sie so untröstlich war wegen Ned. Dann Phyllis und Anna. Und auch Jess ist nach allem, was sie durchgemacht hat, ins Dower House zurückgekehrt. Und sogar

Gus, der völlig zusammengebrochen war und dachte, er würde nie wieder glücklich werden. Verstehst du das?»

«Völlig. Also, streich Truro von der Liste.»

«Wird sich dein Vater da nicht sehr ärgern?»

«Ich glaube nicht.»

«Und was hast du jetzt vor?»

«Ich habe einen alten Kollegen aus der Marine. Einen guten Freund. Einen Schiffsarzt der Reserve namens Bill Whatley. Er hat mir vor ein paar Monaten, als wir beide in Malta waren, einen Vorschlag gemacht. Was hältst du davon, wenn wir zwei direkt hier am Ort, in Penzance, eine neue Praxis aufmachen?»

Judith, die es kaum zu hoffen wagte, starrte Jeremy an. «Ginge das denn?»

«Warum nicht? Der Krieg ist vorbei. Alles ist möglich. Bill ist ein Londoner, aber er möchte mit seiner Familie aufs Land ziehen, am liebsten ans Meer. Er ist ein großer Segler. Wir haben uns lange darüber unterhalten, aber ich wollte mich nicht festlegen, sondern erst mal bei dir die Lage peilen. Ich wollte auch nicht wieder so einfach in dein Leben reinplatzen, wenn du mich vielleicht gar nicht haben wolltest. Bißchen peinlich, einen liebeskranken Exliebhaber direkt vor der Haustür zu haben.»

«Penzance liegt ja nun wohl kaum vor meiner Haustür. Und wenn du dich als Allgemeinarzt in Penzance niederläßt, dann ist das zu weit weg, um hier zu wohnen. Bei nächtlichen Notrufen und solchen Sachen.»

«Wir wären ja zu zweit. Ich kann pendeln. Wir werden uns eine schöne moderne Praxis aufbauen, mit ein paar hübschen Wohnräumen dabei. Eine praktische Mietwohnung, wo man schlafen kann, wenn man Nachtdienst hat.»

«Mit Kochnische?»

Aber Jermey lachte. «Weißt du was, mein Schatz? Das artet jetzt in Haarspalterei aus. Wir müssen die Dinge auf uns zukommen lassen. Viele Probleme lösen sich dann wahrscheinlich ganz von selbst.»

«Was für Klischees! Du klingst ja wie ein Politiker.»

«Na ja. Gibt wahrscheinlich Schlimmeres.» Er sah auf seine Uhr.

«Ach du je, es ist schon Viertel vor zwölf. Und ich habe ganz vergessen, weshalb ich überhaupt hergekommen bin. Ich glaube, ich muß zurück nach Nancherrow. Sonst glaubt Diana noch, ich hab mich anstecken lassen und bin ebenfalls durchgebrannt. Kommst du mit, mein Schatz?»

«Wenn du das möchtest.»

«Allerdings.»

«Sollen wir es ihnen denn erzählen?»

«Warum nicht!»

Irgendwie schien ihr die Vorstellung etwas bedrohlich und einschüchternd.

«Was werden sie wohl dazu sagen?»

«Gehen wir doch los und finden es heraus.»

Rosamunde Pilcher

Wilder Thymian
Roman
Deutsch von Ingrid Altrichter
368 Seiten. Gebunden

September
Roman
Deutsch von Alfred Hans
624 Seiten. Gebunden
und als rororo Band 13370

Die Muschelsucher
Roman
Deutsch von Jürgen Abel
704 Seiten. Gebunden
und als rororo Band 13180

Wunderlich

Rosamunde Pilcher

Das blaue Zimmer
Erzählungen
Deutsch von Margarete Längsfeld
und Ingrid Altrichter
336 Seiten. Gebunden

Blumen im Regen
Erzählungen
Deutsch von Dorothee Asendorf
352 Seiten. Gebunden
und als rororo Band 13207

Die Welt der Rosamunde Pilcher
Herausgegeben von Siv Bublitz
Mit zahlreichen Fotos
160 Seiten. Gebunden

Wunderlich

Rosamunde Pilcher

Im Rowohlt Taschenbuch Verlag
sind außerdem erschienen:

Ende eines Sommers
Roman
rororo Band 12971

Karussell des Lebens
Roman
rororo Band 12972

Lichterspiele
Roman
rororo Band 12973

Schlafender Tiger
Roman
rororo Band 12961

Schneesturm im Frühling
Roman
rororo Band 12998

Sommer am Meer
Roman
rororo Band 12962

Stürmische Begegnung
Roman
rororo Band 12960

Wechselspiel der Liebe
Roman
rororo Band 12999

Wolken am Horizont
Roman
rororo Band 12937

Rowohlt